El manantial

El manantial

AYN RAND

Traducción de Verónica Puertollano

Ariel

Obra editada en colaboración con Editorial Planeta – España

Título original: *The Fountainhead*

Bajo el sello editorial ARIEL M.R.
Avenida Presidente Masarik núm. 111,
Piso 2, Polanco V Sección, Miguel Hidalgo
C.P. 11560, Ciudad de México
www.planetadelibros.com.mx
www.paidos.com.mx

Primera edición impresa en España: noviembre de 2019
ISBN: 978-84-234-3092-5

Primera edición impresa en México: diciembre de 2020
Primera reimpresión en México: abril de 2022
ISBN: 978-607-569-007-0

Impreso en los talleres de Litográfica Ingramex, S.A. de C.V.
Centeno núm. 162-1, colonia Granjas Esmeralda, Ciudad de México
Impreso en México –*Printed in Mexico*

Introducción a la edición conmemorativa del 25.º aniversario

Muchas personas me han preguntado cómo me hace sentir que *El manantial* lleve publicándose veinticinco años. No puedo decir que sienta nada en particular, salvo una especie de tranquila satisfacción. En este sentido, mi actitud sobre lo que escribo queda muy bien expresada en una cita de Victor Hugo: «Si un escritor escribiera sólo para su época, tendría que romper mi pluma y tirarla a la basura».

Ciertos escritores, y yo soy uno de ellos, no viven, piensan ni escriben dentro de los límites de su tiempo. Las novelas, en el sentido apropiado de la palabra, no son escritas para que desaparezcan al cabo de un mes o de un año. Que hoy lo hagan la mayoría, y que se escriban y se publiquen como si fuesen revistas, para desaparecer con la misma velocidad, es uno de los aspectos más lamentables de la literatura actual y una de las críticas más claras a su filosofía estética dominante: el naturalismo periodístico, limitado por lo concreto, que ha llegado ahora a su callejón sin salida entre ininteligibles sonidos de pánico.

La longevidad es —de forma predominante pero no exclusiva— la prerrogativa de una escuela literaria que hoy es casi inexistente: el romanticismo. No es éste el lugar para disertar sobre la naturaleza de la ficción romántica, así que sólo quiero decir —para dejar constancia y para beneficio de todos los estudiantes universitarios a los que jamás se les permitió descubrirlo— que el romanticismo es la escuela conceptual del arte. No se ocupa de las trivialidades arbitrarias y cotidianas, sino de problemas y valores atemporales, fundamentales y universales de la existencia humana. No graba y fotografía; crea y proyecta. Como dijo Aristóteles: «o se interesa por cómo son las cosas, sino por cómo podrían y deberían ser.

A quienes consideren de una importancia vital la relevancia para la propia época, les diré, respecto a nuestros tiempos, que nunca ha habido otro momento en que el hombre haya tenido una necesidad más desesperada de proyectar las cosas como deberían ser.

No pretendo insinuar que cuando escribí *El manantial* sabía que se iba a seguir publicando durante veinticinco años. No pensaba en ningún plazo específico. Sólo sabía que era un libro que debía vivir. Lo hizo.

Pero que lo supiera hace más de veinticinco años —que lo supiera cuando *El manantial* fue rechazado por doce editoriales, algunas de las cuales afirmaron que era «demasiado intelectual» o «demasiado controvertido» y que no se vendería porque no había público para él— fue la parte difícil de esta historia; difícil de soportar para mí. Lo cuento aquí para cualquier otro escritor de mi tipo que pueda estar enfrentándose a la misma batalla, para recordarle que se puede conseguir.

Me resultaría imposible hablar de *El manantial* o de cualquier parte de su historia sin citar al hombre gracias al cual pude escribirlo: mi marido, Frank O'Connor.

En una obra que escribí con poco más de treinta años, *Ideal*, la heroína, una estrella de cine, habla por mí cuando dice: «Quiero ver y vivir de verdad, y en las horas de mis propios días, esa gloria que yo estoy creando como una ilusión. Quiero que sea real. Quiero saber que hay alguien, en alguna parte, que también lo quiere. ¿Para qué sirve, si no, ver, trabajar y quemarse por una visión imposible? Un espíritu también necesita combustible. Se puede quedar vacío».

Frank fue el combustible. Me dio, en las horas de mis propios días, la realidad de ese sentido de vida que creó *El manantial*, y me ayudó a mantenerlo muchos años, cuando a nuestro alrededor no había más que un desierto gris de personas y sucesos que sólo inspiraban desprecio y repulsión. La esencia del vínculo entre nosotros es que ninguno de los dos ha querido o ha tenido nunca la tentación de conformarse con menos de lo que se muestra en *El manantial*. Nunca lo haremos.

Si hay en mí algún ápice de la escritora naturalista que guarda diálogos de «la vida real» para utilizarlos en una novela, ha sido sólo en lo relativo a Frank. Por ejemplo, una de las frases más eficaces de *El manantial* aparece en la segunda parte, cuando, para responder a una pregunta de Toohey —«¿Por qué no me dice lo que piensa de mí?»—, Roark responde: «Es que no pienso en usted». Esa frase fue una respuesta de Frank a un tipo distinto de persona, en un contexto más o menos similar. «Estás tirándoles perlas a los cerdos, sin recibir siquiera una chuleta a cambio», me dijo Frank sobre mi situación profesional. Le di esa frase a Dominique en el juicio contra Roark.

No suelo desanimarme, y cuando lo hago, no me dura más de una noche. Pero hubo una noche, mientras escribía *El manantial*, en que sentí una indignación tan profunda por el estado de «las cosas como son», que parecía imposible que fuese a recobrar alguna vez la energía necesaria para seguir avanzando hacia «las cosas como deben ser». Frank se pasó horas hablándome aquella noche. Me convenció de por qué uno no debe renunciar al mundo y dejárselo a quienes desprecia. Cuando acabó, mi desánimo había desaparecido, y nunca volvió con la misma intensidad.

Suelo oponerme a la costumbre de dedicar los libros. Sostenía que un libro está dirigido a cualquier lector que demuestre ser digno de él. Pero, aquella noche, le dije a Frank que le iba a dedicar *El manantial* porque él lo había salvado. Uno de mis momentos más felices, unos dos años después, me lo procuró ver su mirada cuando llegó a casa y vio las galeradas del libro, en cuya primera página aparecía fría, clara y objetivamente impreso: «A Frank O'Connor».

Me han preguntado si he cambiado de opinión en estos últimos veinticinco años. No: soy la misma, pero más. ¿Han cambiado mis ideas? No: mis convicciones fundamentales, mi visión de la vida y del hombre, nunca han cambiado desde que tengo memoria, pero mi conocimiento de sus aplicaciones ha crecido en alcance y precisión. ¿Cómo valoro hoy *El manantial*? Estoy tan orgullosa de él como el día en que terminé de escribirlo.

¿Fue *El manantial* escrito con el objetivo de presentar mi filosofía? Aquí, debo citar un extracto de «El objetivo de mi escritura», un discurso que pronuncié en el Lewis and Clarke College el 1 de octubre de 1963:

> Éste es el motivo y el objetivo de mi escritura: la proyección de un hombre ideal. El retrato de un ideal moral como mi objetivo literario último, como un fin en sí mismo, para el que cualquier valor didáctico, intelectual o filosófico contenido en una novela es sólo el medio.
>
> Quisiera hacer hincapié en esto: mi objetivo no es la ilustración filosófica de mis lectores [...]. Mi objetivo, mi causa primera y mi motor primario es el retrato de Howard Roark [o de los héroes de *La rebelión de Atlas*] como un fin en sí mismo [...].

> Escribo, y leo, en aras de la historia [...]. La prueba a la que someto cualquier historia es ésta: ¿querría yo conocer a estos personajes y observar estos sucesos en la vida real?, ¿es ésta una historia que merecería la pena ser vivida, por sí misma?, ¿es el placer de contemplar a estos personajes un fin en sí mismo? [...].
>
> Puesto que mi objetivo es presentar un hombre ideal, tuve que definir y presentar las condiciones que lo hacen posible a él y que su existencia requiere. Como el carácter de un hombre es producto de sus premisas, tuve que definir y exponer los tipos de premisas y valores que crean el carácter de un hombre ideal y motivar sus actos, lo que significa que tuve que definir y presentar un código racional de ética. Puesto que el hombre actúa en medio de otros hombres y se relaciona con ellos, tuve que exponer el tipo de sistema social que hace posible que los hombres ideales existan y funcionen: un sistema libre, productivo y racional que exige y recompensa lo mejor de cada hombre, y que es, obviamente, el capitalismo *laissez-faire*.
>
> Pero ni la política, ni la ética, ni la filosofía son un fin en sí mismas, ni en la vida ni en la literatura. Sólo el Hombre es un fin en sí mismo.

¿Querría hacer algún cambio sustancial a *El manantial*? No, y por lo tanto, no he tocado el texto. Quiero que permanezca como fue escrito. No obstante, sí hay un pequeño error y una frase que tal vez genere confusión y que me gustaría aclarar, y lo haré aquí.

El error es semántico: el uso de la palabra «egotista» en el discurso de Roark en el juicio, cuando en realidad debería haber sido «egoísta». El error se debió a que me basé en un diccionario (*Webster's Daily Use Dictionary*, 1933) cuyas definiciones de estas dos palabras eran tan confusas que «egotista» parecía acercarse más al significado que yo buscaba. Los filósofos modernos, sin embargo, tienen más culpa que los lexicógrafos en lo que respecta a estos dos términos.

La frase que quizá genere confusión se encuentra en el discurso de Roark:

> Desde la necesidad más básica a la abstracción religiosa más elevada o desde la rueda al rascacielos, todo lo que somos y todo lo que tenemos viene de un único atributo del hombre: la función de su mente pensante.

Esto se podría interpretar por error como un aval a la religión o a las ideas religiosas. Recuerdo que dudé con esa frase, cuando la escribí, y decidí que el ateísmo de Roark y el mío, y también el espíritu general del libro, estaban definidos de forma tan clara que nadie podría interpretarla mal, sobre todo desde que dije que las abstracciones religiosas son un producto de la mente humana, no una revelación sobrenatural.

Pero no debí dejar una cuestión de este tipo al albur de los sobreentendidos. No me refería a la religión como tal, sino como una categoría especial de abstracciones, la más exaltada, que durante siglos ha sido casi un monopolio de la religión: la ética. No el contenido específico de la ética religiosa, sino la ética como abstracción: el ámbito de los valores, el código que tiene el hombre del bien y el mal, con las connotaciones emocionales de altura, elevación, nobleza, reverencia o grandeza que pertenecen al ámbito de los valores de un hombre, pero que la religión se ha arrogado.

Perseguía el mismo significado y las mismas consideraciones en otra parte del libro, donde también se pueden aplicar. Se trata de un breve diálogo entre Roark y Hopton Stoddard, que podría no ser interpretado bien fuera de su contexto:

> —[...] Usted es un hombre profundamente religioso, señor Roark, a su manera. Lo puedo ver en sus edificios.
>
> —Eso es cierto.

En el contexto de esa escena, sin embargo, su significado es claro: es a la profunda dedicación de Roark a los valores, a lo más elevado y lo mejor, al ideal, a lo que se está refiriendo Stoddard (véase su explicación del carácter del templo propuesto). La construcción del templo Stoddard y el posterior juicio exponen esta cuestión de manera explícita.

Esto me lleva a un problema mayor que afecta a cada línea de *El manantial* y que ha de comprenderse si uno quiere entender las causas de su duradero atractivo.

El monopolio de la religión en el ámbito de la ética ha hecho muy difícil transmitir el significado y las connotaciones emocionales de una visión racional de la vida. Del mismo modo que la religión se adelantó al campo de la ética e hizo que la moralidad fuese en contra del hombre, también usurpó los conceptos más elevados de nuestro lenguaje y los situó en lo extraterrenal, fuera del alcance del hombre. «Exaltación» se suele interpretar como un estado emocional evocado por la contemplación de lo sobrenatural. «Adoración» significa la experiencia emocional de lealtad y dedicación a algo superior al hombre. «Reverencia» significa la emoción de un respeto sagrado, que uno ha de experimentar de rodillas. «Sagrado» significa lo superior y lo intocable en todo lo concerniente al hombre o a esta tierra, etcétera.

Pero estos conceptos designan emociones reales, aunque no exista la dimensión sobrenatural, y se experimentan como algo que eleva y ennoblece, sin la autohumillación que exigen las definiciones religiosas. ¿Cuál es, entonces, su fuente o referente en la realidad? Todo el ámbito emocional de la dedicación humana a un ideal moral. Sin embargo, salvo en los aspectos degradantes para el hombre introducidos por la religión, ese ámbito emocional no ha sido identificado, y carece de conceptos, palabras y reconocimiento.

Es este nivel superior de las emociones humanas el que hay que recuperar del lodo del misticismo y reencauzar hacia su debido objetivo: el hombre.

Con este significado y esta intención identifiqué el sentido de la vida dramatizado en *El manantial* como «la adoración al hombre».

Es una emoción que pocas —muy pocas— personas experimentan, con raros destellos aislados que relampaguean y mueren sin consecuencias; algunos no saben de lo que estoy hablando, otros sí, y se pasan la vida apagando chispas con frenética virulencia.

No debe confundirse «la adoración al hombre» con los muchos intentos, no de emancipar la moralidad de la religión y llevarla al ámbito de la razón, sino de sustituir con un significado laico los peores y más irracionales elementos de la religión. Por ejemplo, están todas las variantes del colectivismo moderno (el comunista, el fascista, el nazi, etc.) que preservan la ética religiosa-altruista de forma íntegra y se limitan a sustituir a Dios por la palabra «sociedad» como beneficiaria de la inmolación del hombre. Están las diversas escuelas modernas de filosofía que, al rechazar la ley de identidad, proclaman que la realidad es un flujo indeterminado regido por milagros y moldeado por caprichos; no los caprichos de Dios, sino los del hombre o de «la sociedad». Estos neomísticos no adoran al hombre: sólo están dando un carácter laico al mismo profundo odio hacia el hombre que sentían sus predecesores abiertamente místicos.

Una versión más primitiva del mismo odio se ve representada por esas mentalidades limitadas por lo concreto, «estadísticas», que, incapaces de entender el significado de la volición del hombre, declaran que el hombre no puede ser objeto de adoración, ya que nunca se han encontrado con ningún espécimen humano que la mereciera.

Los que adoran al hombre, en mi sentido del término, son los que ven el mayor potencial del hombre y se esfuerzan por materializarlo.

Los que odian al hombre son los que lo consideran una criatura impotente, depravada y despreciable, y que luchan para impedir que jamás descubra lo contrario. Aquí, es importante recordar que el único conocimiento directo e introspectivo del hombre que posee cualquiera es el que cada uno tiene sobre sí mismo.

De manera más específica, la división esencial entre estos dos bandos es la que separa a los que se dedican a la exaltación de la autoestima del hombre y el carácter sagrado de su felicidad en la tierra de los que se empeñan en no permitir que ninguna de las dos cosas sea posible. La mayoría de la humanidad gasta su vida y su energía psicológica entre medias, oscilando de uno a otro, luchando para no permitir que se nombre el problema. Pero eso no cambia la naturaleza del problema.

Tal vez, la mejor forma de transmitir el sentido de la vida de *El manantial* es por medio de la cita que encabezaba mi manuscrito, pero que suprimí en la versión final que se publicó. Ahora que tengo esta oportunidad para explicarla, me alegro de recuperarla.

La quité por mi profundo desacuerdo con la filosofía de su autor, Friedrich Nietzsche. En términos filosóficos, Nietzsche es un místico y un irracionalista. Su metafísica consiste en una especie de universo «byroniano» y místicamente «malévolo»; su epistemología subordina la razón a «la voluntad», o a los sentimientos, los instintos o la sangre o las virtudes innatas del carácter. Sin embargo, como poeta, a veces —no siempre— proyecta un magnífico sentimiento por la grandeza del hombre, expresado en términos emocionales, no intelectuales.

Se da especialmente el caso en la cita que había elegido. No podía suscribir su significado literal, porque proclama un principio indefendible: el determinismo psicológico. Pero si se interpreta como una proyección poética de una experiencia emocional, y si en lo intelectual se sustituye el concepto de «certeza fundamental» innata por el de «premisa básica» adquirida, la cita transmite entonces el estado interno de una autoestima exaltada, y resume las consecuencias emocionales para las cuales *El manantial* provee la base racional y filosófica:

> No son las obras, sino la creencia, lo que es aquí decisivo y determina el rango —por utilizar una vez más una antigua fórmula religiosa con un significado nuevo y más profundo—, una certeza fundamental que un alma posee sobre sí misma, que no se puede buscar, que no se puede encontrar y que quizá tampoco se puede perder. El alma noble se reverencia a sí misma. (Friedrich Nietzsche, *Más allá del bien y del mal.*)

Esta visión del hombre ha sido expresada muy pocas veces en la historia humana. Hoy es prácticamente inexistente. Sin embargo, ésta es la visión con la que —con diversos grados de anhelo, melancolía, pasión y confusión agónica— lo mejor de la juventud de la humanidad empieza en la vida. Ni siquiera es una visión, en la mayoría de los casos, sino una sensación borrosa, que va a tientas, indefinida, hecha de un dolor descarnado y una inexpresable felicidad. Es una sensación de gran expectación, de que la vida de uno es importante, de que los grandes logros están al alcance de tus capacidades y de que el futuro te depara grandes cosas.

No está en la naturaleza del hombre —ni de ninguna entidad viva— empezar rindiéndose, escupirse en su propia cara y condenar la existencia; eso requiere un proceso de corrupción cuya rapidez varía de una persona a otra. Algunos se rinden al primer contacto de la presión; algunos se venden; otros se van degradando poco a poco y pierden su ardor, sin saber nunca cuándo o cómo lo perdieron. Después, todos se pierden en la inmensa ciénaga de sus mayores que les dicen constantemente que la madurez consiste en abandonar la mente de uno; la seguridad, en abandonar tus valores; y el sentido práctico, en perder tu autoestima. Sin embargo, unos pocos resisten y siguen adelante, sabiendo que ese fuego no ha de ser traicionado, y aprenden a darle forma, propósito y realidad. Pero sea cual sea su futuro, al final de su vida, los hombres buscan una visión noble de la naturaleza del hombre y del potencial de la vida.

Se pueden encontrar pocos puntos de referencia. *El manantial* es uno de ellos.

Ésta es una de las razones cardinales del duradero atractivo de *El manantial*: es una confirmación del espíritu de la juventud, que proclama la gloria del hombre y que demuestra cuánto es posible.

No importa que sólo unos pocos de cada generación entiendan y logren la plena realidad de la estatura apropiada del hombre y que el resto la traicionen. Son esos pocos los que mueven el mundo y le dan a la vida su significado, y son esos pocos a los que siempre he querido dirigirme. El resto no me interesa: no es a mí o a *El manantial* a quienes traicionarán: es a sus propias almas.

AYN RAND
NUEVA YORK, MAYO DE 1968

A Frank O'Connor

Primera parte

Peter Keating

1

Howard Roark rio.

Estaba desnudo al borde de un acantilado. El lago se extendía a lo lejos, bajo él. Una explosión de granito congelada irrumpía en su ascenso al cielo sobre las aguas inmóviles. El agua parecía inmutable, y la piedra, fluir. La piedra tenía la quietud de ese instante en la lucha en que dos fuerzas de empuje se encuentran y las corrientes se detienen en una pausa más dinámica que el movimiento. La piedra relucía bañada por los rayos del sol.

Abajo, el lago era sólo un fino anillo de acero que cortaba las rocas por la mitad. Las rocas resistían, intactas, en la profundidad. Empezaban y terminaban en el cielo, de manera que el mundo parecía suspendido en el espacio, como una isla flotante sobre la nada, anclada a los pies del hombre que estaba en el acantilado.

Su cuerpo se echó hacia atrás, recortado en el cielo. Era un cuerpo de líneas y ángulos largos y rectos, cuyas curvas se descomponían en planos. Estaba de pie, rígido, y las manos le colgaban a los lados con las palmas hacia fuera. Sentía los omóplatos muy juntos, la curva del cuello y el peso de la sangre en las manos. Sentía el viento a su espalda, en el hueco de la columna. El viento levantaba sus cabellos hacia el cielo. Su cabello no era ni rubio ni rojizo: su color exacto era el de la piel de las naranjas maduras.

Se rio por una cosa que le había pasado aquella mañana y por las cosas a las que ahora se tenía que enfrentar.

Sabía que los días siguientes iban a ser difíciles. Tenía que enfrentarse a algunas preguntas y preparar un plan de acción. Sabía que debía pensar en ello. También sabía que no iba a pensar, porque él ya lo tenía todo claro, porque el plan se había fijado mucho tiempo atrás, y porque quería reír.

Intentó pensar en ello, pero se le olvidó. Estaba mirando el granito.

No se rio cuando su mirada se detuvo, consciente de la tierra que lo rodeaba. Su rostro era como una ley de la naturaleza, algo que no se podía cuestionar o alterar ni se le podía suplicar. Los pómulos se le marcaban sobre las mejillas flacas y huecas; tenía los ojos grises y una mirada fría y firme. Su boca, despectiva y cerrada con fuerza, era la boca de un verdugo o de un santo.

Miró el granito. Pensó en cortarlo y convertirlo en paredes. Miró un árbol. Pensó en talarlo y convertirlo en vigas de madera. Miró una veta de óxido en la piedra, y pensó en los minerales de hierro bajo la tierra; pensó en fundirlos en vigas que se alzaran al cielo.

«Estas rocas —pensó— están aquí para mí; están esperando el taladro, la dinamita y mi voz; están esperando que las separen, que las rompan, que las muelan, renacer. Están esperando la forma que les van a dar mis manos.»

Entonces sacudió la cabeza, porque se acordó de lo que había pasado esa mañana y de que había muchas cosas que hacer. Se acercó al borde, levantó los brazos y se zambulló en el cielo a sus pies.

Cruzó en línea recta el lago hasta la orilla de enfrente. Llegó a las rocas donde había dejado su ropa. Miró con pesadumbre a su alrededor. Durante tres años, desde que vivía en Stanton, había ido allí, simplemente para relajarse, nadar, descansar, pensar, estar solo y vivo, siempre que había podido liberarse una hora, lo cual no había sido muy a menudo. En su nueva libertad, lo primero que quiso hacer fue ir allí, porque sabía que iría por última vez. Aquella mañana había sido expulsado de la Escuela de Arquitectura del Instituto Tecnológico de Stanton.

Recogió su ropa y se vistió: unos viejos pantalones vaqueros, unas sandalias y una camisa de manga corta a la que le faltaban casi todos los botones. Bajó por un sendero estrecho entre peñascos, hasta un camino que cruzaba una verde ladera hasta llegar a la carretera.

Andaba rápido, con una relajada familiaridad en sus movimientos. Bajó por la larga carretera bajo el sol. Al frente y a lo lejos se extendía la costa de Massachusetts, y el pequeño pueblo que sólo servía de marco para la joya de su existencia: el gran instituto que se alzaba sobre una colina al fondo.

El término municipal de Stanton empezaba con un basurero: un montículo gris de desechos que se levantaba sobre la hierba. Humeaba ligeramente. Las latas brillaban al sol. La carretera pasaba por las primeras casas y llegaba a una iglesia. La iglesia era un monumento gótico, construida con tablones de ripia y pintada de azul colombino. Tenía unos robustos contrafuertes de madera que no sostenían nada. Tenía vidrieras de colores con tracerías que imitaban la piedra. La iglesia daba paso a largas calles ribeteadas con densas y vistosas áreas de césped. Detrás del césped se erguían pilas de madera que había sido torturada para que adoptara toda clase de formas: retorcida en forma de gabletes, torrecillas y claraboyas; combada en forma de porches; y aplastada bajo los tejados inclinados. En las ventanas flotaban cortinas blancas. Había un cubo de basura, desbordado, junto a una puerta lateral, y un viejo perro pequinés sobre un cojín en la entrada, soltando babas. Una hilera de pañales tendidos se agitaba con el viento entre las columnas de un porche.

La gente se giraba cuando Howard Roark pasaba. Algunos se quedaban mirándolo con súbito resentimiento. No sabían por qué: era un instinto que su presencia provocaba a la mayoría de la gente. Howard Roark no veía a nadie. Para él, las calles estaban vacías. Podría haberse paseado desnudo por allí sin problemas.

Cruzó el centro de Stanton, un amplio espacio verde rodeado de escaparates. En ellos había carteles que anunciaban:

¡BIENVENIDA, PROMOCIÓN DE 1922! ¡BUENA SUERTE, PROMOCIÓN DE 1922!

La promoción de 1922 del Instituto Tecnológico de Stanton celebraba su ceremonia de graduación aquella tarde.

Roark tomó una calle lateral, donde, al final de una larga fila de casas, en un altozano sobre una verde cañada, estaba la casa de la señora Keating. Se había hospedado en esa casa durante tres años.

La señora Keating estaba fuera, en el porche. Estaba dando de comer a los canarios que tenía en una jaula suspendida sobre la barandilla. Su mano rechoncha se detuvo en el aire cuando lo vio. Lo observó con curiosidad. Intentó arrancar de su propia boca alguna expresión adecuada de solidaridad, pero sólo logró delatar sus esfuerzos.

Él estaba cruzando el porche sin fijarse en la mujer, que lo paró:

—¡Señor Roark!

—¿Sí?

—Señor Roark, siento mucho... lo que ha ocurrido esta mañana —titubeó modosa.

—¿El qué?

—Que lo hayan expulsado del instituto. No tengo palabras para decirle cuánto lo lamento. Sólo quiero que sepa que lo siento por usted.

Él la miró fijamente. Ella sabía que no la veía. No, pensó ella, no es eso exactamente. Él siempre mira fijamente a la gente y a sus detestables ojos no se le escapan nada. Él sólo hace sentir a la gente como si no existiera. Se quedó allí mirándola, sin más. No respondió.

—Pero lo que digo —continuó ella— es que, si uno sufre en este mundo, es siempre a causa de un error. Ahora, naturalmente, tendrá que renunciar a su profesión de arquitecto, ¿no? Pero un hombre joven siempre puede ganarse una vida decente como empleado, dependiente o alguna otra cosa.

Él se dio la vuelta para irse.

—¡Ah, señor Roark! —dijo ella.

—¿Sí?

—Le llamó por teléfono el decano, cuando usted estaba fuera.

Por una vez, ella esperaba que él mostrara alguna emoción; una emoción que significara que estaba destrozado. No sabía qué, pero había algo en él que siempre le hizo querer verlo destrozado.

—¿Sí? —preguntó él.

—El decano —repitió ella vacilante, intentando recuperar el efecto—. El propio decano, a través de su secretaria.

—¿Y bien?

—Me pidió que le dijera que el decano quería verlo en cuanto usted volviera.

—Gracias.

—¿Qué se imagina que pueda querer, ahora ya?

—No lo sé.

Él había dicho «no lo sé», pero ella había oído claramente «me importa un bledo». Se quedó mirándolo con incredulidad.

—Por cierto, Petey se gradúa hoy —dijo ella sin darle aparente importancia.

—¿Hoy? Ah, sí.

—Es un gran día para mí. Cuando pienso en cuánto escatimé y cómo me esclavicé para mandar a mi hijo a la universidad... No es que me queje, no soy de las que se quejan. Petey es un chico listísimo.

Ella se mantenía erguida. Su cuerpo rechoncho estaba tan encorsetado bajo los pliegues almidonados de su vestido de algodón que parecía que la gordura le iba a reventar por las muñecas y los tobillos.

—Pero, por supuesto, no soy quién para presumir —continuó enseguida, entusiasmada con su tema favorito—. Algunas madres tienen suerte y otras simplemente no la tienen. Cada uno está en el lugar que le corresponde. Fíjese en Petey a partir de ahora. No soy de las que quieren que su hijo se mate trabajando, y le daré gracias al Señor por cualquier pequeño éxito que le llegue. Pero si ese chico no es el mejor arquitecto de estos Estados Unidos, ¡su madre querrá saber por qué!

Él hizo ademán de irse.

—¡Pero qué estoy haciendo, aquí de cháchara con usted! —dijo ella alegremente—. Tiene que darse prisa, cambiarse y salir corriendo. El decano lo está esperando.

Se quedó mirándolo a través de la mosquitera, observando cómo su adusta figura cruzaba la rígida pulcritud de su recibidor. Él siempre le había hecho sentirse incómoda en la casa; le producía una vaga sensación de aprensión, como si estuviese esperando a verlo salir de repente y destrozar sus mesitas de café, sus jarrones de porcelana y sus fotografías enmarcadas. Él nunca había mostrado ninguna tendencia a ello, pero ella lo esperaba, sin saber por qué.

Roark subió las escaleras a su habitación. Era una habitación grande y austera, iluminada por el limpio resplandor de las paredes encaladas. La señora Keating nunca había tenido la sensación de que él viviera realmente allí. No había añadido ni un solo objeto a los muebles imprescindibles que ella había puesto: ni fotos ni banderines ni un alegre toque humano. No se había llevado a la habitación más que su ropa y sus dibujos; había poca ropa y demasiados dibujos, que formaban una alta pila en un rincón. A veces, pensaba que eran los dibujos los que vivían allí, y no el hombre.

Roark se acercó entonces a esos dibujos. Fueron lo primero que empacó. Levantó uno, y después el siguiente y luego otro. Se quedó mirando los amplios pliegos.

Eran bocetos de edificios que nunca se habían construido en la faz de la tierra. Eran como las primeras casas construidas por el primer hombre nacido, quien jamás había oído hablar de la existencia de otros edificios anteriores al suyo. No había nada que decir de ellos, salvo que cada estructura era inevitablemente lo que tenía que ser. No era como si el dibujante se hubiese concentrado en ellos, reflexionado laboriosamente, y hubiese unido puertas, ventanas y columnas como dictara su capricho y prescribieran los libros. Era como si los edificios hubiesen brotado de la tierra y de alguna fuerza viva, completos e invariablemente correctos. La mano que había trazado a lápiz aquellas finas líneas tenía aún mucho que aprender, pero no sobraba ninguna línea ni faltaba ningún plano necesario. Las estructuras eran austeras y simples, hasta que uno se daba cuenta del trabajo, la complejidad del método y la tensión reflexiva que habían logrado esa simplicidad. Ninguna ley había dictado ni un solo detalle. Los edificios no eran clásicos, no eran góticos, no eran renacentistas. Eran sólo Howard Roark.

Se paró a mirar un boceto. Era uno que nunca le había satisfecho del todo. Lo había diseñado como ejercicio por su cuenta, al margen de los trabajos para la universidad. Lo hacía a menudo, cuando se encontraba en algún determinado lugar y se paraba allí a pensar qué tipo de edificio debería albergar. Había pasado noches enteras observando ese boceto, preguntándose qué le faltaba. Al echarle un vistazo ahora, desprevenido, vio el error que había cometido.

Tiró el boceto en la mesa, se inclinó sobre él y trazó líneas rectas y limpias. Se paraba de vez en cuando a mirarlo, presionando el papel con las yemas de los dedos, como si sus manos estuviesen sosteniendo el edificio. Sus manos tenían los dedos largos, las venas duras y las articulaciones y muñecas prominentes.

Una hora más tarde oyó que llamaban a su puerta.

—¡Adelante! —dijo bruscamente, sin pararse.

—¡Señor Roark! —dijo jadeando la señora Keating, mirándolo desde el umbral—. ¿Qué demonios está haciendo?

Él se dio la vuelta y la miró, intentando recordar quién era ella.

—¿Y el decano? —gimió ella—. ¡El decano que lo está esperando!

—Ah... ah, sí. Se me había olvidado —dijo Roark.

—¿Que se le había... olvidado?

—Sí —respondió, con un tono de extrañeza en la voz, asombrado por el asombro de la mujer.

—Bueno, lo único que puedo decir es que le está bien empleado —añadió sofocada—. Le está muy bien empleado. Y si la ceremonia de graduación empieza a las cuatro y media, ¿cómo espera que tenga tiempo para verlo?

—Iré enseguida, señora Keating.

No era sólo curiosidad lo que la impulsó a intervenir; era un temor secreto a que se pudiera revocar la sentencia del consejo. Él fue al baño, al final del pasillo, y lo vio lavarse las manos y echarse hacia atrás el pelo lacio y suelto, dándole una cierta apariencia de orden. Ya había salido y estaba bajando las escaleras cuando la mujer se percató de que se marchaba.

—¡Señor Roark! —exclamó jadeando, señalándole la ropa—. No pretenderá ir así...

—¿Por qué no?

—¡Pero que es su decano!

—Ya no, señora Keating.

Ella pensó, horrorizada, que lo había dicho como si, en realidad, se alegrara.

El Instituto Tecnológico de Stanton estaba en lo alto de una colina, y sus muros almenados se alzaban como una corona sobre la ciudad que se extendía abajo. Parecía una fortaleza medieval con una catedral gótica injertada en el vientre. La fortaleza se ajustaba claramente a su finalidad, con sus robustos muros de ladrillo; sus pocas aberturas, con la anchura justa para los centinelas; sus murallas, tras las cuales se podían esconder los arqueros para defenderla; y las torres en las esquinas, desde donde se podía derramar aceite hirviendo sobre el atacante, en caso de que surgiera tal contingencia en un centro de enseñanza. La catedral se elevaba con su esplendor recamado, como una frágil defensa contra dos grandes enemigos: la luz y el aire.

El despacho del decano parecía una capilla, donde entraba un evocador cúmulo de luz crepuscular a través de una alta vidriera de colores. El crepúsculo fluía entre las vestiduras de los santos, rígidos y retorcidos por los codos. Dos manchas de luz roja y púrpura se posaban respectivamente en dos auténticas gárgolas, agazapadas en las esquinas de una chimenea que jamás se había utilizado. En el centro de un cuadro del Partenón, colgado sobre la chimenea, había una mancha verde.

Cuando Roark entró en el despacho, vio la silueta borrosa del decano, a media luz, detrás de su escritorio, tallado como un confesonario. Era un caballero de baja estatura y entrado en carnes, mantenidas a raya por una indomable dignidad.

—Ah, sí, Roark —dijo sonriendo—. Siéntese, por favor.

Roark se sentó. El decano entrelazó los dedos sobre la barriga y esperó la súplica que preveía. No hubo ninguna. El decano carraspeó.

—No será necesario que le exprese mi pesar por el desgraciado acontecimiento de esta mañana —empezó—, ya que doy por sentado que usted siempre ha sabido de mi sincero interés en su bienestar.

—Totalmente innecesario —dijo Roark.

El decano lo miró indeciso, pero continuó:

—Ni que decir tiene que no voté contra usted. Me abstuve. No obstante, quizá le alegre saber que contó usted con un resuelto grupo de defensores en la reunión. Pequeño, pero firme. Su profesor de ingeniería estructural hizo de cruzado a su favor. También su profesor de matemáticas. Por desgracia, eran más los que sintieron que era su deber votar a favor de su expulsión. El profesor Peterkin, el crítico de diseño, se había tomado el asunto como algo personal. Llegó a amenazarnos con dimitir si no lo expulsábamos. Debe admitir que ha provocado mucho al profesor Peterkin.

—Sí.

—Mire, ése ha sido el problema. Hablo de su actitud hacia la asignatura de diseño arquitectónico. Nunca le ha prestado la atención que merece. Y, sin embargo, ha sido un alumno excelente en todas las ciencias de la ingeniería. Por supuesto, nadie niega la importancia de la ingeniería estructural para un futuro arquitecto, pero ¿por qué ir a los extremos? ¿Por qué descuidar lo que se podría llamar la parte artística e inspiradora de su profesión, y concentrarse en todas esas asignaturas áridas, técnicas, matemáticas? Se supone que usted va a ser arquitecto, no ingeniero civil.

—¿No es innecesario todo esto? —preguntó Roark—. Ya ha pasado. No tiene sentido discutir ahora mi elección de asignaturas.

—Me estoy esforzando para ayudarlo, Roark. Debe ser justo en esto. No puede decir que no le advertimos de que esto podía pasar.

—Sí, lo hicieron.

El decano se movió en su asiento. Roark le hacía sentirse incómodo. Lo miraba fijamente, con educación. El decano pensó: no hay nada malo en su forma de mirarme, de hecho, es totalmente correcta, con la más adecuada atención; sólo que parece como si yo no estuviese aquí.

—Todos los problemas que se le mandó resolver —continuó el decano— todos los proyectos que tuvo que diseñar, ¿qué ha hecho con ellos? Todos estaban hechos con... bueno, no podría llamarlo estilo, pero de esa insólita manera suya. Va contra todos los principios que hemos intentado inculcarle, contra todos los precedentes y tradiciones establecidas del arte. Quizá usted crea que es lo que se llama un modernista, pero ni siquiera. Es... una completa locura, si no le molesta que se lo diga.

—No me molesta.

—Cuando le mandaron hacer proyectos donde dejaban a su elección el estilo y usted los convertía en una de sus salvajes extravagancias... En fin, lo cierto es que sus profesores lo aprobaban porque no sabían qué hacer. Pero cuando se le mandaron ejercicios sobre estilos históricos, como diseñar una capilla Tudor o un teatro de ópera francés, y usted los convertía en algo que parecía un montón de cajas apiladas sin ritmo ni razón, ¿diría que era la respuesta a un encargo o simple insubordinación?

—Era insubordinación —dijo Roark.

—Quisimos darle una oportunidad, en vista de su excelente expediente académico en las demás asignaturas. Pero cuando usted convierte en esto —clavó el puño en el papel que tenía delante—, ¡en esto!, una villa del Renacimiento para su proyecto de fin de curso, de verdad, joven: ¡esto fue demasiado!

En la hoja había un dibujo de una casa de vidrio y hormigón. En la esquina figuraba una firma afilada y angulosa: «Howard Roark».

—¿Cómo espera que lo aprobemos después de esto?

—No lo espero.

—No nos dejó otra opción en este asunto. Naturalmente, nos guardará rencor en este momento, pero...

—No siento nada de eso —dijo Roark con tranquilidad—. Les debo una disculpa. Por lo general no permito que me pasen las cosas. He cometido un error esta vez. No debería haber esperado a que ustedes me echaran. Debí haberme marchado yo hace mucho tiempo.

—Vamos, no se desanime. No es ésa la actitud que debería tener. Sobre todo por lo que voy a decirle.

El decano sonrió y se inclinó hacia delante, con aire de confidencialidad, disfrutando del preludio a una buena obra.

—Éste es el verdadero propósito de nuestra entrevista. Estaba ansioso por contárselo cuanto antes. No quería que se quedara usted deprimido. Así que me la jugué personalmente con el temperamento del presidente cuando se lo dije, pero... Téngalo en cuenta, que no se comprometió, pero... Así están las cosas: ahora que usted se ha dado cuenta de la gravedad, si se toma un año sabático para descansar, para recapacitar, ¿para madurar, podríamos decir?, tal vez haya una oportunidad de volver a admitirlo. Tenga en cuenta que no puedo prometerle nada, esto es estrictamente no oficial, y sería toda una excepción, pero en vista de las circunstancias y de su excelente expediente académico, podría tener muy buenas posibilidades.

Roark sonrió. No era una sonrisa feliz, ni agradecida. Era una sonrisa sencilla, fácil, divertida. Dijo:

—Creo que no me ha entendido. ¿Qué le ha hecho suponer que yo quiero volver? —dijo Roark.

—¿Eh?

—No voy a volver. No tengo nada más que aprender aquí.

—No le entiendo —dijo el decano rígidamente.

—¿Tiene algún sentido explicarlo? Esto ya no le concierne.

—Será tan amable de explicarse.

—Como desee. Yo quiero ser arquitecto, no arqueólogo. No veo cuál es el objetivo de hacer villas renacentistas. ¿Para qué aprender a diseñarlas, si nunca las voy a construir?

—Mi querido joven, el gran estilo del Renacimiento no está ni mucho menos muerto. Se construyen casas de ese estilo cada día.

—Sí, y se seguirán haciendo. Pero yo no las haré.

—Venga, vamos, eso es de críos...

—Vine aquí a aprender a edificar. Cuando me mandaban hacer proyectos, su único valor para mí era aprender a resolverlos como uno de verdad en el futuro. Los hice de la manera en que los construiría. He aprendido todo lo que podía aprender aquí sobre las ciencias estructurales que no son de su gusto. Pasarme otro año dibujando postales italianas no me aportaría nada.

Una hora antes, el decano deseaba que esa entrevista transcurriera de la manera más calmada posible. Ahora deseaba que Roark mostrara alguna emoción; su tranquila naturalidad le parecía antinatural en esas circunstancias.

—¿Me está queriendo decir que está pensando en serio construir así, de esa manera, cuando sea arquitecto, si es que llega a serlo?

—Sí.

—Mi querido colega: ¿quién le va a dejar hacerlo?

—Ésa no es la cuestión. La cuestión es: ¿quién me lo va a impedir?

—Escuche un momento, esto es serio. Siento que no hayamos mantenido una larga y sincera charla con usted mucho antes... Ya sé ya sé, no me interrumpa. Usted ha visto un par de edificios modernistas y eso le ha dado ideas. Pero ¿no se da cuenta del capricho pasajero que es todo el llamado movimiento moderno? Debe aprender y entender, y esto lo han demostrado todas las autoridades en la materia, que todo lo que es bello en la arquitectura ya se ha hecho. Hay una mina de tesoros en cada estilo del pasado. Sólo podemos elegir de entre los grandes maestros. ¿Quiénes somos nosotros para mejorar lo que ellos hicieron? Sólo podemos intentar, respetuosamente, repetirlo.

—¿Por qué? —preguntó Howard Roark.

No, pensó el decano, no ha dicho nada más que eso; son dos palabras perfectamente inocentes, no me está amenazando.

—¡Es evidente!

—Mire —dijo Roark tranquilamente, señalando a la ventana—. ¿Ve el campus y la ciudad? ¿Ve cuántos hombres pasean y viven ahí abajo? Pues bien: me importa un bledo lo que cualquiera de ellos, o todos, piensen de la arquitectura ni de cualquier otra cosa tampoco. ¿Por qué iba a tener en cuenta lo que sus abuelos pensaban de ella?

—Es nuestra sagrada tradición.

—¿Por qué?

—¡Por el amor de Dios! ¿Quiere dejar de ser tan ingenuo?

—Pero no lo entiendo. ¿Por qué quiere que yo piense que eso es gran arquitectura?

Señaló el cuadro del Partenón.

—«Eso» es el Partenón —dijo el decano.

—Ya, ya.

—No tengo tiempo para preguntas estúpidas.

—Muy bien, entonces... —Roark se levantó, cogió una larga regla del escritorio y fue hacia el cuadro—. ¿Le digo lo que hay de podrido en él?

—¡Es el Partenón! —dijo el decano.

—¡Sí, maldita sea, el Partenón!

La regla dio en el cristal del cuadro.

—Mire —dijo Roark—. Las famosas estrías en las famosas columnas. ¿Para qué están ahí? Para ocultar las junturas de la madera, cuando las columnas se hacían de madera, pero éstas no lo son: son de mármol. Los triglifos, ¿qué son? Madera. Vigas de madera, como tenían que colocarlas cuando la gente empezó a construir chozas de madera. Sus griegos cogieron el mármol y copiaron esas estructuras de madera con él, sólo porque otros lo habían hecho así. Después llegaron sus maestros del Renacimiento e hicieron copias de yeso de las copias de mármol de las copias de madera. Y ahora estamos haciendo copias de acero y hormigón de copias de yeso de copias de mármol de copias de madera. ¿Por qué?

El decano, en su asiento, lo observaba con curiosidad. Algo le intrigaba, no de las palabras de Roark, sino de su forma de decirlas.

—¿Reglas? —dijo Roark—. Éstas son mis reglas: lo que se puede hacer con un material nunca debe hacerse con otro. No hay dos materiales iguales. No hay en la tierra dos lugares iguales. No hay dos edificios que tengan el mismo objetivo. El objetivo, el lugar y el material determinan la forma. No se puede hacer nada racional o bello si no se hace conforme a una idea central, y esa idea determina cada detalle. Un edificio está vivo, como un hombre. Su integridad consiste en seguir su propia verdad, su tema único, y servir a su único objetivo. Un hombre no toma prestadas las partes de su cuerpo. Un edificio no toma prestados pedazos de su alma. Su creador le da un alma que se expresa en cada pared, cada ventana y cada escalera.

—Pero todas las formas de expresión correctas se descubrieron hace mucho.

—Expresión ¿de qué? El Partenón no servía a la misma finalidad que su antecesor de madera. Una terminal aérea no sirve a la misma finalidad que el Partenón. Cada forma tiene su propio significado. Cada hombre crea su significado, su forma y su objetivo. ¿Por qué es tan importante lo que hayan hecho otros? ¿Por qué se vuelve sagrado, por el mero hecho de que no es de uno mismo? ¿Por qué cualquiera tiene razón, siempre que no sea uno mismo? ¿Por qué la cantidad de esos otros ocupa el lugar de la verdad? ¿Por qué se convierte la realidad en una simple cuestión de aritmética, y se limitan a sumar a eso? ¿Por qué todo se retuerce, despojándolo de cualquier sentido, para que encaje en otra cosa? Debe de haber alguna razón. No lo sé, nunca lo he sabido. Me gustaría entenderlo.

—¡Santo cielo! —exclamó el decano—. Siéntese... será mejor. ¿Le importaría bajar esa regla? Gracias. Ahora, escúcheme. Nadie ha negado jamás la importancia de la técnica moderna para la arquitectura. Debemos aprender a adaptar la belleza del pasado a las necesidades del presente. La voz del pasado es la voz de las personas. Nada en la arquitectura ha sido jamás inventado por un solo hombre. El propio proceso creativo es lento, gradual, anónimo y colectivo, donde cada hombre colabora con los demás y se subordina a los criterios de la mayoría.

—Pero, verá, me quedan, pongamos, sesenta años de vida. La mayor parte del tiempo lo pasaré trabajando. He elegido el trabajo que quiero hacer. Si no puedo disfrutar con él, sólo me estaré condenando a sesenta años de tortura. Y sólo puedo disfrutar si hago mi trabajo de la mejor manera posible para mí. Lo mejor depende de una cuestión de criterios, y yo fijo mis propios criterios. No heredo nada. No estoy al final de ninguna tradición. Podría, quizá, estar al principio de una.

—¿Cuántos años tiene? —preguntó el decano.

—Veintidós.

—Tiene bastante excusa —dijo aliviado—. Ya se le pasará con la edad. —Sonrió—. Los viejos criterios han perdurado miles de años y nadie ha sido capaz de mejorarlos. ¿Qué son sus modernistas? Una moda transitoria, exhibicionistas que quieren llamar la atención. ¿Ha observado usted el transcurso de sus carreras? ¿Puede nombrar a uno que haya alcanzado cualquier distinción duradera? Fíjese en Henry Cameron. Un genio, un arquitecto muy importante hace veinte años. ¿Qué es hoy? Tendrá suerte si consigue una vez al año algún garaje que reformar. Un holgazán borrachín que...

—No vamos a hablar de Henry Cameron.

—Ah, ¿es amigo suyo?

—No, pero he visto sus edificios.

—Y le han parecido...

—He dicho que no vamos a hablar de Henry Cameron.

—Está bien. Deberá darse cuenta de que le estoy permitiendo ¿tomarse demasiadas libertades, podríamos decir? No estoy acostumbrado a mantener conversaciones con alumnos que se comportan como usted. Sin embargo, estoy ansioso por prevenir, si es posible, lo que parece ser una tragedia, el espectáculo de un hombre con sus obvias dotes intelectuales dispuesto a arruinarse deliberadamente la vida.

El decano se preguntaba por qué le había prometido al profesor de matemáticas que iba a hacer todo lo posible por este muchacho. Simplemente, porque el profesor había dicho, señalando un proyecto de Roark: «Este hombre es un genio». Un genio, o un criminal, pensó el decano. Se arrepintió: no estaba de acuerdo con ninguna de las dos cosas.

Pensó en lo que había oído contar del pasado de Roark. El padre de Roark había sido trabajador del acero en alguna parte de Ohio y hacía tiempo que había muerto. En sus documentos de matrícula no figuraba ninguna referencia a ningún pariente cercano. Cuando se le preguntó, Roark dijo con indiferencia: «Creo que no tengo parientes. Quizá los tenga. No lo sé». Parecía asombrado de que se supusiera que debía tener algún interés en el asunto. No había hecho ningún amigo en el campus, ni lo había intentado. Se había negado a unirse a una fraternidad. Se pagó sus estudios de secundaria y sus tres años de universidad con su trabajo. Había trabajado de obrero en la construcción desde niño. Había hecho trabajos de yesería, fontanería y acero, de cualquier cosa que pudiese conseguir, e iba de un pequeño pueblo a otro, trabajando para seguir hacia el este, a las grandes ciudades. El decano lo había visto el verano anterior, durante las vacaciones, remachando en las obras de un rascacielos en Boston; su largo cuerpo relajado bajo un grasiento mono, prestando atención sólo con los ojos y balanceando el brazo derecho de vez en cuando, con pericia y sin esfuerzo, para atrapar al vuelo la bola de fuego en el último momento, cuando parecía que el remache ardiente no iba a entrar en el cubo y que le daría en la cara.

—Vamos a ver, Roark —dijo el decano con delicadeza—. Ha trabajado duro para pagarse sus estudios. Sólo le faltaba un año para acabar. Hay algo importante que debe considerar, en especial para un muchacho en sus circunstancias. Hay que pensar en el lado práctico de la carrera de arquitecto. Un arquitecto no es un fin en sí mismo. Sólo es una pequeña parte del gran todo social. «Cooperación» es la palabra clave para nuestro mundo moderno y para la profesión de la arquitectura en particular. ¿Ha pensado en sus posibles clientes?

—Sí.

—Es el cliente. El cliente, piense en eso sobre todo. Él es quien va a vivir en la casa que usted construya. Su único propósito es servirle a él. Debe aspirar a darle una expresión artística acorde con esos deseos. ¿No es eso lo único que basta decir al respecto?

—Bueno, yo podría decir que debo aspirar a construirle a mi cliente la casa más cómoda, lógica y bonita que se pueda construir. Podría decir que debo intentar venderle lo mejor que tengo y también enseñarle a saber qué es lo mejor. Podría decirlo, pero no lo haré. Porque no tengo la intención de construir con el fin de servir o ayudar a nadie. No tengo intención de construir con el fin de tener clientes. Mi intención es tener clientes con el fin de construir.

—¿Cómo piensa obligarlos a aceptar sus ideas?

—No me propongo obligar ni que me obliguen. Los que me quieran, vendrán a mí.

Entonces, el decano comprendió qué le desconcertaba de la actitud de Roark. Dijo:

—¿Sabe? Sonaría mucho más convincente si hablara como si le importara que yo estuviese de acuerdo con usted o no.

—Eso es cierto. No me importa si está de acuerdo conmigo o no —contestó Roark.

Lo dijo de una forma tan natural que no sonó ofensiva; sonó como la constatación de un hecho que estaba advirtiendo, perplejo, por primera vez.

—No le importa lo que piensen los demás, lo cual puede ser razonable. Pero ¿no le importa ni siquiera para hacerles pensar como usted?

—No.

—Bueno, eso es..., eso es monstruoso.

—¿Lo es? Es probable, no sabría decirle.

—Me alegro de haber mantenido esta entrevista —dijo el decano de pronto, subiendo mucho la voz—. Me ha dejado tranquila la conciencia. Creo, como otros afirmaron en la reunión, que la profesión de arquitecto no es para usted. He intentado ayudarlo. Ahora estoy de acuerdo con el consejo. Usted es un hombre al que no hay que estimular. Usted es peligroso.

—¿Para quién? —preguntó Roark.

Pero el decano se levantó para indicar que la entrevista había terminado.

Roark salió del despacho. Cruzó a paso lento los largos pasillos y bajó los escalones del jardín. Había conocido a muchos hombres como el decano, y nunca los había comprendido. Sólo sabía que había alguna diferencia importante entre sus actos y los de ellos. Hacía tiempo que eso había dejado de inquietarlo, pero siempre buscaba un tema central en los edificios y un impulso central en los hombres. Sabía qué motivaba sus actos, pero no era capaz de averiguar los motivos de los demás. No le importaba. Nunca había aprendido el proceso de pensar en otras personas, pero se preguntaba, a veces, qué les hacía ser como eran. Se lo volvió a preguntar, pensando en el decano. Pensó que había un secreto importante envuelto en alguna parte en esa pregunta. Había un principio que debía descubrir.

Pero se detuvo. Vio la luz del sol del final de la tarde, aún quieta, justo antes de desaparecer, en la caliza gris de la moldura horizontal a lo largo de los muros del edificio de la universidad. Se olvidó de los hombres, del decano y del principio que explicaba al decano y que quería descubrir. Sólo pensó en lo hermosa que era la piedra bajo la frágil luz y en lo que podría haber hecho con esa piedra.

Se imaginó una amplia lámina de papel sobre la que se alzaban paredes desnudas de caliza gris, con largas vidrieras que dejaban pasar el resplandor del cielo a las aulas. En la esquina de la lámina había una firma nítida y angulosa:

HOWARD ROARK

2

—La arquitectura, amigos míos, es un gran arte basado en dos principios cósmicos: la belleza y la utilidad. En un sentido más amplio, éstas no son sino parte de tres entidades eternas: la verdad, el amor y la belleza. La verdad respecto a las tradiciones de nuestro arte; el amor a nuestros semejantes, a los que servimos; y la belleza es una diosa cautivadora para todos los artistas, tenga la forma de una hermosa mujer o de un edificio... Ejem, sí... Para terminar, me gustaría decirles a los que están a punto de embarcarse en sus carreras de arquitectos que son los nuevos custodios de una herencia sagrada... Ejem, sí... Así que salid al mundo, armados con las tres entidades eternas, armados de coraje y visión, leales a los estándares que esta gran escuela ha representado durante muchos años. Espero que cumpláis, no como esclavos del pasado ni como esos advenedizos que predican la originalidad como un fin en sí misma y cuya actitud es sólo vanidad ignorante. ¡Que tengáis por delante muchos años ricos y activos y dejéis, cuando abandonéis este mundo, vuestra huella en las arenas del tiempo!

Guy Francon acabó con un gesto triunfal, saludando y agitando el brazo; informal, pero con cierto aire, ese aire alegre y fanfarrón que Guy Francon podía permitirse siempre. El inmenso salón frente a él cobró vida con los aplausos de aprobación.

Un mar de rostros juveniles, sudorosos y entusiasmados se habían levantado con solemnidad —durante cuarenta y cinco minutos— hacia la tarima donde Guy Francon habló sin parar como orador invitado de la ceremonia de graduación del Instituto Tecnológico de Stanton. El mismísimo Guy Francon había ido desde Nueva York para la ocasión; Guy Francon, de la prestigiosa firma Francon & Heyer, vicepresidente de la Asociación de Arquitectos de Estados Unidos, miembro de la Academia de las Artes y las Letras de Estados Unidos y de la Liga de Artes y Oficios de Nueva York y presidente de la Asociación para la Cultura Arquitectónica de Estados Unidos; Guy Francon, caballero de la Legión de Honor de Francia, condecorado por los gobiernos de Gran Bretaña, Bélgica, Mónaco y Siam; Guy Francon, el alumno más importante de Stanton, que había diseñado el famoso edificio del Frink National Bank de Nueva York, en cuyo último piso, a veinticinco pisos de la calzada, y en una réplica en miniatura del mausoleo de Adriana, lucía al viento una antorcha de cristal con las mejores bombillas de General Electric.

Guy Francon bajó de la tarima con plena consciencia de sus tiempos y sus movimientos. Era de mediana estatura, y no demasiado grueso, pero con una desafortunada propensión a la corpulencia. Sabía que nadie podía adivinar su verdadera edad: cincuenta y un años. En su rostro no había ni una arruga ni una sola línea recta; era una creativa composición de globos, círculos, aros y elipses, con unos pequeños ojos claros que chispeaban ingenio. En su vestimenta se manifestaba la atención del artista a los detalles. Le habría gustado, al bajar los escalones, que aquélla hubiese sido una universidad mixta.

Pensó que el salón que tenía delante era una espléndida muestra de arquitectura, un poco sofocante a causa de la multitud y un problema de ventilación que no se había tenido en cuenta. Pero hacía alarde de sus frisos de mármol verde, sus columnas corintias de hierro fundido y pintadas de color oro y sus guirnaldas de frutas doradas en las paredes; las piñas, en especial, habían resistido muy bien la prueba de los años. Es emocionante, pensó Guy Francon, fui yo quien construyó este anexo y esta misma sala, hace veinte años, y aquí estoy.

Los cuerpos y los rostros abarrotaban el salón tan densamente que no se podía distinguir a primera vista qué caras correspondían a qué cuerpos. Era como una gelatina suave y trémula hecha de brazos, hombros, pechos y vientres mezclados. Una de las cabezas, de tez clara y cabello oscuro y hermosa, pertenecía a Peter Keating.

Estaba sentado al frente, intentando fijar la vista en la tarima, porque sabía que muchas personas lo estaban mirando y que seguirían mirándolo después. No miró hacia atrás, pero en ningún momento dejó de ser consciente de aquellas miradas centradas en él. Sus ojos eran oscuros, despiertos e inteligentes. Su boca era una pequeña media luna trazada impecablemente y vuelta hacia arriba; era suave y generosa, cálida por su débil promesa de una sonrisa. Su cabeza tenía una cierta perfección clásica por la forma del cráneo y la ondulación natural de los rizos negros sobre la leve hendidura de las sienes. La postura de su cabeza era la del que da por descontada su belleza, pero sabe que los demás no. Era Peter Keating, alumno estrella de Stanton, presidente del cuerpo estudiantil, capitán del equipo de pista, miembro de la fraternidad más importante y votado el hombre más popular del campus.

Peter Keating pensó que la multitud estaba ahí para ver cómo él se graduaba, e intentó calcular el aforo de la sala. Conocían sus éxitos académicos y sabían que nadie los iba a superar ese día. Bueno: estaba Shlinker. Shlinker había sido un duro rival, pero había vencido a Shlinker el año anterior. Había trabajado como una bestia, porque quería superar a Shlinker. Hoy no tenía rivales... De pronto, sintió como si se hubiese caído algo dentro de su garganta, algo frío y vacío, un agujero negro que rodaba hacia abajo y dejaba esa sensación a su paso; no era un pensamiento, sólo la insinuación de una pregunta: si él era tan grande como aquel día lo iba a proclamar. Buscó a Shlinker entre la multitud; vio su rostro amarillo y sus gafas con montura dorada. Se quedó mirándolo afable, aliviado, reafirmado y agradecido. Era obvio que Shlinker nunca podía esperar igualar su aspecto físico o su capacidad; no había nada que dudar, siempre había superado a Shlinker y a todos los Shlinker del mundo. No iba a dejar que nadie lograra lo que él no pudiera lograr. Que todos lo miraran. Les iba a dar buenos motivos para que lo contemplaran. Notaba los cálidos alientos a su alrededor y la expectación como un bálsamo. Peter Keating pensó que era maravilloso estar vivo.

Su cabeza empezó a tambalearse un poco. Era una sensación agradable. Esa sensación lo llevó, sin resistencia ni rencor, a la tarima, frente a todas aquellas caras. Allí de pie, fino, esbelto y atlético, dejó que el diluvio cayera sobre su cabeza. Dedujo, por el estruendo, que se había licenciado con honores, que la Asociación de Arquitectos le había entregado una medalla de oro y que la Asociación para la Cultura Arquitectónica de Estados Unidos le había concedido el Prix de París: una beca de cuatro años en la École des Beaux-Arts de París.

Después estaba estrechando manos, rascándose la cara con el borde del pergamino enrollado para quitarse el sudor, asintiendo con la cabeza, asfixiándose con la toga negra y esperando que la gente no viera que su madre estaba abrazándolo entre sollozos. El presidente del instituto le dio la mano y voceó: «¡Stanton va a estar orgulloso de ti, hijo!». El profesor Peterkin le dio la mano y una palmadita en la espalda, y le dijo: «... y te parecerá absolutamente esencial. Por ejemplo, yo pasé por la experiencia cuando construí la Oficina de Correos de Peabody...». Keating no escuchó el resto, porque había oído la historia de la Oficina de Correos de Peabody muchas veces. Era el único edificio que se supiera que había construido el profesor Peterkin, antes de sacrificar el ejercicio de su profesión a las responsabilidades de la docencia. Se habló mucho del proyecto final de Keating, un palacio de bellas artes. Por mucho que lo intentó, Keating no logró recordar en ese momento qué proyecto era.

En su retina estaba fija la visión de Guy Francon estrechándole la mano, y en sus oídos, el sonido de la voz melosa de Francon: «... como le he dicho, eso sigue en pie, joven. Claro, ahora tiene esta beca... Tendrá que decidir..., un diploma de bellas artes es muy importante para un joven..., pero me encantaría tenerlo en nuestra oficina...».

El banquete de la promoción de 1922 fue largo y solemne. Keating escuchó los discursos con interés. Cuando escuchaba las interminables frases sobre los jóvenes que son «la esperanza de la arquitectura estadounidense» y el futuro «que está abriendo sus puertas doradas», sabía que él era la esperanza y él era el futuro, y era grato oír la confirmación de bocas tan eminentes. Miraba a los oradores, canosos, y pensó que él sería mucho más joven cuando alcanzara sus posiciones, las suyas y aún otras más altas.

Después pensó de repente en Howard Roark. Le sorprendió descubrir que el destello de ese nombre en su memoria le provocaba una aguda punzada de placer, sin saber por qué. Después recordó: Howard Roark había sido expulsado esa mañana. Se lo reprochó a sí mismo en silencio: estaba decidido a intentar lamentarlo, pero el secreto rubor volvía cada vez que pensaba en esa expulsión. El suceso había sido una prueba concluyente de que había sido estúpido pensar que Roark era un peligroso rival. En un determinado momento, le preocupó más Roark que Shlinker, aunque Roark era dos años más joven e iba un curso por debajo de él. Si había albergado dudas alguna vez sobre sus respectivos talentos, ¿no las había resuelto todas ese día? También recordó que Roark había sido muy amable con él, y que lo ayudó siempre que se atascaba en un problema. No se atascaba, en realidad: simplemente no tenía tiempo para pensar en cómo resolverlo, fuese un plano o alguna otra cosa. ¡Madre mía! Cómo podía Roark desenrollar un plano con tan sólo tirar de una cuerda y abrirlo... Bueno, ¿y qué, si podía? ¿Qué ganaba con eso? Ahora ya estaba acabado. Y, consciente de esto, Peter Keating experimentó un último pinchazo de grata solidaridad hacia Howard Roark.

Cuando le pidieron a Keating que subiera a hablar, se levantó con un gesto confiado. No podía mostrar que estaba aterrado. No tenía nada que decir sobre arquitectura, pero habló, con la cabeza alta, como un igual entre iguales, aunque con una sutil timidez para que ninguna gran figura de las presentes pudiera ofenderse. Se acordaba de haber dicho: «La arquitectura es un gran arte..., con nuestros ojos puestos en el futuro y la reverencia del pasado en nuestros corazones..., de todos los oficios, el más importante desde el punto de vista sociológico..., y, como ha dicho hoy el hombre que nos ha inspirado a todos, las tres entidades eternas son: la verdad, el amor y la belleza...».

Después, afuera, en los pasillos, entre el alboroto de la gente que se despedía, un chico le pasó a Keating el brazo por los hombros y le susurró:

—Corre a casa y libérate de toda la gala, Pete. Tenemos Boston para nosotros esta noche, sólo nuestra panda. Te recojo dentro de una hora.

Ted Shlinker le rogó:

—Por supuesto que vienes, Pete. Sin ti no es divertido. Y, por cierto, felicidades y todas esas cosas. Sin resquemores. Que gane el mejor.

Keating rodeó los hombros de Shlinker con el brazo; los ojos de Keating brillaban con una insistente calidez, como si Shlinker fuese su más preciado amigo; los ojos de Keating brillaban así con todo el mundo. Dijo:

—Gracias, Ted, viejo amigo. De veras que me sabe fatal lo de la medalla de la Asociación de Arquitectos, creo que debió ser para ti, pero nunca sabe uno qué mueve a estos vejestorios.

Después, de camino a casa a través de la tenue oscuridad, Keating iba preguntándose cómo zafarse de su madre aquella noche.

Pensó que su madre había hecho mucho por él. Como ella señalaba con frecuencia, era una dama y tenía el título de secundaria, pero había trabajado duro y había acogido huéspedes en casa, una excepción insólita en su familia.

Su padre tuvo una papelería en Stanton. Los nuevos tiempos habían acabado con el negocio, y una hernia había acabado con Peter Keating padre doce años atrás. A Louisa Keating le quedaron la casa, al final de una calle respetable, la pensión de una póliza de seguros que tenía en vigor —siempre se había cuidado de ello— y su hijo. La renta era modesta, pero, con la ayuda de los huéspedes y su tenaz empeño, la señora Keating se las había ido arreglando. En verano la ayudaba su hijo, que trabajaba en hoteles o posaba como modelo para anuncios de sombreros. La señora Keating había decidido que su hijo ocuparía el lugar que le correspondía en el mundo, y se había aferrado a ello de forma suave e inexorable, como una sanguijuela. Qué raro, pensó Keating, al recordar que una vez quisiese ser artista. Fue su madre la que eligió una mejor disciplina en la que ejercitar sus talentos para el dibujo. «La arquitectura es una profesión muy respetable. Además, en ella te relacionas con los mejores», le dijo. Ella lo había empujado a hacer esa carrera, y nunca supo cuándo ni cómo. Keating pensó que era raro que durante años no se hubiese acordado de aquella ambición juvenil suya. Era raro que ahora debiera dolerle ese recuerdo. Bueno, ésa era la noche para recordarlo, y para olvidarlo para siempre.

Pensó que los arquitectos siempre habían tenido carreras fulgurantes. Y, tras alcanzar la cima, ¿fracasaron alguna vez? De pronto, se acordó de Henry Cameron, el que construía rascacielos hacía veinte años, el viejo borrachín que tenía su oficina delante de algún muelle. Keating sintió un escalofrío y apretó el paso.

Se preguntó, mientras andaba, si la gente lo estaba mirando. Observó los rectángulos de las ventanas iluminadas; cuando una cortina ondeaba y asomaba una cabeza, intentaba averiguar si se había asomado para verlo pasar. Si no, algún día lo haría. Algún día, todos lo harían.

Howard Roark estaba sentado en los escalones del porche cuando Keating llegó a la casa. Estaba reclinado sobre ellos, apoyado sobre los codos, con las largas piernas estiradas. Unas campanillas moradas trepaban por las columnas del porche, como una cortina entre la casa y la luz de la farola de la esquina.

Era extraño ver flotar un globo eléctrico en el aire de una noche de primavera. Hacía que la calle resultase más oscura e indefinida. Colgaba allí, aislado, como un hueco entre las sombras, y no permitía ver nada más que unas pocas ramas cargadas de hojas, inmóviles alrededor de los bordes del hueco. Esa pequeña sugestión se hacía inmensa, como si la oscuridad no albergase más que un montón de hojas. La bola de cristal mecánica daba más vida a esas hojas; les arrebataba su color y les prometía que con la luz diurna serían del verde más claro que hubiese existido jamás. Le privaba a uno de la vista, y en su lugar dejaba otro sentido que no era ni el olor ni el tacto, sino ambos: un nuevo sentido de surgimiento y espacio.

Keating se detuvo cuando reconoció el absurdo pelo naranja en la oscuridad del porche. Él era la persona a la que quería ver esa noche. Se alegró de encontrar a Roark solo, y también le dio un poco de miedo.

—Enhorabuena, Peter —dijo Roark.

—Oh..., oh, gracias.

A Keating le sorprendió descubrir que sintió más placer que con cualquier otro cumplido que recibió aquel día. Estaba tímidamente contento de que Roark lo aprobara, y en sus adentros se llamó tonto por ello.

—Quiero decir..., ¿lo sabes, o...? —Y añadió rápidamente—: ¿Te ha estado contando mi madre?

—Sí.

—¡No debería!

—¿Por qué no?

—Mira, Howard, me siento fatal porque te hayan...

Roark echó la cabeza hacia atrás y levantó la mirada hacia él.

—Olvídate —dijo Roark.

—Yo... Hay algo que me gustaría hablar contigo, Howard, para pedirte consejo. ¿Te importa si me siento?

—¿De qué se trata?

Keating se sentó en los escalones junto a él. No podía fingir delante de Roark. Además, no le apetecía representar ningún papel en ese momento. Oyó el susurro de una hoja al caer al suelo; era un sonido tenue, cristalino, primaveral.

Supo que, de momento, sentía afecto por Roark; un afecto que contenía pena, asombro e impotencia.

—Pensarás que está fatal por mi parte preguntarte sobre mis cosas, cuando acabas de ser... —dijo Keating con suavidad, con completa sinceridad.

—Te dije que te olvidaras de eso. ¿Qué pasa?

—Sabes que a menudo he pensado que estabas loco —dijo Keating con una sinceridad inesperada, incluso para él mismo—, pero sé que sabes muchas cosas de esto, de la arquitectura, quiero decir, las cosas que esos idiotas nunca supieron. Y sé que la amas como ellos nunca lo harán.

—¿Y bien?

—Bien, no sé por qué debería recurrir a ti, pero... Howard, nunca he dicho esto antes, pero, mira, mis opiniones se parecen más a las tuyas que a las del decano. Probablemente, yo haría caso a las del decano, pero las tuyas significan más para mí, no sé por qué. No sé por qué estoy diciendo esto tampoco.

Roark se volvió hacia él, lo miró y se rio. Era una risa juvenil, amable y amistosa, y resultaba tan raro oírsela a Roark, que Keating sintió como si le hubiese cogido la mano para tranquilizarlo y se olvidó de que había una fiesta en Boston esperándolo.

—Vamos, no me tendrás miedo, ¿no? ¿Qué me quieres preguntar? —dijo Roark.

—Es sobre mi beca. Del Prix de París que he conseguido.

—¿Qué pasa?

—Es para cuatro años. Pero, por otro lado, Guy Francon me ofreció hace algún tiempo trabajar con él. Hoy me ha dicho que eso sigue en pie, y no sé qué elegir.

Roark lo miró, dando lentos golpecitos con los dedos sobre los escalones.

—Si quieres mi consejo, Peter, ya has cometido un error —dijo por fin—. Al preguntarme. Al preguntar a cualquiera. Nunca le preguntes a la gente. No sobre tu trabajo. ¿No sabes lo que quieres? ¿Cómo puedes soportar no saberlo?

—¿Ves? Eso es lo que admiro de ti, Howard. Tú siempre lo sabes.

—Déjate de cumplidos.

—Pero lo digo de verdad. ¿Cómo consigues decidir siempre?

—¿Cómo dejas que otros decidan por ti?

—Pues ya ves, no estoy seguro, Howard. Nunca estoy seguro de mí mismo. No sé si soy tan bueno como dicen. No se lo admitiría a nadie, salvo a ti. Creo que es porque siempre estás tan seguro, que yo...

—¡Petey! —La voz de la señora Keating explotó detrás de ellos—. ¡Petey, cariño! ¿Pero qué estás haciendo ahí?

Ella estaba en el umbral con su mejor vestido, de tafetán de color borgoña, feliz y enfadada.

—¡Y yo aquí sentada sola, esperándote! ¿Qué demonios estás haciendo ahí sentado en esos escalones sucios con tu traje de vestir! ¡Levántate ahora mismo! Entrad en casa, chicos. He preparado chocolate caliente y galletas para vosotros.

—Pero, mamá, quiero hablar con Howard de algo importante —dijo Keating. Sin embargo, se puso en pie.

Ella no parecía haberlo oído. Entró en la casa y Keating la siguió.

Roark los miró, se encogió de hombros, se levantó y entró también.

La señora Keating se acomodó en un sillón, y su tiesa falda crujió.

—¿Y qué? ¿De qué estabais hablando ahí fuera? —preguntó.

Keating palpó un cenicero, cogió una caja de cerillas y la soltó. Después, ignorando a su madre, se volvió hacia Roark.

—A ver, Howard, deja la pose —dijo levantando la voz—. ¿Debo tirar la beca a la basura y ponerme a trabajar, o hago esperar a Francon y me quedo con las bellas artes para impresionar a los paletos? ¿Qué opinas?

Algo había desaparecido. Ese momento único se había perdido.

—Espera, Petey, a ver si lo entiendo... —empezó a decir la señora Keating.

—¡Oh, espera un momento, mamá! Howard, tengo que sopesarlo con cuidado. No todo el mundo consigue una beca como ésa. Es bastante buena, si lo piensas. Un curso de bellas artes, tú sabes lo importante que es.

—No lo sé —dijo Roark.

—¡Venga, maldita sea! Ya sé que tienes esas ideas disparatadas, pero estoy hablando en términos prácticos, para un hombre en mi posición. Si dejas los ideales aparte por un momento, lo cierto es que es...

—No necesitas mi consejo —dijo Roark.

—¡Por supuesto que lo necesito! ¡Te lo estoy pidiendo!

Pero Keating nunca podía ser él mismo cuando tenía público, cualquier público. Algo se había perdido. No sabía lo que era, pero sentía que Roark lo sabía. Los ojos de Roark lo incomodaban, y eso le irritaba.

—¡Yo quiero dedicarme a la arquitectura, no hablar de ella! —dijo Keating levantando la voz—. Te da un gran prestigio, la vieja École. Te sitúa por encima del montón, de los exfontaneros que piensan que pueden construir. Por otro lado, una oportunidad con Francon... ¡que te la está ofreciendo el propio Francon!

Roark apartó la vista.

—¡Cuántos chicos podrían igualar eso! —Keating continuó, sin pensar—. De aquí a un año, estarán presumiendo de trabajar para Smith o Jones, si es que encuentran trabajo, ¡mientras que yo estaré en Francon & Heyer!

—Tienes mucha razón, Peter —dijo la señora Keating, levantándose—. Para una cuestión como ésa, no debes consultar con tu madre. Es demasiado importante. Te dejo que la resuelvas con el señor Roark.

Miró a su madre. No quería oír su opinión al respecto; sabía que sus únicas opciones de tomar una decisión pasaban por hacerlo antes de escucharla. Ella se había parado y lo estaba mirando, dispuesta a salir de la habitación. Él quería que se fuese, lo quería desesperadamente. Dijo:

—¿Por qué, mamá? ¿Cómo puedes decir eso? Por supuesto que quiero tu opinión. ¿Qué... qué opinas?

Ella ignoró el fuerte tono de irritación de su voz. Sonrió.

—Petey, yo nunca pienso nada. Depende de ti. Siempre ha dependido de ti.

—Bueno, si hago bellas artes... —empezó a decir dudoso, mirándola.

—Bien, haz bellas artes —dijo la señora Keating—. Es un lugar estupendo. A todo un océano de distancia de tu casa. Por supuesto, si te vas, el señor Francon cogerá a otra persona. La gente hablará de ello. Todo el mundo sabe que el señor Francon coge a los mejores jóvenes de Stanton cada año para su oficina. Me pregunto qué pensarán cuando otro chico consiga el trabajo, pero supongo que eso no importa.

—¿Qué... qué dirá la gente?

—No mucho, supongo. Sólo que el otro chico era el mejor de su clase. Supongo que cogerá a Shlinker.

—¡No! ¡Shlinker no! —dijo atragantándose, furioso.

—Sí. Shlinker —dijo ella con dulzura.

—Pero...

—¿Pero por qué debería preocuparte a ti lo que diga la gente? Lo único que tienes que hacer es lo que a ti te plazca.

—¿Y tú piensas que Francon...?

—¿Por qué debería pensar en Francon? Para mí él no significa nada.

—Mamá, ¿quieres que acepte el trabajo con Francon?

—Yo no quiero nada, Petey. Tú mandas.

Se preguntó si de verdad apreciaba a su madre. Pero era su madre, y todo el mundo reconocía que ese hecho significaba automáticamente quererla, así que asumió que cualquier cosa que sintiera por ella era amor. No sabía si había alguna razón por la que debía respetar su criterio. Era su madre, y se supone que eso ocupa el lugar de la razón.

—Sí, por supuesto, mamá..., pero... Sí, lo sé, pero... ¿Howard?

Le estaba suplicando ayuda. Roark estaba ahí, en un sofá en la esquina, recostado, repantingado lánguidamente, como un gatito. Keating se había quedado asombrado muchas veces ante él; había visto a Roark moverse con la tensión silenciosa, el control y la precisión de un gato; lo había visto relajado como un gato, con una comodidad informe, como si en su cuerpo no hubiese un solo hueso sólido. Roark lo miró y dijo:

—Peter, ya sabes lo que me parecen tus dos oportunidades. Escoge el mal menor. ¿Qué aprenderás en Beaux-Arts? Sólo más palacios renacentistas y más teatros de operetas. Matarán todo lo que haya en ti. Haces buenos trabajos, de vez en cuando, cuando te dejan. Si de verdad quieres aprender, ve a trabajar. Francon es un cabrón y un idiota, pero estarás construyendo. Eso te preparará para ir por tu cuenta mucho antes.

—Hasta el señor Roark puede decir cosas sensatas a veces, aunque hable como un camionero —dijo la señora Keating.

—¿De verdad crees que hago buenos trabajos?

Keating lo miró como si sus ojos retuvieran el reflejo de esa frase concreta y nada de lo demás importase.

—A veces. No muchas —dijo Roark.

—Ahora que ya está todo resuelto... —empezó a decir la señora Keating.

—Yo... tendré que pensarlo un poco, mamá.

—Ahora que ya está todo resuelto, ¿qué tal un chocolate caliente? ¡Os lo sacaré enseguidita!

Sonrió a su hijo. Era una sonrisa inocente que declaraba su obediencia y su gratitud, y salió del salón, con el crujido de su ropa.

Keating se paseó nervioso, se paró, encendió un cigarrillo y soltó el humo tras unas breves caladas. Después miró a Roark.

—¿Qué vas a hacer ahora, Howard?

—¿Yo?

—Qué desconsiderado por mi parte, lo sé, preocuparme así por mí mismo. Mi madre tiene buena intención, pero me saca de mis casillas... Bueno, al diablo con eso. ¿Qué vas a hacer ahora?

—Me voy a Nueva York.

—Ah, estupendo. ¿A buscar trabajo?

—A buscar trabajo.

—¿En... en la arquitectura?

—En la arquitectura, Peter.

—Eso es genial. Me alegro. ¿Alguna perspectiva concreta?

—Voy a trabajar para Henry Cameron.

—¡Oh, no, Howard!

Roark sonrió lentamente, curvando la comisura del labio, y no dijo nada.

—¡Oh, no, Howard!

—Sí.

—¡Pero si ya no es nada, nadie! Sé que tiene renombre, ¡pero está acabado ya! Nunca consigue ningún edificio importante, ¡y hace años que no lo consigue! Dicen que tiene un basurero por oficina. ¿Qué tipo de futuro te espera con él? ¿Qué aprenderás?

—No mucho. Sólo a edificar.

—¡Por el amor de Dios, no puedes seguir así, arruinándote deliberadamente! Pensé..., bueno, sí: ¡pensé que habrías aprendido algo hoy!

—Lo he hecho.

—Mira, Howard, si es porque piensas que ningún otro te aceptaría ahora, ninguno mejor, en fin, yo te ayudaré. Me ganaré al viejo Francon y te conseguiré contactos y...

—Gracias, Peter, pero no será necesario. Ya está decidido.

—¿Qué dijo?

—¿Quién?

—Cameron.

—Nunca lo he conocido.

Entonces se oyó una bocina afuera. Keating se acordó, empezó a cambiarse de ropa, y al chocar con su madre en la puerta tiró una taza de la bandeja que llevaba cargada.

—¡Petey!

—¡No pasa nada, mamá! —dijo, cogiéndola por los codos—. Tengo prisa, querida. Una pequeña fiesta con los chicos. Ahora no digas nada, no tardaré... Y mira, ¡voy a celebrar que me voy a trabajar con Francon & Heyer!

Le dio un beso espontáneo, con la alegre exuberancia que a veces lo hacía irresistible, y salió corriendo a subir las escaleras. La señora Keating sacudió la cabeza, aturullada, con un gesto de reprobación, y contenta.

En su habitación, mientras lanzaba la ropa en todas las direcciones, Keating se acordó de pronto de un telegrama que iba a enviar a Nueva York. No se le había pasado ese asunto concreto por la cabeza en todo el día, pero ahora sentía una urgencia desesperada. Quería enviar ese telegrama ya, enseguida. Lo garabateó en un trozo de papel:

Querida Katie voy a Nueva York trabajo Francon tuyo siempre, Peter.

Aquella noche, Keating salió a toda velocidad hacia Boston, apretado entre dos muchachos, dejando atrás el silbido del viento y la carretera. Pensó que el mundo se abría ahora ante él, como la oscuridad que huía ante los faros oscilantes del coche. Era libre. Estaba preparado. Al cabo de pocos años —muy pronto, porque el tiempo no existía a la velocidad de ese coche— su nombre sonaría como una bocina que arrancaría a la gente de la cama. Estaba listo para hacer grandes cosas, cosas magníficas, cosas insuperables en... en... ah, demonios: en la arquitectura.

3

Peter Keating contempló las calles de Nueva York. Observó que la gente iba muy bien vestida.

Se paró un momento ante el edificio de la Quinta Avenida donde lo esperaban la oficina de Francon & Heyer y su primer día de trabajo. Miró a los hombres que pasaban a toda prisa. Elegantes, pensó: malditamente elegantes. Miró con pesar su propia ropa. Tenía mucho que aprender en Nueva York.

Cuando ya no pudo retrasarse más, se acercó a la entrada. Era un pórtico dórico en miniatura, del que cada milímetro era una reducción a escala con las proporciones exactas decretadas por los artistas que habían vestido holgadas túnicas griegas; entre la perfección marmórea de las columnas había una reluciente puerta giratoria de níquel, que reflejaba el paso veloz de los coches. Keating cruzó la puerta giratoria y el lustroso vestíbulo de mármol hasta llegar a un ascensor barnizado en rojo y dorado que lo llevó, treinta pisos después, a una puerta de madera de caoba. Vio una fina placa de latón con una delicada inscripción:

FRANCON & HEYER ARQUITECTOS

La recepción de la oficina de Francon & Heyer Arquitectos parecía el salón de fiestas privado, fresco e íntimo, de una mansión colonial. Las paredes de color blanco plateado estaban paneladas con pilastras achatadas, acanaladas y curvas que formaban volutas jónicas y sostenían pequeños frontones quebrados en el centro para dejar espacio a media urna griega de yeso en la pared. Los paneles estaban decorados con grabados de templos griegos que, aunque eran demasiado pequeños para distinguirlos, presentaban las inconfundibles columnas, los frontones y la piedra derruida.

Keating se sentía, de manera muy incongruente, como si hubiese ido sobre una cinta transportadora desde que cruzó el umbral. Lo llevó hasta la recepcionista, que estaba sentada delante de la centralita telefónica, tras la balaustrada blanca de un palco florentino. Desde allí, lo transportó hasta el umbral de una inmensa sala de dibujo. Vio grandes mesas lisas, un bosque de varillas retorcidas que descendían del techo y terminaban en lámparas de tono verdoso, enormes archivadores de proyectos, torres de gavetas amarillas, papeles, cajas de hojalata, muestras de ladrillo, botes de pegamento y calendarios de empresas constructoras, la mayoría de mujeres desnudas. El dibujante jefe reparó en Keating, sin fijarse demasiado. Estaba aburrido y al mismo tiempo ansioso por hacer algo. Señaló con el pulgar a la sala de taquillas, levantó la barbilla hacia una de ellas y se quedó allí, balanceándose sobre los talones mientras Keating se ponía un blusón gris perla sobre el cuerpo, rígido e inseguro. Francon había insistido en ese blusón. La cinta transportadora se detuvo en una mesa en una esquina de la sala de dibujo, donde Keating encontró una colección de planos que tenía que desarrollar, y la desagradable espalda del dibujante jefe se alejó de él con la inequívoca actitud de haberse olvidado de su existencia.

Keating se puso a la tarea enseguida, con los ojos fijos y la garganta tensa. No veía nada, salvo el resplandor nacarado del papel que tenía delante. Las líneas firmes que dibujó lo sorprendieron, porque estaba seguro de que la mano, temblorosa, había ido avanzando y retrocediendo a cada centímetro por toda la hoja. Siguió las líneas, sin saber adónde llevaban ni por qué. Sólo sabía que el plano era la gran proeza de alguien que no podía cuestionar ni igualar. Se preguntó por qué se había visto a sí mismo alguna vez como un arquitecto en potencia.

Mucho después, se percató de las arrugas de un blusón gris pegadas a unos omóplatos en la mesa de al lado. Echó un vistazo alrededor, al principio con cautela, después con curiosidad, luego con placer y al final con desprecio. Cuando llegó a esto último, Peter Keating volvió a ser él y sintió amor por la humanidad. Vio mejillas cetrinas, una nariz extraña, una verruga en una barbilla hundida, una barriga aplastada contra el borde de una mesa. Le gustaba lo que veía: lo que ellos pudieran hacer, él podía hacerlo mejor. Sonrió. Peter Keating necesitaba a su prójimo.

Cuando volvió a ojear los planos, vio con claridad los defectos de la obra maestra. Era el piso de una residencia privada, y se dio cuenta de que los pasillos retorcidos quitaban un buen pedazo de espacio, sin razón aparente, a las largas habitaciones rectangulares, embutidas y condenadas a la oscuridad. Madre mía, pensó, me habrían suspendido si hubiese presentado esto en el primer trimestre. Después, siguió con su trabajo con rapidez, facilidad y pericia, y también con alegría.

Antes del descanso para comer, Keating ya había hecho amistades en la sala, no amigos definitivos, pero sí un difuso y vasto terreno para que surgiera la amistad. Había sonreído a sus compañeros de al lado y les había guiñado el ojo con complicidad, por ningún motivo concreto. Había aprovechado cada viaje al dispensador de agua para acariciar a los que pasaban con el destello cariñoso y entusiasta de sus ojos, los ojos brillantes que parecían elegir a cada hombre de entre la sala, de entre el universo, como el espécimen más importante de la humanidad y el amigo más querido de Keating. «Ahí va un chico listo, y todo un gran compañero», era la impresión que parecía suscitar a su paso.

Keating vio que un joven alto y rubio en la mesa de al lado estaba haciendo el alzado de un edificio de oficinas. Keating se inclinó con camaradería sobre el hombro del chico y observó las guirnaldas de laurel entrelazadas alrededor de las columnas acanaladas de tres pisos de altura.

—Bastante bueno para el jefe —dijo Keating con admiración.

—¿Quién?

—Hombre, Francon —dijo Keating.

—Qué demonios, Francon —dijo el chico plácidamente—. No ha diseñado ni una caseta para perros en ocho años.

Señaló con el pulgar por encima de su hombro, en dirección a una puerta de cristal a su espalda.

—Él.

—¿Qué? —preguntó Keating, y se giró.

—Él. Stengel. Él hace todas estas cosas.

A través de la puerta de cristal, Keating vio unos hombros huesudos inclinados sobre el borde de un escritorio, una pequeña cabeza triangular echada hacia delante, concentrada, y dos charcos de luz en la montura redonda de sus gafas.

Fue al final de la tarde cuando pareció que una sombra cruzaba la puerta cerrada, y Keating dedujo por el runrún a su alrededor que había llegado Guy Francon y que había subido a su despacho, en la planta de arriba. Una media hora más tarde, la puerta de cristal se abrió, y Stengel salió con un gran trozo de cartulina que le colgaba entre los dedos.

—Eh, tú —dijo, y las gafas se detuvieron en la cara de Keating—. ¿Estás haciendo tú los planos para esto? —Le alargó la cartulina—. Sube esto al jefe para que le dé el visto bueno. Intenta escuchar lo que tenga que decir y trata de parecer inteligente. Ninguna de las dos cosas importa, en todo caso.

Era bajo, y sus brazos parecían colgarle hasta los tobillos; los brazos se balanceaban dentro de las mangas largas, como sogas, con grandes y eficaces manos. Los ojos de Keating se helaron y se oscurecieron apenas un segundo, concentrados en las gafas inexpresivas. Después Keating sonrió y dijo:

—Sí, señor.

Llevó la cartulina cogida con las puntas de todos los dedos y subió por la escalera alfombrada de color carmesí hasta el despacho de Guy Francon. La cartulina era una perspectiva en acuarela de una mansión de granito gris con dormitorios en tres niveles, cinco balcones, cuatro entrepaños, doce columnas, un mástil y dos leones a la entrada. En la esquina, estampado con delicadeza, se leía: «Residencia del señor James S. Whattles y esposa. Francon & Heyer Arquitectos». Keating silbó suavemente: James S. Whattles, el multimillonario que fabricaba lociones de afeitar.

El despacho de Guy Francon estaba muy pulido. No, no pulido, pensó Keating, sino lacado. No, no lacado, sino que se había vertido sobre cada objeto el líquido de unos espejos fundidos. Vio fragmentos de su cuerpo reflejados, liberados como un enjambre de mariposas que lo seguían a través del despacho, por los armarios Chippendale, las sillas jacobinas y la repisa de la chimenea de estilo Luis XV. Le dio tiempo a fijarse en una auténtica estatua romana que había en una esquina, en las fotografías color sepia del Partenón, de la catedral de Reims, de Versalles y del edificio del Frink National Bank, con su sempiterna antorcha.

Vio cómo sus propias piernas se acercaban a él por un lateral del inmenso escritorio de madera de caoba. Allí estaba sentado Guy Francon. El rostro de Guy Francon estaba amarillento y tenía las mejillas hundidas. Miró a Keating un instante, como si nunca lo hubiese visto antes, y después se acordó y sonrió con generosidad.

—Bueno bueno bueno, Kittredge, hijo, aquí estamos, ¡todos ya preparados y en casa! Me alegro mucho de verlo. Siéntese, joven, siéntese.

¿Qué le trae por aquí? Bueno, no hay prisa, ninguna prisa en absoluto. Siéntese. ¿Qué tal se encuentra aquí?

—Me temo, señor, que un poco demasiado feliz —dijo Keating, con una expresión de franqueza y desamparo infantil—. Pensé que podría ser más serio en mi primer trabajo, pero empezar en un lugar como éste... Supongo que me ha noqueado un poco... Lo superaré, señor —le prometió.

—Claro que sí. Quizá sea un poco abrumador para un joven, sólo un poco. Pero no se preocupe. Estoy seguro de que lo hará bien.

—Haré todo lo que pueda, señor.

—Por supuesto que sí. ¿Qué es esto que me mandan?

Francon alargó la mano hacia el dibujo, pero sus dedos fueron a parar con desgana sobre su frente.

—Es tan molesto, este dolor de cabeza... No, no es nada serio —le dijo sonriendo a Keating, al ver su inmediata preocupación—. Sólo un pequeño *mal de tête*. Uno trabaja tan duro...

—¿Quiere que le traiga algo, señor?

—No, gracias. No se trata de algo que me pueda traer, ojalá fuese algo que me pudiera quitar —dijo, y le guiñó un ojo—. Ese champán. *Entre nous*, el champán de esa gente no valía nada. Nunca me ha interesado el champán, de todos modos. Déjeme decirle, Kittredge, que es muy importante saber de vinos, por ejemplo, cuando lleve a un cliente a cenar y quiera asegurarse de pedir lo apropiado. Ahora le contaré un secreto profesional. La codorniz, por ejemplo. Ahora la mayoría de la gente pediría un Borgoña para acompañarla. ¿Qué hace usted? Pide un Clos Vougeot de 1904. ¿Ve? Eso le da un cierto toque. Correcto, pero original. Uno siempre debe ser original... ¿Quién lo ha mandado, por cierto?

—El señor Stengel, señor.

—Ah, Stengel.

El tono con que pronunció ese nombre sonó como un obturador en la mente de Keating: era un permiso para guardarlo y usarlo en el futuro.

—Demasiado importante para traerse él las cosas, ¿eh? —prosiguió Francon—. Eso sí, es un gran proyectista, el mejor proyectista de Nueva York, sólo que se está dando demasiada importancia últimamente. Cree que es el único que hace algo por aquí, sólo porque se pasa todo el día haciendo borrones sobre un tablero. Ya aprenderá, joven, cuando lleve más tiempo en el negocio, que el verdadero trabajo de una oficina se hace extramuros. Anoche, por ejemplo. El banquete de la Asociación Inmobiliaria Clarion. Doscientos invitados, con cena y champán. Oh, sí, ¡champán! —dijo, y arrugó la nariz con fastidio, a modo de autoparodia—. Hay que decir unas pocas palabras de manera informal, en un discurso posterior a la cena, ya sabe, nada insolente ni nada vulgar sobre ventas; sólo algunas reflexiones bien escogidas sobre la responsabilidad de los agentes inmobiliarios respecto a la sociedad, sobre la importancia de seleccionar arquitectos que sean competentes, respetados y consolidados. Ya sabe, algunos pocos eslóganes ingeniosos que calen.

—Sí, señor, como: «Elija al constructor de su casa con el mismo cuidado con que elige a la esposa que vivirá en ella».

—No está mal. No está nada mal, Kittredge. ¿Le importa si tomo nota?

—Me llamo Keating, señor —dijo Keating con firmeza—. Disponga de la idea como quiera. Me alegra que le llame la atención.

—¡Keating, claro! ¡Claro que sí, Keating! —dijo Francon con una encantadora sonrisa—. Válgame Dios, uno conoce a tanta gente... ¿Cómo lo dijo? «Elija al constructor...» Estaba muy bien dicho.

Hizo que Keating lo repitiera y lo anotó en una libreta; para ello había cogido un lápiz de entre varios que tenía delante: muchos lápices nuevos, de colores, afilados de manera profesional, en punta, listos y sin estrenar. Después apartó la libreta, suspiró, se mesó las suaves ondas de su cabello y dijo con fatiga:

—Bueno, está bien. Supongo que tendré que mirar esto.

Keating le alargó el dibujo con respeto. Francon se inclinó hacia atrás, sostuvo la cartulina con el brazo extendido y lo observó. Cerró el ojo izquierdo, después el derecho, y luego alejó un centímetro más la cartulina. Keating estaba ansioso porque pusiera el dibujo bocabajo. Pero Francon sólo lo estaba sosteniendo, y Keating supo de pronto que hacía tiempo que había dejado de mirarlo. Francon estaba estudiándolo por él, por Keating; y Keating se sintió entonces ligero, ligero como el aire, y vio el camino de su futuro despejado y abierto.

—Hum..., sí —dijo Francon, frotándose la barbilla con las yemas de dos de sus suaves dedos—. Hum..., sí...

Se volvió hacia Keating.

—No está mal. No está nada mal... Bueno..., quizá... hubiera podido ser más refinado, ya sabe, pero..., bueno, el dibujo está hecho con tanto esmero... ¿Qué opina usted, Keating?

Keating opinaba que cuatro de las ventanas daban a cuatro columnas de granito gigantescas, pero vio que los dedos de Francon jugueteaban con la corbata de color petunia malva y decidió no mencionarlo. Dijo en su lugar:

—Si puedo hacer una sugerencia, señor, considero que las cartelas entre la cuarta y la quinta planta son tal vez demasiado modestas para un edificio tan imponente. Parece que una moldura decorativa sería mucho más apropiada.

—Eso es. Justo iba a decirlo. Una moldura decorativa... Pero, mire, eso supondría reducir el ventanaje, ¿no?

—Sí, pero las ventanas son menos importantes que la dignidad de la fachada del edificio —dijo Keating, con un tono de leve timidez que había utilizado en los debates con sus compañeros de clase.

—Es verdad. Dignidad. Debemos dar a nuestros clientes dignidad por encima de todo. Sí, definitivamente una moldura decorativa... Sólo que... mire, he aprobado los dibujos preliminares, y Stengel ha hecho esto con tanto esmero...

—El señor Stengel estará encantado de cambiarlo si usted se lo aconseja.

Los ojos de Francon se detuvieron en los de Keating un instante. Después cerró los párpados y se quitó una pelusa de la manga.

—Claro claro... —dijo con vaguedad—. Pero... ¿cree que la moldura decorativa es en realidad importante?

—Sí, lo creo —dijo Keating lentamente—. Es más importante hacer los cambios que se consideren necesarios que dar el visto bueno a cualquier dibujo tal como lo haya diseñado el señor Stengel.

Al ver que Francon no decía nada y sólo se quedaba mirándolo, y al ver que Francon enfocaba la vista y aflojaba las manos, Keating supo que había tentado demasiado a la suerte y que había ganado, y le entró temor por su osadía después de saber que había ganado.

Se miraron en silencio de frente, y ambos entendieron que eran dos hombres que podían entenderse.

—Pondremos una moldura decorativa —dijo Francon con calma y genuina autoridad—. Déjelo aquí. Dígale a Stengel que quiero verlo.

Keating se había dado la vuelta para irse, pero Francon lo detuvo. Le dijo con voz alegre y cordial:

—Ah, Keating, por cierto, ¿me permite una sugerencia? Sólo entre nosotros, sin ánimo de ofender, pero una corbata de color borgoña quedaría mucho mejor que la azul con su blusón gris, ¿no cree?

—Sí, señor —respondió Keating sin dudarlo—. Gracias. La verá mañana.

Salió y cerró la puerta con cuidado.

Al volver y pasar por la recepción, Keating vio a un distinguido caballero de pelo gris que acompañaba a una dama hasta la puerta. El caballero no llevaba sombrero y obviamente era de la oficina, y la dama llevaba una capa de visón y era obviamente una clienta.

El caballero no hizo ninguna reverencia, ni la estaba abanicando: sólo le estaba sujetando la puerta, pero a Keating le pareció que el caballero estaba haciendo todo eso.

El edificio del Frink National Bank se alzaba sobre el bajo Manhattan, y su larga sombra se movía a medida que el sol viajaba por el cielo, como la inmensa manecilla de un reloj entre los mugrientos bloques de viviendas, desde el Acuario hasta el puente de Manhattan. Cuando el sol se ocultaba, la antorcha del mausoleo de Adriano destellaba en su lugar y formaba brillantes manchas rojas en los cristales de las ventanas de los alrededores, en la parte superior de los edificios que fuesen lo bastante altos para reflejarla. El edificio del Frink National Bank exhibía la historia entera del arte romano con muestras bien escogidas. Durante mucho tiempo, se consideró el mejor edificio de la ciudad, porque ninguna otra estructura podía presumir de poseer tantos detalles clásicos. Ofrecía tantas columnas, frontones, frisos, trípodes, gladiadores, urnas y volutas que no parecían construidas con mármol blanco, sino extraídas de un tubo de dentífrico. Sin embargo, estaban construidas con mármol blanco. Nadie, salvo los propietarios, sabían quién lo había pagado. Ahora era de un color veteado, borroso, leproso, ni marrón ni verde, sino los peores tonos de ambos; del color de una lenta descomposición, del color del humo, de los gases emanados y los ácidos que se comían una delicada piedra más apropiada para un aire limpio y el campo abierto. El edificio del Frink National Bank, no obstante, fue un gran éxito. Había sido tal éxito que fue el último edificio que diseñó Guy Francon, ya que el prestigio le ahorró esa molestia desde entonces.

A tres manzanas al este del Frink National Bank estaba el edificio Dana. Era unos pisos más bajo y carecía de cualquier prestigio. Sus líneas eran recias y simples, reveladoras, y acentuaban la armonía de su armazón de acero interno, como un cuerpo que deja ver la perfección de sus huesos. No tenía adornos que ofrecer. No exhibía nada, salvo la precisión de sus pronunciados ángulos, el modelado de sus planos y la larga hilera de ventanas que iba, como una lengua glaciar, desde la azotea hasta la acera. Los neoyorquinos rara vez miraban el edificio Dana. A veces, algún visitante del campo se lo encontraba por sorpresa bajo la luz de la luna y se paraba maravillado a preguntarse de qué sueño había surgido esa visión. Pero esos visitantes eran poco frecuentes. Los inquilinos del edificio Dana decían que no lo cambiarían por ningún otro del mundo; apreciaban la luz, el aire y la bella lógica de su plano en sus vestíbulos y oficinas. Pero en el edificio Dana no había muchos inquilinos. Ningún prohombre quería que su empresa estuviese ubicada en un edificio que parecía «un almacén».

El edificio Dana había sido diseñado por Henry Cameron.

En la década de 1880, los arquitectos de Nueva York lucharon entre sí para ser los segundos en su oficio. Nadie aspiraba a ser el primero. El primero era Henry Cameron. Era difícil conseguir a Henry Cameron en aquellos tiempos. Tenía una lista de espera de dos años, y diseñó personalmente todos los edificios que salieron de su oficina. Él elegía qué quería construir. Cuando construía, el cliente cerraba la boca. Le exigía a todo el mundo lo único que jamás concedió a nadie: obediencia. Atravesó sus años de fama como un proyectil que volaba hacia un objetivo que nadie era capaz de averiguar. La gente lo llamaba loco. Pero aceptaba lo que él les diese, lo entendieran o no, porque era «un edificio de Henry Cameron».

Al principio, sus edificios eran sólo un poco distintos, no tanto como para asustar a nadie. Hacía sorprendentes experimentos de vez en cuando, pero la gente se lo esperaba, y uno no discutía con Henry Cameron. Algo estaba creciendo en su interior con cada edificio, que forcejeaba, tomaba forma y estaba peligrosamente cerca de explotar. La explosión llegó con el nacimiento del rascacielos. Cuando los edificios empezaron a aumentar, no en fila ni a lo largo de pesados muros de mampostería, sino como flechas de acero disparadas hacia arriba sin peso ni límite, Henry Cameron fue uno de los primeros que entendió este nuevo milagro y le dio forma. Fue uno de los primeros, y de los pocos, que aceptó la verdad de que un edificio alto debe parecer alto. Mientras los arquitectos maldecían, preguntándose cómo hacer que un edificio de veintidós pisos pareciera una vieja mansión de ladrillo, mientras utilizaban toda clase de recursos horizontales a su alcance para hurtar la apariencia de altura y encogerlo conforme a la tradición, haciéndolo pequeño, seguro y antiguo, Henry Cameron diseñó rascacielos con líneas rectas y verticales, que se jactaban de su acero y su altura. Mientras que los arquitectos dibujaban frisos y frontones, Henry Cameron decidió que los rascacielos no debían copiar a los griegos. Henry Cameron decidió que ningún edificio debía copiar a otro.

Tenía treinta y nueve años entonces, y era rechoncho y desaliñado. Trabajaba como una bestia, se saltaba las horas de sueño y las comidas, bebía pocas veces, pero de manera salvaje, llamaba a sus clientes con apelativos impublicables, se reía del odio y lo alimentaba a propósito, se comportaba como un señor feudal y como un estibador, y vivía con una apasionada tensión que quemaba a los demás en cualquier sala que entrara, un fuego que ni ellos ni él podían soportar mucho más tiempo. Corría el año 1892.

La Exposición Universal de Chicago se inauguró en el año 1893.

La Roma de dos milenios atrás se alzaba sobre las costas del lago Míchigan, una Roma mejorada por las piezas de Francia, España y Atenas y todos los demás estilos posteriores. Era una «Ciudad de ensueño» de columnas, arcos triunfales, lagunas azules, fuentes decorativas y palomitas. Sus arquitectos compitieron por ser los mejores en robar de las fuentes más antiguas y de todas a la vez. Ante los ojos de un país nuevo, se desplegaron todos los crímenes estructurales que se perpetraron siempre en todos los países viejos. Fue tan blanco como la peste, y como tal se propagó.

La gente llegaba, miraba, se asombraba y se llevaba consigo, a las ciudades de Estados Unidos, la semilla de lo que habían visto. De las semillas brotó la maleza: oficinas de correos de madera de ripia con pórticos dóricos, mansiones de ladrillo con frontones de hierro, almacenes hechos con doce partenones apilados uno encima del otro. La maleza creció y asfixió todo lo demás.

Henry Cameron se había negado a trabajar para la Exposición Universal, y se refirió a ella con nombres impublicables, pero repetibles, aunque no delante de las damas. Y se repitieron. Se repitió también que le había tirado un tintero a la cara a un distinguido banquero que le había pedido que diseñara una estación de ferrocarril con la forma del templo de Diana en Éfeso. El banquero nunca volvió. Hubo otros que tampoco volvieron.

Justo cuando alcanzaba la meta de sus largos años de lucha, justo cuando estaba dando forma a la verdad que había buscado, la última barrera cayó y se cerró delante de él. Un país joven había observado su trayectoria, se había maravillado y había empezado a aceptar la nueva grandeza de su trabajo. Un país que había retrocedido dos mil años en una orgía de clasicismo no podía encontrarle ni sitio ni utilidad.

Ya no era necesario diseñar edificios, sólo fotografiarlos. El arquitecto con la mejor biblioteca era el mejor arquitecto. Los imitadores copiaban imitaciones. Para sancionarlo, estaba la cultura; los dos siglos que se desplegaban en las ruinas descompuestas; la gran exposición; cada postal europea en cada álbum familiar.

Henry Cameron no tenía nada que ofrecer contra esto; nada, salvo una fe que conservaba sólo porque era la suya. No tenía a nadie a quien citar ni nada importante que decir. Dijo sólo que la forma de un edificio debe seguir a su función, que la estructura de un edificio es la clave de su belleza, que los nuevos métodos de construcción exigen nuevas formas, que deseaba edificar y lo deseaba sólo por esa razón. Pero la gente ya no podía escucharlo porque estaba discutiendo sobre Vitruvio, Miguel Ángel y sir Christopher Wren.

Los hombres odian la pasión, cualquier gran pasión. Henry Cameron cometió un error: amaba su trabajo. Por esa razón luchó. Por esa razón perdió.

La gente decía que él nunca supo que había perdido. Si lo supo, nunca les permitió verlo. A medida que fue teniendo menos clientes, empezó a tratarlos con más prepotencia. Cuanto menos prestigio tenía su nombre, más arrogante era su voz al pronunciarlo. Había tenido un astuto gerente, un hombrecillo con una voluntad de hierro y maneras suaves y discretas, que se enfrentaba con calma a las tormentas que desataba el temperamento de Cameron y le llevaba clientes; Cameron insultaba a los clientes, pero el hombrecillo conseguía que lo aceptaran, y volvían. El hombrecillo murió.

Cameron nunca supo cómo tratar a la gente. No le importaba, como no le importaba su propia vida, ya que nada importaba, salvo sus edificios. Nunca aprendió a dar explicaciones, sólo órdenes. Nunca había caído bien. Lo habían temido. Nadie lo temía ya.

Se le permitió vivir. Vivió para aborrecer las calles de la ciudad que había soñado reedificar. Vivió para sentarse ante el escritorio de su oficina vacía, inmóvil, sin nada que hacer, y esperar. Vivió para leer en el bienintencionado reportaje de un periódico una referencia al «difunto Henry Cameron». Vivió para empezar a beber en silencio, de manera constante y terrible, durante noches y días cada vez, y para oír decir a quienes lo habían puesto en esa situación, cada vez que se mencionaba su nombre para algún encargo: «¿Cameron? Diría que no. Bebe como una esponja. Por eso nunca consigue ningún trabajo». Vivió para mudarse de las oficinas que ocupaban tres plantas de un famoso edificio a otra de una sola planta en una calle menos cara, después a unas dependencias más alejadas del centro, y más tarde a tres habitaciones que daban a un patio de ventilación, cerca del Battery. Eligió esas habitaciones porque, si pegaba la cara a la ventana de la oficina, podía ver, por encima de un muro de ladrillo, la azotea del edificio Dana.

Howard Roark miró el edificio Dana a través de las ventanas, deteniéndose en cada rellano, al subir los seis tramos de escaleras hasta la oficina de Henry Cameron, ya que el ascensor estaba averiado. Las escaleras se habían pintado de color verde oscuro mucho tiempo atrás; quedaban algunos restos de la pintura, trozos molestos que se desmenuzaban bajo la suela del zapato. Roark subió rápidamente, como si lo hubiesen citado, con una carpeta de dibujos bajo el brazo y la mirada puesta en el edificio Dana. Se chocó con un hombre que bajaba las escaleras, algo que le había pasado a menudo en los últimos dos días al pasear por las calles de la ciudad, con la cabeza echada hacia atrás, sin fijarse en nada más que en los edificios de Nueva York.

En el oscuro cuchitril de la sala de espera de Cameron había un escritorio con un teléfono y una máquina de escribir. Ante él había un hombre esquelético de pelo cano, en mangas de camisa, con un par de tirantes flojos sobre los hombros. Estaba concentrado mecanografiando especificaciones, con sólo dos dedos, a una increíble velocidad. La débil luz de una bombilla proyectaba un charco amarillo sobre su espalda, y la camisa húmeda se le pegaba a los omóplatos.

El hombre levantó la cabeza lentamente cuando entró Roark. Miró a Roark, no dijo nada y esperó. Sus viejos ojos cansados no expresaban ni interrogación ni curiosidad.

—Quisiera ver al señor Cameron —dijo Roark.

—¿Sí? —dijo el hombre, sin objeción, ofensa o significado—. ¿Para qué?

—Para pedirle trabajo.

—¿Trabajo de qué?

—Dibujante.

El hombre se quedó mirándolo perplejo. Era una petición con la que no se había topado durante una larga temporada. Se levantó por fin, sin mediar palabra, y se fue arrastrando los pies hacia una puerta que había detrás de él.

La dejó medio abierta. Roark le oyó decir con pesadez:

—Señor Cameron, hay un tipo ahí fuera que dice que quiere trabajar aquí.

Después respondió una voz fuerte, clara, que no mostraba señales de vejez:

—¡Pero qué maldito idiota! Échelo... ¡Espere! Dígale que pase.

El viejo volvió, dejó la puerta abierta e hizo la señal con la cabeza, sin decir nada. Roark entró y la puerta se cerró tras él.

Henry Cameron estaba sentado en su escritorio al final de una larga habitación desnuda. Estaba echado hacia delante, con los antebrazos sobre la mesa y las manos cruzadas. Su cabello y su barba eran de color negro carbón, con algunos pelos fuertes y blancos. Los músculos de su cuello, corto y grueso, se marcaban como sogas. Llevaba una camisa blanca arremangada hasta los codos, y los brazos desnudos eran fuertes, recios y morenos. La carne de su amplio rostro era rígida, como si hubiese envejecido por compresión. Sus ojos eran oscuros, jóvenes y vivaces.

Roark se quedó junto al umbral, y después se miraron desde ambos extremos del largo despacho.

Del respiradero provenía una luz gris, y las motas de polvo sobre la mesa de dibujo y los escasos archivadores verdes parecían cristales alborotados y depositados allí por ella. Pero en la pared, entre las ventanas, Roark vio un cuadro, el único cuadro en el despacho. Era el dibujo de un rascacielos que nunca se había construido.

Los ojos de Roark se posaron primero en el cuadro, y después se dirigieron al hombre. Cruzó el despacho, se paró ante él y lo miró fijamente. Cameron lo seguía con los ojos, con una mirada intensa, como una larga y fina aguja que, sostenida con fuerza por un extremo, describiera poco a poco un círculo, atravesara con la punta el cuerpo de Roark y se mantuviera allí clavada. Cameron miró el pelo naranja, la mano que le colgaba por el lateral, con la palma sobre el dibujo y los dedos ligeramente doblados, olvidados, no en un gesto, sino en el preludio a un gesto de pedir o agarrar algo.

—¿Y bien? —dijo Cameron al fin—. ¿Has venido a verme a mí o has venido a ver mis cuadros?

Roark se volvió hacia él.

—Las dos cosas —respondió.

Se acercó al escritorio. La gente siempre había perdido el sentido de la existencia en presencia de Roark, pero Cameron sintió de pronto que nunca había sido tan real como ante la consciencia de aquellos ojos que lo estaban mirando ahora.

—¿Qué quieres? —dijo Cameron con sequedad.

—Me gustaría trabajar para usted —dijo Roark tranquilo.

La voz había dicho: «Me gustaría trabajar para usted»; pero lo que dijo su tono fue: «Voy a trabajar para usted».

—¿Que vas a trabajar para mí? —repuso Cameron, sin advertir que había respondido a una frase no pronunciada—. ¿Qué pasa, que ninguno de mis colegas, más importantes y mejores, te quiere coger?

—No se lo he pedido a nadie más.

—¿Por qué no? ¿Crees que éste es el lugar más fácil para empezar? ¿Crees que uno puede entrar aquí y no meterse en problemas? ¿Tú sabes quién soy yo?

—Sí. Por eso estoy aquí.

—¿Quién te ha enviado?

—Nadie.

—¿Por qué demonios ibas a elegirme a mí?

—Creo que usted lo sabe.

—¿Qué endiablada impudicia te hace suponer que yo querría cogerte? ¿Has decidido que estoy tan desesperado que abriría las puertas de par en par a cualquier pipiolo que quiera hacerme el honor? «El viejo Cameron», te habrás dicho, «es una gloria pasada, un borracho...», venga, ¡seguro que te lo has dicho...! «Un borracho que no puede ser exigente.» ¿Es eso? Vamos, ¡respóndeme! ¡Respóndeme, maldito seas! ¿Qué estás mirando tan fijamente? ¿Es eso? ¡Vamos, niégalo!

—No es necesario.

—¿Dónde has trabajado antes?

—Sólo estoy empezando.

—¿Qué has hecho?

—Hice tres años en Stanton.

—Vaya, ¿el señorito era demasiado perezoso para acabar?

—Me han expulsado.

—¡Fantástico! —exclamó Cameron, que clavó el puño en la mesa y se echó a reír—. ¡Espléndido! ¡No eres lo bastante bueno para ese nido de piojos de Stanton, pero vas a trabajar para Henry Cameron! Has decidido que éste es el lugar para los negados. ¿Por qué te echaron? ¿Bebida? ¿Mujeres? ¿Qué?

—Por esto —dijo Roark, y le alargó sus dibujos.

Cameron miró el primero, después el siguiente, y luego cada uno de ellos hasta el último. Roark oía el roce del papel cuando Cameron deslizaba una hoja debajo de otra. Después, Cameron levantó la cabeza.

—Siéntate.

Roark obedeció. Cameron lo miró fijamente, tamborileando los dedos contra el montón de dibujos.

—¿Conque crees que eres bueno? —dijo Cameron—. Pues bien, son terribles. Esto es incalificable. Es un crimen. Mira, mira esto —dijo, alargándole un dibujo a la cara—. Por Dios santo, ¿en qué estabas pensando? ¿Qué te poseyó para ahuecar el plano aquí? ¿Sólo querías que pareciera bonito, porque tenías que hacer un apaño para juntar algo? ¿Quién te crees que eres? ¿Guy Francon, por Dios...? ¡Mira ese edificio, bobo! ¡Se te ocurre una idea como ésta, y no sabes qué hacer con ella! Te tropiezas con algo magnífico y lo echas a perder. ¿Sabes lo mucho que tienes que aprender?

—Sí, por eso estoy aquí.

—¡Y mira éste! ¡Ojalá lo hubiese hecho yo a tu edad! Pero ¿por qué tuviste que convertirlo en una chapuza? ¿Sabes lo que haría yo con eso? Mira, al diablo tus escaleras, y al diablo tus cuartos para las calderas. Mira, cuando trazas los cimientos...

Habló enfurecido durante un largo rato. Soltó improperios. No encontró ningún dibujo que lo satisficiera, pero Roark advirtió que hablaba como si fuesen edificios que estaban en construcción.

Se detuvo en seco, apartó los dibujos, puso el puño sobre ellos y preguntó:

—¿Cuándo decidiste ser arquitecto?

—Cuando tenía diez años.

—Los hombres no saben lo que quieren tan pronto, si es que lo saben alguna vez. Estás mintiendo.

—¿Sí?

—¡No me mires así! ¿No puedes mirar a otra parte? ¿Por qué decidiste ser arquitecto?

—No lo sabía entonces, pero es porque nunca he creído en Dios.

—Venga ya, di algo que tenga sentido.

—Porque amo esta tierra. Es lo único que amo. No me gusta la forma de las cosas que hay en esta tierra. Quiero cambiarlas.

—¿Para quién?

—Para mí mismo.

—¿Cuántos años tienes?

—Veintidós.

—¿Cuándo oíste todo eso?

—No lo he oído.

—Los hombres no hablan así a los veintidós años. Eres un anormal.

—Es probable.

—No lo he dicho como un cumplido.

—Ni yo lo he interpretado así.

—¿Tienes familia?

—No.

—¿Has trabajado mientras estudiabas?

—Sí.

—¿En qué?

—En trabajos de construcción.

—¿Cuánto dinero te queda?

—Diecisiete dólares y treinta centavos.

—¿Cuándo viniste a Nueva York?

—Ayer.

Cameron miró la pila debajo de su puño.

—Maldito seas —dijo Cameron en voz baja—. ¡Maldito seas! —gritó de pronto, inclinándose hacia delante—. ¡Yo no te he pedido que vengas aquí! ¡No necesito ningún dibujante! ¡Aquí no hay nada que dibujar! No tengo suficiente trabajo para mantenerme a mí y a mis hombres, aparte de recurrir a la beneficencia de la Misión Bowery. No quiero tener a memos visionarios muriéndose de hambre por aquí. No quiero esa responsabilidad. No la he pedido. Nunca pensé que la volvería a ver. Ya se acabó para mí. Se acabó hace muchos años. Soy perfectamente feliz con los memos babosos que tengo aquí, que nunca han tenido nada y nunca lo tendrán y que dará igual en qué se conviertan. Eso es lo único que quiero. ¿Por qué tuviste que venir aquí? Te estás exponiendo a echarte a perder a ti mismo, lo sabes, ¿verdad? Y yo te voy a ayudar a hacerlo. No quiero verte. No me caes bien. No me gusta tu cara. Pareces un egotista insoportable. Eres impertinente. Estás demasiado seguro de ti mismo. Hace veinte años te habría dado un puñetazo en la cara con el mayor de los placeres. Mañana vienes a trabajar aquí a las nueve en punto de la mañana.

—Sí —dijo Roark, levantándose.

—Quince dólares a la semana. Es todo lo que puedo pagarte.

—Sí.

—Eres un maldito idiota. Deberías haber ido a otra parte. Te mataré si vas a ver a alguien más. ¿Cómo te llamas?

—Howard Roark.

—Si llegas tarde, te despediré.

—Sí.

Roark alargó la mano para recoger los dibujos.

—¡Déjalos aquí! —vociferó Cameron—. ¡Ahora lárgate!

4

—Toohey —dijo Guy Francon—. Ellsworth Toohey. Muy digno por su parte, ¿no crees? Léelo, Peter.

Francon se inclinó jovialmente sobre la mesa y le entregó a Keating el número de agosto de *New Frontiers*. La portada de *New Frontiers* era blanca, con un emblema negro en el que se mezclaban una paleta, una lira, un martillo, un desatornillador y un sol naciente. Tenía una difusión de treinta mil ejemplares, sus lectores se definían a sí mismos como la vanguardia intelectual del país y nadie había cuestionado jamás esa descripción. Keating leyó un trozo de un artículo titulado «Mármol y mortero», de Ellsworth M. Toohey:

> Y ahora pasamos a otra notable cima de la silueta metropolitana. Llamamos la atención de los entendidos sobre el nuevo edificio Melton, de Francon & Heyer. Representa una blanca serenidad como elocuente testigo del triunfo de la pureza clásica y el sentido común. La disciplina de una inmortal tradición ha servido aquí como factor de cohesión para desarrollar una estructura cuya belleza puede alcanzar, de forma sencilla y clara, el corazón de los viandantes. Aquí no hay exhibicionismo extravagante, ni un empeño degenerado en la novedad, ni una orgía de egolatría desenfrenada. Guy Francon, su arquitecto, ha sabido subordinarse a los cánones preceptivos, cuya inviolabilidad han demostrado las generaciones de maestros artesanos que lo preceden. Al mismo tiempo, ha sabido mostrar su propia originali-

dad creativa, no a pesar del dogma clásico, sino precisamente gracias a él, que ha aceptado con la humildad de un verdadero artista. Vale la pena mencionar, de paso, que la disciplina dogmática es lo único que hace posible la verdadera originalidad...

Más importante, sin embargo, es el significado simbólico de que se erija un edificio como éste en nuestra ciudad imperial. Cuando nos paramos delante de su fachada sur, resulta deslumbrante advertir que las molduras, repetidas con deliberada y elegante monotonía desde la tercera planta hasta la decimoctava, estas líneas largas, rectas y horizontales son el principio moderador y nivelador, son las líneas de la igualdad. Parecen llevar la imponente estructura al humilde nivel del observador. Son las líneas de la tierra, de la gente, de las grandes multitudes. Parecen decirnos que nada puede elevarse demasiado sobre las limitaciones del nivel del hombre común, que todo será contenido y controlado, incluso este orgulloso edificio, por las molduras de la hermandad de los hombres...

Había más. Keating lo leyó todo, y después levantó la cabeza.

—¡Qué bueno! —dijo, impresionado.

Francon sonrió contento.

—Bastante bien, ¿eh? Y de Toohey, nada menos. Quizá no haya muchos que conozcan ese nombre, aunque lo harán, pero tú recuerda mis palabras: lo harán. Conozco las señales... Así que no piensa que yo sea tan malo. Tiene una lengua como un picahielos, cuando le apetece. ¿Conoces la última ratonera de Durkin? Pues estaba yo en una fiesta donde Toohey dijo —Francon rio entre dientes—: «Si el señor Durkin padece el delirio de que es arquitecto, alguien debería hablarle de las grandes oportunidades que ofrece la escasez de fontaneros competentes». ¡Eso dijo, imagínate, en público!

—Me pregunto qué dirá de mí cuando llegue el momento —dijo Keating con melancolía.

—¿Qué demonios quiere decir con eso del significado simbólico y las molduras de la hermandad de los hombres...? Bueno, ¡si nos elogia por eso, deberíamos preocuparnos!

—El trabajo del crítico es interpretar al artista, señor Francon, incluso para el propio artista. El señor Toohey se ha limitado a constatar el significado oculto en su inconsciente.

—Ah... —dijo confuso Francon—. ¿Eso crees? —añadió animado—. Es bastante posible... Sí, es bastante posible... Eres un chico listo, Peter.

—Gracias, señor Francon —dijo Keating, con ademán de levantarse.

—Espera, no te vayas. Un cigarrillo más y luego nos ponemos a la faena.

Francon sonreía por el artículo, que leía una y otra vez. Keating nunca lo había visto tan contento. Ningún dibujo en la oficina, ningún logro en su trabajo, le había hecho tan feliz como aquellas palabras de otro hombre impresas en una página que otros ojos leerían.

Keating estaba cómodamente sentado en la silla. El mes que llevaba en la empresa había ido bien. No había dicho ni hecho nada, pero en la oficina había la impresión de que a Guy Francon le gustaba que le mandaran a este chico siempre que había que enviar a alguien. Apenas pasaba un día sin que se produjera ese agradable interludio: sentarse al escritorio de Guy Francon y, con respetuosa y creciente intimidad, escuchar los suspiros de Francon por la necesidad de rodearse de hombres que lo comprendieran.

Keating había averiguado por sus compañeros dibujantes todo lo que pudo sobre Guy Francon. Se enteró de que Guy Francon comía con moderación y exquisitez, y que se enorgullecía de su título de *gourmet*; que se había licenciado con honores en la École des Beaux-Arts; que se había casado con una mujer rica y que el matrimonio no había sido feliz; que ponía mucho cuidado en que sus calcetines hicieran juego con sus pañuelos, pero nunca con sus corbatas; que prefería con creces los edificios de granito gris; que era dueño de una cantera de granito gris en Connecticut, la cual era un próspero negocio; que mantenía un magnífico piso de soltero estilo Luis XV color ciruela; que su mujer, de apellido distinguido y con solera, había muerto, y que dejó su fortuna a su única hija, que ahora tenía diecinueve años y estaba fuera, en la universidad.

Estos últimos datos interesaron mucho a Keating. Mencionó a Francon el asunto de su hija de pasada, tanteándolo.

—Ah, sí —dijo Francon, con parquedad—. Sí, así es...

Keating abandonó por el momento sus indagaciones. A Francon se le notaba en la cara que pensar en su hija le producía una dolorosa molestia, por alguna razón que Keating no pudo descubrir.

Keating había conocido a Lucius N. Heyer, el socio de Francon, y lo había visto ir a la oficina dos veces en tres semanas, pero no fue capaz de enterarse de qué servicio prestaba a la firma. Heyer no era hemofílico, pero lo parecía. Era un aristócrata mustio, de cuello largo y fino y ojos pálidos y saltones que trataba a todo el mundo con una dulzura asustada. Era la reliquia de una antigua familia, y se sospechaba que Francon se había asociado con él por sus contactos sociales. La gente se compadecía del pobre y querido Lucius, lo admiraba por el esfuerzo de emprender una carrera profesional, y pensó que sería bonito dejarle que construyera sus casas. Las construyó Francon y no necesitó más los servicios de Lucius. Esto dejó a todo el mundo satisfecho.

Los dibujantes adoraban a Peter Keating. Les daba la impresión de que llevaba mucho tiempo allí. Siempre sabía cómo integrarse en cualquier lugar en el que entrara; resultaba suave y vivaz como una esponja llamada a ser henchida, sin resistencia, con el aire y el ambiente del lugar. Su cálida sonrisa, su voz alegre y la facilidad con que se encogía de hombros parecían indicar que nada pesaba demasiado en su alma y que no era una de esas personas que culpan, exigen o acusan.

Allí sentado, observó a Francon mientras este leía el artículo. Francon levantó la cabeza y lo miró. Francon vio dos ojos que lo miraban con una inmensa aprobación, y también dos pequeños puntos brillantes de desprecio en la comisura de los labios de Keating, como dos notas musicales de una risa, visibles un segundo antes de sonar. Francon sintió que lo invadía una gran ola de comodidad. Esa comodidad venía del desprecio. La aprobación unida a la inteligente media sonrisa le otorgaban una grandeza que no había tenido que ganarse. Una admiración ciega habría sido precaria, y una admiración merecida habría sido una responsabilidad. Una admiración inmerecida era valiosa.

—Cuando te vayas, Peter, dale esto a la señorita Jeffers para que lo incluya en mi álbum de recortes.

Al bajar por las escaleras, Keating lanzó la revista al aire y la cogió hábilmente, con los labios fruncidos para silbar, pero sin emitir ningún sonido.

En la sala de dibujo se encontró a Tim Davis, su mejor amigo, encorvado con desánimo sobre un boceto. Tim Davis era el chico alto y rubio de la mesa de al lado, en el que Keating se había fijado tiempo atrás, porque supo, sin pruebas tangibles, pero con certeza, como siempre sabía Keating estas cosas, que era el dibujante favorito de la oficina. Keating se las arregló para que le encargaran, con la mayor frecuencia posible, participar en proyectos en los que trabajara Davis. Enseguida empezaron a comer juntos y a ir a un pequeño y tranquilo bar clandestino después del trabajo, cuando Keating escuchaba con apasionada atención a Davis hablar sobre su amor por Elaine Duffy, de lo cual Keating no recordaba una sola palabra después.

Ahora se encontró a Davis desolado, mordiendo furiosamente un cigarrillo y un lápiz a la vez. Keating no tuvo que preguntar: sólo inclinó su rostro fraternal sobre el hombro de Davis. Davis escupió el cigarrillo y explotó. Le acababan de decir que tendría que trabajar horas extra por la noche, por tercera vez esa semana.

—¡Tengo que quedarme hasta tarde, sabe Dios hasta qué hora! ¡Tengo que terminar esta maldita cosa absurda esta noche! —Y con un golpe esparció los pliegos que tenía delante—. ¡Míralo! Horas y horas y horas para acabar esto. ¿Qué voy a hacer?

—Bueno, eso es porque eres el mejor aquí, Tim, y te necesitan.

—¡Al diablo con eso! ¡Tengo una cita con Elaine esta noche! ¿Cómo voy a cancelarla? ¡Por tercera vez! ¡No se lo va a creer! Me lo dijo la última vez. ¡Esto es el fin! Voy a subir a ver a Guy el Todopoderoso y a decirle dónde se puede meter sus planos y su trabajo. ¡Estoy harto!

—Espera —dijo Keating, y se inclinó un poco más sobre él—. Espera, hay otra manera. Yo los acabaré por ti.

—¿Eh?

—Me quedo y los hago yo. No te asustes, nadie notará la diferencia.

—¡Pete! ¿Lo harías?

—Claro. No tengo nada que hacer esta noche. Tú sólo quédate hasta que todos se vayan a casa, y después te escaqueas.

—Oh, Pete, ¡qué bien! —Suspiró Davis, tentado—. Pero, oye: si se enteran, me pondrán de patitas en la calle. Eres demasiado nuevo para este tipo de trabajo.

—No se van a enterar.

—Puedo perder mi trabajo, Pete. Sabes que no puedo. Elaine y yo nos vamos a casar pronto. Si pasa cualquier cosa...

—No va a pasar nada.

Poco después de las seis, Davis salió a escondidas de la sala de dibujo, vacía, y dejó a Keating en su mesa.

Inclinado bajo una solitaria lámpara verde, Keating miró la desolada amplitud de las tres largas salas, extrañamente silenciosas después del ajetreo del día, y sintió que las poseía, que las poseería, con la misma seguridad con que el lápiz se movía en su mano.

Eran pasadas las nueve cuando acabó los planos. Los apiló en orden en la mesa de Davis y se marchó de la oficina. Se fue paseando por la calle, e irradiaba una indigna sensación de comodidad, como después de una buena comida. Después le afectó de pronto ser consciente de su soledad. Tenía que compartir aquello con alguien esa noche. No tenía a nadie. Por primera vez, deseó que su madre estuviese en Nueva York, pero se había quedado en Stanton, aguardando el día en que él pudiese mandar a alguien a buscarla. No tenía ningún lugar al que ir esa noche, salvo la respetable y pequeña pensión en la calle Veintiocho Oeste, donde podría escalar tres tramos de escalera hasta su habitación limpia, pequeña y sin ventilación. Había conocido a gente en Nueva York, a mucha gente, a muchas chicas; recordaba haber pasado una noche agradable con una de ellas, aunque no se acordaba de su apellido. Pero no quería ver a ninguna de ellas. Entonces pensó en Catherine Halsey.

Le había enviado un telegrama la noche de su graduación y desde entonces se había olvidado de ella. Ahora quería verla. El deseo fue intenso e inmediato en cuanto sonó su nombre en su memoria. Cogió un autobús para recorrer el largo trayecto hasta Greenwich Village. Se fue a la parte de arriba, desierta, y, sentado a solas en el banco delantero, maldijo los semáforos cuando se ponían en rojo. Siempre había sido así cuando se trataba de Catherine, y se preguntó vagamente por qué le pasaba.

La conoció un año antes en Boston, donde ella vivía con su madre viuda. Catherine le pareció casera y aburrida aquella primera vez, sin otro mérito que su adorable sonrisa, pero no era un motivo para querer verla otra vez. La llamó por teléfono la noche siguiente. De las innumerables chicas que había conocido en sus años de estudiante, ella era la única con la que no había ido más allá de algunos besos. Podía tener a cualquier chica que conociese, y lo sabía; sabía que podía tener a Catherine, la deseaba. Ella lo amaba y lo admitía con sencillez y franqueza, sin temor o timidez, nunca le pedía nada, nunca esperaba nada: en cierto modo, él nunca se había aprovechado de ello. Se sentía orgulloso de las chicas a las que acompañaba aquellos días, las chicas más hermosas, las más populares, las que mejor vestían, y se había deleitado con la envidia de sus compañeros de la universidad. Lo había avergonzado la dejadez atolondrada de Catherine, y el hecho de que ningún chico se parara a mirarla dos veces. Pero nunca había sido tan feliz como cuando la llevó a los bailes de la fraternidad. Había tenido muchos amores violentos, cuando juraba que nunca podría vivir sin una u otra chica. Se olvidaba de Catherine durante semanas enteras, y ella nunca se lo echaba en cara. Siempre había vuelto a ella, de manera repentina e inexplicable, como hizo aquella noche.

La madre de Catherine, una dulce maestra de escuela, había muerto el invierno anterior. Catherine se había ido a vivir con un tío suyo a Nueva York. Keating había respondido a algunas de sus cartas de inmediato; a otras, meses más tarde. Ella siempre respondía enseguida, nunca le escribía durante sus largos silencios y esperaba con paciencia. Había sentido, cuando pensaba en ella, que nada la reemplazaría jamás. Después, en Nueva York, donde sólo tenía que coger un autobús o un teléfono, volvió a olvidarse de ella durante un mes.

Nunca se le ocurrió pensar, ahora que corría a verla, que debía anunciar su visita. Nunca se preguntó si la encontraría en casa. Él siempre había vuelto así, y ella siempre había estado ahí. Y ahí estaba de nuevo esa noche.

Le abrió la puerta, en la planta superior de una destartalada y pretenciosa casa de arenisca.

—Hola, Peter —dijo ella, como si lo hubiese visto el día anterior.

Allí de pie, parecía demasiado baja y delgada para la ropa que llevaba. Su falda, negra y corta, se acampanaba al escapar de la cinturilla; el cuello de la camisa, más bien masculina, le colgaba hacia un lado, por donde asomaba la huesuda clavícula, y las mangas eran demasiado largas para aquellas frágiles manos. Ella lo miró y ladeó la cabeza. Llevaba el cabello castaño recogido sin mucho cuidado sobre la nuca, pero parecía como si lo llevase cortado en una media melena, tiesa, clara y muy rizada, como un halo amorfo alrededor de su cara. Sus ojos eran grises, grandes y miopes. Su boca sonreía de forma suave, delicada y encantadora, y le brillaban los labios.

—Hola, Katie —dijo él.

Keating sintió paz. Sintió que no tenía nada que temer, ni en aquella casa ni en ninguna otra parte. Se había preparado para dar explicaciones y decir que había estado muy ocupado en Nueva York, pero ahora le parecía fuera de lugar.

—Dame el sombrero. Ten cuidado con esa silla, no es muy estable. Tenemos otras mejores en el salón, pasa —dijo Katie.

El salón le pareció modesto, pero con cierto aire de distinción y de sorprendente buen gusto. Se fijó en los libros, en las estanterías baratas que iban hasta el techo, cargadas de ejemplares valiosos, amontonados de cualquier manera, como si fuesen consultados constantemente. Se fijó en un pulcro y desgastado escritorio y en un grabado de Rembrandt, manchado y amarillento, tal vez encontrado en alguna tienda de artículos de segunda mano por los ojos de un entendido que jamás se había desprendido de él, aunque era obvio que venderlo le habría ayudado. Le intrigaba saber a qué clase de oficio podría dedicarse su tío, pero en ningún momento lo preguntó.

Se distrajo mirando el salón, notando la presencia de ella a su espalda, disfrutando de esa sensación de certidumbre que tan pocas veces encontraba. Después se giró, la tomó en sus brazos y la besó. Ella acogió sus labios con suavidad y anhelo; no estaba asustada ni excitada, sino demasiado feliz para aceptarlo de cualquier forma excepto dándolo por seguro.

—Dios, ¡cómo te he echado de menos! —dijo él, y sabía que había sido así, cada día, desde que la vio por última vez, y quizá, sobre todo, los días en que no había pensado en ella.

—No has cambiado mucho. Pareces un poco más delgado. Te favorece. Serás muy atractivo cuando tengas cincuenta años, Peter.

—No es un gran cumplido, por lo que insinúas.

—¿Por qué? Ah, ¿que crees que no me pareces atractivo ahora? Pues sí lo eres.

—No deberías decírmelo de esa forma tan directa.

—¿Por qué no? Tú sabes que lo eres. Pero estaba pensando en cómo serás cuando tengas cincuenta años. Tendrás canas en las sienes y llevarás un traje gris. Vi uno en un escaparate la semana pasada y me pareció que sería ideal..., y que serás un gran arquitecto.

—¿De verdad lo piensas?

—¡Pues claro!

Ella no pretendía adularlo. No parecía darse cuenta de que podía sonar a adulación. Sólo lo estaba constatando como un hecho, demasiado innegable para necesitar énfasis.

Él esperaba las inevitables preguntas. Pero, de pronto, se pusieron a hablar de sus viejos tiempos juntos en Stanton, y él se estaba riendo, abrazándola en su regazo. Ella se apoyaba sobre su brazo y lo miraba con ternura, feliz. Él hablaba de sus viejos bañadores, de sus carreras en las medias, de su heladería favorita en Stanton, donde habían pasado tantas tardes de verano juntos... Y pensó vagamente que no tenía ningún sentido. Tenía cosas más pertinentes que contarle y preguntarle. La gente no hablaba así cuando llevaba meses sin verse, pero a ella le parecía bastante normal, como si no supiera que habían estado separados.

Él fue el primero que, por fin, hizo la pregunta:

—¿Recibiste mi telegrama?

—Ah, sí. Gracias.

—¿No quieres saber cómo me va en la ciudad?

—Claro. ¿Cómo te va en la ciudad?

—Vaya, ¡no parece que te interese mucho!

—¡Sí que me interesa! Quiero saberlo todo sobre ti.

—¿Por qué no me lo preguntas?

—Ya me lo contarás tú cuando quieras.

—No te importa mucho, ¿verdad?

—¿El qué?

—Lo que he estado haciendo.

—Oh..., sí que me importa, Peter. No, no demasiado.

—Muy bonito por tu parte.

—Mira, no es lo que haces lo que de verdad me importa. Sólo tú.

—¿Yo? ¿Qué?

—Sí, tú aquí. O tú en la ciudad. O tú en alguna otra parte del mundo. No sé. Sólo eso.

—¿Sabes? Eres muy tonta, Katie. Tu técnica es un desastre.

—¿Mi qué?

—Tu técnica. No puedes decirle a un hombre, de esta forma tan descarada, que estás prácticamente loca por él.

—Pero lo estoy.

—Pero no puedes decirlo. Los hombres no se interesarán por ti.

—Pero yo no quiero que los hombres se interesen por mí.

—Quieres que yo sí lo esté, ¿no?

—Pero lo estás, ¿no?

—Lo estoy —dijo, estrechándola en sus brazos—. Terriblemente. Soy más tonto que tú.

—Bueno, entonces todo perfecto, ¿verdad? —dijo ella, acariciándole el pelo.

—Siempre ha estado todo perfecto, eso es lo más extraño de todo... Pero, verás, quiero contarte algo que me ha pasado, porque es importante.

—De verdad que me interesa mucho, Peter.

—A ver, sabes que estoy trabajando para Francon & Heyer, y... Bueno, qué demonios, ¡ni siquiera sabes qué significa eso!

—Sí que lo sé. Los he buscado en *Quién es quién en la arquitectura*. Hablaba muy bien de ellos. Y le pregunté a mi tío. Dijo que están en lo más alto del sector.

—Sin la menor duda. Francon es el mejor arquitecto de Nueva York, de todo el país, del mundo, quizá. Ha levantado diecisiete rascacielos, ocho catedrales, seis estaciones de tren y Dios sabe qué más... A ver, por supuesto, es un viejo idiota y un pomposo farsante que consigue todo emborrachando...

Se detuvo, con la boca abierta, y la miró. No tenía intención de decir eso. Nunca se había permitido pensar eso antes.

Ella lo miraba tranquila.

—¿Y bien? ¿Qué más?

—Bueno..., y... —dijo él balbuceando, y se dio cuenta de que no podía hablar de otra forma, no con ella—, y eso es lo que, en realidad, pienso de él. No le tengo ningún respeto. Y estoy encantado de trabajar para él. ¿Me entiendes?

—Claro. Eres ambicioso, Peter —dijo ella tranquilamente.

—¿No me desprecias por ello?

—No. Esto es lo que tú querías.

—Sin duda, esto es lo que quería. Bueno, en realidad, no es tan malo. Es una firma excelente, la mejor de la ciudad. Estoy haciendo muy buenos trabajos, y Francon está muy satisfecho conmigo. Estoy progresando. Creo que al final podré tener el trabajo que quiera allí... Es más, esta noche hice el trabajo de un tipo, y no sabe que pronto él dejará de hacer falta porque... ¡Katie! ¿Pero qué estoy diciendo?

—No pasa nada, querido. Lo entiendo.

—Si lo hicieras, me llamarías lo que me merezco y me harías parar.

—No, Peter. No quiero cambiarte. Te quiero, Peter.

—Pobre de ti.

—Lo sé.

—¿Lo sabes? ¿Y lo dices así? ¿Cómo dirías: «Hola, hace una noche preciosa»?

—Bueno, ¿por qué no? ¿Por qué preocuparse por ello? Te quiero.

—No, no te preocupes por ello. ¡No te preocupes jamás por ello...! Katie..., nunca voy a querer a otra persona...

—También lo sé.

La abrazó con fuerza, ansioso, por temor a que su pequeño cuerpo ingrávido pudiese desaparecer. No sabía por qué su presencia le hacía confesar cosas no confesadas en su propia mente. No sabía por qué la victoria que había ido allí a compartir se había desvanecido, pero no importaba. Tenía una especial sensación de libertad. La presencia de ella siempre lo libraba de una presión que no podía definir; era él a solas, era él mismo. Lo único que le importaba ahora era sentir la aspereza de la blusa de algodón de Katie en su muñeca.

Después empezó a hacerle preguntas sobre su vida en Nueva York, y ella hablaba contenta sobre su tío.

—Es maravilloso, Peter. Es de verdad maravilloso. Es bastante pobre, pero me acogió, y fue tan amable que renunció a su estudio para hacerme sitio, y ahora tiene que trabajar aquí, en el salón. Tienes que conocerlo, Peter. Ahora está fuera, en una gira de conferencias, pero tienes que conocerlo cuando vuelva.

—Claro, me encantaría.

—¿Sabes? Yo quería trabajar e independizarme, pero no me dejó. «Mi querida niña: no con diecisiete años. No querrás que me avergüence de mí, ¿no? Yo no creo en el trabajo infantil», me dijo. Fue una idea bastante curiosa, ¿no crees? Tiene muchas ideas curiosas. No las entiendo todas, pero dicen que es un hombre muy inteligente. Así que lo hizo como si fuese yo la que le estuviese haciendo el favor al dejarle tenerme aquí, y creo que fue muy gentil por su parte.

—¿Y qué haces durante todo el día?

—Ahora no mucho. Leo libros. Sobre arquitectura. Mi tío tiene montones de libros sobre arquitectura. Pero, cuando está aquí, le paso a máquina sus conferencias. Creo que no le gusta mucho que lo haga, que prefiere a la mecanógrafa que tenía, pero me encanta y me deja hacerlo. Y me paga a mí su sueldo. No quise aceptarlo, pero él me obligó.

—¿De qué vive él?

—Ah, de tantas cosas, no sé, no soy capaz de llevar la cuenta de todas. Da clases de historia del arte, por ejemplo, es una especie de profesor.

—¿Y cuándo vas a ir a la universidad, por cierto?

—Ah... bueno, verás, no creo que a mi tío le parezca bien esa idea. Le dije que siempre había tenido planes de ir y que trabajaría para salir adelante por mi cuenta, pero al parecer piensa que no es adecuado para mí. No dice mucho, sólo: «Dios hizo que el elefante se moviera con dificultad y que el mosquito revoloteara a su alrededor, y no es aconsejable, por norma, experimentar con las leyes de la naturaleza. No obstante, si quieres intentarlo, mi querida niña...». Pero no se opone en realidad, depende sólo de mí...

—Bueno, no le dejes impedírtelo.

—Él no querría impedírmelo. Es sólo que creo que nunca se me dio muy bien en el instituto y, cariño, soy bastante calamidad para las matemáticas, así que me pregunto... Pero bueno, no hay prisa. Tengo mucho tiempo para decidir.

—Escucha, Katie, eso no me gusta. Tú siempre has querido ir a la universidad. Si ese tío tuyo...

—No deberías hablar así. Tú no lo conoces. Es un hombre asombroso. Nunca he conocido a nadie como él. Es muy amable, muy comprensivo. Y muy divertido, siempre está haciendo bromas, y es tan listo que cualquier cosa que te parezca seria deja de parecértelo cuando estás con él. Y, sin embargo, es un hombre muy serio. ¿Sabes? Se pasa horas hablando conmigo, nunca está demasiado cansado ni aburrido por mi ignorancia. Me habla de las huelgas y las condiciones de vida en los suburbios y los pobres que trabajan en los talleres clandestinos; habla siempre de los demás, nunca de él mismo. Un amigo suyo me contó que mi tío podría ser un hombre muy rico si lo intentara, que es muy inteligente, pero que no lo hará, porque no le interesa el dinero.

—Eso no es humano.

—Espera a que lo veas. Él quiere conocerte también. Le he hablado de ti. Te llama «el Romeo de la regla T».

—Ah, ¿eso dice?

—Pero no lo entiendes. Lo dice con buena intención. Es la forma que tiene de decir las cosas. Verás que tenéis mucho en común. Tal vez pueda ayudarte. Sabe algo de arquitectura también. Te encantará el tío Ellsworth.

—¿Quién?

—Mi tío.

—Dime..., ¿cómo se llama tu tío? —preguntó con la voz un poco ronca.

—Ellsworth Toohey. ¿Por qué?

Él dejó caer las manos con desgana, y la miró fijamente.

—¿Qué ocurre, Peter?

Tragó saliva. Ella vio el movimiento espasmódico de su garganta. Entonces, con un tono duro, él dijo:

—Escucha, Katie, no quiero conocer a tu tío.

—Pero ¿por qué?

—No quiero conocerlo. No a través de ti... ¿Lo ves, Katie? No me conoces. Soy del tipo de personas que utilizan a la gente. No quiero utilizarte. Nunca. No me lo permitas. No tú.

—¿Utilizarme...?, ¿cómo? ¿Qué pasa? ¿Por qué?

—Pasa sólo que daría un ojo de la cara por conocer a Ellsworth Toohey, eso es todo.

Ella soltó una desagradable risita.

—Así que sí sabe algo de arquitectura, ¿no? —continuó él—. Mira que eres tonta. Es el hombre más importante de la arquitectura. Quizá no todavía, pero lo será en un par de años. Pregúntale a Francon, ese viejo zorro lo sabe. Va camino de convertirse en el Napoleón de los críticos de arquitectura, tu tío Ellsworth, tú espera y verás. En primer lugar, no hay muchos que se molesten en escribir sobre nuestra profesión, así que es el tipo listo que va a monopolizar el mercado. Tendrías que ver cómo los jefazos de nuestra oficina se chupan cada coma que publica. ¿O sea que crees que él podría ayudarme? Bueno, podría, y lo hará, y voy a conocerlo algún día, cuando esté preparado para él, igual que conocí a Francon, pero no aquí, no a través de ti. ¿Lo entiendes? ¡No a través de ti!

—Pero, Peter, ¿por qué no?

—¡Porque no quiero que sea así! Porque es sucio y lo odio, todo, mi trabajo y mi profesión, y lo que estoy haciendo y lo que voy a hacer. Es algo de lo que quiero mantenerte al margen. Eres de verdad lo único que tengo. Tú sólo mantente al margen, Katie.

—¿Al margen de qué?

—¡No lo sé!

Ella se levantó y se quedó entre sus brazos; él hundió la cara en la cadera de ella, que le acariciaba el pelo y lo contemplaba.

—Está bien, Peter. Creo que lo entiendo. No tienes que conocerlo hasta que tú no quieras. Sólo dímelo cuando quieras hacerlo. Puedes utilizarme, si tienes que hacerlo. Está bien. Eso no cambiará nada.

Cuando él levantó la cabeza, ella estaba sonriendo con dulzura.

—Has trabajado muy duro, Peter. Estás un poco estresado. ¿Qué te parece si te hago un poco de té?

—Ay, me había olvidado por completo, pero no he cenado hoy. No tuve tiempo.

—¡Vaya cosa de la que olvidarse! ¡Qué perfecto desastre! Vamos a la cocina ahora mismo. Veré qué puedo prepararte.

La dejó dos horas más tarde, y se marchó andando y sintiéndose ligero, limpio y feliz. Se había olvidado de sus temores, se había olvidado de Toohey y Francon. Pensaba sólo en que había prometido volver al día siguiente y que era insoportable esperar tanto. Ella se quedó en la puerta, después de que él se hubiese marchado, con la mano sobre el pomo que él había tocado, y pensó que quizá volviera mañana... o al cabo de tres meses.

—Cuando acabes esta noche —dijo Henry Cameron— quiero verte en mi despacho.

—Sí, respondió Roark.

Cameron se giró bruscamente sobre sus talones y salió de la sala de dibujo. Había sido la frase más larga que le había dirigido a Roark en un mes.

Roark había ido a esa misma sala cada mañana, había hecho sus tareas y no había oído ni un solo comentario. Cameron entraba en la sala de dibujo y se quedaba detrás de Roark un largo rato, mirando por encima de su hombro. Era como si sus ojos se concentraran a propósito para intentar desviar la firme mano de su curso sobre el papel. Los otros dos dibujantes echaban a perder su trabajo con sólo imaginar dicha presencia de pie a su espalda. Roark no parecía darse cuenta. Él seguía, sin apresurarse, y se tomaba su tiempo antes de desechar un lápiz desafilado y coger otro.

—Ajá —gruñó una vez de repente, Cameron.

Roark se volvió, atento y cortés:

—¿Qué pasa?

Cameron se dio la vuelta sin decir una palabra, entornando los ojos para subrayar con desdén el hecho de que consideraba innecesaria una respuesta, y salió de la sala de dibujo. Roark siguió con su dibujo.

—Tiene mala pinta —le dijo Loomis, el dibujante joven, a Simpson, su anciano colega—. Al jefe no le gusta este tipo. Aunque no le echo la culpa. Lo dice uno que no durará mucho, tampoco.

Simpson era viejo y no servía para nada. Había sobrevivido a la oficina de tres plantas de Cameron, se había mantenido y nunca lo entendió. Loomis era joven, tenía la misma cara que los patanes de la tienda de la esquina, y estaba ahí porque lo habían despedido demasiadas veces de otros sitios.

A ninguno de los dos les caía bien Roark. Él solía caer mal a primera vista allá donde fuere. Su rostro era hermético como una cámara acorazada. Las cosas guardadas en cámaras acorazadas son valiosas, aunque la gente no se moleste en pensarlo. Él constituía una presencia fría e inquietante en la sala, y tenía una extraña característica: se hacía sentir y, al mismo tiempo, les daba la impresión de que no estaba allí, o que quizá él sí estaba y ellos no.

Después de trabajar recorría a pie la larga distancia a su casa, en unos bloques cerca del río Este. Había elegido ese apartamento porque había podido conseguir, por dos dólares y medio a la semana, todo el último piso, un enorme espacio diáfano que se había utilizado como almacén. No tenía cielo raso y el agua se filtraba por las vigas desnudas del techo, pero había una hilera de ventanas a lo largo de dos de sus paredes, algunas con cristales, otras con cartones, y ofrecían muy buenas vistas al río, en un lado, y a la ciudad, en el otro.

Una semana antes, Cameron había entrado en la sala de dibujo y había tirado a la mesa de Roark un estridente dibujo de una casa de campo.

—Mira a ver si puedes hacer una casa con esto —dijo de mal humor, y se fue sin dar más explicaciones.

No se acercó a la mesa de Roark en los días siguientes. Roark había acabado los dibujos la noche anterior y los había dejado sobre la mesa de Cameron. Aquella mañana, Cameron había entrado, le había arrojado algunos dibujos de juntas de acero, le ordenó que se presentase en su despacho más tarde y no volvió a entrar en la sala de dibujo en todo el día.

Los demás se habían marchado. Roark extendió un viejo pedazo de hule sobre su mesa y se fue al despacho de Cameron. Sus dibujos de la casa de campo estaban esparcidos en la mesa. La luz de la lámpara se proyectaba en la mejilla de Cameron, en su barba y sus brillantes pelos plateados, en su puño y en una esquina del dibujo, cuyas líneas negras y vigorosas parecían estampadas en relieve sobre el papel.

—Estás despedido —dijo Cameron.

Roark estaba de pie en el centro del despacho, apoyado sobre una pierna, con los brazos caídos y un hombro levantado.

—¿Despedido? —preguntó con calma, sin inmutarse.

—Ven aquí, siéntate —dijo Cameron.

Roark obedeció.

—Eres demasiado bueno. Eres demasiado bueno para lo que quieres hacerte a ti mismo. Es inútil, Roark. Mejor ahora que más tarde.

—¿Qué quiere decir?

—Es inútil que desperdicies lo que tienes en un ideal que nunca alcanzarás, que nunca te dejarán que alcances. Es inútil transformar esa cosa maravillosa que tienes y convertirla en un potro de tortura para ti. Véndela, Roark. Véndela ahora. No será lo mismo, pero tienes suficiente en tu interior. Tienes lo que te pagarán, y te pagarán mucho, si lo usas a su manera. Acéptalos, Roark. Transige. Transige ahora, porque tendrás que hacerlo después, de todos modos, cuando hayas tenido que pasar por cosas por las que desearías no haber pasado. Tú no lo sabes, pero yo sí. Sálvate de eso. Déjame, vete a ver a algún otro.

—¿Usted hizo eso?

—¡Maldito presuntuoso! ¿Crees que te he dicho que eres tan bueno? ¿Te he dicho que compararas...? —Se detuvo porque vio que Roark estaba sonriendo.

Miró a Roark, y de repente le devolvió la sonrisa, y fue lo más doloroso que Roark había visto nunca.

—No —dijo Cameron con suavidad—, eso no funcionará, ¿eh? No, no funcionará... Pero quería hablar contigo. No sé exactamente cómo decirlo. He perdido la costumbre de hablar con hombres como tú. Bueno, la perdí: quizá nunca la tuve. Quizá eso es lo que me asusta ahora. ¿Vas a tratar de entenderlo?

—Lo entiendo. Creo que está perdiendo el tiempo.

—No seas grosero. Porque ahora yo no puedo ser grosero contigo. Quiero que escuches. ¿Escucharás sin rechistarme?

—Sí, lo siento. No pretendía ser grosero.

—Mira, de entre todos, yo soy el último al que deberías haberte dirigido. Estaría cometiendo un crimen si te mantuviera aquí. Alguien debería haberte advertido contra mí. Yo no voy a serte de ninguna ayuda. Yo no te voy a desanimar. Yo no te enseñaré ningún sentido común. Lo que haré será presionarte, empujarte hacia el camino en el que estás. Te machacaré para que sigas siendo lo que eres, y lo agravaré... ¿No lo ves? Un mes más y ya no seré capaz de dejarte marchar. No estoy seguro de poder hacerlo ahora. Así que no discutas conmigo, y vete. Lárgate mientras puedas.

—Pero ¿puedo? ¿No cree que es demasiado tarde para los dos? Era demasiado tarde para mí hace doce años.

—Inténtalo, Roark. Intenta ser razonable por una vez. Hay muchos tipos importantes que te cogerán, te hayan expulsado o no, si yo se lo digo. Quizá se rían de mí en sus discursos en los banquetes, pero me roban cuando les conviene, y saben que sé reconocer a un buen dibujante en cuanto lo veo. Te daré una carta para Guy Francon. Trabajó para mí una vez, hace mucho. Creo que lo despedí, pero eso no importará. Ve a verlo. No te caerá bien al principio, pero te acostumbrarás. Y me darás las gracias dentro de muchos años.

—¿Por qué me está diciendo todo esto? Eso no es lo que usted quiere decir. Eso no es lo que usted hizo.

—¡Por eso lo estoy diciendo! ¡Porque no es lo que hice yo...! Mira, Roark, tienes algo, que es la cosa que me asusta. No es sólo el tipo de trabajo que haces. No me importaría si fueses un exhibicionista que se diferencia para presumir, para divertirse y llamar la atención. Es un truco inteligente, ir en contra de la multitud y cobrar entrada por el espectáculo. Si hicieses eso, no me preocuparía. Pero no es eso. Tú amas tu trabajo. ¡Pobre de ti, que lo amas! Y ésa es la maldición. Ésa es la marca que llevas en la frente y que todos pueden ver. Lo amas, y lo saben, y saben que te tienen. ¿Miras alguna vez a la gente por la calle? ¿No la temes? Yo sí. Pasan por delante de uno y llevan sombreros y paquetes. Pero ésa no es su sustancia. Su sustancia es el odio hacia cualquier hombre que ame su trabajo. Ésa es la única especie que temen. No sé por qué. Te estás exponiendo, Roark, a todos y a cada uno de ellos.

—Pero yo nunca me fijo en las personas por la calle.

—¿Te has fijado en lo que me han hecho a mí?

—Me fijo sólo en que usted no les temía. ¿Por qué me pide a mí que lo haga?

—¡Por eso justo te lo estoy pidiendo! —Se inclinó hacia delante, posando los puños en la mesa—. Roark, ¿quieres que lo diga? Eres cruel, ¿verdad? Muy bien, lo diré: ¿quieres acabar así?, ¿quieres ser lo que yo soy?

Roark se levantó y se quedó de pie junto al borde iluminado de la mesa.

—Si acabo siendo, al final de mi vida, lo que es usted hoy aquí, en este despacho, lo consideraré un honor que no habré podido merecer —dijo Roark.

—¡Siéntate! --gruñó Cameron—. No me gusta ese tipo de declaraciones.

—Discúlpeme, me levanté sin darme cuenta.

—Bueno, siéntate. Escucha. Lo entiendo. Y es muy amable por tu parte, pero no lo sabes. Pensé que unos pocos días aquí bastarían para quitarte de la cabeza esa adoración por los héroes. Veo que no ha sido así. Aquí estás, diciéndote a ti mismo lo grande que es el viejo Cameron, un noble luchador, un mártir para una causa perdida, que te gustaría morir en las barricadas conmigo y comer en puestos callejeros conmigo para el resto de tu vida. Lo sé, ahora te parece puro y bello, con tus buenos veintidós años. Pero ¿sabes lo que eso significa? Treinta años de causa perdida, eso suena precioso, ¿no? Pero ¿sabes cuántos días hay en treinta años? ¿Sabes lo que ocurre en esos días? ¡Dime, Roark! ¿Sabes lo que ocurre?

—Usted no quiere hablar de ello.

—¡No, no quiero hablar de ello! Pero voy a hacerlo. Quiero que lo escuches. Quiero que sepas qué te espera. Habrá días en que te mirarás las manos y querrás coger algo para romperte hasta el último de tus huesos, porque te estarán provocando sobre lo que podrían hacer, si encontrases una oportunidad para ellas, y no puedes encontrarla, no soportas tu cuerpo vivo, porque le ha fallado a esas manos. Habrá días en que un conductor te hablará de malas maneras al subir a un autobús, y sólo te estará pidiendo diez centavos, pero eso no es lo que tú oyes: lo que oyes es que no eres nada, que se está riendo de ti, y que lo llevas escrito en la frente, eso por lo que te odian. Habrá días en que estarás en un rincón de una sala, escuchando a una criatura en un estrado hablar sobre edificios, sobre ese trabajo que amas, y las cosas que dirá te harán imaginar que alguien se levantará y lo abrirá en canal con los pulgares; pero entonces oirás a la gente aplaudir, y tendrás ganas de chillar, porque no sabrás si esa gente es real o lo eres tú, si estás en una sala llena de cráneos corneados, o si simplemente alguien acaba de vaciarte la cabeza; y no dirás nada, porque los sonidos que puedas emitir ya no son una lengua comprensible en esa sala. Y, aunque quisieses hablar, no lo harías tampoco, porque te barrerían a un lado, ¡qué les vas a contar tú a ellos sobre edificios! ¿Es eso lo que quieres?

Roark estaba muy quieto; las sombras afilaban su rostro con un halo oscuro sobre su mejilla hundida y un triángulo negro que le cruzaba la barbilla. Tenía los ojos fijos en Cameron.

—¿No es suficiente? —preguntó Cameron—. Muy bien. Después, un día, verás en el papel, delante de ti, un edificio que hará que quieras arrodillarte; no te creerás lo que has hecho, pero lo habrás hecho. Después pensarás que la tierra es maravillosa y que el aire huele a primavera, y amarás a tu prójimo, porque no existe el mal en el mundo. Y te dispondrás a salir de casa con ese dibujo para que lo construyan, porque no tendrás ninguna duda de que el primer hombre que lo vea querrá construirlo. Pero no llegarás muy lejos de casa, porque te parará en la puerta el hombre que ha venido a cortarte el gas. No tenías mucha comida, porque tuviste que ahorrar para acabar tu dibujo, pero, aun así, tuviste que cocinar algo y no lo habías pagado... De acuerdo, eso no es nada, ríete si quieres. Pero, por fin, llegarás al despacho de un hombre con tu dibujo, y te maldecirás por ocuparle tanto espacio con tu cuerpo, y tratarás de escabullirte de su campo de visión, para que no te vea y sólo escuche tu voz que le suplica, que le ruega, tu voz que le lame las rodillas. Te odiarás por ello, pero no te importará, con tal de que te deje levantar ese edificio; no te importará, querrás abrirte las entrañas para mostrárselas, porque si viera lo que hay dentro, te dejaría levantarlo. Pero te dirá que lo siente mucho, porque se lo acaba de encargar a Guy Francon. Y te irás a casa, y ¿sabes lo que harás allí? Llorarás. Llorarás como una mujer, como un borracho, como un animal. Ése es tu futuro, Howard Roark. Ahora: ¿es eso lo que quieres?

—Sí —dijo Howard Roark.

Cameron dejó caer los párpados y bajó un poco la cabeza, y después la bajó más. Su cabeza siguió cayendo con lentas y pausadas sacudidas; después paró, y él se quedó así, con los hombros encorvados y los brazos acurrucados en el regazo.

—Howard. Nunca se lo he dicho a nadie... —murmuró Cameron.

—Gracias...

Al cabo de un largo rato, Cameron levantó la cabeza.

—Vete a casa —dijo Cameron, con voz alicaída—. Has trabajado mucho últimamente y tienes por delante un día duro. —Señaló los dibujos de la casa de campo—. Todo esto está muy bien, y quería ver lo que hacías, pero no es lo bastante bueno para construirlo. Tendrás que hacerlo otra vez. Te enseñaré lo que quiero mañana.

5

Un año en la firma Francon & Heyer le había otorgado a Keating el título de príncipe heredero sin cartera, según los rumores. Aunque aún era dibujante, era el favorito de Francon del momento. Francon se lo llevaba a comer, un honor insólito para un empleado. Francon lo llamaba para que estuviese presente en las entrevistas con los clientes. A los clientes parecía gustarles ver un joven tan decorativo en el despacho de un arquitecto.

Lucius N. Heyer tenía la molesta costumbre de preguntarle a Francon de repente: «¿Cuándo cogiste al nuevo?»; mientras señalaba a un empleado que llevaba allí tres años. Pero Heyer sorprendió a todos al recordar el nombre de Keating y saludarlo, siempre que se encontraban, con una sonrisa de reconocimiento. Una tarde gris de noviembre, Keating había mantenido una larga conversación con él sobre porcelana antigua. Era el pasatiempo de Heyer, y poseía una famosa colección que había reunido con pasión. Keating mostró unos conocimientos muy sólidos sobre el tema, aunque jamás había oído hablar de porcelana antigua hasta la noche anterior, que pasó en una biblioteca pública. Heyer estaba encantado: a nadie en la oficina le importaba su afición, y pocos se percataban alguna vez de su presencia. Heyer le comentó a su socio:

—Se te da muy bien elegir a los jóvenes, Guy. Me gustaría que a éste no lo perdiésemos, ¿cómo se llama...? Keating.

—Sí, así es. Así es —dijo Francon sonriendo.

En la sala de dibujo, Keating se concentraba en Tim Davis. El trabajo y los dibujos eran sólo detalles inevitables de la superficie de sus días; Tim Davis era la sustancia y la forma del primer paso en su carrera profesional.

Davis le dejaba hacer la mayor parte de su trabajo. Al principio, sólo por la noche; después, algunas partes de sus encargos diarios también. Al principio, en secreto; después, abiertamente. Davis prefería que no se hubiese sabido. Keating hizo que se supiera, con un aire de seguridad ingenua con el que daba a entender que sólo era una herramienta, nada más que el lápiz de Tim o su regla T, que su ayuda recalcaba la importancia de T en vez de mermarla y que, por lo tanto, no deseaba ocultarlo.

Al principio, Davis le transmitía las instrucciones a Keating; después, el dibujante jefe dio por sentado el acuerdo y empezó a llevarle órdenes a Keating destinadas a Davis. Keating siempre estaba ahí, sonriendo, y decía: «Yo lo haré, no entretenga a Tim con estas bagatelas. Yo me ocuparé de ello». Davis se relajaba y se dejaba llevar. Fumaba mucho, y se repantingaba con las piernas ligeramente cruzadas sobre el travesaño de una banqueta, con los ojos cerrados, entregado a soñar con Elaine. De vez en cuando, decía: «¿Está eso listo, Pete?».

Davis se casó con Elaine esa primavera. A menudo llegaba tarde al trabajo. Le había susurrado a Keating:

—Tú que eres amigo del jefe, Pete, déjale caer alguna palabra buena sobre mí, ¿lo harás? Así pasará por alto algunas cosas. Dios, ¡odio tener que estar trabajando ahora mismo!

Keating le decía después a Francon: «Lo siento, señor Francon, que los planos del segundo sótano de la obra del señor Murray vayan tan retrasados, pero Tim Davis riñó con su mujer anoche, y ya sabe cómo son estos recién casados, es mejor no ser duro con ellos», o «Tim Davis otra vez, señor Francon, perdónelo, no puede evitarlo, ¡no tiene la cabeza puesta en el trabajo!».

Cuando Francon echó un vistazo a las listas de salarios de sus empleados, advirtió que su dibujante más caro era el menos necesario en la oficina.

Cuando Tim Davis perdió su trabajo, nadie en la sala de dibujo se sorprendió, excepto el propio Tim Davis. No podía entenderlo. Apretó los labios con desafiante rencor hacia un mundo que odiaría para siempre. Sentía que no tenía ningún amigo en la tierra, salvo Peter Keating.

Keating lo consoló, maldijo a Francon, maldijo la injusticia de la humanidad, se gastó seis dólares en un bar clandestino para invitar a un conocido suyo, secretario de un arquitecto desconocido, y consiguió un nuevo trabajo para Tim Davis.

Desde entonces, siempre que se acordaba de Davis sentía un cálido placer. Había influido en el curso de un ser humano, lo había echado de un camino y lo había puesto en otro; un ser humano —para él ya no era Tim Davis, era una estructura viva y una mente, una mente consciente; ¿por qué siempre había temido esa misteriosa entidad que era la consciencia de los demás?— y había retorcido esa estructura y esa mente a su antojo. Por decisión unánime de Francon, Heyer y el dibujante jefe, la mesa de Tim, el puesto y el salario fueron adjudicados a Peter Keating. Pero eso era sólo parte de su satisfacción; había otra más cálida, menos real y también más peligrosa. Solía decir jovialmente: «¿Tim Davis? ¡Ah, sí! Yo le conseguí el trabajo que tiene ahora».

Escribió a su madre para contárselo. Ella les decía a sus amigas: «Petey es un muchacho muy poco egoísta».

Le escribía con diligencia cada semana. Sus cartas eran breves y respetuosas; las de ella, prolijas y llenas de consejos que él raras veces terminaba de leer.

Veía a Catherine Halsey de vez en cuando. No fue a verla aquella noche siguiente, como había prometido. Al despertarse por la mañana, recordó las cosas que le había dicho, y la odió por haberle hecho decirlas. Pero había ido a verla otra vez, una semana más tarde, y ella no se lo reprochó ni mencionaron a su tío. Después la vio cada mes o dos meses. Se alegraba cuando la veía, pero nunca le hablaba de su trabajo.

Intentó hablar de ello con Howard Roark, pero no lo consiguió. Llamó a Roark dos veces, y subió indignado los cinco tramos de escaleras hasta la habitación de Roark. Lo saludó entusiasmado, esperando sentirse reafirmado, sin saber qué tipo de reafirmación necesitaba ni por qué sólo la podía obtener de Roark. Le habló a Roark de su trabajo y le preguntó, con sincero interés, por la oficina de Cameron. Roark le escuchó, y respondió a todas sus preguntas de buen grado, pero Keating sintió como si estuviera tocando una plancha de hierro al ver los ojos impasibles de Roark y como si estuviesen hablando de cosas completamente distintas. Antes de terminar la visita, Keating se fijó en los puños gastados de Roark, en sus zapatos y en el parche que llevaba en la rodilla del pantalón, y se sintió satisfecho. Se fue riéndose entre dientes, pero terriblemente inquieto. Se preguntó por qué, y se juró que nunca volvería a ver a Roark. Se preguntó por qué sabía que tendría que volver a verlo.

—No vi la manera de invitarla a comer, pero se viene conmigo a la exposición de Mawson pasado mañana. ¿Qué te parece? —dijo Keating.

Estaba sentado en el suelo, con la cabeza apoyada en el borde del sofá, los pies descalzos y estirados y llevaba puesto un holgado pijama de Guy Francon color cartujo que le flotaba alrededor de las piernas.

Por la puerta del baño, que estaba abierta, vio a Francon de pie en el lavabo, con la tripa apoyada en su borde reluciente, lavándose los dientes.

—Es espléndido —dijo Francon, con la boca llena de espuma de dentífrico—. Eso servirá también. ¿No lo ves?

—No.

—Por Dios, Peter, te lo expliqué ayer antes de que empezáramos. El marido de la señora Dunlop piensa construir una casa para ella.

—Ah, sí —dijo Keating con voz débil, retirándose los apelmazados rizos negros de la cara—. Ah, sí... Ahora me acuerdo... Dios, Guy, ¡qué cabeza tengo...!

Recordaba vagamente la fiesta a la que le había llevado Francon la noche anterior. Se acordaba del caviar servido en hielo ahuecado, el vestido de fiesta negro y el bello rostro de la señora Dunlop, pero no lograba acordarse de cómo había acabado en el apartamento de Francon. Se encogió de hombros: había ido a muchas fiestas con Francon el año anterior y a menudo acababa allí de la misma manera.

—No es una casa muy grande —dijo Francon; de su boca sobresalía el mango verde del cepillo, que le abultaba la mejilla—. Cincuenta mil o así, tengo entendido. Son unos pelagatos, de todos modos. Pero el cuñado de la señora Dunlop es Quimby, ya sabes, el tipo de la gran inmobiliaria. No nos vendría mal sacar algo de tajada a esa familia, nada mal. Vamos a ver cómo acaba ese encargo, Pete. ¿Puedo contar contigo, Pete?

—Sin duda —dijo Keating, dejando caer la cabeza—. Siempre puedes contar conmigo, Guy.

Estaba quieto, mirándose los dedos de los pies descalzos y pensando en Stengel, el diseñador de Francon. No quería pensar, pero su mente saltó a Stengel de forma automática, como siempre, porque Stengel representaba su siguiente paso.

Stengel era inasequible a la amistad. Durante dos años, los intentos de Keating se habían hecho trizas contra las gafas heladas de Stengel. Lo que Stengel pensaba de él se murmuraba en las salas de dibujo, pero pocos se atrevían a repetirlo, salvo entre comillas. Stengel lo decía en alto, aunque sabía que las correcciones en sus dibujos, cuando volvían a él desde el despacho de Francon, eran obra de Keating. Pero Stengel tenía un punto vulnerable: llevaba algún tiempo pensando en dejar a

Francon y abrir su propio estudio. Había elegido a un socio, un joven arquitecto sin talento, pero que había heredado una fortuna. Stengel sólo estaba esperando una oportunidad. Keating había pensado mucho en ello. No podía pensar en otra cosa. Pensó en ello otra vez allí, sentado en el suelo del dormitorio de Francon.

Dos días después, cuando acompañó a la señora Dunlop a la exposición de pinturas del tal Frederic Mawson, su plan de acción estaba decidido. La condujo a través de la multitud dispersa, cogiéndole el codo de vez en cuando y haciéndole notar que miraba más veces a su joven rostro que a los cuadros.

—Sí —dijo Keating, mientras ella contemplaba obediente un paisaje en el que aparecía un cementerio de coches, y trató de dar a su cara la expresión de admiración que esperaba de ella—. Una magnífica obra. Fíjese en los colores, señora Dunlop... Dicen que este Mawson lo ha pasado muy mal. Es la vieja historia, intentar obtener el reconocimiento. Vieja y dolorosa. Pasa igual en todas las artes. Incluido mi propio oficio.

—Oh, ¿en serio? —dijo la señora Dunlop, que en aquel momento parecía preferir la arquitectura.

—Mire esto —dijo él, deteniéndose ante el retrato de una vieja bruja que se hurgaba los pies descalzos en un bordillo—, esto es arte como documento social. Hay que tener un especial valor personal para apreciarlo.

—Es sencillamente maravilloso —respondió la señora Dunlop.

—Ah, el valor. Es una cualidad poco común... Dicen que Mawson se estaba muriendo de hambre en una buhardilla cuando la señora Stuyvesant lo descubrió. Es magnífico poder ayudar así a un joven talento.

—Debe de ser maravilloso —convino la señora Dunlop.

—Si yo fuese rico —dijo Keating con melancolía— sería mi afición: organizar una exposición para un nuevo artista, financiar el concierto de un nuevo pianista, hacer que un nuevo arquitecto construyera una casa...

—¿Sabe qué, señor Keating? Mi marido y yo tenemos planes de construir una casita en Long Island.

—Ah, ¿sí? Qué encantadora es usted, señora Dunlop, al confesarme una cosa como ésa. Usted es tan joven, que me perdonará que se lo diga: ¿no sabe que corre el peligro de que me ponga pesado e intente que se interese por mi firma?, ¿o está ya a salvo y ha elegido al arquitecto?

—No, no lo estoy en absoluto —dijo con gracia—, y no me importaría el peligro, en realidad. He pensado mucho en la firma de Francon & Heyer estos días. Y he oído que son muy buenos.

—Vaya, gracias, señora Dunlop.

—El señor Francon es un gran arquitecto.

—Ah, sí.

—¿Qué pasa?

—Nada. Nada, de verdad.

—No, ¿qué pasa?

—¿De verdad quiere que se lo diga?

—¡Pues claro!

—Bueno, verá. Guy Francon es sólo un nombre. No sabría qué hacer con su casa. Es uno de esos secretos profesionales que yo no debería divulgar, pero no sé qué tiene usted que me hace querer serle sincero. Es Stengel el que diseña todos los mejores edificios de nuestra oficina.

—¿Quién?

—Claude Stengel. Nunca habrá oído hablar de él, pero lo hará, cuando alguien tenga el valor de descubrirlo. Mire, él hace todo el trabajo, él es el verdadero genio entre bambalinas, pero Francon pone su firma y se lleva todo el reconocimiento. Así se hace en todas partes.

—Pero ¿por qué aguanta eso el señor Stengel?

—¿Qué puede hacer? Nadie le va a dar la oportunidad. Ya sabe cómo es la mayoría de la gente, que se atiene a lo trillado y pagan el triple por lo mismo, sólo por la marca. Coraje, señora Dunlop, coraje es lo que les falta. Stengel es un gran artista, pero hay muy pocas personas capaces de percibirlo. Está preparado para ir por su cuenta, si pudiese encontrar a una persona distinguida, como la señora Stuyvesant, que le diera una oportunidad.

—¿En serio? ¡Qué interesante! Cuénteme más.

Él le contó mucho más. Para cuando hubieron terminado de admirar las obras de Frederic Mawson, la señora Dunlop ya estaba dándole la mano a Keating y diciéndole:

—Es usted muy amable, extraordinariamente amable. ¿Está seguro de que no le pondré en un aprieto en su oficina si me organiza una reunión con el señor Stengel? No me atrevía a sugerirlo, y ha sido muy gentil por no enfadarse conmigo. Es muy desinteresado por su parte, más de lo que habría sido cualquiera en su posición.

Cuando Keating se acercó a Stengel con la propuesta de un almuerzo, éste lo escuchó sin decir una palabra. Después sacudió la cabeza y dijo con sequedad:

—¿Tú qué ganas con eso?

Antes de que Keating pudiera responder, Stengel echó de pronto la cabeza atrás.

—Ah, ya veo —dijo Stengel.

Después, se inclinó hacia delante, tensando los labios con desprecio.

—Vale, iré a ese almuerzo.

Cuando Stengel dejó la firma de Francon & Heyer para abrir su propia oficina y empezar con la construcción de la casa de los Dunlop, su primer encargo, Guy Francon dio un golpe en el borde de su mesa con una regla y le rugió a Keating:

—¡Pero qué cabrón! ¡Pero qué maldito cabrón! Después de todo lo que he hecho por él.

—¿Qué esperabas? Así es la vida —dijo Keating, repantingado en un sillón bajo, delante de él.

—Lo que no entiendo es cómo se enteró ese canalla. ¡Para quitárnoslo delante de nuestras narices!

—Bueno, yo nunca confié en él, de todos modos. La naturaleza humana... —dijo Keating, encogiéndose de hombros.

El rencor de su voz era real. Stengel nunca le había mostrado gratitud. El único comentario que le hizo al marcharse fue: «Eres aún más cabrón de lo que pensaba. Buena suerte. Serás un gran arquitecto algún día».

Así fue como Keating consiguió el puesto de dibujante jefe en Francon & Heyer.

Francon celebró la ocasión con una pequeña y modesta bacanal en uno de los restaurantes más caros y discretos de la ciudad.

—En un par de años —decía todo el rato—, en un par de años verás que pasan cosas, Pete... Eres un buen chico y te aprecio, y te ayudaré... ¿No te he ayudado, acaso...? Estás triunfando, Pete... En un par de años...

—Tienes la corbata torcida, Guy, y te estás tirando el coñac por todo el chaleco... —dijo Keating fríamente.

Al enfrentarse a su primer proyecto, Keating se acordó de Tim Davis, de Stengel y de muchos otros que lo habían querido, que habían luchado por ello, que lo habían intentado y a los que él había derrotado. Experimentaba una sensación de triunfo. Era una afirmación palpable de su grandeza. Después se vio de pronto en su despacho acristalado, mirando a su papel en blanco, a solas. Algo le rodó por la garganta hasta el estómago, algo frío y vacío, la vieja sensación de un agujero que caía. Se apoyó en la mesa y cerró los ojos. Nunca le había parecido tan real que esto era lo que se esperaba de él: llenar un pliego de papel, crear algo sobre un pliego de papel.

Era sólo una pequeña residencia. Pero, en lugar de verla elevarse ante él, la veía hundirse; veía su forma como un foso en el suelo, y como un foso en su interior, como un vacío en el que sólo estaban Davis y Stengel agitándose en vano. Francon le había dicho sobre el edificio: «Debe tener dignidad, ya sabes, dignidad... Nada de extravagancias... Una estructura elegante... Y ajústate al presupuesto». Ésa era la manera de Francon de darle ideas a su proyectista y dejar que él las desarrollara. Con un estupor frío, Keating se imaginó a los clientes riéndose en su cara; oía el omnipotente hilo de voz de Ellsworth Toohey llamándole la atención sobre las oportunidades que se le abrían en el gremio de fontaneros. Odiaba cada piedra que había sobre la faz de la tierra. Se odiaba a sí mismo por haber decidido ser arquitecto.

Cuando empezó a dibujar, intentó no pensar en el trabajo que estaba haciendo. Pensó sólo en que Francon lo había hecho, y Stengel, incluso Heyer, y todos los demás, y que él podía hacerlo, si ellos habían podido.

Empleó varios días para los bocetos preliminares. Pasó largas horas en la biblioteca de Francon & Heyer, buscando entre las fotografías de edificios clásicos el aspecto para su casa. Sentía que la tensión le fundía el cerebro. Era correcta y buena, esa casa que crecía bajo sus manos, porque los hombres aún adoraban a los maestros que lo habían hecho antes que él. No tenía que cuestionarse, temer o aceptar los riesgos: estaban ahí para él.

Cuando los dibujos estuvieron listos, se quedó mirándolos con dudas. Si le dijeran que era la mejor casa del mundo, o la más fea, habría estado de acuerdo con ambas cosas. No estaba seguro. Tenía que estar seguro. Pensó en Stanton, y en cuál era su recurso cuando hacía sus trabajos allí. Llamó a la oficina de Cameron y preguntó por Howard Roark.

Fue a la habitación de Roark aquella noche y desplegó ante él los planos, los alzados y la perspectiva de su primer edificio. Roark estaba de pie frente a ellos, con los brazos extendidos y las manos apoyadas en el borde de la mesa, y no dijo nada durante un buen rato.

Keating esperaba ansioso, y su enfado crecía con su ansiedad, porque no veía motivos para estar tan ansioso. Cuando ya no pudo resistir más, habló.

—Ya sabes, Howard, que todo el mundo dice que Stengel es el mejor proyectista de la ciudad, y no creo que estuviese en realidad preparado para marcharse, pero yo le hice hacerlo y me quedé con su puesto. Tuve que pensar muy bien para resolverlo, yo...

Se calló. No parecía animado y orgulloso, como habría parecido en cualquier otra parte. Parecía estar suplicando.

Roark se giró y lo miró. No había desprecio en sus ojos, sólo estaban un poco más abiertos de lo habitual, atentos y perplejos. No dijo nada y volvió a los dibujos.

Keating se sentía desnudo. Davis, Stengel y Francon no significaban nada allí. La gente era su protección contra la gente. Roark no tenía sentido de la gente. Los demás le hacían sentir a Keating su propio valor. Roark no le hacía sentir nada. Pensó que debía coger sus dibujos y salir corriendo. El peligro no era Roark. El peligro era que él, Keating, se quedase.

Roark se volvió hacia él.

—¿Disfrutas haciendo estas cosas, Peter? —le preguntó.

—Oh, ya sé —dijo Keating, con voz estridente—. Sé que no te parece bien, pero es el negocio, sólo quiero saber lo que piensas en sentido práctico, no filosófico, no...

—No, no voy a sermonearte. Sólo me lo preguntaba.

—Si pudieras ayudarme, Howard, si pudieras ayudarme sólo un poco... Es mi primera casa, y significa mucho para mí en la oficina, y no estoy seguro. ¿Qué piensas? ¿Me ayudarás, Howard?

—Está bien.

Roark echó a un lado el boceto de la elegante fachada con las pilastras acanaladas, los frontones quebrados, los fasces romanos sobre las ventanas y las dos águilas imperiales en la entrada. Recogió los planos. Tomó un pliego de papel de calco, lo puso sobre el plano y empezó a dibujar. Keating se quedó observando el lápiz en la mano de Roark. Vio cómo desaparecían su imponente vestíbulo, sus pasillos curvos, sus esquinas oscuras; vio cómo crecía un inmenso salón de estar en un espacio que a él le había parecido demasiado limitado; y una pared de ventanas gigantes que daban al jardín; y una espaciosa cocina. Esperó un largo rato.

—¿Y la fachada? —preguntó, cuando Roark soltó el lápiz.

—No puedo ayudarte con eso. Si tienes que hacerlo clásico, que sea al menos un buen clásico. No necesitas tres pilastras cuando funciona con una. Y quita esos pajarracos de la puerta, es demasiado.

Keating le sonrió con gratitud al marcharse con los dibujos bajo el brazo. Se fue por las escaleras dolido y enfadado. Trabajó durante tres días para hacer los nuevos planos a partir de los dibujos de Roark y un nuevo alzado, más sencillo. Le presentó su casa a Francon con un gesto orgulloso y teatral.

—Bien bien, me pronuncio —dijo Francon, estudiándolo—. Qué imaginación tienes, Peter... Me maravilla... Es un poco atrevido, pero me maravilla...

Tosió y añadió:

—Es justo lo que tenía en mente.

—Naturalmente, porque he estudiado tus edificios e intenté pensar en lo que habrías hecho tú, y si es bueno es porque pensé en cómo captar tus ideas.

Francon sonrió, y Keating pensó de pronto que Francon no se lo creía realmente y que sabía que Keating no lo pensaba, y, sin embargo, ambos estaban satisfechos, unidos por un método y una culpa en común.

Una carta en la mesa de Cameron le informaba de que, lamentablemente, tras una seria reflexión, el Consejo de Administración de la entidad bancaria Security Trust Company no había podido aceptar sus planos para construir el edificio de la nueva sucursal de la compañía en el barrio de Astoria y que el encargo había sido adjudicado a la firma Gould & Pettingill. Se adjuntaba un cheque a la carta como pago por sus bocetos preliminares, según lo acordado. La cantidad no alcanzaba a cubrir el gasto de haber hecho esos dibujos.

La carta estaba extendida en la mesa. Cameron estaba sentado, retirado de la mesa, sin tocarla, con las manos superpuestas sobre el regazo y los dedos rígidos. Era sólo un pequeño trozo de papel, pero Cameron se quedó encogido y quieto ante él, porque parecía una cosa sobrenatural que, como el radio, lanzaba rayos que le dañarían si se moviera y expusiera su piel al contacto con ellos.

Llevaba tres meses esperando el encargo de la Security Trust Company. Una tras otra, las oportunidades que se le habían presentado en escasos intervalos durante los últimos dos años se habían esfumado; aparecían como vagas promesas y se desvanecían en firmes negativas. Tuvo que despedir a uno de sus dibujantes mucho tiempo atrás. El propietario del estudio reclamaba el alquiler, primero de forma educada, después con sequedad, y luego de manera ruda y directa. Pero nadie en la oficina se había preocupado por eso, ni por los frecuentes retrasos en el cobro del sueldo: contaban con conseguir el encargo de la Security Trust Company. El vicepresidente, que le había pedido a Cameron que presentara los dibujos, había dicho:

—Lo sé, algunos directores no lo verán como yo. Pero siga adelante, señor Cameron. Aproveche la oportunidad, y yo lucharé por usted.

Cameron aprovechó la oportunidad. Él y Roark habían trabajado a destajo para tener listos los planos en plazo, antes de la fecha límite, antes de que Gould & Pettingill pudieran entregar los suyos. Pettingill era primo de la esposa del presidente del banco y un famoso experto en las ruinas de Pompeya. El presidente del banco era un ferviente admirador de Julio César, y una vez, en Roma, se pasó una hora y cuarto observando con reverencia el Coliseo.

Cameron y Roark convivieron en la oficina, con una cafetera siempre llena, desde el amanecer hasta las heladas noches durante muchos días, y Cameron pensó sin querer en la factura de la luz, pero trató de olvidarla. Las luces aún estaban encendidas en la sala de dibujo en las primeras horas del día, cuando mandaba a Roark a por bocadillos, y Roark se encontraba con las mañanas grises en las calles mientras seguía siendo de noche en la oficina, donde las ventanas daban a un alto muro de ladrillo. El último día, fue Roark quien mandó a Cameron a casa pasada la medianoche, porque le temblaban las manos y sus rodillas no paraban de buscar el sostén del alto taburete de dibujo; se apoyaban en él con una lenta, cautelosa y espeluznante precisión. Roark lo llevó hasta un taxi, y, a la luz de una farola, Cameron vio el rostro de Roark demacrado, los ojos abiertos con esfuerzo, los labios resecos. A la mañana siguiente, Cameron entró en la sala de dibujo: se encontró la cafetera en el suelo junto a un charco negro y la mano de Roark en el charco, con la palma hacia arriba y los dedos medio cerrados; el cuerpo de Roark estaba tendido en el suelo con la cabeza hacia atrás, profundamente dormido. Cameron vio en la mesa los planos terminados.

Ahora, Cameron miraba la carta en su mesa. Lo humillante era que no podía pensar en todas esas noches a sus espaldas, que no podía pensar en el edificio que habría construido en Astoria y el edificio que ahora ocuparía su lugar; era que sólo podía pensar en la factura impagada de la compañía de la luz.

En los últimos dos años, Cameron había desaparecido durante semanas de la oficina, y Roark no lo encontraba en casa. Sabía lo que estaba pasando, pero lo único que podía hacer era esperar que Cameron volviera sano y salvo. Después, Cameron perdió incluso la vergüenza por su agonía, y llegaba a la oficina tambaleándose, sin reconocer a nadie, claramente borracho y jactándose de ello entre las paredes del único lugar de la tierra donde se le respetaba.

Roark aprendió a enfrentarse a su propio casero, y le decía con tranquilidad que no podía pagarle hasta la semana siguiente; el casero le temía, y no insistía. Peter Keating se enteró de eso de algún modo, como siempre se enteraba de todo lo que quería saber. Fue a la congelada habitación de Roark una noche, y se sentó sin quitarse el abrigo. Sacó la cartera, cogió cinco billetes de diez dólares y se los dio a Roark.

—Lo necesitas, Howard. Sé que lo necesitas. No empieces a protestar. Me los puedes devolver en cualquier momento.

Roark lo miró asombrado, cogió el dinero y dijo:

—Sí, lo necesito. Gracias, Peter.

Después, Keating añadió:

—¿Qué demonios estás haciendo desperdiciándote con el viejo Cameron? ¿Qué necesidad tienes de vivir así? Déjalo, Howard, y vente con nosotros. No tengo más que decirlo. Francon estará encantado. Te daremos sesenta dólares a la semana para empezar.

Roark se sacó el dinero del bolsillo y se lo devolvió.

—¡Oh, por Dios santo, Howard! Yo... no pretendía ofenderte.

—Yo tampoco.

—Pero, por favor, Howard, quédatelo de todas formas.

—Buenas noches, Peter.

Roark estaba pensando en eso cuando Cameron entró en la sala de dibujo con la carta de la Security Trust Company en la mano. Le dio la carta a Roark, sin mediar palabra, se giró y volvió a su despacho. Roark leyó la carta y fue tras él. Siempre que perdían otro encargo, Roark sabía que Cameron quería verlo en su despacho, aunque no para hablar de ello: sólo para verlo allí, para hablar de otras cosas, para apoyarse en la confianza que le procuraba su presencia.

Roark vio en la mesa de Cameron un ejemplar del *Banner*.

Era el principal periódico del gran grupo Wynand. Era un periódico que habría esperado encontrar en una cocina, en una barbería, en una salita de espera de tercera categoría, en el metro, en cualquier parte, salvo en el despacho de Cameron. Cameron vio que lo miraba, y sonrió.

—Lo cogí esta mañana, de camino para acá. Curioso, ¿verdad? No sabía que... íbamos a recibir esa carta hoy. Y, aun así, parece adecuado que estén juntos, este periódico y esa carta. No sé qué me hizo comprarlo. Un sentido de simbolismo, supongo. Míralo, Howard. Es interesante.

Roark le echó una ojeada. En la portada había una imagen de una madre soltera de labios gruesos, pintados, que había matado a su amante; la foto encabezaba la primera entrega de su autobiografía y una detallada crónica de su juicio. En las demás páginas se publicaba una campaña contra las empresas de servicios públicos; un horóscopo diario; extractos de sermones eclesiásticos; recetas para recién casadas; retratos de chicas con hermosas piernas; consejos sobre cómo conservar al marido; un concurso de bebés; un poema que proclamaba que lavar platos era más noble que escribir una sinfonía; y un artículo que demostraba que la mujer que da a luz es automáticamente una santa.

—Ésta es nuestra respuesta, Howard. Ésa es la respuesta que nos han dado a ti y a mí. Este periódico. Que esto exista y que guste. ¿Puedes luchar contra eso? ¿Tienes alguna palabra que eso pueda escuchar y entender? No deberían habernos enviado esa carta. Deberían habernos mandado un ejemplar del *Banner* de Wynand. Habría sido más sencillo y más claro. ¿Sabes que, en unos pocos años, ese increíble cabrón, Gail Wynand, dominará el mundo? Será un mundo precioso. Y tal vez haga bien.

Cameron cogió el periódico abierto y lo sopesó en la palma de la mano.

—Darles lo que quieren, Howard, y dejarles que te adoren por ello, o lamerles los pies o... ¿o qué? ¿Qué utilidad tiene...? Sólo es que no importa, nada importa, ni siquiera me importa a mí ya.

Después miró a Roark, y continuó:

—Si pudiera al menos seguir hasta que hayas empezado por tu cuenta, Howard...

—No hables de eso.

—Quiero hablar de eso... Es curioso, Howard, la próxima primavera se cumplirán tres años desde que estás aquí. Parece que ha pasado mucho más tiempo, ¿verdad? Bueno, ¿te he enseñado algo? Te lo diré: te he enseñado mucho y nada. Nadie puede enseñarte nada, no sobre lo esencial, sobre su fuente. Lo que estás haciendo es tuyo, no mío. Yo sólo puedo enseñarte a hacerlo mejor. Puedo darte los medios, pero el objetivo..., el objetivo es tuyo. No serás un pequeño discípulo que levanta cositas anémicas al antiguo estilo jacobino o del último Cameron. Lo que tú serás..., ojalá pudiera vivir para verlo.

—Vivirás para verlo. Y lo sabes.

Cameron se quedó mirando las paredes desnudas de su despacho, las pilas blancas de facturas en su mesa, y el lento goteo de la lluvia de hollín en los ventanales.

—No tengo respuesta para ellos, Howard. Te dejo a ti que te enfrentes a ellos. Tú les responderás. A todos ellos, a los periódicos de Wynand y a los que hacen posible que existan los periódicos de Wynand y a lo que hay detrás de eso. Es una extraña misión la que te encargo. No sé cuál será nuestra respuesta. Sólo sé que aquí hay una respuesta y que la tienes tú, que tú eres la respuesta, Howard, y algún día encontrarás las palabras para ella.

6

Sermones en piedra, de Ellsworth M. Toohey, se publicó en enero de 1925.

El libro tenía una meticulosa cubierta de color azul oscuro, con letras sencillas plateadas y una pirámide también plateada en una esquina. Su subtítulo era: *Arquitectura para todos*, y tuvo un éxito formidable. Narraba la historia de la arquitectura, desde las cabañas de barro hasta los rascacielos, en los términos de la gente de la calle, pero con una pátina científica. Su autor afirmaba en su prefacio que era un intento de «llevar la arquitectura a donde pertenece: al pueblo». Decía, además, que quería que la gente común «pensara y hablara de la arquitectura como hablaba de béisbol». No aburría a sus lectores con los detalles técnicos sobre los cinco órdenes, los aparejos y los dinteles, los arbotantes o el hormigón armado. Llenaba las páginas con relatos caseros de la vida cotidiana de las amas de casa egipcias, los zapateros remendones de Roma, la amante de Luis XVI, qué comían, cómo lavaban, dónde compraban y qué impacto tenían sus edificios en su existencia. Sin embargo, les daba a sus lectores la impresión de que estaban aprendiendo todo lo que tenían que saber sobre los cinco órdenes y el hormigón armado. Les daba a sus lectores la impresión de que no había problemas ni logros ni cotas del pensamiento más allá de la vida cotidiana común de las gentes anónimas del pasado y del presente; que la ciencia no tenía objetivo ni expresión más allá de su influencia en sus rutinas; que sus lectores, sólo con llevar sus propias vidas desconocidas, estaban representando y logrando los más altos objetivos de cualquier civilización. Su precisión científica era impecable, y su erudición, asombrosa; nadie podía refutarlo acerca de los utensilios de cocina de Babilonia o los felpudos de Bizancio. Su escritura tenía la viveza y el colorido del observador directo. No se arrastraba trabajosamente por los siglos; él danzaba, como decía la crítica, por las sendas del tiempo como un juglar, un amigo y un profeta.

Él decía que la arquitectura era la mayor de las artes porque era anónima, como toda grandeza. Decía que el mundo había tenido muchos grandes edificios, pero pocos constructores de renombre, como debía ser, ya que ningún hombre ha creado jamás nada importante en la arquitectura, ni en cualquier otra cosa, tampoco. Los pocos nombres que habían perdurado fueron, en realidad, impostores que habían expropiado la gloria del pueblo como otros expropiaron su riqueza. Decía:

> Cuando contemplamos la majestuosidad de un monumento antiguo y atribuimos ese logro a un solo hombre, somos culpables de malversación espiritual. Pasamos por alto el ejército de artesanos, desconocidos y olvidados que los precedieron en la oscuridad de los tiempos, que trabajaron duro y con humildad —todo heroísmo es humilde—, y contribuyeron cada uno con su pequeña aportación al tesoro común de su tiempo. Un gran edificio no es la creación privada de un genio u otro. Es, simplemente, una condensación del espíritu de un pueblo.

Explicaba que la decadencia de la arquitectura llegó cuando la propiedad privada sustituyó el espíritu comunal de la Edad Media, y que el egoísmo de los propietarios individuales, que construían sin ningún otro propósito que el de satisfacer su propio mal gusto —«toda afirmación de gusto individual es mal gusto»—, había arruinado el efecto planificado de las ciudades. Decía que no existía el libre albedrío, que los impulsos creativos de los hombres estaban determinados, como todo lo demás, por la estructura económica de la época en que vivían. Expresó su admiración por todos los grandes estilos históricos, pero advertía contra su excesiva mezcolanza. Rechazaba la arquitectura moderna: «Hasta ahora, no ha representado nada, salvo el capricho de individuos aislados; no ha dado a luz a ningún gran movimiento de masas, espontáneo, y, como tal, no tiene trascendencia». Predecía que llegaría un mundo mejor, donde todos los hombres serían hermanos y sus edificios serían armoniosos y similares, según la gran tradición de Grecia, «la madre de la democracia». Al escribir esto, lograba transmitir —sin ninguna grieta en la objetiva serenidad de su estilo— que las palabras impresas que ahora se veían ordenadas habían sido emborronadas en un manuscrito por una mano que temblaba de emoción. Instaba a los arquitectos a abandonar su búsqueda egoísta de la gloria individual y a que se dedicaran a la encarnación del ánimo de su pueblo:

> Los arquitectos son siervos, no líderes. No han de afirmar sus pequeños egos, sino expresar el alma de su país y el ritmo de su tiempo. No han de seguir los delirios de su capricho personal, sino buscar el denominador común, que acercará su obra al corazón de las masas. A los arquitectos, queridos amigos, no les corresponde razonar los porqués. No les corresponde mandar, sino ser mandados.

La publicidad de *Sermones en piedra* incluía citas de los críticos: «¡Magnífico!»; «¡Un logro excelente!»; «¡Sin parangón en toda la historia del arte!»; «Una oportunidad para conocer a un hombre encantador y un profundo pensador»; «De lectura obligada para cualquiera que aspire al título de intelectual».

Al parecer había muchísima gente que aspiraba a ese título. Los lectores adquirían erudición sin estudio, autoridad sin coste y capacidad de juicio sin esfuerzo. Era grato mirar los edificios y criticarlos como un profesional, con la página 439 en la cabeza; mantener debates artísticos e intercambiar frases de los mismos párrafos. En los salones distinguidos, pronto se empezó a oír: «¿Arquitectura? ¡Ah, sí! ¡Ellsworth Toohey!».

Según sus principios, Ellsworth Toohey no mencionaba a ningún arquitecto por su nombre en el cuerpo del libro: «El método de investigación histórica que construye mitos y rinde culto a los héroes siempre me ha parecido odioso». Los nombres aparecían sólo en las notas al pie. Varios de ellos aludían a Guy Francon, «que tiene una tendencia al exceso decorativo, pero al que hay que elogiar su lealtad a la tradición estricta del clasicismo». Una nota hacía referencia a Henry Cameron, «que sobresalió en una época como uno de los padres de la llamada escuela de arquitectura moderna y fue relegado desde entonces a un olvido bien merecido. *Vox populi, vox dei*».

En febrero de 1925, Henry Cameron se retiró del oficio.

Hacía un año que sabía que ese día iba a llegar. No había hablado de ello con Roark, pero ambos lo sabían y siguieron adelante, sin esperar nada, salvo seguir mientras fuese posible. Habían goteado algunos pocos encargos el año anterior: casitas de campo, gasolineras y remodelaciones de edificios antiguos. Lo aceptaban todo. Pero el goteo se paró. Las tuberías estaban secas. Le cortó el agua una sociedad a la que Cameron nunca le había pagado la factura.

Simpson y el viejo de la recepción habían sido despedidos tiempo atrás. Sólo quedaba Roark, que permanecía allí las noches de invierno y miraba el cuerpo de Cameron desplomado en su mesa, con los brazos colgando, la cabeza sobre ellos y una botella que brillaba bajo la lámpara.

Entonces, un día de febrero, cuando Cameron llevaba semanas sin probar el alcohol, quiso alcanzar un libro de un estante y se desmayó a los pies de Roark, de repente, sin más, al fin. Roark lo llevó a casa, y el médico le dijo que si Cameron intentaba salir de la cama no necesitaría más sentencia de muerte. Cameron lo sabía. Yacía quieto, con la cabeza en la almohada, con los brazos extendidos y obedientes a cada lado del cuerpo, sin parpadear, con la mirada vacía. Después dijo:

—Cierra la oficina por mí, Howard, ¿lo harás?

—Sí.

Cameron cerró los ojos y no dijo nada más. Roark se quedó sentado toda la noche junto a su cama, sin saber si el viejo dormía o no.

Apareció una hermana de Cameron, que llegó desde algún lugar de Nueva Jersey. Era una viejecita tímida de cabellos blancos, manos temblorosas y una cara difícil de recordar, tranquila, resignada y apaciblemente desesperanzada. Recibía unos modestos ingresos y asumió la responsabilidad de llevarse a su hermano a su casa en Nueva Jersey. Nunca se había casado y no tenía a nadie más en el mundo. No estaba contenta ni triste por la carga, hacía muchos años que había perdido su capacidad emocional.

El día de su partida, Cameron le entregó a Roark una carta que había escrito por la noche a duras penas, sobre un viejo tablero de dibujo apoyado en sus rodillas y con su cuerpo recostado en la almohada. La carta iba dirigida a un destacado arquitecto. Era una recomendación de trabajo para Roark. Roark la leyó y, mirando a Cameron, y no sus propias manos, rompió la carta por la mitad, juntó los trozos y los volvió a romper.

—No. No vas a pedirles nada. No te preocupes por mí —dijo Roark.

Cameron sacudió la cabeza y guardó silencio un largo rato. Después dijo:

—Cierra la oficina, Howard. Déjales los muebles como pago del alquiler. Pero coge el dibujo de mi pared y envíamelo. Sólo eso. Quema todo lo demás. Todos los papeles, todos los archivos, los dibujos, los contratos, todo.

—Sí.

La hermana de Cameron llegó con la camilla y los auxiliares, y se fueron en ambulancia hasta el transbordador. Al entrar al transbordador, Cameron se dirigió a Roark.

—Ahora vas a volver —dijo. Y añadió—: Vas a venir a verme, Howard... No demasiado a menudo...

Roark se dio la vuelta y se alejó mientras llevaban a Cameron al embarcadero. La mañana estaba nublada y el aire llevaba el olor frío y podrido del mar. Una gaviota que volaba a muy poca altura sobre las calles, gris como una hoja de periódico flotante, se posó en un rincón de piedra húmeda y rayada.

Aquella noche, Roark fue a la oficina cerrada de Cameron. No encendió las luces. Encendió el fuego en la estufa salamandra del despacho de Cameron y vació un cajón tras otro sobre el fuego, sin bajar la mirada. Los papeles crujían en el silencio; se levantó un ligero olor a moho en la habitación oscura, y el fuego siseaba, chisporroteaba y hacía saltar chispas brillantes. A veces, un copo blanco con los bordes carbonizados escapaba revoloteando de las llamas. Él lo volvía a meter con la punta de una regla de acero.

Había dibujos de los edificios famosos de Cameron y de edificios no construidos; había cianotipos con finas líneas blancas, vigas que aún estarían en alguna parte; había contratos con firmas famosas; y, a veces, del rojo vivo asomaba una cantidad de siete cifras escrita en papel amarillento; refulgía y volvía a caer entre una pequeña ráfaga de chispas.

De entre las cartas de un viejo archivador cayó al suelo un recorte de prensa. Roark lo recogió. Estaba seco, quebradizo y amarillento, y se rasgó por las dobleces entre sus dedos. Era una entrevista a Henry Cameron, con fecha de 7 de mayo de 1892. Decía: «La arquitectura no es un negocio, no es una carrera, sino una cruzada y una consagración a la alegría que justifica la existencia sobre la tierra». Tiró el recorte al fuego y cogió otro archivador.

Recogió todos los restos de los lápices de la mesa de Cameron y los echó también.

Se quedó de pie junto a la estufa. No se movió, no miró hacia abajo; sentía el movimiento del resplandor, una leve vibración con el rabillo del ojo. Miró el dibujo del rascacielos que jamás se había construido, colgado en la pared delante de él.

Era el tercer año de Peter Keating con la firma Francon & Heyer. Iba con la cabeza levantada y se erguía con una estudiada rectitud; parecía uno de esos jóvenes de éxito que salen en los anuncios de cuchillas caras o de coches de categoría media.

Vestía bien y notaba que la gente lo miraba. Tenía un apartamento cerca de Park Avenue, modesto pero estiloso, y había comprado tres valiosos aguafuertes, así como la primera edición de un clásico que después nunca leyó ni abrió. En ocasiones, acompañaba a los clientes al Metropolitan Opera. Una vez, apareció en una fiesta de disfraces de la Escuela de Artes y causó sensación con su disfraz de picapedrero medieval de terciopelo escarlata y sus medias; lo mencionaron en una crónica de la sección de sociedad del evento —la primera vez que lo mencionaba la prensa—, y guardó el recorte.

Se había olvidado de su primer edificio y de los temores y las dudas que sintió durante su creación. Había aprendido que era muy simple. Sus clientes aceptaban cualquier cosa, mientras él les diera una fachada imponente, una entrada majestuosa y un regio vestíbulo con el que impresionar a las visitas. Lograba satisfacer a todos: a Keating no le importaba mientras impresionara a sus clientes, a los clientes no les importaba mientras impresionaran a sus invitados y a sus invitados les daba todo igual.

La señora Keating alquiló su casa en Stanton y se fue a vivir con él a Nueva York. Él no quería, pero no podía negarse, porque era su madre y se suponía que no podía negarse. La recibió con cierto entusiasmo: al menos podía impresionarla con su ascenso en el mundo. Ella no se impresionó; inspeccionó sus habitaciones, sus ropas y sus libretas bancarias y sólo dijo:

—Servirá, Peter. Por el momento.

Lo visitó una vez en la oficina, y se marchó a la media hora. Aquella noche tuvo que quedarse quieto, apretando los puños y haciendo crujir los nudillos, durante una hora y media, mientras ella le daba consejos.

—Ese compañero tuyo, Whithers, llevaba un traje mucho más caro que el tuyo, Petey. Eso no está bien. Tienes que vigilar tu prestigio ante esos chicos. El bajito que te trajo esos cianotipos, no me gustó cómo te habló... Ah, nada nada, sólo que yo no le quitaría ojo... El de la nariz larga no es amigo tuyo... No importa, simplemente lo sé... Ten cuidado con ese al que llaman Bennett. Yo me libraría de él si fuese tú. Es ambicioso. Detecto las señales...

Después, preguntó:

—Guy Francon..., ¿tiene hijos?

—Una hija.

—Ah... ¿Cómo es?

—No la conozco.

—De verdad, Peter, es francamente descortés con el señor Francon que no hayas hecho ningún esfuerzo por conocer a su familia.

—Ha estado fuera en la universidad, mamá. Algún día la conoceré. Se está haciendo tarde, mamá, y tengo mucho trabajo que hacer para mañana...

Pero pensó en ello esa noche y al día siguiente. Había pensado en ello antes y a menudo. Sabía que la hija de Francon se había licenciado hacía tiempo y que ahora estaba trabajando en el *Banner*, donde escribía una pequeña columna sobre decoración doméstica. No había sido capaz de averiguar nada sobre ella. Nadie en la oficina parecía conocerla. Francon nunca hablaba de ella.

Al día siguiente, durante el almuerzo, Keating decidió abordar el tema.

—He oído hablar de tu hija —le dijo a Francon.

—¿Dónde has oído hablar de ella? —contestó Francon de forma ominosa.

—Bueno, ya sabes, uno oye cosas. Y escribe muy bien.

—Sí, escribe muy bien —dijo Franco, y cerró la boca enseguida.

—La verdad, Guy, es que me encantaría conocerla.

Francon lo miró y suspiró con fatiga.

—Sabes que no vive conmigo. Tiene su propio apartamento. No estoy seguro siquiera de que me acuerde de la dirección... Bueno, supongo que la conocerás algún día. No te gustará, Peter.

—¿Y eso? ¿Por qué lo dices?

—Es una de esas cosas, Peter. Como padre, me temo que soy un fracaso total... Dime, Peter, ¿qué dijo la señora Mannering sobre la nueva disposición de la escalera?

Keating se enfadó y se sintió decepcionado, pero también aliviado. Observó la rechoncha figura de Francon y se preguntó qué aspecto habría heredado la hija para ganarse la obvia antipatía de su padre. Rica y fea como un pecado, como la mayoría de ellas, concluyó. Pensó que eso no tenía por qué frenarlo algún día. Simplemente, se alegraba de que ese día se pospusiera. Pensó, con un renovado entusiasmo, que iría a ver a Catherine esa noche.

La señora Keating había conocido a Catherine en Stanton. Esperaba que Peter se hubiera olvidado de ella. Ahora sabía que no la había olvidado, aunque rara vez hablaba de Catherine y nunca la llevaba a su casa. La señora Keating no mencionaba a Catherine por su nombre, pero hablaba sobre las chicas sin un centavo que les echaban el gancho a jóvenes brillantes; sobre prometedores muchachos cuyas carreras se habían arruinado por casarse con la mujer incorrecta, y le leía todas las noticias de los periódicos sobre celebridades que se divorciaban de su mujer plebeya, la cual no podía mantenerse a la altura de su posición.

Mientras iba andando a casa de Catherine aquella noche, Keating pensó en las pocas veces que la había visto; en que habían sido visitas sin importancia. Pero eran los únicos días que recordaba de su vida en Nueva York.

Cuando ella lo dejó pasar, él encontró en medio del salón de su tío un revoltijo de cartas esparcidas en la alfombra, una máquina de escribir portátil, periódicos, unas tijeras, cajas y un bote de pegamento.

—¡Vaya por Dios! —dijo Catherine, cayendo de rodillas en medio de todo aquel desorden—. ¡Vaya por Dios!

Miró a Keating desde abajo, con una sonrisa irresistible, y levantó las manos y las extendió sobre los montones de papeles blancos arrugados. Ya tenía casi veinte años, y no parecía mayor que cuando tenía diecisiete.

—Siéntate, Peter. Pensé que habría acabado antes de que llegases, pero ya veo que no. Son cartas de los admiradores de mi tío y sus recortes de prensa. Tengo que clasificarlas, responderlas, archivarlas y escribir notas de agradecimiento y... ¡Oye, deberías ver algunas cosas que le escribe la gente! Es maravilloso. No te quedes ahí de pie. Siéntate, ¿vale? Acabo en un minuto.

—Acabas ahora mismo —dijo él, y la recogió en sus brazos y la llevó a un sillón.

La abrazó y la besó, y ella se rio feliz, con la cabeza hundida en el hombro de él. Le dijo:

—Katie, ¡eres una loquita sin remedio, y qué bien te huele el pelo!

—No te muevas, Peter. Estoy a gusto así.

—Katie, quería contarte que he tenido un día maravilloso. Han inaugurado esta tarde el edificio Bordman. Ya sabes, en Broadway, de veintidós plantas y un chapitel gótico. Francon estaba indispuesto, así que fui yo en su representación. Yo diseñé ese edificio, además, y... Oh, bueno, tú no sabes nada de estas cosas.

—Sí que sé, Peter. He visto todos tus edificios. Tengo fotos de ellos. Las recorto de los periódicos. Y estoy haciendo un álbum, como el de mi tío. ¡Ay, Peter, es tan maravilloso!

—¿El qué?

—Los álbumes de recortes de mi tío, y sus cartas..., todo esto...

Extendió las manos sobre los papeles en el suelo, como si quisiera abrazarlos.

—Piénsalo, todas estas cartas que llegan de todo el país, de perfectos desconocidos para los que, sin embargo, él significa tanto. Y aquí estoy yo, ayudándolo, yo, que no soy nadie, ¡y mira qué responsabilidad tengo! Es tan emocionante, tan grande, que ¿qué importan las pequeñas cosas que puedan pasarnos, cuando esto afecta a todo un país?

—¿Sí? ¿Eso te ha dicho él?

—Él no me ha dicho nada en absoluto, pero no puedes vivir con él durante años y que no se te pegue algo de ese... maravilloso altruismo suyo.

Él quería enfadarse, pero vio la sonrisa centelleante de Katie, su nueva especie de ardor, y tuvo que responder con otra sonrisa.

—Te diré, Katie, que te sienta muy bien, te sienta de maravilla. ¿Sabes? Estarías fantástica si aprendieses algo sobre ropa. Un día de éstos, te agarraré y te llevaré a rastras a un buen modisto. Quiero que conozcas a Guy Francon algún día. Te caerá bien.

—Ah... Creo que una vez me dijiste que no me caería bien.

—¿Eso dije? Bueno, en realidad, no lo conocía. Es un gran tipo. Quiero que los conozcas a todos. Serías... ¿Eh, adónde vas?

Ella le había visto el reloj de pulsera y se estaba alejando.

—Yo... Son casi las nueve, Peter, y tengo que tener esto acabado antes de que el tío Ellsworth llegue a casa. Volverá a las once, está dando un discurso en un acto con los obreros. Puedo trabajar mientras hablamos, ¿te importa?

—¡Desde luego que me importa! ¡Al diablo con los admiradores de tu querido tío! ¡Que desenrede todo eso él mismo! Tú quédate donde estás.

Ella suspiró, pero posó la cabeza sobre su hombro, obediente.

—No debes hablar así del tío Ellsworth. No lo entiendes. ¿Has leído su libro?

—¡Sí, he leído su libro, y es grandioso, estupendo, pero no he oído hablar de otra cosa más que de su maldito libro en todas partes! Así que, ¿te importa si cambiamos de tema?

—¿Sigues sin querer conocer al tío Ellsworth?

—¿Por qué? ¿Qué te hace decir eso? Me encantaría conocerlo.

—Ah...

—¿Qué pasa?

—Dijiste una vez que no querías conocerlo a través de mí.

—¿Eso dije? ¡Cómo te acuerdas siempre de todas las tonterías que se me ocurren!

—Peter, no quiero que conozcas al tío Ellsworth.

—¿Por qué no?

—No sé. Es un poco estúpido por mi parte. Pero ahora no quiero, no sé por qué.

—Bueno, olvídalo, entonces. Lo conoceré cuando llegue el momento. Katie, escucha, ayer estaba de pie junto a la ventana de mi habitación, y pensé en ti, y tenía tantas ganas de tenerte conmigo... Estuve a punto de llamarte, pero era demasiado tarde. Te echaba tan terriblemente de menos que...

Ella escuchaba, rodeándole el cuello con los brazos. Y después él vio que miraba de pronto algo que había a su espalda y que abría la boca consternada; ella dio un brinco, corrió al otro lado del salón, se tiró al suelo de golpe y empezó a gatear hasta un sobre de color lavanda que estaba debajo el escritorio.

—¿Y ahora qué diablos pasa? —preguntó enfadado.

—Es una carta muy importante —dijo ella, aún de rodillas, con el sobre bien agarrado en su manita—, una carta muy importante y estaba ahí, prácticamente en la papelera, podría haberla barrido sin darme cuenta. Es de una pobre viuda que tiene cinco hijos. El mayor quiere ser arquitecto, y el tío Ellsworth le va a conseguir una beca.

—Bueno —dijo Keating, levantándose—. Ya he tenido suficiente. Salgamos de aquí, Katie. Vámonos a dar un paseo. Hace una noche preciosa. Aquí no pareces dueña de ti misma.

—¡Ah, muy bien! Vayamos a dar un paseo.

Afuera había una niebla de nieve seca, fina e ingrávida que colgaba inmóvil del aire y llenaba los estrechos depósitos de la calle. Caminaron juntos agarrados, con el brazo de Catherine cogido con fuerza al suyo, y sus pies dejaban largas manchas oscuras en las aceras blancas.

Se sentaron en un banco en Washington Square. La nieve envolvía la plaza y la separaba de las casas, de la ciudad. Por su lado pasaban, a través de la sombra del arco, pequeños puntos de luz, blancos como el acero, verdes y rojizos.

Ella se acurrucó junto a él y él contempló la ciudad. Siempre le había dado miedo, y le daba miedo en ese momento. Pero tenía dos frágiles protecciones: la nieve y la chica que tenía al lado.

—Katie —susurró—. Katie...

—Te amo, Peter.

—Katie, estamos comprometidos, ¿verdad? —dijo él, sin vacilar, sin énfasis, porque la certeza de sus palabras no permitía excitaciones.

Él vio que la barbilla de Katie se movía débilmente, como si se cayera y se levantara para formar una palabra.

—Sí —dijo ella con calma, con tanta solemnidad que la palabra sonó a indiferencia.

Katie nunca se había permitido preguntar al porvenir, porque preguntar habría sido admitir una duda. Pero supo, cuando pronunció la palabra «sí», que lo había estado esperando y que lo echaría a perder si se ponía demasiado contenta.

—En un año o dos, estaremos casados —dijo él, apretándole la mano—. En cuanto tenga una posición firme y definitiva en la empresa. Tengo que cuidar de mi madre, pero en un año todo irá bien.

Intentó hablar de la manera más fría y pragmática que pudo para no arruinar el milagro de lo que sentía.

—Esperaré, Peter —susurró ella—. No hace falta que nos apresuremos.

—No se lo contaremos a nadie, Katie... Es nuestro secreto, sólo nuestro, hasta que...

De repente, se le cruzó un pensamiento, y se dio cuenta, con horror, de que no podía probar que nunca se le hubiera cruzado antes, pero sabía, con total sinceridad, aunque le asombrase, que nunca lo había pensado. La apartó de sí, y dijo molesto:

—¡Katie! ¿No pensarás que es por ese gran maldito tío tuyo?

Ella se rio. Sonó ligera y despreocupada, y él supo que estaba fuera de sospecha.

—¡Dios, no, Peter! No le gustará, pero ¿qué nos importa a nosotros?

—¿No le gustará? ¿Por qué?

—Oh, no creo que apruebe el matrimonio. No es que él predique nada inmoral, pero siempre me dice que el matrimonio está anticuado, que es un mecanismo económico para perpetuar la institución de la propiedad privada, o algo de eso, o por lo que sea: no le gusta.

—Pues estupendo. Ya le enseñaremos nosotros.

Con toda sinceridad, se alegraba de ello. Eso acababa con la idea —no en su cabeza, que sabía que era inocente, sino en la cabeza de los demás— de que en sus sentimientos hacia ella hubiese algún cálculo como el que se aplicaba a... la hija de Francon, por ejemplo. Pensó que era extraño que eso pareciera tan importante; que estuviera tan desesperado por desvincular sus sentimientos hacia ella de todas las demás personas.

Dejó caer la cabeza hacia atrás, y sintió la quemazón de los copos de nieve en los labios. Después se giró y la besó. Su boca estaba suave y fría por la nieve.

El sombrero de Katie se había ladeado. Sus labios estaban entreabiertos, sus ojos redondos, indefensos, y le brillaban las pestañas. Él le cogió la mano, con la palma hacia arriba, y la miró: llevaba un guante de lana negra y extendía los dedos con torpeza, como una niña; vio como las gotas de nieve se derretían en la pelusa del guante, que centelleó con la luz de los faros de un coche que pasó como un relámpago.

7

El boletín de la Asociación de Arquitectos de Estados Unidos anunció, con una breve nota en su sección de miscelánea, la jubilación de Henry Cameron. Resumieron en seis líneas sus logros arquitectónicos y escribieron mal el nombre de sus dos mejores edificios.

Peter Keating entró en el despacho de Francon e interrumpió su sofisticado regateo con un comerciante de antigüedades por una caja de rapé que había pertenecido a Madame de Pompadour. Francon se apresuró a pagar nueve dólares y veinte centavos más de lo que había pensado pagar. Se volvió hacia Keating irritado y, cuando se hubo marchado el vendedor, le preguntó:

—Bueno, ¿qué pasa, Peter, qué quieres?

Keating tiró el boletín sobre la mesa de Francon y señaló con el pulgar el párrafo sobre Cameron.

—Tengo que tener a ese hombre —dijo Keating.

—¿Qué hombre?

—Howard Roark.

—¿Quién demonios es Howard Roark?

—Te he hablado de él. Es el dibujante de Cameron.

—Ah, sí, creo que sí. Bueno, ve a buscarlo.

—¿Me das carta blanca para negociar con él su contrato?

—¿Qué demonios? ¿Para qué hay que contratar otro dibujante? Y, por cierto, ¿tuviste que interrumpirme sólo para eso?

—Puede ser difícil. Y quiero conseguirlo antes de que se decida por cualquier otro.

—¿De veras? Así que va a ser difícil, ¿no? ¿Piensas rogarle que venga aquí, después de estar con Cameron? No es una gran recomendación para un joven, en todo caso.

—Vamos, Guy, ¿no lo es?

—Ah, bueno, hablando en términos de estructura, y no de estética, Cameron les da una base completa y... Por supuesto, Cameron fue muy importante en su día. De hecho, yo mismo fui uno de sus dibujantes una vez, hace mucho. Hay que reconocerle el mérito al viejo Cameron, cuando uno necesita esa clase de cosas. Adelante. Consigue a tu Roark, si crees que lo necesitas.

—No es que lo necesite, en realidad. Pero es un viejo amigo, y ahora que está sin trabajo, pensé que estaría bien hacer algo por él.

—Bueno, haz lo que quieras. Sólo te pido que no me molestes con ello... Dime, Peter, ¿no te parece ésta la caja de rapé más bonita que hayas visto nunca?

Aquella noche, Keating subió, sin avisar, a la habitación de Roark. Tocó a la puerta con nervios y entró con jovialidad. Se encontró a Roark sentado junto al alféizar de la ventana, fumando.

—Sólo pasaba por aquí —dijo Keating—, para matar el tiempo esta noche, y me acordé de que vives aquí, Howard, y pensé en pasarme a saludar. Ya hacía tiempo que no te veía.

—Sé lo que quieres. De acuerdo. ¿Cuánto? —dijo Roark.

—¿A qué te refieres, Howard?

—Ya sabes a qué me refiero.

—Sesenta y cinco dólares a la semana —le espetó Keating. No era la elaborada táctica que tenía preparada, pero lo que no esperaba era que no necesitara ninguna—. Sesenta y cinco dólares para empezar. Si crees que no es suficiente, quizá podría...

—Sesenta está bien.

—Tú... ¿vendrás con nosotros, Howard?

—¿Cuándo queréis que empiece?

—¡Pues lo antes que puedas! ¿El lunes?

—De acuerdo.

—Gracias, Howard.

—Con una condición. No voy a hacer ningún dibujo. Ninguno. Nada de detalles. Nada de rascacielos a lo Luis XVI. Sólo mantenme alejado de la estética si es que quieres mantenerme. Ponme en el departamento de ingeniería. Mándame a las inspecciones, sobre el terreno. Ahora, ¿sigues queriéndome?

—Sin duda. Lo que quieras. Te gustará el sitio, espera y verás. Te caerá bien Francon. Él mismo es uno de los hombres de Cameron.

—No debería jactarse de eso.

—Bueno...

—No, no te preocupes. No se lo diré a la cara. No le diré nada a nadie. ¿Es eso lo que querías saber?

—Hombre, no, no estaba preocupado, ni siquiera lo pensaba.

—Entonces, todo resuelto. Buenas noches. Te veo el lunes.

—Bueno, sí..., pero no tengo especial prisa, en realidad vine a verte y...

—¿Qué pasa, Peter? ¿Te preocupa algo?

—No... Yo...

—¿Quieres saber por qué lo hago? —Roark sonrió, sin resentimiento ni interés—. ¿Es eso? Te lo diré, si lo quieres saber. Me importa un bledo dónde vaya a trabajar ahora. No hay ningún arquitecto en la ciudad para el que quiera trabajar. Pero tengo que trabajar en algún sitio, así que bien puede ser tu Francon, si puedo conseguir lo que quiero de vosotros. Me estoy vendiendo, y me prestaré a ese juego, por ahora.

—De verdad, Howard, no tienes por qué verlo de ese modo. No hay límites a lo lejos que puedas llegar con nosotros, una vez que te acostumbres. Verás cómo es una oficina de verdad, para variar. Después del basurero de Cameron...

—Nos vamos a callar sobre eso, Peter, y lo vamos a hacer ahora mismo.

—No pretendía criticar o... No pretendía nada.

No sabía qué decir ni qué debía sentir. Era una victoria, pero parecía hueca. Aun así, era una victoria y quería sentir afecto hacia Roark.

—Howard, salgamos a tomar una copa, como para celebrar la ocasión.

—Lo siento, Peter. Eso no forma parte del trabajo.

Keating había ido allí preparado para ejercer la cautela y el tacto hasta el límite de sus capacidades. Había logrado un propósito que no esperaba lograr; sabía que no debía tentar a la suerte, no decir nada más y marcharse. Pero algo inexplicable, más allá de toda consideración práctica, lo empujaba. Dijo como si nada:

—¿Es que no puedes ser humano por una vez en tu vida?

—¿Qué?

—¡Humano! Sencillo. Natural.

—Pero si lo soy...

—¿No podrías relajarte alguna vez?

Roark sonrió, porque estaba sentado junto al alféizar de la ventana, apoyado con desgana en la pared, las piernas le colgaban distendidas y sostenía el cigarrillo entre los dedos, sin presionarlo.

—¡No es eso lo que quiero decir! ¿Por qué no puedes salir a tomar una copa conmigo?

—¿Para qué?

—¿Siempre has de tener un propósito? ¿Siempre tienes que ser tan malditamente serio? ¿No puedes hacer nunca las cosas sin una razón, como todo el mundo? Eres tan serio, tan viejo. Todo es importante contigo, todo es grande, significativo de algún modo, a cada minuto, incluso cuando estás quieto. ¿No puedes estar cómodo nunca, dejar de darle importancia?

—No.

—¿No te cansas de lo heroico?

—¿Qué tengo de heroico?

—Nada. Todo. No lo sé. No es lo que haces, es cómo haces sentir a la gente que te rodea.

—¿Qué?

—La anormalidad. El esfuerzo. Cuando estoy contigo, es siempre como si tuviera que elegir entre tú y el resto del mundo. No quiero esa clase de elecciones. No quiero ser un extraño. Quiero pertenecer. Hay muchas cosas en el mundo que son sencillas y placenteras. No todo es lucha y renuncia. Lo es contigo.

—¿A qué he renunciado yo alguna vez?

—¡Oh, tú nunca renunciarás a nada! Pisarás cadáveres para conseguir lo que quieres. Pero se trata de a qué has renunciado por no quererlo nunca.

—Eso es porque no puedes querer las dos cosas.

—¿Qué dos cosas?

—Mira, Peter. Nunca te he contado ninguna de esas cosas sobre mí. ¿Qué te hace verlas? Nunca te he pedido que elijas entre mí y todo lo demás. ¿Qué te hace sentir que hay una elección por medio? ¿Qué te incomoda cuando sientes eso, ya que estás tan seguro de que yo me equivoco?

—Yo... no lo sé —dijo. Y añadió—: No sé de qué me estás hablando. —Y después preguntó de repente—: Howard, ¿por qué me odias?

—Yo no te odio.

—¡Bueno, ya está! ¿Por qué no me odias, al menos?

—¿Por qué debería?

—Simplemente dame algo. Sé que no puedes apreciarme. No puedes apreciar a nadie, así que sería más amable reconocer la existencia de la gente odiándola.

—Yo no soy amable, Peter.

Y como Keating no supo qué decir, Roark añadió:

—Vete a casa, Peter. Tenías lo que querías. Déjalo ahí. Te veo el lunes.

Roark se sentó a una mesa de la sala de dibujo de Francon & Heyer con el lápiz en mano; un mechón de pelo naranja le caía sobre la cara y llevaba el blusón gris perla de rigor.

Había aprendido a aceptar su nuevo trabajo. Las líneas que dibujaba iban a ser las líneas simples de las vigas de acero, y trataba de no pensar en qué iban a soportar esas vigas. Era difícil, a veces. Entre él y el plano del edificio en el que estaba trabajando imaginaba el plano como hubiera debido ser. Veía lo que él podía hacer con ello, cómo cambiar las líneas que dibujaba, adónde debía conducirlas para alcanzar el esplendor. Tuvo que taponar sus conocimientos. Tuvo que matar esa visión. Tuvo que obedecer y dibujar las líneas como le habían ordenado. Le dolía tanto, que se encogía de hombros con una fría cólera. Pensó: ¿difícil? En fin, habrá que aprender.

Pero el dolor persistía, y también un asombro desesperanzado. Lo que veía era mucho más real que la realidad del papel, la oficina y el encargo. No podía entender qué cegaba a los demás, y qué posibilitaba su indiferencia. Miraba el papel que tenía delante. Se preguntaba por qué debía existir la ineptitud y tener su voz. Nunca lo había sabido. Y la realidad que lo permitía nunca llegaba a ser del todo real para él.

Pero sabía que eso no iba a durar: tenía que esperar; ésa era su única misión: esperar; no importaba lo que sintiera: tenía que hacer el trabajo, tenía que esperar.

—Señor Roark, ¿tiene lista la forja para el farol gótico del edificio de la Corporación Radiofónica de Estados Unidos?

No tenía amigos en la sala de dibujo. Allí era como un mueble, igual de útil, impersonal y silencioso. Sólo el jefe del departamento de ingeniería, a cuyo cargo habían puesto a Roark, le dijo a Keating, al cabo de las dos primeras semanas:

—Tienes mejor criterio de lo que pensaba, Keating. Gracias.

—¿Por qué? —preguntó Keating.

—Por nada que haya sido intencionado, seguramente —dijo el jefe.

De vez en cuando, Keating se paraba en la mesa de Roark a decirle en voz baja:

—¿Te pasas por mi despacho cuando acabes esta noche, Howard? Nada importante.

Cuando Roark iba, Keating empezaba diciendo:

—Bueno, ¿qué tal estás aquí, Howard? Si necesitas cualquier cosa, sólo dilo y yo...

Roark lo interrumpía para preguntarle:

—¿De qué se trata esta vez?

Keating sacaba varios bocetos de un cajón y decía:

—Sé que están perfectos tal como están, pero ¿qué piensas de ellos, en general?

Roark miraba los dibujos y, aunque quería tirárselos a Keating a la cara y dimitir, un pensamiento lo frenaba: pensaba que era un edificio y que tenía que salvarlo, del mismo modo que otros no pueden pasar por delante de un hombre que se está ahogando sin lanzarse a su rescate.

Después trabajaba durante horas, a veces toda la noche, mientras Keating se sentaba y miraba. Se olvidaba de la presencia de Keating. Sólo veía un edificio y su oportunidad para darle forma. Sabía que cambiarían la forma, que la romperían y la desfigurarían. Aun así, quedaría algún resto de orden y racionalidad en su plano. Sería un edificio mejor de lo que habría sido si se hubiese negado.

A veces, al mirar el boceto de una estructura más simple, limpia y honrada que las demás, Roark decía: «No está tan mal, Peter. Estás mejorando». Y Keating sentía un pequeño y extraño sobresalto interno, silencioso, privado y valioso, como nunca sentía con los cumplidos de Guy Francon, sus clientes o todos los demás. Después lo olvidaba y se sentía halagado con mucha mayor sustancia cuando una rica dama murmuraba ante una taza de té: «Se está convirtiendo en el arquitecto de Estados Unidos, señor Keating»; aunque ella nunca hubiese visto sus edificios.

Encontró el modo de compensar su sumisión a Roark. Entraba en la sala de dibujo por la mañana, tiraba el trabajo de un aprendiz a la mesa de Roark y decía:

—Howard, hazme esto, ¿quieres? Y hazlo rápido.

A mitad del día, mandaba a un chico a la mesa de Roark para que le dijera en alto:

—El señor Keating desea verle en su despacho a las once.

O salía de su despacho y caminaba en dirección a Roark, diciendo a la sala en general:

—¿Dónde demonios están las especificaciones de las cañerías de la calle Doce? Eh, Howard, ¿puedes mirar en los archivos y rescatármelas?

Al principio temía la reacción de Roark. Cuando no vio ninguna reacción, sólo un silencio obediente, ya no pudo contenerse. Sentía un placer sensual al darle órdenes a Roark, y también un furioso resentimiento ante su pasiva docilidad. Siguió haciéndolo, a sabiendas de que sólo podría continuar mientras Roark no mostrara su enfado; y, sin embargo, estaba desesperado por hacerle explotar. No hubo ninguna explosión.

A Roark le gustaban los días en que lo mandaban a inspeccionar los edificios en obras. Andaba entre las moles de acero de los edificios con más naturalidad que por el pavimento. Los obreros lo observaban con curiosidad cuando caminaba por los estrechos tablones y las vigas descubiertas que colgaban sobre el vacío con tanta facilidad como el mejor de ellos.

Era un día de marzo, y el cielo tenía un tenue color verde que anunciaba la primavera. En Central Park, a ciento cincuenta metros por debajo, la tierra adoptaba el tono del cielo con una sombra castaña que prometía reverdecer, y los lagos yacían como esquirlas de cristal bajo las telarañas de las ramas desnudas. Roark andaba sobre el armazón de lo que iba a ser un gigantesco apartotel, y se paró delante de un electricista.

El hombre estaba trabajando muy duro, doblando conductos alrededor de una viga. Era una tarea que exigía horas de esfuerzo y paciencia en un espacio saturado que desafiaba todos los cálculos. Roark estaba de pie, con las manos en los bolsillos, observando el lento y penoso progreso del hombre.

El hombre levantó la cabeza y se giró con brusquedad hacia él. Tenía la cabeza grande, y una cara tan fea que resultaba fascinante; no era vieja ni fofa, pero sus pliegues parecían tajos profundos, y la poderosa papada le colgaba como a un bulldog. Sus ojos, alarmados, eran grandes, redondos y de color azul porcelana.

—¿Qué...? ¿Qué pasa, pelirrojo? —preguntó el hombre, irritado.

—Está perdiendo el tiempo —dijo Roark.

—¿Sí?

—Sí.

—¡No me digas!

—Le llevará horas rodear la viga con sus tuberías.

—¿Sabes alguna manera mejor de hacerlo?

—Desde luego.

—Lárgate, mocoso. No nos gustan los listillos de la universidad por aquí.

—Haga un agujero en la viga y pase por él los tubos.

—¿Qué?

—Que haga un agujero a través de la viga.

—¡Ni loco!, ¡no lo voy a hacer!

—Loco estará si no lo hace.

—No se hace así.

—Yo lo he hecho.

—¿Tú?

—Se hace en todas partes.

—No se va a hacer aquí. Yo no.

—Entonces lo haré yo.

El hombre bramó:

—¡Mira tú! ¿Cuándo aprendieron los críos de oficina a hacer el trabajo de un hombre?

—Deme su soplete.

—¡Cuidado con los pies, niño! Te vas a quemar esos deditos de chica.

Roark cogió los guantes y las gafas protectoras del hombre y el soplete de acetileno. Se arrodilló y disparó un fino chorro de fuego azul al centro de la viga. El hombre lo observaba de pie. El brazo firme de Roark sostenía la llama tensa y sibilante, que tiraba de él y lo hacía vibrar ligeramente con su violencia, pero no dejó de apuntar con precisión. No había rigidez ni esfuerzo en la postura natural de su cuerpo, sólo en su brazo. Parecía como si la tensión azul que se comía poco a poco el metal no viniera de la llama, sino de la mano que la sostenía.

Terminó, dejó el soplete y se levantó.

—¡Cristo! ¡Tú sí que sabes coger un soplete! —dijo el electricista.

—Eso parece, ¿no? —Se quitó los guantes y las gafas y se los devolvió—. Siga haciéndolo por ahí. Dígale al capataz que lo he dicho yo.

El electricista se quedó mirando con reverencia el limpio agujero a través de la viga. Murmuró:

—¿Dónde aprendiste a manejarlo así, pelirrojo?

La lenta y complacida sonrisa de Roark apreció esa admisión de su victoria.

—Es que he sido electricista, fontanero, remachador y muchas otras cosas.

—¿Y, además, fuiste a la universidad?

—Bueno, en cierto modo.

—¿Querías ser arquitecto?

—Sí.

—Bueno, serás el primero que sepa algo aparte de los cuadros bonitos y las meriendas con té. Deberías ver a los pipiolos que nos mandan de la oficina.

—Si se está disculpando, no lo haga. A mí tampoco me gustan. Vuelva a los tubos. Hasta luego.

—Hasta luego, pelirrojo.

Cuando Roark volvió a aparecer por la obra, el electricista de ojos azules lo saludó con la mano desde lejos y lo llamó, y luego le pidió un consejo para su trabajo, que no necesitaba; dijo que se llamaba Mike y que durante días había echado de menos a Roark. En la siguiente visita, el turno de día se estaba marchando, y Mike esperó afuera a que Roark terminara su inspección.

—¿Te parece si nos tomamos una cerveza, pelirrojo? —le propuso a Roark, cuando salió.

—Claro —dijo Roark—. Gracias.

Se sentaron en una esquina de un tugurio clandestino en un sótano y bebieron cerveza, y Mike le contó su historia favorita, la de cuando se cayó desde una altura de cinco pisos, cuando un andamio cedió bajo él y se rompió tres costillas, pero había vivido para contarlo, y Roark le habló de sus tiempos como obrero. Mike tenía un nombre real, que era Sean Xavier Donnigan, pero hacía mucho tiempo que todos lo habían olvidado. Tenía una colección de herramientas y un antiguo Ford, y el único propósito de su existencia era viajar por el país, de gran trabajo en gran trabajo en la construcción. A Mike no le importaba mucho la gente, pero sí su rendimiento. Adoraba toda clase de pericia. Amaba con pasión su trabajo y no toleraba nada que no fueran otras devociones específicas. Era un maestro en su campo, y sólo simpatizaba con la maestría. Su visión del mundo era simple: estaban los capaces y los incompetentes, y estos últimos no le interesaban. A él le gustaban los edificios. Despreciaba, sin embargo, a todos los arquitectos.

—Había uno, pelirrojo —dijo con seriedad, a la quinta cerveza—, uno sólo, y tú eras demasiado joven para conocerlo, pero fue el único hombre que sabía construir. Trabajé para él cuando yo tenía tu edad.

—¿Quién era?

—Henry Cameron, se llamaba. Murió, supongo, han pasado muchos años.

Roark lo miró un largo rato, y después dijo:

—No está muerto, Mike. —Y continuó—: He trabajado para él.

—¿Tú?

—Durante casi tres años.

Se miraron en silencio, y así quedó sellada definitivamente su amistad.

Semanas más tarde, Mike paró a Roark, un día, en el edificio, con una expresión de desconcierto en su feo rostro, y le preguntó:

—Oye, pelirrojo, he oído al jefe decirle a uno de los tipos del contratista que eres un estirado, un testarudo y el cabrón más repugnante con que se haya visto las caras. ¿Qué le has hecho?

—Nada.

—¿A qué demonios se refería?

—No lo sé. ¿Lo sabes tú? —dijo Roark.

Mike lo miró, se encogió de hombros, y se echó a reír.

—No —dijo Mike.

8

A principios de mayo, Peter Keating partió a Washington a supervisar la construcción de un museo donado a la ciudad por un gran filántropo que deseaba aliviar su conciencia. El edificio del museo, señaló Keating con orgullo, iba a ser decididamente distinto: no una reproducción del Partenón, sino de la Maison Carrée de Nimes.

Keating llevaba fuera algún tiempo cuando un ordenanza se acercó a la mesa de Roark y le informó de que el señor Francon deseaba verlo en su despacho. Cuando Roark entró en el santuario, Francon sonrió desde su escritorio y le dijo con alegría:

—Siéntese, amigo, siéntese...

Pero algo en los ojos de Roark, que nunca había visto tan de cerca, hizo que la voz de Francon menguara y se parara, y añadió secamente:

—Siéntese.

Roark obedeció. Francon lo estudió un instante, pero no llegó a ninguna conclusión más allá de decidir que el hombre tenía un rostro desagradable, aunque parecía correcto y atento.

—Usted es el que trabajaba con Cameron, ¿no?

—Sí —dijo Roark.

—El señor Keating me ha hablado muy bien de usted.

Francon intentó ser amable, pero se detuvo: era una cortesía desperdiciada. Roark simplemente estaba mirándolo, esperando.

—Escuche... ¿cómo se llama?

—Roark.

—Escuche, Roark. Tenemos un cliente que es un poco... extraño, pero es un hombre importante, muy importante, y tenemos que satisfacerlo. Nos ha hecho un encargo para construir un edificio de oficinas de ocho millones de dólares, pero el problema es que tiene ideas muy definidas sobre cómo quiere que sea —dijo Francon, encogiéndose de hombros a modo de disculpa, en descargo de cualquier falta por la ridícula sugerencia—. Quiere... quiere que se parezca a... a esto.

Le entregó a Roark una fotografía. Era una fotografía del edificio Dana.

Roark se quedó quieto, con la fotografía entre los dedos.

—¿Conoce ese edificio? —preguntó Francon.

—Sí.

—Bueno, pues eso es lo que quiere. Y el señor Keating está fuera. He pedido a Bennett, Cooper y Williams que hagan bocetos, pero los ha rechazado. De manera que pensé en darle a usted una oportunidad.

Francon lo miró, impresionado por la magnanimidad de su propia oferta. No hubo reacción. Sólo un hombre que todavía parecía como si le hubiesen dado un golpe en la cabeza.

—Por supuesto —dijo Francon—, es un gran salto para usted, todo un encargo, pero pensé en dejarle intentarlo. No tema, el señor Keating y yo lo repasaremos después. Sólo dibuje los planos y un buen boceto. Debe de tener alguna idea de lo que quiere el hombre. Usted conoce los trucos de Cameron. Pero, por supuesto, no podemos dejar que una cosa tan tosca como ésta salga de nuestra oficina. Debemos complacerlo, pero también debemos preservar nuestra reputación y no espantar a todos nuestros demás clientes. La cuestión es hacerlo sencillo y que tenga el espíritu general de esto, pero también artístico. Ya sabe, el espíritu más severo de los griegos. No tiene que utilizar el orden jónico, utilice el dórico. Frontones lisos y molduras sencillas, o algo por el estilo. ¿Capta la idea? Ahora coja esto y demuéstreme lo que puede hacer. Bennett le dará todos los detalles y... ¿qué pa...?

La voz de Francon se cortó en seco.

—Señor Francon, por favor, déjeme dibujarlo como fue dibujado el edificio Dana.

—¿Eh?

—Déjeme hacerlo. No copiar el edificio Dana, sino dibujarlo como Henry Cameron habría querido hacerlo, como yo querría hacerlo.

—¿Quiere decir en estilo modernista?

—Bueno..., vale, llamémoslo así.

—¿Está loco?

—Señor Francon, escúcheme, por favor. —Las palabras de Roark eran como los pasos de un hombre que caminara sobre un cable tenso, lentos, esforzados, buscando a tientas el único punto correcto, temblando sobre un abismo, pero precisos—. No le culpo por las cosas que están haciendo. Yo trabajo para usted, cobro de su dinero y no tengo derecho a expresar objeciones. Pero, esta vez..., esta vez el cliente lo está pidiendo. Usted no está arriesgando nada. Él lo quiere así. Piense en ello: hay un hombre, un hombre que ve y entiende lo que quiere y que tiene el poder para construirlo. ¿Va a discutirle a un cliente por primera vez en su vida? ¿Y para qué? ¿Para engañarlo y darle la misma vieja basura, cuando tiene a otros tantos que la piden? ¿A uno, uno sólo, que viene con una petición como ésta?

—¿Ha perdido el juicio? —preguntó Francon con frialdad.

—¿Qué más le da? Simplemente déjeme hacerlo a mi manera, y yo se lo demostraré. Sólo enséñeselo a él. Ya ha rechazado tres bocetos, ¿qué pasa por rechazar un cuarto? Pero si no lo hace..., si no lo hace...

Roark nunca había sabido suplicar y no lo estaba haciendo bien: su voz era dura, sin tono, y se notaba el esfuerzo, de tal modo que el ruego resultaba un insulto para el hombre al que le estaba rogando. ¡Qué no habría dado Keating por ver a Roark en ese momento! Pero Francon no pudo apreciar el trofeo que él era el primero en conquistar, y sólo vio el insulto.

—¿Me equivoco si entiendo que me está criticando y dando una lección de arquitectura? —preguntó Francon.

—Le estoy suplicando —dijo Roark, cerrando los ojos.

—Si no fuese un protegido del señor Keating, no me molestaría en seguir discutiendo con usted. Pero como es obvio que es bastante ingenuo e inexperto, le señalo que no tengo la costumbre de pedir opiniones estéticas a ningún dibujante. Tendrá la amabilidad de coger esta fotografía, y no quiero ningún edificio como Cameron podría haberlo diseñado: quiero que adapte este modelo a este lugar y que siga mis instrucciones sobre el tratamiento clásico de la fachada.

—No puedo hacerlo —dijo Roark, muy tranquilo.

—¿Cómo? ¿Me dice eso a mí? ¿De verdad me está diciendo: «Lo siento, no puedo hacerlo»?

—No he dicho que lo sienta, señor Francon.

—¿Qué ha dicho?

—Que no puedo hacerlo.

—¿Por qué?

—No quiere saber por qué. No me pida que haga ningún dibujo. Haré cualquier otro trabajo que desee, pero no ése. Ni tampoco a la obra de Cameron.

—¿Qué quiere decir con que no va a dibujar? ¿Espera ser arquitecto algún día, o no?

—No así.

—Ah..., ya entiendo. Así que no puede hacerlo. Quiere decir que no se dignará.

—Si así lo prefiere...

—Escuche, idiota impertinente: ¡no doy crédito!

Roark se levantó.

—¿Me puedo ir, señor Francon?

—En toda mi vida, con toda mi experiencia, jamás había visto nada semejante —bramó Francon—. ¿Está aquí para decirme lo que hará y lo que no? ¿Está aquí para darme lecciones, criticar mi gusto y dictar sentencia?

—No estoy criticando nada —dijo Roark, sereno—. No estoy dictando sentencia. Hay cosas que no puedo hacer. Déjelo ahí. ¿Puedo irme ya?

—¡Puede irse de este despacho y de esta casa ya, y para siempre! ¡Puede irse directo al diablo! ¡Vaya a buscarse otro trabajo! ¡A ver si lo encuentra! Vaya a por su finiquito y lárguese.

—Sí, señor Francon.

Aquella noche, Roark anduvo hasta la taberna en el sótano donde siempre podía encontrar a Mike después de la jornada laboral. Mike trabajaba ahora en la construcción de una fábrica con el mismo contratista que se había adjudicado la mayoría de las grandes obras de Francon. Mike esperaba ver a Roark en una visita de inspección a la fábrica esa tarde, y lo saludó enfadado:

—¿Qué pasa, pelirrojo? ¿Te estás acomodando en el trabajo?

Cuando se enteró de la noticia, Mike se quedó quieto, y parecía un bulldog que enseñara los dientes. Después empezó a lanzar improperios de manera salvaje.

—Esos cabrones... —soltó entre otros apelativos más fuertes—. Esos cabrones...

—Quieto, Mike.

—Bueno..., ¿y ahora qué, pelirrojo?

—Alguien del mismo tipo, hasta que vuelva a ocurrir lo mismo.

Cuando Keating volvió de Washington, fue directo al despacho de Francon. No se había parado en la sala de dibujo y no se había enterado de nada. Francon lo saludó expansivo:

—¡Chico, qué bien tenerte de vuelta! ¿Qué quieres tomar? ¿Whisky con soda, o un poco de coñac?

—No, gracias. Sólo dame un cigarrillo.

—Toma... ¡Chico, tienes buen aspecto! Mejor que nunca. ¿Cómo lo haces, cabroncete con suerte? ¡Tengo tantas cosas que contarte! ¿Cómo fue allá en Washington? ¿Todo en orden?

Antes de que Keating pudiera responder, Francon continuó, acelerado:

—Me ha ocurrido algo terrible. Muy decepcionante. ¿Te acuerdas de Lili Landau? Pensé que todo estaba arreglado, pero la última vez que la vi, me dio la espalda. ¿Sabes con quién está ahora? Te sorprenderá. ¡Gail Wynand, nada menos! La chica apunta alto. Deberías ver sus fotos y sus piernas en todos los periódicos. ¡Si eso no le ayuda a lucirse! ¿Qué puedo ofrecer frente a eso? Y ¿sabes qué ha hecho él? ¿Recuerdas que ella siempre decía que nadie podía darle lo que más quería, su hogar de infancia, su querido pueblecito austríaco donde nació? Bueno, pues Wynand lo compró, hace mucho, todo el maldito pueblo, y ha hecho que lo envíen allí, ¡cada pedazo de él!, y que lo monten otra vez junto al río Hudson, y allí está ahora, ¡con sus adoquines, su iglesia, sus manzanos, sus pocilgas y todo! Después le dio la sorpresa a Lili, hace dos semanas. ¿Cómo no esperarlo? Si el rey de Babilonia pudo conseguir jardines colgantes para su dama nostálgica, por qué no Gail Wynand. Lili se deshizo en sonrisas y gratitud, pero la pobre chica se quedó hecha polvo. Habría preferido con creces un abrigo de visón. Nunca quiso ese maldito pueblo. Y Wynand lo sabía también. Pero ahí está, junto al Hudson. La semana pasada dio una fiesta para ella, justo ahí, en el pueblo, una fiesta de disfraces. El señor Wynand iba vestido de César Borgia, cómo no, ¡y qué fiesta, si hacemos caso a lo que se cuenta! Pero ya sabes cómo es, nunca puedes demostrar nada sobre Wynand. Después, ¿qué hace al día siguiente, sino posar allí con pequeños colegiales que nunca habían visto un pueblo austríaco? ¡El filántropo! Y va y llena todos los periódicos con las fotos y un montón de cosas lacrimógenas sobre valores educativos, y recibe esas notas pastosas de los clubes de mujeres. Me gustaría saber qué demonios hará con el pueblo cuando se deshaga de Lili. Lo hará, ya lo sabes, nunca le duran mucho. ¿Crees que tendré una oportunidad con ella entonces?

—Sin duda. Sin duda que la tendrás. ¿Cómo va todo aquí en la oficina? —preguntó Keating.

—Ah, bien, como siempre. Lucius tenía un resfriado y se bebió de un trago mi mejor Bas Armagnac. Le va mal para el corazón, y cuesta cien dólares la caja... Además, Lucius se metió en un pequeño y feo lío. Esa manía suya, su maldita porcelana. Al parecer fue y le compró una tetera a un traficante. Sabía que era mercancía robada, además. Me costó muchas molestias evitarnos un escándalo... Ah, por cierto, despedí a ese amigo tuyo, ¿cómo se llamaba? Roark.

—Oh... —dijo Keating, y tras dejar pasar un momento, preguntó—: ¿Por qué?

—¡Ese cabrón insolente! ¿De dónde lo sacaste?

—¿Qué pasó?

—Pensé en ser amable con él, en darle una buena oportunidad. Le pedí que me hiciera un boceto del edificio Farrell, ya sabes, el que Brent logró dibujar y que conseguimos que Farrell aceptara, ya sabes, el dórico simplificado, y tu amigo simplemente se negó a hacerlo. Al parecer tiene ideales o algo así. Así que le mostré la puerta... ¿Qué ocurre? ¿Por qué te sonríes?

—Nada. Simplemente me lo estoy imaginando.

—¡No me pedirás ahora que lo vuelva a coger!

—No, por supuesto que no.

Durante varios días, Keating pensó que debía llamar a Roark. No sabía qué decirle, pero tenía la ligera sensación de que algo debía decirle. Siguió aplazándolo. Se estaba sintiendo más confiado en su trabajo. Sentía que no necesitaba a Roark, después de todo. Pasaron los días, y no llamó a Roark, y lo alivió sentirse libre de olvidarlo.

Tras las ventanas de su habitación, Roark veía los tejados, los depósitos de agua, las chimeneas y los coches que aceleraban abajo, a lo lejos. Había una amenaza en el silencio de su habitación, en los días vacíos, en las manos que le colgaban ociosas. Y sintió que, de abajo, de la ciudad, surgía otra amenaza, como si cada ventana y cada franja de pavimento se hubiesen cerrado con un aire lúgubre, con una resistencia muda. No le molestaba. Lo sabía y hacía mucho que lo había aceptado.

Hizo una lista de los arquitectos cuyos trabajos le incomodaban menos, ordenada en función del mal menor; y salió a buscar trabajo, de forma fría y sistemática, sin enfado ni esperanza. Nunca supo si esos días le estaban haciendo daño, sólo que era algo que tenía que hacer.

Los arquitectos que vio eran distintos unos de otros. Algunos lo miraban de frente en la mesa con una confusa cortesía, y por sus modos parecían decir que les parecía conmovedora su ambición de ser arquitecto: conmovedora y loable y extraña y atractivamente triste, como todos los delirios de juventud. Algunos le sonreían con unos labios finos y macilentos, y parecían disfrutar de su presencia en el despacho, porque les hacía ser conscientes de sus propios logros. Algunos hablaban con frialdad, como si la ambición de Roark fuese un insulto personal. Algunos eran bruscos, y la aspereza de su voz daba a entender que necesitaban buenos dibujantes, pero que esa cualidad no se le podía atribuir a él, y que por favor se abstuviera de ser tan grosero de obligarles a ser más explícitos.

No era maldad. No dictaban sentencia sobre sus méritos. No pensaban que él no valiera. Simplemente, no se preocupaban de averiguar si era bueno. A veces, le pedían que mostrara sus bocetos; los alargaba sobre la mesa y sentía como la vergüenza le contraía los músculos de la mano. Era como arrancarse las ropas, y la vergüenza no era que su cuerpo quedara expuesto, sino que lo estaba ante unos ojos indiferentes.

De vez en cuando viajaba a Nueva Jersey, a ver a Cameron. Se sentaban en el porche de una casa en una colina. Cameron, en silla de ruedas, posaba las manos en una vieja manta extendida sobre las rodillas.

—¿Qué tal, Howard? ¿Es muy duro?

—No.

—¿Quieres que te dé una carta para alguno de esos canallas?

—No.

Después, Cameron ya no hablaba más de ello, no quería hablar de ello, no quería que la idea de que su ciudad rechazaba a Roark se materializara. Cuando Roark lo visitaba, Cameron hablaba con él de arquitectura con la confianza natural que otorga una posesión privada. Se sentaban y contemplaban la ciudad a lo lejos, recortada en el cielo, junto al río. Al atardecer, el cielo se iluminaba como un vidrio azul verdoso; los edificios parecían condensados en las nubes de cristal gris azulado, congeladas un instante en ángulos rectos y ejes verticales, y la puesta de sol atrapada entre los chapiteles.

Cuando pasaron los meses de verano y hubo agotado toda su lista y volvió a los lugares que ya lo habían rechazado, Roark se enteró de que se sabían algunas cosas sobre él y oyó las mismas palabras —dichas de manera tajante, tímida, airada o con disculpas—: «Te echaron de Stanton. Te echaron de la oficina de Francon». Las diferentes voces que lo decían tenían un tono en común: un tono de alivio por la certeza de que la decisión ya estaba tomada por ellos.

Se sentaba junto al alféizar de la ventana por la noche, fumando con la mano extendida sobre él, la ciudad bajo sus dedos y el frío cristal en contacto con su piel.

En septiembre, leyó un artículo titulado «Abra camino al mañana», escrito por Gordon L. Prescott, en *Architectural Tribune*. En él, afirmaba que la tragedia de la profesión eran las adversidades que se interponían en el camino de los principiantes con talento, cuyas dotes se habían perdido en la batalla y pasaban inadvertidas; que la arquitectura estaba muriendo por falta de nueva sangre y nuevas ideas, por falta de originalidad, visión y coraje; que el autor del artículo se había propuesto buscar a principiantes prometedores, animarlos, desarrollarlos y darles la oportunidad que merecían. Roark nunca había oído hablar de Gordon L. Prescott, pero en su artículo había un tono de convicción sincera. Roark se permitió ir a buscar la oficina de Prescott con el primer indicio de esperanza.

La recepción de la oficina de Gordon L. Prescott era de color gris, negro y escarlata; era correcta, contenida y al mismo tiempo audaz. Una secretaria joven y muy guapa informó a Roark de que no se podía ver al señor Prescott sin haber concertado una cita, pero que estaría encantada de concertársela para el miércoles siguiente a las dos y cuarto de la tarde.

El miércoles a las dos y cuarto, la secretaria sonrió a Roark y le pidió que por favor se sentara un momento. A las cinco menos veinte, pudo pasar al despacho de Gordon L. Prescott.

Gordon L. Prescott llevaba una chaqueta de *tweed* marrón a cuadros y un suéter blanco de angora de cuello vuelto. Era alto, atlético y tenía treinta y cinco años, pero en su rostro se combinaba un fresco aire de sabiduría con una piel suave, una nariz de botón y la boca pequeña e hinchada de un héroe universitario. Su cara estaba tostada por el sol, y llevaba el pelo rubio cortado al estilo militar prusiano. Era francamente masculino, francamente despreocupado por la elegancia y francamente consciente del efecto.

Escuchó a Roark en silencio, y sus ojos eran como un reloj que registrara los segundos consumidos en cada palabra. Le dejó decir la primera frase; a la segunda lo interrumpió para decir con brusquedad: «Muéstreme sus dibujos»; para dejar claro que él ya sabía cualquier cosa que pudiera decir Roark.

Sostuvo los dibujos con sus manos bronceadas. Antes de mirarlos, dijo:

—Ah, sí, muchos jóvenes vienen a verme para que les dé consejo, muchísimos.

Echó un ojo al primer boceto, pero levantó la cabeza antes de mirarlo.

—Por supuesto, es la combinación de lo práctico y lo trascendental lo que tanto les cuesta entender a los que empiezan.

Puso el boceto al final de la pila.

—La arquitectura es ante todo un concepto utilitario, y el problema es elevar el principio del pragmatismo al ámbito de la abstracción estética. Todo lo demás carece de sentido.

Echó un vistazo a dos bocetos y los puso al final.

—No tengo paciencia para los visionarios que hacen de la arquitectura una cruzada sagrada como un fin en sí misma. El gran principio dinámico es el principio común de la igualación humana.

Ojeó otro dibujo, y lo puso debajo.

—El gusto y el corazón del público son los criterios finales del artista. El genio es aquel que sabe cómo expresar lo general. La excepción es aprovechar lo no excepcional.

Sopesó la pila de dibujos en la mano, vio que había visto la mitad de ellos y los soltó en la mesa.

—Ah, sí, su trabajo. Muy interesante, pero no es práctico. No es maduro. Le falta foco y disciplina. Adolescente. Es la originalidad por la originalidad. Totalmente ajeno al espíritu de estos tiempos. Si quiere hacerse una idea del tipo de cosas que se necesitan de verdad aquí, déjeme enseñarle.

Sacó un boceto del cajón de su mesa.

—Éste es un joven que vino sin ninguna recomendación, un principiante que nunca había trabajado. Si uno puede producir cosas así, no le hará falta buscar trabajo. Vi este boceto suyo y lo cogí de inmediato, y empezó con veinticinco dólares a la semana. No hay duda de que es un genio en potencia.

Le alargó el boceto a Roark. Representaba una casa con forma de granero que se fusionaba de manera inverosímil con una sombra simplificada y raquítica del Partenón.

—Eso es originalidad, la nueva eternidad —dijo Gordon L. Prescott—. Intente ir hacia cosas como ésta. No puedo decir que le prediga un gran futuro. Hemos de ser francos, no quiero darle ilusiones basadas en mi autoridad. Tiene mucho que aprender. No podría aventurarme a averiguar qué talento pueda poseer o desarrollar más adelante. Pero, trabajando duro, quizá... La arquitectura es una profesión difícil, sin embargo, y la competición está reñida, muy reñida... Y ahora, si me disculpa, mi secretaria me espera para otra cita...

Roark iba andando a casa a última hora de una tarde de octubre. Había sido otro de los muchos días sumados a los meses que llevaba a sus espaldas, y no sabía decir qué había pasado en las horas de ese día, a quién había visto o qué formas habían adoptado las negativas recibidas. Se concentraba en los pocos minutos con que contaba cuando estaba en un despacho, y se olvidaba de todo lo demás, y también de esos minutos cuando salía del despacho. Había que hacerlo, lo había hecho y dejaba de ser asunto suyo. Camino de su casa, era libre una vez más.

Una larga calle se extendía ante él; los altos edificios de los bancos se unían al frente, y se juntaban tanto que le parecía que podía extender los brazos, agarrar los chapiteles y apartarlos. Andaba deprisa, y la acera impulsaba como un trampolín sus pasos hacia delante.

Vio un triángulo de hormigón iluminado y suspendido de alguna parte a cientos de metros sobre el suelo. No podía ver qué había debajo, sosteniéndolo; tenía la libertad de pensar qué le habría gustado ver allí, lo que él habría hecho que se viese. Después pensó de pronto que, en ese momento, según la ciudad, según todo el mundo, salvo su certeza interna, él nunca volvería a construir, jamás, sin haber empezado siquiera. Se encogió de hombros. Esas cosas que le pasaban en los despachos de aquellos extraños eran sólo una especie de subrrealidad, incidentes insustanciales en la senda de una sustancia que ellos no podían alcanzar ni tocar.

Tomó una de las calles laterales que conducen al río Este. A lo lejos colgaba un solitario semáforo, un punto rojo en la desoladora oscuridad. Las viejas casas se agachaban hacia el suelo, encorvadas bajo el peso del cielo. En la calle vacía y hueca se oía el eco de sus pasos. Siguió adelante, con las solapas levantadas y las manos en los bolsillos. Su sombra crecía bajo sus talones cuando pasaba por delante de una luz, y barría los muros formando un largo arco negro, como un limpiaparabrisas.

9

John Erik Snyte miró los bocetos de Roark, apartó tres de ellos, puso el resto en una pila uniforme y volvió a ojear los tres. Los puso uno debajo de otro encima del montón, con tres fuertes golpes, y dijo:

—Extraordinario. Radical, pero extraordinario. ¿Qué hace esta noche?

—¿Por? —preguntó Roark, estupefacto.

—¿Está libre? ¿Le importa si empezamos enseguida? Quítese el abrigo, vaya a la sala de dibujo, que alguien le preste algunos instrumentos y hágame un boceto para unos almacenes comerciales que estamos remodelando. Un boceto rápido, sólo una idea general, pero debería tenerla para mañana. ¿Le importa quedarse hasta tarde esta noche? La calefacción está puesta, y le diré a Joe que le suba algo de cena. ¿Quiere café solo, whisky o qué? Simplemente dígaselo a Joe. ¿Se puede quedar?

—Sí. Puedo trabajar toda la noche —dijo Roark, incrédulo.

—¡Muy bien! ¡Estupendo! Es justo lo que siempre he necesitado: un hombre de Cameron. Ya tengo de todos los demás. Ah, sí: ¿cuánto le pagaban en Francon?

—Sesenta y cinco.

—Bueno, yo no puedo despilfarrar como Guy «el Epicúreo». Cincuenta es lo máximo. ¿De acuerdo? Bien. Póngase ya. Le diré a Billings que le explique los almacenes. Quiero algo moderno, ¿comprende? Moderno, violento, loco, que llame mucho la atención. No se contenga. Vaya al límite. Emplee cualquier artimaña que se le ocurra, cuanto más absurda, mejor. ¡Venga!

John Erik Snyte se puso en pie de un salto, abrió la puerta que daba a una inmensa sala de dibujo, fue derrapando hasta una de las mesas y le dijo a un hombre corpulento, con una gran cara redonda y ceñuda:

—Billings; Roark. Es nuestro modernista. Dele los almacenes Benton y algunas instrucciones. Déjele sus llaves y enséñele qué tiene que dejar cerrado esta noche. Dele entrada como si hubiera empezado esta mañana. Cincuenta. ¿A qué hora tenía mi cita con Dolson Brothers? Ya llego tarde. Hasta luego, no volveré esta noche.

Se fue de allí derrapando, y dando un portazo. Billings no mostró ninguna sorpresa. Miró a Roark como si Roark hubiese estado siempre allí. Hablaba de forma monótona, arrastrando con fatiga las palabras. A los veinte minutos, dejó a Roark en una mesa con papel, lápices, instrumentos y un conjunto de planos y fotografías de los almacenes comerciales, una serie de mapas y una larga lista de instrucciones.

Roark miró el papel blanco y limpio que tenía ante él, y apretó con fuerza un fino lápiz. Dejó el lápiz y volvió a cogerlo, deslizando suavemente el pulgar por su superficie lisa. Notó que el lápiz le temblaba. Lo soltó enseguida y sintió rabia hacia sí mismo por la debilidad de permitir que ese trabajo significara tanto para él, por la súbita consciencia de lo que significaban los meses que llevaba sin hacer nada. Presionaba el papel con las yemas de los dedos, como si se adhiriesen a él; como si fuese una superficie cargada de electricidad que atrajese la carne del hombre que la rozaba y ésta se quedase pegada, lastimándola. Arrancó los dedos del papel. Después empezó a trabajar.

John Erik Snyte tenía cincuenta años y un aire de regocijo incrédulo, perspicaz y malsano, como si compartiera con cada hombre al que contemplaba un secreto obsceno que no se mencionaba porque era demasiado evidente para ambos. Era un destacado arquitecto, y su expresión no cambiaba cuando hablaba de este hecho. Consideraba a Guy Francon un idealista poco práctico, y no se constreñía a ningún dogma clásico; él era mucho más habilidoso y liberal: no construía nada. No le desagradaba la arquitectura moderna, y construía encantado, cuando algún cliente raro se lo pedía, casas simples con techos planos, que él llamaba «progresistas»; construía iglesias góticas a las que llamaba «espirituales». No veía diferencias entre ninguna de esas construcciones. Nunca se enfadaba, excepto cuando alguien lo llamaba «ecléctico».

Tenía su propio sistema. Daba trabajo a cinco proyectistas de varios tipos, y hacía un concurso entre ellos con cada encargo que recibían. Elegía el proyecto ganador y lo mejoraba con detalles de los otros cuatro. «Seis cabezas son mejor que una», decía.

Cuando Roark vio el dibujo final de los almacenes comerciales Benton, entendió por qué a Snyte no le había dado miedo contratarlo. Reconoció sus propios planos del espacio, sus ventanas y sus sistemas de circulación; vio que se habían añadido capiteles corintios, bóvedas góticas, lámparas de araña coloniales y molduras inverosímiles, vagamente arabescas. El dibujo estaba hecho a acuarela, con una delicadeza milagrosa, montado sobre una cartulina y cubierto con un velo de papel de seda. Los hombres de la sala de dibujo no tenían permiso para mirarlo, salvo desde lejos. Todos tenían que lavarse las manos y tirar los cigarrillos. John Erik Snyte le daba mucha importancia a que el dibujo tuviese una presencia digna al entregárselo a los clientes, y tenía a un estudiante de arquitectura chino dedicado en exclusiva a la ejecución de estas obras maestras.

Roark sabía qué esperar de su trabajo. Nunca vería su trabajo construido, sólo piezas de él, que prefería no ver; pero era libre de dibujar lo que quisiese y adquiriría la experiencia de resolver problemas reales. Era menos de lo que quería y más de lo que podía esperar. Lo aceptó así. Conoció a sus cuatro compañeros dibujantes, los otros cuatro concursantes, y se enteró de que en la sala de dibujo recibían el apodo no oficial de «Clásico», «Gótico», «Renacentista» y «Misceláneo». Dio un pequeño respingo cuando se dirigieron a él diciéndole: «¡Eh, Modernista!».

La huelga de los sindicatos de obreros de la construcción enfureció a Guy Francon. La huelga se había declarado contra los contratistas que estaban construyendo el hotel Noyes-Belmont, y se extendió a todos los nuevos edificios de la ciudad. En la prensa se había mencionado que los arquitectos del Noyes-Belmont eran Francon & Heyer.

La mayor parte de la prensa contribuyó a sostener la lucha apremiando a los contratistas a no rendirse. Los ataques más sonoros contra los huelguistas provinieron de los poderosos periódicos del gran grupo Wynand.

«Siempre hemos defendido —decían los editoriales de Wynand— los derechos del hombre común contra los tiburones privilegiados, pero no podemos dar nuestro apoyo a la destrucción de la ley y el orden.» Nunca se descubrió si los periódicos de Wynand guiaban a la opinión pública o la opinión pública a los periódicos de Wynand; lo único que se sabía es que ambos estaban notablemente en sintonía. Sin embargo, nadie sabía, salvo Guy Francon y muy pocos más, que Gail Wynand era el propietario de la sociedad a la que pertenecía otra sociedad que, a su vez, era dueña del hotel Noyes-Belmont.

Esto contribuyó mucho al malestar de Francon. Se rumoreaba que las operaciones inmobiliarias de Gail Wynand eran mucho más vastas que su imperio periodístico. Era la primera oportunidad que Francon había tenido jamás de recibir un encargo de Wynand, y la aprovechó con avidez, pensando en las posibilidades que se le podrían abrir. Él y Keating se habían esforzado al máximo para diseñar los palacios de estilo rococó con la mayor ornamentación posible, para los futuros clientes que pagarían veinticinco dólares por noche y habitación, llenos de flores de yeso, cupidos de mármol y ascensores abiertos con rejas de bronce. La huelga había destrozado las futuras posibilidades; no se podía culpar a Francon, pero uno nunca sabía a quién iba a echar la culpa Gail Wynand y por qué razón. Eran famosos los cambios imprevisibles e inexplicables de Wynand, y también se sabía que, a los pocos arquitectos que contrataba alguna vez, nunca los volvía a contratar.

El humor de perros de Francon lo llevó a cometer la insólita transgresión de gritarle, sin ningún motivo concreto, a la única persona que siempre había sido inmune a ello: Peter Keating. Keating se encogía de hombros y le volvía la espalda con silenciosa insolencia. Después, Keating vagaba por los pasillos, y gruñía a los jóvenes dibujantes sin mediar ninguna provocación. Se tropezó con Lucius N. Heyer al cruzar una puerta y le gritó: «¡Mire por dónde va!». Heyer se lo quedó mirando parpadeando, desconcertado.

En la oficina había poco que hacer, nada que decir y todo que evitar. Keating se marchaba pronto y se iba andando a casa bajo la fría luz crepuscular de diciembre.

En casa, maldecía en alto el molesto olor a pintura de los radiadores sobrecalentados. Maldecía la corriente de frío cuando su madre abría una ventana. No encontraba motivos para su desasosiego, salvo que la repentina inactividad lo dejaba solo. No soportaba quedarse solo.

Cogió el teléfono y llamó a Catherine Halsey. El sonido de su voz clara era como una mano que le presionara suavemente su frente ardiente. Le dijo:

—Oh, nada importante, querida. Sólo me preguntaba si estarás en casa esta noche. Pensé en pasarme después de cenar.

—Claro, Peter, estaré en casa.

—Perfecto. ¿Sobre las ocho y media?

—Sí... Ah, Peter, ¿has oído algo sobre el tío Ellsworth?

—¡Sí, maldita sea, he oído algo sobre tu tío Ellsworth...! Perdóname, bonita, no quería ser grosero, pero es que llevo todo el día oyendo hablar de tu tío Ellsworth. Ya sé que es maravilloso y todo eso, pero, mira, no vamos a hablar de él esta noche.

—No, claro que no. Lo siento. Lo comprendo. Te estaré esperando.

—Hasta luego, Katie.

Había oído la última noticia sobre Ellsworth Toohey, pero no quería pensar en ella porque le recordaba el irritante asunto de la huelga. Desde hacía seis meses, al calor de su éxito con *Sermones en piedra*, Ellsworth Toohey escribía una columna diaria titulada «Una vocecita» en los periódicos de Wynand. Apareció en el *Banner* y empezó siendo una sección de crítica de arte, pero se convirtió en una tribuna de opinión donde Ellsworth M. Toohey dictaba veredictos sobre arte, literatura, restaurantes de Nueva York, crisis internacionales y sociología, especialmente sobre sociología. Tenía mucho éxito. Pero la huelga de los obreros había colocado a Ellsworth M. Toohey en una posición difícil. No ocultaba su simpatía por los huelguistas, pero no dijo nada en su columna, porque nadie podía decir lo que quisiera en los periódicos de Gail Wynand, salvo Gail Wynand. Sin embargo, se había convocado para aquella noche un multitudinario mitin con los simpatizantes de los huelguistas. Iban a hablar muchos hombres célebres, entre ellos Ellsworth Toohey. O al menos se anunció su nombre.

El acto generó muchas especulaciones curiosas, y se hacían apuestas sobre si Toohey se atrevería a aparecer.

—Lo hará. —Le escuchó Keating insistir con vehemencia a un dibujante—. Se sacrificará. Él es así. Es el único hombre honrado en la prensa.

—No lo hará —dijo otro—. ¿Te das cuenta de lo que significa montar una escena como ésa contra Wynand? Si Wynand la toma con alguien, lo destruye, tan seguro como el fuego del infierno. Nadie sabe cuándo lo hará o cómo, pero lo hará, y nadie podrá demostrar nada contra él; una vez que Wynand va detrás de ti, estás acabado.

A Keating no le importaba, fuera como fuese, y el tema le aburría.

Cenó aquella noche en absoluto silencio, y cuando la señora Keating empezó a decir «ah, por cierto...», para llevar la conversación adonde él sabía, le gritó:

—¡No vas a hablar de Catherine! Cállate.

La señora Keating no dijo nada más, y se concentró en cargarle más comida en el plato.

Keating cogió un taxi a Greenwich Village. Subió corriendo las escaleras. Tocó la campanilla de la puerta. Esperó. No hubo respuesta. Se quedó allí, apoyado en la pared, llamando, durante un largo rato. Catherine no podía haber salido, sabiendo que él iba a venir; imposible. Bajó incrédulo las escaleras, salió a la calle y levantó la vista a las ventanas de su apartamento. Estaban oscuras.

Se quedó mirando las ventanas como si fuesen una tremenda traición. Después sintió un desagradable sentimiento de soledad, como si no tuviese hogar en la gran ciudad. Por un momento se olvidó de su propia dirección o su existencia. Después pensó en el multitudinario mitin donde su tío se iba a convertir en un mártir público aquella noche. Allí se ha ido, pensó, ¡esa maldita idiota! Y dijo en alto: «¡Al diablo con ella!», y se fue andando deprisa en dirección al lugar del mitin.

Había una bombilla desnuda sobre el marco de la entrada, un pequeño bulto blanco azulado que brillaba de manera siniestra, demasiado fría y luminosa. La luz se proyectaba hacia la calle, y alumbraba un fino chorro de lluvia que caía de alguna repisa, una reluciente aguja de cristal, tan delgada y uniforme que a Keating le dio por pensar en historias de hombres que habían muerto atravesados por un carámbano. Había algunos holgazanes curiosos en la entrada, bajo la lluvia, y unos pocos policías. La puerta estaba abierta. El sombrío vestíbulo estaba lleno de personas que no cabían en la abarrotada sala, y escuchaban a través de un altavoz instalado allí para la ocasión. En la puerta había tres sombras borrosas que repartían panfletos a los transeúntes. Una de las sombras era un joven tísico, que iba sin afeitar y llevaba su largo cuello descubierto; la otra era una esbelta joven con una estola de piel sobre un abrigo caro; la tercera era Catherine Halsey.

Estaba bajo la lluvia, desganada, echada hacia atrás con cansancio; le brillaba la nariz, y sus ojos resplandecían de emoción. Keating se paró y se quedó mirándola.

Ella le alargó la mano mecánicamente para darle un panfleto, y después levantó la mirada y lo vio. Sonrió asombrada, y le dijo con alegría:

—¡Pero bueno, Peter! ¡Qué bonito por tu parte que hayas venido!

—Katie... —dijo, un poco sofocado—, Katie, qué demonios...

—Pero es que tenía que hacerlo, Peter —dijo, sin un rastro de disculpa en la voz—. Tú no lo entiendes, pero yo...

—Sal de la lluvia. Métete.

—¡Pero no puedo! Tengo que...

—¡Que salgas al menos de la lluvia, boba! —Y la empujó de mala manera hacia la puerta hasta un rincón del vestíbulo.

—Peter, cariño, no estarás enfadado, ¿verdad? Verás, lo que pasó es que no pensé que mi tío fuese a dejarme venir aquí esta noche, pero en el último momento dijo que me dejaba, si quería, y que podía ayudar con los panfletos. Sabía que lo entenderías, y te dejé una nota en la mesa del salón, explicándolo, y...

—¿Que me dejaste una nota? ¿Dentro...?

—Sí... Ay... Ay, querido, no se me ocurrió que no podías entrar, qué tonta, pero ¡iba con tanta prisa! No, no te enfadarás, ¡no puedes! ¿No ves lo que significa esto para él? ¿No sabes lo que está sacrificando al venir aquí? Sabía que lo haría. Se lo dije a ellos, a esos que decían que ni por casualidad, que sería su fin, y quizá lo sea, pero a él no le importa. Él es así. Tengo miedo y estoy tremendamente feliz porque lo ha hecho, me hace creer en todos los seres humanos. Pero tengo miedo, porque ya sabes, Wynand hará...

—¡Cállate! Ya lo sé todo. Estoy harto. No quiero oír hablar de tu tío, de Wynand o la maldita huelga. Vámonos de aquí.

—¡Ay, no, Peter! ¡No podemos! Quiero oírlo, y...

—¡Que se callen por ahí! —refunfuñó alguien de entre la multitud.

—Nos lo estamos perdiendo todo —susurró ella—. El que habla es Austen Heller. ¿No quieres escuchar a Austen Heller?

Keating miró al altavoz de arriba con cierto respeto, el que sentía por todos los nombres célebres. No había leído mucho de Austen Heller, pero sabía que Heller era el columnista estrella del *Chronicle*, un periódico brillante e independiente, archienemigo de las publicaciones de Wynand; que Heller provenía de una antigua y distinguida familia y que se había licenciado en Oxford; que había empezado como crítico literario y acabó convirtiéndose en un discreto villano consagrado a la destrucción de la coacción en todas sus formas, en el cielo y en la tierra; que había sido maldecido por sacerdotes, banqueros, clubes femeninos y sindicatos; que tenía mejores modales que la élite social de la que solía burlarse y una constitución más fuerte que los obreros a los que solía defender; que podía discutir sobre la última obra de Broadway, poesía medieval o la economía internacional; que nunca había donado a la beneficencia, pero gastaba más dinero propio del que podía permitirse en la defensa de los presos políticos en todas partes.

La voz que provenía del altavoz era seca, precisa, con un leve acento británico.

—... y debemos tener en cuenta —decía Austen Heller con sobriedad—, puesto que estamos obligados a vivir juntos, que sobre todo no podemos olvidarnos de que la única manera de que tengamos ley es que haya la menos posible. No veo ningún patrón ético con el cual medir el antiético concepto de Estado, salvo en la cantidad de tiempo, pensamiento, dinero, esfuerzos y obediencia que una sociedad obtiene de cada uno de sus miembros mediante la extorsión. Su valor y su civilización son inversamente proporcionales a esa extorsión. No hay una ley concebible por la cual un hombre esté obligado a trabajar en unas condiciones que no hayan sido fijadas por él. No hay una ley concebible que le impida fijarlas, como no hay una ley que obligue al patrón a aceptarlas. La libertad para estar de acuerdo o en desacuerdo es la base de nuestro tipo de sociedad, y la libertad de hacer huelga forma parte de ella. Lo digo para recordárselo a cierto Petronio de Hell's Kitchen, un exquisito hijo de perra que últimamente ha generado mucho ruido para decirnos que esta huelga representa una destrucción de la ley y el orden.

El altavoz transmitió los silbidos aprobatorios y el estruendo de los aplausos. Se oían susurros entre la gente que estaba en el vestíbulo. Catherine se agarró del brazo de Keating:

—Ay, Peter —dijo en voz baja—. Se refiere a Wynand. Wynand nació en el barrio de Hell's Kitchen. Él se puede permitir decirlo, pero Wynand la tomará con el tío Ellsworth.

Keating no pudo escuchar el resto del discurso de Heller, porque tenía una jaqueca tan violenta que el sonido le hacía daño en los ojos y tenía que cerrarlos con fuerza. Se apoyó en la pared.

Abrió los ojos sobresaltado cuando se percató de un extraño silencio a su alrededor. No se había dado cuenta de que el discurso de Heller había acabado. Vio que había una tensa y solemne expectación entre la gente del vestíbulo, y que el carraspeo hueco del altavoz atraía todas las miradas hacia su oscuro embudo. Después, una voz alta y lenta rompió el silencio:

—Damas y caballeros, ¡tengo el gran honor de presentarles ahora al señor Ellsworth Monkton Toohey!

Bueno, pensó Keating, Bennett se había ganado de calle sus setenta y cinco centavos en la oficina. Hubo unos segundos de silencio. Lo que pasó después le cayó a Keating como un cogotazo: no fue un sonido, ni un golpe; fue algo que rasgó el tiempo y separó ese momento del momento normal anterior. Sólo fue consciente de la conmoción al principio; al cabo de un segundo, distinto, consciente, se dio cuenta de lo que era: había sido el aplauso. Era tal el estallido de los aplausos que pensó que el altavoz iba a explotar, y siguió sin cesar, apretándose contra las paredes del vestíbulo; le pareció sentir que las paredes estaban cediendo hacia fuera.

La gente a su alrededor lanzaba vítores. Catherine estaba de pie, con los labios entreabiertos, y él estaba seguro de que ni siquiera respiraba.

Pasó un largo rato antes de que volviese el silencio, de forma tan abrupta e impactante como el clamor; el altavoz murió, ahogado en un pitido. Los que estaban en el vestíbulo seguían en silencio. Después volvió la voz:

—Amigos míos —dijo, de forma clara y solemne—. Mis hermanos —añadió suave e involuntariamente, de forma emocionada y sonriente para disculpar la emoción—. Este recibimiento me conmueve más de lo que yo mismo me permitiría. Espero que se me perdone por este rastro de vanidad infantil que todos tenemos. Pero soy consciente, y con ese espíritu lo acepto, de que no se está rindiendo este homenaje a mi persona, sino a un principio que la fortuna me ha concedido representar con toda humildad esta noche.

No era una voz, era un milagro. Se desplegaba como una banderola de terciopelo. Eran palabras en inglés, pero la reverberante claridad de cada sílaba lo hacía parecer un nuevo idioma hablado por primera vez. Era la voz de un gigante.

Keating estaba boquiabierto. No oía lo que la voz estaba diciendo. Oía la belleza de los sonidos sin atender a su significado. No sentía la necesidad de entenderlo, aceptaba cualquier cosa y ser conducido a ciegas adonde fuese.

—... y así, amigos míos —decía la voz— la lección que hemos de aprender de nuestra trágica lucha es la lección de la unidad. O estamos unidos, o seremos derrotados. Nuestra voluntad, la voluntad de los desheredados, los olvidados, los oprimidos, nos unirá firmemente en un sólido baluarte, con una fe y un objetivo comunes. Es hora de que cada hombre renuncie a pensar en sus insignificantes problemas, sus beneficios, su comodidad y sus gratificaciones personales. Es hora de fusionarse con esta ola gigante, en la creciente marea que se acerca para arrastrarnos a todos, lo queramos o no, al futuro. La historia, amigos míos, no hace preguntas ni pide consentimientos. Es irrevocable, como la voz de las masas que la determinan. Escuchemos esa llamada. Organicémonos, hermanos. Organicémonos. Organicémonos. Organicémonos.

Keating miró a Catherine. No había Catherine, sólo una cara blanca que se disolvía en los sonidos del altavoz. No era el hecho de que escuchara a su tío: Keating no tenía celos de él, aunque deseaba poder sentirlos. No era afecto. Era algo frío e impersonal que la vaciaba, con su voluntad rendida y sin que nada humano la sostuviera, excepto algo innominado que la estaba tragando.

—Salgamos de aquí —susurró él, violentado.

Keating estaba asustado. Ella se volvió hacia él, como si saliera de la inconsciencia. Él supo que ella trataba de reconocerlo a él y todo lo que implicaba. Le respondió en voz baja:

—Sí. Salgamos de aquí.

Pasearon por las calles, bajo la lluvia, sin dirección. Hacía frío, pero siguieron andando, para moverse, para sentir el movimiento, para tener la sensación de que sus músculos se movían.

—Nos estamos empapando —dijo Keating por fin, tan directo y natural como pudo. Que fuesen en silencio lo asustaba; demostraba que ambos eran conscientes de lo mismo y que había sido real.

—Busquemos algún sitio donde podamos tomar algo...

—Sí, vamos. Hace mucho frío... ¿No ha sido una estupidez por mi parte? Me he perdido el discurso de mi tío, con las ganas que tenía de escucharlo...

No pasaba nada. Ella lo había mencionado. Lo había mencionado con bastante naturalidad, con una sana dosis de adecuado arrepentimiento. La sensación pasó.

—Pero quería estar contigo, Peter... Yo quiero estar contigo siempre.

Eso lo sacudió una vez más, no por el significado de lo que ella le decía, sino por la razón que le había llevado a decirlo. Después se le pasó, y Keating sonrió; sus dedos buscaron la muñeca desnuda de ella entre la manga y el guante y el contacto de su cálida piel.

Al cabo de muchos días, Keating oyó la historia que se estaba contando por toda la ciudad. Se decía que, al día siguiente del multitudinario mitin, Gail Wynand le subió el sueldo a Ellsworth Toohey. Toohey se puso furioso e intentó rechazarlo.

—No puede sobornarme, señor Wynand —había dicho.

—Yo no le estoy sobornando, no se alabe a sí mismo —había respondido Wynand.

Cuando se resolvió el problema de la huelga, la construcción que se había interrumpido se aceleró en toda la ciudad, y el propio Keating se pasaba días y noches enteros en el trabajo, con los nuevos encargos que le llovían en la oficina. Francon sonreía contento a todo el mundo y dio una pequeña fiesta para sus empleados, para borrar el recuerdo de cualquier cosa que pudiera haber dicho. La residencia palaciega del señor Dale Ainsworth y su señora, en Riverside Drive, el proyecto favorito de Keating, realizado en estilo renacentista tardío y granito gris, estaba al fin terminada. El señor Dale Ainsworth y su señora ofrecieron una recepción oficial para inaugurar su casa, a la que fueron invitados Guy Francon y Peter Keating, pero se olvidaron de Lucius N. Heyer, sin querer, como le venía pasando últimamente. Francon disfrutó de la fiesta, porque cada centímetro cuadrado del granito de la casa le recordaba los estupendos ingresos por cierta cantera en Connecticut. Keating disfrutaba de la fiesta porque la majestuosa señora Ainsworth le había dicho con una irresistible sonrisa:

—¡Pero es que estaba segura de que usted era el socio del señor Francon! ¡Es Francon y Heyer, claro! ¡Qué despiste el mío! Lo único que puedo decir a modo de excusa es que, si usted no es su socio, ¡una piensa que, sin duda, tendría derecho a serlo!

La vida en la oficina transcurría sin incidentes; era uno de esos períodos donde todo parecía ir bien.

Por eso, Keating se sorprendió una mañana, poco después de la recepción de los Ainsworth, cuando vio a Francon llegar a la oficina con una expresión de irritación nerviosa: «Ah, nada, nada en absoluto» —dijo, agitando la mano sin paciencia. En la sala de dibujo, Keating vio a tres dibujantes inclinados, con las cabezas muy juntas, sobre una sección del *Banner*, leyéndolo con una especie de interés ávido y culpable. Oyó la risa ahogada y desagradable de uno de ellos. Cuando lo vieron, el periódico desapareció enseguida. Keating no tenía tiempo de averiguar de qué se trataba, el mensajero de un contratista lo estaba esperando en su despacho, y también una pila de cartas y dibujos a los que tenía que dar el visto bueno.

A las tres horas, con la avalancha de compromisos, se olvidó del incidente. Se sentía ligero, despejado, exultante con su propia energía. Cuando tuvo que consultar en su biblioteca acerca de un nuevo dibujo que quería comparar con sus mejores prototipos, salió de su despacho silbando y con el dibujo en la mano, que movía con alegría al andar.

Sus pasos lo lanzaron al centro de la recepción, donde se detuvo en seco, con el dibujo dado la vuelta sobre las rodillas. Olvidó que no era apropiado que se quedara parado allí en esas circunstancias.

Había una joven delante de la barandilla, hablando con la recepcionista. Su esbelto cuerpo parecía completamente desproporcionado respecto a un cuerpo humano normal; sus líneas eran tan largas, tan frágiles y exageradas que parecían el dibujo estilizado de una mujer; a su lado, las proporciones correctas de un ser normal resultaban muy grandes y enrevesadas. Llevaba un sencillo traje gris, y en el contraste entre la severidad de su confección y su aspecto había una exuberancia deliberada, una elegancia extraña. Dejó apoyados en la barandilla los dedos de una mano, una mano fina que seguía la línea recta y arrogante de su brazo. Tenía los ojos grises, pero no eran óvalos, sino dos largos cortes rectangulares bordeados por líneas paralelas de pestañas; tenía un aire de fría serenidad y una boca exquisitamente maliciosa. Su cara, su cabello, de un oro pálido, y su traje, que parecía no tener color, sino sólo insinuarlo hasta el umbral de la existencia de color: todo ello hacía que la realidad pareciese vulgar. Keating se quedó parado, porque comprendió por primera vez a qué se referían los artistas cuando hablaban de la belleza.

—O lo veo ahora mismo o no lo veo —le estaba diciendo a la recepcionista—. Me dijo que viniera y éste es el único momento que tengo.

No era una orden, hablaba como si no fuese necesario que su voz adoptara el tono de una orden.

—Sí, pero... —Se encendió un piloto en la centralita de la recepcionista y ésta se apresuró a coger la llamada—. Sí, señor Francon...

La recepcionista escuchaba y asentía con alivio. Después, se giró hacia la visitante:

—¿Podría pasar, por favor?

La joven se volvió y miró a Keating al pasar por su lado de camino a las escaleras. Sus ojos lo miraron sin detenerse. La estupefacta admiración de Keating menguó. A él le había dado tiempo a verle los ojos, que parecían agotados y un poco despectivos, y le causaron una sensación de fría crueldad.

La oyó subir las escaleras, y esa sensación desapareció, pero seguía admirado. Se acercó ansioso a la recepcionista.

—¿Quién era? —preguntó.

La recepcionista se encogió de hombros:

—La chica del jefe.

—¡Vaya, qué tipo con suerte! No me había dicho nada —dijo Keating.

—No me ha entendido bien —dijo la recepcionista con frialdad—. Es su hija. Es Dominique Francon.

—Oh... —dijo Keating—. ¡Oh, Dios mío!

—¿Verdad? —dijo la muchacha, mirándolo con sarcasmo—. ¿Ha leído el *Banner* de esta mañana?

—No, ¿por qué?

—Léalo.

Sonó su centralita y se apartó de él.

Mandó a un mozo a comprar un ejemplar del *Banner*, y pasó las páginas ansioso hasta la columna «Su casa», de Dominique Francon. Había oído decir que había tenido mucho éxito últimamente con las descripciones de las casas de prominentes neoyorquinos. Su ámbito se limitaba a la decoración de interiores, pero se había aventurado de vez en cuando en la crítica arquitectónica. Su tema de hoy era la nueva residencia del señor Dale Ainsworth y señora, en Riverside Drive. Decía, entre muchas otras cosas, lo siguiente:

> Se entra en un magnífico vestíbulo de mármol dorado y una cree estar en el Ayuntamiento o la Central de Correos, pero no. Sin embargo, lo tiene todo: el entresuelo con su columnata y la escalera con su papera y sus cartelas con forma de cinturones de piel abrochados, sólo que no es piel, sino mármol. El comedor tiene una espléndida puerta de bronce, colocada por error en el techo, con un enrejado de frescos racimos de bronce. De los paneles de las paredes cuelgan patos y conejos muertos rodeados de ramos de zanahorias, petunias y habichuelas. No creo que resultasen muy atractivas si fuesen reales, pero como son malas imitaciones de yeso, no pasa nada [...]. Las ventanas del dormitorio dan a un muro de ladrillo, no muy agradable, pero nadie tiene por qué ver los dormitorios [...]. Las ventanas delanteras son lo bastante grandes y permiten que entre mucha luz, así como los pies de los cupidos de mármol que reposan en el exterior. Los cupidos están bien alimentados y ofrecen un bonito paisaje a la calle, en contraste con la severidad de la fachada de granito; son bastante admirables, salvo que no puedas soportar encontrarte con las regordetas plantas de sus pies cada vez que te asomas para comprobar si está lloviendo. Si te cansas de ellas, siempre puedes mirar, por las ventanas centrales de la tercera planta, a la rabadilla de hierro fundido de Mercurio, que está en la parte superior del frontón de la entrada. Es una entrada muy bonita. Mañana, visitaremos la casa del señor y la señora Smythe-Pickering.

Keating había diseñado la casa. Pero no pudo evitar reírse entre dientes, a pesar de la furia, cuando pensó en lo que debió de sentir Francon al leer esto y en cómo lo afrontaría con la señora Ainsworth. Después se olvidó de la casa y del artículo. Sólo se acordaba de la chica que lo había escrito.

Cogió tres dibujos al azar de su mesa y se fue al despacho de Francon para pedirle su visto bueno, que no necesitaba.

Se detuvo en el descansillo de la escalera frente a la puerta cerrada de Francon. Oyó su voz al otro lado de la puerta, fuerte, enfadada e impotente, la voz que siempre oía cuando derrotaban a Francon.

—... ¡esperar semejante ultraje! ¡De mi propia hija! Me espero cualquier cosa de ti, pero esto lo supera todo. ¿Qué voy a hacer? ¿Cómo voy a explicarlo? ¿Tienes siquiera una remota idea de cuál es mi situación?

Después Keating oyó que ella se reía; era un sonido tan alegre y frío que sabía que era mejor no entrar. Sabía que no quería entrar, porque de nuevo tuvo miedo, como cuando vio sus ojos.

Se dio media vuelta y bajó las escaleras. Cuando llegó al piso de abajo, pensó que se la volvería a encontrar, que la conocería pronto y que Francon ya no podría impedirlo. Pensó en ello con impaciencia; se reía aliviado de la imagen que se había hecho durante años de la hija de Francon y revisó la proyección de su futuro, aunque tuvo la leve sensación de que era mejor que no la volviera a ver nunca más.

10

Ralston Holcombe no tenía un cuello visible, pero la barbilla asumía sus funciones. Su barbilla y su mandíbula formaban un arco ininterrumpido que descansaba sobre su tórax. Tenía unos mofletes sonrosados y suaves al tacto; era la suavidad sin firmeza que da la vejez, como la piel de un melocotón escaldado. Su abundante cabellera blanca se levantaba sobre su frente y le caía sobre los hombros como una melena medieval, que le dejaba casposa la parte trasera del cuello de la chaqueta.

Andaba por las calles de Nueva York con un sombrero de ala ancha, traje oscuro de ejecutivo, una camisa de satén verde claro, un chaleco de brocado blanco y un enorme lazo negro que sobresalía bajo su barbilla, y llevaba un báculo; no un bastón: un alto báculo de ébano coronado por un bulbo de oro macizo. Era como si su inmenso cuerpo se hubiese resignado a los usos de una civilización prosaica y a sus ropas anodinas, salvo el óvalo de su pecho y su abultado vientre, que exhibían los colores de su alma.

Se le permitían esas cosas porque era un genio. También era presidente de la Asociación de Arquitectos de Estados Unidos.

Ralston Holcombe no suscribía las opiniones de sus colegas de la organización. No era un constructor ni un empresario codicioso. Era un hombre de ideales, como declaraba tajante.

Denunciaba el deplorable estado de la arquitectura estadounidense y el eclecticismo sin principios de sus profesionales. En cualquier período de la historia, decía, los arquitectos construyeron conforme el espíritu de la época, y no copiaban del pasado; sólo podemos ser fieles a la historia siguiendo esa ley, que exige que plantemos firmemente las raíces de nuestro arte en la realidad de nuestra vida. Censuró la estupidez de erigir edificios que fuesen griegos, góticos o románicos; seamos modernos —suplicaba— y construyamos con el estilo que corresponde a nuestros tiempos. Él había encontrado ese estilo. Era el Renacimiento.

Exponía con claridad sus razones. «Puesto que al mundo no le ha ocurrido nada de gran importancia histórica desde el Renacimiento —señalaba—, deberíamos considerar que aún vivimos en ese período, y que todas las formas externas de nuestra existencia deberían seguir siendo fieles a los ejemplos de los grandes maestros del siglo XVI.»

No tenía paciencia para los pocos que hablaban de arquitectura moderna en términos muy distintos a los suyos, y los ignoraba. Afirmaba sólo que los hombres que querían romper con *todas* las formas del pasado eran unos vagos ignorantes y que no se podía anteponer la originalidad a la belleza. Pronunciaba esa última palabra con una voz trémula y reverencial.

No aceptaba encargos que no fuesen fabulosos. Se especializó en lo eterno y lo monumental. Construyó muchos grandes memoriales y capitolios. Hizo proyectos para exposiciones universales.

Construía como un compositor que improvisara espoleado por un guía místico. Tenía inspiraciones súbitas. Podía añadir una cúpula enorme a la azotea plana de un edificio terminado, o incrustar una gran bóveda de mosaicos de pan de oro, o demoler una fachada de caliza para reemplazarla por una de mármol. Sus clientes se quedaban pálidos y tartamudos, pero pagaban. Su personalidad imperial lo conducía a la victoria en cualquier encontronazo con las preocupaciones económicas del cliente; lo respaldaba la severa, tácita y aplastante afirmación de que él era un «artista». Tenía un enorme prestigio.

Provenía de una familia de la alta sociedad. Se casó, ya en su madurez, con una joven dama cuya familia, aunque no pertenecía oficialmente a la alta sociedad, había ganado una fortuna con un imperio de fábricas de chicle que heredaría su única hija.

Ralston Holcombe tenía sesenta y cinco años, a los que sumaba unos pocos para que sus amigos le hicieran cumplidos sobre su estupenda forma física; la señora Holcombe tenía cuarenta y dos, de los cuales ella restaba bastantes.

La señora Holcombe tenía una galería donde celebraba encuentros informales los domingos por la tarde. «Cualquier persona relevante de la arquitectura se pasa a vernos», les decía a sus amigos, y añadía: «Por la cuenta que le trae».

Una tarde de domingo de marzo, Keating se acercó hasta la mansión Holcombe —una reproducción de un *palazzo* florentino— cumpliendo con su deber, pero un poco de mala gana. Había sido un invitado frecuente en aquellos célebres encuentros, y esperaba aburrirse, porque conocía a todos los que podría esperarse que estuvieran allí. Sintió, sin embargo, que tenía que ir esta vez, porque en esta ocasión se iba a celebrar que Ralston Holcombe había terminado otro capitolio en algún estado del país.

Había una considerable cantidad de personas perdidas en el salón de mármol de los Holcombe, desperdigadas en grupitos desangelados por toda una superficie concebida para recepciones de corte. Los invitados daban vueltas con una tímida naturalidad, esforzándose en parecer inteligentes. Los pasos resonaban en el mármol como el eco en una cripta. Las llamas de los altos candelabros contrastaban de forma desoladora con la luz grisácea de la calle; la luz hacía que los candelabros pareciesen más sombríos, y los candelabros le daban a la luz del día un premonitorio tinte de oscuridad. Se exponía un modelo a escala del nuevo capitolio estatal en un pedestal en el centro del salón, iluminado por minúsculas bombillas eléctricas.

La señora Holcombe presidió la mesa del té. Cada invitado aceptó una frágil taza de porcelana transparente, daba dos delicados sorbos y se esfumaba en dirección al bar. Dos majestuosos mayordomos recogían las tazas abandonadas.

La señora Holcombe era, como la describió una entusiasta amiga, «bajita, pero intelectual». Su diminuta estatura era su íntimo complejo, pero había aprendido a compensarlo. Podía hablar, como hacía, de que llevaba vestidos de la talla S y compraba en la sección de niños. Llevaba prendas de instituto y pantalones cortos en verano, cuando lucía sus flacuchas piernas con venas duras y azules. Adoraba a los famosos. Ésa era su misión en la vida. Iba a cazarlos de manera patética. Se ponía delante de ellos con los ojos abiertos de admiración y les hablaba de su propia insignificancia, de su humildad ante sus logros; se encogía de hombros y apretaba los labios con rencor cuando alguno de ellos no parecía tomar suficiente nota de sus puntos de vista sobre la vida después de la muerte, la teoría de la relatividad, la arquitectura azteca, el control de natalidad o el cine. Tenía muchos amigos muy pobres y lo publicitaba. Si un amigo mejoraba su situación económica, ella lo dejaba de lado, porque sentía que había cometido un acto de traición. Su odio a los ricos era del todo genuino: sólo compartía con ellos el sello distintivo. Consideraba que la arquitectura era su dominio privado. La bautizaron como «Constance», pero le parecía mucho más inteligente hacerse llamar «Kiki», como obligó a sus amigos a llamarla cuando ya había superado la treintena.

Keating nunca se había sentido cómodo delante de la señora Holcombe, porque ella le sonreía con demasiada insistencia y respondía a sus comentarios diciendo: «Pero, Peter, ¡qué pícaro eres!»; cuando no había sido en absoluto su intención. Aquella tarde, sin embargo, se inclinó para besarle la mano, como de costumbre, y ella le sonrió tras la tetera de plata. Llevaba un regio vestido de terciopelo esmeralda y una cinta magenta en el pelo, cortado a media melena, con un lindo lazo en la frente. Tenía el cutis tostado y seco, con los poros dilatados en la nariz. Le dio una taza a Keating; en su dedo relucía una esmeralda cuadrada a la luz de los candelabros.

Keating expresó su admiración por el capitolio y se escabulló para observar la maqueta. Se apostó delante de ella durante la cantidad de minutos correcta, quemándose los labios con el líquido con aroma a clavo. Holcombe, que nunca miraba en dirección a la maqueta y nunca perdía la vista de los invitados que se detenían ante él, le dio una palmada en el hombro a Keating y le hizo un comentario cortés sobre los colegas jóvenes que aprenden sobre la belleza del estilo renacentista. Después, Keating se fue a dar una vuelta, estrechó algunas manos sin entusiasmo y le echó una ojeada a su reloj de pulsera, para calcular el tiempo en que sería aceptable marcharse. Después se detuvo.

Detrás de un amplio arco, en una pequeña biblioteca, y rodeada por tres hombres jóvenes, vio a Dominique Francon.

Estaba apoyada en una columna con un cóctel en la mano. Llevaba un traje de terciopelo negro; la pesada tela, que no transmitía ningún rayo de luz, la mantenía anclada a la realidad al detener la luz que flotaba con demasiada libertad a través de la carne de sus manos, su cuello y su rostro. Un blanco destello de fuego brillaba como una cruz de metal frío en el vaso que sostenía, como si fuese una lente que recogiese el resplandor difuso de su piel.

Keating se fue directo hacia allí y vio a Francon entre la multitud.

—¡Hombre, Peter! —dijo Francon alegre—. ¿Quieres que te traiga algo de beber? No hay nada muy allá —dijo, bajando la voz—, pero los *manhattan* no están tan mal.

—No. Gracias.

—*Entre nous* —dijo Francon, dirigiendo un guiño a la maqueta del capitolio—, qué maldita chapuza, ¿no?

—Sí. Unas proporciones lamentables... Esa cúpula parece la cara de Holcombe imitando un amanecer en el tejado...

Estaban parados frente a la biblioteca, y Keating miraba directamente a la chica de negro, lo que invitaba a Francon a fijarse en ello; disfrutó que Francon se encontrara en esa trampa.

—¡Y el plano! ¡El plano! ¿Has visto que en la segunda planta...? Ah... —dijo Francon, al darse cuenta. Miró a Keating, después a la biblioteca, y después otra vez a Keating.

—Bueno —dijo Francon, por fin—. Después no me eches la culpa. Tú lo has querido. Vamos.

Entraron juntos en la biblioteca. Keating se paró, con corrección, pero se permitió una inadecuada intensidad en sus ojos, mientras que Francon decía sonriendo con una jovialidad muy poco convincente:

—¡Dominique, querida! ¿Me permites que os presente? Éste es Peter Keating, mi mano derecha. Peter, ésta es mi hija.

—¿Cómo está? —dijo Keating, con voz tierna, y Dominique se inclinó muy seria—. Llevo mucho tiempo queriendo conocerla, señorita Francon.

—Esto va a ser interesante —dijo Dominique—. Usted querrá ser amable conmigo, como es natural, y, sin embargo, no será diplomático.

—¿Qué quiere decir, señorita Francon?

—Mi padre preferiría que usted fuese desagradable conmigo. Mi padre y yo no nos llevamos nada bien.

—Vaya, señorita Francon, yo...

—Sólo creo que es más justo decírselo desde el principio. Quizá quiera replantearse algunas conclusiones.

Keating buscó a Francon con la mirada, pero se había esfumado.

—No —dijo ella con suavidad—. A mi padre no se le dan nada bien estas cosas. Se le nota demasiado. Usted pidió que nos presentaran, pero él no debió dejar que yo me diera cuenta. Aunque no pasa nada, todo está bien, ya que ambos lo admitimos. Siéntese.

Ella se deslizó sobre un sillón y él se sentó obediente a su lado. Los jóvenes, a los que no conocía, se quedaron allí unos minutos; intentaban, con una sonrisa bobalicona, que los incluyeran en la conversación, y después se alejaron. Keating pensó aliviado que en ella no había nada que temer; sólo un inquietante contraste entre sus palabras y la cándida inocencia con que las pronunciaba: no sabía de cuál de las dos cosas debía fiarse.

—Reconozco que pedí que nos presentaran —dijo Keating—. Es evidente, de todas formas, ¿no? ¿Quién no lo pediría? Pero ¿no cree que las conclusiones que extraeré quizá no tengan nada que ver con su padre?

—No me diga que soy bella y exquisita como no había visto antes y que mucho se teme que se va a enamorar de mí. Lo acabará diciendo, pero vamos a posponerlo. Aparte de eso, creo que nos vamos a llevar estupendamente.

—Pero usted está intentando ponérmelo muy difícil, ¿verdad?

—Sí. Mi padre debería haberle advertido.

—Lo hizo.

—Debería haberle hecho caso. Sea muy considerado con mi padre. He conocido a tantas manos derechas suyas que empezaba a ser escéptica, pero usted es el primero que le dura, y que parece que le va a durar. He oído hablar mucho de usted. Mi enhorabuena.

—Llevo años queriendo conocerla. Y he leído su columna con mucho...

Se paró. Sabía que no debía haberla mencionado y, sobre todo, que no debería haberse parado.

—¿Con mucho...? —preguntó ella con cortesía.

—Con mucho placer —terminó, con la esperanza de que ella lo dejara ahí.

—Ah, sí —dijo ella—. La casa de los Ainsworth. Usted la diseñó. Lo siento. Usted ha sido víctima de uno de mis raros ataques de sinceridad. No los tengo a menudo. Ya lo sabrá, si leyó lo mío de ayer.

—Lo he leído. Y, bueno, seguiré su ejemplo y seré perfectamente franco. No lo tome como una queja: uno no debe nunca quejarse de sus críticos. Pero lo cierto es que ese capitolio de Holcombe es mucho peor que todas aquellas cosas por las que arremetió contra nosotros. ¿Por qué le hizo un elogio tan encendido ayer? ¿O tuvo que hacerlo?

—No me halague. Por supuesto que no tuve que hacerlo. ¿Cree que alguien del periódico le presta la suficiente atención a una columna sobre decoración de interiores para preocuparse de lo que diga? Además, se supone que yo ni siquiera escribo sobre capitolios. Sólo es que me estoy cansando de la decoración de interiores.

—Entonces ¿por qué alabó a Holcombe?

—Porque ese capitolio suyo es tan espantoso que machacarlo habría sido muy aburrido. Así que pensé que sería más divertido ponerlo por las nubes. Y así fue.

—¿Es así como hace usted las cosas?

—Así es como hago yo las cosas. Pero nadie lee mi columna, salvo las amas de casa que nunca se permiten el lujo de decorar sus casas, así que no tiene ninguna importancia.

—Pero ¿qué arquitectura le gusta en realidad?

—No me gusta la arquitectura.

—Bueno, por supuesto usted sabe que eso no me lo creo. ¿Por qué escribe si no hay nada que quiera decir?

—Para tener algo que hacer. Algo más detestable que muchas otras cosas que podría hacer. Y más divertido.

—Venga, ésa no es una buena razón.

—Yo no tengo buenas razones.

—Pero debe de disfrutar con su trabajo.

—Lo hago. ¿No ve que lo hago?

—¿Sabe? La verdad es que la he envidiado. Trabajar para una magnífica empresa como los periódicos de Wynand. La mayor empresa del país, que dirige a los escritores de más talento y...

—Mire, déjeme que le ayude —dijo ella, inclinándose para hacerle una confidencia—. Si hubiese acabado de conocer a mi padre, y él trabajase para los periódicos de Wynand, eso sería justo lo que debería decir. Pero no conmigo. Eso es lo que esperaba que usted dijera y no me gusta oír lo que espero. Sería mucho más interesante si usted dijera que los periódicos de Wynand son un despreciable montón de basura de periodismo sensacionalista y que todos sus escritores juntos no valen ni dos centavos.

—¿Eso es lo que piensa usted de ellos?

—En absoluto, pero no me gusta la gente que intenta decir sólo lo que supone que yo pienso.

—Gracias. Necesitaré su ayuda. Nunca he conocido a nadie... Ah, no, claro, eso es lo que usted no quiere que diga. Pero lo de sus periódicos lo decía en serio. Siempre he admirado a Gail Wynand. Siempre he deseado conocerlo. ¿Cómo es?

—Tal como lo llamó Austen Heller: un exquisito hijo de perra.

Él dio un respingo. Se acordaba de dónde había escuchado a Austen Heller decir eso. El recuerdo de Catherine parecía pesado y vulgar en presencia de la fina mano blanca que veía colgar del brazo del sillón que tenía delante.

—Pero, quiero decir, ¿cómo es en persona? —preguntó.

—No lo sé. Nunca lo he tratado.

—¿Nunca?

—No.

—¡He oído decir que es muy interesante!

—Sin duda. Lo conoceré cuando tenga ganas de algo decadente.

—¿Conoce a Toohey?

—¡Ah, sí! —dijo, y Keating vio lo que ya había visto antes en sus ojos, y no le gustó el dulce regocijo en su voz—. Sí, Ellsworth Toohey. Claro que lo conozco. Es maravilloso. Es un hombre con el que siempre me gusta hablar. Es un perfecto granuja.

—¡Vaya, señorita Francon! Usted es la primera persona que haya...

—No estoy tratando de impresionarlo. Lo digo en serio, todo. Lo admiro. Es muy completo. No se suele encontrar la perfección en este mundo, de un modo u otro, ¿verdad? Y él es justo eso. La pura perfección, a su manera. La gente es muy inacabada, fragmentada en tantas piezas diferentes que no encajan. Pero no Toohey. Él es un monolito. A veces, cuando estoy resentida con el mundo, me consuela pensar que todo está bien, que seré vengada porque al mundo le llegará lo que le espera, porque existe Ellsworth Toohey.

—¿De qué quiere ser vengada?

Ella lo miró, levantando los párpados un instante, de modo que sus ojos no parecían rectangulares, sino dulces y claros.

—Eso ha sido muy inteligente por su parte —dijo ella—. Es la primera cosa inteligente que dice.

—¿Por qué?

—Porque usted ha sabido con qué quedarse de toda la basura que he soltado. Así que le responderé. Me gustaría ser vengada de no tener nada de que vengarme. Ahora sigamos con Ellsworth Toohey.

—Bueno, siempre le he oído decir a todo el mundo que es una especie de santo, el único idealista puro, completamente incorruptible y...

—Es bastante cierto. Un tipo que simplemente se lo trabaja mucho sería más ajustado. Pero Toohey sirve de piedra de toque para ellos. Se puede saber cómo son por su manera de verlo a él.

—¿Por qué? ¿Qué quiere decir?

Ella se echó hacia atrás en su sillón y estiró los brazos hasta las rodillas, cruzó las muñecas, con las palmas hacia arriba y los dedos entrelazados. Se echó a reír con naturalidad.

—Nada que deba ser tema de discusión en las meriendas. Kiki tiene razón. No puede ni verme, pero tiene que invitarme de vez en cuando. Y yo no puedo resistirme a venir, porque es muy evidente que ella no quiere. Verá, anoche le dije a Ralston lo que de verdad pensaba de su capitolio, y no se lo creía. Sólo sonrió y me dijo que era una muchachita muy simpática.

—¿Y no lo es?

—¿El qué?

—Una muchachita muy simpática.

—No. No hoy. Le he hecho sentir profundamente incómodo. Así que le compensaré diciéndole lo que pienso de usted, porque le preocupará. Creo que es usted listo, digno de confianza y claro, y bastante ambicioso, y lo conseguirá. Y me cae bien. Le diré a mi padre que apruebo totalmente su mano derecha, así que ya ve que no tiene nada que temer de la hija del jefe. Aunque sería mejor que yo no le dijera nada a mi padre, porque mi recomendación podría producir el efecto contrario en él.

—¿Puedo decirle la única cosa que pienso de usted?

—Claro, las que quiera.

—Creo que sería mejor que no me hubiese dicho que le caigo bien. Entonces habría tenido más posibilidades de que fuese cierto.

Ella se rio.

—Si entiende eso, entonces nos vamos a llevar de maravilla. Entonces puede que incluso sea cierto.

Gordon L. Prescott apareció en el arco del salón, con una copa en la mano. Llevaba un traje gris y un suéter de cuello vuelto de lana plateada. Su cara aniñada parecía recién lavada, y dejaba a su paso su habitual olor a jabón, dentífrico y aire libre.

—¡Dominique, querida! —exclamó, agitando su vaso—. Hola, Keating —añadió con sequedad—. Dominique, ¿dónde has estado metida? ¡He oído que estabas aquí y me ha costado un suplicio encontrarte!

—Hola, Gordon —repuso ella. Lo dijo con mucha corrección: no había nada ofensivo en los serenos modales de su voz, pero después del tono entusiasmado de él, su voz adquiría un carácter liso y de letal indiferencia, como si los dos sonidos se mezclasen en un perceptible contrapunto al hilo melódico de su desprecio.

Prescott no lo había oído.

—Querida, estás más preciosa cada vez que te veo. No pensé que eso fuese posible.

—Es la séptima vez —dijo Dominique.

—¿Cómo?

—Es la séptima vez que me lo dices al verme, Gordon. Llevo la cuenta.

—No hablarás en serio, Dominique. Tú nunca vas a hablar en serio.

—Oh, sí, Gordon. Acabo de tener una conversación muy seria aquí con mi amigo Peter Keating.

Una dama saludó con la mano a Prescott, y él aprovechó la oportunidad para escapar, haciendo un poco el ridículo. Keating se deleitó al pensar que ella acababa de librarse de otro hombre por la conversación que deseaba seguir manteniendo con su amigo Peter Keating.

Cuando él se volvió hacia ella, ésta le dijo con dulzura:

—¿De qué estábamos hablando, señor Keating?

Entonces ella miró con demasiado interés al otro lado de la sala, a la arrugada figura de un hombrecillo que tosía sobre un vaso de whisky.

—¡Vaya! Estábamos...

—Ah, ahí está Eugene Pettingill. Mi gran favorito. Debo saludar a Eugene.

Se levantó y cruzó la sala echándose hacia atrás al andar, en dirección al septuagenario menos atractivo de los presentes.

Keating no sabía si se acababa de unir a la fraternidad de Gordon L. Prescott o si sólo había sido un accidente.

Volvió a regañadientes a la sala principal. Se obligó a unirse a grupos de otros invitados y charlar. Observó a Dominique Francon moverse entre la multitud y pararse a hablar con otros. Ella nunca lo volvió a mirar. Keating no sabía si había tenido éxito con ella o había sido un fracaso estrepitoso.

Se las arregló para estar en la puerta cuando ella se marchaba.

Ella se detuvo y le sonrió encantadora.

—No —dijo ella, antes de que él pudiera pronunciar palabra—, no puede llevarme a casa. Tengo un coche esperándome. Gracias, de todos modos.

Se marchó, y él se quedó en la puerta, impotente y furioso pensando que se había puesto colorado.

Sintió una suave mano en la espalda, y al girarse vio a Francon.

—¿Te vas a casa, Peter? Déjame que te lleve.

—Pensé que tenía que estar en el club a las siete.

—Ah, sí, no pasa nada. Llegaré un poco tarde, no importa. Te llevo a casa, sin ningún problema. —En la cara de Francon había una peculiar expresión de propósito, atípica en él e inapropiada.

Keating lo siguió en silencio, distraído, y no dijo nada cuando se quedaron a solas en la cómoda penumbra del coche de Francon.

—¿Y bien? —preguntó Francon con un tono agorero.

Keating sonrió.

—Eres un sieso, Guy. No sabes apreciar lo que tienes. ¿Por qué no me lo dijiste? Es la mujer más hermosa que jamás haya visto.

—Ah, sí —dijo Francon con pesadumbre—. Quizá sea ése el problema.

—¿Qué problema? ¿Dónde ves algún problema?

—¿Qué opinas de verdad de ella, Peter? Olvídate de su aspecto. Verás lo rápido que te olvidas de él. ¿Qué opinas?

—Bueno, creo que tiene bastante carácter.

—Gracias por decirlo de manera tan suave.

Francon estaba en silencio, melancólico, y después dijo, con un embarazoso timbre de algo parecido a la esperanza en su voz:

—¿Sabes, Peter? Estaba sorprendido. Te miraba, y veía que estabas teniendo una larga charla con ella. Es asombroso. Estaba convencido de que te ahuyentaría con alguna ocurrencia cortés, pero venenosa. A lo mejor te podrías llevar bien con ella, después de todo. He llegado a la conclusión de que nunca sabe uno con ella. Quizá... Mira, Peter, lo que quería decirte es esto: no hagas caso a lo que te dijo sobre que yo quiero que seas desagradable con ella.

La profunda solemnidad de esa frase era tan elocuente que los labios de Keating se prepararon para emitir un silbido, pero logró contenerse a tiempo. Francon añadió muy serio:

—En absoluto quiero que seas desagradable con ella.

—¿Sabes, Guy? —dijo Keating, con un tono de reproche condescendiente—. No debiste largarte así.

—Nunca sé cómo hablar con ella —dijo Francon con un suspiro—. Nunca lo supe. No entiendo qué demonios pasa con ella, pero algo pasa. No se comporta como un ser humano. La han expulsado de dos escuelas para señoritas. No entiendo cómo logró llegar a la universidad, pero sí te puedo decir que durante cuatro años enteros me aterró abrir el buzón, esperando la inevitable noticia. Después pensé que, en fin, que una vez que ya es independiente, yo ya he hecho lo que debía y que no tengo que preocuparme por ella. Pero es peor que nunca.

—¿Por qué te parece que debes preocuparte?

—No lo hago. Intento no hacerlo. Me alegra no tener que pensar en ella para nada. No puedo evitarlo, no tengo vocación de padre. Pero a veces siento que es mi responsabilidad, al fin y al cabo, aunque Dios sabe que no la quiero, pero ahí está, y debo hacer algo al respecto, porque nadie más va a asumirla.

—Te has dejado atemorizar por ella, Guy, y de verdad no hay nada que temer.

—¿No lo crees?

—No.

—Quizá seas tú el hombre que la pueda manejar. Ahora no me arrepiento de que la hayas conocido, y tú sabes que yo no quería. Sí, creo que eres el hombre que podría manejarla. Tú... eres muy decidido, ¿verdad, Peter?, cuando te propones algo.

—Bueno —dijo Keating, levantando la mano con un gesto espontáneo—, no suelo asustarme.

Después se recostó en el cojín del asiento, como si estuviera cansado, como si no hubiese escuchado nada importante, y se quedó callado el resto del trayecto. Francon también guardó silencio.

—Chicos: no os durmáis con esto —dijo John Erik Snyte—. Es lo más importante que hemos tenido este año. No es mucho dinero, como comprenderéis, pero ¡y el prestigio, los contactos! Si lo logramos, ¡qué verdes se van a poner algunos de esos grandes arquitectos! Mirad: Austen Heller me ha dicho con franqueza que somos la tercera firma a la que ha contactado. No quiere a ninguno de los grandes que han tratado de venderse. Así que depende de vosotros, chicos. Ya sabéis: algo diferente, atípico, pero de buen gusto, y ya sabéis, sobre todo, diferente. Aplicaos al máximo.

Sus cinco dibujantes estaban sentados formando un semicírculo delante de él. «Gótico» parecía aburrido, y «Misceláneo» parecía desanimado de antemano; «Renacentista» seguía con la mirada el vuelo de una mosca en el techo. Roark preguntó:

—¿Qué dijo Heller exactamente, señor Snyte?

Snyte se encogió de hombros y miró a Roark con regocijo, como si él y Roark compartieran un vergonzoso secreto sobre el nuevo cliente que no valiera la pena mencionar.

—Nada que tenga mucho sentido, esto entre nosotros, chicos —dijo Snyte—. Le costó un poco expresarse, a pesar de su gran dominio de la lengua inglesa por escrito. Admitió que no sabía nada sobre arquitectura. No dijo si quería algo moderno o de algún período o qué. Vino a decir que quería su propia casa, pero que había dudado durante mucho tiempo sobre construirla porque todas las casas le parecían iguales, y que todas le parecían espantosas y que no entiende cómo alguien se puede entusiasmar con ninguna casa, y, sin embargo, quiere construir algo que le pueda encantar. «Construir algo con significado», es lo que dijo, aunque añadió que no sabía «qué ni cómo». Y ya. Eso es todo lo que dijo. No es mucho para avanzar, y no me habría comprometido a mandarle bocetos si no fuese Austen Heller. Pero os aseguro que no tiene sentido... ¿Qué ocurre, Roark?

—Nada —dijo Roark.

Y así terminó la primera reunión sobre el tema de la residencia para Austen Heller.

Aquella misma tarde, Snyte metió a sus cinco dibujantes en un tren y se fueron a Connecticut a ver el lugar que Heller había elegido. Estaban en una franja costera, solitaria y rocosa, a cuatro kilómetros de un decadente pueblito. Engulleron unos bocadillos y unos cacahuetes, y contemplaron un acantilado cuyos salientes afilados se alzaban hasta un precipicio recto, brutal y desnudo sobre el mar, un eje vertical de roca que formaba una cruz con el largo y pálido horizonte marino.

—Ahí. Ahí es —dijo Snyte, y dibujó un círculo en el aire con un lápiz—. Un horror, ¿no? —dijo suspirando—. Intenté sugerirle una ubicación más respetable, pero se lo tomó tan mal que tuve que callarme. —Hizo otro círculo con el lápiz—. Ahí es donde quiere la casa, justo en lo alto de esa roca. —Se rascó la nariz con la punta del lápiz—. Intenté sugerirle que la alejara un poco más de la playa y que dejara la maldita roca para tener vistas, pero eso tampoco funcionó. —Sujetó la goma de borrar con el borde de los dientes—. Imagínate las voladuras, la nivelación del terreno que habría que hacer en esa cumbre. —Se limpió la uña con la mina del lápiz, y le quedó una marca negra—. Bueno, eso es lo que... Observad la explanación, la calidad de la piedra. Será difícil acercarse... Tengo todos los mapas y fotografías en la oficina... Bueno... ¿Alguien tiene un cigarrillo...? Bueno, creo que eso es todo... Os ayudaré con sugerencias todo el tiempo... Bueno... ¿A qué hora es el maldito tren de regreso?

Así que los cinco dibujantes empezaron su tarea. Cuatro de ellos se pusieron de inmediato a sus tableros de dibujo. Roark volvió solo al lugar, muchas veces.

Los cinco meses que pasó Roark con Snyte se extendían a su espalda como un vacío. Si se hubiese preguntado a sí mismo qué sentía, no habría hallado una respuesta, salvo que no recordaba nada de esos meses. Podía recordar cada boceto que había realizado. Podía, si lo intentaba, recordar qué les había pasado a esos bocetos. No lo intentó.

Pero a ninguno de ellos le tuvo tanto cariño como a la casa de Austin Heller. Se había pasado en la sala de dibujo noche tras noche, a solas con una hoja de papel y el pensamiento de un acantilado sobre el mar. Nadie vio sus bocetos hasta que estuvieron acabados.

Cuando los terminó, una noche, muy tarde, se sentó a su mesa, delante de los pliegos, y se quedó así muchas horas, con la frente apoyada sobre una mano y la otra colgando a un lado; la sangre se le acumulaba en los dedos y se le dormían, mientras la calle tras las ventanas se volvía de color azul oscuro y después gris pálido. No miró los bocetos. Se sentía vacío y muy cansado.

Aquella casa de los bocetos no había sido diseñada por Roark, sino por el acantilado donde se asentaba. Era como si el acantilado hubiese crecido y se hubiese completado por sí mismo, y proclamara el propósito por el que había estado esperando. La casa se descomponía en muchos niveles, siguiendo los salientes de la roca, elevándose cuando ésta se elevaba, formando masas graduales sobre planos que fluían en consumada armonía. Los muros, del mismo granito que la roca, continuaban sus líneas verticales hacia arriba; las amplias terrazas salientes de hormigón, plateadas como el mar, seguían las líneas de las olas, del horizonte recto.

Roark seguía sentado a su mesa cuando los hombres volvieron a la sala de dibujo para empezar su jornada. Después se mandaron los bocetos al despacho de Snyte.

Dos días después, la versión final de la casa que se iba a enviar a Austen Heller —la versión elegida y editada por John Erik Snyte, y ejecutada por el artista chino— reposaba sobre una mesa, envuelta en seda. Era la casa de Roark. Sus competidores habían quedado eliminados. Era la casa de Roark, pero sus paredes eran ahora de ladrillo rojo, sus ventanas tenían el tamaño convencional y estaban equipadas con persianas verdes, se habían suprimido dos de sus alas salientes y la gran terraza volada sobre el mar se había sustituido por un pequeño balcón de hierro forjado; se había dotado a la casa de una entrada con columnas jónicas que soportaban un frontón quebrado y de un pequeño chapitel con una veleta.

John Erik Snyte estaba junto a la mesa, con las manos extendidas en el aire sobre el boceto, sin tocar la pureza virgen de sus delicados colores:

—Esto es lo que el señor Heller tenía en mente, estoy seguro. Bastante bueno... Sí, bastante bueno... Roark, ¿cuántas veces tengo que pedirle que no fume cerca del proyecto final? Aléjese. Le van a caer cenizas.

Austen Heller estaba citado a las doce, pero a las once y media llegó la señora Symington sin haber avisado y exigió ver al señor Snyte de inmediato. La señora Symington era una imponente viuda que se acababa de mudar a una nueva residencia diseñada por el señor Snyte; además, Snyte estaba esperando que su hermano le encargara un bloque de apartamentos. No podía negarse a verla, y le hizo una reverencia en su despacho, donde ella procedió a declarar, sin ningún recato expresivo, que el techo de su biblioteca se había agrietado y que los ventanales de su salón se ocultaban bajo un velo perpetuo de humedad que no podía combatir. Snyte llamó a su ingeniero jefe y se lanzaron a dar detalladas explicaciones, a disculparse y a maldecir a los contratistas. La señora Symington no dio señales de aplacarse cuando sonó una alarma en la mesa de Snyte y la voz de la recepcionista anunció la llegada de Austen Heller.

Habría sido imposible pedirle a la señora Symington que se marchara o a Austen Heller que esperara. Snyte resolvió el problema dejándola con las palabras de calma de su ingeniero y excusándose un momento. Después apareció en la recepción, le dio la mano a Heller y le propuso:

—¿Le importaría pasar a la sala de dibujo, señor Heller? Hay mejor luz allí, ya sabe, y el boceto está preparado para usted. No quise correr el riesgo de moverlo.

A Heller no pareció importarle. Siguió obediente a Snyte a la sala de dibujo. Era una figura alta de espaldas anchas, vestida de *tweed* inglés, con cabello color arena y un rostro cuadrado surcado por incontables arrugas alrededor de la irónica calma de sus ojos.

El dibujo reposaba en la mesa del artista chino, que se apartó con timidez y en silencio. La mesa de al lado era la de Roark. Se quedó allí de espaldas a Heller; siguió con su dibujo y no se giró. Los empleados habían recibido instrucciones de no entrometerse cuando Snyte llevaba a un cliente a la sala de dibujo.

Snyte retiró el papel de seda con las yemas de los dedos, como si levantara el velo de una novia. Después dio un paso atrás y observó la cara de Heller. Heller se inclinó y permaneció encorvado, tenso y concentrado, y no dijo nada durante un largo rato.

—Escuche, señor Snyte —empezó a decir por fin—. Escuche, creo... —Y se detuvo.

Snyte esperó paciente, complacido, sintiendo que se acercaba algo que no quería interrumpir.

—Esto —dijo Heller de pronto, muy alto, dando un puñetazo sobre el dibujo, lo que provocó una mueca en Snyte—, ¡esto es lo más cerca que ha llegado nadie!

—Sabía que le gustaría, señor Heller —dijo Snyte.

—No me gusta —dijo Heller.

Snyte parpadeó y esperó.

—Se acerca de algún modo —dijo Heller pesaroso—, pero no está bien. No sé por qué, pero no lo está. Perdóneme si esto le parece vago, pero a mí me gustan las cosas de golpe, o no me gustan. Sé que no me sentiría cómodo, por ejemplo, con la entrada. Es una entrada muy bonita, pero ni siquiera te das cuenta, porque está muy vista.

—Oh, pero permítame señalar algunas consideraciones, señor Heller. Uno quiere ser moderno, como es natural, pero quiere preservar la apariencia de una casa. Una combinación de lo majestuoso y lo acogedor, ya sabe, una casa muy austera como ésta debe tener algunos toques que la suavicen. Es, en términos arquitectónicos, estrictamente correcta.

—Sin duda. Eso no lo sabía. Nunca he sido estrictamente correcto en mi vida.

—Sólo permítame explicarle este esquema y verá que es...

—Lo sé —dijo Heller con fastidio—. Lo sé. Estoy seguro de que tiene razón. Sólo es... —Su voz tenía un tono impetuoso que deseaba que se sintiera—. Sólo es que si tuviera cierta unidad, alguna..., alguna idea central... que está ahí, pero no..., si pareciera vivir..., cosa que no... Carece de algo y a la vez tiene demasiado... Si fuese más limpia, con unos perfiles más nítidos... ¿Qué palabra he oído utilizar para eso? Si estuviese integrada...

Roark se giró. Estaba al otro lado de la mesa. Agarró el dibujo, sacó la mano como un relámpago y con el lápiz rasgó a toda prisa puras líneas negras, como tajos sobre el dibujo intocable. Las líneas retiraron las columnas jónicas, el frontón, la entrada, el chapitel, las persianas, los ladrillos; metieron dos alas de piedra; desgarraron las ventanas para hacerlas más amplias; astillaron el balcón y echaron una terraza sobre el mar.

Lo hizo antes de que los demás se percataran del inicio de ese momento. Después Snyte se abalanzó, pero Heller le sujetó la muñeca, y lo paró. La mano de Roark seguía arrasando paredes, dividiendo, reconstruyendo con trazos furiosos.

Roark levantó de golpe la cabeza, un instante, para mirar a Heller al otro lado de la mesa. Era la presentación que necesitaban, como un apretón de manos. Roark continuó, y cuando soltó el lápiz, la casa —como él la había diseñado— estaba terminada sobre un modelo ordenado de trazos negros. El número no había durado ni cinco minutos.

Snyte hizo ademán de pronunciarse. Como Heller no dijo nada, Snyte se sintió con libertad para girarse hacia Roark y chillar:

—¡Está despedido, maldito sea! ¡Lárguese de aquí! ¡Está despedido!

—Los dos estamos despedidos —dijo Austen Heller, guiñándole un ojo a Roark—. Vamos. ¿Ha comido? Vayamos a algún sitio. Quiero hablar con usted.

Roark fue a su taquilla y cogió su sombrero y su abrigo. La sala de dibujo presenció la pasmosa escena, y todos en el trabajo se pararon a mirar; Austen Heller cogió el boceto, lo dobló cuatro veces, agrietando la sagrada cartulina, y se lo metió en el bolsillo.

—Pero, señor Heller... —tartamudeó Snyte—, déjeme explicarle... No pasa nada en absoluto si eso es lo que quiere, haremos el boceto otra vez... Déjeme explicarle...

—Ahora no —dijo Heller—. Ahora no. Le enviaré un cheque —añadió cuando estaba en la puerta.

Al marcharse Heller con Roark, la puerta que se cerró tras ellos sonó como el último párrafo de uno de sus artículos.

Roark no había dicho ni una palabra.

En el compartimento tenuemente iluminado del restaurante más caro al que hubiese entrado jamás Roark, y ante las copas y la cubertería de plata que relucían entre ellos, Heller decía:

—... porque ésa es la casa que quiero, porque ésa es la casa que siempre quise. ¿Puede construírmela, dibujar los planos y supervisar la obra?

—Sí —dijo Roark.

—¿Cuánto tiempo le llevará, si empezamos enseguida?

—Unos ocho meses.

—¿Tendré la casa para finales de otoño?

—Sí.

—¿Igual que ese boceto?

—Igual.

—Mire, no tengo ni idea de qué tipo de contrato se hace con un arquitecto, y usted debe de saberlo, así que redacte uno y deje que lo vea mi abogado esta tarde, ¿puede?

—Sí.

Heller analizó al hombre que tenía delante. Vio su mano extendida en la mesa. Heller se concentró en esa mano. Vio los largos dedos, las afiladas articulaciones, las prominentes venas. Tuvo la sensación de que no estaba contratando a este hombre, sino que era él quien se rendía ante el contrato.

—¿Cuántos años tiene? —preguntó Heller—, quienquiera que sea usted.

—Veintiséis. ¿Quiere alguna referencia?

—No, por Dios. Las referencias las llevo aquí, en mi bolsillo. ¿Cómo se llama?

—Howard Roark.

Heller sacó una chequera, la abrió encima de la mesa y cogió su estilográfica.

—Mire —dijo, mientras escribía—, le daré quinientos dólares como anticipo. Consiga una oficina o lo que necesite, y adelante.

Arrancó el cheque, se inclinó hacia delante, apoyándose en la mesa con el codo y, con un movimiento circular de la muñeca, le entregó el cheque a Roark entre la punta de dos dedos estirados. Con los ojos achinados, sonriente, miraba a Roark con curiosidad, pero el gesto tenía un sentido de aplauso.

El cheque estaba extendido a nombre de «Howard Roark, arquitecto».

11

Howard Roark abrió su propia oficina.

Era una gran sala en la azotea de un viejo edificio, con una amplia ventana a mucha altura de los demás tejados. Podía ver la lejana orilla del Hudson desde el alféizar de su ventana, y las pequeñas líneas de barcos que se movían bajo las yemas de sus dedos cuando las apoyaba sobre el cristal. Tenía un escritorio, dos sillones y una enorme mesa de dibujo. En la puerta de cristal de la entrada se leía: HOWARD ROARK, ARQUITECTO. Se quedó en el vestíbulo mucho tiempo, mirando esas palabras. Entonces entró, cerró de un portazo y cogió una regla T de la mesa y la dejó caer de nuevo, como si soltara un ancla.

John Erik Snyte había protestado. Cuando Roark fue a la oficina a recoger su material de dibujo, Snyte apareció en la recepción, le dirigió un saludo cordial con la mano, y dijo:

—¡Hombre, Roark! Bueno, ¿cómo está? Pase, pase directamente, quiero hablar con usted.

Y cuando Roark se sentó a su mesa, Snyte empezó a decirle en voz alta:

—Mire, amigo, espero que tenga el suficiente juicio como para no tenérmelo en cuenta..., por nada que pudiera decirle ayer. Ya sabe cómo son las cosas, perdí un poco la cabeza, y no fue lo que usted hizo, sino que tuviera que ir y hacerlo en ese boceto, justo en ese boceto... Bueno, no importa. ¿Sin rencores?

—No. Ninguno en absoluto.

—Por supuesto, no está despedido. No se lo tomaría en serio, ¿no? Puede volver ahora mismo al trabajo, en este mismo instante.

—¿Para qué, señor Snyte?

—¿Cómo que para qué? Ah, ¿está pensando en la casa de Heller? Pero no se tomaría en serio a Heller, ¿verdad? Ya vio cómo es, ese chiflado puede cambiar sesenta veces de opinión en un minuto. No le va a dar ese encargo, ya sabe, es tan simple como eso, no se hacen así las cosas.

—Firmamos el contrato ayer.

—¿Ah, sí? ¡Bueno, eso es espléndido! Bueno, mire, Roark, le diré lo que vamos a hacer: usted nos trae de vuelta el encargo y yo pondré su nombre junto al mío: «John Erik Snyte y Howard Roark». Y nos dividiremos los honorarios. Eso además de su salario que, por cierto, le subiremos. Después mantendremos el mismo acuerdo para cualquier otro encargo que nos traiga. Y... Ay, Dios, ¿de qué se ríe?

—Perdóneme, señor Snyte, lo siento.

—No creo que me esté entendiendo —dijo Snyte, desconcertado—. ¿No lo ve? Es su seguro. No le interesa independizarse todavía. Los encargos no le van a caer sobre el regazo así. ¿Qué hará, entonces? De esta manera, tendrá un trabajo estable y estará preparándose para ejercer por su cuenta, si eso es lo que persigue. En cuatro o cinco años, estará listo para dar el salto. Así es como todo el mundo lo hace, ¿entiende?

—Sí.

—Entonces ¿está de acuerdo?

—No.

—Pero hombre, por Dios, ¡ha perdido la cabeza! Montárselo por su cuenta, ¿ahora? Sin experiencia, sin contactos, sin... Bueno, ¡sin nada en absoluto! Nunca he oído semejante cosa. Pregúntele a cualquiera en el oficio. Verá lo que le dicen. ¡Es un disparate!

—Es probable.

—Escuche. Roark, ¿me escuchará?

—Le escucharé si quiere, señor Snyte. Pero creo que debería decirle ya que nada de lo que diga cambiará nada. Si a usted no le importa eso, a mí no me importa escuchar.

Snyte siguió hablando durante un largo rato, y Roark escuchó, sin objetar, explicar ni responder.

—Bueno, si usted es así, no espere que lo coja de nuevo cuando se vea en la calle.

—No lo espero, señor Snyte.

—No espere que nadie más en el oficio le coja, después de que se enteren de lo que me ha hecho.

—Tampoco lo espero.

Durante algunos días, Snyte pensó en demandar a Roark y a Heller. Pero se decidió en contra, porque no había precedentes de dichas circunstancias: porque Heller le había pagado por su trabajo, y la casa, en realidad, había sido diseñada por Roark; y porque nadie había demandado jamás a Austen Heller.

La primera visita que recibió la oficina de Roark fue la de Peter Keating.

Entró, sin avisar, a mediodía, cruzó en línea recta la sala y se sentó a la mesa de Roark, alegre y sonriente, y extendió los brazos en el aire, como si lo abarcaran todo.

—¡Vaya, Howard! ¡Pero mira qué bien! —dijo.

Hacía un año que no veía a Roark.

—Hola, Peter.

—¡Tu propia oficina, con tu nombre y todo! ¡Ya! ¡Imagina!

—¿Quién te lo ha contado, Peter?

—Ah, uno se entera de las cosas. No esperarías que perdiese la pista de tu carrera, ¿no? Ya sabes que siempre pienso en ti. Y no hace falta que te diga que te felicito y que te deseo lo mejor.

—No, no hace falta.

—Qué sitio tan bonito tienes. Luminoso y espacioso. No tan imponente como debería, tal vez, pero ¿qué puedes esperar al principio? Y, además, las perspectivas son inciertas, ¿no, Howard?

—Bastante.

—Es tremendo el riesgo que has asumido.

—Es probable.

—¿De verdad vas a seguir adelante? ¿Por tu cuenta, quiero decir?

—Eso parece, ¿no?

—Bueno, no es demasiado tarde, ¿sabes? Pensé, cuando me enteré de la noticia, de que seguramente se lo devolverías a Snyte y harías un trato inteligente con él.

—No lo hice.

—¿De verdad que no lo vas a hacer?

—No.

Keating se preguntó por qué debía experimentar ese repugnante sentimiento de rencor; por qué había ido allí con la esperanza de que la historia no fuese cierta, de encontrar a Roark inseguro y dispuesto a rendirse. Ese sentimiento lo acosaba siempre que le daban noticias sobre Roark; una sensación de algo desagradable que persistía tras haber olvidado la causa. Ese sentimiento volvía a él, sin razón, como una ola de rabia en blanco, y se preguntaba: «¿Y ahora qué demonios es, de qué me he enterado hoy?». Después se acordaba: «Ah, sí, Roark; Roark ha abierto su propia oficina». Se preguntaba con impaciencia: «¿Y qué?». Y, al mismo tiempo, sabía que iba a ser doloroso enfrentarse a las palabras, y humillante como un insulto.

—Ya sabes, Howard, que admiro tu coraje. Lo cierto es que, como sabes, tengo más experiencia y estoy más consolidado en la profesión, y no me importa decirlo, lo digo de forma objetiva, pero yo no me atrevería a dar ese paso.

—No, tú no.

—Así que has dado el salto tú primero. Bueno, bueno. ¿Quién lo habría imaginado...? Te deseo toda la suerte del mundo.

—Gracias, Peter.

—Sé que tendrás éxito. Estoy seguro.

—¿Lo estás?

—¡Claro que sí! Por supuesto que lo estoy. ¿Tú no?

—No he pensado en ello.

—¿Que no has pensado en ello?

—No mucho.

—Entonces no estás seguro, ¿Howard? ¿No lo estás?

—¿Por qué lo preguntas tan ansioso?

—¿Qué? Hombre... No, no ansioso, claro, estoy preocupado, Howard, no es lo mejor, psicológicamente, no estar seguro ahora, en tu posición. Así que, ¿tienes dudas?

—Ninguna en absoluto.

—Pero has dicho...

—Estoy bastante seguro de las cosas, Peter.

—¿Has pensado en colegiarte?

—Lo he solicitado.

—No tienes el título universitario. Te lo van a poner difícil en el examen.

—Es probable.

—¿Qué vas a hacer si no consigues la licencia?

—La conseguiré.

—Bueno, supongo que ahora te veré en la Asociación de Arquitectos de Estados Unidos, espero que no te des muchos aires conmigo, porque tú serás miembro de pleno derecho y yo sólo un simpatizante.

—No me voy a unir a la Asociación.

—¿Cómo, que no te vas a unir? Ahora puedes optar.

—Es posible.

—Te invitarán a unirte.

—Les diré que no se molesten.

—¡¿Qué?!

—Mira, Peter, tuvimos esta misma conversación hace siete años, cuando intentaste convencerme para que me uniera a tu fraternidad en Stanton. No empieces otra vez.

—¿No te vas a unir a la Asociación, ahora que tienes la oportunidad?

—No me voy a unir a nada, Peter, en ningún momento.

—Pero ¿no te das cuenta de que eso te ayudaría?

—¿A qué?

—A ser arquitecto.

—No me gusta que me ayuden a ser arquitecto.

—Sólo te estás poniendo las cosas más difíciles.

—Así es.

—Y va a haber muchas dificultades, ¿sabes?

—Lo sé.

—Te convertirás en su enemigo si rechazas esa invitación.

—Me convertiría en su enemigo de todas formas.

La primera persona a la que Roark le contó la noticia fue Henry Cameron. Roark fue a Nueva Jersey el día después de firmar el contrato con Heller. Estaba lloviendo, y se encontró a Cameron en el jardín, arrastrando los pies por las húmedas veredas, apoyándose con dificultades en un bastón. El invierno anterior, Cameron había mejorado lo suficiente para andar unas pocas horas al día. Caminaba con esfuerzo, encorvado.

Miraba los primeros brotes verdes en la tierra bajo sus pies. De vez en cuando, levantaba el bastón y se apoyaba en las piernas para mantenerse firme un momento; con el extremo del bastón, tocó el capullo de un ranúnculo y observó cómo caía una gota brillante bajo la luz del atardecer. Vio a Roark subir la colina y frunció el ceño. Sólo hacía una semana que lo había visto, y como estas visitas significaban tanto para ambos, ninguno quería que fuesen demasiado frecuentes.

—¿Qué? —preguntó Cameron con brusquedad—. ¿Para qué vienes otra vez?

—Tengo algo que contarte.

—Puede esperar.

—No lo creo.

—¿Y bien?

—Abro mi propia oficina. Acabo de firmar mi primer edificio.

Cameron hizo girar el bastón, hundió la contera en la tierra y dibujó un amplio círculo con la empuñadura, sujeta con ambas manos, una encima de la otra. Siguió con la cabeza el lento movimiento, durante un largo rato, con los ojos cerrados.

Después miró a Roark y dijo:

—Bueno, no alardees de ello.

Y después:

—Ayúdame a sentarme.

Era la primera vez que Cameron pronunciaba esas palabras; su hermana y Roark sabían desde hacía tiempo que la única injuria prohibida en su presencia era cualquier intención de ayudarlo a moverse.

Roark lo sujetó por el codo y lo condujo a un banco. Cameron le preguntó con aspereza, mirando fijamente la puesta de sol al frente:

—¿Qué es? ¿Para quién? ¿Por cuánto?

Escuchó en silencio la narración de Roark. Miró con detenimiento el boceto sobre la cartulina agrietada, con las líneas a lápiz sobre la acuarela. Después le hizo muchas preguntas sobre la piedra, el acero, las vías de acceso, los contratistas y los costes. No le felicitó. No hizo ningún comentario.

Fue al ir a marcharse Roark cuando Cameron dijo de pronto:

—Howard, cuando abras tu oficina, haz fotos y enséñamelas.

Después negó con la cabeza, apartando la mirada con aire de culpabilidad, y soltó un improperio.

—Estoy senil. Déjalo.

Roark no dijo nada.

Tres días después, volvió.

—Estás empezando a ser un incordio —dijo Cameron.

Roark le entregó un sobre, sin mediar palabra. Cameron miró las fotos de la amplia oficina vacía, del gran ventanal, de la puerta de entrada. Dejó las otras, y sostuvo la de la puerta de entrada un largo rato.

—Bueno —dijo al fin—, pues sí he vivido para verlo.

Soltó la foto.

—No exactamente —continuó—. No como yo habría querido, pero sí. Es como las sombras de la tierra que algunos dicen que veremos en ese otro mundo. Quizá sea así como veré el resto. Estoy aprendiendo.

Recogió la foto.

—Howard, mírala.

La sostuvo entre los dos.

—No dice mucho —continuó Cameron—. Sólo «Howard Roark, arquitecto». Pero es como esos lemas que los hombres grababan en la entrada de los castillos y por los que morían. Es un desafío ante algo tan inmenso y oscuro que todo el dolor de la tierra..., ¿y sabes cuánto sufrimiento hay en la tierra?, todo ese dolor, viene de esa cosa a la que te vas a enfrentar. No sé lo que es, y no sé por qué debería desatarse contra ti. Sólo sé que será así. Y sé que si llevas esas palabras hasta el final, será una victoria, Howard, no sólo para ti, sino para algo que debería ganar, que mueve el mundo, y que nunca obtiene el reconocimiento. Hará justicia a muchos hombres que cayeron antes de ti, que han sufrido como sufrirás tú. Que Dios te bendiga, o quien esté en condiciones de ver lo mejor, lo más elevado del corazón humano. Vas camino del infierno, Howard.

Roark subió el sendero que conducía a la cima del acantilado, donde la mole de acero de la casa de Heller se alzaba hacia el cielo azul. El armazón estaba construido y se estaba vertiendo el hormigón; las terrazas flotaban como grandes alfombras sobre la sábana plateada del agua que vibraba abajo a lo lejos. Los fontaneros y los electricistas habían empezado a colocar sus conductos.

Miró los cuadrados de cielo delimitados por las líneas sutiles de las vigas y las columnas, los cubos de espacio vacío que había arrancado al cielo. Sus manos se movían involuntariamente para rellenar los muros que envolverían las futuras habitaciones. Una piedra saltó bajo su pie y cayó rebotando cuesta abajo, y cada tumbo resonaba en la claridad soleada del aire veraniego.

Se quedó en la cumbre, con las piernas muy abiertas, echado hacia atrás, apoyado en el espacio. Observó los materiales que tenía delante, las manillas con roblones de acero, las chispas de los bloques de piedra, las brocas que entretejían los flamantes tablones ocres.

Después vio una fornida silueta enmarañada entre cables eléctricos, y una cara de bulldog ensanchada por una gran sonrisa, y unos ojos de porcelana azul que brillaban con una especie de triunfo profano.

—¡Mike! —dijo sin poder creerlo.

Mike había dejado un gran trabajo en Filadelfia unos meses atrás, mucho antes de que Heller apareciera en la oficina de Snyte, y no se había enterado de la noticia, o eso suponía Roark.

—¡Hola, pelirrojo! —dijo Mike, con demasiada normalidad. Y añadió—: Hola, jefe.

—Mike, ¿cómo te...?

—Vaya arquitecto estás hecho, descuidar el trabajo así... Es mi tercer día aquí, esperando a que aparecieras.

—Mike, ¿cómo te has metido en esto? ¿Cómo te rebajas tanto? —lo decía porque nunca lo había visto tomarse la molestia con pequeñas residencias privadas.

—No te hagas el tonto. Ya sabes cómo me metí en esto. No pensarías que me lo iba a perder, tu primera casa, ¿no? ¿Y te parece que eso es rebajarse? Bueno, quizá sí. O quizá es al revés.

Roark le tendió la mano, y los dedos mugrientos de Mike se la estrecharon con fuerza, como si las manchas que dejara en la piel de Roark expresaran todo lo que quería decir. Y, como temía que pudiera decirlo, Mike gruñó:

—Venga, vete, jefe. Vete. No entorpezcas las obras así.

Roark recorrió el interior de la casa. Hubo momentos en que podía ser preciso, e impersonal, y pararse a dar instrucciones como si aquello no fuese sólo su casa, sino un problema matemático; cuando percibía la existencia de tuberías y remaches, su propio ser desaparecía.

Hubo momentos en que algo crecía en su interior, no un pensamiento ni un sentimiento, sino una ola de violencia física, y entonces quería parar, inclinarse hacia atrás, sentir la realidad de su ser realzado por el armazón de acero que crecía a media luz sobre la luminosa e imponente existencia de su cuerpo en el centro. No se detuvo. Siguió con calma. Pero sus manos delataban lo que quería ocultar. Sus manos se extendían, y recorrían lentamente las vigas y las juntas. Los obreros de la casa se habían dado cuenta. Dijeron: «Este tipo está enamorado de esto. No puede dejar las manos quietas».

Los obreros lo apreciaban. Los capataces del contratista, no. Había tenido problemas para encontrar un contratista que construyera la casa. Varias de las mejores firmas habían rechazado el encargo: «No hacemos ese tipo de cosas»; «Nada, ni nos vamos a molestar. Demasiado complicado para un trabajo pequeño como ése»; «¿Quién demonios quiere esa clase de casa? Lo más probable es que ese rarito nunca nos pague al final. Al diablo»; «Nunca hemos hecho nada así. No sabríamos ni cómo empezar. Nos vamos a limitar a las construcciones que son construcciones». Un contratista miró los planos por encima, los apartó a un lado y dijo de forma tajante:

—No se mantendrá en pie.

—Lo hará —dijo Roark.

El constructor arrastró las palabras con indiferencia:

—¿Sí? ¿Y quién es usted para decírmelo, caballerete?

Había encontrado una firma pequeña que necesitaba el trabajo y lo aceptó, por unos honorarios superiores a los que habrían correspondido, alegando el riesgo que corrían al asumir un experimento tan peculiar. La construcción avanzó, y los capataces obedecían de mal humor, con un silencio desaprobador, como si estuviesen esperando que sus predicciones se hiciesen realidad y se alegrasen si la casa se derrumbaba sobre sus cabezas.

Roark había comprado un viejo Ford y lo usó para ir a la obra con más frecuencia de la necesaria. Era difícil sentarse en el escritorio de su oficina, quedarse en la mesa, obligándose a mantenerse al margen del lugar de la obra. Allí, había momentos en que deseaba olvidarse de su oficina y su mesa de dibujo, coger las herramientas de aquellos hombres y ponerse a levantar físicamente la casa, como lo hizo en su niñez, para construir aquella casa con sus propias manos.

Se paseaba por la estructura, pasando con cuidado por encima de tablones de madera y rollos de alambre. Tomaba notas y daba pequeñas órdenes con voz áspera. Evitaba mirar en dirección a Mike. Pero Mike lo observaba, atento a su recorrido por la casa. Mike le hacía un guiño comprensivo siempre que pasaba por su lado. Una vez le dijo:

—Contrólate, pelirrojo. Eres como un libro abierto. ¡Dios, lo indecente que es ser tan feliz!

De pie en el acantilado, al lado del armazón, Roark contempló el paisaje, el largo lazo gris que formaban las curvas de la carretera que bordeaba la costa. Pasó un descapotable, que se dirigía al interior. El coche iba lleno de gente que iba de merienda campestre. Había un revoltijo de jerséis claros y pañuelos que flotaban al viento; una mezcla de voces que lanzaban gritos sinsentido, más altos que el bramido del motor, y ataques de risa forzada. Una chica iba de costado, con las piernas colgadas sobre el lateral del coche. Llevaba un sombrero de paja masculino que se le resbalaba hasta la nariz y daba tirones salvajes a las cuerdas de un ukelele. Emitía sonidos roncos y gritaba: «*¡Hey!*».

Estas personas estaban disfrutando un día de su existencia; estaban gritando al cielo su liberación del trabajo y las cargas diarias que dejaban atrás; habían trabajado y soportado esas cargas para alcanzar un objetivo, y éste era el objetivo.

Observó el coche cuando pasó a toda velocidad. Pensó que había una diferencia —una diferencia importante— entre su consciencia de ese día y la de ellos. Pensó que debería intentar entenderla, pero lo olvidó. Estaba mirando un camión que subía sin resuello la colina, cargado con un montículo de centelleante granito cortado.

Austen Heller iba a menudo a inspeccionar la casa, y la veía crecer, con curiosidad, todavía un poco asombrado. Estudiaba a Roark y la casa, escudriñándolos con la misma meticulosidad; sentía como si no pudiese terminar de distinguirlos entre sí.

Heller, el luchador contra la coacción, estaba desconcertado con Roark, un hombre tan impermeable a las coacciones que se convirtió en una coacción él mismo, en un ultimátum contra cosas que Heller no podía definir. Al cabo de una semana, Heller supo que había encontrado al mejor amigo que podría tener, y sabía que esa amistad provenía de la indiferencia esencial de Roark. En la realidad más profunda de la existencia de Roark, no había consciencia ninguna de Heller, ninguna necesidad de Heller, ningún llamamiento, ninguna demanda. Heller sentía como si hubiese una raya trazada que él no podía tocar; al otro lado de la raya, Roark no le pedía nada ni le aseguraba nada. Pero cuando Roark lo miraba con aprobación, cuando Roark sonreía, cuando Roark elogiaba uno de sus artículos, a Heller le producía el extraño y limpio gozo de la aprobación que no es soborno ni limosna.

En los atardeceres de verano, se sentaban juntos en el borde de un saliente en mitad de la colina, y charlaban mientras la oscuridad iba cubriendo poco a poco las vigas de la casa por encima de ellos y los últimos rayos de sol se retiraban hacia lo alto de los postes de acero.

—¿Qué es lo que me gusta tanto de esta casa que me estás construyendo, Howard?

—Una casa puede tener integridad, igual que una persona, e igual de raramente.

—¿En qué sentido?

—Bueno, mírala. Cada una de sus piezas está ahí porque la casa la necesita, y por ninguna otra razón. Las habitaciones en las que vivirán hacen la forma. La relación de las masas se ha determinado por la distribución del espacio interior. La decoración se determinó por el método de construcción, y realza el principio que hace que se mantenga en pie. Puedes ver cada tensión, cada soporte que la sostiene. Tus propios ojos recorren un proceso estructural cuando miras la casa, puedes seguir cada paso, la ves alzarse, y sabes de qué está hecha y por qué se sostiene. En cambio, has visto edificios con columnas que no sostienen nada, con cornisas sin ninguna finalidad, con pilastras, molduras y arcos y ventanas falsos. Has visto edificios que sólo parecen contener un único y amplio vestíbulo con unas sólidas columnas y ventanas de seis pisos de altura. Pero, al entrar, te encuentras con seis pisos de altura. O edificios que tienen un único salón, con una fachada dividida por filas de pisos e hileras de ladrillos y ventanas. ¿Comprendes la diferencia? Tu casa está hecha por sus propias necesidades. Las otras están hechas por la necesidad de impresionar. El motivo determinante de tu casa está en la casa. El motivo determinante de las otras está en el público.

—¿Sabes que eso es lo que yo sentía, a mi manera? Sentía que, cuando me mude a esta casa, tendré un nuevo tipo de existencia, y que incluso mi rutina diaria más simple tendrá una especie de honradez o dignidad que no puedo definir bien. Que no te extrañe si te digo que me siento como si tuviera que vivir a la altura de esa casa.

—Era mi intención —dijo Roark.

—Y, de paso, gracias por todo el pensamiento que pareces haberle dedicado a mi comodidad. Me doy cuenta de muchas cosas que no se me habían ocurrido antes, pero las has planificado como si conocieras todas mis necesidades. Por ejemplo, mi estudio será la habitación que más necesitaré, y tú le has dado un lugar predominante. Y, por cierto, veo que lo has convertido en la masa dominante desde el exterior, también. Y luego, el modo en que se conecta con la biblioteca, y el salón de estar muy alejado de mi paso, y la habitación de invitados donde no podré oírlos demasiado, y todo eso. Has sido muy considerado conmigo.

—Ya sabes que no he pensado en ti en absoluto. He pensado en la casa —dijo. Y añadió—: Tal vez por eso supe cómo tenerte en cuenta.

La casa de Heller quedó terminada en noviembre de 1926.

En enero de 1927, la *Architectural Tribune* publicó un estudio de las mejores casas estadounidenses construidas el año anterior. Dedicó doce amplias páginas de papel satinado a las fotografías de las veinticuatro casas que sus editores seleccionaron como los logros arquitectónicos más valiosos. No se mencionó la casa de Heller.

Las secciones inmobiliarias de los periódicos de Nueva York presentaban, cada domingo, breves notas sobre las nuevas residencias más notables de los alrededores. No hubo ninguna nota sobre la casa de Heller.

El anuario de la Asociación de Arquitectos de Estados Unidos, que presentaba magníficas reproducciones de los edificios elegidos como los mejores del país con el título «Mirando al futuro», no hizo ninguna referencia a la casa de Heller.

Hubo muchas ocasiones en que los conferenciantes subieron a las tribunas y se dirigieron a públicos refinados para hablarles de los progresos de la arquitectura estadounidense. Nadie habló de la casa de Heller.

En los salones del club de la Asociación de Arquitectos, se expresaban algunas opiniones.

—Es una desgracia para el país que se permita construir algo como la casa de Heller. Es una mancha para la profesión. Debería haber una ley —dijo Ralston Holcombe.

—Es lo que aleja a los clientes. Ven una casa como ésa y creen que todos los arquitectos están locos —dijo John Erik Snyte.

—No veo motivos para indignarse. Creo que es graciosísimo. Parece un cruce entre una gasolinera y un concepto de cohete a la Luna sacado de un tebeo —dijo Gordon L. Prescott.

—Esperen un par de años, y verán lo que pasa. Eso se derrumbará como un castillo de naipes —dijo Eugene Pettingill.

—¿Por qué hablar en términos de años? Esas artimañas modernistas no duran más de una temporada. El propietario se hartará bien pronto de ella y vendrá corriendo a por un buen viejo estilo colonial —dijo Guy Francon.

La casa de Heller se hizo famosa en todos los alrededores. La gente se desviaba de su camino para aparcar en la carretera frente a ella, para contemplarla, para señalarla con el dedo y soltar una risita.

Los dependientes de la gasolinera se reían con disimulo cuando pasaba el coche de Heller. La cocinera de Heller tuvo que soportar las miradas despectivas de los tenderos cuando salía a hacer recados. La casa de Heller era conocida en el vecindario como El Loquero.

Peter Keating les decía a sus amigos del sector, con una sonrisa indulgente:

—Oye, oye, no deberías decir eso sobre él. Hace mucho tiempo que conozco a Howard Roark, y tiene mucho talento, mucho. Incluso trabajó para mí una vez. Sólo es que ha perdido la cabeza con esa casa. Aprenderá. Tiene futuro... Ah, ¿no crees que lo tenga? ¿De verdad no lo crees?

Ellsworth M. Toohey, que no dejaba que se levantara ni una sola piedra del suelo de Estados Unidos sin su opinión, no parecía saber que se había construido la casa de Heller, al menos por lo que respectaba a su columna. No consideró necesario informar a sus lectores sobre ella, ni siquiera para condenarla. No dijo nada.

12

Cada día, en la portada del *Banner* de Nueva York, aparecía una columna titulada «Observaciones y meditaciones», escrita por Alvah Scarret. Era una reputada guía, una fuente de inspiración y una moldeadora de la filosofía común de las pequeñas ciudades de todo el país. En su columna apareció, años atrás, su famosa afirmación: «Estaríamos mucho mejor si nos olvidáramos de las presuntuosas ideas de nuestra caprichosa civilización y nos preocupásemos más de lo que los primitivos supieron mucho antes que nosotros: de honrar a nuestra madre». Alvah Scarret era un soltero que había ganado dos millones de dólares, jugaba muy bien al golf y era el director de los periódicos de Wynand.

Fue Alvah Scarret quien concibió la idea de la campaña contra las condiciones de vida en los barrios pobres y los «propietarios tiburones», que se publicó en el *Banner* durante tres semanas. Éste era el tipo de material que hacía las delicias de Alvah Scarret; tenía un atractivo humano y repercusiones sociales. En los suplementos dominicales, se prestaba a usar ilustraciones de muchachas que se lanzaban al río y lucían faldas muy por encima de las rodillas, lo que ayudaba mucho a la difusión. Avergonzaba a los tiburones que poseían un tramo de bloques junto al río Este, a los que pusieron como un nefasto ejemplo en la campaña. Los tiburones se habían negado a vender esos bloques a una empresa inmobiliaria desconocida. Al final de la campaña, se rindieron y vendieron. Nadie pudo demostrar que la empresa inmobiliaria era propiedad de otra empresa que a su vez era propiedad de Gail Wynand.

Los periódicos de Wynand no podían quedarse sin campaña mucho tiempo. Acababan de terminar una sobre la aviación moderna. Habían publicado relatos científicos de la historia de la aviación en el suplemento familiar dominical, con imágenes que iban desde los dibujos de máquinas voladoras de Leonardo da Vinci hasta los más recientes bombarderos, con el atractivo añadido de un Ícaro que se retorcía entre llamas escarlata, con su cuerpo desnudo verde azulado, sus alas de cera amarillas y el fuego púrpura; también se incluía una bruja leprosa con ojos llameantes y una bola de cristal que en el siglo XI predijo que el hombre volaría; y también murciélagos, vampiros y hombres lobo.

Habían publicado un concurso de construcción de modelos de aeroplanos, abierto a todos los niños de hasta diez años que enviaran tres nuevas suscripciones al *Banner*. Gail Wynand, que tenía licencia de piloto, hizo un vuelo en solitario desde Los Ángeles a Nueva York, y alcanzó el récord de velocidad transcontinental en un pequeño aparato construido para la ocasión que costó cien mil dólares. Cometió un ligero error de cálculo al llegar a Nueva York y se vio obligado a aterrizar en un pasto rocoso; fue un aterrizaje muy emocionante que ejecutó de manera impecable. Dio la casualidad de que había un montón de fotógrafos del *Banner* en la zona. Gail Wynand se bajó del avión. Un as de la aviación estaría sobresaltado por la experiencia. Gail Wynand se apostó ante las cámaras, con una inmaculada gardenia en la solapa de su chaqueta de aviador, y la mano, que tenía en alto y sostenía un cigarrillo con dos dedos, no le temblaba. Cuando le preguntaron por su primer deseo al volver a tierra, expresó el deseo de besar a la mujer más atractiva de las presentes, y eligió a la vieja más desastrada de entre la muchedumbre y se inclinó para plantarle un solemne beso en la frente, explicando que le recordaba a su madre.

Más tarde, cuando empezó la campaña sobre los barrios pobres, Gail Wynand le dijo a Alvah Scarret: «Adelante. Exprime todo lo que puedas de esto». Y después partió en su yate para hacer un crucero por el mundo, acompañado de una encantadora aviadora de veinticuatro años a la que le había regalado su avión transcontinental.

Alvah Scarret se puso a la tarea. Entre las muchas decisiones que tomó en su campaña, le encargó a Dominique Francon que investigara las condiciones de los hogares de los barrios pobres para recabar material de carácter humano. Dominique Francon acababa de volver de su veraneo en Biarritz; siempre se tomaba el verano entero de vacaciones, y Alvah Scarret se lo permitía, porque era una de sus empleadas favoritas, porque ella lo desconcertaba y porque sabía que podía dejar su trabajo cuando le diera la gana.

Dominique Francon se fue a vivir dos semanas a una habitación de alquiler en un piso del East Side. La habitación tenía una claraboya, pero no ventanas; había que subir cinco tramos de escalera y no tenía agua corriente. Se hacía la comida en la cocina de una familia numerosa del piso de abajo; visitaba a los vecinos, se sentaba en el descansillo de la escalera de incendios por las noches e iba a cines baratos con las chicas del barrio.

Llevaba faldas y blusas desgastadas. La anormal fragilidad de su aspecto hacía pensar que era la pobreza de su entorno lo que la consumía; los vecinos estaban convencidos de que tenía tuberculosis. Pero se movía igual que en el salón de Kiki Holcombe, con el mismo aplomo frío y la misma seguridad. Fregaba el suelo de su habitación, pelaba patatas y se lavaba con agua fría en una tina de hojalata. Nunca había hecho esas cosas, pero las hacía como una experta. Tenía capacidad para la acción, una habilidad que chocaba con su aspecto. No le importaba su nuevo entorno: los barrios pobres le causaban la misma indiferencia que las salas de dibujo.

Al cabo de dos semanas, volvió a su ático en un hotel con vistas a Central Park, y sus artículos sobre la vida en los barrios pobres aparecieron en el *Banner*. Eran relatos despiadados y brillantes.

En una cena de gala, la gente le preguntó con perplejidad: «Querida, ¿de verdad escribiste tú esas cosas?»; «Dominique, ¿en serio viviste en ese lugar?». «Oh, sí —respondió—. La casa que usted tiene en la calle Doce Este, señora Palmer —dijo, jugueteando distraída con el cierre de una pulsera de esmeraldas demasiado ancha y pesada para su fina muñeca—, tiene un sumidero que se obstruye cada dos por tres y que se desborda por todo el patio. Cuando le da el sol se pone azul y púrpura, como el arcoíris.» «En el bloque de la urbanización Claridge que usted administra, señor Brooks, crecen unas estalactitas preciosas», dijo, inclinando su cabeza rubia sobre su ramillete de gardenias blancas con gotas de agua que brillaban en los delicados pétalos.

Le pidieron que hablara en un encuentro con asistentes sociales. Era un encuentro importante, de carácter militante y radical, encabezado por algunas de las mujeres más destacadas de ese ámbito. Alvah Scarret estaba encantado y le dio su bendición: «Ve, chiquilla, y no te quedes corta. Queremos a las asistentes sociales». Estaba en la tribuna de un salón sin ventilación que parecía una capa lisa de caras, caras obscenamente entusiasmadas con su propia virtud. Habló con un tono monótono, sin inflexiones. Dijo, entre otras muchas cosas:

—La familia del primer piso interior no se molesta en pagar el alquiler, y los niños no pueden ir al colegio por falta de ropa. El padre tiene deudas con la taberna de la esquina. Está bien de salud y tiene un buen trabajo... La pareja del segundo piso acaba de comprar una radio por sesenta y nueve dólares y noventa y nueve centavos, al contado. En el cuarto piso exterior, el padre de la familia no ha trabajado un solo día entero en toda su vida, y no tiene intención. Son nueve hijos, mantenidos por la parroquia del barrio. Y el décimo va de camino...

Cuando terminó, hubo algunos aplausos irritados. Levantó la mano y dijo:

—¿Alguna pregunta?

No hubo preguntas.

Cuando volvió a casa, se encontró a Alvah Scarret, que la estaba esperando. Desentonaba con el salón de su ático, con su enorme cuerpo apoyado en el borde de una delicada silla, como una gárgola encorvada frente a la reluciente ciudad que se extendía más allá de la pared de cristal macizo. La ciudad era como un mural diseñado para iluminar y completar el salón: los frágiles contornos de los chapiteles recortados por el cielo negro parecían seguir las líneas del mobiliario; las luces que brillaban en las ventanas lejanas se reflejaban en los suelos desnudos y lustrosos; la fría precisión de las estructuras angulares del exterior respondía a la fría e inflexible elegancia de cada objeto en su interior. Alvah Scarret rompía la armonía. Parecía un amable médico de provincias y también un tahúr. En su grueso rostro había una sonrisa benevolente y paternal que siempre había sido su llave maestra y su sello característico. Tenía el don de hacer que la cordialidad de su sonrisa, en vez de restar, sumara a su solemne apariencia de dignidad; su larga, fina y ganchuda nariz no restaba a esa cordialidad, sino que contribuía a esa dignidad; la barriga que abultaba sobre las piernas no le quitaba dignidad, sino que aportaba cordialidad.

Se levantó radiante y le dio la mano a Dominique.

—Se me ocurrió pasarme de camino a casa. Tengo algo que contarte. ¿Qué tal fue, chiquilla?

—Como esperaba.

Dominique tiró del sombrero para quitárselo y lo lanzó a la primera silla que vio. El cabello formaba una curva plana sobre la frente y le caía en línea recta hasta los hombros; parecía suave y denso, como si le hubiesen aplicado una capa de metal claro y bruñido. Se acercó a la ventana y contempló la ciudad. Preguntó sin girarse:

—¿Qué querías decirme?

Alvah Scarret la observaba con placer. Hacía tiempo que había desistido de intentar ir más allá de cogerle la mano cuando no hacía falta o darle una palmadita en el hombro; había dejado de pensar en el tema, pero tenía una leve sensación, semiinconsciente, que se resumía a sí mismo con estas palabras: «Nunca se sabe».

—Tengo buenas noticias para ti, mi niña. He estado elaborando un pequeño proyecto, para reorganizar un poco las cosas, y se me ha ocurrido que voy a agruparlas en un departamento de Bienestar de la Mujer. Ya sabes, las escuelas, la economía doméstica, el cuidado de los bebés, la delincuencia juvenil y todo lo demás, todo bajo una sola dirección. Y no veo ninguna mujer mejor para el puesto que mi pequeña.

—¿Te refieres a mí? —preguntó ella, sin darse la vuelta.

—A nadie más. En cuanto vuelva Gail, le pediré el visto bueno.

Ella se giró y lo miró, sujetándose los codos con los brazos cruzados. Dijo:

—Gracias, Alvah. Pero no lo quiero.

—¿Qué quieres decir con que no lo quieres?

—Quiero decir que no lo quiero.

—Santo cielo, ¿te das cuenta del salto que sería?

—¿Adónde?

—En tu carrera.

—Nunca dije que mi plan fuese hacerme una carrera.

—¡Pero no querrás publicar una insignificante columna de última página para siempre!

—Para siempre no. Hasta que me aburra.

—¡Pero piensa en lo que podrías hacer con algo serio! ¡Piensa en lo que Gail podría hacer por ti una vez que se fije en ti!

—No tengo ningún deseo de que se fije en mí.

—Pero, Dominique, te necesitamos.

—Tendrás el sólido apoyo de las mujeres después de esta noche.

—No lo creo.

—Vaya, he encargado dos columnas al hilo del acto y de tu discurso.

Ella cogió el teléfono y le alargó el auricular.

—Mejor que les digas que las cancelen.

—¿Por qué?

Ella rebuscó entre un montón de papeles desordenados en la mesa, encontró unas hojas mecanografiadas y se las dio:

—Éste es el discurso que he dado esta noche.

Él les echó un vistazo. No dijo nada, pero arrugó la frente. Después cogió el teléfono y dio la orden de publicar una nota del acto lo más breve posible y de no mencionar a la oradora por su nombre.

—Muy bien. ¿Estoy despedida? —dijo Dominique, cuando él soltó el auricular.

Él sacudió la cabeza con angustia.

—¿Es lo que quieres?

—No necesariamente.

—Me voy a callar el tema —murmuró—. No le diré nada a Gail.

—Como quieras. No me importa ni una cosa ni la otra.

—Escucha, Dominique, no voy a hacerte preguntas, pero ¿por qué demonios estás siempre haciendo cosas como ésta?

—Por nada en particular.

—A ver, mira, he oído hablar de aquella cena presumida donde hiciste ciertos comentarios sobre este mismo tema. Y después vas y dices estas cosas en un mitin radical.

—Pero son ciertas, las dos partes, ¿no?

—Sin duda, pero ¿no podrías haber intercambiado las ocasiones para expresarlas?

—No habría tenido ningún sentido hacer eso.

—¿Tenía alguno lo que has hecho?

—No. Ninguno en absoluto. Pero me divirtió.

—No puedo entenderte, Dominique. Lo has hecho otras veces. Vas estupendamente, haces un trabajo brillante y, justo cuando estás a punto de dar un verdadero paso adelante, lo echas a perder con cosas como ésta. ¿Por qué?

—Quizá es justo por eso.

—¿Querrías decirme, como amigo, porque te aprecio y me intereso por ti, qué es lo que de verdad te propones?

—Supongo que es evidente. No me propongo nada.

Él abrió los brazos y se encogió de hombros con impotencia.

Dominique sonrió alegre.

—¿Qué tiene eso de triste? Yo también te aprecio, Alvah, y me intereso por ti. Incluso me gusta hablar contigo, lo que es mejor. Ahora siéntate y relájate, te traeré algo de beber. Necesitas una copa, Alvah.

Le trajo un vaso helado con cubitos de hielo que rompían el silencio con su tintineo.

—Eres una chica estupenda, Dominique.

—Por supuesto. Eso es lo que soy.

Ella se sentó en el borde de una mesa, echada hacia atrás y apoyada sobre las palmas de las manos con los brazos rectos, y columpiaba lentamente las piernas. Dijo:

—Mira, Alvah, sería terrible que yo tuviera un trabajo que de verdad quisiera.

—¡Vaya, justo eso! ¡No había otra tontería que decir! ¿Qué quieres decir?

—Justo eso. Sería terrible que yo tuviera un trabajo que disfrutase y no quisiese perder.

—¿Por qué?

—Porque tendría que depender de ti, y eres una persona maravillosa, Alvah, pero no eres exactamente una inspiración, y no creo que fuese agradable arrastrarme ante tu látigo. Oh, no te quejes, sería un latiguillo cortés, y eso lo haría más horrendo. Tendría que depender de nuestro jefe, Gail. Es un gran hombre, estoy segura, sólo que preferiría no tener que mirarlo nunca.

—¿Qué te provoca esa actitud tan demencial? Cuando sabes que Gail y yo haríamos cualquier cosa por ti, y que yo personalmente...

—No es sólo eso, Alvah. No eres tú sólo. Si encontrara un trabajo, un proyecto, una idea o una persona que quisiera, tendría que depender del mundo entero. Todo tiene hilos que llevan a todo lo demás. Todos estamos muy atados. Todos estamos en una red, y la red está esperando, y nos vemos empujados a ella por un único deseo. Quieres algo que es muy valioso para ti. ¿Sabes quién está dispuesto a arrancártelo de las manos? No lo puedes saber, puede estar muy involucrado y alejado, pero alguien está dispuesto, y temes a todo el mundo. Y te rebajas y te arrastras y suplicas, y los aceptas, sólo para que te dejen mantenerlo. Y mira a los que has acabado aceptando.

—Si no me equivoco estás criticando a la humanidad en general...

—¿Sabes? Es muy peculiar, nuestra idea de la humanidad en general. Todos nos hacemos algún tipo de imagen imprecisa y reluciente cuando lo decimos, algo solemne, grande e importante. Pero, en realidad, lo único que conocemos es a la gente que nos encontramos en nuestra vida. Míralos. ¿Conoces a alguien que te inspire grandeza y solemnidad? No hay más que amas de casa que regatean con los vendedores ambulantes, mocosos y tontos de baba que escriben obscenidades en las aceras y debutantes borrachos. O sus equivalentes espirituales. De hecho, se puede sentir cierto respeto por las personas cuando sufren. Tienen una cierta dignidad. ¿Pero las has observado cuando disfrutan? Ahí es cuando ves la verdad. Mira esos que se gastan el dinero, por el que se han esclavizado, en los parques de atracciones y sus pequeños espectáculos. Mira a los ricos que tienen el mundo entero a su disposición. Mira lo que eligen para entretenerse. Míralos en las licorerías clandestinas más refinadas. Ésa es tu humanidad en general. No quiero ni tocarla.

—Pero qué diablos, ¡ése no es el modo de verlo! No es la imagen completa. Hay algo bueno en el peor de nosotros. Siempre hay un aspecto redentor.

—Mucho peor. ¿Es inspirador ver a un hombre hacer un gesto heroico, y después enterarte de que va a ver vodeviles para relajarse? ¿O ver a un hombre que ha pintado un lienzo magnífico, y después enterarte de que se dedica a acostarse con todas las furcias que se encuentra?

—¿Qué es lo quieres? ¿La perfección?

—O nada. Así que ya ves: yo me quedo con la nada.

—Eso no tiene sentido.

—Me quedo con el único deseo que de verdad me puedo permitir. La libertad, Alvah, la libertad.

—¿Llamas a eso libertad?

—No pedir nada. No esperar nada. No depender de nada.

—¿Y si encontraras algo que quisieras?

—No lo encontraré. No elegiré verlo. Sería parte de ese adorable mundo tuyo. Tendría que compartirlo con el resto de vosotros, y no lo haría. ¿Sabes? Nunca vuelvo a abrir ningún gran libro que haya leído y me haya encantado. Me duele pensar en los demás ojos que lo han leído y en lo que son. Cosas como ésa no se pueden compartir. No con gente como ésa.

—Dominique, no es normal tomarse todo tan a pecho.

—Es la única manera que tengo de sentir. O de no sentir nada.

—Dominique, querida mía —dijo, con la más seria y sincera preocupación—, ojalá yo hubiese sido tu padre. ¿Por qué clase de tragedia has pasado en tu infancia?

—¿Cómo? Por ninguna en absoluto. Tuve una infancia maravillosa. Libre y pacífica, y nadie me molestó demasiado. Bueno, sí, me aburría muy a menudo. Pero estoy acostumbrada.

—Supongo que eres sólo el desafortunado producto de nuestro tiempo. Eso es lo que siempre he dicho. Somos demasiado cínicos, demasiado decadentes. Si volviésemos con toda humildad a las virtudes sencillas...

—Alvah, ¿cómo puedes ponerte a decir esas cosas? Eso es sólo para tus editoriales y... —Se detuvo al verle los ojos, que parecían confusos y un poco heridos. Después se rio—. Me equivoco. En realidad, sí crees en todo eso. Si es que es creer, o lo que sea que pasa en su lugar. ¡Ay, Alvah! Por eso te adoro. Por eso lo estoy haciendo otra vez ahora mismo y lo hice anoche en el mitin.

—¿Qué? —preguntó él, perplejo.

—Hablar como te estoy hablando, ahora mismo. Es agradable hablar contigo de esas cosas. ¿Sabías, Alvah, que los pueblos primitivos hacían estatuas de sus dioses a semejanza de los hombres? Piensa en cómo sería una estatua de ti, de ti desnudo, con tu tripa y todo eso.

—¿Y ahora a qué viene eso?

—A nada, cielo. Perdóname. —Y añadió—: Ya sabes, me encantan las estatuas de hombres desnudos. No pongas esa cara de tonto. He dicho estatuas. Tuve una en particular. Se suponía que era Helios. La saqué de un museo de Europa. Me costó horrores conseguirla; como es lógico, no estaba a la venta. Creo que me enamoré de ella, Alvah. Me la traje a casa conmigo.

—¿Dónde está? Me gustaría ver algo que te gusta, para variar.

—Está rota.

—¿Rota? ¿Una pieza de museo? ¿Qué pasó?

—Yo la rompí.

—¿Cómo?

—La tiré por el patio de ventilación. El suelo de abajo es de hormigón.

—¿Es que estás completamente loca? ¿Por qué?

—Para que nadie más la viera nunca.

—¡Dominique!

Ella agitó la cabeza, como si quisiera sacudirse el tema de encima. La masa de sus cabellos rectos formó una pesada onda, como una ola en una laguna de mercurio semilíquido. Dijo:

—Lo siento, cariño. No quería sobresaltarte. Pensé que podía hablar contigo porque eres la única persona que es impermeable a cualquier clase de sobresalto. No debería haberlo hecho. No sirve de nada, supongo.

Se bajó de la mesa dando un ligero brinco.

—Vete a casa, Alvah. Se está haciendo tarde. Estoy cansada. Hasta mañana.

Guy Francon leyó los artículos de su hija y oyó hablar de los comentarios que hizo en la fiesta y en el acto con las asistentes sociales. No entendía nada, pero sí entendía que había sido la secuencia precisa de los acontecimientos que esperaba de su hija. Aquello le daba muchos quebraderos de cabeza, con el confuso sentimiento de aprensión que siempre le causaba pensar en su hija. Se preguntaba si, en realidad, odiaba a su hija.

Pero había una imagen que le venía a la cabeza siempre que se hacía esa pregunta. Era de su hija, de niña, de un día cualquiera de un verano olvidado, en su casa de campo en Connecticut, mucho tiempo atrás. Había olvidado el resto de aquel día y qué condujo al momento que recordaba. Pero sí recordaba estar de pie en la terraza y verla saltar sobre un alto seto verde que estaba al final del jardín. El seto parecía demasiado alto para su cuerpecillo, y le había dado tiempo a pensar que no iba lograrlo justo cuando la vio volar triunfante sobre la barrera verde. No se acordaba del principio ni del final de aquel salto, pero aún podía ver, de forma nítida e inmediata, como un fotograma recortado y congelado para siempre, el instante único en que su cuerpo estaba suspendido en el espacio y sus largas piernas extendidas a lo ancho, sus finos brazos en alto, sus manos empujando el aire, su vestido blanco y su cabello rubio al viento, como dos esterillas lisas; un momento sólo, el destello de un cuerpecito en el mayor estallido de libertad estática que hubiese presenciado en su vida.

No sabía por qué ese momento se le quedó grabado; ignoraba entonces qué significado le aguardaba, cuando había otros mucho más importantes que se habían perdido. No sabía por qué tenía que volver a visualizarlo siempre que su hija le provocaba amargura, ni por qué, al visualizarlo, sentía una insoportable punzada de ternura. Se decía que, simplemente, su afecto paternal se imponía a su voluntad. Pero de manera torpe e inconsciente quería ayudarla, sin saber, sin querer saber, frente a qué había que ayudarla.

Así que empezó a recurrir más a menudo a Peter Keating. Empezó a aceptar la solución que nunca se admitió a sí mismo. Encontró el consuelo en la persona de Peter Keating; sentía que la sencilla y estable integridad de Keating era justo el apoyo que necesitaba la nociva inconstancia de su hija.

Keating no reconocía que había intentado ver otra vez a Dominique, con insistencia y sin éxito. Había conseguido su teléfono, a través de Francon, mucho tiempo atrás, y la había llamado a menudo. Ella contestaba y se reía alegre, y le decía que, por supuesto, se verían, que sabía que no podía escaparse, pero que estaría muy ocupada en las próximas semanas y ¿qué tal si lo llamaba ella a principios del mes siguiente?

Francon se lo figuraba. Le dijo a Keating que él mismo invitaría a Dominique a comer y así los volvería a juntar. «Es decir: yo intentaré invitarla. Ella se negará, claro», añadió. Dominique le sorprendió una vez más: aceptó enseguida, encantada.

Se citó con ellos en un restaurante, y sonrió como si hubiese estado esperando con ganas aquel encuentro. Hablaba risueña, y Keating estaba cautivado, cómodo, y se preguntaba por qué la había temido alguna vez. Al cabo de media hora, ella miró a Francon y dijo:

—Es maravilloso que hayas sacado tiempo para verme, papá. Sobre todo, cuando estás tan ocupado y tienes tantos compromisos.

La cara de Francon adoptó una expresión consternada.

—Dios mío, Dominique, ¡eso me recuerda algo!

—¿Tienes una cita y te has olvidado? —preguntó ella con cordialidad.

—¡Sí, maldita sea! Se me fue totalmente de la cabeza. El viejo Andrew Colson me llamó por teléfono esta mañana y se me olvidó anotarlo, y había insistido en verme a las dos en punto, y ya sabes cómo es: no puedo negarme sin más a ver a Andrew Colson, ¡maldita sea! Hoy, precisamente... —Y añadió con suspicacia—: ¿Cómo lo sabías?

—¡Qué voy a saber yo! No pasa nada en absoluto, papá. El señor Keating y yo te disculparemos, y comeremos tan a gusto los dos. Además, no tengo compromisos en todo el día, de manera que no temas que me escape.

Francon se preguntó si ella sabía que ésa había sido la excusa que había preparado de antemano para poder dejarla a solas con Keating. No podía estar seguro. Ella lo miraba fijamente, y sus ojos parecían demasiado cándidos. Se alegró de poder huir.

Dominique se giró hacia Keating con una mirada tan dulce que no podía significar nada más que desprecio.

—Ya podemos relajarnos —dijo—. Los dos sabemos qué pretendía mi padre, así que no pasa nada. Que no le dé apuro. A mí no me lo da. Está bien ver que tiene a papá sujeto con una correa, pero sé que a usted no le sirve de mucho que sea él quien tire de ella. Así que vamos a olvidarnos y a comer.

Él quiso levantarse y marcharse, y sabía, con una impotencia furiosa, que no lo iba a hacer. Ella dijo:

—No pongas esa cara de enfado, Peter. También puedes tutearme, porque íbamos a llegar a eso, tarde o temprano. Es probable que te vea mucho, veo a muchas personas, y si a mi padre le complace que tú seas una de ellas, ¿por qué no?

Durante el resto de la comida, ella le habló como a un viejo amigo, con cordialidad y franqueza, con un inquietante candor que parecía indicar que no había nada que ocultar, pero que era mejor no intentar investigar. La exquisita amabilidad de sus maneras sugería que su relación no podría tener consecuencias, que ella no podría honrarlo con su hostilidad. Él era consciente de la vehemente antipatía que sentía hacia ella. Pero observaba la forma de su boca, el movimiento de sus labios al enmarcar sus palabras; observaba cómo cruzaba las piernas, con un gesto suave y preciso, como si se estuviese plegando un caro instrumento, y no podía evitar la incrédula admiración que había experimentado cuando la vio por primera vez.

Cuando se estaban marchando, ella le dijo:

—¿Me llevas al teatro esta noche, Peter? No me importa la obra, cualquiera de ellas. Llámame después de cenar. Cuéntaselo a mi padre, que le gustará saberlo.

—Aunque, por supuesto, debería ser cauto en vez de complacerse —dijo Keating—. Y yo también, pero estaré encantado igualmente, Dominique.

—¿Por qué deberías tú ser cauto?

—Porque no tienes ningunas ganas de ir al teatro o de verme esta noche.

—Nada de eso. Estás empezando a caerme bien, Peter. Llámame a las ocho y media.

Cuando Keating volvió a la oficina, Francon le pidió que subiera a verlo enseguida.

—¿Y bien? —preguntó Francon, ansioso.

—¿Qué pasa, Guy? ¿Por qué tanto interés? —dijo Keating, con voz inocente.

—Bueno, yo... Yo sólo..., siendo franco, me interesa ver si los dos os podéis llevar bien. Creo que serías una buena influencia para ella. ¿Qué pasó?

—Nada de nada. Hemos pasado un rato muy agradable. Eliges bien los restaurantes, la comida era estupenda... Ah, y me llevo a tu hija al teatro esta noche.

—¡No me digas!

—¡Pues sí!

—Pero ¿cómo te las has arreglado?

Keating se encogió de hombros:

—Te dije una vez que no hay que tenerle miedo a Dominique.

—No tengo miedo, pero... Ah, pero ¿ya es «Dominique»? Mi enhorabuena, Peter... No tengo miedo, sólo es que no sé descifrarla. Nadie se le puede acercar. Nunca ha tenido una sola amiga, ni siquiera en el parvulario. Siempre está rodeada, pero nunca de amigos. No sé qué pensar. Ahí está, viviendo sola, siempre con un puñado de hombres a su alrededor, y...

—Vamos, Guy, no debes pensar nada deshonroso de tu propia hija.

—¡Si no lo hago! Ése es justo el problema, que no lo hago. Ojalá pudiera. Pero tiene veinticuatro años, Peter, y es virgen. Lo sé, estoy seguro. ¿No te basta con mirar a una mujer para saberlo? No soy ningún moralista, Peter, y creo que no es normal. No es natural, a su edad, con su aspecto, con el tipo de vida prácticamente sin límites que lleva. Le ruego a Dios que se case. De verdad que lo hago... Bueno, ahora, no vayas a contarlo, claro está, y no lo malinterpretes, no lo digo para animarte a ello.

—Por supuesto que no.

—Por cierto, Peter, llamaron del hospital cuando estabas fuera. Dijeron que el pobre Lucius está mucho mejor. Creen que saldrá adelante.

Lucius N. Heyer había sufrido un infarto, y Keating había mostrado una gran preocupación por su estado, pero no había ido a visitarlo al hospital.

—Me alegro mucho —dijo Keating.

—Pero no creo que pueda volver nunca a trabajar. Se está haciendo viejo, Peter... Sí, se está haciendo viejo... Llega una edad en la que ya no te puedes hacer cargo del negocio.

Dejó que un abrecartas le colgara de dos dedos de la mano y diera golpecitos sobre el borde de un almanaque de sobremesa.

—Nos pasa a todos, Peter, antes o después... Uno debe pensar en el futuro...

Keating estaba sentado en el suelo, cerca de los leños de imitación en la chimenea de su salón de estar, abrazándose las rodillas y escuchando las preguntas de su madre sobre el aspecto de Dominique; sobre cómo vestía, qué cosas le decía y cuánto dinero le habría dejado, en realidad, su madre.

Ahora veía mucho a Dominique. Acababa de volver de hacer una ronda de clubes nocturnos con ella. Dominique siempre aceptaba sus invitaciones. Él se preguntaba si su actitud era una prueba deliberada de que su manera de ignorarlo por completo era verlo a menudo, en vez de negarse. Pero cada vez que quedaba con ella, planificaba ansioso el siguiente encuentro. Hacía un mes que no veía a Catherine. Ella estaba ocupada con el trabajo de investigación que su tío le había confiado para preparar una serie de conferencias.

La señora Keating estaba sentada bajo una lámpara, remendando una pequeña rasgadura del esmoquin de Peter, regañándole, en medio de las preguntas, por estar sentado en el suelo con sus pantalones de vestir y su camisa más formal. Él no prestó atención ni a la regañina ni a las preguntas. Pero bajo su irritado aburrimiento sentía una extraña sensación de alivio; era como si el obstinado flujo de las palabras de su madre lo empujaran a seguir adelante y lo justificaran. Respondía de vez en cuando: «Sí... No... No lo sé... Oh, sí, es encantadora... Es muy encantadora... Es tardísimo, mamá. Estoy cansado. Creo que me voy a acostar...».

Sonó el timbre de la puerta.

—Vaya, ¿quién puede ser, a estas horas? —dijo la señora Keating.

Keating se levantó, se encogió de hombros y se fue tranquilamente a abrir la puerta.

Era Catherine. Llevaba una cartera vieja y deformada agarrada con las dos manos. Parecía decidida y vacilante al mismo tiempo. Se echó un poco hacia atrás, y dijo:

—Buenas noches, Peter. ¿Puedo pasar? Tengo que hablar contigo.

—¡Katie! ¡Claro! ¡Qué amable por tu parte! Pasa, pasa. Mamá, es Katie.

La señora Keating se fijó en los pies de la muchacha, que se movían como si caminasen sobre la cubierta tambaleante de un barco. Miró a su hijo, y supo que había pasado algo que había que tratar con suma cautela.

—Buenas noches, Catherine —dijo con voz suave.

Keating no era consciente de nada, salvo de la súbita punzada de alegría que sintió al verla; la alegría le decía que nada había cambiado, que se sentía a salvo en esa seguridad y que su presencia resolvía todas las dudas. Se le olvidó extrañarse por lo intempestivo de la hora, por su primera e inesperada visita a su apartamento.

—Buenas noches, señora Keating —dijo Catherine, con una voz clara y hueca—. Espero no molestarla, seguro que es muy tarde, ¿no?

—Para nada, pequeña —dijo la señora Keating.

Catherine se apresuró a hablar por hablar, para aferrarse al sonido de las palabras:

—Voy a quitarme el sombrero, ¿le importa...? No, quizá mejor lo dejo en esta cómoda, aunque tiene un poco de suciedad de la calle, el sombrero..., quizá estropee el barniz, es una cómoda preciosa, espero que no estropee el barniz...

—¿Qué ocurre, Katie? —preguntó Keating, que por fin se dio cuenta.

Ella lo miró, y él vio que sus ojos estaban aterrorizados y sus labios entreabiertos; estaba intentando sonreír.

—Katie... —susurró.

Ella no dijo nada.

—Quítate el abrigo. Ven aquí, caliéntate al fuego.

Acercó una banqueta junto a la chimenea y la hizo sentarse. Ella llevaba un suéter negro y una vieja falda negra, prendas de andar por casa de colegiala que no se había cambiado para su visita. Ella se acurrucó con las rodillas muy juntas. Dijo, con una voz más baja y natural, liberando la primera nota de pena:

—Tienes una casa muy bonita... Tan cálida y espaciosa... ¿Puedes abrir las ventanas todas las veces que quieras?

—Katie, cariño —dijo suavemente—, ¿qué ha pasado?

—Nada. No es que haya pasado algo, en realidad. Sólo que tenía que hablar contigo. Ahora. Esta noche.

Él miró a la señora Keating, y dijo:

—Si pudieras...

—No. Está bien así. La señora Keating puede oírlo. Tal vez es mejor que lo oiga.

Ella se giró hacia la madre y dijo con mucha claridad:

—Verá, señora Keating: Peter y yo estamos prometidos.

Miró a Keating, y añadió, con la voz quebrada:

—Peter: quiero casarme ya, mañana, lo antes posible.

La señora Keating había bajado lentamente la mano hasta el regazo. Miró a Catherine con ojos inexpresivos. Estaba tranquila, con una dignidad que Keating nunca se había esperado en ella; y dijo:

—No lo sabía, me alegro mucho, querida.

—¿No le importa? ¿De verdad que no le importa en absoluto? —preguntó Catherine, desesperada.

—¿Por qué, pequeña? Esas cosas sólo las tenéis que decidir tú y mi hijo.

—¡Katie! —murmuró él, recobrando la voz—. ¿Qué ha pasado? ¿Por qué «lo antes posible»?

—¡Oh, oh...! Ha sonado como si... como si estuviese en esa clase de problemas en que se meten las chicas que... —dijo con un intenso rubor—. ¡Ay, Dios mío, no, no es eso! ¡Sabes que no puede ser! Ay, cómo vas a pensar, Peter, que yo... que...

—No, claro que no —dijo él riéndose, sentado en el suelo a su lado, y rodeándola con el brazo—. Pero cálmate. ¿Qué pasa? Sabes que me casaría esta noche contigo si lo quisieras. Sólo dime qué ha pasado.

—Nada. Ahora ya estoy bien. Te lo diré. Pensarás que estoy loca. De repente, sentí que nunca me casaría contigo, que algo terrible me estaba ocurriendo y que tenía que escapar de ello.

—¿Qué te pasaba?

—No lo sé. Nada concreto. Llevaba todo el día trabajando en mis notas de investigación, y no pasó nada en absoluto. No he recibido ni llamadas ni visitas. Y de repente, esta noche, tuve esa sensación, era como una pesadilla, ya sabes, el tipo de terror que no sabes describir, que no se parece a nada normal. Sólo la sensación de que corría un peligro mortal, que algo se me estaba acercando, que nunca escaparía de ello, porque no me dejaba y porque era demasiado tarde.

—Que nunca escaparías de qué.

—No lo sé con exactitud. De todo. Mi vida entera. Como una arena movediza, ¿sabes? Suave y natural. Sin que haya nada que puedas percibir o sospechar. Algo en lo que entras tan tranquila. Y, cuando te das cuenta, es demasiado tarde... Y sentía que me iba a atrapar, que nunca me casaría contigo, que tenía que correr, ahora, ahora o nunca. ¿Nunca has sentido algo así, tan sólo un miedo que no podías explicar?

—Sí —susurró él.

—¿Piensas que estoy loca?

—No, Katie. Pero ¿qué lo desencadenó? ¿Algo en particular?

—Bueno..., ahora parece muy tonto. —Y soltó una risilla para excusarse—. Fue así: yo estaba sentada en mi habitación, y hacía un poco de frío, así que no abrí la ventana. Tenía tantos papeles y libros sobre la mesa que apenas tenía espacio para escribir, y cada vez que tomaba una nota tiraba algo con el codo. Había pilas de cosas en el suelo y a mi alrededor, todos los papeles, que se agitaban un poco, porque tenía la puerta del salón entornada y debía de haber un poco de corriente, supongo. Mi tío también estaba trabajando, en el salón. Me estaba cundiendo bastante, llevaba varias horas y no sabía ni qué hora era. Y, de pronto, me atrapó. No sé por qué. Quizá la habitación estaba muy cargada, o tal vez fuese el silencio, porque no oía nada, ni un ruido en el salón de estar, y había ese papel que se agitaba despacio, como alguien que se está muriendo asfixiado. Y después eché un vistazo por ahí, y no vi a mi tío en el salón, pero sí su sombra proyectada en la pared, una sombra inmensa, encorvada, que no se movía, pero ¡era inmensa!

Ella se estremeció. La cosa ya no le parecía una tontería. Susurró:

—Entonces es cuando me atrapó. No se movía, la sombra, pero pensaba que todo el papel se estaba moviendo, pensé que se estaba levantando lentamente del suelo y que venía hacia mi garganta y me iba a estrangular. Entonces chillé. Y, Peter, él no me oyó. ¡No me oyó, porque la sombra no se movió! Entonces agarré el sombrero y el abrigo y corrí. Cuando crucé corriendo el salón, creo que dijo: «Pero, Catherine, ¿qué hora es? ¿Adónde vas?», o algo así, no estoy segura. Pero no me di la vuelta ni respondí: no podía. Me daba miedo. ¡Miedo, el tío Ellsworth, que jamás me ha dicho una mala palabra en su vida! Eso fue todo, Peter. No puedo entenderlo, pero tengo miedo. Ya no tanto, no aquí contigo, pero tengo miedo...

La señora Keating intervino, con una voz seca y vigorosa:

—Bueno, está muy claro lo que te ha pasado, querida. Has trabajado muy duro y más de la cuenta, y te has puesto un pelín histérica.

—Sí..., es probable...

—No, no... No ha sido eso... —dijo Keating con la voz débil.

Estaba pensando en el altavoz del vestíbulo en el mitin con los huelguistas. Y añadió enseguida:

—Sí, mamá tiene razón. Te estás matando a trabajar, Katie. Ese tío tuyo... Le voy a retorcer el pescuezo un día de éstos.

—¡Oh, pero no es culpa suya! Él no quiere que yo trabaje. Suele quitarme los libros y decirme que me vaya al cine. Eso dice él mismo, que trabajo demasiado. Pero me gusta. Creo que todas las notas que tomo y cada pieza de información se van a enseñar a cientos de estudiantes jóvenes, por todo el país, y pienso que soy yo la que está ayudando a educar a la gente, que es mi pequeña aportación a una causa tan importante, y me siento orgullosa y no quiero parar. ¿Ves? En realidad, no tengo nada de qué quejarme. Y después..., después, como esta noche... No sé qué es lo que me pasa.

—Mira, Katie, conseguiremos la autorización mañana por la mañana y nos casaremos enseguida, donde quieras.

—Hagámoslo, Peter —susurró—. ¿De verdad que no te importa? No tengo motivos en realidad, pero quiero hacerlo. Lo quiero de verdad. Entonces sabré que todo está bien. Nos las arreglaremos. Puedo buscar un trabajo si tú..., si tú no estás todavía preparado o...

—Nada, bobadas. No hables de eso. Nos las arreglaremos. No importa. Sólo casémonos, y ya se arreglará por sí solo todo lo demás.

—Cariño, ¿lo entiendes? ¿Lo entiendes?

—Sí, Katie.

—Ahora que ya está todo resuelto, te prepararé una taza de té calentito, Catherine —dijo la señora Keating—. La necesitarás antes de irte a casa.

Preparó el té, y Catherine se lo bebió con gratitud, y dijo, sonriente:

—Yo..., muchas veces temí que no lo aprobara, señora Keating.

—A saber qué te hizo pensarlo —dijo la señora Keating, arrastrando las palabras, sin una sola nota de interrogación en su voz—. Ahora sé buena y ve a casa y duerme bien esta noche.

—Mamá, ¿no podría Katie quedarse a dormir esta noche? Podría dormir contigo.

—Vamos, Peter, ahora no te pongas histérico. ¿Qué pensaría su tío?

—Oh, no, claro que no. No pasa nada, Peter. Me iré a casa.

—Si tú no...

—No tengo miedo. Ahora no. Estoy bien. ¿No pensarás que de verdad le tengo miedo al tío Ellsworth?

—Bueno, está bien. Pero no te vayas todavía.

—Ya, Peter —dijo la señora Keating—. No querrás que esté andando por las calles más tarde de lo imprescindible.

—La llevaré a casa.

—No —dijo Catherine—. No quiero ser más tonta todavía. No, no te lo permitiré.

Él la besó en la puerta y le dijo:

—Pasaré a buscarte mañana a las diez de la mañana e iremos a por la autorización.

—Sí, Peter —susurró ella.

Keating cerró la puerta cuando ella se dio la vuelta y se detuvo un instante, sin ser consciente de que estaba apretando los puños. Después volvió con aire desafiante al salón y se paró, con las manos en los bolsillos, delante de su madre. La miró como si la interrogara en silencio. La señora Keating lo miró serena, sin fingir ignorar esa mirada y sin responderla. Después, preguntó:

—¿No querías acostarte, Peter?

Se había esperado todo menos eso. Sintió un impulso violento de aprovechar la oportunidad, de darse la vuelta, salir del salón y huir. Pero tenía que saber lo que ella pensaba, él tenía que justificarse.

—Ahora, mamá, no voy a escuchar ninguna objeción.

—No he objetado nada —dijo la señora Keating.

—Mamá, quiero que entiendas que quiero a Katie, que nada puede detenerme ahora, y ya está.

—Muy bien, Peter.

—No entiendo qué es lo que no te gusta de ella.

—Lo que me guste o no me guste ya no tiene ninguna importancia para ti.

—¡Sí, mamá, por supuesto que la tiene! Sabes que sí. ¿Cómo puedes decir eso?

—Peter, en lo que a mí respecta, ni me gusta nada ni me deja de gustar. Yo no pienso en mí, porque nada en el mundo me importa, excepto tú. Seré una anticuada, pero así soy. Sé que no debería, porque los jóvenes de hoy no lo valoran, pero no puedo evitarlo.

—Pero mamá, ¡tú sabes que yo sí lo valoro! ¡Sabes que no querría hacerte daño!

—No puedes hacerme daño, Peter, si no es haciéndote daño a ti mismo. Y eso..., eso es difícil de soportar.

—¿En qué me estoy haciendo daño?

—Bueno, si no te niegas a escucharme...

—¡Nunca me he negado a escucharte!

—Si quieres oír mi opinión, diré que éste es el funeral de veintinueve años de mi vida, de todas las esperanzas que había puesto en ti.

—¡Pero por qué! ¿Por qué?

—No es que no me guste Catherine, Peter. Me gusta mucho. Es una buena chica, si no se viniese abajo tan a menudo y se sacara cosas como ésa de la nada. Pero es una chica respetable y diría que sería una buena esposa para cualquiera. Para cualquier muchacho trabajador y respetable. Pero ¡pensar en ella para ti, Peter! ¡Para ti...!

—Pero...

—Eres modesto, Peter. Demasiado modesto. Siempre ha sido tu problema. No te valoras a ti mismo. Piensas que eres una persona como otra cualquiera.

—¡Desde luego que no! ¡Y no creo que nadie lo piense!

—¡Entonces usa la cabeza! ¿No sabes lo que te espera? ¿No ves lo lejos que has llegado ya, y lo lejos que vas a llegar? Tienes una oportunidad de convertirte, bueno, no en el mejor, pero sí de estar entre los mejores en el oficio de arquitecto, y...

—¿Entre los mejores? ¿Es eso lo que piensas? Si no puedo ser el mejor, si no puedo ser el primer arquitecto de este país en mis años de carrera, ¡no quiero ni una maldita parte de ello!

—Ah, pero uno no lo consigue, Peter, fracasando en su trabajo. Uno no consigue ser el primero en nada sin la fortaleza para hacer algunos sacrificios.

—Pero...

—Tu vida no te pertenece, Peter, si de verdad apuntas alto. No puedes consentirte cualquier capricho, como puede la gente normal, porque a ellos qué más les da, de todas formas. No eres tú, o yo, o lo que sintamos, Peter. Es tu carrera. Requiere la fortaleza de negarte a ti mismo con el fin de ganarte el respeto de los demás.

—Simplemente, no te gusta Katie y dejas que tus propios prejuicios...

—¿Qué podría no gustarme de ella? Bueno, por supuesto, no puedo decir que me parezca bien que una chica tenga tan poca consideración hacia su hombre que salga corriendo a molestarlo por nada, y que le pida que tire su carrera por la ventana sólo porque tiene una chifladura. Eso demuestra la ayuda que puedes esperar de una esposa como ésa. Pero en lo que a mí respecta, si crees que me preocupo por mí, en fin, es que estás ciego, Peter. ¿No ves que para mí, personalmente, sería una pareja perfecta? Porque no tendría problemas con Catherine, me llevaría genial con ella. Sería obediente y respetuosa con su suegra. Mientras que, por el otro lado, la señorita Francon...

Él hizo una mueca. Sabía que llegarían a eso. Era el único tema que temía que se sacara a colación.

—Oh, sí, Peter —dijo la señora Keating tranquila, pero firme—. Tenemos que hablar de eso. Pues bien, estoy segura de que nunca sabría cómo manejarme con la señorita Francon, y que una chica de la alta sociedad como ésa jamás podría soportar a una madre desaliñada y sin estudios como yo. Lo probable es que me fuese echando poco a poco de casa. Sí, Peter. Pero ya ves que no estoy pensando en mí.

—Mamá —dijo con aspereza—, eso es una pura estupidez, pensar que yo pueda tener una oportunidad con Dominique. No estoy seguro de que esa arpía me haya mirado siquiera alguna vez.

—Estás decayendo, Peter. Hubo una época en que no habrías admitido que hubiese algo que no pudieras conseguir.

—Pero yo no la quiero, mamá.

—Ah, no la quieres, ¿no? Bueno, ahí lo tienes. ¿No es eso lo que he dicho? ¡Mírate! Ahí tienes a Francon, el mejor arquitecto de la ciudad, ¡justo donde lo quieres! Está poco menos que rogándote que aceptes ser su socio, a tu edad, ¿frente a cuántos otros, más veteranos? Y no es que te permita casarte con su hija, ¡es que te lo está pidiendo! ¡Y vas a ir mañana a presentarle a la donnadie con quien has ido a casarte! Deja de pensar en ti por un momento y piensa en los demás un poco. ¿Cómo crees que se lo tomará? ¿Cómo crees que se tomará que le muestres a la pequeña paleta que has preferido a su hija?

—No le gustará —murmuró Keating.

—¡Puedes apostarte la vida a que no! ¡Puedes apostarte la vida a que directamente te pondrá de patitas en la calle! Encontrará a muchos que se lanzarán a la oportunidad de ocupar tu puesto. ¿Y si fuese ese compañero tuyo, Bennett?

—¡Oh, no! —dijo Keating tan sofocado y furioso que ella supo que había acertado de lleno—. ¡Bennett no!

—Sí —dijo ella triunfante—. ¡Bennett! Eso será: Francon & Bennett, mientras que tú irás dando tumbos por las aceras buscando trabajo. ¡Pero tendrás una esposa! ¡Oh, sí, tendrás una esposa!

—Mamá, por favor... —susurró, con tanta desesperación que ella se pudo permitir seguir sin tener que contenerse.

—Ése es el tipo de esposa que tendrás. Una chiquilla patosa que no sabrá dónde poner las manos ni los pies. Una cosita avergonzada que correrá y se esconderá de cualquier persona que lleves a casa. ¿Y eso te parece tan bien? ¡No te engañes, Peter Keating! Ningún gran hombre llegó solo. No menosprecies cómo ayudó a los mejores tener la mujer correcta. Tu Francon no se casó con una sirvienta, ¡puedes apostarte la vida! Sólo intenta ver las cosas a través de los ojos de los demás, por un momento. ¿Qué pensarán de tu mujer? ¿Qué pensarán de ti? ¡No te ganas la vida construyendo casetas para heladeros, no lo olvides! Tienes que prestarte al juego como lo ven los hombres importantes de este mundo. Tienes que vivir a su altura. ¿Qué pensarán de un hombre que está casado con ese trasto vulgar? ¿Te admirarán? ¿Confiarán en ti? ¿Te respetarán?

—¡Cállate! —gritó.

Pero ella siguió. Habló un largo rato, mientras él, sentado, hacía crujir salvajemente los nudillos y gemía de vez en cuando:

—Pero yo la quiero... ¡No puedo, mamá! No puedo... La quiero...

Ella lo dejó cuando las calles ya estaban grises por la luz del amanecer. Lo dejó que fuera tambaleándose a su habitación, acompañado por los últimos sonidos de su voz, dulce y agotada:

—Al menos, Peter, sí puedes hacer eso. Sólo unos meses. Pídele que espere sólo unos meses. Heyer puede morir en cualquier momento y entonces, una vez que seas socio, puedes casarte con ella y quizá te salgas con la tuya. No le importará esperar ese poquito más, si te quiere... Dale una vuelta, Peter... Y mientras le das una vuelta, piensa también un poco en que, si lo haces ahora, estarás rompiéndole el corazón a tu madre. No tiene importancia, pero tenlo un poquito en cuenta. Dedica una hora a pensar en ti, pero dedica un minuto a lo que piensan los demás...

No intentó dormir. No se desvistió, sino que se quedó sentado en la cama durante horas, y su pensamiento más claro era que deseaba verse transportado a un año en el futuro, cuando todo se hubiese arreglado, no le importaba cómo.

No había decidido nada cuando tocó la campanilla del apartamento de Catherine a las diez en punto. Tenía la ligera impresión de que ella lo cogería de la mano y lo llevaría, que ella insistiría, y que por lo tanto la decisión estaba tomada.

Catherine abrió la puerta y sonrió, feliz y confiada, como si no hubiera ocurrido nada. Lo condujo a su habitación, donde los amplios rayos de sol bañaban las columnas de libros y papeles perfectamente apilados en su escritorio. La habitación estaba limpia y ordenada. En el pelo de la alfombra se notaban aún las marcas del aspirador. Catherine llevaba una blusa de organdí de manga corta que se le levantaba en los hombros y le daba un aire alegre; el sol hacía brillar unas pequeñas horquillas que decoraban su pelo. Sintió una breve decepción por no encontrarse con ninguna amenaza en la casa; alivio, pero también decepción.

—Estoy lista, Peter. Alcánzame el abrigo.

—¿Se lo has contado a tu tío? —preguntó él.

—Ah, sí. Se lo conté anoche. Seguía trabajando cuando volví.

—¿Qué dijo?

—Nada. Sólo se rio y me preguntó qué quería de regalo de boda. ¡Pero se rio mucho!

—¿Dónde está? ¿No quiso conocerme, al menos?

—Ha tenido que ir a la redacción del periódico. Dijo que ya tendría tiempo de sobra para verte. ¡Pero lo dijo con mucha educación!

—Escucha, Katie, yo..., hay algo que quiero decirte —dijo, titubeando sin mirarla y con la voz apagada—. Mira, ésta es la cuestión: Lucius Heyer, el socio de Francon, está muy enfermo y no hay esperanzas de que viva. Francon me ha insinuado, de forma bastante clara, que yo voy a ocupar el lugar de Heyer. Pero Francon tiene la disparatada idea de querer que me case con su hija. Pero no me malinterpretes, sabes que eso es imposible, pero no puedo decírselo. Y pensé..., pensé que si esperásemos... sólo unas semanas... estaría consolidado en la empresa, y que entonces Francon no podría hacer nada cuando fuera y le dijera que estoy casado... Pero, por supuesto, depende de ti. —La miró y dijo con ansiedad—: Si quieres que lo hagamos ahora, lo haremos ya mismo.

—Pero, Peter —dijo ella con calma, serena y asombrada—. Naturalmente, esperaremos.

Él sonrió con un gesto de aprobación y alivio. Pero cerró los ojos.

—Naturalmente, esperaremos —dijo ella con firmeza—. No sabía esto, y es muy importante. En realidad, no hay ningún motivo para las prisas.

—¿No temes que la hija de Francon pueda conquistarme?

Ella se rio.

—¡Ay, Peter! Te conozco demasiado bien.

—Pero si tú prefirieras...

—No, es mucho mejor. Verás, para ser sincera, pensé esta mañana que sería mejor que esperásemos, pero no quería decir nada si ya te habías decidido. Como tú prefieres esperar, yo también, porque, verás: esta mañana nos hemos enterado de que han invitado a mi tío a repetir esta misma serie de conferencias en una universidad muy importante de la costa Oeste, este verano. Me sentía fatal por dejarlo tirado, sin acabar el trabajo. Y después pensé que quizá estábamos haciendo una tontería, somos muy jóvenes. Y el tío Ellsworth se rio tanto... Mira: la verdad es que es más prudente esperar un poco.

—Sí. Bueno, está bien. Pero, Katie, si te sientes igual que anoche...

—¡Qué va! Me avergüenzo mucho de mí misma. No se me ocurre qué pudo pasarme anoche. Intento recordar y no puedo entenderlo. Ya sabes cómo es, una se siente muy tonta después. Todo es muy claro y sencillo al día siguiente. ¿Dije muchas tonterías anoche?

—Bueno, olvidémoslo. Eres una chiquilla sensible. Los dos somos sensibles. Y simplemente esperaremos un tiempo, no será mucho.

—Sí, Peter.

De repente dijo, enérgico:

—Pero ahora insiste en ello, Katie.

Después soltó una risa estúpida, como si no lo hubiese dicho del todo en serio.

Ella respondió con una sonrisa alegre.

—¿Lo ves? —dijo, separando las manos con las palmas hacia arriba.

—Bueno... —murmuró él—. Bueno, está bien, Katie. Esperaremos. Es mejor, por supuesto. Yo..., me voy corriendo, entonces. Voy a llegar tarde a la oficina.

Sintió que tenía que escapar de su habitación por el momento, por ese día.

—Te llamaré. Vayamos a cenar mañana por la noche.

—Sí, Peter. Será estupendo.

Se marchó, aliviado y desolado, maldiciéndose por la ligera y persistente sensación que le decía que había perdido una oportunidad que nunca volvería; que algo se cerraba sobre ellos y que se habían rendido. Se maldijo, porque no sabía qué era por lo que debían haber luchado. Se dio prisa para llegar a la oficina, adonde iba con retraso para una cita con la señora Moorehead.

Catherine se quedó parada en mitad de su habitación, después de que él se marchara, y se preguntó por qué de pronto se sentía vacía y fría; por qué no se había dado cuenta hasta ese momento de que esperaba que él la obligara a seguirlo. Después se encogió de hombros, sonrió, reprochándoselo a sí misma, y se puso a trabajar otra vez en la mesa.

13

Un día de octubre, cuando la casa de Heller estaba casi terminada, un joven larguirucho que llevaba puesto un mono se salió de un pequeño grupo que estaba contemplando la casa desde la carretera y se acercó a Roark.

—¿Es usted el que ha construido El Loquero? —le preguntó con bastante timidez.

—Si se refiere a esta casa, sí —respondió Roark.

—Discúlpeme, señor. Es sólo que es así como la llaman por aquí. Yo no la llamaría así. Verá, tengo un proyecto de construcción..., bueno, no exactamente, pero voy a construir mi propia estación de servicio a unos quince kilómetros de aquí, en la carretera de Post. Me gustaría hablar con usted.

Más tarde, sentados en un banco frente al taller donde trabajaba, Jimmy Gowan le explicó los detalles. Dijo:

—Y se me ocurrió pensar en usted, señor Roark, porque me gusta esa extraña casa suya. No sabría decirle por qué, pero me gusta. Para mí tiene un sentido. Por otro lado, me imagino a todo el mundo boquiabierto, hablando de ella. Bueno, eso a la casa no le sirve de nada, pero es muy eficaz para un negocio, que les haga gracia, que hablen de él. Así que pensé en llamarlo para construirlo. Después dirán que estoy loco, pero ¿a usted le importa? A mí no.

Jimmy Gowan había trabajado como una mula durante quince

años, ahorrando para montarse su propio negocio. La gente objetó indignada a su elección de arquitecto. Jimmy no dijo una sola palabra para explicarse o defenderse; decía con educación: «Puede ser, amigos, puede ser»; y después hizo que Roark construyera su estación de servicio.

La estación se abrió a finales de diciembre. Se ubicaba junto a la carretera de Boston Post, y consistía en dos pequeñas estructuras de cristal y hormigón que formaban un semicírculo entre los árboles: un cilindro para la oficina y un óvalo largo y bajo para el comedor. En medio estaban los surtidores de gasolina, dispuestos como la columnata de un patio. Era un estudio del círculo: no había ángulos ni líneas rectas. Parecían formas capturadas de una corriente, pausadas en el momento de fluir, en el preciso instante en que formaban una armonía demasiado perfecta para ser deliberada. Parecía un racimo de burbujas que flotaba a poca altura del suelo, sin llegar a tocarlo, y que fuese a ser barrido por una ráfaga de viento. Tenía un aire alegre, con la recia y tonificante jovialidad de la eficiencia, como el potente motor de un avión.

Roark se quedó en la estación para su apertura. Se tomó un café en una taza blanca y limpia, en la barra del comedor, y observó los coches que se paraban en la puerta. Se marchó tarde, por la noche. Miró atrás una vez al conducir por la larga carretera vacía. Las luces de la gasolinera parpadeaban, alejándose. Allí estaba, en un cruce de caminos, por donde los coches pasarían a toda velocidad día y noche, coches que venían de ciudades en las que no había espacio para edificios como ése, que iban a ciudades en las que no habría edificios como ése. Volvió la vista hacia la carretera ante sí y dejó de mirar al retrovisor, que aún conservaba los suaves puntos de luz que se alejaban a su espalda.

Volvió a los meses de ociosidad. Se sentaba en su oficina cada mañana, porque sabía que tenía que estar allí, mirando una puerta que nunca se abría, con la mano olvidada sobre un teléfono que nunca sonaba. En los ceniceros que vaciaba a diario, antes de irse, no había nada más que las colillas de sus propios cigarrillos.

—¿En qué andas, Howard? —le preguntó Austen Heller cenando una noche.

—En nada.

—Pero deberías hacer algo.

—No tengo nada para hacer.

—Debes aprender a tratar con la gente.

—No puedo.

—¿Por qué?

—No sé cómo hacerlo. Nací sin ese sentido especial.

—Es algo que se adquiere.

—No tengo un órgano para adquirirlo. No sé si es algo que me falta o algo que tengo de más, y que me frena. Aparte, no me gusta la gente a la que hay que saber tratar.

—Pero ahora no puedes estar quieto sin hacer nada. Tienes que buscarte encargos.

—¿Qué le puedo decir a la gente para conseguir encargos? Sólo puedo mostrar mi trabajo. Si no atienden a eso, no atenderán a nada de lo que les diga. Para ellos no soy nada, salvo mi trabajo: mi trabajo es lo único que tenemos en común. Y no me da la gana de decirles nada más.

—Entonces ¿qué vas a hacer? ¿No estás preocupado?

—No. Contaba con ello. Estoy esperando.

—¿A qué?

—A mi tipo de gente.

—¿Qué tipo de gente es ése?

—No lo sé. O sea, sí lo sé, pero no soy capaz de explicarlo. Muchas veces me habría gustado poder hacerlo. Debe de haber un principio que lo abarque, pero no sé cuál es.

—¿La honradez?

—Sí..., no, sólo en parte. Guy Francon es un hombre honrado, pero no es eso. ¿Valentía? Ralston Holcombe es valiente, a su manera... No sé. No soy tan impreciso para otras cosas. Pero reconozco a mi tipo de gente por la cara. Por algo que hay en su cara. Habrá miles que pasen por delante de tu casa y por la gasolinera. Si de esos miles uno se para y lo ve, no necesito más.

—Entonces necesitas a los demás, después de todo, ¿no, Howard?

—Naturalmente. ¿De qué te ríes?

—Siempre he pensado que eras el animal más antisocial que jamás haya tenido el placer de conocer.

—Necesito a los demás para que me den trabajo. No construyo mausoleos. ¿Crees que los necesito de otra manera? ¿De una manera más cercana, más personal?

—Tú no necesitas a nadie de manera muy personal.

—No.

—Ni siquiera te jactas de ello.

—¿Debería?

—No puedes. Eres demasiado arrogante para eso.

—¿Es eso lo que soy?

—¿No sabes que lo eres?

—No. No con tanta claridad como tú me ves, o cualquier otro.

Heller guardó silencio, y movía la mano en círculos, con un cigarrillo. Después se rio y dijo:

—Eso ha sido muy propio de ti.

—¿El qué?

—Que no me pidieses que te dijera cómo eres según te veo yo. Cualquier otro lo habría hecho.

—Lo siento. No era indiferencia. Eres uno de los pocos amigos que quiero conservar. Simplemente, no se me ocurrió preguntar.

—Ya sé que no, y ésa es la cuestión. Eres un monstruo egocéntrico, Howard. Más monstruoso aún porque lo eres con absoluta inocencia.

—Eso es verdad.

—Deberías mostrar algo de preocupación al admitirlo.

—¿Por qué?

—Mira, hay algo que me choca. Eres el hombre más frío que conozco. Y no logro entender por qué, sabiendo que a tu manera eres un desalmado, cuando te veo, siempre siento que eres la persona más vivificante que haya conocido.

—¿Qué quieres decir?

—No lo sé. Eso.

Pasaron las semanas, y Roark iba andando a su oficina cada día, pasaba ocho horas sentado a su mesa y leía mucho. A las cinco en punto, se iba a casa. Se había mudado a una habitación mejor, cerca de la oficina. Gastaba poco, y tenía suficiente dinero para una larga temporada.

Una mañana de febrero, sonó el teléfono en su oficina. Una voz femenina, enfática y enérgica pidió una cita con el señor Roark, el arquitecto. Aquella tarde, entró en la oficina una mujer vigorosa, pequeña y de tez oscura. Llevaba un abrigo de visón y unos exóticos pendientes que tintineaban cuando movía la cabeza. La movía mucho, con pequeñas y abruptas sacudidas, como hacen los pájaros. Era la señora Wayne Wilmot, de Long Island, y quería construir una casa de campo. Había elegido al señor Roark para construirla porque, según explicó, había diseñado la casa de Austen Heller. Ella adoraba a Austen Heller. Él era —afirmó—, un oráculo para todos los que aspiraban mínimamente al título de intelectual progresista; ella lo pensaba —«¿usted no?»—, y seguía a Heller como una fanática, «sí, como una completa fanática». El señor Roark era muy joven —«¿no?»—, pero a ella no le importaba, ella era muy de izquierdas y estaba encantada de ayudar a los jóvenes. Quería una casa grande, tenía dos hijos, y creía en que expresaran su individualidad —«¿usted no?»—; cada uno debía contar con su propia habitación, y ella, tener su biblioteca —«leo para distraerme»—, una sala de música, un invernadero —«cultivamos lirios de los valles, mis amigos dicen que es mi flor»—, un cuarto de estar para su marido, que confiaba en ella implícitamente y le dejaba planificar la casa —«porque se me da tan bien, que si no fuese mujer estoy segura de que sería arquitecto»—, una habitación para el personal de servicio y todo eso, y un garaje de tres plazas. Al cabo de una hora y media de detalles y explicaciones, dijo:

—Y, por supuesto, en cuanto al estilo de la casa, será al estilo Tudor inglés. Adoro el estilo Tudor.

Él la miró. Preguntó de forma pausada:

—¿Ha visto la casa de Austen Heller?

—No, aunque sí quería verla, pero ¿cómo podría hacerlo? No conozco al señor Heller en persona, sólo soy una admiradora suya, una simple y vulgar admiradora suya. ¿Cómo es en persona? Tendrá que contarme, me muero por saberlo. No, no he visto su casa, está en algún lugar de Maine, ¿no?

Roark sacó unas fotografías del cajón de su mesa y se las dio.

—Ésta es la casa de Heller —dijo.

Ella las observó. Su mirada desbordó como una espuma la superficie satinada de las fotografías, y las soltó sobre la mesa.

—Muy interesante —dijo—. Muy atípica. Muy imponente. Pero, naturalmente, eso no es lo que yo quiero. Ese tipo de casa no expresaría mi personalidad. Mis amigos dicen que yo tengo una personalidad isabelina.

Con calma y paciencia, él intentó explicarle por qué no debía construir una casa estilo Tudor. Ella lo interrumpió a mitad de una frase.

—Vamos a ver, señor Roark, no pretenderá enseñarme nada, ¿no? Estoy muy segura de tener buen gusto, y sé mucho sobre arquitectura, hice un curso especial en el club. Mis amigos me dicen que sé mucho más que muchos arquitectos. Estoy muy decidida, y tendré una casa estilo Tudor. Ni me molesto en discutirlo.

—Tendrá que buscar a otro arquitecto, señora Wilmot.

Ella se quedó mirándolo, incrédula.

—¿Quiere decir que rechaza el encargo?

—Sí.

—¿Que no quiere mi encargo?

—No.

—Pero ¿por qué?

—No hago ese tipo de cosas.

—Pero pensé que los arquitectos...

—Sí. Los arquitectos construirán cualquier cosa que les pida. Cualquier otro arquitecto de la ciudad lo hará.

—Pero le di la oportunidad a usted primero.

—¿Me haría un favor, señora Wilmot? ¿Podría decirme por qué vino a verme, si lo único que quería era una casa Tudor?

—Bueno, estaba segura de que valoraría la oportunidad. Y después pensé que podría decirles a mis amigos que tenía al arquitecto de Austen Heller.

Él intentó explicarle y convencerla. Sabía, mientras hablaba, que era inútil, porque sus palabras sonaban como si dieran contra el vacío. La persona de la señora Wayne no existía: sólo había una cáscara que contenía las opiniones de sus amigos, las postales que había visto, las novelas sobre hacendados de provincias que había leído. A eso tenía que dirigirse, a esa inmaterialidad que no podía oírlo ni responderle, sorda e impersonal como una bola de algodón.

—Lo siento —dijo la señora de Wayne Wilmot—, pero no estoy acostumbrada a tratar con personas completamente incapaces de razonar. Estoy segura de que encontraré a muchos hombres, muchísimo más importantes, que estarán encantados de trabajar para mí. Mi marido se oponía a mi idea de contratarlo a usted, al principio, y lamento ver que tenía razón. Buenos días, señor Roark.

Salió con dignidad, pero dando un portazo. Él volvió a guardar las fotografías en el cajón de su escritorio.

El señor Robert L. Mundy, que fue a la oficina de Roark en marzo, iba de parte de Austen Heller. La voz y el cabello del señor Mundy eran grises como el acero, pero sus ojos eran azules, cordiales y melancólicos. Quería construir una casa en Connecticut, y se lo explicó con una voz trémula, como un novio el día de su boda, como un hombre que busca a tientas su objetivo último y secreto.

—No es sólo una casa, señor Roark —dijo con timidez e inseguridad, como si le estuviese hablando a un hombre mayor y más importante que él—, es como..., como un símbolo para mí. Es lo que he esperado y por lo que he trabajado todos estos años. Han pasado tantos años... Debo decirle esto, para que lo entienda. Ahora tengo mucho dinero, tanto que ni me preocupa. No siempre lo tuve. Quizá llegó demasiado tarde. No lo sé. Los jóvenes creen que te olvidas de lo que pasa en el camino hasta ahí. Pero no. Algo queda. Siempre recordaré cuando era niño, en un pequeño lugar de Georgia, y cómo iba corriendo a hacer los recados para el talabartero, y los chicos se reían cuando pasaban los carruajes y me salpicaban de barro los pantalones. Ahí fue cuando decidí que algún día tendría mi propia casa, el tipo de casa ante la cual se paran los carruajes. A partir de entonces, por muy difíciles que fuesen las cosas a veces, siempre pensé en esa casa, y me ayudaba. Luego hubo años en que me dio miedo. Podría haberla construido, pero me daba miedo. Bueno, y ahora ha llegado ese momento. ¿Me entiende, señor Roark? Austen dijo que usted sería el único hombre que lo entendería.

—Sí —dijo Roark con entusiasmo—. Lo entiendo.

—Había un lugar allí —dijo el señor Mundy—, cerca de mi pueblo. Era la mansión más importante de todo el condado. Era la casa de una antigua plantación, de las que ya no se construyen. Iba allí a entregar pedidos, por la puerta trasera. Ésa es la casa que quiero, señor Roark. Justo como ésa. Pero no allá en Georgia, no quiero volver. La quiero aquí, en la ciudad. He comprado el terreno. Usted ha de ayudarme a diseñarla como la finca de Randolph. Plantaremos árboles y matorrales, como los que hay en Georgia, con flores y demás. Buscaremos la manera de conseguir que crezcan. No me importa lo que cueste. Como es natural, ahora tendrá luz eléctrica y garaje, no carruajes. Pero quiero que las luces eléctricas tengan forma de vela y que los garajes parezcan establos. Todo tal y como era. Tengo fotos de la casa de Randolph. Y he comprado algunos de sus viejos muebles.

Cuando Roark empezó a hablar, el señor Mundy escuchó, con un asombro cortés. No parecía molesto por las palabras. No penetraban en él.

—¿No lo ve? —estaba diciendo Roark—. Es un monumento lo que quiere construir, pero no a usted mismo. No a su propia vida o a sus propios logros, sino a otras personas. A la supremacía de ellas sobre usted. Usted no está cuestionando su supremacía, la está inmortalizando. No la rehúye, sino que la erige para siempre. ¿Será feliz si se encierra para el resto de su vida en esa forma prestada? ¿O si se libera, por una vez, y construye una nueva casa, la suya propia? Usted no quiere la casa de Randolph. Usted quiere lo que representaba. Pero lo que representaba es lo que usted ha combatido toda su vida.

El señor Mundy lo escuchaba con la mirada perdida. Y Roark volvió a sentir una desconcertante decepción ante la irrealidad: no existía la persona del señor Mundy, sino los restos de las personas, muertas desde hacía mucho tiempo, que habitaron la casa de Randolph. Uno no puede rogarles a unos restos humanos o tratar de convencerlos.

—No —dijo el señor Mundy, al fin—. No. Quizá tenga razón, pero no es lo que quiero, en absoluto. No digo que usted no tenga sus razones, que parecen buenas razones, pero a mí me gusta la casa de Randolph.

—¿Por qué?

—Porque me gusta. Porque eso es lo que me gusta, sin más.

Cuando Roark le dijo que tendría que elegir a otro arquitecto, el señor Mundy dijo para su sorpresa:

—Pero a mí me gusta usted. ¿Por qué no puede construírmela? ¿A usted qué más le da?

Roark no le dio explicaciones.

Más tarde, Heller le dijo:

—Me lo esperaba. Temía que lo rechazaras. No te culpo, Howard. Pero como es tan rico, podría haberte ayudado mucho. Y, después de todo, tienes que vivir.

—No así —dijo Roark.

En abril, el señor Nathaniel Janss, de la empresa inmobiliaria Janss-Stuart, llamó a Roark a su oficina. El señor Janss fue franco y directo. Dijo que su empresa tenía planes de levantar un pequeño edificio de oficinas —de treinta pisos— en el bajo Broadway, y que, si bien no le convencía la opción de Roark como arquitecto, a la que incluso se opuso más o menos, su amigo Austen le había insistido en que lo conociera y comentara el asunto con él. El señor Janss no le dio mucha importancia al tema de Roark, pero Heller lo acosaba, así que iba a escuchar a Roark antes de decidirse por nadie, por lo tanto, ¿qué tenía que decir Roark sobre el tema?

Roark tenía mucho que decir. Lo dijo con calma, y era difícil, porque quería ese edificio, porque sentía el deseo de sacarle ese edificio al señor Janss a punta de pistola, si la hubiese tenido. Pero al cabo de unos minutos, se hizo simple y fácil, desapareció la idea de la pistola, e incluso su deseo por el edificio. Ya no quería el encargo, ni estaba ahí para conseguirlo; sólo estaba hablando de edificios.

—Señor Janss, cuando compra un automóvil, no quiere que tenga guirnaldas rosas en las ventanas, un león en cada guardabarros y un ángel sentado en el techo. ¿Por qué?

—Eso sería estúpido —afirmó el señor Janss.

—¿Por qué sería estúpido? Creo que sería precioso. Además, Luis XIV tenía un carruaje así, y si era bueno para Luis XIV, también lo es para nosotros. No deberíamos precipitarnos a innovar ni romper con la tradición.

—¡Usted sabe perfectamente que no cree nada de eso!

—Ya sé que no. Pero eso es lo que usted cree, ¿verdad? Ahora veamos el cuerpo humano. ¿Por qué no le gustaría ver un cuerpo humano con una cola rizada y una cresta de plumas en la punta? ¿Y con orejas con forma de acanto? Serían ornamentos, ya sabe, en lugar de nuestra austera y cruda fealdad. Pues bien: ¿por qué no le gusta la idea? Porque sería inútil y no tendría sentido. Porque la belleza del cuerpo humano es que no hay en él un solo músculo que no sirva a un propósito; que no hay una línea desperdiciada; que cada detalle encaja con una idea, la idea de un hombre y la vida de un hombre. ¿Me podría decir por qué, en lo que respecta a un edificio, no quieren que parezca tener algún sentido o propósito, y quieren estrangularlo con adornos y sacrificar su propósito a su envoltorio, sin saber siquiera por qué quieren ese tipo de envoltorio? Quieren que parezca una bestia híbrida producida por el cruce de los bastardos de diez especies diferentes, hasta que obtengan una criatura sin entrañas, ni corazón ni cerebro; una criatura que es todo piel, cola, garras y plumas. ¿Por qué? Debe decírmelo, porque nunca he sido capaz de entenderlo.

—Vaya... —dijo el señor Janss—. Nunca lo había visto de ese modo. —Y añadió, con gran convicción—: Pero queremos que nuestro edificio tenga dignidad, ya sabe, y belleza, lo que llaman belleza, en realidad.

—¿Quién llama belleza a qué?

—Bueno...

—Dígame, señor Janss: ¿de verdad cree que las columnas griegas y las cestas de fruta son bellas o modernas en un edificio para oficinas moderno y de acero?

—No lo sé, porque nunca he pensado en por qué un edificio es bonito, sea como fuere —confesó el señor Janss—, pero supongo que eso es lo que el público quiere.

—¿Por qué supone que es lo que quiere?

—No lo sé.

—Entonces ¿por qué debería importarle lo que quiere?

—Tengo que tener en cuenta al público.

—¿No sabe que la mayoría de la gente acepta casi todo porque es lo que le dan, y no tiene ninguna clase de opinión? ¿Quiere guiarse por lo que ellos esperan que usted piense, o por su propio criterio?

—No puedes hacérselo tragar a la fuerza.

—No hace falta. Sólo debe tener paciencia. Porque la razón está de su parte, y sí, ya sé que es algo que, en realidad, nadie quiere tener de su parte; contra usted sólo hay una inercia difusa, hinchada y ciega.

—¿Por qué cree que no quiero tener la razón de mi parte?

—No me refiero a usted, señor Janss. Es como piensa la mayoría de la gente. Tienen que asumir riesgos, en todo lo que hacen asumen un riesgo, pero se sienten mucho más seguros cuando lo asumen con algo que saben que es feo, vano y estúpido.

—Eso es verdad —dijo el señor Janss.

Al final de la entrevista, el señor Janss dijo pensativo:

—No puedo decir que no tenga sentido, señor Roark. Déjeme pensarlo. Le diré algo en breve.

El señor Janss llamó una semana después.

—Es el Consejo de Administración el que tendrá que decidir. ¿Está dispuesto a intentarlo, señor Roark? Dibuje los planos y algunos bocetos preliminares. Se los presentaré al consejo. No puedo prometerle nada. Pero estoy de su parte y pelearé por ello.

Roark trabajó en los planos durante dos semanas, noche y día. Se presentaron los planos. Después fue citado por el Consejo de Administración de la inmobiliaria Janss-Stuart. Se sentó en un lateral de una larga mesa y habló, dirigiendo lentamente la mirada a cada rostro. Intentó no bajar la mirada a la mesa, pero en la parte inferior de su campo visual había una mancha blanca: sus dibujos, extendidos ante los doce hombres. Le hicieron muchas preguntas. A veces, el señor Janss se apresuraba a contestar en su lugar, dando un puñetazo en la mesa, y gruñendo: «¿Que no lo ve?, ¿no está claro?»; «¿Qué importa eso, señor Grant?, ¿qué pasa si nadie ha construido jamás algo así?»; «¿Gótico, señor Hubbard?, ¿por qué debe ser gótico?»; «¡Dimitiré de muy buena gana si rechazan esto!».

Roark habló con tranquilidad. Era el único hombre en la sala que se sentía seguro de sus palabras. Sentía también que no tenía esperanzas. Los doce semblantes que tenía ante sí eran distintos, pero había algo en todos ellos, que no era ni el tono ni un rasgo: un denominador común que disolvía sus expresiones, de modo que ya no eran rostros, sino simples óvalos carnosos y vacíos. Se dirigía a todos y a nadie. No percibió ninguna respuesta, ni siquiera el eco de sus propias palabras al golpear la membrana de sus tímpanos. Sus palabras caían en un pozo, y al caer se chocaban con algunas piedras salientes que se negaban a detenerlas y las alejaban más, lanzándoselas unas a otras, mandándolas a un fondo inexistente.

Le dijeron que le informarían de la decisión del consejo. Sabía de antemano cuál era la decisión. Cuando recibió la carta, la leyó sin emoción: «Apreciado señor Roark: Lamento informarle de que nuestro Consejo de Administración se ve incapaz de asignarle el trabajo de...». Había un tono de excusa en la brutal y ofensiva formalidad de la carta: la excusa de un hombre que no podía mirarlo a los ojos.

John Fargo empezó siendo vendedor ambulante. A sus cincuenta años tenía una modesta fortuna y unos prósperos almacenes comerciales en la baja Sexta Avenida. Durante años había competido con éxito con unos grandes almacenes al otro lado de la calle, una de las muchas heredadas por una familia numerosa. En el otoño anterior, la familia había trasladado esa sucursal concreta a un nuevo barrio de la zona alta. Estaba convencida de que el centro comercial de la ciudad se estaba desplazando hacia el norte, y decidió acelerar el declive de su antiguo barrio dejando la vacante de su vieja tienda, un fúnebre recordatorio y un bochorno para su competencia al otro lado de la calle. John Fargo respondió con el anuncio de que iba a construir una nueva tienda por su cuenta, en el mismo lugar, al lado de sus viejos almacenes comerciales; una tienda más nueva y elegante que cualquier otra que hubiese visto la ciudad. Declaró que iba a mantener el prestigio de su viejo barrio.

Cuando llamó a Roark a su oficina, Fargo no le habló de decidirse más adelante o pensarse las cosas. Dijo: «Usted es el arquitecto». Estaba sentado con los pies en la mesa, fumaba en pipa y soltaba las palabras y las bocanadas de humo a la vez.

—Le diré qué espacio necesito y cuánto quiero gastar. Si necesita más, dígamelo. El resto se lo dejo a usted. No sé mucho sobre edificios. Pero si sé quién sabe, cuando lo tengo delante. Proceda.

Fargo había elegido a Roark porque un día pasó con el coche por la estación de servicio Gowan, y se paró, entró e hizo algunas preguntas. Después de eso, sobornó a la cocinera de Heller para que le enseñara la casa cuando él no estaba. Fargo no necesitó más argumentos.

A finales de mayo, cuando la mesa de Roark en la oficina estaba enterrada bajo los bocetos de los almacenes Fargo, recibió otro encargo.

El señor Whitford Sanborn, el cliente, tenía un edificio de oficinas que Henry Cameron le construyó muchos años atrás. Cuando el señor Sanborn decidió que necesitaba una nueva casa de campo, no hizo caso a su esposa cuando le sugirió otros arquitectos, y escribió a Henry Cameron. Cameron le respondió con una carta de diez folios; en las primeras tres líneas le decía que se había jubilado, y el resto trataba sobre Howard Roark. Roark nunca se enteró de lo que ponía en esa carta: Sanborn no se la enseñó y Cameron no se lo contó. Pero Sanborn lo contrató para construir la casa de campo, a pesar de las vehementes objeciones de la señora Sanborn.

La señora Sanborn era presidenta de muchas organizaciones benéficas, y esto le había provocado una adicción a la autocracia que ningún otro pasatiempo permitía desarrollar. La señora Sanborn deseaba construir un castillo francés en su nueva finca junto al río Hudson. Deseaba que tuviera un aspecto majestuoso y antiguo, como si hubiese pertenecido siempre a la familia; por supuesto, la gente sabría que no era así —admitía— pero parecería como si lo fuera.

El señor Sanborn firmó el contrato después de que Roark le hubiese explicado con detalle el tipo de casa que tenía pensada. Lo aceptó enseguida, y ni siquiera quiso esperar a ver los bocetos.

—Pero claro que quiero una casa moderna, Fanny —dijo con fastidio el señor Sanborn—. Te lo dije hace mucho. Eso es lo que Cameron habría diseñado.

—Pero ¿qué demonios significa ahora el nombre de Cameron? —preguntó.

—No lo sé, Fanny. Sólo sé que no hay ningún edificio en Nueva York como el que me hizo él.

Siguieron discutiendo muchas largas noches en el oscuro, cargado y pulido esplendor de la caoba del salón victoriano de los Sanborn. El señor Sanborn flaqueaba. Roark le preguntó, y levantó el brazo para referirse a la habitación que los rodeaba:

—Pero ¿es que es esto lo que quiere?

—Bueno, si va a ser impertinente... —empezó a decir la señora Sanborn, pero entonces el señor Sanborn estalló:

—¡Por Dios, Fanny! ¡Tiene razón! ¡Esto es justo lo que no quiero! ¡Esto es justo de lo que estoy harto!

Roark no vio a nadie hasta que no tuvo listos los bocetos. La casa —de piedra rústica, con grandes ventanas y muchas terrazas— se erguía en los jardines junto al río, y era tan espaciosa como la extensión de las aguas y tan abierta como los jardines, y uno tenía que seguir con atención sus contornos para averiguar qué punto exacto la unía a la superficie de los jardines por la gradualidad de la elevación de sus terrazas y rampas y la pura realidad de sus muros. Parecía que los árboles fluyeran hacia la casa y la atravesaran; que la casa no era una barrera contra la luz del sol, sino un cuenco que la recogía, que la concentraba en un resplandor más claro que el del exterior.

El señor Sanborn fue el primero que vio los bocetos. Los observó con detenimiento, y después dijo:

—Yo... no sé qué decir, señor Roark. Es magnífico. Cameron tenía razón sobre usted.

Después de que otras personas hubiesen visto los bocetos, el señor Sanborn ya no estaba tan seguro. La señora Sanborn dijo que la casa era espantosa. Y se reanudaron las largas noches de discusión.

—Pero a ver, ¿por qué? ¿Por qué no podemos añadir unas torrecillas aquí, en las esquinas? —preguntó la señora Sanborn—. Hay demasiado espacio en esos tejados planos.

Cuando lograron sacarla de su empeño en las torrecillas, quiso saber:

—¿Por qué no podemos tener ventanas con parteluces? ¿Qué más daría? Dios sabrá, porque las ventanas son lo bastante grandes, aunque no entiendo por qué tienen que ser tan grandes, no te permiten ninguna intimidad. Pero estoy dispuesta a aceptar sus ventanas, señor Roark, si tanto se obceca en ellas, pero ¿por qué no puede poner parteluces en los cristales? Suavizan las cosas, y le da un aire regio, ya sabe, una especie de espíritu feudal.

A los amigos y parientes que la señora Sanborn fue a ver corriendo con los bocetos no les gustó nada. La señora Walling la calificó de disparate, y la señora Hopper, de grosería. El señor Melander dijo que no la querría ni regalada. La señora Applebee afirmó que parecía una fábrica de zapatos. La señorita Davitt echó un vistazo a los bocetos y dijo con un tono aprobatorio: «Ah, ¡qué artístico, querida! ¿Quién la ha diseñado? ¿Roark...? ¿Roark...? Nunca he oído hablar de él... Bueno, la verdad, Fanny, parece algo falsificado».

Los dos hijos de la familia se dividían al respecto. A June Sanborn, de diecinueve años, los arquitectos siempre le habían parecido muy románticos, y se puso muy contenta al enterarse de que iban a tener un arquitecto muy joven. Pero no le gustó el aspecto de Roark, ni su indiferencia cuando ella se le insinuaba, así que declaró que la casa era horrorosa y que, para empezar, se negaría a vivir en ella. Richard Sanborn, de veinticuatro años, que había sido un excelente alumno en la universidad y ahora se estaba matando lentamente con la bebida, sobresaltó a su familia al salir de su habitual letargo para declarar que la casa era magnífica. Nadie sabía si era una valoración estética, odio hacia su madre o ambas cosas.

Whitford Sanborn se tambaleaba con cada nueva corriente. Murmuraba:

—Bueno, a ver, parteluces no, claro, eso es una completa porquería, pero ¿no podría darle una cornisa al menos, señor Roark, para preservar la paz familiar? Sólo algún tipo de cornisa almenada, que no arruine nada. ¿O sí lo arruinaría?

La discusión terminó cuando Roark dijo que no construiría la casa a menos que el señor Sanborn aprobara los bocetos tal como estaban y sellara con su firma todas las láminas de los dibujos. El señor Sanborn firmó.

A la señora Sanborn le complació enterarse, poco después, de que ningún contratista de prestigio se haría cargo de levantar la casa. «¿Lo ves?», afirmaba triunfante. El señor Sanborn se negaba a verlo. Encontró una empresa desconocida que aceptó el encargo, a regañadientes y como un favor especial hacia él. La señora Sanborn supo que tenía a un aliado en el contratista, y rompió los precedentes sociales hasta el punto de invitarlo a tomar el té. Hacía tiempo que había abandonado cualquier idea coherente sobre la casa: sencillamente odiaba a Roark. Su contratista odiaba a todos los arquitectos por principio.

La construcción de la casa de los Sanborn se llevó a cabo durante los meses de verano y otoño, y cada día traía nuevas batallas. «Pero, señor Roark, por supuesto que le dije que quería tres armarios en mi habitación, lo recuerdo con claridad, era viernes y estábamos sentados en el salón, y el señor Sanborn estaba sentado en su gran sillón junto a la ventana y yo...» «¿Qué pasa con los planos? ¿Qué planos? ¿Acaso espera que yo entienda los planos?» «La tía Rosalie dice que de ningún modo puede subir una escalera circular, señor Roark. ¿Qué vamos a hacer? ¿Elegir invitados que se ajusten a la casa?» «El señor Hulburt dice que ese tipo de techo no se sostendrá...» «Oh, sí, el señor Hulburt sabe mucho de arquitectura, ha pasado dos veranos en Venecia.» «June, la pobrecita, dice que su habitación será tan oscura como un sótano.» «Bueno, pues así le parece a ella, señor Roark. Aunque no sea oscura, pero si a ella le hace sentirse a oscuras, es lo mismo.»

Roark pasaba las noches en vela, rehaciendo los planos para las modificaciones que no podía evitar. Eso suponía dedicar días enteros a demoler suelos, escaleras y tabiques que ya había construido; suponía añadidos que se acumulaban en el presupuesto del constructor. El constructor se encogía de hombros y decía:

—Ya se lo dije. Eso es lo que pasa siempre cuando coges a uno de esos arquitectos sofisticados. Espere y verá lo que le costará esta cosa antes de que haya terminado.

Después, cuando la casa tomó forma, fue Roark el que descubrió que quería hacer un cambio. El ala este nunca había terminado de satisfacerlo. Al ver cómo la levantaban, vio el error que había cometido y la forma de corregirlo; sabía que le daría a la casa una integridad más lógica. Estaba dando sus primeros pasos en la construcción y eran sus primeros experimentos, y podía admitirlo abiertamente. Pero el señor Sanborn se negó a permitir el cambio, ahora era su turno. Roark le suplicó; una vez que tuvo clara en su cabeza la imagen de la nueva ala. No podía soportar ver la casa tal como estaba.

—No es que no esté de acuerdo con usted —dijo el señor Sanborn con frialdad—; de hecho, creo que tiene razón. Pero no nos lo podemos permitir, lo siento.

—Le costará menos que los cambios sinsentido que la señora Sanborn me ha obligado a hacer.

—No salga otra vez con eso.

—Señor Sanborn, ¿firmaría un papel donde autorizara este cambio siempre y cuando no tenga ningún coste para usted? —le preguntó con calma.

—Sin duda, si puede obrar el milagro de que eso le funcione.

Firmó. Se reconstruyó el ala este. Roark lo pagó de su bolsillo. Le costó más que los honorarios que había recibido. El señor Sanborn dudó: quiso reembolsárselo, pero la señora Sanborn lo frenó.

—Es sólo un truco sucio, sólo una forma de presionar. Te está chantajeando con tu bondad. Él está esperando que se lo pagues. Espera y verás. Lo pedirá. No dejes que se salga con la suya en eso.

Roark no lo pidió. El señor Sanborn nunca se lo pagó.

Cuando la casa estuvo terminada, la señora Sanborn se negó a vivir en ella. El señor Sanborn la contemplaba con melancolía. Estaba demasiado cansado para admitir que le encantaba, y que siempre había querido una casa como ésa. Se rindió. No amueblaron la casa. La señora Sanborn se llevó a su marido y a su hija a Florida a pasar el invierno, «donde tenemos una casa de decente estilo español, ¡gracias a Dios! —dijo—, porque la compramos ya hecha. Eso es lo que pasa cuando te aventuras a construir por tu cuenta, con un arquitecto idiota e inmaduro». Su hijo, para asombro de todos, mostró un repentino arranque de voluntad salvaje: se negó a ir a Florida. Le gustaba la casa nueva, y no viviría en ninguna otra parte. Así que se amueblaron tres habitaciones para él. La familia se marchó y se mudó él solo a la casa junto al Hudson. Por la noche, se podía divisar desde el río un único rectángulo amarillo, pequeño y perdido entre las ventanas de la inmensa casa muerta.

El boletín de la Asociación de Arquitectos de Estados Unidos incluyó una breve nota:

Nos informan de un curioso incidente, que resultaría cómico si no fuese deplorable, sobre una casa construida hace poco para el señor Whitford Sanborn, conocido empresario industrial. La casa, proyectada por un tal Howard Roark, y con un coste de construcción superior a los cien mil dólares, le pareció inhabitable a la familia. La casa, abandonada, queda ahora como elocuente testimonio de la incompetencia profesional.

14

Lucius N. Heyer se negaba tercamente a morir. Se recuperó del infarto y volvió a la oficina, ignorando las objeciones de su médico y las solícitas protestas de Guy Francon. Éste le ofreció comprarle su parte de la empresa, y Heyer se negó, con sus ojos pálidos y acuosos y la mirada obstinadamente perdida. Iba a la oficina cada dos o tres días, leía la correspondencia que le dejaban en su bandeja, como de costumbre. Se sentaba a la mesa, dibujaba flores en un cuaderno en blanco y después se iba a casa. Arrastraba despacio los pies al andar, con los codos pegados a los lados, los antebrazos hacia delante y los dedos medio cerrados, como garras. Le temblaban los dedos, y no podía usar la mano izquierda para nada. No se jubiló. Le gustaba ver su nombre en el material corporativo.

Se preguntaba vagamente por qué ya no le presentaban a los clientes importantes, o por qué nunca veía los bocetos de sus nuevos edificios hasta que estaban medio construidos. Si lo mencionaba, Francon protestaba: «Pero, Lucius, ni se me ocurriría molestarte en tu estado. Cualquier otro hombre se habría jubilado hace mucho».

Francon le hacía sentir un poco confuso. Peter Keating lo desconcertaba. Keating apenas se molestaba en saludarlo cuando se encontraban, y siempre como si estuviera reparando un despiste. Keating se iba a mitad de una frase dirigida a él; cuando Heyer daba alguna orden no muy importante a alguno de los dibujantes, no se cumplía, y el dibujante le informaba de que había recibido una contraorden del señor Keating. Heyer no podía entenderlo. Siempre recordaba a Keating como aquel muchacho tímido que le hablaba con mucha amabilidad sobre porcelana antigua. Al principio disculpó a Keating; luego intentó apaciguarlo, con humildad y torpeza; y al final le entró un miedo irracional hacia él. Se quejó a Francon. Con petulancia, y asumiendo un tono de autoridad que nunca pudo ejercer, le dijo:

—Ese chico tuyo, Guy, ese Keating, se está poniendo imposible. Deberías deshacerte de él.

—Ya ves, Lucius, por qué digo que deberías jubilarte. Te estás destrozando los nervios y empiezas a imaginarte cosas —respondió con sequedad Francon.

Después llegó el concurso por el edificio Cosmo-Slotnick.

La compañía cinematográfica Cosmo-Slotnick, de Hollywood, había decidido construir una magnífica sede central en Nueva York, un rascacielos que albergara un cine y cuarenta pisos de oficinas. Había sido anunciado un concurso a escala mundial para elegir al arquitecto con un año de antelación. Se afirmó que Cosmo-Slotnick no eran sólo los líderes de las artes cinematográficas, sino que abarcaba todas las artes, ya que todas ellas contribuían a crear películas, y puesto que la arquitectura, aunque olvidada, era una de las ramas más elevadas de la estética, Cosmo-Slotnick estaba dispuesta a ponerla en el mapa.

Las últimas noticias sobre el reparto de *Me casaré con un marinero* y el rodaje de *Esposas a la venta* se acompañaban de reportajes sobre el Partenón y el Panteón. La señorita Sally O'Dawn posó en la escalinata de la catedral de Reims, en traje de baño, y el señor Pratt Purcell (conocido por el sobrenombre de «Colega») dio una entrevista en la que dijo que siempre había soñado con ser un maestro arquitecto, de no haber sido actor de cine. Se hacía referencia a Ralston Holcombe, Guy Francon y Gordon L. Prescott como el futuro de la arquitectura estadounidense en un artículo escrito por la señorita Dimples Williams, quien, en una entrevista imaginaria, citaba lo que sir Christopher Wren habría dicho sobre el cine. Los suplementos dominicales incluían fotografías de las jóvenes estrellas de la Cosmo-Slotnick en pantalón corto y suéter, con reglas T y reglas de cálculo en la mano, posando delante de mesas de dibujo con la leyenda «Edificio Cosmo-Slotnick» sobre un gran signo de interrogación.

El concurso estaba abierto a todos los arquitectos de todos los países. El edificio se iba a construir en Broadway e iba a costar diez millones de dólares. Debía simbolizar el ingenio de la tecnología moderna y el espíritu del pueblo estadounidense. Se anunció de antemano que sería «el edificio más bello del mundo». El jurado lo componían el señor Shupe, en representación de Cosmo; el señor Slotnick, en representación de Slotnick; el profesor Peterkin, del Instituto Tecnológico de Stanton; el alcalde de la ciudad de Nueva York; Ralston Holcombe, presidente de la Asociación de Arquitectos de Estados Unidos; y Ellsworth M. Toohey.

—¡A por ello, Peter! —le dijo Francon a Keating, entusiasmado—. Pon lo mejor de ti. Dame todo lo que tengas. Ésta es tu gran oportunidad. Serás famoso en todo el mundo si lo ganas. Y esto es lo que haremos: pondremos tu nombre en la entrada, junto al de la firma. Si lo ganamos, te llevarás una quinta parte del premio. El premio gordo son sesenta mil dólares, ¿eh?

—Heyer pondrá reparos —dijo Keating con precaución.

—Que los ponga. Por eso lo estoy haciendo. Tal vez le entre en la cabeza qué es lo más honroso que puede hacer. Y yo... bueno, ya sabes lo que opino, Peter. Ya pienso en ti como socio. Te lo debo. Te lo has ganado. Ésta puede ser tu llave para eso.

Keating rehízo su proyecto cinco veces. Lo odiaba. Odiaba cada viga de ese edificio antes de que naciera. Al trabajar le temblaba la mano. No pensaba en el dibujo que había bajo su mano, sino en todos los demás competidores y en el hombre que pudiera ganar y ser proclamado públicamente como superior a él. Se preguntó qué haría ese otro hombre, y cómo resolvería el problema, superándolo a él mismo. Tenía que derrotar a ese hombre, y no importaba nada más. Peter Keating no existía: sólo existía una cámara de aspiración, como el tipo de planta tropical del que había oído hablar, una planta que atraía a los insectos por medio del vacío y los succionaba hasta dejarlos secos, obteniendo así su sustancia.

No sintió nada, salvo una inmensa incertidumbre, cuando tuvo listos sus bocetos y vio ante sí el delicado dibujo en perspectiva, prolijamente rematado, de un edificio de mármol blanco. Parecía un palacio renacentista hecho de caucho y estirado hasta una altura de cuarenta pisos. Había elegido el estilo renacentista porque conocía la ley no escrita de que a todos los jurados arquitectónicos les gustaban las columnas, y porque se acordó de que Ralston Holcombe estaba en el jurado. Se había inspirado en todos los palacios italianos favoritos de Holcombe. Parecía que estaba bien..., quizá estuviera bien..., no estaba seguro. No tenía a quién preguntar.

Escuchó esas palabras en su cabeza, y le invadió una ola de furia ciega. La sintió antes de saber la causa, pero la supo casi a la vez: sí había alguien a quien podía preguntarle. No quería pensar en ese nombre, no iba a recurrir a él. La rabia le subía por la cara y sintió como si tuviera unos parches calientes y tirantes bajo los ojos. Sabía que iría a verlo.

Apartó ese pensamiento de su cabeza. No iba a ir a ninguna parte. Cuando llegó el momento, metió sus dibujos en una cartera y se fue a la oficina de Roark.

Se encontró a Roark solo, sentado a la mesa de su amplia oficina, que no presentaba señales de actividad.

—¡Hola, Howard! —dijo alegre—. ¿Cómo estás? No interrumpo nada, ¿verdad?

—Hola, Peter. No, no interrumpes —dijo Roark.

—No es que estés terriblemente ocupado, ¿eh?

—No.

—¿Te importa si me siento unos minutos?

—Siéntate.

—Bueno, Howard, has estado haciendo un gran trabajo. He visto los almacenes Fargo. Son espléndidos. Mis felicitaciones.

—Gracias.

—Sigues avanzando muy decidido, ¿verdad? ¿Tres encargos, ya?

—Cuatro.

—Ah, sí, claro, cuatro. Está muy bien. He oído que has tenido algún problema con los Sanborn.

—Lo tuve.

—Bueno, no todo va viento en popa, no siempre, ya sabes... ¿No has tenido ningún encargo desde entonces? ¿Nada?

—No. Nada.

—Bueno, ya llegará. Siempre he dicho que los arquitectos no deberían librar una guerra entre sí, hay mucho trabajo para todos, y debemos desarrollar un espíritu de unidad y cooperación profesional. Por ejemplo, el concurso ese... ¿Te has presentado ya?

—¿Qué concurso?

—¡Pero qué concurso va a ser! ¡El concurso de Cosmo-Slotnick!

—No voy a presentar nada.

—¿Que... no? ¿Nada?

—No.

—¿Por qué?

—No me presento a concursos.

—¿Por qué, por el amor de Dios?

—Venga, Peter. No has venido aquí a hablar de eso.

—La verdad es que pensaba enseñarte la propuesta que voy a presentar. Comprenderás que no te estoy pidiendo que me ayudes, sólo quería ver qué te parece, una opinión general.

Se apresuró a abrir la cartera.

Roark estudió los bocetos. Keating preguntó impaciente:

—¿Y qué? ¿Está todo bien?

—No. Es una porquería. Y lo sabes.

Después, durante horas, mientras Keating observaba y el cielo se oscurecía y se encendían las luces en las ventanas de la ciudad, Roark hablaba, explicaba, trazaba líneas en los planos, desenredaba el laberinto de las salidas de la sala de cine, desenmarañaba vestíbulos, machacaba arcos innecesarios y enderezaba escaleras. Hubo un momento en que Keating balbuceó:

—¡Santo Cristo, Howard! ¿Por qué no te presentas al concurso, si puedes hacer semejante cosa?

—Porque no puedo. No podría si lo intentara. Me agoto. Me quedo en blanco. No puedo darles lo que quieren. Pero puedo arreglar el maldito desastre de otro cuando lo veo.

Ya había amanecido cuando puso a un lado los planos. Keating murmuró:

—¿Y el alzado?

—¡Al diablo con el alzado! ¡No quiero ni mirar tus malditos alzados renacentistas!

Pero los miró. No pudo evitar que su mano rajara con líneas el dibujo en perspectiva.

—¡Está bien, maldita sea, dales un buen Renacimiento si tienes que hacerlo y si es que existe tal cosa! Pero no puedo hacer eso por ti. Resuélvelo tú mismo. Algo como esto. Más sencillo. Peter, más sencillo, más directo, lo más decente que puedas hacer de algo indecente. Ahora vete a casa e intenta sacar algo en esta línea.

Keating se fue a casa. Copió los planos de Roark. Trabajó sobre el boceto rápido del alzado de Roark para crear un dibujo en perspectiva limpio y definitivo. Después envió los dibujos por correo a la dirección correspondiente:

CONCURSO «EL EDIFICIO MÁS BELLO DEL MUNDO»
COSMO-SLOTNICK PICTURES, INC.
NUEVA YORK.

En la plica se incluían los nombres:

FRANCON & HEYER ARQUITECTOS, PETER KEATING (PROYECTISTA ASOCIADO)

Durante los meses de aquel invierno, Roark no vio más oportunidades, ni ofertas ni perspectivas de encargos. Se sentaba a su mesa y se olvidaba, a veces, de encender las luces cuando empezaba a anochecer. Era como si la pesada inmovilidad de todas las horas que fluían por su oficina, su puerta y su aire empezara a permear sus músculos. Una vez, se levantó y lanzó un libro contra la pared, para mover el brazo, para oír un ruido. Sonrió, divertido, recogió el libro y lo volvió a poner con cuidado en la mesa. Encendió la lámpara del escritorio. Después se quedó quieto, antes de retirar las manos del pie de la lámpara, y las observó, estirando los dedos despacio. Después recordó lo que Cameron le dijo tiempo atrás y apartó con brusquedad las manos de la lámpara. Cogió su abrigo, apagó las luces, cerró la puerta y se fue a casa.

Al acercarse la primavera, vio que el dinero no iba a durarle mucho más. Pagaba el alquiler de su oficina sin demoras, el primer día de cada mes; quería sentir que aún tenía treinta días por delante, en los que seguiría teniendo su oficina. Entraba cada mañana tranquilamente, aunque se dio cuenta de que no quería mirar el calendario al anochecer y ser consciente de que se había consumido otro día de esos treinta. Al reparar en ello, se obligó a mirar el calendario. Ahora estaba en una carrera entre su dinero para el alquiler y... No sabía el nombre del otro competidor. Quizá era cada persona que pasaba a su lado por la calle.

Cuando subía a su oficina, los ascensoristas lo miraban de manera extraña y con desgana, y también con cierta curiosidad. Cuando él decía algo, ellos respondían, sin insolencia, pero con un aire de indiferencia que parecía anunciar una inminente insolencia. Ellos no sabían a qué se dedicaba o por qué lo hacía: sólo sabían que era un hombre que nunca recibía a clientes. Asistió, porque así se lo pidió Heller, a las pocas fiestas que éste organizaba de vez en cuando. Los invitados le preguntaban: «Ah, ¿es usted arquitecto? Perdóneme, no estoy muy puesto en arquitectura. ¿Qué ha construido?». Cuando les respondía, decían: «Ah, sí, claro...»; y su forzada cortesía le daba a entender que lo consideraban sólo un presunto arquitecto. Nunca habían visto sus edificios, no sabían si eran buenos o no valían nada: sólo sabían que nunca habían oído hablar de ellos. Era una guerra a la que era invitado a luchar contra nada, pero lo empujaban a combatir, tenía que combatir, no tenía elección, ni adversario.

Pasaba por delante de edificios en obras. Se paraba a mirar los armazones de acero. A veces, sentía como si las vigas y los ejes no estuviesen dando forma a una casa, sino a una barricada para frenarle el paso; como si los pocos metros de acera que lo separaban de la valla de madera alrededor de la obra fuesen los pasos que jamás iba a poder dar. Le dolía, pero era un dolor romo, que no penetraba. «Es cierto», se decía a sí mismo. «No lo es», respondía su cuerpo, la extraña e intocable salud de su cuerpo.

Los almacenes Fargo abrieron, pero un edificio no podía salvar un barrio. La competencia de Fargo tenía razón: la corriente había cambiado, ahora en dirección a la parte alta de la ciudad, y sus clientes lo estaban abandonando. Se habló sin tapujos de la decadencia de John Fargo, que había apostado su pésimo criterio empresarial a una inversión en un disparatado tipo de edificio. Una muestra, se dijo, de que el público no aceptaba esas innovaciones arquitectónicas. No se dijo que los almacenes eran los más limpios y luminosos de la ciudad, que su ingeniosa planificación les permitía operar con una facilidad que nunca había sido posible y que el barrio estaba condenado antes de su construcción. La culpa recayó sobre el edificio.

Athelstan Beasely, el bromista de la profesión arquitectónica, el bufón de la corte de la Asociación de Arquitectos de Estados Unidos, que nunca parecía construir nada, pero organizaba todas las galas de beneficencia, escribió en su columna para el boletín de la Asociación, titulada «Ocurrencias y rarezas»:

> Pues bien, muchachitos y muchachitas: he aquí un cuento de hadas con moraleja. Habíase una vez un jovencito, cuyo pelo era del color de una calabaza de Halloween, que pensaba que era mejor que todos vosotros, chicos y chicas corrientes. Así que, para demostrarlo, construyó una casa, que es una casa muy bonita, aunque nadie puede vivir en ella, y una tienda, que es una tienda encantadora, pero que se va a declarar en quiebra. También construyó una egregia estructura, a saber: un trineo tirado por perros sobre un camino de barro. Al parecer, esto último funciona bastante bien y, tal vez, sea el ámbito adecuado para las actividades de este jovencito.

A finales de marzo, Roark leyó en los periódicos acerca de Roger Enright. Roger Enright tenía muchos millones, un negocio petrolero y ningún sentido de la contención. Esto hacía que su nombre apareciera con frecuencia en la prensa. Despertaba fascinación —mitad admiración y mitad burla— por la incongruente variedad de sus repentinos emprendimientos. El último era un nuevo tipo de proyecto de viviendas, un edificio de apartamentos donde cada unidad, completa y aislada, era como una cara casa privada. Sería conocida como la casa Enright. Enright declaró que no quería que se pareciera a nada de ninguna parte. Se había puesto en contacto con los mejores arquitectos de la ciudad y los había descartado.

Roark sintió que aquel artículo en la prensa era una invitación personal, el tipo de oportunidad creada expresamente para él. Por primera vez, intentó perseguir un encargo. Solicitó entrevistarse con Roger Enright. Consiguió una entrevista con un secretario. El secretario, un joven que parecía aburrido, le hizo varias preguntas sobre su experiencia. Las formulaba despacio, como si le requiriese un esfuerzo decidir qué sería adecuado preguntar en esas circunstancias, ya que las respuestas daban igual. Echó un ojo a algunas fotografías de los edificios de Roark, y dijo que al señor Enright no le iba a interesar.

En la primera semana de abril, cuando Roark pagó su último recibo de alquiler para pasar un mes más en la oficina, le pidieron que presentara unos dibujos para el nuevo edificio del Banco de Manhattan. Se los pidió el señor Weidler, miembro del Consejo de Administración, amigo del joven Richard Sanborn. Weidler le dijo:

—Ha sido una batalla difícil, señor Roark, pero creo que he ganado. Les he enseñado yo mismo la casa de los Sanborn, y Dick y yo les explicamos algunas cosas. Sin embargo, el consejo debe ver los dibujos antes de tomar una decisión. Así que no es todavía seguro, debo decirle con franqueza; pero es casi seguro. Han rechazado a otros dos arquitectos. Tienen mucho interés en usted. Adelante. ¡Buena suerte!

Henry Cameron sufrió una recaída, y el médico le advirtió a su hermana de que no se podía esperar una mejoría. Ella no se lo creyó. Sentía nuevas esperanzas, porque veía que Cameron, que yacía tranquilo en la cama, parecía sereno y casi feliz, una palabra que nunca logró asociar a su hermano.

Sin embargo, se asustó una noche, cuando él dijo de repente:

—Llama a Howard. Pídele que venga.

En los tres años desde que se jubiló, nunca había pedido ver a Roark, simplemente esperaba sus visitas.

Roark llegó al cabo de una hora. Se sentó junto al lecho de Cameron y éste le habló como de costumbre. Cameron no mencionó su especial invitación, y no dio explicaciones. La noche era calurosa y dejaron abierta la ventana del dormitorio, que daba al oscuro jardín. Cuando reparó, al hacer una pausa entre sus frases, en el silencio de los árboles afuera, en el quieto silencio de las altas horas de la noche, llamó a su hermana y le dijo:

—Prepara una cama en el salón para Howard. Se queda a dormir.

Roark lo miró y comprendió, y asintió con la cabeza. Sólo podía reconocer lo que Cameron acababa de declararle con una mirada tan sosegada como la del propio Cameron.

Roark se quedó en la casa tres días. No se hizo ninguna referencia a este hecho, ni al tiempo que tendría que quedarse. Su presencia se aceptaba como un hecho natural que no precisaba comentarios. La señorita Cameron lo entendió, y supo que no debía decir nada. Se movía en silencio, con el humilde valor de la resignación.

Cameron no quería que Roark estuviese todo el tiempo en la habitación. Le decía:

—Sal, da un paseo por el jardín, Howard. Está muy bonito, está creciendo el césped.

Se tendía en la cama y observaba con satisfacción, a través de la ventana, cómo se movía la figura de Roark a través de los árboles sin hojas, recortados sobre un cielo azul pálido.

Sólo pidió que Roark comiera con él. La señorita Cameron colocaba una bandeja sobre las rodillas de su hermano y a Roark le servía la comida en una mesilla. Cameron parecía sentir placer en algo que nunca había tenido ni buscado: una sensación de calidez en la rutina diaria, un sentido de familia.

Al tercer día, por la noche, Cameron estaba recostado en su almohada, hablando como de costumbre, pero pronunciaba las palabras despacio y no movía la cabeza. Roark escuchaba y se concentraba en no mostrar que sabía lo que pasaba en las terribles pausas que hacía Cameron entre sus palabras. Sonaban naturales, y el esfuerzo que le costó pronunciarlas iba a ser el último secreto de Cameron, como él deseaba.

Cameron habló sobre los materiales de construcción del futuro.

—Fíjate en la industria de los metales ligeros, Howard... En unos pocos... años... la verás hacer cosas asombrosas... Fíjate en el plástico, de ahí viene una era... totalmente nueva... Encontrarás nuevas herramientas, nuevos medios, nuevas formas... Tendrás que demostrarles... a esos malditos imbéciles... la riqueza que el cerebro humano ha creado para ellos... qué posibilidades... La semana pasada leí sobre un nuevo tipo de azulejo... y se me ocurrió una manera de usarlo... donde otras cosas no funcionarían... Mira, por ejemplo, una casa pequeña... de unos cinco mil dólares...

Al cabo de un rato se calló y se quedó en silencio, con los ojos cerrados. Después Roark le oyó murmurar de repente:

—Gail Wynand...

Roark se inclinó para acercarse, perplejo.

—Yo... ya no odio a nadie... sólo a Gail Wynand... No, nunca lo he visto... Pero él representa... todo lo malo de este mundo..., el triunfo... de la autoritaria vulgaridad... Es a Gail Wynand al que tienes que combatir, Howard...

No dijo nada durante un largo rato. Cuando volvió a abrir los ojos, sonrió. Dijo:

—Sé... por lo que estás pasando con tu oficina ahora mismo...

Roark nunca le había hablado de ello.

—No..., no lo niegues, y... no digas nada... Lo sé... Pero... todo va bien... No tengas miedo... ¿Recuerdas el día en que intenté despedirte...? Olvídate de lo que te dije entonces... No era toda la historia... Esto es... No tengas miedo... Valió la pena...

Le fallaba la voz y ya no pudo usarla más. Pero su sentido de la vista seguía intacto y pudo yacer en silencio y mirar a Roark sin esfuerzo. Murió media hora más tarde.

Keating veía a Catherine a menudo. No habían anunciado su compromiso, pero, como la madre de Keating lo sabía, había dejado de ser un preciado secreto que les pertenecía. A veces, Catherine pensaba que él había hecho que se perdiera el significado de sus encuentros. Evitaba la soledad de esperarlo, pero había perdido la reconfortante sensación que le producían sus inevitables regresos.

Keating le había dicho:

—Esperemos a los resultados de ese concurso de la compañía cinematográfica, Katie. No tardará mucho, anunciarán el fallo en mayo. Si gano, tendré la vida arreglada. Entonces nos casaremos. Y será entonces cuando conozca a tu tío. Él querrá conocerme. Tengo que ganar.

—Sé que vas a ganar.

—Además, el viejo Heyer no durará otro mes. El médico nos ha dicho que podemos esperar un segundo infarto en cualquier momento y que será el definitivo. Si eso no le lleva a la tumba, sin duda lo sacará de la oficina.

—Ay, Peter, no me gusta oírte hablar así. No debes ser tan... tan terriblemente egoísta.

—Lo siento, querida. Bueno..., sí, supongo que soy egoísta. Todo el mundo lo es.

Keating empezó a pasar más tiempo con Dominique. Dominique lo miraba complacida, como si él no representara mayor problema para ella. Parecía considerarlo adecuado como compañía intrascendente para una noche ocasional y sin consecuencias. Él pensó que a ella le gustaba. Sabía que eso no era una señal que invitara a nada.

A veces se olvidaba de que era la hija de Francon, se olvidaba de todas las razones que le impulsaban a querer estar con ella. No necesitaba ese impulso. Quería estar con ella. No necesitaba más razones que la excitación de su presencia.

Sin embargo, se sentía impotente ante ella. Se negó a aceptar la idea de que una mujer pudiera sentir indiferencia hacia él, pero ni siquiera estaba seguro de su indiferencia. Esperó e intentó descifrar sus gestos, para responder como se suponía que ella deseaba que él respondiera. No obtuvo respuesta.

Una noche de primavera, fueron juntos a un baile. Bailaron, y él la estrechó contra sí. Él sabía que ella lo notaba y lo entendía. Ella no se apartó, lo miraba fijamente, casi expectante. Cuando se marcharon, él le sostuvo el chal y posó la mano en su hombro. Ella no se movió ni se colocó el chal: esperó a que él retirara la mano. Entonces caminaron juntos hasta el taxi.

Ella se sentó en silencio en una esquina del taxi. Nunca había considerado que la presencia de él fuese tan importante que mereciera el silencio. Se sentó con las piernas cruzadas, se ciñó el chal e hizo tamborilear los dedos en círculo sobre las rodillas. Él le agarró el antebrazo con suavidad. Ella no opuso resistencia, ni respondió, pero sus dedos dejaron de tamborilear. Él le tocó el cabello con los labios; no era un beso, sólo dejó que sus labios reposaran en su pelo un largo rato.

Cuando paró el taxi, susurró:

—Dominique..., déjame subir... sólo un momento.

—Sí —respondió. Lo dijo sin entonación, sin sugerir una invitación. Pero nunca antes lo había permitido. Él la siguió, con el corazón palpitante.

Fue apenas un segundo, al entrar en su apartamento, cuando ella se paró, expectante. Él la miró indefenso, apabullado, demasiado feliz. No advirtió la pausa hasta que ella volvió a moverse y se alejó de él y pasó al salón. Dominique se sentó y dejó caer las manos a plomo a cada lado, con los brazos separados del cuerpo, mostrándose desprotegida. Entornó sus ojos rectangulares y vacíos.

—Dominique... —susurró—. Dominique..., qué bonita eres...

Después se puso a su lado, y le susurró atropelladamente:

—Dominique... Dominique, te amo... No te rías de mí, ¡por favor, no te rías...! Toda mi vida..., lo que quieras... ¿No sabes lo hermosa que eres...? Dominique... Te amo...

Se detuvo, la rodeó con los brazos y puso su cara junto a la suya, para ver si había alguna señal de respuesta o resistencia. No vio nada. La atrajo con violencia hacia sí y la besó en los labios.

Los brazos de Keating se desplomaron. Dejó que el cuerpo de ella cayera otra vez sobre el asiento y se quedó mirándola horrorizado. Lo que había tenido en sus brazos y había besado no estaba vivo. Sus labios no se habían movido y reaccionado a los suyos; sus brazos no se habían movido para abrazarlo. No era repulsión: la habría identificado. Era como si él pudiera sostenerla en sus brazos para siempre o soltarla, besarla otra vez o satisfacer más profundamente su deseo: el cuerpo de ella no lo sabría, no se percataría. Ella lo miró, y después miró al fondo, detrás de él. Vio una colilla que se había caído de un cenicero que había en la mesa y alargó la mano para devolverla al cenicero.

—Dominique, ¿no querías que te besara? —susurró estúpidamente.

—Sí. —No se reía de él, sólo respondía, despreocupada.

—¿No te han besado nunca?

—Sí. Muchas veces.

—¿Siempre actúas así?

—Siempre. Así tal cual.

—¿Por qué querías que te besara?

—Quería probarlo.

—No eres humana, Dominique.

Ella levantó la cabeza, se puso en pie y recuperó la precisión de sus movimientos. Él supo que ya no oiría una simple confesión impotente en su voz. Supo que se había acabado la intimidad, a pesar de que sus palabras, cuando ella hablaba, eran más íntimas y reveladoras que cualquier otra cosa que hubiese dicho, pero lo hacía como si no le importara lo que revelaba o a quién.

—Supongo que soy uno de esos bichos raros de los que se oye hablar, una mujer prácticamente frígida. Lo siento, Peter. ¿Lo ves? No tienes rival, pero eso te incluye a ti mismo. ¿Decepcionado, cariño?

—Se te pasará... algún día... con la edad...

—En realidad, no soy tan joven, Peter. Veinticinco años. Debe de ser una experiencia interesante, acostarse con un hombre. He querido desearlo. Debería pensar que sería excitante convertirse en una mujer disoluta. Lo soy, ya sabes, en todo menos en la práctica... Peter: parece como si te fueses a ruborizar, y es muy divertido.

—Dominique, ¿nunca has estado enamorada? ¿Ni siquiera un poco?

—No. De verdad que quería enamorarme de ti. Pensé que sería conveniente. No tengo ningún problema contigo en absoluto. Pero ¿ves? No puedo sentir nada. No puedo sentir ninguna diferencia, seas tú, Alvah Scarret o Lucius Heyer.

Él se levantó. No quería mirarla. Se acercó a una ventana y se quedó ahí, mirando a la calle, con las manos unidas en la espalda. Se olvidó del deseo que sentía y de la belleza de ella, pero sí recordó entonces que era la hija de Francon.

—Dominique, ¿quieres casarte conmigo?

Sabía que tenía que decirlo en ese momento; si se permitía pensar en ella, nunca lo diría. Lo que sentía por ella había dejado de importar. No podía dejar que se interpusiera entre él y su futuro, y lo que sentía por ella se estaba convirtiendo en odio.

—No lo dirás en serio... —respondió.

Él se giró hacia ella. Habló con rapidez y normalidad. Ahora estaba mintiendo, así que se sentía seguro y no le resultó difícil:

—Te amo, Dominique. Estoy loco por ti. Dame una oportunidad. Si no hay otra persona, ¿por qué no? Aprenderás a amarme, porque yo te comprendo. Seré paciente. Te haré feliz.

Ella se encogió de hombros de pronto, y se echó a reír. Se reía con naturalidad, con ganas. Él vio que su pálido vestido temblaba, y que ella se mantenía recta, con la cabeza inclinada hacia atrás, como una cuerda sacudida por las vibraciones de un cegador insulto que iba dirigido hacia él; un insulto, porque su risa no era de rencor o burla, era alegre, sin más.

Después paró. Se quedó mirándolo y dijo con seriedad:

—Peter, si alguna vez quiero castigarme por algo terrible, si alguna vez quiero castigarme con algo repugnante, me casaré contigo. —Y añadió—: Considéralo una promesa.

—Esperaré. No importa qué razón elijas para ello.

Después Dominique sonrió con alegría, con la fría sonrisa alegre que a él le causaba pavor.

—De verdad, Peter, no tienes que hacerlo, y lo sabes. Serás socio de todas formas. Y siempre seremos buenos amigos. Es hora de que te vayas a casa. No te olvides de que el miércoles vamos a la feria de caballos. Me encantan los caballos. Buenas noches, Peter.

Él se marchó andando a casa en la cálida noche primaveral. Caminaba de manera salvaje. En aquel momento, si alguien le hubiese ofrecido la titularidad única de Francon & Heyer con la condición de casarse con Dominique, la habría rechazado. También supo, y se odió por ello, que no se negaría si se la ofrecieran a la mañana siguiente.

15

Esto es el miedo. Esto es lo que se siente cuando se tienen pesadillas, pensó Peter Keating, y sólo cuando uno despierta se vuelven insoportables, pero él no podía ni despertar ni soportarlo más. Había crecido, durante días y semanas, y ahora lo había atrapado: el miedo obsceno, inenarrable, a la derrota. Iba a perder el concurso, estaba seguro de que lo iba a perder, y la certeza crecía con el paso de los días. No podía trabajar, se sacudía cuando la gente le hablaba y llevaba noches sin dormir.

Se fue andando a la casa de Lucius Heyer. Trató de no fijarse en la cara de la gente que pasaba, pero tenía que fijarse. Él siempre había mirado a la gente, y la gente lo miraba a él, como siempre. Quiso gritarles y decirles que se dieran la vuelta, que lo dejaran en paz. Lo miraban fijamente porque iba a fracasar y lo sabían, pensó.

Fue a casa de Lucius Heyer para salvarse de la inminente catástrofe de la única manera que le pareció que le quedaba. Si fracasaba en ese concurso, y sabía que iba a fracasar, Francon se disgustaría y se desilusionaría. Entonces, si Heyer moría..., y podía morir en cualquier momento, Francon dudaría —como consecuencia de una humillación pública— de aceptar a Keating como socio. Si Francon dudaba, la partida estaba perdida. Había otros que estaban esperando la oportunidad: Bennett, al que había sido incapaz de echar de la oficina; Claude Stengel, al que le había ido muy bien por su cuenta, y que había ido a ver a Francon con una oferta para comprar la parte de Heyer. Keating no tenía con quién contar, salvo la incierta fe de Francon en él. Una vez que otro socio sustituyera a Heyer, sería el fin del futuro de Keating. Habría estado demasiado cerca y habría fallado. Imperdonable.

Durante las noches de insomnio, la decisión se había vuelto clara y firme en su cabeza: tenía que resolver el asunto de una vez por todas; tenía que aprovechar las delirantes esperanzas de Francon antes de que se anunciara el ganador del concurso, tenía que obligar a Heyer a marcharse y ocupar su lugar. Sólo le quedaban unos días.

Recordó un cotilleo que le contó Francon sobre el carácter de Heyer. Buscó en los archivos del despacho de Heyer y encontró lo que esperaba. Era una carta de una constructora, escrita quince años atrás, que sólo decía que la constructora adjuntaba un cheque por valor de veinte mil dólares a nombre del señor Heyer. Keating buscó el historial de ese edificio en concreto: al parecer, la estructura costó más de lo que debía. Ése fue el año en que Heyer empezó su colección de porcelana.

Encontró a Heyer solo en su estudio. Era una habitación pequeña y sombría, y el aire parecía cargado, como si nadie lo hubiese molestado durante años. El oscuro artesonado de caoba, los tapices y los muebles antiguos de incalculable valor estaban impecablemente limpios, pero en la habitación había un cierto olor a indigencia y decadencia. Había una única lámpara sobre una mesilla en una esquina, y cinco preciosas y delicadas tazas de porcelana antigua en la mesa. Heyer estaba sentado, encorvado, estudiando las tazas a media luz, con un placer vago y absurdo. Se encogió un poco de hombros cuando su viejo sirviente dejó pasar a Keating, y pestañeó con una insípida incredulidad, pero invitó a Keating a tomar asiento.

Cuando empezó a oírse su propia voz, Keating supo que había perdido el miedo que le había perseguido hasta allí por la calle, porque era fría y firme. Pensó en Tim Davis, y en Claude Stengel, y en que justo ahora iba a eliminar a otro.

Explicó lo que quería, desplegando en el aire inmóvil de la habitación un párrafo breve, conciso y completo de pensamiento, como una gema de aristas perfectas.

—Por lo tanto, a menos que mañana por la mañana le comunique a Francon que se jubila —dijo para terminar, sosteniendo la carta por una esquina con dos dedos—, esto va a la Asociación de Arquitectos de Estados Unidos.

Esperó. Heyer se quedó quieto, con sus ojos claros y saltones perdidos en el vacío, y la boca abierta formando un círculo perfecto. Keating se encogió de hombros y se preguntó si le estaba hablando a un idiota.

Entonces la boca de Heyer se movió, dejando ver su lengua rosada, que chocaba con sus dientes inferiores.

—Pero yo no me quiero jubilar —lo dijo con tranquilidad e ingenuidad, con un pequeño gimoteo petulante.

—Tendrá que jubilarse.

—No quiero. No voy a hacerlo. Soy un arquitecto famoso. Siempre he sido un arquitecto famoso. Me gustaría que la gente me dejara en paz. Todos quieren que me jubile. Te contaré un secreto.

Se inclinó hacia delante, y murmuró con malicia:

—Quizá no lo sepas, pero yo sí, y él no puede engañarme. Guy quiere que me jubile. Se cree más listo que yo, pero para mí es un libro abierto. Menudo está hecho este Guy —dijo, soltando una risilla.

—Creo que no me está comprendiendo. ¿Entiende esto?

Keating acercó la carta a la mano de Heyer, medio cerrada.

Observó cómo la hoja temblaba en manos de Heyer. La soltó después en la mesa, y la mano izquierda de Heyer, con sus dedos paralizados, descargó un puñetazo sobre ella a ciegas, sin querer, como un gancho. Dijo, tragando saliva:

—No puedes mandar esto a la Asociación de Arquitectos. Me quitarán la licencia.

—Desde luego que lo harán —dijo Keating.

—Y saldrá en los periódicos.

—En todos.

—No puedes hacer eso.

—Lo voy a hacer, a menos que se jubile.

Heyer dejó caer los hombros sobre el borde de la mesa. Apoyó la cabeza en él, con timidez, como si quisiese hacerla desaparecer de la vista.

—No lo harás, por favor, no lo harás... —masculló Heyer en un largo lamento sin pausas—. Eres un buen chico, eres muy buen chico y no lo harás...

El papel cuadrado y amarillo seguía en la mesa. La mano inutilizada de Heyer la cogió, arrastrándose poco a poco por el borde. Keating se echó hacia delante y se la arrebató de la mano.

Heyer lo miró, con la cabeza inclinada a un lado, boquiabierto. Lo miraba como si esperara que Keating fuese a pegarle, con una mirada nauseabunda y suplicante que daba a entender que iba a dejar que Keating le pegase.

—Por favor —dijo Heyer en voz baja—. No lo harás, ¿verdad? No me encuentro muy bien. Nunca te he hecho daño. Creo recordar que una vez hice una cosa muy buena por ti.

—¿Qué? —dijo Peter con brusquedad—. ¿Qué hizo por mí?

—Te llamas Peter Keating... Peter Keating... Recuerdo... Recuerdo que una vez hice una cosa buena por ti... Tú eres el chico en el que Guy tiene tanta fe. No confíes en Guy. Yo no confío en él. Pero tú me caes bien. Te nombraremos proyectista un día de éstos. —Seguía con la boca abierta, que le colgaba con cada palabra. Le cayó un fino hilo de saliva por la comisura del labio—. Por favor, no...

Los ojos de Keating le brillaban de asco; la repugnancia le seguía aguijoneando, tenía que hacerlo peor, porque no podía soportarlo.

—Lo pondré en la picota —dijo Keating, con voz rutilante—. Lo denunciaré por corrupción. La gente lo señalará. Su foto saldrá en los periódicos. Los propietarios de ese edificio lo demandarán. Lo meterán en la cárcel.

Heyer no dijo nada. No se movió. Keating oyó que las tazas de la mesa tintineaban. No vio que el cuerpo de Heyer se sacudía. Oyó el ruido agudo de la porcelana al chocar, rompiendo el silencio de la habitación, como si las tazas estuvieran temblando solas.

—¡Váyase! —dijo Keating, levantando la voz, para no oír el ruido—. ¡Váyase de la empresa! ¿Para qué quiere quedarse? No sirve para nada. Nunca ha servido para nada.

El rostro amarillo sobre el borde de la mesa abrió la boca y emitió un sonido húmedo, un gorgoteo, como un gemido.

Keating estaba cómodamente sentado, con las piernas abiertas, un codo apoyado en la rodilla y la cabeza agachada. Agitaba la carta.

—Yo... Yo... —dijo Heyer, ahogándose.

—¡Cállese! No tiene nada que decir, salvo sí o no. Piénselo ya, rápido. No estoy aquí para discutir con usted.

Heyer dejó de temblar. Una sombra le atravesaba el rostro en diagonal. Keating vio que un ojo no parpadeaba y que tenía entreabierta la boca, de la que manaba una oscuridad hacia la cara, como si la inundara.

—¡Conteste! —gritó Keating, que se asustó de pronto—. ¿Por qué no me contesta?

El medio rostro se balanceó, y Keating vio que la cabeza dio un tumbo hacia delante, cayó sobre la mesa y rodó hasta el suelo, como si se la hubiesen cortado. Se cayeron dos tazas después, haciéndose añicos en la alfombra. Lo primero que Keating sintió fue alivio al ver que el cuerpo seguía unido a la cabeza y que estaba desplomado en el suelo, intacto. No se oyó nada, sólo el ruido amortiguado y musical de la porcelana al romperse.

«Se pondrá furioso», pensó Keating, mirando las tazas. Dio un brinco de la silla y se arrodilló para recoger en vano los pedazos: vio que era imposible recomponerlos. Se dio cuenta, al mismo tiempo, de que había llegado el segundo infarto que esperaban, y que tendría que hacer algo enseguida, pero que todo estaba bien, porque ahora Heyer tendría que jubilarse.

Después acercó las rodillas al cuerpo de Heyer. Se preguntó por qué no quería tocarlo.

—Señor Heyer —dijo, con voz suave, casi respetuosa.

Le levantó con cuidado la cabeza y la dejó caer. No oyó el golpe, sólo el hipo de su propia garganta. Heyer estaba muerto.

Se quedó junto al cadáver, sentado sobre los talones y las manos posadas en las rodillas. Miró al frente, y su vista se detuvo en los pliegues de las cortinas en la puerta. Se preguntó si su pátina gris era polvo o la pelusa del terciopelo, y pensó en lo anticuado que era poner cortinas en las puertas. Después sintió una convulsión. Quería vomitar. Se levantó, cruzó la habitación y abrió la puerta, porque recordó que había más casa aparte de aquella habitación y que había un sirviente en ella, y gritó para pedir auxilio.

Keating fue a la oficina como de costumbre. Respondió a las preguntas que le hicieron y explicó que Heyer le había pedido que fuera ese día a su casa después de cenar, porque quería hablar con él sobre su jubilación. Nadie dudó de la historia, y Keating supo que nadie lo haría. El fin de Heyer había llegado como todo el mundo había esperado. Francon no sintió más que alivio:

—Sabíamos que pasaría, tarde o temprano. ¿Por qué lamentar que se haya ahorrado, a sí mismo y a todos nosotros, una prolongada agonía?

Keating se mostró más calmado de lo que había estado en las últimas semanas. La calma era fruto de un estupor circunspecto. Ese pensamiento le seguía de manera sutil, sin ejercer presión y con monotonía, en el trabajo, en casa, por la noche: era un asesino... no, pero casi un asesino... casi un asesino... Sabía que no había sido un accidente. Sabía que él había contado con la conmoción y el terror; con que ese segundo infarto habría mandado a Heyer al hospital para el resto de sus días. Pero ¿eso era todo lo que esperaba? ¿No sabía lo que un segundo infarto podía suponer? ¿Había contado con eso? Trató de recordar. Lo intentó y se estrujó el cerebro, que tenía seco. No sentía nada. No esperaba sentir nada, de un modo u otro. Sólo quería saber. No se daba cuenta de lo que pasaba en la oficina a su alrededor. Se olvidó de que contaba con muy poco tiempo para cerrar el acuerdo con Francon sobre su asociación.

A los pocos días de la muerte de Heyer, Francon lo llamó a su despacho.

—Siéntate, Peter —dijo con una sonrisa más vivaz de lo habitual—. Bueno, chico, tengo buenas noticias para ti. Han leído el testamento de Lucius esta mañana. No tenía parientes, ya sabes. Pues bien, me ha sorprendido, al principio no me lo creía, pero parece que por esta vez fue capaz de tener un bonito gesto. Te lo ha dejado todo a ti... Qué magnífico, ¿no? Ahora ya no tendrás que preocuparte por la inversión cuando preparemos los trámites para... ¿Qué te pasa, Peter...? Peter, hijo, ¿te encuentras mal?

La cara de Keating cayó sobre su brazo en una esquina de la mesa. No podía dejar que Francon le viera la cara. Iba a ponerse malo; malo porque, en medio del horror, se sorprendió a sí mismo preguntándose cuánto le habría dejado Heyer.

El testamento se había hecho cinco años antes, tal vez por un absurdo arranque de afecto hacia la única persona de la oficina que se había mostrado considerado con Heyer; quizá como gesto contra su socio. Quedó hecho y olvidado. El patrimonio ascendía a doscientos mil dólares, más la participación de Heyer en la empresa y su colección de porcelana.

Keating se marchó pronto de la oficina aquel día, sin quedarse a escuchar las felicitaciones. Se fue a casa, le dio la noticia a su madre, la dejó boquiabierta en mitad del salón y se encerró en su cuarto. Salió, sin decir nada, antes de la cena. No cenó aquella noche, pero se emborrachó con una feroz lucidez en su tugurio clandestino favorito. Y en ese estado exaltado de visión luminosa, cabeceando delante de la copa, pero con la mente firme, se dijo que no tenía nada que lamentar, que había hecho lo que habría hecho cualquiera. Catherine lo había dicho, que era egoísta; todo el mundo es egoísta; no es bonito ser egoísta, pero al menos él no era el único; sólo había tenido más suerte que la mayoría, y la había tenido porque era mejor que la mayoría. Se sintió bien y esperó que esas preguntas inútiles no volvieran nunca más a su cabeza. «Cada uno debe mirar por sí mismo», musitó, y se quedó dormido en la mesa.

Las preguntas inútiles no volvieron nunca a su cabeza. No tuvo tiempo para ellas en los días siguientes. Había ganado el concurso de Cosmo-Slotnick.

Peter Keating sabía que aquello sería un triunfo, pero no se había esperado lo que pasó. Había soñado con un sonido de trompetas, pero no había previsto una explosión sinfónica.

Empezó con el timbre de un teléfono y el anuncio de los nombres de los ganadores. Después se unieron todos los teléfonos de la oficina, con gritos, estallando entre los dedos de las operadoras, que apenas podían controlar la centralita; llamadas de todos los periódicos de la ciudad, de arquitectos famosos, con preguntas, peticiones de entrevista y felicitaciones. Después, el torrente salió de golpe de los ascensores y entró por la puerta de la oficina, inundándola con mensajes, telegramas y gente que Keating conocía y gente a la que nunca había visto; la recepcionista estaba abrumada, y no sabía a quién dejar pasar y a quién no; Keating estaba estrechando manos, un flujo interminable de manos, como un engranaje cuyos dientes suaves y húmedos se solapaban sobre sus dedos. No sabía lo que había dicho en esa primera entrevista, en el despacho de Francon, lleno de gente y de cámaras de fotos. Francon dejó abierto su mueble bar, y le dijo a toda esa gente, atragantándose, que el edificio Cosmo-Slotnick lo había creado Peter Keating, él solo. A Francon no le importaba: se sentía magnánimo en aquel estallido de entusiasmo, y, además, aquello le iba a gustar a la prensa.

A la prensa le gustó más de lo que Francon se imaginó. Desde las páginas de los periódicos, el rostro de Peter Keating miraba al país. Su bonita, sana y sonriente cara de ojos brillantes y rizos oscuros encabezaba columnas sobre la pobreza, el esfuerzo, las aspiraciones y el incesante trabajo duro que le había hecho ganar su recompensa; sobre la fe de una madre que lo había sacrificado todo por el éxito de su hijo; sobre la «Cenicienta de la arquitectura».

En Cosmo-Slotnick estaban encantados: no pensaron que un arquitecto galardonado pudiera ser, además, joven, guapo y pobre —es decir, pobre hasta hacía poco—. Habían descubierto un joven prodigio, y Cosmo-Slotnick adoraba a los jóvenes prodigio. El propio señor Slotnick lo era, porque tenía sólo cuarenta y tres años.

Los dibujos de Keating del «edificio más bello del mundo» se reprodujeron en los periódicos, y debajo, el texto del fallo del jurado: «[...] por su excelente pericia y la sencillez de los planos, por su limpia e implacable eficiencia [...], por su ingeniosa economía del espacio [...], por la magistral fusión de modernidad y arte tradicional [...], a Francon & Heyer y Peter Keating».

Keating salió en los informativos dándole la mano a los señores Shupe y Slotnick, con un rótulo en el que se anunciaba lo que estos dos caballeros pensaban de su edificio. Keating salió en los informativos dándole la mano a la actriz Dimples Williams, con un rótulo en el que se anunciaba lo que él pensaba de su última película. Apareció en los banquetes de arquitectos y en los banquetes del mundo del cine, en la mesa de honor, y tuvo que pronunciar discursos, y no se acordaba de si tenía que hablar de edificios o de películas. Apareció en los clubes de arquitectos y en los clubes de admiradores. Cosmo-Slotnick compuso una fotografía con el rostro de Keating y su edificio que se podía conseguir si se enviaba un sobre franqueado que incluyera una dirección de envío y dos centavos. Keating apareció cada noche, durante una semana, en el escenario del Teatro Cosmo, con motivo del estreno del último especial de Cosmo-Slotnick. Se inclinaba ante el público, esbelto y elegante con su esmoquin negro, y hablaba durante dos minutos sobre la importancia de la arquitectura. Presidió el jurado de un concurso de belleza en Atlantic City, cuya ganadora sería premiada con una prueba de *casting* en Cosmo-Slotnick. Posó con un famoso campeón de boxeo, con este pie de foto: «Campeones». Se realizó una maqueta a escala de su edificio, que viajó junto a las fotografías de los mejores edificios presentados al concurso para ser exhibida en los vestíbulos de los cines Cosmo-Slotnick de todo el país.

La señora Keating lloró al principio, abrazó a Peter y le dijo entre sollozos que no podía creérselo. Se había trastabillado al responder a las preguntas sobre Petey, y había posado para las fotos, avergonzada, ansiosa por agradar. Después se acabó acostumbrando. Le dijo a Peter, encogiéndose de hombros, que era lógico que hubiese ganado, que eso no era motivo de asombro y que nadie más podría haber ganado. Adquirió un tono de leve y brusca condescendencia con los periodistas, y era visible su molestia cuando no la incluían en las fotografías que le hacían a Petey. Se compró un abrigo de visón.

Keating se dejó llevar por la corriente. Necesitaba a la gente y el clamor a su alrededor. No había preguntas ni dudas cuando se subía a un escenario sobre un mar de caras; el aire era pesado y compacto y estaba saturado de un único disolvente: la admiración. No había sitio para nada más. Él era grande, tan grande como el número de personas que así lo decían. Él tenía razón: tanta como el número de personas que así lo creían. Miraba las caras y los ojos y se veía nacer en ellos; veía cómo se le otorgaba el don de la vida. Eso era Peter Keating, el reflejo en aquellas pupilas que lo contemplaban, y su cuerpo era su única reverberación.

Sacó tiempo para pasar dos horas con Catherine, una noche. La sostuvo entre sus brazos y le susurró radiantes planes para su futuro juntos; él la miraba con satisfacción, sin prestar atención a sus palabras. Estaba pensando en cómo saldrían si les hicieran una foto juntos, así, y en cuantos periódicos se reproduciría.

Vio a Dominique una vez. Ella iba a pasar el verano fuera de la ciudad. Dominique estaba decepcionada. Le felicitó, con mucha cortesía, pero lo miró como siempre, como si no hubiera pasado nada. De todas las publicaciones sobre arquitectura, su columna fue la única que no mencionó nunca el concurso Cosmo-Slotnick o a su ganador.

—Me voy a Connecticut —le dijo—. Me cojo la casa que tiene mi padre allí para todo el verano. Me la deja para mí sola. No, Peter, no puedes venir a visitarme. Ni siquiera una vez. Me voy allí para no tener que ver a nadie.

Él se sintió decepcionado, pero eso no arruinó el triunfo de aquellos días. Ya no le tenía miedo a Dominique Francon. Estaba confiado en que podría hacerle cambiar de actitud, y que vería ese cambio cuando ella volviera en otoño.

Sin embargo, había una cosa que sí arruinaba su triunfo, no muy a menudo ni con demasiada intensidad. Nunca se cansaba de escuchar lo que se decía de él, pero no le gustaba oír hablar demasiado sobre su edificio. Y cuando tenía que oírlo, no le importaban los comentarios sobre «la magistral fusión de lo moderno y lo tradicional» en su fachada. En cambio, cuando hablaban de los planos —y hablaban muchísimo de los planos—, y cuando oía hablar de «la excelente pericia y la sencillez», «la limpia e implacable eficiencia», «la ingeniosa economía del espacio»..., cuando lo oía y se acordaba de... No lo pensaba, no con palabras en su cerebro, no las permitía. Sólo había un sentimiento pesado y oscuro..., y un nombre.

Durante las dos semanas posteriores a la adjudicación, alejó esa cosa de su mente; lo consideraba algo indigno de su atención, algo que debía enterrar junto a su pasado vacilante y humilde. Durante todo el invierno guardó los dibujos que él había hecho con las líneas a lápiz trazadas por otras manos, y la noche del premio los quemó: fue lo primero que hizo.

Pero esa cosa no le abandonaba. Entonces comprendió de pronto que no se trataba de una vaga amenaza, sino de un peligro concreto, y le perdió todo el miedo. Podía manejar un peligro concreto y deshacerse de él con bastante facilidad. Se rio por lo bajo con alivio, llamó por teléfono a la oficina de Roark y concertó una visita para verlo.

Acudió a la cita confiado en sí mismo. Por primera vez en su vida, se sintió liberado del extraño desasosiego que nunca fue capaz de explicar ni evitar en presencia de Roark. Ahora se sentía seguro. Había terminado con Howard Roark.

Roark estaba sentado a la mesa de su oficina, esperando. Sonó el teléfono una vez esa mañana, pero había sido Peter Keating para concertar la cita. Y ahora se había olvidado de que Keating estaba al llegar. Él esperaba junto al teléfono. En aquellas últimas semanas, dependía del teléfono. En cualquier momento iba a recibir noticias sobre sus dibujos para el Banco de Manhattan.

Llevaba bastante retraso en el pago del alquiler de la oficina, y también en el de la habitación donde vivía. La habitación no le preocupaba, porque pudo decirle al casero que esperara; el casero esperó, y no habría importado demasiado si había dejado de esperar. Pero sí le preocupaba la oficina. Le dijo al administrador que tendría que esperar. No le pidió una prórroga, sólo le dijo de manera tajante y tranquila —la única en que sabía hacer las cosas— que habría un retraso. Pero saber que necesitaba esta limosna del administrador, de la que tantas cosas dependían, sonaba en su cabeza como si estuviera mendigando. Era una tortura. De acuerdo, pensó, es una tortura. Y qué más da.

Debía la factura del teléfono desde hacía dos meses. Había recibido el último aviso y le iban a desconectar el teléfono en unos pocos días. Tenía que esperar. Podían pasar muchas cosas en unos pocos días.

La respuesta del Consejo de Administración del banco, que Weidler le había prometido hacía tiempo, se pospuso varias semanas. El consejo no lograba tomar una decisión: unos planteaban objeciones, y otros lo apoyaban con vehemencia. Se hicieron algunas llamadas internacionales. Weidler le decía muy poca cosa, lo cual era elocuente, pero él podía hacerse muchas conjeturas. Hubo días de silencio, de silencio en la oficina, de silencio en toda la ciudad, de silencio en su interior. Esperó.

Estaba desplomado en la mesa, con la cara apoyada en un brazo y los dedos en el teléfono. Pensó que no debía estar sentado así, pero estaba muy cansado ese día. Le pareció que debía apartar la mano del teléfono, pero no la movió. Sí, dependía de ese teléfono, y podría hacerlo pedazos, pero aún seguiría dependiendo; él y cada aliento y cada fracción de sí mismo. Sus dedos descansaban sobre el teléfono sin moverse. Era eso y el correo. También se había mentido a sí mismo sobre el correo. Mintió cuando se obligó a no dar un salto las raras veces en que caía una carta por la rendija de la puerta, a no correr, sino a esperar, a quedarse mirando el sobre blanco en el suelo y después ir despacio a recogerlo. La rendija de la puerta y el teléfono: no le quedaba nada más en el mundo.

Levantó la cabeza, al pensar en esto, para mirar hacia la puerta, a los pies de la puerta. No había nada. Era ya tarde y lo más probable era que ya hubiese pasado el último reparto. Levantó la muñeca para mirar la hora y vio que no llevaba reloj: lo había empeñado. Miró por la ventana, porque había un reloj en una torre lejana que alcanzaba a distinguir. Eran las cuatro y media pasadas, y ya no habría otro reparto ese día.

Vio que su mano estaba levantando el auricular del teléfono y que sus dedos estaban marcando el número.

—No, aún no —dijo la voz de Weidler al otro lado de la línea—. Teníamos una reunión prevista ayer, pero tuvimos que cancelarla... Estoy detrás de ellos como un bulldog... Puedo prometerle que tendremos una respuesta definitiva mañana. Puedo casi prometérselo. Si no mañana, entonces tendrá que esperar el fin de semana, pero el lunes, le prometo que con seguridad el lunes... Ha tenido una paciencia extraordinaria con nosotros, señor Roark. Se lo agradecemos.

Roark soltó el auricular y cerró los ojos. Pensó en permitirse descansar, echarse sin más, allí donde estaba, unos minutos, antes de empezar a pensar en qué fecha le desconectaban el teléfono y cómo se las arreglaría hasta el lunes.

—¡Hola, Howard! —dijo Peter Keating.

Abrió los ojos. Keating había entrado y estaba de pie ante él, sonriente. Llevaba una gabardina marrón de entretiempo, abierta, y el cinturón le colgaba por los lados como si fuesen asas. Lucía una flor de aciano en el ojal. Estaba con las piernas separadas, los puños en las caderas y el sombrero echado hacia atrás. Sus rizos negros eran tan brillantes y definidos, en contraste con su pálida frente, que uno esperaba ver gotas de rocío primaveral en ellos, como en la flor.

—Hola, Peter —dijo Roark.

Keating se sentó y se puso cómodo, se quitó el sombrero y lo tiró en medio de la mesa. Después se dio una palmadita en las rodillas y dejó las manos sobre ellas.

—Bueno, Howard, las cosas que están pasando, ¿no?

—Felicidades.

—Gracias. ¿Qué pasa, Howard? Tienes una pinta terrible. Seguramente, no te estás matando a trabajar, por lo que oigo decir.

No eran ésas las formas que había tenido intención de adoptar. Había planeado que la entrevista fuese cordial y amistosa. En fin, decidió:

ya pasaría a eso más tarde. Pero primero tenía que mostrar que no tenía miedo a Roark, que nunca volvería a tenerlo.

—No, no me estoy matando a trabajar.

—Oye, Howard, ¿por qué no lo dejas ya?

Eso era algo que de ningún modo tenía pensado decir. Se quedó ligeramente boquiabierto, sorprendido.

—¿Dejar el qué?

—La pose. O los ideales, como prefieras. ¿Por qué no pones los pies en la tierra? ¿Por qué no empiezas a trabajar, como todo el mundo? ¿Por qué no dejas de ser un maldito idiota?

Sintió que caía rodando cuesta abajo por una colina, sin frenos. No podía parar.

—¿Qué ocurre, Peter?

—¿Cómo esperas salir adelante en el mundo? Tienes que vivir con la gente, ¿sabes? Sólo hay dos maneras. Puedes unirte a ellos o combatirlos. Pero parece que no estás haciendo ninguna de las dos cosas.

—No, ninguna.

—Y la gente no te quiere. ¡Ellos no te quieren! ¿No tienes miedo?

—No.

—No has trabajado en un año. Y no lo harás. ¿Quién te dará trabajo? Puede que te queden algunos cientos, y después, se acabó.

—Te equivocas, Peter. Me quedan catorce dólares y cincuenta y siete centavos.

—¿Entonces? ¡Mírame a mí! No me importa si es grosero que lo diga yo. Ésa no es la cuestión. No estoy presumiendo. No importa quién lo diga. ¡Pero mírame a mí! ¿Recuerdas cómo empezamos? Y míranos ahora. Piensa que depende de ti. Deja ese estúpido delirio de que eres mejor que los demás, y ponte a trabajar. En un año, tendrás una oficina que te hará sonrojarte al pensar en este basurero. ¡Habrá personas que corran detrás de ti, tendrás clientes, tendrás amigos, tendrás a tu alrededor un ejército de dibujantes a los que podrás dar órdenes...! Maldita sea, Howard, a mí me da igual, ¿qué me puede importar a mí? Esta vez no busco nada para mí; de hecho, sé que me harías una peligrosa competencia, pero es que tengo que decírtelo. ¡Sólo piénsalo, Howard! ¡Piénsalo! Serás rico, serás famoso, serás respetado, serás alabado, serás admirado... ¡Serás uno de nosotros...! Bueno, ¿qué? ¡Di algo! ¿Por qué no dices nada?

Vio que los ojos de Howard no parecían vacíos ni despectivos, sino atentos y sorprendidos. Estaba a punto de ver a Roark rendirse de algún modo, porque no había caído la lámina de hierro sobre sus ojos, porque les había permitido mostrarse confusos y curiosos, casi indefensos.

—Mira, Peter. Te creo. Sé que no tienes nada que ganar al decirme esto. Y sé más todavía. Sé que no quieres que yo tenga éxito, y está bien, no te lo reprocho, siempre lo he sabido. Quieres que jamás alcance esas cosas que me estás ofreciendo. Y, sin embargo, me empujas a intentar alcanzarlas, con mucha sinceridad. Y sabes que, si sigo tu consejo, las alcanzaré. Y no es por afecto hacia mí, porque eso no te enfadaría tanto, ni te daría tanto miedo... Peter, ¿qué es lo que te molesta de mi forma de ser?

—No lo sé —murmuró.

Comprendió que esa respuesta era una terrible confesión. No sabía cuál era la naturaleza de lo que había confesado, y estaba seguro de que Roark tampoco lo sabía. Pero la cosa quedó al descubierto. No podían entenderla, pero notaban su forma. Eso les hizo permanecer en silencio, el uno frente al otro, asombrados, resignados.

—Cálmate, Peter —le dijo Roark, con un tono amable, de camarada—. Nunca volveremos a hablar de ello.

Entonces, Keating dijo de repente, con la voz aferrada al alivio que le producía la prometedora vulgaridad de su nuevo tono:

—Oh, Howard, maldita sea, sólo estaba diciendo cosas de simple sentido común. Pero si quisieras trabajar como una persona normal...

—¡Cállate! —estalló Roark.

Keating se echó hacia atrás, agotado. No tenía nada más que decir. Se había olvidado de qué le había llevado allí, lo que tenía que decirle.

—A ver —dijo Roark—, ¿qué querías decirme sobre el concurso?

Keating se inclinó de golpe hacia delante. Se preguntó qué le habría hecho a Roark adivinarlo. Y después se volvió más fácil, porque se olvidó de lo demás llevado por una ola de resentimiento.

—¡Ah, sí! —dijo Keating con sequedad, con una nota de clara irritación en la voz—. Sí, quería hablar contigo sobre eso. Gracias por recordármelo. Claro que lo sospechabas, porque sabes que no soy un sinvergüenza desagradecido. En realidad, vine aquí a darte las gracias, Howard. No me olvido de que tú tuviste tu parte en ese edificio y de que me diste algunos consejos. Y quise ser el primero en hacerte partícipe del mérito.

—No es necesario.

—Oh, no es que me importara, pero estoy seguro de que no querrías que yo dijese nada al respecto. Y estoy seguro de que no quieres decir nada tú mismo, porque, ya sabes, la gente es tan rara que lo malinterpreta todo de manera muy estúpida... Pero como recibo parte del dinero de la adjudicación, me pareció justo que tú tuvieras una parte. Me alegro de que sea en un momento en que tanto lo necesitas.

Sacó su cartera, cogió un cheque que había rellenado de antemano y lo puso en la mesa. Decía: «Páguese por este cheque a Howard Roark la cantidad de quinientos dólares».

—Gracias, Peter —dijo Roark, y cogió el cheque.

Entonces le dio la vuelta, cogió su pluma y escribió en el dorso: «Páguese este cheque a Peter Keating», lo firmó, y se lo entregó a Keating.

—Éste es mi soborno, Peter. Con el mismo objetivo. Para que tengas la boca cerrada.

Keating lo miró perplejo.

—Esto es todo lo que puedo ofrecerte ahora —dijo Roark—. Ahora no tengo nada para que me puedas extorsionar, pero más adelante, cuando tenga dinero, te pediría que, por favor, no me chantajees. Te soy franco, porque sé que podrías hacerlo. Pero no quiero que nadie sepa que tuve algo que ver con ese edificio.

Se echó a reír al ver la expresión de la cara de Keating, que había tardado en comprender.

—¿No? —continuó Roark—. ¿No quieres chantajearme con eso...? Vete a casa, Peter. No corres ningún peligro. Nunca diré una palabra sobre eso. Es tuyo, el edificio y cada viga y cada centímetro de tubería y cada foto de tu cara en los periódicos.

Entonces, Keating se levantó de un salto. Estaba temblando.

—¡Vete al infierno! —gritó—. ¡Vete al infierno! ¿Quién te crees que eres? ¿Quién te ha dicho que puedes hacerle esto a la gente? ¿Conque piensas que eres demasiado bueno para ese edificio? ¿Quieres que me avergüence de él? ¡Tú, despreciable, mezquino y cabrón engreído! ¿Quién eres tú? ¡Ni siquiera eres lo bastante listo como para saber que eres un fiasco, un incompetente, un mendigo, un fracasado, un fracasado, un fracasado! ¡Y aquí estás, dictando sentencia! ¡Tú, contra todo el país! ¡Tú, contra todos! ¿Por qué debería escucharte? No puedes asustarme. No puedes tocarme. ¡El mundo entero está de mi parte...! ¡No me mires así! ¡Siempre te he odiado! Eso no lo sabías, ¿verdad? ¡Siempre te he odiado! ¡Siempre lo haré! Te haré pedazos algún día, te juro que lo haré, ¡aunque sea lo último que haga!

—Peter, ¿por qué traicionar tanto?

A Keating le costaba respirar y emitió un gemido ahogado. Se desplomó en una silla y se quedó quieto, agarrado a los laterales del asiento.

Al cabo de un rato, levantó la cabeza, y preguntó abochornado:

—Dios mío, Howard, ¿qué he estado diciendo?

—¿Estás bien ya? ¿Puedes irte?

—Howard, lo siento. Mis disculpas, si las quieres. —Su voz era rasposa y opaca, y no expresaba ninguna convicción—. Perdí la cabeza. Supongo que sólo estoy de los nervios. No quise decir nada de lo que he dicho. No sé por qué lo he hecho. Sinceramente, no lo sé.

—Arréglate el cuello, que lo llevas desabrochado.

—Supongo que me enfadé por lo que hiciste con el cheque. Pero imagino que tú también te sentiste insultado. Soy así de estúpido a veces. No pretendía ofenderte. Vamos a destruir esa maldita cosa.

Cogió el cheque, sacó una cerilla, y vigiló con cuidado cómo ardía el papel hasta que tuvo que soltar el último trozo.

—Howard, ¿lo olvidamos?

—¿No crees que sería mejor que te fueses?

Keating se levantó despacio, haciendo algunos gestos absurdos con las manos, y murmuró:

—Bueno..., bien, buenas noches, Howard... Te..., te veré pronto... Es que me han pasado muchas cosas últimamente... Supongo que necesito descansar... Hasta luego, Howard...

Cuando salió al vestíbulo y cerró la puerta tras él, Keating sintió una helada sensación de alivio. Se sentía muy pesado y muy cansado, pero tristemente seguro de sí mismo. Ahora sabía una cosa más: que odiaba a Roark. Ya no había por qué dudarlo, extrañarse o avergonzarse con ansiedad. Era así de simple: odiaba a Roark. ¿Por qué motivos? Ya no era necesario preguntarse por los motivos. Sólo había que odiar, odiar a ciegas, odiar con paciencia, odiar sin rabia; sólo odiar, y no dejar que nada interviniese, y no permitir que se le olvidara, jamás.

El teléfono sonó a última hora de la tarde del lunes.

—¿Señor Roark? —dijo Weidler—. ¿Podría venir ahora mismo? No quiero decir nada por teléfono, pero venga enseguida. —La voz era clara y alegre, con un radiante tono premonitorio.

Roark miró por la ventana al reloj de la torre lejana. Se sentó y se rio de ese reloj, como si fuese un viejo y cordial enemigo. Ya no lo iba a necesitar más, volvería a tener su propio reloj. Echó la cabeza hacia atrás, desafiando a esa esfera de color gris claro que se cernía sobre la ciudad.

Se levantó y cogió su abrigo. Echó los hombros hacia atrás al ponérselo, y sintió placer con la sacudida de sus músculos.

En la calle, cogió un taxi que no podía permitirse.

El presidente del consejo lo estaba esperando en su despacho, con Weidler y el vicepresidente del Banco de Manhattan. Había una larga mesa de reuniones en la sala y los dibujos de Roark estaban extendidos encima. Weidler se levantó cuando entró y se acercó a recibirlo con la mano tendida. La noticia se palpaba en el ambiente de la sala, como prólogo a las palabras que Weidler pronunció, y que Roark no estaba seguro de cuándo las oyó, porque tuvo la sensación de haberlas oído ya nada más entrar.

—Bueno, señor Roark. El trabajo es suyo —dijo Weidler.

Roark se inclinó. Era mejor no confiar en su propia voz por unos minutos.

El presidente sonrió con amabilidad y lo invitó a sentarse. Roark se sentó en un lateral de la mesa, donde estaban sus dibujos. Su mano descansaba sobre ella. La caoba pulida resultaba cálida y viva bajo sus dedos. Era como si estuviese empujando con ellos los cimientos de su edificio, su mayor edificio, las cincuenta plantas que iba a levantar en el centro de Manhattan.

—Debo decirle —dijo el presidente—, que hemos tenido una endiablada pelea por ese edificio suyo. Gracias a Dios, ya terminó. Algunos de nuestros miembros no podían tragar con sus innovaciones radicales. Ya sabe lo estúpidamente conservadoras que son algunas personas. Pero hemos encontrado un modo de complacerlas, y así obtuvimos su consentimiento. El señor Weidler estuvo magnífico al convencerlos y ponerlos a su favor.

Los tres hombres dijeron muchas más cosas. Roark apenas las escuchó. Estaba pensando en el primer bocado que la excavadora le daría a la tierra. Después oyó decir al presidente:

—... así que es para usted, con una pequeña condición. —Y al oír eso, Roark miró al presidente.

—Es una pequeña concesión, y cuando usted acceda, podremos firmar el contrato. Es un detalle que no afecta al aspecto del edificio. Comprendo que ustedes, los modernistas, no le confieren una gran importancia a una simple fachada, que es el plano lo que les importa, con toda la razón, y no se nos ocurriría modificar su plano de ningún modo, porque es la lógica de los planos lo que nos convenció del edificio. Así que estoy seguro de que no le importará.

—¿Qué es lo que quieren?

—Es sólo una ligera modificación en la fachada. Se la enseñaré. El hijo del señor Parker, nuestro compañero, está estudiando arquitectura y le pedimos que hiciera un dibujo, sólo un boceto rápido para ilustrar lo que teníamos en mente y enseñárselo a los miembros del consejo, porque no visualizaban la concesión que les ofrecíamos. Aquí está.

Sacó un boceto que estaba debajo de sus dibujos en la mesa y se lo dio a Roark. Era un boceto del edificio de Roark, dibujado con mucho esmero. Era su edificio, pero tenía un pórtico dórico simplificado en la parte delantera, una cornisa en la superior y su decoración había sido sustituida por un ornamento griego estilizado.

Roark se levantó. Tenía que estar de pie. Se concentró en el esfuerzo de mantenerse en pie. Facilitaba lo demás. Se inclinó y apoyó el puño, con el brazo recto, en el borde de la mesa. Se notaban los tendones bajo la piel de su muñeca.

—¿Lo ve usted? —dijo el presidente con suavidad—. Nuestros conservadores se negaban sin más a aceptar un edificio extraño y austero como el suyo. Y sostienen que el público tampoco lo aceptará. Así que tuvimos que encontrar un término medio. De esta manera, no es arquitectura tradicional, por supuesto, pero le dará al público la impresión de que es a lo que está acostumbrado. Le añade un cierto aire de dignidad sólida y estable, y eso es lo que queremos en un banco, ¿verdad? Parece ser una ley no escrita que un banco debe tener un pórtico clásico, y que un banco no es precisamente la institución adecuada para alardear de romper las leyes y rebelarse. Eso socava la intangible sensación de seguridad, ¿sabe? La gente no confía en la novedad. Pero éste es el esquema que satisfizo a todos. Personalmente, yo no insistiría en ello, pero lo cierto es que no veo que estropee nada. Y es lo que el consejo ha decidido. Como es natural, no quiere decir que queramos que se ajuste a este boceto, pero le da nuestra idea general y usted ya lo resolverá por su cuenta, haciendo su propia adaptación del motivo clásico de la fachada.

Entonces, Roark respondió. Los hombres no supieron clasificar el tono de su voz; no podían decidir si era demasiado calmado o demasiado emocional. Llegaron a la conclusión de que era calma, porque la voz procedía de manera uniforme, sin énfasis ni color, y espaciaba como una máquina cada sílaba. Sin embargo, el aire que se respiraba en la sala no era el mismo que vibraría con una voz calmada.

Concluyeron que no había nada anómalo en los modos del hombre que hablaba, salvo que no quitaba la mano derecha del borde de la mesa, y cuando tuvo que mover los dibujos, lo hizo con la izquierda, como si fuese un hombre con un brazo paralizado.

Habló un largo rato. Explicó por qué esa estructura no podía tener un motivo clásico en su fachada. Explicó por qué un edificio honrado, al igual que un hombre honrado, tenía que ser de una pieza y una sola fe; qué constituía la fuente de la vida, el sentido de cada cosa o criatura existente; y por qué, si una minúscula parte traicionase ese sentido, el objeto de la criatura moriría; y por qué lo bueno, lo elevado y lo noble de la tierra era sólo lo que mantiene su integridad.

El presidente lo interrumpió:

—Señor Roark, estoy de acuerdo con usted. Lo que dice es incontestable. Pero, por desgracia, en la vida real, uno no puede mantener la coherencia de forma tan intachable. Siempre está el imponderable elemento humano de la emoción. No podemos combatir eso con fría lógica. Este debate es, en realidad, innecesario. Puedo estar de acuerdo con usted, pero no puedo ayudarlo. El asunto está cerrado. Ésa fue la decisión final del consejo, después de un más que prolongado debate, como usted sabe.

—¿Me dejaría presentarme ante el consejo y hablar con ellos?

—Lo siento, señor Roark, pero el consejo no va a reabrir la cuestión para seguir debatiéndola. Era definitiva. Sólo puedo pedirle que nos diga si acepta el trabajo con nuestras condiciones o no. Debo admitirle que el consejo ha considerado la posibilidad de su negativa. Ante dicha posibilidad, surgió el nombre de otro arquitecto, un tal Gordon L. Prescott, y fue la alternativa que recibió más apoyos. Pero le dije al consejo que estaba seguro de que usted aceptaría.

Esperó. Roark no dijo nada.

—¿Comprende la situación, señor Roark?

—Sí —dijo, bajando la mirada. Miraba los dibujos.

—¿Entonces?

Roark no contestó.

—¿Sí o no, señor Roark?

—No.

Un momento después, el presidente preguntó:

—¿Se da cuenta de lo que está haciendo?

—Desde luego.

—¡Dios santo! —exclamó de pronto el presidente—. ¿No sabe lo importante que es este encargo? Usted es joven, no va a conseguir otra oportunidad como ésta. Y... está bien, ¡lo diré! ¡Lo necesita! ¡Sé lo desesperado que está!

Roark recogió los dibujos de la mesa, los enrolló y se los puso bajo el brazo.

—¡Es completamente de locos! —se lamentó Weidler—. Nosotros le queremos a usted. Queremos su edificio. Y usted necesita el trabajo. ¿Tiene que ser usted tan fanático y altruista al respecto?

—¿Cómo dice?

—Fanático y altruista.

Roark sonrió. Bajó la mirada a sus dibujos. Movió un poco el codo, apretándolo contra el cuerpo. Dijo:

—Esto ha sido lo más egoísta que verá jamás hacer a un hombre.

Volvió a su oficina. Recogió su material de dibujo y algunas cosas que tenía allí. Hizo un paquete y se lo puso bajo el brazo. Cerró la puerta y le dio la llave al administrador. Le dijo que cerraba la oficina. Se fue a casa andando y dejó allí el paquete. Después fue a casa de Mike Donnigan.

—¿No? —preguntó Mike, nada más verlo.

—No —dijo Roark.

—¿Qué ha pasado?

—Ya te lo contaré en otro momento.

—¡Esos hijos de perra!

—No tiene importancia, Mike.

—¿Qué pasa ahora con la oficina?

—He cerrado la oficina.

—¿Para siempre?

—Por el momento.

—¡Malditos sean, pelirrojo! ¡Malditos sean!

—Calla. Necesito un trabajo, Mike. ¿Puedes ayudarme?

—¿Yo?

—Yo no conozco a nadie del oficio aquí. Nadie que quisiera ayudarme. Tú los conoces a todos.

—¿Qué oficio? ¿De qué estás hablando?

—En el oficio de la construcción. En el trabajo de la albañilería. Como hacía antes.

—¿Quieres decir... un simple trabajo de obrero?

—Quiero decir un simple trabajo de obrero.

—¡Estás loco, eres un maldito chalado!

—Para, Mike. ¿Me conseguirás un trabajo?

—Pero ¿por qué demonios? Tú puedes conseguir un trabajo decente en una oficina de arquitectos. Sabes que puedes.

—No lo haré, Mike. Nunca más.

—¿Por qué?

—No quiero tocarlo. No quiero verlo. No quiero ayudarles a hacer lo que están haciendo.

—Puedes tener un buen trabajo, limpio, en algún otro ramo.

—En un buen trabajo limpio tendría que pensar. No quiero pensar. No a su manera. Porque tendrá que ser a su manera, da igual adonde vaya. Quiero un trabajo donde no tenga que pensar.

—Los arquitectos no aceptan trabajos de obreros.

—Es lo único que los arquitectos pueden hacer.

—Puedes aprender algo en nada de tiempo.

—No quiero aprender nada.

—O sea, ¿que quieres que te meta en un grupo de obreros aquí, en la ciudad?

—Eso es.

—¡No, maldita sea! ¡No puedo! ¡No lo haré, no lo haré!

—¿Por qué?

—Pelirrojo, ¿vas a ofrecerte como espectáculo para que te vean todos esos cabrones de la ciudad? ¿Para que todos esos hijos de perra sepan que te han hundido así? ¿Para que todos ellos se regodeen?

Roark se rio.

—Eso me trae sin cuidado, Mike. ¿Por qué debería importarte a ti?

—Bueno, pues no te lo voy a consentir. No les voy a dar a esos hijos de perra semejante placer.

—Mike, no me queda más remedio —dijo Roark con voz suave.

—Claro que te queda, demonios. Ya te lo he dicho. Ahora vas a atender a razones. Tengo toda la pasta que necesites hasta que...

—Te diré lo mismo que le dije a Austen Heller: si vuelves a ofrecerme dinero, se acabará todo entre nosotros.

—Pero ¿por qué?

—No me discutas, Mike.

—Pero...

—Te estoy pidiendo que me hagas un gran favor. Quiero ese trabajo. No tienes que lamentarlo por mí. Yo no lo hago.

—Pero..., pero ¿qué pasará contigo, pelirrojo?

—¿Dónde?

—Quiero decir..., ¿y tu futuro?

—Ahorraré dinero suficiente y volveré. O quizá alguien vaya a buscarme antes.

Mike lo miró. Vio algo en sus ojos que sabía que Roark no quería que estuviera ahí.

—Vale, pelirrojo —dijo Mike con calma.

Lo pensó un largo rato, y luego dijo:

—Escucha, pelirrojo: no voy a conseguirte un trabajo en la ciudad. Simplemente, no puedo. Me revuelve el estómago sólo pensarlo. Pero te conseguiré algo en el ramo.

—De acuerdo. Lo que sea. A mí me da lo mismo.

—He trabajado tanto tiempo para todos esos arquitectos mimados del cabrón de Francon que conozco a todos los que han trabajado para él. Tiene una cantera de granito en Connecticut. Uno de los capataces es muy colega mío. Justo ahora está en la ciudad. ¿Has trabajado alguna vez en una cantera?

—Una vez, hace mucho.

—¿Crees que eso te va a gustar?

—Seguro.

—Iré a verle. No le diremos quién eres, sólo que se trata de un amigo mío, y ya está.

—Gracias, Mike.

Mike le alcanzó el abrigo, y luego dejó caer las manos y miró al suelo.

—Pelirrojo...

—Todo irá bien, Mike.

Roark se fue caminando a casa. Había anochecido, y la calle estaba desierta. El viento soplaba con fuerza. Sentía la presión fría y silbante en sus mejillas. Era la única evidencia de la corriente que rasgaba el aire. Nada se movía en aquel pasillo de piedra que era el espacio a su alrededor. Ningún árbol se agitaba, ninguna cortina, ningún toldo. Eran sólo masas de piedra desnuda, vidrio, asfalto y esquinas afiladas. Resultaba extraño sentir ese feroz movimiento contra su cara. Pero en un cubo de basura que había en una esquina susurraba una hoja de periódico arrugada, batiéndose convulsamente contra una malla metálica. Aquello le dio realidad al viento.

Dos días después, al atardecer, Roark partió a Connecticut.

Desde el tren, echó la vista atrás una vez, a la silueta de la ciudad, cuando ésta se hizo visible y se mantuvo unos instantes tras las ventanas. La luz del atardecer enjugaba los detalles de los edificios. Se alzaban como finas astas de suave porcelana azul, un color que no era de cosas reales, sino de la noche y la distancia. Se alzaban con perfiles desnudos, como moldes vacíos que esperaban ser rellenados. La distancia había aplanado la ciudad. Las agujas aisladas se erguían a una altura inconmensurable, completamente desproporcionadas respecto al resto de la tierra. Pertenecían a su propio mundo, y levantaban al cielo una declaración de lo que el hombre había concebido y hecho posible. Eran moldes vacíos. Pero si el hombre había llegado tan lejos, podía avanzar aún más. La ciudad, al borde del cielo, encerraba una pregunta. Y una promesa.

Se encendieron unos puntos de luz, como cabezas de alfiler, en lo alto de una famosa torre, en las ventanas del restaurante Star Roof. Después, el tren se desvió por una curva y la ciudad desapareció.

Aquella noche, en el salón de banquetes del restaurante Star Roof, se organizaba una cena para celebrar la entrada de Peter Keating como socio en la empresa que se llamaría en lo sucesivo Francon & Keating.

Sentado a la larga mesa que no parecía cubierta con un mantel, sino con una sábana de luz, estaba Guy Francon. Por lo que fuese, aquella noche no le importaron los hilos de plata que brillaban con nitidez en sus sienes, en contraste con el cabello negro, y que le daban un aire aseado y elegante, al igual que la rigidez del blanco de su camisa combinada con su traje negro de etiqueta. El asiento de honor lo ocupaba Peter Keating. Se echó hacia atrás, con los hombros rectos, con la mano agarrada al tallo de una copa. Sus rizos negros resaltaban sobre su frente blanca. En aquel único momento de silencio, los invitados no sintieron envidia, ni resentimiento ni malicia. Había un solemne sentimiento de fraternidad delante de aquel muchacho, hermoso y pálido, y tan formal que parecía estar en su primera comunión. Ralston Holcombe se había levantado para hablar. Estaba de pie, con la copa en la mano. Había preparado su discurso, pero le sorprendió oírse decir algo bastante distinto, con una voz completamente sincera. Dijo:

—Somos los guardianes de una gran actividad humana. Tal vez la mayor de todos los empeños del hombre. Hemos logrado mucho y hemos errado a menudo. Pero estamos dispuestos con toda humildad a abrir el paso a nuestros herederos. Sólo somos hombres dedicados a una búsqueda. Pero buscamos la verdad con lo mejor que habita nuestros corazones. La buscamos con lo más sublime que le ha sido otorgado a la raza humana. Es una gran búsqueda. ¡Por el futuro de la arquitectura de Estados Unidos!

Segunda parte

Ellsworth M. Toohey

1

Cerrar con fuerza los puños, como si la piel de sus palmas hubiesen asimilado el acero que sujetaban; mantener los pies firmes, pisar fuerte la roca plana que empujaba hacia arriba, contra sus suelas; no sentir la existencia de su cuerpo, sólo unos coágulos de tensión: las rodillas, las muñecas, los hombros y la perforadora que sostenía; sentir el temblor de la perforadora en su larga convulsión; sentir que le temblaba el estómago, que le temblaban los pulmones; las líneas rectas de los salientes de piedra antes de que se disuelvan en una sucesión de temblores serrados; sentir la perforadora y su cuerpo unidos en una única voluntad de presionar, de que una barra de acero pueda hundirse poco a poco en el granito: ésa era toda la vida de Howard Roark, así había sido todos los días desde hacía dos meses.

Se quedaba de pie en la piedra caliente bajo el sol. Su cara chamuscada parecía de bronce. La camisa se le pegaba y se formaban en la espalda dos parches largos y húmedos. La cantera se alzaba a su alrededor, donde las placas se rompían al chocar unas con otras. Era un mundo sin curvas, hierba o tierra; un mundo simplificado, compuesto por planos, bordes afilados y ángulos de piedra. La piedra no era obra de los siglos que, con paciencia, hubiesen ido soldando los sedimentos depositados por los vientos y las corrientes marinas: provenía de una masa fundida que se había enfriado lentamente a una profundidad desconocida, de la que se había tirado, forzándola a salir de la tierra, y aún conservaba la forma de su violencia enfrentada a la violencia de los hombres que había en sus salientes.

Los planos rectos atestiguaban la fuerza de cada corte. La energía de cada golpe había hecho correr una línea indefectible; la piedra se había abierto en canal oponiendo una resistencia inflexible. Los barrenos perforaban hacia delante con un lento y continuo zumbido, y la tensión del sonido atravesaba los nervios y la cabeza, como si los vibrantes instrumentos estuviesen desmenuzando poco a poco la piedra y también a los hombres que los sostenían.

Le gustaba el trabajo. A veces lo sentía como si fuese un combate de lucha libre entre sus músculos y el granito. Por la noche estaba agotado. Le gustaba la vaciedad del cansancio de su cuerpo.

Cada día, al anochecer, recorría a pie los tres kilómetros que separaban la cantera de la pequeña ciudad donde vivían los obreros. La tierra de los bosques que cruzaba era suave y cálida bajo sus pies; y eso le resultaba extraño, después de pasar el día sobre el granito rugoso. Sonreía ante ese nuevo placer diario, y observaba cómo sus pies aplastaban una superficie que respondía, que cedía y le consentía dejar unas leves huellas.

Había un cuarto de baño en el desván de la casa donde se alojaba. La pintura del suelo se había descascarillado hacía tiempo y las tablas desnudas eran de color blanco grisáceo. Se quedaba tumbado en la bañera un largo rato y dejaba que el agua fría remojara el polvo de piedra en su piel. Apoyaba la cabeza en el borde de la bañera y cerraba los ojos. La magnitud del cansancio era su propio alivio: no le permitía otra sensación salvo el lento placer de que la tensión abandonara sus músculos.

Cenaba en la cocina, con otros obreros de la cantera. Se sentaba solo a una mesa en un rincón. El eterno crepitar de la grasa en la enorme hornilla de gas levantaba una humareda pegajosa que tapaba el resto de la cocina. Comía poco y bebía mucha agua. El líquido frío y rutilante en un vaso limpio le resultaba embriagador.

Dormía en una pequeña cama de madera bajo el tejado. Las vigas del techo se inclinaban sobre su cama. Cuando llovía, oía el ruido de las gotas que caían en el tejado, y le costaba darse cuenta de por qué la lluvia no golpeaba directamente su cuerpo.

A veces, después de cenar, daba un paseo por el bosque que empezaba detrás de la casa. Se tendía bocabajo, clavaba los codos en el suelo y apoyaba la barbilla en las manos. Observaba las briznas de hierba que tenía bajo la cara y el patrón de su nervadura. Las soplaba y miraba cómo se agitaban y luego se paraban. Se daba la vuelta y se quedaba quieto, sintiendo la calidez de la tierra bajo él. Arriba, a lo alto, las hojas aún eran verdes, pero era un verdor espeso, comprimido, como si el color se hubiera condensado con un último esfuerzo antes de que llegara la oscuridad a disolverlo. Las hojas colgaban inmóviles bajo un cielo pulido de color amarillo limón. Su luminosa palidez acentuaba el deterioro de su luz. Apretaba los labios y hundía la espalda en la tierra. La tierra se resistía, pero al final cedía. Era una victoria silenciosa, y sentía un ligero placer sensual en los músculos de las piernas.

A veces, no muchas, se sentaba y no se movía durante un largo rato, y después sonreía. Era la sonrisa lenta del verdugo que observa a su víctima. Pensaba en cómo se le pasaban los días, en los edificios que podría haber hecho, que debería haber hecho y que, quizá, nunca volvería a hacer. Contemplaba la aparición de aquel dolor no invocado con una curiosidad fría y distanciada. Decía para sí: «Bueno, pues aquí está otra vez». Esperaba a ver cuánto duraba. Le producía un extraño y violento placer observar su lucha contra él; así podía olvidarse de que era su propio sufrimiento. Podía sonreír con desprecio, sin ser consciente de que sonreía ante su propia agonía. Eso pasaba pocas veces, pero, cuando ocurría, se sentía igual que en la cantera: tenía que perforar el granito, abrir una brecha y hacer saltar por los aires aquello en su interior que insistía en apelar a su compasión.

Dominique Francon estaba pasando aquel verano sola en la gran mansión colonial de la finca de su padre, a cinco kilómetros del pueblo minero. No recibía visitas. Un viejo guarda y su mujer eran los únicos seres humanos a los que veía, y no muy a menudo, sólo cuando era necesario. El guarda cuidaba de la tierra y los caballos, y su mujer cuidaba de la casa y cocinaba para Dominique.

La mujer, ya mayor, servía las comidas con la elegante seriedad que había aprendido de los tiempos en que la madre de Dominique aún vivía y presidía la mesa con sus invitados en aquel gran comedor. Por la noche, Dominique se encontraba su lugar solitario en la mesa, dispuesto como si fuese un banquete formal, con las velas encendidas, y sus lenguas de fuego amarillo inmóviles, como si fuesen las lanzas de metal resplandeciente de un guardia de honor. La oscuridad se extendía por el vestíbulo y las ventanas se erguían como una columnata de centinelas sin relieve. Un cuenco de cristal vacío sobre un charco de luz ocupaba el centro de la larga mesa; en él flotaba un solo nenúfar, cuyos pétalos se abrían en torno a su centro amarillo, que parecía una gota del fuego de una vela.

La mujer servía los platos con un discreto silencio, y después desaparecía lo antes posible de la casa. Cuando Dominique subía a su habitación, se encontraba su delicado camisón de encaje extendido en la cama. Por la mañana, entraba en su cuarto de baño y se encontraba llena la bañera encastrada, el aroma a jacinto de las sales, los pulcros azulejos de color aguamarina que relucían bajo sus pies y sus enormes toallas extendidas, como capas de nieve, para envolver su cuerpo. Sin embargo, no oía pasos ni notaba ninguna presencia viva en la casa. La mujer trataba a Dominique con la precaución reverencial con que manejaba las piezas de cristal veneciano de las vitrinas del salón.

Dominique había pasado tantos veranos e inviernos rodeada de gente para poder sentirse sola que el experimento de una auténtica soledad era un hechizo para ella y una traición a una debilidad que nunca se había permitido: la debilidad de disfrutarla. Estiraba los brazos, los dejaba caer con pereza y sentía una pesadez dulce y soñolienta en los codos, como después de una primera copa. Reparaba en su vestido veraniego, lo notaba sobre las rodillas; sentía cómo sus muslos se encontraban con la leve resistencia del tejido al moverse, y eso le hacía ser consciente no de su ropa, sino de sus rodillas y sus muslos.

La casa estaba aislada en mitad de los vastos terrenos y los bosques que se extendían a lo lejos, y no tenía vecinos en varios kilómetros a la redonda. Dominique cabalgaba por largos caminos desiertos, por senderos escondidos que no conducían a ninguna parte. Las hojas brillaban con el sol y las ramitas crujían en el aire a su paso veloz. A veces contenía la respiración por la repentina sensación de que se encontraría algo magnífico y mortal en la siguiente curva. No podía identificar lo que esperaba, no podía decir si era una visión, una persona o un suceso, sólo sabía que su carácter era el de un placer profanador.

A veces salía a pie de la casa y caminaba durante horas, sin fijarse ni una meta ni una hora de regreso. La adelantaban los coches por la carretera, y los habitantes del pueblo minero la conocían y se inclinaban para saludarla. La consideraban la hacendada del campo, como antaño a su madre. Se desviaba del camino y se metía en el bosque y seguía andando, balanceando los brazos distraída, con la cabeza levantada, observando las copas de los árboles. Veía nadar las nubes tras el follaje, como si tuviera delante un árbol gigante que se movía y se inclinaba, a punto de caer y aplastarla. Se paraba, esperaba, echaba la cabeza hacia atrás y tensaba la garganta, como si quisiese ser aplastada. Después se encogía y seguía andando. Apartaba con impaciencia las gruesas ramas por el camino, sin importarle que le arañaran los brazos. Seguía andando mucho tiempo después de empezar a agotarse, y se empujaba adelante venciendo el cansancio de sus músculos. Después se tendía de espaldas y se quedaba quieta, con los brazos y las piernas extendidos como una cruz en el suelo, respirando con libertad, sintiéndose vacía y plana, notando el peso del aire que presionaba sus pechos.

Algunas mañanas, al despertar en su habitación, oía las explosiones de la cantera de granito. Se estiraba, dejaba los brazos en alto sobre su almohada de seda blanca y escuchaba. Era el sonido de la destrucción, y le gustaba.

Como el sol quemaba demasiado aquella mañana, y sabía que aún haría más calor en la cantera de granito, como no quería ver a nadie y como sabía que se encontraría con un grupo de obreros, Dominique se fue andando a la cantera. La idea de verla en aquel día abrasador le parecía repulsiva, y disfrutaba con esa perspectiva.

Cuando salió del bosque y apareció en el borde de la gran cuenca de piedra, sintió como si la empujaran hacia una sala de ejecuciones llena de vapor ardiente. El calor no provenía del sol, sino de ese corte dentado en la tierra, de la refracción en las plataformas.

Le parecía sentir frescor en los hombros, la cabeza y la espalda, que estaban expuestos al sol, por el contraste con el aliento ardiente que le subía de la piedra por las piernas, la barbilla y la nariz. El aire refulgía abajo y disparaba chispas de fuego al granito. Le pareció que la piedra se agitaba y se fundía convertida en hilos de lava blanca. Los barrenos y los martillos agrietaban el peso inmóvil del aire. Resultaba obsceno ver a aquellos hombres encaramados en aquel horno. No parecían obreros, sino un grupo de reos encadenados que estuviesen cumpliendo una terrible condena por haber cometido un crimen innombrable. Ella no podía dejar de mirar.

Estaba allí de pie, como un insulto al lugar que había debajo. Su vestido —de color azul verdoso claro, como el agua, demasiado sencillo y caro, cuyos pliegues eran idénticos a los bordes de cristal—, sus finos tacones clavados y separados en las rocas, su cabello —que parecía un casco liso— y la desproporcionada fragilidad de su cuerpo recortado en el cielo eran un alarde de la irritante y fresca elegancia de los jardines y salones de los que venía.

Miró hacia abajo. Sus ojos se detuvieron en el cabello naranja de un hombre que había levantado la cabeza y la estaba mirando.

Ella se quedó muy quieta, porque su primera percepción no fue visual, sino táctil: no percibía una presencia visible, sino una bofetada.

Tenía una mano separada con torpeza del cuerpo, con los dedos extendidos en el aire, como si estuviesen apoyados contra una pared. Sabía que no podría moverse hasta que él se lo permitiera.

Vio la boca del hombre y la sonrisa despectiva que formaban sus labios; los planos de sus mejillas flacas y hundidas; el brillo puro y frío de aquellos ojos carentes de cualquier rastro de piedad. Sabía que era el rostro más bello que había visto jamás, porque era la abstracción de la fuerza hecha visible. Sintió una convulsión de cólera, protesta y resistencia, y también de placer. Él la observaba. No era una mirada, sino un acto de posesión. Ella pensó en dejar que su cara le diera la respuesta que merecía, pero en su lugar dirigió la vista al polvo de piedra que había en sus brazos quemados, a la camisa húmeda que se le pegaba a las costillas, a las líneas de sus largos brazos. Pensó en aquellas estatuas masculinas que siempre le habían interesado, y se preguntaba cómo sería desnudo. Vio que él la miraba como si fuese consciente de ello. Pensó que había encontrado un propósito en la vida: un odio súbito y arrollador hacia ese hombre.

Ella fue la primera que se movió. Se dio la vuelta y se alejó de él. Vio al capataz de la cantera un poco más adelante en el camino, y le saludó con la mano. El capataz fue corriendo a su encuentro:

—¡Vaya, señorita Francon! —exclamó—. ¿Cómo está, señorita Francon?

Ella esperaba que el hombre de abajo oyera sus palabras. Por primera vez en su vida, estaba contenta de ser la señorita Francon, contenta por el estatus y las posesiones de su padre, que siempre había despreciado. Pensó, de repente, en que el hombre de abajo no era más que un obrero común, propiedad del propietario de aquel lugar, y que ella era casi la propietaria del lugar.

El capataz se quedó junto a Dominique con respeto. Ella sonrió y dijo:

—Supongo que heredaré la cantera algún día, así que pensé que debía mostrar cierto interés por ella de vez en cuando.

El capataz la guio por la senda, le enseñó sus dominios y le explicó el trabajo. Ella lo siguió hasta el otro lado de la cantera y bajó a la hondonada verde y polvorienta, donde estaban las casetas de trabajo, e inspeccionó la apabullante maquinaria. Dejó pasar un tiempo convincente, y después volvió, sola, por el borde de la cuenca de granito.

Ella lo veía desde lo lejos a medida que se acercaba. Él estaba trabajando. Vio que le caía un mechón de pelo rojo sobre la cara y que se balanceaba por el temblor de la perforadora. Pensó, esperanzada, que las vibraciones de la perforadora le harían daño, que herirían su cuerpo y todo lo que había dentro de él.

Cuando estaba en las rocas encima de él, él levantó la cabeza y la miró. Ella no se había dado cuenta de que la había visto acercarse, y la miró como si esperara encontrarla ahí, como si supiera que iba a volver. Ella vio la insinuación de una sonrisa, más insultante que las palabras. Él mantuvo la insolencia de mirarla fijamente, sin moverse, sin hacer la concesión de darse la vuelta y reconocer que no tenía derecho a mirarla de ese modo. No sólo se había arrogado ese derecho: insinuaba que ella se lo había concedido.

Ella se giró con brusquedad, siguió andando por la cuesta rocosa y se alejó de la cantera.

No eran sus ojos ni su boca lo que ella recordaba, sino sus manos. El significado de aquel día parecía residir en una sola imagen: el simple instante en que su mano reposaba en el granito. La vio otra vez: las yemas de los dedos presionaban la piedra, y sus largos dedos eran una prolongación de las líneas de los tendones, que se abrían formando un abanico desde la muñeca hasta los nudillos. Pensaba en él, pero la visión que estaba presente en todos sus pensamientos era la imagen de aquella mano sobre el granito. Eso la asustaba, no podía entenderlo.

No es más que un obrero común, pensó, un hombre contratado para hacer el trabajo de un reo. Lo pensaba cuando estaba sentada delante de la vitrina de su vestidor. Miraba los objetos de cristal que tenía delante; eran como esculturas de hielo que proclamaban su propia fragilidad, fría y lujosa. Pensó en el fatigado cuerpo de él, en sus ropas llenas de polvo y sudor, en sus manos. Recalcaba ese contraste, porque la degradaba. Se inclinó hacia atrás y cerró los ojos. Pensó en los muchos hombres distinguidos a los que había rechazado. Pensó en el obrero de la cantera. Pensó en verse destrozada, no por un hombre al que admiraba, sino por un hombre al que detestaba. Dejó caer la cabeza sobre el brazo; ese pensamiento la debilitaba con placer.

Durante dos días, se obligó a creer que iba a escapar de ese lugar. Encontró viejos folletos de viaje en su baúl, los estudió, eligió el lugar, el hotel y la habitación concreta del hotel; eligió el tren que tomaría, el barco y el número de camarote. Aquello le procuraba una distracción rabiosa, porque sabía que no iba a hacer el viaje que ella quería, sino que iba a volver a la cantera.

Volvió a la cantera tres días después. Se detuvo en el saliente donde él trabajaba y donde lo observaba con descaro. Cuando él levantaba la cabeza, ella no se giraba. Su mirada le decía que ella sabía qué significaba ese acto, pero que no le respetaba lo suficiente como para ocultarlo. La mirada de él sólo decía que la había estado esperando. Se inclinaba sobre su barreno y reanudaba su trabajo. Ella esperaba. Quería que él mirara hacia arriba. Sabía que él lo sabía. Él no volvió a mirar.

Se quedó mirándole las manos, esperando los momentos en que tocaban la piedra. Se olvidaba de la perforadora y la dinamita. Le gustaba pensar en que eran las manos las que rompían el granito.

Oyó que el capataz la llamaba por su nombre y que corría hacia ella por el camino. Se volvió cuando él se acercaba.

—Me gusta ver trabajar a los hombres —explicó ella.

—Sí, menudo cuadro, ¿verdad? —convino el capataz—. Ahí está el tren, que se pone en marcha otra vez con otra carga.

Ella no vio el tren. Vio que el hombre de abajo la miraba, con la insinuación insolente y divertida de que él sabía que ella no quería que la mirara justo en ese momento. Giró la cabeza. Los ojos del capataz recorrieron la cantera y se detuvieron en el hombre que había debajo de ellos.

—¡Oye, tú, el de abajo! —gritó—. ¿Te pagamos para trabajar o para quedarte embobado?

El hombre bajó la cabeza en silencio hacia la perforadora. Dominique se rio en alto. El capataz dijo:

—Tenemos una panda complicada ahí abajo, señorita Francon... Algunos incluso habrán estado en la cárcel.

—¿Ha estado en la cárcel ese hombre? —preguntó, señalándolo.

—Bueno, no sabría decirle. Sólo los conozco de vista.

Ella esperaba que sí. Se preguntó si se seguía azotando a los presos en esos tiempos. Esperaba que sí. Y al pensarlo, sintió un jadeo ahogado, como le pasaba de niña cuando soñaba que se caía por una larga escalera, pero ahora lo sentía en el estómago.

Se dio la vuelta con brusquedad y se marchó de la cantera.

Volvió al cabo de muchos días. Lo vio, por sorpresa, en una extensión lisa de piedra delante de ella, a un lado del camino. Ella frenó en seco, no quería acercarse demasiado. Era extraño verlo frente a ella, sin la defensa o la excusa de la distancia.

Él se quedó mirándola. El modo en que se entendían era ofensivamente íntimo, porque nunca se habían dicho una palabra el uno al otro. Ella destruyó esto al hablarle.

—¿Por qué siempre se me queda mirando? —le dijo con aspereza.

Ella pensó con alivio que las palabras eran el mejor medio para distanciarse. Había negado todo lo que ambos sabían al nombrarlo. Él guardó silencio un instante, mirándola. A ella le aterró pensar que quizá no respondiera, que dejara que su silencio le dijera con demasiada claridad que no era necesaria ninguna respuesta. Pero respondió. Dijo:

—Por la misma razón por la que usted se ha quedado mirándome.

—No sé de qué me habla.

—Si no lo supiera, estaría mucho más asombrada y menos enfadada, señorita Francon.

—¿Así que sabe cómo me llamo?

—Lo ha estado pregonando.

—Le convendría no ser insolente. Puedo hacer que lo despidan en cualquier momento, ¿sabe?

Él volvió la cabeza, y buscó a alguien entre los hombres que trabajaban abajo.

—¿Llamo al capataz?

Ella sonrió con desprecio.

—No, claro que no. Sería demasiado simple. Pero, puesto que sabe quién soy, sería mejor que dejara de mirarme cuando vengo por aquí. Se podría malinterpretar.

—No lo creo.

Ella se dio la vuelta. Tenía que controlar la voz. Miró por encima de las plataformas, y preguntó:

—¿Le resulta muy duro trabajar aquí?

—Sí, terrible.

—¿Se cansa mucho?

—De manera inhumana.

—¿Qué siente?

—Apenas puedo andar al final del día. No puedo mover los brazos por la noche. Cuando me tumbo en la cama, puedo contar todos los músculos de mi cuerpo por el número de dolores distintos.

Ella supo de inmediato que no le estaba contando cosas sobre él, sino que hablaba para ella; le decía las cosas que ella quería oír y diciéndole que sabía por qué ella quería oír esas frases en concreto.

Sintió ira, una ira que la satisfacía, porque era fría y certera. Sintió también el deseo de permitirle a su piel rozar la de él, de dejar que la longitud de su brazo desnudo se apretara contra la de él, y nada más. El deseo no iba más allá.

Le preguntó tranquilamente:

—Usted no se dedica a esto, ¿verdad? No habla como un obrero. ¿Qué hacía antes?

—He sido electricista, fontanero, yesero. Muchas cosas.

—¿Por qué está trabajando aquí?

—Por el dinero que ustedes me pagan, señorita Francon.

Ella se encogió de hombros, se giró y se alejó de él por el camino. Sabía que él la estaba mirando, pero no se dio la vuelta. Siguió su recorrido por la cantera y se marchó lo antes que pudo, pero no volvió por el camino, donde se lo habría vuelto a encontrar.

2

Dominique se despertaba cada mañana con la perspectiva de darle un significado al día a través de un objetivo que debía conseguir: el objetivo de que fuese un día en que no hubiese ido a la cantera.

Había perdido la libertad que amaba. Sabía que una continua lucha contra el impulso de un deseo único era también un impulso, pero era la forma en que prefería aceptarlo. Era la única manera en que podía dejarle motivar su vida. Encontró una oscura satisfacción en ese dolor, porque el dolor provenía de él.

Le dio por llamar a unos vecinos que vivían lejos, una familia rica y refinada con la que se había aburrido en Nueva York. No había visitado a nadie en todo el verano. Se mostraron asombrados y encantados de verla. Se sentó entre un grupo de gente distinguida en el borde de una piscina, y observaba la atmósfera de irritante elegancia a su alrededor. Notaba la actitud de deferencia de aquellas personas cuando hablaban con ella. Vio su propio reflejo en la piscina: parecía más exquisitamente austera que cualquiera de ellas.

Se estremeció con violencia al pensar en lo que harían aquellas personas si en ese momento le leyeran la mente; si supieran que estaba pensando en un hombre de la cantera, pensando en su cuerpo con una nítida intimidad, como no se piensa en otro cuerpo más que en el propio. Sonrió, y la fría pureza de su rostro evitó que los demás entendieran la naturaleza de esa sonrisa. Volvió otra vez a visitar a esa gente, para volver a tener esos pensamientos ante el respeto que le tenían.

Una noche, uno de los invitados se ofreció a llevarla en coche a casa. Era un ilustre y joven poeta, pálido y delgado. Tenía una boca suave y delicada, y los ojos heridos por todo el universo. Ella no se había percatado de la atención anhelante con que la había observado un largo rato. En el coche, al atardecer, vio cómo él se iba acercando vacilante hacia ella. Oyó su voz susurrando los ruegos e incoherencias que había oído a muchos hombres. Él paró el coche. Sintió los labios de él en su hombro.

Dio un respingo y se apartó de él. Se quedó quieta un momento, porque si se movía tendría que rozarlo otra vez, y no soportaba tocarlo. Después abrió la puerta, salió de un salto y cerró de golpe, como si el ruido del portazo pudiera borrarlo de la existencia, y corrió sin pensar. Se detuvo al cabo de un rato, y luego siguió andando, temblorosa, por la oscura carretera hasta que vio la silueta del tejado de su propia casa.

Se paró y miró a su alrededor con su primer pensamiento coherente de asombro. Le habían ocurrido incidentes como ése a menudo, y no había sentido repulsión, no había sentido nada.

Cruzó lentamente el césped hasta la casa. Al llegar a las escaleras que conducían a su habitación, se paró. Pensó en el hombre de la cantera. Pensó, con palabras claras y formadas, que el hombre de la cantera la deseaba. Lo sabía, lo supo cuando la miró por primera vez. Pero nunca lo había verbalizado en su interior.

Se rio y miró a su alrededor, al silencioso esplendor de su casa. La casa hacía que las palabras fuesen ridículas. Sabía que eso nunca le iba a pasar. Y sabía el tipo de sufrimiento que ella le podría imponer.

Durante varios días, recorrió con satisfacción las dependencias de su casa. Era su defensa. Oía las explosiones de las detonaciones en la cantera y se sonreía.

Pero sintió que estaba demasiado segura y que la casa la protegía demasiado. Sintió el deseo de acentuar la seguridad desafiándola.

Eligió una losa de mármol que había delante de la chimenea de su dormitorio. Quería romperla. Se arrodilló, con el martillo en la mano, e intentó hacer pedazos el mármol. Lo golpeó, levantando su fino brazo muy por encima de su cabeza y dejándolo caer a plomo con feroz impotencia. Sintió el dolor en los huesos del brazo, en las cavidades de los hombros. Logró hacerle un largo arañazo diagonal al mármol.

Se fue a la cantera. Lo vio a lo lejos y fue directa hacia él.

—Hola —dijo como si nada.

Él paró la perforadora, la apoyó en una de las gradas de piedra, y respondió:

—Hola.

—He estado pensando en usted —dijo ella con suavidad, hizo una pausa, y añadió, con el mismo tono cautivador de invitación—, porque hay que hacer una pequeña chapuza en mi casa. ¿Le gustaría ganarse un dinero extra?

—Claro, señorita Francon.

—¿Puede venir a mi casa esta noche? La entrada para el servicio está en la carretera de Ridgewood. Se ha roto una losa de mármol en una chimenea y hay que cambiarla. Quiero que la quite y pida que me hagan una nueva.

Ella esperaba que él se enfadara y lo rechazara, pero preguntó:

—¿A qué hora tengo que ir?

—A las siete. ¿Cuánto le pagan aquí?

—Sesenta y dos centavos por hora.

—Estoy seguro de que lo vale. Estoy dispuesta a pagarle la misma tarifa. ¿Sabe cómo llegar a mi casa?

—No, señorita Francon.

—Pídale a cualquiera del pueblo que le dé las indicaciones.

—Sí, señorita Francon.

Se marchó decepcionada. Sintió que su entendimiento secreto se había perdido. Él había hablado como si fuera un simple trabajo que podría haber ofrecido a cualquier otro obrero. Entonces sintió el jadeo ahogado en su interior, el sentimiento de vergüenza y placer que él siempre le provocaba. Se dio cuenta de que su entendimiento había sido más íntimo y flagrante que nunca, con su aceptación natural de una oferta antinatural. Le había demostrado lo mucho que sabía no asombrándose.

Ella les pidió a su viejo sirviente y a su esposa que se quedaran en la casa aquella noche. Su tímida presencia completaba la imagen de una mansión feudal. Oyó la campanilla de la entrada de los sirvientes a las siete en punto. La señora mayor lo acompañó hasta el vestíbulo delantero, donde estaba Dominique en el rellano de una amplia escalera.

Ella miró cómo él se acercaba, mirándola desde abajo. Mantuvo la pose el tiempo suficiente para que él sospechara que era una pose deliberada, planificada a propósito. La deshizo en el momento exacto en que él pudiera tener la certeza. Le dijo, con un tono tranquilo y severo:

—Buenas noches.

Él no respondió, pero inclinó la cabeza y subió las escaleras hacia ella. Llevaba su ropa de trabajo y una bolsa con herramientas. Sus movimientos tenían un tipo de energía rápido y relajado que no correspondía a aquel lugar, a aquella casa, a aquellos lustrosos escalones, entre los delicados y rígidos pasamanos. Ella imaginó que desentonaría con la casa, pero era la casa la que parecía desentonar en torno a él.

Ella movió una mano para indicarle la puerta de su habitación, y él la siguió obediente. No pareció fijarse en la habitación al entrar. Entró en ella como si fuese un taller. Fue directo a la chimenea.

—Ahí está —dijo ella, señalando con el dedo la loseta de mármol.

Él no dijo nada. Se arrodilló, sacó un fino cincel de metal de su bolsa, introdujo el filo en el arañazo de la loseta, cogió un martillo y le asestó un solo golpe. El mármol se partió con un corte largo y profundo.

Levantó la vista hacia ella. Era la mirada que ella temía, que expresaba una risa que no se podía contestar, porque la risa no se podía ver, sólo se podía sentir. Dijo:

—Ahora sí que está rota, hay que cambiarla.

—¿Sabe qué tipo de mármol es éste, y dónde se puede encargar otra pieza igual? —preguntó ella, como si nada.

—Sí, señorita Francon.

—Adelante, pues. Sáquela.

—Sí, señorita Francon.

Ella lo observaba de pie. Era extraño sentir la absurda necesidad de ver el proceso mecánico del trabajo como si sus ojos estuvieran ayudando. Después entendió que lo que temía era mirar la habitación en la que se encontraban. Se obligó a levantar la cabeza.

Vio el tocador —el marco del espejo parecía un fino lazo de satén verde en la semioscuridad—, unas chinelas blancas, una toalla azul claro en el suelo junto a un espejo, un par de medias sobre un brazo del sillón y la colcha de seda blanca de la cama. La camisa de él tenía lamparones húmedos y manchas grises de polvo de piedra; el polvo le había dejado marcas en la piel de los brazos. Ella sintió como si él hubiese tocado todos los objetos de la habitación, como si el aire fuese una densa piscina en la que se hubiesen sumergido juntos y el agua que le tocaba transmitiese su contacto a ella y a todos los objetos del dormitorio. Quería que él mirara hacia arriba, pero trabajó sin levantar la cabeza.

Se acercó a él y se quedó callada a su lado. Nunca se había acercado tanto. Miró la suavidad de la piel de su nuca, y pudo distinguir algunos pelos sueltos de su vello. Se miró la punta de la sandalia, en el suelo, a un centímetro del cuerpo de él. Con sólo un ligero movimiento del pie podría tocarlo. Dio un paso atrás.

Él movió la cabeza, pero no para levantar la vista, sólo para coger otra herramienta de la bolsa, y se agachó para retomar su tarea.

Ella se rio en alto. Él se paró y la miró.

—¿Qué? —le preguntó.

Con una cara muy seria y la voz dulce, respondió:

—Oh, lo siento. Quizá pensó que me reía de usted. Por supuesto que no. —Y añadió—: No quería interrumpirlo. Estoy segura de que estará ansioso por acabar y salir de aquí. Quiero decir que debe de estar cansado, como es lógico. Pero, por otro lado, le pago por horas, así que no pasa nada si estira el tiempo un poco, si quiere ganar algo más. Quizá quiera hablar de alguna cosa.

—Sí, señorita Francon.

—Dígame.

—Creo que esta chimenea es atroz.

—¿En serio? La casa la diseñó mi padre.

—Sí, por supuesto, señorita Francon.

—No tiene ningún sentido que usted discuta el trabajo de un arquitecto.

—Ninguno en absoluto.

—Seguro que podemos elegir cualquier otro tema.

—Sí, señorita Francon.

Se alejó de él. Se sentó en la cama, se echó hacia atrás apoyada en los brazos rectos y cruzó las piernas, tan juntas, que parecían una larga línea recta. Su torso encorvado con desgana contradecía la inflexible precisión de sus piernas, y la fría severidad de su rostro, la postura de su cuerpo.

Él la miró de vez en cuando, mientras trabajaba. Hablaba con docilidad, y dijo:

—Me aseguraré de conseguir una pieza de mármol de esta exacta calidad, señorita Francon. Es muy importante distinguir entre los distintos tipos de mármol. En general, hay tres tipos: el mármol blanco, que se deriva de la recristalización de la piedra caliza; el ónice, formado a partir de sedimentos de carbonato de calcio, y el verde, que se compone sobre todo de silicato de magnesio hidratado o serpentina. Este último no debe considerarse verdadero mármol. El verdadero mármol es una variedad metamórfica de la piedra caliza, producida por el calor y la presión. La presión es un factor muy potente: produce consecuencias que, una vez en marcha, no se pueden controlar.

—¿Qué consecuencias? —preguntó ella, inclinándose hacia delante.

—La recristalización de las partículas de la piedra caliza y la infiltración de elementos ajenos al suelo del entorno. Eso es lo que forma las vetas de colores que se encuentran en la mayoría de los mármoles. El mármol rosa se debe a la presencia de óxidos de manganeso, el gris, a la materia carbonosa, y el amarillo se atribuye al hidróxido de hierro. Esta pieza es, por supuesto, mármol blanco. Hay una gran variedad de mármoles blancos. Debería tener mucho cuidado, señorita Francon...

Ella estaba echada hacia delante, formando un ovillo sombrío. La luz de la lámpara le iluminaba una mano que le colgaba sobre las rodillas con la palma hacia arriba y los dedos medio cerrados. Un fino borde de color fuego perfilaba cada dedo, y el tejido oscuro de su vestido hacía que la mano resultara demasiado desnuda y reluciente.

—... de asegurarse de que voy a encargar una nueva pieza de esta misma calidad. No sería aconsejable, por ejemplo, sustituirla por una pieza de mármol de Georgia, que no tiene el grano tan fino como el de Alabama. Esto es mármol de Alabama. De la mejor calidad, y muy caro.

Él vio la mano cerrarse y caer en la sombra. Siguió trabajando en silencio.

Cuando acabó, se levantó y preguntó:

—¿Dónde pongo la loseta?

—Déjela ahí. Pediré que se la lleven.

—Encargaré una pieza nueva cortada a medida y pediré que se la envíen contra reembolso. ¿Quiere que se la ponga yo?

—Sí, claro. Le avisaré cuando llegue. ¿Cuánto le debo? —preguntó, echando un vistazo al reloj de su mesilla—. Veamos, ha estado aquí tres cuartos de hora. Eso son cuarenta y ocho centavos. —cogió el bolso, sacó un billete de dólar y se lo dio—. Quédese el cambio.

Ella esperaba que él se lo tirara a la cara, pero se guardó el billete en el bolsillo. Y dijo:

—Gracias, señorita Francon.

Vio que a ella le temblaba el borde de su manga larga negra por encima del puño.

—Buenas noches —le respondió ella, con la voz ahuecada por la ira.

—Buenas noches —dijo él, e inclinó la cabeza, bajó las escaleras y se fue de la casa.

Ella dejó de pensar en él. Pensaba en la pieza de mármol que había encargado. La esperaba con la febril intensidad de una súbita obsesión: contaba los días, observaba los escasos camiones que pasaban por la carretera al otro lado del césped.

Se decía intensamente a sí misma que simplemente quería que llegara el mármol, nada más, sin otro motivo oculto, sin ningún motivo en absoluto. Era una última e histérica secuela, estaba libre de todo lo demás. Llegaría la piedra, y eso sería el fin.

Cuando llegó la piedra, apenas la miró. El camión de reparto aún no se había marchado cuando ella ya estaba en su escritorio redactando una nota en una exquisita hoja de papel de carta. Decía: «Ha llegado el mármol. Lo quiero colocado esta noche».

Mandó al sirviente con la nota a la cantera. Le dijo que se la entregara a «no sé cómo se llama. El obrero pelirrojo que estuvo aquí».

El sirviente volvió y le llevó un trozo de papel marrón, cortado de una bolsa, que llevaba escrito a lápiz: «Lo tendrá colocado esta noche».

Ella esperó, con la asfixiante vaciedad de la impaciencia, junto a la ventana de su habitación. La campanilla de la entrada del servicio sonó a las siete en punto. Llamaron a su puerta.

—Pase —dijo con sequedad, para disimular el extraño sonido de su propia voz.

Se abrió la puerta, entró la mujer del sirviente y se apartó para abrir paso a la persona que la seguía. Quien la seguía era un italiano achaparrado de mediana edad y patizambo. Llevaba un aro dorado en una oreja y un sombrero raído que sostenía con ambas manos, con actitud respetuosa.

—El hombre que han mandado de la cantera, señorita Francon —dijo la mujer del sirviente.

Dominique preguntó con un tono que no era ni un grito ni una pregunta:

—¿Quién es usted?

—Pasquale Orsini —respondió el hombre, dócil y atolondrado.

—¿Qué quiere?

—Bueno, yo... Bueno, el pelirrojo de la cantera, pues que dijo que había que arreglar la chimenea, que me dijo que usted quería que yo la arreglase.

—Sí. Sí, claro —dijo ella, levantándose—. Me había olvidado. Adelante.

Ella tuvo que salir de la habitación. Tuvo que correr, no quería que nadie la viera, ni verse ella misma, si pudiera evitarlo.

Se paró en medio del jardín y se quedó allí, temblando, apretándose los puños contra los ojos. Era cólera. Una pura y única emoción que barría todo lo demás, todo salvo el terror bajo la cólera; terror, porque sabía que ahora no podía acercarse a la cantera y que iba a ir a ella.

Fue muchos días después, al anochecer, cuando volvió a la cantera. Regresaba a caballo de un largo paseo por el campo y veía crecer las sombras sobre el césped. Supo que no podría pasar otra noche más. Tenía que llegar allí antes de que se marcharan los obreros. Se giró y cabalgó hasta la cantera, a tal velocidad que el viento le cortaba las mejillas.

Él ya no estaba cuando llegó a la cantera. Supo enseguida que no estaba allí, aunque los obreros se estaban marchando justo en ese momento y muchos enfilaban el camino de vuelta de la cuenca de piedra. Se detuvo con los labios apretados, y lo buscó. Pero sabía que se había ido.

Cabalgó por el bosque. Corrió atravesando al azar muros de hojas que se mezclaban bajo la luz del crepúsculo. Se paró, arrancó una fina y larga rama de un árbol, le quitó las hojas, y continuó, utilizando la caña flexible como fusta para que el caballo corriese más rápido. Le parecía que la velocidad aceleraba el avance de la noche, que forzaba a que las horas por delante pasaran más rápido, que le permitía saltarse el tiempo para alcanzar la mañana antes de que llegase. Entonces, lo vio andando solo al frente, por la carretera.

Se lanzó corriendo hacia él. Lo alcanzó y frenó en seco; el tirón la empujó hacia delante y después hacia atrás, como si se hubiese salido un muelle. Él se detuvo.

No dijeron nada. Se miraron el uno al otro. Ella pensó que cada momento de silencio que pasaba era una traición. Ese encuentro sin palabras era demasiado elocuente; era reconocer que no hacían falta los saludos de cortesía.

—¿Por qué no fue a colocar el mármol? —dijo, sin ninguna entonación.

—Pensé que a usted le daría igual quién fuese. ¿O no, señorita Francon?

Ella no percibió esas palabras como sonidos, sino como una bofetada en la boca. Le descargó un latigazo en la cara con la rama que llevaba en alto y con el mismo impulso se marchó a toda velocidad.

Dominique estaba sentada en el tocador de su habitación. Era muy tarde. No se oía ningún ruido en la inmensa casa vacía que la rodeaba. Las ventanas de estilo francés de su dormitorio daban a una terraza y estaban abiertas, pero no se oía el más leve murmullo de las hojas del oscuro jardín que se extendía debajo.

El edredón de su cama, abierto, la estaba esperando. Su almohada blanca estaba apoyada en las altas ventanas negras. Pensó que trataría de dormir. Hacía tres días que no lo veía. Se llevó las manos a la cabeza, y presionó la superficie lisa de sus cabellos con las curvas de sus palmas. Se apretó las sienes con las yemas de los dedos, humedecidas con perfume, y las mantuvo un instante para sentir el alivio de la picadura fría del líquido, que contraía su piel. Había caído una gota de perfume en el espejo del tocador, una gota tan brillante y cara como una piedra preciosa.

No oyó los pasos en el jardín. No los oyó hasta que subieron las escaleras a la terraza. Se levantó con el ceño fruncido y miró por las ventanas.

Era él. Llevaba sus ropas de trabajo, la camisa sucia arremangada y los pantalones manchados de polvo de piedra. La miró fijamente. En su rostro no había una sonrisa comprensiva. En su rostro ojeroso había una expresión de crueldad austera y pasión ascética, con las mejillas hundidas y los labios cerrados, tensos. Ella se levantó de un salto, con los brazos hacia atrás y los dedos separados. Él no se movió. Ella vio una palpitación en la vena de su cuello.

Después, él se acercó a ella. La sostuvo como si hubiese atravesado su carne con la suya y sintió los huesos de sus brazos en los huesos de sus costillas, sus piernas tensadas al instante contra las de él, su boca sobre la suya.

No sabía si había sido un ataque de terror lo que la hizo sacudirse al principio y zafarse de su cuello con los codos, retorciéndose para escapar, o si aún seguía quieta en sus brazos, en aquel primer instante, en la conmoción de sentir el contacto de su piel, en lo que había pensado, y había esperado, y que nunca había sabido que fuese a ser así; que no pudo haber sabido, porque aquello no era parte de la vida, sino algo que no se podía soportar más de un segundo.

Intentó arrancarse de él, pero el esfuerzo fracasaba ante sus brazos, impasibles. Le dio pequeños puñetazos en los hombros, en la cara. Él le llevó las dos muñecas a la espalda y las bloqueó con el brazo, torciéndole los omóplatos. Ella ladeó la cara y sintió sus labios de él en sus pechos. Se liberó de él.

Cayó sobre el tocador y se quedó a gachas, con las manos agarradas al borde de la mesa y los ojos muy abiertos, lívidos y deformados por el terror. Él se estaba riendo, pero sin hacer el gesto ni emitir sonido alguno. Quizá él la había liberado adrede. Estaba de pie, con las piernas separadas y los brazos colgados a los lados, para que ella fuese aún más consciente de su cuerpo en la distancia que los separaba que entre sus brazos. Ella miró a la puerta a su espalda, y él advirtió un primer amago de movimiento, el simple pensamiento de saltar a aquella puerta. Alargó el brazo, sin tocarla, y lo dejó caer. Ella empezó a mover ligeramente los hombros, para levantarse. Él dio un paso adelante y ella dejó caer los hombros. Se acurrucó y se acercó más a la mesa. Él la dejó esperar. Después se acercó. La levantó sin esfuerzo. Ella le hundió los dientes en la mano y los dejó allí; notó su sangre en la punta de la lengua. Él le tiró de la cabeza hacia atrás, y la forzó a juntar su boca abierta contra la suya.

Ella se resistió como una fiera. Pero no emitió sonido alguno. No pidió socorro. Él devolvía el eco de sus puñetazos con un gemido entrecortado y ella supo que era un gemido de placer. Alargó la mano hacia la lámpara del tocador y él se la alejó con un manotazo. El cristal se hizo añicos en la oscuridad.

La tumbó en la cama y ella sintió que la sangre le latía en la garganta; en los ojos, el odio; y el terror impotente, en la sangre. Sintió el odio y las manos de él, que se movían por todo su cuerpo, aquellas manos que partían granito. Luchó en una última convulsión. De repente, el dolor se disparó por todo su cuerpo hasta la garganta, y chilló. Después yació inmóvil.

Era un acto que se podía llevar a cabo con ternura, como un sello de amor, o con desprecio, como un símbolo de humillación y conquista. Podía ser el acto de un amante o el acto de un soldado que violara a una enemiga. Lo hizo como un acto de desdén. No de amor, sino de profanación. Y esto la hizo quedarse quieta y someterse. Con un solo gesto de ternura de él, se habría mantenido fría e intacta ante lo que le estaban haciendo a su cuerpo. Pero el acto de un amo que tomaba esa deshonrosa y despectiva posesión de ella era el tipo de éxtasis que había estado deseando. Después notó que él se agitaba en la agonía de un placer insoportable incluso para él, y supo que se lo había dado, que había venido de ella, de su cuerpo, y se mordió los labios; sabía que él quería que ella lo supiese.

Se quedó tumbado en la cama, apartado de ella, con la cabeza colgando en el borde. Ella oyó sus lentos y últimos jadeos. Estaba tumbada bocarriba, como él la había dejado, y se quedó quieta, con la boca abierta. Se sentía vacía, ligera y plana.

Vio que él se levantaba y su silueta recortada dibujada en la ventana. Se fue sin decir una palabra ni mirarla. Ella era consciente, pero no le importó. Escuchó impasible cómo se alejaban sus pasos por el jardín.

No se movió en un largo rato. Después empezó a mover la lengua con la boca abierta. Oyó un ruido en su interior; era el sonido sediento, breve y nauseabundo de un sollozo, pero no estaba llorando: sus ojos estaban abiertos, inmóviles, secos. El sonido se convirtió en movimiento, en una sacudida que le bajó de la garganta al estómago. Eso la hizo incorporarse, y se puso de pie con dificultades, encorvada y apretándose el estómago con los antebrazos. Oyó temblar la mesilla en la oscuridad, y la miró, preguntándose perpleja por qué se movía una mesa sin motivo. Después comprendió que era ella la que temblaba. No estaba asustada; le parecía absurdo temblar así, con sacudidas breves y aisladas, como un hipo silencioso. Pensó que necesitaba darse un baño. Era una necesidad irresistible, como si la hubiera sentido durante mucho tiempo. Nada importaba, con tal de poder darse un baño. Se arrastró poco a poco hacia la puerta de su cuarto de baño.

Encendió la luz del baño y se vio en un espejo de cuerpo entero. Vio los cardenales en su cuerpo, junto a su boca. Oyó un gemido amortiguado en su interior, no muy alto. No fue la visión, sino el repentino destello de consciencia. Supo que no quería darse un baño. Supo que quería seguir sintiendo su cuerpo, las marcas de su cuerpo en el suyo, y supo también qué implicaba ese deseo. Cayó de rodillas y se agarró al borde de la bañera. No pudo lograr arrastrarse por encima de ese borde. Se le resbalaron las manos y se quedó quieta en el suelo. Sentía los azulejos duros y fríos bajo su cuerpo. Se quedó tumbada allí hasta el amanecer.

Roark se despertó por la mañana y pensó que la noche anterior había supuesto un objetivo alcanzado, como una parada del movimiento de su vida. Él seguía adelante para llegar a esas paradas; como cuando recorría la casa de Heller en obras; como la noche anterior. De algún modo tácito, la noche anterior había sido para él lo mismo que aquella casa: por una especie de reacción en su interior, por lo que daba a su conciencia vital.

Ambos se habían unido en un entendimiento que iba más allá de la violencia, más allá de la deliberada obscenidad de sus actos. Si ella hubiese significado menos para él, no la habría tomado como lo hizo; si él hubiese significado menos para ella, ella no se habría resistido con tanta desesperación. La irrepetible exultación se debía a que los dos lo habían entendido.

Fue a la cantera y trabajó como de costumbre. Ella no fue a la cantera, y él no esperaba que fuera. Pero el recuerdo de ella persistía; y él contempló eso con curiosidad. Era extraño ser consciente de la existencia de otra persona, sentirla como una necesidad cercana, imperiosa; una necesidad sin calificativos, ni agradable ni dolorosa, sólo terminante como un ultimátum. Era importante saber que ella existía en el mundo; era importante pensar en ella, en cómo se habría despertado aquella mañana, en cómo se movía con aquel cuerpo que aún era de él —ahora suyo para siempre— y en qué pensaba.

Aquella noche, durante la cena en la cocina llena de hollín, abrió un periódico y vio el nombre de Roger Enright en el texto de una columna de cotilleos. Leyó el breve párrafo:

> Al parecer, otro gran proyecto va camino de la papelera. Roger Enright, el rey del petróleo, no va a conseguirlo esta vez. Tendrá que poner fin a su última quimera de tener una casa Enright. Problemas con los arquitectos, nos cuentan. Al parecer, el insatisfecho señor Enright le ha indicado la puerta a media docena de grandes arquitectos, todos de primera categoría.

Roark sintió el retorcimiento que había tratado de combatir tantas veces, que había intentado que no le doliera demasiado: el retorcimiento de impotencia ante la visión de lo que él podría hacer, de lo que habría sido posible y estaba vetado para él. Después, por ningún motivo concreto, pensó en Dominique Francon. Ella no guardaba ninguna relación con las demás cosas que tenía en la cabeza; le sorprendía que pudiera seguir ahí, incluso en medio de esas cosas.

Pasó una semana. Entonces, una noche, se encontró una carta que le estaba esperando en casa. Se la habían reenviado desde su antigua oficina a su última dirección en Nueva York, y de allí a Mike, que se la mandó a Connecticut. La dirección impresa en el sobre de una compañía petrolera no le decía nada. Abrió la carta. Decía:

> *Estimado señor Roark:*
>
> *Llevo algún tiempo intentando ponerme en contacto con usted, pero no he sido capaz de localizarlo. Por favor, comuníquese conmigo en cuanto le sea oportuno. Quisiera hablar con usted sobre mi propuesta de «casa Enright», si es que es usted el hombre que construyó los almacenes Fargo.*
>
> *Saludos cordiales,*
>
> Roger Enright

Al cabo de media hora, Roark estaba en el tren. Cuando el tren se puso en marcha, se acordó de Dominique y de que la estaba dejando atrás. Ese pensamiento parecía lejano e irrelevante. Le sorprendía que siguiese pensando en ella, incluso en ese momento.

Ella podía aceptarlo, pensó Dominique, y llegar a olvidar con el tiempo todo lo que le había pasado, excepto un recuerdo: que había encontrado el placer en lo que había ocurrido, que él lo sabía y, aún más, que él lo sabía antes de ir a verla y que no había ido allí más que por esa razón. Ella no le había dado la única respuesta que la habría salvado: una respuesta de simple repulsión. Ella había sentido gozo en esa repulsión, en su terror y en la fuerza de él. Ésa era la degradación que siempre quiso, y lo odiaba por ello.

Una mañana, se encontró una carta esperándola en la bandeja del desayuno. Era de Alvah Scarret:

> *¿Cuándo vuelves, Dominique? No tengo palabras para expresarte cuánto te echamos de menos aquí. No eres una persona que resulte cómoda tener cerca, en realidad, te temo, pero también podría inflarte el ego un poco más, en la distancia, y confesarte que todos te estamos esperando impacientes. Será como el regreso al hogar de una emperatriz.*

La leyó y sonrió. *Si lo supiera... toda esa gente..., esa vieja vida y esa reverencia sobrecogida ante su persona..., que me han violado..., que me ha violado un rufián pelirrojo de una cantera... A mí, Dominique Francon...* En medio de su virulento sentimiento de humillación, las palabras le daban el mismo tipo de placer que había sentido en sus brazos.

Pensó en cuando paseaba por el campo, en la gente que se inclinaba a su paso en la carretera, ante la hacendada de la ciudad. Quería chillarlo y que todos lo oyeran.

No era consciente de los días que habían pasado. Se sentía satisfecha en ese extraño distanciamiento, a solas con las palabras que no dejaba de repetirse a sí misma. Entonces, una mañana, de pie en el jardín, se dio cuenta de que había pasado una semana y que no lo había visto desde entonces. Se giró y cruzó a toda prisa el jardín. Iba a ir a la cantera.

Anduvo los kilómetros que había hasta la cantera, por la carretera, sin cubrirse la cabeza bajo el sol. No se dio prisa. No era necesario darse prisa. Era inevitable. Verlo otra vez... La necesidad era demasiado grande para llamarla propósito... Después... Había otras cosas odiosas, cosas importantes que tenía que hacer, que le pasaban vagamente por la cabeza, pero primero, por encima de todo, una sola cosa: volver a verlo.

Llegó a la cantera y echó un lento y cuidadoso vistazo a su alrededor. Fue en vano, porque la enormidad de lo que vio no podía penetrar su cerebro: supo de inmediato que no estaba allí. Estaban trabajando a destajo, el sol estaba muy alto en el momento más ajetreado del día y no había ni un solo hombre ocioso a la vista, pero él no estaba entre ellos. Se quedó allí esperando, paralizada, un largo rato.

Entonces vio al capataz y le hizo un gesto para que se acercara.

—Buenas tardes, señorita Francon... Hace un día estupendo, señorita Francon, ¿verdad? Como si estuviésemos en pleno verano otra vez, y eso que el otoño no está lejos. Sí, se acerca el otoño, mire las hojas, señorita Francon.

—Tenían a un hombre aquí..., un hombre con el pelo naranja, muy claro... ¿dónde está? —preguntó ella.

—Ah, sí. Ése. Se ha ido.

—¿Que se ha ido?

—Lo dejó. Se marchó a Nueva York, creo. Muy de repente, además.

—¿Cuándo? ¿Hace una semana?

—Qué va, no, justo ayer.

—¿Quién...?

Entonces se calló. Iba a preguntar: «¿Quién era?». Pero en su lugar, preguntó:

—¿Quién estuvo trabajando aquí anoche hasta tan tarde? Oí explosiones.

—Eso era para un pedido especial para el edificio del señor Francon. El edificio Cosmo-Slotnick, ya sabe. Un trabajo urgente.

—Sí..., entiendo...

—Siento la molestia, señorita Francon.

—Oh, no, en absoluto.

Ella se alejó. No iba a preguntar cómo se llamaba. Era su última oportunidad para ser libre.

Anduvo deprisa, cómoda, con un repentino alivio. Se preguntaba por qué nunca había reparado en que no sabía cómo se llamaba y por qué nunca se lo había preguntado. Tal vez porque supo todo lo que tenía que saber sobre él con aquella primera mirada. Pensó en que no era posible encontrar a un obrero anónimo en la ciudad de Nueva York. Estaba a salvo. Si hubiese sabido cómo se llamaba, estaría ya de camino a Nueva York.

El futuro era sencillo. No tenía nada que hacer, salvo no averiguar jamás su nombre. Eso le daba un respiro. Tenía una oportunidad para resistirse. Y acabaría con ello, o ello acabaría con ella. En ese caso, averiguaría su nombre.

3

Cuando Peter Keating entró en la oficina, la puerta sonó al abrirse como un alto y único toque de trompeta. La puerta se precipitó hacia delante como si se hubiese abierto ella sola al acercarse un hombre ante el cual todas las puertas se abrían de aquella manera.

Su día en la oficina empezaba con los periódicos. Estaban ordenados en una pila, esperándolo, amontonados en su mesa por su secretaria. Le gustaba ver qué nuevas menciones aparecían en la prensa sobre el progreso del edificio Cosmo-Slotnick o la firma Francon & Keating.

No había menciones en la prensa esa mañana, y Keating frunció el ceño. Vio, sin embargo, una noticia sobre Ellsworth M. Toohey. Era una noticia asombrosa. Thomas L. Foster, un distinguido filántropo, había muerto, y había dejado, entre otras herencias mayores, la modesta suma de cien mil dólares a Ellsworth M. Toohey, «mi amigo y guía espiritual, para agradecerle sus nobles ideas y su verdadera devoción a la humanidad». Ellsworth M. Toohey había aceptado la herencia y la había entregado, intacta, al Taller de Estudios Sociales, un instituto de enseñanza progresista donde daba conferencias sobre «El arte como síntoma social». Su sencilla explicación fue que «no creía en la institución de la herencia privada». Se había negado a hacer más declaraciones. «No, amigos míos, no sobre esto», dijo. Y había añadido, con su encantadora facilidad para destruir la seriedad del momento que él mismo había creado: «Me gusta darme el lujo de hablar sólo de cosas interesantes. Y no considero que yo lo sea».

Peter Keating leyó la noticia. Y como sabía que era algo que él nunca habría hecho, sintió una gran admiración.

Después pensó, con una familiar punzada de fastidio, que no había conseguido conocer a Ellsworth Toohey. Toohey se había ido a hacer una gira de conferencias poco después de la adjudicación del Cosmo-Slotnick, y en los magníficos actos a los que Keating asistió desde entonces se notaba el vacío dejado por la ausencia del único hombre que él estaba ansioso por conocer. No había aparecido el nombre de Keating en la columna de Toohey. Keating se dispuso, esperanzado, como cada mañana, a leer la sección «Una vocecita» en el *Banner*. Pero «Una vocecita» iba hoy subtitulada: «Canciones y cosas», y estaba dedicada a demostrar la superioridad de los cantos populares sobre cualquier otra forma de arte musical, y del canto coral sobre cualquier otra forma de interpretación.

Keating soltó el *Banner*. Se levantó y cruzó con agresividad la oficina, porque ahora tenía que ocuparse de un asunto molesto. Lo había pospuesto durante varias mañanas. Se trataba de elegir un escultor para el edificio Cosmo-Slotnick. Hacía meses que la estatua gigantesca de la «Industria» que se iba a colocar en el vestíbulo principal del edificio se le había adjudicado —de manera provisional— a Steven Mallory. La adjudicación había dejado perplejo a Keating, pero, como había sido decisión del señor Slotnick, Keating tuvo que aprobarla. Se había entrevistado con Mallory, y le dijo: «Como reconocimiento a su excepcional destreza... Por supuesto que no es conocido, pero lo será, después de un encargo como éste... No todos los días se tiene un edificio como el mío».

No le había caído bien Mallory. Los ojos de Mallory eran como los agujeros negros que deja el fuego cuando aún no se ha apagado del todo, y no había sonreído ni una sola vez. Tenía veinticuatro años y había expuesto sus obras una vez, pero no recibía muchos encargos. Su obra era extraña y demasiado violenta. Keating recordó que Ellsworth Toohey escribió una vez, hacía tiempo, en «Una vocecita»:

> Las figuras humanas de Mallory serían magníficas de no ser por la hipótesis de que Dios creó el mundo y la forma humana. Si se le hubiese encomendado a Mallory ese trabajo, quizá podría haberlo hecho mejor que el Todopoderoso, si hemos de juzgar por las piedras que hace pasar por cuerpos humanos. ¿O no?

A Keating lo desconcertó la decisión del señor Slotnick, hasta que se enteró de que Dimples Williams vivía antes en el mismo bloque que Steven Mallory, y el señor Slotnick no podía negarle nada a Dimples Williams en ese momento. Mallory fue contratado, y trabajó y presentó un modelo de la estatua «Industria». Cuando la vio, Keating supo que la estatua sería como una puñalada brutal, un tiznón en la limpia elegancia de su vestíbulo. Era el cuerpo esbelto y desnudo de un hombre que parecía capaz de traspasar el casco de un acorazado y cualquier otra barrera que se le pusiera delante. Se erguía con pose desafiante y dejaba una extraña huella en la retina. Hacía que la gente a su alrededor pareciese más pequeña y triste de lo habitual. Por primera vez en su vida, al contemplar esa estatua, Keating creyó entender el significado de la palabra «heroico».

No dijo nada, pero se envió el modelo al señor Slotnick y mucha gente opinó, con indignación, lo mismo que Keating había pensado. El señor Slotnick le pidió que eligiera a otro escultor y dejó la decisión en sus manos.

Keating se dejó caer en un sillón, se echó hacia atrás y chasqueó la lengua. Se preguntó si debía encargarle el trabajo a Bronson, el escultor que era amigo de la señora Shupe, esposa del presidente de Cosmo, o a Palmer, que había sido recomendado por el señor Huseby, que tenía previsto construir una nueva fábrica de cosméticos valorada en cinco millones de dólares. Keating descubrió que le gustaba ese proceso de vacilación. Tenía en sus manos el destino de aquellos dos hombres, y posiblemente el de muchos otros: su destino, su trabajo, su esperanza, tal vez incluso la cantidad de comida en sus estómagos. Podía elegir a su capricho, por cualquier razón o por ninguna. Podía lanzar una moneda al aire o echarlo a suertes contando los botones de su chaleco. Era un gran hombre, por la gracia de aquellos que dependían de él.

Entonces vio el sobre.

Estaba encima de un montón de cartas en su mesa. Era un sobre liso, fino y alargado, pero, en pequeño, en una esquina, iba impresa la cabecera del *Banner*. Vio la familiar sección, «Una vocecita», por Ellsworth M. Toohey, con un subtítulo de una sola palabra, impresa con letras grandes y espaciadas; una única palabra, clamorosa en su individualidad, una salva por omisión:

KEATING

Soltó el recorte, lo recogió y volvió a leerlo, atragantándose con grandes trozos de frases que no masticaba; el papel le temblaba en la mano, y la piel de su frente se llenó de manchas rosadas. Toohey había escrito:

La grandeza es una exageración, y, como toda magnitud exagerada, lleva implícita el necesario corolario de futilidad. Uno piensa en un globo inflado, ¿verdad? Sin embargo, hay ocasiones en que nos vemos obligados a reconocer la promesa de un enfoque que se acerca con brillantez a lo que nos referimos vagamente con el término «grandeza». Esa promesa se cierne sobre nuestro horizonte arquitectónico en la persona de un simple muchacho llamado Peter Keating.

Hemos oído hablar mucho —y con justicia— del soberbio edificio Cosmo-Slotnick que ha diseñado. Miremos, por una vez, más allá del edificio, al hombre cuya personalidad está impresa en él.

No hay ninguna personalidad impresa en ese edificio, y es ahí, amigos míos, donde reside la grandeza de la personalidad. Es la grandeza de un joven espíritu altruista que asimila todas las cosas y las devuelve al mundo del que provinieron, enriquecidas por la suave brillantez de su propio talento. Así es como un solo hombre representa, no a un bicho raro y solitario, sino a la multitud de todos los hombres unidos, para encarnar todas sus aspiraciones en la suya propia.

Aquellos que posean el don de saber distinguir podrán oír el mensaje que Peter Keating nos dirige a todos en forma de edificio, el Cosmo-Slotnick, y comprender que los tres enormes y sencillos pisos inferiores son la masa de las clases obreras que sostienen a toda la sociedad; que las hileras de ventanas idénticas que ofrecen sus cristales al sol son el alma de la gente común, de esas infinitas y anónimas personas iguales en la uniformidad de la fraternidad y que aspiran a la luz; que las elegantes pilastras que se alzan desde su sólida base en las plantas inferiores, que estallan con la alegre efervescencia de sus capiteles corintios, son las flores de la cultura, que sólo florecen cuando están arraigadas en la tierra fértil de las masas.

[...] Para responder a los que consideran que todos los críticos son unos desalmados que sólo se dedican a la destrucción del talento sensible, con esta columna quiero agradecerle a Peter Keating que nos haya ofrecido la rara oportunidad —¡ay, tan rarísima!— de demostrar el goce de nuestra verdadera misión, que es descubrir a los jóvenes talentos, cuando hay algo que descubrir. Y si Peter Keating tiene ocasión de leer estas líneas, no espero su gratitud. La gratitud es nuestra.

Hasta que Keating no empezó a leer por tercera vez el artículo, no reparó en que había unas breves líneas escritas a lápiz rojo en el espacio después del título:

Querido Peter Keating:
Venga a verme a mi oficina un día de éstos. Me encantaría conocerlo.

E. M. T.

Dejó caer el recorte, que cayó con gracilidad sobre la mesa, y él se quedó de pie mirándolo, enroscándose un mechón en los dedos con una especie de estupor feliz. Después se giró hacia su dibujo del edificio Cosmo-Slotnick, que estaba colgado en la pared, entre una inmensa fotografía del Partenón y otra del Louvre. Miró las pilastras de su edificio. Nunca pensó en ellas como el florecer de la cultura entre las masas, pero decidió que uno podía pensar eso perfectamente y todas las demás cosas bonitas.

Después cogió el teléfono y habló con una voz aguda y monótona, la de la secretaria de Ellsworth Toohey. Concertó una cita para ver a Toohey a las 16.30 del día siguiente.

En las horas siguientes, su trabajo cotidiano cobró una nueva emoción. Era como si su actividad habitual hubiese sido sólo un mural claro y liso, y ahora se hubiese convertido en un noble bajorrelieve que se proyectaba hacia delante con la realidad tridimensional que le daban las palabras de Ellsworth Toohey.

Guy Francon bajaba de vez en cuando de su despacho, sin ningún motivo precisable. Los sutiles matices de sus camisas y sus calcetines hacían juego con el gris de sus sienes. Estaba de pie, sonriendo con benevolencia, en silencio. Keating pasó por su lado a toda prisa de camino a la sala de dibujo, reparó en su presencia sin detenerse, pero acortó los pasos lo suficiente como para meterle el frágil recorte de periódico entre los pliegues del pañuelo malva que asomaba del bolsillo de Francon, y le dijo:

—Léelo cuando tengas un momento, Guy.

Ya desde la sala contigua, añadió:

—¿Quieres comer hoy conmigo, Guy? Espérame en el Plaza.

Cuando volvió de comer, un joven dibujante paró a Keating y le preguntó, en voz alta, excitado:

—Cuente, señor Keating, ¿quién le ha metido un tiro a Ellsworth Toohey?

Keating logró decir, sin apenas aliento:

—¿Quién hizo qué?

—Disparar al señor Toohey.

—¿Quién?

—Eso es lo que quiero saber, quién.

—¿Disparado...? ¿Ellsworth Toohey?

—Eso es lo que vi en el periódico de un tipo en el restaurante. No me ha dado tiempo a conseguir uno.

—¿Lo han... matado?

—Eso es lo que no sé. Sólo vi que hablaban de un disparo.

—Si está muerto, ¿eso significa que no publicará su columna mañana?

—No sé. ¿Por qué lo dice, señor Keating?

—Ve a conseguirme un periódico.

—Pero tengo que...

—¡Que me consigas ese periódico, maldito idiota!

La noticia estaba ahí, en los diarios vespertinos. Habían disparado a Ellsworth Toohey esa mañana, cuando salía de su coche, enfrente de una emisora de radio donde iba a pronunciar un discurso sobre «Los que no tienen voz y los indefensos». El disparo había fallado. Ellsworth Toohey se mantuvo sereno y lúcido en todo momento. Su actitud era teatral por su absoluta ausencia de teatralidad. Había dicho: «No podemos hacer esperar a los radioyentes», y se apresuró a subir las escaleras hasta el micrófono, donde, sin mencionar en ningún momento el incidente, pronunció un discurso de media hora, y de memoria, como hacía siempre. El atacante no declaró nada cuando lo arrestaron.

Keating miró fijamente, con la garganta seca, el nombre del atacante. Era Steven Mallory.

Sólo lo inexplicable asustaba a Keating, en particular cuando lo inexplicable no consistía en hechos tangibles, sino en el pavor sin motivos que sentía en su interior. No había nada que le afectara de forma directa en lo ocurrido, salvo que quería que hubiese sido algún otro, cualquiera menos Steven Mallory, y no sabía por qué.

Steven Mallory permaneció en silencio. No dio ninguna explicación de su acto. Al principio, se supuso que le había movido la desesperación al perder el encargo del edificio Cosmo-Slotnick, al saberse que vivía en la repulsiva pobreza. Pero se comprobó, sin lugar a dudas, que Ellsworth Toohey no tenía ninguna relación con esa pérdida. Toohey nunca había hablado con el señor Slotnick sobre Steven Mallory. Toohey no había visto el modelo de la estatua «Industria». Llegado ese punto, Mallory rompió su silencio y admitió que nunca había conocido al señor Toohey, que no lo había visto nunca en persona ni conocía a ninguno de sus amigos.

—¿Cree que el señor Toohey era en cierto modo responsable de que perdiera su encargo? —le preguntaron.

—No —respondió Mallory.

—Entonces ¿por qué?

Mallory no dijo nada.

Toohey no reconoció a su atacante cuando lo vio capturado por la policía en la acera frente a la radio. No se enteró de cómo se llamaba hasta que terminó su emisión. Después, al pasar del estudio a una antesala llena de reporteros que lo estaban esperando, Toohey dijo:

—No, claro que no voy a presentar ninguna denuncia. Quisiera que lo suelten. ¿Quién es, por cierto?

Cuando oyó el nombre, la mirada de Toohey se quedó fija en un punto indeterminado entre el hombro de un reportero y el ala del sombrero de otro. Entonces, Toohey, que no había perdido la calma cuando una bala pasó a un centímetro de su cara y dio contra el cristal de la puerta de entrada, pronunció dos palabras que parecían caérsele a los pies por el peso del miedo:

—¿Por qué?

Nadie supo responder. Acto seguido, Toohey se encogió de hombros, sonrió y dijo:

—Si fue un intento de darse publicidad gratuita, en fin, ¡qué gusto tan atroz!

Pero nadie se creyó esta explicación, porque les parecía que Toohey tampoco se la creía. En las entrevistas posteriores, Toohey respondía de buen humor. Dijo: «Nunca me había considerado tan importante como para justificar un asesinato. Sería el mayor homenaje que uno podría esperar, aunque no con tanto estilo de opereta». Logró transmitir la encantadora impresión de que no había ocurrido nada importante porque nunca ocurría nada importante en la tierra.

Mallory fue enviado a la cárcel a la espera del juicio. Todos los intentos de interrogarlo fracasaron.

El pensamiento que incomodaba a Keating, que lo mantuvo en vela muchas horas aquella noche, era la certeza infundada de que Toohey se sentía igual que él. «Él sabe, y yo también —pensó Keating—, que el motivo de Steven Mallory encierra un peligro mayor que su intento de asesinato. Pero nunca sabremos cuál es. ¿O sí...?» Y después llegó al centro de su temor: era el repentino deseo de cuidarse, en los años siguientes, hasta el fin de su vida, de no averiguar jamás ese motivo.

La secretaria de Ellsworth Toohey se levantó despacio cuando entró Keating, y le abrió la puerta del despacho de Ellsworth Toohey.

Keating ya había superado la fase de sentir ansiedad ante la perspectiva de conocer a un hombre famoso, pero la experimentó en cuanto vio abrirse la puerta bajo la mano de la secretaria. Se preguntaba por el verdadero aspecto de Toohey. Recordaba la magnífica voz que oyó en el vestíbulo del mitin con los huelguistas, y se había imaginado un gigante, con una espléndida mata de pelo, quizá con las primeras canas, y las facciones amplias y marcadas de la inefable benevolencia, algo ligeramente parecido al semblante de Dios padre.

—El señor Peter Keating... El señor Toohey —dijo la secretaria, que cerró la puerta al salir.

En un primer vistazo a Ellsworth Monkton Toohey, uno sentía deseos de ofrecerle un abrigo grueso, bien forrado: así de delicado y desprotegido parecía su delgado y pequeño cuerpo, como el de un pollito recién salido del cascarón, con la penosa fragilidad de unos huesos aún blandos. En un segundo vistazo, uno quería asegurarse de que el abrigo fuese de la máxima calidad: así de exquisitas eran las prendas que cubrían ese cuerpo. El corte del traje oscuro se adaptaba con franqueza a la forma que contenía, sin disculparse por nada. Sus líneas se hundían con la concavidad de su estrecho torso, y se deslizaban hacia abajo desde el largo y fino cuello hasta la abrupta caída de los hombros. Una gran frente dominaba el cuerpo. Su rostro cuneiforme se extendía desde las sienes despejadas hasta una pequeña y afilada barbilla. Su cabello era negro, lacado y separado en dos partes iguales por una fina raya blanca. Esto le daba al cráneo una apariencia de tirantez y orden, pero acentuaba demasiado las orejas, que sobresalían con su solitaria desnudez, como las asas de una taza sopera. Su nariz, fina y larga, se prolongaba con la leve pincelada de un bigote negro. Sus ojos eran oscuros e impactantes. Encerraban tal riqueza de intelecto y alegría centelleante que daba la impresión de que no llevaba gafas para protegerse los ojos, sino para proteger a los demás de su excesivo brillo.

—Hola, Peter Keating —dijo Ellsworth Monkton Toohey con su voz irresistible y mágica—. ¿Qué le parece el templo de Atenea Niké?

—¿Cómo... está, señor Toohey? —dijo Keating, que se detuvo, estupefacto—. ¿Qué pienso... de qué?

—Siéntese, amigo. Del templo de Atenea Niké.

—Sí... Bueno..., yo...

—Estoy seguro de que no le habrá pasado inadvertida esa pequeña joya. El Partenón le ha usurpado el reconocimiento. ¿No es lo que suele pasar?, que el más grande y fuerte se apropia de toda la gloria, mientras que la belleza de la discreción se queda en el olvido. Sí, ha robado el reconocimiento que debió ser otorgado a esa magnífica y pequeña creación del gran espíritu libre de Grecia. Se habrá fijado, sin duda, en el fino equilibrio de su masa, en la suprema perfección de sus modestas proporciones, ah, sí, eso ya lo sabe usted, lo supremo de la modestia..., en la delicada artesanía de sus detalles.

—Sí, naturalmente —murmuró Keating, ya sentado—. Siempre ha sido mi favorito, el templo de Atenea Niké.

—¿En serio? —dijo Ellsworth Toohey, con una sonrisa que Keating no supo clasificar con exactitud—. Estaba seguro. Estaba seguro de que lo diría. Es usted muy bien parecido, Peter Keating, cuando no se queda mirando así, lo cual es bastante innecesario.

Y Toohey se echó a reír de pronto, de manera muy descarada e insultante, de Keating y de sí mismo, como si subrayara la falsedad de todo el proceso. Y después empezó a reírse él también a gusto, como si estuviese en casa con un amigo de toda la vida.

—Así está mejor —dijo Toohey—. ¿No le parece que lo aconsejable es no hablar con demasiada seriedad en un momento importante? Y éste podría ser un momento muy importante, quién sabe, para nosotros dos. Y, por supuesto, sabía que me tendría un poco de miedo y, lo admito, yo también le temía un poco, así que, ¿no es mucho mejor así?

—Oh, sí, señor Toohey —dijo Keating, alegre. La seguridad que solía sentir al conocer a la gente había desaparecido, pero se sentía cómodo, como si le hubiesen descargado de toda responsabilidad y no tuviese que preocuparse de decir lo correcto, como si lo guiasen para decirlo sin ningún esfuerzo por su parte—. Siempre supe que cuando lo conociese sería un momento importante, señor Toohey. Siempre. Durante años.

—¿En serio? —dijo Ellsworth Toohey, con los ojos atentos tras las gafas—. ¿Por qué?

—Porque siempre tuve la esperanza de agradarle, de que usted daría su aprobación... a mi trabajo... cuando llegara el momento... Vaya, yo incluso...

—¿Sí...?

—Incluso pensaba, a menudo, cuando dibujaba: ¿es éste el tipo de edificio que Ellsworth Toohey diría que es bueno? Intenté verlo así, a través de su mirada... Yo... Yo quería... —Ellsworth escuchaba con atención—. Yo siempre quise conocerlo porque usted es un pensador muy profundo y con una cultura tan distin...

—Vale —dijo Toohey, con voz amable pero un poco impaciente. Su interés decayó en esa última frase—. Nada de eso. No quisiera ser descortés, pero ahorrémonos ese tipo de cosas, ¿le parece? Por poco natural que pueda parecer, lo cierto es que no me gusta escuchar elogios personales.

Eran los ojos de Toohey, pensó Keating, los que le daban tranquilidad. Había una comprensión tan inmensa en los ojos de Toohey, y una amabilidad tan llevadera... No «llevadera», vaya palabra... No: una amabilidad ilimitada. Era como si uno no pudiese esconderle nada, aunque no fuese necesario, porque él lo perdonaría todo. Eran los ojos menos acusadores que Keating había visto jamás.

—Pero, señor Toohey —murmuró—. Yo quería...

—Usted quería darme las gracias por mi artículo —dijo Toohey, con una mueca de alegre desesperación—. Y que con tanto esfuerzo he tratado de evitar. ¿Me dejará que mc salga con la mía? No hay razón para que me dé las gracias. Si usted merece las cosas que dije, en fin, ese mérito es suyo, no mío, ¿no?

—Pero me alegró tanto que usted pensara que soy...

—¿Un gran arquitecto? Bueno, sin duda, hijo, usted lo sabía. ¿O no estaba lo bastante seguro? ¿Nunca está uno del todo seguro?

—Bueno, yo...

La pausa duró un solo segundo. Y a Keating le pareció que esa pausa era todo lo que Toohey quería oír de él; Toohey no esperó el resto, pero habló como si hubiese obtenido una respuesta completa, y que le había complacido.

—En cuanto al edificio Cosmo-Slotnick, ¿quién puede negar que es un logro extraordinario? ¿Sabe? Sus planos me tenían muy intrigado. Es un plano de lo más ingenioso. Un plano brillante. Muy inusual. Muy distinto de lo que he observado en sus trabajos anteriores, ¿verdad?

—Como es natural, el problema era distinto a todo lo que había hecho antes —dijo Keating, con la voz clara y firme por primera vez—, así que desarrollé los planos para que se ajustaran a las necesidades específicas del problema.

—Por supuesto —dijo Toohey con cortesía—. Es un bello trabajo. Debería estar orgulloso de él.

Keating advirtió que los ojos de Toohey convergieron en el centro de las gafas y que le estaba mirando directamente a las pupilas, y de pronto fue consciente de que Toohey sabía que él no había diseñado los planos del edificio Cosmo-Slotnick. Esto no le asustó. Lo que le asustó fue ver la aprobación en los ojos de Toohey.

—Si usted ha de sentir..., no gratitud, la gratitud es una palabra muy embarazosa, pero ¿aprecio, digamos? —Toohey siguió hablando, su voz se había vuelto más suave, como si Keating fuese su cómplice en la conspiración, consciente de que las palabras que se emplearan en adelante serían un código con un significado privado—. Quizá quiera agradecerme haber comprendido las implicaciones simbólicas de su edificio, y que las haya enunciado con palabras como usted lo hizo con mármol. Ya que, por supuesto, usted no es un simple constructor, sino un pensador de la piedra.

—Sí —dijo Keating—, ése era mi concepto abstracto cuando diseñé el edificio, las grandes masas y las flores de la cultura. Siempre he creído que la verdadera cultura brota del hombre común. Pero no tenía esperanzas de que nadie me entendiera jamás.

Toohey sonrió. Abrió los labios y dejó ver sus dientes. No estaba mirando a Keating. Estaba mirándose su propia mano, la larga, fina y sensible mano de concertista de piano, que movía un pliego de papel que había en la mesa. Después dijo:

—Quizá seamos hermanos espirituales, Keating. El espíritu humano. Eso es lo único que importa en la vida. —No miraba a Keating, sino más allá de él; sus gafas estaban levantadas por encima del rostro de Keating.

Keating supo que Toohey sabía que él jamás había pensado en ningún concepto abstracto hasta que leyó ese artículo, y aún más: que a Toohey, de nuevo, le parecía bien. Cuando las gafas bajaron lentamente hasta la cara de Keating, en sus ojos había una dulzura afectuosa, un afecto muy frío y muy real. Entonces Keating sintió como si las paredes del despacho se inclinaran con suavidad hacia él, empujándolo a una terrible intimidad, no con Toohey, sino con alguna culpa ignota. Quiso levantarse de un salto y correr. Se quedó quieto, con la boca entreabierta.

Sin saber a qué venía, Keating oyó como su propia voz rompía el silencio:

—Y quería decirle lo mucho que me alegró que esquivara la bala de aquel maníaco ayer, señor Toohey.

—Ah..., ah, gracias. ¿Eso? ¡Vaya! No deje que eso le afecte. Es uno de los pequeños recargos que se pagan por tener relieve en la vida pública.

—Nunca me gustó Mallory. Es una clase extraña de persona. Demasiado tenso. No me gusta la gente que está tensa. Tampoco me gustó nunca su trabajo.

—Es sólo un exhibicionista. No llegará a gran cosa.

—No fue idea mía, por supuesto, dejarle probar. Fue del señor Slotnick. Se empeñó, ya sabe. Pero el señor Slotnick, al final, supo lo que le convenía.

—¿Alguna vez le mencionó Mallory mi nombre?

—No. Nunca.

—Ni siquiera lo conocía, ¿sabe? Nunca lo había visto antes. ¿Por qué lo hizo?

Y entonces fue Toohey el que se quedó quieto, por lo que vio en la cara de Keating; Toohey estaba alerta e inseguro por primera vez. Aquél era, pensó Keating, el vínculo entre ellos, y ese vínculo era el miedo, y mucho, muchísimo más que eso, pero el miedo era la única forma reconocible de llamarlo. Y supo, con un irracional carácter definitivo, que Toohey le agradaba más que cualquier otro hombre que hubiese conocido.

—Bueno, ya sabe cómo es —dijo Keating animado, con la esperanza de que la trivialidad que estaba a punto de decir cerrara el asunto—. Mallory es un incompetente, y lo sabe, y decidió tomarla con usted, como símbolo de la grandeza y la capacidad.

Pero, en lugar de una sonrisa, Keating vio la repentina mirada que Toohey le lanzaba; no era una mirada: le pareció un fluoroscopio capaz de reptar y registrar el interior de sus huesos. Después, la cara de Toohey se endureció, tratando de componerse, y Keating supo que Toohey había encontrado el alivio en alguna parte, en sus huesos o en su rostro embobado y perplejo; que alguna inmensa y oculta ignorancia en su interior había reconfortado a Toohey. Después, Toohey dijo despacio, con un tono extraño y burlón:

—Tú y yo vamos a ser grandes amigos, Peter.

Keating dejó pasar un momento antes de sorprenderse a sí mismo y apresurarse a responder:

—Oh, ¡eso espero, señor Toohey!

—¡Venga, Peter! No soy tan viejo, ¿no? «Ellsworth» es el monumento al peculiar gusto de mis padres para la nomenclatura.

—Sí... Ellsworth.

—Así está mejor. En realidad, no me importa el nombre, si lo comparo con algunas de las cosas que me han llamado en privado, y en público, todos estos años. Oh, bueno. Es halagador. Cuando uno se gana enemigos, sabe que está siendo peligroso donde tiene que serlo. Hay cosas que se deben destruir, o nos destruirán a nosotros. Nos vamos a ver mucho, Peter. —Su voz era suave y firme ahora, con la rotundidad de una decisión alcanzada tras ser puesta a prueba, con la certeza de que nunca volvería a ver en Keating nada que lo interrogase—. Por ejemplo, llevo algún tiempo pensando en reunir a unos pocos arquitectos jóvenes, conozco a muchos, para formar una pequeña asociación informal, para intercambiar ideas, ya sabes, desarrollar un espíritu de cooperación, seguir una pauta de acción conjunta por el bien común del oficio, si surge la necesidad. No tan estirado como la Asociación de Arquitectos. Sólo un grupo de jóvenes. ¿Te interesaría?

—¡Claro, desde luego! ¿Y tú serías el presidente?

—Oh, no, querido. Yo nunca soy presidente de nada, Peter. No me gustan los cargos. No, más bien pensaba en que tú serías el presidente adecuado para nosotros, no se me ocurre nadie mejor.

—¿Yo?

—Tú, Peter. En fin, es sólo un proyecto, nada definitivo, sólo una idea a la que le he dado vueltas de vez en cuando. Hablaremos de ello en otro momento. Hay algo que me gustaría que hicieses, y que, en realidad, es una de las razones por las que quería conocerte.

—Claro, señor Too... Claro, Ellsworth. Cualquier cosa que pueda hacer por ti...

—No es para mí. ¿Conoces a Lois Cook?

—Lois... ¿qué?

—Cook. No la conoces. Pero lo harás. Esa joven es el mayor genio de la literatura desde Goethe. Tienes que leerla, Peter. Nunca lo sugiero como una norma, salvo para los que saben distinguir. Está muy por encima de todas esas cabezas de clase media que adoran las obviedades. Tiene previsto construir una casa. Una pequeña residencia privada en Bowery. Sí, en Bowery. Tal como es ella. Me pidió que le recomendara un arquitecto. Estoy seguro de que hace falta una persona como tú para entender a una persona como Lois. Le voy a sugerir tu nombre, si es que estás interesado en lo que será una residencia pequeña, aunque costosa.

—¡Cómo no! Es... ¡muy amable por tu parte, Ellsworth! ¿Sabes? Pensé, cuando dijiste... y cuando leí tu nota, que querías, bueno: que querías que te hiciese algún favor, ya sabes, un favor a cambio de otro, y resulta que...

—Mi querido Peter, ¡qué ingenuo eres!

—Supongo que no debería haber dicho eso, lo siento. No pretendía ofenderte, yo...

—No importa. Debes aprender a conocerme mejor. Por extraño que parezca, el interés completamente altruista en otra persona sí existe en este mundo, Peter.

Después estuvieron hablando sobre Lois Cook y sus tres obras publicadas —«¿Novelas? No, Peter, no exactamente novelas... No, tampoco colecciones de relatos... Es eso sin más, es Lois Cook: un género literario totalmente nuevo»—; sobre la fortuna que había heredado de un largo linaje de exitosos comerciantes; y sobre la casa que pensaba construir.

Cuando Toohey se levantó para acompañar a Keating hasta la puerta —Keating notó con qué precariedad se erguía sobre sus minúsculos pies—, se paró de pronto y dijo:

—A propósito, me parece recordar que existe entre nosotros un vínculo personal, aunque por la vida que llevo no termino de caer... Ah, sí, claro. Mi sobrina. La pequeña Catherine.

Keating notó que se le tensaba la cara, y supo que no debía consentir que se hablara de ello, pero sonrió con torpeza, en vez de protestar.

—Tengo entendido que estás prometido con ella.

—Sí.

—Qué bonito. Muy bonito. En ese caso, me gustará ser tu tío. ¿La quieres mucho?

—Sí. Mucho.

La ausencia de énfasis en su voz daba solemnidad a la respuesta. Era, en presencia de Toohey, la primera muestra de sinceridad e importancia que a Keating le salió de dentro.

—Precioso —dijo Toohey—. El amor juvenil. La primavera y el atardecer y el cielo y bombones a un dólar con veinticinco la caja. El privilegio de los dioses y de las películas... Oh, tenéis mi aprobación, Peter, creo que es maravilloso. No podrías haber elegido a otra mejor que Catherine. Es justo el tipo de persona por el que el mundo está más que perdido, el mundo con todos sus problemas y todas sus oportunidades para la grandeza. Sí, más que perdido, porque ella es inocente, dulce, bonita y anémica.

—Si vas a... —empezó a decir Keating, pero Toohey sonrió con una especie de bondad luminosa.

—Oh, Peter, claro que lo entiendo. Y me parece bien. Soy realista. El hombre siempre se ha empeñado en hacer el ridículo. Oh, venga, no debemos perder el sentido del humor. En realidad, nada es sagrado, salvo el sentido del humor. Aun así, siempre me ha encantado la historia de Tristán e Isolda. Es la historia más bella jamás contada, junto a la de Mickey y Minnie Mouse.

4

... Cepillo de dientes en la boca, cepillar pillar pillar dientes boca espuma como el domo en la espuma romana como domo coso coso en la boca Roma coso diente palillo pillo bolsillo platillo...

Peter Keating entornó los ojos, con la vista desenfocada, como si mirara desde lejos, pero soltó el libro. Era fino y negro, con unas letras escarlatas que decían: «*Nubes y mortajas*, por Lois Cook». En la cubierta decía que era una crónica de los viajes de Cook por el mundo.

Keating se echó hacia atrás con una sensación de entusiasmo y bienestar. Le gustaba ese libro. Lo había convertido en su rutina del desayuno de los domingos, como una profunda experiencia espiritual. Estaba seguro de que era profunda, porque no la entendía.

Peter Keating nunca sintió la necesidad de formular convicciones abstractas, pero tenía un sustituto eficaz. «Una cosa no es elevada si uno puede alcanzarla; no es grande si puede razonar sobre ella; no es profunda si se puede ver su fondo.» Éste había sido siempre su credo, ni declarado ni cuestionado. Esto le ahorraba cualquier intento de alcanzar, razonar o ver, y proyectaba una estupenda sombra de desprecio sobre aquellos que lo intentaban. Así que disfrutaba con la obra de Lois Cook. Se sentía elevado al reconocer su propia capacidad para responder a lo abstracto, lo profundo, lo ideal. Toohey había dicho: «Es eso, el sonido como sonido, la poesía de las palabras como palabras, el estilo como rebelión contra el estilo. Pero sólo los espíritus finos saben apreciarlo, Peter». Keating pensó que podía hablar de ese libro con sus amigos, y si no lo entendían, sabría que era superior a ellos. No necesitaba explicar esa superioridad —era eso, «la superioridad como superioridad»— automáticamente negada a quienes pedían explicaciones. Le encantaba el libro.

Cogió otra tostada. Vio en el extremo de la mesa, dejado ahí por su madre, el voluminoso montón de la prensa dominical. Lo cogió, porque sentía que en ese momento tenía las fuerzas suficientes y la seguridad, en su secreta grandeza espiritual, para enfrentarse al mundo entero contenido en esa pila. Sacó la sección ilustrada. Se paró al ver la reproducción de un dibujo: la casa Enright, por Howard Roark.

No le hizo falta ver la nota al pie ni la firma brusca en la esquina del boceto; sabía que nadie más había concebido esa casa y conocía ese modo de dibujar, sereno y violento al mismo tiempo; los trazos de lápiz como cables de alta tensión sobre el papel, finos e inofensivos a la vista, pero no al tacto. Era un edificio en un amplio espacio junto al río Este. No le pareció un edificio a primera vista, sino una masa de cristal dc roca levantada. Ahí estaba, el mismo orden severo y matemático que integraba un desarrollo libre, fantástico; las líneas rectas y los ángulos perfectos, las cuchilladas en el espacio que, sin embargo, formaban una armonía tan delicada como el trabajo de un joyero; una increíble variedad de formas, donde cada unidad, separada e irrepetible, conducía inevitablemente a la siguiente y a todo el conjunto, de modo que los futuros habitantes no iban a tener una jaula cuadrada entre un montón de jaulas, sino una casa unida a las demás como si formaran un único cristal en el lateral de una roca.

Keating observó el boceto. Hacía tiempo que sabía que habían elegido a Howard Roark para construir la casa Enright. Había visto algunas menciones a Roark en los periódicos; no muchas, y se podían resumir así: «Un joven arquitecto elegido por el señor Enright por algún motivo, probablemente un joven e interesante arquitecto». La nota al pie del dibujo anunciaba que la construcción del proyecto iba a empezar de forma inminente. «Bueno —pensó Keating—, ¿y qué?», y soltó el periódico. El periódico cayó al lado del libro negro y escarlata. Se quedó mirándolos a los dos. Tuvo la ligera sensación de que Lois Cook era su defensa contra Howard Roark.

—¿Qué es eso, Petey? —preguntó por detrás la voz de su madre.

Keating le alargó el periódico por encima del hombro. Al cabo de un segundo, el periódico volvía a caer sobre la mesa, a su espalda.

—Oh... —dijo la señora Keating, encogiéndose de hombros—. Uf...

Estaba de pie, a su lado. Su vestido de seda con encajes le quedaba demasiado ajustado y revelaba la sólida rigidez de su corsé; en su garganta brillaba un pequeño broche, lo bastante pequeño como para exhibir con ostentación que estaba hecho de diamantes auténticos. Ella era como el nuevo apartamento al que se habían mudado: visiblemente caro. La decoración del apartamento había sido el primer trabajo profesional de Keating para sí mismo. Lo amuebló con nuevas y flamantes piezas de estilo victoriano medio. Era conservador y majestuoso. Encima de la chimenea del salón, había colgado un gran cuadro antiguo que no era, pero parecía, de un ilustre antepasado.

—Petey, cariño, odio tener que meterte prisa un domingo por la mañana, pero ¿no es hora de arreglarse? Ahora tengo que irme corriendo, y me daría mucha rabia que te olvidases de la hora y llegaras tarde, ¡qué amable el señor Toohey, al invitarte a su casa!

—Sí, mamá.

—¿Habrá también algún invitado famoso?

—No, sin invitados. Pero habrá otra persona allí, que no es famosa. —Su madre lo miró con expectación, y él continuó—: Estará Katie.

El nombre no pareció provocarle ningún efecto. Una extraña seguridad la recubría últimamente, como una capa de grasa que esa cuestión particular ya no podía penetrar.

—Sólo es una merienda familiar —recalcó él—. Eso es lo que me dijo.

—Muy amable por su parte. Estoy segura de que el señor Toohey es un hombre muy inteligente.

—Sí, mamá.

Él se levantó impaciente y se fue a su habitación.

Era la primera visita de Keating al distinguido hotel residencial al que se habían mudado hacía poco Catherine y su tío. No se fijó mucho en el apartamento, más allá de recordar que era simple, muy limpio y elegantemente modesto, y en el que había una gran cantidad de libros y muy pocos cuadros, aunque auténticos y valiosos. Uno nunca se acordaba del apartamento de Ellsworth, sólo de su anfitrión. El anfitrión, aquella tarde de domingo, llevaba un traje gris oscuro, correcto como un uniforme, y unas chinelas de charol negro con ribetes rojos; las chinelas se burlaban de la severa elegancia del traje, y, sin embargo, completaban la elegancia con su audaz anticlímax. Estaba sentado en un amplio sillón bajo, y en su cara había una expresión de dulzura cauta, tan cauta que Keating y Catherine se sentían a veces como meras pompas de jabón.

A Keating no le gustaba cómo se sentaba Catherine, en el borde del sillón, encorvada, juntando con torpeza las piernas. Le habría gustado que no hubiese vestido el mismo conjunto tres temporadas seguidas, pero lo llevaba puesto. Ella tenía la vista fija en algún punto del centro de la alfombra. Apenas miró a Keating. Nunca miró a su tío. Keating no encontró ni rastro de aquella gozosa admiración con que siempre había hablado de Toohey, y que había esperado que mostrara en su presencia. Había cierta pesadez y desánimo en Catherine, y estaba muy cansada.

El sirviente de Toohey les llevó la bandeja del té.

—¿Lo sirves, por favor, querida? —le dijo Toohey a Catherine—. ¡Oh, no hay nada como el té por la tarde! Cuando el Imperio británico se derrumbe, los historiadores descubrirán que no hizo más que dos inestimables aportaciones a la civilización: este ritual del té y las novelas policíacas. Catherine, querida, ¿tienes que agarrar el asa de la tetera como si fuese el hacha de un carnicero? Pero no importa, es encantador, en realidad, por eso te queremos, Peter y yo, no te querríamos igual si tuvieses la gracia de una duquesa. ¿Quién quiere una duquesa hoy en día?

Catherine sirvió el té y derramó un poco en el cristal de la mesa, lo que nunca le había pasado.

—Quería veros a los dos juntos por una vez —dijo Toohey, con una delicada taza en la mano, que balanceaba sin prestarle atención—. Qué tonto soy, ¿verdad? Aunque en realidad no sea una gran ocasión, me pongo tonto y sentimental a veces, como todos. Te felicito por tu elección, Catherine. Te debo una disculpa, nunca sospeché que tuvieses tan buen gusto. Tú y Peter hacéis una pareja maravillosa. Le harás mucho bien. Le prepararás la crema de trigo, le lavarás los pañuelos y darás a luz a sus hijos, aunque por supuesto los niños tendrán todos sarampión en algún momento u otro, lo cual es una molestia...

—Pero, después de todo..., ¿lo apruebas? —preguntó Keating, ansioso.

—¿Que si lo apruebo? ¿El qué, Peter?

—Que nos casemos... en algún momento.

—¡Qué pregunta tan innecesaria, Peter! Por supuesto que lo apruebo. ¡Pero qué jóvenes sois! Así es como los jóvenes crean problemas donde no existen. Lo has preguntado como si la cosa fuese tan importante que pudiera no aprobarlo.

—Katie y yo nos conocimos hace siete años —dijo Keating, a la defensiva.

—Y fue un amor a primera vista, claro.

—Sí —dijo Keating, y se sintió ridículo.

—Debió de ser en primavera —dijo Toohey—. Suele serlo. Siempre hay un cine oscuro, y dos personas ajenas al mundo que se cogen de la mano. Pero las manos sudan cuando están cogidas mucho rato, ¿no? Aun así, es hermoso estar enamorado. La historia más linda jamás contada, y la más trillada. No te gires así, Catherine. Nunca debemos permitirnos perder nuestro sentido del humor.

Él sonrió. La bondad de su sonrisa abrazó a los dos. La bondad era tan grande que hacía que el amor de ellos pareciera pequeño y mezquino, porque sólo algo despreciable podría evocar esa inmensa compasión. Preguntó:

—A propósito, Peter, ¿cuándo tenéis intención de casaros?

—Ah, pues... nunca hemos fijado la fecha definitiva, ya sabes cómo ha sido, todas las cosas que me están pasando..., y ahora Katie tiene su trabajo y... Y, por cierto —añadió bruscamente, porque ese asunto del trabajo de Katie lo irritaba sin motivo—, cuando nos casemos, Katie, tendrás que dejarlo. No me parece bien.

—Pero, claro —repuso Toohey—. Yo tampoco lo apruebo, si a Catherine no le gusta.

Catherine trabajaba de ayudante en la guardería del Centro Benéfico Clifford. Había sido su propia idea. Solía visitar el centro con su tío, que daba clases de economía allí, y se interesó por el trabajo.

—¡Pero sí me gusta! —dijo de repente, nerviosa—. ¡No sé por qué te molesta, Peter! —Había un tono de dureza en su voz, desafiante y desagradable—. Nunca he disfrutado tanto con nada en mi vida. Ayudar a personas necesitadas e infelices. Fui allí esta mañana, no tenía que ir, pero quise ir, y después me di tanta prisa para volver a casa que no me dio tiempo a cambiarme de ropa, lo que parece que no importa, porque, ¿a quién le importa mi aspecto? —El tono de dureza había desaparecido, y ahora hablaba ansiosa, muy deprisa—. Y ¡figúrate, tío Ellsworth! Al pequeño Billy Hansen le dolía la garganta, ¿te acuerdas de Billy? Y la enfermera no estaba, ¡así que tuve que frotársela con Argyrol, al pobrecito! Tenía unas terribles placas de pus en la garganta.

Su voz parecía brillar, como si estuviese hablando de una gran belleza. Miró a su tío. Por primera vez, Keating vio el afecto que esperaba. Siguió hablando de su trabajo, de los niños, del centro. Toohey la escuchaba serio. No dijo nada, pero esa gravedad en sus ojos lo cambió, y su alegre jocosidad desapareció y se olvidó de su propio consejo: estaba siendo serio, muy serio, de hecho. Cuando vio que el plato de Catherine estaba vacío, le ofreció la bandeja de bocadillos con un simple gesto que, de algún modo, convirtió en un elegante gesto de respeto.

Keating esperó con impaciencia a que ella se callara un momento. Quería cambiar de tema. Echó un vistazo al salón y vio la prensa dominical. Era una pregunta que llevaba tiempo queriendo hacerle. Se la hizo con cautela:

—Ellsworth... ¿Qué opinas de Roark?

—¿Roark? ¿Roark? ¿Quién es Roark? —preguntó Toohey.

La forma excesivamente ingenua e insignificante con que repitió el nombre, con el leve y despectivo tono de interrogación, muy perceptible al final, le dio la certeza a Keating de que Toohey conocía bien ese nombre. Uno nunca recalcaría su total ignorancia sobre un tema si fuese algo que ignorase por completo. Keating dijo:

—Howard Roark. Ya sabes, el arquitecto. El que está haciendo la casa Enright.

—Ah... Ah, sí, uno que está haciendo la casa Enright por fin, ¿no?

—Hay una imagen de él en el *Chronicle* de hoy.

—¿Sí? El *Chronicle* sí que lo he hojeado.

—Y... ¿qué opinas de ese edificio?

—Si fuese importante, lo habría recordado.

—¡Claro! —Las sílabas de Keating danzaban, como si su aliento las fuese atrapando a su paso—. ¡Es una cosa espantosa, una locura! ¡No se parece a nada que hayas visto ni que quieras ver!

Se sintió liberado. Era como si se hubiese pasado la vida creyendo que era portador de una enfermedad congénita, y que de pronto las palabras del mayor especialista de la tierra lo hubieran declarado sano. Quiso reír, libre y estúpidamente, sin dignidad. Quería hablar.

—Howard es amigo mío —dijo contento.

—¿Amigo tuyo? ¿Lo conoces?

—¡Y tanto que lo conozco, sí! Fuimos juntos a la universidad, a Stanton, ya sabes. Vivió tres años en nuestra casa, y te puedo decir hasta el color de su ropa interior y cómo se ducha, porque lo he visto.

—¿Vivió en vuestra casa en Stanton? —repitió Toohey, que hablaba con una especie de precisión cautelosa. Sus golpes de voz eran débiles, secos y terminantes, como el crujido de las cerillas al partirse.

Era muy curioso, pensó Keating. Toohey le estaba haciendo muchas preguntas sobre Howard Roark. Pero las preguntas no tenían sentido. No tenían que ver con los edificios, y nada que ver con la arquitectura. Eran preguntas personales, absurdas y extrañas para tratarse de un hombre del que nunca había oído hablar.

—¿Suele reírse?

—Rara vez.

—¿Parece infeliz?
—Nunca.
—¿Tenía muchos amigos en Stanton?
—Nunca ha tenido amigos en ninguna parte.
—¿Les caía bien a los chicos?
—No puede caerle bien a nadie.
—¿Por qué?
—Te hace sentir como si fuera una impertinencia que te cayera bien.
—¿Salía a beber, a divertirse?
—Nunca.
—¿Le interesa el dinero?
—No.
—¿Le gusta que lo admiren?
—No.
—¿Cree en Dios?
—No.
—¿Habla mucho?
—Muy poco.
—¿Escucha a los demás cuando discuten cualquier... idea con él?
—Escucha. Sería mejor que no lo hiciera.
—¿Por qué?
—Sería menos insultante, si sabes a qué me refiero, cuando un hombre te escucha de ese modo y sabes que no le importa lo más mínimo.
—¿Siempre quiso ser arquitecto?
—Él...
—¿Qué pasa, Peter?
—Nada. Es que acabo de pensar lo extraño que es que yo nunca me haya hecho esa pregunta sobre él. Esto es lo extraño: no puedes preguntarte eso sobre él. Está obsesionado con la arquitectura. Tiene tanta maldita importancia para él que ha perdido toda perspectiva humana. No tiene ningún sentido del humor: ahí lo tienes, Ellsworth, un hombre sin sentido del humor. Uno no se pregunta qué haría él si no quisiese ser arquitecto.

—No. Te preguntas qué haría si no pudiese ser arquitecto —dijo Toohey.

—Pasaría por encima de los cadáveres. De todos y cada uno de ellos. De todos nosotros. Pero él sería arquitecto.

Toohey dobló su servilleta, el pequeño cuadrado de tela limpia que tenía en la rodilla. La dobló con precisión, dos veces por la mitad, y pasó la uña por el pliegue para marcar bien la doblez.

—¿Te acuerdas de nuestro grupito de jóvenes arquitectos, Peter? Estoy haciendo algunos preparativos para celebrar pronto una primera reunión. He hablado con muchos de nuestros futuros miembros y te halagaría saber lo que dijeron de ti como futuro presidente.

Siguieron con una agradable charla otra media hora. Cuando Keating se levantó para irse, Toohey dijo:

—Ah, sí: le he hablado a Lois Cook de ti. Tendrás noticias suyas pronto.

—Muchas gracias, Ellsworth. Por cierto, estoy leyendo *Nubes y mortajas*.

—¿Y qué tal?

—Oh, es tremendo. Ya sabes, Ellsworth, es... Te hace pensar de forma muy diferente sobre todo lo que ya habías pensado.

—Sí, ¿verdad? —dijo Toohey.

Se quedó parado junto a la ventana, mirando el último rayo de sol de aquella tarde fría y luminosa. Después se volvió y dijo:

—Hace un día precioso. Probablemente, uno de los últimos de este año. ¿Por qué no te llevas a Catherine a dar un paseo, Peter?

—¡Me encantaría! —dijo Catherine entusiasmada.

—Muy bien, adelante —dijo Toohey, con una alegre sonrisa—. ¿Qué pasa, Catherine? ¿Tienes que esperar a que yo te dé permiso?

Cuando iban paseando juntos, cuando estuvieron a solas en el frío resplandor de las calles bañadas por la luz del atardecer, Keating sintió que volvía a recuperar todo lo que Catherine había significado siempre para él, la extraña emoción que no podía mantener delante de los demás. Cerró la mano sobre la de ella. Ella apartó la mano, se quitó el guante y deslizó los dedos entre los suyos. Entonces pensó de pronto en que las manos sudaban si estaban cogidas mucho tiempo, y empezó a andar más rápido, con fastidio. Pensó que paseaban por ahí como Mickey y Minnie Mouse y que seguramente resultaran ridículos a los transeúntes. Para sacudirse de encima esos pensamientos, la miró a la cara. Ella iba mirando al frente, a la luz dorada, y vio su delicado perfil y la leve arruga de una sonrisa en la comisura de la boca, una sonrisa de felicidad serena. Pero advirtió una palidez en el borde de los párpados y empezó a preguntarse si tendría anemia.

Lois Cook estaba sentada en el suelo en mitad de su salón, con las piernas cruzadas a la turca, y enseñaba unas gruesas rodillas desnudas, unas medias grises enrolladas por encima del liguero y parte de las bragas, de color rosa pálido. Peter Keating estaba sentando en el borde de un *chaise longue* de seda violeta. Nunca se había sentido incómodo en una primera entrevista con un cliente.

Lois Cook tenía treinta y siete años. Había insistido en afirmar, en sus actos de promoción y sus conversaciones privadas, que tenía sesenta y cuatro. Lo repetía como una broma caprichosa, y eso le confirió a su nombre un vago aire de eterna juventud. Era alta y árida, de espalda y caderas anchas. Tenía una cara alargada y cetrina, y los ojos muy juntos. El pelo, unos mechones grasientos, le llegaba por encima de las orejas. Tenía las uñas rotas. Su aspecto era ofensivamente desaliñado, con un desaseo tan estudiado como el acicalamiento, y con el mismo propósito.

Hablaba sin cesar, balanceándose atrás y adelante sobre sus piernas:

—... sí, en Bowery. Una residencia privada. El santuario de Bowery. Tengo el terreno, lo quería y me lo compré, tan simple como eso, o el idiota de mi abogado lo compró por mí. Tiene que conocer a mi abogado, tiene halitosis. No sé lo que me costará usted, pero no es lo esencial, el dinero es una vulgaridad. El repollo también es una vulgaridad. Tiene que tener tres pisos y un salón de estar con suelo de baldosas.

—Señorita Cook, he leído *Nubes y mortajas*, y fue una revelación espiritual para mí. Permítame incluirme entre los pocos que entienden el coraje y el significado de lo que usted está logrando por sí sola, mientras...

—Oh, no empiece con esas bobadas —dijo Lois Cook, guiñándole un ojo.

—¡Pero lo digo de verdad! —gritó enfadado—. Me encantó su libro. Yo...

Ella parecía aburrida.

—Es tan vulgar que todo el mundo te entienda... —dijo, arrastrando las palabras.

—Pero el señor Toohey dijo...

—Ah, sí, el señor Toohey. —Sus ojos estaban ahora en alerta, insolentemente culpables, como los ojos de un crío que acabase de perpetrar alguna bromita de mal gusto—. El señor Toohey... Soy presidenta de una pequeña asociación de jóvenes escritores en la que el señor Toohey está muy interesado.

—Ah, ¿sí? —dijo contento. Parecía ser la primera comunicación directa entre ellos—. ¡Qué interesante! El señor Toohey está reuniendo un pequeño grupo de jóvenes arquitectos también, y es tan amable que ha pensado en mí para presidirlo.

—Ah —dijo, y le guiñó el ojo—. ¿Uno de los nuestros?

—¿De quiénes?

Él no sabía lo que había hecho, pero supo que la había decepcionado de algún modo.

Ella se echó a reír. Estaba allí sentada, mirándolo desde abajo, riéndose adrede en su cara, riéndose sin gracia ni alegría.

—¡Pero qué...! —Se controló—. ¿Qué pasa, señorita Cook?

—¡Ay, Dios! ¡Es usted un muchacho tan, pero tan dulce, y tan guapo!

—El señor Toohey es un gran hombre —dijo enfadado—. Es el más..., es la persona más noble que jamás haya...

—Oh, sí. El señor Toohey es un gran hombre. —Había un extraño descuido en su voz, una flagrante falta de respeto—. Es mi mejor amigo. El hombre más maravilloso de la tierra. Está la tierra, y luego está el señor Toohey: es una ley natural. Aparte, piense en las estupendas rimas que se pueden hacer: Toohey... *gooey... phooey... hooey...*[1] Con todo, es un santo. Eso es muy poco frecuente. Tan poco frecuente como los genios. Yo soy un genio. Quiero un salón de estar sin ventanas. Ninguna ventana en absoluto, acuérdese cuando dibuje los planos. Ninguna ventana, suelo de baldosa y el techo negro. Y sin electricidad. No quiero electricidad en mi casa, sólo quinqués. Quinqués con chimeneas y velas. ¡Al diablo con Thomas Edison! ¡No fue nadie, después de todo!

Sus palabras no le molestaban tanto como su sonrisa. No era una sonrisa, era una mueca permanente que nacía en las comisuras de su larga boca y le hacía parecer un pícaro y salvaje diablillo.

—Y quiero, Keating, que la casa sea fea. Majestuosamente fea. Quiero que sea la casa más fea de Nueva York.

—¿La más... fea, señorita Cook?

—Cariño, ¡la belleza es tan vulgar!

—Sí, pero..., pero yo... Bueno, no veo cómo podría permitirme a mí mismo...

—Keating, ¿dónde está su coraje? ¿No es capaz de un acto sublime por una vez? Todos trabajan tan duro y luchan y sufren, intentando alcanzar la belleza, intentando superarse unos a otros en la belleza. ¡Vamos a superarlos a todos! Vamos a tirarles su sudor a la cara. Vamos a destruirlos de un solo golpe. Seamos dioses. Seamos feos.

Aceptó el encargo. Al cabo de unas semanas dejó de sentirse incómodo. Siempre que mencionaba su nuevo trabajo, la reacción era de curiosidad respetuosa. Era una curiosidad divertida, pero respetuosa. El

1. «Pegajoso», «puaj» y «chorrada», respectivamente. *(N. de la T.)*

nombre de Lois Cook era famoso en las mejores fiestas a las que acudía. Los títulos de sus libros brillaban en las conversaciones como diamantes en la corona intelectual del que hablaba. Había siempre una nota de cuestionamiento en las voces que los pronunciaban. Daba la impresión de que el que hablaba estaba siendo muy audaz. Era una audacia satisfactoria y nunca generaba antagonismos. Al tratarse de una escritora que no vendía, resultaba extraño que su nombre fuese famoso y celebrado. Era la abanderada de la vanguardia intelectual y la rebelión. Sólo que él no tenía muy claro contra qué se rebelaba exactamente. En cierto modo, prefería no saberlo.

Diseñó la casa como ella quiso. Era un edificio de tres plantas, una parte de mármol y otra de estuco, adornada con gárgolas y faroles. Parecía una construcción de un parque de atracciones.

Su boceto se reprodujo en más publicaciones que cualquier otro dibujo que hubiese hecho, con la excepción del edificio Cosmo-Slotnick. Un tertuliano expresó la opinión de que «Peter Keating está demostrando ser algo más que una brillante y joven promesa con el don de complacer a los estirados magnates de la gran industria. Se está aventurando en el ámbito de la experimentación intelectual con un cliente como Lois Cook». Toohey se refirió a la casa como «una broma cósmica».

Pero persistía una peculiar sensación en la cabeza de Keating: sentía un regusto. Lo había experimentado brevemente al trabajar en algún edificio importante que le gustaba, en los momentos en que se sentía orgulloso de su trabajo. No supo identificar el carácter de esa sensación, pero sabía que en parte era un sentimiento de vergüenza.

Una vez, Keating se lo confesó a Ellsworth Toohey. Toohey se rio:

—Eso es bueno para ti, Peter. Uno nunca debe permitirse adquirir una impresión exagerada de tu propia importancia. No hay necesidad de cargarse con absolutos.

5

Dominique había vuelto a Nueva York. Había vuelto sin ningún propósito, sólo porque ya no soportó quedarse en su casa de campo al tercer día de su última visita a la cantera. Tenía que estar en la ciudad, era una necesidad súbita, irresistible y sinsentido. No esperaba nada de la ciudad, pero quería sentir el abrazo de las calles y los edificios. Por la mañana, se despertaba con el rugido amortiguado del tráfico, a muchos pisos por debajo. El ruido era una humillación, un recordatorio de dónde estaba y por qué. Miraba por la ventana con los brazos abiertos, apoyados en cada lado del marco, como si estuviese sosteniendo una pieza de la ciudad y todas las calles y tejados perfilados en el cristal estuviesen entre sus manos.

Se iba a dar largos paseos sola. Andaba rápido, con las manos en los bolsillos de un viejo abrigo con las solapas levantadas. Se había dicho a sí misma que no tenía esperanzas de encontrarse con él. No lo estaba buscando. Pero tenía que estar en la calle, abstraída, sin propósito, varias horas cada vez.

Siempre había odiado las calles de las ciudades. Veía la riada de caras que pasaban por su lado, caras igualadas por el miedo: a un común denominador, a sí mismos, a todos y a cada uno; un miedo que les hacía estar dispuestos a abalanzarse sobre cualquier cosa considerada sagrada por cualquier persona que se encontraran. No sabía definir la naturaleza o la razón de ese miedo, pero siempre había notado su presencia.

Se había mantenido limpia y a salvo en una única pasión: no tocar nada. Le gustaba verles las caras por la calle y le gustaba la impotencia de su odio, porque ella no les ofrecía nada que pudiesen herir.

Ya no era libre. Ahora, cada paso que daba por las calles la hería. Estaba atada a él, y él estaba ligado a cada parte de la ciudad. Era un trabajador anónimo que hacía algún trabajo anónimo, perdido entre esas multitudes, de las que dependía; que iba a ser herido por alguno de ellos, que ella iba a compartir con toda la ciudad. Odiaba imaginárselo en las aceras que todo el mundo usaba. Odiaba imaginarse a un dependiente dándole a él un paquete de cigarrillos tras el mostrador. Odiaba los codos que rozaban los codos de él en el metro. Volvía a casa, después de esas caminatas, temblando de fiebre. Volvía a salir al día siguiente.

Cuando se le acabaron las vacaciones, fue a la oficina del *Banner* con la intención de dimitir. Su trabajo y su columna ya no le divertían. Cortó los efusivos saludos de Alvah Scarret, y le dijo:

—Sólo he vuelto a deciros que lo dejo, Alvah.

Él la miró embobado, y dijo sólo:

—¿Por qué?

Era el primer sonido del mundo exterior que le llegaba desde hacía tiempo. Siempre había actuado por el impulso del momento, orgullosa de la libertad que no precisaba razones para sus actos. Ahora tenía que enfrentarse a un «por qué» que comportaba una respuesta ineludible. Pensó que era por él, porque le estaba permitiendo alterar el rumbo de su vida. Sería otra violación, lo vería sonreírse como había sonreído en el camino al bosque. No tenía elección. Cualquier rumbo sería una obligación: podía dejar su trabajo, porque él le había hecho querer dejarlo, o podía quedarse, odiándolo, para que su vida no cambiara, para desafiarlo. Lo segundo era más difícil.

Levantó la cabeza y dijo:

—Sólo era una broma, Alvah. Sólo quería ver qué decías. No lo dejo.

Llevaba unos días de vuelta en el trabajo cuando Ellsworth Toohey entró en su despacho.

—Hola, Dominique. Acabo de enterarme de que has vuelto.

—Hola, Ellsworth.

—Me alegro. ¿Sabes? Siempre tuve la impresión de que cualquier mañana nos abandonarás sin motivo alguno.

—¿La impresión, Ellsworth? ¿O la esperanza?

La miró; sus ojos eran tan amables y su sonrisa tan encantadora como siempre, pero había un matiz de burla a sí mismo en esa cortesía, consciente de que a ella no le gustaba, y también un matiz asertivo, como una indicación de que iba a ser amable y encantador de todas formas.

—Sabes que en eso te equivocas —dijo con una sonrisa pacífica—. Siempre te has equivocado en eso.

—No. No encajo, Ellsworth. ¿No es así?

—Podría, por supuesto, preguntar: ¿en qué? Pero supongamos que no lo pregunto. Supongamos que digo sólo que las personas que no encajan también tienen su utilidad, como la tienen los que encajan. ¿Te parecería mejor así? Por supuesto, lo más sencillo es decir que siempre he sido un gran admirador tuyo y que siempre lo seré.

—Eso no es un cumplido.

—Por alguna razón, no creo que vayamos a ser jamás enemigos, Dominique, si eso es lo que quieres.

—No, no creo que vayamos a ser jamás enemigos, Ellsworth. Eres la persona más reconfortante que conozco.

—Claro que sí.

—¿En el sentido al que me refiero?

—En el sentido que tú quieras.

En la mesa, delante de ella, estaba la sección ilustrada del *Chronicle* del domingo. Estaba doblada por la página que llevaba el dibujo de la casa Enright. La cogió y se la entregó, con los ojos entornados a modo de tácita pregunta. Él miró el dibujo, después a ella, y luego otra vez el dibujo. Dejó caer el periódico otra vez sobre la mesa.

—Tan independiente como un insulto, ¿verdad? —dijo.

—Mira, Ellsworth, creo que el hombre que haya diseñado esto debería suicidarse. Un hombre que puede concebir una cosa tan bella como ésta no debería permitir jamás que se construyera. Debería querer que no existiese. Pero dejará que la construyan, para que las mujeres tiendan los pañales en sus terrazas, para que los hombres escupan en sus escaleras y pinten obscenidades en sus paredes. Se lo ha dado a ellos y lo ha hecho parte de ellos, parte de todo. No debería haberlo ofrecido para que hombres como tú lo miren. Para que hombres como tú hablen sobre él. Ha profanado su propio trabajo con la primera palabra que pronunciarás al respecto. Se ha hecho peor de lo que sois vosotros. Vosotros cometeréis una pequeña indecencia mezquina, pero él ha cometido un sacrilegio. Un hombre que sabe lo que tiene que saber para producir esto no debería poder seguir viviendo.

—¿Vas a escribir un artículo sobre esto? —le preguntó él.

—No. Eso sería repetir su crimen.

—¿Y hablar conmigo de ello?

Ella lo miró. Él sonreía con cordialidad.

—Sí, claro —respondió ella—. Eso es parte del crimen también.

—Cenemos juntos un día de éstos, Dominique. La verdad es que no me dejas hartarme de ti.

—De acuerdo. Cuando quieras.

En el juicio por el atentado contra Ellsworth Toohey, Steven Mallory se negó a revelar sus motivos. No hizo declaraciones. Parecía indiferente a cualquier posible sentencia. Pero Ellsworth Toohey causó un pequeño revuelo cuando salió, sin que nadie se lo pidiera, en defensa de Mallory. Le rogó clemencia al juez; explicó que no tenía ningún deseo de ver el futuro y la carrera de Mallory destruidos. Todos los presentes en la sala estaban conmovidos, salvo Steven Mallory. Steven Mallory escuchaba y parecía estar soportando un proceso especialmente cruel. El juez lo condenó a dos años de cárcel y dejó en suspenso la ejecución de la pena.

Se habló mucho de la extraordinaria generosidad de Toohey. Toohey rechazaba todos los elogios con buen humor y modestia. Su comentario, que apareció en todos los periódicos, fue: «Amigos: me niego a ser un cómplice de la producción de mártires».

En la primera sesión de la organización de jóvenes arquitectos que había propuesto, Keating llegó a la conclusión de que Toohey tenía una maravillosa habilidad para elegir a personas que encajaban bien entre sí. Las dieciocho personas presentes generaban un ambiente que no sabía definir, pero le inspiraba una comodidad y una seguridad que no experimentaba a solas o en cualquier otro encuentro; parte de esa comodidad era saber que los demás se sentían de la misma manera por la misma razón inexplicable. Era un sentimiento de fraternidad, pero no una fraternidad de santos o nobles, y justo ahí residía la comodidad: al estar con ellos, uno no sentía la necesidad de ser un santo o un noble.

De no haber sido por esa afinidad, Keating se habría sentido decepcionado con el encuentro. De las dieciocho personas sentadas en el salón de Toohey, ninguna era un arquitecto de renombre, salvo él mismo y Gordon L. Prescott, que llevaba un suéter beis de cuello vuelto y con una actitud de ligera condescendencia, aunque entusiasta. Keating nunca había oído los nombres de los demás. La mayoría eran principiantes, jóvenes mal vestidos y beligerantes. Algunos eran sólo dibujantes. Había una arquitecta que había construido algunas pequeñas residencias privadas, sobre todo para viudas ricas; sus modales eran agresivos, apretaba los labios y llevaba una petunia fresca en el pelo. Había un muchacho con unos ojos puros e inocentes. Había un contratista desconocido con una cara gorda e inexpresiva. Había una mujer alta y seca que era decoradora de interiores, y otra mujer sin ninguna profesión definida.

Keating no entendía cuál era el propósito exacto de aquel grupo, aunque se hablaba mucho. Nada de lo que se hablaba tenía mucha coherencia, pero todo parecía tener el mismo trasfondo. Le parecía que ese trasfondo era la única cosa clara en medio de todas las vagas generalidades, aunque nadie lo mencionara. Lo retenía allí, como retenía a los demás, y no tenía ningún deseo de definirlo.

Los jóvenes hablaron mucho sobre la injusticia, la arbitrariedad y la crueldad de la sociedad hacia los jóvenes, y decían que todos deberían tener asegurados sus futuros encargos al salir de la universidad. La arquitecta aulló brevemente sobre la iniquidad de los ricos, y el contratista ladró algo sobre que el mundo era muy difícil y que los «compañeros tienen que ayudarse unos a otros». El joven de ojos inocentes dijo, implorante, que «podríamos hacer mucho bien...». En su voz había una nota de sinceridad desesperada que parecía embarazosa y fuera de lugar. Gordon L. Prescott declaró que la Asociación de Arquitectos de Estados Unidos era una panda de carcamales sin ningún concepto de responsabilidad social, la mayoría de ellos sin una gota de sangre viril, y que, en todo caso, ya era hora de darles un puntapié. La mujer sin oficio definido habló de ideales y causas, aunque nadie pudo colegir cuáles eran.

Peter Keating fue elegido presidente por unanimidad. Gordon L. Prescott fue elegido vicepresidente y tesorero. Toohey rechazó ser propuesto para nada. Declaró que sólo actuaría como asesor no oficial. Se decidió que la organización se llamara «Consejo de Constructores de Estados Unidos». Se decidió que la membresía no se limitara a los arquitectos, sino que estuviera abierta a todos los «gremios afines» y a «todos a los que les importan de verdad los intereses del gran oficio de la construcción».

Después habló Toohey. Se extendió bastante, y habló de pie, apoyando un puño en una mesa. Su gran voz era suave y persuasiva. Llenaba todo el salón, pero daba a entender a quienes lo escuchaban que podría haber llenado un anfiteatro romano; esto, el hecho de que graduara el tono de su poderosa voz para ellos, les resultaba un sutil halago.

—... y de este modo, amigos míos, de lo que carece la profesión arquitectónica es de su propia importancia social. Esta carencia se debe a una doble causa: la naturaleza antisocial de nuestra sociedad y vuestra propia modestia intrínseca. Se os ha inducido a pensar que no sois más que simples trabajadores sin un propósito más elevado que el de ganar vuestros honorarios y vuestro modo de subsistencia. ¿No es hora, amigos, de parar y redefinir vuestra posición en la sociedad? De todos los gremios, el vuestro es el más importante. Importante, no por el grado de talento artístico que podáis exhibir, sino por el servicio que prestáis a vuestros semejantes. Vosotros sois los que proporcionáis cobijo a la humanidad. Recordad esto, y después mirad nuestras ciudades y nuestros barrios pobres, y os daréis cuenta de la gigantesca tarea que os espera. Pero, para afrontar este reto, debéis estar pertrechados de una visión más amplia de vosotros mismos y vuestro trabajo. No sois lacayos de alquiler para los ricos. Sois cruzados en la causa de los desfavorecidos y los desamparados. No se nos juzgará por lo que somos, sino por a quién servimos. Mantengámonos unidos en este espíritu. Seamos fieles, en todos los aspectos, a esta nueva perspectiva, más amplia, más elevada. Organicemos... en fin, amigos, ¿un ideal más noble, podría llamarlo?

Keating escuchaba apasionado. Siempre se había considerado un mero trabajador preocupado por ganar sus honorarios en un oficio que había elegido porque su madre quiso que lo eligiera. Era gratificante descubrir que había mucho más que eso, que su actividad diaria comportaba un significado más noble. Resultaba grato y narcótico. Sabía que todos los demás en el salón también lo sentían.

—... y cuando nuestro sistema de sociedad se derrumbe, el gremio de constructores no quedará barrido al fondo, sino a lo alto, a una mayor prominencia y un mayor reconocimiento...

Sonó el timbre. El sirviente de Toohey apareció un instante para abrir la puerta del salón y dar paso a Dominique Francon.

Por el modo en que Toohey se detuvo, a mitad de una palabra, Keating supo que Dominique no había sido invitada ni se la esperaba. Sonrió a Toohey, le saludó con la cabeza y le hizo un gesto con la mano para que siguiera. Él la miró e hizo una ligera reverencia, poco más que un movimiento de las cejas, y siguió con su discurso. Fue un saludo simpático, y su informalidad incluyó a la invitada en la íntima fraternidad de la ocasión, pero a Keating le pareció que había tardado un segundo en reaccionar. Nunca había visto a Toohey reaccionar tarde.

Dominique se sentó en una esquina, detrás de los demás. Keating se olvidó de escuchar un rato y trató de llamar su atención. Tuvo que esperar a que sus ojos recorrieran pensativos toda la sala, de una cara a otra, y se detuviera en la suya. Se inclinó y le hizo un gesto vigoroso con la cabeza, con la sonrisa de quien saluda a una posesión privada. Ella inclinó la cabeza; él vio cómo sus pestañas rozaban sus mejillas un instante, al cerrar los ojos, y después volvía a mirarlo. Se quedó mirándolo un largo rato, sin sonreír, como si estuviese redescubriendo algo en su cara. Él no la había visto desde la primavera. Pensó que parecía un poco cansada y más bonita de lo que recordaba.

Después se volvió a girar hacia Ellsworth Toohey y lo escuchó. Las palabras que oía eran tan estimulantes como siempre, pero en el placer que le producían había una cierta desazón. Miró a Dominique. Ella no encajaba en ese salón, en esa reunión. No sabía por qué, pero esa certeza era enorme y opresiva. No era su belleza, no era su insolente elegancia, pero algo la hacía ajena. Era como si todos estuviesen desnudos y cómodos y hubiese entrado una persona completamente vestida, haciéndoles ser conscientes de pronto de su desnudez e indecencia. Sin embargo, no hizo nada. Permaneció sentada, escuchando con atención. Hubo un momento en que se echó hacia atrás, cruzando las piernas, y se encendió un cigarrillo. Apagó la cerilla con un tirón brusco de la muñeca y la tiró a un cenicero en la mesa que había a su lado. Él la vio tirar la cerilla al cenicero, y sintió como si la hubiese tirado a todos, a sus caras. Pensó que era absurdo, pero se dio cuenta de que Ellsworth Toohey no la miró en ningún momento mientras hablaba.

Cuando acabó la reunión, Toohey se lanzó hacia ella.

—¡Dominique, querida! —dijo con alegría—. ¿Debo considerarlo un halago?

—Como quieras.

—De haber sabido que te interesaba, te habría enviado una invitación muy especial.

—Pero ¿no pensaste que me interesaría?

—No, francamente, yo...

—Eso ha sido un error, Ellsworth. No has tenido en cuenta mi instinto de reportera. Nunca me pierdo una primicia. No se tiene a menudo la oportunidad de presenciar la concepción de un crimen.

—¿Qué quieres decir exactamente, Dominique? —preguntó Keating, con un tono cortante.

Ella se volvió hacia él.

—Hola, Peter.

—Veo que conoces a Peter Keating —dijo Toohey con una sonrisa.

—Oh, sí. Peter estuvo enamorado de mí una vez.

—Te equivocas de tiempo verbal, Dominique —dijo Keating.

—Nunca debes tomarte en serio nada de lo que a Dominique le dé por decir, Peter. No lo hace con la intención de que nos lo tomemos en serio. ¿Te gustaría unirte a nuestro pequeño grupo, Dominique? Con tu experiencia profesional cumples perfectamente los requisitos.

—No, Ellsworth. No quiero unirme a tu pequeño grupo. En realidad, no te odio lo suficiente para hacerlo.

—Pero ¿por qué te parece mal? —preguntó Keating levantando la voz.

—¡Vaya, Peter! —respondió, alargando las palabras—. ¿Qué te hace pensar eso? No me parece mal en absoluto, ¿verdad, Ellsworth? Creo que es una iniciativa adecuada para responder a una necesidad obvia. Es justo lo que todos necesitamos... y merecemos.

—¿Podremos contar con tu presencia en nuestra próxima reunión? —le preguntó Toohey—. Es un placer contar con una oyente tan comprensiva que no se entrometerá en nada..., en nuestra próxima reunión, me refiero.

—No, Ellsworth. Gracias. Era simple curiosidad. Aunque sí tienes un grupo de personas interesante aquí. Jóvenes constructores. Por cierto, ¿por qué no has invitado al hombre que diseñó la casa Enright? Cómo se llamaba... ¿Howard Roark?

Keating notó que se le tensaba la mandíbula. Pero ella los miraba con inocencia, lo había dicho con mucha ligereza, con el tono de un comentario casual. Seguro que ella no quiso decir... ¿qué? —se preguntó a sí mismo—, y se respondió que ella no había querido decir nada de lo que él había pensado por un momento que había querido decir, cualquier cosa que le hubiese aterrado en ese instante.

—Jamás he tenido el placer de conocer al señor Roark —repuso Toohey con tono grave.

—¿Tú lo conoces? —le preguntó Keating a Dominique.

—No. Sólo he visto un boceto de la casa Enright —respondió ella.

—¿Y? ¿Qué opinas de ella? —insistió Keating.

—No opino.

Cuando se dio la vuelta para marcharse, Keating la acompañó. La observó en el ascensor, cuando bajaban. Le miró la mano, enfundada en un guante negro, que sostenía una cartera de mano por el borde. La despreocupación de sus dedos laxos eran al mismo tiempo una insolencia y una invitación. Sintió que se estaba rindiendo a ella otra vez.

—Dominique, ¿a qué has venido hoy en realidad?

—Bueno, llevaba mucho tiempo sin ir a ningún sitio, y decidí empezar por ahí. Ya sabes, cuando voy a nadar no me gusta torturarme metiéndome poco a poco en las aguas congeladas. Me tiro de cabeza y el impacto es muy desagradable, pero luego el resto no es tan difícil de sobrellevar.

—¿A qué te refieres? ¿Qué es lo que te parece tan mal de esa reunión? Al fin y al cabo, no tenemos previsto hacer nada definitivo. No tenemos un programa todavía. Ni siquiera sé para qué estábamos ahí.

—Eso es, Peter. Ni siquiera sabes para qué estabais ahí.

—Es sólo para que se reúna un pequeño grupo de compañeros. Más que nada para conversar. ¿Qué daño hace eso?

—Peter, estoy cansada.

—Bueno, ¿tu aparición de esta noche significa al menos que estás saliendo de tu reclusión?

—Sí, justo eso... ¿mi reclusión?

—He intentado una y otra vez ponerme en contacto contigo, ¿sabes?

—Ah, ¿sí?

—¿Tendré que decirte lo mucho que me alegra volver a verte?

—No. Vamos a considerar que ya me lo has dicho.

—¿Sabes? Has cambiado, Dominique. No sé exactamente de qué manera, pero has cambiado.

—¿He cambiado?

—Vamos a considerar que te he dicho lo preciosa que estás, porque no encuentro las palabras para decirlo.

Las calles estaban oscuras. Keating paró un taxi. Sentado junto a ella, se giraba y la miraba fijamente, como si su absorbente mirada fuese una insinuación descarada, esperando que el silencio tuviera algún significado entre ellos. Ella no apartó la mirada, y se puso a estudiar su rostro. Parecía sorprendida, atenta a algún pensamiento propio que él no podía descifrar. Él se acercó un poco más a ella, con cuidado, y le cogió la mano. Él le notó un esfuerzo en la mano; pudo sentir a través de sus dedos rígidos el esfuerzo de todo el brazo, no para apartar la mano, sino para permitirle cogérsela. Él le levantó la mano, le dio la vuelta y posó los labios en su muñeca.

Después la miró a la cara. Le soltó la mano y se quedó suspendida en el aire un instante, con los dedos tiesos, a medio cerrar. No era la indiferencia que recordaba. Era repulsión, tan grande que se volvía impersonal; no podía ofenderse, porque parecía ir más allá de él. Fue súbitamente consciente del cuerpo de Dominique, no con deseo o resentimiento: sólo consciente de su presencia junto a él, bajo su vestido. Susurró de manera inconsciente:

—Dominique, ¿quién ha sido?

Ella giró la cara y Keating vio que sus ojos se entornaban. Vio que sus labios se relajaban, que se volvían más carnosos, más suaves, y que su boca se alargaba para formar una lenta y leve sonrisa, sin llegar a abrirse. Respondió, mirándolo fijamente:

—Un obrero de la cantera de granito.

Ella había triunfado, y él se rio en alto.

—Me lo tengo merecido, Dominique. No debí sospechar lo imposible.

—Peter, ¿no es extraño? Eras tú a quien pensé que podría llegar a desear, en un determinado momento.

—¿Por qué es extraño?

—Sólo piensa lo poco que sabemos de nosotros mismos. Algún día sabrás la verdad sobre ti mismo también, Peter, y será peor para ti que para la mayoría de nosotros. Pero no tienes que pensar en ello. Eso tardará mucho tiempo en llegar.

—¿Me deseabas, Dominique?

—Pensé que nunca podría desear nada y que tú encajabas ahí muy bien.

—No sé qué quieres decir. Nunca sé lo que piensas de las cosas que dices. Sé que siempre te amaré. Y no voy a permitir que desaparezcas otra vez. Ahora que has vuelto...

—Ahora que he vuelto, Peter, no quiero volver a verte. Bueno, tendré que verte cuando nos encontremos, porque lo haremos, pero no me llames. No vengas a verme. No tengo intención de ofenderte, Peter. No es eso. No has hecho nada para enfadarme. Es algo que me pasa a mí y a lo que no quiero volver a enfrentarme. Siento haberte puesto de ejemplo. Pero tú encajabas muy bien. Tú, Peter, eres todo lo que desprecio en el mundo, y no quiero recordar lo mucho que lo desprecio. Si me permito recordarlo, volveré a ello. Esto no es un insulto hacia ti, Peter. Intenta comprenderlo. No eres lo peor del mundo. Eres lo mejor. Eso es lo aterrador. Si alguna vez vuelvo a ti, no me lo permitas. Lo digo ahora porque puedo, pero si vuelvo a ti, no serás capaz de frenarme, y ahora es el único momento en que puedo advertirte.

—No sé de qué estás hablando —dijo él con una furia fría y los labios tensos.

—No intentes saberlo. No tiene importancia. Simplemente mantengámonos lejos el uno del otro, ¿de acuerdo?

—Nunca voy a renunciar a ti.

Ella se encogió de hombros.

—Está bien, Peter. Ésta es la única vez que he sido amable contigo. O con cualquiera.

6

Roger Enright empezó como minero del carbón en Pensilvania. En la trayectoria que lo llevó hasta los millones que ahora poseía, no le ayudó nadie jamás. «Por eso nadie se ha interpuesto jamás en mi camino», explicó. Sin embargo, se habían interpuesto muchas cosas y personas en su camino, aunque él nunca se percató de ellas. Muchos acontecimientos de su larga carrera no fueron objeto de ninguna admiración ni provocaron ningún cuchicheo de nadie. Su carrera había sido tan brillante y pública como una valla publicitaria. No era carne de chantajistas o biógrafos dedicados a desmontar mitos. No caía bien a los ricos por haberse hecho rico de manera tan vulgar.

Odiaba a los banqueros, a los sindicatos, a las mujeres, a los predicadores y a los corredores de bolsa. Nunca había comprado acciones ni vendido ninguna de sus empresas, y gestionaba su fortuna por su cuenta, como si llevara todo su dinero en efectivo en el bolsillo. Aparte de su empresa petrolera, tenía una editorial, un restaurante, una tienda de radios y una fábrica de frigoríficos. Antes de emprender cada negocio, hacía un largo estudio del sector, y después procedía como si nunca hubiese oído hablar de él, trastocando todo lo anterior. Algunos de sus negocios prosperaron, otros fracasaron. Siguió dirigiéndolos todos con una feroz energía. Trabajaba doce horas al día.

Cuando decidió construir un edificio, se pasó seis meses buscando un arquitecto. Después contrató a Roark, al final de su entrevista, que duró media hora. Más tarde, cuando estuvieron hechos los dibujos, le dio la orden de empezar a construir de inmediato. Cuando Roark empezaba a hablar de los dibujos, Enright lo interrumpía:

—No me lo explique. No sirve de nada explicarme ideales abstractos. Nunca he tenido ideales. La gente dice que soy completamente inmoral. Me atengo sólo a lo que me gusta, pero sé lo que me gusta.

Roark nunca le mencionó a Enright sus intentos de ponerse en contacto con él, ni su entrevista con su aburrido secretario. Enright se enteró de algún modo. A los cinco minutos, su secretario estaba despedido, y a los diez, estaba saliendo por la puerta, tal como se lo mandaron, a mitad de un ajetreado día, e incluso dejó una carta a medio mecanografiar en su máquina.

Roark volvió a abrir su oficina, el mismo y gran espacio en la azotea de un viejo edificio. Lo amplió y le añadió una habitación anexa, para los dibujantes que había contratado para seguir el vertiginoso ritmo de los plazos de construcción. Los dibujantes eran jóvenes y no tenían mucha experiencia. No los conocía de antes y no pidió cartas de recomendación. Los seleccionó, de entre muchos candidatos, tras mirar unos minutos sus dibujos.

En la saturada tensión de los días siguientes, nunca habló con ellos, salvo de su trabajo. Sentían, al entrar en la oficina por la mañana, que no tenían vida privada, ni ninguna importancia ni realidad excepto la abrumadora realidad de los amplios pliegos en sus mesas. El lugar parecía frío y desangelado como una fábrica, hasta que lo miraban a él, y entonces pensaban que no era una fábrica, sino una fragua que se alimentaba de sus cuerpos, empezando por el de Roark.

Había veces en que se quedaba en la oficina toda la noche. Se lo encontraban, trabajando todavía, cuando volvían por la mañana. No parecía cansado. Una vez se quedó dos días y dos noches seguidas. Al tercer día, por la tarde, se quedó dormido, medio tumbado sobre su mesa. Se despertó al cabo de unas horas, no hizo ningún comentario y se paseó de una mesa a otra, para ver qué se había hecho. Hacía correcciones, y sus palabras sonaban como si nada hubiese interrumpido el pensamiento que había empezado hacía unas horas.

—Eres insoportable cuando estás trabajando —le dijo Austen Heller una noche, a pesar de que él no había hablado de su trabajo en absoluto.

—¿Por qué? —preguntó, asombrado.

—Es incómodo estar en la misma habitación que tú. La tensión es contagiosa, ¿sabes?

—¿Qué tensión? Me siento completamente natural cuando trabajo.

—Eso es. Eres completamente natural sólo cuando estás a un centímetro de volar en pedazos. ¿De qué demonios estás hecho, Howard? Después de todo, es sólo un edificio. No es la mezcla de sagrado sacramento, tortura india y éxtasis sexual en que pareces convertirlo.

—¿No?

No solía pensar en Dominique, pero cuando lo hacía no consistía en un súbito recuerdo, sino en el reconocimiento de una presencia continua que no necesitaba reconocerse. La deseaba. Sabía dónde encontrarla. Esperó. Le divertía esperar, porque sabía que la espera era insoportable para ella. Sabía que su ausencia la ataba a él de una manera más completa y humillante de lo que podría imponer su presencia. Le estaba dando tiempo para intentar escapar, para que fuese consciente de su propia impotencia cuando él decidiera verla otra vez. Ella sabría que el propio intento habría sido una decisión de él, que había sido otra forma de dominio. Después, ya estaría lista para matarlo o para volver con él por voluntad propia. Para ella, ambos actos serían lo mismo. Quería llevarla a ese punto. Esperó.

La construcción de la casa Enright estaba a punto de empezar cuando citaron a Roark en el despacho de Joel Sutton. Joel Sutton, un empresario de éxito, tenía previsto construir un inmenso edificio de oficinas. Joel Sutton había basado su éxito en el don de no entender nada sobre la gente. Él amaba a todo el mundo, su amor no admitía distingos. Era un gran nivelador para el que no había picos ni concavidades, como no las había en la superficie de un tazón de melaza.

Joel Sutton conoció a Roark en una cena que dio Enright. A Sutton le gustaba Roark. Lo admiraba. No veía diferencias entre Roark y cualquier otro. Cuando Roark fue a su despacho, Joel Sutton dijo:

—Ahora no estoy seguro, no estoy seguro. No estoy seguro en absoluto, pero pensé que quizá le considerara para ese pequeño edificio que tengo en mente. Su casa Enright es un poco... peculiar, pero es atractiva, todos los edificios son atractivos, adorables, ¿verdad? Y Rog Enright es un hombre muy listo, listísimo, que produce dinero donde nadie más pensaba que crecería. Le pediré consejo a Rog Enright en algún momento; lo que es bueno para Rog Enright, es bueno para mí.

Roark esperó durante semanas tras aquella primera entrevista. Joel Sutton nunca se daba prisa en decidirse.

Una tarde de diciembre, Austen Heller pasó a buscar a Roark sin avisar y le dijo que debía acompañarlo el viernes siguiente a una fiesta que daba la señora de Ralston Holcombe.

—¿Qué diablos? No, Austen —dijo Roark.

—Escucha, Howard, ¿por qué no, exactamente? Ya sé que odias ese tipo de cosas, pero ésa no es una buena razón. Por otro lado, puedo darte algunas razones excelentes para ir. El lugar es una especie de casa para elegir arquitectos y, por supuesto, venderías lo que fuese por un edificio, incluso un edificio de tu tipo, pero a pesar de que venderías el alma que no tienes, ¿por qué no puedes aguantar unas horas de aburrimiento en aras de las futuras posibilidades?

—Desde luego. Sólo que no creo que ese tipo de cosas conduzca nunca a ninguna posibilidad.

—¿Irás esta vez?

—¿Por qué esta vez en concreto?

—Bueno, en primer lugar, esa alimaña infernal, Kiki Holcombe, me lo ha pedido. Se pasó dos horas ayer pidiéndomelo, y me hizo faltar a un almuerzo. Perjudica su reputación que se esté construyendo un edificio como la casa Enright y no ser capaz de lucir a su arquitecto en su salón. Es una afición. Colecciona arquitectos. Insistió en que te llevara, y le prometí que lo haría.

—¿Para qué?

—En concreto, estará Joel Sutton allí este viernes. Intenta, aunque te reviente, ser amable con él. Está prácticamente decidido a darte ese edificio, por lo que he oído. Un poco de contacto personal podría ser lo único que necesite para confirmarlo. Tiene a muchos otros detrás de él. Todos estarán allí. Quiero que estés allí. Quiero que consigas ese edificio. No quiero oír nada sobre canteras de granito en los próximos diez años. No me gustan las canteras de granito.

Roark estaba sentado a la mesa con las manos agarradas al borde, para mantenerse firme. Estaba exhausto tras haber pasado catorce horas en su oficina, y pensó que debía de estarlo, pero no lo sentía. Dejó caer los hombros para intentar relajarse en vano; sus brazos estaban tensos y contraídos y uno de sus codos se agitaba con un leve y continuo temblor. Tenía las piernas separadas, una doblada y quieta, con la rodilla apoyada en la mesa, y la otra le colgaba directamente de la cadera hasta el borde de la mesa, balanceándose con impaciencia. Era muy difícil obligarse a descansar en aquellos días.

Su nueva casa consistía en una amplia habitación en un pequeño y moderno apartotel, en una calle tranquila. Había elegido esa casa porque no había cornisas en las ventanas ni paneles en las paredes interiores. Su habitación contaba con unos pocos muebles sencillos; su aspecto era limpio, inmenso y vacío, y parecía que uno pudiera oír el eco en sus rincones.

—¿Por qué no ir, aunque sea una vez? —dijo Heller—. No será tan terrible. Quizá incluso te diviertas. Verás a muchos de tus viejos amigos: John Erik Snyte, Peter Keating, Guy Francon y su hija. Deberías conocer a su hija. ¿Has leído algo de ella?

—Iré —dijo Roark tajante.

—Eres tan impredecible, que a veces incluso eres razonable. Te pasaré a buscar a las a las 20.30 el viernes. Ponte pajarita negra. ¿Tienes esmoquin, por cierto?

—Enright me obligó a tener uno.

—Enright es un hombre muy sensato.

Cuando se marchó Heller, Roark se quedó sentado a la mesa un largo rato. Había decidido ir a la fiesta, porque sabía que era el último lugar donde Dominique querría encontrárselo de nuevo.

—No hay nada tan inútil, mi querida Kiki —dijo Ellsworth Toohey— como una mujer rica que hace del entretenimiento una profesión. Pero, claro está, todas las cosas inútiles tienen su encanto. Como la aristocracia, por ejemplo, el concepto más inútil de todos.

Kiki Holcombe arrugó la nariz a modo de pequeño y lindo reproche, pero le había gustado la comparación con la aristocracia. Tres candelabros de cristal iluminaban el salón florentino y, cuando levantó la mirada a Toohey, vio cómo las luces se reflejaban en sus ojos, que se convertían así en una colección de destellos líquidos entre sus densas y húmedas pestañas.

—Qué cosas más desagradables dices, Ellsworth. No sé por qué sigo invitándote.

—Precisamente por eso, querida mía. Creo que me invitarás a venir tantas veces como desee.

—¿Qué puede hacer una simple mujer contra eso?

—Nunca empieces una discusión con el señor Toohey —dijo la señora Gillespie, una mujer alta que llevaba un collar de grandes diamantes, del tamaño de los dientes que mostraba cuando sonreía—. No sirve de nada, estamos derrotadas de antemano.

—La discusión, señora Gillespie —dijo él— es una de las cosas que ni sirve para nada ni tiene encanto. Dejémosle eso a los hombres con intelecto. El intelecto, por supuesto, es una peligrosa confesión de debilidad. Se dice que los hombres desarrollan el intelecto cuando han fracasado en todo lo demás.

—Claro está que usted no lo dice en serio —dijo la señora Gillespie, aunque su sonrisa lo aceptaba como una grata verdad. Se apoderó triunfante de él y lo guio como una presa robada a la señora Holcombe, que se había dado un momento la vuelta para saludar a los nuevos invitados—. Pero los hombres con intelecto son como niños. Usted es demasiado sensible. A usted hay que mimarlo.

—Yo no lo haría, señora Gillespie. Nos podríamos aprovechar de ello. Y exhibir el intelecto de uno es muy vulgar. Es aún más vulgar que exhibir la riqueza.

—Oh, querido, no debería decir esas cosas, ¿no le parece? Desde luego que he oído decir que usted es una especie de radical, pero no me lo tomaré en serio. Ni un poquito. ¿Qué le parece?

—Me parece muy bien —dijo Toohey.

—Usted no me engaña. No puede hacerme creer que es uno de esos peligrosos. Los peligrosos van todo sucios y no respetan la gramática. ¡Y usted tiene una voz tan bonita!

—¿Qué le ha hecho pensar que yo aspiro a ser peligroso, señora Gillespie? No soy más que..., ¿cómo podríamos llamarlo?, lo más suave, una conciencia. Su propia conciencia, oportunamente encarnada en el cuerpo de otra persona que le ayuda en su preocupación por los menos afortunados de este mundo, de modo que usted se libera de tener que ayudarles por sí misma.

—¡Qué idea tan curiosa! No sé si es terrible o muy sabia.

—Ambas cosas, señora Gillespie. Como toda sabiduría.

Kiki Holcombe escudriñó su salón con satisfacción. Miró las luces del techo, adonde no llegaba la luz de los candelabros, y se fijó en la gran altura que lo distanciaba de los invitados, en su dominio y su tranquilidad. La gran multitud de invitados no empequeñecía su salón, sino que ésta se erguía ante ella como un espacio cuadrado y grotescamente desproporcionado, y esa masa de aire desperdiciada los aprisionaba y le daba a la ocasión un carácter de lujo majestuoso, como la tapa de un estuche de joyas innecesariamente grande y que se cernía sobre un fondo plano con una única y pequeña gema.

Los invitados se movían formando dos corrientes amplias y cambiantes que, tarde o temprano, los arrastraban a todos hacia dos remolinos: en el centro de uno de ellos, estaba Ellsworth Toohey, y en el otro, Peter Keating. El traje de gala no le sentaba bien a Ellsworth Toohey; el rectángulo blanco de la camisa prolongaba su cara limitándola en dos direcciones; los picos de la pajarita hacían que su fino cuello pareciese el de un pollo desplumado, pálido, azulado, listo para ser retorcido con un solo movimiento de algún puño fuerte. Pero vestía mejor su ropa que cualquiera de los demás hombres presentes. La llevaba con la despreocupada impertinencia del que se encuentra muy cómodo con algo desfavorecedor, y lo grotesco de su aspecto se convertía en una declaración de su superioridad; una superioridad tal que justificaba la indiferencia ante tanto desgarbo.

Le estaba diciendo a una joven sombría con gafas y un vestido escotado:

—Querida, usted no será nunca más que una diletante de la intelectualidad, salvo que se sumerja en alguna causa mayor que usted misma.

Le estaba diciendo a un caballero obeso, al que la cara se le estaba poniendo morada por la acalorada discusión:

—Pero, amigo mío, quizá no me guste a mí tampoco. Sólo he dicho que ése es el curso inevitable de la historia. ¿Y quién es usted para oponerse al curso de la historia?

Le estaba diciendo a un joven y desdichado arquitecto:

—No, hijo mío, lo que tengo contra ti no es ese edificio malo que has diseñado, sino el mal gusto que has demostrado al gimotear por mis críticas a él. Deberías tener cuidado. Alguien podría decir que ni ves la viga ni ves la paja.

Le estaba diciendo a la viuda de un millonario:

—Sí, creo que sería una buena idea hacer una contribución al Taller de Estudios Sociales. Sería una forma de participar en la gran corriente humana de logros culturales, sin trastocar su rutina ni su digestión.

Los que le rodeaban decían:

—Qué ingenioso, ¿no? ¡Y qué valiente!

Peter Keating sonreía radiante. Sentía la atención y la admiración que fluían hacia él desde todos los rincones del salón. Observaba a la gente, a esa gente adornada, perfumada, el frufrú de sus ropas de seda, barnizadas por la luz, chorreando luz, como habían chorreado en la ducha unas horas antes, preparándose para ir allí y rendir homenaje ante un hombre llamado Peter Keating. Hubo momentos en que él mismo se olvidó de que era Peter Keating, y se miraba en el espejo, a su propia figura, porque quería unirse a la admiración general hacia él.

Una de las corrientes lo puso frente a Ellsworth Toohey. Keating sonreía como un muchacho que saliera del río un día de verano, resplandeciente, vigorizado y lleno de energía. Toohey se quedó mirándolo; Toohey, distraído, se metió las manos en los bolsillos del pantalón, de modo que la chaqueta se le levantó por encima de sus estrechas caderas; parecía columpiarse ligeramente sobre sus piececillos, y sus ojos estaban concentrados en su enigmático diagnóstico.

—En fin, esto, Ellsworth..., esto... ¿no es una noche maravillosa? —dijo Keating, como un niño a una madre comprensiva, y un poco como un borracho.

—¿Estás contento, Peter? Eres la sensación de la noche. El pequeño Peter parece haber cruzado la raya a la gran fama. Así es como pasa, uno nunca sabe con precisión cuándo ni por qué... Hay alguien aquí, sin embargo, que parece estar ignorándote de forma flagrante, ¿verdad?

Keating retrocedió. Se preguntaba cuándo y cómo le había dado tiempo a Toohey a darse cuenta de ello.

—Oh, bueno —dijo Toohey—, la excepción confirma la regla. Lamentable, en todo caso. Siempre he tenido la absurda idea de que el hombre que atrajera a Dominique Francon tendría que ser de lo más atípico. Por supuesto, pensé en ti. No fue más que una frivolidad. Aun así, mira: el hombre que la consiga tendrá que tener algo que tú no serás capaz de igualar. Ahí ganará él.

—Nadie va a conseguirla —dijo Keating con brusquedad.

—No, sin duda que no. No todavía. Eso es bastante asombroso. Supongo que hará falta una clase extraordinaria de hombre.

—¡Mira tú! ¿Pero qué demonios dices? No te gusta Dominique Francon, ¿verdad?

—Nunca dije que me gustara.

Un poco más tarde, Keating oyó como Toohey decía con solemnidad, en medio de una discusión de lo más seria:

—¿La felicidad? Eso es muy de clase media. ¿Qué es la felicidad? Hay muchas cosas en la vida mucho más importantes que la felicidad.

Keating se fue abriendo camino poco a poco hacia Dominique. Estaba de pie, inclinada hacia atrás, como si el aire fuese un soporte lo bastante sólido para sus finos y desnudos omóplatos. Su vestido era del color del cristal. A él le parecía que podía ver la pared que había tras ella, a través de su cuerpo. Parecía demasiado frágil para existir, y que esa misma fragilidad explicaba parte de esa aterradora fortaleza que la mantenía anclada a la existencia, con un cuerpo incompatible con la realidad.

Cuando se acercó, ella no hizo ningún esfuerzo por ignorarlo; se volvió hacia él y le respondió, pero la monótona precisión de sus respuestas lo frenaron, le hicieron sentir impotente y la abandonó al cabo de unos momentos.

Cuando entraron Roark y Heller, Kiki Holcombe fue a la puerta a recibirlos. Heller le presentó a Roark, y ella habló como siempre lo hacía, como un estridente cohete cuya velocidad barría a un lado cualquier competencia.

—Ah, señor Roark, ¡tenía tantas ganas de conocerlo! ¡Todos hemos oído hablar mucho de usted! Ahora, debo advertirle de que mi marido no está muy conforme con usted, en términos puramente artísticos, entiéndame, pero no deje que eso le preocupe, usted tiene a una aliada en esta casa, ¡una entusiasta aliada!

—Es muy amable por su parte, señora Holcombe; y tal vez innecesario —dijo Roark.

—¡Pero adoro su casa Enright! Desde luego, no puedo decir que represente mis propias convicciones estéticas, pero las personas con cultura deben tener la mente abierta a todo, quiero decir, a incluir cualquier punto de vista sobre el arte creativo. Todos tenemos que tener una mentalidad abierta sobre todo, ¿no cree?

—No lo sé. Nunca he tenido la mente abierta —dijo Roark.

Ella estaba segura de que en él no había ningún ánimo de insolencia; no estaba en su voz, ni en sus modos, pero la insolencia fue la primera impresión que se llevó de él. Roark llevaba traje de etiqueta, y le quedaba bien en su alta y esbelta figura, pero de algún modo no parecía encajar con él. El pelo naranja parecía ridículo con un traje tan formal. Además, a ella no le gustaba su cara; aquella cara habría encajado en una cuadrilla de obreros o en una tropa de soldados, pero no tenía lugar en su salón. Ella dijo:

—A todos nos ha interesado mucho su trabajo. ¿Es su primer edificio?

—El quinto.

—¿De veras? Oh, claro. ¡Qué interesante!

Ella juntó las manos y se dio la vuelta para recibir a otro recién llegado. Heller le dijo a Roark:

—¿A quién quieres conocer primero...? Ahí está Dominique Francon, mirándonos. Vamos.

Roark se dio la vuelta. Vio a Dominique, de pie, sola, en medio del salón. No había ninguna expresión en su cara, ni siquiera un esfuerzo para evitar la expresión; era extraño ver un rostro humano, con su estructura ósea y su disposición de los músculos, pero sin significado; un rostro como un mero rasgo anatómico, como un hombro o un brazo, y no como reflejo de las percepciones sensibles. Ella los miró a medida que se acercaban. Sus pies estaban en una postura extraña, como dos pequeños triángulos que apuntaban al frente y en paralelo, como si no hubiese suelo a su alrededor, salvo los escasos centímetros bajo sus suelas donde se sentía segura siempre que no se moviera o mirara hacia abajo. Roark sintió un violento placer, porque ella parecía demasiado frágil para soportar la brutalidad de lo que él estaba haciendo, y porque la estaba soportando muy bien.

—Señorita Francon, ¿me permite presentarle a Howard Roark? —dijo Heller.

Él no levantó la voz al pronunciar el nombre, y se preguntó por qué había sonado con tanto énfasis. Después pensó que el silencio había atrapado el nombre y lo retenía en suspenso, pero no había tal silencio: la cara de Roark era educadamente inexpresiva y Dominique estaba diciendo con cortesía:

—Mucho gusto, señor Roark.

Roark se inclinó.

—Tanto gusto, señorita Francon.

Entonces ella dijo:

—La casa Enright...

Lo dijo como si no hubiese querido pronunciar esas tres palabras; como si no denominaran una casa, sino muchas cosas más.

—Sí, señorita Francon —contestó Roark.

Después ella sonrió, con la sonrisa correcta y superficial propia de las presentaciones. Dijo:

—Conozco a Roger Enright. Es casi un amigo de la familia.

—No he tenido el placer de conocer a muchos amigos del señor Enright.

—Recuerdo que una vez mi padre lo invitó a cenar. Fue una cena espantosa. Dicen que mi padre es un gran conversador, pero no fue capaz de sacarle una palabra al señor Enright. Roger se quedó ahí sentado. Hay que conocer a mi padre para darse cuenta de la derrota que fue para él.

—Yo trabajé para su padre —dijo, moviendo la mano y dejándola suspendida en el aire—, hace unos años, de dibujante. —Y dejó caer la mano.

—Entonces entenderá que es imposible que mi padre se lleve bien con Roger Enright.

—No, no podría.

—Creo que a Roger casi le caí bien, a pesar de todo, pero nunca me perdonará trabajar en un periódico de Wynand.

De pie, entre ellos, Heller pensó que se había confundido; no había nada extraño en ese encuentro. De hecho, no había nada. Le molestó que Dominique no hablara de arquitectura, como esperaba que hiciera. Llegó a la conclusión de que a ella no le caía bien ese hombre, como no le caía bien casi nadie que conocía.

Entonces, la señora Gillespie enganchó a Heller y se lo llevó por ahí. Roark y Dominique se quedaron a solas. Roark dijo:

—El señor Enright lee todos los periódicos de la ciudad. Se los llevan a su oficina, después de quitarles las páginas de opinión.

—Siempre ha hecho eso. Roger se equivocó en su verdadera vocación. Debería haber sido científico. Siente un gran aprecio por los hechos y un gran desprecio por la opinión.

—En cambio, ¿conoce al señor Fleming? —preguntó Roark.

—No.

—Es amigo de Heller. El señor Fleming nunca lee nada salvo páginas de opinión. A la gente le gusta escucharlo hablar.

Ella lo observó. Él la estaba mirando fijamente, pero con corrección, como la habría mirado cualquier hombre al verla por primera vez. Ella deseó poder ver alguna pista en su cara, aunque sólo fuese un indicio de su vieja sonrisa sarcástica; incluso la burla habría sido un reconocimiento, un vínculo. Pero no encontró nada. Él hablaba como un desconocido, y no permitía más realidad que la de un hombre que le habían presentado en una fiesta, sometido de forma impecable a cualquier convencionalismo de cortesía. Ella afrontó esta respetuosa formalidad, pensando que su vestido no podía ocultarle nada a él, y que él la había usado para una necesidad más íntima que su alimento. Sin embargo, estaba a unos pasos de ella, como un hombre que no podría permitirse bajo ningún concepto acercarse más. Pensó que aquélla era su forma de burlarse de ella, por lo que él no podía haber olvidado y no iba a reconocer. Pensó que él quería que fuese ella la primera que lo mencionara, que la iba a someter a la humillación de aceptar el pasado, al ser la primera que pronunciara la palabra que trajera de vuelta esa realidad, porque él sabía que ella no podía consentir que no volviera.

—¿Y a qué se dedica el señor Fleming? —preguntó ella.

—Fabrica sacapuntas.

—¿En serio? ¿Un amigo de Austen?

—Austen conoce a mucha gente. Dice que en eso consiste su negocio.

—¿Le va bien?

—¿A quién, señorita Francon? No estoy seguro sobre Austen, pero al señor Fleming le va muy bien. Tiene sucursales en Nueva Jersey, Connecticut y Rhode Island.

—Se equivoca respecto a Austen, señor Roark. Le va muy bien. En su profesión, y en la mía, te va muy bien si consigues mantenerte intacta.

—¿Cómo se consigue eso?

—Una de dos: o bien no te fijas en la gente en absoluto, o bien te fijas en todo sobre ellos.

—¿Qué es preferible, señorita Francon?

—Lo que sea más difícil.

—Pero el deseo de elegir lo más difícil puede ser en sí mismo una confesión de debilidad.

—Desde luego, señor Roark. Pero es la forma menos ofensiva de confesión.

—Si es que hay alguna debilidad que confesar.

Entonces alguien llegó volando desde la concurrencia, y un brazo cayó sobre los hombros de Roark. Era John Erik Snyte.

—¡Roark! ¡Al último que esperaba encontrarme aquí! —exclamó—. ¡Cuánto me alegro, cuánto me alegro! Hacía siglos, ¿no? ¡Oiga, quiero hablar con usted! Deja que me lo lleve un momento, Dominique.

Roark se inclinó ante Dominique, con los brazos a los lados, y el mechón de pelo que le caía no dejaba ver su cara, sólo la cabeza naranja inclinada con cortesía un instante, y después siguió a Snyte hacia la multitud.

Snyte le estaba diciendo:

—¡Dios mío! ¡Cómo se ha venido arriba estos últimos años! Oiga, ¿sabe si Enright tiene previsto meterse en el sector inmobiliario a lo grande, quiero decir, si tiene más edificios bajo mano?

Fue Heller quien apartó a Snyte a un lado y se llevó a Roark a ver a Joel Sutton. Joel Sutton estaba encantado. Sentía que la presencia de Roark allí disipaba la última de sus dudas; era un sello de seguridad sobre la persona de Roark. Joel Sutton cogió a Roark por el codo, con sus cinco dedos regordetes y rosados en la manga negra. Joel Sutton le dijo, con sofoco y secretismo:

—Escuche, joven, está todo resuelto. Será usted. Ahora, no me exprima hasta el último centavo, ustedes los arquitectos son todos unos despiadados y unos salteadores, pero me arriesgaré con usted, usted es un muchacho inteligente, que engañó al viejo Rog, ¿no es así? Así que ahora me puede sablear a mí también, bueno, casi, es decir, le llamaré en unos días ¡y nos pelearemos como perros por el contrato!

Heller los miró y pensó que era casi una indecencia verlos juntos. La figura alta y ascética de Roark, con esa peculiar nitidez de los cuerpos alargados y, a su lado, la bola de carne sonriente cuya decisión podía significar tanto.

Después, Roark empezó a hablar sobre el futuro edificio, pero Joel Sutton no había ido allí a hablar de edificios; se daban fiestas con el objetivo de disfrutar, ¿y qué mayor disfrute puede haber que olvidarse de las cosas importantes de la vida? Así que Joel Sutton habló sobre bádminton: era su pasatiempo. Era un pasatiempo patricio, explicó, porque él no era vulgar como esos otros hombres que perdían el tiempo con el golf. Roark escuchó con cortesía. No tenía nada que decir.

—Usted juega al bádminton, ¿no? —le preguntó de pronto Joel Sutton.

—No —dijo Roark.

—¿No? —dijo Sutton tragando saliva—. ¿No? Bueno, ¡qué lástima, qué terrible lástima! Estaba seguro de que sí, con ese porte larguirucho que tiene, se le daría de miedo, estaba seguro de que le daríamos una paliza al viejo Tompkins en algún momento, mientras se está construyendo ese edificio.

—Mientras se estuviera construyendo ese edificio, señor Sutton, no tendría tiempo para jugar, de todos modos.

—¿Qué quiere decir, con que no tendría tiempo? ¿Para qué tiene dibujantes? Contrate a un par más, que se preocupen ellos. Le pagaré lo suficiente, ¿no? Pero, en fin, si no juega, qué terrible lástima. Di por sentado que... El arquitecto que construyó mi edificio en la calle Canal era un genio del bádminton, pero murió el año pasado, aplastado en un accidente de tráfico, pobre desgraciado. Era también un arquitecto excelente... Y resulta que usted no juega.

—Señor Sutton, no irá a molestarle eso, en realidad, ¿no?

—Estoy profundamente decepcionado, joven.

—Pero ¿para qué me está contratando?

—¿Que para qué... qué?

—¿Para qué me quiere contratar?

—¡Hombre, para hacer un edificio, claro!

—¿De verdad cree que sería un edificio mejor si yo jugara al bádminton?

—Bueno, están los negocios y está la diversión, está el fin práctico y el fin humano. Oh, no me importa, pero aun así creo que, con un porte flaco como el suyo, seguramente..., pero está bien, está bien, no se puede tener todo...

Cuando Joel Sutton se marchó, Roark oyó una voz alegre que le decía:

—Felicidades, Howard.

Se giró y vio a Peter Keating, que le sonreía, radiante y burlón.

—Hola, Peter. ¿Qué decías?

—Te felicitaba por la conquista de Sutton, pero te ha faltado tacto.

—¿Qué?

—El viejo Joel. Ah, claro, escuché casi todo, ¿por qué no iba a hacerlo? Era muy entretenido. Ésa no es la forma de manejarlo, Howard. ¿Sabes qué habría hecho yo? Le habría jurado que he jugado al bádminton desde que tenía dos años, y le habría dicho que es un juego de reyes y condes, que se necesita un espíritu muy distinguido y poco frecuente para apreciarlo, y en el tiempo que tardase en ponerme a prueba, me preocuparía de jugar como un conde yo también. ¿Qué te costaba eso?

—No se me ocurrió.

—Un secreto, Howard, uno valioso. Te lo daré gratis, corre de mi parte: sé siempre lo que la gente quiere que seas. Entonces podrás tenerlos donde quieras. Te lo doy gratis porque sé que jamás lo utilizarás. Pero nunca se sabe. Eres inteligente en algunos aspectos, Howard, siempre lo he dicho, y tremendamente estúpido en otros.

—Es posible.

—Deberías intentar aprender algunas cosas, si vas a prestarte al juego en el salón de Kiki Holcombe, ¿es así? ¿Estás madurando, Howard? Aunque me quedé estupefacto al verte aquí, nada menos. Ah, y sí, felicidades por el trabajo con Enright, precioso como de costumbre. ¿Dónde has estado todo el verano? Recuérdame que te dé una lección sobre cómo llevar el esmoquin, ¡Dios, te queda ridículo! Así me gusta, me gusta verte parecer ridículo, para eso somos viejos amigos, ¿no es así, Howard?

—Estás borracho, Peter.

—Por supuesto que lo estoy. Pero no he probado gota esta noche, ni una sola gota. De lo que estoy borracho, y nunca lo sabrás, nunca, no es para ti, y eso es parte de lo que me emborracha, que no es para ti. ¿Sabes, Howard? Te quiero. De verdad que sí, esta noche.

—Sí, Peter. Siempre lo harás, ya lo sabes.

Presentaron a Roark a muchas personas y muchas personas hablaron con él. Sonreían y parecían hacer un esfuerzo sincero por acercarse a él como un amigo, por expresar su aprecio, por mostrar una buena voluntad y un interés cordial. Pero lo que oía era: «La casa Enright es magnífica. Es casi tan buena como el edificio Cosmo-Slotnick»; «Estoy seguro de que tendrá un gran futuro, señor Roark, créame, conozco las señales, será otro Ralston Holcombe». Estaba acostumbrado a la hostilidad, y esta benevolencia era más ofensiva que la hostilidad. Se encogió de hombros, y pensó que pronto estaría fuera de ahí y volvería a la sencilla y limpia realidad de su propia oficina.

No volvió a mirar a Dominique en toda la noche. Ella lo observaba entre la multitud. Observaba a los que se paraban a hablar con él. Observaba su espalda inclinada y cortés mientras escuchaba. Pensó que eso, también, era su forma de reírse de ella. Él dejó que ella lo viera entregado a la multitud ante sus ojos, rendirse a cualquier persona que deseara poseerlo unos instantes. Sabía que a ella le resultaba mucho más duro ver aquello que el sol y la perforadora en la cantera. Ella, obediente, observaba. No esperaba que él volviera a reparar en ella. Tenía que permanecer allí mientras él estuviera en la sala.

Aquella noche había otra persona anormalmente consciente de la presencia de Roark desde el instante en que entró en la sala. Ellsworth Toohey lo vio entrar. Toohey no lo conocía, y jamás lo había visto antes. Pero Toohey se quedó mirándolo un largo rato.

Después, Toohey se movió entre la multitud y sonrió a sus amigos. Pero, entre las sonrisas y las frases, sus ojos volvían al hombre del pelo naranja. Miraba al hombre como miraba de vez en cuando el pavimento desde la ventana del decimotercer piso. No sabía cómo se llamaba aquel hombre, cuál era su oficio o su pasado. No necesitaba saberlo, para él no era un hombre, sólo una fuerza. Toohey no veía nunca hombres. Tal vez era la fascinación de ver aquella fuerza concreta encarnada de forma tan explícita en un cuerpo humano.

Al cabo de un rato, le preguntó a John Erik Snyte, señalándolo:

—¿Quién es ese hombre?

—¿Ése? Howard Roark. Ya sabe, el de la casa Enright —dijo Snyte.

—Ah...

—¿Qué?

—Cómo no, tenía que ser él.

—¿Quiere conocerlo?

—No, no quiero conocerlo —respondió Toohey.

Durante el resto de la noche, siempre que alguna figura bloqueaba la vista de Toohey al salón, sacudía la cabeza impaciente para volver a encontrar a Roark. No quería mirar a Roark: tenía que mirarlo, como siempre tuvo que mirar al pavimento a lo lejos, una vista que aborrecía.

Aquella noche, Ellsworth Toohey no fue consciente de nadie salvo de Roark. Roark ignoraba la existencia de Toohey en aquel salón.

Cuando Roark se marchó, Dominique se quedó contando los minutos, para estar segura de que él se habría perdido de vista por las calles, antes de atreverse a salir. Después se puso en marcha.

Kiki Holcombe le estrechó la mano al salir, con sus dedos largos y húmedos, y enseguida los deslizó para cogerla por la muñeca un momento.

—Oye, querida —preguntó Kiki Holcombe—, ¿qué piensas del nuevo, ya sabes, te vi hablando con él, ese Howard Roark?

—Creo que es la persona más repugnante que he conocido nunca —dijo con firmeza Dominique.

—Oh, vaya, ¿de veras?

—¿No te molesta esa arrogancia desenfrenada? No sé qué se podría decir de él, salvo que es tremendamente atractivo, si es que eso importa.

—¿Atractivo? ¿Estás de broma, Dominique?

Kiki Holcombe vio que, por una vez, Dominique se quedó embobada como una estúpida. Y Dominique se dio cuenta de que lo que había visto en su cara, lo que la convertía en la cara de un dios para ella, era algo que no veían los demás; que los dejaba indiferentes; que lo que a ella le había parecido un comentario de lo más evidente e intrascendente, fue, en su lugar, una confesión de algo que había en su interior, de una cualidad que no compartían los demás.

—Oh, querida, no es en absoluto atractivo, pero sí muy masculino —dijo Kiki.

—No te asombres, Dominique —dijo una voz tras ella—. El criterio estético de Kiki no es el tuyo, ni el mío.

Dominique se dio la vuelta. Ahí estaba Ellsworth Toohey, sonriendo, observando su cara con atención.

—Tú... —empezó a decir, pero se calló.

—Naturalmente —dijo Toohey, con un leve gesto de asentimiento a lo que ella no había dicho—. Concédeme el mérito de saber distinguir, Dominique, más o menos igual que tú. Aunque no para el goce estético. Te dejaré a ti esa parte. Pero sí vemos cosas, a veces, que no son obvias, ¿no nos pasa, a ti y a mí?

—¿Qué cosas?

—Querida mía, eso sería una larga discusión filosófica, muy enredada... e innecesaria. Siempre te he dicho que seríamos buenos amigos. Tenemos mucho en común, en lo intelectual. Partimos de polos opuestos, pero eso no importa, porque, ya ves, nos juntamos en el mismo punto. Ha sido una noche muy interesante, Dominique.

—¿Adónde quieres llegar?

—Por ejemplo, fue interesante descubrir qué tipo de cosas te parecen atractivas. Está bien tenerte clasificada de manera firme y concreta. Sin palabras, sólo con la ayuda de cierta cara.

—Si..., si vieras de qué estás hablando, no podrías ser lo que eres.

—No, querida. Debo ser lo que soy precisamente por lo que veo.

—¿Sabes, Ellsworth? Eres aún mucho peor de lo que pensaba.

—Y tal vez mucho peor de lo que estás pensando ahora, pero útil. Todos somos útiles los unos para los otros. Como tú lo serás para mí. Como, según creo, querrás serlo.

—¿De qué estás hablando?

—Mal, Dominique. Muy mal. Es muy absurdo. Si no sabes de qué estoy hablando, es imposible que te lo explique. Si lo sabes, ya eres mía, sin decir nada más.

—¿Qué clase de conversación es ésta? —preguntó Kiki, desconcertada.

—Es sólo nuestra forma de gastarnos bromas —dijo Toohey alegre—. Que no te moleste, Kiki. Dominique y yo siempre nos estamos tomando el pelo. No muy bien, porque, ya ve, no podemos.

—Algún día, Ellsworth, cometerás un error —dijo Dominique.

—Es muy posible. Y tú, querida, ya has cometido el tuyo.

—Buenas noches, Ellsworth.

—Buenas noches, Dominique.

Kiki se giró hacia él cuando Dominique se hubo marchado.

—¿Qué os pasa, Ellsworth? ¿A qué viene hablar así, de nada en absoluto? Las caras de las personas y las primeras impresiones no significan nada.

—Eso, mi querida Kiki —respondió, con la voz suave y distante, como si estuviese dando una respuesta, no a ella, sino a un pensamiento propio—, es una de nuestras mayores y más comunes falacias. No hay nada tan significativo como un rostro humano. Ni tan elocuente. Nunca podemos conocer de verdad a otra persona salvo por lo que vemos al mirarla por primera vez. Porque en esa mirada lo sabemos todo, aunque no siempre somos lo bastante sabios para descifrar lo que vemos. ¿Has pensado alguna vez en el estilo del alma, Kiki?

—¿El... qué?

—El estilo del alma. ¿Recuerdas al famoso filósofo que habló del estilo de la civilización? Lo llamó «estilo». Dijo que era la palabra más aproximada que pudo encontrar. Dijo que toda civilización tiene un único principio básico, su único concepto supremo y determinante, y que el esfuerzo de los hombres en esa civilización es fiel, de manera inconsciente e irrevocable, a ese principio único... Creo, Kiki, que toda alma humana tiene su propio estilo, también. Su objetivo único y básico. Lo verás reflejado en cada pensamiento, cada acto y cada deseo de esa persona. Lo único absoluto, lo único imperativo en esa criatura viviente.

Lo que no te darán años de estudio sobre un hombre, te lo dará su cara. Tendrías que escribir varios volúmenes para describir a una persona. Piensa en su cara. No necesitas nada más.

—Suena fantástico, Ellsworth. E injusto, si es verdad. Eso dejaría a la gente desnuda ante ti.

—Es peor que eso. También te deja a ti desnudo ante ellos. Te traicionas a ti mismo en el modo en que reaccionas a una determinada cara. A un determinado tipo de cara... El estilo de tu alma... No hay nada importante en la tierra, salvo los seres humanos. No hay nada tan importante como los seres humanos, como sus relaciones entre sí...

—Bueno, ¿y qué ves en mi cara?

La miró como si acabase de reparar en su presencia.

—¿Qué has dicho?

—Que qué ves en mi cara, he dicho.

—Ah, sí..., bueno, dime qué estrellas del cine te gustan y te diré cuál eres.

—Ya sabes que me encanta que me analicen. Entonces, a ver, mi gran favorita ha sido siempre...

Pero él no estaba prestando atención. Le había dado la espalda, y se alejaba sin disculparse. Parecía cansado. Ella nunca lo había visto ser descortés, salvo cuando lo hacía a propósito.

Un poco más tarde, de entre un grupo de amigos, oyó su voz rica y vibrante, que decía:

—... y, por lo tanto, el concepto más noble de la tierra es el de la absoluta igualdad de los hombres.

7

> [...] y quedará ahí, como un monumento a nada más que al egotismo del señor Enright y el señor Roark. Se alzará ahí, entre una fila de casas de arenisca a un lado y los tanques de una gasolinera al otro. Esto, quizá, no sea un accidente, sino un testimonio del sentido de adecuación del destino. Ningún otro marco podría manifestar con tanta elocuencia la insolencia fundamental de este edificio. Se alzará como una burla a todas las estructuras de la ciudad y a los hombres que las construyeron. Nuestras estructuras son falsas y carentes de sentido: ese edificio hará que lo sean aún más. Pero ese contraste no irá a su favor. Al crear ese contraste, se convertirá él mismo en parte de la gran ineptitud, en su parte más ridícula. Como el rayo de luz que ilumina una pocilga, éste es el rayo que nos muestra la bazofia, y es el rayo lo que es ofensivo. Nuestras estructuras tienen la gran ventaja de la oscuridad y la timidez. Además, se adaptan a nosotros. La casa Enright es brillante y audaz. También lo es una boa de plumas. Llamará la atención, pero sólo sobre la inmensa audacia conceptual del señor Roark. Cuando se levante este edificio, será una herida en la cara de nuestra ciudad. Una herida también tiene mucho colorido.

Esto apareció en la columna «Su casa», de Dominique Francon, una semana después de la fiesta en casa de Kiki Holcombe.

La mañana en que apareció, Ellsworth Toohey fue al despacho de Dominique. Llevaba un ejemplar del *Banner* en la mano, abierto por la página donde se publicaba su columna. Se quedó en silencio, balanceándose un poco sobre sus piececillos. Parecía como si hubiese que escuchar la expresión de sus ojos, en vez de verla. Era una carcajada visual. Sus labios estaban contraídos con delicadeza, con inocencia.

—¿Qué? —preguntó ella.

—¿Dónde conociste a Roark antes de aquella fiesta?

Se quedó mirándolo con un brazo colgado en el respaldo del sillón; de sus dedos pendía en precario un lapicero. Parecía sonreír. Dijo:

—No conocía a Roark antes de esa fiesta.

—Error mío. Sólo me estaba preguntando... —hizo crujir el papel— por ese cambio de opinión.

—Ah, ¿eso? Bueno, no me cayó bien cuando lo conocí, en la fiesta.

—Eso me pareció.

—Siéntate, Ellsworth. No te favorece estar de pie.

—¿Te importa? ¿No estás ocupada?

—No en especial.

Se apoyó en una esquina de la mesa. Se quedó pensativo, dándose golpecitos en la rodilla con el periódico doblado.

—Mira, Dominique: no lo has hecho bien. Nada bien.

—¿Por qué?

—¿No ves lo que se puede leer entre líneas? Por supuesto, muchos no se darán cuenta. Pero él sí se dará cuenta. Yo me doy cuenta.

—No está escrito para él o para ti.

—¿Sino para los demás?

—Para los demás.

—Entonces es un truco sucio para él y para mí.

—¿Lo ves? Pensé que había hecho bien.

—Bueno, allá cada uno con sus métodos.

—¿Qué vas a escribir tú sobre ello?

—¿Sobre qué?

—Sobre la casa Enright.

—Nada.

—¿Nada?

—Nada.

Tiró el periódico a la mesa, sin moverse, sólo con un giro de la muñeca. Dijo:

—Hablando de arquitectura, Dominique: ¿por qué nunca has escrito nada sobre el Cosmo-Slotnick?

—¿Es algo de lo que valga la pena escribir?

—Oh, desde luego. Hay personas a las que les molestaría mucho.

—¿Y esas personas son del tipo que valga la pena molestar?

—Eso parece.

—¿Qué personas?

—Ah, no lo sé. ¿Cómo podemos saber quién lee nuestras cosas? Eso es lo que lo hace tan interesante. Todos esos desconocidos que nunca hemos visto, con los que nunca hemos hablado o con los que no podemos hablar, y aquí está este periódico, donde pueden leer nuestra respuesta, si queremos dar una respuesta. De verdad, creo que deberías escribir algo a vuelapluma sobre el edificio Cosmo-Slotnick.

—Parece que te gusta mucho Peter Keating.

—¿A mí? Le tengo un tremendo cariño a Peter. Tú también se lo tendrás, al final, cuando lo conozcas mejor. Peter es una persona a la que es útil conocer. ¿Por qué no buscas un momento, un día de éstos, para que te cuente la historia de su vida? Aprenderás muchas cosas interesantes.

—¿Por ejemplo?

—Por ejemplo, que fue a Stanton.

—Ya lo sé.

—¿No te parece interesante? A mí sí. Fantástico lugar, Stanton. Un extraordinario ejemplo de arquitectura gótica. La vidriera de la capilla es una de las más bellas de este país. Y después, imagina, tantos estudiantes jóvenes. Todos tan distintos. Algunos se licencian con honores. A otros los expulsan.

—¿Y...?

—¿Sabías que Peter Keating es un viejo amigo de Howard Roark?

—No. ¿En serio?

—En serio.

—Peter Keating es un viejo amigo de todo el mundo.

—Muy cierto. Un muchacho excepcional. Pero esto es distinto. ¿No sabías que Roark fue a Stanton?

—No.

—No pareces saber mucho sobre el señor Roark.

—No sé nada sobre el señor Roark. No estábamos hablando del señor Roark.

—¿No? No, claro, estábamos hablando de Peter Keating. Bueno, verás, uno puede exponer mejor su argumento por contraste, por comparación. Como haces en tu bonito articulito de hoy. Para valorar a Peter como se debería, vamos a seguir una comparación. Tomemos dos líneas paralelas. Me inclino a pensar como Euclides: no creo que estas dos paralelas se vayan a encontrar nunca. Así que los dos fueron a Stanton.

La madre de Peter tenía una especie de casa de huéspedes, y Roark vivió en ella tres años. Esto no importa, en realidad, salvo que hace el contraste más elocuente y, en fin, más personal, más tarde. Peter se licenció con honores, el primero de la clase. A Roark lo expulsaron. No me mires así. No necesito explicarte por qué lo expulsaron, ambos comprendemos, tú y yo. Peter se puso a trabajar para tu padre y ahora es su socio. Roark trabajó para tu padre y lo echaron. Sí, lo echaron. ¿No es curioso, por cierto? Lo echaron, sin ninguna ayuda por tu parte, en aquel momento. Peter se lleva el reconocimiento por el edificio Cosmo-Slotnick, y Roark tiene un puesto de perritos calientes en Connecticut. Peter firma autógrafos, y a Roark ni siquiera lo conocen los fabricantes de grifos para baños. Ahora, Roark tiene un apartotel que hacer, y es tan preciado para él como un hijo único, mientras que Peter ni se habría dado cuenta de que tenía la casa Enright: las consigue a diario. Ahora bien, no creo que Roark piense mucho en el trabajo de Peter. Nunca lo ha hecho, y nunca lo hará, pase lo que pase. Sigamos un paso más. A ningún hombre le gusta que lo derroten. Pero ser derrotado por el hombre al que siempre se ha tenido por un particular ejemplo de mediocridad, que empezó de la mano de la mediocridad, y verlo despegar, mientras que él lucha y no consigue nada más que un puntapié en la cara, ver que la mediocridad le arrebata, una tras otra, las oportunidades por las que él daría la vida, ver que la mediocridad es adorada, perder el lugar que él quiere y ver que la mediocridad es consagrada sobre él, perder, ser sacrificado, ser ignorado, ser derrotado, derrotado, derrotado, no por un gran genio, no por un dios, sino por alguien como Peter Keating... En fin, mi pequeña aficionada, ¿tú crees que a la Inquisición española se le ocurrió jamás una tortura semejante?

—¡Ellsworth! —chilló ella—. ¡Vete!

Se puso de pie de un salto y se quedó recta un instante. Después se inclinó sobre la mesa, apoyada en las palmas, y se quedó así, encorvada. Toohey vio cómo su suave mata de pelo se agitaba con fuerza, y que después le colgaba inmóvil, ocultándole la cara.

—Pero, Dominique —dijo con cordialidad—, sólo te estaba contando por qué Peter Keating es una persona tan interesante.

Su pelo voló hacia atrás como una fregona, y con él su cara. Dominique se dejó caer en la silla y lo miró fijamente con la boca caída, muy fea.

—Dominique, eres muy evidente. Demasiado evidente —le dijo con voz suave.

—Vete.

—Bueno, siempre he dicho que me subestimabas. Llámame la próxima vez que necesites ayuda.

En la puerta, se volvió para añadir:

—Por supuesto, mi opinión personal es que Peter Keating es nuestro mejor arquitecto.

Aquella noche, cuando volvió a casa, sonó el teléfono.

—Dominique, querida —dijo una voz entre sofocos ansiosos al otro lado de la línea—, ¿de verdad dices todo eso en serio?

—¿Quién es?

—Joel Sutton. Yo...

—Hola, Joel. ¿Si digo en serio qué?

—Hola, querida, ¿cómo estás? ¿Cómo está tu encantador padre? Quiero decir, ¿dijiste en serio todo eso sobre la casa Enright y Roark? Quiero decir, lo que decías en tu columna de hoy. Estoy un poco disgustado, un poco bastante. ¿Sabes algo de mi edificio? Bueno, todos estamos listos para seguir adelante, y es mucho dinero, pensé que fui muy cuidadoso al decidir, pero tú eres de la que más me fío, tú eres una muchacha lista, muy lista, y si trabajas para un tipo como Wynand, supongo que sabes de lo que hablas. Wynand sabe de edificios, en fin, ese hombre ha ganado más en la industria inmobiliaria que con todos sus periódicos, ya puedes estar segura, se supone que no se debe saber, pero yo lo sé. Y tú trabajas para él, y ahora no sé qué pensar. Porque, verás, había decidido, sí, tenía decidido absoluta y definitivamente, casi, contratar a este Roark, de hecho, se lo dije, de hecho, viene mañana por la tarde a firmar el contrato, y ahora... ¿De verdad piensas que parecerá una boa de plumas?

—Escucha, Joel —dijo, apretando los dientes—, ¿puedes comer conmigo mañana?

Se citó con Joel Sutton en el inmenso y desierto comedor de un distinguido hotel. Había unos pocos huéspedes solitarios entre las mesas blancas, de modo que todos destacaban; las mesas vacías formaban un elegante marco que proclamaba la exclusividad del huésped. Joel Sutton sonreía de oreja a oreja. Nunca había acompañado a una mujer tan decorativa como Dominique.

—Mira, Joel —dijo, sentada frente a él a la mesa, con la voz suave, firme y seria—: fue una brillante idea que eligieras a Roark.

—¿Eso crees?

—Eso creo. Tendrás un edificio hermoso, como un himno. Un edificio que te dejará sin aliento, y también sin inquilinos. De aquí a cien años, escribirán sobre ti en los libros de historia, y te buscarán en la fosa común.

—Por Dios santo, Dominique, ¿de qué estás hablando?

—Sobre tu edificio. Sobre el tipo de edificio que Roark diseñará para ti. Será un gran edificio, Joel.

—¿Bueno, quieres decir?

—No digo bueno. Digo grande.

—No es lo mismo.

—No, Joel, no es lo mismo.

—No me gusta eso de «grande».

—No, claro que no. No pensé que te gustara. Entonces ¿para qué quieres a Roark? Quieres un edificio que no le choque a nadie. Un edificio que sea común, cómodo y seguro, como una vieja salita en la parte de atrás de la casa, con olor a sopa de almejas. Un edificio que a todo el mundo le guste, a todos y a cada uno. Es muy incómodo ser un héroe, Joel, y tú no tienes tipo para eso.

—Bueno, por supuesto que quiero un edificio que a la gente le guste. ¿Por qué crees que lo construyo? ¿Por gusto?

—No, Joel. Ni por tu alma.

—¿Quieres decir que Roark no es bueno?

Ella estaba recta y estirada, como si sus músculos se tensaran para soportar el dolor. Pero entornaba los ojos con pesadez, como si una mano estuviese acariciando su cuerpo. Dijo:

—¿Tú ves que él haya hecho muchos edificios? ¿Tú ves que lo haya contratado mucha gente? Hay seis millones de personas en Nueva York. Seis millones de personas no pueden estar equivocadas. ¿O sí?

—No, claro.

—Claro.

—Pero pensé que Enright...

—Tú no eres Enright, Joel. Para empezar, él no sonríe tanto. Y luego, mira, Enright no me habría preguntado mi opinión. Tú lo has hecho. Por eso me caes bien.

—¿De verdad te caigo bien, Dominique?

—¿No sabías que siempre has sido uno de mis grandes favoritos?

—Yo..., yo siempre me he fiado de ti, seguiré tu consejo cuando sea. ¿Qué piensas que debería hacer?

—Es fácil. Tú quieres lo mejor que el dinero pueda comprar, de las cosas que puede comprar el dinero. Quieres un edificio que sea... lo que merece ser. Quieres un arquitecto al que hayan contratado otros, para poder demostrarles que tú eres tan bueno como ellos.

—Eso es cierto, completamente cierto... Oye, Dominique, apenas has tocado la comida.

—No tengo hambre.

—Bien, ¿qué arquitecto me recomiendas?

—Piensa, Joel. ¿Quién está ahí, en este momento, del que todo el mundo habla? ¿Quién se lleva todos los encargos? ¿Quién es el que gana más dinero para él y sus clientes? ¿Quién es joven y famoso, no supone un riesgo y es popular?

—Supongo... supongo que Peter Keating.

—Sí, Joel. Peter Keating.

—Lo siento mucho, señor Roark, lo siento muchísimo, créame, pero después de todo, no hago negocios por gusto..., ni por gusto ni por mi alma..., o sea, quiero decir, en fin, estoy seguro de que puede entender mi postura. Y no es que tenga nada contra usted, al contrario, creo que es un gran arquitecto. Mire, ése es justo el problema, que la grandeza es estupenda, pero no es práctica. Ése es el problema, señor Roark, que no es práctico, y después de todo, debe admitir que el señor Keating tiene más renombre y tiene ese... ese toque popular que usted aún no ha logrado alcanzar.

A Sutton le molestó que Roark no protestara. Quería que Roark intentara discutir, así podría presentarle las incontestables justificaciones que Dominique le había expuesto unas horas antes. Pero Roark no dijo nada: sólo inclinó la cabeza cuando oyó la decisión. Sutton estaba desesperado por explicarle esas justificaciones, pero parecía absurdo intentar convencer a un hombre que parecía convencido. Aun así, Sutton amaba a las personas y no quería herir a nadie.

—De hecho, señor Roark, no estoy solo en esta decisión. En realidad, yo le quería a usted, yo me había decidido por usted, sinceramente, pero fue la señorita Dominique Francon, cuyo juicio tengo en muy alta estima, la que me convenció de que usted no era la elección adecuada para este encargo, y fue tan honrada que me autorizó a contárselo a usted.

Vio que Roark lo miraba de pronto. Después vio que las mejillas hundidas de Roark se curvaban, como si se hundieran aún más, y que abría la boca: se estaba riendo, sin emitir sonido alguno salvo el de una brusca aspiración.

—¿De qué demonios se ríe, señor Roark?

—Así que la señorita Francon quería que usted me lo contara...

—No es que ella quisiera, ¿por qué lo iba a querer? Sólo me dijo que podía contárselo si quería.

—Sí, entiendo.

—Lo cual sólo demuestra su honradez y que tiene buenos motivos para sus convicciones y que las defenderá abiertamente.

—Sí.

—Bueno, ¿qué pasa?

—Nada, señor Sutton.

—Mire, no es decente reírse así.

—No.

Su habitación estaba medio en penumbra. Había un boceto de la casa Heller, sin enmarcar, clavado con chinchetas, en una larga y blanca pared; hacía que la habitación pareciera más vacía y la pared más larga. No sentía pasar los minutos, pero sentía el tiempo como algo sólido, encerrado y guardado aparte en la habitación; un tiempo carente de todo significado, salvo la inmóvil realidad de su cuerpo.

Cuando oyó que llamaban a la puerta, dijo, sin levantarse:

—Entre.

Dominique entró. Entró como si ya hubiese entrado antes en esa habitación. Llevaba un traje negro de tejido grueso, simple como una prenda infantil que llevase puesto como mera protección, y no como adorno. Llevaba el largo cuello masculino de la camisa levantado hasta las mejillas y un sombrero que le tapaba la mitad de la cara. Él seguía sentado, mirándola. Ella esperó a ver la sonrisa burlona, pero no llegó a verla. La sonrisa parecía implícita en la propia habitación, en que ella estuviese allí, en mitad de la habitación. Se quitó el sombrero como un hombre que llega a casa: se lo quitó por el ala, con los dedos tiesos, y lo dejó colgar al final de su brazo. Esperó, con el rostro serio y frío, pero sus suaves cabellos claros parecían indefensos y humildes. Dijo:

—No te sorprende verme.

—Te esperaba esta noche.

Ella levantó la mano y dobló el codo, con una ajustada economía de movimientos, los mínimos necesarios, y lanzó el sombrero a una mesa. El largo vuelo del sombrero mostraba la violencia del tirón controlado de la muñeca.

—¿Qué quieres? —preguntó él.

—Ya sabes lo que quiero —respondió ella con la voz grave y llana.

—Sí. Pero quiero oírte decirlo. Entero.

—Como quieras. —Su voz sonaba a eficiencia, a la obediencia de una orden con precisión metálica—. Quiero acostarme contigo. Ahora, esta noche y en cualquier momento en que te molestes en llamarme. Quiero tu cuerpo desnudo, tu piel, tu boca, tus manos. Te deseo, así, no histérica por el deseo, sino de manera fría y consciente, sin dignidad y sin arrepentimientos, te deseo, no tengo el bastante amor propio como para negociar conmigo misma y dividirme. Te deseo, te deseo como un animal, como una gata en celo o una zorra.

Habló en un solo nivel de voz, como si estuviese recitando un austero catecismo. Se quedó de pie, sin moverse, con los pies en sus zapatos planos separados, los hombros echados hacia atrás y los brazos rectos a los lados. Parecía impersonal, impasible ante las palabras que pronunciaba, casta como un querubín.

—Sabes que te odio, Roark. Te odio por lo que eres, por desearte, por tener que desearte. Voy a luchar contra ti, y voy a destruirte, y te digo esto con la misma calma con que te digo que soy un animal suplicante. Voy a rezar para que no te puedan destruir, también te digo esto, aunque no creo en nada y no tengo nada por lo que rezar. Pero lucharé para bloquear cada paso que des. Lucharé para destrozar y arrancarte cualquier oportunidad. Te haré daño con la única cosa que te puede hacer daño: tu trabajo. Lucharé para matarte de hambre, para estrangularte con las cosas que no podrás alcanzar. Te lo he hecho hoy, y por eso me acostaré contigo esta noche.

Él se acomodó en el sillón y se estiró, con el cuerpo relajado, tenso en su relajación, con una calma que se iba llenando poco a poco de la violencia del futuro movimiento.

—Hoy te he hecho daño. Lo volveré a hacer. Vendré a verte siempre que te haya derrotado, siempre que sepa que te he hecho daño, y te dejaré poseerme. Quiero ser poseída, no por un amante, sino por un adversario que destruirá mi victoria sobre él, no con un golpe de gracia, sino con el contacto de su cuerpo sobre el mío. Eso es lo que quiero de ti, Roark. Eso es lo que soy. Querías oírlo todo. Ya lo has oído. ¿Quieres decir algo ahora?

—Quítate la ropa.

Ella se quedó quieta un instante, mientras le crecían dos manchas blancas bajo las comisuras de los labios; después vio un temblor en la tela de su camisa, sacudida por un suspiro contenido; ella sonrió burlona a su vez, como siempre le sonreía él.

Se llevó las manos al cuello y se desabrochó los botones de la chaqueta, con tranquilidad y precisión, uno detrás de otro. Tiró la chaqueta al suelo, se quitó una fina blusa blanca y se miró los ajustados guantes negros sobre sus brazos desnudos. Se quitó los guantes tirando de cada dedo. Se desvistió con indiferencia, como si estuviese sola en su propio dormitorio.

Después lo miró. Se quedó desnuda, esperando, sintiendo el espacio entre ellos como una presión en el estómago, consciente de que era una tortura para él también, y que era lo que ambos querían. Después, Roark se levantó, se acercó a ella y, cuando la tomó, ella levantó los brazos, dispuesta, sintiendo la forma de su cuerpo impreso en el interior de su brazo, como si éste lo rodeara: sus costillas, su axila, su espalda; ella posaba los dedos en su omóplato, la boca en la suya, en una rendición más violenta de lo que había sido la lucha.

Más tarde, tendida en la cama a su lado, bajo su manta, y mirando su habitación, preguntó:

—Roark, ¿por qué estabas trabajando en aquella cantera?

—Ya lo sabes.

—Sí. Cualquier otro habría cogido un trabajo en la oficina de algún arquitecto.

—Y entonces no habrías sentido ningún deseo de destruirme.

—¿Lo entiendes?

—Sí. Quieta. Eso no importa ahora.

—¿Sabes que la casa Enright es el edificio más bello de Nueva York?

—Sé que tú lo sabes.

—Roark, trabajaste en aquella cantera cuando tenías la casa Enright dentro, y muchas casas Enright, y estabas allí barrenando granito como un...

—Vas a aflojarte en cualquier momento, Dominique, y mañana lo lamentarás.

—Sí.

—Eres muy hermosa, Dominique.

—No sigas.

—Muy hermosa.

—Roark, yo..., yo todavía quiero destruirte.

—¿Crees que te desearía si no fuese así?

—Roark...

—¿Quieres oírlo otra vez? ¿Una parte? Te deseo, Dominique. Te deseo. Te deseo.

—Yo... —Se frenó, y la palabra en la que se detuvo casi se oyó en su aliento.

—No —dijo él—. Todavía no. No lo vas a decir todavía. Duérmete.

—¿Aquí? ¿Contigo?

—Aquí, conmigo. Te prepararé el desayuno por la mañana. ¿Sabes que yo me hago mi propio desayuno? Te gustará verlo. Como el trabajo en la cantera. Después te irás a casa y pensarás en destruirme. Buenas noches, Dominique.

8

Las persianas del salón estaban subidas, y la luz de la ciudad crecía desde un horizonte negro hasta la mitad de los cristales de las ventanas. Dominique estaba sentada en su escritorio, corrigiendo las últimas páginas de un artículo, cuando oyó el timbre. Los amigos no la molestaban sin avisar, y se levantó con el lápiz sostenido en el aire, enfadada e intrigada. Oyó los pasos de la doncella en el vestíbulo, que después entró y dijo:

—Un caballero desea verla, señorita. —Con una leve hostilidad en la voz, que daba a entender que el caballero se había negado a identificarse.

«¿Un hombre con el pelo naranja?», quiso preguntar Dominique, pero no lo hizo. Sacudió con rigidez la mano que sostenía el lápiz y dijo:

—Que pase.

Entonces se abrió la puerta y vio dibujados por la luz del vestíbulo un largo cuello y unos hombros caídos, como la silueta de una botella. Una voz intensa y espesa dijo:

—Buenas tardes, Dominique. —Y ella reconoció a Ellsworth Toohey, al que nunca había invitado a su casa.

Ella sonrió, y dijo:

—Buenas tardes, Ellsworth. Hacía mucho tiempo que no te veía.

—Deberías haberte esperado mi visita, ¿no crees? —dijo. Y se dirigió a la doncella—: Cointreau, por favor, si tiene, que estoy seguro que sí.

La doncella miró a Dominique con los ojos muy abiertos; Dominique asintió con la cabeza en silencio, y la doncella salió y cerró la puerta.

—¿Ocupada? Sí, claro —dijo Toohey, echándole un vistazo al desorden del escritorio—. Me parece muy bien, Dominique. Eso da frutos también. Has escrito mucho últimamente.

Ella soltó el lápiz y pasó el brazo por encima del respaldo del sillón y medio girada hacia él, observándolo con placidez, le preguntó:

—¿Qué quieres, Ellsworth?

Él no se sentó, se quedó de pie inspeccionando el lugar con la sosegada curiosidad de un experto.

—No está mal, Dominique. Es lo que esperaba que tuvieses. Un poco frío. ¿Sabes? Yo no tendría ese sillón color azul hielo ahí. Es demasiado obvio. Encaja demasiado bien. Es justo lo que la gente esperaría ver ahí. Yo pondría uno de color zanahoria. Uno rojo feo, chillón, atroz. Como el pelo del señor Howard Roark. Lo digo *en passant*, sólo una oportuna figura retórica, nada personal. Sólo un toque del color equivocado habría dado armonía a la habitación. El tipo de cosas que dan elegancia a una casa. La distribución de las flores está muy bien. Los cuadros, también. No están mal.

—Muy bien, Ellsworth, muy bien, ¿qué pasa?

—¿No sabes que nunca había estado aquí? Por lo que sea, nunca me invitaste. No sé por qué.

Se sentó y se puso cómodo, apoyando un tobillo sobre la rodilla, con su delgada pierna estirada en horizontal sobre la otra; bajo el pantalón se veía entero un ajustado calcetín de color gris plomizo y una franja de piel blanca azulada, con unos pocos pelos negros. Y continuó:

—Pero has sido tan insociable. En tiempo pasado, querida, en tiempo pasado. ¿Decías que hacía mucho tiempo que no nos veíamos? Es cierto. Has estado muy ocupada, anormalmente ocupada: visitas, cenas, bares y meriendas en tu casa, ¿verdad?

—Verdad.

—Las meriendas en tu casa me parecieron el colmo. Éste es un buen salón para dar fiestas. Grande, con mucho espacio para meter gente, en particular si no eres muy exigente con lo que metes, y tú no lo eres. Ahora no. ¿Qué les sirves? ¿Paté de anchoa y huevo picado en forma de corazón?

—Caviar y cebolla picada en forma de estrella.

—¿Y a las señoras mayores?

—Queso crema y nueces picadas, en forma de espiral.

—Me gustaría verte ocupándote de ese tipo de cosas. Es maravilloso lo considerada que te has vuelto con las señoras mayores. En especial con las millonarias con yernos en la industria inmobiliaria. Aunque no creo que sea tan malo como ir a ver *Déjame pasmada* con Commodore Higbee, que lleva dientes postizos y tiene una estupenda parcela vacía en la esquina de Broadway y Chambers.

Entró la doncella con la bandeja. Toohey cogió un vaso y lo sostuvo con delicadeza, aspirando su aroma, mientras la doncella salía.

—¿Podrías decirme a qué vienen el departamento de servicios secretos, no preguntaré quiénes, y los detallados informes sobre mis actividades? —dijo Dominique con indiferencia.

—Puedes preguntar quiénes. Todos y cada uno. ¿No te figuras que la gente habla sobre la señorita Dominique Francon en su nuevo papel de famosa anfitriona, tan de repente? Dominique Francon como una especie de segunda Kiki Holcombe, pero mucho mejor, ¡oh, mucho más!, mucho más sutil, mucho más hábil y, ya te imaginas, mucho más bella. Ya era hora de que usaras algo de ese superlativo aspecto tuyo por el que cualquier mujer te degollaría. Sigue desperdiciado, claro, si uno piensa que la forma sigue a la función, pero al menos algunas personas le están sacando algún partido. Tu padre, por ejemplo. Estoy seguro de que está encantado con esta nueva vida tuya. La pequeña Dominique, amable con la gente. La pequeña Dominique se vuelve normal, al fin. Se equivoca, por supuesto, pero es bonito hacerle feliz. A otros también. A mí, por ejemplo. Aunque tú nunca harías nada sólo por hacerme feliz. Pero, después de todo, ése es mi afortunado don: puedo extraer una felicidad que no iba dirigida a mí, de manera totalmente altruista.

—No estás respondiendo a mi pregunta.

—Claro que sí. Me has preguntado a qué se debe el interés en tus actividades, y yo te he respondido: porque me hace feliz. Además, mira: a uno le podría asombrar, si tuviera poca visión, que estuviese recopilando información sobre las actividades de mis enemigos. Pero no informarse de las acciones de mi propio bando... Y, desde luego, no te creerás que soy un general tan incompetente, al margen de lo que pienses de mí, nunca me has considerado un incompetente.

—¿«Tu bando», Ellsworth?

—Mira, Dominique, ése es el problema de tu estilo escrito y verbal: usas demasiados signos de interrogación. Mal, en cualquier caso. En especial cuando es innecesario. Vamos a dejar la táctica del cuestionario y vamos a hablar, sin más, puesto que los dos entendemos y entre nosotros no hacen falta las preguntas. Si así fuese, me habrías echado. En cambio, me has invitado a un licor muy caro.

Sostuvo la montura de las gafas bajo la nariz y aspiró su aroma con una vaga especie de alivio sensual, algo que, en una cena, habría sido el equivalente a chuparse ruidosamente los dedos: una vulgaridad allí, de soberbia elegancia ahí, ante el borde del vaso de cristal tallado que presionaba sobre su pulcro bigotito.

—De acuerdo. Habla —dijo ella.

—Eso es lo que he hecho. Lo cual es muy considerado por mi parte, puesto que tú no estás dispuesta a hablar, al menos por el momento. Bien, hablemos, de manera puramente contemplativa, sobre lo interesante que es ver cómo la gente te acoge en su seno con tanto interés, cómo te acepta, cómo van todos en masa a rodearte. ¿A qué crees que se debe? Ellos mismos han repartido muchos desaires, pero basta que alguien que les ha desairado toda la vida se venga abajo y se vuelva gregaria para que vengan todos y se pongan panza arriba, con las pezuñas encogidas, para que les rasques la barriga. ¿Por qué? Puede haber dos explicaciones, creo. La bonita es que son generosos y quieren honrarte con su amistad, pero las explicaciones bonitas nunca son las verdaderas. La otra es que saben que te estás degradando al necesitarlos, que estás bajando de un pináculo, porque toda soledad es un pináculo, y están encantados de arrastrarte con su amistad. Aunque, por supuesto, ninguno de ellos es consciente, salvo tú misma. Por eso pasas por esos suplicios y lo haces, y nunca lo harías por una causa noble, nunca lo harías salvo por un fin que tú hubieses elegido, un fin más vil que los medios, que los hace soportables.

—¿Sabes, Ellsworth? Has dicho una frase que nunca usarías en tu columna.

—¿Sí? Seguramente. Puedo decirte muchas cosas que nunca usaría en mi columna. ¿Qué frase?

—«Toda soledad es un pináculo.»

—¿Ésa? Sí, es cierto. No lo haría. Eres libre de hacerlo tú, aunque no es muy buena. Es bastante burda. Te daré más algún día, si quieres. Siento, en todo caso, que sólo te hayas quedado con eso de mi pequeño discurso.

—¿Con qué querías que me quedara?

—Bueno, con mis dos explicaciones, por ejemplo. Ahí hay una pregunta interesante. ¿Qué es más amable? ¿Pensar lo mejor de las personas y cargarlas con una nobleza con la que no podrían resistir? ¿O verlas tal y como son y aceptarlas, porque eso les hace sentir más cómodas? La amabilidad sería más importante que la justicia, claro.

—Me trae sin cuidado, Ellsworth.

—¿No te apetece un poco de especulación abstracta? ¿Sólo te interesan resultados concretos? De acuerdo. ¿Cuántos encargos le has conseguido a Peter Keating en los tres últimos meses?

Ella se levantó, se acercó a la bandeja que había dejado la doncella, se sirvió una copa y dijo, llevándose el vaso a la boca:

—Cuatro.

Después se volvió y lo miró, de pie, con el vaso en la mano, y añadió:

—Y ésa ha sido la famosa técnica Toohey. Nunca pongas la pulla al principio de la columna, ni al final. Cuélala donde menos se espere. Llena una columna entera con palabrería, sólo para meter esa única frase importante.

Él hizo una reverencia.

—Exacto. Por eso quería hablar contigo. Es un desperdicio ser sutil y despiadado con quien no sabe siquiera que estás siendo sutil y despiadado. Pero la palabrería nunca es fortuita, Dominique. Además, no sabía que la técnica de mi columna estaba empezando a ser tan obvia. Tendré que pensar en una nueva.

—No te molestes. Les encanta.

—Por supuesto. Les encantará cualquier cosa que escriba. ¿Así que cuatro? Se me pasó el último. Había contado tres.

—No entiendo por qué tuviste que venir aquí, si eso es lo único que querías saber. Le tienes mucho cariño a Peter Keating, y yo le estoy ayudando mucho, mejor de lo que tú podrías. Así que, si querías soltarme una arenga sobre Petey, no hacía falta, ¿no?

—Te has equivocado dos veces en una sola frase, Dominique. Un error sincero y una mentira. El error sincero es que asumes que yo quiero ayudar a Petey Keating, al que, por cierto, yo puedo ayudar mucho mejor que tú, lo he hecho y lo haré, pero eso sería especular a largo plazo. La mentira es que he venido aquí a hablar sobre Peter Keating. Tú sabías de qué vine a hablar aquí en cuanto me viste entrar. Y me concederás que habría que ser más detestable que yo para colarse en tu casa sólo para hablar de ese tema. Aunque no se me ocurre quién te podría resultar más detestable que yo en este momento.

—Peter Keating —dijo ella.

Él puso una mueca y arrugó la nariz:

—Ah, no. Él no llega a tanto. Pero hablemos de Peter Keating. Qué oportuna coincidencia que sea el socio de tu padre. Tú sólo te estás dejando la piel para conseguir encargos para tu padre, como una solícita hija, nada más natural que eso. Has obrado maravillas para Francon & Keating en los últimos tres meses. Sólo sonriendo a unas pocas viudas y luciendo modelitos deslumbrantes en algunos de tus mejores saraos. Me pregunto qué conseguirías si decidieras ir hasta el fondo y vender tu incomparable cuerpo con propósitos ajenos a la contemplación estética, a cambio de encargos para Peter Keating.

Hizo una pausa, ella no dijo nada, y añadió:

—Te felicito, Dominique, has estado a la altura de mi mejor opinión sobre ti, por no haberte ofendido con eso.

—¿Para qué lo has dicho, Ellsworth? ¿Para ofender o para insinuar?

—Bueno, podría haber sido por una serie de cosas. Como tanteo preliminar, por ejemplo. Pero lo cierto es que no ha sido por nada. Sólo un toque de vulgaridad. También la técnica Toohey, ya sabes que siempre aconsejo el toque incorrecto en el momento oportuno. En esencia soy un serio puritano monocromo, y debo permitirme algún que otro color de vez en cuando, para mitigar la monotonía.

—¿Sí, Ellsworth? Me pregunto lo que eres, en esencia. No lo sé.

—Me atrevería a decir que nadie lo sabe —dijo él, complacido—. Aunque, en realidad, no tiene ningún misterio. Es muy sencillo. Todas las cosas son sencillas cuando lo reduces a lo fundamental. Te sorprendería saber qué pocas cosas fundamentales hay. Sólo dos, tal vez. Que nos explican a todos. Es desenredar, reducir, lo que es difícil, por eso a la gente no le gusta tomarse la molestia. No creo que le gusten los resultados tampoco.

—No me importa. Sé lo que soy. Adelante, dilo. Sólo soy una zorra.

—No te engañes, querida. Eres mucho peor que una zorra. Eres una santa. Lo que demuestra por qué los santos son peligrosos e indeseables.

—¿Y tú?

—Lo cierto es que sé exactamente lo que soy. Sólo con eso se puede explicar mucho sobre mí. Te estoy dando una pista útil, si te preocupas de utilizarla, lo que no harás, claro. Aunque podrías, quizá, en el futuro.

—¿Por qué debería?

—Me necesitas, Dominique. Podrías entenderme también un poquito. Mira, no me da miedo que me entiendan. No tú.

—¿Te necesito?

—Oh, venga, muestra un poco de valentía también.

Ella se sentó y esperó con un silencio frío. Él sonreía con un obvio placer, sin hacer ningún esfuerzo por esconderlo.

—Veamos esos encargos que le conseguiste a Peter Keating—dijo, estudiando el techo con casual atención—. El edificio de oficinas Cyron fue sólo para molestar, Howard Roark nunca tuvo esa oportunidad. La casa Lindsay era mejor, porque Roark fue, sin duda, considerado para ella, y creo que la habría conseguido de no ser por ti. Con la sede del Stonebrook Club también tuvo la oportunidad, que tú arruinaste. —La miró y soltó una risita—. ¿Ningún comentario sobre las técnicas y las pullas, Dominique? —Su sonrisa era como una grasa fría que flotara sobre el sonido líquido de su voz—. Fallaste con la casa de campo de Norris: la consiguió la semana pasada, ¿sabes? Bueno, no se puede acertar siempre. Al fin y al cabo, la casa Enright era un gran trabajo; ha dado mucho que hablar, y algunas personas están empezando a mostrar interés en el señor Howard Roark. Pero lo has hecho extraordinariamente bien. Mis felicitaciones. ¿No te parece ahora que estoy siendo amable contigo? Todo artista necesita que lo valoren, y nadie puede hacerte el cumplido, porque nadie sabe lo que estás haciendo, salvo Roark y yo, y él no te dará las gracias. Aunque, pensándolo mejor, no creo que Roark sepa lo que estás haciendo, y eso te agua la fiesta, ¿no?

—¿Cómo sabes lo que estoy haciendo? —preguntó ella, con voz cansada.

—Querida, sin duda no habrás olvidado que fui yo quien te dio la idea al principio.

—Ah, sí —dijo, como ausente—. Sí.

—Ahora ya sabes por qué he venido. Ahora ya sabes a qué me refería cuando hablaba de mi bando.

—Sí, claro —respondió.

—Esto es un pacto, querida. Una alianza. Los aliados nunca se fían el uno del otro, pero eso no arruina su eficacia. Nuestros motivos pueden ser contrarios. De hecho, lo son. Pero eso no importa. El resultado será el mismo. No es necesario tener un noble objetivo en común. Sólo hace falta tener un enemigo común. Lo tenemos.

—Sí.

—Por eso me necesitas. He sido útil alguna vez.

—Sí.

—Puedo hacerle mucho más daño a tu señor Roark que tú con cualquier merienda que des jamás.

—¿Por qué?

—Déjate de porqués. Yo no indago sobre los tuyos.

—Está bien.

—Entonces ¿será un acuerdo entre nosotros? ¿Somos aliados en esto?

Ella lo miró y se inclinó hacia delante, atenta, con la expresión vacía. Después dijo:

—Somos aliados.

—Muy bien, querida. Ahora, escucha. Deja de mencionarlo en tu columna un día sí y otro no. Ya sé que lo criticas siempre, pero es excesivo. Estás haciendo que su nombre siga en los periódicos, y eso no te interesa. Y luego: es mejor que me invites a esas fiestas tuyas. Hay cosas que yo puedo hacer y tú no. Otra pista: Gilbert Colton, ya sabes, el de la cerámica Coltons, de California, tiene planes de abrir una sucursal en el este. Está pensando en un buen modernista. De hecho, está pensando en Roark. No dejes que Roark lo consiga. Es un gran trabajo, con mucha publicidad. Ve e invéntate una nueva merienda para la señora Colton. Haz lo que quieras. Pero no dejes que Roark lo consiga.

Ella se levantó, arrastró los pies hasta la mesa, balanceando los brazos con desgana, y cogió un cigarrillo. Lo encendió, se volvió hacia él, y dijo con indiferencia:

—Eres capaz de abreviar mucho e ir directo al grano, cuando quieres.

—Cuando lo veo necesario.

Ella se paró junto a la ventana y contempló la ciudad. Dijo:

—En realidad, nunca has hecho nada contra Roark. No sabía que te importara tanto.

—Oh, querida, ¿cómo que no?

—Nunca lo has mencionado en la prensa.

—Eso, querida, es lo que he hecho contra Roark. Hasta ahora.

—¿Cuándo oíste hablar de él por primera vez?

—Cuando vi los dibujos de la casa Heller. No pensarías que eso podría pasarme inadvertido. ¿Y tú?

—Cuando vi los dibujos de la casa Enright.

—¿No antes?

—No antes.

Ella fumaba en silencio, y después dijo, sin volverse hacia él:

—Ellsworth, si uno de los dos intentara contar lo que hemos dicho aquí esta noche, el otro lo negaría y no se podría demostrar. Así que no importa si somos sinceros el uno con el otro, ¿verdad? No hay mucho riesgo. ¿Por qué lo odias?

—Nunca he dicho que lo odiara.

Ella se encogió de hombros.

—En cuanto a lo demás —añadió él—, creo que puedes responderte tú sola.

Ella asintió lentamente, mirando el reflejo de la punta encendida de su cigarrillo en el cristal de la ventana.

Él se levantó, se acercó a ella y contempló las luces de la ciudad, los ángulos rectos de los edificios y los oscuros muros que se volvían translúcidos por el resplandor de las ventanas, como si los muros no fuesen más que un velo cuadriculado de fina gasa negra sobre una sólida masa de resplandor. Y Ellsworth Toohey dijo con voz suave:

—Míralo. Un logro sublime, ¿verdad? Un logro heroico. Piensa en los miles de personas que han trabajado para crear esto y en los millones que se benefician de ello. Y se dice que, de no ser por una docena de hombres, ahora y a lo largo de los tiempos, sin esa docena de hombres, quizá menos, nada de esto habría sido posible. Y quizá sea verdad. En ese caso, de nuevo, se pueden adoptar dos puntos de vista. Podemos decir que esas doce personas fueron grandes benefactores, que todos nos hemos alimentado del desbordamiento de la magnífica riqueza de su espíritu y que estamos encantados de aceptarlo con gratitud y fraternidad. O podemos decir que, por medio del esplendor de su logro, que no podemos ni igualar ni mantener, estas doce personas nos han demostrado lo que somos; que no queremos los obsequios de su grandeza, que una cueva junto a una ciénaga supurante y una hoguera que se ha encendido frotando ramas son preferibles a los rascacielos y las luces de neón, si la cueva y los palos son el límite de tus propias capacidades creativas. De esos dos puntos de vista, Dominique, ¿cuál dirías que es, en realidad, el más humanitario? Porque, ya sabes, yo soy humanitarista.

Al cabo de un tiempo, a Dominique le resultó más fácil relacionarse con la gente. Aprendió a aceptar la tortura autoinfligida como una prueba de resistencia, movida por la curiosidad de descubrir cuánto podía resistir. Se conducía por las recepciones oficiales, las fiestas del cine, las cenas y los bailes con elegancia y sonriente, con una sonrisa que hacía su rostro más claro y frío, como el sol en un día de invierno. Escuchaba sin prestar atención las vacuas palabras que se decían como si el hablante se pudiera sentir insultado por cualquier muestra de interés entusiasta en sus oyentes, como si el aburrimiento fuese el único vínculo posible entre las personas, el único preservativo para su precaria dignidad. Ella asentía a todo y aceptaba todo: «Sí, señor Holt, creo que Peter Keating es el hombre del siglo, de nuestro siglo»; «No, señor Inskip, Howard Roark, no, no le conviene Howard Roark...»; «¿Un farsante? Por supuesto que es un farsante. Se necesita una sensata honradez como la suya para valorar la integridad de un hombre»; «¿Que no es gran cosa? No, señor Inskip, por supuesto, Howard Roark no es gran cosa»; «Es todo cuesción de tamaño y distancia, y la distancia...»; «No, no creo que mucho, señor Inskip. Me alegra que le gusten mis ojos. Sí, siempre se me ponen así cuando me lo estoy pasando bien, y me ha alegrado mucho oírle decir que Howard Roark no es gran cosa»; «¿Que conoció al señor Roark, señora Jones, y no le gustó?»; «¿Que es el tipo de hombre por el que no se puede sentir compasión? Muy cierto. La compasión es algo maravilloso. Es lo que una siente cuando ve una oruga aplastada. Es una experiencia que te eleva. Una puede dejarse llevar y extenderse, ya sabe, como al quitarte una faja. No tienes que mantener recta la tripa, el corazón o el espíritu, cuando sientes compasión. Lo único que tienes que hacer es mirar hacia abajo. Es mucho más fácil. Cuando miras hacia abajo, te entra dolor de cuello. La compasión es la mayor virtud. Justifica el sufrimiento. Tiene que haber sufrimiento en el mundo, si no, ¿cómo seríamos virtuosos y compasivos?»; «Oh, tiene una antítesis, pero es difícil, y exigente..., la admiración, señora Jones, la admiración. Pero requiere algo más que una faja...»; «Así que diré que cualquiera por el que no podamos sentir compasión es una persona mezquina. Como Howard Roark».

Después, por la noche, iba a menudo a la habitación de Roark. Llegaba sin avisar, segura de encontrarlo allí y a solas. En su habitación, no había necesidad de reprimirse, de mentir, de asentir o borrar su ser. Allí tenía la libertad de resistirse, de ver que su resistencia era bien acogida por un adversario demasiado fuerte como para temer la competición, demasiado fuerte como para necesitarla. Ella encontraba allí la voluntad de asegurarle el reconocimiento de su propia entidad, intacta e intocable salvo en una batalla limpia, que vencería o sería vencida, pero que se mantendría en la victoria o la derrota, sin encallar en la absurda pulpa de lo impersonal.

Cuando se acostaban era —porque tenía que serlo, porque la naturaleza del acto lo exigía— un acto de violencia. Era la rendición, completada por la fuerza de sus respectivas resistencias. Era un acto de tensión, ya que las grandes cosas de la tierra son tensas. Era tenso como la electricidad, y la fuerza se alimentaba de la resistencia y se disparaba por los prietos cables de metal; era tensa como el agua que se convierte en energía por la violencia restrictiva de la presa. El contacto de la piel de Roark sobre la suya no era una caricia, sino una ola de dolor; se convertía en dolor por lo mucho que la deseaba, porque se liberaba y se consumaba después de todas las horas de deseo y negación. Era un acto en el que se apretaban los dientes y se odiaba; era lo insoportable, la agonía, un acto de pasión —la palabra que nació para nombrar el sufrimiento—; era el momento creado por el odio, la tensión, el dolor; el momento que quebraba sus propios elementos, les daba la vuelta, los vencía y los arrastraba a una negación de todo sufrimiento, a su antítesis, al éxtasis.

Fue a su habitación al salir de una fiesta, con un vestido de noche caro y delicado, como una capa de hielo sobre su cuerpo. Ella se apoyó en la pared y notó en la piel la aspereza del yeso. Miró lentamente todos los objetos que la rodeaban —la mesa de madera en bruto de la cocina, llena de láminas de papel, las reglas de acero, las toallas manchadas con las huellas de los cinco dedos, el entarimado desnudo—, y deslizó los ojos por su vestido de satén hasta el pequeño triángulo de una sandalia plateada, pensando en que se iba a desvestir allí. Le gustaba dar vueltas por la habitación, lanzar los guantes a un montón de lápices, gomas de borrar y trapos, poner su bolsito plateado en una camisa manchada para tirar, abrir el broche de un brazalete de diamantes y soltarlo en un plato con restos de bocadillo, junto a un dibujo a medias.

—Roark —dijo, poniéndose detrás de su sillón, con los brazos sobre sus hombros y la mano bajo su camisa, presionándole el pecho con los dedos—. Hoy he hecho que Symons le prometiera el trabajo a Keating. Treinta y cinco plantas, sin reparar en gastos. Dice que el dinero no le importa, sólo el arte, el arte libre.

Ella le oyó ahogar una risa, pero no se dio la vuelta para mirarla, sólo le cogió la muñeca y le bajó aún más la mano por debajo de la camisa, presionándola con fuerza contra su piel. Después, ella le hizo girar la cabeza y cubrió su boca con la suya.

Al llegar vio un ejemplar del *Banner* en la mesa, abierto por la página donde aparecía «Su casa», de Dominique Francon. Su columna incluía esta frase: «Howard Roark es el marqués de Sade de la arquitectura. Está enamorado de sus edificios, y mírenlos». Sabía que a él no le gustaba el *Banner*, que lo había puesto ahí sólo por ella, que él la observaba darse cuenta, con la media sonrisa que a ella le aterraba. Estaba enfadada, quería que él leyera todo lo que escribía, pero habría preferido pensar que le dolía lo suficiente como para evitarlo. Más tarde, tendidos en la cama, cuando él tenía la boca en su pecho, ella miró por encima de la maraña naranja de su pelo a la página del periódico sobre la mesa, y él sintió que ella temblaba de placer.

Dominique se sentó en el suelo, a los pies de él, con la cabeza apoyada en sus rodillas, y le cogió la mano, cerró la suya sobre cada uno de sus dedos y los apretó. Luego se deslizó a lo largo de ellos, sintiendo las duras y pequeñas paradas de las articulaciones, y le preguntó con dulzura:

—Roark, ¿querías la fábrica Colton? ¿La querías desesperadamente?

—Sí, desesperadamente —respondió, sin sonreír y sin dolor.

Después, ella se puso la mano de él sobre los labios y la mantuvo allí un largo rato.

Dominique salió de la cama a oscuras y cruzó desnuda la habitación para coger un cigarrillo de la mesa. Se agachó a la luz de la cerilla, y la postura le daba a su vientre una ligera redondez. Él dijo:

—Enciéndeme uno.

Ella le puso un cigarrillo en los labios. Después dio vueltas por la habitación, fumando, mientras él seguía en la cama, apoyado sobre el codo, contemplándola.

Una vez, al llegar se lo encontró trabajando en su mesa. Él dijo:

—Tengo que acabar esto. Siéntate. Espera.

No la volvió a mirar. Ella esperó en silencio, acurrucada en un sillón en el otro extremo de la habitación. Observaba las líneas rectas de sus cejas, unidas por la concentración, la forma de su boca, la vena que le latía bajo la piel tirante de su cuello, la afilada y quirúrgica seguridad de su mano. No parecía un artista, parecía el obrero de la cantera, un demoledor de muros, un monje. Después, ella no quería que se parara o que la mirara, porque quería contemplar la pureza ascética de su persona, la ausencia de toda sensualidad; contemplar eso, y pensar en lo que ella recordaba.

Había noches en que él iba al apartamento de ella, como ella iba al suyo, sin avisar. Si tenía invitados, le decía: «Deshazte de ellos»; y se iba al dormitorio mientras ella obedecía. Tenían un acuerdo tácito, sobreentendido, de que nunca los vieran juntos. El dormitorio de Dominique era una exquisita habitación de cristal y tonos menta. A él le gustaba ir con la ropa sucia tras haber pasado el día en la obra. Le gustaba tirarse sobre la colcha de la cama bocarriba, y después sentarse a charlar tranquilamente una hora o dos, sin mirar la cama —sin mencionar sus artículos o los edificios o el último encargo que había conseguido para Peter Keating—, y la sencillez de estar cómodo allí, de aquella manera, que hacía las horas más sensuales que los momentos que postergaban.

Había noches en que se sentaban juntos en el salón, junto a la gran ventana con vistas a la ciudad. A ella le gustaba observarlo en esa ventana. Él se quedaba de pie, medio vuelto hacia ella, fumando y contemplando la ciudad desde arriba. Ella se alejaba de él y se sentaba en el suelo, en mitad del salón, y lo contemplaba.

Una vez, cuando él salió de la cama y ella encendió la luz y lo vio allí de pie, desnudo, se quedó mirándolo, y dijo, con la voz serena y desesperada por la simple desesperación de la completa sinceridad:

—Roark, todo lo que he hecho en mi vida es por la clase de mundo que te hizo trabajar en una cantera el verano pasado.

—Lo sé.

Él se sentó a los pies de la cama, y ella se recolocó. Apoyó la cara en su muslo flexionado y los pies en la almohada, con un brazo colgando, y con la palma recorrió lentamente la longitud de la pierna de él, desde el tobillo hasta la rodilla una y otra vez. Le dijo:

—Pero, por supuesto, si de mí hubiese dependido, la primavera pasada, cuando estabas arruinado y sin trabajo, te habría enviado a hacer ese mismo trabajo a esa cantera concreta.

—Lo sé también. Pero a lo mejor no. A lo mejor me habrías puesto de mayordomo de baño en la Asociación de Arquitectos.

—Sí, es posible. Ponme la mano en la espalda, Roark. Mantenla ahí. Justo así.

Ella seguía tumbada, con la cara hundida en las rodillas de él y un brazo colgado en un lateral de la cama, sin moverse, como si nada en ella estuviese vivo salvo sus omóplatos, bajo la mano de él.

En los salones que visitaba, los restaurantes y las oficinas de la Asociación de Arquitectos, la gente hablaba de la aversión de Dominique Francon, del *Banner*, hacia Howard Roark, esa extravagancia arquitectónica de Roger Enright. Le procuró una especie de fama escandalosa: «Roark, ya sabes, el tipo que le revuelve las tripas a Dominique Francon»; «La hija de Francon sabe mucho de arquitectura, y si ella dice que no es bueno, debe de ser peor de lo que pensaba»; «¡Dios, cómo deben de odiarse esos dos! Aunque tenía entendido que ni siquiera se conocen». A ella le gustaba escuchar esas cosas. La complació que Athelstan Beasely escribiera en su columna para el boletín de la Asociación de Arquitectos, al hablar de la arquitectura de los castillos medievales: «Para entender la adusta ferocidad de estos edificios, hemos de recordar que las guerras entre los señores feudales eran un negocio salvaje, algo parecido al feudo entre Dominique Francon y Howard Roark».

Austen Heller, que era su amigo, habló con ella. Estaba más enfadado de lo que ella lo había visto nunca, y su cara había perdido todo el encanto de su habitual aplomo sarcástico.

—¿Qué demonios estás haciendo, Dominique? —le gritó—. Ésta es la mayor exhibición de vandalismo periodístico jamás vertida en la prensa. ¿Por qué no le dejas ese tipo de cosas a Ellsworth Toohey?

—Ellsworth es bueno, ¿verdad? —dijo ella.

—Al menos, ha tenido la decencia de mantener su infecto pico cerrado respecto a Roark, aunque, por supuesto, eso también es una indecencia. Pero ¿a ti qué te ha pasado? ¿Eres consciente de quién y de qué estás hablando? No pasaba nada cuando te divertías alabando algún horrendo aborto del abuelo Holcombe, o poniendo a parir a tu propio padre y a ese chico de calendario para carniceros que ha cogido como socio. No importa una cosa u otra. Pero utilizar esos mismos métodos intelectuales para valorar el trabajo de alguien como Roark... ¿Sabes? De verdad pensaba que tenías integridad y criterio, si alguna vez te dieran la oportunidad de ejercerlos. De hecho, pensaba que te comportabas como una golfa sólo para recalcar la mediocridad de esos mentecatos, cuyos trabajos tenías que reseñar. No pensaba que simplemente fueses una zorra irresponsable.

—Te equivocabas —dijo ella.

Roger Enright entró en su despacho, una mañana, y dijo, sin saludarla:

—Coge tu sombrero. Vienes conmigo a verlo.

—Buenos días, Roger. ¿A ver qué? —dijo ella.

—La casa Enright. Al menos lo que llevamos hecho.

—Hombre, claro, Roger —dijo ella sonriente, al levantarse—. Me encantaría ver la casa Enright.

Por el camino, le preguntó:

—¿Qué pasa, Roger? ¿Estás tratando de sobornarme?

Él iba sentado rígidamente en los inmensos asientos grises de su limusina, sin mirarla.

—Puedo entender la maldad estúpida. Puedo entender la maldad ignorante. Pero no puedo entender la putrefacción deliberada. Eres libre, por supuesto, de escribir lo que te dé la gana después. Pero no será por estupidez ni por ignorancia —respondió.

—Me sobrevaloras, Roger —dijo, encogiéndose de hombros, y no dijo nada más durante el resto del viaje.

Cruzaron juntos la valla de madera hasta la jungla de metales y planchas de acero desnudo que serían la casa Enright. Sus tacones altos pisaron ligeramente los tablones salpicados de cal, y siguió andando, inclinada hacia atrás, con una elegancia despreocupada e insolente. Se detuvo a mirar el cielo contenido en un marco de acero, el cielo que parecía más lejano de lo habitual, empujado por la arrolladora longitud de las vigas. Miró las estructuras de acero de las futuras salientes, los ángulos insolentes, la increíble complejidad de esa forma que cobraba vida a partir de un conjunto simple y lógico, un esqueleto desnudo donde los planos de aire formaban las paredes, un esqueleto desnudo en un frío día de invierno, con un sentido de nacimiento y de promesa, como un árbol pelado con un primer toque de verdor.

—¡Oh, Roger!

Él la miró y vio la cara que uno esperaría ver en una iglesia durante la Pascua.

—No os había sobrevalorado a ninguno —dijo con sequedad—. Ni a ti ni al edificio.

—Buenos días —dijo a su lado una voz grave y dura.

Dominique no se sorprendió al ver a Roark. No le había oído acercarse, pero habría sido ilógico imaginarse ese edificio sin él. Ella sintió que estaba allí, que había estado allí desde que cruzaron la valla exterior, que esa estructura era él, de un modo más personal que su cuerpo. Roark se quedó frente a ellos, con la mano metida hasta el fondo del bolsillo de su abrigo, que llevaba desabrochado. Iba sin sombrero, a pesar del frío.

—Señorita Francon, el Señor Roark —dijo Enright.

—Nos conocimos una vez, en casa de los Holcombe, si lo recuerda el señor Roark —dijo ella.

—Cómo no, señorita Francon —dijo Roark.

—Quería que la señorita Francon lo viera —dijo Enright.

—¿Quieren que se lo enseñe? —preguntó Roark.

—Sí, por favor. —Se apresuró a responder ella.

Los tres recorrieron el armazón, y los obreros se quedaron mirando con curiosidad a Dominique. Roark explicó la distribución de las futuras habitaciones, el sistema de ascensores, la planta de calefacción y la disposición de las ventanas como se lo habría explicado al ayudante de un contratista. Ella le hizo preguntas y él las respondió: «¿Cuántos metros cúbicos, señor Roark?»; «¿Cuántas toneladas de acero?»; «Tenga cuidado con esas tuberías, señorita Francon. Pase por aquí». Enright caminaba a su lado, mirando al suelo, sin fijarse en nada. Entonces, preguntó:

—¿Cómo va, Howard?

Roark sonrió, y le respondió:

—Dos días por delante del plazo.

Se quedaron hablando del trabajo, como hermanos, olvidándose de ella por un momento, mientras el rugido de las máquinas a su alrededor ahogaba sus palabras.

Allí, de pie en el corazón del edificio, Dominique pensó que si no tenía nada de él, nada salvo su cuerpo, ahí se le estaba ofreciendo el resto, para verlo y tocarlo, abierto a todos: las vigas y los conductos y las arrolladoras capacidades del espacio eran de él y no podrían haber sido de nadie más en el mundo; de él, como su cara, como su alma; ésta era la forma que él había hecho y aquello que en su interior le había llevado a hacerla, el fin y la causa unidos, la elocuente fuerza motriz en cada línea de acero, el yo de un hombre, de ella en ese instante, de ella por la bendición de verlo y comprender.

—¿Está cansada, señorita Francon? —le preguntó Roark, mirándola a la cara.

—No, no, en absoluto. Estaba pensando... ¿qué clase de grifería va a utilizar aquí, señor Roark?

Unos días más tarde, en la habitación de Roark, sentada en el borde de su mesa de dibujo, miró el periódico, y leyó en su columna estas frases:

> He visitado la obra del edificio Enright. Desearía que en algún futuro ataque aéreo una bomba borrara esta casa de la existencia. Sería un final digno. Mucho mejor que verla envejecer, manchada de hollín, degradada por las fotografías de familia, los calcetines sucios, las cocteleras y las cáscaras de pomelo de sus habitantes. No hay ni una persona en Nueva York a la que se le debiera permitir vivir en este edificio.

Roark se puso a su lado de pie, con las piernas pegadas a sus rodillas, bajó la vista al periódico y sonrió.

—Tienes a Roger completamente desconcertado con esto —dijo.

—¿Lo ha leído?

—Estaba esta mañana en su oficina cuando lo leyó. Al principio, te llamó cosas que no había oído nunca. Después dijo: «A ver, un momento...»; y lo leyó otra vez, levantó la vista, muy confuso, pero nada enfadado, y dijo: «Si lo lees en un sentido..., pero por el otro...».

—¿Qué le dijiste?

—Nada. Mira, Dominique: te estoy muy agradecido, pero ¿cuándo vas a dejar de hacerme todos esos extravagantes elogios? Alguien más podría darse cuenta. Y eso no te hará gracia.

—¿Alguien más?

—Ya sabes que yo lo entendí, desde aquel primer artículo tuyo sobre la casa Enright. Tú querías que lo entendiese. Pero ¿no crees que alguien más podría entender tu forma de hacer las cosas?

—Oh, sí. Pero el efecto, para ti, será peor que si no lo hicieran. Les gustará menos por eso. Sin embargo, no sé quién se molestaría siquiera en entenderlo. Salvo que sea... Roark, ¿qué opinas de Ellsworth Toohey?

—Santo Dios, ¿por qué debería nadie pensar en Ellsworth Toohey?

A ella le gustaban las raras ocasiones en que se encontraba con Roark en alguna fiesta a la que le llevaran Heller o Enright. Le gustaba oír el correcto e impersonal «señorita Francon» pronunciado por su voz. Disfrutaba de la nerviosa preocupación de las anfitrionas y sus esfuerzos para no dejar que se juntaran. Sabía que la gente a su alrededor esperaba algún tipo de explosión, alguna ofensiva señal de hostilidad que nunca se producía. No buscaba a Roark, y tampoco lo evitaba. Se hablaban el uno al otro si coincidían en un grupo, como habrían hablado con cualquier otra persona. No exigía esfuerzos, era real y correcto, hacía que todo estuviese bien, incluida aquella fiesta. Sentía un profundo sentido de encaje en el hecho de que allí, entre la gente, debían ser desconocidos: desconocidos y enemigos. Pensó: esta gente puede imaginar muchas cosas de lo que somos el uno para el otro, excepto lo que somos. Hacía que los momentos que recordaba fuesen mejores, los momentos no tocados por la vista de los demás, ni por sus palabras ni siquiera por su conocimiento de ellos. Pensó: eso no existe aquí, salvo en él y en mí. Tenía una sensación de posesión que no podía sentir en ninguna otra parte. Nunca podría poseerlo como lo poseía en una habitación entre desconocidos las raras veces en que miraba en su dirección.

Si lo miraba desde el otro extremo de la sala y lo veía charlando con rostros vacíos e indiferentes, ella se daba la vuelta, despreocupada; si las caras eran hostiles, se quedaba mirando un segundo, complacida. Se enfadaba cuando veía una sonrisa, una señal de cordialidad o aprobación en alguna cara vuelta hacia él. No eran celos: le daba igual si la cara era de hombre o de mujer. A ella le molestaba la aprobación porque le parecía una impertinencia.

Se torturaba por cosas muy peculiares: por la calle donde vivía, por el umbral de su casa, por los coches que giraban la esquina de su bloque. Le molestaban los coches en particular; deseaba poder desviarlos por la calle siguiente. Miraba el cubo de basura de la puerta de al lado, y se preguntaba si habría estado ahí al pasar él, de camino a la oficina por la mañana, o si habría visto el paquete de cigarrillos arrugado que había encima. Una vez, en su portal, vio a un hombre salir del ascensor. Por un instante le asombró, siempre le había parecido que él era el único habitante de aquel bloque. Cuando subía en el pequeño ascensor, se apoyaba en la pared, cruzaba los brazos y se cogía los hombros, y sentía recogimiento e intimidad, como si se diera una ducha caliente.

Pensaba en eso mientras algún caballero le hablaba sobre el último espectáculo en Broadway, mientras Roark daba sorbos a un cóctel al otro lado de la sala y ella oía a la anfitriona susurrarle a alguien: «Dios mío, no pensé que Gordon fuese a traer a Dominique. Austen se pondrá furioso conmigo, al estar aquí su amigo Roark, ya sabe».

Más tarde, tendida en la cama de Roark, con los ojos cerrados, las mejillas sonrosadas y los labios húmedos, perdiendo la noción de las reglas que ella misma se había impuesto, perdiendo la noción de sus palabras, susurró:

—Roark, hoy había un hombre hablando contigo ahí fuera, y te estaba sonriendo, el memo, el terrible memo. La semana pasada miraba a un par de cómicos del cine, que le encantaban, y quise decirle a ese hombre: «No lo mire, no tendrá derecho a querer mirar otra cosa; no lo aprecie, tendrá que odiar al resto del mundo, es así, maldito memo, una cosa o la otra, no las dos, no con los mismos ojos, no lo mire, no lo aprecie, no lo apruebe». Eso es lo que quise decirle: no a ti y a todo lo demás; no puedo soportar ver eso, no puedo soportarlo, cualquier cosa por alejarte de eso, de su mundo, de todos ellos, cualquier cosa, Roark...

Ella no se oyó a sí misma diciéndolo, y no lo vio sonreír, sólo vio su cara cerca de la suya, y no tuvo nada que esconderle, nada que tuviera que callar, todo estaba asegurado, respondido, encontrado.

Peter Keating estaba desconcertado. La repentina devoción de Dominique por su carrera parecía deslumbrante, halagadora, enormemente rentable. Todo el mundo lo decía, pero había momentos en que no se sentía deslumbrado o halagado, sino incómodo.

Intentó evitar a Guy Francon.

—¿Cómo lo has hecho, Peter? ¿Cómo lo has hecho? —le preguntaba Francon—. ¡Debe de estar loca por ti! ¡Quién se iba a pensar que Dominique, nada menos...? ¿Y quién se iba a pensar que pudiera hacerlo? Podría haberme hecho millonario si hubiese hecho esto hace cinco años. Pero, en fin, por supuesto, un padre no es la misma inspiración que un... —Vio una mirada siniestra en la cara de Keating y cambió el final de su frase—. Que su hombre, ¿digamos?

—Escucha, Guy —empezó a decir Keating. Y se detuvo, suspiró y masculló—: Por favor, Guy, no debemos...

—Ya sé, ya sé, ya sé. No debemos precipitarnos. Pero, demonios, Peter, *entre nous*, ¿no es todo esto tan público como si fuera un compromiso? Más que eso. Y más sonoro. —Después, la sonrisa desapareció, y la cara de Francon parecía más seria, apacible, francamente envejecida, en uno de sus raros arrebatos de genuina dignidad—. Y me alegro, Peter. Eso es lo que quería que pasara. Supongo que siempre he querido a Dominique, después de todo. Me hace feliz. Sé que la dejaré en buenas manos. A ella y todo lo demás, al final.

—Oye, jefe, ¿me disculpas? Tengo una prisa terrible, anoche dormí dos horas, la fábrica Colton, ya sabes. ¡Cristo, qué trabajo! Gracias a Dominique es mortal, pero ¡espera y verás! ¡Y espera a ver el cheque también!

—¿No es maravillosa? ¿Me contarás por qué está haciendo esto? Nunca se lo he preguntado y no le veo ni pies ni cabeza a lo que dice, me suelta los galimatías más disparatados, ya sabes cómo habla.

—Bueno, no deberíamos preocuparnos, ¡mientras lo haga...!

No podía decirle a Francon que no tenía una respuesta; no podía admitir que llevaba meses sin ver a Dominique a solas, que ella se negaba a verlo.

Recordó su última conversación privada con ella, en el taxi de vuelta de la reunión en casa de Toohey. Recordó su calma indiferente al insultarlo, el absoluto desprecio de los insultos proferidos sin rabia. Podía haber esperado cualquier cosa después de aquello, salvo verla convertida en su defensora, su agente de prensa; su chula, casi. «Ése es el problema —pensó—, que me salen palabras como ésa cuando pienso en ello.»

La había visto a menudo desde que ella empezó su campaña voluntaria. Ella lo había invitado a sus fiestas y le había presentado a futuros clientes. Nunca le permitió tener un momento a solas con ella. Había intentado darle las gracias y preguntarle. Pero no podía forzar una conversación que ella no quería continuar, con la presión de una pandilla de curiosos a su alrededor. Así que procedía con una débil sonrisa, mientras ella posaba con naturalidad la mano en su chaqueta, y juntaba la cadera a la suya cuando se ponía a su lado, con su pose posesiva e íntima, que hacía flagrantemente íntima al actuar como si no se diera cuenta, mientras le contaba a un círculo de admiradores lo que pensaba del edificio Cosmo-Slotnick. Sus amigos le habían hecho comentarios de envidia. Él era, pensó con amargura, el único hombre en Nueva York que no pensaba que Dominique Francon estaba enamorada de él.

Sin embargo, conocía la peligrosa inestabilidad de sus caprichos, y eso era demasiado valioso para estar al albur de un capricho. Se mantuvo alejado de ella y le mandaba flores; siguió la corriente y trató de no pensar en ello, aunque aquel filo persistía, el leve filo de incomodidad.

Un día se la encontró por casualidad en un restaurante. Vio que estaba comiendo sola y aprovechó la oportunidad. Fue directo a su mesa, decidido a comportarse como un viejo amigo que no recordaba nada, salvo su increíble benevolencia. Después de muchos comentarios alegres sobre su suerte, preguntó:

—Dominique, ¿por qué te has negado a verme?

—¿Para qué debería haber querido verte?

—¡Pero por Dios todopoderoso...! —Le salió sin querer, con una voz demasiado aguda, fruto de la rabia tanto tiempo reprimida, y se apresuró a corregirlo, sonriendo—. Bueno, ¿no crees que me debes la oportunidad de darte las gracias?

—Ya me has dado las gracias. Muchas veces.

—Sí, pero ¿no crees en serio que debíamos vernos a solas? ¿No se te ocurrió que yo podría estar un poco... confuso?

—No había pensado en eso. Sí, supongo que podrías estarlo.

—¿Y entonces?

—Entonces qué.

—¿De qué va todo esto?

—De... cincuenta mil dólares hasta ahora, creo.

—Estás siendo muy desagradable.

—¿Quieres que pare?

—¡No, no! O sea, no...

—No los encargos. Vale. No pararé eso. ¿Ves? ¿De qué hacía falta que habláramos? Hago esto por ti y tú estás contento de que lo haga, así que mantenemos un perfecto acuerdo.

—¡Qué cosas más raras dices! Un perfecto acuerdo. Es una especie de redundancia que a la vez se queda corta, ¿o no? ¿De qué otro modo podríamos estar, en estas circunstancias? No esperarías que yo pusiera objeciones a lo que estás haciendo, ¿no?

—No.

—Pero «acuerdo» no es la palabra que define cómo me siento. Te estoy tan tremendamente agradecido que sólo estoy aturdido, porque me quedé de piedra. No dejes que me ponga tonto ahora, sé que eso no te gusta, pero te estoy tan agradecido que no sé qué hacer conmigo.

—Muy bien, Peter. Ahora ya sí que me has dado las gracias.

—Mira, nunca me halagó creer que tú pensabas mucho en mi trabajo, o que te importara, o que fueses siquiera consciente. Y entonces tú... Eso es lo que me pone tan contento y... —Se detuvo, y le preguntó, balbuceando un poco, porque la pregunta era como lanzar un anzuelo a una raya, larga y oculta, y sabía que ahí estaba el centro de su incomodidad—: Dominique, ¿de verdad piensas que soy un gran arquitecto?

Ella sonrió despacio. Dijo:

—Peter, si la gente te oyera preguntar eso, se reiría. Sobre todo, preguntármelo a mí.

—Sí, lo sé, pero... ¿de verdad crees todas esas cosas que dices sobre mí?

—Funcionan.

—Sí, pero ¿por eso me has elegido a mí? ¿Porque piensas que soy bueno?

—Vendes como churros. ¿No es eso una prueba?

—Sí... No..., quiero decir..., de una manera distinta..., quiero decir... Dominique, me gustaría oírtelo decir una vez, sólo una vez, que yo...

—Escucha, Peter, tendré que irme corriendo en un momento, pero antes debo decirte lo que probablemente te dirá la señora Lonsdale mañana o pasado mañana. Recuerda: es prohibicionista, le encantan los perros, odia a las mujeres que fuman y cree en la reencarnación. Quiere que su casa sea mejor que la de la señora Purdee, que la hizo Holcombe, así que, si le dices que la casa de la señora Purdee parece ostentosa y que la verdadera simplicidad cuesta mucho más dinero, te irá bien. Quizá habléis también de *petit point*. Es su afición.

Él se marchó, pensando contento en la casa de la señora Lonsdale, y se olvidó de la pregunta. Más tarde se acordó con resentimiento, se encogió de hombros y se dijo que la mejor parte de la ayuda de Dominique era su deseo de no verlo.

Como compensación, encontró el placer de asistir a las reuniones de Toohey con el Consejo de Constructores de Estados Unidos. No sabía por qué debía pensar en ello en términos de compensación, pero lo hacía, y lo reconfortaba. Escuchó con atención a Gordon L. Prescott cuando pronunciaba un discurso sobre el significado de la arquitectura.

—Y, por lo tanto, el significado intrínseco de nuestro gremio reside en el hecho filosófico de que traficamos con la nada. Creamos el vacío a través del cual determinados cuerpos físicos se moverán, a los que por comodidad denominamos «humanos». Por «vacío» me refiero a lo que normalmente se conoce como «habitaciones». Por lo tanto, es sólo el burdo lego el que cree que levantamos muros de piedra. No hacemos nada de eso. Nosotros levantamos el vacío, como he demostrado. Esto nos conduce a un corolario de importancia astronómica: a la aceptación incondicional de la premisa de que la «ausencia» es superior a la «presencia». Es decir, a la aceptación de la no aceptación. Lo expondré en unos términos más sencillos, en aras de la claridad: «nada» es superior a «algo». Por lo tanto, es obvio que el arquitecto hace algo más que poner ladrillos, ya que la realidad de los ladrillos es una ilusión secundaria, de todas formas. El arquitecto es un sacerdote metafísico que se ocupa de lo esencial, que tiene el valor de afrontar la concepción primordial de la realidad como una no realidad, puesto que no hay nada y él crea la nada. Si esto parece una contradicción, no es la prueba de un fallo de la lógica, sino de una lógica más elevada, la dialéctica de la vida y el arte. Si quisiésemos deducir lo inevitable a partir de esta concepción básica, podrían llegar a conclusiones de enorme importancia sociológica. Podrían ver que una mujer bella es inferior a una que no lo es, que los alfabetizados son inferiores a los analfabetos, que los ricos son inferiores a los pobres y los capaces a los incompetentes. El arquitecto es la ilustración concreta de una paradoja cósmica. Seamos modestos en el inmenso orgullo que procura esta consciencia. Todo lo demás es un sinsentido.

Uno no podía preocuparse del valor propio o la grandeza al escuchar esto. Hacía que el amor propio resultase innecesario.

Keating lo escuchó con una plena alegría. Miró a los demás. El público guardaba un atento silencio; a todos les había gustado como a él. Vio a un chico mascando chicle, a un hombre limpiándose las uñas con el canto de una caja de cerillas y a un joven que se desperezaba de forma grosera. Eso también complació a Keating; era como si dijeran: «Estamos encantados de escuchar lo sublime, pero maldita sea, tampoco hay que mostrarse tan reverente con lo sublime».

El Consejo de Constructores de Estados Unidos se reunía una vez al mes y no realizaban ninguna actividad tangible, más allá de escuchar discursos y beber una marca barata de zarzaparrilla. Sus miembros no crecieron ni en cantidad ni en calidad. No se logró ningún resultado concreto.

Las reuniones del consejo se celebraban en una inmensa sala vacía que estaba encima de un garaje en el West Side. Una escalera larga, estrecha y sin ventilación conducía a una puerta donde figuraba el nombre del consejo. Dentro había sillas plegables, una mesa para el presidente y una papelera. La Asociación de Arquitectos consideraba al Consejo de Constructores una broma estúpida.

—¿Para qué quieres perder el tiempo con esos raritos? —le preguntó Francon a Keating, arrugando la nariz con irritante jocosidad. Estaban en una de las salas revestidas de seda alumbradas por una luz rosada de la Asociación de Arquitectos.

—Que me aspen si lo sé. Me caen bien —respondió Keating alegre.

Ellsworth Toohey asistía a todas las reuniones del consejo, pero no hablaba. Se sentaba en una esquina y escuchaba.

Una noche, Keating y Toohey se fueron paseando juntos, después de la reunión, por las oscuras y desaliñadas calles del West Side y se pararon a tomar una taza de té en un destartalado veinticuatro horas.

—¿Y por qué no ahí? —Toohey se rio cuando Keating le recordó los restaurantes distinguidos que se habían hecho famosos bajo el auspicio de Toohey—. Al menos, ahí nadie nos reconocerá ni nos molestará.

Lanzó una bocanada de humo de su cigarrillo egipcio a un cartel de Coca-Cola descolorido que había sobre su mesa, pidió un emparedado y mordisqueó con delicadeza una rodaja de pepinillo que no estaba lleno de cagadas de mosca, pero lo parecía, y hablaba con Keating. Hablaba por hablar. Al principio, lo que decía no importaba. Era su voz, la voz incomparable de Ellsworth Toohey. Keating se sentía como si estuvieran en medio de una inmensa llanura, bajo las estrellas; se sentía dueño de sus actos, confiado y seguro.

—La bondad, Peter, la bondad —dijo la voz suavemente—. Ése es el primer mandamiento, tal vez el único. Por eso tuve que criticar esa nueva obra en mi columna de ayer. Esa obra carecía de una bondad esencial. Debemos ser bondadosos, Peter, con todos los que nos rodean. Debemos aceptar y perdonar, porque hay mucho que perdonar en cada uno de nosotros. Si aprendes a amarlo todo, a lo más humilde, a lo menor, a lo más malvado, entonces lo más malvado que haya en ti también recibirá amor. Entonces, encontraremos el sentido de la igualdad universal, la gran paz de la fraternidad, un nuevo mundo, Peter, un bello nuevo mundo...

9

Ellsworth Monkton Toohey tenía siete años cuando atacó con la manguera a Johnny Stokes, cuando éste pasaba por el jardín de Toohey vestido con su mejor traje de domingo. Johnny había estado esperando ese traje un año y medio, porque su madre era muy pobre. Ellsworth no fue sigiloso ni se escondió: perpetró su acto abiertamente, con una meticulosidad sistemática: anduvo hasta la llave, la abrió, se quedó en medio del jardín y dirigió la manguera a Johnny con impecable puntería, mientras la madre de éste iba por la calle a sólo unos pasos por detrás, con los padres del propio Toohey y el pastor que estaba de visita, y todos podían ver perfectamente el porche de los Toohey. Johnny Stokes era un niño alegre con hoyuelos y rizos dorados; la gente siempre se giraba para mirar a Johnny Stokes. Nadie se había girado nunca para mirar a Ellsworth Toohey.

El susto y el asombro de los adultos fueron tales que al principio ninguno se lanzó a detener a Ellsworth. Su fino cuerpecito se mantuvo erguido y resistió la violencia de la boquilla de la manguera que se agitaba en sus manos, sin permitir nunca que abandonara su objetivo hasta que él se sintiera satisfecho. Después la soltó, y el agua corrió silbando por la hierba. Dio dos pasos hacia el porche, pero se detuvo y aguardó, con la cabeza alta, a entregarse para recibir su castigo. El castigo habría venido de Johnny si la señora Stokes no lo hubiese agarrado y retenido. Ellsworth no se volvió hacia los Stokes, que estaban a su espalda, pero dijo de forma lenta y clara, mirando a su madre y al pastor: «Johnny es un cochino abusón. Pega a todos los niños en el colegio». Esto era verdad.

La cuestión del castigo se convirtió en un problema ético. Era difícil castigar a Ellsworth en cualquier circunstancia, por su cuerpo frágil y su delicada salud. Además, parecía inmoral castigar a un niño que se había sacrificado para vengar una injusticia, y que lo había hecho con tanta valentía, a cara descubierta, ignorando su propia debilidad física. En cierto modo, parecía un mártir. Ellsworth no lo decía, no decía nada, pero su madre sí. El pastor tendía a estar de acuerdo con ella. Mandaron a Ellsworth a su cuarto sin cenar. No se quejó. Permaneció allí, dócil, y rechazó la comida que su madre le llevó a hurtadillas más tarde, desobedeciendo a su marido. El señor Toohey insistió en pagarle a la señora Stokes el traje de Johnny. La señora Toohey le dejó hacerlo, aunque de mala gana: no le caía bien la señora Stokes.

El padre de Ellsworth dirigía la sucursal de una cadena nacional de zapaterías en Boston. Ganaba un salario modesto, aunque suficiente, y tenía una casa modesta, aunque suficiente, en un barrio normal y corriente de la periferia de Boston. El dolor secreto de su vida era no dirigir su propio negocio, pero era un hombre tranquilo, escrupuloso y poco imaginativo, y un prematuro matrimonio acabó con cualquier ambición.

La madre de Ellsworth era una mujer delgada e inquieta que había adoptado y abandonado cinco religiones en nueve años. Tenía unas facciones delicadas, un tipo de facciones que la habían hecho hermosa durante unos años de su vida, en el período de pleno florecimiento, pero nunca antes ni después. Ellsworth era su ídolo. Su hermana Helen, cinco años mayor que él, era una chica bonachona, corriente; no era una belleza, aunque sí guapa y sana, y no daba problemas. Ellsworth, en cambio, nació con una salud muy débil. Su madre lo adoró desde el momento en que el médico lo declaró no apto para sobrevivir. Aquello le hizo a su madre crecer en estatura espiritual y conocer la medida de su propia magnanimidad en su amor por un objeto tan poco inspirador; cuanto más azul y feo se ponía el bebé Ellsworth, mayor era la pasión con que crecía su amor por él. Casi se decepcionó cuando sobrevivió sin convertirse en un auténtico lisiado. Prestó poca atención a Helen: no había ningún martirio en querer a Helen. Era tan obvio que la muchacha merecía más amor que parecía que lo justo era negárselo.

El señor Toohey, por motivos que no sabía explicar, no le tenía demasiado cariño a su hijo. Ellsworth, sin embargo, era el amo de la casa por una tácita y voluntaria sumisión de sus padres, aunque su padre nunca logró entender la causa de su propia cuota en esa sumisión.

Por las noches, a la luz de la lámpara del salón familiar, la señora Toohey decía, con la voz tensa, desafiante y enfadada, derrotada de antemano:

—Horace, quiero una bicicleta. Una bicicleta para Ellsworth. Todos los niños de su edad la tienen, a Willie Lovett le compraron una nueva el otro día, Horace. Horace, quiero una bicicleta para Ellsworth.

—Ahora no, Mary —respondía el señor Toohey, cansado—. Quizá el próximo verano... Ahora no nos lo podemos permitir...

La señora Toohey empezaba a discutir, e iba levantando la voz a trompicones, acercándose al chillido.

—Mamá, ¿para qué? —decía Ellsworth, con su rica voz, dulce y clara, y aunque era más baja que la de sus padres, los interrumpía y tomaba el mando de forma extrañamente persuasiva—. Hay muchas cosas que necesitamos más que una bicicleta. ¿Qué te importa Willie Lovett? No me cae bien Willie. Willie es un idiota. Willie se lo puede permitir, porque su papá tiene su propia tienda de textiles. Su papá es un presumido. No quiero una bicicleta.

Cada una de esas palabras era cierta, y Ellsworth no quería una bicicleta. Pero el señor Toohey lo miraba extrañado, preguntándose qué le hacía decir aquello. Veía cómo los ojos de su hijo lo miraban inexpresivos desde detrás de sus pequeñas gafas; los ojos no mostraban dulzura, ni reproche ni malicia: ninguna expresión. El señor Toohey sentía que debía estarle agradecido a su hijo por su comprensión, aunque ojalá el niño no hubiese mencionado esa parte de la tienda propia.

Ellsworth no tuvo la bicicleta. Pero era objeto de una cortés atención en la casa y de una solicitud respetuosa, tierna y culpable de su madre, e incómoda y suspicaz de su padre. El señor Toohey hacía lo que fuera con tal de no verse obligado a conversar con Ellsworth, lo que a la vez le hacía sentirse estúpido y enfadarse por ese temor.

—Horace, quiero un traje nuevo. Un traje nuevo para Ellsworth. Hoy he visto uno en un escaparate y he...

—Mamá, tengo cuatro trajes. ¿Para qué necesito otro? No quiero parecer tonto, como Pat Noonan, que se lo cambia cada día. Eso es porque su papá tiene su propia heladería. Pat es un presumido, como las chicas con la ropa. No quiero ser una nenaza.

«Ellsworth —pensaba la señora Toohey a veces, feliz y asustada— va a ser un santo. No le importan las cosas materiales, ni un poco.» Esto era verdad. A Ellsworth no le importaban las cosas materiales.

Era un muchacho delgado y pálido que padecía del estómago, y su madre tenía que vigilar su dieta, así como su tendencia a los catarros. Su sonora voz resultaba asombrosa por su débil constitución. Cantaba en el coro, donde no tenía rival. En el colegio era un alumno modélico. Siempre se sabía sus lecciones, tenía los cuadernos más pulcros, las uñas más limpias, le gustaba la escuela dominical y prefería leer a los juegos atléticos, donde no tenía ninguna posibilidad. No se le daban bien las matemáticas —que no le gustaban—, pero era excelente en historia, lengua, educación cívica y caligrafía, y más tarde, en psicología y sociología.

Estudiaba mucho y a conciencia. No era como Johnny Stokes, que nunca atendía en clase, apenas abría un libro en casa y, sin embargo, lo sabía todo casi antes de que el profesor lo hubiese explicado. Johnny había recibido automáticamente su don para el aprendizaje, como todo lo demás: sus hábiles puñitos, su cuerpo sano, su deslumbrante aspecto y su superexuberante vitalidad. Johnny hacía lo llamativo y lo inesperado; Ellsworth hacía lo esperado mejor que nadie que ya lo hubiera hecho. En cuanto a las redacciones, Johnny dejaba pasmada a la clase con alguna muestra brillante de rebelión. Cuando se les puso el tema «Los días de colegio: la Edad de Oro», Johnny hizo un ensayo magistral sobre cómo odiaba el colegio y por qué. Ellsworth hizo un poema en prosa sobre la gloria de los días de colegio, que fue reproducido en un periódico local.

Además, Ellsworth ganaba con creces a Johnny cuando se trataba de nombres y fechas. La memoria de Ellsworth era como el cemento líquido: se quedaba marcado todo lo que caía sobre ella. Johnny era un géiser; Ellsworth era una esponja.

Los niños lo llamaban «Elsie Toohey». Por lo general le dejaban que se saliera con la suya, y lo evitaban cuando les era posible, pero no abiertamente, porque no lo sabían descifrar. Era útil y fiable cuando necesitaban ayuda con sus lecciones. Tenía un ingenio mordaz y podía arruinar a cualquier niño inventándose el apodo idóneo para él, de los que hacen daño; pintaba caricaturas devastadoras en las paredes y presentaba todos los síntomas de ser una nenaza, pero en cierto modo no se le podía clasificar como tal. Era demasiado asertivo y tenía un tranquilo, inquietante y prudente desprecio por todo el mundo. No le tenía miedo a nada.

Se fue directo a los chicos más fuertes, en plena calle, y afirmó, sin gritar, pero con una voz clara que se podía oír a varias manzanas, y sin enfadarse —nadie había visto nunca enfadado a Ellsworth Toohey—: «Johnny Stokes lleva un parche en el culo. Johnny Stokes vive en un piso de alquiler. Willie Lovett es un zopenco. Pat Noonan es irlandés». Johnny nunca le daba una paliza, y tampoco los otros muchachos, porque Ellsworth llevaba gafas.

No participaba en los juegos de balón, y era el único niño que se jactaba de ello, en vez de sentirse frustrado o avergonzado, como otros niños con constituciones más débiles que la media. Consideraba el deporte vulgar, y lo decía. Afirmaba que el cerebro era más poderoso que el músculo, y lo decía de verdad.

No tenía amigos íntimos. Era considerado imparcial e incorruptible. Hubo dos incidentes en su niñez de los que su madre estaba muy orgullosa.

Resultó que el rico y popular Willie Lovett dio una fiesta de cumpleaños el mismo día que Drippy[1] Munn, hijo de una costurera viuda, un niño muy llorica al que siempre le goteaba la nariz. Nadie aceptó la invitación de Drippy, salvo los que nunca eran invitados a ninguna parte. De aquellos a los que invitaron a las dos fiestas, Ellsworth Toohey fue el único que desairó a Willie Lovett y fue a la triste fiesta de Drippy Munn, de la que ni esperaba ni obtuvo ningún placer. Los enemigos de Willie Lovett se rieron y se burlaron de Willie durante los meses siguientes, porque lo habían plantado por Drippy Munn.

Resultó que Pat Noonan le ofreció a Ellsworth una bolsa de judías de gominola a cambio de dejarle copiarse de él en un examen. Ellsworth aceptó la bolsa y le dejó a Pat copiar su examen. Una semana después, Ellsworth fue a ver a la maestra, sacó la bolsa de gominolas intacta, la dejó en su mesa y confesó su delito, sin delatar al otro culpable. Ninguno de los esfuerzos para sacarle el nombre le hicieron cambiar de postura: Ellsworth guardó silencio, y sólo explicó que el otro chico culpable era uno de los mejores alumnos y que no podía sacrificar el expediente del otro chico por las exigencias de su propia conciencia. Fue el único al que castigaron a quedarse dos horas al final de la clase. Después la maestra tuvo que olvidarse del asunto y dejar las notas como estaban. Pero aquello sembró sospechas sobre las notas de Johnny Stokes, Pat Noonan y todos los mejores alumnos de la clase, excepto Ellsworth Toohey.

Ellsworth tenía once años cuando murió su madre. Su tía Adeline, hermana de su padre y soltera, se fue a vivir con ellos para llevar la casa de los Toohey. La tía Adeline era una mujer alta y capaz, con mucho sentido práctico y cara de caballo. El dolor secreto de su vida era que

1. «Goteante». *(N. de la T.)*

nunca había inspirado una historia de amor. Helen fue de inmediato su favorita. Consideraba a Ellsworth un diablillo salido del infierno, pero Ellsworth nunca flaqueó en su seria cortesía hacia la tía Adeline. Se lanzaba de un salto a recogerle el pañuelo, le arrimaba la silla cuando tenían visita, sobre todo cuando era masculina. Le enviaba bonitas tarjetas por San Valentín, con cintas de papel, rosas y poemas de amor. Le cantaba *Sweet Adeline* con una voz más alta que el pregonero de la ciudad.

—Eres un gusano, Elsie. Te alimentas de llagas —le dijo una vez.

—Entonces nunca me moriré de hambre —respondió él.

Al cabo de un tiempo, llegaron a un estado de neutralidad armada. Ellsworth pudo crecer como quiso.

En el instituto, Ellsworth se convirtió en una celebridad local, en el orador estrella. Durante años, en el instituto no se referían a un prometedor muchacho diciendo que hablaba bien, sino como «un Toohey». Ganaba todos los concursos. Después, los miembros del público hablaban de ese «hermoso muchacho»: no recordaban el lastimoso cuerpecillo con el pecho hundido, las piernas incapaces y las gafas: recordaban la voz. Ganaba todos los debates. Podía demostrar cualquier cosa. Una vez, tras vencer a Willie Lovett con la afirmación de que «la pluma es más poderosa que la espada», retó a Willie a intercambiar posturas; él adoptó la contraria, y volvió a ganar.

Hasta los dieciséis años, Ellsworth se sintió atraído por el oficio de pastor. Pensaba mucho en la religión. Hablaba sobre Dios y el espíritu. Leía mucho sobre el tema. Leyó más libros de historia de la Iglesia que sobre la sustancia de la fe. Hizo que a su público se le saltaran las lágrimas en uno de sus mayores triunfos retóricos, cuyo tema era: «Los humildes heredarán la tierra».

En este período, Ellsworth empezó a hacer amigos. Le gustaba hablar de la fe, y encontró gente a la que le gustaba escuchar, aunque descubrió que los chicos más listos, fuertes y capaces de la clase no sentían la necesidad de escuchar, ni sentían que lo necesitaran a él para nada. Pero los que sufrían y los desfavorecidos recurrían a él. Drippy Munn empezó a seguirlo con la silenciosa devoción de un perro. Billy Wilson perdió a su madre, y aparecía por las noches en casa de los Toohey, para sentarse con Ellsworth en el porche, a escucharlo, tiritando de vez en cuando, sin decir nada, con los ojos muy abiertos, secos y suplicantes. Skinny[2] Dix tenía poliomielitis y yacía en la cama, mirando la esquina

2. «Flaco.» *(N. de la T.)*

de su calle por la ventana, esperando a Ellsworth. Rusty[3] Hazelton suspendió los exámenes, y se quedó sentado muchas horas llorando, con la fría y firme mano de Ellsworth en su hombro.

Nunca estuvo claro si todos descubrieron a Ellsworth o Ellsworth los había descubierto a ellos. Parecía funcionar más bien como una ley de la naturaleza: así como la naturaleza aborrece el vacío, el dolor y Ellsworth Toohey se atraían mutuamente. Su rica y bella voz les decía:

—Es bueno sufrir. No te quejes. Aguanta, doblégate, acéptalo y da gracias a Dios por haberte hecho sufrir. Porque esto te hace mejor que las personas que se ríen y son felices. Si no lo entiendes, no trates de entenderlo. Todo lo malo proviene de la mente, porque la mente hace demasiadas preguntas. La bendición es creer, no entender. Así que, si no has aprobado los exámenes, alégrate. Eso significa que eres mejor que los chicos listos que piensan demasiado y con demasiada facilidad.

La gente decía que era conmovedor cómo los amigos de Ellsworth se aferraban a él. Después de pasar un rato en su compañía, ya no podían pasar sin él. Era como una drogadicción.

Ellsworth tenía quince años cuando dejó pasmado al profesor de lectura de la Biblia con una extraña pregunta. El profesor había estado desarrollando este tema: «¿De qué le sirve al hombre ganar el mundo entero, si pierde su alma?». Ellsworth preguntó: «Entonces, para ser rico de verdad, ¿el hombre debe coleccionar almas?». El profesor estaba a punto de preguntarle a qué diablos se refería, pero se controló y le preguntó a qué se refería. Ellsworth no lo aclaró.

A los dieciséis años, Ellsworth perdió el interés en la religión. Había descubierto el socialismo.

Su transición escandalizó a la tía Adeline:

—En primer lugar, es una blasfemia y una bobada —dijo ella—. En segundo lugar, no tiene sentido. Me sorprendes, Elsie. «Los pobres de espíritu», vale, pero ¿«los pobres» a secas? Eso no es nada respetable. Además, no das el tipo. No estás hecho para causar grandes problemas..., sólo pequeños problemas. Algo no va bien ahí dentro, Elsie. No encaja. No das el tipo.

—En primer lugar, mi querida tía, no me llames Elsie. En segundo lugar, te equivocas.

El cambio pareció sentarle bien a Ellsworth. No se convirtió en un fanático agresivo. Se volvió más amable, tranquilo y moderado. Su consideración por los demás era más atenta. Era como si algo le hubiese

3. «Oxidado, rancio.» *(N. de la T.)*

recortado los bordes nerviosos de su personalidad y le hubiese dado una nueva seguridad en sí mismo. Los que lo rodeaban empezaron a apreciarlo. La tía Adeline dejó de preocuparse. Su interés en las teorías revolucionarias no parecía tener consecuencias prácticas. No se afilió a ningún partido político. Leyó mucho y acudió a algunos mítines sospechosos, donde habló una o dos veces, no muy bien; pero sobre todo se sentaba en una esquina a escuchar, observar y pensar.

Ellsworth fue a Harvard. Su madre le había dejado un seguro con ese propósito específico. En Harvard, su rendimiento académico fue superlativo. Se especializó en historia. La tía Adeline esperaba que hiciera economía o sociología, porque en parte temía que acabara siendo asistente social. No fue así. Se vio absorbido por la literatura y las bellas artes. Esto la desconcertó un poco: era una nueva faceta, nunca había mostrado ninguna tendencia especial en esa dirección.

—No eres de los artísticos, Elsie. No te pega —dijo.

—Te equivocas, tita —dijo él.

Las relaciones de Ellsworth con sus compañeros fueron lo más atípico de sus logros en Harvard. Se hizo aceptar. Entre los orgullosos jóvenes descendientes de honorables apellidos ilustres, no ocultó su origen humilde: lo exageró. No les dijo que su padre era el encargado de una zapatería, dijo que su padre era zapatero remendón. Lo decía sin tono de desafío, amargura o arrogancia proletaria: lo decía como si se riera de sí mismo y, si uno se fijaba con atención en su sonrisa, de ellos. Actuaba como un esnob, no como un flagrante esnob, sino uno natural e inocente que se esforzaba mucho por no parecer esnob. Era cortés, no del tipo que busca un favor, sino del que lo está concediendo. Su actitud era contagiosa. La gente no cuestionaba los motivos de su superioridad: daban por sentado que esas razones existían. Le divertía, al principio, aceptar que lo llamaran «Monk»[4] Toohey; después se convirtió en algo distintivo y progresista. Si eso era una victoria, Ellsworth no parecía consciente de ella, no parecía importarle. Se conducía entre toda esa juventud, aún en proceso de formación, con la seguridad del hombre que tiene un plan, un plan a largo plazo, dispuesto en cada detalle, y que sólo se podía permitir la diversión ante las pequeñas contingencias que se le cruzaban. Su sonrisa tenía un carácter secreto y hermético, como la sonrisa de un tendero que contaba sus ganancias, aunque no pareciera estar ocurriendo nada en particular.

No hablaba de Dios o de la nobleza del sufrimiento. Hablaba sobre

4. «Monje.» *(N. de la T.)*

las masas. Le demostró a un público cautivado, en unas charlas que duraban hasta el amanecer, que la religión engendra el egoísmo, porque —afirmaba—, la religión hacía excesivo hincapié en la importancia del espíritu individual; que la religión no predicaba nada más que una única preocupación: la salvación del alma individual.

—Para alcanzar la virtud en el sentido absoluto —decía Ellsworth Toohey—, un hombre debe estar dispuesto a cargar su alma con los delitos más infames en beneficio de sus hermanos. Mortificar la carne no es nada. Mortificar el alma es el único acto de virtud. ¿Conque creen que aman a la gran masa de la humanidad? No saben nada del amor. ¿Donan dos dólares a un fondo sindical y creen que ya han cumplido su deber? ¡Pobres idiotas! Ningún donativo vale lo más mínimo, salvo que sea lo más preciado que poseen. Donen su alma. ¿A una mentira? Sí, si otros la creen. ¿Al engaño? Sí, si otros lo necesitan. ¿A la traición, la bribonería, el delito? ¡Sí! A cualquier cosa que a sus ojos sea lo más bajo y vil. Sólo cuando puedan sentir desprecio por su pequeño e incalculable ego podrán alcanzar la verdadera y extensa paz del altruismo, la fusión de su espíritu con el inmenso espíritu colectivo de la humanidad. No hay lugar para el amor a los demás en el estrecho y abarrotado agujero de miseria que es un ego privado. Estén vacíos, para poder ser llenados. «El que ama su vida la perderá, y el que aborrece su vida en este mundo, para vida eterna la guardará.» Los traficantes de opio de la Iglesia tenían razón ahí, pero no saben por qué. ¿La abnegación? Sí, amigos, por todos los medios. Pero ser abnegados no es mantenerse puros y estar orgullosos de la propia pureza. El sacrificio que incluye la destrucción del alma propia... Ah, pero ¿de qué estoy hablando? Esto sólo lo pueden entender y alcanzar los héroes.

No tuvo mucho éxito entre los jóvenes pobres que trabajaban para pagarse la universidad. Cosechó una cantidad considerable de seguidores entre los jóvenes herederos, la segunda y tercera generación de millonarios. Les ofrecía un logro del que se sentían capaces.

Se licenció con matrícula de honor. Cuando volvió a Nueva York, llegó precedido por una pequeña fama privada; se había filtrado un pequeño goteo de rumores desde Harvard sobre una atípica persona llamada Ellsworth Toohey. Unos pocos, entre los muy intelectuales y los muy ricos, habían oído esos rumores y los olvidaron enseguida, pero se acordaban del nombre. Se les quedó grabado con una vaga connotación de cosas como la brillantez, la valentía y el idealismo.

Empezó a rebosar gente en torno a Ellsworth Toohey; el tipo adecuado de gente, los que pronto lo vieron como una necesidad espiritual.

La gente del otro tipo no acudía, parecía ser una cosa instintiva. Cuando alguien hacía un comentario sobre la lealtad de los seguidores de Toohey —no tenía ningún cargo, programa u organización—, un rival envidioso apostillaba: «Toohey atrae a los pegajosos, y ya sabes qué dos cosas son las que más se pegan: el lodo y la cola». Toohey lo oía, y se encogía de hombros y decía: «Oh, venga, vamos, vamos, hay muchas más: el esparadrapo, las sanguijuelas, el caramelo masticable, las medias mojadas, las fajas de goma y el budín de tapioca». Al alejarse, añadía, por encima del hombro, sin sonreír: «Y el cemento».

Obtuvo su título de máster en una universidad de Nueva York y escribió una tesis: «Patrones colectivos en la arquitectura urbana del siglo XIV». Se ganaba la vida de una forma ajetreada, variada y dispersa: nadie podía seguir la pista de sus actividades. Ocupó el puesto de orientador de estudios en la universidad, reseñó libros, obras de teatro y exposiciones de arte, escribió artículos y dio algunas conferencias a públicos pequeños y anónimos. En su trabajo se manifestaban ciertas tendencias. Cuando criticaba libros, se decantaba por las novelas ambientadas en el campo más que por las ambientadas en la ciudad, por los mediocres más que por los talentosos, por la enfermedad más que por la salud. Había un brillo especial en su escritura cuando se refería a las historias sobre la «gente común», y «humano» era su adjetivo favorito. Prefería el estudio de los personajes a la acción, y la descripción al estudio de los personajes; prefería las novelas sin trama y, por encima de todo, las novelas sin héroe.

Se le consideraba un excelente orientador de estudios. Su diminuto despacho en la universidad se convirtió en un confesonario informal al que los estudiantes iban a contar sus problemas, los académicos y los personales. Él se prestaba a conversar —con la misma concentración amable y seria— sobre la elección de las clases o los asuntos amorosos y, en especial, sobre la elección de la futura carrera profesional.

Cuando le consultaban sobre cuestiones amorosas, Toohey o bien aconsejaba entregarse, si se trataba de una relación amorosa con una chiquilla encantadora y fácil, buena para algunas borracheras —«seamos modernos»—, o bien recomendaba la renuncia, si concernía a una profunda pasión emocional —«seamos adultos»—. Cuando llegaba un joven para confesar un sentimiento de vergüenza tras alguna experiencia sexual considerada indecente, Toohey le decía, para levantarle el ánimo: «Pues muy bien que has hecho. Hay dos cosas de las que debemos deshacernos enseguida en la vida: el sentimiento de superioridad personal y la exagerada reverencia al acto sexual».

La gente advertía que Ellsworth Toohey apenas dejaba que un muchacho emprendiera la carrera que había elegido: «No, yo no estudiaría derecho, si fuese tú. Te lo tomas con demasiada tensión y pasión. La devoción histérica a la carrera no genera felicidad ni éxito. Es más sabio elegir una profesión en la que puedas mantener la calma, la cordura y la objetividad. Sí, aunque la odies. Te hace poner los pies en la tierra»; «No, yo no te aconsejaría seguir con la música. El hecho de que te resulte tan natural es una señal clara de que tu talento es sólo superficial. Ése es justo el problema: que te encanta. ¿No crees que parece una razón pueril? Desiste. Sí, aunque te cause un dolor infernal»; «No, lo siento, me gustaría mucho decir que me parece bien, pero no. Cuando pensaste en la arquitectura, fue una decisión puramente egoísta, ¿verdad? ¿Has considerado alguna vez algo que no fuese la satisfacción de tu propio ego? Pero la carrera de un hombre concierne a toda la sociedad. Debes preguntarte primero dónde puedes ser más útil a tu prójimo. No es lo que tú puedas obtener de la sociedad, es lo que le puedes dar. Y en lo que respecta a las oportunidades de dar servicio, no hay un empeño comparable al de un cirujano. Dale una vuelta».

Al acabar la universidad, a algunos de sus pupilos les fue bastante bien, y otros fracasaron. Sólo uno se suicidó. Se dijo que Ellsworth Toohey había ejercido una beneficiosa influencia en ellos, por la que nunca lo olvidaron; años después iban a consultarle sobre muchas cosas, le escribían y se aferraban a él. Eran como máquinas sin arranque automático, tenían que ser puestas en marcha por una mano externa. Nunca estaba lo bastante ocupado como para no prestarles toda su atención.

Su vida era tan poblada, pública e impersonal como la plaza de una ciudad. El amigo de la humanidad no tenía un solo amigo personal. La gente recurría a él, y él no recurría a nadie. Los aceptaba a todos. Su afecto era dorado, suave y liso, como una gran expansión de arena, sin ningún viento de discriminación que levantara dunas: las arenas se quedaban inmóviles bajo un alto sol.

De sus escasos ingresos, donaba una parte a muchas organizaciones. Nunca ha constado que le prestara un dólar a una persona. Nunca les pidió a sus amigos ricos que ayudaran a una persona necesitada, pero obtenía de ellos grandes cantidades de dinero y donaciones a la caridad: a instituciones benéficas, a centros de ocio, a casas para jóvenes descarriadas, a colegios para niños discapacitados. Formó parte de todos los consejos directivos de todas estas instituciones, sin cobrar. Muchas iniciativas filantrópicas y publicaciones radicales, dirigidas por todo tipo de gente, tenían un único vínculo entre sí, un denominador común: el nombre de Ellsworth M. Toohey en sus membretes. Era una especie de sociedad gestora unipersonal del altruismo.

Las mujeres no formaban parte de su vida. El sexo nunca le interesó. Sus impulsos furtivos e infrecuentes lo empujaban a las jovencitas delgadas, de pecho exuberante y sin cerebro: las camareras que se reían nerviosas, las manicuristas que ceceaban, las mecanógrafas menos eficientes, de las que llevaban vestidos rosas o de orquídeas, sombreritos echados hacia atrás y montones de rizos rubios en la frente. Las mujeres de intelecto lo dejaban indiferente.

Sostenía que la familia era una institución burguesa, pero no hizo una causa contra ella ni lanzó una campaña a favor del amor libre. El asunto del sexo le aburría, aunque le parecía que había demasiado runrún sobre el maldito tema. No tenía importancia: había demasiados problemas, y mucho más importantes, en el mundo.

Pasaron los años, y cada ajetreado día de su vida era como una pequeña moneda limpia que cayera con paciencia por la ranura de una máquina tragaperras, en la que no se mostraba ninguna combinación de símbolos y que no daba premio. Poco a poco, una de sus muchas actividades empezó a destacar entre las demás: se dio a conocer como eminente crítico de arquitectura. Escribió sobre edificios para tres revistas seguidas que renquearon con estrépito durante algunos años y después fracasaron, una detrás de otra: *New Voices*, *New Pathways* y *New Horizons*. La cuarta, *New Frontiers*, sobrevivió. Ellsworth Toohey fue lo único que la salvó de los sucesivos naufragios. La crítica arquitectónica parecía ser un campo de actividad olvidado: pocos se molestaban en escribir sobre edificios, y menos aún en leer. Toohey se labró su reputación y creó un monopolio no oficial. Las mejores revistas empezaron a llamarlo siempre que necesitaban algo relacionado con la arquitectura.

En 1921, se produjo un pequeño cambio en la vida privada de Toohey. Su sobrina, Catherine Halsey, hija de su hermana Helen, se fue a vivir con él. Su padre había muerto mucho tiempo atrás, y la tía Adeline había desaparecido sumida en la oscura pobreza de algún pequeño pueblo. Cuando murieron los padres de Catherine, no había nadie más para hacerse cargo de ella. Toohey no tenía la intención de mantenerla en su propia casa, pero, cuando ella se bajó del tren en Nueva York, su carita humilde le pareció hermosa, como si el futuro se abriera ante ella y el resplandor ya le bañara la frente, como si estuviese ansiosa, orgullosa y dispuesta a ir a su encuentro. Fue uno de esos escasos momentos en que la persona más humilde sabe de repente lo que significa sentirse el centro del universo, y saberlo hace que sea más bello; y el mundo, a ojos de quienes lo presencian, parece un lugar mejor por tener ese centro. Ellsworth Toohey lo vio, y decidió que Catherine se quedaría con él.

En 1925 apareció *Sermones en piedra*, y con él, la fama.

Ellsworth Toohey se puso de moda. Las anfitrionas intelectuales se peleaban por él. A algunos no les gustaba y se reían de él, pero reírse de Ellsworth Toohey daba muy poca satisfacción, porque él siempre era el primero en hacer los comentarios más hilarantes sobre sí mismo. Una vez, en una fiesta, un comerciante engreído y tosco escuchó durante un rato las serias teorías sociales de Toohey, y dijo con complacencia:

—Bueno, yo no sé mucho sobre esas cosas intelectuales. Yo juego en la bolsa.

—Yo juego en la bolsa del espíritu, y especulo a la baja.

La consecuencia más importante de *Sermones en piedra* fue el contrato de Toohey para escribir una columna diaria para el *Banner* de Nueva York, de Gail Wynand.

El contrato supuso una sorpresa para los seguidores de ambos lados, y al principio enfadó a todo el mundo. Toohey se había referido a Wynand con frecuencia, y no de forma respetuosa; los periódicos de Wynand se habían referido a Toohey con todos los calificativos publicables. Pero los periódicos de Wynand no tenían ninguna política editorial, salvo la de reflejar la mayor cantidad posible de los mayores prejuicios, y esto le daba una dirección errática, aunque reconocible, hacia lo incoherente, lo irresponsable, lo trivial y lo sensiblero. Los periódicos de Wynand estaban contra el privilegio y el hombre común, pero de una manera respetable que no podía ofender a nadie: sacaban a la luz los monopolios —cuando querían— y apoyaban huelgas —cuando querían— y viceversa. Condenaron a Wall Street y condenaron el socialismo, y clamaron por las películas decentes, todo con el mismo entusiasmo. Eran estridentes y vocingleros, pero, en el fondo, eran unos aburridos moderados. Ellsworth Toohey era un fenómeno demasiado extremo como para encajar bajo la portada del *Banner*.

Pero el *Banner* tenía los mismos remilgos con su plantilla que con su política editorial. Incluía a todo el que pudiera complacer al público o cualquier gran sección que lo hiciera. Se decía: «Gail Wynand no le hace ascos a nada». Ellsworth Toohey tuvo un gran éxito, y el público se interesó de pronto en la arquitectura. El *Banner* no tenía autoridad en la arquitectura, así que el *Banner* consiguió a Ellsworth Toohey. Era un simple silogismo.

Así es como nació «Una vocecita».

El *Banner* anunció así su aparición:

> El lunes, el *Banner* les presentará a un nuevo amigo, Ellsworth M. Toohey, cuyo chispeante libro, *Sermones en piedra*, han leído y disfrutado todos ustedes. El nombre del señor Toohey se alza en defensa del gran oficio de la arquitectura. Él les ayudará a entender todo lo que quieran saber sobre las maravillas de la construcción moderna. Estén atentos a «Una vocecita» el lunes. En exclusiva para el *Banner* de Nueva York.

Se omitió el resto de las cosas que defendía el señor Toohey.

Ellsworth Toohey no lo anunció ni se lo explicó a nadie. No hizo caso de los amigos que se quejaban de que se había vendido. Simplemente se puso a trabajar. Dedicó «Una vocecita» a la arquitectura una vez al mes. El resto del tiempo, la voz de Ellsworth Toohey decía lo que quisiera decir a millones de lectores.

Toohey era el único empleado de Wynand que tenía un contrato que le permitía escribir lo que le placiera. Había insistido en ello. Todos lo consideraban una gran victoria, excepto Ellsworth Toohey; se dio cuenta de que eso podía significar una de dos cosas: o Wynand se había rendido con respeto al prestigio de su nombre, o Wynand lo despreciaba demasiado como para tomarse la molestia de contenerlo.

«Una vocecita» nunca parecía decir nada peligrosamente revolucionario, y rara vez algo político. Sólo predicaba opiniones sobre las cuales la mayoría de la gente sentía que estaba de acuerdo: el altruismo, la fraternidad, la igualdad. «Prefiero ser amable a llevar razón»; «La misericordia es superior a la justicia, a pesar de los frívolos de corazón que sostienen lo contrario»; «En términos anatómicos, y tal vez de otro tipo, el corazón es nuestro órgano más valioso. El cerebro es una superstición»; «En los asuntos espirituales, hay una sencilla prueba infalible: todo lo que provenga del ego es el mal, y todo lo que provenga del amor por los demás es el bien»; «Servir es la única insignia de la nobleza. No veo nada ofensivo en el concepto del fertilizante como el símbolo más elevado de los destinos del hombre: es el fertilizante lo que produce el trigo y las rosas»; «El peor canto popular es superior a la mejor sinfonía»; «Un hombre más valiente que sus hermanos los está insultando de forma implícita. Aspiremos a que no haya virtud que no se pueda compartir»; «Aún no he visto un genio o un héroe que, al quemarse con un fósforo encendido, sienta menos dolor que sus hermanos anónimos y corrientes»; «El genio es una exageración de las proporciones, como la elefantiasis. Se han de considerar ambos como una enfermedad»; «Todos somos hermanos bajo la piel, y yo, por ejemplo, estaría dispuesto a despellejar a la humanidad para demostrarlo».

En las oficinas del *Banner*, Ellsworth Toohey era tratado con respeto, y lo dejaban tranquilo. Se murmuraba que a Gail Wynand no le caía bien, porque siempre era muy correcto con él. Alvah Scarret se relajaba hasta el punto de la cordialidad, pero guardaba una precavida distancia. Había un equilibrio tácito y vigilante entre Toohey y Scarret: se entendían el uno al otro.

Toohey no intentó acercarse a Wynand por ningún medio. Toohey parecía indiferente a todos los que tuvieran alguna relevancia en el *Banner* y, en su lugar, se concentró en los demás.

Organizó un club de empleados de Wynand. No era un sindicato, sólo un club. Se reunía una vez al mes en la biblioteca del *Banner*. No hablaban de salarios, horas de trabajo o condiciones laborales, ni tenían ningún programa. La gente se conocía entre sí, hablaban y escuchaban discursos. Ellsworth Toohey pronunciaba la mayoría de los discursos. Hablaba sobre nuevos horizontes y sobre la prensa como la voz de las masas. Gail Wynand apareció una vez en una reunión; entró por sorpresa a mitad de una sesión. Toohey sonrió y lo invitó a unirse al club, diciendo que cumplía los requisitos. Wynand no se unió. Se sentó a escuchar media hora, bostezó, se levantó y se marchó antes de que acabara la reunión.

Alvah Scarret le agradecía a Toohey que no intentara meterse en su terreno, en las cuestiones importantes sobre la política del periódico. Para devolverle la cortesía, Scarret dejaba que Toohey le recomendara nuevos empleados cuando había una vacante que cubrir, en especial si el puesto no era importante. Por lo general, a Scarret le daba igual, pero a Ellsworth no, aunque sólo se tratase del chico de los recados. Los que Toohey recomendaba obtenían el puesto. La mayoría eran jóvenes, descarados, competentes y de mirada esquiva que estrechaban la mano con desgana. Tenían otras cosas en común, pero ésas no eran tan visibles.

Había varias reuniones mensuales a las que Toohey acudía con regularidad: la del Consejo de Constructores de Estados Unidos, la del Consejo de Escritores de Estados Unidos, la del Consejo de Artistas de Estados Unidos. Los había organizado todos él.

Lois Cook era la presidenta del Consejo de Escritores de Estados Unidos. Se reunía en el salón de su casa en Bowery. Ella era el único miembro famoso. El resto lo conformaban una mujer que jamás usaba mayúsculas en sus libros; un hombre que nunca usaba comas; un joven que había escrito una novela de mil páginas sin una sola letra «o»; otro joven que escribía poemas sin rima ni métrica; un hombre con barba que era muy sofisticado y lo demostró utilizando toda clase de palabras malsonantes en una de cada diez páginas de su manuscrito; una mujer que imitaba a Lois Cook, sólo que su estilo era menos claro, y, cuando se le pedían explicaciones, decía que así sonaba la vida para ella, a través del prisma de su subconsciente: «Usted sabe lo que un prisma hace con un rayo de luz, ¿no?», decía. También había un joven virulento, conocido como Ike el Genio, aunque nadie sabía qué había hecho, salvo hablar de que lo amaba todo en la vida.

El consejo firmó una declaración en la que establecía que los escritores eran sirvientes del proletariado, pero la declaración no era así de simple: incluía más cosas y era mucho más larga. Se envió la declaración a todos los periódicos del país. Nunca se publicó en ningún sitio, salvo en la página 32 de *New Frontiers*.

El Consejo de Artistas de Estados Unidos tenía como presidente a un joven cadavérico que pintaba lo que veía en sus sueños nocturnos. Había un muchacho que no empleaba lienzo, pero hacía cosas con jaulas de pájaros y metrónomos, y otro que descubrió una nueva técnica de pintura: ennegrecía una hoja de papel y luego pintaba con una goma de borrar. Había una robusta dama de mediana edad que pintaba con el subconsciente; decía que nunca se miraba la mano y no tenía ni idea de lo que ésta hacía. Su mano, afirmaba, era guiada por el espíritu de su difunto amante, al que nunca había conocido en la tierra. Allí no hablaban tanto del proletariado, sólo se rebelaban contra la tiranía de la realidad y de lo objetivo.

Algunos amigos le señalaron a Ellsworth Toohey que pecaba de incoherencia. Que él era un profundo detractor del individualismo, decían, mientras que todos esos escritores y artistas suyos eran, todos y cada uno de ellos, rabiosos individualistas. «¿De verdad lo cree?», decía Toohey, con una insulsa sonrisa.

Nadie se tomaba estos consejos en serio. La gente hablaba de ellos, porque daba vida a las conversaciones: eran tal tomadura de pelo, decían, que, sin duda, no podían hacer ningún daño. «¿De verdad lo creen?», decía Toohey.

Ellsworth Toohey había cumplido los cuarenta y un años. Vivía en un distinguido apartamento que parecía modesto en comparación con el volumen de los ingresos que habría manejado de haberlo deseado. Le gustaba aplicarse a sí mismo el adjetivo de «conservador» en sólo un aspecto: en su buen gusto conservador para la ropa. Nadie le había visto nunca perder los estribos. Su actitud era inmutable: eran los mismos en una fiesta, en un mitin sindical, en el estrado durante sus conferencias, en el baño o durante las relaciones sexuales: fría, serena, divertida y ligeramente condescendiente.

La gente admiraba su sentido del humor. Era un hombre que podía reírse de sí mismo, decían. «Soy una persona peligrosa. Alguien debería prevenirte sobre mí», le decía a la gente con el tono de quien dice la cosa más absurda del mundo.

De todos los muchos títulos que le otorgaron, él prefería uno: Ellsworth Toohey, el humanitario.

10

La casa Enright se inauguró en junio de 1929.

No hubo ninguna ceremonia formal, pero Roger Enright quiso conmemorar la ocasión para su propio disfrute. Invitó a unas pocas personas a las que apreciaba y dejó abierta de par en par la gran puerta de cristal de la entrada que daba a un gran espacio lleno de sol. Se presentaron algunos fotógrafos de la prensa, porque se trataba de Roger Enright, y porque Roger Enright no los quería allí. Los ignoró. Se quedó en mitad de la calle, mirando el edificio, y después se dirigió a su vestíbulo, parándose brevemente sin motivo, y después reanudó el paso. No decía nada. Iba con el ceño muy fruncido, como si fuera a gritar de rabia. Sus amigos sabían que Roger Enright estaba contento.

El edificio se alzaba a orillas del río Este: era una estructura cautivadora que parecía tener los brazos levantados. Las formas de cristal de roca ascendían con tal elocuencia que el edificio no parecía estático, sino que se elevaba en un flujo continuo, hasta que uno se daba cuenta de que era la propia mirada la que se veía obligada a seguir ese ritmo particular. Las paredes de piedra caliza, de color gris claro, parecían de plata recortadas en el cielo, con el lustre limpio y mate del metal, pero un metal que se había convertido en una sustancia caliente y viva, tallada por el más cortante de los instrumentos: la voluntad humana con un propósito. Hacía que la casa cobrase vida a su manera, extraña y personal; así, por la mente de los espectadores pasaban cinco palabras, sin objeto ni clara relación: «A su imagen y semejanza».

Un joven fotógrafo del *Banner* vio a Howard Roark solo al otro lado de la calle, en la barandilla del río. Estaba echado hacia atrás, con las manos sobre la barandilla, sin sombrero, mirando a lo alto del edificio. Fue un momento casual, inconsciente. El joven fotógrafo observó la cara de Roark, y pensó en algo que llevaba mucho tiempo intrigándolo: siempre se preguntaba por qué lo que se siente en los sueños es mucho más intenso que cualquier otra cosa que se pueda experimentar en la realidad de la vigilia; por qué el horror era tan absoluto y el éxtasis tan completo, y cuál era esa cualidad adicional que no se podía recapturar después; esa cualidad de lo que uno sentía al recorrer un camino en sueños, a través de una maraña de hojas verdes, en una atmósfera cargada de expectación, de pleno arrobamiento sin causa; y cuando despertaba no podía explicarlo: sólo era un camino a través de un bosque. Pensó en aquello porque, por primera vez, vio esa cualidad extraordinaria en la vigilia, la vio en la cara de Roark levantada hacia el edificio. El fotógrafo era un muchacho nuevo en el oficio, y no sabía mucho sobre él, pero le gustaba su trabajo; era fotógrafo aficionado desde niño. Así que le hizo una foto a Roark en ese momento único.

Más tarde, el redactor jefe de la sección de arte» del *Banner* vio la fotografía y bramó:

—¿Qué diablos es esto?

—Howard Roark —dijo el fotógrafo.

—¿Quién es Howard Roark?

—El arquitecto.

—¿Quién demonios quiere una foto del arquitecto?

—Bueno, yo sólo pensé...

—Además, la casa es un disparate. ¿Qué le pasa a este hombre?

Así que la foto fue a parar al archivo.

La casa Enright se alquiló enseguida. Los inquilinos que se mudaron allí eran personas que querían vivir con una sana comodidad y no les importaba nada más. No hablaban sobre el valor del edificio, simplemente les gustaba vivir allí. Eran del tipo de personas que llevan unas vidas privadas útiles y activas en el silencio público.

Pero otros sí hablaron mucho de la casa Enright, durante unas tres semanas. Decían que era absurda, exhibicionista y una farsa. Decían: «¡Querida, imagínate invitar a la señora Moreland si vivieras en un lugar como ése! ¡Su casa es de tan buen gusto...!». Empezaron a aparecer unos pocos que decían: «Mira, a mí me gusta bastante la arquitectura moderna, se están haciendo algunas cosas muy interesantes hoy en día, y hay una escuela en Alemania que es extraordinaria, pero esto no es como nada de eso. Esto es una monstruosidad».

Ellsworth Toohey no mencionó la casa Enright en su columna. Un lector del *Banner* le escribió: «Estimado señor Toohey: ¿qué opina de ese nuevo edificio que llaman la casa Enright? Tengo un amigo que es decorador de interiores y habla mucho de ella, y dice que es abominable. A pesar de mi afición a la arquitectura y otras artes, no sé qué pensar. ¿Nos lo contaría en su columna?». Ellsworth Toohey respondió con una carta privada: «Querido amigo: hay tantos edificios importantes y grandes acontecimientos en el mundo que no puedo dedicar mi columna a trivialidades».

Pero algunas personas acudían a Roark, las pocas que él quería. Ese invierno, recibió el encargo de construir la casa Norris, una modesta casa de campo. En mayo, firmó otro contrato, el de su primer edificio de oficinas, un rascacielos de cincuenta plantas en el centro de Manhattan. Anthony Cord, el propietario, había salido de la nada y ganado una fortuna en Wall Street en unos pocos años magníficos y violentos. Quería su propio edificio, y recurrió a Roark.

La oficina de Roark se amplió hasta las cuatro salas. Sus empleados lo adoraban. No se daban cuenta de ello y les habría sorprendido que se aplicara un término como el amor a su frío, intratable e inhumano jefe. Ésas eran las palabras que empleaban para describir a Roark, las que les habían enseñado a usar según todos los parámetros y conceptos inculcados en el pasado, pero, al trabajar con él, supieron que no era ninguna de esas cosas, aunque no podían explicarlo: ni lo que él era ni lo que sentían por él.

No sonreía a sus empleados ni los llevaba de copas; nunca les preguntó por sus familias, sus vidas amorosas o si iban a misa. Respondía únicamente a la esencia de un hombre: su capacidad creativa. En su despacho, uno tenía que ser competente. No había alternativa ni consideraciones atenuantes. Pero si un hombre trabajaba bien, no necesitaba nada más para obtener la benevolencia de su jefe: se le concedía, no como un regalo, sino como una deuda. Se le concedía, no como afecto, sino como reconocimiento. Eso engendraba un inmenso sentimiento de amor propio en cada hombre de aquella oficina.

«Oh, pero eso no es humano, ese trato tan frío e intelectual», dijo alguien cuando uno de los dibujantes de Roark intentó explicar esto en casa. Un muchacho, parecido a Peter Keating, pero más joven, intentó introducir la preferencia por lo humano frente a lo intelectual en la oficina de Roark: no duró ni dos semanas. Roark se equivocaba de vez en cuando al seleccionar a sus empleados, aunque no muchas. Los que podía mantener un mes se convertían en amigos de por vida. No se llamaban amigos entre sí, y ellos no lo elogiaban ante desconocidos, no hablaban de él. Sólo sabían, vagamente, que su lealtad no era hacia él, sino a lo mejor de sí mismos.

Dominique se quedó en la ciudad todo el verano. Se acordaba, con amargo placer, de su costumbre de viajar. Le enfadaba pensar que no podría irse, que no podría querer irse. Disfrutaba del enfado, porque eso la llevaba a verlo a su habitación. Las noches que no pasaba con él se iba a dar un paseo por las calles de la ciudad. Caminaba hasta la casa Enright o los almacenes Fargo, y se quedaba contemplando el edificio un largo rato. Se iba ella sola con el coche fuera de la ciudad, para ver la casa Heller, la casa Sanborn y la estación de servicio Gowan. Nunca le habló de ello.

Una vez, ella cogió el transbordador de Staten Island a las dos de la mañana; hizo el trayecto a la isla de pie, sola, en la barandilla de la cubierta. Veía cómo se alejaba la ciudad. En el inmenso vacío del océano, la ciudad sólo era un pequeño macizo dentado.

Parecía condensado, prensado, y no un lugar con calles y edificios separados, sino una sola forma esculpida. Una forma de gradas irregulares que subía y bajaba sin una continuidad ordenada, con largos ascensos y abruptas caídas, como el gráfico de una obcecada lucha. Pero seguía ascendiendo, hacia unos pocos puntos, hacia las agujas triunfantes de los rascacielos que emergían de la lucha.

El barco pasó delante de la estatua de la Libertad, la figura iluminada de verde con el brazo levantado como los rascacielos detrás de ella.

Se quedó en la barandilla mientras la ciudad disminuía, y sentía la creciente distancia como una tirantez que aumentaba en su interior, como el tirón de una cuerda viva que no podría estirarse demasiado. Se quedó quieta, emocionada, cuando el barco volvió de vuelta y vio cómo la ciudad crecía de nuevo para recibirla. Extendió los brazos. La ciudad se expandía hacia sus codos, sus muñecas, bajo las yemas de sus dedos. Después los rascacielos se elevaron sobre su cabeza: estaba de vuelta.

Desembarcó. Sabía dónde tenía que ir, y quiso llegar allí enseguida, pero le pareció que tenía que ir allí por su cuenta, por su propio pie. Así que recorrió medio Manhattan a través de las largas calles vacías, en las que resonaba el eco. Eran las cuatro y media cuando llamó a su puerta. Él estaba durmiendo. Ella negó con la cabeza:

—No. Vuelve a dormirte. Sólo quería estar aquí.

Ella no lo tocó. Se quitó el sombrero y los zapatos y se acurrucó en un sillón. Se quedó dormida, con un brazo colgado sobre la silla de al lado y la cabeza apoyada en el otro. Por la mañana, él no hizo preguntas. Se prepararon el desayuno, y después él se marchó corriendo a su oficina. Antes de irse, la cogió en sus brazos y la besó. Salió, ella se quedó unos momentos y después se marchó. No se habían cruzado ni veinte palabras.

Algunos fines de semana salían juntos de la ciudad y se iban en el coche de Dominique a algún punto poco transitado de la costa. Se estiraban bajo el sol, en la arena de una playa desierta y se bañaban en el océano. A ella le gustaba ver su cuerpo en el agua. Ella se quedaba atrás de pie. Las olas le golpeaban las rodillas y observaba cómo él las recortaba en línea recta. Le gustaba tumbarse con él en la orilla; ella se tumbaba bocabajo, a unos centímetros de él, de cara a la costa, y estiraba los dedos de los pies hacia las olas. No lo tocaba, pero sentía la llegada de las olas desde atrás, que rompían contra sus cuerpos; veía retroceder el agua y la unión de los riachuelos que se retiraban de ellos.

Pasaban la noche en alguna posada de campo, donde pedían una sola habitación. Nunca hablaban de las cosas que dejaban en la ciudad. Pero el sobreentendido era lo que daba significado a la relajada simplicidad de aquellas horas; sus ojos se reían en silencio por el absurdo contrato siempre que se miraban directamente.

Ella intentó demostrarle su poder sobre él. Se abstenía de ir a su casa, y esperaba que fuera él a verla. Él lo desbarataba yendo enseguida, negándole así la satisfacción de saber que él había esperado y luchado con su deseo, rindiéndose de entrada. Ella le decía: «Bésame la mano, Roark». Él se arrodillaba y le besaba el tobillo. Él la derrotaba admitiendo su poder; ella no obtenía la gratificación de habérselo impuesto. Él se echaba a sus pies y le decía:

—Por supuesto que te necesito. Me vuelvo loco cuando te veo. Puedes hacer casi cualquier cosa que desees conmigo. ¿Es eso lo que quieres oír? Casi, Dominique. Y sobre las cosas que no podrías obligarme a hacer: me harías pasar un infierno si las exigieses y yo tuviera que rechazarte, que es lo que haría. Un infierno absoluto, Dominique. ¿Te complace eso? ¿Por qué quieres saber si me posees? Es muy sencillo: por supuesto que sí, todo lo que se puede poseer de mí. Nunca exigirás nada más. Pero quieres saber si podrías hacerme sufrir. Sí, podrías. ¿Y qué?

Las palabras no sonaban a rendición, porque no habían sido arrancadas de él, sino admitidas de forma simple y voluntaria. Ella no sentía la emoción de la conquista, se sentía más poseída que nunca por un hombre que podía decir esas cosas, saber que son ciertas y seguir controlándose y controlando, como ella quería que siguiera.

A finales de junio, un hombre llamado Kent Lansing fue a ver a Roark. Tenía cuarenta años, iba vestido como un figurín y parecía un campeón de boxeo, aunque no era fornido, ni musculoso ni duro: era delgado y anguloso. Simplemente le hacía a uno pensar en un boxeador y en otras cosas que no encajaban con su aspecto: en un ariete, un tanque o un torpedo submarino. Era miembro de una empresa creada con el objetivo de construir un lujoso hotel en el sur de Central Park. Había muchos hombres ricos involucrados y la compañía estaba dirigida por un numeroso consejo. Habían comprado el terreno y aún no se habían decantado por un arquitecto, pero Kent Lansing había decidido que iba a ser Roark.

—Ni me molesto en decirle lo mucho que me gustaría hacerlo —le dijo Roark al final de su primera entrevista—, pero no hay ni una posibilidad de que lo consiga. Me puedo manejar con la gente cuando están a solas, pero no puedo hacer nada con los grupos. Ningún Consejo de Administración me ha contratado nunca, y no creo que lo haga jamás.

Kent Lansing sonrió y dijo:

—¿Ha visto alguna vez algún Consejo de Administración que haya hecho algo en absoluto?

—¿Qué quiere decir?

—Justo eso: ¿ha visto alguna vez algún Consejo de Administración que haya hecho algo en absoluto?

—Bueno, sí parece que existen y hacen cosas.

—¿Sí? Mire, hubo una época en que todos consideraban una obviedad que la tierra era plana. Sería entretenido especular sobre la naturaleza de las causas de las ilusiones humanas. Escribiré un libro sobre ello algún día. No será muy popular. Incluiré un capítulo sobre consejos de administración. No existen, ¿sabe?

—Me gustaría creerle, pero ¿cuál es el chiste?

—No, no le gustaría creerme. No es agradable descubrir las causas de las ilusiones. O son violentas, o son trágicas. Ésta es las dos cosas. Sobre todo, violenta. Y no es un chiste. Pero no vamos a entrar en eso ahora. Lo único que quiero decir es que el consejo directivo se compone de uno o dos hombres ambiciosos y un montón de lastres. Me refiero a que los grupos de hombres son vacíos. Enormes nadas vacías. Dicen que no podemos visualizar una nada total. Qué diablos, que se siente cualquiera en una reunión del consejo. La cuestión es sólo quién quiere llenar esa nada. Es una dura batalla. La más dura. Es lo bastante sencilla para combatir cualquier enemigo, siempre que esté ahí para librar esa lucha, pero cuando no está... No me mire así, como si estuviera loco. Debería saberlo. Usted ha luchado con un vacío toda su vida.

—Lo miro así porque me parece usted muy simpático.

—Claro que se lo parezco. Igual que sabía que me lo parecería usted. Los hombres sí son hermanos, ¿sabe? Y tienen un gran instinto de fraternidad, salvo en los consejos de administración, las compañías y otros grupos de bandoleros. Pero hablo demasiado. Por eso soy un buen comercial. Sin embargo, a usted no tengo nada que venderle. Ya lo sabe. Así que sólo diremos que usted va a construir el Aquitania, que es el nombre de nuestro hotel, y lo dejaremos ahí.

Si la violencia de las batallas de las que la gente nunca oye hablar se pudiera medir con instrumentos estadísticos, la batalla de Kent Lansing contra el Consejo de Administración de la Aquitania Corporation se consideraría una de las mayores matanzas de la historia. Pero lo que él combatió no era lo suficientemente tangible como para dejar en el campo de batalla algo tan sólido como los cadáveres.

Tuvo que combatir un fenómeno como éste:

—Escuche, Palmer, Lansing está hablando de alguien llamado Roark, ¿usted qué vota?, ¿los jefazos lo aprueban o no?

—No lo voy a decidir hasta que no sepa quién vota a favor o en contra.

—Lansing dice..., pero por otro lado Thorpe me dice...

—Talbot va a construir un pomposo hotel en la Quinta de sesenta y pico plantas, y ha cogido a Francon & Keating.

—Harper apuesta por este joven... Gordon Prescott.

—Escuche, Betsy dice que estamos locos.

—No me gusta la cara de Roark, no parece alguien que coopere.

—Lo sé, lo intuyo, Roark es el tipo que no encaja. No es un tipo normal.

—¿Qué es un tipo normal?

—Bah, ¡qué diablos! Usted sabe perfectamente a qué me refiero: normal.

—Thompson dice que la señora Prichett dice que lo sabe con certeza porque el señor Macy le dijo que si...

—Bueno, chicos, me importa un bledo lo que diga nadie, yo tomo mis propias decisiones, y estoy aquí para decirles que creo que Roark es horrible. No me gusta la casa Enright.

—¿Por qué?

—No sé por qué. No me gusta, y punto. ¿No tengo derecho a tener mi propia opinión?

La batalla duró varias semanas. Todo el mundo tuvo algo que decir, salvo Roark. Lansing le dijo:

—Todo va bien. Quédese quieto. No haga nada. Déjeme hablar a mí. No hay nada que usted pueda hacer. Cuando se enfrenta a la sociedad, el hombre al que más afecta, el que más hace y más contribuye, es el que menos voz tiene. Se da por sentado que no tiene voz, y las razones que podría plantear se rechazan de antemano porque se consideran fruto del prejuicio, ya que nunca se tienen en cuenta las palabras, sólo quien las pronuncia. Es mucho más fácil juzgar a un hombre que a una idea. Aunque jamás entenderé cómo diablos se puede juzgar a un hombre sin tener en cuenta el contenido de su cerebro. Sin embargo, es lo que se hace. Mire, para pesar las razones hacen falta balanzas, y las balanzas no son de algodón. De algodón está hecho el espíritu humano, ya sabe, esa cosa que no tiene forma ni opone resistencia y se puede torcer hacia delante y hacia atrás y darle forma de *pretzel*. Usted puede contarles mucho mejor que yo por qué deberían contratarlo. Pero a usted no lo escucharán, me escucharán a mí. Porque soy el intermediario. La distancia más corta entre dos puntos no es una línea recta, es un intermediario. Y cuantos más intermediarios, más corta. Así es la psicología de un *pretzel*.

—¿Por qué está luchando por mí de esa manera? —preguntó Roark.

—¿Por qué es usted un buen arquitecto? Porque tiene ciertas normas sobre lo que es bueno, y son las suyas propias y se atiene a ellas. Yo quiero un buen hotel, y tengo ciertas normas sobre lo que es bueno, y son las mías propias y me atengo a ellas, y usted es el que puede darme lo que quiero. Y cuando lucho por usted, por la parte que me toca, sólo estoy haciendo lo que usted hace cuando diseña un edificio. ¿Cree que la integridad es monopolio del artista? Y, a propósito, ¿qué cree que es la integridad? ¿La capacidad de no robarle el reloj a su vecino en un descuido? No, no es tan fácil como eso. Si eso fuese todo, diría que el 99 por ciento de la humanidad es honrada e intachable. Pero, como puede ver, no es así. La integridad es la capacidad para atenerse a una idea. Eso presupone la capacidad para pensar. Pensar no es algo que uno tome prestado o empeñe. Y, sin embargo, si se me pidiera que eligiera un símbolo de la humanidad, tal como la conocemos, no elegiría un crucifijo, un águila, un león o un unicornio. Elegiría tres bolas doradas.[1]

1. Distintivo de las casas de empeños. *(N. de la T.)*

Mientras Roark lo miraba, añadió:

—No se preocupe. Todos están contra mí. Pero tengo una ventaja: no saben lo que quiero. Yo sí.

Al acabar julio, Roark firmó el contrato para construir el Aquitania.

Ellsworth Toohey estaba sentado en su despacho, mirando un periódico abierto en su mesa, leyendo la noticia del contrato del Aquitania. Fumaba con el cigarrillo en la esquina de la boca, apoyado en dos dedos rectos; con uno de los dedos le dio golpecitos lentos, rítmicos, un largo rato.

Oyó que se abría su puerta y vio a Dominique allí de pie, apoyada en el marco, con los brazos cruzados sobre el pecho. Su cara parecía interesada, nada más, pero era alarmante ver una expresión de interés real en su cara.

—Querida —dijo él levantándose—, ésta es la primera vez que te tomas la molestia de entrar en mi despacho, en estos cuatro años que llevamos trabajando en el mismo edificio. Es un auténtico acontecimiento.

Ella no dijo nada, pero sonrió con cordialidad, lo que era aún más alarmante. Él añadió, con voz amable:

—Mi pequeño discurso, naturalmente, equivalía a una pregunta. ¿O ya no nos entendemos?

—Supongo que no, si te parece necesario preguntarme qué me ha traído aquí. Pero lo sabes, Ellsworth, lo sabes: está encima de tu mesa.

Ella se acercó a la mesa y dobló una esquina del periódico. Se rio.

—¿Desearías haberlo escondido en alguna parte? Claro que no esperabas que viniera. No es que eso cambie nada, pero me gusta verte ser tan obvio por una vez. Justo encima de tu mesa, justo así. Abierto por la sección de inmobiliaria, además.

—Suenas como si esa pequeña noticia te hubiese puesto contenta.

—Así es, Ellsworth, así es.

—Pensé que habías trabajado para impedir ese contrato.

—Lo hice.

—Si crees que esto es un numerito tuyo, Dominique, te estás engañando. Esto no es un numerito.

—No, Ellsworth, no lo es.

—¿Te alegra que Roark lo consiguiera?

—Me alegra muchísimo. Podría acostarme con el tal Kent Lansing, quienquiera que sea, si alguna vez lo conozco y me lo pide.

—¿Entonces el pacto está roto?

—De ninguna manera. Intentaré parar cualquier trabajo que se le cruce en el camino. Seguiré intentándolo. Aunque no va a ser tan fácil como era. La casa Enright, el edificio Cord y ahora esto. No es tan fácil para mí, ni para ti. Te está venciendo, Ellsworth. Ellsworth, ¿y si estuviésemos equivocados sobre el mundo, tú y yo?

—Tú siempre lo has estado, querida. Perdóname. Debería habérmelo figurado, en vez de llevarme la sorpresa; que te alegraría que lo consiguiera, claro. Ni siquiera me importa admitir que a mí no me alegra en absoluto. Ahí lo tienes, ¿ves? Ahora sí que tu visita a mi despacho ha sido un éxito total. Podemos descontar el Aquitania como una gran derrota, olvidarla por completo y seguir como íbamos.

—Sin duda, Ellsworth. Tal como íbamos. Esta noche voy a dejar atado un precioso hospital nuevo para Peter Keating en una cena.

Ellsworth Toohey se fue a casa y se pasó la noche pensando en Hopton Stoddard.

Hopton Stoddard era un hombrecillo valorado en veinte millones de dólares. Tres herencias habían contribuido a esa cantidad, así como setenta y dos años de una vida dedicada al objetivo de ganar dinero. Hopton Stoddard era un genio de las inversiones, e invertía en todo: prostíbulos, espectáculos comerciales de Broadway —preferiblemente de carácter religioso—, fábricas, hipotecas para propiedades agrícolas y anticonceptivos. Era bajo e iba encorvado. Su cara no estaba desfigurada, sólo se lo parecía a la gente, porque sólo tenía un gesto: sonreía. Su pequeña boca tenía forma de «V», eternamente alegre, y las cejas eran minúsculas uves invertidas sobre los ojos, redondos y azules. Sus cabellos eran abundantes, blancos y ondulados: parecían una peluca, pero eran de verdad.

Toohey conocía a Hopton Stoddard desde hacía muchos años y había ejercido una fuerte influencia sobre él. Hopton Stoddard nunca se había casado, no tenía parientes ni amigos; no se fiaba de la gente porque pensaba que siempre iba detrás de su dinero. Pero sentía un gran respeto hacia Ellsworth Toohey, porque Toohey representaba justo lo contrario de su propia vida. A Toohey no le preocupaba nada ningún tipo de riqueza mundana y, por ese contraste, lo consideraba la encarnación de la virtud. Lo que esto implicaba respecto a su propia vida nunca se le pasó por la cabeza. Su vida no le dejaba la conciencia tranquila, y la comezón aumentó con los años, ante la certeza de que se acercaba el final. Encontró alivio en la religión, en forma de soborno. Experimentó con diferentes confesiones, acudía a los ritos, donaba grandes cantidades de dinero y cambiaba de religión. Con el paso de los años, los tiempos de esa búsqueda se aceleraron: tenía las características del pánico.

La indiferencia de Toohey hacia la religión era el único defecto personal que le molestaba a su amigo y mentor. Pero todo lo que Toohey predicaba parecía seguir la ley de Dios: la caridad, el sacrificio y la ayuda a los pobres. Hopton Stoddard se sentía seguro siempre que seguía el consejo de Toohey. Hizo generosas donaciones a las instituciones recomendadas por Toohey, sin que hubiera que insistirle mucho. En materia espiritual, consideraba que Toohey era en la tierra lo que esperaba de Dios en el cielo.

Pero ese verano Toohey sufrió la primera derrota con Hopton Stoddard.

Hopton Stoddard decidió cumplir un sueño que había ido planeando con astucia y cautela, como todas sus demás inversiones, durante varios años: había decidido construir un templo. No sería el templo de una confesión en concreto, sino un monumento interconfesional y no sectario a la religión, una catedral de la fe, abierta a todos. Hopton Stoddard quería apostar a lo seguro.

Se sintió destrozado cuando Ellsworth Toohey le desaconsejó el proyecto. Toohey quería un edificio que albergase un nuevo hogar para niños con discapacidad mental. Había creado una asociación con un distinguido comité de patrocinadores y una donación para los gastos de funcionamiento, pero no tenía edificio ni fondos para levantar uno. Si Hopton Stoddard deseaba tener un digno memorial a su nombre, al gran culmen de su generosidad, a qué otro propósito más noble podría dedicar su dinero que a un futuro Hogar Hopton Stoddard para Niños con Discapacidad Mental, a los pobres niños desgraciados por los que nadie se preocupaba, como le señaló Toohey con énfasis. Pero a Hopton Stoddard no se le podía entusiasmar con ningún hogar para ninguna institución terrenal. Tenía que ser el templo Hopton Stoddard del Espíritu Humano.

No pudo dar argumentos contra el brillante despliegue de Toohey; no pudo decir nada, salvo: «No, Ellsworth, no vale, no». La cuestión quedó sin resolver. Hopton Stoddard no iba a ceder, pero la desaprobación de Toohey lo incomodaba, y pospuso su decisión día tras día. Sólo sabía que tendría que tenerlo decidido a finales de verano, porque en otoño emprendía un largo viaje; iba a recorrer el mundo para visitar los lugares sagrados de todas las confesiones, desde Lourdes y Jerusalén a La Meca y Benarés.

Unos días después de que se anunciara el contrato del Aquitania,

Toohey fue a ver a Hopton Stoddard, por la noche, en la intimidad del inmenso y abarrotado apartamento que tenía en Riverside Drive.

—Hopton —dijo con alegría—, estaba equivocado. Tenías razón respecto a ese templo.

—¡No me digas! —dijo Hopton Stoddard, atónito.

—Sí —dijo Toohey—. Tenías razón. Ninguna otra cosa sería más adecuada. Debes construir un templo. Un templo del Espíritu Humano.

Hopton Stoddard tragó saliva y sus ojos azules se humedecieron. Le parecía que debía de haber progresado mucho en la senda de la rectitud si había sido capaz de enseñarle un ápice de virtud a su maestro. Después de aquello, nada más importaba. Se sentó, como un bebé manso y arrugado, a escuchar a Ellsworth Toohey, asintiendo y aceptando todo.

—Es un proyecto ambicioso, Hopton, y si lo haces, debes hacerlo bien. Es un poco presuntuoso ofrecerle un presente a Dios, ¿no? Salvo que lo hagas de la mejor manera posible, será ofensivo, no reverente.

—Sí, claro. Debe estar bien. Debe estar bien. Debe ser el mejor. Me ayudarás, ¿no, Ellsworth? Tú lo sabes todo sobre edificios y arte y demás... Debe estar bien.

—Estaré encantado de ayudar, si de verdad lo quieres.

—¡Si de verdad quiero! ¿Cómo que si quiero...? Por Dios bendito, ¿qué haría yo sin ti? No sé nada sobre... sobre nada de eso. Y debe estar bien.

—Si quieres que esté bien, ¿lo harás exactamente como yo te diga?

—Sí, sí. Sí, por supuesto.

—En primer lugar, el arquitecto. Eso es muy importante.

—Sí, sin duda.

—No te conviene uno de esos jóvenes forrados en seda, esos comerciales que llevan el símbolo del dólar en la frente. Necesitas un hombre que crea en su trabajo como tú crees en Dios.

—Eso es cierto. Completamente cierto.

—Debes coger el que yo te diga.

—Desde luego. ¿Quién?

—Howard Roark.

—¿Eh? —Hopton Stoddard parecía confuso—. ¿Quién es ese?

—Es el hombre que va a construir el templo del Espíritu Humano.

—¿Es bueno?

Ellsworth Toohey se giró y le miró a los ojos.

—Te juro por mi alma inmortal, Hopton —dijo haciendo pausas—, que es lo mejor que existe.

—¡Oh...!

—Pero es difícil de conseguir. No trabaja si no es bajo ciertas condiciones. Debes acatarlas escrupulosamente. Debes darle completa libertad. Dile lo que quieres y cuánto quieres gastar, y deja que él se ocupe del resto. Déjale diseñarlo y construirlo como quiera. De otro modo, no trabajará. Sólo dile con franqueza que no sabes nada de arquitectura y que lo has elegido a él porque te pareció que era el único en el que podías confiar para que lo hiciera bien sin consejos ni interferencias.

—De acuerdo, si tiene tu aval...

—Tiene mi aval.

—Estupendo. Y no me importa cuánto me cueste.

—Pero debes tener cuidado cuando trates con él. Creo que se negará a hacerlo, al principio. Te dirá que no cree en Dios.

—¡¿Qué?!

—No le creas. Es un hombre profundamente religioso, a su manera. Se puede ver en sus edificios.

—Ah...

—Pero no parece pertenecer a ninguna iglesia oficial. Así que no le parecerás parcial. No vas a ofender a nadie.

—Muy bien.

—Ahora bien, cuando uno trata con asuntos de fe, debes ser el primero que tenga fe, ¿no es cierto?

—Correcto.

—No esperes a ver sus dibujos. Le llevarán algún tiempo, y tú no debes retrasar tu viaje. Tú sólo encárgale el trabajo, no es necesario firmar un contrato, y haz los trámites con tu banco para que se ocupe de la parte de la financiación y deja que él haga el resto. No tienes que pagarle sus honorarios hasta que vuelvas. Dentro de un año o así, cuando vuelvas de ver todos esos grandes templos, tendrás uno mejor, el tuyo, que te estará esperando aquí.

—Eso es justo lo que quería.

—Pero debes pensar en la forma adecuada de darlo a conocer al público, la dedicación apropiada, la publicidad correcta.

—Naturalmente... ¿Cómo? ¿Publicidad?

—Sin duda. ¿Sabes de algún gran acontecimiento que no vaya acompañado de una buena campaña publicitaria? El que no la tenga, es que no es gran cosa. Si escatimas en eso, será una absoluta falta de respeto.

—Eso es cierto.

—Ahora bien, si quieres tener la publicidad adecuada, debes planearlo con cuidado y con mucha antelación. Lo que te interesa, cuando lo des a conocer, es una gran fanfarria, como la obertura de una ópera, como un toque de trompeta de Gabriel.

—Es precioso, tal como lo explicas.

—Bien, para hacer eso, no debes permitir que un puñado de gacetilleros disipen ese impacto sacando noticias a cuentagotas antes de tiempo. No hagas públicos los dibujos del templo. Mantenlos en secreto. Dile a Roark que quieres mantenerlos en secreto. No pondrá objeciones a eso. Pídele al contratista que instale una valla opaca alrededor del lugar mientras se está construyendo. Nadie tiene que saber cómo es hasta que tú vuelvas y presidas tú mismo la inauguración. Después, ¡que haya fotos en todos los puñeteros periódicos del país!

—¡Ellsworth!

—Mis disculpas.

—La idea me parece bien. Así es como anunciamos *La leyenda de la Virgen*, hace diez años, con un elenco de noventa y nueve personas.

—Sí. Pero entretanto, mantén el interés del público. Consíguete un buen agente de prensa y dile cómo lo quieres manejar. Te daré el nombre de alguien excelente. Que vean algo sobre el misterioso templo Stoddard en los periódicos cada dos semanas o así. Déjales con el suspense, y que esperen. Estarán perfectamente preparados cuando llegue el momento.

—Vale.

—Pero, sobre todo, que Roark no se entere de que lo he recomendado yo. Que no se te escape ni una palabra con nadie acerca de que yo he tenido algo que ver. Con nadie. Júralo.

—Pero ¿por qué?

—Porque tengo demasiados amigos arquitectos, y es un encargo muy importante y no quiero herir los sentimientos de nadie.

—Sí, tienes razón.

—Júralo.

—¡Vamos, Ellsworth!

—Júralo. Por la salvación de tu alma.

—Lo juro. Por... eso.

—De acuerdo. Como nunca has tratado con arquitectos, y él es uno fuera de lo común, no debes pifiarla. Así que te diré exactamente lo que le vas a decir.

Al día siguiente, Toohey fue al despacho de Dominique. Se sentó a su mesa, sonrió, y dijo con una voz que no sonreía:

—¿Te acuerdas de Hopton Stoddard y ese templo a todas las religiones del que lleva hablando seis años?

—Vagamente.

—Va a construirlo.

—¿Sí?

—Le va a dar el trabajo a Howard Roark.

—¡No te creo!

—De verdad.

—¡Bueno, eso es del todo increíble...! ¡No puede ser Hopton!

—Sí, Hopton.

—Está bien. Iré a trabajármelo.

—No, tú olvídate. Yo le he dicho que se lo dé a Roark.

Ella se quedó quieta, tal como estaba al oír esas palabras, pero la sonrisa había desaparecido de su rostro. Él continuó:

—Quería que supieras que lo he hecho yo, para que no haya ninguna contradicción táctica. Nadie más lo sabe ni lo va a saber. Confío en que lo tengas presente.

Ella le preguntó, con los labios tensos:

—¿Qué te propones?

Él sonrió, y dijo:

—Voy a hacerlo famoso.

Roark estaba sentado en el despacho de Hopton Stoddard y escuchaba estupefacto. Hopton Stoddard hablaba despacio, con un tono serio e imponente, pero se debía a que se había aprendido de memoria su discurso, casi palabra por palabra. Sus ojos de bebé miraban a Roark con una expresión zalamera y suplicante. Por una vez, Roark casi se olvidó de la arquitectura y antepuso el elemento humano: quería levantarse y salir del despacho, no podía soportar a aquel hombre. Pero las palabras que oyó lo retuvieron. Esas palabras no coincidían con la cara ni la voz de aquel hombre.

—Así que, verá, señor Roark, aunque va a ser un edificio religioso, también es algo más. Se habrá fijado en que lo llamamos el templo del Espíritu Humano. Queremos capturar, en piedra, como otros lo capturan en la música, no un credo específico, sino la esencia de toda religión. ¿Y cuál es la esencia de la religión? La gran aspiración del espíritu humano hacia lo más elevado, lo más noble, lo mejor. El espíritu humano como el creador y el conquistador del ideal. La gran fuerza que da vida al universo. El heroico espíritu humano. Ésa es su misión, señor Roark.

Roark se frotó los ojos con el dorso de la mano, desesperado. No era posible. Simplemente, no era posible. Eso no podía ser lo que ese hombre quería, no ese hombre. Le resultaba terrible oírle decir eso.

—Señor Stoddard, me temo que se equivoca —dijo, con lentitud y cansancio—. No creo que yo sea el hombre que usted necesita. No creo que yo sea el indicado para hacerlo. No creo en Dios.

Le asombró ver la expresión gozosa y victoriosa de Hopton Stoddard. Hopton Stoddard resplandecía de satisfacción al apreciar la clarividente sabiduría de Ellsworth Toohey, que siempre tenía razón. Se irguió como con renovada confianza en sí mismo, y dijo con firmeza, y por primera vez con el tono de un viejo dirigiéndose a un joven, con un tono de sabiduría y ligera condescendencia:

—Eso no importa. Usted es un hombre profundamente religioso a su manera, señor Roark. Lo puedo ver en sus edificios.

Se preguntó por qué Roark se lo quedó mirando así, sin moverse, durante tanto rato.

—Eso es cierto —dijo Roark. Era casi un susurro.

Que él tuviera que aprender algo sobre sí mismo, sobre sus edificios, de aquel hombre que lo había visto y sabido antes que él; que ese hombre lo dijera con ese aire de confianza tolerante que implicaba una plena comprensión despejó las dudas de Roark. Se dijo a sí mismo que estaba claro que no entendía a la gente; que una impresión podía ser falsa; que Hopton Stoddard estaría lejos, en otro continente; que nada importaba ante tamaño encargo; que nada podía importar cuando una voz humana seguía diciendo, como decía Hopton Stoddard:

—A mí me gusta llamarlo Dios. Usted puede elegir cualquier otro nombre. Pero lo que quiero en ese edificio es su espíritu. Su espíritu, señor Roark. Deme lo mejor de él, y habrá cumplido su trabajo, como yo habré cumplido el mío. No se preocupe por el significado que yo deseo transmitir. Deje que su espíritu dé forma al edificio, y tendrá ese significado, lo sepa usted o no.

De modo que Roark aceptó construir el templo Stoddard del Espíritu Humano.

11

En diciembre se inauguró el edificio Cosmo-Slotnick con una gran ceremonia. Hubo gente famosa, flores, cámaras de televisión, focos giratorios y tres horas de discursos, todos iguales.

«Debería estar contento», se dijo Peter Keating, pero no lo estaba. Observó desde una ventana la sólida capa de caras que llenaba Broadway y se extendía de una acera a la otra. Intentó convencerse a sí mismo para estar contento. No sentía nada. Tenía que admitir que estaba aburrido, pero sonreía y estrechaba manos y se dejaba fotografiar. El Cosmo-Slotnick se alzaba trabajosamente sobre la calle como un enorme y blanco cliché.

Tras la ceremonia, Ellsworth Toohey se llevó a Keating al cobijo de un reservado de color rosa grisáceo en un tranquilo y caro restaurante. Se estaban dando muchas fiestas para celebrar la apertura, pero Keating aceptó la propuesta de Toohey y declinó todas las demás invitaciones. Toohey observó cómo Keating cogía la copa y se hundía en su asiento.

—¿No ha sido grandioso? Eso, Peter, es el clímax de lo que puedes esperar de la vida —dijo Toohey, levantando la copa con delicadeza—. Brindo por la esperanza de que tendrás muchos triunfos como éste. Como el de esta noche.

—Gracias —dijo Keating, y se apresuró a coger la copa sin mirarla, y al levantarla vio que estaba vacía.

—¿No estás orgulloso, Peter?

—Sí, sí, por supuesto.

—Está bien. Así me gusta verte. Estabas muy apuesto esta noche. Saldrás espléndido en las noticias de televisión.

Los ojos de Keating parpadearon con interés.

—Bueno, eso espero, claro.

—Qué pena que no estés casado, Peter. Una esposa habría decorado mucho esta noche. Al público le gusta, y a los que van al cine también.

—Katie no sale bien en las fotos.

—Ah, es verdad... Estás comprometido con Katie. Qué estúpido soy, siempre se me olvida. No, Katie no sale nada bien en las fotos. Además, por mucho que lo intente, no se me ocurre cómo Katie podría ser eficaz en una función social. Se pueden usar muchísimos adjetivos bonitos con Katie, pero «serena» y «distinguida» no están entre ellos. Debes perdonarme, Peter. Me dejo llevar por la imaginación. Al tratar tanto con el arte, como yo, uno tiende a ver las cosas desde el estricto punto de vista de la aptitud artística. Y, al mirarte esta noche, no pude evitar pensar en la mujer que habría dado la imagen perfecta a tu lado.

—¿Quién?

—Oh, no me hagas caso. Es sólo un capricho estético. La vida nunca es así de perfecta. La gente tiene mucho que envidiarte, y no podrías añadir eso a tus demás logros.

—¿Quién?

—Déjalo, Peter. No puedes conseguirla. Nadie puede conseguirla. Eres bueno, pero no lo suficiente para eso.

—¿Quién?

—Dominique Francon, naturalmente.

Keating se puso recto, y Toohey vio en sus ojos desconfianza, rebeldía y hostilidad. Fue Keating quien cedió: volvió a arrellanarse, y dijo, suplicante:

—Ay, Dios, Ellsworth, yo no la amo.

—Nunca pensé que lo hicieras. Pero siempre me olvido de la exagerada importancia que el hombre común da al amor, al amor sexual.

—No soy un hombre común —dijo Keating con cansancio; era una protesta automática, sin ardor.

—Ponte derecho, Peter. No pareces un héroe, desplomado así en el asiento.

Keating se irguió, nervioso y enfadado. Dijo:

—Siempre me ha parecido que querías que me casara con Dominique. ¿Por qué? ¿Qué interés tienes?

—Has respondido tu propia pregunta, Peter. ¿Qué interés podría tener yo? Pero estábamos hablando del amor. El amor sexual, Peter, es una emoción profundamente egoísta. Y las emociones egoístas no son las que conducen a la felicidad, ¿cierto? Esta noche, por ejemplo: ha sido una noche para henchir un corazón egoísta. ¿Estabas contento, Peter? No te molestes, querido, no hace falta que respondas. Lo que quiero decir es que uno no debe desconfiar de sus impulsos más personales. ¡Lo que uno desea tiene en realidad tan poca importancia! Uno no puede esperar encontrar la felicidad hasta que no se comprende eso completamente. Piensa un instante en esta noche. Tú, querido Peter, eras la persona menos importante allí. Y así debe ser. No es el hacedor el que cuenta, sino aquellos por quienes se hacen las cosas. Pero tú no eras capaz de aceptarlo, por eso no sentiste la gran euforia que te correspondía.

—Eso es cierto —murmuró Keating. No se lo habría reconocido a nadie más.

—Te perdiste el hermoso orgullo del absoluto altruismo. Sólo cuando aprendas a negar completamente tu ego, cuando aprendas a distraerte con sentimentalismos triviales como tus pequeños impulsos sexuales, entonces podrás alcanzar la grandeza que siempre he esperado de ti.

—Tú... ¿siempre pensaste eso de mí, Ellsworth? ¿De verdad?

—No estaría aquí sentado, si no. Pero volvamos al amor. El amor personal, Peter, es muy maligno, como todo lo personal. Y siempre conduce a la miseria. ¿No entiendes por qué? El amor personal es un acto de discriminación, de preferencia. Es un acto de injusticia hacia todos los seres humanos de la tierra a los que privas del afecto concedido de forma arbitraria a uno solo. Debes amar a todos los hombres por igual. Pero no puedes alcanzar una emoción tan noble si no matas tus pequeñas decisiones egoístas. Son despiadadas y fútiles, ya que contradicen la primera ley cósmica: la igualdad fundamental de todos los hombres.

—¿Quieres decir que, en sentido filosófico, o sea, profundo, todos somos iguales? ¿Todos nosotros? —preguntó Peter con súbito interés.

—Por supuesto.

Keating se preguntó por qué esa idea le resultaba tan cálida y agradable. No le importaba que eso lo igualara a cualquier carterista que hubiese entre el público congregado para celebrar su edificio esa noche; se le pasó vagamente por la cabeza, pero no lo inquietó, aunque contradijera la apasionada búsqueda de la superioridad que había impulsado toda su vida. La contradicción no importaba: no estaba pensando en esa noche ni en la multitud; estaba pensando en un hombre que no había estado allí esa noche.

—¿Sabes, Ellsworth? —dijo, inclinándose hacia delante, con una embarazosa alegría—. Prefiero hablar contigo que hacer cualquier otra cosa, cualquier otra. Podría haber ido a muchísimos sitios esta noche, pero me hace mucho más feliz estar aquí sentado contigo. A veces, me preguntó cómo me las podría arreglar alguna vez sin ti.

—Así es como debe ser. ¿Para qué están los amigos, si no?

Aquel invierno, el Baile Anual de disfraces de las Artes fue un evento con más esplendor y originalidad de lo habitual. Athelstan Beasely, el principal espíritu de su organización, tuvo lo que llamó un golpe de ingenio: invitaron a todos los arquitectos a ir vestidos de sus mejores edificios. Fue un enorme éxito.

Peter Keating fue la estrella de la noche. Estaba maravilloso disfrazado de edificio Cosmo-Slotnick. Una réplica exacta de su famoso edificio, hecha de papel maché, lo cubría de la cabeza a las rodillas. No se le veía la cara, pero sus brillantes ojos miraban tras las ventanas del último piso, y en su cabeza se levantaba la pirámide que coronaba la azotea; la columnata le llegaba más o menos por el diafragma, y sacaba un dedo por los portales de la gran entrada. Podía mover libremente las piernas con su habitual elegancia, con sus impecables pantalones y sus zapatos de charol.

Guy Francon estaba impresionante como el edificio del Frink National Bank, aunque la estructura parecía un poco más rechoncha que el original, para dar cabida a la barriga; la antorcha de Adriano sobre su cabeza tenía una bombilla de verdad que funcionaba con una pequeña pila. Ralston Holcombe estaba magnífico como capitolio estatal, y Gordon L. Prescott tenía un aspecto muy masculino con su disfraz de silo con elevador. Eugene Pettingill andaba balanceándose sobre sus flacas y viejas piernas, pequeño y encorvado, disfrazado de imponente hotel Park Avenue; miraba con sus gafas de montura de carey bajo la majestuosa torre. Dos graciosos se retaron a un duelo y se daban golpes en la barriga con famosos chapiteles, grandes puntos de referencia de la ciudad que daban la bienvenida a los barcos al acercarse desde el otro lado del océano. Todo el mundo se divirtió mucho.

Muchos de los arquitectos, en especial Athelstan Beasely, comentaron con resentimiento que habían invitado a Howard Roark y no había ido. Esperaban verlo vestido de casa Enright.

Dominique se detuvo en el vestíbulo y miró la puerta, al rótulo que decía:

HOWARD ROARK, ARQUITECTO

Nunca había estado en su oficina. Se había esforzado durante mucho tiempo para no ir allí, pero tenía que ver el lugar donde trabajaba.

La recepcionista se sobresaltó cuando Dominique se identificó, pero anunció la visita a Roark:

—Pase, señorita Francon —le dijo.

Roark sonrió cuando ella entró en su despacho; era una leve sonrisa que no mostraba sorpresa.

—Sabía que vendrías aquí algún día —dijo—. ¿Quieres que te lo enseñe?

—¿Qué es eso? —preguntó ella.

Roark tenía las manos manchadas de arcilla. En una larga mesa, entre un montón de bocetos sin terminar, se alzaba el modelo en arcilla de un edificio, un estudio de los ángulos y las terrazas.

—¿El Aquitania? —preguntó.

Él asintió con la cabeza.

—¿Siempre haces eso?

—No, no siempre. A veces. Aquí hay un problema difícil. Me gusta jugar con ello por un tiempo. Probablemente, será mi edificio favorito. Es muy difícil.

—Adelante, quiero verte hacerlo. ¿Te importa?

—En absoluto.

Enseguida se olvidó de su presencia. Ella se sentó en un rincón y observó sus manos. Las vio moldeando paredes. Las vio aplastar una parte de la estructura y empezarla otra vez, despacio y con paciencia, con una extraña certeza incluso en su vacilación. Vio la palma de su mano alisar un largo plano recto, y vio que el movimiento de su mano trazaba un brusco ángulo en el aire antes de verlo en la arcilla.

Ella se levantó y se dirigió a la ventana. Los edificios de la ciudad, allá abajo, no parecían más grandes que el modelo que había en su mesa. Le parecía ver que las manos de Roark daban forma a los retranqueos, las esquinas y las azoteas de los edificios de abajo; que los aplastaban y los volvían a moldear. Sus manos se movían distraídas, siguiendo la forma de un edificio ausente en pasos ascendentes, sintiendo físicamente una posesión, sintiéndola por él.

Se volvió hacia la mesa. A Roark le colgaba un mechón sobre la cara, inclinada y concentrada en el modelo. Él no la miraba a ella, sólo a la forma que había bajo sus dedos. Era casi como ver sus manos moverse sobre el cuerpo de otra mujer. Ella se apoyó en la pared, debilitada por un placer violento y físico.

A principios de enero, mientras se levantaban las primeras columnas de acero de las excavaciones que se iban a convertir en el edificio Cord y el hotel Aquitania, Roark estaba trabajando en los dibujos para el templo Stoddard.

Cuando terminó los primeros bocetos, le dijo a su secretaria:

—Ponme con Steve Mallory.

—¿Mallory, señor Roark? ¿Quién es...? Ah, sí, el escultor que disparó...

—¿El que qué?

—Disparó a Ellsworth Toohey, ¿no?

—¿Sí? Ah, sí, es verdad.

—¿Ése es el que quiere, señor Roark?

—Ese mismo.

Durante dos días, la secretaria llamó por teléfono a marchantes, galerías, arquitectos y periódicos. Nadie supo decirle qué había sido de Steven Mallory o dónde podía encontrarlo. Al tercer día, le dijo a Roark:

—He encontrado una dirección, en el Village, que me dicen que puede ser la suya. No hay teléfono.

Roark le dictó una carta en la que pedía a Mallory que llamara por teléfono a su oficina.

La carta no fue devuelta, pero pasó una semana sin respuesta. Entonces, Steven Mallory llamó por teléfono.

—¿Hola? —dijo Roark, cuando la secretaria le pasó la llamada.

—Soy Steven Mallory —dijo una voz joven, dura, dejando un silencio impaciente y beligerante tras las palabras.

—Me gustaría verle, señor Mallory. ¿Podríamos concertar una cita para que venga a mi despacho?

—¿Para qué quiere verme?

—Para un encargo, por supuesto. Quiero que haga un trabajo para un edificio mío.

Hubo un largo silencio.

—De acuerdo —dijo Mallory, con una voz que parecía muerta. Y añadió—: ¿Qué edificio?

—El templo Stoddard. Quizá haya oído...

—Sí, lo he oído. Lo está haciendo usted. ¿Quién no lo ha oído? ¿Me pagará tanto como le paga a su agente de prensa?

—Yo no pago al agente de prensa. Le pagaré lo que usted quiera pedir.

—Usted sabe que no puede ser mucho.

—¿A qué hora le vendría bien venir?

—Ah, qué más da, la que usted diga. Ya sabe que no estoy ocupado.

—¿Mañana a las dos de la tarde?

—De acuerdo. —Y añadió—: No me gusta su voz.

Roark se rio.

—A mí sí me gusta la suya. Déjese ya de esas cosas y esté aquí mañana a las dos.

—Vale —dijo Mallory, y colgó.

Roark soltó el auricular con una sonrisa. Pero la mueca desapareció de pronto, y se quedó mirando el teléfono, con la cara seria.

Mallory no acudió a la cita. Pasaron tres días sin que hubiera ninguna noticia de él. Entonces Roark fue a buscarlo en persona.

La pensión donde vivía Mallory era una destartalada casa de arenisca en una calle sin alumbrado que olía a pescadería. Había una lavandería y un taller de zapatero a los lados de la estrecha entrada. Roark habló con una desaseada mujer, la dueña de la pensión.

—¿Mallory? En el quinto interior —le dijo ella, y después se alejó arrastrando los pies con indiferencia.

Roark subió unas hundidas escaleras de madera, iluminadas por unas bombillas colocadas sobre una maraña de tuberías. Llamó a una puerta mugrienta.

La puerta se abrió. Un joven demacrado apareció en el umbral. Iba desgreñado, y tenía una boca fuerte, con el labio inferior cuadrado, y los ojos más expresivos que Roark hubiera visto jamás.

—¿Qué quiere? —dijo levantando la voz.

—¿El señor Mallory?

—Sí.

—Soy Howard Roark.

Mallory se rio, se apoyó en el marco de la puerta con el brazo estirado, sin ninguna intención de apartarse. Era evidente que estaba borracho.

—¡Vaya, vaya! ¡En persona! —dijo.

—¿Puedo pasar?

—¿Para qué?

Roark se sentó en el pasamanos de la escalera.

—¿Por qué faltó a su cita?

—Ah, ¿la cita? Ah, sí. Bien, se lo diré —dijo Mallory serio—. Fue así: tenía la intención de ir, de verdad, y salí para su oficina, pero por el camino pasé por un cine que estaba dando *Two Heads on a Pillow*[1] y entré. Es que tenía que ver *Two Heads on a Pillow*. Hizo una mueca y aflojó el cuerpo, apoyado en el brazo extendido.

—Sería mejor que me dejase pasar —dijo Roark con tranquilidad.

—Bah, qué diablos, entre.

La habitación era como un zulo. Había una cama deshecha en una esquina, un revoltijo de periódicos y ropa vieja, una cocina de gas y un paisaje enmarcado comprado en un almacén de baratillo, una especie de prado penoso y seco con ovejas. No había dibujos ni esculturas ni indicio alguno de la profesión de su ocupante.

Roark apartó algunos libros y una sartén de la única silla que había y se sentó. Mallory se quedó de pie frente a él, sonriendo y balanceándose un poco.

—Lo está haciendo todo mal —dijo Mallory—. No se hace así. Debe de estar bastante desesperado como para andar corriendo tras un escultor. Esto se hace así: usted me hace ir a su oficina, y la primera vez que vaya, no debe estar allí. La segunda vez, ha de tenerme esperando una hora y media, y después salir a la recepción, darme la mano y preguntarme si conozco a los Wilson de Podunk y decir que qué bien que tengamos amigos en común, pero que tiene una prisa terrible ese día y que me llamará para comer pronto y entonces hablaremos de negocios. Después deja pasar dos meses, y entonces me hace el encargo. Después me dice que no soy bueno y que no lo era desde el principio, y tira la cosa a la papelera. Después contrata a Valerian Bronson y él hace el trabajo. Así es como se hace. Pero no esta vez.

Sus ojos estaban estudiando a Roark con atención, y tuvieron la certeza de que estaba ante un profesional. Al hablar, su voz fue perdiendo su jactancioso regocijo y adquirió una lisura adormecida en las últimas frases.

—No, no esta vez —dijo Roark.

El joven se quedó mirándolo en silencio.

—¿Es usted Howard Roark? Me gustan sus edificios. Por eso no quería conocerlo. Para no tener que ponerme enfermo cada vez que los

1. («Dos cabezas en una almohada.») Comedia romántica dirigida por William Nigh en 1934. Trata de un exmatrimonio de abogados que representan a las respectivas partes en un proceso de divorcio. Esta película sólo se estrenó en Estados Unidos y el Reino Unido, y no se dobló al castellano. *(N. de la T.)*

mirara. Quería seguir pensando que debía de haberlos hecho alguien a la altura de esos edificios.

—¿Y si lo estoy?

—Eso no pasa.

Se sentó en el borde de la cama revuelta y se echó hacia delante. Su mirada era como una balanza de precisión que pesara los rasgos de Roark, impertinente por su visible acto de valoración.

—Escuche —dijo Roark con claridad y mucho cuidado—. Quiero que haga una estatua para el templo Stoddard. Deme una hoja de papel y le redactaré ahora mismo un contrato, que declare que le deberé pagar un millón de dólares si contrato a otro escultor o si no se utiliza su trabajo.

—Puede hablar normal. No estoy borracho. No del todo. Puedo comprender.

—¿Entonces?

—¿Por qué me ha elegido a mí?

—Porque es usted un buen escultor.

—Eso no es verdad.

—¿Que sea bueno?

—No, que sea ésa su razón. ¿Quién le ha pedido que me contratara?

—Nadie.

—¿Alguna mujer que me tiré?

—No conozco a ninguna mujer que se haya tirado.

—¿Está limitado por el presupuesto?

—No. El presupuesto no tiene límites.

—¿Siente pena por mí?

—No. ¿Por qué habría de sentirla?

—¿Quiere sacar publicidad de aquella cosa del tiro a Toohey?

—¡Dios santo, no!

—Bien, ¿entonces qué?

—¿Por qué elige todas esas tonterías en vez de la razón más simple?

—¿Cuál?

—Que me gusta su trabajo.

—Seguro. Eso es lo que dicen todos. Eso es lo que se supone que todos decimos y creemos. ¡Imagine lo que pasaría si alguien levantara esa liebre! Así que, de acuerdo, le gusta mi trabajo. ¿Cuál es la verdadera razón?

—Me gusta su trabajo.

Mallory habló con seriedad, con la voz sobria:

—¿Quiere decir que ha visto las cosas que he hecho, y que le gustan, a usted, a usted solito, sin que nadie le haya dicho que deberían gustarle o por qué deberían gustarle, y usted ha decidido que me quería, por esa razón, sólo por esa razón, sin saber nada sobre mí o importarle un bledo, sólo por las cosas que he hecho y... y lo que ha visto en ellas, sólo por eso, usted decidió contratarme, y se tomó la molestia de buscarme y venir aquí, y que lo insultara, sólo porque las ha visto, y lo que ha visto me hizo importante para usted, y por eso me quiere?

—Justo eso —dijo Roark.

Era pavoroso ver las cosas que hacían abrir mucho los ojos a Mallory. Después meneó la cabeza, y sólo dijo, como si se estuviera disparando a sí mismo:

—No.

Se inclinó hacia delante. Su voz sonaba agónica y suplicante:

—Escuche, señor Roark. No me enfadaré con usted. Sólo quiero saberlo. De acuerdo, veo que está decidido en que trabaje para usted y sabe que puede conseguirme, con cualquier cosa que diga, no tiene que firmar ningún contrato multimillonario. Mire esta habitación; ya sabe que me tiene, así que, ¿por qué no me dice la verdad? A usted le dará igual, y es muy importante para mí.

—¿El qué es muy importante para usted?

—Que no..., que no... Mire, no creo que nadie vuelva a quererme nunca. Pero usted sí. De acuerdo. Pasaré por eso otra vez. Sólo que no quiero pensar otra vez que estoy trabajando para alguien que... que le gusta mi trabajo. Por eso ya no podría pasar. Me sentiré mejor si me lo dice. Estaré..., estaré más calmado. ¿Qué necesidad hay de fingir conmigo? No soy nada. No pensaré peor de usted, si es lo que teme. ¿No lo ve? Es mucho más decente decirme la verdad. Después será más sencillo y honrado. Le respetaré más. De verdad, lo haré.

—Pero ¿qué le pasa, chico? ¿Qué le han hecho? ¿Qué le hace decir esas cosas?

—Porque... —Mallory rugió de pronto y su voz se quebró, dejó caer la cabeza y acabó con un llano susurro—, porque me he pasado dos años... —Hizo un gesto con la mano para referirse a la habitación—. Así los he pasado, intentando acostumbrarme al hecho de que lo que usted está tratando de decirme no existe...

Roark se acercó a él, le levantó el mentón de un golpe, y dijo:

—Usted es tonto de remate. No hay derecho a que se preocupe por lo que piense de su trabajo, qué soy o por qué estoy aquí. Usted es demasiado bueno para eso. Pero, si quiere saberlo, creo que es usted el mejor escultor que tenemos. Lo pienso porque sus esculturas no son lo que los hombres son, sino lo que podrían ser y deberían ser. Porque usted ha ido más allá de lo probable y nos ha hecho ver lo que es posible, pero posible sólo a través de usted. Porque sus esculturas están más desprovistas de desprecio a la humanidad que cualquier otra obra que haya visto. Porque tiene usted un magnífico respeto al ser humano. Porque sus esculturas son lo heroico que hay en el hombre. Así que no vine aquí a hacerle un favor o porque sienta pena por usted o porque usted necesite desesperadamente un trabajo. Vine aquí por una razón sencilla, egoísta: la misma razón que hace que un hombre elija el alimento más limpio que pueda encontrar. Es una ley de supervivencia, ¿no?, buscar lo mejor. No vine aquí por su bien, sino por el mío.

Mallory dio un respingo para alejarse de él y se echó bocabajo en la cama, con los brazos extendidos, uno a cada lado de la cabeza y con los puños cerrados. El leve temblor de su camisa en su espalda indicaba que estaba llorando; la tela de la camisa y los puños se retorcían lentamente y se hundían en la almohada. Roark supo que estaba ante un hombre que nunca había llorado antes. Se sentó en un lado de la cama y no pudo dejar de mirar cómo giraba los puños, aunque era difícil soportarlo.

Al cabo de un rato, Mallory se incorporó. Miró a Roark y vio el rostro más sereno y más amable, una cara sin rastro de lástima. No parecía el semblante de esos hombres que observan la agonía de otro con un secreto placer, reconfortados al ver a un mendigo que necesita su compasión; no tenía el aspecto de los espíritus hambrientos que se alimentan de la humillación de los demás. Roark tenía cara de estar cansado y las sienes hundidas, como si le hubiesen acabado de dar una paliza. Pero sus ojos eran serenos y lanzaban a Mallory una mirada sosegada, firme y limpia de comprensión y respeto.

—Échese ahora. Échese y descanse un rato —dijo Roark.

—¿Cómo le han dejado sobrevivir?

—Échese, descanse. Ya hablaremos después.

Mallory se levantó. Roark lo cogió por los hombros y le obligó a tumbarse, le levantó las piernas del suelo y le bajó la cabeza a la almohada. El muchacho no se resistió.

Al retroceder, Roark se chocó con una mesa llena de basura. Algo repiqueteó al caer al suelo. Mallory se echó hacia delante, para intentar cogerlo él primero. Roark le apartó el brazo y recogió el objeto.

Era una pequeña placa de yeso, de esas baratas que venden en las tiendas de regalos. Era de un bebé tumbado bocabajo, con hoyuelos en las nalgas y que miraba tímidamente por encima del hombro. La estructura de los músculos mostraba, con pocas líneas, un magnífico talento que no se podía ocultar, que sobresalía con ferocidad entre el resto; el resto era un intento deliberado de ser obvio, vulgar y manido, un esfuerzo torpe, sin convicción y torturado. Era un objeto salido de una cámara de los horrores.

Mallory advirtió que a Roark le empezó a temblar la mano. Después subía y bajaba el brazo, se lo llevaba a la cabeza, lentamente, como si estuviese recogiendo el peso del aire en la flexura del codo. Fue solo un instante, pero pareció durar minutos. Dejó el brazo en alto, inmóvil, y después lo sacudió hacia delante; disparó la placa al otro lado de la habitación y se hizo añicos contra la pared. Fue la única vez que alguien había visto a Roark con un enfado asesino.

—Roark...

—¿Sí?

—Roark, me habría gustado conocerlo antes de que tuviera un trabajo que ofrecerme —dijo sin entonación, con la cabeza en la almohada y los ojos cerrados—. Así no habría otros motivos mezclados. Porque, ¿sabe? Le estoy muy agradecido. No por darme trabajo. No por venir aquí. No por nada que vaya a hacer nunca por mí. Sólo por lo que es usted.

Después se quedó tumbado, inmóvil y desganado, como un hombre que hubiese dejado muy atrás la fase del sufrimiento. Roark se quedó junto a la ventana, mirando la torturada habitación y al muchacho en la cama. Se preguntó por qué sentía que debía esperar. Esperaba una explosión sobre sus cabezas. Parecía un sinsentido. Después lo entendió. Pensó: así es como se sienten los hombres, atrapados en el cráter que deja la explosión; esta habitación no es fruto de la pobreza, es el rastro de una guerra; es la devastación provocada por explosivos más malignos que cualquiera de los almacenados en los arsenales del mundo. Una guerra... ¿contra...? El enemigo no tenía nombre, ni cara. Pero este muchacho era un compañero de armas, herido en la batalla, y Roark estaba a su lado, sintiendo algo extraño y nuevo, el deseo de cogerlo en sus brazos y llevarlo a un lugar seguro... Sólo que no se conocía el nombre del infierno y la seguridad... Siguió pensando en Kent Lansing, intentando recordar algo que Kent Lansing había dicho...

Entonces, Mallory abrió los ojos y se incorporó apoyado en un codo. Roark acercó la silla a la cama y se sentó.

—Ahora —dijo—, hable. Hable de las cosas que de verdad quiere decir. No me hable de su familia, de su infancia o de sus amigos o sentimientos. Cuénteme las cosas que piensa.

Mallory lo miró incrédulo y susurró:

—¿Cómo lo ha sabido?

Roark sonrió y no dijo nada.

—¿Cómo ha sabido qué es lo que me ha estado matando? Lentamente, durante años, llevándome a odiar a la gente, cuando yo no quiero odiar... ¿Lo ha sentido usted también? ¿Ha visto cómo sus mejores amigos adoran todo sobre usted, excepto las cosas importantes? Y que lo que es más importante para usted no significa nada para ellos, nada, ni siquiera un sonido que puedan reconocer. ¿Lo dice en serio, que quiere escuchar? ¿Quiere saber qué hago y por qué lo hago? ¿Quiere saber qué pienso? ¿No le resulta aburrido? ¿Es importante?

—Adelante —dijo Roark.

Después se quedó sentado durante horas, escuchando, mientras Mallory hablaba de su trabajo, del razonamiento que había en su trabajo, de los pensamientos que habían moldeado su vida. Habló con avidez, como un hombre que estaba a punto de ahogarse y es arrojado a la costa, emborrachándose con las inmensas y limpias bocanadas de aire.

Mallory fue a la oficina de Roark a la mañana siguiente, y Roark le mostró los bocetos del templo. Cuando se paraba ante una mesa de dibujo, sin un problema que sopesar, Mallory cambiaba; no mostraba incertidumbre, ningún recuerdo del dolor. El gesto de su mano al coger el dibujo era firme y confiado, como el de un soldado de servicio. El gesto decía que nunca nada que le hubieran hecho había podido alterar el funcionamiento de lo que existía en su interior y que ahora era llamado a la acción. Tenía una seguridad en sí mismo inflexible, impersonal. Se enfrentaba a Roark como un igual.

Estudió los dibujos un largo rato, y después levantó la cabeza. Todo en su cara estaba controlado, excepto los ojos.

—¿Le gusta? —preguntó Roark.

—No use palabras estúpidas.

Sostuvo uno de los dibujos, anduvo hasta la ventana y miró el boceto, y luego la calle, después la cara de Roark, y volvió a mirar el dibujo otra vez.

—No parece posible —dijo—. No esto... y eso. —Y agitó el dibujo en dirección a la calle.

Había una sala de billares en la esquina de la calle, una pensión con un pórtico corintio, un cartel que anunciaba un musical en Broadway y una cuerda con ropa interior rosa grisáceo que aleteaba en una azotea.

—No en la misma ciudad. No en la misma tierra —dijo Mallory—.

Pero usted ha hecho que pasara. Es posible... Nunca volveré a tener miedo.

—¿De qué?

Mallory puso el dibujo en la mesa con cuidado. Respondió:

—Usted dijo algo ayer sobre una primera ley. Una ley que exige que el hombre busque lo mejor... Es curioso... El genio desorganizado: una vieja historia. ¿Alguna vez ha pensado en una mucho peor, la del genio demasiado bien reconocido? Que muchos grandes hombres sean pobres idiotas que no pueden ver lo mejor..., eso no es nada. Uno se puede enfadar por eso. Pero ¿comprende que haya hombres que lo vean y no lo quieren?

—No.

—No, claro. Me pasé toda la noche pensando en usted. No dormí nada. ¿Sabe cuál es su secreto? Su tremenda inocencia.

Roark soltó una carcajada, mirando aquel rostro juvenil.

—No, no es gracioso —dijo Mallory—. Sé de lo que hablo. Es por esa absoluta salud suya. Usted es tan sano que no puede concebir la enfermedad. Lo sabe, pero no se lo cree. Yo sí. Soy más sabio que usted en algunas cosas, porque soy más débil. Yo comprendo el otro lado. Eso es lo que me hicieron..., lo que vio usted ayer.

—Eso se ha terminado.

—Es probable, pero no del todo. Ya no tengo miedo, pero sé que el terror existe. Sé qué tipo de terror es. Usted no puede concebir uno de ese tipo. Oiga, ¿cuál es la experiencia más horrible que pueda imaginar? Para mí, es quedarte abandonado con una bestia babeante o un maníaco que tiene alguna enfermedad que le haya devorado el cerebro. No tendrías nada, salvo tu voz..., tu voz y tus pensamientos. Chillarías a esa criatura diciéndole por qué no debería tocarte, usarías las palabras más elocuentes, las palabras más incontestables, y te convertirías en el cáliz de la verdad absoluta. Y verías esos ojos vivos que te observarían, y sabrías que esa cosa no puede oírte, que no puedes llegar a ella, que no puede alcanzarse de ninguna manera, y, sin embargo, respira y se mueve delante de ti con su propio objetivo. Eso es el horror. Bueno, eso es lo que se cierne sobre el mundo, está acechando en alguna parte entre la humanidad, esa misma cosa, algo cerrado, descerebrado, sin ningún sentido, pero algo que tiene su propio objetivo y su astucia. No creo que yo sea un cobarde, pero le tengo miedo. Y eso es lo único que sé: que existe. No sé cuál es su propósito, ni cuál es su naturaleza.

—El principio que sigue el decano —dijo Roark.

—¿Qué?

—Es algo que me pregunto de vez en cuando..., Mallory, ¿por qué intentó matar a Ellsworth Toohey? —Vio los ojos del muchacho, y añadió—: No tiene que contármelo, si no quiere hablar de ello.

—No me gusta hablar de ello —dijo Mallory, con la voz tensa—. Pero era la pregunta acertada.

—Siéntese. Hablaremos de su encargo —dijo Roark.

Después, Mallory escuchó con atención mientras Roark hablaba del edificio y de lo que quería del escultor. Terminó diciendo:

—Sólo una escultura. Se pondrá ahí. —Y señaló un boceto—. El lugar se construirá alrededor de ella. La estatua de una mujer desnuda. Si entiende el edificio, entiende cuál debe ser la escultura. El espíritu humano. Lo heroico que hay en el hombre. La aspiración y su realización, ambas. Elevado por su búsqueda, y elevador por su propia esencia. Buscar a Dios y encontrarse a sí mismo. Mostrar que no se puede alcanzar mayor altitud más allá de su propia forma... Usted es el único que puede hacérmela.

—Sí.

—Trabajará como yo trabajo para mis clientes. Sabe lo que quiero, y el resto es cosa suya. Hágalo como quiera. Me gustaría sugerirle una modelo, pero si no encaja con su propósito, elija la que prefiera.

—¿A quién ha elegido usted?

—A Dominique Francon.

—¡Oh, Dios!

—¿La conoce?

—La he visto. Si pudiera tenerla... ¡Santo Cristo! No hay otra mujer más adecuada para esto. Ella... —Se detuvo, y añadió, desanimado—: No va a posar. Desde luego no para usted.

—Lo hará.

Guy Francon trató de oponerse cuando se enteró.

—Escucha, Dominique, hay un límite —dijo enfadado—. Ciertamente hay un límite, incluso para ti. ¿Por qué lo haces? ¿Por qué, para un edificio de Roark, nada menos? Después de todo lo que has dicho y hecho contra él, ¿te sorprende que la gente hable? A nadie le importaría ni se daría cuenta si hubiese sido cualquier otro. Pero ¡tú y Roark! ¿Qué voy a hacer?

—Encarga una reproducción de la estatua para ti, papá. Va a ser preciosa.

Peter Keating se negó a hablar de ello, pero se encontró con Dominique en una fiesta y le preguntó, sin haberse propuesto preguntárselo:

—¿Es verdad que estás posando para una estatua para el templo de Roark?

—Sí.

—Dominique, no me gusta.

—¿No?

—Vaya, lo siento. Sé que no tengo derecho... Es sólo..., es sólo que, de toda la gente que hay, de quien menos quiero que te hagas amiga es de Roark. No de Roark. De cualquiera menos de Roark.

Ella parecía interesada:

—¿Por qué?

—No lo sé.

Le preocupó que ella lo escudriñara con curiosidad.

—Quizá... —murmuró—, quizá es porque nunca me pareció justo que despreciaras tanto su trabajo. Me ponía muy contento que lo hicieras, pero... nunca me pareció justo viniendo de ti.

—¿No, Peter?

—No. Pero no te gusta él como persona, ¿no?

—No, no me gusta él como persona.

Ellsworth Toohey estaba disgustado:

—Ha sido muy insensato por tu parte, Dominique —le dijo a solas en su despacho, y no con suavidad.

—Lo sé.

—¿No puedes cambiar de idea y negarte?

—No voy a cambiar de idea, Ellsworth.

Él se sentó y se encogió de hombros, y al cabo de un rato sonrió.

—Está bien, querida, hazlo a tu manera.

Ella subrayó una frase de un texto con un lápiz y no dijo nada. Toohey encendió un cigarrillo.

—Así que ha elegido a Steven Mallory para el trabajo —dijo.

—Sí. Ha sido una curiosa casualidad, ¿no?

—Ninguna casualidad en absoluto, querida. Esas cosas nunca son una casualidad. Hay una ley fundamental que lo explica. Aunque estoy seguro de que él no lo sabe y de que nadie le ayudó a elegirlo.

—¿Entiendo que te parece bien?

—De todo corazón. Hace que todo sea correcto. Mejor que nunca.

—Ellsworth, ¿por qué intentó matarte Mallory?

—No tengo la menor idea. No lo sé. Creo que el señor Roark sí lo sabe. O debería. Por cierto, ¿quién te eligió para que posaras para la estatua? ¿Roark o Mallory?

—Eso no es asunto tuyo, Ellsworth.

—Ya veo: Roark.

—Por cierto, le conté a Roark que fuiste tú quien hizo que Hopton Stoddard lo contratara.

Toohey dejó el cigarrillo suspendido en el aire, después se volvió a mover y se lo llevó a la boca.

—¿Eso hiciste? ¿Por qué?

—Vi los dibujos del templo.

—¿Tan buenos eran?

—Más que buenos, Ellsworth.

—¿Qué dijo cuando se lo contaste?

—Nada. Se rio.

—¿Se rio? Qué simpático. Me atrevería a decir que mucha gente se unirá a él cuando pase algún tiempo.

En el transcurso de los meses de aquel invierno, Roark durmió rara vez más de tres horas por noche. Había una viveza jovial en sus movimientos, como si su cuerpo nutriera de energía a todos los que lo rodeaban. La energía recorría las paredes de su oficina y llegaba a tres puntos de la ciudad: al edificio Cord, en el centro de Manhattan, una torre de cobre y cristal; al hotel Aquitania, en el sur de Central Park; y al templo, en una roca junto al río Hudson, hacia el norte de Riverside Drive.

Cuando tenían tiempo para verse, Austen Heller lo observaba, divertido y complacido.

—Cuando estos tres proyectos estén acabados, Howard, nadie podrá detenerte. Nunca más. Especulo de vez en cuando sobre lo lejos que llegarás. Ya ves, la astronomía siempre ha sido mi debilidad.

Una tarde de marzo, Roark estaba dentro del alto cerco que se había levantado en torno al templo, según las órdenes de Stoddard. Los primeros bloques de piedra, la base de los futuros muros, se alzaban desde el suelo. Era tarde, y los obreros se habían marchado. El lugar estaba desierto, separado del mundo, disuelto en la oscuridad, pero el cielo brillaba, demasiado luminoso para la noche de abajo, como si la luz hubiese permanecido más tiempo del normal para anunciar la llegada de la primavera. Sonó la sirena de un barco desde el río, y el sonido parecía venir de un campo muy lejano, a kilómetros de silencio. Aún brillaba una luz en la caseta de madera construida como estudio para Steven Mallory, donde Dominique posaba para él.

El templo iba a ser un pequeño edificio de caliza gris. Sus líneas eran horizontales; no se orientaban al cielo, sino que seguían las líneas de la tierra. Parecía extenderse sobre la tierra como unos brazos abiertos en cruz, con las palmas hacia abajo, como un gran acto silencioso de aceptación. No se aferraba al suelo y no se agachaba bajo el cielo. Parecía elevar la tierra y que sus ejes verticales tiraran del cielo hacia abajo. Estaba hecho a escala humana de un modo que no empequeñecía al hombre, sino que se alzaba como un espacio que convertía su figura en el único absoluto, en la regla de perfección por la cual se iban a juzgar todas las dimensiones. Cuando un hombre entrara en ese templo, sentiría que el espacio se amoldaba en torno a él, y para él, como si el edificio hubiese esperado su entrada para alcanzar su culminación. Era un lugar alegre, con el goce de una exaltación que debe ser silenciosa. Era un lugar donde uno podía sentirse libre de pecados y fuerte, para encontrar la paz de espíritu que nada garantiza salvo la propia gloria.

No había ningún ornamento interior, sólo los salientes escalonados de los muros y las inmensas ventanas. El lugar no estaba cerrado bajo bóvedas, sino totalmente abierto a la tierra que lo rodeaba, a los árboles, al río y al sol, y a la silueta de la ciudad a lo lejos, a los rascacielos, las formas del logro del hombre en la tierra. Al final de la sala, de cara a la entrada y con la ciudad al fondo, se erguía la escultura de un cuerpo humano desnudo.

Ahora no había nada delante de él, en la oscuridad, salvo las primeras piedras, pero Roark se imaginó el edificio terminado, lo sintió en las articulaciones de los dedos, que aún recordaban los movimientos del lápiz que lo había dibujado. Se quedó pensando en ello. Después se dirigió a la caseta a través de la áspera tierra removida.

—Un momento —dijo la voz de Mallory cuando llamó a la puerta.

Dentro de la caseta, Dominique se bajó de la tarima y se puso una bata. Después, Mallory abrió la puerta.

—¡Ah, eres tú! —dijo Mallory—. Pensábamos que era el vigilante. ¿Qué haces aquí tan tarde?

—Buenas noches, señorita Francon —dijo Roark, y ella inclinó la cabeza con sequedad—. Siento interrumpir, Steve.

—No pasa nada. No estábamos progresando mucho. Dominique no termina de captar lo que quiero esta noche. Siéntate, Howard. Pero ¿qué maldita hora es?

—Las nueve y media. Si vais a quedaros más tiempo, ¿queréis que os encargue algo de cena?

—No sé. Vamos a echarnos un cigarro.

El suelo de la caseta era de madera sin barnizar, de cabios de madera desnuda, y había una estufa de hierro fundido que refulgía en un rincón. Mallory se movía como un anfitrión feudal con manchas de arcilla en la frente. Fumaba con nerviosismo y andaba de un lado a otro.

—¿Quieres vestirte, Dominique? —preguntó—. No creo que vayamos a hacer mucho más esta noche.

Ella no respondió; se quedó mirando a Roark. Mallory llegó dando vueltas al otro extremo de la caseta y sonrió a Roark:

—¿Por qué no has venido antes, Howard? Por supuesto, si hubiese estado muy atareado, te habría echado. Por cierto, ¿qué estabas haciendo aquí a estas horas?

—Sólo quería ver el lugar esta noche. No pude llegar antes.

—¿Es esto lo que quieres, Steve? —preguntó Dominique de pronto. Se quitó la bata y caminó desnuda hasta la tarima. Mallory la miró a ella, después a Roark, y luego otra vez a ella. Entonces vio lo que había tratado de conseguir durante todo el día. Vio su cuerpo desnudo ante él, recto y tenso, con la cabeza inclinada hacia atrás, y los brazos a ambos lados, con las palmas hacia fuera, como había posado durante días. Pero ahora su cuerpo estaba vivo, tan quieto que parecía estremecerse, y decir lo que él había querido oír: una entrega orgullosa, reverente y arrobada a la propia visión de Dominique, en el preciso instante, el instante antes de que la figura se balanceara y se rompiera, el instante tocado por el reflejo de lo que ella veía.

El cigarrillo de Mallory salió volando por el estudio.

—¡Quédate así, Dominique! —gritó—. ¡Quieta ahí, quieta ahí!

Ya estaba colocado en su tarima cuando el cigarrillo tocó el suelo.

Se puso a trabajar, y Dominique se mantuvo inmóvil. Roark estaba frente a ella, apoyado en la pared.

En abril, los muros del templo se alzaban en líneas quebradas sobre el suelo. En las noches iluminadas por la luna tenían un suave resplandor turbio, sumergido. La alta valla que los rodeaba los custodiaba.

Al final de la jornada, solían quedarse allí cuatro personas: Roark, Mallory, Dominique y Mike Donnigan. Mike no dejó de trabajar en ni uno solo de los edificios de Roark.

Después de que todos los demás se hubiesen marchado, los cuatros se sentaban juntos en la caseta de Mallory. Un paño húmedo cubría la estatua inacabada. La puerta de la caseta se dejaba abierta a las primeras tibiezas de las noches de primavera. Afuera colgaba una rama, con tres nuevas hojas con el cielo negro de fondo, y las estrellas titilaban como gotas de agua sobre el borde de las hojas. No había sillas en la caseta. Mallory se sentaba en la tarima de la modelo y fumaba en pipa. Roark se estiraba en el suelo, apoyado en los codos, y Dominique se sentaba en un taburete de cocina, envuelta en una fina bata de seda, con los pies desnudos sobre las tablas del suelo.

No hablaban de trabajo. Mallory contaba historias hilarantes, y Dominique se reía como una niña. No hablaban de nada en concreto, y el único significado de las frases residía en las voces, en la cordial alegría, en la comodidad de una relajación completa. Eran simplemente cuatro personas a las que les gustaba estar juntas. Los muros que se alzaban en la oscuridad más allá de la puerta abierta sancionaban su descanso, les daban el derecho a la liviandad; era el edificio en el que habían trabajado juntos, el edificio que era una suave y audible armonía que acompañaba el sonido de sus voces. Roark se reía de una forma en que Dominique no lo había visto reír en ninguna otra parte, con la boca relajada y juvenil.

Se quedaban hasta altas horas de la noche. Mallory servía café en un surtido de tazas resquebrajadas. El aroma del café se mezclaba con el aroma de las nuevas hojas de afuera.

En mayo, se suspendieron las obras del hotel Aquitania.

Dos de los propietarios se habían arruinado en la bolsa, y a un tercero le habían embargado los fondos a causa de una demanda relacionada con una herencia que alguien le disputaba; un cuarto había cometido una estafa con las acciones de otro. La empresa saltó por los aires en una maraña de causas judiciales que iba a necesitar años para desenmarañarse. El edificio tenía que esperar, a medio hacer.

—Lo arreglaré, aunque tenga que asesinar a unos pocos —le dijo Kent Lansing a Roark—. Se lo quitaré de las manos. Acabaremos esto algún día, usted y yo. Pero requerirá tiempo. Probablemente, mucho tiempo. No le pediré que sea paciente. Los hombres como usted y como yo no sobrevivirían más de los primeros quince años si no adquiriésemos la paciencia de un verdugo chino. Y el pellejo de un acorazado.

Ellsworth Toohey se reía, sentado en el borde del escritorio de Dominique:

—La «Sinfonía inacabada», gracias a Dios —dijo Toohey.

Dominique lo usó en su columna: «La "Sinfonía inacabada" en el sur de Central Park», escribió. Omitió el «gracias a Dios». El sobrenombre se repitió. Los extraños reparaban en la rara visión de una costosa estructura en una calle importante que se había quedado bostezando con las ventanas vacías, los muros medio recubiertos y las vigas desnudas. Cuando preguntaban qué era, gente que nunca había oído hablar de Roark ni de la historia del edificio respondía con una risita: «Ah, es la "Sinfonía inacabada"».

A altas de horas de la noche, Roark se quedaba al otro lado de la calle, bajo los árboles de Central Park, y miraba la forma negra y muerta entre los relucientes edificios de la silueta de la ciudad. Movía las manos como las había movido sobre el modelo de arcilla. Desde esa distancia, podía cubrir con la palma de la mano aquella proyección rota, pero ese movimiento instintivo, culminante, no se encontraba con nada más que con aire.

A veces se obligaba a recorrer el edificio. Caminaba sobre los tablones temblorosos suspendidos sobre el vacío, por las habitaciones sin techos y las habitaciones sin suelo, por los bordes abiertos donde asomaban las vigas como huesos a través de una piel desgarrada.

En un cuchitril, en la parte trasera de la planta baja, vivía un viejo vigilante. Conocía a Roark y le dejaba pasearse por allí. Una vez, paró a Roark al salir y le dijo de pronto:

—Una vez tuve un hijo..., o casi. Nació muerto.

Algo le había hecho decirlo, y miró a Roark, no muy seguro de lo que había querido decir. Pero Roark sonrió, con los ojos cerrados, puso la mano sobre el hombro del viejo, como si le estrechara la mano, y después se marchó.

Sólo fue durante las primeras semanas. Después se obligó a olvidarse del Aquitania.

Una tarde de octubre, Roark y Dominique paseaban juntos por el templo terminado. Se iba a inaugurar al cabo de una semana, un día después del regreso de Stoddard. Nadie lo había visto, salvo los que habían trabajado en su construcción.

Era una tarde despejada y apacible. El templo estaba vacío y silencioso. El rojo del atardecer sobre los muros de piedra caliza era como la primera luz de la mañana. Se pararon a observar el templo, y después entraron y se detuvieron ante la escultura de mármol, sin decirse nada el uno al otro. Las sombras del espacio moldeado en torno a ellos parecían modeladas por la misma mano que había dado forma a las paredes. El menguante movimiento de la luz fluía con una disciplina controlada, como las frases del discurso que daba voz a las facetas cambiantes de las paredes.

—Roark...

—¿Sí, querida?

—No..., nada...

Volvieron juntos al coche. Él llevaba cogida a Dominique por la muñeca.

12

La inauguración del templo Stoddard se anunció para la tarde del 1 de noviembre.

El agente de prensa había hecho un buen trabajo. La gente hablaba del evento, de Howard Roark, de la obra maestra arquitectónica que la ciudad esperaba.

La mañana del 31 de octubre, Hopton Stoddard volvió de su viaje alrededor del mundo. Ellsworth Toohey lo recibió en el muelle.

La mañana del 1 de noviembre, Hopton Stoddard hizo público un comunicado donde anunciaba que no habría inauguración. No se dio ninguna explicación.

La mañana del 2 de noviembre, el *Banner* publicó la columna «Una vocecita», de Ellsworth Toohey, titulada: «Sacrilegio». Decía lo siguiente:

Ha llegado la hora, dijo la morsa,
de hablar de muchas cosas:
de barcos —y zapatos— y Howard Roark,
y de repollos —y reyes—,
y de por qué el mar hierve,
y de si Roark tiene alas.

No es nuestra misión —parafraseando a un filósofo que no es de nuestro agrado— hacer de matamoscas, pero cuando una mosca adquiere delirios de grandeza, los mejores debemos rebajarnos a hacer un pequeño trabajo de exterminio.

Se ha hablado mucho últimamente de un tal Howard Roark. Puesto que la libertad de expresión es nuestra herencia sagrada e incluye la libertad de desperdiciar nuestro tiempo, no hay perjuicio alguno en hablar de ello, más allá de que uno pueda encontrar tareas más provechosas que hablar de un hombre que no parece tener otro mérito que el de construir un edificio que no se pudo terminar. No habría perjuicio, si lo ridículo no se hubiese vuelto trágico y fraudulento.

Howard Roark —como no sabrá la mayoría de ustedes, ni lo volverá a oír— es arquitecto. Hace un año, se le confió un encargo de extraordinaria responsabilidad. Se le encargó construir un gran edificio durante la ausencia del propietario, que creyó en él y le dio plena libertad de acción. Si la terminología de nuestro derecho penal se pudiese aplicar al ámbito del arte, tendríamos que decir que lo presentado por el señor Roark equivale a una malversación espiritual.

El señor Hopton Stoddard, el destacado filántropo, tenía la intención de presentar a la ciudad de Nueva York un templo a la religión, una catedral no sectaria que simbolizara el espíritu de la fe humana. Lo que el señor Roark ha construido para él podría ser un almacén, aunque no parece práctico. Podría ser un prostíbulo, que es lo más probable, si consideramos cierta decoración escultórica. Desde luego no es un templo.

Parece como si una deliberada malicia hubiese revertido en este edificio cualquier concepto característico de una estructura religiosa. En lugar de ser recogido y austero, este supuesto templo es completamente diáfano, como una taberna del viejo Oeste. En lugar de un espíritu de aflicción respetuosa, digno de un lugar donde uno contempla la eternidad y comprende el significado del hombre, este edificio tiene un carácter disoluto, de júbilo orgiástico. En lugar de líneas que se alcen al cielo, como requiere la propia naturaleza de un templo, como el símbolo de la búsqueda del hombre de algo más elevado que su pequeño ego, este edificio se jacta de su horizontalidad, con la panza hundida en el barro, declarando así su lealtad a lo carnal, glorificando los burdos placeres de la carne frente a los del espíritu. La estatua de un desnudo femenino en un lugar donde el hombre acude a elevarse habla por sí misma y no requiere más comentario.

Una persona que entra en un templo quiere liberarse de sí misma. Desea humillar su orgullo, confesar su indignidad, suplicar perdón. Lo consigue mediante un sentimiento de mísera humildad. La postura adecuada del hombre en la casa de Dios es la genuflexión. Nadie en su sano juicio se arrodillaría en el templo del señor Roark. El lugar lo prohíbe. Las emociones que sugiere son de un carácter distinto: arrogancia, audacia, desafío, autoexaltación. No es la casa de Dios, sino la celda de un megalómano. No es un templo, sino su perfecta antítesis, una insolente burla a todas las religiones. Podríamos calificarlo de pagano si no fuese porque los paganos tenían fama de ser buenos arquitectos.

Esta columna no defiende a ninguna confesión concreta, sólo la simple decencia que exige que respetemos las convicciones religiosas de nuestro prójimo. Nos vimos obligados a explicar a la opinión pública la naturaleza de este ataque deliberado a la religión. No podemos condonar un ultrajante sacrilegio.

Si pareciera que nos hemos olvidado de nuestra función como críticos de los valores puramente arquitectónicos, sólo podemos decir que la ocasión no invitaba a ello. Es un error ensalzar la mediocridad con cualquier intento de crítica seria. Nos parece recordar que Howard Roark construyó alguna que otra cosa, y que mostró la misma ineptitud, la misma cualidad chabacana de un aficionado con una ambición excesiva. Tal vez todos los hijos de Dios tengan alas, pero, por desgracia, no es el caso de todos los genios de Dios.

Y esto, amigos míos, es todo. Nos alegramos de haber terminado nuestros quehaceres de hoy. Lo cierto es que no disfrutamos escribiendo obituarios.

El 3 de noviembre, Hopton Stoddard interpuso una demanda contra Howard Roark por incumplimiento de contrato y mala praxis, y pidió una indemnización por daños y perjuicios: la suma necesaria para que otro arquitecto modificara el templo.

Había sido fácil persuadir a Hopton Stoddard. Había vuelto de su viaje impresionado por el espectáculo universal de la religión, en especial por las diversas formas en que la promesa del infierno se enfrentó a él en todo el mundo. Había llegado a la conclusión de que su vida le hacía merecer lo peor tras la muerte bajo cualquier doctrina religiosa. El viaje había sacudido la cordura que le quedaba. El personal del barco, en su viaje de vuelta, estaba seguro de que el anciano caballero estaba senil.

La tarde de su regreso, Ellsworth Toohey lo llevó a ver el templo. Toohey no dijo nada. Hopton Stoddard se quedó mirándolo, y Toohey oyó cómo la dentadura postiza de Stoddard rechinaba espasmódicamente. El lugar no se parecía a nada de lo que hubiera visto Stoddard en todo el mundo, ni a nada que se hubiese imaginado. No sabía qué pensar. Cuando miró desesperado a Toohey, como pidiéndole auxilio, los ojos de Stoddard parecían de gelatina. Esperó. En ese momento, Toohey podría haberlo convencido de cualquier cosa. Toohey habló, y le dijo lo que después escribió en su columna.

—¡Pero tú me dijiste que este Roark era bueno! —gimió Stoddard con pánico.

—Esperaba que fuese bueno —respondió fríamente Toohey.

—Pero, entonces ¿por qué?

—No lo sé —dijo Toohey, y su acusadora mirada dio a entender que había una culpa ominosa en todo aquello, y que la culpa era de Stoddard.

Toohey no dijo nada en la limusina en el trayecto de vuelta al apartamento de Stoddard, donde éste le rogaba que hablara. Toohey no respondió. El silencio aterró a Stoddard. En el apartamento, Toohey lo condujo a un sillón y se quedó de pie ante él, sombrío como un juez.

—Hopton, sé por qué ha pasado esto.

—Ah, ¿por qué?

—¿Se te ocurre alguna razón por la que debiera haberte mentido?

—No, por supuesto que no. Eres el mayor experto y el hombre vivo más honrado, y no lo entiendo, ¡es que no lo entiendo en absoluto!

—Yo sí. Cuando te recomendé a Roark, tenía todos los motivos para esperar, con lo mejor de mi honrado criterio, que presentaría una obra maestra. Pero no lo hizo. Hopton, ¿sabes qué poder puede trastocar todos los cálculos del hombre?

—¿Qué... qué poder?

—Dios ha elegido esta forma de rechazar tu ofrenda. No te consideró digno de ofrecerle un santuario. Supongo que puedes engañarme a mí, Hopton, y a todos los hombres, pero no puedes engañar a Dios. Sabe que tu historial es más negro de lo que yo había sospechado.

Siguió hablando un largo rato, con calma y serenidad, ante aquel ovillo horrorizado. Al final, dijo:

—Parece obvio, Hopton, que no puedes comprar el perdón empezando por arriba. Sólo los puros de corazón pueden construir un templo. Debes cruzar senderos de expiación más humildes antes de llegar a ese estadio. Debes desagraviar a tu prójimo antes de poder desagraviar a Dios. Este edificio no pretendía ser un templo, sino una institución para la caridad humana. Como, por ejemplo, un hogar para los niños con discapacidad mental.

Hopton Stoddard no quería asumir ese compromiso.

—Más tarde, Ellsworth, más tarde —gimió—. Dame tiempo.

Accedió a demandar a Roark, como le sugirió Toohey, para recuperar los costes de las modificaciones necesarias, que decidiría más tarde cuáles serían.

—Que no te sorprenda nada de lo que diga o escriba sobre esto —le dijo Toohey al marcharse—. Me veré obligado a fingir algunas cosas que no son del todo ciertas. Debo proteger mi propia reputación de una catástrofe de la que tienes tú la culpa, no yo. Sólo recuerda que has jurado no revelar jamás quién te aconsejó contratar a Roark.

Al día siguiente, apareció «Sacrilegio» en el *Banner*, y con ello puso la mecha. El anuncio de la demanda de Stoddard la encendió.

Nadie se habría visto impelido a emprender una causa por un edificio, pero se había atacado a la religión, y el agente de prensa había preparado demasiado bien el terreno: los resortes de la atención pública habían sido heridos, y mucha gente pudo aprovecharse de ello.

El clamor de indignación que se levantó contra Howard Roark y su templo asombró a todos, excepto a Ellsworth Toohey. Los clérigos condenaron el edificio en sus sermones. Los clubes de mujeres aprobaron resoluciones de protesta. Un Comité de Madres publicó en la página ocho de los periódicos una petición donde berreaban algo sobre la protección de sus hijos. Una actriz famosa escribió un artículo sobre la unidad esencial de todas las artes, explicó que el templo Stoddard no tenía ningún sentido de la articulación estructural y habló de la época en que hizo de María Magdalena en un gran drama bíblico. Una dama de la alta sociedad escribió un artículo sobre los exóticos templos que había visto en sus peligrosos viajes a la selva, alabó la conmovedora fe de los salvajes y reprochó al hombre moderno su cinismo; el templo Stoddard, dijo, era un síntoma de debilidad y decadencia. El artículo iba ilustrado con una imagen de ella, vestida con pantalones bombachos y su esbelto pie sobre el cuello de un león muerto. Un profesor universitario escribió una carta al director sobre sus experiencias espirituales, y afirmó que no podría haberlas experimentado en un lugar como el templo Stoddard. Kiki Holcombe escribió una carta al director en la que explicaba sus puntos de vista sobre la vida y la muerte.

La Asociación de Arquitectos de Estados Unidos emitió un solemne comunicado donde tildaba el templo de fraude espiritual y artístico. El Consejo de Constructores de Estados Unidos, el de Escritores y el de Artistas lanzaron comunicados similares, con menos solemnidad y un lenguaje más callejero. Nadie había oído hablar de ellos, pero eran consejos y tenían que hacer notar su voz. Un hombre le decía a otro: «¿Sabes que el Consejo de Constructores de Estados Unidos ha dicho que este templo es un pedazo de callo arquitectónico?», con un tono que daba a entender que se codeaba con lo mejor del mundo del arte. El otro no quería responder que no había oído hablar de dicha asociación, pero respondía: «Esperaba que lo dijeran. ¿Tú no?».

Hopton Stoddard recibió tantas cartas de solidaridad que empezó a ponerse bastante contento. Nunca había sido famoso antes. Ellsworth tenía razón, pensó; sus hermanos lo estaban perdonando. Ellsworth siempre tenía razón.

Los mejores periódicos se olvidaron del asunto al cabo de un tiempo. Pero el *Banner* siguió con él. Había sido una bendición para el *Banner*. Gail Wynand siempre estaba fuera, navegando en su yate por el océano Índico, y Alvah Scarret necesitaba una causa. Ésta le iba bien. Ellsworth Toohey no necesitaba hacer sugerencias: Scarret se lanzó él solo a aprovechar la oportunidad.

Escribió sobre el declive de la civilización y deploró la pérdida de la fe sencilla. Patrocinó un concurso de ensayos para estudiantes de instituto sobre este tema: «Por qué voy a la iglesia». Publicó una serie de artículos ilustrados sobre «Las iglesias de nuestros hijos». Publicó fotografías de esculturas religiosas a lo largo de las épocas —la esfinge, las gárgolas, los tótems— y dio un lugar destacado a las imágenes de la estatua de Dominique, con sus correspondientes e indignados pies de foto, pero sin mencionar el nombre de la modelo. Publicó caricaturas de Roark que lo mostraban como un bárbaro, con una piel de oso y una maza. Escribió muchas cosas ingeniosas sobre la torre de Babel, que no podía alcanzar el cielo, y sobre Ícaro, que se desplomó con sus alas de cera.

Ellsworth Toohey permaneció a la expectativa. Hizo dos pequeñas sugerencias: en el archivo del *Banner* encontró una fotografía de Roark en la inauguración de la casa Enright, la fotografía del rostro de un hombre en un momento de exaltación, como publicó el *Banner*, con este pie: «¿Satisfecho, don Superhombre?». Hizo que Stoddard abriera el templo al público mientras esperaba al juicio por su demanda. El templo atrajo a multitudes de personas que dejaban dibujos obscenos e inscripciones en el pedestal de la estatua de Dominique.

Unos pocos iban a mirar y a admirar el edificio en silencio. Pero eran de los que no tomaban parte en los asuntos públicos. Austen Heller escribió un furioso artículo en defensa de Roark y del templo, pero él no era una autoridad en la arquitectura o la religión, y el artículo se ahogó en la tormenta.

Howard Roark no hizo nada.

Le pidieron que hiciera declaraciones, y se presentó un grupo de reporteros en su oficina. Habló sin rabia. Dijo:

—No puedo decirle a nadie nada sobre mi edificio. Si preparase un revoltijo de palabras para rellenar el cerebro de los demás, sería un insulto hacia ellos y hacia mí. Pero me alegro de que hayan venido. Sí tengo algo que decir. Quiero pedirles a todas las personas interesadas en esto que vayan a ver el edificio, que lo miren y que después utilicen sus propias palabras, si se molestan en hablar.

El *Banner* publicó así la entrevista: «El señor Roark, que parece ser un sabueso de la publicidad, recibió a los reporteros con aires de insolencia presuntuosa, y afirmó que la mente del público es un revoltijo. Optó por no hacer declaraciones, pero parecía ser muy consciente de las perspectivas publicitarias de la ocasión. Lo único que le importaba, explicó, era que su edificio lo viera el mayor número posible de gente».

Roark se negó a contratar a un abogado para que lo representara en el juicio que se iba a celebrar. Dijo que se ocuparía él mismo de su defensa y se negó a explicar cómo tenía previsto enfocarla, a pesar de las enojadas protestas de Austen Heller.

—Austen, hay algunas reglas y estoy perfectamente dispuesto a obedecerlas. Estoy dispuesto a llevar el tipo de ropa que todo el mundo lleva, a comer la misma comida y a usar el mismo metro. Pero hay algunas cosas que no puedo hacer a su manera, y ésta es una de ellas.

—¿Qué sabes tú de juzgados y de derecho? Va a ganar.

—A ganar qué.

—Su pleito.

—¿Tiene alguna importancia el pleito? No hay nada que yo pueda hacer para impedirle tocar el edificio. Es suyo. Puede borrarlo de la faz de la tierra o hacer una fábrica de pegamento con él. Puede hacerlo, gane yo ese pleito o lo pierda.

—Pero se quedará con tu dinero para hacerlo.

—Sí, quizá se quede con mi dinero.

Steven Mallory no hizo ningún comentario sobre nada, pero tenía la misma cara que la noche que Roark lo vio por primera vez.

—Steve, hablemos de ello, si te lo hace más fácil —le dijo Roark una noche.

—No hay nada de que hablar —respondió con indiferencia Mallory—. Te dije que no creía que te dejaran sobrevivir.

—Sandeces. No hay derecho a que temas por mí.

—No temo por ti. ¿Para qué serviría? Es otra cosa.

Días después, apoyado en el alféizar de la ventana de la habitación de Roark, mirando a la calle, Mallory dijo de pronto:

—Howard, ¿recuerdas cuando te hablé sobre aquel animal que temía? No sé nada sobre Ellsworth Toohey. Nunca lo había visto antes cuando le disparé. Sólo había leído lo que escribe. Howard, le disparé porque creo que él lo sabe todo sobre ese animal.

Dominique fue a la habitación de Roark la tarde en que Stoddard anunció su demanda. No dijo nada. Puso su bolso debajo de la mesa y se quitó los guantes despacio, como si quisiera prolongar la intimidad de un gesto cotidiano allí, en su habitación. Se miró los dedos. Después levantó la cabeza. Su cara decía que era consciente del peor sufrimiento de Roark, y que también era suyo y que quería llevarlo así, fríamente, sin pedir palabras que lo mitigaran.

—Te equivocas —dijo él. Siempre podían hablar así entre ellos, continuar una conversación que no había empezado—. No me siento así —dijo con suavidad.

—No quiero saberlo.

—Quiero que lo sepas. Lo que estás pensando es mucho peor que la realidad. No creo que me importe que lo vayan a destruir. Quizá duela tanto que ni siquiera sé que me duele. Pero no lo pienso. Si quieres cargar con eso por mí, no cargues más que yo. No soy capaz de sufrir completamente. Nunca lo he hecho. Sólo llega hasta cierto punto, donde se para. Mientras exista un punto intacto, no es un verdadero dolor. No debes verlo así.

—¿Dónde se para?

—Donde no puedo pensar en nada ni sentir nada salvo que yo he diseñado el templo. Yo lo construí. Ninguna otra cosa parece muy importante.

—No deberías haberlo construido. No deberías haberlo entregado a la clase de cosa que están haciendo.

—Eso no importa. Ni siquiera que lo vayan a destruir. Sólo que haya existido.

Ella sacudió la cabeza, y dijo:

—¿Ves lo que te estaba ahorrando cuando te quité aquellos encargos? Para no darles el derecho a hacerte esto... Ningún derecho a vivir en un edificio tuyo... Ningún derecho a tocarte... de ninguna manera...

Cuando Dominique entró en el despacho de Toohey, él sonrió; era una sonrisa acogedora y entusiasta, inesperadamente sincera. Se olvidó de controlarla mientras sus cejas se arrugaban con decepción: por un instante, el ceño fruncido y la sonrisa convivieron de forma ridícula. Estaba decepcionado porque no era su típica entrada dramática; no vio enfado, ni burla. Entró como una bibliotecaria que iba a hacer un recado.

—¿Qué te propones conseguir con esto? —preguntó Dominique.

Él intentó recuperar el regocijo de su atípica contienda. Dijo:

—Siéntate, querida. Estoy encantado de verte. Franca e irremediablemente encantado. Sí que te has tomado tu tiempo. Te esperaba mucho antes. He recibido tantos cumplidos por ese articulito mío que, la verdad, no me divertí nada. Quería saber qué piensas tú.

—¿Qué te propones conseguir con esto?

—Oye, cariño, espero que no te haya importado lo que dije sobre esa inspiradora estatua tuya. Pensé que comprenderías que no pudiese dejar pasar eso.

—¿Cuál es el propósito de la demanda?

—Ah, bien, quieres hacerme hablar. Y yo que quería oírte a ti. Pero medio placer es mejor que nada. Quiero hablar. Te he esperado con mucha impaciencia. Pero sí querría que te sentaras, estaré más cómodo... ¿No? Bueno, como prefieras, mientras no salgas corriendo... ¿La demanda? Bueno, ¿no es evidente?

—¿Cómo vas a pararlo con esto? —preguntó ella, con el tono que se emplearía para recitar una lista de estadísticas—. No probará nada, gane o pierda. Todo este asunto es sólo una juerga para un montón de patanes..., asquerosa, pero sinsentido. No creo que tú pierdas tu tiempo con bombas fétidas. Todo esto estará olvidado antes de Navidad.

—¡Dios mío, debo de ser un fracaso! Nunca me consideré tan mal maestro. ¡Que hayas aprendido tan poco en dos años de estrecha colaboración conmigo! Es verdaderamente desalentador. Puesto que eres la mujer más inteligente que conozco, la culpa debe de ser mía. Bueno, a ver, sí has aprendido una cosa: que yo no pierdo el tiempo. Correcto, no lo hago. Y sí, querida, todo estará olvidado para Navidad. Y, mira, ésa será la hazaña. Uno puede luchar por una causa viva, pero no puedes luchar por una causa muerta. Las causas muertas, como todas las cosas muertas, no desaparecen, pero queda su materia descompuesta. Lo más desagradable que podría llevar tu nombre. El señor Hopton Stoddard caerá en el olvido absoluto. El templo caerá en el olvido. La demanda caerá en el olvido. Pero esto es lo que quedará: «¿Howard Roark? ¡Pero hombre! ¿Cómo puedes confiar en un hombre así? Es enemigo de la religión. Es completamente inmoral. Antes de que te hayas dado cuenta, te habrá estafado con los costes de construcción»; «¿Roark? No es bueno, fíjate que un cliente tuvo que demandarlo porque hizo una enorme chapuza de edificio»; «¿Roark? ¿Roark? Espera un momento, ¿no es ése el tipo que salió en todos los periódicos por algún lío? Pero ¿por qué fue? Algún tipo de sucio escándalo, el propietario del edificio..., creo que era algo que iba contra la decencia pública... En todo caso, el propietario tuvo que demandarlo. ¿Y para qué, cuando hay tantos arquitectos decentes para elegir?». Lucha contra eso, querida. Cuéntame la forma de luchar contra eso. En especial cuando no tienes más armas que tu ingenio, que no es un arma, sino un gran lastre.

Dominique lo miraba decepcionada. Escuchó con paciencia, con una mirada impasible que no se convertía en ira. Estaba de pie, delante de su mesa, recta y contenida, como un centinela bajo una tormenta que sabe que tiene que aguantar y permanecer allí, aunque ya no pueda soportarlo.

—Creo que quieres que siga —dijo Toohey—. Ahora ya sabes cuál es la peculiar eficacia de una causa muerta. No puedes salirte de ahí con palabras, no puedes explicarlo, no puedes defenderte. Nadie quiere escuchar. Ya es bastante difícil alcanzar la fama, pero es imposible cambiar su naturaleza una vez que la has alcanzado. No, nunca puedes arruinar a un arquitecto demostrando que es un mal arquitecto. Pero puedes arruinarlo demostrando que es ateo, o porque alguien lo ha demandado, o porque se acostó con una determinada mujer, o porque les arranca las alas a las mariposas. ¿Que eso no tiene sentido, dirás? Por supuesto que no lo tiene. Por eso funciona. La razón se puede combatir con la razón. ¿Cómo vas a combatir lo irracional? Tu problema, querida, y de la mayoría de la gente, es que no tienes el suficiente respeto a lo absurdo. Lo absurdo es el principal factor de nuestras vidas. No tienes ninguna posibilidad, si es tu enemigo. Pero si puedes convertirlo en tu aliado... ¡ah, querida...! Mira, Dominique, dejaré de hablar en cuanto des señales de estar asustada.

—Sigue —dijo ella.

—Creo que ahora deberías hacerme una pregunta, ¿o tal vez no quieres ser obvia y piensas que debo figurarme yo mismo la pregunta? Creo que tienes razón. La pregunta es por qué elegí a Howard Roark. Porque, citando mi propio artículo, mi función no es hacer de matamoscas. Cito ahora esto con un significado un poco distinto, pero lo pasaremos por alto. Además, esto me ha ayudado a conseguir lo que quería de Hopton Stoddard, que es sólo un pequeño asunto colateral, una pura bagatela casual. Lo principal, en todo caso, es que todo el asunto ha sido un experimento. Sólo una escaramuza de prueba, podríamos decir. Los resultados son de lo más satisfactorio. Si no estuvieses involucrada, serías la única persona que podría apreciar el espectáculo. En realidad, ya sabes que he hecho muy poco, si consideras la magnitud de lo que le siguió. ¿No te parece interesante ver una inmensa y compleja maquinaria, como nuestra sociedad, con todas las palancas, correas y engranajes conectados, como si hiciera falta un ejército para manipularla, y resulta que si aprietas con tu meñique en un punto, el único punto vital, el centro de toda su gravedad, puedes hacer que todo eso se desmorone y se convierta en un montón de chatarra sin ningún valor? Se puede hacer, querida. Pero lleva mucho tiempo. Lleva siglos. Yo tengo la ventaja de contar con muchos expertos que me precedieron. Creo que seré el último y el único con éxito de ese linaje, porque, aunque no soy más hábil de lo que fueron ellos, puedo ver con más claridad qué estamos persiguiendo. Sin embargo, eso es una abstracción. Si hablamos de la realidad concreta, ¿no te parece divertido mi pequeño experimento? A mí, sí. Por ejemplo, ¿te das cuenta de que todas las personas equivocadas están en los lugares equivocados? Alvah Scarret, los profesores universitarios, los directores de los periódicos, las respetables madres y las cámaras de comercio deberían haber salido corriendo en defensa de Howard Roark, si valoran sus propias vidas. Pero no lo hicieron. Están apoyando a Hopton Stoddard. Del otro lado, oigo que un grupo de chalados radicales, izquierdistas de poca monta, que se hacen llamar La Nueva Liga del Arte Proletario, trataron de recabar apoyos para Howard Roark, dijeron que era una víctima del capitalismo, cuando tendrían que haber sabido que era a Hopton Stoddard a quien debían haber defendido. Roark, por cierto, tuvo el buen juicio de negarse. Él lo entiende. Tú lo entiendes. Yo lo entiendo. No muchos más. Oh, vaya. La chatarra tiene su utilidad.

Ella se dio la vuelta para salir del despacho.

—Dominique, no pensarás irte. —Parecía dolido—. ¿No vas a decir nada? ¿Nada en absoluto?

—No.

—Dominique, me estás fallando. ¡Con lo mucho que te he esperado! Soy una persona muy autosuficiente, por norma, pero sí necesito público de vez en cuando. Eres la única persona con la que puedo ser yo mismo. Supongo que es porque me desprecias tanto que nada de lo que diga tendrá efecto alguno. Mira, lo sé, pero no me importa. Además, los métodos que utilizo con otras personas nunca funcionarían contigo. Aunque parezca extraño, sólo lo hará mi sinceridad. ¿Para qué demonios sirve una talentosa hazaña si nadie sabe que la has logrado? Tu viejo yo me diría, en este momento, que es la psicología del asesino que ha perpetrado el crimen perfecto y después confiesa porque no puede soportar la idea de que nadie sepa que es un crimen perfecto. Y yo respondería que tienes razón. Quiero un público. Ése es el problema de las víctimas, que ni siquiera saben que son víctimas, que es como debe ser, pero después se vuelve monótono y se pierde la mitad de la gracia. Tú eres una pieza rara: una víctima que puede apreciar el arte de su propia ejecución... ¡Por Dios santo, Dominique! ¿Te marchas cuando prácticamente te estoy rogando que te quedes?

Ella puso la mano sobre el pomo. Él se encogió de hombros y volvió a sentarse.

—De acuerdo —dijo Toohey—. Por cierto, no intentes comprar a Hopton Stoddard. Ahora mismo está comiendo de mi mano. No venderá.

Ella abrió la puerta, pero se detuvo y la volvió a cerrar.

—Ah, sí —continuó Toohey—, por supuesto que sé lo que has intentado. Es inútil. No eres tan rica. No tienes dinero suficiente para comprar ese templo y no podrías recaudarlo tampoco. Además, Hopton no va a aceptar ningún dinero de ti para pagar las modificaciones. También sé que se lo has ofrecido. Lo quiere de Roark. Por cierto, no creo que a Roark le gustara saber lo que has intentado.

Toohey sonrió de un modo que exigía una protesta. La cara de Dominique no respondió. Se giró de nuevo hacia la puerta.

—Sólo una pregunta más, Dominique. El abogado del señor Stoddard quiere saber si te puede citar como testigo, como experta en arquitectura. ¿Doy por sentado que testificarás por la parte demandante?

—Sí, testificaré por la parte demandante.

El proceso de Hopton Stoddard contra Howard Roark empezó en febrero de 1931.

El juzgado estaba tan lleno que las reacciones de la concurrencia sólo se manifestaban en el lento movimiento que iba recorriendo las cabezas; era una onda parsimoniosa, como las arrugas de la densa piel de un lobo marino.

La muchedumbre formaba una masa parda con vetas de colores apagados, y parecía una tarta de frutas de todas las artes, recubierta con la crema rica y espesa de la Asociación de Arquitectos de Estados Unidos. Había hombres distinguidos y bien vestidos y mujeres con los labios apretados; cada mujer parecía sentirse propietaria del arte practicado por sus acompañantes, un monopolio protegido de las miradas resentidas de los demás. Casi todo el mundo conocía a casi todo el mundo. En la sala había un ambiente congresual, de gala de apertura y de pícnic familiar. Había un sentimiento: «nuestro grupo», «nuestros chicos», «nuestro espectáculo».

Steven Mallory, Austen Heller, Roger Enright, Kent Lansing y Mike se sentaron juntos en una esquina. Intentaron no mirar a su alrededor. A Mike le preocupaba Steven Mallory. Se mantuvo cerca de él. Insistió en sentarse a su lado y le echaba una ojeada cada vez que les llegaba algún trozo de conversación particularmente ofensivo. Finalmente, Mallory se dio cuenta, y dijo:

—No te preocupes, Mike. No voy a gritar y no voy a disparar a nadie.

—Vigila las tripas, chico, sólo vigila las tripas. Un hombre no puede descomponerse sólo porque tenga que hacerlo —dijo Mike.

—Mike, ¿te acuerdas de la noche que nos quedamos hasta tan tarde, que era casi de día, y el coche de Dominique se quedó sin gasolina, y no había autobuses, y todos decidimos ir a pie a casa, y el sol ya estaba en los tejados cuando el primero llegó a casa?

—Correcto. Tú piensa en eso, y yo pensaré en la cantera de granito.

—¿Qué cantera de granito?

—Es algo que me sentó muy mal una vez, pero luego resultó que no tuvo ninguna importancia, a la larga.

Tras las ventanas, el cielo estaba blanco y liso como el vidrio esmerilado. La luz parecía provenir de la nieve acumulada en los tejados y las cornisas, una luz antinatural que hacía que todo dentro de la sala pareciera desnudo.

El juez, sentado y encorvado en su alto estrado, parecía dormitar. Tenía una cara grande y arrugada, lo que le daba un aire virtuoso. Tenía levantadas las manos a la altura del pecho, unidas por las yemas de los dedos. Hopton Stoddard no estaba presente. Lo representaba su abogado, un apuesto caballero, alto y serio como un embajador.

Roark estaba sentado solo a la mesa de la defensa. La muchedumbre lo había mirado fijamente y se había rendido, irritada, al no verse satisfecha. No parecía destruido ni desafiante. Parecía impersonal y tranquilo. Su actitud no era la de un personaje público en un lugar público, sino la de un hombre que está a solas en su habitación, escuchando la radio. No llevaba notas, ni había papeles en su mesa, sólo un sobre grande marrón. La multitud le habría perdonado cualquier cosa, salvo que un hombre pudiera mantener la normalidad bajo las vibraciones de su enorme desprecio colectivo. Algunos se habían preparado para compadecerse de él. Todos lo odiaron al cabo de unos minutos.

El abogado de la parte demandante expuso sus argumentos con un simple discurso de apertura. Era cierto, admitió, que Hopton Stoddard le había dado a Roark plena libertad para diseñar y construir el templo. La cuestión era, sin embargo, que el señor Stoddard había especificado claramente que esperaba un templo, y el edificio en cuestión no podía considerarse un templo bajo ningún parámetro conocido, como se propuso demostrar el abogado con la ayuda de las mejores autoridades en la materia.

Roark renunció a su derecho a hacer una declaración inicial al jurado.

Ellsworth Monkton Toohey fue el primer testigo llamado a declarar por la parte demandante. Se sentó en el borde de la silla de los testigos y se inclinó hacia atrás, apoyado en la rabadilla: levantó una pierna y la cruzó en horizontal sobre la otra. Parecía entretenido, aunque se las arreglaba para dar la impresión de que era una protección muy cultivada para no parecer aburrido.

El abogado le hizo una larga lista de preguntas sobre sus méritos profesionales al señor Toohey, entre ellas el número de ejemplares vendidos de su libro *Sermones en piedra*. Después leyó en alto el artículo de Toohey titulado «Sacrilegio», y le pidió que declarara si lo había escrito él mismo. Toohey declaró que sí. Después siguió una lista de preguntas en términos eruditos sobre los méritos arquitectónicos del templo. Toohey afirmó que no tenía ninguno. Después le siguió un repaso histórico. Toohey, que habló con sencillez y naturalidad, hizo un breve esbozo de todas las civilizaciones conocidas y sus extraordinarios monumentos religiosos —desde los incas a los fenicios y los rapanuis—, e incluyó, siempre que le fue posible, las fechas en que se empezaron a construir estos monumentos y las fechas en que se terminaron, la cantidad de mano de obra empleada en su construcción y su coste aproximado en dólares actuales. El público escuchó embobado.

Toohey afirmó que el templo Stoddard contradecía cualquier ladrillo, piedra y precepto de la historia.

—Me he esforzado por demostrar —dijo para terminar— que las dos cosas imprescindibles en el concepto de un templo son un sentido de asombro reverencial y un sentido de humildad humana. Hemos señalado las gigantescas proporciones de los edificios religiosos, las líneas encumbradas, los horribles, grotescos y monstruosos dioses o, más tarde, las gárgolas. Todo tiende a imprimir en el hombre su esencial insignificancia, a aplastarlo por su simple magnitud, a imbuirlo del terror sagrado que conduce a la docilidad de la virtud. El templo Stoddard es una descarada negación de todo nuestro pasado, un insolente «no» arrojado a la cara de la historia. Podría aventurarme a adivinar la razón por la que este juicio ha despertado tanto interés en la opinión pública. Todos hemos reconocido de manera instintiva que esto afecta a una cuestión moral que va mucho más allá de sus aspectos jurídicos. Este edificio es un monumento a un profundo odio a la humanidad. Es el ego de un hombre que desafía a los impulsos más sagrados de toda la humanidad, ¡de cualquier persona común, de cualquier persona en esta sala!

No se trataba de un testigo en un tribunal, sino de Ellsworth Toohey dando un discurso en un mitin, y la reacción fue inevitable: el público estalló en aplausos. El juez usó su mazo y amenazó con evacuar la sala. Se restableció el orden, pero no las caras de la multitud, que siguieron reflejando una lasciva arrogancia virtuosa. Resultaba grato ser nombrado e incorporado a la causa como la parte damnificada. Las tres cuartas partes de ellos no habían visto nunca el templo Stoddard.

—Gracias, señor Toohey —dijo el abogado, con una leve inclinación. Después se volvió hacia Roark y dijo con delicada cortesía:

—Su turno.

—No hay preguntas —dijo Roark.

Ellsworth Toohey levantó una ceja y bajó del estrado con pesar.

—¡Señor Peter Keating! —llamó el abogado.

Keating tenía muy buena cara, fresca, como si hubiera dormido muy bien la noche anterior. Subió al estrado de los testigos con una especie de entusiasmo colegial, balanceando los hombros y los brazos sin necesidad. Prestó juramento y respondió animado a las primeras preguntas. Su postura en el asiento de los testigos era extraña: tenía el torso inclinado a un lado con presuntuosa displicencia, y un codo apoyado en el brazo de la silla, pero los pies estaban firmemente plantados en el suelo, rectos, y las rodillas muy apretadas. No miró en ningún momento a Roark.

—¿Podría citar, por favor, algunos de los edificios más destacados que ha diseñado usted, señor Keating? —preguntó el abogado.

Keating empezó con una lista de nombres impresionantes. Los primeros le salieron muy rápido, y después empezó a ir cada vez más lento, como si quisiera parar. El último murió en el acto, inacabado.

—¿No se está olvidando del más importante, señor Keating? ¿No diseñó usted el edificio Cosmo-Slotnick? —preguntó el abogado.

—Sí —murmuró Keating.

—Bien, señor Keating, ¿estudió usted en el Instituto Tecnológico de Stanton durante el mismo período que el señor Roark?

—Sí.

—¿Qué puede decirnos del paso del señor Roark por allí?

—Lo expulsaron.

—¿Lo expulsaron porque fue incapaz de cumplir con las elevadas exigencias de ese instituto?

—Sí. Sí, así fue.

El juez miró a Roark. Un abogado habría protestado por considerar el testimonio irrelevante. Roark no protestó.

—En aquella época, ¿pensaba que él mostraba algún talento para el oficio de la arquitectura?

—No.

—¿Podría, por favor, hablar un poco más alto, señor Keating?

—No... pensaba que tuviera ningún talento.

Le estaban ocurriendo cosas extrañas a la puntuación oral de Keating: algunas palabras las pronunciaba de manera muy tajante, como si colocara un signo de exclamación detrás de cada una; otras le salían juntas, como si no se quisiera detener para no oírlas. No miró al abogado y mantuvo los ojos en el público. A veces, parecía un chaval que venía de una juerga, un chaval que acababa de dibujarle un bigote a una bella joven de algún anuncio de dentífrico en el metro. Después, parecía como si le estuviese suplicando apoyo a la multitud, como si lo estuviesen juzgando a él ante ellos.

—¿En una ocasión le dieron trabajo al señor Roark en su oficina?

—Sí.

—¿Y se vieron obligados a despedirlo?

—Sí..., lo hicimos.

—¿Por su incompetencia?

—Sí.

—¿Qué puede decirnos de la carrera posterior del señor Roark?

—Bueno, ya sabe, «carrera» es un término muy relativo. Por volumen de logros, cualquier dibujante de nuestra oficina ha hecho más que el señor Roark. A uno o dos edificios no lo llamamos carrera. Nosotros construimos eso cada mes, más o menos.

—¿Podría darnos su opinión profesional sobre su trabajo?

—Bueno, creo que es inmaduro. Muy deslumbrante, incluso bastante interesante, a veces, pero en esencia, adolescente.

—Entonces ¿el señor Roark no puede ser considerado un verdadero arquitecto?

—No en el sentido en el que hablamos del señor Ralston Holcombe, el señor Guy Francon o el señor Gordon Prescott, no. Pero, por supuesto, quiero ser justo. Creo que el señor Roark tiene posibilidades muy definidas, en particular en los problemas de pura ingeniería. Podría llegar a ser algo. He intentado hablar con él sobre ello, he intentado ayudarlo, sinceramente. Pero era como hablar con una de sus piezas de hormigón armado. Sabía que llegaría a algo como esto. No me sorprendió cuando me enteré de que al final un cliente había tenido que demandarlo.

—¿Qué nos puede decir sobre la actitud del señor Roark hacia sus clientes?

—Bueno, ésa es la cuestión. Ésa es justo la cuestión. A él no le importa lo que piensen o quieran los clientes, lo que nadie en el mundo piense o quiera. Ni siquiera comprende que a otros arquitectos les pueda importar. No admite eso, ni siquiera comprensión, ni siquiera lo suficiente para... mostrar un poco de respeto. No veo qué tiene de malo intentar complacer a la gente. No veo qué tiene de malo querer ser cordial y caerle bien a la gente y ser popular. ¿Por qué es eso un crimen? ¿Por qué te despreciaría alguien por eso, despreciarte todo el tiempo, todo el tiempo, día y noche, sin darte un momento de paz, como la tortura de la gota china, ya sabe, cuando te vierten agua en la cabeza gota a gota?

La gente del público empezó a darse cuenta de que Peter Keating estaba borracho. El abogado frunció el ceño. Habían ensayado el testimonio, pero se estaba descarrilando.

—Bien, ahora, señor Keating, quizá sería mejor que nos hablara de la opinión del señor Roark sobre la arquitectura.

—Se lo diré, si lo quiere saber. Piensa que deberían quitarse los zapatos y arrodillarse para hablar de arquitectura. Eso es lo que piensa. Pero ¿por qué debería hacerlo? ¿Por qué? Es un negocio como otro cualquiera, ¿no? ¿Qué tiene de sagrado, maldita sea? ¿Por qué tiene que entusiasmarnos a todos? Sólo somos hombres. Queremos ganarnos la vida. ¿Por qué las cosas no pueden ser simples y fáciles? ¿Por qué tenemos que ser una especie de malditos héroes divinos?

—Bueno, bueno, señor Keating, creo que nos estamos desviando ligeramente del tema. Nosotros...

—No, nosotros no. Sé de lo que hablo. Y usted también. Todos lo saben. Todos los que están aquí. Estoy hablando sobre el templo, ¿no se dan cuenta? ¿Por qué elegir a un demonio para construir un templo? Sólo se debería elegir a un tipo de hombre muy humano para hacerlo. Un hombre que comprende... y perdona. Un hombre que perdona... Para eso vas a la iglesia, para ser... perdonado...

—Sí, señor Keating, pero hablando del señor Roark...

—¿Qué pasa con el señor Roark? No es arquitecto. No es bueno. ¿Por qué debería darme miedo decir que no es bueno? ¿Por qué lo temen todos?

—Señor Keating, si no se encuentra bien y quiere retirarse...

Keating lo miró, como si se despertara. Intentó controlarse. Al cabo de un rato, dijo, con la voz aplanada, resignado:

—No. Estoy bien. Les diré lo que quieran. ¿Qué es lo que quieren que les diga?

—¿Podría explicarnos, en términos profesionales, su opinión sobre el edificio conocido como el templo Stoddard?

—Sí, cómo no. El templo Stoddard... El plano del templo Stoddard no está debidamente articulado, lo que conduce a una confusión espacial. No hay un equilibrio entre las masas. Carece del sentido de simetría. Sus proporciones son inadecuadas. —Hablaba con monotonía, con el cuello rígido, se estaba esforzando para que no se le cayera hacia delante—. Es desproporcionado, y contradice los principios fundamentales de la composición. El efecto que produce es...

—Más alto, por favor, señor Keating.

—El efecto que produce es el de la vulgaridad y el analfabetismo arquitectónico. Demuestra que no hay ningún sentido de la estructura, ningún instinto para la belleza, ninguna imaginación creativa, ninguna... —Cerró los ojos—. Ninguna integridad artística...

—Gracias, señor Keating. Eso es todo.

El abogado se volvió hacia Roark y dijo nervioso:

—Su turno.

—No hay preguntas —dijo Roark.

Eso puso fin al primer día de juicio.

Aquella noche, Mallory, Heller, Mike, Enright y Lansing se encontraron en la habitación de Roark. No se habían consultado unos a otros, pero fueron todos allí, llevados por el mismo sentimiento. No hablaron sobre el juicio, pero no había tensión ni hicieron ningún esfuerzo consciente por evitar el tema. Roark se sentó a su mesa de dibujo y habló con ellos sobre el futuro de la industria del plástico. Mallory soltó de pronto una carcajada, sin motivo aparente.

—¿Qué pasa, Steve? —preguntó Roark.

—Sólo pensé... Howard, vinimos todos aquí a ayudarte, a animarte. Pero eres tú el que nos estás ayudando a nosotros. Estás dando apoyo a tus apoyos, Howard.

Aquella noche, Peter Keating la pasó echado en la mesa de una taberna clandestina, con el brazo alargado y la cara apoyada en él.

Durante los dos días siguientes, declararon varios testigos por la parte demandante. Cada interrogatorio empezó con preguntas orientadas a exponer los logros profesionales de los testigos. El abogado los iba guiando con sus preguntas, como un experto agente de prensa. Austen Heller dijo que los arquitectos deberían luchar por el privilegio de ser llamados al estrado de los testigos, porque suponía una abundante publicidad en un oficio normalmente silencioso.

Ninguno de los testigos miró a Roark. Él los miraba, escuchaba los testimonios y, en su turno, decía a cada uno: «No hay preguntas».

En el estrado, Ralston Holcombe, con una vaporosa corbata y un bastón dorado, tenía el aspecto de un gran duque o un músico que tocara en las terrazas de las cervecerías. Su testimonio fue largo y académico, pero se podría resumir así:

—Es todo absurdo. Es todo absurdamente pueril. No puedo decir que sienta mucha simpatía por el señor Hopton Stoddard. Debería haberse informado mejor. Es un hecho científico que el estilo arquitectónico del Renacimiento es el único apropiado para nuestra época. Si los mejores, como el señor Stoddard, se niegan a reconocer esto, ¿qué se puede esperar de toda esa clase de advenedizos y aspirantes a arquitectos y del populacho en general? Se ha demostrado que el Renacimiento es el único estilo permisible para todas las iglesias, templos y catedrales. ¿Qué se piensa de sir Christopher Wren? Se ríen de él. Y recuerden el mayor monumento religioso de todos los tiempos, la basílica de San Pedro, en Roma. ¿Van a mejorar la de San Pedro? Y si el señor Stoddard no insiste específicamente en el Renacimiento, ha tenido justo lo que merecía. Ha recibido su justo merecido.

Gordon L. Prescott llevaba un suéter de cuello vuelto bajo una chaqueta de tartán, unos pantalones de *tweed* y unos pesados zapatos de golf. Dijo:

—La correlación entre lo trascendental y lo puramente espacial en el edificio del que hablamos es un absoluto disparate. Si tomamos lo horizontal como unidimensional, lo vertical como bidimensional, lo diagonal como tridimensional y la interpenetración de los espacios como tetradimensional, pues la arquitectura es un arte tetradimensional, podemos ver muy fácilmente que este edificio es homoloidal, o llano, dicho en lenguaje para legos. El flujo de vida que proviene de dar sentido al caos, o, si lo prefieren, de la unidad en la diversidad y viceversa, que es la materialización de la contradicción intrínseca de la arquitectura, aquí está ausente por completo. De verdad que intento expresarme con la mayor claridad que puedo, pero es imposible exponer un enunciado dialéctico cubriéndolo con la vieja hoja de parra de la lógica, sólo en aras del lego y su pereza mental.

John Erik Snyte testificó con modestia y sin reparos que había contratado a Roark en su oficina, que Roark había sido un empleado en el que no se podía confiar, desleal y sin escrúpulos, y que Roark había empezado su carrera robándole un cliente.

Al cuarto día del juicio, el abogado de la parte demandante llamó a su último testigo.

—Señorita Dominique Francon —anunció solemne.

Mallory suspiró, pero nadie lo oyó. Mike le agarró la muñeca y le hizo estarse quieto.

El abogado se había reservado a Dominique para su momento culminante, en parte porque esperaba mucho de ella, y en parte porque estaba preocupado; fue la única testigo que no había ensayado: se había negado a recibir instrucción. Ella nunca había mencionado el templo Stoddard en su columna, pero el abogado había revisado sus anteriores escritos sobre Roark y Ellsworth Toohey le había aconsejado que la llamara.

Dominique se mantuvo un instante en el estrado de los testigos, mirando lentamente a la muchedumbre. Su belleza era deslumbrante, pero demasiado impersonal, como si no le perteneciera. Parecía estar en la sala como una entidad separada. La gente pensó en una visión que no terminaba de revelarse, en una víctima en un cadalso, en una persona que se pasa la noche en la barandilla de un transatlántico.

—¿Cómo se llama?

—Dominique Francon.

—¿Y a qué se dedica, señorita Francon?

—Trabajo en un periódico.

—¿Es usted la autora de la brillante sección «Su casa» que aparece en el *Banner* de Nueva York?

—Soy la autora de «Su casa».

—¿Su padre es Guy Francon, el eminente arquitecto?

—Sí. Se le pidió a mi padre que viniera aquí a testificar. Se negó. Dijo que le daban igual los edificios como el templo Stoddard, pero que no le parecía que nos estuviésemos comportando con caballerosidad.

—Bien, señorita Francon, pero ¿podríamos limitarnos a responder a las preguntas? Sin duda, tenemos la suerte de poder contar con su presencia, ya que es usted nuestro único testigo femenino, y las mujeres siempre han tenido el sentido más puro de la fe religiosa. Al ser, además, una destacada autoridad sobre arquitectura, está eminentemente cualificada para darnos, lo que podría llamar, con todo respeto, el punto de vista femenino sobre el caso. ¿Nos podría decir, con sus propias palabras, lo que piensa del templo Stoddard?

—Creo que el señor Stoddard ha cometido un error. No habría habido ninguna duda sobre la justicia en esta causa si en su demanda no hubiese reclamado los costes de las modificaciones, sino de su demolición.

El abogado parecía aliviado.

—¿Podría explicar sus razones, señorita Francon?

—Se las ha escuchado a todos los testigos en este juicio.

—Entonces ¿entiendo que está de acuerdo con los testimonios previos?

—Completamente. Aún más que las personas que han testificado. Eran testigos muy convincentes.

—¿Podría... aclarar eso, señorita Francon? ¿A qué se refiere?

—A lo que dijo el señor Toohey: ese templo es una amenaza a todos nosotros.

—Ah, entiendo.

—El señor Toohey entendió muy bien el problema. ¿Quiere que lo aclare con mis propias palabras?

—Desde luego.

—Howard Roark construyó un templo al espíritu humano. Su visión es la de un hombre fuerte, orgulloso, limpio, sabio e impávido. Vio al hombre como un ser heroico. Y construyó un templo a eso. Un templo es un lugar adonde el hombre va a experimentar la exaltación. Pensó que esa exaltación proviene de la consciencia de sentirse libre de culpa, de ver la verdad y alcanzarla, de vivir conforme a tu mayor potencial, de no conocer la vergüenza y no tener causas para ella, de ser capaces de quedarse desnudos a plena luz del día. Pensó que esa exaltación significa la alegría y que la alegría es un derecho natural del hombre. Pensó que un lugar construido como escenario para el hombre es un espacio sagrado. Eso es lo que Howard Roark pensó del hombre y de la exaltación. Pero Ellsworth Toohey dijo que este templo era un monumento a un profundo odio a la humanidad. Ellsworth Toohey dijo que la esencia de la exaltación es temer a tu ingenio, venirte abajo y denigrarte. Ellsworth Toohey dijo que era una depravación no dar por sentado que el hombre necesita un perdón. Ellsworth Toohey vio que este edificio era del hombre y de la tierra, y Ellsworth Toohey dijo que este edificio tenía la panza hundida en el barro. Glorificar al hombre, dijo Ellsworth Toohey, era glorificar el burdo placer de la carne, porque el reino del espíritu está fuera del alcance del hombre. Para entrar en ese reino, dijo Ellsworth Toohey, el hombre debe convertirse en un mendigo, arrodillarse. Ellsworth Toohey es un amante de la humanidad.

—Señorita Francon, aquí no estamos hablando del señor Toohey, si pudiera limitarse a...

—No estoy condenando a Ellsworth Toohey. Estoy condenando a Howard Roark. Un edificio, dicen, debe ser parte de su lugar. ¿En qué clase de mundo construyó Roark su templo? ¿Para qué clase de hombres? Mire a su alrededor. ¿Puede un templo ser sagrado y ser un escenario para un hombre como el señor Hopton Stoddard? ¿Para el señor Ralston Holcombe? ¿Para el señor Peter Keating? Cuando los mira, ¿odia a Ellsworth Toohey, o condena a Howard Roark, por la inenarrable indignidad que ha cometido? Ellsworth Toohey tiene razón: ese templo es un sacrilegio, pero no el sentido en que él lo dice. Aunque creo que el señor Toohey lo sabe. Cuando ves a un hombre arrojar perlas a los cerdos, sin recibir siquiera una chuleta a cambio, no es el puerco lo que te indigna, sino el hombre que valoró tan poco sus perlas que estuvo dispuesto a tirarlas al lodo y permite que den pie a todo un concierto de gruñidos, transcritos por los taquígrafos del juzgado.

—Señorita Francon, dudo mucho que esta parte de su testimonio sea relevante o admisible...

—La testigo debe poder declarar —dijo el juez inesperadamente.

El juez estaba aburrido y le gustaba ver el cuerpo de Dominique. Además, sabía que el público lo estaba disfrutando, excitado por el puro escándalo, aunque sus simpatías estuviesen con Hopton Stoddard.

—Señoría, parece que ha habido cierto malentendido —dijo el abogado—. Señorita Francon, ¿a favor de quién está testificando? ¿Del señor Roark o del señor Stoddard?

—Del señor Stoddard, por supuesto. Estoy exponiendo los motivos por los que el señor Stoddard debería ganar este caso. He jurado decir la verdad.

—Continúe —dijo el juez.

—Todos los testigos han dicho la verdad, pero no toda la verdad. Sólo estoy rellenando los huecos. Tenían razón. El templo Stoddard es una amenaza a muchas cosas. Si se le permitiera existir, nadie se atrevería a mirarse en el espejo. Y hacerle eso a los hombres es una crueldad. Pídales algo a los hombres. Pídales que alcancen la riqueza, la fama, el amor, la brutalidad, el asesinato, el autosacrificio. Pero no les pida respeto hacia sí mismos, porque lo odiarán a muerte. Ellos lo saben bien. Deben de tener sus motivos. Pero, por supuesto, no dirán que te odian. Dirán que tú los odias a ellos. Se acerca bastante a eso, supongo. Ellos saben las emociones que esto implica. Así son los hombres como ellos. Así que,

¿para qué sirve utilizar un mártir para lo imposible? ¿Para qué sirve construir un edificio para un mundo que no existe?

—Señoría, no veo qué relación puede tener esto...

—Estoy argumentando su caso. Estoy argumentando por qué deben ir con Ellsworth Toohey, como lo harán, de todos modos. Hay que destruir el templo Stoddard. No para salvar a los hombres de él, sino para salvarlo a él de los hombres. ¿Cuál es la diferencia, en todo caso? El señor Stoddard gana. Estoy totalmente de acuerdo con todo lo que se está haciendo aquí, excepto en una cuestión. No creo que se nos deba permitir pasarla por alto. Destruyámoslo, pero no finjamos que estamos llevando a cabo un acto de virtud. Digamos que somos topos y estamos en contra de las montañas. O, quizá, que somos lemmings, esos animales que no pueden evitar nadar hacia su autodestrucción. Soy plenamente consciente en este momento de que soy tan fútil como Howard Roark. Éste es mi templo Stoddard, el primero y el último. —E inclinó la cabeza ante el juez—. Esto es todo, señoría.

—Su turno —le dijo el abogado a Roark de malas maneras.

—No hay preguntas —dijo Roark.

Dominique abandonó el estrado.

El abogado se inclinó ante el estrado y dijo:

—No hay más preguntas.

El juez se volvió hacia Roark y le hizo un vago gesto invitándolo a proceder.

Roark se levantó y se dirigió al estrado, con el sobre marrón en la mano. Sacó del sobre diez fotografías del templo Stoddard y las puso encima de la mesa del juez. Dijo:

—La defensa ha concluido.

13

Hopton Stoddard ganó el juicio.

Ellsworth Toohey escribió en su columna: «El señor Roark se valió de una Friné en el juzgado, pero no le salió bien. Nunca nos creímos esa historia».

A Roark se le condenó a pagar el coste de las modificaciones del templo Stoddard. Dijo que no iba a recurrir la sentencia. Hopton Stoddard anunció que el templo se transformaría en el Hogar Hopton Stoddard para Niños con Discapacidad Mental.

Al día siguiente de terminar el juicio, Alvah Scarret se quedó boquiabierto al ver el borrador de «Su casa» que le habían dejado en la mesa: la columna incluía casi todo el testimonio de Dominique en el juicio. Se había citado su testimonio en las crónicas de prensa sobre el proceso, pero sólo extractos inofensivos. Alvah Scarret salió corriendo al despacho de Dominique.

—Cariño, cariño, cariño... No podemos publicar esto —dijo.

Ella lo miró impasible y no dijo nada.

—Dominique, corazón, sé razonable. Dejando a un lado el lenguaje que empleas y algunas de tus ideas completamente impublicables, sabes muy bien la postura que ha adoptado este periódico sobre el caso. Sabes la campaña que hemos llevado a cabo. Has leído mi editorial esta mañana, «Una victoria de la decencia». No puede ser que una redactora vaya contra toda nuestra política.

—Tendrás que publicarlo.

—Pero, querida mía...

—O tendré que dimitir.

—Oh... Vamos, vamos, vamos, no seas tonta. No seas ridícula ahora. Eres más lista que eso. No podemos prescindir de ti. No podemos...

—Tendrás que elegir, Alvah.

Scarret sabía que le caería un rapapolvo de Gail Wynand si publicaba aquello, y que le caería un rapapolvo si perdía a Dominique Francon, cuya columna era muy popular. Wynand no había vuelto de su crucero. Scarret le mandó un telegrama a Bali, explicándole la situación.

Al cabo de unas horas, Scarret recibió respuesta. Iba redactada en el código privado de Wynand. Traducido, decía: «Despide a esa zorra. G. W.».

Scarret se quedó mirando el telegrama, destrozado. Era una orden, y no había otra opción, aunque Dominique se rindiera. Esperaba que ella dimitiera. No soportaba la idea de tener que despedirla.

Por medio de un mensajero de la oficina que había recomendado para el puesto, Toohey se hizo con una copia descifrada del telegrama de Wynand. Se la metió en el bolsillo y se fue al despacho de Dominique. No la había visto desde el juicio. Se la encontró atareada vaciando los cajones de su escritorio.

—Hola —dijo secamente—. ¿Qué estás haciendo?

—Esperando noticias de Alvah Scarret.

—¿Qué significa eso?

—Esperando a saber si tendré que dimitir.

—¿Te apetece hablar del juicio?

—No.

—A mí sí. Te debo la cortesía de admitir que has hecho lo que nadie había hecho antes: demostraste que me equivoqué. —Hablaba con frialdad, y su cara parecía plana. En sus ojos no había rastro de afabilidad—. No me esperaba que hicieras lo que hiciste en el estrado. Fue una treta ruin, aunque a la altura de tus estándares. Erré al calcular la dirección de tu malicia. Sin embargo, sí tuviste el buen juicio de admitir que tu acto era fútil. Por supuesto, expusiste tus razones. Y las mías... Como muestra de reconocimiento, te he traído un regalo.

Le dejó el telegrama en la mesa.

Ella lo leyó y no lo soltó.

—Ni siquiera puedes dimitir, querida. No puedes hacer ese sacrificio por ese héroe tuyo que arroja perlas a los cerdos. Al recordar que le das tanta importancia a no sufrir ninguna derrota que no hayas provocado tú misma, pensé que lo disfrutarías.

Ella dobló el telegrama y lo metió en su bolso.

—Gracias, Ellsworth.

—Si vas a luchar contra mí, querida, vas a necesitar algo más que discursos.

—¿No lo he hecho siempre?

—Sí. Sí, por supuesto que sí. Tienes mucha razón. Vuelves a corregirme. Siempre me has combatido, y la única vez que te viniste abajo y suplicaste misericordia fue en el estrado de los testigos.

—Cierto.

—Ahí es donde calculé mal.

—Sí.

Le hizo una ceremoniosa reverencia y salió del despacho.

Ella empaquetó las cosas que quería llevarse a casa. Después se fue al despacho de Scarret. Le enseñó el telegrama, pero no se lo dio.

—Vale, Alvah —dijo.

—Dominique, no pude evitarlo, no pude evitarlo, fue... ¿Cómo demonios has conseguido eso?

—Está bien, Alvah. No, no te lo voy a devolver. Quiero quedármelo. —Volvió a guardar el telegrama en el bolso—. Mándame por correo el cheque y cualquier otra cosa que tengamos que tratar.

—Tú..., tú ibas a dimitir de todos modos, ¿verdad?

—Sí, pero lo prefiero así, que me despidan.

—Dominique, si supieras lo mal que me siento sobre esto. No puedo creerlo. Simplemente, no puedo creerlo.

—Así que me habéis convertido en una mártir, después de todo. Y eso es lo único que he intentado no ser toda mi vida. Qué poco elegante, ser una mártir. Es honrar demasiado a tus adversarios. Pero te diré esto, Alvah, te lo diré, porque no puedo encontrar a una persona más adecuada para que lo escuche: nada de lo que me hagas a mí, o a él, será peor de lo que me haré a mí misma. Si crees que no puedo soportar lo del templo Stoddard, espera y verás lo que puedo soportar.

Una noche, tres días después del juicio, Ellsworth Toohey estaba sentado en su habitación, escuchando la radio. No le apetecía trabajar, y se permitió un descanso, darse el lujo de relajarse en su sillón y dejar que sus dedos siguieran el ritmo de una compleja sinfonía. Oyó que llamaban a su puerta.

—Adelaaante —dijo arrastrando las sílabas.

Entró Catherine. Miró la radio como disculpándose por la interrupción.

—Sabía que no estabas trabajando, tío Ellsworth. Quería hablar contigo.

Se quedó de pie, con su cuerpo delgado y sin curvas distendido. Llevaba una cara falda de *tweed*, sin planchar. Se había untado un poco de maquillaje en la cara, y la piel parecía marchita bajo los parches de los polvos. Con veintiséis años, parecía una mujer que intentara ocultar que tenía más de treinta.

En los últimos años, con la ayuda de su tío, se había convertido en una experta asistente social. Tenía un trabajo remunerado en un centro de acogida y una pequeña cuenta bancaria. Invitaba a comer a sus amigas, a mujeres más mayores de su mismo oficio, y hablaban de los problemas de las madres solteras, de dar una voz propia a los niños pobres y de las fechorías de las grandes empresas.

En los últimos años, Toohey parecía haberse olvidado de la existencia de Catherine. Pero él sabía que ella era muy consciente de él, a su silenciosa y discreta manera. Casi nunca era él quien iniciaba la conversación, pero ella acudía a él continuamente para pedirle pequeños consejos. Era como un motor que se alimentaba de su energía, y tenía que parar a repostar de vez en cuando. No iba al teatro sin consultarle sobre la obra. No iba a una conferencia sin pedirle su opinión. Una vez entabló amistad con una chica que era inteligente, competente, alegre y que amaba a los pobres, pero era asistente social. Toohey no aprobó esa amistad, y Catherine se olvidó de ella.

Cuando ella necesitaba consejo, se lo pedía con pocas palabras, de pasada, nerviosa para no retrasarlo: entre plato y plato, en la puerta del ascensor al salir, en el salón cuando en alguna retransmisión importante había una cuña publicitaria. Se tomó como algo personal poder presumir de no reclamarle más que las sobras de su tiempo.

Así que Toohey la miró sorprendido cuando entró en su estudio. Y dijo:

—Desde luego, pequeña, no estoy ocupado. Nunca estoy demasiado ocupado para ti, en todo caso. Baja un poco eso, ¿quieres?

Ella bajó el volumen de la radio y se dejó caer en un sillón frente a él. Sus movimientos eran torpes y contradictorios, como los de una adolescente: había perdido el hábito de moverse con confianza, y aun así, a veces, un gesto o un tirón de la cabeza mostraban una seca e imperiosa impaciencia que estaba empezando a desarrollar.

Miró a su tío. Detrás de sus gafas, sus ojos estaban inmóviles y tensos, pero vacíos. Dijo:

—¿Qué has estado haciendo, tío Ellsworth? He visto en los periódicos algo de que se ha ganado una importante demanda relacionada contigo. Me alegré. Llevo meses sin leer los periódicos. He estado tan ocupada... Bueno, no es del todo cierto. He tenido tiempo, pero cuando llegaba a casa no podía obligarme a hacer nada, me tiraba sin más en la cama y me echaba a dormir. Tío Ellsworth, cuando la gente duerme mucho, ¿es porque está muy cansada o porque quiere huir de algo?

—Vaya, querida, no pareces tú. Para nada.

Ella sacudió la cabeza con impotencia:

—Lo sé.

—¿Qué ocurre?

Se miró las puntas de los zapatos, y tuvo que esforzarse para mover los labios. Dijo:

—Supongo que no soy buena, tío Ellsworth —dijo, y levantó los ojos hacia él—. Soy terriblemente infeliz.

Él la miró en silencio, con seriedad y dulzura.

—¿Lo entiendes? —susurró ella.

Toohey asintió con la cabeza.

—¿No estás enfadado conmigo? ¿No me desprecias?

—Querida, ¿cómo podría?

—No quería decirlo. Ni siquiera a mí misma. No es sólo esta noche, es desde hace ya algún tiempo. Sólo déjame decirlo todo, que no te asuste, pero tengo que decirlo. Es como ir a confesarme, como solía... No pienso volver a eso, sé que la religión es sólo un... un mecanismo para la explotación de clase, no pienses que te voy a fallar después de que lo hayas explicado todo tan bien. No echo de menos ir a la iglesia. Pero es sólo que..., es sólo que necesito que alguien me escuche.

—Katie, cariño, antes de nada, ¿por qué estás tan asustada? No deberías estarlo. Desde luego, no por hablar conmigo. Relájate, sé tú misma y dime qué ha pasado.

Ella lo miró agradecida.

—Eres... tan sensible, tío Ellsworth. Es lo único que no quería decir, pero tú lo has adivinado. Sí, estoy asustada. Porque, mira, verás, acabas de decirlo: sé tú misma. Y de lo que más miedo tengo es de ser yo misma. Porque soy cruel.

Él se rio, no de forma ofensiva, sino cordial, y ese sonido destruyó la afirmación de Catherine. Pero ella no sonrió.

—No, tío Ellsworth, es verdad. Intentaré explicarlo. Mira, siempre, desde que era niña, quise hacer las cosas bien. Antes pensaba que todo el mundo lo hacía, pero ahora no lo pienso. Algunas personas se esfuerzan, aunque cometan errores, y a otras no les importa, sin más. A mí siempre me ha importado. Me lo tomo muy en serio. Por supuesto, sabía que no era una persona brillante y que eso son palabras mayores, el bien y el mal. Pero pensé que, cualquiera que fuese el bien, en la medida en que yo pudiese saberlo, haría todo lo que honradamente pudiera para vivir conforme a él. Es algo que todo el mundo puede intentar, ¿no? Quizá esto te parezca terriblemente infantil.

—No, Katie, no me lo parece. Sigue, querida.

—Bueno, para empezar, sabía que estaba mal ser egoísta. De esto estaba muy segura. Así que siempre intenté no exigir nada para mí. Cuando Peter desaparecía durante meses... No, no creo que eso te parezca bien.

—¿El qué, querida?

—Lo de Peter y yo. Así que no hablaré de eso. No es importante, de todas formas. Bueno, ya ves por qué estaba tan contenta cuando me vine a vivir contigo. Eres lo más cercano al ideal de altruismo que pueda ser alguien. Intenté seguir tu ejemplo lo mejor que pude. Por eso elegí el trabajo que tengo ahora. En realidad, nunca dijiste que debiera elegirlo, pero acabé sintiendo que lo pensabas. No me preguntes por qué tuve esa sensación, no era nada palpable, sólo pequeñas cosas que decías. Me sentía muy segura cuando empecé. Sabía que la infelicidad provenía del egoísmo, y que se podía encontrar la verdadera felicidad en la dedicación a los demás. Tú lo dijiste. Mucha gente lo ha dicho. En fin, todos los grandes hombres de la historia lo han dicho durante siglos.

—¿Y...?

—Bueno, mírame.

La cara de Toohey no se movió por un instante, y después sonrió alegre y dijo:

—¿Qué tienes de malo, pequeña, aparte de que las medias no combinan bien y de que tienes que maquillarte con más cuidado?

—No te rías, tío Ellsworth. Por favor, no te rías. Sé que debemos ser capaces de reírnos de todo, y en especial de nosotros mismos. Sólo que yo no puedo.

—No me reiré, Katie. Pero ¿qué es lo que pasa?

—Soy infeliz. Soy infeliz de un modo terrible, repugnante, indigno. En una forma que parece... sucia. Y deshonesta. Me paso días con miedo a pensar, a mirarme a mí misma. Y eso está mal. Es... volverse hipócrita. Siempre quise ser honrada conmigo misma. Pero no lo soy, ¡no lo soy, no lo soy!

—Calma, querida. No grites. Te van a oír los vecinos.

Ella se pasó el dorso de la mano por la frente y sacudió la cabeza. Susurró:

—Lo siento... se me pasará...

—Pero ¿por qué eres infeliz, querida?

—No lo sé. No puedo entenderlo. Por ejemplo, fui yo la que organizó las clases de cuidados prenatales en el Centro Clifford, fue idea mía, yo recaudé el dinero y encontré a una maestra. Las clases están yendo muy bien. Me digo a mí misma que debería alegrarme por ello, pero no es así. No me causa ningún efecto. Me siento y me digo a mí misma: fuiste tú quien organizó que una buena familia adoptase al bebé de Marie Gonzales, y ahora, alégrate. Pero no. No siento nada. Cuando soy sincera conmigo misma, sé que la única emoción que he sentido durante años es el cansancio. No el cansancio físico: sólo cansancio. Es como si... como si no hubiera ya nada en mí capaz de sentir.

Ella se quitó las gafas, como si esa doble barrera le hubiese impedido llegar a él. Habló con la voz más baja y las palabras le salieron con mayor esfuerzo:

—Pero eso no es todo. Hay algo mucho peor. Me está haciendo algo terrible. Estoy empezando a odiar a la gente, tío Ellsworth. Estoy empezando a ser cruel y mezquina como nunca lo había sido antes. Espero que la gente sea agradecida conmigo. Yo... exijo gratitud. Me siento complacida cuando la gente que vive en la miseria se inclina, se rebaja y me adula. Descubro que me gustan sólo los que son serviles. Una vez..., una vez le dije a una mujer que no valoraba lo que personas como nosotros hacíamos por una basura como ella. Después me pasé horas llorando. Me sentía muy avergonzada. Empecé a molestarme cuando la gente discutía conmigo. Me parecía que no tenían derecho a sus propias opiniones, que yo sabía más, que para ellos soy la autoridad definitiva. Había una chica que nos preocupaba, porque iba por ahí con un chico muy guapo que tenía mala fama. La torturé durante semanas por ello, y le dije que se estaba metiendo en problemas y que tenía que dejarlo. Bueno, pues se casaron y son la pareja más feliz del barrio. ¿Crees que me alegro? No, estoy furiosa y apenas soy educada con la chica cuando me la encuentro. Después había una chica que necesitaba desesperadamente un trabajo. En su casa tenía una situación espantosa, y le prometí que le conseguiría uno. Pero antes de encontrarlo, ella consiguió un buen trabajo por su cuenta. No me gustó. Estaba amargada porque alguien hubiese salido del agujero sin mi ayuda. Ayer estaba hablando con un chico que quería ir a la universidad, y yo lo desanimé, y le dije que era mejor que se buscara un buen trabajo. Estaba bastante enfadada, también. Y de repente me di cuenta de que como yo había deseado tanto ir a la universidad..., recordarás que no me dejaste..., no iba a dejar que ese chico fuera, tampoco... Tío Ellsworth, ¿no lo ves? Me estoy volviendo egoísta. Me estoy volviendo egoísta, ¡y es mucho más terrible que si fuera una vil estafadora que se dedicase a hurtarle a la gente centavos de su sueldo en un taller ilegal!

Él preguntó con tranquilidad:

—¿Eso es todo?

Ella cerró los ojos, y después dijo, mirándose las manos:

—Sí..., sólo que no soy la única que es así. Mucha gente lo es, la mayoría de las mujeres con las que trabajo... No sé cómo se volvieron así... No sé qué me ha pasado a mí... Antes era feliz cuando ayudaba a alguien. Recuerdo que una vez... Había comido con Peter aquel día, y en el camino de vuelta vi a un viejo músico que tocaba en la calle y le di los cinco dólares que llevaba en el bolso. Era todo el dinero que tenía, lo había ahorrado para comprar un frasco de Noche de Navidad, y yo estaba ansiosa por tener ese frasco de Noche de Navidad, pero después, cada vez que pensaba en el músico, me ponía contenta... Veía a Peter a menudo en aquellos tiempos... Venía a casa después de verlo y me daban ganas de besar a todos los chavales harapientos de nuestro bloque... Creo que ahora odio a los pobres... También pienso en las demás mujeres... Pero los pobres no nos odian, como deberían hacer. Sólo nos desprecian... ¿Sabes? Es curioso: son los amos los que desprecian a los esclavos, y los esclavos los que odian a los amos. No sé quién es quién. Quizá no encaje aquí, o quizá sí. No lo sé...

Levantó la cabeza con un último ademán de rebelión.

—¿No entiendes lo que tengo que comprender? —continuó—. ¿Por qué me dispongo a hacer honradamente lo que pienso que está bien y eso me está corrompiendo? Creo que quizá es porque soy mezquina por naturaleza e incapaz de llevar una buena vida. Ésa parece ser la única explicación. Pero... a veces pienso que no tiene sentido que un ser humano quiera sinceramente hacer el bien y que ese bien no esté a su alcance. No puedo estar tan podrida. Pero..., pero he renunciado a todo, no me queda ningún deseo egoísta, no tengo nada propio, y soy muy desdichada. Y también las otras mujeres como yo. Y no conozco ni a una sola persona que no sea egoísta en el mundo y que sea feliz, excepto tú.

Dejó caer la cabeza y no la volvió a levantar; parecía indiferente incluso a la respuesta que estaba buscando.

—Katie —dijo él con un suave tono de reproche—, Katie, cariño...

—Ella siguió callada—. ¿De verdad quieres que te diga cuál es la respuesta?

Katie asintió con la cabeza.

—Porque, ¿sabes? —continuó él—, te has respondido tú misma, en las cosas que has dicho —dijo. Y ella levantó la cabeza con la mirada perdida—. ¿De qué has estado hablando? ¿De qué te has estado quejando? Del hecho de que tú eres infeliz. Sobre Katie Halsey y nada más. Ha sido el discurso más egoísta que he escuchado en toda mi vida.

Ella pestañeó con atención, como una colegiala inquieta ante una lección difícil.

—¿No ves lo egoísta que has sido? Has elegido una noble carrera, no por el bien que podrías hacer, sino por la felicidad personal que esperabas encontrar en ella.

—Pero yo quería ayudar a la gente de verdad.

—Porque pensabas que serías buena y virtuosa si lo hacías.

—Bueno..., sí. Porque pensé que estaba bien. ¿Es ruin querer hacer el bien?

—Sí, si es lo que más te afecta. ¿No ves lo egoísta que es? Al diablo con todo el mundo, mientras yo sea virtuosa.

—Pero si tú no..., si no te respetas a ti mismo, ¿cómo puedes ser nada?

—¿Por qué tienes que ser algo?

Katie extendió las manos, confundida.

—Si lo que más te preocupa es lo que eres o piensas o sientes o tienes o no tienes, sigues siendo una típica egoísta.

—Pero no puedo saltar fuera de mi propio cuerpo.

—No, pero puedes saltar fuera de tu estrecho espíritu.

—O sea, ¿que debo querer ser infeliz?

—No. Debes dejar de querer algo. Debes olvidarte de lo importante que es la señorita Catherine Halsey. Porque, ¿sabes?, no lo es. Los hombres son importantes sólo en relación con los demás, en su utilidad, en el servicio que prestan. A menos que comprendas eso del todo, no puedes esperar nada, salvo una forma de infelicidad u otra. ¿Por qué hacer esa tragedia cósmica del hecho de que te has sentido cruel con otras personas? ¿Y qué? Eso sólo agrava el dolor. Uno no puede saltar de un estado de brutalidad animal a una vida espiritual sin ciertas transiciones. Y algunas de ellas pueden parecer malas. Por lo general, una mujer hermosa ha sido una desgarbada adolescente primero. No puedes hacer una tortilla sin romper algunos huevos. Debes estar dispuesta a sufrir, a ser cruel, deshonesta, sucia, cualquier cosa, querida, cualquier cosa, para matar la más obstinada de las raíces: el ego. Y sólo cuando esté muerto, cuando haya dejado de importarte, cuando hayas perdido tu identidad y te hayas olvidado de cómo se llama tu alma, sólo entonces conocerás la felicidad de la que hablo, y las puertas de la grandeza espiritual se abrirán para ti.

—Pero, tío Ellsworth —susurró—, cuando las puertas se abran, ¿quién será el que entre por ellas?

Él se echó a reír a carcajada limpia. Parecía una risa de reconocimiento hacia ella.

—Querida, nunca pensé que pudieras sorprenderme así.

Entonces se puso serio otra vez.

—Ha sido un golpe ingenioso, Katie, pero, en fin, espero que haya sido sólo un golpe ingenioso...

—Sí —dijo dubitativa—. Supongo. Aun así...

—No podemos ser demasiado literales cuando hablamos de abstracciones. Por supuesto, serás tú la que entres por ellas. No habrás perdido tu identidad, sólo habrás adquirido una más amplia, una identidad que será parte de todos los demás y del universo entero.

—¿Cómo? ¿En qué sentido? ¿Parte de qué?

—Ya ves lo difícil que es hablar de estas cosas cuando todo nuestro lenguaje es el del individualismo, con todos sus términos y supersticiones. La identidad es una ilusión, ¿sabes? Pero no puedes construir una casa nueva con viejos ladrillos ruinosos. No puedes pretender comprenderme del todo por medio de los conceptos del presente. Estamos intoxicados por la superstición del ego. No podemos saber qué estará bien o estará mal en una sociedad altruista, ni qué sentiremos ni de qué manera. Debemos destruir el ego primero. Por eso la mente es tan poco fiable. Debemos dejar de pensar. Debemos creer. Créeme, Katie, aunque tu mente ponga reparos. No pienses. Cree. Confía en tu corazón, no en tu cerebro. No pienses. Siente. Cree.

Ella estaba quieta, sosegada, pero, aun así, parecía haber sido arrollada por un tanque. Murmuró con obediencia:

—Sí, tío Ellsworth... Yo..., yo no lo pensé de ese modo. Quiero decir que siempre pensé que debía... Pero tienes razón, o sea, si el bien es lo que yo entiendo, si hay una palabra... Sí, creeré... Trataré de entender... No, no de entender: de sentir. De sentir, quiero decir... Pero es que soy tan débil... Siempre me siento tan pequeña después de hablar contigo... Supongo que yo tenía razón en cierto modo... No valgo nada... pero eso no importa... eso no importa.

Cuando a la noche siguiente sonó el timbre, el propio Toohey fue a abrir la puerta.

Sonrió al dejar pasar a Peter Keating. Después del juicio, esperaba que Keating fuese a verlo; sabía que Keating necesitaría ir, aunque pensó que tardaría menos.

Keating entró vacilante. Las manos parecían demasiado pesadas para sus muñecas. Tenía los ojos hinchados y el cutis flácido.

—Hola, Peter —dijo Toohey alegre—. ¿Querías verme? Pasa. Estás de suerte, tengo toda la noche libre.

—No. Quiero ver a Katie —dijo Keating.

No estaba mirando a Toohey y no vio su expresión tras las gafas.

—¿Katie? ¡Claro, naturalmente! —respondió con viveza—. Como nunca vienes aquí a buscar a Katie, no se me ocurrió. Pero..., pasa, pasa, creo que está en casa. Por aquí. ¿No sabes dónde está su habitación? En la segunda planta.

Keating se arrastró cabizbajo por el vestíbulo, llamó a la puerta de Catherine y entró cuando ella contestó. Toohey se quedó mirándolo, pensativo.

Catherine se puso de pie de un salto al ver a su visita. Se quedó embobada; por un momento, no se lo creía, y después se lanzó a la cama a recoger una faja que había dejado allí tirada, y la metió bajo la almohada. Luego se quitó deprisa las gafas, cerró toda su mano sobre ellas y se las guardó en un bolsillo. Se preguntó que sería peor: quedarse como estaba o sentarse en el tocador y maquillarse delante de él.

Llevaba seis meses sin ver a Keating. Durante los últimos tres años se habían visto en algunas ocasiones, de tarde en tarde, y habían ido a comer algunas veces, y a cenar; habían ido dos veces al cine. Siempre se habían visto en lugares públicos. Desde que él empezó a tener relación con Toohey, Keating no iba a verla a casa. Cuando se veían, hablaban como si no hubiese cambiado nada. Pero hacía mucho tiempo que no hablaban de matrimonio.

—Hola, Katie —dijo Keating en voz baja—. No sabía que ahora llevabas gafas.

—Son sólo..., son sólo para leer... Yo... Hola, Peter... Supongo que tengo una pinta terrible esta noche... Me alegro de verte, Peter...

Él se sentó con pesadez en el sillón, con el sombrero en la mano y el abrigo puesto. Ella seguía sonriendo, desesperada. Después hizo un movimiento circular con las manos y preguntó:

—¿Es sólo un momento o... o te quieres quitar el abrigo?

—No, es sólo un momento. —Se levantó, tiró el abrigo y el sombrero en la cama, y después sonrió por primera vez y preguntó—: ¿O estás ocupada y quieres echarme?

Ella se apretó los ojos con las palmas de las manos y enseguida volvió a dejarlas caer; tenía que estar con él como siempre, tenía que parecer liviana y normal.

—No, no, no estoy ocupada en absoluto.

Él se sentó y alargó el brazo a modo de invitación silenciosa. Katie se fue hacia él enseguida, puso su mano sobre la de él, y él tiró de ella para sentarla en el brazo del sillón.

La luz de la lámpara se proyectaba en su cara, y ella se había recuperado lo suficiente para advertir su aspecto:

—Peter —dijo con la voz entrecortada—, ¿qué te has hecho? Tienes muy mala cara.

—Beber.

—¡No...! ¿Tanto?

—Tanto. Pero ya está.

—¿Qué pasó?

—Quería verte, Katie. Quería verte.

—Cariño..., ¿qué te han hecho?

—Nadie me ha hecho nada. Ahora ya estoy bien. Estoy bien. Porque he venido... Katie, ¿has oído hablar alguna vez de Hopton Stoddard?

—¿Stoddard...? No sé. He visto el nombre en alguna parte.

—Bueno, es igual, no importa. Sólo pensaba lo raro que es. Mira, Stoddard es un viejo cabrón que no podía soportar más su podredumbre, así que, para resarcirse, construyó un gran regalo para la ciudad... Pero cuando..., cuando ya no pude soportarlo más, sentí que la única manera de resarcirme era hacer lo que más quería hacer de verdad: venir aquí.

—Cuando no podías soportar ¿qué, Peter?

—He hecho algo muy sucio, Katie. Te lo contaré algún día, pero no ahora... Mira, ¿y si me dices que me perdonas, sin preguntar lo que es? Pensaré..., pensaré que me ha perdonado alguien que nunca podría perdonarme. Alguien a quien no se le puede herir y por lo tanto no puede perdonar, aunque eso me lo pone más difícil.

Ella no parecía perpleja. Dijo con solemnidad:

—Te perdono, Peter.

Él sacudió la cabeza varias veces, y dijo:

—Gracias.

Después Katie arrimó la cabeza a la suya y susurró:

—Has pasado un infierno, ¿verdad?

—Sí. Pero ya está todo bien.

Él la atrajo hacia sus brazos y la besó. Después, él ya no pensó más en el templo Stoddard, y ella no pensó en el bien y el mal. No lo necesitaban: se sentían demasiado limpios.

—Katie, ¿por qué no nos hemos casado?

—No lo sé —dijo ella. Y añadió enseguida, sólo porque el corazón le latía muy fuerte y sentía que no debía aprovecharse de la situación—: Supongo que porque sabíamos que no teníamos que precipitarnos.

—Pero lo vamos a hacer. Si no es ya demasiado tarde.

—Peter..., ¿me lo estás proponiendo otra vez?

—No te asombres tanto, Katie. Si lo haces, pensaré que has estado dudando en todos estos años. Y no podría soportar pensar eso ahora. Eso es lo que he venido a decirte esta noche. Vamos a casarnos. Vamos a casarnos enseguida.

—Sí, Peter.

—No necesitamos anuncios, fechas, preparativos, invitados ni nada de eso. Hemos dejado que esas cosas nos frenen todo el tiempo. Sinceramente, no sé cómo permitimos dejarnos llevar así... No se lo vamos a decir a nadie. Saldremos en secreto de la ciudad y nos casaremos. Lo anunciaremos y lo explicaremos después, si alguien quiere explicaciones. Y eso incluye a tu tío, a mi madre y a todo el mundo.

—Sí, Peter.

—Deja tu maldito trabajo mañana. Haré los trámites en la oficina para cogerme un mes libre. Guy se pondrá hecho una furia, cosa que disfrutaré. Prepara tus cosas, no vas a necesitar mucho, y no te molestes en maquillarte, por cierto. ¿Decías que tenías una pinta terrible esta noche? Nunca has estado más preciosa. Estaré aquí mañana a las nueve de la mañana. Deberás estar lista para salir.

—Sí, Peter.

Cuando él se hubo marchado, Katie se tumbó en la cama y lloró con fuerza, sin contenerse, sin dignidad, sin que el mundo le importara.

Ellsworth Toohey había dejado la puerta de su estudio abierta, y había visto pasar a Keating por ella, pero no dijo nada ni salió. Después oyó los sollozos de Catherine. Fue a su habitación y entró sin llamar. Le preguntó:

—¿Qué pasa, querida? ¿Ha hecho Peter algo que te haya dolido?

Ella se incorporó un poco en la cama, se retiró el pelo de la cara y lo miró, llorosa y exultante. Dijo sin pensar lo primero que le apeteció decir. Dijo algo que ella no entendía, pero él sí:

—¡No te tengo miedo, tío Ellsworth!

14

—¿Quién? —dijo sobrecogido Keating.

—La señorita Dominique Francon —repitió la doncella.

—¡Está usted borracha, maldita idiota!

—¡Señor Keating...!

Él se puso en pie, la apartó del camino y fue volando al vestíbulo, donde vio a Dominique Francon, allí, en su apartamento.

—Hola, Peter.

—¡Dominique...! ¿Y esto, Dominique?

En medio de su rabia, su aprensión y su curiosidad, su primer pensamiento consciente fue agradecerle a Dios que su madre no estuviese en casa.

—Llamé por teléfono a tu oficina. Me dijeron que te habías ido a casa.

—Estoy encantado, tan gratamente sor... Bah, al diablo, Dominique. ¿Para qué sirve? Siempre he tratado de ser correcto contigo y tú siempre lo adivinas todo tan bien que no tiene ningún sentido. Así que no voy a hacer el papel de tranquilo anfitrión. Sabes que me deja pasmado que vengas aquí, que no es normal, y que probablemente cualquier cosa que diga estará mal.

—Sí, así está mejor, Peter.

Él se dio cuenta de que aún llevaba una llave en la mano, y se la metió en el bolsillo. Había estado haciendo una maleta para su viaje de bodas del día siguiente. Echó un vistazo a la habitación y advirtió con enfado lo vulgar que era su mobiliario victoriano al lado de la elegancia del cuerpo de Dominique. Ella llevaba un traje gris, un chaquetón de piel negro, el cuello de la camisa levantado hasta las mejillas y un sombrero ladeado sobre la cara. No parecía la misma que en el estrado de los testigos, ni la que recordaba en las fiestas. De repente pensó en aquel momento, años atrás, en que estaba en las escaleras delante del despacho de Guy Francon y deseó no volver a ver a Dominique jamás. Era lo que fue entonces: una extraña que lo asustaba por la vaciedad cristalina de su rostro.

—Bueno, siéntate, Dominique. Quítate el abrigo.

—No, no me voy a quedar mucho. Puesto que hoy no estamos fingiendo nada, te diré a qué he venido. ¿O quieres un poco de charla de cortesía antes?

—No, no quiero charlas de cortesía.

—Muy bien. ¿Te quieres casar conmigo, Peter?

Se quedó muy quieto, y después se sentó de golpe, porque sabía que lo decía en serio.

—Si quieres casarte conmigo —dijo ella con la misma voz precisa e impersonal—, debes hacerlo ahora mismo. Mi coche está esperando. Iremos a Connecticut y volveremos. Tardaremos unas tres horas.

—Dominique...

Él no quería hacer ningún esfuerzo con los labios más que para pronunciar su nombre. Quería pensar que estaba paralizado. Sabía que estaba violentamente vivo, que estaba forzando el estupor en sus músculos y su cabeza, pero deseaba escapar de la responsabilidad de la consciencia.

—No vamos a fingir, Peter. Normalmente, la gente habla de sus motivos y sus sentimientos primero, y después hace los preparativos prácticos. Con nosotros, ésta es la única manera. Si te lo ofreciera de cualquier otra forma, te estaría engañando. Debe ser así. Sin preguntas ni condiciones ni explicaciones. Lo que no digamos se responde por sí mismo, al no decirse. No hay nada que debas sopesar: sólo si quieres o no.

—Dominique —habló con la concentración que utilizaba cuando caminaba por una viga desnuda en un edificio en obras—. Lo entiendo demasiado: entiendo que debo intentar imitarte, y no hablarlo, no decir nada, sólo responder.

—Sí.

—Sólo que no puedo, precisamente.

—Ésta es una vez única, Peter, en la que no hay protecciones. Nada para esconderse detrás. Ni siquiera palabras.

—Si pudieras decir al menos una cosa...

—No.

—Si me dieras tiempo...

—No. O bajamos las escaleras juntos ahora o nos olvidamos.

—No debes guardarme rencor si yo... Tú nunca me has dado esperanzas de que pudieras..., que tú... No, no... No lo voy a decir... Pero ¿qué esperas que piense? Estoy aquí, solo, y...

—Y soy la única que está aquí para aconsejarte. Mi consejo es que te niegues. Soy sincera contigo, Peter. Pero no te voy a ayudar retirando mi ofrecimiento. Preferirías no tener la oportunidad de casarte conmigo, pero la tienes. Ahora. Y la decisión es tuya.

Entonces él ya no pudo mantener la dignidad; dejó caer la cabeza y se apretó la frente con el puño:

—Dominique..., pero ¿por qué?

—Tú sabes cuáles son las razones. Te las dije una vez, hace mucho. Si no tienes el valor de recordarlas, no esperes que yo las repita.

Él se quedó inmóvil, con la cabeza agachada. Después dijo:

—Dominique, que dos personas como tú y yo se casen es casi un acontecimiento de portada.

—Sí.

—¿No sería mejor hacerlo bien, con un anuncio y una ceremonia de boda de verdad?

—Soy fuerte, Peter, pero no tanto. Podrás tener tus recepciones y tu publicidad después.

—¿No quieres que diga nada más ahora que sí o no?

—Sólo eso.

Se quedó observándola un largo rato. La miraba a los ojos, pero no le parecían más reales que los de un retrato. Se sentía solo en el salón. Ella seguía de pie, paciente, esperando, sin concederle nada, ni siquiera la gentileza de meterle prisa.

—De acuerdo, Dominique. Sí —dijo por fin.

Ella inclinó la cabeza solemne, en señal de conformidad.

Keating se levantó.

—Cogeré mi abrigo —dijo—. ¿Quieres ir en tu coche?

—Sí.

—Es descapotable, ¿no? ¿Me llevo el abrigo de piel?

—No, aunque sí una bufanda que abrigue. Hace un poco de viento.

—¿Sin equipaje? ¿Volvemos directamente a la ciudad?

—Directamente.

Él dejó la puerta del vestíbulo abierta, y ella lo vio ponerse el abrigo y echarse la bufanda al cuello, como si fuese una capa al hombro. Se acercó a la puerta del salón, con el sombrero en la mano, y le hizo un gesto con la cabeza en silencio, para marcharse. Ya fuera del vestíbulo, Peter llamó el ascensor y dio un paso atrás para cederle el paso a ella. Sus movimientos eran precisos, estaba seguro de sí mismo, sin alegría ni emoción. Parecía más fríamente masculino de lo que había sido nunca.

Él la cogió por el codo con firmeza, con actitud protectora, para cruzar la calle e ir donde había aparcado. Le abrió la puerta del coche, esperó a que se sentara al volante y él se puso en silencio a su lado. Ella se inclinó sobre él y ajustó el cristal parabrisas de su lado.

—Si no está bien, ponlo como quieras cuando estemos en marcha, para que no pases demasiado frío.

—Ve por Grand Concourse, que hay menos semáforos.

Dominique se puso el bolso en el regazo, agarró el volante y arrancó el coche. De pronto no había antagonismo entre ellos, sino un tranquilo e irremediable sentimiento de camaradería, como si fuesen víctimas de la misma catástrofe impersonal, como si tuviesen que ayudarse el uno al otro.

Ella conducía muy rápido, como de costumbre, a una velocidad constante, sin sentir ninguna prisa. Se quedaron en silencio, con el zumbido uniforme del motor, con paciencia, sin cambiar de postura cuando se paraban en un semáforo. Parecían atrapados en una única corriente de movimiento, una dirección imperativa, como el vuelo de una bala que no se podía detener en su trayectoria. Se vieron las primeras señales del atardecer en las farolas. Las aceras parecían amarillas. Las tiendas seguían abiertas. Un cine tenía los rótulos encendidos, las bombillas rojas parpadeaban con nerviosismo; absorbían la última luz diurna del aire y hacían que la calle pareciera más oscura.

Peter Keating no sentía necesidad de hablar. No parecía ser ya Peter Keating. No pidió cariño y no pidió piedad. No pidió nada. Ella pensó en ello, y le dirigió una mirada de reconocimiento que fue casi gentil. Él la miró a los ojos fijamente, y ella supo que lo había entendido, pero no dijo nada. Era como si la mirada de Keating dijera: «Por supuesto»; y nada más.

Ya habían salido de la ciudad y tenían ante sí una fría carretera marrón, cuando él dijo:

—Los guardias de tráfico son bastante duros por aquí. ¿Llevas el carnet de prensa, por si acaso?

—Ya no soy de la prensa.

—¿Que no eres qué?

—Ya no trabajo en el periódico.

—¿Has dejado el trabajo?

—No, me han despedido.

—¿Qué dices?

—¿Dónde te has metido estos días? Pensé que todo el mundo lo sabía.

—Lo siento. No he estado muy al corriente estos días.

Al cabo de unos kilómetros, ella dijo:

—Dame un cigarrillo. En mi bolso.

Él abrió su bolso, vio su pitillera, sus polvos de maquillaje, su pintalabios, su peine y un pañuelo doblado, demasiado impoluto para tocarlo, que olía ligeramente a su perfume. En alguna parte dentro de él pensó que eso era casi como desabrocharle la blusa. Pero en general no era consciente de ese pensamiento ni del adueñamiento íntimo con el que había abierto el bolso. Cogió un cigarrillo de la pitillera, se lo encendió y después se lo puso en los labios.

—Gracias —dijo ella, y él se encendió otro para él y cerró el bolso.

Cuando llegaron a Greenwich, fue Keating quien preguntó por las indicaciones y le dijo a ella por dónde ir y en qué bloque girar.

—Aquí es —dijo él, cuando se detuvieron frente a la casa del juez.

Salió él primero, y la ayudó a salir del coche. Después llamó al timbre.

Se casaron en un salón de estar en el que había unos sillones con la tapicería desgastada, azul y púrpura, y una lámpara con flecos de lágrimas. Los testigos fueron la esposa del juez y un tipo de la casa de al lado llamado Chuck, al que le habían interrumpido durante alguna tarea doméstica y que olía un poco a detergente.

Cuando volvieron al coche, Keating le preguntó:

—¿Quieres que conduzca yo, si estás cansada?

—No, yo conduzco.

La carretera que llevaba a la ciudad atravesaba campos secos; todo lo que se levantaba del suelo de cara al oeste proyectaba una sombra rojiza. Una neblina púrpura empezaba a invadir los arcenes, y en el cielo había una franja inmóvil de fuego. Venían algunos coches de frente, algunos eran sombras pardas, pero visibles; otros llevaban los faros encendidos y sólo se veían dos molestos puntos amarillos.

Keating miraba la carretera; parecía estrecha, como una pequeña raya en mitad del parabrisas, enmarcada por la tierra y las colinas, todo contenido en el rectángulo de cristal que tenía delante. Pero la carretera se ensanchaba a medida que el parabrisas avanzaba. La carretera llenaba el cristal, se desbordaba por los laterales y se abría por la mitad para dejarlos pasar, fluyendo en dos bandas grises a los lados del coche. Él se imaginó que era una carrera, y esperó a ver si ganaba el parabrisas, si el coche se lanzaba a esa pequeña raya antes de que le diera tiempo a estrecharse.

—¿Dónde vamos a vivir al principio? ¿En tu casa o en la mía? —preguntó él.

—En la tuya, claro.

—Yo prefiero mudarme a la tuya.

—No, voy a dejar mi casa.

—Es imposible que te guste mi casa.

—¿Por qué?

—No sé. No va contigo.

—Me gustará.

Se quedaron en silencio un rato, y después Keating preguntó:

—¿Cómo vamos a anunciar esto ahora?

—Como tú quieras. Eso te lo dejo a ti.

Estaba oscureciendo, y ella encendió los faros. Keating observaba los pequeños contornos borrosos de las señales de tráfico, a poca altura en los arcenes, que empezaron de pronto a cobrar vida a medida que se acercaban. GIRE A LA IZQUIERDA, CRUCE AL FRENTE, deletreaban con puntos de luz que parecían guiñarles un ojo, conscientes, malévolos.

No se decían nada, pero ahora no había ningún lazo de unión en ese silencio; ahora no estaban encaminándose al desastre: el desastre ya había llegado, y su valentía ya no importaba.

Él se sintió inquieto e inseguro como siempre se sentía delante de Dominique. Se giró un poco a la derecha para mirarla. Ella mantenía la vista en la carretera. Su perfil en aquel viento frío era sereno y lejano, con una belleza que era difícil de soportar. Él miró sus manos enguantadas, posadas con firmeza a cada lado del volante. Dirigió luego la mirada a su fino pie sobre el acelerador, y después la subió recorriendo el contorno de su pierna. Se detuvo en el estrecho triángulo de su ajustada falda gris. De repente se dio cuenta de que tenía derecho a pensar lo que estaba pensando.

Por primera vez fue plenamente consciente de esas consecuencias del matrimonio. Después supo que siempre había deseado a esa mujer, que era el tipo de sentimiento que habría sentido hacia una puta, sólo que más desesperado y agresivo. «Mi esposa», pensó por primera vez, sin un rastro de respeto en la palabra. Sentía un deseo tan violento que si hubiese sido verano le habría mandado parar el coche a la primera oportunidad y la habría poseído allí mismo.

Él deslizó su brazo largo por la parte trasera del asiento y la rodeó por el hombro; los dedos apenas la tocaban. Ella ni se movió ni se resistió ni se volvió para míralo. Él retiró el brazo y miró fijamente al frente.

—Señora Keating —dijo sin ninguna entonación, sin dirigirse a ella; sólo constataba un hecho.

—Señora de Peter Keating —dijo ella.

Cuando se pararon delante de la casa de Keating, él salió y le sostuvo la puerta, pero ella se quedó sentada al volante.

—Buenas noches, Peter. Te veo mañana.

Y añadió, antes de que la expresión de la cara de Peter se convirtiera en un obsceno improperio:

—Mandaré mis cosas mañana y ya hablaremos de todo. Todo empezará mañana, Peter.

—¿Adónde vas?

—Tengo cosas que arreglar.

—Pero ¿qué le voy a decir a la gente esta noche?

—Lo que quieras, si quieres decir algo.

Ella arrancó el coche y se marchó.

Cuando entró en la habitación de Roark aquella noche, él sonrió, pero no era la leve sonrisa con que ella solía reconocer que él la estaba esperando; era una sonrisa que hablaba de espera y dolor.

No la había visto desde el juicio. Dominique se marchó del juzgado tras su testimonio, y él no había vuelto a tener noticia de ella desde entonces. Roark había ido a su casa, pero su doncella le había dicho que la señorita Francon no podía verlo.

Ella lo miró y sonrió. Era, por primera vez, un gesto de aceptación completa, como si al verlo todo se resolviera y todas las preguntas se respondieran: sólo significaba una mujer que lo miraba.

Guardaron silencio un instante, y ella pensó que las palabras más bellas son las que no se necesita pronunciar.

Cuando él se movió, ella dijo:

—No digas nada sobre el juicio... Después.

Cuando él la tomó en sus brazos, ella se giró para estar frente a él, para sentir todo el ancho de su pecho sobre el ancho del suyo, para sentir la longitud de sus piernas sobre la longitud de las suyas, como si estuviese tumbada sobre él. No sentía ningún peso en los pies, como si él la estuviese sosteniendo con la presión de su cuerpo.

Se acostaron aquella noche sin saber que, cuando dormían, los intervalos de inconsciencia exhausta eran un acto de unión tan intenso como el encuentro convulso de sus cuerpos.

Por la mañana, ya vestidos, ella lo vio dar vueltas por la habitación. Observó la agotada laxitud de sus movimientos, y pensó en lo que le había quitado. La pesadez que sentía en las muñecas le decía que su fortaleza estaba ahora en los nervios de él, como si hubiesen intercambiado su energía.

Él estaba al otro lado de la habitación y le había dado la espalda un momento cuando, en voz baja, despacio, Dominique dijo:

—Roark.

Él se dio la vuelta, como si lo hubiese esperado y, quizá, imaginándose el resto.

Dominique se quedó en mitad de la habitación, como la primera noche que pasó en esa habitación, en una postura solemne para llevar a cabo un rito.

—Te amo, Roark.

Lo había dicho por primera vez. Había visto el reflejo de sus propias palabras en la cara de Roark antes de pronunciarlas.

—Me casé ayer. Con Peter Keating.

Habría sido fácil si ella hubiese visto a un hombre con la boca distorsionada para morderse las palabras, que retorciera los puños para defenderse de sí mismo. Pero no fue fácil, porque ella no le vio hacer ninguna de esas cosas, y, sin embargo, las estaba haciendo, sin el alivio del gesto físico.

—Roark... —susurró ella, asustada.

—Estoy bien —dijo él. Y continuó—: Espera un momento, por favor... De acuerdo... Sigue.

—Roark, antes de conocerte, siempre tuve miedo de ver a alguien como tú, porque sabía que también tendría que ver lo que vi en el estrado de los testigos y hacer lo que hice en ese juzgado. Odio hacerlo, porque para ti era un insulto defenderte, y era un insulto para mí que te tuvieras que defenderte... Roark, puedo aceptarlo todo, excepto lo que parece lo más fácil para la mayoría de la gente: el camino intermedio, el casi, el más o menos, el entre medias. Podrán tener sus justificaciones. No lo sé. No me molesto en averiguarlo. Sé que es la única cosa que no me es posible comprender. Cuando pienso en lo que eres, no puedo aceptar ninguna realidad, salvo un mundo de tu clase. O al menos un mundo donde tengas una oportunidad de pelear, y de pelear en tus términos. Eso no existe. Y no puedo vivir desgarrada entre lo que existe y tú. Eso significaría luchar contra cosas y hombres que no merecen ser tus adversarios. Tu lucha utilizando sus métodos: eso es una profanación demasiado terrible. Significaría hacer por ti lo que hice por Peter Keating: mentir, halagar, eludir, hacer concesiones y consentir cualquier ineptitud, para poder rogarles una oportunidad para ti, para rogarles que te dejen vivir, que te dejen funcionar; para rogarles, Roark, no porque me ría de ellos, sino porque tiemblo de pensar en el poder que tienen para herirte. ¿Soy demasiado débil por no poder aceptar eso? No sé cuál es la mayor fortaleza: aceptar todo eso por ti o amarte tanto que lo demás resulte inaceptable. No lo sé. Te amo demasiado.

Él la miraba, expectante. Ella sabía que él lo había entendido hacía tiempo, pero, aun así, tenía que decirlo.

—Tú ahora no eres consciente de ellos. Yo sí. No puedo evitarlo. Te amo. El contraste es demasiado fuerte. Roark, no vas a ganar, te van a destruir, pero no estaré ahí para verlo. Primero haré que me destruyan a mí. Ése es el único gesto de protesta que me queda. ¿Qué más te podría ofrecer? Las cosas que sacrifica la gente son muy pequeñas. Yo te voy a dar mi matrimonio con Peter Keating. Me niego a permitirme ser feliz en su mundo. Elijo el sufrimiento. Ésa será mi respuesta para ellos, y mi regalo para ti. Probablemente, nunca volveré a verte. Intentaré no hacerlo. Pero viviré por ti, cada minuto y en cada acto vergonzoso, viviré por ti a mi manera, de la única manera que puedo.

Él hizo un ademán para hablar, pero ella dijo:

—Espera, déjame terminar. Quizá te preguntes por qué entonces no me suicido. Porque te quiero. Porque existes. Eso sólo es tanto que no me dejaría morir. Y como debo estar viva para saber que tú lo estás, viviré en el mundo tal como es, con el estilo de vida que exige. No a medio camino, sino del todo. No suplicando y huyendo de él, sino yendo a su encuentro, venciéndolo en el dolor y la fealdad, siendo la primera en elegir lo peor que me pueda hacer. No como esposa de algún ser humano medio decente, sino como esposa de Peter Keating. Y sólo en mi cabeza, donde nadie puede tocarlos, donde el muro protector de mi propia degradación los mantendrá sagrados, estarán mis pensamientos sobre ti y mi consciencia sobre ti, y me diré «Howard Roark» a mí misma de vez en cuando, y sentiré que he sido digna de decirlo.

Estaba de pie ante él, con la cara levantada. No tenía los labios contraídos, sino cerrados suavemente, y, sin embargo, la forma de la boca se veía muy definida en su cara; era la forma del dolor, la ternura y la resignación.

Vio en la cara de Roark un sufrimiento antiguo, como si hubiese formado parte de él desde hacía tiempo y, como lo había aceptado, no parecía una herida, sino una cicatriz.

—Dominique, ¿si te dijera ahora que anularas de inmediato ese matrimonio, que te olvides del mundo y de mi lucha y no sientas rabia ni preocupación ni esperanza, y que sólo existieras para mí, para mi necesidad de ti, como esposa mía, como propiedad mía...?

Él vio en su cara lo que ella había visto en la suya cuando le dijo que se había casado; pero él no estaba asustado, la observaba con calma. Al cabo de un rato, ella respondió, pero las palabras no salieron de sus labios; más bien parecía que sus labios se hubiesen visto obligados a recogerlas del exterior:

—Te obedecería.

—Ahora entiendes por qué no lo voy a hacer. No intentaré detenerte. Te amo, Dominique.

Ella cerró los ojos, y él continuó:

—¿Preferirías no oírlo ahora? Pero quiero que lo oigas. Nunca necesitamos decirnos nada el uno al otro cuando estamos juntos. Esto es por el tiempo que no pasaremos juntos. Te amo, Dominique. De manera tan egoísta como cierto es que estoy vivo. Con el mismo egoísmo que mis pulmones al respirar. Respiro por necesidad, para dar energía a mi cuerpo, para mi supervivencia. Yo no te he dado mi sacrificio ni mi piedad, sino mi ego y mi necesidad desnuda. Es la única manera en que puedes desear ser amada. Ésta es la única manera en que puedo querer que me ames. Si te casaras conmigo ahora, yo me convertiría en toda tu existencia. Pero entonces yo no te amaría. Tú no querrías ser tú misma, y por eso no me amarías mucho tiempo. Para decir «yo te amo», primero hay que saber decir «yo». El tipo de sometimiento que podría obtener de ti no me daría nada, salvo una mole vacía. Si yo te lo pidiera, te destruiría. Por eso no te voy a parar. Te dejaré ir con tu marido, no sé cómo voy a pasar la noche, pero lo haré. Te quiero entera, como yo, como seguirás en la batalla que has elegido. Una batalla nunca es altruista.

Ella interpretó, por la medida tensión de sus palabras, que para él era más difícil hablar que para ella escuchar. Así que escuchó.

—Debes aprender a no tener miedo del mundo. A que no te aprese como estás ahora. A que no te hiera nunca, como lo estabas en ese juzgado. Tengo que dejar que lo aprendas. No puedo ayudarte. Debes encontrar tu propio camino. Cuando lo hayas hecho, volverás a mí. No van a destruirme, Dominique. Y no te van a destruir a ti. Ganarás, porque has elegido el camino más difícil para luchar por liberarte del mundo. Te esperaré. Te amo. Lo digo ahora por todos los años que tendré que esperar. Te amo, Dominique.

Después la besó y la dejó marchar.

15

A las nueve en punto de la mañana, Peter Keating estaba dando vueltas por su habitación, con la puerta cerrada. Se había olvidado de que eran las nueve en punto y de que Catherine lo estaba esperando. Se había obligado a olvidarse de ella y de todo lo que ella significaba.

La puerta de su habitación estaba cerrada para protegerse de su madre. La noche anterior, al ver su furiosa intranquilidad, su madre lo había forzado a contarle la verdad. Le gritó de golpe que se había casado con Dominique Francon, y después añadió, como explicación, que Dominique se había ido de la ciudad para anunciarle la boda a algún viejo pariente. Su madre estaba tan atareada con sus soplidos de placer y sus preguntas que él pudo eludir responder a nada y logró ocultar su pánico. No estaba seguro de tener una esposa que fuese a volver con él a la mañana siguiente.

Le prohibió a su madre anunciar la noticia, pero ésta hizo algunas llamadas por la noche y algunas más por la mañana, y ahora el teléfono no dejaba de sonar, con voces ansiosas que, entre derroches de asombro y felicitaciones, preguntaban: «¿Es verdad?». Por el nombre y la posición social de quienes llamaban, Keating vio que la noticia estaba corriendo por la ciudad en círculos cada vez más grandes. Se negó a contestar ninguna llamada. Parecía como si todos los rincones de Nueva York estuviesen anegados con la celebración y que sólo él, escondido bajo el hermético artesonado de su cuarto, estuviese helado, frío y horrorizado.

Era casi mediodía cuando sonó el timbre, y se tapó los oídos con las manos, para no saber quién era ni qué quería. Después oyó la voz de su madre, tan estridente por la alegría, que sonaba bochornosamente tonta:

—Petey, cariño, ¿no quieres salir y darle un beso a tu mujer?

Salió enseguida al vestíbulo, y allí estaba Dominique, quitándose su suave abrigo de visón, de cuya piel le llegó el olor del frío de la calle con un toque de su perfume. Ella sonreía con cortesía y lo miraba fijamente. Dijo:

—Buenos días, Peter.

Él se animó, por un instante, y en ese momento revivió todas las llamadas de teléfono y sintió el triunfo que le otorgaban. Se movía como un hombre en el centro de un estadio abarrotado, sonreía como si sintiera que el rayo de un arco voltaico jugueteara en los pliegues de su sonrisa, y dijo:

—Dominique, querida, ¡es como un sueño hecho realidad!

La dignidad de su condenado acuerdo había desaparecido y su matrimonio iba a ser tal como se había concebido.

Ella pareció alegrarse de ello. Y dijo:

—Qué pena que no me llevaras en brazos al cruzar el umbral, Peter.

Él no la besó, sino que le cogió la mano y la besó por encima de la muñeca, con una ternura informal, íntima.

Vio que su madre seguía ahí, y dijo con un apresurado gesto de triunfo:

—Mamá: Dominique Keating.

Vio cómo su madre la besaba. Dominique le devolvió el beso con solemnidad. La señora Keating jadeaba:

—Querida mía, estoy tan contenta, tan contenta. Que Dios la bendiga, ¡no tenía ni idea de que era tan guapa!

Él no supo qué hacer después, pero Dominique se hizo cargo sin más, y no le dio tiempo a hacerse preguntas. Se fue al salón y dijo:

—Vamos a comer, y luego me enseñas la casa, Peter. Mis cosas llegarán dentro de una hora, más o menos.

La señora Keating dijo, con una resplandeciente sonrisa:

—Ya está lista la comida para tres, señorita Fran... —Se paró—. Ah, querida, ¿cómo debo llamarla, cielo? ¿Señora Keating o...?

—De tú. Dominique, por supuesto —respondió ella sin sonreír.

—¿No vamos a anunciarlo, a invitar a alguien, a...? —empezó a decir Keating, pero lo cortó Dominique:

—Después, Peter. Se anunciará solo.

Más tarde, cuando llegaron sus maletas, Keating la vio dirigirse a su habitación sin vacilar. Le dio instrucciones a la doncella sobre cómo colgar su ropa y le pidió que reorganizara el interior de los armarios.

La señora Keating parecía desconcertada.

—Pero, chicos, ¿no vais a iros a ningún sitio? Todo es muy repentino y muy romántico, pero ¿no va a haber luna de miel?

—No. No quiero apartar a Peter de su trabajo.

—Por supuesto, esto es temporal, Dominique —dijo él—. Tendremos que mudarnos a otro apartamento más grande. Quiero que lo elijas tú.

—Qué va, no. No creo que sea necesario. Nos quedaremos aquí —dijo ella.

—Yo me mudaré —se ofreció generosamente la señora Keating, sin pensarlo, por un sobrecogedor temor a Dominique—. Me buscaré un pisito para mí.

—No —dijo Dominique—. Preferiría que no lo hiciera. No quiero cambiar nada. Quiero adaptarme a la vida de Peter tal como es.

—¡Qué amable por tu parte! —dijo sonriendo la señora Keating, mientras Keating pensaba insensibilizado que no era en absoluto amable por su parte.

La señora Keating sabía que, cuando se recobrara, odiaría a su nuera. Podría haber aceptado su arrogancia. Pero no podía perdonarle a Dominique la solemne corrección de sus modales.

Sonó el teléfono. El dibujante jefe de Keating le daba la enhorabuena desde la oficina y dijo:

—Acabamos de enterarnos, Peter, y Guy está bastante estupefacto. Creo que deberíais llamarle o venir aquí o algo.

Keating fue corriendo a la oficina, contento de escaparse de su casa un rato. Entró en la oficina con la perfecta figura resplandeciente de un joven enamorado. Se rio y estrechó manos en la sala de dibujo, entre efusivas felicitaciones, gritos de alegría y algunos comentarios impúdicos. Después se fue corriendo al despacho de Francon.

Por un instante, se sintió extrañamente culpable al entrar y ver la sonrisa en la cara de Francon: parecía una bendición. Le dio unas afectuosas palmaditas en el hombro y murmuró:

—Soy tan feliz, Guy, soy tan feliz...

—Siempre lo esperé —dijo Francon tranquilo—. Pero ahora me siento bien. Ahora creo que está bien que todo esto deba ser tuyo, Peter, todo esto, este despacho, todo, pronto.

—¿De qué estás hablando?

—Venga, tú siempre entiendes. Estoy cansado, Peter. Ya sabes, llega un momento en que te cansas de forma definitiva, y entonces... No, cómo lo vas a saber, eres demasiado joven. Pero qué diablos, Peter, ¿de qué sirvo yo aquí? La parte divertida es que ya ni siquiera me importa fingir que sirvo para algo... Me gusta ser sincero a veces. Es una buena sensación... Bueno, de todas formas, no será hasta dentro de un año o dos, pero después me jubilaré. Y después será todo tuyo. Ya sabes que me encanta este sitio, tan ajetreado, donde todo se hace tan bien y la gente nos respeta. Ha sido una buena firma, Francon & Heyer, ¿verdad? ¿Pero qué demonios digo? Francon & Keating. Después será sólo Keating... Peter, ¿por qué no pareces contento? —preguntó con delicadeza.

—Por supuesto que estoy contento, estoy muy agradecido y todo eso, pero ¿por qué narices tienes que pensar ahora en jubilarte?

—No me refiero a eso. Quiero decir: ¿por qué no pareces contento cuando digo que será tuyo? A mí..., a mí me gustaría que eso te alegrara, Peter.

—Por Dios santo, Guy, estás siendo morboso, estás...

—Peter, es muy importante para mí que estés contento por lo que te dejo. Que debas estar orgulloso de ello. Y lo estás, ¿no, Peter? ¿Lo estás?

—Hombre, ¿quién no lo estaría? —No miró a Francon. No podía soportar el tono suplicante de la voz de Francon.

—Sí, ¿quién no lo estaría? Naturalmente... ¿Y tú lo estás, Peter?

—¿Qué es lo que quieres? —dijo Peter levantando la voz, enfadado.

—Quiero que te sientas orgulloso de mí, Peter —dijo Francon con humildad, sencillez y desesperación—. Quiero saber que he logrado algo. Quiero sentir que ha tenido algún significado. A la hora de hacer cuentas, quiero estar seguro de que no todo fue en vano.

—¿No estás seguro de eso? ¿No estás seguro? —Keating le echó una mirada asesina, como si Francon fuese de pronto un peligro para él.

—¿Qué pasa, Peter? —preguntó Francon con gentileza y casi indiferencia.

—Maldita sea, ¡no tienes derecho a no estar seguro! A tu edad, con tu nombre, con tu prestigio, con tu...

—Quiero estar seguro, Peter. He trabajado muy duro.

—¡Pero no estás seguro!

Estaba furioso y asustado, y por eso quería hacer daño, y se valió de lo que más daño podía hacer, olvidándose de que era él a quien hería, y no a Francon; que Francon no lo sabría, que nunca lo había sabido, y ni siquiera se lo imaginaba:

—Bueno, pues yo conozco a uno que sí estará seguro, al final de su vida, tan malditamente seguro, ¡que me gustaría rajarle su maldita garganta por ello!

—¿Quién? —preguntó Francon como si nada, sin mostrar interés.

—¡Guy! ¿Qué nos pasa, Guy? ¿De qué estamos hablando?

—No lo sé —dijo Francon. Parecía cansado.

Aquella noche, Francon fue a cenar a casa de Keating. Iba vestido de manera informal, y guiñó un ojo con su vieja galantería al besarle la mano a la señora Keating. Pero se puso serio al felicitar a Dominique y ver que no tenía mucho que decirle; al mirar a Dominique, sus ojos parecían suplicantes. En lugar de la burla ingeniosa y afilada que esperaba de ella, vio una súbita comprensión. Ella no dijo nada, pero se inclinó y le dio un suave beso en la frente; mantuvo los labios un segundo más de lo que dictaba la cortesía. Él sintió una cálida ola de gratitud, y después miedo.

—Dominique —le susurró a su hija, y los demás no pudieron oírlo—, qué terriblemente infeliz debes ser...

Ella se rio alegre y le cogió del brazo:

—¡Pero, papá! ¿Cómo puedes decir eso?

—Perdóname —murmuró él—. Soy tan estúpido... Esto es maravilloso, de verdad.

Siguieron llegando visitas toda la tarde, sin invitación y sin avisar: cualquiera que se hubiese enterado de la noticia y se sintiera con el privilegio de pasarse por allí. Keating no sabía si estaba contento de verlos o no. Todo parecía correcto, mientras aquella alegre confusión durara. Dominique se comportó de forma exquisita. Él no detectó ni rastro de sarcasmo en su actitud.

Era tarde cuando se marchó la última visita y se quedaron a solas entre ceniceros llenos y vasos vacíos. Estaban sentados en lados opuestos del salón, y Keating intentó posponer el momento de pensar en lo que ahora tenía que pensar.

—Está bien, Peter —dijo Dominique levantándose—. Saquémonos eso de encima.

Tumbado al lado de ella en la oscuridad, con su deseo satisfecho y más hambriento que nunca por el cuerpo inmóvil que no había respondido, ni siquiera por asco, cuando se sintió derrotado en el único acto de dominio que esperaba imponerle, las primeras palabras que susurró fueron:

—¡Maldita seas!

Él no la oyó moverse.

Después se acordó del descubrimiento que los momentos de pasión le habían borrado de la mente.

—¿Quién fue? —preguntó él.

—Howard Roark.

—¡Está bien! ¡No tienes que contármelo, si no quieres!

Keating encendió la luz. La vio allí tumbada, quieta, desnuda, con la cabeza echada hacia atrás. Su rostro parecía apacible, inocente, limpio. Dominique dijo, mirando al techo, con la voz suave:

—Peter, si pude hacer esto..., puedo hacer ya cualquier cosa...

—Si piensas que te voy a molestar muy a menudo, si ésa es tu idea de...

—Tan a menudo o tan poco como desees, Peter.

A la mañana siguiente, al entrar en el comedor para desayunar, Dominique se encontró una caja de flores, alargada y blanca, al lado de su plato.

—¿Qué es esto? —preguntó a la doncella.

—Lo trajeron esta mañana, señora, con instrucciones de que se pusiera en la mesa del desayuno.

La caja iba dirigida a la señora de Peter Keating. Dominique la abrió. Contenía algunas ramas de lilas blancas, más extravagantes y lujosas que las orquídeas en esa época del año. Había una pequeña tarjeta con un nombre escrito en letras grandes, que conservaban la velocidad de la mano, como si las letras se estuviesen riendo sobre la cartulina: «Ellsworth M. Toohey».

—¡Qué amable! Me pregunto por qué ayer no supimos nada de él en todo el día —dijo Keating.

—Por favor, ponlas en agua, Mary —dijo Dominique al dárselas a la doncella.

Por la tarde, Dominique llamó a Toohey y lo invitó a cenar.

La cena tuvo lugar unos días más tarde. La madre de Keating se excusó diciendo que tenía algunos compromisos previos y se escapó aquella noche; se explicó a sí misma que sólo necesitaba un tiempo para acostumbrarse a las cosas. Así que la mesa sólo estaba puesta para tres, con velas en candelabros de vidrio y un centro de flores azules y bolas de cristal.

Cuando entró Toohey, les hizo a sus anfitriones una reverencia propia de una recepción real. Dominique lo miró como una anfitriona de la alta sociedad que siempre lo hubiese sido y de la que no cabría imaginar otra cosa.

—¿Y bien, Ellsworth? ¿Qué? —preguntó Keating con un gesto que abarcaba el vestíbulo, el aire y a Dominique.

—Querido Peter, vamos a saltarnos lo obvio —dijo Toohey.

Dominique los condujo a la sala de estar. Iba arreglada con una blusa blanca de satén de corte masculino y una falda larga negra, recta y sencilla como su lustroso cabello. El estrecho cinturón de la falda parecía constatar que con dos manos se podría rodear completamente su cintura o dividir su cuerpo en dos sin mucho esfuerzo. Las mangas cortas dejaban sus brazos al desnudo, y llevaba una pulsera de oro liso demasiado grande y pesada para su fina muñeca. Tenía un aire de elegancia convertida en perversión, de madurez sabia y peligrosa que lograba con su aspecto de chica muy joven.

—Ellsworth, ¿no es maravilloso? —dijo Keating, mirando a Dominique como quien mira una rica cuenta bancaria.

—Nada menos que lo que esperaba. Y nada más —dijo Toohey.

En la mesa, el que más habló fue Keating. Parecía poseído por la verborrea. Soltaba las palabras con el abandono sensual de un gato que se revolcara en la hierba.

—En realidad, Ellsworth, fue Dominique quien te invitó. No se lo pedí yo. Eres nuestro primer invitado oficial. Creo que es maravilloso. Mi mujer y mi mejor amigo. Siempre he tenido la idea estúpida de que no os caíais bien. Sabe Dios de dónde saco esas ideas. Pero esto me hace tan condenadamente feliz, nosotros tres, juntos.

—Así que no crees en las matemáticas, ¿no, Peter? —dijo Toohey—. ¿A qué viene la sorpresa? Ciertas cifras, sumadas, producen ciertos resultados. Con tres entidades como Dominique, tú y yo, ésta era la suma inevitable.

—Dicen que tres son multitud, pero es una bobada —dijo Keating riéndose—. Dos son mejor que uno, y a veces es mejor tres que dos, todo depende.

—En lo único que se equivoca ese viejo cliché es en la errónea insinuación de que «multitud» es un término de oprobio —dijo Toohey—. Es al revés, como felizmente estáis descubriendo. Tres, podría añadir, es un número clave místico. Como, por ejemplo, la Santísima Trinidad. O el triángulo, sin el cual no habría industria cinematográfica. Hay muchas variaciones del triángulo, no necesariamente desdichadas. Como nosotros tres, donde yo hago de suplente para la hipotenusa, una sustitución muy apropiada, ya que estoy reemplazando a mi antípoda, ¿no crees, Dominique?

Estaban terminando el postre cuando llamaron a Keating por teléfono. Podían oír su voz impaciente en la habitación contigua, y darle unas secas instrucciones a un dibujante que estaba trabajando hasta tarde para hacer un trabajo urgente y necesitaba ayuda. Toohey se giró, miró a Dominique y sonrió. La sonrisa le dijo todo lo que su actitud no había permitido que se dijera antes. No hubo ningún movimiento visible en el rostro de Dominique cuando ella le devolvió la mirada, sí un cambio de expresión, como si estuviera reconociendo lo que implicaba la mirada de él, en vez de negarse a entenderlo. Él habría preferido la hermética mirada de rechazo. La aceptación era infinitamente más despectiva.

—Así que has vuelto al redil, Dominique...

—Sí, Ellsworth.

—¿Se acabaron las peticiones de clemencia?

—¿Te parece que vayan a ser necesarias?

—No. Te admiro, Dominique... ¿Qué tal lo llevas? Imagino que Peter no está mal, aunque no es tan bueno como el hombre en el que ambos estamos pensando, que es probablemente superlativo, pero nunca tendrás la oportunidad de saberlo.

Ella no parecía disgustada, sino genuinamente perpleja.

—¿De qué estás hablando, Ellsworth?

—Oh, vamos, querida, hemos dejado ya de fingir, ¿no? Has estado enamorada de Roark desde el primer momento que lo viste en el salón de Kiki Holcombe. ¿Quieres que sea franco? Quisiste acostarte con él, pero él no quería ni escupirte, y de ahí que te comportaras así después.

—¿Eso fue lo que pensaste? —preguntó ella tranquilamente.

—¿No era evidente? La mujer desdeñada. Tan evidente como el hecho de que Roark tenía que ser el hombre que tú querías. Que lo querías de la forma más primitiva. Y que él nunca supo que existías.

—Te sobrevaloré, Ellsworth —dijo ella. Había perdido todo interés en su presencia, incluso la necesidad de cautela. Parecía aburrida. Él frunció el ceño, confuso.

Keating volvió. Toohey le dio una palmadita en el hombro cuando pasó por su lado para sentarse.

—Antes de irme, Peter, debemos tener una charla sobre la reconstrucción del templo Stoddard. Quiero que te cepilles eso también.

—¡Ellsworth...! —dijo Keating sofocado.

Toohey se rio.

—No seas remilgado, Peter. Sólo un poco de vulgaridad profesional. A Dominique no le importará. Era periodista.

—¿Qué pasa, Ellsworth? —preguntó Dominique—. ¿Te sientes muy desesperado? Esas armas no suelen estar en tu arsenal. —Se levantó—. ¿Tomamos el café en el salón?

Hopton Stoddard añadió una generosa suma a la demanda que le ganó a Roark, y el templo Stoddard fue reconstruido para su nueva finalidad por un grupo de arquitectos elegido por Ellsworth Toohey: Peter Keating, Gordon L. Prescott, John Erik Snyte y un tal Gus Webb, un joven de veinticuatro años al que le gustaba soltar obscenidades a las mujeres refinadas que pasaban por la calle, y que nunca había gestionado un encargo arquitectónico por su cuenta. Tres de esos hombres tenían buena reputación social y profesional: Gus Webb no tenía ninguna. Toohey lo incluyó por esa razón. De los cuatro, Gus Webb era el que hablaba más alto y con la mayor confianza en sí mismo. Gus Webb dijo que no tenía miedo a nada, y lo decía de verdad. Todos eran miembros del Consejo de Constructores de Estados Unidos.

El Consejo de Constructores de Estados Unidos había crecido. Tras el juicio de Stoddard, hubo muchos debates serios, no oficiales, en los salones de la Asociación de Arquitectos de Estados Unidos. La actitud de la asociación hacia Ellsworth Toohey no había sido cordial, en especial desde que creó su consejo. Pero el juicio produjo un cambio sutil: muchos miembros señalaron que su artículo en «Una vocecita» era lo que había provocado la demanda de Stoddard, y que a un hombre que podía obligar a sus clientes a demandar había que tratarlo con cautela. Así que se sugirió que había que invitar a Ellsworth Toohey a pronunciar un discurso en uno de los almuerzos de la asociación. Algunos miembros se opusieron, entre ellos Guy Francon. La persona que mostró más pasión en contra era un joven arquitecto que dio un discurso muy elocuente; la voz le temblaba por la vergüenza de hablar en público por primera vez. Dijo que admiraba a Ellsworth Toohey y que siempre había estado de acuerdo con sus ideales sociales, pero si un grupo de gente sentía que una persona estaba ganando poder sobre ellos, era el momento de combatir a esa persona. Se impuso la mayoría. Se le pidió a Ellsworth Toohey que hablara en el almuerzo, que reunió a una gran concurrencia. Dio un discurso ingenioso y divertido. Muchos miembros de la asociación se unieron al Consejo de Constructores, John Erik Snyte entre los primeros.

Los cuatro arquitectos a cargo de la reconstrucción del templo Stoddard se reunieron en el despacho de Keating, alrededor de una mesa donde estaban extendidos los planos del templo, fotografías de los dibujos originales de Roark, obtenidas a través del contratista, y un modelo en yeso que Keating había mandado hacer. Hablaron de la Depresión y sus desastrosas consecuencias para el sector de la construcción; hablaron de mujeres, y Gordon L. Prescott contó algunos chistes escatológicos. Después, Gus Webb levantó el puño y lo soltó a plomo sobre la azotea del modelo que, como aún no estaba seco, se espachurró.

—Bueno, chicos. Pongámonos a trabajar —dijo Gus.

—¡Gus, hijo de perra! ¡Que eso cuesta dinero! —dijo Keating.

—¡Qué cojones! No lo pagamos nosotros —respondió.

Cada uno de ellos tenía una serie de fotografías de los dibujos originales con la firma Howard Roark visible en la esquina. Dedicaron muchas noches y semanas a dibujar sus propias versiones directas de los originales, que rehacían y mejoraban. Se tomaron más tiempo del necesario. Hicieron más cambios de los requeridos. Parecía darles placer. Después, juntaron las cuatro versiones e hicieron una mezcla del conjunto. Ninguno había disfrutado nunca tanto un trabajo. Tuvieron largas y afables conversaciones. Hubo discrepancias menores, como la de Gus Webb, que dijo: «Maldita sea, Gordon. Si tú vas a hacer la cocina, entonces yo tengo que hacer los baños», pero no eran más que roces superficiales. Tenían un sentido de unidad y sentían un afecto ansioso los unos por los otros; era la especie de fraternidad que hacía a un hombre soportar el tercer grado en vez de delatar a su banda.

El templo Stoddard no se demolió, pero se transformó su estructura para que albergara cinco plantas con dormitorios, aulas, una enfermería, una cocina y una lavandería. Revistieron la entrada principal de mármol veteado, instalaron un pasamanos de aluminio forjado y mamparas en las duchas, y las salas de recreo tenían columnas corintias con hojas doradas. Los inmensos ventanales no se tocaron, sólo quedaron divididos por los distintos pisos.

Los cuatro arquitectos habían decidido lograr un efecto de armonía, y por lo tanto no usaron ningún estilo histórico en su forma pura. Peter Keating diseñó el pórtico semidórico de mármol blanco que se elevaba sobre la entrada y los balcones venecianos, para el que se cortaron puertas nuevas. John Erik Snyte diseñó la pequeña aguja semigótica, rematada con una cruz, y estilizó las hiladas horizontales con hojas de acanto grabadas en la caliza de los muros. Gordon L. Prescott diseñó la cornisa semirrenacentista y la terraza cerrada con cristaleras del tercer piso. Gus Webb diseñó un adorno cubista para enmarcar las ventanas originales y el rótulo de neón moderno de la azotea, que decía: «Hogar Hopton Stoddard para Niños con Discapacidad Mental».

—Llega la revolución, ¡y todos los niños del país tendrán una casa como ésa! —dijo Gus Webb, mirando el edificio terminado.

Aún se podía distinguir la forma original del edificio. No era un cadáver cuyos fragmentos se hubiesen esparcido con misericordia; era un cadáver descuartizado y vuelto a componer.

En septiembre, entraron a vivir los nuevos ocupantes. Toohey seleccionó una pequeña plantilla de expertos. Más difícil resultó encontrar niños que dieran el perfil de internos. Hubo que llevarse a muchos de otras instituciones. Sesenta y cinco niños, de edades comprendidas entre los tres y los quince años, fueron seleccionados por señoras entusiastas, llenas de amabilidad, que pusieron mucho cuidado en rechazar a los que se podían curar y elegir sólo los casos desesperados. Había un chico de quince años que nunca había aprendido a hablar; un niño risueño al que no se le podía enseñar a leer o escribir; una niña que nació sin nariz, cuyo padre era también su abuelo; una persona llamada «Jackie» cuya edad o sexo nadie pudo esclarecer. Se fueron a su nueva casa con los ojos perdidos en el vacío, con la mirada de la muerte, ante la cual no existía ningún mundo.

En las tardes calurosas, los niños de los barrios pobres de alrededor se colaban en el parque del Hogar Stoddard y espiaban melancólicos los patios de recreo, el gimnasio y la cocina tras los grandes ventanales. Aquellos niños iban con la ropa sucia y la cara manchada, sus cuerpecillos eran ágiles, y sus ojos tenían el brillo de una inteligencia ardiente, imperiosa, exigente. Las señoras a cargo del Hogar los espantaban enfadadas, a gritos: «¡Esos pequeños bandidos!».

Una vez al mes, una delegación de patrocinadores iba a visitar el Hogar. Era un grupo distinguido cuyos nombres aparecían en muchas de las guías de la alta sociedad, aunque nunca figuraron en ellas por ningún mérito personal. Era un grupo de abrigos de visón y broches de diamantes; de vez en cuando, se veía algún puro o algún bombín comprado en una tienda británica. Ellsworth Toohey estaba siempre presente para enseñarles el Hogar. La inspección hacía que los abrigos de piel parecieran más cálidos y los derechos de quienes los llevaban más incontestables, ya que establecían su superioridad y su virtud altruista de un solo golpe, una demostración más potente que una visita a la morgue. De vuelta de esas inspecciones, Ellsworth Toohey recibía humildes cumplidos sobre el maravilloso trabajo que estaba haciendo, y no tenía problemas para recibir cheques para sus demás actividades humanitarias, como las publicaciones, los cursos de lectura, los foros de radio y el Taller de Estudios Sociales.

Se puso a Catherine Halsey al cargo de la terapia ocupacional de los niños, y ésta se mudó al Hogar como empleada interna. Se lo tomó con extremo entusiasmo. Hablaba de ello con cualquiera que la escuchara.

Su voz era seca y arbitraria. Cuando hablaba, los gestos de su boca ocultaban las dos líneas que le habían aparecido hacía poco, desde las aletas de la nariz hasta la barbilla; la gente prefería que no se quitara las gafas, porque no veía muy bien. Ella decía con beligerancia que su trabajo no era caridad, sino una «exigencia humana».

Para ella, el momento más importante del día era la hora dedicada a las actividades artísticas de los niños, conocida como el «Período creativo». Había una sala especial para tal fin —una sala desde la que se veía la silueta de la ciudad a lo lejos—, donde a los niños se les daban materiales y se les animaba a crear con libertad, con la guía de Catherine, que los vigilaba como un ángel que preside un nacimiento.

Se puso eufórica cuando Jackie, que de todos era quien ofrecía menos esperanzas, logró terminar un trabajo de imaginación. Jackie cogió un puñado de pedazos de fieltro de colores y un bote de cola y los llevó al otro lado de la habitación. Había, en la esquina, un borde en pendiente que sobresalía del muro —enyesado y pintado de verde—, un resto del modelado de Roark del interior del templo que antes controlaba el retroceso de la luz al atardecer. Catherine se acercó a Jackie y vio, extendida sobre el borde, la forma reconocible de un perro marrón con manchas azules y cinco piernas. En el rostro de Jackie había una expresión de orgullo.

—¿Lo veis ahora? ¿Lo veis? —les dijo Catherine a sus compañeros—. ¿No es maravilloso y emocionante? No se sabe lo lejos que puede llegar con el estímulo adecuado. ¡Pensad en lo que les pasa a sus pequeños espíritus si se frustran sus instintos creativos! Es muy importante no negarles la oportunidad de expresarse. ¿Visteis la cara de Jackie?

Se vendió la estatua de Dominique. Nadie sabía quién la había comprado. La había comprado Ellsworth Toohey.

La oficina de Roark se había reducido a una sola habitación. Cuando terminó el edificio Cord, no encontró trabajo. La Depresión había destruido el sector de la construcción; no había mucho trabajo para nadie. Se decía que los rascacielos estaban acabados y los arquitectos estaban cerrando sus oficinas.

Aún caía de vez en cuando algún encargo, y un grupo de arquitectos revoloteaban sobre ellos con la dignidad de quien aguarda en la cola del pan. Entre ellos había hombres como Ralston Holcombe, que nunca había suplicado, pero sí había exigido referencias antes de aceptar un cliente. Cuando Roark intentaba conseguir un encargo, lo rechazaban de un modo que daba a entender que, ante su insensatez, cualquier gesto de educación sería malgastar esfuerzos. «¿Roark? —decían los empresarios precavidos—. ¿El héroe de los tabloides? El dinero escasea demasiado hoy en día para gastarlo después en pleitos.»

Consiguió algunos trabajos para reformar casas, encargos que no le suponían más que construir algunos tabiques y reorganizar las tuberías.

—No lo cojas, Howard —le dijo enfadado Austen—. ¡Qué maldita desfachatez, ofrecerte un trabajo de ese tipo! ¡Después del edificio Cord, después de la casa Enright!

—Cogeré cualquier cosa —dijo Roark.

La demanda de Stoddard le costó más que el monto de sus honorarios por el edificio Cord, pero había ahorrado lo suficiente para vivir algún tiempo. Le pagaba el alquiler a Mallory y pagó él casi todas las veces que comían juntos.

Mallory había intentado negarse.

—Cállate, Steve —le había dicho Roark—. No lo hago por ti. En un momento como éste, me debo algunos lujos. Así que sólo estoy comprando la cosa más valiosa que se puede comprar: tu tiempo. Estoy compitiendo con un país entero, y eso es todo un lujo, ¿no? Quieren que hagas placas de bebés, y yo no, y me gusta salirme con la mía contra ellos.

—¿En qué quieres que trabaje, Howard?

—Quiero que trabajes sin preguntarle a nadie en qué quiere que trabajes.

Austen Heller se enteró de lo de Mallory, y lo comentó con Roark en privado.

—Si tú lo estás ayudando a él, ¿por qué no me dejas a mí ayudarte a ti?

—Te dejaría si pudieses. Pero no puedes. Lo único que él necesita es tiempo. Él puede trabajar sin clientes. Yo no.

—Es divertido, Howard, verte en el papel de altruista.

—No hace falta que me insultes. No es altruismo. Pero te diré esto: la mayoría de la gente dice que está preocupada por el sufrimiento de los demás. Yo no. Y, sin embargo, hay una cosa que no puedo comprender. La mayoría no pasaría de largo si viera a un hombre sangrando en la carretera, atropellado por un coche que se dio a la fuga. Y la mayoría de ellos no giraría la cabeza para mirar a Steven Mallory. Pero no saben que, si se pudiese medir el sufrimiento, hay más sufrimiento en Steven Mallory cuando no puede trabajar en lo que quiere que en todo un campo de víctimas aplastadas por un tanque. Si uno ha de mitigar el dolor de este mundo, ¿no habría que empezar por Mallory...? En todo caso, no lo estoy haciendo por eso.

Roark nunca había visto el templo Stoddard reconstruido. Una tarde de noviembre fue a verlo. No sabía si se había rendido al dolor o era una victoria frente al miedo de verlo.

Era tarde, y el jardín del Hogar Stoddard estaba desierto. El edificio estaba oscuro, y sólo había una luz en una ventana trasera en una planta superior. Roark contempló el edificio un largo rato. Bajo el pórtico griego, se abrió una puerta y apareció una delgada figura masculina. Bajó los escalones deprisa y distraído, y entonces se paró.

—Hola, señor Roark —dijo Ellsworth Toohey tranquilamente.

Roark lo miró sin curiosidad.

—Hola —respondió.

—Por favor, no se vaya corriendo. —La voz no era burlona, sino seria.

—No iba a hacerlo.

—Creo que sabía que usted vendría algún día, y creo que quería estar aquí cuando viniese. No he dejado de inventarme excusas para andar por aquí. —Su voz no era relamida, sino seca y simple.

—¿Y...?

—No debería molestarle hablar conmigo. Mire, yo entiendo su trabajo. Lo que yo haga al respecto es otra cosa.

—Usted es libre de hacer lo que desee.

—Comprendo su trabajo mejor que cualquier persona viva, con la posible excepción de Dominique Francon. Y mejor que ella, por cierto. Eso ya es mucho, ¿no, señor Roark? No hay mucha gente a su alrededor que pueda decir eso. Es un vínculo más fuerte que si fuese su devoto pero ciego defensor.

—Sabía que lo comprendía.

—Entonces no le molestará hablar conmigo.

—¿Sobre qué?

En la oscuridad, se oyó casi un suspiro de Toohey. Al cabo de un momento, señaló el edificio y preguntó:

—¿Usted entiende esto?

Roark no contestó.

Toohey continuó, con calma:

—¿Qué le parece? ¿Un desastre sin sentido? ¿Una colección al azar de maderas flotantes? ¿Un caos estúpido? ¿Pero lo es, señor Roark?

¿No ve ningún método? Usted, que conoce el lenguaje de la estructura y el significado de la forma, ¿no ve el propósito?

—No le veo ninguno a hablar de ello.

—Señor Roark, estamos solos aquí. ¿Por qué no me dice lo que piensa de mí? Con las palabras que quiera. Nadie nos va a oír.

—Es que no pienso en usted.

La cara de Toohey expresaba atención, como si escuchara tranquilamente algo tan simple como un hecho. Guardó silencio, y Roark preguntó:

—¿Qué quería decirme?

Toohey lo miró a él y luego a los árboles sin hojas que los rodeaban, al río a lo lejos y a la gran extensión del cielo, tras el río.

—Nada —dijo Toohey.

Se alejó, y el crujido de sus pasos sobre la grava sonaron, en medio del silencio, como los chasquidos agudos y uniformes de los pistones de un motor.

Roark se quedó solo en la calzada vacía, mirando el edificio.

Tercera parte

Gail Wynand

1

Gail Wynand se puso la pistola en la sien.

Sintió la presión de un aro metálico en la piel, y nada más. Podría haber tenido en la mano una tubería de plomo o una joya: era sólo un pequeño círculo sin significado.

—Voy a morir —dijo en alto, y después bostezó.

No sintió alivio ni desesperación ni miedo. El momento de su fin no le concedía siquiera la dignidad de lo solemne. Era un momento anónimo; unos minutos antes, tenía un cepillo de dientes en la mano; ahora sostenía un arma con la misma indiferencia casual.

Uno no muere así, pensó. Uno debe sentir un gran gozo o un sano terror. Uno debe saludar a su propio final. A ver si siento un espasmo de pavor, y entonces apretaré el gatillo. No sintió nada.

Se encogió de hombros y bajó la pistola. Se paró un momento, dándole golpecitos contra la palma de la mano izquierda. La gente siempre habla de la muerte negra o la muerte roja, pensó; la tuya, Gail Wynand, será una muerte gris. ¿Por qué nadie ha dicho nunca que éste es el horror mayor? No los gritos, los ruegos o las convulsiones. No la indiferencia de un vacío limpio, desinfectado por el fuego de algún gran desastre. Sino esto: un pequeño horror mezquino, indecente, incapaz incluso de dar miedo. No puedes hacerlo así, se dijo a sí mismo, sonriendo fríamente; sería de muy mal gusto.

Se acercó a la pared de su dormitorio. Su ático se construyó en la quincuagésima séptima planta de un gran hotel residencial de su propiedad, en el centro de Manhattan; podía ver toda la ciudad a sus pies. Su dormitorio era una pecera que estaba en el tejado del ático, y sus paredes y techos estaban hechos con enormes láminas de vidrio. Había unas cortinas de color azul oscuro para cubrir las paredes y cerrar la habitación cuando quisiera; para cubrir el techo no había nada. Tumbado en la cama, podía observar las estrellas sobre su cabeza, o ver el fulgor de los relámpagos, o ver la lluvia formando destellos en el aire y estrellándose furiosa contra la protección invisible sobre él. Le gustaba apagar las luces y descorrer todas las cortinas cuando estaba en la cama con una mujer: «Estamos fornicando a la vista de seis millones de personas», le decía.

Estaba solo ahora. Las cortinas estaban descorridas. Estaba de pie, mirando la ciudad. Era tarde, y el gran alboroto de las luces bajo él estaba empezando a decaer. Pensó que no le importaba tener que mirar la ciudad muchos años más, y que no le importaba no volver a verla.

Se apoyó en la pared y sintió el frío cristal en su piel, a través de la fina seda oscura de su pijama. Había un monograma blanco bordado en el bolsillo de la camisa: G. W.; era una reproducción exacta de su letra manuscrita, como él firmaba, con un solo trazo imperioso.

La gente decía que la mayor impostura respecto a Gail Wynand, entre otras muchas, era su aspecto físico. Parecía el producto final, decadente y excesivamente perfeccionado de una larga y exquisita estirpe, pero todo el mundo sabía que provenía del arroyo. Era alto, demasiado delgado para poseer una belleza física, como si la evolución le hubiese despojado de toda la carne y de todos los músculos. No le hacía falta mantenerse erguido para dar una impresión de dureza. Se doblaba como una cara pieza de acero, y encorvado hacía que la gente fuese consciente, no de su postura, sino del feroz resorte que podía ponerlo recto en cualquier momento. Le bastaba con esa insinuación: rara vez estaba derecho, y solía estar repantingado. Cualquier ropa que llevara puesta le daba un aire de consumada elegancia.

Su rostro no era de la civilización moderna, sino de la antigua Roma: era el rostro de un eterno patricio. Llevaba el pelo, con mechones canos, impecablemente peinado hacia atrás. La piel se ceñía a sus afilados pómulos, y su boca era larga y fina. Sus ojos, bajo sus cejas oblicuas, eran de color azul claro, y en las fotos parecían dos sarcásticos óvalos blancos. Un artista le pidió una vez que posara para un cuadro de Mefistófeles; Wynand se rio y se negó, mientras el artista lo miraba con tristeza, porque la risa le daba la cara perfecta para su objetivo.

Se encorvó con desgana, apoyado en la pared de cristal de su dormitorio, sopesando el arma en la palma de su mano. «Hoy... —pensó—. ¿Qué pasó hoy? ¿Pasó algo hoy que me ayude ahora y dé significado a este momento?»

Hoy había sido uno más de los muchos días a sus espaldas cuyos rasgos particulares eran difíciles de reconocer. Tenía cincuenta y un años, y era mediados de octubre del año 1932: hasta ahí llegaba su certeza; lo demás requería el esfuerzo de hacer memoria.

Se había levantado y se había vestido a las seis de la mañana aquel día; nunca había dormido más de cuatro horas en ninguna noche de su vida adulta. Bajó al comedor, donde estaba el desayuno servido. Su ático, una pequeña estructura, estaba al borde de una inmensa azotea decorada como un jardín. Las habitaciones eran un supremo logro artístico, y su simplicidad y su belleza habrían provocado suspiros de admiración si la casa hubiese pertenecido a cualquier otra persona, pero la gente se quedaba pasmada y en silencio cuando pensaban que era la casa del propietario del *Banner* de Nueva York, el periódico más vulgar del país.

Después del desayuno fue a su estudio. En su escritorio estaban apilados todos los periódicos, libros y revistas importantes recibidos aquella mañana desde todo el país. Trabajó a solas en su mesa durante tres horas; leyó y tomó breves notas con un largo lápiz azul en las páginas impresas. Las notas parecían los apuntes taquigráficos de un espía: nadie podía descifrarlos, salvo la seca secretaria de mediana edad que entraba al estudio cuando Wynand salía. No había oído la voz de su secretaria en cinco años, pero no era necesaria ninguna comunicación entre ellos. Cuando volvía a su estudio por la tarde, la secretaria y la pila de periódicos habían desaparecido; en su mesa encontraba las páginas pulcramente mecanografiadas con las cosas que había querido conservar del trabajo de la mañana.

A las diez en punto llegó al edificio del *Banner*, una construcción sencilla y mugrienta en un barrio común y corriente del bajo Manhattan. Cuando recorrió los estrechos pasillos del edificio, los empleados con los que se cruzó le dieron los buenos días. El saludo era correcto, y él respondía cortés, pero su paso tenía el efecto de un rayo mortal que detenía el motor de los organismos vivos.

Entre las muchas y estrictas normas que les impuso a los empleados de todas las empresas Wynand, la más estricta era que nadie parara en su trabajo cuando el señor Wynand entraba en la sala ni se percatara de su entrada. Nadie podía predecir qué departamento le daría por visitar ni cuándo. Podía aparecer en cualquier momento en cualquier parte del edificio, y su presencia pasaba tan desapercibida como una descarga eléctrica. Los empleados intentaban obedecer la norma lo mejor que podían, pero preferían hacer tres horas extra a pasar diez minutos trabajando bajo su observación silenciosa.

Aquella mañana, en su despacho, se inclinó sobre las pruebas de los editoriales dominicales del *Banner*. Tachó con diagonales azules las hojas que quería que fuesen eliminadas. No firmó con sus iniciales: todo el mundo sabía que sólo Gail Wynand podía hacer ese tipo de trazos azules, unas líneas que parecían borrar de la existencia al autor del texto.

Terminó con las pruebas y después pidió que le pusieran con el director del *Herald* de Springville, un periódico de Wynand en Kansas. Cuando llamaba a sus periódicos de provincias, el nombre de Wynand nunca se anunciaba a la víctima. Él esperaba que todo ciudadano clave de su imperio reconociera su voz.

—Buenos días, Cummings —dijo cuando el director contestó.

—¡Dios mío! ¿No es usted...? —dijo el director sofocado.

—Lo soy —dijo Wynand—. Escuche, Cummings. Otra porquería como la historia de ayer sobre «La última rosa del verano», y se vuelve usted al *Bugle*, ese periódico de instituto.

—Sí, señor Wynand.

Wynand colgó. Pidió que le pusieran con un importante senador de Washington.

—Buenos días, senador —dijo cuando el caballero se puso al teléfono dos minutos después—. Es usted muy amable al atender esta llamada. Se lo agradezco. No quiero robarle su tiempo, pero me pareció que debía expresarle mi más profunda gratitud. Le he llamado para darle las gracias por aprobar la ley Hayes-Langston.

—Pero... ¡señor Wynand! —La voz del senador parecía querer escapar—. Es usted muy amable, pero... la ley no se ha aprobado.

—Ah, es verdad. Me confundí. Se aprobará mañana.

Se había programado una reunión del Consejo de Administración de Wynand Enterprises, Inc. para las once y media de aquella mañana. Wynand Enterprises estaba formada por veintidós periódicos, siete revistas, tres agencias de noticias y dos noticieros cinematográficos. Wynand tenía el 75 por ciento de las acciones. Los directores no estaban seguros de cuáles eran sus propias funciones ni su propósito. Wynand había dado la orden de que el consejo siempre empezara sus reuniones con puntualidad, estuviese él presente o no. Aquel día entró en la reunión a las doce y veinticinco. Estaba hablando un distinguido caballero.

Los directores no podían parar ni reparar en la presencia de Wynand. Se dirigió a su silla vacía al frente de la larga mesa de madera de caoba y se sentó. Nadie se volvió hacia él; era como si la silla hubiese estado ocupada por un fantasma cuya existencia no se atrevían a admitir. Escuchó en silencio quince minutos. Se levantó en mitad de una frase y salió de la sala tal como había entrado.

Extendió en una gran mesa en su despacho los mapas de Stoneridge, su nuevo proyecto inmobiliario, y pasó media hora hablando de él con dos de sus agentes. Había comprado un vasto terreno en Long Island que se iba a convertir en la urbanización Stoneridge, una nueva comunidad de pequeños propietarios donde Gail Wynand iba a construir todas sus aceras, sus calles y sus casas. Las pocas personas que conocían sus actividades inmobiliarias le habían dicho que estaba loco. Era un año en que nadie podía pensar en construir, pero Gail Wynand había ganado su fortuna con decisiones por las que la gente lo había llamado loco.

No se había elegido al arquitecto para diseñar Stoneridge. Se había filtrado la noticia del proyecto en un sector muerto de hambre. Durante semanas, Wynand se había negado a leer las cartas o a atender las llamadas de los mejores arquitectos del país y sus amigos. Se negó una vez más cuando, al final de su conferencia, su secretaria le informó de que el señor Ralston Holcombe le había pedido urgentemente dos minutos de su tiempo al teléfono.

Cuando se fueron los agentes, Wynand pulsó un botón en su mesa para que Alvah Scarret fuera a verlo. Scarret entró en el despacho alegre y sonriente. Siempre respondía al intercomunicador con el halagado ímpetu del chico de los recados.

—Alvah, ¿qué demonios es «el cálculo biliar valeroso»?

Scarret se rio.

—Ah, ¿eso? Es el título de una novela de Lois Cook.

—¿Qué tipo de novela?

—Bah, un montón de bobadas. Pretende ser una especie de poema en prosa. Va de un cálculo biliar que cree que es una entidad independiente, una especie de duro individualista de la vesícula..., si ves por dónde voy; y después el hombre se toma una fuerte dosis de aceite de ricino, e incluye una gráfica descripción de las consecuencias, y no estoy seguro de que sea correcto en términos médicos, pero, en cualquier caso, ése es el final del cálculo biliar. Se supone que es para demostrar que no existe el libre albedrío.

—¿Cuántos ejemplares ha vendido?

—No lo sé. No muchos, creo. Sólo entre la intelectualidad. Pero he oído que ha subido algo, últimamente, y...

—Exacto. ¿Qué está pasando aquí, Alvah?

—¿Qué? Ah, te refieres a que viste las pocas menciones que...

—Me refiero a que lo he visto mencionado por todo el *Banner* en las últimas semanas. Muy bien hecho, además, si he tardado tanto en descubrir que no fue por casualidad.

—¿Qué quieres decir?

—¿Qué crees que quiero decir? ¿Por qué debería aparecer ese título concreto constantemente, en los lugares más inapropiados? Un día, en una crónica sobre la ejecución de un asesino que «murió con valentía como el *Cálculo biliar valeroso*». Dos días después, en la página dieciséis, en una noticia local de Albany: «El senador Hazleton piensa que es una entidad independiente, pero quizá resulta que no es más que el *Cálculo biliar valeroso*». Después, en los obituarios... Ayer fue en la sección femenina. Hoy, en los tebeos. Snooxy llama a su casero rico *Cálculo biliar valeroso*.

Scarret soltó una risa afable.

—Sí, qué tontería, ¿no?

—Pensé que era una tontería, al principio. Ahora no.

—¡Pero qué diablos, Gail! No es que sea un tema importante que hayan enchufado nuestras firmas importantes. Son sólo los pringados, los que cobran cuarenta dólares a la semana.

—Ésa es la cuestión, una de ellas. La otra es que el libro no es un famoso éxito de ventas. Si lo fuera, podría entender que el título les venga a la cabeza de manera automática. Pero no lo es, así que alguien está haciendo que les venga. ¿Por qué?

—¡Oh, vamos, Gail! ¿Por qué querría nadie tomarse la molestia? ¿Y qué nos importa a nosotros? Si fuese un tema político... ¿Quién demonios puede sacar algún beneficio de enchufar nada a favor o en contra del libre albedrío?

—¿Te ha consultado alguien acerca de esto?

—No, te digo que no hay nadie detrás de esto. Es espontáneo. Es sólo un montón de gente que pensó que era una gracia divertida.

—¿Quién fue el primero al que le oíste hablar de ello?

—No lo sé... Deja que piense... Fue..., sí, creo que fue Ellsworth Toohey.

—Que paren. Asegúrate de decírselo al señor Toohey.

—Vale, si así lo quieres. Pero de verdad que no es nada. Es sólo un puñado de gente que se divierte.

—No me gusta que nadie se dedique a divertirse en mi periódico.

—Entendido, Gail.

A las dos en punto de la tarde, Wynand llegó, como invitado de honor, al almuerzo organizado por el Congreso Nacional de Clubes de Mujeres. Se sentó a la derecha de la presidenta en un bullicioso salón de banquetes saturado por el olor de los ramilletes —gardenias y arvejillas— y del pollo frito. Wynand habló después de comer. El congreso defendía que las mujeres casadas trabajasen. Los periódicos de Wynand habían luchado muchos años contra el empleo de mujeres casadas. Wynand habló veinte minutos y no dijo nada en absoluto, pero transmitió la impresión de que apoyaba todas las opiniones expresadas en el mitin. Nadie había sido nunca capaz de explicar el efecto que producía Gail Wynand en el público, en particular en el femenino. No hizo nada espectacular, hablaba con voz baja y metálica, y tendía a la monotonía; era demasiado correcto, de un modo que era casi una sátira deliberada de la corrección. Sin embargo, conquistaba a quien lo escuchaba. La gente decía que era por su enorme pero sutil virilidad, que hacía que su voz cortés, al hablar sobre el colegio, la casa y la familia, sonara como si estuviese haciéndole el amor a todas las viejas solteronas presentes.

De vuelta a su despacho, Wynand se paró en la sección de noticias locales. Se quedó de pie en una mesa alta, con un gran lápiz azul en la mano, y escribió, en una gran hoja de papel de imprenta y con letras de un centímetro de alto, un brillante y despiadado editorial donde condenaba a todos los defensores de la carrera profesional para las mujeres. Las iniciales G. W., al final, parecían un rayo de fuego azul. No releyó el texto —nunca lo necesitaba—, pero lo dejó en la mesa del primer editor que vio y salió de la sala.

Al final de la tarde, cuando Wynand se disponía a salir de la oficina, su secretaria le anunció que Ellsworth Toohey había solicitado el honor de verlo.

—Que pase —dijo Wynand.

Toohey entró con una precavida media sonrisa en la cara, una sonrisa que se burlaba de sí mismo y de su jefe, pero con un delicado sentido de equilibrio: un 60 por ciento de esa sonrisa iba dirigido a sí mismo. Sabía que Wynand no quería verlo, y que el hecho de que lo recibiese no jugaba a su favor.

Wynand se sentó a su mesa, cortésmente inexpresivo. Tenía dos leves arrugas diagonales en la frente, en paralelo a sus cejas oblicuas. Era una peculiaridad desconcertante que su cara adquiría a veces; daba la impresión de que se mostraban dos veces, con un énfasis siniestro.

—Siéntese, señor Toohey. ¿En qué puedo ayudarle?

—Oh, soy mucho más presuntuoso que eso, señor Wynand —dijo Toohey alegre—. No he venido a pedirle sus servicios, sino a ofrecerle los míos.

—¿Sobre qué tema?

—Stoneridge.

Las diagonales de la frente de Wynand se volvieron más nítidas.

—¿Para qué le puede servir un columnista de prensa a Stoneridge?

—Un columnista de prensa, para nada, señor Wynand. Pero un experto en arquitectura... —Toohey arrastró la voz hasta un interrogante socarrón.

Si los ojos de Toohey no hubiesen estado puestos con tanta insolencia en los de Wynand, le habría mandado salir del despacho de inmediato. Pero la mirada le decía que Toohey sabía hasta qué punto lo había importunado la gente para recomendarle arquitectos y lo que se había esforzado para evitarla; Toohey había sido más listo que ellos al conseguir una entrevista para un propósito que Wynand no se esperaba. Esa impertinencia le despertó la curiosidad, como Toohey imaginaba.

—Está bien, señor Toohey. ¿A quién me quiere vender?

—A Peter Keating.

—¿Y...?

—¿Perdone...?

—Bueno, que me lo venda.

Toohey se calló. Se encogió de hombros animado y se lanzó de lleno:

—Usted comprenderá, por supuesto, que no tengo ninguna conexión con el señor Keating. Sólo intervengo como amigo suyo, y de usted. —Su voz parecía gratamente informal, pero había perdido algo de su certidumbre—. Sinceramente, sé que esto suena trillado, pero ¿qué más puedo decir? Es la verdad. —Wynand no le ayudaba a salir del paso—. Me atreví a venir aquí porque sentí que era mi deber darle mi opinión. No, no un deber moral; llamémoslo estético. Sé que usted exige lo mejor en todo lo que hace. Para un proyecto de la magnitud que usted tiene en mente, no hay ningún otro arquitecto vivo que pueda igualar a Peter Keating en eficiencia, gusto, originalidad e imaginación. Ésa, señor Wynand, es mi sincera opinión.

—Le creo bastante.

—¿Me cree?

—Por supuesto. Pero, señor Toohey, ¿por qué debería tener en cuenta su opinión?

—Bueno, después de todo, ¡yo soy su experto en arquitectura! —Ya no pudo contener el tono de enfado en su voz.

—Apreciado señor Toohey, no me confunda con mis lectores.

Al cabo de un instante, Toohey se echó hacia atrás y extendió las manos con un gesto de impotencia ridícula.

—Sinceramente, señor Wynand, no pensé que mi palabra tuviera mucho peso para usted. Así que no tenía la intención de venderle a Peter Keating.

—¿No? ¿Y cuál era su intención?

—Sólo pedirle que le concediera media hora de su tiempo a alguien que puede convencerle de la capacidad de Peter Keating mucho mejor que yo.

—¿Quién?

—La señora de Peter Keating.

—¿Por qué iba yo a querer discutir este asunto con la señora de Peter Keating?

—Porque es una mujer extraordinariamente bella y extremadamente difícil.

Wynand echó la cabeza hacia atrás y soltó una carcajada.

—Dios santo, Toohey, ¿tan evidente soy?

Toohey parpadeó, porque no se lo esperaba.

—De verdad, señor Toohey, le debo una disculpa, si al permitir que mis gustos sean tan famosos he provocado que usted sea tan grosero. Pero no tenía ni idea de que entre sus muchas otras actividades humanitarias estuviese la de ser un proxeneta.

Toohey se levantó.

—Siento decepcionarlo, señor Toohey. No tengo ningún deseo de verme con la señora de Peter Keating.

—No pensé que lo tuviera, señor Wynand. No sin respaldar mi sugerencia. Lo preví hace unas horas. Por la mañana, en realidad. Así que me tomé la libertad de prepararme otra oportunidad de hablar con usted. Me tomé la libertad de enviarle un regalo. Cuando llegue a casa esta noche, encontrará allí mi regalo. Después, si le parece que yo tenía motivos para esperar que lo hiciera, puede llamarme por teléfono e iré a verle enseguida para que me diga si desea verse con la señora de Peter Keating o no.

—Toohey, es increíble, pero creo que está intentando sobornarme.

—Así es.

—Usted sabe que éste es el tipo de truco con el que, o bien se sale con la suya, o bien pierde su trabajo.

—Dependeré de su opinión sobre mi regalo esta noche.

—De acuerdo, señor Toohey. Veré su regalo.

Toohey hizo una reverencia y se dio la vuelta para irse. Estaba en la puerta cuando Wynand añadió:

—¿Sabe, Toohey? Un día de éstos acabará por aburrirme.

—Me esforzaré en no hacerlo hasta el momento oportuno —dijo Toohey, y después se inclinó otra vez y se marchó.

Aquella noche, en su ático, Wynand cenó con una mujer de tez blanca, un suave cabello castaño y, detrás de ella, tres siglos de padres y hermanos que habrían matado por tener un atisbo de las cosas que Gail Wynand había experimentado con ella.

La línea de su brazo, cuando se llevaba la copa de agua a los labios, era tan perfecta como las líneas del candelabro de plata, creado con un talento incomparable y que Wynand observaba con el mismo aprecio. La luz de las velas, al titilar sobre los planos de su cara, producía una visión tan bella que deseó que no estuviera viva para poder mirarla, sin decir nada, y pensar lo que le apeteciera.

—Dentro de un mes o dos, Gail —dijo ella, sonriendo perezosa—, cuando haga frío y un tiempo asqueroso, vamos a coger el *Ahora sí* y a navegar directos al sol, como hicimos el invierno pasado.

Ahora sí era como se llamaba el yate de Wynand. Nunca le había explicado el porqué del nombre a nadie. Esta mujer ya se lo había preguntado. Ahora, cuando él estaba callado, volvió a preguntarlo:

—Por cierto, cariño, ¿qué significa el nombre de esa maravillosa gabarra tuya?

—Es una pregunta que nunca respondo. Una de ellas.

—Bueno, ¿preparo mi ropero para el crucero?

—El verde es el color que mejor te sienta. Combina con el mar. Me gusta ver cómo le sienta a tu pelo y a tus brazos. Voy a echar de menos ver tus brazos desnudos junto a la seda verde. Porque esta noche es la última vez.

Los dedos de ella se quedaron paralizados en el tallo de su copa. Nada le había hecho pensar que aquella noche fuese la última vez. Pero sabía que ésas eran las únicas palabras que él necesitaba para terminar. Todas las mujeres de Wynand sabían que debían esperar un final así y que era indiscutible. Al cabo de un rato, le preguntó, en voz baja:

—¿Por qué razón, Gail?

—La obvia.

Él se metió la mano en el bolsillo y sacó una pulsera de diamantes: resplandecía como un fuego frío a la luz de las velas, y sus pesados eslabones colgaban entre los dedos de Wynand. No tenía estuche, ni envoltorio. La tiró en medio de la mesa.

—Un recuerdo, querida. Mucho más valioso que lo que conmemora.

La pulsera chocó con la copa y sonó como un lamento débil y agudo, como si el cristal hubiese chillado por la mujer. La mujer no dijo nada. Él sabía que era terrible, porque era el tipo de mujer a la que no se le ofrecían regalos en esos momentos, a diferencia de todas las otras, y porque ella no lo iba a rechazar, como no lo habían rechazado todas las demás.

—Gracias, Gail —dijo, y se puso la pulsera en la muñeca, sin mirarlo a través de las velas.

Más tarde, cuando pasaron al salón, ella se detuvo, y su mirada tras las largas pestañas recorrió la oscuridad hasta la escalera que llevaba a su habitación.

—¿Para ganarme el regalo de recuerdo, Gail? —dijo ella con la voz plana.

Él negó con la cabeza.

—Es cierto que tenía esa intención, pero estoy cansado —dijo.

Cuando ella se marchó, él se quedó en el recibidor y pensó que ella sufría, que el sufrimiento era real, pero al cabo de un rato nada sería real para ella, salvo la pulsera. Ya no podía recordar la época en que ese tipo de pensamientos tenían el poder de amargarlo. Cuando recordó que también él estaba implicado en el suceso de aquella noche, no sintió nada; sólo se preguntó por qué no lo había hecho mucho tiempo atrás.

Se fue a su biblioteca. Se quedó leyendo unas horas. Después se paró. Se paró en seco, sin motivo, en mitad de una oración importante. No quería seguir leyendo. No quería volver a hacer nunca otro esfuerzo.

Nada había acontecido; un acontecimiento es una realidad positiva, y ninguna realidad podía ya hacerle sentir impotente: eso era tremendamente negativo, como si todo se hubiese borrado y sólo quedara un vacío sinsentido, un poco indecente porque parecía tan vulgar y poco excitante como cometer un crimen con una hogareña sonrisa.

Nada había desaparecido, salvo el deseo; no, más que eso: la raíz, el deseo de desear. Pensó en que un hombre que ha perdido los ojos conserva el concepto de visión, pero había oído hablar de una ceguera más espantosa: si se destruyen los núcleos cerebrales que controlan la visión, uno pierde incluso la memoria de la percepción visual.

Soltó el libro y se levantó. No quería quedarse ahí, y no quería moverse de ahí. Pensó que debía irse a dormir. Era demasiado pronto para él, pero podía levantarse más temprano al día siguiente. Se fue a su cuarto, se dio una ducha y se puso el pijama. Después abrió un cajón de su cómoda y vio la pistola que siempre guardaba allí. Fue al verla de repente, la repentina punzada de interés, lo que le hizo cogerla.

El hecho de que no le hubiese conmocionado pensar en suicidarse fue lo que le convenció de que debía hacerlo. La idea parecía muy simple, como un argumento al que no valía la pena contestar. Una obviedad.

Ahora estaba apoyado en la pared de cristal, paralizado por esa misma simplicidad. Uno puede convertir su vida en una obviedad, pero no su muerte, pensó.

Fue hasta la cama y se sentó, con la pistola colgada de la mano. Pensó: se supone que cuando un hombre está a punto de morir toda su vida pasa por delante de sus ojos. Yo no veo nada. Pero podría obligarme a verlo. Podría volver a pasar por ella, a la fuerza. Vamos a ver si encuentro en ella la voluntad de vivir o la razón para ponerle fin ahora.

Gail Wynand tenía doce años y estaba esperando en la oscuridad, bajo un muro medio derruido en la orilla del río Hudson, con un brazo hacia atrás y el puño listo para golpear.

Bajo sus pies se levantaban las piedras que habían sido una esquina. Un lateral lo escondía de la calle; no había nada al otro lado, salvo una escarpada pendiente que bajaba hasta el río. Ante él se extendía una zona del muelle sin alumbrado ni pavimento; edificios hundidos y trozos de cielo vacíos, almacenes y una cornisa torcida que colgaba sobre una ventana con una luz mortecina.

Un momento después tendría que luchar, y sabía que iba a ser por su vida. Se quedó quieto. Con el puño bajado y a la espalda, parecía agarrar los cables invisibles que se extendían por todos los nodos de su cuerpo larguirucho y sin carnes, bajo sus pantalones y su camisa andrajosos, hasta los largos e hinchados tendones de su brazo desnudo y las tensas fibras de su cuello. Los cables parecían temblar, pero el cuerpo no se movía. Era como una nueva especie de instrumento letal: si un dedo lo tocara en cualquier parte, se activaría el gatillo.

Sabía que el cabecilla de la panda de los chicos lo estaba buscando y que no iba solo. Dos de los chicos a los que esperaba peleaban con cuchillos, y uno tenía un muerto en su haber. Los esperó con los bolsillos vacíos. Era el miembro más joven de la pandilla y el último en unirse. El jefe había dicho que se le tenía que dar una lección.

Todo había empezado por el saqueo de las barcazas del río que la pandilla estaba planeando. El jefe había decidido que el trabajo se haría por la noche. La pandilla estuvo de acuerdo, todos menos Gail Wynand. Gail Wynand había explicado, con voz suave y despectiva, que los Little

Plug Uglies, un poco más abajo, habían intentado la misma estratagema la semana anterior y que seis de sus miembros acabaron en manos de la policía y otros dos en el cementerio. El trabajo se tenía que hacer al amanecer, cuando nadie lo esperase. La pandilla se rio a carcajadas de él. No le importaba. A Gail Wynand no se le daba bien recibir órdenes. No admitía más que la rigurosidad de su propio juicio. Así que el jefe quiso zanjar el problema de una vez por todas.

Los tres muchachos andaban tan despacio que la gente que había tras las finas paredes no podía oír sus pasos. Gail Wynand los oyó a una manzana de distancia. No se movió de su esquina, sólo se le agarrotó un poco la muñeca.

Cuando llegó el momento preciso, dio un salto. Saltó directamente, sin pensar en la caída, como si una catapulta lo hubiese lanzado a un vuelo de varios kilómetros. Dio con el pecho en la cabeza de uno de sus enemigos, con el estómago en la de otro y con los pies aplastó el pecho del tercero. Se cayeron los cuatro. Cuando los tres levantaron la cara, Gail Wynand estaba irreconocible; vieron un remolino suspendido en el aire sobre sus cabezas, y que algo que salía de él y que quemaba se lanzaba a por ellos.

Él no tenía nada más que sus dos puños; ellos tenían cinco puños y un cuchillo, pero eso no parecía importar. Oyeron cómo sus golpes aterrizaban con un ruido sordo, como si los dieran sobre caucho. Notaron la interrupción de la cuchillada, lo que les decía que algo la había frenado, atravesado por ella. Pero lo que estaban atacando era invulnerable. Wynand no tuvo tiempo de sentir, era demasiado rápido, y el dolor no podía alcanzarlo; parecía que lo hubiese dejado suspendido en el aire, donde lo habían herido, y que un segundo después él ya no estaba ahí.

Parecía tener un motor entre sus omóplatos que impulsara sus brazos en dos movimientos circulares, pero sólo eran visibles los círculos: los brazos habían desaparecido como los radios de una rueda a toda velocidad. El círculo aterrizaba cada vez y se paraba sobre cualquier cosa en la que aterrizase, sin dejar de girar. Uno de los chicos vio que su cuchillo desaparecía en el hombro de Wynand, y vio cómo el hombro se sacudía el cuchillo y caía cortándole el costado hasta que el cinturón lo repelió. Fue lo último que vio el chico. Algo le había pasado a su barbilla y no pudo sentirla cuando su nuca dio contra una pila de ladrillos viejos.

Durante un largo rato, los otros dos chicos lucharon contra el ser centrífugo que ahora salpicaba gotas rojas en las paredes que los rodeaban. Pero era inútil. No estaban peleando contra un hombre. Estaban peleando contra una voluntad humana incorpórea.

Cuando se rindieron, gimiendo entre los ladrillos, Gail Wynand dijo, con una voz normal: «Lo asaltaremos al amanecer»; y después se marchó. Desde ese momento era el jefe de la banda.

El saqueo de las barcazas se hizo al amanecer, dos días después, y fue un gran éxito.

Gail Wynand vivía con su padre en el sótano de una casa antigua en el centro de Hell's Kitchen. Su padre era estibador, y era un hombre alto, silencioso y analfabeto que nunca había ido al colegio. Su abuelo y su bisabuelo eran de la misma clase, y en su familia no habían conocido otra cosa que la pobreza. Pero, un poco más atrás en la línea genealógica, había habido raíces aristócratas, la gloria de algún antepasado noble y después alguna tragedia, olvidada mucho tiempo atrás, que condujo a los descendientes al arroyo. Había algo en todos los Wynand —en los pisos alquilados, en las cantinas y en la cárcel— que no encajaba en el entorno. Al padre de Gail lo llamaban en el muelle El Duque.

La madre de Gail murió de tuberculosis cuando él tenía dos años. Era hijo único. Tenía una vaga idea de que había habido algún drama en el matrimonio de su padre. Había visto una foto de su madre, y ni su aspecto ni su ropa se parecían a los de las mujeres del barrio. Era muy hermosa. Su padre se quedó como sin vida cuando ella murió. Quería a Gail, pero era un tipo de cariño que no necesitaba dos frases a la semana.

Gail no se parecía ni a su madre ni a su padre. Se remontaba a algo que nadie lograba figurarse. La distancia tenía que calcularse no por generaciones, sino por siglos. Siempre había sido demasiado alto para su edad, y demasiado delgado. Los chicos lo llamaban Wynand, *el Estirado*. Nadie sabía para qué usaba los músculos, sólo sabían que los usaba.

Había ido de un trabajo a otro desde que era muy pequeño. Durante una larga temporada vendió periódicos en las esquinas. Un día subió a ver al jefe de la redacción y le dijo que debían poner en marcha un nuevo servicio: repartir el periódico en la casa de los lectores por la mañana.

—¿Ah, sí...? —dijo el jefe.

—Sé que funcionará —dijo Wynand.

—Bueno, tú no mandas aquí.

—Usted es idiota —respondió Wynand, y perdió el trabajo.

Trabajó en una tienda de alimentación. Hacía recados, barría el suelo de madera empapada, retiraba los barriles de verduras podridas, ayudaba a atender a los clientes y pesaba con paciencia un kilo de harina o llenaba jarras en una inmensa lechera. Era como utilizar una apisonadora para planchar pañuelos. Pero se había empeñado, y siguió. Un día le explicó al tendero la buena idea que sería meter la leche en botellas, como el whisky. «Cállate la boca y ve a atender a la señora Sullivan. Me vas a contar a mí algo que yo no sepa de mi negocio. Tú no mandas aquí», dijo el tendero. Wynand atendió a la señora Sullivan y no dijo nada.

Trabajó en una sala de billares. Limpiaba las escupideras y fregaba lo que dejaban los borrachos cuando se iban. Oyó y vio cosas que lo inmunizaron frente al asombro para el resto de su vida. Se esforzó todo lo que pudo y aprendió a callarse, a quedarse donde los demás decían que era su sitio, a aceptar la ineptitud como ama... y a esperar. Nadie le oyó hablar nunca de lo que sentía. Sentía muchas cosas hacia sus compañeros, pero el respeto no era una de ellas.

Trabajó de limpiabotas en un transbordador. Los abotargados comerciantes de caballos lo empujaban y le daban órdenes, y también todos los marineros de cubierta, borrachos. Si hablaba, oía que alguna voz espesa le respondía: «Tú no mandas aquí». Pero le gustaba su trabajo. Cuando no tenía clientes, se quedaba en la barandilla y contemplaba Manhattan. Miraba las tablas amarillas de las nuevas casas, los terrenos vacíos, las grúas, las cabrias y las pocas torres que se alzaban a lo lejos. Pensaba en lo que se debía construir y qué se debería destruir, en el espacio, en lo que prometía y en lo que se podía hacer con él. Entonces lo interrumpía alguna voz ronca: «¡Oye, chico!». Volvía a su banco y se agachaba obediente sobre algún zapato lleno de barro. El cliente sólo veía una cabecita con cabellos de color castaño claro y dos manos finas y hábiles.

En las tardes con niebla, bajo algún farol de gas en las esquinas, nadie advertía la delgada figura apoyada en el poste, al aristócrata de la Edad Media, al patricio atemporal cuyo instinto gritaba que debía mandar, cuyo rápido cerebro le decía por qué tenía derecho a hacerlo, al barón feudal creado para gobernar, pero que nació para barrer suelos y recibir órdenes.

Aprendió por su cuenta a leer y a escribir con cinco años, haciendo preguntas. Leyó todo lo que encontró. No toleraba lo inexplicable. Tenía que entender cualquier cosa que cualquiera supiera. El emblema de su infancia —el escudo de armas que diseñó para sí en sustitución del que perdió siglos atrás— era el signo de interrogación. Nunca nadie tuvo que explicarle las cosas dos veces. Aprendió sus primeras matemáticas de los ingenieros cuando colocaba las tuberías en las alcantarillas.

Aprendió geografía de los marineros en el muelle. Aprendió sobre cuestiones cívicas de los políticos en un club del barrio donde quedaban las pandillas. Nunca iba a la iglesia ni al colegio. Tenía doce años cuando entró en una iglesia. Escuchó un sermón sobre la paciencia y la humildad. Nunca volvió. Tenía trece años cuando decidió ver cómo era estudiar, y se matriculó en un colegio público. Su padre no dijo nada sobre esa decisión, como no dijo nunca nada cuando Gail volvía destrozado después de una pelea entre pandillas.

En su primera semana de clase, la profesora le preguntaba a Gail Wynand todo el tiempo, por puro placer, porque él siempre se sabía las respuestas. Cuando confiaba en sus superiores y en su propósito, obedecía como un espartano y se imponía el tipo de disciplina que les exigió a sus propios subordinados en la pandilla. Pero se estaba desperdiciando su fuerza de voluntad: al cabo de una semana vio que no tenía que esforzarse para ser el primero de la clase. Al cabo de un mes, la profesora dejó de advertir su presencia. Era absurdo, él siempre se sabía la lección y tenía que concentrarse en los niños más lentos y menos brillantes. Se sentaba, inquebrantable, a lo largo de las horas que arrastraba como cadenas, mientras que la maestra repetía y machacaba y volvía a machacar, sudando para extraer alguna chispa de intelecto de aquellos ojos vacíos y sus voces balbuceantes. Dos meses después, cuando estaban repasando los rudimentos sobre historia que había tratado de inculcar a su clase, la profesora preguntó:

—¿Y cuántos estados había al principio en la Unión?

No se levantó ninguna mano. Entonces Gail Wynand levantó el brazo. La maestra asintió con la cabeza y él se puso de pie.

—¿Por qué tengo que pimplarme todo diez veces? Todo eso ya lo sé —preguntó Wynand.

—No eres el único en la clase —dijo la profesora.

Él había pronunciado una expresión que la dejó pálida, y quince minutos después la sonrojó, cuando la entendió del todo. Él se fue a la puerta y en el umbral añadió:

—Ah, sí. Había trece estados al principio.

Aquélla fue su última clase en la enseñanza reglada.

Había gente en Hell's Kitchen que nunca se aventuraba más allá de sus límites, y otros que apenas se alejaban del bloque en el que habían nacido. Pero Gail Wynand se iba a pasear a menudo por las mejores calles de la ciudad. No sentía rencor hacia la riqueza del mundo, ni envidia ni miedo. Tenía simple curiosidad, y se sentía como en casa en la Quinta Avenida, como en cualquier otra parte. Pasaba por las majestuosas mansiones con las manos en los bolsillos y los dedos del pie asomándole por la punta de los zapatos. La gente se quedaba mirándolo, pero le daba igual. Pasaba por allí y se marchaba con la sensación de que él pertenecía a esa calle y ellos no. No quería nada, por el momento, salvo comprender.

Quería saber qué hacía a esas personas diferentes de las del barrio. No era la ropa, ni los carruajes ni los bancos lo que le llamaban la atención: eran los libros. La gente de su barrio tenía ropa, carruajes y dinero, y títulos innecesarios, pero no leía libros. Decidió enterarse de qué leía la gente de la Quinta Avenida. Un día, vio a una dama que esperaba un carruaje en la acera. Sabía que era una dama —su juicio en la materia era más agudo que la discriminación de las guías de la alta sociedad— porque estaba leyendo un libro. Wynand se subió a la escalerilla del carruaje, agarró el libro y salió corriendo. Hacían falta hombres más veloces y delgados que los policías para poder atraparlo.

Era un libro de Herbert Spencer. Pasó una discreta agonía tratando de leerlo hasta el final, pero lo leyó hasta el final. Entendió una cuarta parte de lo que leyó, pero aquello inició en él un proceso que mantuvo con una determinación sistemática y tenaz. Sin asesoramiento, ayuda o planificación, empezó a leer una incoherente variedad de libros. Si en un libro se encontraba un pasaje que no podía entender, conseguía otro libro sobre el mismo tema. Se esparció erráticamente en todas las direcciones: primero leía libros eruditos especializados y luego textos de instituto. No había orden en sus lecturas, pero sí en lo que dejaban en su cabeza.

Descubrió la sala de lectura de la Biblioteca Pública y pasó allí algún tiempo para estudiar su disposición. Entonces, un día, y en distintas ocasiones, entraron varios jóvenes —penosamente peinados y dudosamente aseados— a visitar la sala de lectura. Eran delgados cuando llegaron, pero no cuando se fueron. Aquella noche, Gail Wynand tenía su propia pequeña biblioteca en el rincón de su sótano. Su banda había ejecutado sus órdenes sin rechistar. Fue una misión escandalosa: ninguna banda digna había saqueado jamás algo tan absurdo como libros. Pero Wynand, *el Estirado* había dado la orden, y uno no discutía con Wynand, *el Estirado*.

Tenía quince años cuando lo encontraron una mañana en las alcantarillas, convertido en una gran papilla sanguinolenta, con las piernas rotas por la paliza que le había dado un estibador borracho. Estaba inconsciente cuando lo encontraron. Pero había estado consciente por la noche, después de la paliza. Lo dejaron solo en un callejón oscuro. Vio una luz a la vuelta de la esquina. Nadie sabe cómo logró arrastrarse hasta doblar la calle, pero lo hizo: después vieron el largo rastro de sangre en la acera. Se arrastró sin poder mover nada más que los brazos. Llamó a la parte inferior de una puerta. Era una taberna, y aún seguía abierta. El tabernero salió. Era la única vez en su vida que Gail Wynand pedía ayuda. El tabernero le dirigió una mirada vacía y pesada, que mostraba una plena consciencia de la agonía y la injusticia, y una indiferencia estólida y bovina. El tabernero se volvió a meter dando un portazo. No tenía ningunas ganas de mezclarse con las peleas entre bandas.

Años después, Gail Wynand, propietario del *Banner* de Nueva York, seguía recordando los nombres del estibador y del tabernero, y dónde encontrarlos. Nunca le hizo nada al estibador, pero provocó la ruina del negocio del tabernero; le hizo perder su casa y sus ahorros y arrastró al hombre al suicidio.

Gail Wynand tenía dieciséis años cuando murió su padre. Estaba solo y sin trabajo en aquel momento, con sesenta y cinco centavos en el bolsillo, una factura de alquiler sin pagar y una erudición caótica. Decidió que había llegado el momento de decidir qué quería hacer con su vida. Aquella noche, Gail subió a la azotea de su bloque y contempló las luces de la ciudad, la ciudad donde él no mandaba en las cosas. Recorrió lentamente las ventanas de las casuchas achatadas que lo rodeaban hasta las ventanas de las mansiones a lo lejos. Eran sólo cuadrados iluminados y suspendidos en el espacio, pero guiándose por ellos podía distinguir la calidad de los edificios a los que pertenecían. Las luces a su alrededor parecían turbias y desalentadoras, y las lejanas eran limpias y compactas. Se hizo una sola pregunta: ¿qué era lo que entraba en todas esas casas, tanto en las oscuras como en las brillantes?, ¿qué llegaba a cada habitación, a cada persona? Todos tenían pan. ¿Podía uno reinar sobre los hombres por medio del pan que compraban? Tenían zapatos, tenían café, tenían... El rumbo de su vida quedó decidido.

A la mañana siguiente, entró en el despacho del director del *Gazette*, un periódico de cuarta categoría en un edificio destartalado. Pidió trabajo en la sección de noticias locales.

El editor le miró la ropa y le preguntó:

—¿Sabe usted escribir la palabra «gato»?

—¿Sabe usted escribir la palabra «antropomorfología»? —preguntó Wynand.

—Aquí no tenemos trabajo.

—Me quedaré por aquí. Me pueden utilizar cuando quieran. No tiene que pagarme. Ya me pondrá en nómina cuando vea que es lo que le conviene.

Se quedó en el edificio, sentado en las escaleras frente a la sección de noticias locales. Se sentó allí todos los días durante una semana. Nadie le prestó atención. Por las noches, dormía en los portales. Cuando se le acabó casi todo su dinero, robaba comida de los mostradores o de los cubos de basura, antes de volver a su puesto en las escaleras.

Un día, a un reportero le dio pena y, subiendo las escaleras, le tiró una moneda de cinco centavos al regazo, y le dijo:

—Ve y cómprate un plato de estofado con eso, chaval.

A Wynand le quedaba una moneda de diez centavos en el bolsillo. La cogió, se la tiró al reportero, y le dijo:

—Ve y que te jodan con eso.

El hombre soltó un improperio y volvió a bajar. La moneda de cinco centavos y la de diez se quedaron en la escalera. Wynand no las tocó. La historia corrió por la sección de noticias locales. Un empleado de la redacción con la cara llena de granos se encogió de hombros y se quedó con las dos monedas.

Al final de la semana, en hora punta, un hombre de la sección local llamó a Wynand para encargarle un recado. Después le siguieron otras pequeñas tareas. Obedecía con una precisión militar. A los diez días estaba en nómina. A los seis meses era reportero. A los dos años era director adjunto.

Gail Wynand tenía veinte años cuando se enamoró. Sabía todo lo que había que saber sobre el sexo desde los trece años. Estuvo con muchas chicas. Nunca hablaba de amor, no se hizo ninguna ilusión romántica, y trataba todo el asunto como una pura transacción animal, pero en eso era un experto, y las mujeres lo sabían sólo con verlo. La chica de la que se enamoró era una exquisita belleza, una belleza a la que adorar, no desear. Era frágil y silenciosa. Su cara decía que había muchos enigmas encantadores en su interior que no se habían expresado.

Se convirtió en la amante de Gail Wynand. Él se permitió la debilidad de ser feliz. Se habría casado con ella enseguida, si ella lo hubiese dicho. Pero no se decían mucho el uno al otro. Él sentía que todo quedaba entendido entre ellos.

Una noche, él habló. Sentado a los pies de ella, levantando la mirada hacia su cara, permitió que se oyera la voz de su alma.

—Cariño mío, lo que desees, todo lo que soy, todo lo que pueda ser... Eso es lo que quiero ofrecerte. No las cosas que te conseguiré, sino lo que hay en mí y que me hará conseguirlas. Esa cosa a la que un hombre no puede renunciar, pero yo quiero renunciar a ella para que pueda ser tuya, para que esté a tu servicio, sólo para ti.

La chica sonrió y le preguntó:

—¿Crees que soy más guapa que Maggy Kelly?

Él se levantó. No dijo nada y se fue de la casa. Nunca volvió a ver a esa chica. Gail Wynand, que se jactaba de que nunca necesitaba que le dieran una lección dos veces, no volvió a enamorarse en los años siguientes.

Tenía veintiún años cuando vio amenazada su carrera en el *Gazette*, por primera y única vez. La política y la corrupción nunca lo habían perturbado: lo sabía todo al respecto. A su banda le habían pagado para ayudar a escenificar peleas en los centros de votación los días de elecciones. Pero cuando a Pat Mulligan, capitán de policía de su distrito, le tendieron una trampa, Wynand no se lo creyó, porque Mulligan era el único hombre honrado que había conocido en su vida.

El *Gazette* estaba controlado por los poderes que habían incriminado a Mulligan. Wynand no dijo nada. Sólo ordenó en su mente los datos que tenía y que harían que el *Gazette* ardiera en el infierno. Su trabajo ardería también, pero eso no importaba. Su decisión contradecía todas las reglas que se había impuesto en su carrera profesional. Pero no lo pensó. Fue una de las raras explosiones que lo golpeaban a veces, donde perdía cualquier cautela y se convertía en una criatura poseída por el único impulso de vencer en su empeño, porque la rectitud moral de su empeño era cegadora y absoluta. Pero sabía que la destrucción del *Gazette* sería sólo un primer paso. No bastaba con salvar a Mulligan.

Durante tres años, Wynand había guardado un pequeño recorte de prensa, un editorial sobre corrupción, del famoso director de un gran periódico. Lo había guardado porque era el más bello homenaje a la integridad que había leído nunca. Cogió el recorte y fue a ver al gran director. Le hablaría de Mulligan, y juntos vencerían al sistema.

Cruzó a pie la ciudad, desde el edificio hasta el famoso periódico. Tenía que andar, le ayudaba a controlar la furia interna. Le dejaron pasar al despacho del director; tenía mucha maña para que lo dejaran pasar a los sitios contra todas las normas. Vio a un hombre grueso en la mesa, con los ojos finos como ranuras y muy juntos. Wynand no se presentó, pero le puso el recorte en la mesa y preguntó:

—¿Se acuerda de esto?

El director miró el recorte y después a Wynand. Era una mirada que ya había visto antes: la vio en los ojos del tabernero que le dio el portazo.

—¿Cómo espera que me acuerde de cada bazofia que escribo? —preguntó el director.

Al cabo de un momento, Wynand dijo:

—Gracias.

Fue la única vez en su vida que sintió gratitud hacia alguien. Era auténtica gratitud: el pago por una lección que no iba a volver a necesitar. Pero incluso el director supo que había algo en ese breve «gracias» que le escamaba, algo muy aterrador. No sabía que para Gail Wynand había sido un obituario.

Wynand volvió andando al *Gazette*, sin sentir rabia hacia el director o hacia el sistema político. Sólo sentía un furioso desprecio hacia sí mismo, hacia Pat Mulligan y hacia toda la integridad; sintió vergüenza cuando pensó en aquellos cuyas víctimas habían estado dispuestos a ser él y Mulligan. Él no pensó en «víctimas», él pensó en «pringados». Volvió a la oficina y escribió un brillante editorial en el que despotricaba contra el capitán Mulligan.

—Vaya, pensé que más bien te daba pena el pobre desgraciado —dijo su director, complacido.

—Ya no me da pena nadie —dijo Wynand.

Los tenderos y los estibadores no habían valorado a Gail Wynand; los políticos sí. En sus años en el periódico, Gail había aprendido a llevarse bien con la gente. Su cara había asumido la expresión que mostraría el resto de su vida; no era del todo una sonrisa, sino una mirada fija de ironía dirigida al mundo entero. La gente podía suponer que sus burlas iban destinadas a las cosas concretas de las que ellos querían burlarse. Además, era agradable tratar con un hombre ajeno a la pasión o a la santidad.

Tenía veintitrés años cuando una facción política rival, con la intención de ganar unas elecciones municipales y la necesidad de un periódico donde publicitar cierto asunto, compró el *Gazette*. Lo compraron a nombre de Gail Wynand, que serviría de fachada respetable para el aparato. Gail Wynand pasó a ser el director. Publicitó aquel asunto y les hizo ganar las elecciones a sus jefes. Dos años después, aplastó a la camarilla, mandó a sus líderes a la cárcel y se quedó como propietario único del *Gazette*.

Su primera decisión fue quitar el letrero de la puerta del edificio y deshacerse de la vieja cabecera. El *Gazette* se convirtió en el *Banner* de Nueva York. Sus amigos no estaban de acuerdo.

—Los propietarios no cambian el nombre de un periódico —le decían.

—Éste sí —respondía él.

La primera campaña del *Banner* fue un llamamiento para recaudar dinero por una causa caritativa. Publicados uno al lado del otro, con la misma cantidad de espacio, el *Banner* publicó dos reportajes: uno era sobre un joven científico en apuros, muerto de hambre en un desván, que estaba trabajando en un gran invento; el otro trataba de una criada, amante de un asesino ejecutado, que esperaba el nacimiento de su hijo ilegítimo. Un reportaje iba ilustrado con diagramas científicos; el otro, con la imagen de una joven boquiabierta, con una trágica expresión en la cara y vestida de mala manera. El *Banner* les pidió a sus lectores que ayudaran a ambos desdichados. Recibió nueve dólares y cuarenta y cinco centavos para el científico y mil setenta y siete dólares para la madre soltera. Gail Wynand convocó a la plantilla a una reunión. Puso en la mesa el periódico que publicaba los dos reportajes y el dinero recaudado para ambos fondos.

—¿Hay alguien aquí que no lo entienda? —preguntó.

Nadie respondió.

—Ahora ya saben todos el tipo de periódico que va a ser el *Banner* —dijo.

Los propietarios de los periódicos de la época se enorgullecían de estampar su personalidad individual en sus periódicos. Gail Wynand entregó su periódico, en cuerpo y alma, al populacho. El *Banner* adoptó el aspecto de un cartel circense en su cuerpo, y el de una actuación circense en su alma. Aceptó el mismo objetivo: asombrar, divertir y cobrar entrada. No llevaba la impronta de un hombre, sino de un millón de hombres.

—Las personas difieren en sus virtudes, si las tienen, pero todos son iguales en sus vicios —dijo Gail Wynand, al explicar su política editorial. Y añadió, mirando fijamente a los ojos del entrevistador—: Estoy sirviendo lo que ya existe en la tierra en mayor cantidad. Estoy representando a la mayoría, ¿no es, sin duda, un acto de virtud?

El público pedía crímenes, escándalos y sensiblería. Gail Wynand se lo procuraba. Le daba a la gente lo que quería, más la justificación para dar rienda suelta a los gustos de los que se avergonzaban. El *Banner* sacaba a un asesino, a un pirómano, a un violador o a un corrupto, cada uno frente a la moraleja oportuna. «Si haces que la gente lleve a cabo una labor noble, se aburre. Si le permites ceder a sus gustos, se avergüenza. Pero si combinas las dos cosas, ya es tuya», decía Wynand. Publicó historias sobre chicas descarriadas, divorcios de la alta sociedad, orfanatos, barrios de prostíbulos y hospitales de la beneficencia. «El sexo primero, y las lágrimas después. Causarles picores y hacerles llorar, y ya los tienes», decía Wynand.

El *Banner* encabezó grandes y valientes campañas sobre cuestiones en las que no había discrepancias. Desenmascaraba a políticos, un paso por delante del gran jurado; atacaba monopolios en nombre de los oprimidos; se burlaba de los ricos y los triunfadores a la manera de los que jamás podrían ser ninguna de las dos cosas; daba excesiva importancia al glamur de la alta sociedad y publicaba las noticias de sociedad con un sutil desdén. Esto le daba al hombre de la calle dos satisfacciones: la de acceder a los salones ilustres y la de no limpiarse las suelas en el felpudo de la entrada.

El *Banner* se permitía estirar los conceptos de verdad, gusto y credibilidad, pero no la capacidad cerebral de sus lectores. Sus enormes titulares, sus imágenes explícitas y sus textos excesivamente simplificados noqueaban los sentidos y entraban en la consciencia de las personas sin necesidad del proceso intermedio de la razón, como si la comida fuese disparada al recto sin tener que pasar por la digestión.

«Noticia es lo que excite más al mayor número de gente. Lo que les va a impresionar y dejar atontados. Cuanto más atontados, mejor, siempre que haya suficientes», le decía Wynand a su plantilla.

Un día se llevó a la oficina a un hombre que había encontrado en la calle. Era un hombre normal, ni bien vestido ni andrajoso, ni alto ni bajo, ni moreno ni muy rubio; tenía el tipo de cara que costaba recordar, aunque uno la estuviese mirando. Resultaba espeluznante lo anodino que era; carecía incluso de la certera distinción de ser un idiota. Wynand lo llevó por todo el edificio, se lo presentó a todos los miembros de la redacción y le dejó marcharse. Después reunió a su plantilla y le dijo:

—Cuando tengáis dudas sobre su trabajo, recordad la cara de ese hombre. Estáis escribiendo para él.

—Pero, señor Wynand, esa cara no se puede recordar —dijo un joven redactor.

—Precisamente por eso.

Cuando el nombre de Gail Wynand se convirtió en una amenaza para el sector de la prensa, un grupo de propietarios de periódicos se lo llevaron a un aparte —en un acto benéfico de la ciudad al que todos tuvieron que asistir— y le reprocharon lo que consideraban una degradación del gusto del público. «No es mi función ayudar a la gente a preservar la dignidad que no tiene. Ustedes les dan lo que dicen en público que les gusta. Yo les doy lo que les gusta de verdad. La honradez es la mejor política editorial, caballeros, aunque no en el sentido que les han inculcado a ustedes», dijo Wynand.

Era imposible que Wynand no hiciese bien un trabajo. Fuese cual fuese su fin, sus medios eran superlativos. Todo el impulso, la fuerza y la voluntad esencial de las páginas de su periódico se dedicaban a llevarlo a cabo. Se quemaba y derrochaba un talento excepcional para lograr la perfección en lo no excepcional. Se podría haber fundado un nuevo credo religioso con la energía de espíritu que se dedicó a recopilar relatos escabrosos y a embadurnar las hojas del periódico con ellos.

El *Banner* era siempre el primero que daba las noticias. Cuando hubo un terremoto en Sudamérica y no se recibían noticias de la zona afectada, Wynand fletó un barco, mandó un equipo a la zona y sacó ediciones extraordinarias a las calles de Nueva York días antes que su competencia, con dibujos de llamas, grietas y cuerpos destrozados. Cuando se recibió una petición de auxilio de un barco que se estaba hundiendo en medio de una tormenta en la costa del Atlántico, el propio Wynand fue a toda prisa al lugar con su equipo, adelantándose a la guardia costera. Wynand dirigió el rescate y volvió con una exclusiva con fotografías donde aparecía él subiendo por una escalerilla sobre las olas rabiosas, con un bebé en brazos. Cuando un pueblo canadiense se quedó aislado del mundo por una avalancha, fue el *Banner* el que mandó un globo para lanzar alimentos y biblias a los habitantes. Cuando una comunidad minera se paralizó por una huelga, el *Banner* instaló comedores sociales y publicó trágicas historias sobre los peligros a los que se enfrentaban las bonitas hijas de los mineros bajo la presión de la pobreza. Cuando un gatito se quedó atrapado en lo alto de un poste, fue rescatado por un fotógrafo del *Banner*.

«Cuando no haya noticias, haced que las haya», era la orden de Wynand. Un lunático se escapó de un manicomio público. Tras algunos días de terror en varios kilómetros a la redonda —terror alimentado por las funestas predicciones del *Banner* y su indignación por la ineficiencia de la policía municipal—, fue capturado por un reportero del *Banner*. El lunático, que se recuperó milagrosamente dos semanas después de su captura y quedó en libertad, le vendió al *Banner* sus revelaciones sobre el maltrato que había sufrido en el centro, lo que condujo a varias reformas de gran envergadura. Tiempo después, alguien dijo que el lunático había trabajado en el *Banner* antes de su ingreso. Nunca se pudo demostrar.

Se desató un incendio en un taller ilegal donde trabajaban treinta mujeres jóvenes. Dos de ellas murieron en la catástrofe. Mary Watson, una de las supervivientes, le dio al *Banner* una exclusiva sobre la explotación que habían sufrido, lo que condujo a una campaña contra los talleres ilegales encabezada por las mejores mujeres de la ciudad. Nunca se descubrió el origen del incendio. Se rumoreaba que Mary Watson había escrito antes para el *Banner* con el nombre de Evelyn Drake. Nunca se pudo demostrar.

En los primeros años de existencia del *Banner*, Gail Wynand pasaba más noches en el sofá de su despacho que en su dormitorio. Era difícil cumplir con el esfuerzo que exigía a sus empleados, y el esfuerzo que se exigía a sí mismo era difícil de creer. Se conducía como un ejército, se conducía como un esclavo. Les pagaba bien, y él se quedaba lo justo para pagar el alquiler y comer. Vivía en una habitación amueblada cuando sus mejores reporteros vivían en las *suites* de hoteles caros. Gastaba el dinero más rápido de lo que entraba, y lo gastaba todo en el *Banner*. El periódico era como una lujosa amante cuyas necesidades se satisfacían siempre sin indagar sobre el precio.

El *Banner* era el primero en adquirir el equipamiento tipográfico más nuevo. El *Banner* era el último en conseguir a los mejores periodistas de la ciudad: era el último porque se quedaba con ellos. Wynand arramplaba con las redacciones de sus competidores: nadie podía igualar los salarios que él ofrecía. Su procedimiento evolucionó hasta reducirse a una sencilla fórmula. Cuando un periodista recibía una invitación para ver a Wynand, se lo tomaba como un insulto a su integridad periodística, pero acudía a la cita. Acudía preparado para enunciar una serie de escandalosas condiciones en las que aceptaría el trabajo, si lo aceptaba. Wynand empezaba la entrevista anunciando el salario que le pagaría. Después añadía: «Quizá desee, por supuesto, discutir otras condiciones»; y, viendo la convulsión en la garganta del hombre, concluía: «¿No? Estupendo. Despache conmigo el lunes».

Cuando Wynand montó su segundo periódico, en Filadelfia, los propietarios de los periódicos de la ciudad lo recibieron como los jefes de las tribus europeas unidos contra la invasión de Atila. La guerra posterior fue salvaje. A Wynand le daba la risa. Nadie podía enseñarle nada sobre contratar a matones para secuestrar los carros de reparto de la prensa o dar palizas a los vendedores de periódicos. Dos de sus competidores perecieron en la batalla. El *Philadelphia Star* de Wynand sobrevivió.

El resto fue rápido y simple como una epidemia. Cuando cumplió los treinta y cinco años, había periódicos de Wynand en todas las ciudades importantes de Estados Unidos. Cuando cumplió los cuarenta, tenía revistas Wynand, noticieros Wynand y la mayor parte de Wynand Enterprises, Inc.

Muchas actividades, no publicitadas, ayudaron a construir su fortuna. No se había olvidado de nada de su infancia. Se acordaba de todas las cosas que pensaba cuando era limpiabotas y se apoyaba en la barandilla del transbordador: en las oportunidades que le ofrecía una ciudad en crecimiento. Compró bienes raíces donde nadie esperaba que se revalorizasen, y construyó a pesar de que todo el mundo le aconsejaba lo contrario, y los cientos se convirtieron en miles. Fue abriéndose camino con la compra de muchas empresas de toda clase. Algunas veces quebraban y dejaban en la ruina a todos los involucrados, salvo a Gail Wynand. Montó una campaña contra un turbio monopolio de tranvías y provocó que perdiera la licencia; la licencia se le concedió después a una organización aún más turbia, controlada por Gail Wynand. Sacó a la luz un vil intento de acaparar el mercado cárnico en el medio Oeste, y despejó el terreno para otra camarilla que actuaba bajo sus órdenes.

Lo ayudaron muchas personas que descubrieron que el joven Wynand era un tipo brillante, al que valía la pena usar. Se mostraba encantadoramente complacido de que lo utilizaran. En todos los casos, la gente comprobaba que eran ellos los que habían sido utilizados, como los hombres que compraron el *Gazette* para Gail Wynand.

A veces perdía dinero en sus inversiones, con toda la frialdad e intención. A través de una serie de pasos imposibles de rastrear, arruinaba a muchos hombres poderosos: al presidente de un banco, al director de una compañía de seguros, al propietario de una flota de barcos de vapor y otros. Nadie podía descubrir sus motivos. Aquellos hombres no competían con él y él no ganaba nada con su destrucción.

«A saber detrás de qué va el cabrón de Wynand. Por dinero no es», decía la gente.

Los que lo denunciaban con demasiada insistencia acababan expulsados de sus profesiones: algunos en unas pocas semanas, otros muchos años después. Hubo ocasiones en que no reaccionó a los insultos, y otras en que arruinaba a un hombre por un comentario inofensivo. Nunca se podía saber de qué cosas se vengaría y cuáles perdonaría.

Un día, se fijó en el brillante trabajo de un joven reportero en otro periódico y mandó que fueran a buscarlo. El muchacho fue, pero el sueldo que le mencionó Wynand no le produjo ningún efecto.

—No puedo trabajar para usted, señor Wynand, porque usted no tiene ideales —dijo con desesperada seriedad.

Los finos labios de Wynand sonrieron.

—No puedes escapar a la depravación humana, muchacho —dijo él con tono cordial—. El jefe para el que trabajas podrá tener ideales, pero tiene que mendigar dinero y recibir órdenes de gente despreciable. Yo no tengo ideales, pero no mendigo. Elige, porque no hay otra cosa.

El joven volvió a su periódico. Un año después, fue a ver otra vez a Wynand y le preguntó si la oferta seguía en pie. Wynand dijo que sí. El joven se quedó en el *Banner* desde entonces. Era el único de la redacción que le tenía cariño a Gail Wynand.

Alvah Scarret, el único superviviente del *Gazette* original, había ascendido con Wynand. Pero no se podía decir que le tuviera cariño a Wynand, simplemente se aferraba a su jefe con la devoción automática de una alfombra bajo sus pies. Alvah Scarret nunca había odiado nada, así que era incapaz de amar. Era espabilado, competente y no tenía escrúpulos, a la inocente manera de alguien incapaz de comprender el concepto de escrúpulo. Creía todo lo que escribía y todo lo que se publicaba en el *Banner*. Podía sostener una creencia durante dos semanas —enteras—. Para Wynand, no tenía precio como barómetro de la reacción pública.

Nadie sabía decir si Gail Wynand tenía vida privada. Sus horas fuera de la oficina habían asumido el estilo de la portada del *Banner*, sólo que elevado a un grandioso plano, como si siguiese representando un circo, pero ante la grada de los reyes. Compró todas las entradas de la ópera para una gran actuación y se sentó él solo en un auditorio vacío con su amante del momento. Descubrió una bella obra de un dramaturgo desconocido y le pagó una cuantiosa suma para que la representara una sola vez y nunca más. Wynand fue el único espectador en esa única representación; el libreto se quemó a la mañana siguiente. Cuando una distinguida dama de la alta sociedad le pidió que contribuyera a una digna causa caritativa, Wynand le entregó un cheque en blanco firmado, y se rio al confesar que la cantidad que ella se atrevió a poner era menor de lo que él le habría dado. Compró los derechos a un trono balcánico para un aspirante que vivía en la miseria al que conoció en una taberna clandestina y al que nunca se molestó en ver después; a menudo se refería a él como «mi valido, mi chófer y mi rey».

Muchas noches, con un traje raído comprado por nueve dólares, Wynand cogía el metro y deambulaba por los antros de los barrios pobres para escuchar a la gente. Una vez, en una cervecería instalada en un sótano, oyó a un camionero acusar a Gail Wynand de ser el peor exponente de los males capitalistas, en un lenguaje gráfico muy preciso. Wynand le dio la razón y le ayudó con algunas expresiones de su propia cosecha, del vocabulario de Hell's Kitchen. Después, Wynand cogió un ejemplar del *Banner* que se habían dejado en una mesa, arrancó su propia foto de la tercera página, le adjuntó un billete de cien dólares, se lo entregó al camionero y se fue antes de que nadie pudiera pronunciar una palabra.

La sucesión de sus amantes era tan rápida que dejó de ser un cotilleo. Se decía que nunca disfrutaba de una mujer a menos que la hubiese comprado, y que tenía que ser del tipo de las que no se podían comprar.

Su manera de mantener en secreto los detalles de su vida fue hacer que fuesen públicos en conjunto. Se entregaba a la muchedumbre; era la propiedad de cualquiera, como un monumento en un parque, como el cartel de una parada de autobús, como las páginas del *Banner*. Sus fotografías aparecían en sus periódicos con más frecuencia que las imágenes de las estrellas de cine. Había sido fotografiado con toda clase de ropa en todas las ocasiones imaginables. Nunca lo habían fotografiado desnudo, pero sus lectores sentían que sí. No extraía ningún placer de la publicidad personal: era sólo una cuestión de política editorial, a la que él se sometía. Cada rincón de su ático había sido reproducido en los periódicos y revistas. «Todos los desgraciados de este país conocen el interior de mi congelador y mi bañera», decía.

Una fase de su vida, sin embargo, era poco conocida y nunca se mencionaba. El último piso debajo de su ático era su galería de arte privada. Estaba cerrada. Nunca había dejado pasar a nadie, salvo al guarda. Pocas personas sabían de ella. Una vez, un embajador francés le pidió permiso para verla. Wynand se negó. De vez en cuando, no muy a menudo, bajaba a su galería y se quedaba allí horas. Las cosas que coleccionaba las elegía según su propio criterio. Tenía obras maestras famosas; tenía lienzos de artistas desconocidos y rechazaba las obras de nombres inmortales que no le importaban. Las valoraciones de los coleccionistas y las grandes firmas le traían sin cuidado. Los marchantes de los que era cliente decían que su criterio era el de un maestro.

Una noche, su mayordomo lo vio subir de la galería de arte y le sorprendió la expresión de su cara; parecía sufrir, y, sin embargo, su rostro parecía diez años más joven. «¿Se encuentra mal, señor?», preguntó. Wynand lo miró con indiferencia y dijo: «Váyase a la cama».

—Podríamos hacer un estupendo despliegue el domingo para la página de chismes dominical con tu galería de arte —dijo Alvah Scarret con melancolía.

—No —dijo Wynand.

—Pero ¿por qué, Gail?

—Mira, Alvah: todo hombre en la tierra tiene su propia alma, que nadie puede escudriñar. Incluso los condenados en las cárceles y los monstruos en los números de feria. Todos menos yo. Mi alma se despliega en tu página de chismes del domingo, a color. Así que debo tener un sustituto, aunque sea sólo una habitación cerrada con llave con algunos objetos a los que nadie ponga la garra encima.

Fue un largo proceso, y hubo algunas señales premonitorias, pero Scarret no se percató del nuevo rasgo del carácter de Gail Wynand hasta que éste tuvo cuarenta y cinco años. Después fue visible para muchos. Wynand perdió el interés en arruinar a empresarios y financieros. Encontró un nuevo tipo de víctima. La gente no sabía si era un deporte, una manía o una persecución sistemática. Pensaban que era terrible, porque parecía muy despiadado y sinsentido.

Empezó con el caso de Dwight Carson. Dwight Carson era un joven escritor con talento que había logrado la reputación impecable de un hombre dedicado con pasión a sus convicciones. Había defendido la causa del individuo frente a las masas. Escribió para revistas de gran prestigio y escasa difusión, lo que no era una amenaza para Wynand. Wynand compró a Dwight Carson. Le obligó a escribir una columna para el *Banner*, dedicada a predicar la superioridad de las masas sobre el hombre de ingenio. Era una mala columna, anodina y poco convincente, y enfadaba a mucha gente. Era un desperdicio de espacio y de un gran salario. Wynand insistió en mantenerla.

Incluso a Alvah Scarret le impresionó la apostasía de Carson.

—Cualquier otro, Gail, pero, sinceramente, no lo esperaba de Carson —dijo.

Wynand se rio. Se rio demasiado rato, como si no pudiese parar. La risa bordeó la histeria. Scarret frunció el ceño, porque no le gustaba ver a Wynand incapaz de controlar una emoción: contradecía todo lo que sabía de Wynand, y le hacía sentir una extraña aprensión, como si viese una pequeña grieta en un muro sólido. La grieta no podía poner en peligro la pared, pero era obvio que no tenía por qué estar allí.

Unos meses después, Wynand compró a un joven escritor de una revista radical. Era un hombre conocido por su honradez, y lo puso a trabajar en una serie de artículos que ensalzaban a hombres excepcionales y condenaban a las masas. Eso, también, enfadó a muchos de sus lectores. Lo mantuvo. No parecían importarle ya los delicados síntomas de su impacto en la difusión.

Contrató a un sensible poeta para cubrir los partidos de béisbol. Contrató a un experto en arte para hablar de temas económicos. Consiguió a un socialista para que defendiera a los propietarios de las fábricas y a un conservador para que defendiera a los trabajadores. Obligó a un ateo a escribir sobre el esplendor de la religión. Hizo que un disciplinado científico proclamara la superioridad de la intuición mística sobre el método científico. Le dio al director de una gran orquesta sinfónica un generoso sueldo anual para que no trabajara, con la única condición de que nunca volviera a dirigir una orquesta.

Algunos de esos hombres se negaron, al principio. Pero se rendían cuando se veían al borde de la bancarrota en medio de una serie de circunstancias inexplicables al cabo de unos años. Algunos de los hombres eran famosos, otros desconocidos. Wynand no mostró ningún interés en la anterior posición de su presa. No mostraba ningún interés en los hombres de brillante éxito que habían comercializado sus carreras y no sostenían ninguna creencia de ningún tipo. Sus víctimas tenían un solo atributo en común: su inmaculada integridad.

Una vez que estaban arruinados, Wynand seguía pagándoles escrupulosamente. Pero no se preocupaba más por ellos y no tenía ningún deseo de volver a verlos. Dwight Carson se volvió dipsómano. Dos hombres cayeron en la drogadicción. Uno se suicidó. Esto era demasiado para Scarret:

—¿No está yendo demasiado lejos, Gail? Ha sido prácticamente un asesinato.

—En absoluto. Yo sólo he sido un factor externo. La causa estaba dentro de él. Si cae un rayo en un árbol podrido y éste se desmorona, no es culpa del rayo.

—¿Pero no te parece que era un árbol sano?

—No existen, Alvah. No existen —decía Wynand, alegre.

Alvah Scarret nunca le pidió a Wynand una explicación sobre sus nuevos objetivos. Un débil instinto le permitía figurarse parte de lo que había detrás. Scarret se encogía de hombros y se reía, y le decía a la gente que no había nada de qué preocuparse y que sólo era una «válvula de seguridad». Sólo dos hombres entendían a Gail Wynand: Alvah Scarret —en parte— y Ellsworth Toohey —del todo.

Ellsworth Toohey, que, por encima de todo, deseaba evitar pelearse con Wynand en aquel momento, no podía evitar sentir resentimiento porque Wynand no lo había elegido como víctima. Casi deseaba que Wynand hubiese intentado corromperlo, al margen de las consecuencias. Pero Wynand apenas se percataba de su existencia.

Wynand nunca le había tenido miedo a la muerte. A lo largo de los años, se le pasó por la cabeza la idea del suicidio, no de manera intencionada, sino como una de las muchas posibilidades en la vida. Lo sopesaba con indiferencia, con una curiosidad formal, y después se olvidaba de ello. Había tenido momentos de agotamiento y vacío en los que su voluntad le abandonaba. Siempre se curaba pasando unas horas en su galería de arte.

Así, llegó a los cincuenta y un años, y a un día en que no le había ocurrido nada significativo y, sin embargo, no sentía deseos de dar un paso más.

Gail Wynand estaba sentado en el borde de la cama, echado con desgana hacia delante, con los codos apoyados en las rodillas y la pistola en la palma de la mano.

«Sí —se dijo—, hay alguna respuesta en alguna parte. Pero no quiero saber cuál es. No quiero saberlo.»

Y como sintió una punzada de terror por la raíz de su deseo de no analizar más su vida, supo que no iba a morir aquella noche. Mientras siguiera sintiendo miedo hacia algo, seguiría con un pie en la vida, aunque eso sólo significara avanzar hacia algún desastre ignoto. Pensar en la muerte no le producía ningún efecto. Pensar en la vida le extendía una limosna: la sombra del miedo.

Sopesó la pistola en su mano. Sonrió, con una leve sonrisa de desprecio. No, no es para ti, pensó. Todavía no. Sigues teniendo el instinto de no querer morir sinsentido. Te paraste ahí. Incluso eso es un remanente... de algo.

Tiró la pistola sobre la cama y supo que el momento había pasado y que eso ya no suponía un peligro para él. Se levantó. No sintió euforia, sino cansancio, pero había vuelto en sí. No había problemas, salvo el de terminar aquel día rápido e irse a dormir.

Bajó a su estudio y se sirvió una copa.

Cuando encendió la luz del estudio, vio el regalo de Toohey. Era una inmensa caja vertical y estaba junto a su mesa. Ya la había visto antes, por la tarde, y había pensado: «Qué demonios»; y luego se había olvidado por completo de ello.

Se quedó de pie con la copa, dando lentos sorbos. La caja era demasiado grande para dejar de verla, y mientras bebía intentó averiguar qué podía contener. Era demasiado alta y demasiado fina para ser un mueble. No podía imaginar qué clase de objeto podría haberle querido enviar Toohey. Se había esperado algo menos tangible, un pequeño sobre con alguna pista sobre alguna clase de chantaje. Mucha gente había intentado chantajearlo, con muy poco éxito. Pensó que Toohey tendría más sensatez.

Cuando se terminó la copa, aún no había encontrado ninguna explicación plausible para aquella caja. Le molestaba, como un crucigrama que se resistiese. Recordó que tenía un juego de herramientas en algún cajón de su escritorio. Lo encontró y abrió la caja.

Era la estatua que hizo Steven Mallory de Dominique Francon.

Gail Wynand fue a su escritorio y dejó las tenazas como si fuesen de frágil cristal. Se quedó mirando la estatua durante una hora.

Después, cogió el teléfono y marcó el número de Toohey.

—¿Hola? —dijo la voz de Toohey, cuya impaciencia ronca delataba que se había despertado de un profundo sueño.

—De acuerdo. Venga para acá—dijo Wynand, y colgó.

Toohey llegó media hora después. Era el primero que visitaba la casa de Wynand. El propio Wynand abrió la puerta, aún en pijama. No dijo nada y fue al estudio, seguido de Toohey.

El cuerpo desnudo de mármol, con la cabeza echada hacia atrás en un momento de exaltación, hacía que la habitación no pareciera ya existir: como el templo Stoddard. Los ojos de Wynand se posaron en Toohey, expectantes, con una pesada mirada de rabia suprimida.

—¿Querrá, imagino, saber el nombre de la modelo? —preguntó Toohey, con una nota triunfal en su voz.

—No, diablos. Quiero saber el nombre del escultor.

Se preguntó por qué no le había gustado la pregunta a Toohey; había algo más que decepción en su cara.

—¿El escultor? A ver..., déjeme pensar... Creo... No lo sé. Es Steven... o Stanley... Stanley algo, o... Sinceramente, no me acuerdo —dijo Toohey.

—Si sabía lo suficiente para comprar esto, sabía lo suficiente para preguntar el nombre y no olvidarlo nunca.

—Lo averiguaré, señor Wynand.

—¿Dónde la consiguió?

—En una tienda de arte, ya sabe, en uno de esos sitios de la Segunda Avenida.

—¿Cómo fue a parar allí?

—No lo sé. No pregunté. La compré porque conocía a la modelo.

—Está mintiendo. Si eso fuese lo único que vio, no habría aprovechado la oportunidad como lo hizo. ¿No pensó que yo le iba a permitir suponer que iba a contribuir a ello? Nadie se ha atrevido jamás a hacerme un regalo de este tipo. No se habría arriesgado, a menos que estuviese seguro, completamente seguro, de la gran obra de arte que es. Estaba seguro de que yo tendría que aceptarlo, y de que me iba a vencer. Y lo ha hecho.

—Me alegra oírlo, señor Wynand.

—Para su disfrute, le diré también que detesto que esto venga de usted. Detesto que sea capaz de apreciarlo. No le pega. Aunque, como es obvio, me equivoqué con usted: es más experto en arte de lo que imaginaba.

—Si es así, tendré que aceptarlo como un cumplido y darle las gracias, señor Wynand.

—Y bien, ¿qué es lo que quería? Me dio a entender que no me dejaría tener esto a menos que le concediera una entrevista a la señora de Peter Keating.

—¿Cómo? No, señor Wynand. Yo le he hecho un regalo. Sólo pretendía darle a entender que esto es la señora de Peter Keating.

Wynand miró la estatua, y después volvió a mirar a Toohey.

—¡Oh, pero qué maldito idiota! —dijo Wynand en voz baja.

Toohey lo miró fijamente, confuso.

—¿Así que de verdad pensó usar esto al modo de un luminoso en un burdel? —Wynand parecía aliviado. Ya no le parecía necesario aguantarle la mirada a Toohey—. Así está mejor, Toohey. No es tan listo como pensé por un momento.

—Pero, señor Wynand, ¿qué...?

—¿No se da cuenta de que esta estatua sería la forma más segura de matar cualquier apetito que pudiera tener por su señora Keating?

—No la ha visto, señor Wynand.

—Bueno, seguro que es preciosa. Puede ser más bella que esto, pero no puede tener lo que el escultor le ha dado. Y para ver esa misma cara, pero sin ningún significado, como una caricatura muerta... ¿no cree que uno odiaría a la mujer por ello?

—No la ha visto.

—Bah, está bien. La veré. Le dije que con su truco tendría que salirse con la suya del todo, o nada. No le prometí tirármela, ¿verdad? Sólo verla.

—Eso es lo único que quería, señor Wynand.

—Dígale que me llame al despacho y que concierte una cita.

—Gracias, señor Wynand.

—Además, está mintiendo cuando dice que no sabe cómo se llama ese escultor. Pero sería demasiada molestia obligarlo a decírmelo. Ella me lo dirá.

—Estoy seguro de que lo hará, aunque ¿por qué debería yo mentirle?

—Sabe Dios. Por cierto, si hubiese sido peor escultor, esto le habría costado a usted su trabajo.

—Pero, después de todo, señor Wynand, tengo un contrato.

—¡Bah, guárdese eso para sus sindicatos, Elsie! Y ahora, creo que debería darme las buenas noches y largarse de aquí.

—Sí, señor Wynand. Que pase usted una buena noche.

—Es usted un pésimo negociante, Toohey. No sé por qué está tan ansioso porque conozca a la señora Keating. No sé qué chanchullo se trae para intentar sacar una comisión para ese Keating suyo. Pero, sea lo que sea, no puede ser tan valioso como para estar dispuesto a desprenderse de algo como esto a cambio.

2

—¿Por qué no te pusiste tu pulsera de esmeraldas? —preguntó Peter Keating—. La supuesta prometida de Gordon Prescott consiguió impresionar a todo el mundo con su zafiro estrella.

—Lo siento, Peter. La llevaré la próxima vez —dijo Dominique.

—Ha sido una fiesta estupenda. ¿Te lo has pasado bien?

—Siempre me lo paso bien.

—Así que yo... Sólo... Oh, Dios, ¿quieres saber la verdad?

—No.

—Dominique, estaba muerto de aburrimiento. A Vincent Knowlton le dolía el cuello. Es un maldito esnob. No puedo soportarlo. —Y añadió con cautela—: No se me ha notado, ¿no?

—No. Te comportaste muy bien. Te reíste con todos sus chistes, a pesar de que nadie más lo hizo.

—Ah, ¿te diste cuenta? Eso siempre funciona.

—Sí, me di cuenta.

—Crees que no debería, ¿verdad?

—No he dicho eso.

—Crees que es... rebajarse, ¿no?

—Creo que nada es rebajarse.

Él se repantingó aún más en su sillón, tenía la barbilla clavada en el pecho y estaba incómodo, pero no se molestó en moverse. El fuego crepitaba en la chimenea del salón. Había apagado todas las luces, excepto una lámpara que proyectaba una sombra sedosa y amarilla, pero no creaba ningún ambiente de relajación íntima, sólo hacía que el lugar pareciera desierto, como un apartamento vacío sin suministro eléctrico. Dominique estaba sentada en el otro extremo del salón, con su fino cuerpo adaptado con obediencia a los contornos de una silla con el respaldo recto. No parecía estirada, sólo demasiado serena para relajarse. Estaban solos, pero ella estaba sentada como una dama en un acto público, como un encantador maniquí en un escaparate público, un escaparate frente a un cruce con mucho tráfico.

Venían de merendar en casa de Vincent Knowlton, un destacado joven de la alta sociedad y nuevo amigo de Keating. Habían cenado tranquilamente y tenían la noche libre. No tenían más compromisos sociales hasta el día siguiente.

—No deberías haberte reído de la teosofía cuando hablabas con la señora Marsh. Ella cree en eso —dijo él.

—Lo siento. Seré más cuidadosa.

Keating esperó a que se mostrara más dispuesta a algún tema de conversación. Ella no dijo nada. De pronto, pensó que nunca le había hablado ella primero, en los veinte meses que llevaban casados. Se dijo a sí mismo que era ridículo e imposible. Intentó recordar alguna vez en que ella se hubiese dirigido a él. Sí, claro que lo había hecho. Recordó que alguna vez le había preguntado: «¿A qué hora volverás esta noche?»; «¿Quieres incluir a los Dixon en la cena del martes?»; y cosas como ésa.

La miró. Ella no parecía aburrida ni ansiosa por ignorarlo. Estaba allí sentada, alerta y preparada, como si su compañía acaparase todo su interés. Ella no cogía un libro, no se quedaba absorta en sus propios pensamientos. Lo miraba fijamente a él, y no a algún punto por detrás de él, como si estuviese esperando la conversación. Él se dio cuenta de que siempre lo miraba fijamente, así; y ahora se preguntaba si le gustaba. Sí, le gustaba; eso le permitía no sentir celos, ni siquiera de sus pensamientos ocultos. No, no le gustaba, no del todo, porque no le permitía escapar a ninguno de esos pensamientos.

—Acabo de terminar de leer *El cálculo biliar valeroso* —dijo él—. Es un libro estupendo. Producto de un cerebro centelleante, un puck al que le corren las lágrimas por la cara, un payaso con un corazón de oro que posee por un instante el trono de Dios.

—Leí la misma reseña. En el *Banner* del domingo.

—He leído el libro. Sabes que lo he leído.

—Muy bien por tu parte.

—¿Eh? —Keating lo tomó como un gesto de aprobación, y le gustó.

—Ha sido considerado hacia la autora. Estoy segura de que le gusta que la gente lea su libro. Así que ha sido muy amable dedicarle tu tiempo, cuando sabías de antemano lo que ibas a pensar de él.

—No lo sabía. Pero da la casualidad de que estaba de acuerdo con la reseña.

—El *Banner* tiene a los mejores críticos.

—Eso es verdad, por supuesto. Así que no tiene nada de malo estar de acuerdo con ellos, ¿o sí?

—Nada en absoluto. Yo siempre estoy de acuerdo.

—¿Con quién?

—Con todo el mundo.

—¿Te estás burlando de mí, Dominique?

—¿Me has dado algún motivo para ello?

—No, no se me ocurre cuál. No, por supuesto que no.

—Entonces no.

Keating esperó. Oyó un camión pasar retumbando, abajo en la calle, y eso llenó algunos segundos, pero, cuando se extinguió el sonido, tuvo que hablar otra vez.

—Dominique, me gustaría saber lo que piensas.

—¿De qué?

—De..., de... —Buscó algún tema importante, y acabó diciendo—: De Vincent Knowlton.

—Creo que es un hombre que merece que le besen el trasero.

—¡Por Dios, Dominique!

—Lo siento. Mal lenguaje y mala educación. No está bien, desde luego. Bien, veamos: Vincent Knowlton es un hombre al que resulta grato conocer. Las viejas familias merecen mucha consideración, y debemos tolerar sus opiniones de los demás, porque la tolerancia es la mayor virtud, y por lo tanto sería injusto forzar tu opinión sobre Vincent Knowlton, y si simplemente le dejas creer lo que le agrade, él estará encantado de ayudarte también, porque es una persona muy humana.

—Bueno, muy razonable —dijo Keating. Se sentía como en casa con un lenguaje reconocible—. Creo que la tolerancia es muy importante, porque... —Se frenó, y terminó diciendo, con una voz hueca—: Has dicho lo mismo que antes.

—Te has dado cuenta —dijo ella.

Lo dijo sin tono de interrogación, con indiferencia, como un simple hecho, como él deseaba; el sarcasmo le habría otorgado un reconocimiento personal, el deseo de herirlo. Pero su voz nunca comportaba ninguna relación personal con él, no lo había hecho nunca en veinte meses.

Él miraba la chimenea. Eso es lo que hacía feliz a un hombre: sentarse a contemplar oníricamente el fuego, su propia chimenea en su propio hogar: eso es lo que él siempre había oído y leído. Observó con atención las llamas, para obligarse a obedecer completamente a una verdad establecida. *Sólo un minuto más, y seré feliz*, pensaba, concentrado. No pasaba nada.

Pensó en la manera tan convincente en que podría describirles esa escena a sus amigos y hacerles sentir envidia de la plenitud de su alegría. ¿Por qué no podía convencerse a sí mismo? Tenía todo lo que siempre había querido. Había querido superioridad, y durante el último año había sido el líder indiscutible de su oficio. Había querido fama, y tenía cinco gruesos álbumes de recortes de prensa. Había querido riqueza, y tenía la suficiente para asegurarse el lujo durante el resto de su vida. Había tenido todo lo que siempre había querido. ¿Cuánta gente había luchado y sufrido para alcanzar lo que él había alcanzado? ¿Cuántos habían soñado, sangrado y muerto por esto, sin conseguirlo? «Peter Keating es el tipo más afortunado de la tierra?» ¿Cuántas veces había escuchado eso?

Ese último año había sido el mejor de su vida. Había adquirido la más imposible de sus posesiones: Dominique Francon. Había disfrutado mucho, y se reía sin darle importancia cuando los amigos le repetían: «Peter, pero ¿cómo lo conseguiste?». Había sido un gran placer presentársela a los desconocidos; decir tranquilamente: «Mi esposa»; y observar la estúpida y descontrolada mirada de envidia en sus ojos. Una vez, en una gran fiesta, un elegante borracho le preguntó, guiñándole un ojo con inconfundibles intenciones:

—Dígame, ¿conoce a esa hermosa criatura que está ahí?

—Vagamente. Es mi mujer —respondía Keating, congratulado.

A menudo se decía a sí mismo agradecido que su matrimonio había resultado mucho mejor de lo que esperaba. Dominique había resultado una esposa ideal. Se dedicaba por completo a sus intereses: agradaba a sus clientes, entretenía a sus amigos y llevaba la casa. Ella no cambió nada de su existencia: ni sus horas ni sus menús favoritos, y ni siquiera la disposición de sus muebles. No había traído nada consigo, salvo su ropa. No había añadido ni un solo libro o cenicero a su casa. Cuando él le expresaba sus puntos de vista sobre cualquier tema, no discutía y estaba de acuerdo con él. Con gentileza, como siguiendo un curso natural, asumió un segundo plano y se desvanecía al fondo de él.

Keating había esperado un torrente que lo levantara y lo aplastara contra alguna roca desconocida. Ni siquiera se había topado con un riachuelo incorporado a su pacífico río. Era más bien como si el río hubiese seguido su camino y alguien hubiese empezado a nadar tranquilamente en su corriente. No, ni siquiera a nadar: eso era un acto cortante, forzoso: sólo a flotar detrás de él, en la corriente. Si se le hubiese ofrecido el poder de determinar la actitud que tendría Dominique tras su boda, habría pedido que se comportase tal como lo hacía.

Sólo sus noches lo dejaban miserablemente insatisfecho. Ella se sometía siempre que él la deseaba, pero siempre era como la primera noche: un cuerpo indiferente en sus brazos, sin repugnancia, sin respuesta. En lo que a él respectaba, ella seguía siendo virgen: él nunca le hizo experimentar nada. Consumido por la humillación, él siempre decidía que nunca iba a volver a tocarla. Pero su deseo volvía, excitado por la constante presencia de su belleza. Él se rendía al deseo cuando ya no podía resistir más, no muy a menudo.

Fue su madre quien dijo lo que él no quería admitirse a sí mismo sobre su matrimonio:

—No puedo soportarlo —dijo su madre, seis meses después de la boda—. Si al menos se enfadara conmigo una vez, si me insultara, si me tirara cosas..., no pasaría nada. Pero no puedo soportar esto.

—¿El qué, mamá? —preguntó él, con un frío asomo de pánico.

—Es inútil, Peter —respondió ella.

Su madre, cuyas discusiones, opiniones y reproches nunca pudo frenar, no iba a decir ni una palabra más sobre su matrimonio. Alquiló un pequeño apartamento y se fue de su casa. Iba a visitarlo con frecuencia, y siempre era educada con Dominique, con un aire extraño y derrotado de resignación. Keating se decía a sí mismo que debía estar contento por verse liberado de su madre, pero no lo estaba.

Sin embargo, no podía entender qué había hecho Dominique para inspirar el temor que iba creciendo en él. No podía encontrar una palabra o gesto que reprocharle. Pero los veinte meses habían sido como esa noche: no podía soportar quedarse a solas con ella, pero no quería escapar de ella, y ella no quería evitarlo.

—¿No viene nadie esta noche? —preguntó Keating con displicencia, apartando la vista del fuego.

—No —dijo ella, y sonrió. La sonrisa le sirvió de nexo para sus palabras siguientes—: ¿Te dejo solo, Peter?

—¡No! —Era casi un grito.

No debo parecer tan desesperado, pensó, aunque en alto estaba diciendo:

—Por supuesto que no. Me alegro de pasar una noche con mi esposa para mí solo.

Un vago instinto le decía que debía resolver este problema, que debía aprender a hacer soportables los momentos que pasaban juntos, que no se atrevía a huir de ellos por su propio bien, más que por el de ella.

—¿Qué te apetece hacer esta noche, Dominique?

—Lo que quieras.

—¿Quieres ir a ver una película?

—¿Y tú?

—No sé, para matar el tiempo.

—Muy bien. Vamos a matar el tiempo.

—No. ¿Por qué deberíamos? Suena fatal.

—¿Sí?

—¿Por qué deberíamos huir de nuestra propia casa? Vamos a quedarnos aquí.

—Sí, Peter.

Esperó. Pero pensó que el silencio también era una huida, un peor tipo de huida.

—¿Quieres echar una partida de *crapette*?[1]

—¿Te gusta la *crapette*?

—Bah, mata el tiem... —Se paró, y ella sonrió.

—Dominique, eres tan bella. Siempre estás tan... tan perfectamente bella. Siempre quise decirte cómo me hace sentir...

—Me gusta escuchar cómo te hace sentir, Peter.

—Me encanta mirarte. Siempre pienso en lo que dijo Gordon Prescott. Dijo que eres un ejercicio perfecto y divino de matemática estructural. Y Vincent Knowlton dijo que eres una mañana de primavera. Y Ellsworth... Ellsworth dijo que eres un reproche a cualquier otra forma femenina en la tierra.

—¿Y Ralston Holcombe?

—Bah, ¡qué más da! —respondió Keating con sequedad y volvió a mirar el fuego.

No sé por qué no puedo soportar el silencio, pensó. Es porque a ella le da igual si hablo o no; es como si no existiera y jamás hubiese existido... Lo que es más inconcebible que tu muerte es no haber nacido nunca... Sintió un repentino y desesperado deseo que pudo identificar: el deseo de ser real para ella.

1. O «Banca rusa» *(Russian bank)*, juego de cartas similar a un solitario en pareja. *(N. de la T.)*

—Dominique, ¿sabes qué he estado pensando? —le preguntó ansioso.

—No. ¿Qué has estado pensando?

—Llevo pensando algún tiempo en ello, por mí mismo, y no se lo he mencionado a nadie. Y nadie me lo ha sugerido. Es una idea propia.

—Ah, muy bien. ¿Qué es?

—Creo que me gustaría mudarme al campo y construir nuestra propia casa. ¿Qué te parece?

—Me gustaría mucho, igual que a ti. ¿Quieres diseñarte tu propia casa?

—No, qué diablos. Bennett me hará una enseguida. Él hace todas nuestras casas de campo. Es un genio en eso.

—¿Y te gustará tener que desplazarte cada día al trabajo?

—No. Creo que eso será una molestia espantosa. Pero ya sabes, cualquiera que sea importante vive fuera. Siempre me siento como un maldito proletario cuando tengo que reconocer que vivo en la ciudad.

—¿Te gustará ver árboles y un jardín y la tierra a tu alrededor?

—Bah, todo eso es absurdo. ¿Cuándo tendré tiempo? Un árbol no es más que un árbol. Cuando ves un documental de los bosques en primavera, ya los has visto todos.

—¿Te gustará trabajar en el jardín? La gente dice que es muy bonito, trabajar tu propia tierra.

—¡Dios bendito, no! ¿Qué tipo de tierras crees que tendríamos? Nos podemos permitir un jardinero, y uno bueno, así que será un lugar que los vecinos puedan admirar.

—¿Te gustará hacer algo de deporte?

—Sí, eso me gustará.

—¿Cuál?

—Creo que practicaré más el golf. Ya sabes, pertenecer a algún club de campo, donde eres uno de los principales ciudadanos de la comunidad, es distinto a ir de vez en cuando los fines de semana. Y la gente que conoces es diferente. De mucha mayor clase. Y los contactos que haces... —Se refrenó, y añadió airado—: Además, montaré un poco a caballo.

—Me gusta montar a caballo, ¿y a ti?

—Nunca he tenido mucho tiempo para ello. Bueno, te sacude los intestinos sin piedad. Pero ¿quién demonios es Gordon Prescott para pensar que es el único macho de la tierra, y plantar su foto con su ropa de montar en su recibidor?

—Supongo que querrás tener más intimidad.

—Bueno, no creo en esas cosas de las islas desiertas. Creo que la casa debería estar a la vista de alguna autopista principal, para que la gente señale, ya sabes, y diga: la finca Keating. ¿Quién demonios es Claude Stengel para tener una casa de campo, mientras yo vivo en un piso de alquiler? Empezó más o menos en la misma época que yo, y mira dónde está él y dónde estoy yo. En fin, que tendrá suerte si un par de tipos han oído hablar alguna vez de él, así que por qué debería él quedarse en Westchester y...

Keating se calló. Ella estaba quieta mirándolo, serena.

—¡Maldita sea! —gritó él—. Si no quieres mudarte al campo, ¿por qué no lo dices y ya está?

—Quiero hacer con mucho gusto lo que tú quieras, Peter. Y seguir cualquier idea que se te ocurra a ti solo.

Keating guardó silencio un largo rato.

—¿Qué hacemos mañana por la noche? —preguntó, antes de poder frenarse.

Ella se levantó, se acercó al escritorio y cogió su calendario.

—Tenemos a los Palmer a cenar mañana por la noche —dijo.

—¡Oh, Cristo! —se lamentó—. ¡Son terriblemente aburridos! ¿Por qué tenemos que invitarlos?

Ella se paró con el calendario entre las puntas de los dedos, como si fuese una fotografía enfocada en el calendario y el resto de su figura se difuminase al fondo. Dijo:

—Tenemos a los Palmer para poder conseguir el encargo de sus nuevos almacenes comerciales. Tenemos que conseguir ese encargo para poder tener a los Eddington a cenar el domingo. Los Eddington no van a encargar nada, pero están en la guía de la alta sociedad. Los Palmer te aburren y los Eddington no te hacen caso. Pero tienes que halagar a la gente a la que desprecias para poder impresionar a otra gente que te desprecia a ti.

—¿Por qué tienes que decir esas cosas?

—¿Quieres mirar este calendario, Peter?

—Bueno, eso es lo que todo el mundo hace. Para eso es para lo que todo el mundo vive.

—Sí, Peter. Casi todo el mundo.

—Si no te parece bien, ¿por qué no lo dices?

—¿He dicho que algo no me parezca bien?

Él repasó mentalmente con cuidado.

—No —admitió—. No, no lo has hecho... Pero es la forma en que dices las cosas.

—¿Preferirías que lo dijera de forma más enrevesada, como hice con Vincent Knowlton?

—Preferiría... —empezó a decir. Y después gritó—: ¡Preferiría que expresaras alguna opinión, maldita sea, por una vez al menos!

Ella preguntó, con la misma monotonía:

—¿Qué opinión, Peter? ¿La de Gordon Prescott? ¿La de Ralston Holcombe? ¿La de Ellsworth Toohey?

Él se volvió hacia ella, apoyado en el brazo de su sillón, medio levantado, súbitamente tenso. La cosa entre ellos empezaba a tomar forma. Vio la primera señal de las palabras que lo describían.

—Dominique —dijo con calma, en un tono razonable—. Ya está. Ya lo sé. Ya sé qué ha pasado todo este tiempo.

—¿Ha pasado algo?

—Espera. Esto es muy importante. Dominique, nunca has dicho, ni una sola vez, lo que pensabas. Sobre nada. Nunca has expresado un deseo. De ningún tipo.

—¿Qué hay de malo en eso?

—Pero es... es como la muerte. No eres real. Eres sólo un cuerpo. Dominique, no lo sabes... Intentaré explicarme. ¿Entiendes lo que es la muerte? Cuando un cuerpo ya no se puede mover, cuando no tiene..., cuando no tiene voluntad, no tiene significado. ¿Entiendes? Nada. La nada absoluta. Bueno, tu cuerpo se mueve, pero nada más. Lo otro, lo que hay en tu interior, tu... Oh, no me malinterpretes, no estoy hablando de religión, pero hay otra palabra para eso, lo diré: tu alma. Tu alma no existe. Ni voluntad ni significado. Ya no hay una tú real.

—¿Qué es mi yo real? —preguntó ella. Por primera vez, parecía atenta. No compasiva, pero atenta, al menos.

—¿Qué es el yo real de cualquiera? —dijo Keating, animado—. No es sólo el cuerpo. Es... es el alma.

—¿Qué es el alma?

—Eres tú. Lo que hay dentro de ti.

—¿Lo que piensa y valora y toma decisiones?

—¡Sí! Eso es. Y lo que siente. Tú..., tú has renunciado a ello.

—Así que, ¿hay dos cosas a las que uno no puede renunciar, los pensamientos y los deseos?

—¡Sí! ¡O sea que lo entiendes! Lo ves, eres como un cadáver para todos los que te rodean. Una especie de muerta andante. Eso es peor que cometer cualquier crimen, es...

—¿Una negación?

—Sí. Sólo una negación vacía. No estás ahí. Nunca has estado ahí. Si me dijeras que las cortinas de este salón son espantosas y las arrancaras y pusieses algo que te guste, algo de ti sería real aquí, en este salón. Pero nunca lo has hecho. Nunca le dijiste a la cocinera qué postre querías para cenar. No estás aquí, Dominique. No estás viva. ¿Dónde está tu yo?

—¿Dónde está el tuyo, Peter? —preguntó ella con calma.

Él estaba inmóvil, con los ojos muy abiertos. Ella sabía que los pensamientos de él, en ese momento, eran claros e inmediatos como la percepción visual; que el acto de pensar era el acto de ver una procesión de años a sus espaldas.

—No es verdad. No es verdad —dijo él al fin, con la voz hueca.

—¿El qué no es verdad?

—Lo que has dicho.

—No he dicho nada. Te he hecho una pregunta.

Los ojos de Keating le rogaban que hablara, que negara. Ella se levantó, se paró delante de él, y la tirantez de su cuerpo era un síntoma de vida, la vida que él había echado en falta y que le había mendigado; era un rasgo de propósito real, pero era el de un juez.

—Estás empezando a verlo, ¿verdad, Peter? Voy a ser más clara. Nunca has querido que yo fuese real. Nunca has querido que nadie lo sea, pero no has querido mostrarlo. Querías una actuación que ayudara a tu actuación. Una actuación bonita, compleja, con todos sus giros y sus adornos y sus palabras. Todo palabras. No te gustó lo que dije sobre Vincent Knowlton. Te gustó cuando dije lo mismo encubierto con opiniones virtuosas. No querías que yo creyese. Sólo querías que te convenciera de que creía. ¿Mi verdadera alma, Peter? Sólo es real cuando es independiente. Lo has descubierto, ¿verdad? Sólo es real cuando elige cortinas y postres. En eso tienes razón: cortinas, postres y religiones, Peter, y las formas de los edificios. Pero tú nunca has querido eso. Tú querías un espejo. La gente no quiere más que espejos a su alrededor. Para reflejarse en ellos. Para reflejarse en ellos mientras ellos mismos también son un reflejo. Ya sabes, como la absurda infinidad que se crea cuando pones un espejo frente a otro en un pasillo estrecho, en la clase más vulgar de hoteles, por lo general. Reflejos de reflejos y ecos de ecos. Sin principio ni final, sin centro ni propósito. Te di lo que querías. Me convertí en lo que tú eres, en lo que son tus amigos, en lo que la humanidad está tan ocupada siendo, pero con los adornos. No he ido por ahí parloteando sobre reseñas de libros para esconder la vacuidad de mi juicio: dije que no tenía juicio. No he copiado diseños para ocultar mi impotencia creativa: no he creado nada. No he dicho que la igualdad es un noble concepto, y la unidad, el principal objetivo de la humanidad: sólo le he dado la razón a todo el mundo. ¿Llamas a eso muerte, Peter? Esa clase de muerte te la he impuesto a ti y a todos los que nos rodean. Pero tú no lo has hecho. La gente se siente cómoda contigo, les caes bien, disfrutan con tu presencia. Les has ahorrado esa muerte vacía, porque te la has impuesto tú a ti mismo.

Él no dijo nada. Ella se alejó de él, se volvió a sentar y esperó.

Keating se levantó. Dio unos pasos hacia ella, y dijo:

—Dominique...

Después se arrodilló y la agarró, con la cabeza hundida entre sus piernas.

—Dominique, no es cierto... que nunca te haya amado. Te amo, siempre te he amado. No era... sólo para presumir con los demás, no era sólo eso... Te amaba. Había dos personas, tú y otra persona, un hombre, que siempre me hacía sentir lo mismo, no miedo exactamente, sino como una pared, una pared muy inclinada que tenía que escalar, como una orden de elevarme, no sé hacia dónde, pero una sensación de subida... Siempre he odiado a ese hombre, pero a ti siempre te he querido, siempre. Por eso me casé contigo, cuando sabía que me despreciabas. Así que deberías haberme perdonado esa boda, no deberías haberte vengado así. Así no, Dominique... Dominique, no puedo luchar contra esto, yo...

—¿Quién es el hombre al que odiabas, Peter?

—No importa.

—¿Quién es?

—Nadie. Yo...

—Dilo.

—Howard Roark.

Ella no dijo nada durante un largo rato. Después le puso la mano en el pelo. El gesto tenía la forma de la amabilidad.

—Nunca he querido vengarme de ti, Peter —dijo con suavidad.

—Entonces ¿por qué?

—Tenía mis razones para casarme contigo. Actué como el mundo exige que una actúe. Sólo que no podía hacerlo a medias. Los que sí pueden tienen una fisura en su interior. La mayoría de la gente tiene muchas. Se mienten a sí mismos, para no saberlo. Yo nunca me he mentido a mí misma. Así que tuve que hacer lo que todos hacéis, sólo que de manera coherente y completa. Probablemente, te he destruido. Si pudiera importarme, te diría que lo siento, que no era mi propósito.

—Dominique, te amo, pero tengo miedo. Porque has cambiado algo en mí, desde que nos casamos, desde que te dije que sí. Aunque ahora te perdiera, no podría volver a lo que era antes. Tú me quitaste algo que yo tenía...

—No. Yo te quité algo que nunca tuviste. Te garantizo que eso es peor.

—¿Qué?

—Se dice que lo peor que se le puede hacer a un hombre es matar su respeto a sí mismo. Pero no es verdad. El respeto a uno mismo es algo que no se puede matar. Lo peor es matar el fingimiento del respeto a sí mismo.

—Dominique, yo... no quiero hablar.

Ella lo miró desde arriba. Keating, con la cara apoyada en sus rodillas, vio la piedad en sus ojos, y por un instante supo lo terrible que es la verdadera piedad, pero no retuvo esa consciencia, porque cerró de un portazo la mente ante las palabras con las que estuvo a punto de guardarla.

Ella se inclinó y le besó la frente. Era el primer beso que le había dado nunca.

—No quiero que sufras, Peter —dijo ella con dulzura—. Esto, ahora, sí es real, lo digo con mis propias palabras: no quiero que sufras. No puedo sentir nada más, pero eso sí lo siento mucho.

Él le presionó la mano con los labios.

Cuando levantó la cabeza, ella lo estaba mirando como si, por un momento, fuese su marido. Dijo:

—Peter, si pudieras mantenerte ahí, en lo que eres ahora...

—Te quiero —dijo él.

Se quedaron sentados en silencio un largo rato. Él no sintió tensión en ese silencio.

Sonó el teléfono.

No fue el sonido lo que destruyó el momento, fue la ansiedad con la que Keating dio un brinco y corrió para cogerlo. Ella oyó su voz a través de la puerta abierta, una voz indecente porque era de alivio:

—¿Hola? ¡Ah, hola, Ellsworth...! No, para nada, libre como una alondra... Sí, claro, vente, ¡ven ahora mismo! Muy bien...

—Es Ellsworth —dijo, al volver al salón, con un toque de insolencia en su voz alegre—. Quiere pasarse por aquí.

Ella no dijo nada.

Él se puso a vaciar los ceniceros donde hubiese una sola cerilla o colilla, recogió los periódicos, echó un leño innecesario al fuego y encendió más lámparas. Silbaba la melodía de una opereta cinematográfica.

Corrió a abrir la puerta cuando oyó el timbre.

—¡Qué bien! —dijo Toohey al entrar—. Un fuego y vosotros dos. Hola, Dominique. Espero no importunar.

—Hola, Ellsworth —dijo ella.

—Nunca importunas —dijo Keating—. No sabes cuánto me alegro de verte. —Y arrimó una silla al fuego—. Siéntate aquí, Ellsworth. ¿Qué quieres tomar? ¿Sabes? Cuando oí tu voz al teléfono... Bueno, quise saltar y gritar como un cachorro.

—Pero tampoco hace falta que muevas el rabo —dijo Toohey—. No, nada de beber, gracias. ¿Qué tal todo, Dominique?

—Como estaba hace un año —respondió.

—¿Pero no como estabas hace dos años?

—No.

—¿Qué estábamos haciendo hace dos años por estas fechas? —preguntó Keating distraídamente.

—No estabais casados. La era prehistórica. Veamos... ¿qué pasó entonces? Creo que se acababa de terminar el templo Stoddard.

—Ah, eso —dijo Keating.

—¿Has sabido algo de tu amigo Roark... Peter? —preguntó Toohey.

—No. No creo que haya trabajado en un año. Creo que está acabado, esta vez.

—Sí, eso creo... ¿Qué has estado haciendo tú, Peter?

—No mucho... Ah, acabo de terminar de leer *El cálculo biliar valeroso*.

—¿Te gustó?

—¡Sí! Ya sabes, es un libro muy importante. Porque es cierto que no existe el libre albedrío. No podemos evitar lo que somos o lo que hacemos. No es culpa nuestra. Nadie tiene la culpa de nada. Todo está en tu acervo y... y en tus glándulas. Si eres bueno, no es mérito tuyo, es que tuviste suerte con tus glándulas. Si eres un canalla, nadie debería castigarte: sólo tuviste mala suerte, eso es todo.

Lo dijo con tono desafiante, con una vehemencia inapropiada para una conversación literaria. No estaba mirando a Toohey ni a Dominique, sino que hablaba para la habitación y a lo que esa habitación había presenciado.

—Correcto, en esencia —dijo Toohey—. No obstante, para ser lógicos, no deberíamos pensar en castigar a los canallas. Puesto que no han sufrido por su culpa, y tuvieron mala suerte y están peor dotados, deberían merecer una compensación de algún tipo, más bien una recompensa.

—¡Hombre, claro! —exclamó Keating—. Eso... eso es lo lógico.

—Y lo justo —dijo Toohey.

—Tienes al *Banner* donde querías, ¿eh, Ellsworth? —preguntó Dominique.

—¿A qué te refieres?

—A *El cálculo biliar valeroso.*

—Ah, no, no puedo decir que lo haya conseguido. No tanto. Siempre hay... imponderables.

—¿De qué estáis hablando? —preguntó Keating.

—Cotilleos profesionales —dijo Toohey—. Acercó las manos al fuego y tensó los dedos con aire travieso—. Por cierto, Peter, ¿estás haciendo algo con Stoneridge?

—Maldita sea —dijo Keating.

—¿Qué pasa?

—Ya sabes lo que pasa. Tú conoces a ese cabrón mejor que yo. Que haya un proyecto así, ahora, cuando es maná en el desierto, ¡y tenía que ser justo el hijo de perra de Wynand el que lo hace!

—¿Qué pasa con el señor Wynand?

—¡Oh, vamos, Ellsworth! Sabes muy bien que, si fuese de algún otro, yo conseguiría ese trabajo... así. —Chasqueó los dedos—. Ni siquiera tendría que pedirlo; el propietario vendría a mí. En especial, cuando sabe que un arquitecto como yo está prácticamente tocándose las narices, en comparación con el trabajo que nuestra oficina podría manejar. ¡Pero Gail Wynand! ¡Cualquiera diría que es un santo lama alérgico al aire que respiran los arquitectos!

—¿Entiendo que lo has intentado?

—Bah, no me hables de eso. Me pone malo. Creo que he gastado trescientos dólares dando de comer y llenando la copa de toda clase de tipos cutres que decían que podían conseguirme una reunión con él. Lo único que conseguí fueron resacas. Creo que sería más fácil conocer al papa.

—¿Entiendo que quieres conseguir Stoneridge?

—¿Me estás pinchando, Ellsworth? Daría mi brazo por ello.

—No es lo aconsejable. No podrías hacer ningún dibujo... ni fingir que lo has hecho. Sería preferible renunciar a algo menos tangible.

—Daría mi alma.

—¿Sí, Peter? —preguntó Dominique.

—¿Qué estás pensando, Ellsworth? —dijo Keating con sequedad.

—Sólo una sugerencia práctica —dijo Toohey—. ¿Quién ha sido tu comercial más eficaz en el pasado y el que te consiguió algunos de tus mejores encargos?

—Dominique, supongo.

—Eso es. Y como no puedes acceder a Wynand, ni tampoco eso te ayudaría, ¿no crees que es Dominique la que podría persuadirlo?

Keating lo miró fijamente:

—¿Estás loco, Ellsworth?

Dominique se echó hacia delante. Parecía interesada, y dijo:

—Por lo que he oído, Gail Wynand no hace favores a las mujeres, salvo que sean guapas. Y si es guapa, no lo hace como un favor.

Toohey la miró, para subrayar que no lo negaba.

—Qué tontería —dijo Keating enfadado—. ¿Cómo iba a conseguir Dominique verlo?

—Llamando a su oficina y concertando una cita —dijo Toohey.

—¿Quién te ha dicho que se la concedería?

—Él.

—¡¿Cuándo?!

—Anoche de madrugada. O muy temprano esta mañana, para ser exactos.

—¡Ellsworth! —dijo Keating sofocado—. No me lo creo.

—Yo sí —dijo Dominique—. Si no, Ellsworth no habría empezado esta conversación. —Y sonrió a Toohey—. Así que, ¿Wynand te prometió que me recibiría?

—Sí, querida.

—¿Cómo lo conseguiste?

—Ah, le di un convincente argumento. Sin embargo, sería aconsejable no demorarlo. Deberías llamarlo por teléfono mañana, si quieres hacerlo.

—¿Y por qué no puede llamarlo ahora? —dijo Keating—. Ah, supongo que es demasiado tarde. Mañana en cuanto te levantes lo llamas.

Ella lo miró con los ojos entornados y no dijo nada.

—Llevas mucho tiempo sin mostrar ningún interés activo en la carrera de Peter —dijo Toohey—. ¿No te gustaría llevar a cabo una difícil hazaña como ésa, por el bien de Peter?

—Si así lo quiere Peter.

—¿Que si quiero? —gritó Keating—. ¿Estáis locos? Es una oportunidad en la vida, la... —Vio que ambos lo estaban mirando con curiosidad, y gruñó—: ¡Bah, qué bobada!

—¿Cuál es la bobada, Peter? —preguntó Dominique.

—¿Os van a frenar un montón de cotilleos estúpidos? La esposa de cualquier otro arquitecto iría a rastras, a cuatro patas, por una oportunidad como ésa para...

—A ninguna otra esposa de un arquitecto se le ofrecería esa oportunidad —dijo Toohey—. Ningún otro arquitecto tiene una esposa como Dominique. Siempre has estado muy orgulloso de eso, Peter.

—Dominique puede cuidar de sí misma en cualquier circunstancia.

—De eso no hay ninguna duda.

—Está bien, Ellsworth. Llamaré a Wynand mañana —dijo Dominique.

—¡Ellsworth, eres maravilloso! —dijo Keating, sin mirarla a ella.

—Creo que ahora sí tomaré una copa. Deberíamos celebrarlo —dijo Toohey.

Cuando Keating se fue corriendo a la cocina, Toohey y Dominique se cruzaron una mirada. Él sonrió, miró a la puerta por la que Keating había salido, se volvió hacia Dominique y asintió ligeramente con la cabeza, divertido.

—Sabías que yo iba a aceptar —dijo Dominique.

—Por supuesto.

—Y ahora, dime: ¿cuál es el verdadero propósito, Ellsworth?

—Mujer, quería ayudarte a conseguir Stoneridge para Peter. Es un encargo espectacular.

—¿Por qué estás tan ansioso por que me acueste con Wynand?

—¿No crees que sería una experiencia interesante para todos los implicados?

—No estás contento con lo que ha resultado ser mi matrimonio, ¿verdad, Ellsworth?

—No del todo. Sólo la mitad. Bueno, nada es perfecto en este mundo. Uno llega hasta donde puede, y luego intenta seguir un poco más.

—Estabas ansioso porque Peter se casara conmigo. Sabías cuál iba a ser el resultado, mejor que Peter o yo.

—Peter no lo sabía en absoluto.

—Bueno, ha funcionado, a la mitad. Tienes a Peter Keating donde querías: el principal arquitecto del país que ahora es barro pegado a tus chanclos.

—Nunca me ha gustado tu estilo para expresarte, pero siempre ha sido preciso. Debería haber dicho: que ahora es un alma que menea la cola. Tu estilo es más amable.

—Pero ¿y la otra mitad, Ellsworth? ¿Un fracaso?

—Más o menos total. Culpa mía. Debería haber sido más listo y no creer que alguien como Peter, incluso en el papel de marido, pudiera destruirte.

—Eres bastante sincero.

—Te dije una vez que es el único método que funcionaría contigo. Además, sin duda no te habrá llevado dos años descubrir lo que quería de ese matrimonio.

—Así que crees que Gail Wynand terminará el trabajo.

—Tal vez. ¿Tú qué piensas?

—Pienso que, de nuevo, soy sólo un asunto colateral. ¿«Bagatela», lo llamaste una vez? ¿Qué tienes contra Wynand?

Él se rio. Ese sonido delató que no se esperaba esa pregunta. Dominique dijo con desprecio:

—No evidencies que te ha sorprendido, Ellsworth.

—De acuerdo, vamos a hablar sin rodeos. No tengo nada concreto en contra del señor Gail Wynand. Llevo mucho tiempo planeando que te recibiera. Si quieres saber más detalles, hizo algo que me molestó ayer por la mañana. Es demasiado observador, así que decidí que había llegado el momento.

—Y estaba lo de Stoneridge.

—Y estaba lo de Stoneridge. Sabía que esa parte te iba a interesar. Nunca te venderías para salvar tu país, tu alma o la vida de un hombre que amaras. Pero te venderás para conseguir un encargo para Peter Keating que no merece. Veremos qué queda de ti después. O de Gail Wynand. Tendré curiosidad por ver eso, también.

—Bastante acertado, Ellsworth.

—¿Todo? ¿Incluso la parte del hombre que amaras, si lo hicieras?

—Sí.

—¿No te venderías por Roark? Aunque, cómo no, no te gusta oír su nombre.

—Howard Roark —repitió ella.

—Tienes mucho coraje, Dominique.

Keating volvió con una bandeja de cócteles. Sus ojos estaban febriles y gesticulaba mucho.

Toohey levantó la copa, y dijo:

—¡Por Gail Wynand y el *Banner* de Nueva York!

3

Gail Wynand se levantó y salió a su encuentro en mitad del despacho.

—Mucho gusto, señora Keating —dijo.

—Tanto gusto, señor Wynand —dijo Dominique.

Le acercó una silla y, cuando ella se sentó, él no fue a sentarse a su mesa, sino que se quedó observándola como un profesional, evaluándola. Sus gestos daban a entender una necesidad evidente, como si ella supiese sus motivos y no pudiera haber nada inapropiado en su conducta.

—Parece usted una versión estilizada de su propia versión estilizada. Por lo general, ver a las modelos de las obras de arte te suele convertir en ateo. Pero, esta vez, la cosa entre el escultor y Dios está muy reñida.

—¿Qué escultor?

—El que hizo esa estatua suya.

Él había tenido la impresión de que había alguna historia detrás de la estatua y que la estaba confirmando ahora por algo que había en la cara de Dominique, una tensión que contradijo, por un instante, la prolija indiferencia de su autocontrol.

—¿Dónde y cuándo vio usted esa estatua, señor Wynand?

—En mi galería de arte, esta mañana.

—¿Dónde la consiguió?

Ahora le tocó a él mostrar perplejidad:

—Pero ¿no lo sabe?

—No.

—Su amigo Ellsworth Toohey me la envió. Como regalo.

—¿Para conseguirme esta cita?

—Tal vez no como un incentivo tan directo como creo que usted está pensando, pero, en esencia, sí.

—Eso no me lo había dicho.

—¿Le molesta que yo tenga esa estatua?

—No especialmente.

—Esperaba que dijese que estaba encantada.

—No lo estoy.

Wynand se sentó en el borde de la mesa, con las piernas estiradas y los tobillos cruzados. Preguntó:

—¿Entiendo que le perdió la pista a la estatua y ha estado intentando encontrarla?

—Durante dos años.

—No puede quedársela. —Y añadió, mirándola—: Quizá se quede con Stoneridge.

—He cambiado de opinión. Estoy encantada con que Toohey se la haya regalado.

Wynand sintió una amarga punzada de triunfo, y de decepción, al pensar que él podía leerle la mente, pero que era muy obvia, al fin y al cabo. Le preguntó:

—¿Porque le concedí esta entrevista?

—No. Porque usted es la penúltima persona en este mundo que yo querría que tuviese la estatua, pero Toohey es la última.

Perdió la sensación de triunfo. No era algo que una mujer con la intención de conseguir Stoneridge hubiese dicho o pensado. Preguntó:

—¿No sabía que la tenía Toohey?

—No.

—Deberíamos poner en común algunas cosas sobre nuestro amigo, el señor Ellsworth Toohey. No me gusta ser un peón, y no creo que a usted le guste o le pudieran obligar a ello. Hay muchas cosas que el señor Toohey prefirió no decirme. El nombre del escultor, por ejemplo.

—¿No se lo dijo?

—No.

—Steven Mallory.

—¿Mallory...? No será el que intentó... —Se rio a carcajadas.

—¿Qué pasa?

—Toohey me dijo que no se acordaba del nombre. De ese nombre, nada menos.

—¿Le sigue sorprendiendo el señor Toohey?

—Lo ha hecho varias veces, en los últimos días. Hay una sutileza de una clase especial en el descaro que ha utilizado. De una clase muy enrevesada. Casi me gusta su maestría.

—No comparto su gusto.

—¿En ningún campo? ¿Ni en la escultura o la arquitectura?

—En la arquitectura estoy segura de que no.

—¿No le parece totalmente desacertado decir eso, en sus circunstancias?

—Es probable.

La miró, y dijo:

—Es usted interesante.

—No pretendía serlo.

—Ése es su tercer error.

—¿El tercero?

—El primero fue con el señor Toohey. En estas circunstancias, cabría esperar que usted lo elogiase ante mí. Que lo citara como referencia. Que se apoyara en su gran prestigio en cuestiones arquitectónicas.

—Lo que cabría esperar es que usted conociera a Ellsworth Toohey. Eso lo descalifica como referente de cualquier tipo.

—Era mi intención decirle eso, si me hubiese dado la oportunidad que no me va a dar.

—Eso debería hacerlo más divertido.

—¿Acaso esperaba divertirse?

—Lo hago.

—¿Por la estatua? —Era el único punto débil que había descubierto en ella.

—No. No por la estatua —dijo Dominique con la voz dura.

—Dígame, ¿cuándo se hizo y para quién?

—¿Tampoco se acordaba de eso el señor Toohey?

—Eso parece.

—¿Se acuerda de un escándalo relacionado con un edificio llamado templo Stoddard? Fue hace dos años. Usted estaba fuera en aquel momento.

—El templo Stoddard... ¿Cómo sabe usted que yo estaba fuera hace dos años...? Un momento... el templo Stoddard... Me acuerdo: era una iglesia sacrílega o una cosa por el estilo, algo que hizo que la brigada de la Biblia fuese por ahí aullando.

—Sí.

—Había... —Se detuvo. Su voz sonó dura y reticente, como la de ella—. Había por medio la estatua de una mujer desnuda.

—Sí.

—Entiendo.

Wynand se quedó callado un instante. Después dijo, con la voz áspera, como si estuviese conteniendo una rabia cuyo motivo ella no podía adivinar:

—Yo estaba en alguna parte de Bali en aquel momento. Lamento que todo Nueva York viese la estatua antes que yo. Pero no leo los periódicos cuando navego. Hay una orden de despedir a cualquiera que lleve un periódico de Wynand a bordo del yate.

—¿Ha visto alguna vez las fotos del templo Stoddard?

—No. ¿Era un edificio digno de la estatua?

—La estatua era casi digna del edificio.

—Lo han destruido, ¿no?

—Sí. Con la ayuda de los periódicos de Wynand.

Él se encogió de hombros, y dijo:

—Recuerdo que Alvah Scarret se lo pasó muy bien con aquello. Una gran historia. Sentí habérmela perdido. Pero Alvah lo hizo muy bien. Por cierto, ¿cómo supo que yo estaba fuera, y porque tenía tan presente el detalle de mi ausencia?

—Fue la historia que me costó perder mi trabajo con usted.

—¿Su trabajo? ¿Conmigo?

—¿No sabía que me llamaba Dominique Francon?

Bajo su ceñida chaqueta, los hombros de Wynand se desmoronaron: por la sorpresa, pero también la impotencia. La miró fijamente, sin más. Al cabo de unos instantes, dijo:

—No.

Ella sonrió con indiferencia. Dijo:

—Al parecer, Toohey quería ponérnoslo todo lo difícil que pudo.

—Al diablo con Toohey. Tenemos que aclarar esto. No tiene sentido. ¿Usted es Dominique Francon?

—Lo era.

—¿Trabajó aquí, en este edificio, durante años?

—Durante seis años.

—¿Por qué no la he conocido antes?

—Estoy segura de que usted no conoce a todos sus empleados.

—Creo que sabe a qué me refiero.

—¿Quiere que lo diga por usted?

—Sí.

—¿Por qué no he intentado conocerlo antes?

—Sí.

—No tenía ganas.

—Eso, precisamente, no tiene sentido.

—¿Lo pasamos por alto, o se lo aclaro?

—Le voy a ahorrar la decisión. Con el tipo de belleza que usted posee, y sabiendo el tipo de reputación que me dicen que tengo, ¿por qué no intentó hacer carrera de verdad en el *Banner*?

—Nunca quise hacer carrera de verdad en el *Banner*.

—¿Por qué?

—Quizá por la misma razón por la que usted prohíbe los periódicos de Wynand en su yate.

—Es una buena razón —dijo con calma.

Después él le preguntó con naturalidad, otra vez:

—A ver, ¿por qué fue despedida? Usted fue contra nuestra política editorial, creo.

—Intenté defender el templo Stoddard.

—¿No se le ocurrió nada mejor que probar a ser sincera en el *Banner*?

—Era mi intención decirle eso, si me hubiese dado la oportunidad.

—¿Se está divirtiendo?

—No en aquel entonces. Me gustaba trabajar aquí.

—Usted es la única persona que haya dicho eso jamás en este edificio.

—Una de las dos, será.

—¿Quién es la otra?

—Usted, señor Wynand.

—No esté tan segura de eso. —Levantó la cabeza y vio que los ojos de Dominique insinuaban una sonrisa. Le preguntó—: ¿Lo ha dicho sólo para acorralarme con ese tipo de afirmación?

—Sí, creo que sí —respondió ella, complacida.

—Dominique Francon... —repitió, sin dirigirse a ella—. Me gustaban sus cosas. Casi desearía que hubiese venido aquí a pedir volver a su antiguo trabajo.

—Estoy aquí para hablar de Stoneridge.

—Ah, sí, por supuesto. —Se echó hacia atrás, para disfrutar de un largo y persuasivo discurso. Pensó que era interesante saber qué argumentos elegiría ella y cómo interpretaría el papel de peticionaria—. Bueno, ¿qué desea decirme sobre eso?

—Me gustaría que le encargase ese trabajo a mi marido. Por supuesto, entiendo que no hay ningún motivo por el que deba hacerlo, salvo que, a cambio, yo acceda a acostarme con usted. Si le parece una razón suficiente, estoy dispuesta a hacerlo.

Él la miró en silencio, sin permitirse dar el menor indicio de reacción en su cara. Ella le devolvía la mirada, ligeramente sorprendida de su escudriñamiento, como si sus palabras no merecieran especial atención. No consiguió ver en la cara de Dominique, a pesar de sus vehementes esfuerzos, ninguna otra expresión salvo la de una incongruente e imperturbable pureza. Dijo:

—Eso es lo que iba a sugerir. Pero no de manera tan cruda y no en nuestro primer encuentro.

—Le he ahorrado tiempo y mentiras.

—¿Quiere mucho a su marido?

—Lo desprecio.

—¿Tiene mucha fe en su genio artístico?

—Es un arquitecto de tercera categoría.

—Entonces ¿por qué está haciendo esto?

—Me divierte.

—Pensé que era el único que actuaba por esa clase de motivos.

—No debería molestarse. No creo que la originalidad le haya parecido nunca una virtud deseable, señor Wynand.

—En realidad, ¿no le importa que su marido consiga Stoneridge o no?

—No.

—¿Y no tiene ganas de acostarse conmigo?

—Ninguna en absoluto.

—Podría admirar a una mujer que fingiera un número como éste. Sólo que no es un número.

—No lo es. Por favor, no empiece a admirarme. He intentado evitarlo.

Siempre que él sonreía, sus músculos faciales no necesitaban moverse; siempre estaban insinuando una burla, y sólo se volvía más nítida unos instantes hasta que volvía a desvanecerse de manera imperceptible. Ahora era más nítida.

—Lo cierto es que su principal motivo soy yo, después de todo —dijo Wynand—. El deseo de entregarse a mí. —Vio la mirada de Dominique, que ésta no pudo controlar, y añadió—: No, no disfrute pensando que he cometido un error tan burdo. No lo he dicho en el sentido habitual, sino justo en el contrario. ¿No dijo que me consideraba el penúltimo de este mundo? Usted no quiere Stoneridge. Usted quiere venderse por el motivo más bajo a la persona más baja que pueda encontrar.

—No esperaba que lo comprendiera —dijo ella con naturalidad.

—Usted quiere... Los hombres lo hacen a veces, las mujeres no... Usted quiere expresar mediante el acto sexual su absoluto desprecio hacia mí.

—No, señor Wynand. Hacia mí.

La fina línea de la boca de Wynand se movió ligeramente, como si sus labios hubiesen notado el primer indicio de revelación personal e involuntaria y que, por lo tanto, era una debilidad. La retuvo con fuerza mientras hablaba:

—La mayoría de las personas se toman grandes molestias para convencerse a sí mismas de su propia dignidad.

—Sí.

—Y, por supuesto, la búsqueda de dignidad es la prueba de que se carece de ella.

—Sí.

—¿Ve lo que significa la búsqueda del autodesprecio?

—¿Que carezco de él?

—Y que nunca lo conseguirá.

—No esperaba que comprendiera eso tampoco.

—No diré nada más, o ya no seré la penúltima persona en el mundo y dejaré de ser apto para su propósito. —Se puso en pie—. ¿Debo decirle formalmente que acepto su oferta?

Ella inclinó la cabeza a modo de asentimiento.

—En realidad —dijo Wynand—, no me importa a quién tenga que elegir para construir Stoneridge. Nunca he contratado a un buen arquitecto para los edificios que he construido. Le doy al público lo que quiere. Esta vez me quedé estancado en la decisión porque estoy cansado de los chapuceros que han trabajado para mí, y es difícil decidir sin estándares ni razones. Estoy seguro de que no le importa que diga esto. Le estoy muy agradecido por darme un motivo mucho mejor del que pudiera esperar encontrar.

—Me alegra que no dijera que siempre ha admirado el trabajo de Peter Keating.

—Usted no me ha dicho que se alegra de unirse a la distinguida lista de amantes de Gail Wynand.

—Quizá usted disfrute con que yo admita esto, si lo desea, pero creo que nos vamos a llevar muy bien.

—Es bastante probable. Al menos me ha proporcionado una nueva experiencia: hacer lo que siempre he hecho, pero con sinceridad. ¿Puedo empezar a darle mis instrucciones? No voy a fingir que son otra cosa.

—Como desee.

—Se vendrá conmigo a un crucero de dos meses en mi yate. Zarparemos dentro de diez días. Cuando volvamos, será libre de volver con su marido, con el contrato de Stoneridge.

—Muy bien.

—Me gustaría conocer a su marido. ¿Querrían cenar conmigo el lunes por la noche?

—Sí, si lo desea.

Cuando ella se levantó para marcharse, él le preguntó:

—¿Le digo la diferencia que hay entre usted y su estatua?

—No.

—Pero quiero hacerlo. Es deslumbrante ver los mismos elementos utilizados en dos composiciones con temas contrarios. Todo lo que hay de usted en esa estatua tiene que ver con la exaltación. Pero su propio tema es el sufrimiento.

—¿Sufrimiento? No soy consciente de haber transmitido eso.

—No lo ha hecho. A eso me refiero. Ninguna persona feliz puede ser tan impermeable al dolor.

Wynand llamó por teléfono a su marchante y le pidió que le concertara una muestra privada de la obra de Steven Mallory. No quiso conocer a Mallory en persona: nunca conocía a las personas cuyo trabajo le gustaba. El marchante ejecutó la orden con gran diligencia. Wynand compró cinco de las piezas que vio y pagó más de lo que el marchante esperaba pedir.

—Al señor Mallory le gustaría saber por qué le llamó la atención —preguntó el marchante.

—Vi una de sus obras.

—¿Cuál?

—No importa.

Toohey esperaba que Wynand lo llamara después de la entrevista con Dominique, pero no lo hizo. Unos días más tarde, al encontrarse con Toohey por casualidad en la redacción, Wynand le preguntó levantando la voz:

—Señor Toohey, ¿cuántas personas han intentado matarlo cuyos nombres no recuerda?

Toohey sonrió y dijo:

—Estoy seguro de que a muchos les gustaría.

—Está halagando a sus semejantes —dijo Wynand, alejándose.

Peter Keating observó el resplandeciente salón del restaurante. Era el lugar más exclusivo de la ciudad, y el más caro. Keating se relamía al rumiar la idea de que estaba allí como invitado de Gail Wynand.

Intentó no concentrarse en la fina elegancia de la figura de Wynand al otro lado de la mesa. Bendijo a Wynand por haber elegido un lugar público para la cena. La gente miraba boquiabierta a Wynand —con discreción y entrenado disimulo, pero boquiabierta, al fin y al cabo—, y su atención también se dirigía a los otros dos comensales en la mesa de Wynand.

Dominique estaba sentada entre los dos. Llevaba un vestido blanco de seda, de manga larga y cuello chimenea: un vestido de monja que producía el deslumbrante efecto de ser un vestido de noche sólo por ser tan flagrantemente inadecuado para la ocasión. No llevaba joyas. Su pelo dorado parecía una caperuza. Los planos angulosos de la opaca seda blanca se movían a la par que su cuerpo, que se revelaba con fría inocencia; el cuerpo de un objeto sacrificial ofrecido en público, ajeno a la necesidad del ocultamiento o el deseo. A Keating le parecía poco atractivo. Advirtió que Wynand sí parecía admirarlo. Alguien que estaba sentado a una mesa a lo lejos miraba con insistencia hacia ellos, alguien alto y corpulento. Después, la voluminosa figura se puso en pie y Keating reconoció a Ralston Holcombe, que se dirigía raudo hacia ellos.

—¡Peter, hijo, cuánto me alegro de verte! —dijo Holcombe con estruendo, estrechándole la mano, y le hizo una reverencia a Dominique, ignorando visiblemente a Wynand—. ¿Dónde habéis estado metidos? ¿Por qué ya no os vemos por ahí? —Habían comido juntos tres días antes.

Wynand se había levantado y se inclinó un poco hacia delante, cortés. Keating dudaba; después, con evidente reticencia, dijo:

—Señor Wynand..., el señor Holcombe.

—¿No será el señor Gail Wynand? —dijo Holcombe con espléndida inocencia.

—Señor Holcombe, si viera a uno de los hermanos Smith, los de las pastillas para la tos, en la vida real, ¿los reconocería? —preguntó Wynand.

—¡Vaya, supongo que sí! —dijo Holcombe, y pestañeó.

—Mi cara, señor Holcombe, es igual de famosa y común.

Holcombe masculló algunas palabras generales y bienintencionadas, y huyó. Wynand dijo con una afectuosa sonrisa:

—No debería haberle dado miedo presentarme al señor Holcombe, señor Keating, aunque también sea arquitecto.

—¿Miedo, señor Wynand?

—Sin ninguna necesidad, ya que está todo acordado. ¿No le ha dicho la señora Keating que Stoneridge es suyo?

—Yo... No, no me lo ha dicho... No lo sabía... —Wynand sonreía, pero era una sonrisa fija y Keating se vio obligado a seguir hablando hasta ver alguna señal que la parara—. No esperaba..., no tan pronto... por supuesto. Pensé que esta cena podía ser una señal... para ayudarle a decidirse... —dijo. Y le espetó, sin querer—: ¿Siempre suelta las sorpresas así? ¿De esta manera?

—Siempre que puedo —respondió Wynand con voz grave.

—Haré todo lo posible por merecer ese honor y estar a la altura de sus expectativas, señor Wynand.

—No tengo ninguna duda —dijo Wynand. No habló mucho con Dominique aquella noche. Toda su atención parecía centrada en Keating.

—El público ha sido generoso con mis proyectos anteriores —dijo Keating—, pero haré que Stoneridge sea mi mayor logro.

—Es toda una promesa, si se considera su distinguida lista de trabajos.

—No esperaba que mis trabajos tuviesen la suficiente importancia para llamar su atención, señor Wynand.

—Pero los conozco bastante bien. El edificio Cosmo-Slotnick, que es puro Miguel Ángel. —La cara de Keating se ensanchó con incrédulo placer; sabía que Wynand era un gran entendido en arte y que no haría tales comparaciones a la ligera—. El edificio del Prudential Bank, que es genuino Palladio. Los almacenes Slottern, que toma prestado de Christopher Wren. —La cara de Keating había cambiado—. Mire qué ilustre compañía me consigo por el precio de uno. ¿No es una ganga?

Keating sonrió, con la cara tensa, y dijo:

—Había oído hablar de su genial sentido del humor, señor Wynand.

—¿Ha oído hablar de mi estilo descriptivo?

—¿A qué se refiere?

Wynand giró un poco su silla y miró a Dominique como si estuviera inspeccionando un objeto inanimado.

—Su mujer tiene un cuerpo precioso, señor Keating. Sus hombros son demasiado finos, pero guardan una admirable proporción con todo lo demás. Sus piernas son demasiado largas, pero eso le da a su línea la elegancia de los buenos yates. Sus pechos son hermosos, ¿no cree?

—La arquitectura no es una profesión refinada, señor Wynand. —Keating intentó reírse—. No le prepara a uno para esa clase de sofisticación superior.

—¿No me entiende, señor Keating?

—Si no supiera que es usted un perfecto caballero, podría malinterpretarlo, pero no puede engañarme.

—Eso es justo lo que estoy intentando no hacer.

—Agradezco los cumplidos, señor Wynand, pero no estoy lo suficientemente halagado para pensar que debamos hablar de mi esposa.

—¿Por qué no, señor Keating? Suele estar bien visto hablar de lo que se tiene en común. O se tendrá.

—Señor Wynand, creo..., creo que no estoy entendiendo.

—¿Quiere que sea más explícito?

—No, yo...

—¿No? ¿Nos olvidamos del tema de Stoneridge?

—¡Hablemos de Stoneridge! Yo...

—Pero lo estamos haciendo, señor Keating.

Keating miró al salón a su alrededor. Pensó que esas cosas no se podían hacer en un lugar así; la irritante majestuosidad lo hacía monstruoso, y deseaba que estuviesen en un sótano frío y húmedo. Pensó: sangre en los adoquines, vale, pero no sangre en la alfombra del salón...

—Ya sé que es una broma, señor Wynand —dijo.

—Ahora me toca a mí admirar su sentido del humor, señor Keating.

—Estas cosas..., estas cosas no se hacen...

—No es eso lo que usted quiere decir, señor Keating. Lo que usted quiere decir es que se hacen todo el tiempo, pero no se habla de ellas.

—No pensé...

—Lo pensó antes de venir aquí. No le importó. Le admito que me estoy comportando de manera abominable. Estoy vulnerando todas las reglas de la bondad. Es muy cruel ser sincero.

—Por favor, señor Wynand, vamos... a dejarlo. No sé qué... se supone que tengo que hacer.

—Es fácil. Se supone que tiene que darme una bofetada. —Keating rio entre dientes—. Se supone que debería haberlo hecho hace unos minutos.

Keating notó que tenía húmedas las palmas de las manos y que estaba intentando aguantar su peso aferrándose a la servilleta que tenía en el regazo. Wynand y Dominique estaban comiendo, despacio y con delicadeza, como si estuviesen en otra mesa. Keating pensó que no eran cuerpos humanos, ninguno de los dos. Algo se había desvanecido; la luz de los apliques del restaurante tenía un resplandor de rayos X que no sólo atravesaban los huesos, sino que llegaban más al fondo; eran almas, pensó, cenando en una mesa, almas contenidas en trajes de noche, sin la forma intermedia de la carne, espeluznantes por su revelación desnuda; aterradores porque esperaba ver a dos torturadores, pero veía una gran inocencia. Se preguntó qué veían ellos, qué contendría su propia ropa si desapareciese su forma física.

—¿No? —dijo Wynand—. ¿No quiere hacer eso, señor Keating? Por supuesto, no tiene por qué hacerlo. Sólo diga que no quiere nada. No me importará. Está el señor Ralston Holcombe al otro lado de la sala. Él puede construir Stoneridge igual de bien que usted.

—No sé a qué se refiere, señor Wynand —susurró Keating. Sus ojos estaban fijos en la gelatina de tomate de su ensalada; era suave y temblaba, y le provocaba náuseas.

Wynand se volvió hacia Dominique.

—¿Recuerda nuestra conversación sobre cierta búsqueda, señora Keating? Dije que era una búsqueda en la que usted nunca podría tener éxito. Mire a su marido. Él es un experto, sin esforzarse. Así es como hay que hacerlo. Llegue a ese nivel, de vez en cuando. No se moleste en decirme que no puede. Lo sé. Usted es una aficionada, querida.

Keating pensó que debía hablar otra vez, pero no podía, no mientras tuviese esa ensalada delante. El terror venía del plato, no del irritante monstruo que tenía enfrente; el resto de la sala era cálido y seguro. Se tambaleó hacia delante y con el codo tiró el plato de la mesa.

Emitió una especie de sonido para lamentarlo. Apareció una persona, hubo educadas palabras de disculpa y el desastre desapareció de la alfombra.

Keating oía una voz que le decía: «¿Por qué estás haciendo esto?»; y vio dos caras que lo miraban y que sabían que lo había dicho.

—El señor Wynand no lo está haciendo para torturarte, Peter —dijo Dominique con calma—. Lo está haciendo por mí. Para ver cuánto puedo soportar.

—Eso es cierto, señora Keating. En parte. La otra parte es que es para justificarme a mí mismo.

—¿Ante los ojos de quién?

—Los suyos. Y los míos, quizá.

—¿Lo necesita?

—A veces. El *Banner* es un periódico despreciable, ¿no? Bueno, he pagado con mi honor el privilegio de estar en una posición en la que puedo divertirme observando cómo actúa mi honor sobre otros hombres.

Sus propias ropas, pensó Keating, no contenían nada ahora, porque las dos caras ya no le prestaban atención. Estaba a salvo, su lugar en aquella mesa estaba vacío. Se preguntó, desde la larga e indolente distancia, por qué los dos se miraban el uno al otro tranquilamente, no como dos enemigos, no como dos verdugos, sino como camaradas.

Dos días antes de zarpar, Wynand llamó por teléfono a Dominique a última hora de la tarde.

—¿Podría venir ahora mismo? —le preguntó. Y, tras oír un breve silencio, añadió—: Ah, no es lo que está pensando. Yo cumplo mis acuerdos. No corre ningún peligro. Sólo es que querría verla esta noche.

—De acuerdo —dijo ella, y le asombró escuchar un sereno: «Gracias».

Cuando se abrió el ascensor en el vestíbulo privado de su ático, él estaba esperando allí, pero no la dejó salir. Se subió con ella al ascensor.

—No quiero que entre en mi casa. Vamos a la planta de abajo.

El ascensorista lo miró estupefacto.

El ascensor se paró delante de una puerta cerrada. Wynand la abrió, le cedió el paso a Dominique y después la siguió a su galería de arte. Ella recordó que era el lugar en el que nadie de fuera había entrado jamás. No dijo nada. Él no dio explicaciones.

Paseó en silencio durante cuatro horas por las inmensas salas, contemplando la belleza de aquellos increíbles tesoros. Había una gruesa moqueta y no se oían los pasos, ni los ruidos de la ciudad, y no había ventanas. Él la seguía y se paraba cuando ella lo hacía. Los ojos de él acompañaban a los de ella de un objeto a otro. A veces, su mirada se desviaba al rostro de Dominique. Pasó, sin detenerse, por delante de la estatua del templo Stoddard.

Él no le pidió que se quedara ni le metió prisa, como si le hubiese entregado aquel lugar. Ella decidió irse cuando quiso y él la siguió hasta la puerta. Entonces, Dominique preguntó:

—¿Por qué quería que viese esto? No me hará pensar mejor de usted. Puede que peor.

—Sí, me lo habría esperado, si lo hubiese pensado de ese modo. Pero no lo hice. Sólo quería que lo viese.

4

El sol se había puesto cuando salieron del coche. En la amplitud del cielo y el mar —un cielo verde sobre una lámina de mercurio—, trazas de fuego persistían en el filo de las nubes y en los apliques de bronce del yate. El yate era una mancha blanca de movimiento que forcejeaba con la quietud amarrada.

Dominique miró las letras doradas —*Ahora sí*— en la delicada proa blanca.

—¿Qué significa el nombre? —preguntó.

—Es una respuesta a personas que murieron hace mucho. Aunque quizá sean las únicas inmortales. La frase que más veces escuché de niño era: «Tú no mandas aquí».

Ella recordaba haber oído que él nunca había respondido a esa pregunta. A ella se la respondió enseguida, y no parecía consciente de estar haciendo una excepción. Ella sintió una calma en sus maneras, extraña y nueva en él, y un sereno aire de culminación. Cuando subieron a bordo, el yate empezó a moverse; casi parecía que los pasos de Wynand sobre la cubierta lo hubiesen puesto en marcha. Él se quedó en la barandilla, sin tocarla, y contempló la larga y oscura costa que se levantaba y caía sobre el cielo, alejándose de ellos. Después se volvió hacia Dominique. Ella no vio ningún gesto de reconocimiento en sus ojos, ningún comienzo: sólo la continuación de una mirada, como si la hubiese estado mirando todo el tiempo.

Cuando bajaron, la acompañó a su camarote. Le dijo:

—Por favor, si desea alguna cosa, dígamelo.

Y salió por una puerta interior. Ella vio que la puerta conducía al camarote de Wynand. Él cerró la puerta y no volvió.

Ella dio varias vueltas distraídas por el camarote. La mancha de su reflejo la seguía sobre las lustrosas superficies de los claros paneles de madera satinada. Se estiró en un sillón bajo, con los tobillos cruzados y los brazos por encima de la cabeza, y observó como el portillo pasaba del verde al azul oscuro. Alargó la mano y encendió una luz. El azul se había convertido en un círculo negro esmerilado.

El camarero anunció la cena. Wynand llamó a su puerta y la acompañó al comedor. Su actitud la desconcertaba. Estaba alegre, pero la serenidad de su alegría sugería una seriedad peculiar.

Cuando estuvieron sentados a la mesa, Dominique le preguntó:

—¿Por qué me ha dejado sola?

—Pensé que querría estar sola.

—¿Para hacerme a la idea?

—Si prefiere decirlo así...

—Ya me hice a la idea antes de ir a su despacho.

—Sí, claro. Perdóneme por insinuar cualquier debilidad en usted. Lo sé. Por cierto, no me ha preguntado a dónde vamos.

—Eso también sería debilidad.

—Cierto. Me alegra que no le importe, porque nunca tengo un destino definitivo. Este barco no es para ir a los sitios, sino para alejarse de ellos. Cuando paro en un puerto, es sólo por el puro placer de abandonarlo. Siempre pienso: he aquí otro lugar que no me puede retener.

—Yo viajaba mucho. Siempre me sentía justo igual. Me decían que era porque odio a la humanidad.

—No es tan tonta como para creer eso, ¿verdad?

—No lo sé.

—Sin duda, no se ha creído esa estupidez en concreto. Me refiero a la que afirma que el cerdo es el símbolo del amor a la humanidad, porque es un animal que lo acepta todo. En realidad, la persona que ama a todo el mundo y se siente en casa en todas partes es la que de verdad odia a la humanidad. No espera nada del hombre, así que ninguna forma de depravación puede indignarla.

—¿Se refiere a la persona que dice que en el peor de nosotros hay algo bueno?

—Me refiero a la persona que tiene la asquerosa insolencia de afirmar que ama por igual al hombre que hizo esa estatua de usted y al que hace un globo de Mickey Mouse para venderlo en las esquinas. Me refiero a la persona que ama a los hombres que prefieren a Mickey Mouse a su estatua, y hay muchos de ese tipo. Me refiero a la persona que ama a Juana de Arco y a las dependientas de las tiendas de ropa de Broadway, con el mismo fervor. Me refiero a la persona que ama con el mismo sentido de exaltación la belleza de usted y a una mujer que ve en el metro, de esas que no saben cruzar las piernas y van enseñando la carne que les cuelga por encima de las ligas. Me refiero a la persona que ama por igual los ojos limpios, firmes e impasibles de un hombre que está mirando por un telescopio y la mirada perdida de un imbécil. Me refiero a una compañía muy grande, generosa y magnánima. ¿Es usted la que odia a la humanidad, señora Keating?

—Está diciendo todas las cosas que, desde que tengo memoria, desde que empecé a ver y a pensar, han sido... —Se calló.

—La estaba torturando, por supuesto. Uno no puede amar sin odiar a la mayoría de las criaturas que fingen llevar su nombre. Es lo uno o lo otro. Uno no ama a Dios y al sacrilegio de forma imparcial, salvo cuando uno no sabe que se ha cometido un sacrilegio porque no conoce a Dios.

—¿Y qué me dice de lo que me suele responder la gente, que el amor es perdonar?

—Le digo que es una indecencia de la que usted no es capaz, aunque crea que es una experta en dicha materia.

—O que el amor es compasión.

—Uf, calle. Ya es bastante malo tener que oír cosas como ésa. Oírselas a usted es repugnante, incluso en broma.

—¿Cuál es su respuesta?

—Que el amor es reverencia, adoración y gloria, levantar la mirada. No una tirita para heridas infectadas. Pero no lo saben. Los que hablan del amor con mayor promiscuidad son los que nunca lo han sentido. Hacen una especie de guiso aguado a base de simpatía, compasión, desprecio, indiferencia en general y todo a lo que llaman amor. Una vez que sientes lo que significa amar como usted y yo sabemos, la pasión total por la elevación suprema, eres incapaz de menos.

—¿Cómo usted y yo sabemos?

—Es lo que sentimos cuando miramos algo como su estatua. No hay perdón en ella, no hay compasión. Y querría matar al hombre que afirmara que debería haberlo. Pero, ya ve usted, cuando mira su estatua, ese hombre no siente nada. Eso y un perro con una pata rota: para él todo es lo mismo. Incluso siente que ha hecho algo más noble si le venda la pata al perro en vez de mirar su estatua. Así que, si usted busca un destello de grandeza, si quiere exaltación, si busca a Dios y se niega a aceptar que limpiar heridas sirva de sustituto, le dirán que odia a la humanidad, señora Keating, porque usted ha cometido el crimen de conocer un amor que la humanidad no ha aprendido a merecer.

—Señor Wynand, ¿leyó el texto por el que me despidieron?

—No. No lo hice entonces, y no me atrevo a hacerlo ahora.

—¿Por qué?

Wynand ignoró la pregunta. Dijo, sonriendo:

—Y entonces usted viene y me dice: «Es usted la persona más vil sobre la tierra, así que tómeme, para poder aprender a despreciarme. Yo no tengo eso por lo que la mayoría de la gente vive. A ellos les parece que la vida es soportable. A mí no». ¿Entiende ahora lo que me ha mostrado usted?

—No esperaba que lo viera.

—No. No el propietario del *Banner*, por supuesto. No pasa nada. Yo esperaba a una furcia guapa amiga de Ellsworth Toohey.

Se echaron a reír. A ella le pareció extraño que pudieran hablar sin tapujos, como si él se hubiese olvidado del propósito de ese viaje. Su calma se había convertido en una contagiosa sensación de paz entre ellos.

Ella observó la elegancia y discreción con que les servían la cena, y el contraste del mantel blanco con el rojo oscuro de las paredes de caoba. Todo en el yate tenía un aire que le hizo pensar que era la primera vez que entraba en un sitio lujoso de verdad: el lujo era secundario, era un fondo tan apropiado para él que se podía ignorar. Aquel hombre humillaba a su propia riqueza. Ella había visto a gente rica, estirada y asombrada ante lo que representaba su objetivo último. El esplendor de este lugar no era su objetivo, no era el logro definitivo del hombre que se inclinaba con naturalidad sobre la mesa. Se preguntó cuál había sido su objetivo.

—Este barco le favorece —dijo Dominique.

Ella vio una mirada de placer en sus ojos, y de gratitud.

—Gracias... ¿Y la galería de arte?

—Sí. Aunque eso es menos excusable.

—No quiero que se invente excusas por mí —dijo tranquilo, sin reproche.

Terminaron de cenar. Ella esperaba la inevitable invitación, pero no llegó. Él se sentó a fumar, a hablar sobre el yate y el océano.

La mano de Dominique posó la mano en el mantel cerca de la de él, sin darse cuenta. Vio cómo la miraba y quiso apartar la mano de golpe, pero se obligó a dejarla quieta. *Ahora*, pensó.

Él se levantó.

—Vayamos a cubierta —dijo.

Se quedaron de pie en la barandilla y contemplaron la oscuridad vacía. El espacio no se veía, sólo se sentía por el tacto del aire en sus caras. Unas pocas estrellas daban realidad al cielo vacío. Unas pocas chispas de fuego blanco sobre el agua daban vida al océano.

Él estaba encorvado, relajado, con el brazo levantado y agarrado a un candelero. Ella veía las chispas flotar, formar el filo de las olas, enmarcadas por la curva del cuerpo de Wynand. Eso le favorecía también.

Ella le dijo:

—¿Puedo mencionar otro abyecto cliché que nunca ha sentido?

—¿Cuál?

—Nunca ha sentido lo pequeño que es cuando mira el océano.

Se rio y dijo:

—Nunca. Ni al mirar los planetas. Ni los picos de las montañas. Ni el Gran Cañón. ¿Por qué debería? Cuando miro el océano, siento la grandeza del hombre. Pienso en la magnífica capacidad que creó este barco para conquistar todo ese espacio sinsentido. Cuando miro los picos de las montañas, pienso en los túneles y la dinamita. Cuando miro los planetas, pienso en los aviones.

—Sí. Y ese sentido especial de rapto sagrado que la gente dice que experimenta al contemplar la naturaleza... Yo nunca lo he sentido con la naturaleza, sólo con... —Se paró.

—¿Con qué?

—Con los edificios —susurró—. Los rascacielos.

—¿Por qué no quería decirlo?

—No sé...

—Yo cambiaría la mejor puesta de sol del mundo por una vista de la silueta de Nueva York. En particular cuando no se pueden ver los detalles. Sólo las formas. Las formas y el pensamiento que las hizo. El cielo sobre Nueva York y la voluntad del hombre, hecha visible. ¿Qué otra religión necesitamos? Y después la gente me habla de peregrinajes a algún lugar infecto, oscuro y húmedo en una selva, adonde van a rendir homenaje a un templo en ruinas, a un lascivo monstruo de piedra y barrigón, creado por algún salvaje leproso. ¿Es esa la belleza y el ingenio que quieren ver? ¿Buscan sentir lo sublime? Que vengan a Nueva York, a la orilla del Hudson, que miren y se pongan de rodillas. Cuando veo la ciudad desde mi ventana, no, no siento lo pequeño que soy, sino que, si una guerra amenazara esto, me gustaría tirarme al vacío, sobre la ciudad, y proteger esos edificios con mi propio cuerpo.

—Gail, no sé si te estoy escuchando a ti o a mí misma.

—¿Ha oído lo que acaba de decir?

Ella sonrió.

—La verdad es que no. Pero no lo voy a retirar, Gail.

—Gracias, Dominique. —Su voz sonaba suave y parecía estar a gusto—. Pero no estábamos hablando de ti o de mí. Estábamos hablando de otra gente. —Se inclinó, apoyó los antebrazos en la barandilla y habló mientras miraba las chispas sobre el agua—. Es interesante especular sobre las razones que llevan a la gente a estar tan ansiosa por degradarse a sí misma. Como en la idea de sentirse pequeños ante la naturaleza. No es un cliché, es prácticamente una institución. ¿Has visto con qué arrogancia moral te lo dicen? «Mira, estoy tan contento de ser un pigmeo que por eso soy tan virtuoso», parecen decir. ¿Has visto el deleite con que la gente cita a algún famoso que ha proclamado que no es tan grande cuando contempla las cataratas del Niágara? Es como si se relamieran de pura alegría al pensar que los mejores no son más que polvo ante la fuerza bruta de un terremoto. Como si estuviesen todos puestos a cuatro patas, rebozando la frente en el lodo ante la majestuosidad de un huracán. Pero no es ése el espíritu que dio lugar al fuego, al vapor, a la electricidad, a lo que cruza los océanos en balandras, a lo que construye aviones y presas... y rascacielos. ¿De qué tienen miedo? ¿Qué odian tanto, esos a los que les encanta arrastrarse? ¿Y por qué?

—Cuando encuentre la respuesta a eso, estaré en paz con el mundo —dijo ella.

Wynand siguió hablando: de sus viajes, de los continentes que había más allá de la oscuridad que les rodeaba, que convertía el espacio en una suave cortina sobre sus párpados. Ella esperó. Dejó de preguntarse. Le dio la oportunidad de utilizar los breves silencios para acabar con eso, para que dijera las palabras que esperaba. No las dijo.

—¿Estás cansada, querida?

—No.

—Te traeré una tumbona, si te quieres sentar.

—No. Me gusta estar así.

—Hace un poco de frío. Pero mañana habremos avanzado más al sur y entonces verás el océano encendido por la noche. Es muy bonito.

Él guardó silencio. Ella oía la velocidad del barco en el sonido del agua; el gemido susurrante de protesta contra lo que estaba rajando la superficie del agua.

—¿Cuándo vamos a bajar? —preguntó Dominique.

—No vamos a bajar.

Lo dijo sereno, con un extraño tono de complicidad, como si estuviese impotente ante un hecho que, en realidad, no pudiese alterar.

—¿Te quieres casar conmigo? —preguntó.

Ella no ocultó su conmoción. Él la había visto de antemano y estaba sonriendo tranquilo, comprensivo.

—Sería mejor no decir nada más —dijo él con cuidado—. Pero prefieres oírlo, porque ese tipo de silencio entre nosotros es más de lo que tengo derecho a esperar. Tú no quieres contarme mucho, pero he hablado por ti esta noche, así que déjame volver a hacerlo. Me has elegido como símbolo del desprecio hacia los hombres. Tú no me quieres. No quieres concederme nada. Sólo soy tu instrumento para la autodestrucción. Sé todo eso, y lo acepto y quiero que te cases conmigo. Si deseas hacerlo como incalificable acto de venganza contra el mundo, ese acto no es venderte a tu enemigo, sino casarte con él. No para unir lo peor de ti con lo peor de él, sino lo peor de ti con lo mejor de él. Lo intentaste una vez, pero tu víctima no era digna de tu propósito. Mira, estoy defendiendo mi causa con tus propios términos. Cuáles sean los míos, y qué quiera encontrar en ese matrimonio, no tiene ninguna importancia para ti, y así lo trataré. No tienes por qué saberlo. No tienes por qué tenerlo en consideración. No exijo promesas ni te impongo obligaciones. Serás libre de abandonarme cuando quieras. Y, por cierto, ya que esto no te afecta: te amo.

Ella estaba quieta, con el brazo extendido y los dedos agarrados a la barandilla.

—No quería eso.

—Lo sé, pero si tienes curiosidad, te diré que has cometido un error. Me has dejado ver a la persona más limpia que haya visto jamás.

—¿No es ridículo, después de cómo nos hemos conocido?

—Dominique: me he pasado la vida manejando los hilos del mundo. Lo he visto todo. ¿Crees que podría creer en cualquier pureza, salvo que me la encontrara retorcida de una forma tan espantosa como la que tú has elegido? Pero lo que yo sienta no debe afectar a tu decisión.

Ella lo miró fijamente, incrédula por todas las horas que habían pasado. Su boca había adoptado una forma dulce. Él se fijó. Dominique pensó que todas las palabras que él había dicho aquel día pertenecían a la misma lengua que ella hablaba, que esa proposición, y la forma que él le había dado, pertenecían al mismo mundo que ella; que, con ello, había destruido su propio propósito y le había arrebatado a ella el motivo que él había mencionado, e hizo imposible aspirar a la degradación con un hombre que hablaba como él.

Ella sintió el súbito deseo de llegar a él, de contarle todo, de hallar un momento de liberación al amparo de su comprensión, y de pedirle después que no la volviera a ver nunca. Entonces recordó.

Él se dio cuenta del movimiento de la mano. Los dedos de ella no estaban tensamente agarrados a la barandilla, lo que delataría su necesidad de apoyarse y le daría importancia al momento. Esos dedos estaban relajados y cerrados sobre la barra, como si ella hubiese cogido unas riendas, despreocupada, porque la ocasión ya no requería ningún serio esfuerzo.

Ella se acordó del templo Stoddard. Pensó en el hombre que tenía delante, que hablaba sobre la pasión total por la elevación suprema y sobre proteger los rascacielos con su cuerpo, y visualizó una foto en una página del *Banner*, la foto de Howard Roark mirando hacia arriba, a la casa Enright, y el pie de foto: «¿Satisfecho, don Superhombre?».

Ella levantó la cara y lo miró. Le preguntó:

—¿Casarme contigo? ¿Convertirme en la señora de los periódicos de Wynand?

Ella notó el esfuerzo en la voz de él al responder:

—Si quieres llamarlo así, sí.

—Me casaré contigo.

—Gracias, Dominique.

Ella esperó con indiferencia.

Cuando se volvió hacia ella, habló como había hablado todo el día, con una voz serena y un toque de alegría.

—Acortaremos el crucero. Nos tomaremos sólo una semana. Quiero tenerte aquí un tiempo. Saldrás hacia Reno el día después de que volvamos, y yo me ocuparé de tu marido. Puede quedarse con Stoneridge y todo lo demás que quiera, y que Dios lo maldiga. Nos casaremos el día que vuelvas.

—Sí, Gail. Ahora, bajemos.

—¿Quieres hacerlo?

—No. Pero no quiero que nuestro matrimonio sea importante.

—Yo quiero que sea importante, Dominique. Por eso no te voy a tocar esta noche. No hasta que estemos casados. Sé que es un gesto absurdo. Sé que celebrar una boda no significa nada para ninguno de los dos. Pero ser convencionales es la única anormalidad posible entre nosotros. Por eso quiero que sea así. No tengo otra forma de hacer una excepción.

—Como desees, Gail.

Después la atrajo hacia sí y la besó en la boca. Fue la culminación de sus palabras, la declaración final, una declaración de tal intensidad que ella intentó ponerse rígida, no responder, y sintió que su cuerpo respondía, obligado a olvidarse de todo salvo del hecho físico del hombre que la abrazaba.

La dejó marchar. Ella sabía que se había dado cuenta. Wynand sonrió y dijo:

—Estás cansada, Dominique. ¿Te importa si nos despedimos? Quiero quedarme aquí un rato.

Ella se dio la vuelta obediente y bajó sola a su camarote.

5

—¿Qué pasa? ¿Que no voy a tener Stoneridge? —gritó Peter Keating.

Dominique pasó al salón. Él la siguió, y esperó en la puerta abierta. El ascensorista trajo su equipaje y se marchó. Dominique se quitó los guantes y dijo:

—Tendrás Stoneridge, Peter. El señor Wynand te contará el resto. Quiere verte esta noche, a las ocho y media. En su casa.

—¿Para qué demonios?

—Él te lo dirá.

Ella se dio un golpecito en la palma con los guantes, a modo de conclusión, como el punto final de una frase. Se dio la vuelta para salir del salón, pero él se interpuso en su camino.

—Me da igual —dijo Keating—. Me importa un bledo. Puedo jugar con tus reglas. Sois geniales, ¿no? ¿Porque os comportáis como camioneros, tú y el señor Gail Wynand? ¿Al diablo con la decencia? ¿Al diablo con los sentimientos de los demás? Muy bien, eso también lo puedo hacer. Os usaré a los dos y sacaré lo que pueda de ello, y eso es lo único que me importa. ¿Te parece bien? ¿Deja de tener sentido cuando el gusano se niega a que lo hieran? ¿Echa a perder la diversión?

—Creo que así está mucho mejor, Peter. Me alegro.

Keating se vio incapaz de mantener esa actitud cuando entró en el estudio de Wynand aquella noche. No podía evitar que lo sobrecogiera ser recibido en casa de Gail Wynand. Cuando cruzó la habitación hasta la silla frente al escritorio no sintió nada, salvo mucha pesadez, y se preguntó si sus pies habrían dejado marcas en la suave alfombra, como si hubiera pasado un buzo con botas de plomo.

—Lo que tengo que decirle, señor Keating, es algo que jamás debió hacer falta decir o hacer.

Keating nunca había oído a un hombre hablar de una manera tan conscientemente controlada. Deliró y se imaginó que Wynand agarraba la voz con el puño y dirigía cada sílaba.

—Cualquier palabra de más que diga será ofensiva —continuó Wynand—, así que seré breve. Voy a casarme con su esposa. Mañana sale para Reno. Aquí está el contrato de Stoneridge. Ya lo he firmado. Le adjunto un cheque de doscientos cincuenta mil dólares. Eso es además de lo que recibirá como honorarios por contrato. Le agradeceré que no haga ningún comentario de ningún tipo. Soy consciente de que podría haber obtenido su consentimiento por menos, pero no quiero discutir. Sería intolerable ponernos a regatear sobre ello. Por lo tanto, ¿podría, por favor, aceptar esto y considerar el asunto zanjado?

Le alargó el contrato en la mesa. Keating vio el rectángulo azul claro del cheque adjunto con un clip en la parte superior de la página. El clip plateado brillaba a la luz de la lamparita de la mesa.

Keating no acercó la mano al papel. Con un penoso temblor en la barbilla para articular las palabras, dijo:

—No lo quiero. Puede tener mi consentimiento a cambio de nada.

Vio una mirada de asombro, y casi de cordialidad, en los ojos de Wynand.

—¿No lo quiere? ¿No quiere Stoneridge tampoco?

—¡Quiero Stoneridge! —Keating levantó la mano y agarró el papel—. ¡Lo quiero todo! ¿Por qué debería quedarse con ello? ¿Por qué debería importarme?

Wynand se levantó. Dijo, con voz aliviada y pesarosa:

—Bien, señor Keating. Por un momento, casi había justificado su matrimonio. Déjelo así. Buenas noches.

Keating no se fue a su casa. Fue andando al apartamento de Neil Dumont, su nuevo dibujante y mejor amigo. Neil Dumont era un joven larguirucho y anémico de la alta sociedad, con los hombros aplastados por el peso de demasiados antepasados ilustres. No era buen dibujante, pero tenía contactos; era obsequioso con Keating en la oficina, y Keating era obsequioso con él fuera de la oficina.

Encontró a Dumont en casa. Se fueron juntos a buscar a Gordon Prescott y Vincent Knowlton, y salieron a pasar la noche de juerga. Keating no bebió mucho. Lo pagó todo. Pagó más de lo necesario. Parecía ansioso por encontrar cosas que pagar. Dejaba propinas exorbitantes, y no paraba de decir: «Somos amigos, ¿no somos amigos? ¿No lo somos?». Miró los vasos a su alrededor y las luces bailar en el líquido. Miró los tres pares de ojos, que veía borrosos, pero que a veces se dirigían a él, contentos. Eran suaves y reconfortantes.

Aquella noche, con las maletas hechas y preparadas en su habitación, Dominique fue a ver a Steven Mallory.

Ella llevaba sin ver a Roark veinte meses. Había llamado a Mallory de vez en cuando. Mallory sabía que esas visitas eran una pausa en una lucha que ella no mencionaba; sabía que ella no quería ir, y que las escasas tardes que pasaba con él eran tiempo arrancado de su vida. Nunca le hizo ninguna pregunta, y siempre se alegraba de verla. Hablaban con calma, con la sensación de compañerismo de un viejo matrimonio, como si él poseyera el cuerpo de Dominique y el misterio se hubiese consumido tiempo atrás y no quedase más que una tranquila intimidad. Él nunca había tocado su cuerpo, pero lo había poseído de una manera más profunda al hacer su estatua, y no podían perder esa sensación especial entre ellos que aquello les había dado.

Sonrió cuando abrió la puerta y la vio.

—Hola, Dominique.

—Hola, Steve. ¿Te interrumpo?

—No, pasa.

Tenía un estudio diáfano, inmenso y desordenado, en un viejo edificio. Ella advirtió los cambios desde su última visita. El estudio tenía un aire risueño, como una bocanada de aire liberada tras pasar mucho tiempo reprimida. Vio muebles de segunda mano, una alfombra oriental con una exótica textura y un color sensual, ceniceros de jade, esculturas que provenían de excavaciones históricas: todo lo que él había soñado tener, ayudado por la repentina fortuna del mecenazgo de Wynand. Las paredes parecían extrañamente desnudas sobre aquel alegre barullo. No había comprado cuadros. En su estudio sólo había colgado un boceto: el dibujo original de Roark del templo Stoddard.

Ella miró lentamente a su alrededor, fijándose en cada objeto y en el motivo de su presencia. Él acercó dos sillas a la chimenea con el pie y se sentaron a ambos lados del fuego.

Él dijo, sin más:

—En Clayton, en Ohio.

—¿Haciendo qué?

—Un nuevo edificio para los almacenes Janer's. Cinco plantas. En la calle principal.

—¿Cuánto tiempo lleva allí?

—Cerca de un mes.

Era la primera pregunta que respondía siempre que ella iba allí, sin dejar que ella tuviera que preguntarlo. La confianza le ahorraba la necesidad de explicarse o fingir, y él no hacía comentarios.

—Me voy mañana, Steve.

—¿Por mucho tiempo?

—Seis semanas. A Reno.

—Me alegro.

—Mejor no te digo lo que haré cuando vuelva. No te alegrará.

—Lo intentaré, si es lo que quieres hacer.

—Es lo que quiero hacer.

Uno de los leños mantenía aún su forma en la pila de la chimenea. Tenía la superficie resquebrajada en pequeños cuadrados que brillaban sin arder, como una hilada de ventanas encendidas. Mallory se agachó y echó un leño nuevo a las brasas. La hilada se partió en dos y saltaron chispas hacia los ladrillos, llenos de hollín.

Habló de su trabajo, y ella lo escuchaba como si fuese una inmigrante que estuviese oyendo la lengua de su país natal por un momento.

En una pausa, Dominique preguntó:

—Steve, ¿cómo está?

—Como siempre. No cambia, ya lo sabes.

Él le dio un puntapié al leño y cayeron rodando algunas brasas. Las volvió a colocar. Dijo:

—A menudo pienso que es el único de nosotros que ha alcanzado la inmortalidad. No lo digo en el sentido de la fama, ni de que no vaya a morir algún día, sino de que la está viviendo. Creo que él es lo que significa ese concepto. Ya sabes cómo anhela la gente la eternidad. Pero van muriendo con el paso de los días. Cuando te los encuentras, no son lo que viste la última vez. En cualquier momento, matarán alguna parte de sí mismos. Cambian, niegan, contradicen. Y a eso lo llaman crecer. Al final, no queda nada, nada que no se haya revertido o traicionado. Es como si nunca hubiese existido una entidad, sólo una sucesión de adjetivos que van transcurriendo con fundidos en negro hacia una masa informe. ¿Cómo pueden aspirar a la permanencia, cuando nunca retuvieron un solo momento? Pero Howard... Uno sí se imagina que él exista para siempre.

Ella contemplaba el fuego. Le daba un engañoso semblante de vida a su cara. Al cabo de un rato, Mallory preguntó:

—¿Te gustan las cosas nuevas que me he comprado?

—Me gustan. Me gusta que las tengas.

—No te he contado lo que me ha pasado desde la última vez que te vi. Algo completamente increíble. Gail Wynand...

—Sí, estoy al tanto.

—¿Sí? Wynand, nada menos. ¿Qué demonios le hizo descubrirme?

—También lo sé. Te lo contaré cuando vuelva.

—Tiene un criterio increíble. Increíble para él. Compró lo mejor.

—Sí, imagino.

Entonces, sin hacer ninguna transición, aunque él sabía que no estaba hablando de Wynand, Dominique le preguntó:

—Steve, ¿te ha preguntado alguna vez por mí?

—No.

—¿Le has contado que vengo a verte?

—No.

—¿Es... por mi bien, Steve?

—No. Por el suyo.

Él sabía que le había dicho todo lo que necesitaba saber.

Dominique se levantó y dijo:

—Vamos a tomar un té. Enséñame dónde tienes las cosas, que yo lo preparo.

Dominique partió para Reno temprano por la mañana. Keating seguía dormido y ella no lo despertó para despedirse.

Cuando abrió los ojos, él supo que se había ido, antes de ver el reloj, por el carácter del silencio que había en la casa. Pensó en decirle: «Buena suerte»; pero ni lo dijo ni lo sentía. Lo que sentía era una frase inmensa, plana, sin sujeto: «Es inútil»; y no tenía que ver con él ni con Dominique. Estaba solo y no había necesidad de fingir nada. Se quedó tumbado en la cama, bocarriba, con los brazos colgados por fuera, impotentes. Su cara parecía humilde y sus ojos desconcertados. Sentía que era un final y una muerte, pero no por la pérdida de Dominique.

Se levantó y se vistió. En el baño, encontró una toalla de tocador que ella había utilizado y echado a lavar. La recogió, la apretó contra su cara y la mantuvo un largo rato, no con pena, sino con una emoción que no tenía nombre, sin comprender, consciente de que la había amado dos veces: aquella noche que Toohey llamó por teléfono y en ese momento.

Después abrió los dedos y dejó que la toalla se resbalara hasta el suelo, como un líquido que corriera entre sus dedos.

Se fue a la oficina y trabajó como de costumbre. Nadie sabía lo de su divorcio y no tenía ganas de contárselo a nadie. Neil Dumont le guiñó un ojo y le dijo, arrastrando las palabras:

—Oye, Peter, se te ve un poco pálido.

Keating se encogió de hombros y le dio la espalda. Ver a Dumont aquel día le puso enfermo.

Se fue pronto de la oficina. Lo empujaba un vago instinto; al principio parecía hambre, y después tomó forma. Tenía que ver a Ellsworth Toohey. Tenía que localizar a Toohey. Se sentía como el superviviente de un barco naufragado que nadaba hacia una luz lejana.

Aquella noche se arrastró hasta el apartamento de Ellsworth Toohey. Cuando entró, se alegró ligeramente de su autocontrol, porque Toohey no pareció notarle nada en la cara.

—Ah, hola, Peter —dijo Toohey con ligereza—. Tu don de la oportunidad deja mucho que desear. Me pillas en la peor noche posible. Tengo un lío del demonio. Pero no te preocupes por eso. ¿Para qué están los amigos, sino para molestarlo a uno? Siéntate, siéntate, estaré contigo en un minuto.

—Lo siento, Ellsworth. Pero... tenía que hacerlo.

—Ponte cómodo. Sólo discúlpame un minuto, ¿te importa?

Keating se sentó y esperó. Toohey trabajaba, tomando notas en unas hojas mecanografiadas. Afiló un lápiz, y el chirrido hizo sentir a Keating como si una sierra le atravesara los nervios. Toohey se concentró en su texto otra vez, y sacudía las páginas de vez en cuando.

Al cabo de media hora, apartó los papeles y sonrió a Keating.

—Ya está —dijo.

Keating se inclinó un poco hacia delante.

—Espera —dijo Toohey—. Sólo una llamada por teléfono que tengo que hacer.

Marcó el número de Gus Webb.

—Hola, Gus —dijo con jovialidad—. ¿Cómo estás, anuncio andante de anticonceptivos?

Keating nunca le había escuchado ese tono de relajada confianza a Toohey, un tono especial de fraternidad que permitía esa ramplonería. Oyó por el auricular la penetrante voz de Webb, que decía algo y se reía. El auricular empezó a escupir ruidos muy seguidos, como carraspeos. No podía reconocer las palabras, sólo su tono, un tono de abandono e insolencia, con agudos chillidos de regocijo de vez en cuando.

Toohey echaba la cabeza hacia atrás en su silla, y escuchaba con una media sonrisa. «Sí», decía a veces. «Ajá... Tú lo has dicho, chico... Ya lo puedes jurar...» Se echó un poco más hacia atrás y puso la reluciente punta del zapato en el borde del escritorio. «Oye, chico, que lo que quería decirte es que no aprietes tanto con Bassett, por un tiempo. Seguro que le gusta tu trabajo, pero no lo saques de sus casillas por ahora. Nada de jaleos, ¿entiendes? Mantén ese enorme agujero que tienes en la cara bien cerrado... Sabes perfectamente quién soy para decirte... Está bien... Eso es, chico... ¿Ah, lo hizo? Bien, angelito... Bueno, adiós. Ah, oye, Gus, ¿te has enterado de lo de la dama británica y el fontanero?» Después le siguió la historia. Del auricular salieron unos chillidos estridentes al final. «Bueno, cuida por dónde vas y qué comes, angelito. Buenas noches.»

Toohey soltó el auricular y dijo:

—Ahora, Peter.

Se estiró, se levantó y se quedó delante de Peter, balanceándose un poco sobre sus piececitos, con los ojos brillantes y cordiales.

—A ver, Peter, ¿qué pasa? ¿Se ha derrumbado el mundo en tus narices?

Keating metió la mano en el bolsillo y sacó un cheque amarillo, arrugado, muy manoseado. Llevaba su firma y la cantidad de diez mil dólares, e iba a nombre de Ellsworth M. Toohey. El gesto con el que se lo entregó a Toohey no era el de un donante, sino el de un mendigo.

—Por favor, Ellsworth..., aquí tienes... Toma esto..., para una buena causa..., para el Taller de Estudios Sociales... o para lo que quieras... Tú sabrás mejor... Para una buena causa...

Toohey sostuvo el cheque con la punta de los dedos, como si fuese un penique sucio. Ladeó la cabeza, frunció los labios con gesto agradecido y tiró el cheque sobre su escritorio.

—Muy bonito por tu parte, Peter. Muy bonito de verdad. ¿A qué se debe?

—Ellsworth, ¿recuerdas que una vez me dijiste que no importa lo que seamos o lo que hagamos, si ayudamos a los demás? ¿Que eso es lo único que cuenta? Eso está bien, ¿no? ¿Es limpio?

—No lo dije una vez. Lo he dicho un millón de veces.

—¿Y de verdad es cierto?

—Claro que es cierto. Si tienes la valentía de aceptarlo.

—Eres mi amigo, ¿verdad? Eres el único amigo que tengo. Yo... yo ni siquiera soy amigo de mí mismo, pero tú sí. Mío, quiero decir, ¿no, Ellsworth?

—Claro que sí. Lo cual es más valioso que tu amistad contigo mismo, un concepto bastante extravagante, pero perfectamente válido.

—Tú lo entiendes. Nadie más lo hace. Y tú me aprecias.

—Con devoción. Siempre que tengo tiempo.

—¿Eh?

—Tu sentido del humor, Peter, ¿dónde está tu sentido del humor? ¿Qué pasa? ¿Dolor de tripa? ¿O una indigestión del alma?

—Ellsworth, yo...

—¿Sí?

—No puedo decírtelo. Ni siquiera a ti.

—Eres un cobarde, Peter.

Keating se quedó mirándolo desamparado: la voz había sido severa y amable, no sabía si debía sentirse dolido, insultado o confiado ante tal gesto.

—Has venido aquí a decirme que no importa lo que hagas, y después te desmoronas por lo que sea que hayas hecho. Vamos, sé un hombre y di que no importa. Di que tú no eres importante, y dilo de verdad. A ver esas agallas. Olvídate de tu pequeño ego.

—No soy importante, Ellsworth. No soy importante. Oh, Dios, ¡ojalá todo el mundo lo dijera como tú! No soy importante. No quiero ser importante.

—¿De dónde ha salido ese dinero?

—He vendido a Dominique.

—¿De qué estás hablando? ¿Del crucero?

—Sólo que parece que no haya sido Dominique lo que he vendido.

—¿Qué te importa, si...?

—Se ha ido a Reno.

—¡¿Qué?!

No podía entender la virulenta reacción de Toohey, pero estaba demasiado cansado para hacerse preguntas. Se lo contó todo, tal como le había pasado. No le llevó mucho tiempo ni que le ocurriera ni contarlo.

—¡Maldito idiota! No lo deberías haber permitido.

—¿Qué podía hacer? ¿Contra Wynand?

—¡Pero dejarle casarse con ella!

—¿Por qué no, Ellsworth? Es mejor que...

—No pensé que él jamás... pero... Oh, Dios, maldita sea. ¡Soy más idiota que tú!

—Pero si es mejor para Dominique, yo...

—¡Al diablo con Dominique! ¡Estoy pensando en Wynand!

—Ellsworth, ¿qué te pasa...? ¿Por qué debería importarte?

—Cállate, ¿quieres? Déjame pensar.

Al cabo de un instante, Toohey se encogió de hombros, se sentó junto a Keating y le pasó el brazo por los hombros.

—Lo siento, Peter. Mis disculpas. He sido inexcusablemente grosero contigo. Ha sido la conmoción. Pero comprendo cómo te sientes, sólo que no deberías tomártelo demasiado en serio. No importa.

Hablaba de forma mecánica. Su mente estaba muy lejos. Keating no se dio cuenta. Escuchaba sus palabras: eran la primavera en el desierto.

—No tiene importancia. Eres humano. Eso es lo único que quieres ser. ¿Quién es mejor? ¿Quién tiene derecho a tirar la primera piedra? Todos somos humanos. No tiene importancia.

—¡Dios mío! ¡No puede! ¡Dominique Francon no! —exclamó Alvah Scarret.

—Lo hará. En cuanto ella regrese —respondió Toohey.

A Scarret le había extrañado que Toohey lo invitase a comer, pero la noticia barrió esa sorpresa con otra mucho mayor y más dolorosa.

—Le tengo cariño a Dominique —dijo apartando el plato, al haber perdido el apetito—. Siempre le he tenido cariño. ¡Pero que ahora vaya a ser la señora de Gail Wynand!

—Así es, exactamente, como me siento yo —dijo Toohey.

—Siempre le aconsejé que se casara. Ayuda. Le da un aire. Un seguro de respetabilidad, más o menos, cosa que le venía bien. Siempre ha patinado sobre un hielo muy fino. Y siempre se ha salido con la suya, hasta ahora. Pero ¡Dominique!

—¿Por qué te parece ese matrimonio tan poco apropiado!

—Bueno..., o sea... No es... Maldita sea, ¡tú sabes que no está bien!

—Lo sé. ¿Lo sabes tú?

—Mira, es una clase peligrosa de mujer.

—Lo es. Ésa es tu premisa menos importante. La importante es que él es una clase peligrosa de hombre.

—Bueno..., en algunos aspectos... sí.

—Mi querido director: me estás entendiendo perfectamente. Pero hay veces que es útil formular las cosas. Ayuda a la futura cooperación. Tú y yo tenemos mucho en común, aunque has sido un poco reacio a admitirlo. Somos dos variaciones del mismo tema, ¿podríamos decirlo así? O representamos dos extremos contra el mismo centro, si lo prefieres según tu estilo literario. Pero nuestro querido jefe es otro cantar. Con un *leitmotiv* completamente diferente, ¿no crees, Alvah? Nuestro querido jefe es un accidente en medio de nosotros. Los accidentes son un fenómeno poco fiable. Llevas años en vilo, ¿no es así? Observando al señor Gail Wynand. Así que sabes exactamente de qué estoy hablando. También sabes que la señorita Dominique Francon tampoco sintoniza con nosotros. Y tú no quieres ver que esa influencia concreta entre en la vida de nuestro jefe. ¿Hace falta que te exponga de manera más simple el problema?

—Eres un hombre inteligente, Ellsworth —dijo Scarret con pesadumbre.

—Hace años que eso es evidente.

—Hablaré con él. Mejor que tú no lo hagas, te odia a muerte, perdona que te lo diga. Pero no creo que a mí me vaya mucho mejor. No si ya lo tiene completamente decidido.

—No espero que lo consigas. Puedes intentarlo, si quieres, aunque es inútil. No podemos parar ese matrimonio. Una de mis virtudes es que admito la derrota cuando toca.

—Pero, entonces ¿por qué...?

—¿...te cuento esto? Por su carácter de primicia, Alvah. Un avance de información.

—Te lo agradezco, Ellsworth. Y tanto.

—Sería muy sabio seguir agradeciéndolo. Los periódicos de Wynand, Alvah, no se rinden con facilidad. En la unidad está la fuerza. A tu estilo.

—¿Qué quieres decir?

—Sólo que atravesamos una época difícil, amigo mío. Así que es mejor que nos mantengamos unidos.

—Hombre, pero yo estoy contigo, Ellsworth. Siempre lo he estado.

—No es del todo exacto, pero lo pasaremos por alto. Ahora sólo nos concierne el presente. Y el futuro. Como muestra de mutuo acuerdo: ¿qué te parece que nos libremos de Jimmy Kearns en cuanto sea posible?

—¡Sabía que llevabas meses empeñado en eso! ¿Qué pasa con Jimmy Kearns? Es un chico listo. El mejor crítico de teatro de la ciudad. Tiene buena cabeza. Con unos latigazos muy brillantes. Muy prometedor.

—Tiene buena cabeza: la suya propia. No creo que quieras ningún látigo por aquí, aparte del que tienes tú en la mano. Creo que deberías ser cuidadoso con lo que promete esa promesa.

—¿Y a quién pongo en su lugar?

—A Jules Fougler.

—¡Oh, maldita sea, Ellsworth!

—¿Por qué no?

—Ese hijo de... No nos lo podemos permitir.

—Podéis si queréis. Y mira el prestigio que tiene.

—Pero es el más viejo de todos...

—Bueno, no tienes que cogerlo. Lo discutiremos en otro momento. Sólo deshazte de Jimmy Kearns.

—Mira, Ellsworth: yo no tengo favoritos. Todos son iguales para mí. Le daré la patada a Jimmy si quieres. Sólo que no veo para qué, ni qué tiene que ver con lo que estamos hablando.

—No lo ves, pero lo verás —dijo Toohey.

—Gail, tú sabes que yo quiero que seas feliz —dijo Alvah Scarret, sentado en un cómodo sillón en el estudio del ático de Wynand aquella noche—. Lo sabes. Es lo único en lo que pienso.

Wynand estaba tumbado en un sofá, con una pierna doblada y el pie apoyado en la rodilla de la otra. Fumaba y escuchaba en silencio.

—Conozco a Dominique desde hace años. Mucho antes de que tú hubieras oído hablar de ella. La quiero. La quiero, se podría decir, como un padre. Pero tienes que admitir que no es el tipo de mujer que el público esperaría ver como señora de Gail Wynand.

Wynand no dijo nada.

—Tu mujer es una figura pública, Gail. Automáticamente. Una propiedad pública. tus lectores tienen derecho a exigir y esperar ciertas cosas de ella. Un valor simbólico, ya sabes a qué me refiero. Como la reina de Inglaterra, o algo así. ¿Cómo esperas que Dominique esté a la altura de eso? ¿Cómo esperas que sepa guardar alguna apariencia siquiera? Es la persona más salvaje que conozco. Tiene una fama terrible. Pero lo peor de todo, ¡piénsalo, Gail...! ¡Una divorciada! ¡Y nosotros aquí, gastando toneladas de papel en defensa de la santidad del hogar y la pureza de las mujeres! ¿Cómo vas a hacer que tu público trague con eso? ¿Cómo voy a venderles a tu esposa?

—¿No te parece que es mejor que paremos esta conversación, Alvah?

—Sí, Gail —dijo Alvah con docilidad.

Scarret esperó, con la fuerte sensación de un después, como si hubiesen tenido una violenta pelea y estuviese ansioso por hacer las paces.

—¡Ya sé, Gail! —exclamó contento—. Ya sé qué podemos hacer. Pondremos a Dominique otra vez en el periódico y le pediré que escriba una columna, diferente, eso sí, sobre el hogar. Ya sabes, trucos del hogar, cocinas, bebés y todo eso. Eso desviará el tema. Que demuestre lo hogareña que es en realidad, a pesar de sus errores de la juventud. Haremos que las mujeres la perdonen. Tendremos una sección especial: «Las recetas de la señora de Gail Wynand». Algunas fotos de ella ayudarán, ya sabes: con vestidos de cuadros y delantales, y el pelo recogido de manera más tradicional.

—Cállate, Alvah, antes de que te dé un bofetón —dijo Wynand sin levantar la voz.

—Sí, Gail.

Scarret hizo ademán de levantarse.

—Quieto. No he terminado.

Scarret esperó obediente.

—Mañana por la mañana enviarás una circular a cada uno de nuestros periódicos. Les dirás que comprueben en sus archivos todas las fotos que puedan tener de Dominique Francon en relación con su antigua columna. Les dirás que las destruyan. Les dirás que, de ahí en adelante, cualquier mención de su nombre o uso de su fotografía le costará el empleo a todo el equipo editor responsable. Cuando llegue el momento oportuno, publicarás un anuncio de mi boda en todos nuestros periódicos. Eso no se puede evitar. El anuncio más breve que puedas redactar. Ningún comentario ningún reportaje ninguna foto. Pasa la orden a todo el mundo, y asegúrate de que se entienda. Os jugáis el puesto, incluido el tuyo, si se desobedece.

—Ningún reportaje. ¿Cuándo te casas?

—Ningún reportaje, Alvah.

—¡Pero por Dios santo! ¡Es una noticia! Los otros periódicos...

—No me importa lo que hagan otros periódicos sobre ello.

—Pero ¿por qué, Gail?

—No lo entenderías.

Dominique estaba sentada junto a la ventanilla, escuchando las ruedas bajo el suelo. Contemplaba el paso veloz de la campiña de Ohio con la desfallecida luz de la tarde. Tenía la cabeza apoyada en el respaldo y sus manos descansaban lánguidamente a cada lado del asiento. Ella y el vagón formaban una única estructura, llevada hacia delante al igual que el marco de la ventanilla, el suelo y las paredes del compartimento. Las esquinas se desdibujaban a medida que la oscuridad se acumulaba en ellas. La ventanilla se encendió cuando la luz del crepúsculo empezó a levantarse de la tierra. Dominique se permitió descansar en el débil resplandor que entraba en el vagón y lo gobernaba mientras ella no encendiera la lámpara para impedirle el paso.

No tenía ningún sentido de propósito. No había ningún objetivo en su viaje, sólo el viaje en sí mismo; sólo el movimiento y el sonido metálico del movimiento que la rodeaba. Sentía laxitud y vacío, una mengua indolora en la que perdía su identidad; ella se conformaba con desvanecerse y no dejar que nada mantuviera su definición, salvo la tierra que veía por la ventana.

Cuando vio, moviéndose lentamente tras el cristal, el nombre de «Clayton» en un descolorido letrero sobre el alero de la estación, supo que era lo que había esperado. Supo por qué había cogido ese tren, y no uno más rápido; por qué había estudiado los horarios de las paradas, aunque sólo fuese una columna de nombres que no le decían nada. Cogió su maleta, su abrigo y su sombrero. Corrió. No podía parar a abrigarse, por temor a que el suelo empezara a moverse y se la llevara de allí. Corrió por el estrecho pasillo del vagón y sintió el impacto del frío invierno en su garganta desnuda. Se quedó mirando el edificio de la estación. Oyó cómo el tren empezó a moverse a su espalda y se alejaba traqueteando.

Se puso el abrigo y el sombrero. Recorrió el andén hasta la sala de espera, a través de un suelo de madera tachonado de pegotes de chicles resecos y las pesadas olas de calor que provenían de una estufa de hierro y llegó a la plaza detrás de la estación.

Vio la última franja de amarillo en el cielo sobre la baja silueta de los tejados. Vio un viejo tramo adoquinado, con casitas apoyadas unas en otras; un árbol sin hojas con las ramas retorcidas, esqueletos de maleza en la entrada sin puertas de un garaje abandonado, varios escaparates oscuros y una farmacia aún abierta en una esquina, cuyas ventanas tenuemente iluminadas llegaban hasta el suelo.

Nunca había estado allí antes, pero sintió que aquel lugar se proclamaba dueño de ella, que se cerraba sobre ella con una amenazante cercanía. Era como si cada masa oscura ejerciera una succión, como la atracción de los planetas al describir su órbita en el espacio. Posó la mano en una boca de incendios y sintió el frío en la piel a través del guante. Así era como la ciudad se lo decía, con una fría penetración que ni su ropa ni su mente podrían detener. Le quedaba la paz de lo inevitable. Sólo que ahora tenía que actuar, aunque los actos eran simples, establecidos de antemano. Le preguntó a un transeúnte: «¿Dónde están los nuevos almacenes Janer's?».

Caminó con paciencia por las calles oscuras. Pasó por delante de jardines invernales desolados y porches hundidos; por parcelas baldías donde los yerbajos crujían entre las latas vacías; por delante de las tiendas de comestibles cerradas y una lavandería; por una ventana con las cortinas descorridas por la que vio a un hombre en mangas de camisa sentado junto a la chimenea, leyendo el periódico. Dobló esquinas y cruzó calles, y sentía los adoquines bajo las suelas de sus zapatos. Las pocas personas que se cruzó miraban, asombrados, su aire de elegancia forastera. Ella se daba cuenta, y se respondía en su extrañeza. Quería decirles: «¿Pero no lo entienden? Yo soy de aquí más que ustedes». Se paraba de vez en cuando y cerraba los ojos. Le costaba respirar.

Llegó a la calle principal y aminoró el paso. Había algunas farolas, coches aparcados en diagonal al borde de la acera, un cine y un escaparate que exhibía lencería rosa entre utensilios de cocina. Caminó rígida, mirando al frente.

Vio un reflejo luminoso al lado de un viejo edificio, sobre un muro de ladrillo amarillo sin ventanas, con marcas de hollín que se correspondían con los pisos del edificio contiguo que se había demolido. La luz provenía de unas obras. Sabía que ése era el lugar. Deseaba que no lo fuese. Si trabajaban hasta tarde, él estaría allí. No quería verlo esa noche. Sólo quería ver el lugar y el edificio, no estaba preparada para nada más. Quería verlo al día siguiente. Pero ahora no se podía parar. Fue hacia las obras. Estaban en una esquina, abiertas a la calle, sin valla. Oyó el chirriante estrépito del hierro, el brazo de una grúa, las sombras de los hombres sobre los montículos de tierra fresca y amarilla bajo la luz. No vio las pasarelas que subían a la acera, pero oyó unos pasos, y después vio que Roark se acercaba por la calle. Iba sin sombrero, y llevaba su holgado abrigo desabrochado.

Él se paró. La miró. Ella pensó que estaba erguido, normal y natural; vio los ojos grises y el pelo naranja como siempre los había visto. A ella le sorprendió que él fuese hacia ella con una especie de urgencia, que la tomara del codo con demasiada firmeza y le dijera:

—Es mejor que te sientes.

Ella se dio cuenta de que no habría podido mantenerse en pie con aquella mano en su codo. Él cogió la maleta. La llevó por la calle oscura de al lado y la sentó en la escalinata de una casa desocupada. Dominique se apoyó en la puerta cerrada, y él se sentó a su lado. Seguía con la mano en su codo; no era una caricia, sino una forma impersonal de control sobre los dos.

Unos momentos después dejó caer la mano. Ella sabía que ahora estaba a salvo. Pudo hablar.

—¿Es tu nuevo edificio?

—Sí. ¿Has venido andando desde la estación?

—Sí.

—Es un buen paseo.

—Ya lo creo.

Ella pensó que no se habían saludado y que era lo correcto. No era un reencuentro, sólo un momento más de algo que nunca se había interrumpido. Pensó en lo extraño que habría sido que le dijera: «Hola»; una no se saluda a sí misma cada mañana.

—¿A qué hora te has levantado hoy? —le preguntó Dominique.

—A las siete.

—A esa hora estaba en Nueva York. En un taxi, camino de Grand Central. ¿Dónde has desayunado?

—En un puesto ambulante.

—¿De esos que abren toda la noche?

—Sí. La mayoría para los camioneros.

—¿Vas allí muy a menudo?

—Siempre que quiero tomarme un café.

—¿Y te sientas en una barra? ¿Y hay gente a tu alrededor, mirándote?

—Me siento en la barra cuando tengo tiempo. Hay gente alrededor. No creo que me miren mucho.

—¿Y después? ¿Vas andando al trabajo?

—Sí.

—¿Vas andando todos los días? ¿Por alguna de estas calles? ¿Por delante de alguna de estas ventanas? O sea, que sólo con abrir la ventana...

—La gente no mira por la ventana aquí.

Desde lo alto de la pendiente donde se encontraban, podían ver las obras al otro lado de la calle: la tierra, los obreros y las columnas de acero que se alzaban con un brillo áspero. Ella pensó que era extraño ver la tierra fresca en medio de la acera y los adoquines, como si le hubiesen arrancado un trozo de ropa a la ciudad y se viera la carne desnuda. Dijo:

—Has hecho dos casas de campo en estos dos años.

—Sí. Una en Pensilvania y otra cerca de Boston.

—No eran casas importantes.

—Baratas, si es a lo que te refieres. Pero interesantes de hacer.

—¿Cuánto tiempo te quedarás aquí?

—Un mes más.

—¿Por qué trabajas por la noche?

—Es un trabajo urgente.

Al otro lado de la calle, la grúa se movía, balanceando una larga viga en el aire. Ella vio cómo él la observaba, y supo que no estaba pensando en ello; sólo era la respuesta instintiva de sus ojos, algo físicamente personal e íntimo respecto a cualquier cosa que se hiciera con su edificio.

—Roark...

No habían pronunciado sus respectivos nombres. Para ella, eso tenía el placer sensual de una rendición postergada mucho tiempo: pronunciar el nombre y que él lo oyera.

—Roark, es la cantera otra vez.

Él sonrió.

—Si así lo prefieres. Pero no lo es.

—¿Después de la casa Enright? ¿Después del edificio Cord?

—No lo veo de ese modo.

—¿Cómo lo ves?

—Me encanta hacerlo. Cada edificio es como una persona. Única e irrepetible.

Él estaba mirando al otro lado de la calle. No había cambiado. Seguía dando impresión de ligereza, de facilidad para moverse, actuar y pensar. Dominique dijo una frase sin principio ni final:

—... hacer edificios de cinco plantas para el resto de tu vida...

—Si es necesario. Pero no creo que vaya a ser así.

—¿A qué estás esperando?

—No estoy esperando.

Ella cerró los ojos, pero no pudo esconder la boca: en ella había amargura, rabia y dolor.

—Roark, si hubieses estado en la ciudad, no habría ido a verte.

—Lo sé.

—Pero tú, en otro lugar, en un agujero sin nombre, en un lugar como éste. Tenía que verlo. Tenía que ver el sitio.

—¿Cuándo regresas?

—¿Sabes que no he venido a quedarme?

—Sí.

—¿Por qué?

—Sigues temiendo a los puestos ambulantes y las ventanas.

—No vuelvo a Nueva York. No todavía.

—¿No?

—No me has preguntado nada, Roark. Sólo si he venido andando desde la estación.

—¿Qué quieres que te pregunte?

—Bajé del tren cuando vi el nombre de la estación —dijo, con la voz apagada—. No tenía la intención de venir. Iba de camino a Reno.

—¿Y después de eso?

—Me casaré otra vez.

—¿Conozco a tu prometido?

—Has oído hablar de él. Se llama Gail Wynand.

Ella vio sus ojos. Pensó que debería querer reírse, que le había provocado al fin la conmoción que nunca esperó conseguir. Pero no se rio. Él pensó en Henry Cameron, en cuando Cameron le dijo: «No tengo respuesta para ellos, Howard. Te dejo a ti que te enfrentes a ellos. Tú les responderás. A todos ellos, a los periódicos de Wynand y a los que hacen posible los periódicos de Wynand y a lo que hay detrás de eso».

—Roark.

Él no respondió. Ella dijo:

—Es mucho peor que Peter Keating, ¿no?

—Mucho peor.

—¿Quieres impedírmelo?

—No.

No la había tocado desde que le soltó el codo, algo que sólo habría sido apropiado en una ambulancia. Ella posó su mano sobre la de él. Él no cerró los dedos ni fingió indiferencia. Dominique se inclinó y, sin levantarle la mano de la rodilla, se la besó. Se le cayó el sombrero, y él vio el pelo rubio sobre sus rodillas y sintió que su boca le besaba la mano una y otra vez. Entrelazó sus dedos con los de ella, para responder, pero ésa fue la única respuesta.

Ella levantó la cabeza y miró la calle. Una ventana iluminada flotaba a lo lejos, a través de un enrejado de ramas desnudas. Las casitas se extendían en la oscuridad, y los árboles se erguían sobre las estrechas aceras.

Ella vio su sombrero en los escalones de abajo, y se agachó para recogerlo. Apoyó la mano desnuda en los peldaños. La piedra era antigua, estaba desgastada y gélida. A ella le alivió su tacto. Se quedó sentada un instante, encorvada, con la palma sobre la piedra, para sentir esos escalones —daba igual cuantos pies los hubiesen pisado—, para sentirlos como había sentido la boca de incendios.

—Roark, ¿dónde vives?

—En una habitación alquilada.

—¿Qué tipo de habitación?

—Una habitación normal.

—¿Qué tiene? ¿Qué tipo de paredes?

—Una especie de empapelado. Descolorido.

—¿Qué muebles?

—Una mesa, sillas, una cama.

—No, cuéntamelo con detalles.

—Hay un armario ropero, un baúl con dibujos, la cama en una esquina, junto a la ventana, una amplia mesa al otro lado...

—¿Pegada a la pared?

—No, la puse frente a la esquina, junto a la ventana. Trabajo ahí. Después hay una silla, un sillón con una lámpara de pie y un revistero que nunca uso. Creo que eso es todo.

—¿No hay alfombras ni cortinas?

—Creo que hay algo en la ventana y una especie de alfombra. El suelo está muy bien pulido, una madera antigua y muy bonita.

—Quiero pensar en tu habitación esta noche, en el tren.

Él miró al otro lado de la calle, y ella le dijo:

—Roark, déjame quedarme contigo esta noche.

—No.

Ella dejó que su mirada siguiera a la de Roark y bajara a recorrer la chirriante maquinaria. Unos momentos después, le preguntó:

—¿Cómo conseguiste el encargo de diseñar este edificio?

—El propietario había visto mis edificios en Nueva York y le gustaron.

Un hombre que llevaba puesto un mono salió del foso de las obras, los vio en la oscuridad, y lo llamó:

—¿Es usted el que está ahí arriba, jefe?

—¡Sí! —respondió Roark.

—Venga un momento, ¿puede?

Roark cruzó la calle y fue hacia él. Ella no pudo oír la conversación, pero sí que Roark dijo con alegría: «Eso es fácil», y después bajaron por las pasarelas hasta el fondo.

El hombre estaba hablando, señalando hacia arriba y explicándole algo. Roark tenía la cabeza hacia atrás, para mirar a lo alto de la estructura de acero; la luz le daba de lleno en la cara y Dominique vio su mirada concentrada. No sonreía, pero su expresión le transmitió una gozosa sensación de eficacia, de razón disciplinada en acción. Él se agachó, recogió un trozo de madera y se sacó un lápiz del bolsillo. Con un pie apoyado en un montón de planchas y el tablero en la rodilla, hizo un dibujo rápido y le explicó algo al hombre, que asentía satisfecho. Ella no pudo oír sus palabras, pero sentía la naturaleza de la relación de Roark con aquellos hombres, con todos los demás hombres de aquella obra;

daba una extraña impresión de lealtad y hermandad, pero no del tipo que ella había oído llamar con esas palabras. Roark acabó, le dio el tablero al hombre y ambos se rieron de algo. Después él volvió y se sentó en la escalinata al lado de Dominique.

—Roark, quiero quedarme aquí contigo todos los años que nos puedan quedar.

Él la miró con atención, expectante.

—Quiero vivir aquí. —La voz de Dominique sonaba como la presión del agua en un embalse—. Quiero vivir como tú vives. Sin tocar mi dinero. Se lo daré a Steven Mallory, si quieres, o a una de las asociaciones de Toohey, da igual. Nos quedaremos con alguna casa de aquí, como una de éstas, y la cuidaré para ti. No te rías, puedo hacerlo. Cocinaré, te lavaré la ropa, fregaré el suelo. Y tú renunciarás a la arquitectura.

Él no se había reído. Ella no vio más que una atención inmóvil, preparada para seguir escuchando.

—Roark, intenta entenderlo, por favor, intenta comprender. No soporto ver lo que te están haciendo, lo que van a hacer. Es demasiado grande: tú, construir y lo que te hace sentir. No puedes seguir así tanto tiempo. No va a durar. No te dejarán. Te diriges a algún tipo de terrible catástrofe. No puede acabar de otro modo. Ríndete. Coge algún trabajo que no signifique nada, como en la cantera. Viviremos aquí. Tendremos poco y no daremos nada. Viviremos sólo por lo que somos y por lo que sabemos.

Él se rio. En su risa oyó un sorprendente tono de consideración hacia ella, el intento de no reírse, pero sin poder evitarlo.

—Dominique... —La forma en que pronunció su nombre se le quedó grabada y le hizo más fácil escuchar las palabras que siguieron—. Ojalá pudiera decirte que ha sido una tentación, al menos por un momento. Pero no lo ha sido. Si fuese cruel, lo aceptaría. Sólo para ver lo pronto que me suplicarías que volviese a construir.

—Sí..., es probable...

—Cásate con Wynand y no lo dejes. Será mejor que lo que te estás haciendo ahora mismo.

—¿Te importa... si simplemente nos quedamos aquí sentados un rato más... sin hablar de ello... sólo hablar, como si todo estuviese bien...? Sólo un armisticio de media hora en medio de los años... Dime qué has hecho cada día desde que estás aquí, todo lo que puedas recordar...

Después charlaron, como si los escalones de la casa desocupada fuesen un avión suspendido en el espacio y no vieran la tierra ni el cielo. Él no miraba al otro lado de la calle. Miró su reloj de pulsera, y dijo:

—Sale un tren al oeste dentro de una hora. ¿Te acompaño a la estación?

—¿Te importa si vamos andando?

—Muy bien.

Ella se levantó, y le preguntó:

—Hasta... ¿cuándo, Roark?

Roark levantó la mano y señaló las calles.

—Hasta que dejes de odiar todo esto, hasta que dejes de tenerle miedo y aprendas a no darle importancia.

Caminaron juntos a la estación. Ella escuchaba el sonido de los pasos de Roark junto a los suyos por las calles vacías. Ella dejaba que su mirada se arrastrara por las paredes por las que pasaban, como si se aferrara a ellas. A ella le encantaba ese lugar, esa ciudad y todo lo que era parte de ella.

Pasaron por un solar. El viento levantó una vieja hoja de periódico que fue a parar a las piernas de Dominique. Se pegó a ellas con una tenaz insistencia que parecía consciente, como la autoritaria caricia de un gato. Ella pensó que cualquier cosa de esa ciudad tenía ese íntimo derecho sobre ella. Se agachó, cogió la hoja y la dobló para guardársela.

—¿Qué estás haciendo? —preguntó él.

—Para leer algo en el tren —respondió ella tontamente.

Él le quitó el papel de las manos, hizo una pelota con él y lo lanzó a la maleza. Ella no dijo nada, y siguieron andando.

Sólo había una bombilla encendida en el desierto andén de la estación. Esperaron. Él miraba fijamente las vías, por donde iba a aparecer el tren. Cuando las vías resonaron temblorosas, cuando apareció a lo lejos la bola blanca del faro, detenida en el cielo, sin acercarse, sólo ensanchándose, creciendo con una furiosa velocidad, Roark no se movió ni se volvió hacia ella. El impetuoso rayo proyectó su sombra sobre el andén, barrió las tablas y se extinguió. Por un instante, ella vio la alta y recta línea del cuerpo de él recortada en el resplandor. La locomotora pasó ante ellos, y los vagones traquetearon, disminuyendo de velocidad. Él miró pasar las ventanillas. Ella no podía verle la cara, sólo el contorno de su pómulo.

Cuando el tren se hubo detenido, él se volvió hacia ella. No se dieron la mano, no se dijeron nada. Se quedaron un momento el uno frente al otro, erguidos, como en guardia; fue casi como un saludo militar. Después, ella cogió su maleta y subió al tren. El tren empezó a moverse un minuto después.

6

CHUCK: ¿Y por qué no una rata almizclada? ¿Por qué debería el hombre creerse superior a una rata almizclada? La vida late en todas las pequeñas criaturas del campo y de los bosques. La vida canta con un eterno lamento. Un viejo lamento. La canción de las canciones. No la entendemos, pero ¿a quién le importa entender? Sólo a los contables públicos y a los podólogos. Y también a los carteros. Nosotros sólo amamos. El dulce misterio del amor. Eso es lo único que hay. Dadme amor y empujad a todos los filósofos por el tubo de la estufa. Cuando Mary cogió la vagabunda rata almizclada, su corazón se resquebrajó, y el amor y la vida entraron en él. Con las ratas almizcladas se podrían hacer buenos abrigos de imitación de visón, pero no se trata de eso. Se trata de la vida.

JAKE: *(Aparece de pronto.)* Decidme, amigos, ¿quién tiene un sello con la efigie de George Washington?

(Cae el telón.)

Ike cerró el libreto de un golpe y tomó una gran bocanada de aire. Estaba ronco tras leer en alto durante dos horas, y había leído el momento del clímax de un solo tirón. Miró al público con una media sonrisa de burla a sí mismo. Levantaba las cejas con insolencia, pero sus ojos suplicaban.

Ellsworth Toohey, sentado en el suelo, se rascó la espalda con la pata de una silla y bostezó. Gus Webb, tumbado bocabajo en mitad del salón, se estiró y rodó para ponerse bocarriba. Lancelot Clokey, el corresponsal, alcanzó su vaso de tubo y se lo terminó. Jules Fougler, el nuevo crítico de teatro del *Banner*, estaba sentado sin moverse; no se había movido en dos horas. Lois Cook, la anfitriona, levantó los brazos, los retorció para estirarse, y dijo:

—Cristo, Ike, es espantosa.

Lancelot Clokey dijo con parsimonia:

—Lois, guapa, ¿dónde escondes la ginebra? No seas tan maldita tacaña. Eres la peor anfitriona que conozco.

—No entiendo la literatura. Es improductiva, una pérdida de tiempo. Los escritores terminarán liquidados —dijo Gus Webb.

Ike soltó una risa molesta y dijo:

—Así que una basura, ¿eh? —Agitó el libreto en el aire—. Una auténtica superbasura. ¿Para qué creéis que la he escrito? Sólo decidme alguien que pueda escribir una porquería mayor. La peor obra que habréis escuchado en la vida.

No era una reunión oficial del Consejo de Escritores de Estados Unidos, sólo habían quedado de manera informal. Ike les había pedido a algunos amigos que escucharan su última obra. Con veintiséis años, había escrito once obras, pero nunca consiguió que se representara ninguna.

—Sería mejor que te rindieras con el teatro, Ike —dijo Lancelot Clokey—. Escribir es una cosa muy seria y no para cualquier infeliz solitario que quiera intentarlo.

El primer libro de Lancelot Clokey —una crónica de sus aventuras personales en países extranjeros— llevaba diez semanas en la lista de los libros más vendidos.

—¿Por qué no, Lance? —dijo Toohey, afable.

—Está bien, está bien —respondió Clokey de mala gana—. Ponme una copa.

—Es espantosa —dijo Lois Cook, con la cabeza echada hacia atrás, moviéndola de un lado a otro, cansada—. Es totalmente espantosa. Tan espantosa que es maravillosa.

—Gilipolleces. ¿Por qué se me ocurriría venir? —dijo Gus Webb.

Ike tiró el libreto a la chimenea. Chocó con la pantalla metálica y cayó abierto bocabajo, aplastando las finas páginas.

—Si Ibsen puede escribir obras, ¿por qué no puedo yo? Él es bueno y yo soy pésimo, pero eso no es una razón suficiente.

—No en un sentido cósmico. Aun así, eres pésimo —dijo Lancelot Clokey.

—No hace falta que lo digas tú, ya lo he dicho yo.

—Es una obra genial —dijo una voz.

La voz era débil, nasal y aburrida. Hablaba por primera vez en toda la noche, y todos se volvieron hacia Jules Fougler. Una vez, un dibujante le hizo una famosa caricatura que consistía en dos círculos flácidos, uno grande y otro pequeño; el grande era su tripa, y el pequeño, su labio inferior. Llevaba un traje de buena confección, de color *merde d'oie*, según decía él mismo. No se quitó los guantes en ningún momento, y llevaba bastón. Era un eminente crítico de teatro.

Jules Fougler alargó el bastón, enganchó el libreto con la empuñadura y lo arrastró hasta sus pies. No lo recogió, pero repitió, mirándolo:

—Ésta es una obra genial.

—¿Por qué? —preguntó Lancelot Clokey.

—Porque lo digo yo —dijo Jules Fougler.

—¿Es una broma, Jules? —preguntó Lois Cook.

—Yo nunca bromeo. Eso es vulgar —respondió.

—Mándame un par de entradas cuando se estrene —dijo Lancelot, burlón.

—Ochenta y ocho dólares por dos entradas para el estreno. Será el bombazo de la temporada —dijo Jules Fougler.

Jules Fougler se giró y vio que Toohey lo estaba mirando. Toohey sonrió, pero la sonrisa no era ligera ni frívola; era un comentario de aprobación sobre algo que consideraba, sin duda, muy serio. La mirada de Fougler se volvía despectiva cuando miraba a los demás, pero se relajaba con un instante de entendimiento al posarla sobre Toohey.

—¿Por qué no te unes al Consejo de Escritores de Estados Unidos, Jules?

—Soy individualista. No creo en las asociaciones. Además, ¿es necesario?

—No, en absoluto necesario —dijo Toohey de buen humor—. No para ti, Jules. No hay nada que yo pueda enseñarte.

—Lo que me gusta de ti, Ellsworth, es que nunca tengo la necesidad de explicarme contigo.

—¿Pero qué demonios hay que explicar aquí? Aquí somos los seis iguales.

—Cinco. No me gusta Gus Webb —dijo Fougler.

—¿Por qué no? —preguntó Gus. No se había ofendido.

—Porque no se limpia los oídos —respondió Fougler, como si la pregunta se la hubiese hecho una tercera persona.

—Ah, eso —dijo Gus.

Ike se había levantado y estaba mirando a Fougler, no muy seguro de si quizá debía respirar.

—¿Le gusta mi obra, señor Fougler? —preguntó al fin, con la voz encogida.

—No he dicho que me gustara. Me parece apestosa. Y por eso es genial.

—Ah... —dijo Ike.

Se rio. Parecía aliviado. Su mirada recorrió las caras a su alrededor. Era una mirada de disimulado triunfo.

—Sí —continuó Fougler—. Mi enfoque de la crítica es igual que tu enfoque de la escritura. Nuestros motivos son idénticos.

—Eres un gran tipo, Jules.

—Llámame señor Fougler, por favor.

—Es usted un gran tipo y el más grandioso cabrón sobre la tierra, señor Fougler.

Fougler hojeó las páginas del libreto a sus pies con la punta de su bastón.

—Tu mecanografía es atroz, Ike —dijo.

—No soy un taquígrafo, demonios. Soy un artista creativo.

—Podrás permitirte una secretaria cuando se estrene esta obra. Estaré encantado de elogiarla sólo para impedir que vuelvas a maltratar una máquina de escribir de esta manera. La máquina de escribir es una herramienta espléndida a la que no hay que ultrajar.

—Está bien, Jules —dijo Lancelot Clokey—, es el colmo del ingenio y la inteligencia y la sofisticación y el talento. Pero ¿para qué quieres alabar, en realidad, esa mierda?

—Porque, como dices tú, es una mierda.

—No estás siendo razonable, Lance —dijo Ike—. No en el sentido cósmico, no lo eres. Escribir una buena obra y que alguien la elogie no es nada. Cualquiera puede hacerlo. Cualquiera con talento, y el talento es sólo un azar glandular. Pero escribir un pedazo de mierda y que la elogien..., en fin, supera tú eso.

—Lo ha hecho —dijo Toohey.

—Eso es una opinión —dijo Lancelot Clokey. Volcó el vaso vacío sobre la boca y succionó un último cubito de hielo.

—Ike entiende las cosas mucho mejor que tú, Lance. Acaba de demostrar que es un verdadero pensador, con ese pequeño discurso. Que, por cierto, ha sido mejor que la obra entera —dijo Jules Fougler.

—Escribiré mi próxima obra sobre eso —respondió Ike.

—Ike ha expuesto sus razones —continuó Fougler—. Y las mías. Y también las tuyas, Lance. Analiza mi caso, si quieres. ¿Qué hazaña sería que un crítico elogiase una buena obra? Ninguna en absoluto. El crítico, entonces, no sería más que una especie de mensajero ensalzado entre el escritor y el público. ¿Qué me importa a mí todo eso? Estoy harto de ello. Tengo derecho a querer dejar mi impronta personal en la gente. De lo contrario, me frustraré, y no creo en la frustración. Pero si un crítico puede lanzar una obra sin ningún valor, como ésta, ¡ah, ahí sí se nota la diferencia! Por lo tanto, la convertiré en un bombazo. ¿Cómo se llama tu obra, Ike?

—*Paso de tu culo* —dijo Ike.

—¿Perdón?

—Ése es el título.

—Ah, entiendo. O sea, que convertiré *Paso de tu culo* en un bombazo.

Lois Cook rio a carcajadas.

—Montáis mucho barullo por cualquier maldita cosa —dijo Gus Webb tumbado tranquilamente en el suelo, con las manos cruzadas por encima de la cabeza.

—Ahora, si quieres hablamos de tu propio caso, Lance —prosiguió Fougler—. ¿Qué satisfacción puede encontrar un corresponsal en informar de lo que pasa en el mundo? El público lee sobre toda clase de crisis internacionales, y tendrás suerte si reparan siquiera en tu firma. Pero eres tan bueno como cualquier general, almirante o embajador. Tienes derecho a hacer que la gente sea consciente de ti. Así que has hecho lo sensato. Has escrito una notable colección de sandeces. Sí, sandeces, pero justificadas desde el punto de vista moral. Un libro inteligente. Las catástrofes mundiales nos utilizan de fondo para su propia, nimia y repugnante personalidad. Cómo se emborrachó Lancelot Clokey en una conferencia internacional. Cómo las bellezas se acostaban con Lancelot Clokey durante una invasión. Cómo Lancelot Clokey contrajo disentería en un país muerto de hambre. En fin, ¿por qué no, Lance? Se leyó, ¿no? Ellsworth lo movió, ¿verdad?

—El público valora los buenos temas de interés humano —dijo Lancelot Clokey, mirando irritado el fondo de su vaso.

—¡Bah, déjate de rollos, Lance! —gritó Lois Cook—. ¿Para quién estás actuando ahora? Sabes perfectamente que no fue ningún tipo de interés humano, sino Ellsworth Toohey, sin más.

—No olvido mi deuda con Ellsworth —dijo Clokey, hosco—. Ellsworth es mi mejor amigo. Con todo, él no lo podría haber hecho si no hubiese tenido un buen libro con el que hacerlo.

Ocho meses antes, Lancelot Clokey había estado de pie con un manuscrito en la mano delante de Ellsworth Toohey, como Ike estaba ahora delante de Fougler, y no creyó a Toohey cuando le decía que el libro estaría en la lista de los más vendidos. Pero doscientos mil ejemplares vendidos le habían hecho imposible a Clokey volver a reconocer cualquier verdad en ninguna de sus formas.

—Bueno, lo hizo con *El cálculo biliar valeroso*, y jamás se ha publicado peor basura que ésa. Yo tenía que ser consciente. Pero lo hizo —dijo Lois Cook, complacida.

—Y casi pierdo mi trabajo al hacerlo —dijo Toohey con indiferencia.

—¿Qué haces con tus bebidas, Lois? ¿Guardarlas para darte un baño con ellas? —dijo Clokey irritado.

—Está bien, esponja —dijo Lois Cook, y se levantó con pereza.

Dio una vuelta por el salón, recogió del suelo una copa que alguien no se había terminado, se bebió lo que quedaba, salió y volvió con un surtido de botellas caras. Clokey e Ike se abalanzaron para servirse ellos mismos.

—Creo que eres injusta con Lance, Lois —dijo Toohey—. ¿Por qué no debería escribir una autobiografía?

—Porque su vida no merece ser vivida, y no digamos ya dejarla por escrito.

—Bueno, pero precisamente por eso la convertí en un éxito de ventas.

—¿Y a mí me lo cuentas?

—Me gusta contarlo.

Había muchas sillas cómodas a su alrededor, pero Toohey prefería quedarse en el suelo. Rodó para tumbarse bocabajo, con el torso levantado y apoyado en los codos, y se balanceó con placer, pasando el peso de un codo a otro, con las piernas abiertas y extendidas por fuera de la alfombra. Parecía disfrutar de la holgura.

—Me gusta contarlo. El mes que viene voy a mover la autobiografía del dentista de un pueblecito que sí es una persona extraordinaria, porque no hay ni un día de su vida ni una frase de su libro que sean extraordinarios. Te gustará, Lois. ¿Te imaginas una auténtica trivialidad desnudando su alma como si fuera una revelación?

—La gente común. Adoro a la gente común. Debemos adorar a la gente común de este mundo —dijo Ike con ternura.

—Guárdate eso para tu próxima obra —dijo Toohey.

—No puedo. Sale en ésta —repuso Ike.

—¿Dónde está la gran idea, Ellsworth? —preguntó de pronto Clokey.

—Hombre, es simple, Lance. Cuando el hecho de que uno sea una completa nulidad que no ha hecho nada más espectacular que comer, dormir y charlar con los vecinos se vuelve digno de orgullo, de ser anunciado al mundo, y objeto de diligente estudio por millones de lectores, el hecho de que uno haya construido una catedral ya no se puede anunciar y hacer memorable. Es una cuestión de perspectiva y relatividad. La distancia permisible entre dos extremos de cualquier capacidad es limitada. La percepción del sonido de las hormigas no les permite oír un trueno.

—Hablas como un burgués decadente, Ellsworth —dijo Gus Webb.

—Calla, bomboncito —dijo Toohey sin rencor.

—Es todo maravilloso, sólo que lo haces demasiado bien, Ellsworth. Me vas a llevar a la ruina. Muy pronto, si sigo queriendo notoriedad, tendré que escribir algo que sea de verdad bueno.

—No en este siglo, Lois. Y quizá no en el próximo. Más tarde de lo que crees —dijo Toohey.

—¡Pero no has dicho...! —gritó Ike de repente, preocupado.

—¿Qué es lo que no he dicho?

—¡No has dicho quién va a producir mi obra!

—Eso déjamelo a mí —dijo Jules Fougler.

—Se me olvidó darte las gracias, Ellsworth —dijo Ike con solemnidad—. Así que quiero dártelas ahora. Hay montones de obras que son una bazofia, pero tú has elegido la mía. Tú y el señor Fougler.

—A tu bazofia se le puede dar mucho uso, Ike.

—Bueno, ya es algo.

—Es mucho.

—¿Cómo, por ejemplo?

—No hables tanto, Ellsworth. Ya te has desfogado bastante —dijo Gus Webb.

—Cállate la boca, muñequito. Me gusta hablar. ¿Por ejemplo, Ike? Bueno, pues, por ejemplo, supongamos que a mí no me gusta Ibsen...

—Ibsen es bueno —dijo Ike.

—Seguro que sí, pero supongamos que a mí no me gusta. Supongamos que quiero que la gente deje de ir a ver sus obras. No saldría muy bien parado diciéndoselo. Pero si les hago creer que tú eres igual de bueno que Ibsen, enseguida dejarán de notar la diferencia.

—¡Cristo! ¿Puedes hacer eso?

—Es sólo un ejemplo, Ike.

—¡Pero sería maravilloso!

—Sí, sería maravilloso. Y después daría igual qué fuesen a ver. Después, nada importaría, ni los escritores ni para quienes escriben.

—¿Y eso, Ellsworth?

—Mira, Ike: no hay sitio en el teatro para ti y para Ibsen. Tú eso lo entiendes, ¿no?

—Sí, digamos.

—Pero tú quieres que yo haga sitio a los dos, ¿verdad?

—Toda esta conversación inútil ya se ha mantenido antes, y mucho mejor, más corta. Creo en la economía funcional —dijo Gus Webb.

—¿Cuándo se ha tratado, Gus? —dijo Lois Cook.

—«Los nada de hoy todo han de ser», hermana.

—Gus es bruto, pero profundo. Me cae bien —dijo Ike.

—Vete al infierno —dijo Gus.

El mayordomo de Lois Cook entró en la sala. Era un hombre majestuoso, anciano, perfectamente uniformado de gala. Anunció a Peter Keating.

—¿Pete? ¡Claro, que pase, que pase! —dijo Lois muy alegre.

Keating entró y se paró, sobresaltado, cuando vio a los que estaban allí reunidos.

—Ah..., hola a todos —dijo desolado—. No sabía que tenías compañía, Lois.

—Esto no es compañía. Pasa, Peter, siéntate, ponte algo de beber, ya conoces a todos.

—Hola, Ellsworth —dijo Keating, con los ojos puestos en Toohey en busca de un sostén.

Toohey lo saludó con la mano, se puso de pie de un salto, se instaló en un sillón y cruzó las piernas con elegancia. Todo el mundo en la habitación recuperó automáticamente la compostura: se pusieron rectos en sus asientos, juntaron las rodillas y ya no relajaron tanto la boca. Sólo Gus Webb seguía igual de estirado que antes.

Keating tenía un aspecto despejado y atractivo, y traía al mal ventilado salón la frescura de su paseo por las frías calles. Pero estaba pálido, y se movía con lentitud y cansancio.

—Lo siento si te molesto, Lois. No tenía nada que hacer, y me sentía tan terriblemente solo, que se me ocurrió pasarme por aquí. —Al pronunciar la palabra «solo», la alejó con una sonrisa de burla hacia sí mismo—. Estaba hasta las narices de Neil Dumont y la pandilla. Quería una compañía más inspiradora, un poco de alimento espiritual, ¿eh?

—Soy un genio. Voy a tener una obra en Broadway. Yo e Ibsen. Lo ha dicho Ellsworth —dijo Ike.

—Ike acaba de leernos su nueva obra de teatro. Una magnífica pieza —dijo Toohey.

—Te encantará, Peter. Es genial —dijo Lancelot Clokey.

—Es una obra maestra —dijo Jules Fougler—. Espero que demuestres ser digno de ella, Peter. Es el tipo de obra que depende del bagaje que los miembros del público sean capaces de llevar al teatro. Si eres de los que lo interpretan todo de forma literal, con el espíritu seco y una imaginación limitada, no es para ti. Pero si eres un auténtico ser humano con un enorme corazón lleno de risa, que ha conservado incorrupta la capacidad que tenía de niño para la emoción pura, te resultará una experiencia inolvidable.

—«Si no os volviereis como niños, no entraréis en el reino de los cielos» —dijo Ellsworth Toohey.

—Gracias, Ellsworth. Ésa será la entradilla de mi crítica —dijo Jules Fougler.

Keating miró a Ike y a los demás con ansiedad. Todos parecían lejanos y puros, muy por encima de él, con la seguridad que les daba conocerse entre ellos, pero en sus caras había un rastro de calidez sonriente, una invitación benévola que extendían hacia abajo.

Keating bebió de aquella sensación de grandeza el alimento espiritual que había buscado al ir allí, y sintió que se elevaba por medio de ellos. Ellos vieron su grandeza materializada por él. Se había establecido un circuito en el salón, y el círculo se cerró. Todo el mundo era consciente de ello, salvo Peter Keating.

Ellsworth Toohey salió en defensa de la arquitectura moderna.

En los últimos diez años, mientras la mayoría de las nuevas residencias se seguían construyendo como fidedignas copias históricas, los principios de Henry Cameron habían conquistado los edificios comerciales: las fábricas, los edificios de oficinas y los rascacielos. Era una victoria insulsa y distorsionada: una concesión a regañadientes que consistía en omitir las columnas y los tímpanos, permitir que algunas franjas de muro quedasen desnudas y disculparse por la forma —buena por accidente— rematándola con un borde de volutas griegas simplificadas. Eran muchos los que plagiaban las formas de Cameron, pero pocos los que entendían su razonamiento. La única parte de su argumento que resultaba irresistible a los propietarios de los nuevos edificios era el ahorro económico: hasta ahí llegaba su triunfo.

En los países de Europa, y en especial en Alemania, llevaba creciendo desde hacía algún tiempo una nueva escuela que consistía en construir cuatro muros con una superficie plana encima y pocas aperturas.

Se le llamó «Nueva arquitectura». La libertad de las reglas arbitrarias —por la que Cameron había luchado—, la libertad que imponía una nueva gran responsabilidad al constructor creativo, se convirtió en una mera eliminación de todo esfuerzo, incluso del esfuerzo de dominar los estilos históricos. Se convirtió en un estricto conjunto de nuevas reglas: la disciplina de la incompetencia consciente y la pobreza creativa convertida en la norma, en una jactanciosa mediocridad confesa.

«Un edificio crea su propia belleza, y su ornamentación se deriva de las reglas de su tema y su estructura», había dicho Cameron. «Un edificio no necesita belleza, ni ornamentos ni tema», decían los nuevos arquitectos. Se podía decir sin riesgos. Cameron y otros pocos habían abierto el camino y lo pavimentaron con sus vidas. Otros, muchos más, los que no habían corrido riesgos copiando el Partenón, vieron el peligro y encontraron una nueva vía a la seguridad: tomar el camino de Cameron y hacer que los llevara a un nuevo Partenón; a un nuevo Partenón con forma de caja de cartón hecha de vidrio y hormigón. La palmera se había abierto paso, y los hongos fueron a alimentarse de ella, a deformarla, a esconderla y a empujarla de vuelta a la selva común.

La selva encontró sus palabras.

En su sección «Una vocecita», y con el título «Yo nado con la corriente», Ellsworth Toohey escribió:

> Hemos dudado mucho tiempo en reconocer el poderoso fenómeno conocido como «arquitectura moderna». Esa cautela es indispensable para cualquiera que esté en la posición de mentor de los gustos del público. Con demasiada frecuencia, las manifestaciones aisladas de anomalías se pueden interpretar por error como un amplio movimiento popular, y uno debería tener cuidado de no atribuirles una importancia que no merecen. Pero la arquitectura moderna ha superado la prueba del tiempo, ha respondido a una demanda de las masas y estamos encantados de darle la bienvenida.
>
> No está de más brindarles un cierto reconocimiento a los pioneros de este movimiento, como el difunto Henry Cameron. Los ecos premonitorios de la nueva grandeza se pueden encontrar en parte de su trabajo. Pero, como todos los pioneros, aún estaba constreñido por los prejuicios heredados del pasado, por la sentimentalidad de la clase media de la que él provenía. Sucumbió a la superstición de la belleza y el ornamento, a pesar de que el ornamento llevase su propio diseño, y fuese, en consecuencia, inferior a las formas históricas consolidadas.
>
> Le correspondió al poder de un amplio y colectivo movimiento llevar la arquitectura moderna a su plena y verdadera expresión. Ahora, cuando está

creciendo en todo el mundo, ya no se puede ver como un caos de caprichos individuales, sino como una disciplina cohesiva y organizada que impone severas exigencias al artista, entre ellas, la de subordinarse a la naturaleza colectiva de su arte.

Las reglas de esta nueva arquitectura han sido formuladas por el vasto proceso de la creación popular. Son tan estrictas como las reglas del clasicismo. Exigen una simplicidad sin adornos, como la honradez del íntegro hombre común. Al igual que en la época de los banqueros internacionales, que ahora termina, cada edificio debía tener una ostentosa cornisa, la era que ahora comienza ordena que cada edificio tenga un tejado plano. Igual que la era imperialista de la humanidad exigió que cada casa tuviera ventanas en las esquinas, símbolo del reparto igualitario de la luz solar entre todos.

Quien tenga la voluntad de distinguir verá la relevancia social manifestada en las formas de esta nueva arquitectura. Bajo el antiguo sistema de explotación, al más útil de los elementos sociales —los trabajadores— nunca se le permitió darse cuenta de su importancia; sus funciones prácticas se ocultaban y se disimulaban. Así, los amos disfrazaban a sus sirvientes con lujosas libreas y galones dorados. Esto se reflejó en la arquitectura del período: los elementos funcionales de un edificio —sus puertas, ventanas y escaleras— quedaban ocultos bajo las volutas de una ornamentación absurda. Pero, en un edificio moderno, son precisamente estos útiles elementos —símbolos del trabajo duro— los que se exhiben sin tapujos. ¿No oímos en ellos la voz de un nuevo mundo donde los trabajadores obtendrán el reconocimiento que les corresponde?

Como mejor ejemplo de la arquitectura moderna en Estados Unidos, llamamos la atención sobre la nueva fábrica de la Bassett Brush Company, que se terminará de construir en breve. Es un pequeño edificio, pero en sus modestas proporciones encarna la severa simplicidad de la nueva disciplina y presenta un tonificante ejemplo de la grandeza del hombre común. Fue diseñada por Augustus Webb, un joven arquitecto sumamente prometedor.

Cuando se encontró con Toohey unos días después, Peter Keating le preguntó, inquieto:

—Oye, Ellsworth, ¿lo decías en serio?

—¿El qué?

—Lo de la arquitectura moderna.

—Por supuesto que lo dije en serio. ¿Te gustó mi pequeño artículo?

—Ah, me pareció muy bonito. Muy convincente, pero dime, Ellsworth, ¿por qué... por qué elegiste a Gus Webb? Después de todo, he hecho algunas cosas modernistas en los últimos años. El edificio Palmer estaba bastante pelado, y el edificio Mowry no era más que tejado y ventanas, y los almacenes Sheldon eran...

—Vamos, Peter, no seas tan acaparador. Me he portado bastante bien contigo, ¿no? Déjame darles a otros un empujón de vez en cuando.

En un almuerzo donde tenía que hablar de arquitectura, Peter Keating afirmó:

—Al hacer un repaso de mi carrera profesional hasta la fecha, llegué a la conclusión de que he trabajado con un principio verdadero: el principio de que la vida necesita cambios constantes. Puesto que los edificios son una parte indispensable de la vida, eso significa que la arquitectura debe someterse a un cambio constante. Personalmente, nunca he desarrollado prejuicios arquitectónicos, sino que insistí en abrir la mente a todas las voces de todas las épocas. Los fanáticos que iban por ahí predicando que todas las estructuras debían ser modernas eran tan estrechos de mente como los empecinados conservadores que exigían que no empleásemos más que estilos históricos. No me disculpo por los edificios que hice según la tradición clásica. Eran una respuesta a una necesidad de su tiempo. Y tampoco me disculpo por los edificios que he diseñado según el estilo moderno. Representan el mundo que viene, un mundo mejor. Mi opinión es que en la humilde puesta en práctica de este principio reside la recompensa y el gozo de ser arquitecto.

Cuando se hizo pública la noticia de la elección de Peter Keating para construir Stoneridge, recibió una grata publicidad y muchos halagos envidiosos de los círculos profesionales. Intentó recuperar su antiguo placer ante esas manifestaciones. No lo consiguió. Seguía sintiendo algo semejante a la alegría, pero borroso y débil. El esfuerzo de diseñar Stoneridge parecía una carga demasiado inmensa para levantarla. No le importaban las circunstancias en que lo había conseguido; eso, también, se había vuelto pálido e ingrávido en su cabeza, lo había aceptado y casi olvidado. Simplemente, no se podía enfrentar a la tarea de diseñar el gran número de casas que Stoneridge requería. Se sentía muy cansado. Se sentía cansado cuando se levantaba por la mañana, y se pasaba todo el día deseando el momento de poder volver a la cama.

Derivó Stoneridge a Neil Dumont y Bennett.

—Venga, adelante, haced lo que queráis —dijo, agotado.

—¿Con qué estilo, Pete? —preguntó Dumont.

—Algo de algún período. Los pequeños propietarios no tragarán con otra cosa. Pero simplificadlo un poco, por los comentarios de la prensa. Dadle unos toques históricos y un aire moderno. Como queráis. Me da igual.

Dumont y Bennett se pusieron manos a la obra. Keating hizo unos pocos cambios en sus bocetos, en los contornos de los tejados y en algunas ventanas. La oficina de Wynand aprobó los bocetos preliminares. Keating no sabía si los había aprobado Wynand personalmente. No había vuelto a ver a Wynand.

Hacía un mes desde la marcha de Dominique cuando Guy Francon anunció que se jubilaba. Keating le había contado lo del divorcio, sin darle explicaciones. Francon se tomó la noticia con calma. Dijo: «Lo esperaba. No pasa nada, Peter. Probablemente, no ha sido ni por tu culpa ni por la suya». No lo había mencionado desde entonces. Ahora él no le dio explicaciones por su jubilación, sólo: «Te dije, hace mucho, que esto llegaría. Estoy cansado. Buena suerte, Peter».

La responsabilidad de llevar toda la empresa sobre sus hombros y la perspectiva de ver su nombre en solitario en la puerta de la entrada inquietaba a Keating. Necesitaba un socio. Eligió a Neil Dumont. Neil tenía gracia y distinción. Era otro Lucius Heyer. La firma pasó a llamarse Peter Keating & Cornelius Dumont. Unos pocos amigos organizaron una pequeña fiesta para emborracharse y celebrar la ocasión, pero Keating no asistió. Había prometido ir, pero se olvidó, y se fue a pasar un fin de semana a solas al campo, cubierto de nieve, y no se acordó de la celebración hasta la mañana siguiente, cuando iba paseando solo por el campo, por un camino congelado.

Stoneridge fue el último contrato firmado por la sociedad Francon & Keating.

7

Cuando Dominique se bajó del tren en Nueva York, Wynand estaba allí para recibirla. Ella no le había escrito ni había sabido nada de él durante las semanas que pasó en Reno. No había avisado a nadie de su regreso. Pero su figura estaba allí, en el andén, tranquilo, con un aire de culminación, y le dijo que había estado en contacto con sus abogados, que había seguido todos los pasos del proceso de divorcio, que sabía la fecha en que se había dictado la sentencia, la hora en que ella cogía el tren y el número de su compartimento.

Él no se adelantó cuando la vio. Fue ella la que anduvo hasta él, porque sabía que él quería verla andar, aunque fuese sólo la corta distancia que había entre ellos. Ella no sonrió, pero su cara tenía la encantadora serenidad que se puede transformar en una sonrisa sin transición.

—Hola, Gail.

—Hola, Dominique.

No había pensado en él durante su ausencia, no con mucha nitidez, ni con una consciencia personal de su existencia, pero en ese momento sintió un reconocimiento inmediato, una sensación de reencuentro con alguien que conocía y necesitaba.

Wynand dijo:

—Dame los resguardos de tus maletas. Mandaré a buscarlas más tarde. Tengo el coche fuera.

Le dio los resguardos y él se los metió en el bolsillo. Sabían que tenían que darse la vuelta y recorrer el andén para salir, pero las decisiones que los dos habían tomado de antemano se deshicieron en ese instante, porque no se giraron, sino que se quedaron allí parados, mirándose el uno al otro.

Fue él quien hizo el primer intento de corregir esa infracción. Sonrió levemente.

—Si tuviera derecho a decirlo, diría que no podría haber soportado la espera si te hubiese visto como te veo ahora. Pero como no tengo ese derecho, no voy a decirlo.

Ella se rio.

—Está bien, Gail. Eso también ha sido una forma de fingir, hacer como si nada. Hace que las cosas sean más importantes, y no al revés, ¿no? Digamos lo que nos parezca.

—Te amo —dijo él, sin expresión en la voz, como si las palabras fuesen una manifestación de dolor y no fuesen dirigidas a ellas.

—Estoy contenta de estar de vuelta contigo, Gail. No pensé que fuera a estarlo, pero lo estoy.

—¿En qué sentido, Dominique?

—No lo sé. Como si me lo contagiaras, creo. En el sentido de culminación y de paz.

Después se dieron cuenta de que se estaban diciendo aquello en medio de un andén abarrotado, mientras la gente pasaba a su lado con carros llenos de maletas.

Salieron a la calle y fueron al coche. Ella no le preguntó a dónde iban, y no le importaba. Se sentó en silencio a su lado. Se sentía dividida; la mayor parte de ella se sentía barrida por un deseo de no resistirse, pero dejaba que una pequeña parte se hiciera preguntas al respecto. Sentía un deseo de dejarse llevar por él, un sentimiento de confianza sin valoraciones; no era una confianza feliz, pero era confianza. Al cabo de un rato, se dio cuenta de que había posado su mano sobre la de él, con la longitud de sus dedos enguantados sobre la longitud de los dedos de él, y que presionaba el único punto desnudo de su muñeca contra su piel. Ella no se dio cuenta cuando él le cogió la mano; parecía muy natural, y era lo que quería desde el momento en que lo vio. Pero no podía permitirse quererlo.

—¿Adónde vamos, Gail? —preguntó.

—A obtener la licencia. Y después al despacho del juez. A casarnos.

Ella se incorporó despacio y se volvió para mirarlo. No retiró la mano, pero sus dedos se volvieron rígidos, conscientes, y se apartaban de él.

—No —dijo.

Sonrió y sostuvo demasiado tiempo la sonrisa, con una fija precisión deliberada. Él la miró tranquilo.

—Quiero una boda de verdad, Gail. Quiero el hotel más ostentoso de la ciudad. Quiero grabar invitaciones, quiero invitados, montones de invitados, famosos, flores, flases y cámaras de cine. Quiero el tipo de boda que el público espera de Gail Wynand.

Él le soltó la mano con naturalidad, sin resentimiento. Pareció abstraerse un momento, como si estuviese resolviendo un problema aritmético, no demasiado difícil. Después dijo:

—De acuerdo. Necesitaremos una semana para organizarlo. Podría tenerlo listo esta noche, pero si vamos a grabar invitaciones, hay que avisar a los invitados con una semana de margen, al menos. De lo contrario parecería anormal y tú quieres una boda normal a lo Gail Wynand. Te llevaré a un hotel ahora, donde podrás vivir una semana. No lo había planeado, así que no he hecho reserva. ¿Dónde quieres quedarte?

—En tu ático.

—No.

—En el Nordland, entonces.

Se inclinó hacia delante y le dijo al chófer:

—Al Nordland, John.

En el vestíbulo del hotel, le dijo:

—Te veré de aquí a una semana. El martes, en el Noyes-Belmont, a las cuatro de la tarde. Las invitaciones tendrán que ir en nombre de tu padre. Dile que me pondré en contacto con él. Yo me ocuparé del resto.

Hizo una reverencia, sin cambiar de actitud. Su calma seguía conservando la misma peculiar cualidad que se componía de dos cosas: el maduro control de un hombre tan seguro de su capacidad de controlarse que podía parecer casual y la simplicidad infantil de aceptar los acontecimientos como si no fuesen alterables.

Ella no lo vio durante esa semana. Le sorprendió descubrir que lo esperaba con impaciencia.

Volvió a verlo de pie y ante un juez que pronunció las palabras de la ceremonia ante el silencio de las seiscientas personas que estaban bajo los focos del salón de bailes del hotel Noyes-Belmont.

El ambiente que ella había deseado estaba tan perfectamente logrado que parecía su propia caricatura, y no una boda de sociedad en concreto, sino un prototipo impersonal de exquisita y fastuosa vulgaridad. Él había comprendido su deseo y había obedecido de forma escrupulosa. Él se había negado el alivio de la exageración: no había organizado un burdo evento, sino que lo hizo bonito, exactamente como el magnate de la prensa Gail Wynand habría elegido casarse en público. Pero Gail Wynand no quería casarse en público.

Se obligó a adaptarse al decorado, como si fuera parte del trato, sometido al mismo estilo. Cuando entró, ella lo vio mirar a la muchedumbre de invitados como si no se diera cuenta de que era la muchedumbre apropiada para un estreno de *grand opéra* o para un rastrillo benéfico de la realeza, no para el solemne clímax de su vida. Mostró una corrección y una elegancia sin parangones.

Después, cuando ella estaba a su lado, la muchedumbre se convirtió en un pesado silencio y una mirada glotona detrás de ellos, que se pusieron de cara al juez. Ella llevaba un vestido largo negro y un ramo de jazmines, el regalo de él, unido con un lazo negro a su muñeca. El rostro de Dominique, bajo el halo de su sombrero de encaje negro, se levantó hacia el juez, que hablaba despacio, dejando sus palabras suspendidas, una a una, en el aire.

Ella miró a Wynand. Él no la estaba mirando a ella ni al juez. Después entendió que él estaba solo en esa sala. Él estaba viviendo su momento, e hizo de ello, del resplandor, de la vulgaridad, su propia cumbre silenciosa. Él no había querido una ceremonia religiosa, las cuales no respetaba, y quizá respetara menos al funcionario del Estado que estaba recitando una fórmula ante él, pero convirtió el ritual en un acto puramente religioso. Ella pensó que, si se estuviese casando con Roark en un lugar así, él habría tenido la misma actitud.

Después, la farsa de la monstruosa recepción posterior lo inmunizó. Posó con ella para las cámaras de prensa y respondió con amabilidad a todas las preguntas de los periodistas, una turba especial, y más ruidosa, dentro de la turba. Se puso junto a ella para recibir a los invitados y estrechar las manos de la cadena de montaje que rodó ante ellos durante horas. Él parecía indemne a las luces, a los arreglos de azucenas, al sonido de una orquesta de cuerda, al río de gente que fluía y formaba un delta cuando llegaba al champán; indemne a esos invitados que habían ido allí llevados por el aburrimiento, por un odio envidioso, por una sumisión reacia a una invitación que llevaba su peligroso nombre, por una curiosidad hambrienta de escándalos. No parecía saber que consideraban su inmolación pública como una legítima cuota que él les estaba pagando, que estaban allí como el indispensable sello sacramental para la ocasión, ni que, de entre los cientos de personas allí presentes, él y su esposa eran los únicos que encontraban horripilante aquella representación.

Ella lo observaba con atención. Quería verlo complacerse con todo aquello, aunque sólo fuese un momento. «Que lo acepte y se una a él —pensó—, que muestre el alma del *Banner* en su propio elemento.» No vio aceptación. Vio un indicio de dolor, a veces, pero ni siquiera el dolor lo alcanzaba del todo. Y pensó en el otro único hombre que conocía que hubiese hablado de un sufrimiento que sólo alcanza cierto punto.

Cuando la corriente se llevó las últimas felicitaciones, tuvieron la libertad de marcharse para cumplir las demás reglas del acontecimiento. Pero él no hizo ademán de marcharse. Ella sabía que estaba esperando a que ella lo decidiera. Se alejó de él y se mezcló con los invitados, sonrió, se inclinó y escuchó ofensivas ridiculeces con una copa de champán en la mano.

Vio a su padre entre el gentío. Daba la imagen de estar orgulloso y melancólico, pero en el fondo parecía desconcertado. Se había tomado con calma el anuncio de su boda; había dicho: «Quiero que seas feliz, Dominique. Lo quiero de verdad. Espero que sea el hombre correcto». Su tono indicaba que no estaba seguro de ello.

Vio a Ellsworth Toohey entre la muchedumbre. Él vio que ella lo estaba mirando, y se dio la vuelta y se alejó enseguida. A ella le dieron ganas de soltar una carcajada, pero haber sorprendido a Ellsworth Toohey con la guardia baja no le parecía tan importante como para reírse en ese momento.

Alvah Scarret fue abriéndose paso hasta ella. Estaba haciendo un penoso esfuerzo para tener la expresión adecuada, pero tenía cara de dolor y mal humor. Masculló algo sobre la felicidad que le deseaba, pero después le dijo con claridad y enérgico enfado:

—Pero ¿por qué, Dominique? ¡¿Por qué?!

No podía creer que Alvah Scarret se permitiera la grosería de lo que esa pregunta parecía significar. Le preguntó con frialdad:

—¿De qué estás hablando, Alvah?

—Del veto, claro.

—¿Qué veto?

—Sabes perfectamente qué veto. Te lo pregunto ahora, con todos los malditos periódicos de la ciudad aquí, todos y cada uno de ellos, hasta el tabloide más patético, y las agencias también. ¡Todos menos el *Banner*! ¡Todos menos los periódicos de Wynand! ¿Qué le voy a decir a la gente? ¿Cómo voy a explicarlo? ¿Te parece bonito hacerle eso a un antiguo compañero de trabajo?

—Será mejor que me lo expliques otra vez, Alvah.

—¿Acaso no sabes que Gail no ha consentido que viniera ni uno solo de los nuestros, y que no vamos a sacar nada mañana, ni una página ni una foto, nada, salvo dos líneas en la página dieciocho?

—No, no lo sabía.

A Scarret le llamó la atención la brusquedad con que ella se dio la vuelta y se marchó. Dominique le dio la copa de champán al primer desconocido que vio, al que había confundido con un camarero, y se abrió paso entre la gente hasta Wynand.

—Vámonos, Gail.

—Sí, querida.

Más tarde, ella estaba de pie, incrédula, en medio del salón del ático de Wynand, pensando en que ésa era su casa ahora y en lo correcto que parecía que lo fuese.

Él la observó. No mostró ningún deseo de hablar ni de tocarla: sólo de observarla, como si la importancia de aquel momento no se pudiera compartir, ni siquiera con ella.

Dominique cruzó despacio el salón, se quitó el sombrero y se apoyó en el borde de una mesa. Se preguntó por qué su habitual deseo de hablar poco y de no abrirse se desmoronaba delante de él, y por qué sentía el impulso de una sencilla franqueza, como no podía ofrecerle a nadie más.

—Te has salido con la tuya después de todo, Gail. Te has casado como querías casarte.

—Sí, eso creo.

—Ha sido inútil intentar torturarte.

—Lo cierto es que sí. Pero no me importó demasiado.

—¿No?

—No. Si eso es lo que querías, sólo se trataba de mantener mi promesa.

—Pero lo odiabas, Gail.

—Completamente. ¿Y qué más da? Sólo fue duro al principio, cuando lo dijiste en el coche. Después me alegré bastante.

Hablaba tranquilo, a la altura de la franqueza de Dominique. Sabía que él dejaría que ella tomara la decisión, que se amoldaría a su actitud y que guardaría silencio o admitiría cualquier cosa que ella quisiera que se admitiera.

—¿Por qué?

—¿No te diste cuenta de tu propio error, si es que fue un error? No habrías querido hacerme sufrir si sintieses una absoluta indiferencia hacia mí.

—No. No fue un error.

—Sabes perder muy bien, Dominique.

—Creo que eso también me lo has contagiado tú, Gail. Y hay algo por lo que quiero darte las gracias.

—¿El qué?

—Que hayas prohibido nuestra boda en los periódicos de Wynand.

Él la miró, con los ojos especialmente en alerta por un instante, y después sonrió.

—No va con tu carácter, darme las gracias por eso.

—No iba con el tuyo hacerlo.

—Tenía que hacerlo, pero pensé que te enfadarías.

—Debería. Pero no, no lo estoy. Te doy las gracias.

—¿Se puede sentir gratitud por la gratitud? Es un poco difícil de expresar, pero es lo que siento, Dominique.

Ella miró la tenue luz en las paredes que la rodeaban. Esa iluminación era parte del salón, y les daba a las paredes una textura especial, más allá del material o el color. Pensó que había otras habitaciones detrás de aquellas paredes, habitaciones que no había visto nunca y que ahora eran suyas. Descubrió que quería que fuesen suyas.

—Gail, no te he preguntado qué vamos a hacer ahora. ¿Nos vamos a ir? ¿Vamos a tener luna de miel? Es curioso que ni siquiera me lo haya preguntado. Pensé en la boda y no en el después. Como si se parara ahí y tú te hicieras cargo a partir de entonces. Tampoco va con mi carácter, Gail.

—Pero no a mi favor, esta vez. La pasividad no es una buena señal. No en tu caso.

—Podría ser, si me alegro de ello.

—Podría. Aunque no durará mucho. No, no vamos a ir a ninguna parte, salvo que tú quieras.

—No.

—Entonces nos quedamos aquí. Otra peculiar manera de hacer una excepción. La manera adecuada para ti y para mí. Irse siempre ha sido huir, para nosotros. Esta vez, no vamos a huir.

—Bien, Gail.

—Cuando la tomó y la besó, ella tenía el brazo doblado entre su cuerpo y el de él, y la mano sobre su propio hombro. Sintió el tacto del ramo de jazmines marchitos en su mejilla. Conservaban su perfume intacto, su delicada sugestión primaveral.

Cuando Dominique entró en su dormitorio, vio que no era el lugar que había visto fotografiado en innumerables revistas. La pecera de cristal había sido demolida. La habitación que se había construido en su lugar era una cámara acorazada con una sola ventana. Tenía luz y aire acondicionado, pero ni la luz ni el aire provenían del exterior.

Ella se tumbó en su cama y apoyó las palmas a los lados, en la fría y suave sábana, para no dejar que sus brazos se movieran y lo tocaran a él. Pero esa rígida indiferencia no le provocó un enfado impotente. La entendió. Ella se rio. Le oyó decir con la voz áspera, desconsiderada, divertida:

—Eso no te va a funcionar, Dominique.

Ella supo que esa barrera no se iba a aguantar entre ellos, porque ella no tenía el poder de sostenerla. Sintió la respuesta en su propio cuerpo, una respuesta de hambre, de aceptación, de placer. Pensó que no se trataba de deseo, ni siquiera del acto sexual, sólo que el hombre era la fuerza de la vida y la mujer no podía responder a nada más; que ese hombre tenía la voluntad de vivir, la energía primigenia, y ese acto sólo era su manifestación más sencilla; ella no estaba respondiendo al acto ni al hombre, sino a la fuerza que él tenía en su interior.

—¿Qué? ¿Lo entiendes ahora? —preguntó Ellsworth Toohey.

Estaba de pie, apoyado distraídamente en el respaldo de la silla de Scarret. Sentado, Scarret miraba un cesto lleno de cartas al lado de su mesa.

—Miles —suspiró Scarret—. Millares, Ellsworth. Deberías ver lo que le llaman. ¿Por qué no publicó un reportaje de su boda? ¿De qué se avergüenza? ¿Qué tiene que ocultar? ¿Por qué no se casó por la iglesia, como cualquier hombre decente? ¿Cómo puede casarse con una divorciada? Eso es lo que preguntan todos. Miles... Y él ni siquiera va a mirar las cartas. Gail Wynand, el hombre al que llamaban el sismógrafo de la opinión pública.

—Eso es. Ese tipo de hombre.

—Aquí tienes una muestra. —Scarret cogió una carta de su mesa y la leyó en alto—: «Soy una mujer respetable y madre de cinco hijos, y desde luego no quiero educar a mis hijos con su periódico. Lo hemos hecho durante catorce años, pero ahora que usted ha demostrado que es el tipo de hombre que no tiene decencia y ha hecho escarnio de la sagrada institución del matrimonio al cometer adulterio con una mujer deshonrada que es también la esposa de otro hombre, y que se ha casado vestida de negro, como desde luego tenía que ser, dejaré de leer su periódico, puesto que usted no es un hombre apto para los niños, y, sin duda, me ha decepcionado. Atentamente, señora de Thomas Parker».

—Se la leí y simplemente se rio —dijo Scarret.

—Ajá.

—¿Qué se le ha metido en la cabeza?

—No es nada que se le haya metido, Alvah. Es algo que ha salido por fin.

—Por cierto, ¿sabías que muchos periódicos rescataron sus viejas fotos de la estatua desnuda de Dominique, de aquel maldito templo, y publicaron una justo al lado del reportaje de la boda? ¡Para demostrar el interés de la señora Wynand en el arte, los muy cabrones! ¡Están encantados de vengarse de Gail! ¡Se la están devolviendo pero bien, esos piojos! Me preguntó quién les recordó que existía esa foto.

—Ni idea.

—Bueno, por supuesto, no es más que una de esas tormentas en un vaso de agua. Se olvidarán de todo eso en unas pocas semanas. No creo que hagan mucho daño.

—No, no este incidente en concreto. No por sí solo.

—¿Eh? ¿Estás prediciendo algo?

—Lo predicen esas cartas, Alvah. No las cartas en sí, sino que él no quiera leerlas.

—Bah, tampoco sirve de nada que nos preocupemos tanto. Gail sabe dónde y cuándo pararlo. No hagamos una montaña de un gra... —Levantó los ojos a Toohey, y su voz se transformó—: Dios mío, sí, Ellsworth, tienes razón. ¿Qué vamos a hacer?

—Nada, amigo mío, nada. No todavía, por una larga temporada.

Toohey se sentó en el borde de la mesa de Scarret y jugueteó con la punta del pie entre las cartas del cesto, apartándolas y haciéndolas crujir. Había adquirido la agradable costumbre de entrar y salir del despacho de Scarret a todas horas. Scarret había desarrollado una dependencia de él.

—Oye, Ellsworth, ¿de verdad eres leal al *Banner*? —preguntó Scarret de pronto.

—Alvah, no hables ese dialecto. Nadie es en realidad tan estirado.

—No, lo digo en serio... Bueno, ya sabes a qué me refiero.

—No tengo ni la más ligera idea. ¿Quién podría ser desleal a la mano que le da de comer?

—Sí, eso es... Aun así, mira, Ellsworth, te aprecio un montón, pero nunca estoy seguro de cuándo estás hablando en mi idioma y cuándo es, en realidad, el tuyo.

—No te metas en esas complejidades psicológicas. Acabarás completamente enredado. ¿Qué es lo que te preocupa?

—¿Por qué sigues escribiendo para *New Frontiers*?

—Por dinero.

—Oh, venga, eso son migajas para ti.

—Bueno, es una revista de prestigio. ¿Por qué no debería escribir para ellos? No tengo exclusividad con vosotros.

—No, y no me importa para quién escribas por tu cuenta. Pero la maldita *New Frontiers* está haciendo muchos chistes últimamente.

—¿Sobre qué?

—Sobre Gail Wynand.

—¡Oh, son chorradas, Alvah!

—No, señor... No son chorradas. Sólo que no te has dado cuenta, supongo que no la lees con la suficiente atención, pero yo tengo instinto para estas cosas, y lo sé. Sé cuándo es un joven gamberro y listo que ni siquiera se molesta en apuntar bien y cuándo es el empeño de una revista.

—Estás nervioso, Alvah, y estás exagerando. La *New Frontiers* es una revista de izquierdas y siempre se ha metido con Gail Wynand. Todo el mundo lo ha hecho. Nunca ha sido demasiado popular en el sector, ya lo sabes. Y, sin embargo, eso no le ha hecho daño, ¿verdad?

—Esto es diferente. No me gusta que haya un sistema detrás, una especie de propósito, como un montón de gotitas que van chorreando, todas de manera muy inocente, y pronto acaban formando un riachuelo, que va pasando sin problemas, y cuando te quieres dar cuenta...

—¿Te está entrando manía persecutoria, Alvah?

—No me gusta. No pasaba nada cuando la gente lo criticaba por sus yates, sus mujeres y algunos escándalos en las elecciones municipales, que nunca se demostraron —se apresuró a añadir—. Pero lo que no me gusta es esa nueva jerga intelectual que la gente parece estar empleando hoy en día: Gail Wynand, el explotador; Gail Wynand, el pirata del capitalismo; Gail Wynand, la enfermedad de una época. Sí, es basura, Ellsworth, sólo que en ese tipo de basura hay dinamita.

—Es sólo la manera moderna de decir las cosas de siempre, nada más. Aparte, yo no puedo ser el responsable de la política editorial de una revista sólo porque les venda un artículo de vez en cuando.

—Sí, pero tú... No es eso lo que cuentan.

—¿Qué es lo que cuentan?

—Que tú estás financiando esa maldita cosa.

—¿Quién, yo? ¿Con qué?

—Bueno, no tú, exactamente. Pero cuentan que fuiste tú quien consiguió que el joven Ronny Pickering, ese borrachuzo, les metiera un chute de cien mil dólares justo cuando *New Frontiers* iba de camino a la frontera del cementerio.

—¡Qué diablos! Eso fue para salvar a Ronny de los antros de la ciudad, que le salía más caro. El chico iba directo a la ruina. Le di una especie de propósito más elevado en la vida. Y le di mejor uso a los cien mil dólares que las bonitas coristas que se los habrían sacado.

—Sí, pero podrías haber aprovechado y adjuntar al regalo una notita diciéndoles a los editores que dejaran en paz a Gail, o de lo contrario...

—*New Frontiers* no es el *Banner*, Alvah. Es una revista con principios. Uno no manda notitas a sus editores y les dice «o de lo contrario».

—¿En este negocio, Ellsworth? ¿A quién le quieres tomar el pelo?

—Bueno, por si te da un poco de paz mental, te diré algo que no te han contado. Se supone que no se debe saber, se hizo a través de muchos testaferros. ¿Sabías que acabo de conseguir que Mitchell Layton compre un buen lote de acciones del *Banner*?

—¡No!

—Sí.

—¡Dios mío, Ellsworth, eso es maravilloso! ¿Mitchell Layton? Nos viene muy bien tener un depósito como ése, y..., un momento... ¿Mitchell Layton?

—Sí. ¿Qué pasa con Mitchell Layton?

—¿No es ése el jovencito que no era capaz de asimilar el dinero que le había dejado su abuelo?

—Su abuelo le dejó montones de dinero.

—Sí, pero está mal de la cabeza. Ése es el que fue primero yogui, después, vegetariano, luego, unitarista, más tarde, nudista... Y ahora se ha ido a Moscú a construir un palacio del proletariado.

—¿Y qué pasa?

—¡Pero por Dios! ¿Un rojo entre nuestros accionistas?

—Mitch no es un rojo. ¿Cómo puede ser rojo, con doscientos cincuenta millones de dólares? No es más que una pálida rosa de té. Amarilla, sobre todo. Pero en el fondo es un buen chico.

—Pero... ¡en el *Banner*!

—Alvah, qué pesado eres. ¿No lo ves? He conseguido que meta parte de su pasta en un buen periódico conservador, sólido. Eso le curará esas ideas rosas y lo pondrá en la buena senda. Además, ¿qué daño puede hacer? Tu querido Gail controla sus periódicos, ¿no?

—¿Lo sabe Gail?

—No. El querido Gail no ha estado tan atento estos últimos cinco años como solía. Y mejor que no se lo digas. Ya ves qué camino lleva Gail. Va a necesitar un poco de presión. Y necesitaréis la pasta. Sé amable con Mitch Layton. Puede resultar útil.

—Si tú lo dices...

—Es así. ¿Lo ves? Mi corazón está en el lugar correcto. He ayudado a una pobre revistilla de izquierdas como *New Frontiers*, pero también he metido una cantidad de dinero mucho más sustancial en un gran bastión del archiconservadurismo como el *Banner*.

—Pues sí. Qué decente por tu parte también..., considerando que tú mismo eres una especie de radical.

—¿Seguirás ahora hablando de deslealtades?

—Supongo que no. Supongo que estarás de parte del viejo *Banner*.

—Por supuesto que sí. Claro, yo amo el *Banner*. Haría cualquier cosa por él. Daría mi vida por el *Banner*.

8

Cuando uno pasea por una isla desierta, permanece anclado al resto de la tierra, pero en su ático, con el teléfono desconectado, Wynand y Dominique no sentían que hubiese cincuenta y siete plantas por debajo de ellos, ni las vigas de acero que sostenían el granito, y les parecía que su casa estaba anclada al espacio, no a una isla, ni a un planeta. La ciudad se convirtió en una agradable vista, una abstracción con la que no se podía establecer ninguna comunicación, como el cielo: un espectáculo que se podía admirar, pero que no tenía ninguna relación directa con sus vidas.

En las dos semanas siguientes a su boda no salieron en ningún momento del ático. Ella pudo haber llamado al ascensor y haber roto aquellas semanas en cualquier momento que quisiera, pero no quiso. No sentía deseos de resistir, de hacerse preguntas ni de cuestionar nada. Todo era encantamiento y paz.

Él se sentaba y hablaba con ella durante horas cuando ella quería. Se conformaba con quedarse sentado en silencio, cuando ella lo prefería, y mirarla como miraba los objetos en su galería de arte, con la misma distancia y el mismo respeto. Él respondía cualquier pregunta que ella le hacía. Él nunca hacía preguntas. Él nunca hablaba de lo que sentía. Cuando a ella le apetecía estar sola, él no iba a buscarla. Una noche, ella estaba leyendo en su habitación y lo vio de pie, junto a la helada balaustrada del jardín de la azotea, a oscuras, sin mirar hacia el interior de la casa, simplemente de pie, en la mancha de luz que salía de su ventana.

Cuando pasaron las dos semanas, él volvió a su trabajo a la redacción del *Banner*. Pero el sentido de aislamiento se mantuvo, como el eje declarado y preservado para todos sus futuros días. Él llegaba a casa por la noche, y la ciudad dejaba de existir. No quería ir a ninguna parte. No invitaba a nadie a su casa.

Wynand nunca lo decía, pero ella sabía que él no quería que saliera de la casa, ni con él ni sola. Era una tranquila obsesión que no esperaba tener que imponer. Cuando llegaba a casa, preguntaba: «¿Has salido?»; pero nunca: «¿Dónde has estado?». No eran celos: el «dónde» no importaba. Cuando ella quería comprarse unos zapatos, él encargaba a tres tiendas que le mandaran una colección de zapatos para que ella eligiese, y así evitaba que tuviera que ir a la tienda. Cuando ella dijo que quería ver una determinada película, él construyó una sala de proyección en la azotea.

Ella obedeció durante los primeros meses. Cuando se dio cuenta de que le gustaba su aislamiento, ella misma lo cortó de inmediato. Lo obligó a él a aceptar invitaciones, e invitaba a los amigos a casa. Él lo acató sin protestar.

Sin embargo, mantenía un muro que ella no podía derribar: el muro que había erigido entre su esposa y sus periódicos. El nombre de Dominique no aparecía nunca en sus páginas. Frenó todos los intentos de arrastrar a la señora de Gail Wynand a la vida pública, ya fuese presidir comités, patrocinar campañas benéficas o apoyar alguna causa. No dudó en abrirle la correspondencia —si llevaba un membrete oficial que traicionara su propósito—, en destruirla sin preguntar y en decirle que lo había hecho. Ella se encogía de hombros y no decía nada.

Pero no parecía compartir el desprecio de Dominique por sus periódicos, y no le permitía hablar de ellos. Ella no sabía qué pensaba él sobre ellos, ni qué sentía. Una vez, Dominique hizo un comentario sobre un ofensivo editorial, y él dijo con frialdad:

—Nunca he pedido perdón por el *Banner*. Y nunca lo haré.

—Pero esto es espantoso, Gail.

—Pensé que te casabas conmigo como propietario del *Banner*.

—Pensé que no te gustaba pensar así.

—Lo que me guste o no me guste no es asunto tuyo. No esperes que cambie el *Banner* o lo sacrifique. No lo haría por nada en el mundo.

Ella se rio.

—No te lo pediría, Gail.

En su despacho en el edificio *Banner*, trabajaba con una nueva energía, con una especie de impulso eufórico y feroz que sorprendió a quienes lo conocieron en sus años más ambiciosos. Se quedaba en la oficina toda la noche cuando hacía falta, algo que llevaba mucho tiempo sin hacer. Nada cambió en sus métodos o en sus políticas editoriales. Alvah Scarret lo observaba con satisfacción.

—Nos habíamos equivocado con él, Ellsworth —le dijo Scarret a su constante compañía—. Es el mismo Gail de siempre, que Dios lo bendiga. Mejor que nunca.

—Mi querido Alvah, nada es tan sencillo como crees, ni tan rápido —respondió Toohey.

—Pero es feliz. ¿No ves que es feliz?

—Ser feliz es lo más peligroso que le podría haber ocurrido. Y, por una vez, lo digo como humanitarista: me refiero a su propio bien.

Sally Brent decidió pasarse de lista con su jefe. Sally Brent era una de las posesiones que más enorgullecía al *Banner*. Era una mujer corpulenta, de mediana edad, que se vestía como una modelo para un desfile del siglo XXI y que escribía como una sirvienta. Tenía un público muy fiel entre los lectores del *Banner*. Su popularidad le daba un exceso de confianza en sí misma.

Sally Brent decidió hacer un reportaje sobre la señora de Gail Wynand. Era justo su tipo de historia, y que estaba ahí, desperdiciándose. Consiguió acceder al ático de Wynand empleando las tácticas para colarse en los sitios que, como empleada bien entrenada del *Banner*, le habían enseñado. Hizo su habitual entrada dramática, con un vestido negro y un girasol en el hombro —su eterno accesorio que se había convertido en su sello personal— y le dijo a Dominique, sin resuello:

—Señora Wynand, he venido aquí a ayudarla a engañar a su marido.

Después le guiñó un ojo por su propia picardía, y se explicó:

—Nuestro querido señor Wynand ha sido injusto con usted, querida, al privarla de su legítima fama, por alguna razón que no logro entender. Pero lo arreglaremos, usted y yo. ¿Qué puede hacer un hombre cuando las chicas están unidas? Simplemente, no sabe el buen tema que es usted. Así que cuénteme su historia, y yo la escribiré, y será tan buena que no será capaz de no publicarla.

Dominique estaba sola en casa, y sonrió de una manera que Sally Brent no había visto nunca, por lo que no le vino ningún adjetivo correcto a su mente, normalmente observadora. Dominique le dio su historia. Le dio el tipo exacto de historia con el que había soñado Sally.

—Sí, por supuesto que le hago el desayuno —dijo Dominique—. Su plato favorito son los huevos con jamón. Huevos con jamón, sin más... Oh, sí señora Brent, soy muy feliz. Cuando abro los ojos por la mañana, me digo a mí misma que no puede ser verdad, que esta pobrecita no es la que se ha convertido en la esposa del gran Gail Wynand, él, que puede elegir entre todas las bellezas del mundo. ¿Sabe? Llevaba años enamorada de él. Era un sueño para mí, un sueño maravilloso, imposible. Y ahora es como un sueño hecho realidad... Por favor, señora Brent, transmítales este mensaje a las mujeres de Estados Unidos: la paciencia siempre tiene recompensa, y el amor está a la vuelta de la esquina. Creo que es bonito pensarlo y que quizá ayude a otras chicas, como me ha ayudado a mí... Sí, lo único que quiero en la vida es hacer feliz a Gail, compartir sus alegrías y sus penas, ser una buena esposa y una buena madre.

Alvah Scarret leyó la historia y le gustó tanto que perdió toda prudencia.

—Imprímelo, Alvah —le apremió Sally Brent—, saca una prueba y déjala en su mesa. Le dará el visto bueno..., ¿cómo no lo va a hacer?

Aquella tarde, Sally Brent fue despedida. Recibió una indemnización por su costoso contrato —le quedaban aún tres años— y se le dijo que nunca, bajo ningún concepto, volviera a entrar jamás en el edificio del *Banner*.

Scarret protestó, lleno de pánico:

—¡Gail, no puedes despedir a Sally! ¡A Sally no!

—Cuando no pueda despedir a quien me dé la gana de mi periódico, lo cerraré y haré volar el maldito edificio —dijo Wynand sin alterarse.

—¡Pero sus lectores! ¡Vamos a perder a sus lectores!

—Al diablo con sus lectores.

Aquella noche, durante la cena, Wynand se sacó del bolsillo un papel arrugado —la copia de prueba del reportaje— y se lo tiró a la cara a Dominique, que estaba sentada enfrente. Le dio en la mejilla y cayó al suelo. Ella lo recogió, lo estiró, vio lo que era y soltó una carcajada.

Sally Brent escribió un artículo sobre la vida amorosa de Gail Wynand. Con un tono de buen humor, intelectual y escrito en los términos de un estudio sociológico, el artículo presentaba un material que ni la revista más sensacionalista habría aceptado. Se publicó en *New Frontiers*.

Wynand le compró a Dominique un collar diseñado expresamente para ella. Era de diamantes, sin engastes visibles, muy espaciados y desiguales, unidos por una cadena de platino apenas visible, realizada con ayuda de un microscopio. Cuando se lo abrochó en el cuello, parecían gotas de agua caídas al azar.

Se miró en un espejo. Dejó que el vestido le resbalara por los hombros y que las gotas de lluvia relucieran en su piel. Dijo:

—Esa historia sobre la vida de la mujer del Bronx que asesinó a la joven amante de su marido es bastante sórdida, Gail. Pero creo que hay algo más sucio: la curiosidad de la gente a la que le gusta leerla. Y después hay algo todavía más sucio: la gente que complace esa curiosidad. En realidad, fue esa mujer, con sus piernas de pata de piano y su cuello abotagado, la que hizo posible este collar. Es un collar precioso. Estaré orgullosa de llevarlo.

Él sonrió; en el repentino brillo de sus ojos había una extraña valentía.

—Eso es una forma de verlo —dijo él—. Hay otra. Me gusta pensar que cogí los peores desechos del espíritu humano, la mente de esa mujer y las mentes de las personas a las que les gusta leer sobre ella, y que con eso he hecho este collar que está en tus hombros. Me gusta pensar que he sido un alquimista capaz de lograr tamaña purificación.

Dominique no vio disculpas, arrepentimientos ni rencor en su forma de mirarla. Era una mirada extraña; ya la había advertido antes. Era una mirada de simple adoración. Y le hizo darse cuenta de que hay un estadio de la adoración que hace que el adorador se convierta él mismo en un objeto de reverencia.

Estaba sentada delante de su espejo cuando entró él en su vestidor la noche siguiente. Se inclinó, le besó la nuca y vio un trozo de papel enganchado a la esquina del espejo. Era la copia descodificada del telegrama que puso fin a su carrera en el *Banner*: «Despide a esa zorra. G. W.».

Él se incorporó y se puso recto, detrás de ella. Le preguntó:

—¿Cómo conseguiste eso?

—Ellsworth Toohey me lo dio. Le pareció que valía la pena guardarlo. Claro, no pensé que alguna vez llegaría a ser tan oportuno.

Él bajó la cabeza, pesaroso, admitiendo su autoría, y no dijo nada más.

Ella esperaba que el telegrama hubiese desaparecido a la mañana siguiente. Pero no lo había tocado, y ella no lo quitó. Se quedó expuesto en la esquina del espejo. Cuando la abrazaba, ella veía que a él se le iban los ojos al trozo de papel. No podía adivinar qué estaba pensando.

En primavera, su asistencia a un congreso de propietarios de periódicos le obligó a ausentarse una semana de Nueva York. Era la primera vez que se separaban. Dominique le dio una sorpresa cuando fue a recibirlo al aeropuerto a su regreso. Ella estaba alegre y cariñosa, y su actitud albergaba una promesa que él no había esperado nunca, en la que no podía confiar, y a la que se rindió plenamente confiado.

Cuando entró en el salón de su ático y se arrellanó en un sofá, Dominique supo que él quería quedarse tumbado allí para sentir la seguridad recuperada de su propio mundo. Vio que sus ojos la miraban entregados, muy abiertos, indefensos. Ella estaba de pie, erguida y preparada. Dijo:

—Mejor será que te vistas, Gail. Vamos al teatro esta noche.

Él se incorporó y sonrió; se le marcaron las oblicuas arrugas de la frente. Ella sintió una fría admiración hacia él: su control era perfecto, todo salvo esas arrugas. Wynand dijo:

—Vale. ¿De traje o de frac?

—De frac. Tengo entradas para *Paso de tu cara*. Fue muy difícil conseguirlas.

Aquello fue demasiado: parecía demasiado ridículo para ser parte de su momentánea competición entre ellos. A él le entró la risa, sin poder reprimir el asco.

—¡Por Dios santo, Dominique, ésa no!

—Pero Gail, es el mayor éxito de la ciudad. Tu propio crítico, Jules Fougler. —Él dejó de reírse, al comprender— dijo que era la mejor obra de nuestro tiempo. Ellsworth Toohey dijo que era la nueva voz del mundo que viene. Alvah Scarret dijo que no se había escrito con tinta, sino con la leche de la bondad humana. Sally Brent, antes de que la despidieras, dijo que le había hecho reír con un nudo en la garganta. Hombre, es el ahijado del *Banner*. Pensé que, sin duda, querrías verla.

—Sí, naturalmente.

Se levantó y fue a vestirse.

Paso de tu cara estuvo en cartel muchos meses. Ellsworth Toohey explicó con pesar en su columna que el título de la obra tuvo que sufrir un ligero cambio «como concesión a la estirada gazmoñería de la clase media que sigue controlando nuestro teatro. Es un clamoroso ejemplo de la injerencia en la libertad del artista. Ahora bien: que dejen de contarnos la vieja patraña de que la nuestra es una sociedad libre. El título original de esta bella obra era una auténtica frase extraída del lenguaje de la calle, con la brava y simple elocuencia de la expresión popular».

Wynand y Dominique se sentaron en el centro de la cuarta fila y vieron la obra sin mirarse el uno al otro. Lo que estaba pasando en el escenario era simplemente manido y de mal gusto, pero lo que subyacía les estaba dando escalofríos. Había algo en las ponderadas inanidades que se decían, que los actores habían absorbido como una infección; estaba en sus sonrisitas de suficiencia, en sus voces sigilosas, en sus gestos desordenados. Las inanidades se pronunciaban con un aire de verdades reveladas que exigía con insolencia que se aceptaran como tales; no un aire de presunta inocencia, sino de deliberada desfachatez, como si el autor fuese consciente de la naturaleza de su obra y se jactara de su poder para hacer que sus espectadores pensaran que era sublime, y por lo tanto de su capacidad para destruir lo sublime que hubiera en ellos. La obra justificó el veredicto de sus patrocinadores: hacía reír, era entretenida; era una broma indecente que no se representaba sobre el escenario, sino sobre el público. Era un pedestal del que se había arrancado a un dios, en cuyo lugar no se había puesto a Satán con una espada, sino a un vagabundo que daba sorbos a una botella de Coca-Cola.

Entre el público había un silencio perplejo y humilde. Cuando alguien se reía, los demás se sumaban con alivio, contentos de enterarse de que estaban disfrutando. Jules Fougler no intentó influir en nadie: sólo había dejado claro —mucho antes y por muchos canales— que cualquier persona incapaz de disfrutar de esa obra no tenía ningún valor como ser humano. «No vale la pena buscar explicaciones. O eres lo bastante refinado para que te guste, o no lo eres.»

En el intermedio, Wynand oyó decir a una mujer rechoncha: «Es maravillosa. No la entiendo, pero yo siento que es algo muy importante».

Dominique le preguntó:

—Gail, ¿quieres que nos vayamos?

—No. Nos vamos a quedar hasta el final.

En el camino de vuelta a casa, Wynand estaba callado. Cuando entraron en el salón, él se quedó esperando, dispuesto a oír y aceptar cualquier cosa. Por un instante, ella sintió el deseo de ahorrárselo. Se sentía vacía y cansada. No quería herirlo, quería buscar amparo en él.

Después, ella volvió a pensar lo que había pensado en el teatro. Pensó que esa obra era creación del *Banner*, que había sido el *Banner* el que había forzado su alumbramiento y que la había alimentado, sostenido y hecho triunfar. Y que había sido el *Banner* el que había empezado y terminado la destrucción del templo Stoddard... *Banner* de Nueva York, 2 de noviembre de 1930: «Sacrilegio», por Ellsworth Toohey; «Las iglesias de nuestros hijos», por Alvah Scarret; «¿Satisfecho, don Superhombre?»... Y ahora esa destrucción ya no era un acontecimiento del pasado remoto, no era una comparación entre dos entidades —un edificio y una obra de teatro— que no se podían medir entre sí; no era un accidente, ni se trataba de las personas, de Ike, Fougler, Toohey, ella... y Roark. Era una competición sin tiempo, una lucha entre dos abstracciones: lo que había creado el edificio contra las cosas que habían hecho posible la obra; dos fuerzas súbitamente desnudas ante sus ojos en su simple manifestación; dos fuerzas que habían luchado desde el origen del mundo y que todas las religiones habían conocido; siempre había habido un Dios y un Demonio, sólo que los hombres se han confundido mucho respecto a las formas de su Demonio: no era uno y grande, eran muchos, inmundos y pequeños. El *Banner* había destruido el templo Stoddard para dar cabida a esta obra, no podía hacer otra cosa, no había un término intermedio, ni escapatoria, ni neutralidad; era una cosa o la otra, siempre había sido así, y la competición tuvo muchos símbolos, pero ni nombre ni enunciado... «Roark —se oyó gritar en su interior—, Roark... Roark... Roark...»

—Dominique... ¿qué ocurre?

Oyó la voz de Wynand. Era tierna y nerviosa. Nunca se había permitido delatar sus nervios. Ella percibió el sonido como un reflejo de su propia cara, de lo que él le había visto en la cara.

Se quedó quieta, segura de sí misma, muy callada en su interior.

—Estoy pensando en ti, Gail —dijo.

Él esperó.

—¿Qué, Gail? ¿La pasión total por la elevación suprema?

Ella se rio, aflojó los brazos y los balanceó como los actores que habían visto.

—Oye, Gail, ¿tienes un sello de dos centavos con la efigie de George Washington...? ¿Cuántos años tienes, Gail? ¿Cuánto tiempo llevas trabajando duro? Ya has superado la mitad de tu vida, pero has visto tu recompensa esta noche. La coronación de tu hazaña. Por supuesto, ningún hombre llega del todo a su pasión más elevada. Ahora, si lo intentas y te esfuerzas mucho, ¡algún día llegarás al nivel de esa obra!

Él guardó silencio. La escuchaba y lo aceptaba.

—Creo que deberías coger el libreto de esa obra y ponerlo en un pedestal en el centro de tu galería de abajo. Creo que deberías rebautizar tu yate y llamarlo *Paso de tu cara.* Creo que deberías cogerme...

—Cállate.

—... y meterme en el reparto y darme el papel de Mary cada noche. Mary, la que adopta a la rata almizclada vagabunda y...

—Dominique, cállate.

—Entonces di algo. Quiero oírte decir algo.

—Nunca me he justificado ante nadie.

—Bien, presume, entonces. Eso también servirá.

—Si quieres oírlo, me ha puesto enfermo, esa obra. Como sabías que lo haría. Ha sido peor que lo de la mujer del Bronx.

—Mucho peor.

—Pero se me ocurre algo peor aún. Escribir una gran obra y ofrecérsela al público de esta noche para que se ría de ella. Dejarse martirizar por el tipo de gente que hemos visto retozar esta noche.

Él se dio cuenta de que había tocado una fibra en Dominique, pero no sabía si era una reacción de sorpresa o de enfado. Él no sabía lo familiares que le resultaban esas palabras. Siguió:

—Me dio náuseas. Pero también muchas grandes cosas que ha hecho el *Banner*. Ha sido peor esta noche, porque tenía algo que iba más allá de lo normal. Una clase especial de malignidad. Pero si es popular entre los tontos, entonces es territorio legítimo del *Banner*. El *Banner* se creó en beneficio de los tontos. ¿Qué más quieres que admita?

—Lo que has sentido esta noche.

—Una variante menor del infierno. Porque estabas sentada conmigo. Eso es lo que querías, ¿verdad? Hacerme sentir el contraste. Aun así, calculaste mal. Yo miraba al escenario y pensaba: así es la gente, así es su espíritu, pero yo..., yo te he encontrado a ti, y te tengo, y valió la pena el dolor del contraste. Sí, he sufrido esta noche, como querías, pero fue un dolor que sólo llega hasta cierto punto, y después...

—¡Calla! ¡Cállate, maldita sea!

Se quedaron quietos un momento, asombrados. Ella se movió primero, y él sabía que necesitaba su ayuda. La cogió por los hombros, pero ella se apartó de él y cruzó el salón hasta la ventana. Miró a la ciudad, a los grandes edificios a sus pies, entre la oscuridad y el fuego.

Al cabo de un rato, dijo con una voz vacía:

—Lo siento, Gail.

Él no respondió.

—No tenía derecho a decirte esas cosas. —No se había dado la vuelta, y tenía los dos brazos apoyados en el marco de la ventana—. Estamos empatados, Gail. Ya recibí mi parte, si eso te hace sentir mejor. Yo me desmoroné antes.

—No quiero que recibas tu parte —dijo con dulzura—. Dominique, ¿qué ha sido eso?

—Nada.

—¿En qué te he hecho pensar? No ha sido algo que he dicho. Ha sido otra cosa. ¿Qué significan esas palabras para ti?

—Nada.

—Un dolor que sólo llega hasta cierto punto. Fue esa frase. ¿Por qué?

Ella estaba observando la ciudad. Divisó a lo lejos la parte superior del edificio Cord.

—Dominique, he visto lo que puedes soportar. Ha debido de ser muy terrible si pudo hacerte eso, sea lo que sea. No hay nada imposible. Yo puedo ayudarte frente a eso, sea lo que sea.

Ella no respondió.

—En el teatro, no era sólo esa obra estúpida. Te pasaba algo más esta noche. Lo vi en tu cara. Y después lo mismo, otra vez, aquí. ¿Qué era?

—Gail, ¿me perdonas? —dijo en voz baja.

—¿Qué tengo que perdonarte?

—Todo. Y esta noche.

—Era tu prerrogativa. La condición por la que te casaste conmigo. Para hacerme pagar por el *Banner*.

—No quiero hacerte pagar por ello.

—¿Por qué no quieres ya?

—Porque es imposible pagar por ello.

En el silencio, escuchó sus pasos dando vueltas por el salón, a su espalda.

—Dominique, ¿qué ha sido?

—¿El dolor que se para en cierto punto? Nada. Sólo que no tenías derecho a decirlo. Los hombres que sí lo tienen pagan por ese derecho, un precio que tú no te puedes permitir. Pero ya no importa. Dilo si quieres. Yo tampoco tengo derecho a decirlo.

—No ha sido eso sólo.

—Creo que tenemos mucho en común, tú y yo. Hemos cometido la misma traición en alguna parte. No, ésa no es la palabra... Sí, creo que es la palabra correcta. Es la única que puede expresar el sentimiento del que hablo.

—Dominique, tú no puedes sentir eso... —Su voz parecía extraña, y ella se volvió hacia él.

—¿Por qué?

—Porque eso es lo que yo he sentido esta noche. Traición.

—¿Hacia quién?

—No lo sé. Si fuese creyente, diría que a Dios, pero no soy creyente.

—A eso es a lo que me refiero, Gail.

—¿Y por qué tienes que sentirla tú? El *Banner* no es tu criatura.

—La misma culpa puede tener otras formas.

Después él cruzó el largo salón, la tomó entre sus brazos y dijo:

—No sabes qué significa la clase de palabras que utilizas. Tenemos mucho en común, pero no eso. Preferiría que me escupieses a que intentaras compartir mis delitos.

Ella posó la mano en la mejilla de él, con las yemas de los dedos en su sien.

—¿Me dirás, ahora, qué fue?

—Nada. Asumí más de lo que podía soportar. Estás cansado, Gail. ¿Por qué no subes? Déjame quedarme aquí un poco más. Sólo quiero mirar la ciudad. Después iré contigo y estaré bien.

9

Dominique estaba apoyada en la barandilla del yate; sentía la cubierta caliente bajo sus sandalias planas, el sol le daba en sus piernas desnudas y el viento agitaba su fino vestido blanco. Estaba mirando a Wynand, estirado en una tumbona delante de ella.

Pensaba en el cambio que notaba en él cuando estaba a bordo del barco. Lo había observado durante los meses de su crucero de verano. Lo había visto una vez bajar corriendo una escalerilla; se le quedó grabada la imagen en la mente: una figura alta y blanca, abalanzada hacia delante con un arranque de velocidad y confianza en sí misma, tomando impulso con la mano aferrada al pasamanos, arriesgándose adrede a que pudiera romperse de pronto. No era el corrupto magnate de la prensa en un yate. Pensó que se parecía a la idea que se tiene de la aristocracia cuando se es joven: una especie de alegría radiante, ajena a la culpa.

Lo observaba en ese momento en la tumbona. Pensó que esa relajación sólo era atractiva en quienes no la tenían como estado natural; incluso esa laxitud cobraba un sentido. Se puso a pensar sobre él. Gail Wynand, famoso por su extraordinaria capacidad; pero ésta no era sólo la fuerza de un aventurero ambicioso que había creado una cadena de periódicos. Eso, la cualidad que le veía allí, lo que se alzaba hacia el sol como una respuesta, era mayor, una causa primera, una facultad de nuestra dinámica universal.

—Gail —dijo de pronto, sin querer.

Él abrió los ojos y la miró.

—Ojalá pudiese haber grabado eso —dijo él, indolente—. Te sorprendería oír cómo ha sonado. Qué desperdicio, aquí. Me gustaría reproducirlo en una habitación.

—Lo repetiré allí, si quieres.

—Gracias, querida. Y te prometo no exagerar o presumir demasiado. No estás enamorada de mí. Nunca has amado a nadie.

—¿Por qué piensas eso?

—Si amaras a un hombre, no te bastaría con un circo de boda o una noche atroz en el teatro. Le harías pasar un completo infierno.

—¿Cómo lo sabes, Gail?

—¿Por qué me has estado mirado tan fijamente desde que nos conocimos? Porque no soy el Gail Wynand del que habías oído hablar. Mira, yo te amo. Y el amor consiste en hacer excepciones. Si estuvieses enamorada querrías que te destrozaran, te pisotearan, te dieran órdenes y te dominaran, porque eso es lo imposible, lo inconcebible para ti en tus relaciones con los demás. Ése sería el gran regalo, la gran excepción que querrías ofrecer al hombre que amases. Pero no sería fácil para ti.

—Si es cierto, entonces tú...

—Entonces yo me vuelvo amable y humilde, para tu gran asombro, porque soy el peor canalla que existe.

—No me lo creo, Gail.

—¿No? ¿Ya no soy el penúltimo en el mundo?

—Ya no.

—Bueno, querida, en realidad, sí lo soy.

—¿Por qué quieres pensar eso?

—No quiero. Pero tengo que ser sincero. Ése ha sido mi único lujo privado. No cambies de opinión sobre mí. Sigue viéndome como me veías antes de que nos conociéramos.

—Gail, no es eso lo que quieres.

—Lo que yo quiero no importa. No quiero nada, salvo poseerte. Sin que me des respuestas. Tiene que ser sin respuestas. Si empiezas a observarme muy de cerca, verás cosas que no te gustarán nada.

—¿Qué cosas?

—Eres tan bella, Dominique. Qué maravilloso accidente por parte de Dios que exista una persona cuyo interior esté a la altura de su exterior.

—¿Qué cosas, Gail?

—¿Sabes de qué estás enamorada, en realidad? De la integridad. De lo imposible. De lo limpio, lo coherente, lo razonable, lo que cree en sí mismo, lo que tiene un estilo único, como una obra de arte. Ése es el único ámbito donde se puede encontrar, en el arte. Pero tú lo quieres de carne y hueso. Estás enamorada de ello. Pues bien: yo nunca he tenido ninguna integridad.

—¿Por qué estás tan seguro de eso, Gail?

—¿Te has olvidado del *Banner*?

—Al diablo con el *Banner*.

—De acuerdo, al diablo con el *Banner*. Es agradable oírte decir eso. Pero el *Banner* no es el mayor síntoma. Que nunca haya practicado ningún tipo de integridad no es tan importante. Lo que es importante es que nunca he sentido la necesidad. Odio ese concepto. Odio la presuntuosidad de esa idea.

—Dwight Carson... —dijo ella.

Él notó que lo dijo con un tono de desagrado, y se rio.

—Sí, Dwight Carson. El hombre al que compré. El individualista que se ha convertido en un glorificador de las turbas y, de paso, en dipsómano. Yo lo hice. Eso fue mucho peor que el *Banner*, ¿no? ¿No te gusta que te lo recuerde?

—No.

—Pero, seguramente, habrás oído mucho griterío sobre eso. Todos los gigantes del espíritu a los que he destrozado. No creo que nadie se haya dado cuenta jamás de lo mucho que he disfrutado haciéndolo. Es una especie de lujuria. Los haraganes como Ellsworth Toohey, o mi amigo Alvah, me dejan indiferente por completo, y estoy bastante dispuesto a dejarlos en paz. Pero como vea a un hombre de una talla ligeramente superior, tengo que convertirlo en un Toohey. Tengo que hacerlo. Es como un impulso sexual.

—¿Por qué?

—No lo sé.

—Por cierto, creo que no has entendido bien a Ellsworth Toohey.

—Es posible. No esperarás que gaste energía mental en descifrar el caparazón de un caracol.

—Y te contradices.

—¿En qué?

—¿Por qué no te propusiste destruirme a mí?

—La excepción a la regla, Dominique. Yo te amo. Tenía que amarte. Ay de ti, si llegas a ser hombre.

—Gail... ¿por qué?

—¿Que por qué he hecho todo eso?

—Sí.

—El poder, Dominique. Es lo único que he querido siempre. Saber que no existe un hombre al que no pueda obligarlo a hacer cualquier cosa. Lo que me dé la gana. El hombre al que no pudiese quebrar me destruiría. Pero han pasado muchos años para darme cuenta de lo seguro que estoy. Dicen que no tengo sentido del honor, que me he perdido algo de la vida. Bueno, no me he perdido mucho, ¿no? Lo que me he perdido no existe.

Hablaba con un tono de voz normal, pero de pronto se dio cuenta de que ella lo estaba escuchando con la concentrada atención necesaria para oír un susurro del que uno no se puede permitir perder ni una sílaba.

—¿Qué pasa, Dominique? ¿Qué piensas?

—Te estoy escuchando, Gail.

Ella no dijo que estaba escuchando sus palabras y la razón que las explicaba. De repente vio con claridad que la había oído en forma de cláusulas añadidas a sus frases, aunque él no fuese consciente de lo que estaba confesando.

—Lo peor de la gente que no es honrada es el concepto que tienen de la honradez. Conozco a una mujer que jamás ha sostenido una convicción más de tres días seguidos, pero, cuando le digo que no tiene integridad, aprieta mucho los labios y dice que su idea de integridad no es la que tengo yo. Al parecer no ha robado nunca dinero. Bueno, para ésa no soy ningún peligro. No la odio. Odio el concepto imposible que tú amas con tanta pasión, Dominique.

—¿Lo odias?

—Me lo he pasado muy bien demostrándolo.

Se acercó a él y se sentó en la cubierta, junto a su tumbona, y sintió la madera suave y caliente bajo sus piernas desnudas. Él se preguntó por qué ella lo miraba con tanta dulzura. Frunció el ceño. Ella sabía que en sus ojos quedaba un reflejo de lo que había entendido, y los apartó de él.

—Gail, ¿por qué me cuentas todo esto? No es lo que quieres que piense de ti.

—No, no lo es. ¿Por qué te lo cuento ahora? ¿Quieres la verdad? Porque había que decirlo. Porque quería ser sincero contigo. Sólo contigo y conmigo mismo. Pero no tenía el valor de decírtelo en ninguna otra parte. Ni en casa ni en tierra. Sólo aquí, porque aquí no parece muy real, ¿verdad?

—No.

—Creo que esperaba que lo aceptaras, y que sigas pensando de mí lo mismo que cuando dijiste mi nombre de esa manera que yo quise grabar.

Ella apoyó la cabeza en su tumbona, con la cara arrimada a las rodillas de él, y dejó la mano caída, medio cerrada, en la madera reluciente de la cubierta. No quería mostrar lo que, en realidad, le había escuchado decir sobre sí mismo ese día.

Una noche de finales de otoño, estaban en la balaustrada del jardín de su azotea contemplando la ciudad. Los largos ejes de las ventanas iluminadas eran como manchas que brotaban en el cielo negro, gotas sueltas que caían y llenaban el gran lago de fuego que había debajo.

—Ahí están, Dominique: los grandes edificios. Los rascacielos, ¿te acuerdas? Fueron el primer vínculo entre nosotros. Los dos estábamos enamorados de ellos, tú y yo.

Ella pensó que debía sentirse molesta porque dijera eso, pero no le molestó.

—Sí, Gail. Estoy enamorada de ellos.

Dominique miró los hilos verticales de luz que formaban el edificio Cord. Levantó los dedos de la balaustrada, lo suficiente para tocar el lugar que ocupaba la forma oculta a lo lejos, en el cielo. No se dirigió ningún reproche por ello.

—Me gusta ver la figura de un hombre al pie de un rascacielos —dijo él—. Lo hace parecer del tamaño de una hormiga, ¿no es ése el cliché que corresponde? ¡Los malditos idiotas! Es el hombre el que la hizo, esa masa increíble de piedra y acero. No les hace encoger, los hace más grandes que el edificio. Revela sus verdaderas dimensiones al mundo. Lo que me encanta de estos edificios, Dominique, es la facultad creativa, lo que hay de heroico en el hombre.

—¿Te encanta lo que hay de heroico en el hombre, Gail?

—Me encanta pensar en ello. No creo en ello.

Ella se inclinó sobre la balaustrada y vio, abajo, a lo lejos, una sucesión de luces verdes que formaban una larga línea recta. Dijo:

—Ojalá pudiera entenderte.

—Pensaba que era bastante obvio. Nunca te he ocultado nada.

Él observaba los letreros luminosos y el destello de sus disciplinados espasmos sobre el río negro. Señaló una luz borrosa y lejana, en dirección al sur, un débil reflejo azul.

—Ése es el edificio del *Banner*. ¿Lo ves, allí? Esa luz azul. He hecho muchas cosas, pero me ha faltado una, la más importante. No hay un edificio Wynand en Nueva York. Algún día construiré una nueva sede para el *Banner*. Será el edificio más grande de la ciudad y llevará mi nombre. Empecé en un miserable cuchitril. *Gazette*, se llamaba el periódico. Yo sólo era el títere de gente muy corrupta. Pero en aquel momento pensaba en que algún día construiría el edificio Wynand. Lo he pensado todos estos años desde entonces.

—¿Por qué no lo has construido?

—No estaba preparado para ello.

—¿Por qué?

—No estoy preparado para ello ahora. No sé por qué. Sólo sé que es muy importante para mí. Será el símbolo definitivo. Lo sabré cuando llegue el momento oportuno.

Se giró para mirar al oeste, a un sendero de débiles luces esparcidas. Apuntó hacia él:

—Ahí nací yo. Hell's Kitchen.

Ella lo escuchó con atención, porque apenas había hablado de sus orígenes.

—Tenía dieciséis años. Estaba en la azotea contemplando la ciudad, como esta noche. Y decidí lo que iba a ser.

El tono de su voz adoptó el carácter de una línea que subrayaba aquel momento y decía: «Atiende, porque esto es importante». Sin mirarlo, Dominique pensó que él había estado esperando ese momento, y que le daría una respuesta, la clave de Wynand. Años atrás, al pensar en Gail Wynand, se preguntaba cómo un hombre así se habría enfrentado a su vida y a su trabajo. Ella se imaginaba una jactancia y un disimulado sentimiento de vergüenza, o bien una impertinencia, que alardeara de su propia culpa. Lo miró. Wynand tenía la cabeza levantada, con los ojos mirando de frente el cielo que tenían delante, y no transmitía ninguna de las cosas que ella había imaginado. Transmitía una cualidad increíble en aquella conexión: transmitía gallardía.

Ella sabía que era una clave, pero agrandaba el misterio. Sin embargo, algo en su interior comprendió esa clave, supo cómo utilizarla, y la llevó a decir:

—Gail, despide a Ellsworth Toohey.

Él se volvió hacia ella, perplejo.

—¿Por qué?

—Gail, escucha... —En su voz había un tono apremiante que nunca había empleado al hablar con él—. Nunca he querido frenar a Toohey. Incluso lo he ayudado. Pensé que era lo que el mundo se merecía. No he intentado salvar nada ni a nadie de él... Nunca pensé que sería el *Banner*, que tan apropiado es para él, lo que querría salvar y liberar de él.

—¿De qué demonios estás hablando?

—Gail, cuando me casé contigo, no sabía que acabaría sintiendo esta especie de lealtad hacia ti. Contradice todo lo que he hecho, contradice mucho más de lo que puedo contarte. Es, más o menos, una catástrofe para mí, un punto de inflexión, no me preguntes por qué. Tardaré años en entenderlo. Sólo sé que te lo debo. Despide a Ellsworth Toohey. Échalo antes de que sea demasiado tarde. Has destrozado a muchos hombres menos viles y mucho menos peligrosos. Despide a Toohey, ve a por él y no descanses hasta que hayas destrozado hasta el último pedazo de él.

—¿Por qué? ¿Por qué se te ocurre pensar en él ahora?

—Porque sé lo que se propone.

—¿Qué se propone?

—Controlar los periódicos de Wynand.

Él soltó una carcajada: no era de burla ni de indignación, sólo una alegría que festejaba una broma inocente.

—Gail... —dijo ella, desesperada.

—¡Oh, por Dios santo, Dominique! ¡Y yo que siempre he respetado tu buen juicio!

—Nunca has entendido a Toohey.

—Ni me molesto en hacerlo. ¿Me ves a mí yendo a por Toohey? ¿Un tanque para liquidar a un chinche? ¿Por qué tendría que despedir a Elsie? Es de los que me hacen ganar dinero. A la gente le encanta leer sus chorradas. No voy a despedir a una trampa cazabobos como ésa. Para mí es tan valioso como un trozo de papel matamoscas.

—Ése es el peligro. Parte de él.

—¿Su maravilloso éxito de público? He tenido columnistas de sociedad más importantes y mejores en nómina. Cuando tuve que echar a algunas, fue el final para ellas. Su popularidad se quedó en la puerta del *Banner*. Pero el *Banner* continuó.

—No es su popularidad, sino la naturaleza de esa popularidad. No puedes combatirlo en su terreno. Sólo eres un tanque, y eso es un arma muy limpia e inocente. Un arma honrada que ataca primero, de frente, y arrasa con todo a su paso o recibe todos los contraataques. Él es un gas corrosivo. Del que te devora los pulmones. Creo que existe el secreto para llegar al núcleo del mal y que él sabe cuál es. Yo no sé cuál es, pero sé que él lo utiliza y que eso es lo que se propone.

—¿Controlar los periódicos de Wynand?

—Controlar los periódicos de Wynand como uno de los medios para conseguir un fin.

—¿Qué fin?

—Dominar el mundo.

Wynand dijo con paciente incomodidad:

—¿Esto qué es, Dominique? ¿Qué tipo de broma y para qué?

—Lo digo en serio, Gail, completamente en serio.

—Dominar el mundo, querida, es cosa de hombres como yo. Los Tooheys de este mundo no podrían ni soñar con ello.

—Intentaré explicarlo. Es muy difícil. Lo más difícil de explicar es lo que es obvio y salta a la vista, y que todo el mundo ha decidido no ver. Pero si me escuchas...

—No voy a escucharte. Perdóname, pero hablar de que Ellsworth Toohey pueda ser una amenaza para mí me resulta ridículo. Es ofensivo que hablemos de ello en serio.

—Gail, yo...

—No, cariño. No creo que entiendas mucho sobre el *Banner*. Y no quiero que lo hagas. No quiero que seas partícipe de él. Olvídate. Déjame el *Banner* a mí.

—¿Es una exigencia, Gail?

—Es un ultimátum.

—De acuerdo.

—Olvídate. No vayas a acomplejarte ahora y a tenerles miedo a hombres de la talla de Ellsworth Toohey. No va contigo.

—Está bien, Gail. Entremos. Hace demasiado frío para que estés aquí sin abrigo.

Wynand rio con dulzura. Era un tipo de preocupación que ella nunca había mostrado por él hasta entonces. Él le cogió la mano y le besó la palma, y después se la puso en la cara.

Durante muchas semanas, cuando se quedaban solos, hablaron poco, y nunca sobre ellos. Pero no era un silencio resentido, era el de una comprensión demasiado delicada para limitarla a las palabras. Estaban en la misma habitación, por la noche, sin decirse nada; se conformaban con sentir la presencia del otro. Se miraban de repente, y los dos sonreían. Con esa sonrisa entrelazaban sus manos.

Entonces, una noche, ella habló. Estaba sentada en su tocador. Wynand entró y se apoyó en la pared que había detrás de ella. Él miraba las manos de Dominique, y sus hombros desnudos, pero a ella le dio la sensación de que no la veía, de que estaba mirando algo mayor que la belleza de su cuerpo, mayor que su amor por ella. Se estaba mirando a sí mismo, y supo que aquél era el único homenaje sin parangones.

«Respiro por necesidad, para dar energía a mi cuerpo, para mi supervivencia... Yo no te he dado mi sacrificio ni mi piedad, sino mi ego y mi necesidad desnuda...» Oyó las palabras de Roark; era la voz de Roark la que hablaba por Gail Wynand. No sintió que traicionara a Roark por utilizar sus palabras de amor para el amor de otro hombre.

—Gail, algún día tendré que pedirte perdón por haberme casado contigo —dijo ella con ternura.

Él negó con la cabeza suavemente.

—Quería que fueses lo que me encadenara al mundo, pero te has convertido en mi defensa. Y eso hace que mi matrimonio deje de ser honrado.

—No. Te dije que aceptaría cualquiera de tus razones.

—Pero tú lo has cambiado todo para mí. ¿O he sido yo la que lo ha cambiado? No lo sé. Nos hemos hecho algo extraño el uno al otro. Te he dado lo que yo quería perder. Ese sentido especial de vivir que pensé que este matrimonio destruiría para mí. El sentido de vida como exaltación. Y tú... tú has hecho todas las cosas que yo habría hecho. ¿Sabes lo mucho que nos parecemos?

—Lo supe desde el principio.

—Pero debería haber sido imposible. Gail, yo quiero seguir contigo ahora, pero por otro motivo. Para esperar una respuesta. Creo que cuando aprenda a entender lo que eres, me entenderé a mí misma. Hay una respuesta. Hay un nombre para eso que tenemos en común. No sé cuál es. Sé que es muy importante.

—Es probable. Supongo que debería querer entenderlo, pero no quiero. Ahora no me puede importar nada. Ni siquiera puedo tener miedo.

Ella lo miró y dijo con mucha calma:

—Tengo miedo, Gail.

—¿De qué, querida mía?

—De lo que te estoy haciendo.

—¿Por qué?

—No te amo, Gail.

—Ni siquiera me puede importar eso.

Ella dejó caer la cabeza y él miró su cabello, que parecía un yelmo de metal bruñido.

—Dominique...

Ella levantó la cabeza obediente.

—Te amo, Dominique. Te amo tanto que nada me puede importar, ni siquiera tú. ¿Puedes entenderlo? Sólo mi amor, no tu respuesta. Ni siquiera tu indiferencia. Nunca he tomado mucho del mundo. No he querido mucho. Nunca he querido nada, en realidad. No de forma total, inseparable, no con ese tipo de deseo que se convierte en un ultimátum, en «sí» o «no», donde uno no puede aceptar el «no» sin dejar de existir. Eso es lo que tú eres para mí. Pero cuando uno llega a ese estadio, no es el objeto lo que importa, es el deseo. No tú, sino yo. La capacidad de desear así. Nada por debajo de eso es digno de sentimiento u honra. Y nunca lo he sentido antes. Dominique, nunca había sabido decir que algo era «mío»; no en el sentido en que lo digo sobre ti. Mía. ¿Lo llamas a eso un sentido de vida como exaltación? Tú lo dijiste. Tú lo entiendes. No puedo tener miedo. Te amo, Dominique, te amo, y me estás dejando decírtelo ahora: te amo.

Ella extendió el brazo y cogió el telegrama del espejo. Lo arrugó y retorció lentamente los dedos para aplastarlo sobre la palma de la mano. Él escuchó el crujido del papel. Ella se inclinó hacia delante, abrió la mano sobre la papelera y dejó caer el papel. Su mano se quedó quieta un instante, con los dedos extendidos, oblicuos, tal como los había abierto.

Cuarta parte

Howard Roark

1

Las hojas llovían de los árboles y vibraban bajo el sol. No eran verdes, salvo unas pocas esparcidas en la corriente; gotas sueltas que resaltaban con un verde tan claro y puro que hacía daño a la vista. Las demás no eran un color, sino una luz, como la sustancia del fuego contra el metal, chispas vivas sin contornos. El bosque parecía una masa de luz que hervía a fuego lento para producir ese color, del que salían pequeñas burbujas verdes: la esencia condensada de la primavera. Los árboles se arrimaban unos a otros y se inclinaban sobre el camino; las manchas de sol en el suelo acompañaban a la agitación de las ramas, como si quisiesen acariciarlas. El joven esperaba no tener que morir.

No si podía ver un mundo así, pensó. No si podía oír la esperanza y la promesa como una voz, con hojas, troncos y rocas en vez de palabras. Pero sabía que el mundo se veía así sólo porque no había visto ningún rastro humano durante horas. Iba solo, montado en bicicleta, por un camino abandonado en las colinas de Pensilvania, donde no había estado nunca y donde pudo sentir la fresca maravilla de un mundo prístino.

Era un hombre muy joven. Se acababa de licenciar en la universidad —era la primavera de 1935— y quería decidir si valía la pena vivir. No sabía que ésa era la pregunta que tenía en la mente. No pensó en morir. Pensó sólo que quería encontrar el goce, la razón y el significado en la vida, y que nada le había ofrecido esas cosas en ninguna parte.

No le gustaban las cosas que le habían enseñado en la universidad.

Se le había enseñado mucho sobre la responsabilidad social, sobre la vida de servicio y el autosacrificio. Todo el mundo decía que era muy bonito e inspirador. Pero a él no le había inspirado nada. No había sentido nada.

No sabía cómo llamar a lo que quería de la vida. Lo sintió allí, en aquella soledad silvestre. Pero no contemplaba la naturaleza con el gozo de un animal sano, como si fuese el hábitat adecuado y definitivo. Lo contempló con el gozo de un hombre sano, como si fuese un reto: como si lo que veía fuesen herramientas, medios y materiales. Así que le dio rabia no haber encontrado la exultación más que en la tierra salvaje, y que esa gran sensación de esperanza se perdiera cuando volviera al mundo de los hombres y al trabajo de los hombres. Pensó que aquello no estaba bien, y que el trabajo del hombre debía suponer dar un paso más alto, una mejora de la naturaleza, y no una degradación. No quería despreciar a los hombres, quería amarlos y admirarlos. Pero se horrorizó al ver la primera casa, el primer salón de billares y el primer cartel de cine que se encontró en su camino.

Siempre había querido componer música, y no pudo identificar de otro modo lo que buscaba. «Si quieres saber lo que es —se dijo—, escucha las primeras frases del *Concierto para piano n.º 1* de Chaikovski, o el último movimiento del *Concierto n.º 2* de Rachmaninov.» El hombre no ha encontrado las palabras para eso, ni los actos ni los pensamientos, pero ha encontrado la música. Quiero verlo en al menos un acto del hombre en la tierra. Quiero verlo hecho realidad. Quiero ver la respuesta a la promesa de esa música. Ni a los sirvientes ni a los servidos, ni altares ni inmolaciones, sino lo definitivo, lo realizado, sin mácula de dolor. No me ayudéis ni me sirváis, pero dejadme verlo una vez, porque lo necesito. No trabajéis por mi felicidad, hermanos: mostradme la vuestra, mostradme que es posible, mostradme vuestros resultados. Eso me dará valor para encontrar la mía.

Vio un agujero azul al frente y la cima del acantilado donde terminaba el camino. El azul era fresco y limpio como una película de agua enmarcada en las ramas verdes. Tendría gracia, pensó, que llegara hasta el límite y más allá no hubiera nada más que azul, nada más que cielo: arriba, alrededor y debajo. Cerró los ojos y siguió adelante; por un momento dejó en suspenso lo posible y se permitió soñar, creer por unos instantes que alcanzaría la cima, que abriría los ojos y vería debajo el azul radiante del cielo.

Echó un pie a tierra, interrumpiendo su movimiento. Se detuvo, abrió los ojos y se quedó quieto.

En el ancho valle que se extendía abajo a lo lejos, bañado por los primeros rayos de sol de la mañana, vio un pueblo. Pero no era un pueblo. Los pueblos no eran así. Tuvo que suspender lo posible un poco más, no para encontrar preguntas o explicaciones, sino para contemplarlo.

Había unas casitas en los salientes de las colinas de enfrente que iban descendiendo hasta un llano. Sabía que esos salientes no se habían tocado, que ningún artificio había alterado la belleza natural de aquel descenso gradual. Sin embargo, alguna energía había sabido construir en aquellos salientes, de tal modo que las casas resultasen inevitables, y que sin ellas fuese imposible concebir la belleza de aquellas colinas; como si el paso de los siglos y la serie de azares que habían producido aquellos salientes —la lucha de las grandes fuerzas ciegas que estaban esperando su expresión final— hubiesen sido sólo un camino hacia una meta, y que la meta eran esos edificios. Eran parte de las colinas, estaban moldeados por ellas y, sin embargo, reinaban sobre ellas al darles su significado.

Las casas eran de simple piedra rústica —como las rocas que sobresalían de las verdes laderas— y de cristal: grandes láminas de vidrio que parecían invitar al sol a completar las estructuras, a que su luz formara parte de la mampostería. Había muchas casas, pequeñas y separadas entre sí, y no había dos iguales. Pero eran variaciones de un único tema, como una sinfonía ejecutada por una imaginación inextinguible. Se podía oír la carcajada de la fuerza que se había liberado con ella, como si hubiese salido corriendo, libre de ataduras, queriendo desafiarse a agotarse, pero nunca hubiese encontrado su fin. La música, pensó —la promesa de la música que había invocado, el sentido de hacerla realidad—, estaba ahí, ante sus ojos. No la vio, sino que oyó sus acordes. Pensó que el pensamiento, la vista y el sonido tenían una lengua común —¿las matemáticas?—, la disciplina de la razón —la música era matemáticas—, y que la arquitectura era música en piedra. Sabía que estaba aturdido porque el lugar que había allí abajo no podía ser real.

Vio árboles, prados y caminos serpenteantes que ascendían a las colinas, escalones tallados en la piedra, fuentes, piscinas, canchas de tenis y ningún rastro de vida. El lugar estaba deshabitado.

Aquello no le sorprendió, no como le había sorprendido su visión. En cierto modo, parecía normal: aquello no era parte de la existencia conocida. De momento, no tenía ningún deseo de saber qué era.

Al cabo de un largo rato, miró a su alrededor y se dio cuenta de que no estaba solo. A unos pasos de él, había un hombre sentado en un peñasco, contemplando el valle. El hombre parecía absorto en el paisaje, y no lo oyó acercarse. Era alto y muy delgado, y su pelo era de color naranja.

Se dirigió hacia el hombre, que se volvió para mirarlo. Sus ojos eran grises y apacibles. El joven supo de pronto que habían sentido lo mismo, y que podía hablarle como no le hablaría a un desconocido en ningún otro lugar.

—No es real, ¿verdad? —preguntó el joven, señalando hacia abajo.

—Hombre, sí... Lo es ahora —respondió el hombre.

—¿No es el plató de una película, o algún tipo de montaje?

—No, es una urbanización de veraneo. Se acaba de terminar de construir. Se inaugurará dentro de unas semanas.

—¿Quién la ha construido?

—Yo.

—¿Cómo se llama usted?

—Howard Roark.

—Gracias —dijo el muchacho.

El joven supo que aquellos ojos firmes que lo miraban habían entendido todo lo que abarcaba aquella sencilla palabra. Howard Roark inclinó la cabeza a modo de reconocimiento.

El joven recorrió a pie, con la bicicleta al lado, el estrecho camino que bajaba la ladera hasta el valle y las casas. Roark se quedó mirándolo. Nunca había visto a ese joven, y nunca se lo volvió a encontrar. No sabía que le había dado a una persona la valentía necesaria para enfrentarse a toda una vida.

Roark nunca comprendió por qué lo eligieron para construir la urbanización de veraneo Monadnock Valley.

Fue un año y medio antes, en otoño de 1933. Había oído hablar del proyecto y fue a ver al señor Caleb Bradley, presidente de una gran empresa que había comprado terrenos en el valle y estaba dándole al proyecto mucho bombo publicitario. Fue a ver a Bradley porque era su deber, sin esperanza, para añadir otra negativa a su larga lista. No había construido nada en Nueva York desde el templo Stoddard.

Cuando entró en el despacho de Bradley, supo que debía olvidarse de Monadnock Valley porque ese hombre jamás se lo iba a dar. Caleb Bradley era rechoncho, y tenía una cara atractiva entre unos hombros redondos. Era un rostro juvenil, con un aire de inteligencia y una desagradable ausencia de cualquier indicio de su edad. Podría haber tenido cincuenta años o veinte. Tenía los ojos azules, vacíos, y parecían taimados y aburridos.

Pero a Roark le costaba quitarse de la cabeza Monadnock Valley. Así que habló de ello, olvidándose de que su discurso era inútil allí. El señor Bradley escuchó con un obvio interés, pero obviamente no lo que Roark estaba diciendo. Roark sintió casi que había una tercera presencia en el despacho. El señor Bradley habló poco, más allá de prometerle que lo tendría en cuenta y que se pondría en contacto con él. Pero después dijo algo extraño. Preguntó, con un tono desprovisto de cualquier pista sobre el propósito de la pregunta, sin aprobación ni desprecio:

—Usted es el arquitecto que construyó el templo Stoddard, ¿verdad, señor Roark?

—Sí.

—Qué raro que no se me haya ocurrido pensar en usted.

Roark se marchó pensando que lo raro habría sido que al señor Bradley se le hubiese ocurrido pensar en él.

Tres días después, Bradley le llamó por teléfono y le pidió que fuera a su despacho. Cuando llegó Roark, le presentaron a otros cuatro hombres: el Consejo de Administración de la Monadnock Valley Company. Iban bien vestidos y sus caras eran tan herméticas como la de Bradley.

—Haga el favor de contarles a estos caballeros lo que me contó a mí, señor Roark —dijo amablemente el señor Bradley.

Roark explicó su plan. Si lo que querían construir era una urbanización de veraneo atípica para gente de ingresos moderados —como habían anunciado—, entonces tenían que entender que la peor maldición de la pobreza era la falta de intimidad: sólo los muy ricos o los muy pobres de la ciudad podían disfrutar sus vacaciones veraniegas. Los muy ricos, porque tenían propiedades privadas; los muy pobres, porque no les importaba sentir el olor a humanidad de los demás en las playas y discotecas públicas. La gente de buen gusto y pocos ingresos no tenía adonde ir, si no hallaba el descanso o el placer en el rebaño. ¿Por qué había que asumir que la pobreza le daba a uno un instinto gregario? ¿Por qué no ofrecerles a estas personas un lugar donde pudieran, una semana al mes y a bajo coste, tener lo que querían y necesitaban? Había visto Monadnock Valley. Se podía hacer. No había que tocar las colinas, ni dinamitarlas ni nivelarlas. Ni un solo hotel-hormiguero gigante, sino casas pequeñas escondidas las unas de las otras, cada una en su propia parcela, donde la gente se pudiera encontrar con los demás o no, según les apeteciera. Ni una sola piscina-piscifactoría, sino muchas piscinas privadas, tantas como la empresa quisiera permitirse. Él podía mostrarles cómo se podía hacer de forma económica. Ninguna cancha-ganadería de tenis para exhibicionistas, sino muchas canchas privadas. Ni un solo lugar donde uno fuese a buscar «compañía refinada» y encontrar marido en dos semanas, sino un lugar para la gente que se contentaba con disfrutar de su propia compañía y buscaba un lugar donde le dejaran hacerlo a su aire.

Los hombres lo escucharon en silencio. Los veía mirarse unos a otros de vez en cuando. Le parecía que era el tipo de miradas que la gente se cruza cuando no pueden reírse del que les está hablando. Pero no debió ser así, porque firmó un contrato para construir la urbanización de veraneo Monadnock Valley dos días después.

Pidió que el señor Bradley rubricara todos los dibujos que salieran de su estudio: tenía muy presente lo ocurrido con el templo Stoddard. El señor Bradley firmaba con sus iniciales y daba el visto bueno: lo aceptó todo y lo aprobó todo. Parecía encantado con dejar que Roark lo hiciera a su manera. Pero esa entusiasta complacencia tenía una connotación peculiar: era como si el señor Bradley le estuviese siguiendo la corriente a un niño.

Roark sabía poco del señor Bradley. Se contaba que se había hecho rico con los negocios inmobiliarios, con el auge de Florida. Su actual empresa parecía manejar fondos ilimitados, y entre los accionistas figuraban muchos inversores ricos. Roark nunca los conoció. Los cuatro caballeros del Consejo de Administración no volvieron a aparecer, salvo en sus breves visitas a las obras, donde mostraron poco interés. El señor Bradley era el máximo responsable de todo, pero, más allá de vigilar estrechamente el presupuesto, nada parecía gustarle más que dejar a Roark al mando.

En los dieciocho meses posteriores, Roark no tuvo tiempo de hacerse preguntas sobre el señor Bradley. Roark estaba construyendo su mayor encargo.

Durante el último año vivió en el lugar de las obras, en una caseta levantada a toda prisa en una colina desnuda: un recinto de madera con una cama, una estufa y una mesa grande. Sus antiguos dibujantes volvieron a trabajar para él; algunos dejaron trabajos mejores en la ciudad para vivir en cabañas y tiendas de campaña, para trabajar en casetas de madera en bruto que hacían las veces de despacho del arquitecto. Había tanto que construir que ninguno pensó en malgastar sus esfuerzos para construir sus propios refugios. No se dieron cuenta, hasta mucho tiempo después, de que no habían tenido comodidades, y después les pareció imposible, porque recordaban el año en Monadnock Valley como una época extraña en que la tierra dejó de girar y vivieron doce meses de primavera. No se acordaban de la nieve, de los coágulos de tierra congelados, del silbido del viento a través de las tablas, de las livianas mantas sobre los catres, de cuando estiraban los dedos sobre las estufas de carbón por la mañana, antes de poder sostener el lápiz sin temblar. Recordaban sólo la sensación que constituye el significado de la primavera —la respuesta a las primeras briznas de hierba, a los primeros brotes en las ramas de los árboles, al primer azul del cielo—; el canto que da respuesta no a la hierba, los árboles o el cielo, sino al gran sentido de comienzo, de progreso triunfante, de logro imparable. No eran las hojas ni las flores, sino los andamiajes de madera, las excavadoras a vapor, los bloques de piedra y las láminas de cristal que se alzaban sobre la tierra los que les daban esa sensación de juventud, movimiento, propósito y realización.

Eran un ejército, y aquello era una cruzada. Pero ninguno de ellos lo pensaba en esos términos, salvo Steven Mallory. Steven Mallory hizo las fuentes y todo el trabajo escultórico de Monadnock Valley. Pero se fue a vivir allí mucho antes de lo necesario. La batalla es un concepto vil, pensaba Mallory. No hay gloria en la guerra, ni belleza en las cruzadas de los hombres. Pero aquello era una batalla, era un ejército y una guerra, y la mayor experiencia vital de todos los hombres que participaron en ella. ¿Por qué? ¿En qué radicaba la diferencia y qué ley la explica?

Él no habló de ello con nadie. Pero vio el mismo sentimiento en la cara de Mike, cuando llegó con el equipo de electricistas. Mike no dijo nada, pero le guiñó un ojo a Mallory, como gesto de feliz comprensión. «Te dije que no te preocuparas, en aquel juicio. No puede perder, con canteras o sin canteras, con juicios o sin juicios. No pueden vencerlo, Steve, simplemente no pueden, aunque fuese el maldito mundo entero», le dijo una vez Mike.

Pero lo cierto es que se habían olvidado del mundo, pensó Mallory. Aquélla era una tierra nueva, la suya propia. Las colinas se levantaban hacia el cielo en torno a ellos, como un muro que los protegía. Y contaban con otra protección: la del arquitecto que los acompañaba desde abajo en la nieve o la hierba de las laderas hasta los peñascos y las pilas de tablones, y de ahí a las mesas de dibujo, las grúas y lo alto de los muros que se estaban levantando; la protección del hombre que lo había hecho posible, del pensamiento de la mente de aquel hombre, y no del contenido de ese pensamiento, ni del resultado ni de la visión que había creado Monadnock Valley ni de la voluntad que lo había convertido en una realidad, sino del método de su pensamiento, que seguía las reglas de su función. Y ese método y esas reglas no eran como los del mundo que había tras las colinas, en guardia para vigilar el valle y a los cruzados que allí estaban.

Después, Mallory veía que Bradley, cuando iba a visitar las obras, les dirigía una sonrisa insulsa y después se marchaba sin más. Entonces se enfadaba sin motivo, y expresaba sus temores.

—Howard, es el templo Stoddard otra vez —le dijo Mallory una noche, sentados junto a una hoguera prendida con ramas secas en la colina sobre el campamento.

—Sí, yo también lo creo. Pero no se me ocurre de qué modo, o qué es lo que se proponen.

Roark se tumbó bocabajo y observó los cristales de las ventanas desperdigados abajo, en la oscuridad. Algo proyectaba un reflejo en ellas que les hacía parecer fosforescencias que manaban de forma natural del suelo. Dijo:

—No importa, Steve, ¿no? Ni lo que hagan con ello ni quién venga a vivir aquí. Sólo que lo hemos hecho. ¿Querrías habértelo perdido, al margen de lo que nos paguen después?

—No —dijo Mallory.

Roark quiso alquilar él mismo una de las casas y pasar allí el verano, el primer verano de la existencia de Monadnock Valley. Pero antes de que se inaugurara la urbanización, recibió un telegrama de Nueva York:

> Te dije que lo conseguiría, ¿no? He tardado cinco años en librarme de mis amigos y hermanos, pero el Aquitania ya es mío, y tuyo. Ven a terminarlo. Kent Lansing.

Así que volvió a Nueva York, y vio cómo se limpiaban los escombros y el polvo de cemento del gigante de la «Sinfonía inacabada», vio cómo las grúas balanceaban las vigas sobre Central Park, vio cómo se llenaban los huecos de las ventanas y las plataformas extendidas sobre los tejados de la ciudad, y vio el hotel Aquitania terminado y reluciente en la silueta nocturna de Central Park.

Había estado muy ocupado los dos últimos años. Monadnock Valley no había sido su único encargo. Lo llamaban desde distintos estados y lugares inesperados del país: casas particulares, pequeños edificios de oficinas y tiendas modestas. Los había construido arañando algunas horas de sueño en los trenes y aviones que lo llevaban desde Monadnock

Valley a otras pequeñas localidades lejanas. Siempre le decían las mismas cosas al recibir cada encargo: «Estuve en Nueva York y me gustó la casa Enright»; «Vi el edificio Cord»; «Vi una foto de aquel templo que derribaron». Era como si una corriente subterránea que había fluido por todo el país hubiese aflorado de forma súbita y arbitraria en lugares impredecibles. Eran trabajos pequeños y de bajo presupuesto, pero no dejó de trabajar.

Aquel verano, ya terminado Monadnock Valley, no tenía tiempo para pensar en la suerte que esa urbanización fuese a correr. Pero Steven Mallory estaba preocupado:

—¿Por qué no le dan publicidad, Howard? ¿Por qué este súbito silencio? ¿Te has dado cuenta? Antes de empezarlo se hablaba mucho de este gran proyecto, y se publicaron muchas pequeñas notas en prensa. Cada vez aparecieron menos, mientras lo estábamos haciendo. ¿Y ahora? El señor Bradley y la empresa se han quedado sordos y mudos. Ahora, cuando uno esperaría que pusieran en marcha una orgía mediática... ¿Por qué?

—No sabría decirte. Soy arquitecto, no agente inmobiliario. ¿Por qué deberías preocuparte? Hemos hecho nuestro trabajo, que hagan ellos el suyo a su manera —dijo Roark.

—Es una manera condenadamente extraña. ¿Has visto sus anuncios, los pocos que han soltado con cuentagotas? Dicen todas las cosas que tú les dijiste, sobre el descanso, la paz y la intimidad, pero ¡cómo lo dicen! ¿Sabes qué parecen decir esos anuncios? «Venga a Monadnock Valley y muérase de aburrimiento.» De verdad que parece que estén intentando espantar a la gente.

—No me fijo en los anuncios, Steve.

Sin embargo, un mes después de su apertura, todas las casas de Monadnock Valley estaban alquiladas. Llegó una extraña mezcolanza de personas: hombres y mujeres de la alta sociedad que podrían haberse permitido lugares más de moda, jóvenes escritores y artistas, ingenieros, periodistas y obreros de fábrica. De forma espontánea, la gente empezó a hablar de Monadnock Valley. Había una necesidad de ese tipo de urbanizaciones que nadie había intentado satisfacer. El lugar era noticia, pero de carácter privado: los periódicos no la habían descubierto. El señor Bradley no tenía agentes de prensa. El señor Bradley y su empresa se habían esfumado de la vida pública. Una revista publicó por su cuenta cuatro páginas de fotografías de Monadnock Valley, y mandó a un hombre a entrevistar a Howard Roark. Al final del verano, se habían reservado alquileres para los siguientes cuatro años.

Un día de octubre, temprano por la mañana, la puerta de la recepción de Roark se abrió de pronto y entró corriendo Steven Mallory, directo al despacho de Roark. La secretaria intentó cortarle el paso: Roark estaba trabajando y no permitía interrupciones. Pero Mallory la apartó a un lado de un empujón e irrumpió en el despacho, dando un portazo a su espalda. Ella se fijó en que llevaba un periódico en la mano.

Roark levantó los ojos del tablero de dibujo, lo vio y soltó el lápiz. Sabía que ésa era la cara que tenía Mallory cuando disparó a Ellsworth Toohey.

—¿Qué, Howard? ¿Quieres saber por qué te dieron Monadnock Valley?

Le tiró el periódico a la mesa. Roark vio el titular de una noticia en la tercera página:

CALEB BRADLEY, DETENIDO

—Está todo ahí. No lo leas, te va a poner malo —dijo Mallory.

—Está bien, Steve, ¿qué pasa?

—Vendieron el 200 por ciento.

—¿Quién? ¿De qué?

—Bradley y sus secuaces. De Monadnock Valley. —Mallory hablaba con una precisión forzada y violenta, con tortura—. Pensaban que no valía nada, desde el principio. Consiguieron el terreno por prácticamente nada: no pensaban que fuese en absoluto un lugar para una urbanización. Apartado de todo, sin líneas de autobús ni cines. Pensaban que el momento no era oportuno y que el público no lo querría. Así que generaron un montón de ruido y vendieron las acciones a un montón de patanes ricos. Fue una estafa descomunal. Vendieron el 200 por ciento del lugar. Consiguieron el doble de lo que les costó construirlo. Tenían la certeza de que iba a ser un fracaso. Es que querían que lo fuese. No esperaban que hubiese beneficios que repartir. Tenían una formidable trama montada para salirse de ahí cuando entrara en bancarrota. Estaban preparados para todo, salvo que se convirtiera en el éxito que ha sido. Y no podían seguir, porque entonces tenían que pagar a sus inversores el doble de lo que se había ganado cada año, y están ganando mucho. Y pensaron que lo tenían todo arreglado para un fracaso seguro. ¿No lo entiendes, Howard? ¡Te eligieron pensando en el peor arquitecto que pudieran encontrar!

Roark echó la cabeza hacia atrás y se rio.

—¡Maldita sea, Howard! ¡No tiene gracia!

—Siéntate, Steve. Deja de temblar. Parece que acabes de ver un campo lleno de cadáveres despedazados.

—Lo he visto. He visto algo peor. He visto la raíz. He visto lo que hace posibles esos campos. ¿Qué creen esos malditos idiotas que es el horror? ¿Las guerras, los incendios, los terremotos? ¡Al diablo con eso! Esto es el horror, esa noticia en el periódico. A eso deberían tenerle miedo, contra eso deberían luchar y gritar y considerarlo la peor vergüenza de su existencia. Howard, estoy pensando en todas las explicaciones del mal y todos los remedios que se han propuesto a lo largo de los siglos. Ninguno de ellos funcionó. Ninguno de ellos explicó o curó nada. Pero la raíz del mal, mi bestia babeante, esta ahí, Howard, en esa noticia. En esa noticia, y en el alma de los cabrones engreídos que la lean y digan: «Ah, bien, los genios siempre tienen que estar luchando, es bueno para ellos»; y que después vayan a buscar a algún idiota del pueblo al que ayudar, al que enseñar a tejer cestos. Ésa es la bestia babeante en acción. Howard, piensa en Monadnock. Cierra los ojos y míralo. Y después piensa que los hombres que lo encargaron ¡creían que estaban construyendo lo peor! ¡Howard, algo va mal en el mundo, muy mal, si el mayor trabajo que te han dado es una repugnante tomadura de pelo!

—¿Cuándo dejarás de pensar en eso? ¿En el mundo y en mí? ¿Cuándo aprenderás a olvidarte? ¿Cuándo aprenderá Dominique a...?

Se paró. No habían mencionado ese nombre el uno delante del otro en cinco años. Vio que Mallory lo interrogaba con una mirada de asombro, y éste se dio cuenta de que sus palabras habían herido a Roark, lo suficiente como para arrancarle esa confesión. Pero Roark se volvió hacia él y le dijo, a conciencia:

—Dominique solía pensar lo mismo que tú.

Mallory nunca había hablado de lo que se imaginaba del pasado de Roark. Ese silencio entre ellos siempre había dado a entender que Mallory comprendía, que Roark lo sabía y que no se hablaba de ello. Pero ahora Mallory se lo preguntó:

—¿Sigues esperando que vuelva la señora de Gail Wynand? ¡Maldita sea!

—Cállate, Steve —dijo Roark sin énfasis.

—Lo siento —susurró Mallory.

Roark se fue a su mesa y dijo, de nuevo con un tono normal:

—Vete a casa, Steve, y olvídate de Bradley. Se estarán demandando unos a otros, ahora, pero no nos van a arrastrar a nosotros y no van a destruir Monadnock. Olvídate, y vete, que tengo que trabajar.

Clavó el codo en el periódico para apartarlo de la mesa y bajó la cabeza a sus láminas de dibujo.

Cuando salieron a la luz los métodos de financiación de Monadnock Valley Company se armó un escándalo. Hubo un juicio, algunos caballeros fueron mandados a la cárcel, y una nueva gestora se hizo cargo de Monadnock para sus accionistas. Roark no se vio envuelto en ello. Estaba ocupado, y no se acordó de leer las crónicas del juicio en los periódicos. Pero el señor Bradley admitió —para disculparse ante sus socios— que ni loco habría pensado jamás que una urbanización construida con un plano tan disparatado y antisocial pudiese tener tanto éxito. «Hice todo lo que pude: elegí al peor chalado que encontré».

Después, Austen Heller escribió un artículo sobre Howard Roark y Monadnock Valley. Habló de todos los edificios que Roark había diseñado, y puso por escrito las cosas que Roark había dicho sobre la arquitectura. Pero no eran las habituales palabras serenas de Austen Heller: eran un feroz grito de admiración e indignación: «¡Que Dios nos condene si la grandeza tiene que llegarnos por medio de la estafa!».

El artículo desató una virulenta polémica en los círculos artísticos.

—Howard, eres famoso —dijo Mallory un día, pocos meses después.

—Sí, supongo.

—Las tres cuartas partes de ellos no saben de qué va todo esto, pero han oído a la otra cuarta parte defender tu nombre, y ahora sienten que deben pronunciarlo con respeto. De la cuarta parte que te defiende, cuatro décimas partes son los que te odian; tres décimas partes son los que creen que deben expresar una opinión sobre cualquier controversia; dos décimas partes son los que apuestan sobre seguro y pregonan cualquier «descubrimiento»; y una décima parte son los que entienden. Pero todos se han enterado de repente de que existe un tal Howard Roark y que es arquitecto. El boletín de la Asociación de Arquitectos de Estados Unidos se refiere a ti como un gran talento, aunque indisciplinado, y el Museo del Futuro tiene expuestas fotografías de Monadnock, la casa Enright, el edificio Cord y el Aquitania en una vitrina muy bonita, al lado de la sala donde tienen a Gordon L. Prescott. Y, aun así, me alegro.

Kent Lansing dijo una noche:

—Heller hizo un gran trabajo. ¿Te acuerdas, Howard, de cuando te hablé de la psicología de un *pretzel*? No desprecies al intermediario. Es necesario. Alguien tenía que decírselo. Hacen falta dos personas para labrarse una gran carrera: el hombre con talento y el hombre lo bastante bueno, y más difícil de encontrar, como para ver esa grandeza y decirlo.

Ellsworth Toohey escribió:

> La paradoja de todo este ridículo jaleo es que el señor Caleb Bradley es víctima de una grave injusticia. Su ética está abierta a la censura, pero su estética fue inimpugnable. Mostró más sensatez en materia de mérito arquitectónico que el señor Austen Heller, el anticuado reaccionario que se convirtió de pronto en crítico de arte. El señor Caleb Bradley fue martirizado por el mal gusto de sus arrendatarios. En opinión de este columnista, su sentencia debería conmutarse en reconocimiento de su discernimiento artístico. Monadnock Valley es un fraude, pero no sólo financiero.

Hubo escasas reacciones a la fama de Roark entre los consolidados y pudientes caballeros que hacían ganar dinero a propietarios que no querían ganarlo; era más convincente que las conversaciones abstractas artísticas. Y estaba la décima parte de personas que lo entendían. En el año posterior a Monadnock Valley, Roark construyó dos domicilios privados en Connecticut, un cine en Chicago y un hotel en Filadelfia.

En la primavera de 1936, una ciudad del oeste terminó sus planos para una exposición universal que se iba a celebrar el año siguiente, conocida como «La marcha de los siglos». El comité a cargo del proyecto, compuesto por destacados líderes de la sociedad civil, seleccionó un consejo formado por los mejores arquitectos del país para diseñar la exposición. Querían mostrarse visiblemente progresistas. Howard Roark fue uno de los ocho arquitectos elegidos.

Cuando recibió la invitación, Roark compareció ante el comité y dijo que estaría encantado de diseñar la exposición... él solo.

—Pero no lo dirá en serio, señor Roark —dijo el presidente—. Al fin y al cabo, con un encargo tan magnífico como éste, de esta naturaleza, queremos lo mejor posible. Quiero decir, que es mejor contar con dos cabezas que con una, en fin, con ocho cabezas... Bueno, si usted mismo no lo entiende... Los mejores talentos del país, las figuras de más prestigio, ya sabe, consultarse entre compañeros, la cooperación y la colaboración..., en fin, la manera de conseguir grandes cosas, ya sabe...

—Sí.

—Entonces, entiende...

—Si me quieren a mí, tendrán que dejarme hacerlo todo, yo solo. No trabajo para consejos.

—Si quiere rechazar una oportunidad como ésta, una ocasión histórica, la posibilidad de ganar fama mundial, prácticamente la posibilidad de la inmortalidad...

—No trabajo con colectivos, no consulto, no coopero y no colaboro.

Hubo muchos comentarios airados por la negativa de Roark en los círculos arquitectónicos. La gente decía: «¡Ese cabrón engreído!». La indignación era demasiado intensa y descarnada para no ser más que un cotilleo profesional; cada persona se lo tomaba como un insulto personal, y cada uno se sentía cualificado para alterar, orientar y mejorar el trabajo de cualquier hombre vivo.

«El incidente ilustra a la perfección la naturaleza antisocial de egotismo del señor Howard Roark, la arrogancia del individualismo sin bridas que siempre ha personificado», escribió Ellsworth Toohey.

Entre los ocho seleccionados para diseñar «La marcha de los siglos» estaban Peter Keating, Gordon L. Prescott y Ralston Holcombe. «No voy a trabajar con Howard Roark. Tendrán que elegir: o él o yo», dijo Peter Keating cuando oyó la lista del consejo. Se le informó de que el señor Roark había declinado la oferta. Keating asumió el liderazgo del consejo. Los reportajes de prensa sobre el progreso de la construcción de la feria hablaban de «Peter Keating y sus socios».

Keating había adoptado una actitud cortante e intratable en los últimos años. Daba las órdenes de malas maneras y perdía la paciencia ante la menor dificultad; cuando perdía la paciencia, gritaba a la gente. Su vocabulario de insultos tenía una malicia cáustica, insidiosa, casi femenina. Tenía una expresión huraña.

En otoño de 1936, Roark trasladó su oficina al último piso del edificio Cord. Ya cuando lo diseñó pensó que algún día tendría ahí su oficina. Cuando vio el rótulo —«Howard Roark, arquitecto»— en su nueva puerta, se detuvo un momento, y después entró en la oficina. Su propio despacho, al final de una amplia *suite*, tenía tres paredes de cristal, a gran altura sobre la ciudad. Se paró en mitad del despacho. Por las ventanas podía ver los almacenes Fargo, la casa Enright y el hotel Aquitania. Se acercó a los ventanales y se quedó allí un largo rato. En la punta de Manhattan, a lo lejos, divisaba el edificio Dana, de Henry Cameron.

Una tarde de noviembre, al volver a su despacho después de visitar las obras de una casa en Long Island, Roark entró en la recepción, sacudió su chubasquero empapado y vio la cara de sorprendida excitación de su secretaria, que había estado esperando con impaciencia a que volviera.

—Señor Roark, esto es probablemente muy importante. Le he concertado una cita a las tres de la tarde de mañana, en su despacho.

—¿En el despacho de quién?

—Llamó hace una hora. Del señor Gail Wynand.

2

En un rótulo sobre la entrada, se reproducía la cabecera del periódico:

THE NEW YORK BANNER

Era un rótulo pequeño, una declaración de fama y poder que no necesitaba énfasis, como una fina sonrisa burlona que justificaba la fealdad desnuda del edificio; el edificio era una fábrica que desdeñaba cualquier ornamento, salvo lo que implicaba esa cabecera.

La entrada al vestíbulo parecía la boca de unos altos hornos; los ascensores conducían un torrente de combustible humano y luego lo desparramaban. Los hombres no tenían prisa, pero se movían con una rapidez sumisa: nadie holgazaneaba en ese vestíbulo. Las puertas del ascensor chasqueaban rítmicamente como válvulas palpitantes. Unas gotas de luz roja y verde destellaban en el panel de la pared e indicaban el avance de los ascensores desde lo alto.

Todo en aquel edificio parecía dirigido por unos paneles de control en manos de una autoridad consciente de cada movimiento, como si el edificio fluyese con una energía canalizada y funcionara sin problemas y en silencio; una máquina magnífica que nada podía destruir. Nadie le prestó atención al hombre pelirrojo que se paró un momento en el vestíbulo.

Howard Roark levantó la vista a la bóveda alicatada. Nunca había odiado a nadie, pero en alguna parte de ese edificio estaba su propietario, el hombre que le había hecho sentir lo más parecido al odio.

Gail Wynand miró el pequeño reloj en su escritorio. En unos minutos tenía una reunión con un arquitecto. Pensó que la entrevista no sería difícil; había tenido muchas entrevistas como ésa en su vida. Él sólo tenía que hablar, sabía lo que tenía que decir, y del arquitecto no esperaba recibir más que algunos sonidos afirmativos.

Su mirada volvió del reloj a las pruebas de imprenta en su mesa. Leyó un editorial de Alvah Scarret sobre la gente que daba de comer a las ardillas de Central Park y una columna de Ellsworth Toohey sobre el gran mérito de una exposición de cuadros pintados por los trabajadores del servicio municipal de recogida de basuras. Sonó el interfono de su mesa, y la voz de su secretaria dijo:

—El señor Howard Roark, señor Wynand.

—Muy bien —dijo Wynand, y cortó la comunicación.

Al apartar la mano, se fijó en la fila de botones en el borde de su mesa, pequeños y brillantes, cada uno con su propio código de color, que representaba la terminal de un cable que se extendía hasta alguna parte del edificio; cada cable controlaba a algún hombre, y cada hombre controlaba a muchos otros que estaban a sus órdenes, y cada grupo de hombres contribuía a la forma final de las palabras de un periódico que llegaba a millones de hogares, a millones de cerebros humanos. Esos pequeños botones de plástico de colores estaban bajo sus dedos. Pero no le dio tiempo a recrearse en esos pensamientos: se abrió la puerta de su despacho, y él apartó la mano de los botones.

Wynand no estaba seguro de haberse despistado y de no haberse levantado de inmediato como exigía la cortesía, pero estaba sentado, mirando al hombre que entraba; tal vez se había levantado enseguida y sólo le parecía que había pasado mucho tiempo desde ese movimiento. Roark no estaba seguro de haberse parado cuando entró en el despacho y no haber andado hacia delante, pero estaba parado, mirando al hombre que estaba en la mesa; tal vez no se había detenido en sus pasos y sólo le parecía que se había parado. Hubo un momento en que ambos se olvidaron de los términos de la realidad inmediata, cuando Wynand se olvidó de por qué había convocado a ese hombre, cuando Roark se olvidó de que ese hombre era el marido de Dominique, cuando no existía ninguna puerta, ninguna mesa o alfombra, sino sólo la conciencia total que cada uno experimentaba del hombre que tenía enfrente, sólo dos pensamientos que se encontraban en mitad del despacho: «Éste es Gail Wynand». «Éste es Howard Roark.»

Entonces, Wynand se levantó e hizo un gesto de invitación a tomar asiento a su mesa, y Roark se acercó y se sentó. No se dieron cuenta de que no se habían saludado.

Wynand sonrió y dijo lo que nunca había tenido intención de decir. Sólo dijo:

—No creo que quiera trabajar para mí.

—Quiero trabajar para usted —dijo Roark, que había ido allí preparado para rechazarlo—. ¿Ha visto el tipo de cosas que he construido?

—Sí. —Wynand sonrió—. Esto es diferente. No es para mi público. Es para mí.

—¿Nunca había construido nada para usted?

—No, si no contamos la pecera que mandé hacer en una azotea y esta vieja imprenta de aquí. ¿Podría usted decirme por qué nunca he construido mi propio edificio, cuando tengo los medios para construirme una ciudad entera, si quisiera? Yo no lo sé, pero creo que usted sí.

Se olvidó de que a ninguna persona contratada por él le había permitido la osadía de hacer especulaciones personales sobre él.

—Porque no era feliz —dijo Roark.

Lo dijo con naturalidad, sin insolencia, como si allí no le fuese posible otra cosa más que la total sinceridad. No era el comienzo de la entrevista, sino la mitad: era la continuación de algo que había empezado mucho tiempo atrás. Wynand dijo:

—Aclare eso.

—Creo que lo entiende.

—Quiero oírle explicarlo.

—La mayoría de la gente construye tal como vive: por una cuestión de rutina y azar sin sentido. Sin embargo, pocos entienden que construir es un gran símbolo. Vivimos en nuestra mente, y la existencia es el intento de llevar esa vida a la realidad física, a declararla en un gesto y una forma. Para el hombre que entiende esto, la casa que posee es una declaración de su vida. Si no construye, cuando tiene los medios para hacerlo, es porque su vida no ha sido lo que quería.

—¿No le parece absurdo decir eso precisamente de mí?

—No.

—A mí tampoco —dijo Wynand. Roark sonrió—. Pero usted y yo somos las dos únicas personas que lo dirían. Cualquier parte de ello: que no tenía lo que quería o que yo podría estar entre los pocos de los que se esperaría que entendieran cualquier tipo de gran símbolo. ¿No quiere retractarse de ninguna de las dos cosas?

—No.

—¿Cuántos años tiene?

—Treinta y seis.

—Yo ya era el dueño de la mayoría de mis periódicos cuando tenía treinta y seis años. —Hizo una pausa, y añadió—: No era mi intención hacer ningún comentario personal. No sé por qué lo he dicho. Sólo es que lo he pensado.

—¿Qué quiere que le construya?

—Mi casa.

Wynand sintió que esas dos palabras habían afectado a Roark más allá de cualquier significado normal que pudieran transmitir; lo sintió sin saber por qué, y quiso preguntarle: «¿Qué pasa?», pero no pudo, porque Roark, en realidad, no había mostrado nada.

—Tenía razón en su diagnóstico —dijo Wynand—, porque, mire, ahora sí quiero construir mi propia casa. Ahora no tengo miedo a darle una forma visible a mi vida. Si quiere que lo diga directamente, como usted, ahora soy feliz.

—¿Qué tipo de casa?

—En el campo. He comprado el terreno. Una finca en Connecticut, de doscientas hectáreas. ¿Qué tipo de casa...? Eso lo decidirá usted.

—¿Me eligió la señora Wynand para el trabajo?

—No. La señora Wynand no sabe nada de esto. Fui yo el que quería irse a vivir fuera de la ciudad, y ella estuvo de acuerdo. Le pedí que seleccionara al arquitecto: el nombre de soltera de mi esposa es Dominique Francon, y antes escribía sobre arquitectura, pero prefirió dejar que eligiera yo. ¿Quiere saber por qué lo he elegido a usted? Tardé mucho tiempo en decidirme. Me sentía bastante perdido, al principio. Nunca había oído hablar de usted. No conozco a ningún arquitecto, lo digo en serio, y no me olvido de los años que pasé en el sector inmobiliario, las cosas que he construido y a los imbéciles que me las construyeron. Esto no es otro Stoneridge, esto es... ¿cómo lo ha llamado...? Una declaración de mi vida. Entonces vi Monadnock. Fue lo primero que me hizo recordar su nombre. Pero después me sometí a un largo período de prueba. Recorrí el país y observé las casas, los hoteles y toda clase de edificios. Cada vez que veía uno que me gustaba y preguntaba quién lo había diseñado, la respuesta siempre era la misma: Howard Roark. Así que lo llamé. —Y al instante, añadió—: ¿Tengo que decir lo mucho que admiro su trabajo?

—Gracias —dijo Roark, y cerró los ojos un segundo.

—¿Sabe? No quería conocerlo.

—¿Por qué?

—¿Ha oído hablar de mi galería de arte?

—Sí.

—Nunca conozco a los hombres cuyo trabajo admiro. Su trabajo significa demasiado para mí. No quiero que los hombres lo estropeen. Normalmente, lo hacen. Son el anticlímax de su propio talento. Usted no. No me importa hablar con usted. Le he dicho esto sólo porque quiero que sepa que respeto muy pocas cosas en la vida, pero sí las que están en mi galería, y sus edificios, y la capacidad del hombre para producir un trabajo como eése. Quizá es la única religión que he tenido en mi vida. —Se encogió de hombros—. Creo que he destruido, pervertido y corrompido todo lo que existe. Pero nunca he tocado eso. ¿Por qué me mira así?

—Lo siento. Por favor, hábleme de la casa que quiere.

—Quiero que sea un palacio, sólo que no creo que lo que llaman palacios sean muy lujosos. Son demasiado grandes, promiscuamente públicos. El verdadero lujo es una casa pequeña. Una residencia sólo para dos personas: para mí mujer y para mí. No será necesario que haya espacio para una familia, no tenemos intención de tener hijos. Ni para las visitas, no tenemos intención de invitar a nadie. Salón de estar, comedor, biblioteca, dos estudios y un dormitorio. Los cuartos del servicio y el garaje. Ésa es la idea general, le daré los detalles más tarde. El coste, el que usted necesite. Y el aspecto de la casa... —Se encogió de hombros y sonrió—. He visto sus edificios. El que quiera decirle cómo debería ser una casa tendría que poder diseñarla o callarse. Sólo diré que quiero que mi casa tenga el carácter de Roark.

—¿Qué es eso?

—Creo que lo entiende.

—Quiero oírle explicarlo.

—Creo que algunos edificios son un alardeo barato, todo fachada, que otros son cobardes, que se disculpan por cada ladrillo, y que otros son unos eternos ineptos: adefesios malignos y falsos. Sus edificios transmiten una sensación por encima de todas: el gozo. No un gozo plácido. Un tipo de gozo difícil, exigente. El tipo de gozo que uno siente como una especie de logro al experimentarlo. Uno lo mira y piensa: «Poder sentir esto me hace mejor como persona».

Roark dijo muy despacio, y no con tono de respuesta:

—Supongo que era inevitable.

—¿El qué?

—Que usted lo viera.

—¿Por qué lo dice como si... lamentara que yo pueda verlo?

—No lo lamento.

—Escuche: no me las tenga en cuenta, las cosas que he construido antes.

—No lo hago.

—Son todos esos Stoneridges y hoteles Noyes-Belmont y los periódicos de Wynand los que me han permitido decidir tener una casa construida por usted. ¿No es ese un lujo que valga la pena conseguir? ¿Importa el cómo? Eran los medios. Usted es el fin.

—No tiene que justificarse ante mí.

—No me estaba jus... Sí, creo que sí lo estaba haciendo.

—No es necesario. No estaba pensando en lo que ha mandado construir.

—¿Qué estaba pensando?

—Que estoy indefenso ante cualquiera que vea lo que usted vio en mis edificios.

—¿Siente que debe defenderse de mí?

—No, sólo que por norma no siento indefensión.

—Yo tampoco tiendo a justificarme, tampoco. Entonces..., todo bien, ¿no?

—Sí.

—Tengo que decirle muchas más cosas sobre la casa que quiero. Supongo que un arquitecto es como un padre confesor: debe saberlo todo de las personas que van a vivir en su casa, ya que lo que les da es más personal que su ropa o su comida. Por favor, entiéndalo en ese sentido, y perdóneme si nota que esto es difícil para mí, porque nunca me he confesado. Verá, quiero esta casa porque estoy desesperadamente enamorado de mi mujer... ¿Qué ocurre? ¿Le parece una afirmación innecesaria?

—No, continúe.

—No soporto ver a mi mujer entre otra gente. No son celos, es mucho más que eso, y mucho peor. No soporto verla paseando por las calles de una ciudad. No puedo compartirla, ni siquiera con las tiendas, los cines, los taxis o las aceras. Tengo que llevármela. Debo ponerla fuera de alcance, donde nadie pueda tocarla, en ningún sentido. Esta casa será una fortaleza, y mi arquitecto será mi guardián.

Roark lo miró fijamente. Tenía que seguir mirando a Wynand para poder seguir escuchando. Wynand advirtió ese esfuerzo en su mirada: no la identificó como un esfuerzo, sino como fortaleza. Él mismo sentía un apoyo en esa mirada, porque le parecía que no había nada difícil de confesar.

—Esta casa va a ser una prisión. Bueno, no exactamente. Un tesoro, una cámara acorazada para guardar cosas demasiado valiosas para que estén a la vista. Pero debe ser algo más. Debe ser un mundo aparte, tan bello que nunca echemos de menos el que hemos abandonado. Una prisión que lo es sólo por el poder de su propia perfección. Nada de barrotes y murallas: sólo su talento, erigido como un muro entre nosotros y el mundo. Eso es lo que quiero de usted. Y más. ¿Alguna vez ha construido un templo?

Por un momento, Roark no se vio con fuerzas para responder, pero vio que era una pregunta sincera: Wynand no lo sabía.

—Sí —dijo Roark.

—Entonces piense en este encargo como si fuese el de un templo. Un templo a Dominique Wynand... Quiero que la conozca antes de diseñarlo.

—Conocí a la señora Wynand hace unos años.

—¿Sí? Entonces lo entenderá.

—Sí.

Wynand vio la mano de Roark posada en el borde de la mesa, con sus largos dedos pegados al cristal, junto a las pruebas del *Banner*, dobladas sin cuidado. Vio el encabezado de «Una vocecita» en la cara interior del pliego. Miró la mano de Roark. Pensó que le gustaría hacerse un pisapapeles de bronce como esa mano y en lo bonito que quedaría en su mesa.

—Ahora ya sabe lo que quiero. Adelante. Empiece cuanto antes. Deje todo lo demás que esté haciendo. Le pagaré lo que quiera. Quiero tener esa casa para el verano... Oh, discúlpeme. Demasiado trato con malos arquitectos. No le he preguntado si quiere hacerlo.

La mano de Roark se movió primero: la apartó de la mesa.

—Sí, lo haré.

Wynand vio las huellas que dejaron sus dedos en el cristal, muy marcadas, como si su piel hubiese hecho ranuras en la superficie y las hubiese llenado de agua.

—¿Cuánto tiempo necesitará? —preguntó Wynand.

—La tendrá para julio.

—Naturalmente, tendrá que ver el sitio. Quiero enseñárselo yo mismo. ¿Le parece si vamos en mi coche mañana por la mañana?

—Como quiera.

—Esté aquí a las nueve.

—De acuerdo.

—¿Quiere que le redacte un contrato? No tengo ni idea de cómo prefiere trabajar. Por norma, antes de cerrar un acuerdo con una persona sobre cualquier tema, me preocupo de saberlo todo sobre ella, desde el día que nació e incluso antes. Nunca he buscado nada sobre usted. Se me olvidó sin más. No me pareció necesario.

—Puedo responderle cualquier pregunta que desee.

Wynand sonrió y negó con la cabeza.

—No. No necesito preguntarle nada. Salvo los pormenores del trabajo.

—Nunca pongo condiciones, salvo una: si acepta los bocetos preliminares de la casa, se construirá tal como la he diseñado, sin ninguna modificación de ningún tipo.

—Desde luego. Sin problema. Ya me han dicho que usted no trabaja de otra forma. Pero ¿no le importará que no le dé ninguna publicidad? Sé que lo ayudaría en lo profesional, pero no quiero que este edificio salga en los periódicos.

—No me importará.

—¿Me promete que no filtrará fotos para que se publiquen?

—Se lo prometo.

—Gracias. Se lo compensaré. Puede considerar los periódicos de Wynand como su servicio de prensa personal. Le daré toda la publicidad que desee a cualquier otro de sus trabajos.

—No quiero ninguna publicidad.

Wynand se rio a carcajadas.

—¡Qué cosas dice y en qué lugar! No creo que tenga la menor idea de cómo se habrían comportado sus colegas arquitectos en esta entrevista. Lo cierto es que no creo que haya sido consciente en ningún momento de que estaba hablando con Gail Wynand.

—Sí lo he sido.

—Ésa ha sido mi forma de darle las gracias. No siempre me gusta ser Gail Wynand.

—Lo sé.

—Voy a cambiar de opinión y le voy a hacer una pregunta personal. Ha dicho que respondería cualquier cosa.

—Así es.

—¿Siempre le ha gustado ser Howard Roark?

Roark sonrió. Era una sonrisa divertida, asombrada e involuntariamente despectiva.

—Ya me ha respondido —dijo Wynand.

Después se levantó, y dijo:

—Mañana a las nueve de la mañana. —Y le tendió la mano.

Cuando Roark se hubo marchado, Wynand se quedó sentado a la mesa, sonriente. Alargó la mano a uno de los botones de plástico y se paró. Se dio cuenta de que tenía que adoptar una actitud distinta, la habitual, y que no podía hablar como lo había hecho en la última media hora. Después entendió lo que le había extrañado de la entrevista: por primera vez en su vida, había hablado con un hombre sin sentir la renuencia, la presión o la necesidad de disimular que siempre había experimentado al hablar con la gente; no había tensión ni la necesitaba; era como si hablara consigo mismo.

Pulsó el botón y le dijo a su secretaria:

—Dígales a los del archivo que me manden todo lo que tengan sobre Howard Roark.

—A que no sabes qué —dijo Alvah Scarret, con una voz que imploraba que le implorasen esa información.

Ellsworth Toohey agitó una mano, con un gesto impaciente para quitárselo de encima, sin levantar los ojos de la mesa.

—Vete, Alvah, estoy ocupado.

—No, pero esto te interesa, Ellsworth. De verdad que te interesa. Sé que vas a querer saberlo.

Toohey levantó la cabeza y lo miró. La débil contracción de hastío en el rabillo de sus ojos le daba a entender a Scarret que aquel momento de atención era un favor, y arrastró las palabras para recalcar su paciencia:

—Está bien. ¿Qué pasa?

Scarret no vio nada ofensivo en los gestos de Toohey. Éste lo había tratado igual durante el último año y medio o más. Scarret no notó el cambio, era demasiado tarde para ofenderse, porque se había vuelto normal entre ambos.

Scarret sonrió como un listo discípulo que espera que el profesor lo alabe por descubrir un error en su propio libro de texto.

—Ellsworth, te está fallando tu FBI privado.

—¿De qué estás hablando?

—Seguro que no sabes en qué anda Gail, y tú siempre te preocupas mucho de mantenerte informado.

—¿Qué es lo que no sé?

—¿A que no sabes quién ha estado hoy en su despacho?

—Querido Alvah, no tengo tiempo para acertijos.

—No lo adivinarías ni en mil años.

—Muy bien, puesto que la única manera de librarme de ti es hacer de títere en tu vodevil, te haré la correspondiente pregunta: ¿quién ha estado hoy en el despacho de Gail?

—Howard Roark.

Toohey levantó la cara del todo y lo miró; se olvidó de dosificar su atención, y dijo incrédulo:

—¡No!

—¡Sí! —dijo Scarret, orgulloso del impacto.

—¡Vaya! —dijo Toohey, y después estalló en carcajadas.

Scarret se rio a medias, tanteando, desorientado, ansioso por unirse, pero no muy seguro de cuál era el motivo de la risa.

—Sí, es gracioso. Pero... ¿por qué, exactamente, Ellsworth?

—Ay, Alvah, ¡necesitaría tanto tiempo para contártelo!

—Tenía la impresión de que podría...

—¿No tienes ningún sentido de la espectacularidad, Alvah? ¿No te gustan los fuegos artificiales? Si quieres saber a qué atenerte, sólo piensa que las peores guerras son las guerras religiosas entre sectas de la misma religión o las guerras civiles entre hermanos de la misma raza.

—No termino de seguirte...

—Oh, querido. Tengo tantos seguidores. Me los sacudo del pelo.

—Bueno, me alegra que te ponga tan contento, pero a mí me pareció malo.

—Claro que es malo, pero no para nosotros.

—Pero, a ver: tú sabes cómo hemos metido la pata, y tú en especial, acerca de que este tal Roark es el peor arquitecto de la ciudad, y ahora nuestro propio jefe lo contrata. ¿No va a resultar embarazoso?

—Ah, ¿eso...? Ah, quizá...

—Bueno, me alegra que lo veas así.

—¿Qué hacía en el despacho de Wynand? ¿Es un encargo?

—Eso es lo que no sé. No he podido averiguarlo. Nadie lo sabe.

—¿Has oído algo últimamente acerca de que el señor Wynand esté planeando construir algo?

—No, ¿y tú?

—No. Supongo que mi FBI, en efecto, está fallando. Bueno, uno lo hace lo mejor que puede.

—Pero ¿sabes, Ellsworth? Se me ha ocurrido una idea. Se me ha ocurrido una idea por la que esto nos podría venir muy bien, en realidad.

—¿Qué idea?

—Ellsworth: Gail ha estado imposible, últimamente.

Scarret lo pronunció con solemnidad, con el aire de quien está anunciando un descubrimiento. Toohey se incorporó con una media sonrisa.

—Bueno —prosiguió Scarret—, por supuesto, tú lo predijiste, Ellsworth. Tenías razón. Siempre tienes razón. Pero ni por asomo se me ocurre qué le está pasando exactamente, si es Dominique o algún tipo de cambio en su vida, o qué, pero algo le pasa. ¿Por qué le dan esos arrebatos y se pone a leer cada maldita frase de cada maldita edición y arma un escándalo por la cosa más tonta? Se ha cargado tres de mis mejores editoriales hace poco, y nunca me lo había hecho. Nunca. ¿Sabes lo que me dijo? «La maternidad es maravillosa, Alvah, pero, por el amor de Dios, no te pases con las bobadas. Incluso la depravación intelectual tiene un límite.» ¿Qué depravación? Fue el editorial por el Día de la Madre más dulce que jamás haya hecho. Sinceramente, me emocionó a mí mismo. ¿Desde cuándo ha aprendido a hablar sobre depravación? El otro día, llamó intelectual de pacotilla a Jules Fougler, en toda su cara, y tiró su artículo dominical a la papelera. Era una pieza magnífica, también, sobre el Teatro de los Obreros. ¡Jules Fougler, nuestro mejor escritor! No me extraña que a Gail no le quede ni un solo amigo. Si ya lo odiaban a muerte, ¡tendrías que oírlos ahora!

—Los he oído.

—Está perdiendo pie, Ellsworth. No sé qué haría yo si no fuese por ti y por el estupendo grupo de gente que cogiste. Son prácticamente los únicos que trabajan en nuestra plantilla, esos muchachos tuyos, y no esas viejas vacas sagradas que ya se están quitando de en medio con lo que escriben. Esos brillantes jóvenes serán los que mantengan activo el *Banner*. Pero, Gail... Mira: la semana pasada despidió a Dwight Carson. Pues bien: creo que fue significativo. Por supuesto que Dwight era un lastre y un maldito incordio, pero fue uno de los primeros favoritos de Gail, de aquellos que le vendieron su alma. Así que, en cierto modo, ya ves, me gustaba que Dwight anduviera por aquí, todo estaba en orden, si estaba sano. Era una reliquia de la mejor época de Gail. Siempre dije que era la válvula de seguridad de Gail. Y cuando de repente tiró a Carson... No me gustó, Ellsworth. No me gustó nada.

—¿Qué pasa, Alvah? ¿Me estás contando cosas que no sé, o sólo me lo cuentas para soltar todos esos gases, y disculpa mi mezcla metafórica?

—Supongo. No me gusta meterme con Gail, pero llevo tanto tiempo enfadado que estoy para que me aten. Pero a lo que voy es: este Howard Roark, ¿qué piensas tú?

—Podría escribir un libro entero sobre ello, Alvah. Pero no me parece que éste sea el momento más oportuno para ese proyecto.

—No, lo que quiero decir es: ¿qué sabemos de él? Es un maniático, un bicho raro y un estúpido, de acuerdo, pero ¿qué más? No es uno de esos idiotas al que le puedas hacer ceder con amor, con dinero o con un cañón de dieciséis pulgadas. Es peor que Dwight Carson, peor que todos los favoritos de Gail juntos. ¿Qué? ¿Entiendes a qué me refiero? ¿Qué va a hacer Gail al encontrarse con un hombre de ese tipo?

—Una de varias cosas posibles.

—Una cosa sólo..., si es que conozco a Gail, y sí lo conozco. Por eso siento más o menos esperanza. Esto es lo que necesitaba desde hacía tiempo. Un trago de su antiguo jarabe. La válvula de seguridad. Se empeñará en partirle el espinazo a ese tipo, y eso le irá bien a Gail. Lo mejor del mundo. Lo devolverá a la normalidad... Ésa era mi idea, Ellsworth.

Esperó, y al no verse acompañado por ningún entusiasmo en la cara de Toohey, terminó diciendo, inseguro:

—Bueno, podría equivocarme... No lo sé... Quizá no signifique nada... Sólo pensé que era cosa de psicología...

—Es lo que era, Alvah.

—Entonces ¿crees que será así?

—Puede. O quizá sea mucho peor que cualquier cosa que hayas imaginado. Pero eso ya no tiene importancia para nosotros. Porque, mira, Alvah, en lo que atañe al *Banner*, si se llegara a un enfrentamiento entre nosotros y nuestro jefe, ya no tendremos que temer al señor Gail Wynand.

Cuando entró el muchacho de los archivos con un grueso sobre de recortes, Wynand levantó la vista de la mesa y dijo:

—¿Tanto? No sabía que era famoso.

—Bueno, es del juicio de Stoddard, señor Wynand.

El muchacho se paró. No pasaba nada: sólo las arrugas en la frente de Wynand, y no conocía tanto a Wynand como para saber qué significaban. Se preguntó qué le hacía sentir que debiera asustarse. Al cabo de un momento, Wynand dijo:

—Está bien. Gracias.

El joven dejó el sobre en la superficie de cristal de la mesa y se fue.

Wynand se quedó mirando aquel montón abultado de papel amarillento. Lo vio reflejado en el cristal, como si el bulto hubiese roído la superficie y echado raíces en la mesa. Miró las paredes de su despacho y se preguntó si tendrían algún poder que lo salvara de abrir aquel sobre.

Entonces se irguió con los antebrazos rectos y alineados al borde de la mesa, juntó sus dedos estirados, miró a la mesa por encima de la nariz y se quedó quieto un momento: serio, orgulloso y sereno, como la momia angulosa de un faraón. Después movió una mano, alcanzó el sobre, lo abrió y empezó a leer.

«Sacrilegio», de Ellsworth Toohey; «Las iglesias de nuestros hijos», de Alvah Scarret; editoriales, sermones, discursos, declaraciones, cartas al director, el *Banner* desatado y a pleno rendimiento, fotografías, viñetas, entrevistas, resoluciones de protesta, más cartas al director.

Leyó cada palabra metódicamente, con las manos en el borde de la mesa y los dedos unidos, sin levantar los recortes, sin tocarlos, leyéndolos tal como estaban apilados, y sólo movía una mano para apartar un recorte y leer el que había debajo. De manera mecánica, perfectamente sincronizada, sus dedos se levantaban cuando sus ojos leían la última palabra, sin permitir que el recorte estuviera a la vista un segundo más de lo necesario. Pero se detuvo un largo rato a mirar las fotografías del templo Stoddard. Se detuvo aún más a observar una de las fotografías de Roark, la fotografía de la exaltación titulada al pie: «¿Satisfecho, don Superhombre?». La arrancó del reportaje que ilustraba y la guardó en el cajón de su mesa. Después siguió leyendo.

El juicio, el testimonio de Ellsworth M. Toohey, el de Peter Keating, el de Ralston Holcombe, el de Gordon L. Prescott y ninguna cita del testimonio de Dominique Francon: sólo se dejaba constancia de él. «La defensa ha concluido.» Unas breves menciones en «Una vocecita» y un largo intervalo: la fecha del siguiente recorte era de tres años más tarde, sobre Monadnock Valley.

Era tarde cuando acabó de leer. Sus secretarias se habían ido. Sintió el vacío de las salas y los pasillos a su alrededor, pero oía el ruido de las rotativas: una vibración lenta y estrepitosa que atravesaba todas las habitaciones. Siempre le había gustado: era el sonido del corazón del edificio, sus latidos. Estaban imprimiendo el *Banner* del día siguiente. Se quedó sentado e inmóvil un largo rato.

3

Roark y Wynand estaban de pie en lo alto de una colina, contemplando la tierra que se extendía formando una ladera en su largo y gradual descenso en curva. Los árboles desnudos se erguían en la cima y bajaban hasta la orilla de un lago; las ramas cortaban el aire en formas geométricas. El color del cielo, un delicado y claro azul verdoso, hacía el aire más frío. El frío lavaba los colores de la tierra, y revelaba que no eran colores, sino los elementos del que surgiría el color: el marrón sin vida no era sólo marrón, sino un futuro verde; el púrpura deslucido, una obertura al rojo vivo; el gris, un preludio al dorado. La tierra era como el bosquejo de una gran historia, como el armazón de acero de un edificio que se iba a rellenar y terminar, que encerraba todo el esplendor del futuro en una simplificación desnuda.

—¿Dónde le parece que debería estar la casa? —preguntó Wynand.

—Aquí —dijo Roark.

—Deseaba que eligiese este lugar.

Wynand había ido conduciendo su coche desde la ciudad, y pasearon durante dos horas por los senderos de su nueva finca, a través de carreteras desiertas y de un bosque, hasta pasar el lago y llegar a la colina. Ahora Wynand estaba esperando, mientras Roark observaba el campo que se extendía a sus pies. Wynand se preguntó qué riendas estaba cogiendo aquel hombre desde todos los puntos del paisaje.

Cuando Roark se volvió hacia él, Wynand preguntó:

—¿Le puedo hablar ya?

—Sí, cómo no —dijo Roark sonriendo por aquella deferencia que no había pedido.

La voz de Wynand sonaba más clara y quebradiza, como el color del cielo sobre ellos, con el mismo resplandor verde menta:

—¿Por qué ha aceptado este encargo?

—Porque soy un arquitecto que vive de sus contratos.

—Ya sabe a qué me refiero.

—No estoy seguro.

—¿No me odia a muerte?

—No. ¿Por qué debería?

—¿Quiere que lo diga yo primero?

—¿El qué?

—El templo Stoddard.

Roark sonrió.

—Así que desde ayer ya ha hecho sus averiguaciones sobre mí.

—Leí lo que hemos publicado nosotros.

Esperó, pero Roark no dijo nada.

—Todo. —Su voz, áspera, era a medias un desafío y un ruego—. Todo lo que dijimos sobre usted.

La calma en la cara de Roark lo estaba poniendo furioso. Continuó, hablando despacio, dándole a cada palabra todo su valor:

—Lo llamamos idiota incompetente, novato, charlatán, estafador, ególatra...

—Deje de torturarse a sí mismo.

Wynand cerró los ojos, como si Roark le hubiese dado una bofetada. Un momento después, dijo:

—Señor Roark, usted no me conoce muy bien. Así que debería saber esto: yo no me disculpo. Nunca me he disculpado por ninguno de mis actos.

—¿Qué le hace pensar en una disculpa? No se la he pedido.

—Defiendo cada uno de esos calificativos. Defiendo cada palabra impresa en el *Banner*.

—No le he pedido que reniegue de ellas.

—Sé lo que piensa. Usted se dio cuenta ayer de que yo no sabía lo del templo Stoddard, que había olvidado el nombre del arquitecto. Y llegó a la conclusión de que no fui yo quien dirigió esa campaña contra usted. Y es verdad: no fui yo, yo estaba fuera en aquel momento. Pero no entiende que la campaña seguía el espíritu correcto y adecuado del *Banner*. Se hizo estrictamente conforme al objeto del *Banner*. El único responsable soy yo. Alvah Scarret sólo hizo lo que yo le había enseñado. Si hubiese estado en la ciudad, habría hecho lo mismo.

—Está en su derecho.

—¿No se cree que lo habría hecho?

—No.

—No le he pedido cumplidos ni piedad.

—No puedo hacer lo que me está pidiendo.

—¿Qué cree que le estoy pidiendo?

—Esa bofetada.

—¿Por qué no?

—No puedo fingir una rabia que no siento —dijo Roark—. No es piedad. Es mucho más cruel que cualquier cosa que pueda hacer. Sólo que no lo hago para ser cruel. Si le diera una bofetada, me perdonaría por el templo Stoddard.

—¿Es usted el que debe buscar el perdón?

—No. Usted querría que sí. Sabe que hay un acto de perdón por medio. Pero no tiene claros los actores. Desearía que le perdonase, o que le exigiera un pago, que es lo mismo, y usted creería que eso cerraría el expediente. Pero, mire, no tengo nada que ver con eso. No soy uno de los actores. No importa lo que haga o qué me haga sentir ahora. Usted no está pensando en mí. No puedo ayudarlo. No soy la persona a la que teme en este momento.

—¿Quién es?

—Usted mismo.

—¿Quién le ha dado derecho a decir todo esto?

—Usted.

—Bien, siga.

—¿Quiere oír el resto?

—Siga.

—Creo que le duele saber que me ha hecho sufrir. Querría no haberlo hecho. Y, sin embargo, hay algo que le asusta aún más. Saber que no he sufrido en absoluto.

—Siga.

—Saber que no soy amable ni generoso, sólo indiferente. Le asusta, porque sabe que las cosas como el templo Stoddard siempre exigen un pago, y ve que no estoy pagando por ello. Le asombra que yo aceptara el encargo. ¿Cree que hace falta valentía para aceptarlo? Usted necesitó mucho más valor para contratarme. Ya ve: eso es lo que pienso del templo Stoddard. Yo lo he superado. Usted no.

Wynand abrió las manos, con las palmas hacia fuera. Sus hombros se hundieron, aflojados. Dijo sin más:

—De acuerdo. Es verdad. Todo.

Entonces se puso recto, con una especie de resignación tranquila, como si su cuerpo se volviese vulnerable a propósito.

—Esperaba que me diera una paliza a su manera —dijo.

—Sí, y usted la ha aceptado. Así que ha conseguido lo que quería. ¿Podemos decir que estamos en paz y olvidarnos del templo Stoddard?

—O usted es muy sabio o yo soy muy evidente. El mérito es suyo, en ambos casos. Nadie me había hecho parecer evidente nunca.

—¿Sigo haciendo lo que quiere?

—¿Qué cree que quiero ahora?

—Un reconocimiento personal por mi parte. Es mi turno de ceder, ¿no?

—Usted es terriblemente sincero, ¿no?

—¿Por qué no iba a serlo? No puedo reconocerle haberme hecho sufrir. Pero a cambio se conformará con haberme causado placer, ¿verdad? De acuerdo, entonces. Me alegra caerle bien. Creo que es consciente de que para mí esto es una excepción, como lo es para usted aceptar una paliza. Normalmente, no me importa caer bien o no. Esta vez sí me importa. Y me alegro.

Wynand soltó una carcajada.

—Es usted tan inocente y presuntuoso como un emperador. Al conferir honores, sólo se está exaltando a sí mismo. ¿Qué demonios le hace pensar que usted me cae bien?

—Ahora no quiere que le explique eso. Antes me reprochó haberle hecho parecer evidente.

Wynand se sentó en el tronco de un árbol caído. No dijo nada, pero su movimiento fue una invitación y una exigencia. Roark se sentó a su lado. El rostro de Roark estaba sereno, pero persistía el rastro de una sonrisa, divertida y vigilante, como si cada palabra que oía no fuese una revelación, sino una confirmación.

—Usted viene de no tener nada, ¿verdad? —preguntó Wynand—. Viene de una familia pobre.

—Sí. ¿Cómo lo ha sabido?

—Porque parece una osadía pensar en regalarle nada: un cumplido, una idea o una fortuna. Yo también empecé desde abajo. ¿Qué hacía su padre?

—Era pudelador.

—El mío era estibador. ¿Hizo toda clase de trabajos raros cuando era pequeño?

—De todo tipo. La mayoría en la construcción.

—Lo mío fue peor. Hice prácticamente todo. ¿Qué trabajo le gustaba más?

—El de remachador en los armazones de acero.

—A mí me gustaba ser limpiabotas en el transbordador del Hudson. Tendría que haberlo odiado, pero no. No recuerdo a la gente. Recuerdo la ciudad. La ciudad, siempre ahí, en la costa, extendida, esperando, como si estuviese unido a ella por una goma. La goma se estiraba y me llevaba lejos, a la otra orilla, pero siempre se contraía y me llevaba de vuelta. Me daba la sensación de que nunca había escapado de esa ciudad, y de que ella nunca escaparía de mí.

Roark supo que Wynand hablaba rara vez de su infancia por el tono de sus palabras; eran brillantes y vacilantes, y no estaban deslucidas por el uso, como las monedas que no habían pasado por muchas manos.

—Pero ¿alguna vez llegó a vivir en la calle y a pasar hambre? —preguntó Wynand.

—Algunas veces.

—¿Le importaba?

—No.

—A mí tampoco. Me preocupaba otra cosa. ¿Quería gritar, cuando era niño, al no ver más que la bruta ineptitud que lo rodeaba, y saber las muchas cosas que se podían hacer, y hacerse bien, pero no tener el poder para hacerlas? ¿Al no tener poder para aplastar esos cráneos vacíos a su alrededor? ¡Al tener que recibir órdenes, que ya es bastante malo, pero, además, órdenes de gente inferior a uno! ¿Lo ha sentido?

—Sí.

—¿Se tragaba otra vez la ira, y la guardaba, y decidió dejarse despedazar, si era necesario, pero consciente de que llegaría el día en que mandaría sobre esas personas y todo a su alrededor?

—No.

—¿No? ¿Se ha permitido olvidarlo?

—No —respondió Roark—. Odio la incompetencia. Creo que es probablemente la única cosa que odio de verdad. Pero eso no me hace querer mandar sobre la gente, ni enseñarle nada. Me hizo querer trabajar a mi propia manera y dejarme despedazar si era necesario.

—¿Y lo hicieron?

—No. No de ninguna manera importante.

—¿No le importa echar la vista atrás? ¿A nada?

—No.

—A mí sí. Hubo una noche... Me dieron una paliza y me arrastré hasta una puerta. Recuerdo la acera, justo en mis narices, aún puedo verla, las vetas y los puntos blancos. Tenía que cerciorarme de que la acera se movía, porque yo no podía sentir si me estaba moviendo o no, pero lo sabía por la acera, tenía que ver si esas vetas y esos puntos cambiaban, y tenía que llegar a los siguientes o a la siguiente grieta, me llevó mucho tiempo, y supe que era sangre lo que salía de mi estómago.

Su voz ya no sonaba autocompasiva. Era natural, impersonal, con un ligero tono de asombro.

—Me gustaría ayudarlo —dijo Roark.

Wynand sonrió lentamente, sin alegría.

—Creo que podría. Incluso creo que sería adecuado. Hace dos días habría asesinado a cualquiera que hubiese pensado que había que ayudarme... Usted sabe, por supuesto, que esa noche no es lo que odio de mi pasado. No es lo que me da miedo al mirar atrás. Eso fue lo menos desagradable que pude contar. De lo demás no se puede hablar.

—Lo sé. Me refería a las demás cosas.

—¿Cuáles son? Nómbrelas usted.

—El templo Stoddard.

—¿Quiere ayudarme con eso?

—Sí.

—Es usted un maldito idiota. ¿No se da cuenta...?

—¿No se da cuenta usted de que ya lo estoy haciendo?

—¿Cómo?

—Al construirle esa casa.

Roark vio las arrugas oblicuas en la frente de Wynand, y que sus ojos parecían más blancos de lo normal, como si el azul del iris hubiese menguado y sólo quedasen dos óvalos blancos y luminosos en su cara. Wynand dijo:

—Y al recibir un buen cheque por ello.

Vio la sonrisa de Roark, reprimida antes de aparecer del todo. La sonrisa habría dicho que aquel repentino insulto era una claudicación, más elocuente que las palabras de confianza en sí mismo; que hubiera reprimido la sonrisa decía que Roark no le iba a ayudar en ese momento concreto.

—Claro, por supuesto —dijo Roark tranquilamente.

Wynand se levantó.

—Vamos —dijo—. Estamos perdiendo el tiempo. Tengo cosas más importantes que hacer en la oficina.

No hablaron durante el camino de vuelta a la ciudad. Wynand condujo a ciento cuarenta kilómetros por hora. La velocidad generaba dos muros sólidos de movimiento borroso a ambos lados de la carretera, como si volasen por un pasillo largo, cerrado y silencioso.

Paró delante del edificio Cord y esperó a que Roark saliera. Dijo:

—Puede volver usted al lugar las veces que quiera, señor Roark. No tengo que ir con usted. Puede pedirle a mi oficina los mapas y toda la información que desee. Por favor, no me llame hasta que no sea necesario. Voy a estar muy ocupado. Avíseme cuando estén listos los primeros bocetos.

Cuando los primeros bocetos estuvieron listos, Roark llamó por teléfono al despacho de Wynand. Hacía un mes que no hablaba con él.

—Un momento, no cuelgue, por favor —dijo la secretaria de Wynand.

Esperó. La voz de la secretaria volvió y le informó de que el señor Wynand quería que le mandara los dibujos al despacho esa tarde, y ella le concertó una cita. Wynand no se puso al teléfono.

Cuando Roark entró en el despacho, Wynand dijo:

—¿Cómo está, señor Roark? —lo dijo con un tono cordial y formal. En su cara inexpresiva y cortés no quedaba ningún vestigio de intimidad.

Roark le entregó los planos de la casa y un gran dibujo en perspectiva. Wynand estudió cada pliego. Sostuvo el dibujo un largo rato. Después levantó la vista.

—Estoy muy impresionado, señor Roark. —Había una ofensiva corrección en su voz—. Me impresionó mucho desde el principio. Lo he estado pensando, y quiero hacer un trato especial con usted.

Su mirada se dirigió a Roark con un suave énfasis, casi con ternura, como si quisiese tratar a Roark con cautela, reservarlo intacto para un propósito propio.

Levantó el dibujo y lo sostuvo con dos dedos, dejando que toda la luz le diera de lleno; la lámina blanca brilló por un instante como un foco reflector que explicitaba los trazos negros a lápiz.

—¿Quiere ver construida esta casa? ¿Lo quiere de verdad? —preguntó Wynand con suavidad.

—Sí.

Wynand no movió la mano, sólo separó los dedos y dejó que la cartulina cayera bocabajo sobre la mesa.

—Se construirá, señor Roark. Tal como la ha diseñado. Como este boceto, tal cual. Con una condición.

Roark se echó hacia atrás en su asiento, con las manos en los bolsillos, esperando con atención.

—¿No quiere preguntarme qué condición, señor Roark? Muy bien, se lo diré. Aceptaré esta casa con la condición de que usted acepte el trato que le propongo. Quiero firmar un contrato según el cual usted sea el único arquitecto para cualquier edificio que me proponga construir en el futuro. Como podrá entender, no es cualquier encargo. Me atrevo a decir que tengo en mi poder más trabajos de construcción que cualquier otra persona en el país. Todos en su profesión han querido hacerse famosos como arquitectos exclusivos míos. Se lo estoy ofreciendo a usted. A cambio, tendrá que someterse a ciertas condiciones. Antes de mencionarlas, me gustaría señalar algunas consecuencias, en caso de que se niegue. El poder que yo tengo puede actuar de dos formas. Para mí sería fácil hacer que no hubiese ningún encargo para usted en ninguna parte del país. Usted cuenta con algunos admiradores, pero ningún posible cliente puede soportar el tipo de presión que estoy en condiciones de ejercer. Usted ya ha pasado por períodos improductivos en su vida. No fueron nada comparados con el bloqueo que puedo imponer. Podría volver a la cantera de granito. Sí, sé lo de aquel verano de 1928, la cantera de Francon en Connecticut. ¿Cómo? Detectives privados, señor Roark. Sí, podría volver a una cantera, sólo que me aseguraré también de que las canteras estén cerradas para usted. Y ahora le diré lo que quiero de usted...

En todos los rumores que se contaban sobre Gail Wynand, nunca se hablaba de la expresión que tenía su cara en momentos como ése. Los pocos hombres que la habían visto no hablaban de ella. De esos hombres, Dwight Carson fue el primero. Wynand tenía los labios entreabiertos, y los ojos le brillaban. Era una expresión de placer sensual derivado de la agonía: de la agonía de su víctima, la suya propia o ambas.

—Quiero que diseñe todos mis futuros edificios comerciales... —prosiguió— como el público quiere que se diseñen. Construirá casas coloniales, hoteles rococó y edificios de oficinas semigriegos. Desplegará su imbatible ingenio dentro de las formas elegidas por el gusto del público, y me hará ganar dinero con ellas. Cogerá su espectacular talento y lo hará obedecer. Originalidad y subordinación al mismo tiempo. Armonía, lo llaman. Creará en su esfera lo que el *Banner* es en la mía. ¿Cree que no hizo falta talento para crear el *Banner*? Así será su carrera en el futuro. Pero la casa que ha diseñado para mí se construirá como la ha diseñado. Será el último edificio Roark sobre la faz de la tierra. Nadie tendrá ninguno después del mío. Habrá leído sobre los antiguos mandatarios que ordenaban la muerte del arquitecto de sus palacios para que nadie pudiera igualar la gloria que les había dado. Mataban al arquitecto o le sacaban los ojos. Los métodos modernos son distintos. Durante el resto de su vida obedecerá la voluntad de la mayoría... No tendría que darle ningún argumento. Simplemente constato la alternativa. Usted es el tipo de hombre que puede entender el lenguaje directo. Es una decisión muy simple: si se niega, no volverá a construir jamás. Si acepta, construirá esta casa que usted está deseando ver construida, y muchas casas más que no le gustarán, pero que nos harán ganar dinero a ambos. Durante el resto de su vida, diseñará viviendas de alquiler, como Stoneridge. Eso es lo que quiero.

Wynand se inclinó hacia delante, esperando una de las reacciones que conocía bien y disfrutaba: una mirada de rabia, indignación u orgullo feroz.

—Hombre, por supuesto —dijo Roark con jovialidad—. Estaré encantado de hacerlo. Es fácil.

Se estiró para alcanzar una pluma y la primera hoja de papel que vio en la mesa de Wynand: una carta con un imponente membrete. Hizo un rápido dibujo en el reverso de la hoja. El movimiento de la mano era suave y confiado. Wynand observó su cara inclinada sobre el papel; su frente sin arrugas, la línea recta de sus cejas, atentas, pero no afectadas por el esfuerzo.

Roark levantó la cabeza y le tiró el papel a Wynand.

—¿Es esto lo que quiere?

En el papel aparecía dibujada la casa de Wynand: con porches coloniales, un tejado abuhardillado, dos enormes chimeneas, unas pocas pilastras y algunas claraboyas. No era una parodia, era un serio trabajo de adaptación que cualquier profesor habría considerado de excelente gusto.

—¡No, Dios santo! —El sofoco fue instintivo e inmediato.

—Entonces cállese, y no me haga volver a escuchar nunca sugerencias arquitectónicas —dijo Roark.

Wynand se arrellanó en la silla y se rio. Se rio un largo rato, incapaz de parar. No sonaba alegre.

Roark sacudió la cabeza con hartazgo.

—Usted debería haberlo sabido. Esto ya me lo conozco bien. Mi obcecación antisocial es tan famosa que pensé que nadie volvería a perder el tiempo tratando de tentarme.

—Howard..., lo decía en serio. Hasta que he visto esto.

—Sabía que lo decías en serio, pero no pensé que pudieras ser tan estúpido.

—¿Eras consciente del terrible riesgo que corrías?

—Ninguno en absoluto. Tenía una aliada en la que podía confiar.

—¿Cuál? ¿Tu integridad?

—La tuya, Gail.

Wynand se quedó mirando la superficie de su mesa. Al cabo de unos momentos, dijo:

—Te equivocas en eso.

—No lo creo.

Wynand levantó la cabeza; parecía cansado. Su voz sonaba indiferente.

—Ha sido otra vez tu método en el juicio de Stoddard, ¿verdad? «La defensa ha concluido...» Ojalá hubiese estado en el juzgado para oír esa frase... Me acabas de devolver lo de ese juicio, ¿verdad?

—Como quieras llamarlo.

—Pero, esta vez, has ganado tú. Supongo que sabes que no me alegra que ganes.

—Sé que no.

—No pienses que ésta ha sido una de esas tentaciones en las que sólo intentas poner a prueba a la víctima, y te conformas con vencerla, y sonreír y decir: bien, por fin, éste es el tipo de hombre que quiero. Ni se te ocurra. No te inventes esa excusa por mí.

—No. Sé lo que querías.

—Nunca había perdido con tanta facilidad. Esto habría sido sólo el comienzo. Sé que puedo seguir intentándolo, pero no quiero. No porque seguramente aguantarás hasta el final, sino porque no aguantaría yo. No, no me alegra ni te estoy agradecido por esto..., pero no importa...

—Gail, en serio, ¿cuántas mentiras eres capaz de decirte a ti mismo?

—No estoy mintiendo. Todo lo que te he dicho es cierto. Pensé que lo entendías.

—Todo lo que me has dicho, sí. No estaba pensando en eso.

—Te equivocas sobre eso en lo que estás pensando. Te equivocas por seguir aquí.

—¿Quieres echarme?

—Sabes que no puedo.

La mirada de Wynand pasó de Roark al dibujo que estaba en la mesa, bocabajo. Dudó un momento, mirando la cartulina blanca, y después le dio la vuelta. Le preguntó afable:

—¿Tengo que decirte lo que pienso de esto?

—Ya me lo has dicho.

—Howard, me hablaste de la casa como una declaración de mi vida. ¿Crees que mi vida merece una declaración como ésta?

—Sí.

—¿Es tu sincera opinión?

—Mi sincera opinión, Gail. La más sincera. La definitiva. No importa lo que pueda pasar entre nosotros en el futuro.

Wynand dejó el dibujo y observó con detenimiento los planos. Cuando levantó la cabeza, parecía tranquilo y normal.

—¿Por qué no has vuelto por aquí? —preguntó Wynand.

—Estabas ocupado con tus detectives privados.

Wynand se rio.

—Ah, ¿eso? No pude resistirme a mis viejas costumbres y tenía curiosidad. Ahora lo sé todo sobre ti, excepto sobre las mujeres de tu vida. O has sido muy discreto o no ha habido muchas. No hay ninguna información disponible en ningún sitio.

—No ha habido muchas.

—Creo que te he echado de menos. Era una especie de sustitutorio, lo de recabar detalles de tu pasado. En serio, ¿por qué no has venido por aquí?

—Tú me lo pediste.

—¿Siempre eres tan dócil para cumplir órdenes?

—Cuando me parece aconsejable.

—Bueno, aquí va una orden, espero que la sitúes entre las más aconsejables: ven a cenar con nosotros esta noche. Me llevaré estos dibujos a casa para enseñárselos a mi mujer. No le he dicho nada de la casa hasta ahora.

—¿No se lo has dicho?

—No. Quería que viera esto. Y quiero que la conozcas. Sé que no fue muy amable contigo en el pasado, he leído lo que escribió sobre ti. Pero hace demasiado tiempo de eso. Espero que no importe ahora.

—No, no importa.

—Entonces ¿vendrás?

—Sí.

4

Dominique estaba apoyada en la puerta de cristal de su dormitorio. Wynand vio la luz de las estrellas sobre las capas de hielo en el jardín de la azotea. Vio que su reflejo tocaba el contorno del perfil de Dominique, un leve resplandor en sus pestañas, en los planos de sus mejillas. Ella se giró despacio, y la luz se convirtió en un marco alrededor de la masa recta y clara de su cabello. Ella sonrió como siempre le sonreía, como un tranquilo saludo comprensivo.

—¿Qué pasa, Gail?

—Buenas noches, querida. ¿Por?

—Pareces contento. Ésa no es la palabra, pero es la que más se le acerca.

—«Ligero» se le acerca más. Me siento ligero, treinta años más ligero. No es que quiera ser lo que era hace treinta años. Nunca. Sólo significa la sensación de que te lleven otra vez atrás, intacto, como estás ahora, al principio. Es bastante ilógico, imposible y maravilloso.

—Eso suele significar que has conocido a alguien. A una mujer, por lo general.

—Sí. No a una mujer. A un hombre. Dominique, estás preciosa esta noche. Pero siempre digo eso. No es lo que quería decir. Es esto: me hace muy feliz que estés tan preciosa.

—¿Qué es, Gail?

—Nada. Sólo me doy cuenta de la cantidad de cosas que no son importantes y de lo fácil que es vivir.

Él le cogió la mano y se la llevó a los labios.

—Dominique, nunca he dejado de pensar el milagro que es que nuestro matrimonio haya durado. Ahora creo que no se va a romper. Por nada ni por nadie. —Ella se apoyó en el cristal de la ventana—. Tengo un regalo para ti. No me recuerdes que es la frase que más uso. Tendré un regalo para ti a finales de verano. Nuestra casa.

—¿La casa? Llevabas mucho tiempo sin hablar de ella. Pensaba que te habías olvidado.

—No he pensado en otra cosa en los últimos seis meses. ¿No has cambiado de idea? ¿Quieres vivir fuera de la ciudad?

—Sí, Gail, si tú lo quieres tanto como yo. ¿Te has decidido sobre el arquitecto?

—Más que eso. Tengo el dibujo de la casa para enseñártelo.

—¡Oh, me gustaría verlo!

—Está en mi estudio. Ven, quiero que lo veas.

Ella sonrió y le cogió la muñeca, apretándola ligeramente, como una caricia de ánimo, y después lo siguió. Él abrió la puerta de su estudio y le cedió el paso. La luz estaba encendida, y el dibujo saltaba a la vista en su mesa, enfrente de la puerta.

Ella se detuvo, con las manos a la espalda, aferradas al marco de la puerta. Estaba demasiado lejos para ver la firma, pero reconoció el trabajo y al único hombre que podía haber diseñado esa casa.

Sus hombros se movieron; se retorcieron describiendo lentamente un círculo, como si estuviese atada a un poste, hubiese abandonado toda esperanza de escapar y su cuerpo hiciese un último gesto instintivo de protesta.

Pensó que, si hubiera estado en la cama, en brazos de Roark, ante los ojos de Gail Wynand, la transgresión habría sido menos terrible; este dibujo, más personal que el cuerpo de Roark, creado como respuesta a una fuerza pareja que provenía de Gail Wynand, era una transgresión de ella, de Roark y de Wynand y, sin embargo, supo al instante que era inevitable.

—No. Estas cosas no son nunca una coincidencia —susurró.

—¿Qué?

Ella levantó la mano para cortar suavemente cualquier conversación y se acercó al dibujo; sus pasos sobre la alfombra no hicieron ningún ruido. Vio la firma afilada en la esquina: «Howard Roark». Era menos aterradora que la forma de la casa; era un fino punto de apoyo, casi un saludo.

—¿Dominique?

Volvió la cara hacia Gail. Él vio su reacción, y dijo:

—Sabía que te gustaría. Perdona que no lo haya preparado mejor. Esta noche nos faltan las palabras.

Ella se acercó al sofá y se sentó. Apoyó la espalda en los cojines, le ayudaba a mantenerse erguida. Miró fijamente a Wynand. Estaba de pie, frente a ella, apoyado en la repisa de la chimenea, casi dándole la espalda, mirando el dibujo. Ella no podía escapar de ese dibujo. La cara de Wynand era como un espejo ante él.

—¿Lo has visto, Gail?

—¿A quién?

—Al arquitecto.

—Claro que lo he visto. Hace menos de una hora.

—¿Cuándo lo viste por primera vez?

—El mes pasado.

—¿Lo has conocido todo este tiempo...? Cada noche..., cuando volvías a casa..., cenando en la mesa...

—¿Quieres decir que por qué no te lo había dicho? Quería tener el boceto para enseñártelo. Yo me imaginaba la casa así, pero no podía explicarlo. No creo que nadie hubiese entendido jamás lo que yo quería y lo hubiese diseñado. Él lo hizo.

—¿Quién?

—Howard Roark.

Ella quería oír el nombre pronunciado por Gail Wynand.

—¿Cómo se te ocurrió elegirlo, Gail?

—Miré por todo el país. Todos los edificios que me gustaron los había hecho él.

Ella hizo un lento gesto de negación con la cabeza.

—Dominique, di por sentado que ya no te importaba, pero sabía que había elegido al arquitecto al que te pasaste todo el tiempo criticando cuando estabas en el *Banner*.

—¿Lo has leído?

—Lo he leído. Tienes una extraña manera de hacerlo. Era obvio que admirabas su trabajo y que sentías un odio personal hacia él. Pero lo defendiste en el juicio de Stoddard.

—Sí.

—Incluso trabajaste para él una vez. Esa estatua, Dominique, se hizo para su templo.

—Sí.

—Es extraño. Perdiste tu trabajo en el *Banner* por defenderlo. Yo no lo sabía cuando lo elegí. No sabía nada del juicio. Había olvidado cómo se llamaba. Dominique, en cierto modo, es él quien me dio a ti. Esa estatua, de su templo. Y ahora va a darme esta casa. Dominique, ¿por qué lo odias?

—No lo odio... Fue hace tanto tiempo...

—Supongo que nada de eso importa ahora, ¿no? —Señaló el dibujo.

—Llevo años sin verlo.

—Vas a verlo dentro de una hora. Viene a cenar.

Ella movió la mano y trazó una espiral en el brazo del sofá, sólo para cerciorarse de que podía hacerlo.

—¿Aquí?

—Sí.

—¿Le has dicho tú que venga a cenar?

Él sonrió. Se acordaba de sus reticencias a la presencia de invitados en su casa. Dijo:

—Esto es diferente. Quiero que venga. No creo que tú te acuerdes bien de él, o no te sorprendería.

Ella se levantó.

—Está bien, Gail. Daré las órdenes, y después me arreglaré.

Estaban el uno frente al otro en el salón del ático de Gail Wynand. Ella pensó en lo sencillo que era. Él siempre había estado ahí. Siempre había sido la fuerza motriz de cada paso que había dado en esas habitaciones. Él la había llevado allí y ahora había venido a reclamar su lugar. Dominique lo miró. Lo estaba viendo igual que lo vio cuando se despertó en su cama por última vez. Sabía que ni la ropa ni los años se interponían entre ella y el carácter intacto y vivo de ese recuerdo. Pensó que había sido inevitable desde el principio, desde el momento en que lo vio en el fondo de la cantera, desde aquella plataforma, y que tenía que acabar así, en casa de Gail Wynand. Ahora sentía la paz de la culminación, al saber que su parte de la decisión ya había terminado: ella había sido la que había actuado hasta entonces, pero en adelante actuaría él.

Se mantuvo erguida, con la cabeza levantada, y los planos de su rostro tenían la precisión limpia de un soldado y, al mismo tiempo, una fragilidad femenina. Le colgaban las manos a los lados, en paralelo a las líneas rectas de su vestido negro.

—¿Qué tal, señor Roark?

—¿Cómo está, señora Wynand?

—¿Me permite agradecerle la casa que nos ha diseñado? Es el más bello de todos sus edificios.

—Tenía que serlo, dada la naturaleza del encargo, señora Wynand.

Ella giró la cabeza lentamente.

—¿Cómo le planteaste el encargo al señor Roark, Gail?

—Exactamente igual que a ti.

Ella pensó en lo que Roark le habría oído decir a Wynand, y que lo había aceptado.

Se fue a tomar asiento, y los dos hombres hicieron lo mismo. Roark dijo:

—Si le gusta la casa, el primer mérito fue del señor Wynand, al concebirla.

—¿Está compartiendo el reconocimiento con un cliente? —preguntó Dominique.

—Sí, en cierto modo.

—Creo que esto contradice lo que recuerdo de sus convicciones profesionales.

—Pero corrobora las personales.

—No estoy segura de haber entendido eso nunca.

—Yo creo en el conflicto, señora Wynand.

—¿Había algún conflicto relacionado con el diseño de esta casa?

—El deseo de no verme influido por el cliente.

—¿En qué sentido?

—Me ha gustado trabajar para algunas personas y no me gustó trabajar para otras. Pero nada de eso importaba. Esta vez sabía que la casa será lo que llegue a ser sólo porque la estaba proyectando para el señor Wynand. Tenía que vencer eso. O, más bien, trabajar con ello y contra ello. Era la mejor manera de trabajar. La casa tenía que superar al arquitecto, al cliente y a la futura ocupante. Lo hizo.

—Pero la casa... eres tú, Howard. Sigue siendo tú —dijo Wynand.

En el rostro de Dominique apareció el primer indicio emocional, una discreta conmoción, al oír que se dirigía a él por su nombre de pila. Wynand no se dio cuenta. Roark sí. La miró: era la primera mirada de contacto personal. Ella no pudo interpretar ningún comentario en la mirada, sólo una afirmación consciente de lo que había pensado y le había conmocionado.

—Gracias por entenderlo, Gail —respondió él.

Ella no estaba segura de si había hecho hincapié en el nombre.

—Es extraño —dijo Wynand—. Soy la persona más agresivamente posesiva de la tierra. Produzco un efecto en las cosas. Cojo un cenicero de cualquier bazar, lo pago, me lo meto en el bolsillo, y se convierte en una clase especial de cenicero, distinto a cualquier otro del mundo, porque es mío. El objeto adquiere una cualidad extra, como una especie de halo. Siento lo mismo con todo lo que poseo. Desde mi abrigo a la linotipia más antigua de la sala de composición, y desde los ejemplares del *Banner* en los quioscos y este ático hasta mi mujer. Y nunca he querido poseer tanto algo como quiero esta casa que vas a construir para mí, Howard. Probablemente me dará celos que Dominique viva en ella, a mí me dan chifladuras con cosas como ésa. Y, sin embargo, no siento que yo la vaya a poseer, porque no importa lo que haga o diga: sigue siendo tuya. Siempre será tuya.

—Tiene que ser mía —dijo Roark—, pero en otro sentido, Gail, tú posees esa casa y todas las demás que he construido. Tú posees todos los edificios ante los cuales te has parado y te has oído responderte.

—¿En qué sentido?

—En el sentido de una respuesta personal. Lo que sientes delante de algo que admiras es una sola palabra: «Sí». La afirmación, la aceptación, esa señal de admisión. Y ese «sí» es más que una respuesta a una cosa, es una especie de «amén» a la vida, a la tierra que alberga esa cosa, al pensamiento que la creó, a ti mismo por ser capaz de verlo. Pero la capacidad de decir «sí» o «no» es la esencia de todo acto de propiedad. Es la propiedad de tu propio ego. De tu alma, si lo prefieres. Tu alma sólo tiene una función básica: el acto de valorar. «Sí» o «no», «quiero» o «no quiero». No puedes decir «sí» sin decir «yo». No puede haber afirmación sin un sujeto que la afirme. En este sentido, todo aquello a lo que le concedes tu amor es tuyo.

—En este sentido, ¿compartes cosas con los demás?

—No, no se trata de compartir. Cuando escucho una sinfonía que me gusta mucho, no obtengo de ella lo mismo que su compositor. Su «sí» era diferente del mío. No pudo preocuparse por el mío ni concebirlo de manera exacta. Esa respuesta es demasiado personal para cada persona. Pero al darse a sí mismo lo que quería, me dio una gran experiencia. Yo estoy solo cuando diseño una casa, Gail, y nunca puedes saber de qué modo la poseo. Pero si tú dijiste tu propio «amén» a ella, también es tuya. Y me alegra que sea tuya.

Wynand dijo, sonriendo:

—Me gusta pensar eso. Que poseo Monadnock, y la casa Enright, y el edificio Cord...

—Y el templo Stoddard —dijo Dominique.

Los escuchaba y se sentía aturdida. Wynand nunca había hablado así con ningún invitado en su casa; Roark nunca había hablado así con ningún cliente. Sabía que ese aturdimiento iba a estallar después en forma de ira, negación e indignación; en ese momento sólo era el sonido agudo de su voz, un sonido para destruir lo que había oído.

Pensó que lo había logrado. Wynand respondió, dejando caer a plomo la palabra:

—Sí.

—Olvídate del templo Stoddard, Gail —dijo Roark. En su voz había una alegría tan natural y despreocupada que ninguna dispensa solemne habría resultado más eficaz.

—Sí —dijo Wynand, sonriendo.

Ella vio que los ojos de Roark se dirigían a ella.

—No le he dado las gracias, señora Wynand, por aceptarme como arquitecto. Sé que me eligió el señor Wynand y que usted podría haber rechazado mis servicios. Quería decirle que me alegro de que no lo haya hecho.

Me lo creo porque es imposible creer nada de esto; aceptaré cualquier cosa esta noche; lo estoy mirando, pensó ella. Y dijo con una indiferencia cortés:

—¿No sería especular sobre mi propio juicio suponer que pudiera querer rechazar una casa que ha diseñado usted, señor Roark?

Ella pensó que nada de lo que dijera en alto podía importar esa noche.

Wynand preguntó:

—Howard, ese «sí», una vez concedido, ¿se puede retirar?

Dominique sintió ganas de reírse con incrédulo enfado. Era la voz de Wynand la que había preguntado eso: debería haber sido la suya propia. Tiene que mirarme a mí cuando responda, tiene que mirarme a mí, pensó ella.

—Nunca —respondió Roark, mirando a Wynand.

—Se dicen muchas tonterías sobre la inconstancia humana y la transitoriedad de todas las emociones —dijo Wynand—. Siempre he pensado que si un sentimiento cambia es porque nunca existió. Hay libros que me gustaban a los dieciséis años, y me siguen gustando.

Entró el mayordomo con una bandeja de cócteles. Con la copa en la mano, Dominique observó a Roark coger la suya de la bandeja. En este momento, pensó ella, está sintiendo entre sus dedos el tallo de la copa, como yo; eso es todo lo que compartimos. Wynand estaba de pie, con la copa en la mano, mirando a Roark con una extraña especie de asombro incrédulo, no como anfitrión, sino como un propietario que no pudiera terminar de creerse ser el dueño de tan valiosa posesión. «No estoy loca —pensó ella— sólo estoy histérica, pero no pasa nada, estoy diciendo algo, no sé el qué, pero todo debe de estar bien; están escuchando y respondiendo, y Gail está sonriendo; debo de estar diciendo las cosas apropiadas...»

Se anunció la cena, y ella se levantó obediente y fue la primera en dirigirse al comedor, como un grácil animal que ha adquirido su aplomo por medio de reflejos condicionados. Presidió la mesa, entre los dos hombres, sentados el uno frente al otro. Ella observó la cubertería entre los dedos de Roark, las piezas de metal bruñido con las iniciales «D. W.». He hecho esto tantas veces..., pensó ella; soy la encantadora señora de Gail Wynand. He tenido a senadores, jueces y presidentes de compañías de seguros sentados ahí, a mi derecha. Para esto ha ido ascendiendo Gail, todos esos años de tortura, a la posición de poder invitar a senadores y jueces a cenar. Por el objetivo de llegar a una noche en que el invitado que tuviese delante fuera Howard Roark.

Wynand habló del negocio de los periódicos: no se mostró reacio a hablar de ello con Roark, y ella pronunció algunas frases cuando parecía necesario. La voz de Dominique era luminosamente sencilla; se dejaba llevar, sin resistirse. Cualquier reacción personal habría sido superflua, incluso el dolor o el miedo. Pensó que, si en el transcurso de la conversación la siguiente frase de Wynand fuese: «Te has acostado con él»; ella respondería: «Sí, Gail, por supuesto»; así de simple. Pero Wynand apenas la miraba, y cuando lo hacía, sabía, por su cara, que no había nada raro en la suya propia.

Después volvieron al salón, y vio a Roark de pie junto a la ventana, recortado en las luces de la ciudad. Gail construyó este lugar como símbolo de su propia victoria, pensó ella, para tener siempre la ciudad ante él, la ciudad en la que al final mandó. Pero, en realidad, se había construido para esto: para que Roark estuviese de pie en esa ventana, y creo que Gail lo sabe esta noche; el cuerpo de Roark está tapando kilómetros de esa perspectiva y sólo deja visibles algunos puntos de luz y algunos cubos de cristal encendidos alrededor de su silueta. Él estaba fumando, y ella observaba cómo su cigarrillo se movía lentamente con el cielo negro de fondo, cómo se lo ponía entre los labios y después lo sostenía con los dedos extendidos. Esos puntos brillantes que flotan detrás de él, pensó ella, son sólo chispas de su cigarrillo.

—A Gail siempre le gustó contemplar la ciudad por la noche. Estaba enamorado de los edificios —dijo ella con ternura. Se dio cuenta de que había hablado en pasado, y se preguntó por qué.

No se acordaba de lo que había dicho cuando hablaron de la nueva casa. Wynand llevó los dibujos de su estudio y extendió los planos en la mesa. Los tres los estaban observando de pie. El lápiz de Roark se movía, señalaba y recorría los rígidos patrones geométricos de las finas líneas negras de los pliegos blancos. Ella oía su voz cerca, explicándolos. No hablaron de belleza y afirmación, sino de armarios, escaleras, despensas y baños. Roark le preguntó a Dominique si la distribución le parecía adecuada. Pensó que era raro que todos hablaran como si de verdad creyeran que iba a vivir alguna vez en esa casa.

Cuando Roark se marchó, oyó que Wynand le preguntaba:

—¿Qué opinas de él?

Ella sintió algo furioso y peligroso, como un solo y repentino retorcimiento en su interior, y dijo, a medias entre el terror y la sugerencia deliberada:

—¿No te recuerda a Dwight Carson?

—Bah, ¡olvídate de Dwight Carson!

La voz de Wynand, que se negaba a la seriedad y a la culpa, había sonado igual que la voz que había dicho: «Olvídate del templo Stoddard».

La recepcionista miró, sorprendida, al caballero patricio cuyo rostro había visto tan a menudo en los periódicos.

—Gail Wynand —dijo él, con una reverencia al presentarse—. Querría ver al señor Roark, si no está ocupado. Por favor, no lo moleste si lo está. No tenía cita.

Ella nunca se habría imaginado a Wynand ir a una oficina sin anunciarlo y pedir que lo recibieran con ese tono de grave deferencia.

Anunció la visita. Roark salió a la recepción sonriendo, como si no encontrase nada inusual en el aviso.

—Hola, Gail. Pasa.

—Hola, Howard.

Siguió a Roark al despacho. Tras los amplios ventanales, la oscuridad del final de la tarde disolvía la ciudad. Estaba nevando, y los copos de nieve remolineaban furiosos entre las luces.

—No quería interrumpirte si estás ocupado, Howard. No es importante.

Hacía cinco días que no veía a Roark, desde la cena.

—No estoy ocupado. Quítate el abrigo. ¿Pido que me traigan los dibujos?

—No, no quiero hablar de la casa. En realidad, no he venido por ningún motivo concreto. Me he pasado metido en la oficina todo el día, estaba empezando a hartarme un poco y me apeteció venir aquí. ¿Qué es esa sonrisita?

—Nada, sólo que has dicho que no era importante.

Wynand lo miró, sonrió y asintió con la cabeza.

Se sentó en el borde de la mesa de Roark, con una comodidad que nunca había sentido en su propio despacho, con las manos en los bolsillos, balanceando una pierna.

—Casi siempre es inútil hablar contigo, Howard. Siempre me siento como si te estuviera leyendo un calco de mí mismo y que tú ya hubieras visto el original. Pareces haber oído todo lo que tengo que decir un minuto antes. No estamos sincronizados.

—¿Te parece que eso no es estar sincronizados?

—De acuerdo: demasiado sincronizados. —Sus ojos recorrieron lentamente el despacho—. Si poseemos las cosas a las que decimos «sí», entonces ¿poseo este despacho?

—Entonces lo posees, sí.

—¿Sabes cómo me siento aquí? No, no voy a decir como en casa. No creo que me sienta nunca en casa en ningún sitio. Y no diré que me siento como en los palacios que he visitado o en las grandes catedrales europeas. Me siento como cuando aún estaba en Hell's Kitchen, en los mejores días, que no hubo muchos. Pero, a veces, cuando me sentaba así, en un simple trozo de muro destruido junto al muelle, y había muchas estrellas en el cielo y montones de basura a mi alrededor, y el río olía a conchas podridas... Howard, cuando echas la vista atrás, ¿te parece como si todos tus días hubieran avanzado de manera uniforme, como una especie de ejercicio de mecanografía, todos iguales? ¿O había paradas, al llegar al punto, y después seguía la mecanografía?

—Había paradas.

—¿Lo supiste entonces? ¿Sabías que eran eso?

—Sí.

—Yo no. Lo supe después. Pero nunca supe las razones. Hubo un momento así. Tenía doce años, y estaba apoyado en un muro, esperando que vinieran a matarme. Sólo sabía que no me iban a matar. No es lo que hice después, ni la pelea que tuve, sólo el momento en que esperaba. No sé por qué aquello fue una parada que hubiese que recordar o por qué me siento orgulloso de ella. No sé por qué pienso en ella aquí.

—No busques la razón.

—¿Tú la sabes?

—He dicho que no la busques.

—He estado pensando en mi pasado, todo el tiempo, desde que te conozco. Y me había pasado años sin pensar en él. No, no hay ninguna conclusión secreta que puedas sacar de ahí. No me duele mirar atrás de esta manera, y no me da placer. Sólo miro. No es una búsqueda, ni siquiera un viaje. Es sólo una especie de paseo al azar, como vagar por el campo de noche, cuando uno está un poco cansado... Si hay alguna conexión contigo, es un pensamiento que me viene todo el rato. No dejo de pensar en que tú y yo empezamos de la misma manera. Desde el mismo punto. Desde la nada. Sólo pienso eso. Sin ningún comentario. No parece que le encuentre ningún significado en absoluto. Sólo que empezamos de la misma manera... ¿Quieres decirme qué significa?

—No.

Wynand miró a su alrededor y se fijó en un periódico que había encima de un armario archivador.

—¿Quién demonios lee el *Banner* aquí?

—Yo.

—¿Desde cuándo?

—Desde hace un mes.

—¿Por sadismo?

—No, sólo por curiosidad.

Wynand se incorporó, cogió el periódico y lo hojeó. Se paró en una de las páginas y se rio entre dientes. La sostuvo en alto: en ella aparecían fotografiados los dibujos de los edificios para la exposición «La marcha de los siglos».

—Horroroso, ¿verdad? —dijo Wynand—. Es repugnante que tengamos que publicitar estas cosas. Pero me siento mejor cuando pienso en lo que les hiciste a esos eminentes líderes de la sociedad civil. —Soltó una risa alegre—. Les dijiste que tú no cooperas ni colaboras.

—Pero no fue un gesto, Gail. Era simple sentido común. Uno no puede colaborar con su propio trabajo. Puedo cooperar, si así lo llaman, con los obreros que levanten mis edificios. Pero yo no puedo ayudarlos a poner los ladrillos, y ellos no pueden ayudarme a mí a diseñar la casa.

—Es el tipo de gesto que yo querría hacer. Estoy obligado a darles a esos líderes de la sociedad civil espacio gratis en mis periódicos. Pero no pasa nada. Tú les has dado una bofetada por mí. —Tiró el periódico a un lado, sin rabia—. Es como el almuerzo al que tuve que asistir hoy. Un congreso nacional de anunciantes. Tengo que darles publicidad, todos culebreando, retorciéndose, babeando. Me estaba poniendo tan malo que pensé que iba a perder el control y a aplastarle la cabeza a alguien. Y después pensé en ti. Pensé en que nada de eso te había tocado. De ninguna manera. El congreso nacional de anunciantes no existe en lo que a ti respecta. Está en una especie de cuarta dimensión que no podrá establecer jamás ninguna comunicación contigo. Pensé en eso y sentí un peculiar alivio.

Se apoyó en el armario archivador, dejando que sus pies se deslizaran hacia delante, con los brazos cruzados, y dijo con voz suave:

—Howard, tuve un gatito una vez. La maldita cosa se me enganchó, era un animalito infestado de pulgas, de las alcantarillas, no era más que pelo, barro y huesos, y me siguió a casa. Le di de comer y lo eché, pero al día siguiente estaba ahí otra vez, y al final me lo quedé. Yo tenía diecisiete años entonces, y trabajaba en el *Gazette*, aprendiendo a trabajar de la manera especial en que tuve que aprender a vivir. Lo llevaba bastante bien, pero no siempre. Había veces en que lo pasaba bastante mal; por las noches, normalmente. Una vez pensé en suicidarme. No estaba enfadado: el enfado me hacía trabajar con más ahínco. No era miedo. Era repugnancia, Howard. El tipo de repugnancia que hizo que el mundo entero pareciera sumergido y que el agua estaba estancada, agua salida de las cloacas, que lo había devorado todo, incluso el cielo, incluso mi cerebro. Y después miraba ese gatito. Y pensé que no sabía las cosas que yo aborrecía y que nunca podría saberlo. Estaba limpio, en el sentido absoluto, porque no tenía capacidad para concebir la fealdad del mundo. No tengo palabras para expresarte el alivio que fue intentar imaginar el estado de conciencia en ese pequeño cerebro, intentar compartir aquella consciencia viva, pero limpia y libre. Me tendía en el suelo y ponía la cara en la barriga del gato para escuchar su ronroneo. Y después me sentía mejor... Fíjate, Howard. Acabo de llamar muelle putrefacto a tu despacho, y gato callejero a ti. Así rindo yo los homenajes.

Roark sonrió. Wynand vio que la sonrisa era de gratitud.

—Calla, no digas nada —dijo Wynand de pronto.

Se acercó a la ventana y miró hacia fuera.

—No sé por qué demonios tengo que hablar así. Son los primeros años felices de mi vida. Te conocí porque quería construir un monumento a mi felicidad. Vengo aquí a encontrar reposo, lo encuentro, y mira de qué cosas hablo... Bueno, no importa... Mira, qué tiempo más asqueroso hace. ¿Has acabado de trabajar aquí? ¿Puedes dar por terminada la jornada?

—Sí, estoy a punto.

—Vamos a cenar algo por aquí.

—Muy bien.

—¿Me dejas hacer una llamada? Voy a decirle a Dominique que no me espere a cenar.

Marcó el número. Roark se dirigió a la sala de dibujo; tenía que dar algunas instrucciones antes de irse. Pero se detuvo en la puerta. Tenía que parar y escuchar:

—Hola, ¿Dominique...? Sí... ¿Estas cansada?... No, sólo lo parecía... No sé... Mira, quizá llegue tarde... Comeré algo en el centro... No, ceno con Howard Roark... ¿Hola? ¿Dominique...? Sí... ¿Qué?... Te estoy llamando desde su despacho... Sí... Hasta luego, querida.

Colgó el auricular.

En la biblioteca del ático, Dominique se quedó con la mano en el teléfono, como si aún hubiera alguna comunicación.

Durante cinco días con sus noches, combatió un único deseo: ir a verlo. Verlo a solas, donde fuese: en su casa o en su despacho o en la calle, para dirigirse una sola palabra o una mirada, pero a solas. No podía ir. Ya no le correspondía actuar a ella. Él podía ir a verla cuando quisiera. Sabía que él iría y que quería hacerla esperar. Ella esperaba, pero se había aferrado a un pensamiento: el de una dirección, un despacho en el edificio Cord.

Se levantó, con la mano cerrada sobre el auricular. No tenía derecho a ir a esa oficina. Pero Gail Wynand sí.

Cuando Ellsworth Toohey entró en el despacho de Wynand, al que le habían mandado ir, dio unos pasos y después se detuvo. Las paredes del despacho de Wynand —la única sala lujosa del edificio del *Banner*— estaban revestidas de corcho y cobre y nunca se había colgado en ellas ninguna imagen. Ahora, en la pared que estaba enfrente de la mesa de Wynand, vio una fotografía ampliada y enmarcada: el retrato de Roark en la inauguración de la casa Enright; Roark, junto a la baranda del río, con la cabeza echada hacia atrás.

Toohey se volvió hacia Wynand y se miraron el uno al otro.

Wynand señaló una silla, y Toohey se sentó. Habló Wynand, sonriendo:

—Nunca pensé que llegaría a estar de acuerdo con algunas de sus teorías sociales, señor Toohey, pero me he visto obligado a hacerlo. Usted siempre ha denunciado la hipocresía de la casta superior y predicado la virtud de las masas. Y ahora veo que añoro las ventajas de las que disfrutaba en mi antigua condición de proletario. De haber seguido en Hell's Kitchen, habría empezado esta entrevista diciendo: «¡Escucha, sabandija!». Pero como soy un capitalista inhibido, no lo haré.

Toohey esperaba, y parecía mostrar curiosidad.

—Empezaré diciendo..., mire, señor Toohey, no sé qué es lo que le mueve a usted. No me voy a molestar en diseccionar sus motivos. No tengo el estómago que necesitan los estudiantes de medicina. Así que no haré preguntas y no quiero oír explicaciones. Sólo le diré que, de ahora en adelante, hay un nombre que no volverá a mencionar en su columna. —Señaló la fotografía—. Podría hacerle retractarse públicamente, y lo disfrutaría, pero prefiero prohibirle el tema por completo. Ni una palabra, señor Toohey. Jamás. Y no mencione ahora el contrato que usted mantiene con el *Banner*, ni ninguna cláusula en particular, no se lo aconsejo. Siga escribiendo su columna, pero recuerde cómo se llama su sección y dedíquese a temas que guarden esa proporción. Que siga bajita, señor Toohey. Muy bajita.

—Sí, señor Wynand. No tengo que escribir sobre el señor Roark por ahora —dijo Toohey con tranquilidad.

—Eso es todo.

Toohey se levantó.

—Sí, señor Wynand.

5

Gail Wynand estaba sentado a la mesa de su despacho y leía las pruebas de un editorial sobre el valor moral de engendrar familias numerosas. Frases gastadas como un chicle mascado y vuelto a mascar, escupido y recogido otra vez, de boca en boca, de la acera a la suela del zapato, hasta la boca y el cerebro. Pensó en Howard Roark y siguió leyendo el *Banner*: le facilitaba las cosas.

«La finura es el mayor activo de una joven. No olviden lavar su ropa interior cada noche, aprendan a hablar de algún tema culto, y tendrán todas las citas que deseen.» «Su horóscopo para mañana se presenta favorable. La diligencia y la sinceridad traerá recompensas en los ámbitos de la ingeniería, la contabilidad pública y el amor.» «Las aficiones de la señora Huntington-Cole son la jardinería, la ópera y las antiguas azucareras americanas. Reparte su tiempo entre su hijito "Kit" y sus numerosas actividades benéficas.» «Soy Millie, a secas. Soy huérfana.» «Para recibir la dieta completa, envíe diez céntimos y un sobre franqueado con su propia dirección.» Pasó las páginas, pensando en Howard Roark.

Firmó el contrato de publicidad con Kream-O Pudding: cinco años, en toda la cadena Wynand, dos páginas completas en cada edición dominical. Los hombres que tenía sentados ante su mesa eran como arcos del triunfo de carne y hueso, monumentos a la victoria, a las noches de paciencia y cálculo, a las mesas de restaurante, a los vasos vaciados en las gargantas, a pasarse meses pensando, a su energía, a su energía viva que fluía como el líquido que iba del vaso que se llevaban a la boca, abierta por el peso del labio, de sus dedos fofos, enfrente en la mesa, a dos páginas completas cada domingo, a los dibujos de roscos amarillos decorados con fresas y roscos amarillos decorados con salsa de caramelo. Miró, por encima de las cabezas de los hombres, la fotografía que estaba en la pared de su despacho: el cielo, el río y la cara de un hombre, levantada.

Pero me duele, pensó él. Me duele siempre que pienso en él. Me hace las cosas más fáciles: la gente, los editoriales, los contratos. Pero es más fácil porque duele mucho. El dolor es también estimulante. Creo que odio ese nombre. Seguiré repitiéndolo. Es un dolor que quiero soportar.

Después estaba sentado frente a Roark en el estudio de su ático, y no sentía dolor: sólo el deseo de reír sin maldad.

—Howard, todo lo que has hecho en la vida está mal según los ideales declarados de la humanidad. Y aquí estás. Parece una gran burla al mundo entero.

Roark estaba sentado en un sillón junto a la chimenea. El resplandor del fuego recorría todo el estudio; la luz parecía curvarse con placer consciente sobre cada objeto de la habitación, orgullosa de recalcar su belleza y estampar su sello de aprobación al gusto del hombre que había conseguido procurarse ese marco. Estaban solos. Dominique se había excusado después de la cena. Sabía que querían estar solos.

—Una burla a todos nosotros —dijo Wynand—. A cualquier hombre común. Siempre observo a la gente común. Solía ir en metro sólo para ver cuántos iban leyendo el *Banner*. Solía sentir odio y, a veces, miedo. Pero ahora miro a cada uno de ellos y me entran ganas de decirles: «¡Pero qué pobre idiota!». Y nada más.

Llamó a la oficina de Roark una mañana.

—¿Puedes comer conmigo, Howard...? Nos vemos en el Nordland en media hora.

Se encogió de hombros, sonriente, cuando Roark se sentó frente a él a la mesa del restaurante.

—Nada, Howard. Por ningún motivo especial. Sólo que acabo de pasar media hora repulsiva y quería quitarme el mal sabor de boca.

—¿Qué media hora repulsiva?

—Tenía que posar para unas fotos con Lancelot Clokey.

—¿Quién es Lancelot Clokey?

Wynand soltó una carcajada, olvidándose de su controlada elegancia y de la mirada atónita del camarero.

—Por eso, Howard, por eso tenía que comer contigo. Porque puedes decir cosas como ésa.

—Pero ¿qué pasa?

—¿No lees libros? ¿No sabes que Lancelot Clokey es «nuestro observador más sensible del panorama internacional»? Eso es lo que dijo el crítico, en mi propio *Banner*. Lancelot Clokey acaba de ser elegido el escritor del año por no sé qué asociación. Publicamos un perfil sobre él en el suplemento del domingo y tuve que posar con el brazo sobre sus hombros. Lleva camisas de seda y huele a ginebra. Su segundo libro trata sobre su infancia y cómo le ayudó a entender el panorama internacional. Vendió cien mil ejemplares. Pero tú nunca has oído hablar de él. Vamos, come, Howard. Me gusta verte comer. Ojalá estuvieras arruinado, así podría darte de comer y saber que de verdad lo necesitas.

Al final del día, iba sin avisar al despacho de Roark o a su casa. Roark tenía un apartamento en la casa Enright, una de las viviendas con forma de cristal mineral sobre el río Este con estudio, biblioteca y un dormitorio. Había diseñado los muebles él mismo. Durante mucho tiempo, Wynand no entendió por qué el lugar le daba sensación de lujo, hasta que se dio cuenta de que los muebles pasaban inadvertidos y sólo se percibía un espacio limpio y el lujo de una austeridad que no había sido fácil conseguir. Por su valor económico, era una de las casas más modestas en las que Wynand había entrado como invitado en veinticinco años.

—Empezamos de la misma manera, Howard —dijo, echando un vistazo a la habitación de Roark—. A mi juicio y por mi experiencia, deberías haber seguido en el arroyo, pero no lo has hecho. Me gusta esta habitación. Me gusta estar sentado aquí.

—Me gusta verte aquí.

—Howard, ¿alguna vez has tenido poder sobre un ser humano?

—No. Y no lo aceptaría si se me ofreciese.

—No me lo creo.

—Me lo ofrecieron una vez, Gail. Y lo rechacé.

Wynand lo miró con curiosidad: era la primera vez que notaba un esfuerzo en la voz de Roark.

—¿Por qué?

—Tenía que hacerlo.

—¿Por respeto al hombre?

—Era una mujer.

—¡Pobre idiota! ¿Por respeto a una mujer?

—Por respeto a mí mismo.

—No esperes que lo entienda. No podemos ser más contrarios.

—Lo pensé una vez. Quería pensarlo.

—¿Y ahora no?

—No.

—¿No desprecias todo lo que he hecho?

—Sólo lo que conozco.

—¿Y aun así te gusta verme aquí?

—Sí. Gail, hubo un hombre que te consideraba el símbolo de una maldad especial que lo destruyó a él y me destruiría a mí. Él me legó su odio. Y había otra razón. Creo que yo te odiaba antes de conocerte.

—Lo sabía. ¿Qué te hizo cambiar de opinión?

—No puedo explicártelo.

Se fueron en coche a la finca de Connecticut, donde los muros de la casa se estaban levantando desde el suelo congelado. Wynand siguió a Roark por las futuras habitaciones, se apartó a un lado y lo observó dar instrucciones. A veces, Wynand iba solo. Los obreros veían el biplaza descapotable negro tomar la curva a la cima de la colina y la figura de Wynand de pie, a lo lejos, contemplando la estructura. Su figura siempre llevaba aparejadas todas las implicaciones de su posición —la discreta elegancia de su abrigo, la inclinación de su sombrero, la confianza en su postura, tensa y relajada a la vez— que hacían pensar en el imperio Wynand; en las rotativas que tronaban de costa a costa, los periódicos, las portadas brillantes de las revistas, los rayos de luz que titilaban en los noticieros, los telegramas que daban la vuelta al mundo, el poder que fluía a cada palacio, cada capital, cada secreto, cada salón crucial, día y noche, durante cada costoso minuto de la vida de aquel hombre. Se quedaba de pie, recortado en el cielo grisáceo como el agua de la colada, y los copos de nieve pasaban revoloteando con pereza por el ala de su sombrero.

Un día de abril, se fue solo en su coche a Connecticut después de varias semanas sin ir. El coche que atravesó el campo no era un objeto, sino una mancha alargada que pasaba a toda velocidad. No sentía el traqueteo dentro de su recinto de cristal y cuero; le parecía que su coche estaba parado, suspendido sobre el suelo. Sus manos al control del volante hacían que la tierra pasara volando a su lado: sólo tenía que esperar a que su destino le llegara rodando. Amaba el volante de un coche como amaba la mesa de su despacho en el *Banner*: le parecían dos peligrosos monstruos que andaban sueltos bajo la experta dirección de sus dedos.

Algo se cruzó en su visión, y hasta un kilómetro después no pensó en lo extraño que era que lo hubiese visto, porque sólo era una mata de yerbajos en la carretera. Al cabo de otro kilómetro, se percató de lo que era aún más extraño: eran yerbajos verdes. *No puede ser, en pleno invierno.* Después entendió, sorprendido, que ya no era invierno. Había estado muy ocupado en las últimas semanas y no había tenido tiempo para advertirlo. Ahora veía, flotando en los campos que lo rodeaban, los indicios del verdor, como un susurro.

Oyó tres afirmaciones en su cabeza, en estricta sucesión, como engranajes conectados: «Es primavera. Me pregunto si me falta mucho por ver. Tengo cincuenta y cinco años».

Eran afirmaciones, no emociones. No sintió nada, ni entusiasmo ni temor. Pero sabía que era raro que experimentara el sentido del tiempo. Nunca había pensado en su edad en relación con ninguna medida; nunca había definido su posición en un curso limitado; nunca había pensado en ningún curso o sus límites. Había sido Gail Wynand y estaba parado, como ese coche. Los años habían pasado a toda velocidad a su lado, como esa tierra, y el motor en su interior había controlado el paso veloz de esos años.

No, pensó él. No me arrepiento de nada. Me han faltado algunas cosas, pero no hago preguntas, porque amé eso, tal como ha sido, incluso en los momentos de vacío, incluso lo que no ha tenido respuesta, y que lo amara es lo que no tiene respuesta en mi vida. Pero lo amé.

Si fuera verdad esa vieja leyenda que dice que compareces ante un juez supremo y te lee la cartilla, le ofrecería, con todo mi orgullo, no cualquiera de mis actos en la tierra, sino una cosa que nunca hice en ella: nunca busqué una sanción externa. Allí plantado, diría: «Soy Gail Wynand, el hombre que ha cometido todos los delitos excepto el principal: el de atribuir la futilidad al maravilloso hecho de existir y buscar una justificación en otra parte que no fuera yo mismo. Éste es mi orgullo: que ahora, al pensar en el final, no lloro como todos los hombres de mi edad. Pero ¿para qué sirvió y qué significó? Yo era el sentido y el significado. Yo, Gail Wynand. Que viví y actué».

Condujo hasta el pie de la colina y dio un frenazo, sorprendido, al mirar hacia arriba. Durante su ausencia, la casa había cobrado forma. Ahora se podía reconocer: era como el dibujo. Por un instante, se asombró como un niño al ver que la casa hubiera quedado justo igual que el boceto, como si nunca se lo hubiese creído del todo. Levantada, con el cielo azul claro de fondo, parecía un dibujo inacabado: los planos de la mampostería parecían coloreados a acuarela, y los andamios desnudos, trazos a lápiz. Un inmenso dibujo en una lámina azul claro.

Bajó del coche y subió a pie hasta la cima de la colina. Vio a Roark entre los hombres. Se quedó fuera y observó cómo Roark caminaba sobre el andamiaje, cómo giraba la cabeza o levantaba la mano y señalaba. Se fijó en la postura de Roark: con las piernas separadas, los brazos rectos a los lados y la cabeza erguida; era una pose instintiva de confianza en sí mismo, de energía controlada sin esfuerzo en un momento que le daba a su cuerpo la limpieza estructural de su propio edificio. La estructura, pensó Wynand, es un problema resuelto de tensión, equilibrio y seguridad de los contrafuertes.

Pensó: el acto de construir un edificio no tiene ningún significado emocional; es sólo un trabajo mecánico, como instalar canalones o fabricar un coche. Y se preguntó por qué, al observar a Roark, sentía lo mismo que en su galería de arte. Forma parte de un edificio inacabado, y no uno terminado: ése es su hábitat. Le favorece, como dijo Dominique que me favorecía el yate.

Después Roark salió y pasearon juntos por la cima de la colina, entre los árboles. Se sentaron en el tronco de un árbol caído y miraron la estructura a lo lejos entre las ramas de los matorrales. Las ramas estaban desnudas y secas, pero había un aire primaveral en la alegre insolencia de su impulso hacia arriba, en la agitación de su propósito asertivo. Wynand preguntó:

—Howard, ¿has estado enamorado alguna vez?

Roark se volvió, lo miró fijamente y respondió con calma:

—Todavía lo estoy.

—Pero, entonces, cuando caminas por un edificio, ¿lo que sientes es mayor que eso?

—Mucho mayor, Gail.

—Estaba pensando en la gente que dice que la felicidad es imposible en la tierra. Mira con qué afán intentan encontrar algún gozo en la vida. Mira cómo se esfuerzan todos por ello. ¿Por qué debería vivir cualquier criatura en el dolor? ¿Según qué derecho concebible podría nadie exigir que un ser humano exista sólo para su propio goce? Todos lo quieren, con todas las partes de su ser, pero nunca lo encuentran. Me pregunto por qué. Lloriquean y dicen que no entienden el significado de la vida. Hay un tipo de personas que desprecio en especial. Los que buscan una especie de propósito más elevado u «objetivo universal», que no saben para qué viven, que gimen que deben «encontrarse a sí mismos». Los oyes por todas partes. Parece ser el cliché oficial de nuestro siglo. En todos los libros que abres. En cada babosa confesión. Al parecer lo noble es confesar eso. A mí me parecería lo más vergonzoso.

—Mira, Gail.

Roark se levantó, se puso de puntillas, arrancó una fina rama de un árbol y la sostuvo por los extremos entre los puños. Después, sus muñecas y nudillos se tensaron por la resistencia y arqueó lentamente la ramita.

—Ahora puedo hacer lo que quiera con ella: un arco, un bastón, un pasamanos. Ése es el significado de la vida —dijo Roark.

—¿Tu fortaleza?

—Tu trabajo. —Tiró la rama a un lado—. El material que la tierra te ofrece y lo que tú haces con él... ¿En qué piensas, Gail?

—En la fotografía de la pared de mi despacho.

Mantener el control, como él quería. Ser paciente, para hacer de la paciencia un deber activo ejecutado cada día a conciencia. Estar delante de Roark y dejar que su propia serenidad le dijera: «Esto es lo más difícil que podrías exigirme, pero estoy encantada, si eso es lo que quieres». Ésa era la disciplina de la existencia de Dominique.

Ella se mantenía al margen, como discreta espectadora de Roark y Wynand. Los observaba en silencio. Quería comprender a Wynand, y ésa era la respuesta.

Aceptó las visitas de Roark a su casa y saber que, en las horas de aquellas noches, él era propiedad de Wynand, no suya. Lo recibía con la gentileza de una anfitriona, con indiferencia y sonriente; no como una persona, sino como un exquisito accesorio de la casa de Wynand. Presidía la mesa en las cenas y los dejaba en el estudio después.

Se sentaba sola en el salón, con las luces apagadas y la puerta abierta. Se sentaba recta y en silencio, con los ojos puestos en la rendija luminosa bajo la puerta del estudio, al otro lado del pasillo. Éste es mi deber, pensó ella, incluso cuando estoy sola, incluso en la oscuridad, sin que nadie lo sepa salvo yo: mirar esa puerta como lo miraba a él aquí, sin quejarme... Roark: si éste es el castigo que has elegido para mí, lo cumpliré entero, no como un papel que represento ante ti, sino como un deber que he de cumplir yo sola. Sabes que no es la violencia lo que me cuesta soportar, sino la paciencia. Elegiste lo más duro, y debo hacerlo y ofrecértelo... mi... queridísimo...

Cuando Roark la miraba, en sus ojos no había una negación del recuerdo. La mirada sólo decía que no había cambiado nada y que no hacía falta decir nada. Ella se sentía como si le dijese: «¿De qué te sorprendes? ¿Nos hemos separado alguna vez? Tu salón, tu marido y la ciudad que detestas tras las ventanas, ¿son de verdad ahora, Dominique? ¿Lo entiendes? ¿Empiezas a entender?». «Sí», decía ella de pronto, en alto, confiando en que la palabra encajara en la conversación en ese momento, sabiendo que Roark lo oiría como una respuesta a él.

No era el castigo que había elegido para ella. Era una disciplina impuesta a ambos, la última prueba. Ella entendió su propósito cuando pudo sentir que su amor hacia él quedaba demostrado por el salón, por Wynand, incluso por el amor de él hacia Wynand y ella, por la situación imposible, por su silencio impuesto. Las barreras demostraban que no podía haber barreras.

Ella no lo vio a solas. Esperó.

No visitó el lugar de las obras. Le había dicho a Wynand: «Veré la casa cuando esté terminada». Nunca le hacía preguntas sobre Roark. Ella dejaba las manos a la vista, apoyadas en el brazo de la silla, para negarse el alivio de cualquier movimiento violento, como si sus manos fuesen el barómetro de su aguante, cuando Wynand llegaba a casa tarde por la noche y le decía que había pasado la tarde en el apartamento de Roark, el apartamento que ella nunca había visto.

Una noche, flaqueó y le preguntó:

—¿Qué es esto, Gail? ¿Una obsesión?

—Supongo —dijo él. Y después añadió—: Es raro que no te caiga bien.

—No he dicho eso.

—Pero lo veo. En realidad, no me sorprende. Tú eres así. No te puede caer bien, precisamente porque es el tipo del hombre que te gustaría... No te molestes por mi obsesión.

—No me molesta.

—Dominique, ¿lo entenderías si te dijera que te amo todavía más desde que lo conozco? Incluso cuando..., y quiero decir esto..., incluso cuando estás en mis brazos, es más que antes. Me siento con más derecho a ti.

Hablaba con la confianza natural que se habían mostrado el uno al otro en los tres últimos años. Ella se sentaba y lo miraba como siempre lo había hecho; en su mirada había ternura sin desprecio y tristeza sin compasión.

—Lo entiendo, Gail.

Al cabo de un momento le preguntó:

—¿Qué significa él para ti, Gail? ¿Una especie de santuario?

—Una especie de cilicio.

Cuando Dominique subía las escaleras, Wynand se acercaba a la ventana y observaba el cielo. Con la cabeza echada hacia atrás, sentía cómo le tiraban los músculos del cuello, y se preguntaba si esa solemnidad especial al mirar el cielo no venía de lo que uno contemplaba, sino de tener levantada la cabeza.

6

—El problema fundamental del mundo moderno —dijo Ellsworth Toohey— es la falacia intelectual de que la libertad y la obligación son contrarias. Para resolver los gigantescos problemas que abruman al mundo de hoy, tenemos que aclarar nuestra confusión mental. Debemos adoptar una perspectiva filosófica. En esencia, la libertad y la obligación son una misma cosa. Pondré un ejemplo sencillo. Los semáforos limitan vuestra libertad de cruzar la calle cuando queráis, pero esta limitación os libra de ser atropellados por un camión. Si os dieran un trabajo y os prohibieran dejarlo, eso limitaría la libertad de vuestra carrera profesional, pero os libraría del miedo a quedaros en paro. Siempre que se nos impone una obligación, ganamos automáticamente una nueva libertad. Ambas son inseparables. Sólo aceptando la obligación total podemos alcanzar la libertad total.

—¡Eso es! —chilló Mitchell Layton.

Era un chillido en toda regla: agudo y alto. Sonó tan alarmante y súbito como una sirena antiincendios. Sus invitados miraron a Mitchell Layton.

Estaba en su salón, medio recostado en un sillón tapizado, con las piernas y el vientre echados hacia delante, como un niño repelente que presumiera de su mala postura. Todo en la persona de Mitchell Layton era un «casi» o un «no del todo» que siempre se quedaba al borde: su cuerpo había empezado a ser alto, pero cambió de opinión y se quedó en un largo torso encima de unas piernas rechonchas; los huesos de su cara eran finos, pero la carne se burlaba de ellos y se hinchaba, aunque no lo suficiente como para llegar a la obesidad: sólo para parecer unas paperas crónicas. Mitchell Layton hacía pucheros. No era una expresión puntual ni la disposición de su cara. Era un rasgo permanente, que se extendía a toda su persona. Él hacía pucheros con todo el cuerpo.

Mitchell Layton había heredado doscientos cincuenta millones de dólares y se pasó los treinta y tres años de su vida tratando de enmendarlo.

Ellsworth Toohey, con traje de etiqueta, estaba apoltronado, apoyado en un armario. Su indiferencia tenía un aire de informalidad refinada y un toque de impertinencia, como si la gente a su alrededor no mereciera que mantuviera los buenos modales.

Sus ojos recorrieron la habitación. No era exactamente moderna, ni del todo colonial, sino casi de estilo imperio francés. La decoración consistía en muebles rectos con patas en forma de cuello de cisne, espejos negros, faroles eléctricos, cromo y tapicería. Había una unidad con un único atributo: todo era caro.

—Está bien —dijo Mitchell Layton con tono beligerante, como si esperara que todo el mundo discrepara de él y los insultara de antemano—. La gente arma demasiado alboroto con el tema de la libertad. Lo que quiero decir es que es una palabra vaga, demasiado manida. Ni siquiera estoy seguro de que sea una bendición. Yo creo que la gente sería mucho más feliz en una sociedad regulada que tuviera un patrón definido y una forma unificada, como las danzas populares. Ya sabéis lo bonitas que son las danzas populares. Y rítmicas, además. Eso es porque hicieron falta generaciones para que funcionara, y no dejan que cualquier idiota que pase por ahí vaya y las cambie. Eso es lo que necesitamos. Quiero decir: un patrón, y ritmo. Y también belleza.

—Es una comparación muy apropiada, Mitch. Siempre he pensado que tienes una mente creativa —dijo Ellsworth Toohey.

—Quiero decir: lo que hace infeliz a la gente no es tener pocas opciones, sino demasiadas —siguió Mitchell Layton—. Tener que decidir, decidir siempre, debatiéndote en todas direcciones todo el tiempo. Pero, en una sociedad con un patrón, el hombre se puede sentir seguro. Nadie lo estaría molestando todo el tiempo para que hiciese algo. Nadie tendría que hacer nada. Quiero decir: salvo trabajar para el bien común, claro.

—Son los valores espirituales los que cuentan —dijo Homer Slottern—. Hay que vivir de acuerdo con los tiempos y seguir el ritmo del mundo. Éste es un siglo espiritual.

Homer Slottern tenía la cara grande y los ojos soñolientos. Los botones de camisa eran una combinación de rubíes y esmeraldas, como si se le hubiese caído una ensalada en la pechera blanca almidonada. Era dueño de tres almacenes comerciales.

—Debería haber una ley que obligara a todo el mundo a estudiar los secretos místicos de las distintas épocas. Todo estaba escrito en las pirámides de Egipto —dijo Mitchell Layton.

—Es verdad, Mitch —asintió Homer Slottern—. Se pueden decir muchas cosas del misticismo. Eso, por un lado. Por el otro, el materialismo dialéctico...

—No es una contradicción. El mundo del futuro combinará ambas cosas —afirmó Mitchell Layton, con pausas despectivas.

—De hecho, las dos son manifestaciones de lo mismo que sólo varían en la superficie —dijo Ellsworth Toohey. Sus gafas centelleaban, como si estuviesen iluminadas por dentro, y parecía saborear su propia frase a su manera.

—Yo sólo sé que el altruismo es el único principio moral —dijo Jessica Pratt—. El principio más noble, y un deber sagrado, mucho más importante que la libertad. El altruismo es el único camino a la felicidad. Yo mandaría fusilar a todo el que se negara a ser altruista para acabar con su desgracia, porque, total, tampoco podrán ser felices.

Jessica Pratt hablaba con un tono melancólico. Tenía un rostro amable y envejecido. Daba la impresión de que, si se pasara el dedo por su cutis ceniciento, sin maquillaje, dejaría una mancha de polvo blanco en la yema.

Jessica Pratt tenía un apellido antiguo, poco dinero y una gran pasión: su amor por su hermana pequeña, Renée. Se quedaron huérfanas cuando eran muy pequeñas, y había dedicado su vida a la educación de Renée. Lo había sacrificado todo; nunca se había casado. Había luchado, conspirado, maquinado y defraudado a lo largo de los años y logró la victoria de que Renée se casara con Homer Slottern.

Renée Slottern estaba repantingada en un taburete, masticando ruidosamente cacahuetes. De vez en cuando, alcanzaba un plato de cristal que había en una mesita y cogía otro. No mostraba mayor esfuerzo. Sus ojos pálidos miraban con placidez lo que hubiera ante su pálido rostro.

—Eso es ir demasiado lejos, Jess —dijo Homer Slottern—. No puedes esperar que todo el mundo sea un santo.

—No espero nada —dijo Jessica Pratt con resignación—. Hace mucho que dejé de esperar. Pero es la educación que todos necesitamos.

Creo que el señor Toohey lo entiende. Si se obligase a todo el mundo a recibir la educación adecuada, el mundo sería mejor. Si obligamos a la gente a hacer el bien, tendrán la libertad de ser felices.

—Ésta es una conversación perfectamente inútil —dijo Eve Layton—. Ninguna persona inteligente cree en la libertad hoy en día. Está obsoleta. El futuro está en la planificación social. La coacción es una ley de la naturaleza, y punto. Es evidente.

Eve Layton era hermosa. Estaba de pie a la luz de un candelabro y su cabello negro y sedoso contorneaba su cabeza; el satén verde claro de su vestido parecía vivo como el agua que estuviese a punto de empezar a fluir y revelar el resto de su piel suave y tostada. Tenía el don especial de hacer que el satén y el perfume parecieran tan modernos como un tablero de mesa de aluminio. Era una Venus surgida de la escotilla de un submarino.

Eve Layton creía que su misión en la vida era estar a la vanguardia, no importaba de qué. Su método siempre había sido dar un salto despreocupado y aterrizar triunfante muy por delante de los demás. Su filosofía consistía en una frase: «Puedo salirme con la mía en todo». En las conversaciones lo parafraseaba con su dicho favorito: «¿Yo? Yo soy el pasado mañana». Era una experta amazona, piloto de carreras, aviadora acrobática y campeona de natación. Cuando veía que el acento del día pasaba al ámbito de las ideas, daba otro salto, como hacía sobre cualquier otra zanja. Aterrizaba muy al frente, lo más adelante posible. Tras haber aterrizado, se sorprendía al ver que había gente que cuestionaba su hazaña. Nadie había cuestionado sus otras proezas. Se enfadaba y perdía la paciencia con cualquiera que discrepara de sus opiniones políticas. Era una cuestión personal. Tenía que llevar razón, porque ella era el pasado mañana.

Su marido, Mitchell Layton, la odiaba.

—Es una conversación perfectamente válida —dijo él con brusquedad—. No todos pueden ser tan competentes como tú, querida. Debemos ayudar a los demás. Es el deber moral de los líderes intelectuales. Quiero decir: deberíamos dejar de tenerle miedo, como si fuera el coco, a la palabra «coacción». No es coacción cuando es por una buena causa. Quiero decir: es en nombre del amor. Pero no sé cómo podemos hacer que este país lo entienda. ¡En Estados Unidos son tan estirados!

No podía perdonar a su país porque le había dado doscientos cincuenta millones de dólares, pero después se había negado a concederle la misma cantidad de reverencia. La gente no aceptaba sus puntos de vista sobre el arte, la literatura, la historia, la biología, la sociología y la metafísica como sí aceptaban sus cheques. Se quejaba de que los demás lo identificaban demasiado con su dinero; los odiaba porque no se identificaban lo suficiente con él.

—Se pueden decir muchas cosas a favor de la coacción —afirmó Homer Slottern—, siempre y cuando se planifique de forma democrática. El bien común siempre debe ser lo primero, nos guste o no.

Traducida a palabras, la postura de Homer Slottern consistía en dos partes contradictorias, pero esto no le preocupaba, porque en su cabeza no se traducía. En primer lugar, creía que las teorías abstractas eran absurdas, y si los clientes las querían de esa clase particular, no pasaba nada por dárselas y, aparte, era un buen negocio. En segundo lugar, se sentía incómodo por haber descuidado lo que la gente llamaba «vida espiritual», por el afán de ganar dinero; quizá los hombres como Toohey acertaban en eso. ¿Y si le quitaran sus almacenes? ¿La vida no sería más fácil, en realidad, si fuese el gerente de unos almacenes comerciales públicos? ¿No le daría el sueldo de un gerente todo el prestigio y las comodidades que ahora disfrutaba, sin la responsabilidad de ser el propietario?

—Es verdad que, en la sociedad del futuro, cualquier mujer se acostará con el hombre que quiera... —planteó Renée Slottern, al principio como una pregunta, que después se fue apagando.

En realidad, ella no quería saberlo. Sólo sintió una insustancial curiosidad por saber qué se sentiría al tener al hombre que una desea y cómo se pone una a desear.

—Es estúpido hablar de las elecciones personales —dijo Eve Layton—. Está pasado de moda. No existe la persona, sólo la entidad colectiva. Es evidente.

Ellsworth Toohey sonrió y no dijo nada.

—Hay que hacer algo con las masas —declaró Mitchell Layton—. Hay que guiarlas. No saben lo que es bueno para ellas. Quiero decir: no puedo entender por qué personas cultas y de buena posición como nosotros estamos dispuestos a sacrificar nuestras ventajas personales, mientras que los obreros, que son los que más tienen que ganar, se mantienen en esa estúpida indiferencia. No puedo entender por qué los obreros de este país simpatizan tan poco con el colectivismo.

—¿No? —dijo Ellsworth Toohey. Sus gafas destellaron.

—Esto me aburre —dijo de pronto Eve Layton, dando vueltas por el salón y proyectando la luz en sus hombros.

La conversación pasó al arte y a las figuras más reconocidas del momento en las distintas disciplinas.

—Lois Cook dijo que hay que liberar a las palabras de la opresión de la razón. Dijo que el dominio de la razón sobre las palabras es como la explotación de las masas por los capitalistas. Que se debe permitir que las palabras pacten con la razón por medio de negociaciones colectivas. Eso dijo. Es una mujer muy interesante y tonificante.

—Ese tal Ike..., ¿cómo se llamaba...?, dice que el teatro es un instrumento del amor. Es un error, afirma, que se diga que una obra se representa en el escenario, porque se representa en el corazón del público.

—Jules Fougler dijo en el *Banner* el domingo pasado que, en el mundo del futuro, el teatro no será en absoluto necesario. Dice que la vida cotidiana del hombre común es en sí una obra de arte a la altura de la mejor tragedia de Shakespeare. En el futuro, no necesitaremos dramaturgos. El crítico observará simplemente la vida de las masas y evaluará sus aspectos artísticos para el público. Eso dijo Jules Fougler. No sé si estoy de acuerdo con él, pero ahí tiene un punto de vista nuevo e interesante.

—Lancelot Clokey dice que el Imperio británico está condenado. Dice que no habrá guerra, porque los obreros del mundo no lo permitirán. Que son los banqueros internacionales y los fabricantes de munición los que empiezan las guerras, y los han tirado a patadas del caballo. Lancelot Clokey dice que el universo es un misterio y que su madre es su mejor amiga. Dice que el primer ministro de Bulgaria desayuna arenques.

—Gordon Prescott dice que la arquitectura no es más que cuatro paredes y un techo. Que el suelo es opcional. Que todo lo demás es ostentación capitalista. Dice que no se debería permitir que nadie construyera nada hasta que todos los habitantes del planeta tengan un techo... Vale, pero ¿y los patagónicos? Es nuestro trabajo enseñarles a querer un techo. Prescott lo llama interdependencia transespacial dialéctica.

Ellsworth Toohey guardaba silencio. Observaba sonriente aquella gran máquina de escribir. Cada nombre famoso que oía era una tecla que controlaba una disciplina especial. Cada pulsación dejaba su marca y, en conjunto, formaban frases conectadas en una enorme hoja en blanco. Una máquina de escribir presupone la mano que pulsa sus teclas, pensó.

Se puso en alerta cuando oyó decir a Mitchell Layton, con tono de mal humor:

—Ah, sí, el *Banner*, ¡maldita sea!

—Lo sé —dijo Homer Slottern.

—Está decayendo. Está decayendo claramente. ¡Qué buena inversión la mía! Es la única vez que Ellsworth se ha equivocado —dijo Mitchell Layton.

—Ellsworth nunca se equivoca —repuso Eve Layton.

—Bueno, pues lo hizo, esa vez. Fue él quien me aconsejó comprar una parte de ese periodicucho. —Vio los ojos de Toohey, pacientes como el terciopelo, y se apresuró a añadir—: Quiero decir: no me quejo, Ellsworth. No pasa nada. Incluso puede que me ayude a reducir un poco mi maldito impuesto sobre la renta. Pero, desde luego, ese asqueroso periodicucho reaccionario va cuesta abajo.

—Ten un poco de paciencia, Mitch —dijo Toohey.

—¿No crees que debería vender y quitármelo de encima?

—No, Mitch, no.

—Vale, si tú lo dices... Puedo permitírmelo. Puedo permitirme cualquier cosa.

—¡Pues mira, yo no puedo! —gritó Homer Slottern con sorprendente vehemencia—. Está llegando un punto en el que uno no puede permitirse anunciarse en el *Banner*. No es por su difusión, eso va bien, sino que hay una sensación por ahí... Una sensación extraña... Ellsworth, estoy pensando en cancelar mi contrato.

—¿Por qué?

—¿Conoces el movimiento «Nosotros no leemos a Wynand»?

—He oído hablar de él.

—Lo dirige un tal Gus Webb. Ponen pegatinas en las ventanillas de los coches y en los baños públicos. Abuchean los noticieros de Wynand en los cines. No creo que sea un grupo muy numeroso, pero... La semana pasada, una mujer repelente cogió un berrinche en mi tienda, la de la Quinta Avenida, y nos llamó enemigos de los trabajadores porque nos anunciamos en el *Banner*. Eso lo puedes ignorar, pero la cosa se pone seria cuando una de nuestras clientes más antiguas, una dulce ancianita de Connecticut, republicana desde hace tres generaciones, nos llama para decirnos que quizá debería cancelar su cuenta, porque le han dicho que Wynand es un dictador.

—Gail Wynand no sabe nada de política, salvo en el sentido más primitivo —dijo Toohey—. Sigue pensando en los términos del Club Demócrata de Hell's Kitchen. Había una cierta inocencia sobre la corrupción política de aquellos tiempos, ¿no crees?

—Me da igual. No estoy hablando de eso. Me refiero a que el *Banner* se está convirtiendo en una fuente de problemas. Perjudica los negocios. Uno tiene que andarse con mucho cuidado hoy en día. Te atas a quien no debes, y cuando te quieres dar cuenta hay en marcha una campaña de desprestigio que te salpica a ti también. No puedo permitirme una cosa así.

—El desprestigio no es del todo injustificado.

—Me da igual. Me importa un bledo si es verdad o no. ¿Quién soy yo para jugarme el pellejo por Gail Wynand? Si hay una reacción pública contra él, mi trabajo es alejarme todo lo que pueda, cuanto antes. Y no soy el único. Somos unos cuantos los que pensamos lo mismo. Jim Ferris, de Ferris & Symes; Billy Shultz, de Vimo Flakes; Bud Harper, de Toddler Togs... Y..., bueno, ¡qué diablos! Tú los conoces a todos, todos son amigos tuyos, nuestra pandilla, los empresarios de izquierdas. Todos queremos sacar nuestros anuncios del *Banner*.

—Ten un poco de paciencia, Homer. Yo no me precipitaría. Hay un momento adecuado para todo. Existe una cosa llamada momento psicológico.

—Vale, confío en tu palabra. Pero hay..., hay una especie de sensación en el ambiente. Se volverá peligroso algún día.

—Quizá. Cuando pase, te lo diré.

—Creía que Ellsworth trabajaba en el *Banner* —dijo Renée Slottern con la mirada perdida, confusa.

Los demás se giraron hacia ella con indignación y lástima.

—Eres una ingenua, Renée —dijo Eve Layton, y se encogió de hombros.

—Pero ¿qué pasa con el *Banner*?

—Mi niña, no te molestes con las cosas de la sucia política —dijo Jessica Pratt—. El *Banner* es un periódico malvado. El señor Wynand es un hombre muy malo. Representa los intereses egoístas de los ricos.

—A mí me parece guapo. Creo que tiene un atractivo sexual —dijo Renée.

—¡Oh, por el amor de Dios! —exclamó Eve Layton.

—A ver, al fin y al cabo, Renée tiene derecho a expresar su opinión —dijo Jessica Pratt con inmediato enfado.

—Alguien me contó que Ellsworth es presidente del Sindicato de Trabajadores de Wynand —dijo Renée con parsimonia.

—¡Ay, pobre de mí, no! Renée, yo nunca soy presidente de nada. Sólo soy un miembro raso. Como cualquier redactor.

—¿Tienen un Sindicato de Trabajadores de Wynand? —preguntó Homer Slottern.

—Era sólo un club, al principio. Se convirtió en sindicato el año pasado —respondió Toohey.

—¿Quién lo organizó?

—¿Cómo explicarlo? Fue más o menos espontáneo. Como todos los movimientos de masas.

—Pues yo pienso que Wynand es un cabrón —declaró Mitchell Layton—. ¿Quién se cree que es, en todo caso? Cuando voy a una junta de accionistas nos trata como a lacayos. ¿Es que mi dinero no vale tanto como el suyo? ¿No soy dueño de mi propio pedazo de su maldito periódico? Podría enseñarle un par de cosas sobre periodismo. Tengo ideas. ¿A qué viene esa maldita arrogancia? ¿Sólo porque ganó esa fortuna por su cuenta? ¿Tiene que ser un maldito esnob sólo porque viene de Hell's Kitchen? ¿Es que es culpa de los demás no haber tenido la suerte de haber nacido en Hell's Kitchen para poder ascender desde ahí? Nadie comprende qué terrible desventaja es nacer rico, porque la gente da por sentado que, como naciste así, no te habría ido bien de otro modo. Quiero decir: si yo hubiese tenido los golpes de suerte de Gail Wynand, sería el doble de rico que él y tres veces más famoso. ¡Pero es tan engreído que no se da ninguna cuenta de eso!

Nadie dijo una palabra. Notaron el creciente tono de histeria en la voz de Mitchell Layton. Eve Layton miró a Toohey, en busca de amparo. Toohey sonrió y dio un paso adelante.

—Me das vergüenza, Mitch —dijo.

A Homer Slottern se le cortó el aliento. Uno no censuraba a Mitchell Layton sobre ese asunto. Uno no censuraba a Mitchell Layton sobre ningún asunto.

El labio inferior de Mitchell Layton desapareció.

—Me das vergüenza, Mitch —repitió Toohey con dureza—, por compararte con un hombre tan despreciable como Gail Wynand.

El labio de Mitchell Layton se relajó, y su gesto pareció casi tan amable como una sonrisa.

—Es cierto —dijo con humildad.

—No, tú nunca podrás igualar la carrera de Gail Wynand. No con tu espíritu sensible y tus instintos humanitaristas. Eso es lo que te retiene, Mitch, no tu dinero. ¿A quién le importa el dinero? La era del dinero ya ha terminado. Es tu naturaleza, que es demasiado fina para la brutal competición de nuestro sistema capitalista. Pero eso también está acabado.

—Es evidente —dijo Eve Layton.

Era tarde cuando Toohey se marchó. Se sentía eufórico y decidió ir a casa andando. Las calles de la ciudad se extendían completamente desiertas a su alrededor, y las masas oscuras de los edificios se elevaban al cielo, confiadas y desprotegidas. Se acordó de lo que le dijo una vez a Dominique: «Una compleja maquinaria, como nuestra sociedad..., y si aprietas con tu meñique en un punto..., el centro de toda su gravedad..., puedes hacer que todo eso se desmorone y se convierta en un montón de chatarra...». Echó de menos a Dominique. Le habría gustado que hubiese estado allí con él para poder escuchar la conversación de esa noche. Lo que no estaba pudiendo contar le hervía en su interior. Se detuvo en mitad de una calle silenciosa, echó la cabeza hacia atrás y se rio a carcajadas, mirando a lo alto de los rascacielos.

Un policía le tocó el hombro y le preguntó:

—¿Se encuentra bien, señor?

Toohey vio los botones y la tela azul ajustada sobre un pecho ancho y un rostro impasible, duro y paciente; un hombre tan resuelto y firme como los edificios de alrededor.

—¿Cumpliendo con su deber, agente? —preguntó Toohey. En su voz vibraban aún los ecos de su risa—. ¿Protegiendo la ley y el orden y la decencia y las vidas humanas?

El policía se rascó la nuca.

—Debería arrestarme, agente.

—Vale, amigo, está bien. Lárguese. Todos nos tomamos una de más de vez en cuando.

7

Fue al marcharse el último pintor cuando Peter Keating sintió la desolación y una debilidad entumecida en la flexura de los codos. Estaba de pie en el pasillo, mirando al techo. Bajo el esmalte rugoso se distinguía aún el cuadrado de la escalera eliminada y la abertura que se había cerrado. El viejo despacho de Guy Francon había desaparecido. A la firma Keating & Dumont le quedaba ahora una sola planta.

Pensó en la escalera y en la primera vez que subió sus escalones alfombrados con un dibujo entre las yemas de los dedos. Pensó en el despacho de Guy Francon y los reflejos destellantes producidos por la iluminación mariposa. Pensó en los cuatro años en que ese despacho había sido el suyo.

Sabía lo que le estaba ocurriendo a su firma en esos últimos años; lo supo muy bien mientras los hombres vestidos con monos de trabajo retiraban la escalera y cerraban la abertura en el techo. Pero fue aquel cuadrado bajo la pintura blanca la que le dio un carácter real y definitivo.

Hacía mucho tiempo que se había resignado al proceso de ir cuesta abajo. No había decidido resignarse; eso habría sido una decisión activa. Simplemente había pasado, y él había dejado que pasara. Había sido sencillo y casi indoloro, como una modorra que no conduce a nada más siniestro que a un agradecido sueño. El dolor llegó al desear entender por qué había pasado.

Había sido la exposición «La marcha de los siglos»; pero eso, por sí solo, no pudo haber importado. «La marcha de los siglos» se había inaugurado en mayo. Fue un fiasco. ¿De qué sirve?, pensó Keating; ¿por qué no decir la palabra adecuada? Fiasco. Fue un fiasco espantoso. «El título de esta iniciativa sería de lo más apropiado si asumiésemos que los siglos han pasado a caballo», escribió Ellsworth Toohey. Todo lo demás que se había escrito sobre los méritos arquitectónicos de la exposición había sido de ese tenor.

Keating pensó, con nostálgica amargura, con qué empeño habían trabajado él y los otros siete arquitectos para diseñar esos edificios. Era cierto que él se había destacado y había acaparado toda la publicidad, pero, desde luego, no hizo lo mismo en lo concerniente al diseño. Habían trabajado en armonía, en una reunión tras otra, cediendo los unos ante los otros con un verdadero espíritu colectivo, y ninguno trató de imponer sus prejuicios personales o sus ideas egoístas. Incluso Ralston Holcombe se olvidó del Renacimiento. Habían hecho los edificios modernos, más modernos de lo que se hubiera visto jamás, más modernos que los escaparates de los almacenes comerciales de Slottern. No pensaba que los edificios pareciesen «la pasta dentífrica que sale cuando alguien pisa el tubo o versiones estilizadas del intestino delgado», como dijo un crítico.

Pero el público parecía pensarlo, si pensaba. Keating no lo sabía. Sólo sabía que las entradas para la exposición se estaban endilgando en los bingos promocionales de los cines,[1] y que la estrella de la exposición, la salvación económica, fue una tal Juanita Fay, que bailaba con un pavo real como única prenda.

Pero ¿qué importaba si la feria había fracasado? No había perjudicado a los demás arquitectos de su consejo. Gordon L. Prescott se estaba haciendo más fuerte que nunca. No fue eso, pensó Keating. Había empezado antes de la feria. No supo decir cuándo.

Podía haber muchas explicaciones. La Depresión les había golpeado a todos; los demás se habían recuperado hasta cierto punto, pero Keating & Dumont, no. Con la jubilación de Guy Francon, algo se había ido de la firma y de los círculos en los que él obtenía sus clientes. Keating se dio cuenta de que había habido arte, talento y una especie propia de energía ilógica en la carrera de Guy Francon, aunque ese arte sólo consistiera en su encanto social y la energía se dirigiese a cazar millonarios

1. Los *screeno games* fueron una especie de bingos que se celebraban en los cines durante la Gran Depresión para promover la asistencia del público. *(N. de la T.)*

apabullados. Había una retorcida especie de sentido en la reacción de la gente a Guy Francon.

No lograba ver ningún indicio de racionalidad en las cosas a las que la gente reaccionaba ahora. El líder de la profesión —en una escala mínima, porque ya no quedaban grandes escalas en nada— era Gordon L. Prescott, presidente del Consejo de Constructores de Estados Unidos; Gordon L. Prescott, que sermoneaba sobre el pragmatismo trascendental de la arquitectura y la planificación social; que ponía los pies en la mesa en las fiestas privadas; que iba a las cenas de gala con bombachos y criticaba la sopa en voz alta. La alta sociedad decía que le gustaba que un arquitecto fuese de izquierdas. Aún existía la Asociación de Arquitectos de Estados Unidos, con una rígida y herida dignidad, pero la gente se refería a ellos como el «Hogar de Ancianos». El Consejo de Constructores dirigía la profesión y hablaba del *closed shop*,[2] aunque nadie había concebido aún una forma de lograrlo. Cuando aparecía el nombre de un arquitecto en la columna de Ellsworth Toohey, era siempre el de Augustus Webb. Con treinta y nueve años, Keating oía decir de él mismo que estaba pasado de moda.

Había desistido de intentar comprender. Sabía vagamente que la explicación del cambio que engullía al mundo era de una naturaleza que prefería no conocer. De joven, sintió un desprecio amistoso por el trabajo de Guy Francon o Ralston Holcombe, y emularlos no le parecía más que inocente charlatanería. Pero sabía que Gordon L. Prescott y Gus Webb representaban un fraude tan impertinente y mezquino que suspender la evidencia ante sus ojos iba más allá de su capacidad elástica. Pensaba que la gente veía grandeza en Holcombe, y que había una razonable satisfacción en tomar prestado de su grandeza, ella misma prestada. Él sabía que nadie veía nada en Prescott. Sentía algo oscuro y maligno en la forma en que hablaba la gente del genio de Prescott, no a modo de homenaje, sino escupiendo sobre el genio. Por una vez, Keating no pudo seguir a la gente. Era demasiado claro, incluso para él, que el favor del público había dejado de ser un reconocimiento del mérito, que se había convertido casi en un sello de vergüenza.

Siguió adelante, movido por la inercia. No podía permitirse su amplia planta llena de oficinas, y no utilizaba la mitad de los despachos, pero los mantuvo y pagó el déficit de su propio bolsillo. Tenía que seguir. Había perdido una buena parte de su fortuna con una negligente

2. «Taller cerrado», cláusula por la cual la empresa está obligada a contratar sólo a personal afiliado a un determinado sindicato. *(N. de la T.)*

especulación en la bolsa, pero le quedaba lo suficiente para asegurarse cierta comodidad para el resto de su vida. Esto no lo inquietaba: el dinero había dejado de captar su atención como principal interés. Era la inactividad lo que detestaba, el interrogante que se cerniría sobre él si llegara a faltarle la rutina de su trabajo.

Caminaba despacio, con los brazos pegados al cuerpo y los hombros hundidos, como si quisiera resguardarse de un frío permanente. Estaba ganando peso. Se le había hinchado la cara, y, como iba cabizbajo, la papada le hacía un pliegue, aplastado por el nudo de la corbata. Quedaba un rastro de su belleza, lo que empeoraba su aspecto, como si las líneas de su rostro se hubiesen dibujado sobre papel secante y al absorberlas se hubiesen difuminado. Empezaban a resaltar los mechones grises en las sienes. Bebía a menudo, sin alegría.

Le había pedido a su madre que volviera a vivir con él. Ella volvió. Pasaban largos ratos sentados en el salón, al final de la tarde, sin decirse nada; no por rencor, sino para tratar de reconfortarse mutuamente. La señora Keating no le hacía sugerencias ni reproches. En su lugar, había una nueva ternura, moldeada por el pánico, en la forma de dirigirse a su hijo. Le hacía el desayuno, a pesar de que tenían doncella. Le preparaba su plato favorito: crepes, como las que tanto le gustaban cuando tenía nueve años y estaba enfermo de sarampión. Si él advertía sus esfuerzos y hacía algún comentario complacido, ella asentía con la cabeza, pestañeaba y se daba la vuelta, preguntándose a sí misma por qué eso debía alegrarla y, si lo hacía, por qué se le llenaban los ojos de lágrimas.

Le preguntaba de pronto, tras un silencio: «¿Irá todo bien, Petey? ¿O no?». Y él no le preguntaba qué quería decir, sino que respondía tranquilamente: «Sí, mamá, todo irá bien»; y dedicaba toda la capacidad que le quedaba para la lástima a esforzarse en que su voz sonara convincente.

Una vez, ella le preguntó:

—¿Eres feliz, Petey? ¿O no?

Él la miró y vio que no se estaba riendo de él; sus ojos estaban muy abiertos y asustados. Y como él no pudo responder, ella exclamó:

—¡Pero tienes que ser feliz, Petey!, ¡tienes que serlo! ¿Para qué he gastado mi vida, si no?

Él quería levantarse, abrazarla y decirle que tenía toda la razón, y después se acordó de cuando Guy Francon le dijo, el día de su boda: «Quiero que te sientas orgulloso de mí, Peter... Quiero sentir que ha tenido algún significado». Pero no se podía mover. Sentía que estaba ante algo que no debía entender, que no debía permitir jamás que entrara en su mente. Le daba la espalda a su madre.

Una noche, le dijo sin preámbulos:

—Petey, creo que deberías casarte. Creo que sería mucho mejor si estuvieses casado.

Él no encontraba la respuesta, y mientras buscaba a tientas algo alegre que decir, ella añadía:

—Petey, ¿por qué no...? ¿Por qué no te casas con Catherine Halsey?

Él sintió que la ira le llenaba los ojos, sentía la presión en sus párpados hinchados, mientras se volvía, lentamente, hacia su madre. Después veía ante él su figura rechoncha, tiesa e indefensa, con una especie de orgullo desesperado, dispuesta a aceptar cualquier golpe que le quisiera asestar, absolviéndolo de antemano, y sabía que era el gesto más valiente que jamás había intentado su madre. La ira desaparecía, porque sentía el dolor de su madre de forma más nítida que su propia conmoción, y levantaba una mano y después la dejaba caer con desgana, para que el gesto lo abarcara todo, y decía sólo:

—Mamá, dejémoslo...

Los fines de semana, no siempre, pero sí una o dos veces al mes, desaparecía de la ciudad. Nadie sabía adónde iba. La señora Keating se preocupaba, pero no hacía preguntas. Sospechaba que había una mujer en alguna parte, y no buena, porque entonces él no guardaría un silencio tan triste al respecto. La señora Keating se sorprendió a sí misma con la esperanza de que él cayera en las garras de la peor y más avariciosa ramera que tuviese la suficiente cabeza para conseguir que se casara con ella.

Iba a una cabaña que había alquilado en las colinas de una aldea remota. Tenía pinturas, pinceles y lienzos en la cabaña. Se pasaba el día en las colinas, pintando. No sabía por qué recordaba esa ambición nonata de su juventud, que su madre secó y canalizó en la arquitectura. No sabía qué proceso había hecho ese impulso irresistible, pero había encontrado la cabaña y le gustaba ir allí.

No sabía explicar por qué le gustaba pintar. No era ni un placer ni un alivio, era una tortura autoinfligida; pero, de algún modo, eso no importaba. Se sentaba en una banqueta plegable ante un pequeño caballete y observaba la vacía extensión de las colinas, los bosques y el cielo. Había un dolor silencioso como único concepto de lo que quería expresar, una ternura humilde e insoportable ante la visión de la tierra que lo rodeaba, y algo tenso y paralizado como único medio para expresarlo. Seguía con ello. Lo intentaba. Miraba sus lienzos y sabía que aquella crudeza pueril no estaba plasmando nada. No importaba. Nadie iba a verlos. Los apilaba con cuidado en un rincón de la cabaña y cerraba la puerta antes de volver a la ciudad. No había placer en ello, ni orgullo ni solución, sino sólo —mientras estaba sentado en el caballete— una sensación de paz.

Intentó no pensar en Ellsworth Toohey. Un vago instinto le decía que podía preservar cierta seguridad espiritual mientras no tocara ese tema. Sólo podía haber una explicación para la actitud de Toohey hacia él, y prefería no verbalizarla.

Toohey se había distanciado de él. Los intervalos entre sus encuentros habían crecido cada año. Él lo aceptaba y se decía a sí mismo que Toohey estaba ocupado. El silencio público de Toohey sobre él era desconcertante. Se decía a sí mismo que Toohey tenía cosas más importantes de las que escribir. La crítica de Toohey a «La marcha de los siglos» fue dura para él. Se dijo a sí mismo que su trabajo lo merecía. Aceptaba cualquier culpa. Podía permitirse dudar de sí mismo. No podía permitirse dudar de Ellsworth Toohey.

Era Neil Dumont quien lo obligaba a volver a pensar en Toohey. Neil hablaba con petulancia sobre el estado del mundo, sobre llorar por la leche derramada, el cambio como ley de la existencia, la adaptabilidad y la importancia de aprovechar enseguida las oportunidades. Keating deducía, de un largo y confuso discurso, que el negocio, tal como se había conocido, estaba acabado, que el gobierno se haría con él, les gustase o no, que el sector de la construcción estaba muriendo y el gobierno sería pronto el único constructor, y que mejor que se metieran ahora, si querían meterse. «Mira Gordon Prescott, y qué estupendo monopolio se ha conseguido construyendo viviendas y oficinas de correos. Mira Gus Webb, cómo se hace fuerte con chanchullos», decía Neil Dumont.

Keating no respondía. Neil Dumont le estaba lanzando sus propios pensamientos, que él no había confesado. Sabía que tendría que enfrentarse a aquello tarde o temprano y que había intentado posponer el momento.

No quería pensar en Cortlandt Homes.

Cortlandt Homes era un proyecto del gobierno para construir viviendas sociales en Astoria, a la orilla del río Este. Estaba planificado como un experimento gigante de alquileres baratos, una prueba piloto para todo el país, para todo el mundo. Keating llevaba un año entero oyendo a los arquitectos hablar de él. Se había aprobado el presupuesto y se había elegido el sitio, pero no al arquitecto. Keating no se admitió a sí mismo con qué desesperación quería conseguir Cortlandt y las pocas oportunidades que tenía de ello.

—Oye, Pete, aquí vamos a llamar las cosas por su nombre —dijo Neil

Dumont—. Vamos cuesta abajo, compañero, y lo sabes. Sí, vale, duraremos otro par de años, a costa de tu reputación. ¿Y después? No tenemos la culpa. Es sólo que la empresa privada está muerta, cada vez más. Es un proceso histórico. La ola del futuro. Así que podríamos coger nuestra tabla y surfear mientras podamos. Hay una buena tabla, robusta, esperándole al tipo que sea lo bastante listo para agarrarla: Cortlandt Homes.

Ahora lo oía pronunciado. Keating se preguntó por qué el nombre sonaba como el tañido amortiguado de una campana; como si el sonido hubiese abierto y cerrado una secuencia que él no podía detener.

—¿Qué quieres decir, Neil?

—Cortlandt Homes. Ellsworth Toohey. Ya sabes a qué me refiero.

—Neil, yo...

—¿Qué pasa contigo, Pete? Escucha: todo el mundo se está riendo de ello. Todo el mundo dice que, si fuesen los preferidos de Toohey, como tú, conseguirían Cortlandt Homes en un visto y no visto. —Chasqueó sus dedos manicurados—. Así de rápido. Y nadie puede entender a qué estás esperando. Ya sabes que el que está montando todo este número de las viviendas es amigo de Ellsworth.

—No es verdad. No lo es. No tiene ningún cargo oficial. Nunca ha tenido ningún cargo oficial.

—¿A quién estás engañando? La mayoría de los chicos importantes de todos los despachos son de los suyos. Que me aspen si sé cómo los consiguió, pero lo hizo. ¿Qué pasa, Pete? ¿Te da miedo pedirle a Ellsworth Toohey un favor?

Pues ya está: ya no hay escapatoria, pensó Keating. No podía reconocerse que le daba miedo preguntarle a Ellsworth Toohey.

—No —dijo con la voz apagada—. No tengo miedo, Neil. Iré... Está bien, Neil.

Hablaré con Ellsworth.

Ellsworth Toohey estaba arrellanado en un sofá, en bata. Su cuerpo había adoptado la forma de una chapucera letra «x», con los brazos estirados sobre la cabeza, a lo largo de los cojines del respaldo, y las piernas abiertas en forma de amplia horquilla. La bata era de seda, estampada con el logotipo de la empresa de coloretes Coty —almohadillas aplicadoras de polvos, con el fondo naranja—, y parecía atrevido y jovial, sumamente elegante por su pura ridiculez. Debajo de la bata, Toohey llevaba puesto un pijama de lino verde pistacho y arrugado. Los pantalones le bailaban sobre sus tobillos, finos como varillas.

Qué típico de Toohey, pensó Keating: esa pose entre la severa meticulosidad de su salón, un solo lienzo pintado por un artista famoso en la pared que había a su espalda, y el resto de la habitación discreta como una celda monacal. No, pensó Keating, como el refugio de un rey en el exilio y que desprecia cualquier ostentación material.

Toohey lo miraba con ojos cordiales, animados y alentadores. Había cogido él mismo el teléfono, y le concedió la cita de inmediato. Es bueno que me reciba así, de manera informal, pensó Keating; ¿Qué me daba miedo? ¿De qué dudaba? Somos viejos amigos.

—Ay, pobre de mí —dijo Toohey bostezando—. ¡Uno se cansa tanto! Llega un momento en la vida de un hombre en que siente el impulso de relajarse como un zángano. Llego a casa y no soporto la ropa un minuto más. Me sentía como un maldito campesino, me picaba, sin más, y tenía que quitármela. No te importa, ¿verdad, Peter? Con algunas personas hay que ser estirado y formal, pero contigo no hace ninguna falta.

—No, por supuesto que no.

—Creo que me daré un baño dentro de un rato. No hay nada como un buen baño para que uno se sienta como un parásito. ¿Te gustan los baños calientes, Peter?

—Hombre..., sí... Supongo que sí...

—Estás ganando peso, Peter. Muy pronto, resultarás repulsivo en una bañera. Estás engordando y pareces enfermo. Es una mala combinación. Muy mala desde el punto de vista estético. Los gordos deberían ser felices y alegres.

—Estoy..., estoy bien, Ellsworth, es sólo que...

—Solías estar de buen humor. No deberías perder eso. La gente se aburrirá contigo.

—No he cambiado, Ellsworth. —De repente, recalcó las palabras—. No he cambiado en absoluto. Soy el mismo que era cuando diseñé el edificio Cosmo-Slotnick.

Miró a Toohey esperanzado. Pensó que era una pista lo bastante directa para que Toohey la entendiera; Toohey entendía cosas mucho más delicadas que ésa. Esperaba que lo ayudara a salir del paso. Toohey se quedó mirándolo, con unos ojos dulces y vacíos.

—Vaya, Peter, qué afirmación tan poco filosófica. El cambio es el principio básico del universo. Todo cambia: las estaciones, las hojas, las flores, los pájaros, las costumbres morales, los hombres y los edificios. El proceso dialéctico, Peter.

—Sí, desde luego. Las cosas cambian, muy rápido, de manera muy curiosa. Sin ni siquiera darte cuenta, de repente, una mañana, está ahí.

Recuerda que Lois Cook, Gordon Prescott, Ike y Lance no eran nadie hace sólo unos años. Y ahora, en fin, Ellsworth, están en lo alto y son todos tuyos. Mire donde mire, cada vez que oigo un nombre importante, es uno de tus chicos. Eres increíble, Ellsworth. Cómo se puede hacer eso, en sólo unos años.

—Es mucho más sencillo de lo que te parece, Peter. Eso es porque piensas en términos de personalidades. Crees que se hace de forma gradual. Pero, ay, querido, ni las vidas enteras de cien agentes de prensa serían suficientes. Se puede hacer mucho más rápido. Ésta es la era de los aparatos que ayudan a ahorrar tiempo. Si quieres que algo crezca, no abonas cada semilla por separado. Extiendes un determinado fertilizante. La naturaleza se ocupará del resto. Creo que piensas que soy el único responsable, pero no lo soy. No, por Dios bendito. Sólo soy una figura de muchas, una palanca en un movimiento muy vasto. Muy vasto y muy antiguo. Sólo da la casualidad de que he elegido el ámbito que te interesa a ti, el ámbito del arte, porque pensé que ahí se concentraban los factores decisivos para la tarea que teníamos que llevar a cabo.

—Sí, claro, pero, o sea, pienso que eres muy listo. Lo digo en serio; pudiste elegir a un puñado de jóvenes que tenían talento, que tenían futuro. Ojalá lo hubiera sabido antes. ¿Recuerdas aquel penoso desván que teníamos para el Consejo de Constructores? Y nadie nos tomó en serio. La gente solía reírse de ti por perder el tiempo con toda clase de asociaciones absurdas.

—Mi querido Peter, la gente funciona con muchos supuestos equivocados. Por ejemplo, ese tan viejo de «divide y vencerás». Bueno, tiene sus aplicaciones. Pero será nuestro siglo el que descubra una fórmula mucho más potente, como «uníos y mandaréis».

—¿Qué quieres decir?

—Nada que puedas ni remotamente entender. Y no debo exigirles demasiado a tus fuerzas. No parece que te sobren muchas.

—Ah, estoy bien. Quizá parezca un poco preocupado, porque...

—La preocupación es un gasto de reservas emocionales. Muy estúpido. Indigno de una persona ilustrada. Puesto que sólo somos criaturas producto de nuestro metabolismo químico y de los factores económicos de nuestros orígenes, no hay ni una maldita cosa que podamos hacer. Así que, ¿por qué preocuparse? En apariencia hay, por supuesto, algunas excepciones. Pero sólo en apariencia. Es cuando las circunstancias nos llevan al delirio de pensar que lo indicado es la acción libre. Como, por ejemplo, que vengas aquí a hablar de Cortlandt Homes.

Keating pestañeó, y después sonrió agradecido. Pensó que era lo típico de Toohey: adivinarlo y ahorrarle los prolegómenos embarazosos.

—Correcto, Ellsworth. De eso justo quería hablar contigo. Eres maravilloso. Me lees como si fuera un libro abierto.

—¿Qué tipo de libro, Peter? ¿Una novela barata? ¿Una historia de amor? ¿Uno de suspense? ¿O sólo un manuscrito plagiado? No..., una novela por entregas, digamos. Una buena, larga y emocionante novela por entregas, a falta de la última. La última entrega está extraviada en alguna parte. No habrá última entrega. Salvo que, por supuesto, sea Cortlandt Homes. Sí, ése sería un capítulo final muy adecuado.

Keating esperó, con los ojos atentos y desnudos, y se olvidó de sentir vergüenza, de que debía disimular la súplica.

—Tremendo proyecto, Cortlandt Homes. Mayor que Stoneridge. ¿Te acuerdas de Stoneridge, Peter?

Sólo es que conmigo se relaja, pensó Keating; está cansado, no puede tener tacto todo el tiempo, no se da cuenta de que...

—Stoneridge —continuó Toohey—. Aquel gran proyecto residencial de Gail Wynand. ¿Has pensado alguna vez en la carrera de Gail Wynand, Peter? De rata del muelle a Stoneridge. ¿Sabes lo que significa un paso como ése? ¿Calculamos el esfuerzo, la energía y el sufrimiento con que Gail Wynand ha pagado cada paso en su camino? Y heme aquí, con un proyecto mucho mayor que el de Stoneridge en la palma de mi mano, sin ningún esfuerzo en absoluto. —Dejó caer la mano—. Si lo está. Quizá sólo sea una forma de hablar. No lo tomes al pie de la letra, Peter.

—Odio a Wynand —dijo Keating, mirando al suelo, con la voz espesa—. Lo odio más que a cualquier otro hombre en el mundo.

—¿Wynand? Es una persona muy ingenua. Tan ingenua que cree que los hombres se mueven sobre todo por dinero.

—Tú no, Ellsworth. Tú eres un hombre íntegro. Por eso creo en ti. Eso es lo único que tengo. Si dejara de creer en ti, no habría nada... en ninguna parte.

—Gracias, Peter. Es muy amable por tu parte. Histérico, pero amable.

—Ellsworth..., ya sabes lo que siento por ti.

—Me hago una cierta idea.

—¿Ves? Por eso no lo puedo entender.

—¿El qué?

Tenía que decirlo. Había decidido, por encima de todo, no decirlo, pero tenía que hacerlo.

—Ellsworth, ¿por qué me has dejado de lado? ¿Por qué ya no escribes nunca sobre mí? ¿Por qué siempre, en tu columna y en todas partes, y en cualquier encargo que puedas decantar, por qué siempre es Gus Webb?

—Pero, Peter, ¿por qué no?

—Pero..., yo...

—Lamento ver que no me has entendido en absoluto. En todos estos años, no has aprendido nada de mis principios. Yo no creo en el individualismo, Peter. Yo no creo que un hombre sea algo que nadie más pueda ser. Creo que todos somos iguales e intercambiables. La posición que hoy ocupas tú la puede ocupar cualquier otra persona mañana. La rotación igualitaria... ¿No te he predicado eso siempre? ¿Por qué crees que te elegí? ¿Por qué te puse donde estás? Para proteger al sector de los hombres que se volverían irremplazables. Para dejarles una oportunidad a los Gus Webb de este mundo. ¿Por qué te crees que luché, por ejemplo, contra Howard Roark?

La mente de Keating era un hematoma. Pensó que era un hematoma porque sentía como si le hubiesen golpeado con algo plano y pesado y que se pondría morado y luego se hincharía. En ese momento no sentía nada, salvo un dulce aturdimiento. Los trocitos de pensamiento que podía distinguir le decían que las ideas que había escuchado eran de un orden moral superior, las que él siempre había aceptado, y que por lo tanto no podía venir ningún mal de ellas, que no podía haber ningún mal intencionado. Los ojos de Toohey lo miraban fijamente, con una benevolencia oscura y amable. Quizá más tarde..., quizá lo sabría más tarde... Pero una cosa le perforaba y se le quedaba atrapada en alguna parte de su cerebro. Lo había entendido. El nombre.

Aunque su única esperanza de gracia residía en Toohey, algo inexplicable se retorcía en su interior, y se inclinó hacia delante, sabiendo que eso le iba a herir, queriendo herir a Toohey, y sus labios se rizaron formando una sonrisa inverosímil que dejaba ver sus dientes y sus encías:

—Ahí fracasaste, ¿verdad, Ellsworth? Mira dónde está ahora Howard Roark.

—Oh, por favor, qué aburrido es hablar de las cosas con las mentes afectas a lo evidente. Eres completamente incapaz de entender los principios, Peter. Sólo piensas en términos de personas. ¿De verdad crees que no tengo otra misión en la vida que preocuparme sobre el destino específico de tu Howard Roark? El señor Roark es sólo un detalle de muchos. Me ocupé de él cuando era oportuno. Sigo ocupándome de él, aunque no directamente. Te concedo, sin embargo, que el señor Howard Roark es una gran tentación para mí. A veces me parece que sería una vergüenza que nunca me volviera a enfrentar personalmente a él, pero no creo que haya ninguna necesidad. Cuando tratas con principios, Peter, te ahorras el problema de los enfrentamientos personales.

—¿Qué quieres decir?

—Quiero decir que puedes seguir uno de dos procedimientos. Puedes dedicar tu vida a ir arrancando cada yerbajo que brota, y entonces ni diez vidas serán suficientes para esa tarea. O puedes preparar tu terreno, extender un determinado producto químico, digamos, de manera que sea imposible que crezcan los yerbajos. Esto último es más rápido. Y digo «yerbajo» porque es el simbolismo adecuado y no te asustará. La misma técnica sirve, por supuesto, para cualquier otra planta viva que quieras eliminar: el trigo sarraceno, las patatas, las naranjas, las orquídeas o las campanillas.

—Ellsworth, no sé de qué estás hablando.

—Claro que no. Ésa es mi ventaja. Digo estas cosas en público cada día y nadie sabe de qué estoy hablando.

—¿Sabes que Howard Roark está haciendo una casa para Gail Wynand, su propia casa?

—Querido Peter, ¿crees que he tenido que esperar a saberlo por ti?

—Bueno, ¿qué opinas de eso?

—¿Por qué razón debería preocuparme eso?

—¿Sabes que Roark y Wynand se han hecho muy amigos? ¡Y vaya amistad, por lo que oigo! ¿Y bien? Ya sabes lo que Wynand puede hacer. Tú sabes lo que puede hacer de Roark. ¡Ve e intenta parar a Roark ya! ¡Intenta pararlo! ¡Intenta...!

Se atragantó con la saliva y se calló. Al reaccionar, vio que estaba mirando el tobillo desnudo de Toohey entre el pijama del pantalón y la abundante piel de oveja del borde de la pantufla. Nunca había visualizado la desnudez de Toohey. Nunca había pensado en que Toohey poseía un cuerpo físico. Había algo ligeramente indecente en ese tobillo: era sólo piel, demasiado blanquiazulada, estirada sobre unos huesos que parecían demasiado frágiles. Le recordaba a los huesos de pollo que se dejan en el plato después de la cena, secos. Si uno los tocaba, sin hacer falta ningún esfuerzo, se partían solos. Quiso alargar la mano, coger aquel tobillo entre el pulgar y el índice y simplemente retorcer las yemas de sus dedos.

—Ellsworth, ¡he venido a hablar de Cortlandt Homes! —No podía apartar los ojos del tobillo. Esperaba que las palabras lo liberasen.

—No grites así. ¿Qué pasa...? ¿Cortlandt Homes? Bueno, ¿qué quieres decirme de eso?

Tenía que levantar la mirada, asombrado. Toohey esperaba, inocente.

—Quiero diseñar Cortlandt Homes —dijo, con una voz que parecía una pasta filtrada por una tela—. Quiero que me lo des a mí.

—¿Por qué debería dártelo a ti?

No hubo respuesta. Keating podría haber dicho: «Porque has escrito que soy el mejor arquitecto vivo»; pero entonces el recordatorio demostraría que Toohey ya no lo creía. No se atrevió a enfrentarse a esa prueba, ni a la posible respuesta de Toohey. Se quedó mirando dos largos pelos negros en la protuberancia azulada del tobillo de Toohey. Podía verlos claramente: uno era liso, y el otro rizado como una floritura. Al cabo de un rato, respondió:

—Porque lo necesito desesperadamente, Ellsworth.

—Lo sé.

No había más que decir. Toohey cambió la postura del tobillo, levantó el pie, lo puso sobre el brazo del sofá y estiró cómodamente la pierna.

—Siéntate bien y ponte recto, Peter. Pareces una gárgola.

Keating no se movió. Y Toohey añadió:

—¿Qué te ha hecho suponer que la elección del arquitecto para Cortlandt Homes depende de mí?

Keating levantó la cabeza. Fue una punzada de alivio. Había supuesto demasiado y había ofendido a Toohey. Ésa era la razón, ésa era la única razón.

—Bueno, entendí..., se dice... Me dijeron que tenías mucha influencia en este proyecto en concreto..., con esa gente... y en Washington... y por ahí...

—Con carácter estrictamente no oficial. Como experto en materia arquitectónica. Nada más.

—Sí, claro... A eso... me refiero.

—Puedo recomendar un arquitecto. Eso es todo. No puedo garantizar nada. Yo no tengo la última palabra.

—Eso es lo único que quería, Ellsworth. Una palabra de recomendación tuya...

—Pero, Peter, si recomiendo a alguien, debo dar una razón. No puedo utilizar la influencia que pueda tener sólo para enchufar a un amigo, ¿no?

Keating se quedó mirando la bata. Aplicadores de colorete, pensó; ¿por qué aplicadores de colorete? Ése es mi problema. Si al menos se quitara esa cosa.

—Tu estatus profesional no es el que era, Peter.

—Has dicho «enchufar a un amigo», Ellsworth... —Era un susurro.

—Sí, claro, soy tu amigo. Siempre he sido tu amigo. No lo estarás dudando, ¿no?

—No... No puedo, Ellsworth...

—Bien, anímate, entonces. Mira, te diré la verdad. Estamos estancados con lo del maldito Cortlandt. Hay un pequeño y desagradable problema. Intenté conseguirlo para Gordon Prescott y Gus Webb, porque pensé que iba más en su línea. No pensé que te interesara tanto. Pero ninguno de los dos dio la talla. ¿Sabes cuál es el gran problema de la vivienda? La economía, Peter. Cómo diseñar una vivienda moderna y decente que se pueda alquilar por quince dólares al mes. ¿Has intentado alguna vez calcular eso? Bueno, pues eso es lo que se espera del arquitecto que haga Cortlandt, si alguna vez lo encuentran. Por supuesto, la selección de los inquilinos ayuda; ellos escalonan los alquileres, y las familias que ganan mil doscientos al año pagan más por el mismo apartamento para ayudar a las familias que ganan seiscientos al año, ya sabes, sacárselo al pobre para dárselo al que es aún más pobre, pero, aun así, los costes de construcción y mantenimiento deben ser tan bajos como humanamente sea posible. Los chicos de Washington no quieren otra de esas..., te habrás enterado, un pequeño proyecto de construcción del gobierno donde las casas cuestan diez mil dólares por unidad, cuando un constructor privado las podría haber levantado por dos mil. Cortlandt tiene que ser un proyecto modélico. Un ejemplo para todo el mundo. Debe ser la muestra más brillante y eficiente de ingenio planificador y economía estructural que se haya logrado jamás en cualquier parte. Eso es lo que piden los jefes. Gordon y Gus no pudieron hacerlo. Lo intentaron y fueron descartados. Te sorprendería saber cuánta gente lo ha intentado. Peter, ni siquiera habría podido venderte ante ellos en tu mejor momento profesional. ¿Qué les puedo decir de ti? Lo que tú representas es el lujo, los recubrimientos de oro y mármol, el viejo Guy Francon, el edificio Cosmo-Slotnick, el Frink National Bank y ese pequeño aborto de los siglos que nunca se amortizará. Lo que quieren es la cocina de un millonario para alguien con los ingresos de un aparcero. ¿Crees que puedes hacerlo?

—Yo... tengo ideas, Ellsworth. He observado el terreno... He... estudiado nuevos métodos... Yo podría...

—Si puedes, es tuyo. Si no puedes, ni toda mi amistad te ayudará. Y Dios sabe que me gustaría ayudarte. Pareces una solterona bajo la lluvia. Esto es lo que haré por ti, Peter: ven mañana a mi despacho; te doy toda la información confidencial, te la llevas a casa y a ver si puedes romperte la cabeza. Aprovecha la oportunidad, si te interesa. Prepárame un bosquejo preliminar. No puedo prometerte nada, pero si te acercas un poco, se lo presentaré a las personas adecuadas y presionaré con todas mis fuerzas. Eso es todo lo que puedo hacer por ti. No depende de mí. De verdad que depende de ti.

Keating lo miró fijamente. Los ojos de Keating estaban ansiosos, entusiasmados y desesperados.

—¿Quieres intentarlo, Peter?

—¿Me dejarás intentarlo?

—Por supuesto que sí. ¿Por qué no iba a hacerlo? Estaría encantado de que fueses precisamente tú quien se los llevara al catre.

—En cuanto a mi aspecto, Ellsworth —dijo de pronto—, sobre mi aspecto... No es que me importe tanto ser un fracaso... Es que no puedo entender haber resbalado así... desde la cima... sin ningún motivo en absoluto...

—Bueno, Peter, eso puede ser terrible de contemplar. Lo inexplicable siempre es aterrador. Pero no sería tan aterrador si dejaras de preguntarte si ha habido alguna vez alguna razón por la que debías estar en la cima... Oh, vamos, Peter, sonríe. Sólo es una broma. Uno lo pierde todo cuando pierde su sentido del humor.

A la mañana siguiente, Keating fue a su despacho tras visitar a Ellsworth en su cuchitril en el edificio del *Banner*. Se había traído un maletín que contenía los datos sobre el proyecto Cortlandt Homes. Extendió los papeles en una gran mesa en su despacho y cerró la puerta con llave. Le pidió a un dibujante que le llevara un bocadillo a mediodía, y pidió otro bocadillo a la hora de cenar.

—¿Quieres que te ayude, Pete? —preguntó Neil Dumont—. Podríamos consultar y hablarlo y... —Keating negó con la cabeza.

Estuvo sentado a su mesa toda la noche. Al cabo de un rato dejó de mirar los papeles. Se quedó quieto y pensativo. No estaba pensando en los mapas y las cifras extendidas ante él. Las había estudiado. Había entendido que no podía hacerlo.

Cuando vio que se había hecho de día, cuando oyó pasos tras su puerta cerrada y el movimiento de los hombres que volvían al trabajo, y supo que había empezado la jornada laboral, allí y en todas partes en la ciudad, se levantó, fue a su escritorio y cogió el listín telefónico. Marcó el número.

—Soy Peter Keating. Querría concertar una cita para ver al señor Roark.

«Dios santo —pensó mientras esperaba—, no dejes que me vea. Haz que se niegue. Dios santo, haz que se niegue y tendré derecho a odiarlo para el resto de mis días. No le dejes verme.»

—¿Le iría bien mañana a las cuatro de la tarde, señor Keating? —dijo la voz serena y amable de la secretaria—. El señor Roark lo recibirá entonces.

8

Roark sabía que no debía mostrar su asombro al ver el aspecto de Peter Keating, y que era demasiado tarde: vio una débil sonrisa en los labios de Keating, terrible porque era una resignada admisión de su decadencia.

—¿Sólo eres dos años más joven que yo, Howard? —dijo Keating. Fue lo primero que le preguntó, mirando a la cara al hombre que no había visto en seis años.

—No sé, Peter, eso creo. Yo tengo treinta y siete.

—Yo tengo treinta y nueve..., sólo.

Se acercó a la silla que había ante el escritorio de Roark y la palpó. Lo cegaban las láminas de cristal que formaban tres de las paredes del despacho de Roark. Se quedó mirando el cielo y la ciudad. No tenía sensación de altura allí; los edificios parecían yacer a sus pies y que en realidad no era una ciudad, sino una incongruencia de hitos famosos en miniatura, tan pequeños y cercanos que sentía que podía agacharse y coger cualquiera de ellos con la mano.

Vio unas rayas negras, que eran coches y parecían reptar: tardaban mucho en recorrer una manzana del tamaño de su dedo. Vio la piedra y la argamasa de la ciudad como una sustancia que se había empapado de luz y ahora la devolvía, hilera tras hilera, en los planos lisos y verticales, marcados por los puntos de las ventanas; cada plano era un reflector de color rosa, oro y púrpura, y las vetas irregulares de humo azul que flotaban entre ellas les daban forma, ángulos y distancia. La luz fluía de los edificios al cielo, y hacía del claro azul veraniego una humilde idea sobrevenida, una extensión de agua clara sobre el fuego vivo. «Dios mío —pensó Keating—, ¿quiénes son los hombres que han hecho todo esto?» Y entonces recordó que él había sido uno de ellos.

Vio la figura de Roark, erguida y flaca, apoyada en la esquina que formaban las dos ventanas tras la mesa, y después Roark se sentó frente a él.

Keating pensó en los hombres perdidos en el desierto y los que mueren en el mar, cuando, en presencia de la eternidad silenciosa del cielo, tienen que decir la verdad. Y ahora tenía que decir la verdad, porque estaba en presencia de la ciudad más grande de la tierra.

—Howard, ¿es esto esa cosa terrible que dicen de poner la otra mejilla, que me dejes venir aquí?

No pensó en su voz. No sabía que había tenido dignidad.

Roark lo miró en silencio un instante: ese cambio era aún mayor que el de su cara hinchada.

—No lo sé, Peter. No, si en realidad se refieren al perdón. Si me hubiese hecho daño, nunca lo perdonaría. Sí, si a lo que se refieren es a lo que estoy haciendo. No creo que un hombre pueda hacer daño a otro, no de ninguna manera importante. Ni hacerle daño ni ayudarlo. Lo cierto es que no tengo nada que perdonarte.

—Sería mejor que sintieras que sí. Sería menos cruel.

—Supongo.

—No has cambiado, Howard.

—Supongo que no.

—Si éste es el castigo que merezco, quiero que sepas que lo acepto y que lo entiendo. Por un momento pensé que me estaba librando.

—Tú sí has cambiado, Peter.

—Lo sé.

—Siento si tiene que ser un castigo.

—Lo sé. Te creo, pero no pasa nada. Es lo último. En realidad, lo acepté anteanoche.

—¿Fue cuando decidiste venir aquí?

—Sí.

—Entonces, no temas ahora. ¿Qué pasa?

Keating estaba erguido y tranquilo, no como estaba ante un hombre en bata tres días antes, sino casi con una sensación de reposo confiado. Habló despacio y sin lástima:

—Howard, soy un parásito. He sido un parásito toda mi vida. Tú diseñaste mis mejores proyectos en Stanton. Tú diseñaste la primera casa que construí. Tú diseñaste el edificio Cosmo-Slotnick. Me he alimentado de ti y de todos los hombres como tú que vivieron antes de que naciéramos. Los hombres que diseñaron el Partenón, las catedrales góticas y los primeros rascacielos. Si no hubiesen existido, yo no habría sabido poner una piedra sobre otra. No he añadido en toda mi vida ni un picaporte a lo que los hombres hicieron antes que yo. He cogido lo que no era mío y no he dado nada a cambio. No tenía nada que dar. Esto no es teatro, Howard, y soy muy consciente de lo que estoy diciendo. Y he venido a pedirte que me salves otra vez. Si quieres echarme, hazlo ahora.

Roark negó con la cabeza despacio, y después le hizo un gesto con la mano a modo de permiso para que continuara.

—Supongo que sabes que estoy acabado como arquitecto. Bueno, no acabado del todo, pero bastante cerca. Otros podrían seguir así unos años, pero yo no, por lo que he sido. O se pensaba que he sido. La gente no perdona al hombre que va cuesta abajo. Tengo que vivir a la altura de lo que pensaban. Sólo puedo hacerlo como he hecho todo lo demás en mi vida. Necesito un prestigio que no merezco por un logro que no fue obra mía para salvar un nombre que no me he ganado el derecho de llevar. Me han dado una última oportunidad. Sé que es mi última oportunidad. Sé que no puedo hacerlo. Mi intención no es traerte un desastre y pedirte que lo corrijas. Te estoy pidiendo que lo diseñes y me dejes firmarlo a mí.

—¿Qué trabajo es?

—Cortlandt Homes.

—¿El proyecto de viviendas sociales?

—Sí. ¿Has oído hablar de él?

—Lo sé todo sobre él.

—¿Estás interesado en proyectos de viviendas sociales, Howard?

—¿Quién te lo ha ofrecido? ¿Con qué condiciones?

Keating se lo explicó con precisión y sin pasión, y le narró su conversación con Toohey como si fuese el resumen de una transcripción judicial que había leído hacía mucho. Sacó los documentos de su maletín, los puso encima de la mesa y siguió hablando, mientras Roark los miraba. Roark lo interrumpió una vez:

—Espera un momento, Peter, calla.

Esperó un largo rato. Vio que la mano de Roark movía distraída los documentos, pero sabía que no los estaba mirando.

—Sigue —dijo Roark.

Y Keating continuó, obediente, y no se permitió hacer preguntas.

—Supongo que no hay razón por la que debas hacerlo por mí —dijo Keating cuando acabó—. Si puedes resolver su problema, puedes ir a verlos y hacerlo tú mismo.

Roark sonrió.

—¿Crees que podría pasar por encima de Toohey?

—No, no creo que puedas.

—¿Quién te ha dicho que yo estaba interesado en proyectos de viviendas sociales?

—¿Qué arquitecto no lo está?

—Bueno, yo lo estoy, pero no de la forma que piensas.

Se levantó. Lo hizo con un movimiento rápido, impaciente y tenso. Keating se permitió su primera opinión: pensó que era extraño ver que Roark reprimía su interés.

—Déjame pensarlo, Peter. Déjalo ahí. Ven a mi casa mañana por la noche. Te lo diré entonces.

—¿No me... vas a decir que no?

—No todavía.

—¿Podrías... después de todo lo que ha pasado...?

—Al diablo con eso.

—Vas a considerar...

—No puedo decirte nada ahora, Peter. Tengo que pensarlo. No puedes contar con ello. Quizá quiera exigir algo que es imposible para ti.

—Cualquier cosa que pidas, Howard. Cualquier cosa.

—Ya hablaremos mañana.

—Howard, yo... ¿Cómo puedo intentar darte las gracias, incluso por...?

—No me des las gracias. Si lo hago, tendré mi propio interés en hacerlo. Espero ganar lo mismo que tú. Probablemente, más. Sólo recuerda que no hago las cosas con las condiciones de otro.

Keating fue a casa de Roark a la noche siguiente. No sabía si había esperado con impaciencia o no. El hematoma se había extendido. Podía actuar, pero no podía sopesar nada.

Estaba de pie en medio de la habitación de Roark y miró a su alrededor con detenimiento. Estaba agradecido por todas las cosas que Roark no le había dicho. Pero les dio voz él mismo cuando preguntó:

—Ésta es la casa Enright, ¿no?

—Sí.

—¿La construiste tú?

Roark asintió con la cabeza, y dijo:

—Siéntate Peter. —Lo entendía demasiado bien.

Keating llevaba su maletín. Lo dejó en el suelo, apoyado en la silla. El maletín abultaba y pesaba mucho, y lo manejó con cuidado. Después extendió las manos y se le olvidó cambiar de postura. Preguntó:

—¿Y bien?

—Peter, ¿podrías pensar por un momento que estás solo en el mundo?

—Lo llevo pensando tres días.

—No, no me refiero a eso. ¿Podrías olvidar lo que te han enseñado a repetir y a pensar, y pensar de verdad, con tu propio cerebro? Hay cosas que quiero que entiendas. Es mi primera condición. Voy a decirte lo que quiero. Si lo ves como la mayoría de la gente, dirás que no es nada. Pero si lo dices, no seré capaz de hacerlo. No, a menos que entiendas completamente, con todo tu cerebro, lo importante que es.

—Lo intentaré, Howard. Fui... sincero contigo ayer.

—Sí. Si no lo hubieses sido, te habría dicho que no ayer. Ahora creo que podrías ser capaz de entenderlo y cumplir tu parte.

—¿Quieres hacerlo?

—Podría, si me ofreces lo suficiente.

—Howard: cualquier cosa que pidas. Cualquier cosa. Vendería mi alma...

—Ése es justo el tipo de cosa que quiero que entiendas. Vender tu alma es lo más fácil del mundo. Es lo que hacen todos cada hora de su vida. Si te pidiera que conservaras tu alma, ¿entenderías por qué es mucho más difícil?

—Sí... Sí, eso creo.

—¿Sí? Adelante. Quiero que me des una razón por la que yo debería diseñar Cortlandt. Quiero que me hagas una oferta.

—Puedes quedarte con todo el dinero que me den. No lo necesito. Puedes tener el doble. Doblaré los honorarios que te paguen.

—Puedes hacerlo mejor, Peter. ¿Con eso deseas tentarme?

—Me salvarías la vida.

—¿Se te ocurre alguna razón por la que yo deba querer salvarte la vida?

—No.

—¿Entonces?

—Es un gran proyecto público, Howard. Una iniciativa humanitaria. Piensa en la pobre gente que vive en los suburbios. Si puedes darles una comodidad decente con sus medios, tendrás la satisfacción de haber hecho una noble obra.

—Peter, fuiste más sincero ayer.

—Te encantará diseñarlo.

—Sí, Peter. Ahora sí estás hablando en mi idioma.

—¿Qué quieres?

—Bien, escucha: llevo años trabajando en el problema de abaratar el alquiler. Nunca he pensado en los pobres ni en los suburbios. He pensado en las posibilidades de nuestro mundo moderno. Los nuevos materiales, los medios y las oportunidades que se pueden aprovechar y usar. Hay muchos productos, fruto del genio del hombre, a nuestro alrededor. Hay muchas grandes posibilidades que explotar para construir de forma barata, sencilla e inteligente. He tenido mucho tiempo para estudiar. No tenía mucho que hacer después del templo Stoddard. No esperaba resultados. He trabajado porque no puedo ver ningún material sin pensar: ¿qué podría hacer con él? Y en cuanto lo pienso, tengo que hacerlo. Para encontrar la respuesta, para abrirlo. He trabajado en ello durante años. Y lo he amado. He trabajado porque era un problema que quería resolver. ¿Quieres saber cómo construir una vivienda que se pueda alquilar por quince dólares al mes? Te enseñaré cómo construirla por diez.

Keating se inclinó sin darse cuenta hacia delante.

—Pero, antes, quiero que pienses y me digas qué me hizo dedicarle años a este trabajo. ¿El dinero? ¿La fama? ¿La caridad? ¿El altruismo?

Keating negó con la cabeza lentamente.

—Está bien. Estás empezando a entenderlo. Así que, hagamos lo que hagamos, no hablemos de la gente pobre de los suburbios. No tienen nada que ver con ello, aunque no le envidiaría a nadie el trabajo de explicárselo a los necios. Mira: a mí nunca me preocupan mis clientes, sólo mis requisitos arquitectónicos. A ellos los considero parte del tema y el problema de mi edificio, como el material de construcción, igual que los ladrillos y el acero. Los ladrillos y el acero no son mi motivo. Ni lo son los clientes. Ambos son sólo medios para mi trabajo. Peter, antes de que puedas hacer cosas por los demás, debes ser el tipo de hombre que puede hacer las cosas. Pero para conseguir que las cosas se hagan, debes amar hacerlas, y no las consecuencias secundarias. El trabajo, y no las personas. Tus propios actos, y no cualquier posible objeto de tu caridad. Me alegraré si la gente encuentra un mejor modo de vida en una casa que yo haya diseñado, pero ése no es el motivo de mi trabajo. Ni mi razón. Ni mi recompensa.

Se acercó a una ventana y observó cómo las luces de la ciudad titilaban en el río oscuro.

—Dijiste ayer: «¿A qué arquitecto no le interesan las viviendas sociales?». Yo odio todo el maldito concepto. Creo que es una iniciativa digna, ofrecer un apartamento decente a una persona que gana quince dólares a la semana, pero no a costa de otras. No si eso supone subir los impuestos, subir todos los demás alquileres y hacer que el hombre que gana cuarenta dólares viva en una ratonera. Eso es lo que está pasando en Nueva York. Nadie puede permitirse un apartamento moderno, salvo los muy ricos y los indigentes. ¿Has visto las casas de arenisca reformadas donde tienen que vivir las parejas que trabajan? ¿Has visto sus cocinas en armarios y sus tuberías? Se ven obligados a vivir así, porque no son lo suficientemente incompetentes. Ganan cuarenta dólares a la semana y no podrían aspirar a la vivienda social, pero son los que aportan el dinero para el maldito proyecto. Pagan los impuestos, y los impuestos suben su propio alquiler. Y tienen que mudarse de una casa de arenisca reformada a otra sin reformar, y de ahí a un apartamento en enfilada.[1] No tengo ningún deseo de penalizar a un hombre porque sólo merece quince dólares a la semana. Pero estaría loco si entendiera por qué habría que penalizar a un hombre que vale cuarenta dólares, y que penalizarlo fuera a favor del que es menos competente. Seguro que hay un montón de teorías sobre el sujeto y libros enteros sobre el tema. Pero mira sólo los resultados. Aun así, todos los arquitectos siguen a favor de la vivienda social. ¿Has visto alguna vez a un arquitecto que no esté pidiendo a gritos ciudades planificadas? Me gustaría preguntarle cómo puede estar tan seguro de que el plan adoptado va a ser el suyo. Y si lo es, ¿qué derecho tiene a imponérselo a los demás? Y si no lo es, ¿qué pasa con su trabajo? Supongo que dirá que tampoco lo quiere. Quiere un consejo, una conferencia, cooperación y colaboración. Y el resultado será «La marcha de los siglos». Peter, cada uno de vosotros en ese comité ha hecho mejores trabajos por su cuenta que lo que habéis producido los ocho como colectivo. Pregúntate por qué, alguna vez.

—Creo que lo sé... Pero Cortlandt...

—Sí, Cortlandt. Bien, te he dicho todas las cosas en las que no creo, así que entenderás lo que quiero y qué derecho tengo a quererlo. No creo en la vivienda social. No quiero oír nada sobre sus nobles propósi-

1. «Railroad flat» es un tipo de apartamento común en Nueva York, cuya distribución consiste en una serie de habitaciones conectadas entre sí, sin pasillo, como los vagones de un tren. A menudo eran divisiones de casas de arenisca. *(N. de la T.)*

tos. No creo que sean nobles. Pero eso no importa, tampoco. No es lo que más me preocupa. Ni quién viva en la casa ni quién mande construirla. Sólo la casa en sí. Si tiene que construirse, que al menos se construya bien.

—¿Quieres... construirla?

—En todos los años que he trabajado en este problema, nunca había esperado poder ver los resultados aplicados en la práctica. Me obligué a no tener esa esperanza. Sabía que no podía esperar la oportunidad de demostrar lo que se podía hacer a gran escala. Tus viviendas sociales, entre otras cosas, han hecho que toda la construcción sea tan cara que los propietarios privados no pueden permitirse esos proyectos, ningún tipo de construcción destinada al bajo alquiler. Y ningún gobierno me va a dar nunca trabajo. Eso ya lo has entendido perfectamente tú solo. Tú dijiste que no podía pasar por encima de Toohey. Él no es el único. Nunca ninguna organización, consejo o comité, público o privado, me ha dado trabajo, salvo que hubiese alguien que luchase por mí, como Kent Lansing. Hay una razón para eso, pero no tenemos que hablar de ello ahora. Quiero que sepas sólo que me doy cuenta de qué manera te necesito, así que lo que haremos es un intercambio justo.

—¿Que me necesitas? ¿Tú a mí?

—Peter, amo este trabajo. Quiero verlo en pie. Quiero hacerlo real, vivo, funcionando, construido. Pero todo ser vivo está integrado. ¿Sabes lo que significa eso? Un todo puro, completo, no fragmentado. ¿Sabes lo que constituye un principio integrador? Un pensamiento. El pensamiento, un solo pensamiento que creó la cosa y todas sus partes. El pensamiento que nadie puede cambiar o tocar. Yo quiero diseñar Cortlandt. Quiero verlo construido. Quiero verlo construido exactamente como lo haya diseñado.

—Howard... No voy a decir que «no es nada».

—¿Lo entiendes?

—Sí.

—Me gusta que me paguen por mi trabajo, pero puedo renunciar a eso esta vez. Me gusta que haya gente que sepa que mi trabajo lo he hecho yo, pero puedo renunciar a eso también. Me gusta que haya inquilinos felices por mi trabajo, pero eso no me importa demasiado. Lo único que me importa, mi objetivo, mi recompensa, mi principio y mi final es el propio trabajo. Mi trabajo hecho a mi manera. Peter, no hay nada en el mundo que puedas ofrecerme, excepto esto. Ofréceme esto y podrás tener todo lo que yo puedo dar. Mi trabajo hecho a mi manera. Una motivación privada, personal, egoísta y egotista. Es la única manera en que funciono. Eso es todo lo que soy.

—Sí, Howard, lo entiendo. Con todo mi cerebro.

—Entonces, esto es lo que te ofrezco: diseñaré Cortlandt. Tú lo firmarás. Te quedarás con todos los honorarios. Pero me garantizarás que se construirá exactamente como yo lo haya diseñado.

Keating lo miró y mantuvo la mirada adrede, tranquilo, un momento.

—Está bien, Howard —dijo. Y añadió—: He esperado, para demostrarte que sé exactamente lo que estás pidiendo y lo que estoy prometiendo.

—¿Sabes que no va a ser fácil?

—Sé que va a ser tremendamente difícil.

—Lo será. Porque es un proyecto muy grande. Y sobre todo porque es un proyecto del gobierno. Habrá muchas personas implicadas, todas con autoridad, que querrán ejercerla de un modo u otro. Tendrás una dura batalla. Tendrás que tener el coraje de mis convicciones.

—Intentaré estar a la altura, Howard.

—No serás capaz, salvo que entiendas que lo que te estoy dando es una confianza más sagrada, y más noble, si te gusta la palabra, que cualquier propósito altruista que puedas nombrar. A menos que entiendas que esto no es un favor, que no lo estoy haciendo por ti o por los futuros inquilinos, sino por mí mismo, y que no tienes derecho a ello salvo en estas condiciones.

—Sí, Howard.

—Tendrás que idear tu propia forma de lograrlo. Tendrás que conseguir un contrato blindado con tus jefes y después pelear con cada burócrata que aparezca cada cinco minutos durante el próximo año, o quizá más. No tendré ninguna garantía, salvo tu palabra. ¿Me la das?

—Te doy mi palabra.

Roark se sacó dos páginas mecanografiadas del bolsillo y se las entregó.

—Fírmalo.

—¿Qué es eso?

—Un contrato entre nosotros que estipula las condiciones de nuestro acuerdo. Una copia para cada uno. Es probable que no tenga ninguna validez jurídica, de todas formas, pero lo puedo usar contra ti. No podría demandarte, pero puedo hacerlo público. Si es prestigio lo que quieres, no puedes permitir que esto se sepa. Si te falla el coraje en cualquier momento, recuerda que lo perderás todo si cedes. Pero si mantienes tu palabra, yo te doy la mía, como está escrito aquí, de que nunca se lo revelaré a nadie. Cortlandt será tuyo. El día que esté terminado, te devolveré este papel y tú lo podrás quemar si lo deseas.

—De acuerdo, Howard.

Keating firmó, y le dio la pluma; y Roark firmó.

Keating, sentado, se quedó mirándolo un instante, y después dijo lentamente, como si intentara distinguir la forma borrosa de algún pensamiento propio:

—Todo el mundo diría que eres tonto... Todo el mundo diría que yo me lo estoy llevando todo...

—Tú te llevarás todo lo que la sociedad le puede dar a un hombre. Te llevarás todo el dinero. Te llevarás cualquier fama u honor que cualquiera pueda querer concederte. Aceptarás tanta gratitud como los inquilinos puedan sentir. Y yo... yo me llevaré lo que ningún hombre puede darle a otro que no sea él mismo. Yo habré construido Cortlandt.

—Tú te estás llevando más que yo, Howard.

—¡Peter! —Su voz era triunfante—. ¿Lo entiendes?

—Sí...

Roark se apoyó en una mesa y se rio suavemente. Era el sonido más feliz que Keating había oído jamás.

—Esto funcionará, Peter. Funcionará. Todo irá bien. Has hecho algo maravilloso. No lo has arruinado todo dándome las gracias.

Keating asintió con la cabeza.

—Ahora, relájate, Peter. ¿Quieres tomar algo? No hablaremos de más detalles esta noche. Sólo siéntate y acostúmbrate a mí. Deja de tenerme miedo. Olvídate de lo que dijiste ayer. Esto lo borra. Estamos empezando de cero. Ahora somos socios. Tú tienes tu parte que hacer. Es una parte legítima. Ésta es mi idea de cooperación, por cierto. Tú te encargas de la gente. Yo de la construcción. Haremos cada uno el trabajo como mejor sabemos, con toda la honradez que podamos.

Se acercó a Keating y le extendió la mano.

Quieto, sin levantar la cabeza, Keating le dio la mano. Los dedos la apretaron un instante.

Cuando Roark le llevó la bebida, Keating bebió tres largos tragos y empezó a observar la habitación. Estaba apretando el vaso entre los dedos, con el brazo firme, pero el hielo tintineaba en el líquido de vez en cuando, sin que se viera ningún movimiento.

Sus ojos recorrían con pesadez la habitación y el cuerpo de Roark. «No es intencionado —pensó Keating—, no es sólo para hacerme daño, no puede evitarlo, ni siquiera lo sabe, pero es que está en su cuerpo entero, esa mirada de criatura contenta de estar viva.» Se dio cuenta de que él nunca había creído de verdad que cualquier ser vivo pudiera alegrarse del don de la existencia.

—Eres... tan joven, Howard... Eres tan joven... Una vez te reproché que fueses tan viejo y tan serio... ¿Te acuerdas de cuando trabajabas para mí donde Francon?

—Déjalo, Peter. Nos ha ido muy bien sin recordar.

—Eso es porque eres amable. Espera, no te enfades. Déjame hablar. Tengo que hablarte de algo. Lo sé, esto es algo que no querías que mencionara. Dios, ¡yo no quería que lo mencionaras tú! Tuve que armarme de valor frente a ello, esa noche, frente a todas las cosas que podrías echarme en cara. Pero no lo hiciste. Si ahora fuese al revés y ésta fuera mi casa, ¿te puedes imaginar lo que haría o diría? Tú no eres lo bastante engreído.

—¿Cómo que no? Soy demasiado engreído, si quieres llamarlo así. No hago comparaciones. Nunca pienso en mí mismo en relación con cualquier otro. Sólo me niego a medirme como parte de algo. Soy un completo egoísta.

—Sí, lo eres. Pero los egoístas no son amables. Y tú lo eres. Eres el hombre más egoísta y más amable que conozco. Y eso no tiene sentido.

—Quizá los conceptos no tengan sentido. Quizá no significan lo que le han enseñado a la gente a pensar que significan. Pero dejemos eso ahora. Si tienes que hablar de algo, hablemos de lo que vamos a hacer.

Se inclinó para mirar por la ventana abierta.

—Se hará ahí. Esa franja oscura, ahí estará Cortlandt. Cuando esté hecho, podré verlo desde mi ventana. Entonces será parte de la ciudad. Peter, ¿te he dicho alguna vez lo mucho que amo esta ciudad?

Keating se tragó el líquido que le quedaba en el vaso.

—Creo que debería irme, Howard. No... no me encuentro bien esta noche.

—Te llamaré dentro de unos días. Nos reuniremos aquí, mejor. No vengas a mi despacho. Por cierto, después, cuando estén hechos mis bocetos, tendrás que copiarlos tú mismo, a tu manera. Algunas personas reconocerían mi forma de dibujar.

—Sí..., de acuerdo...

Keating se levantó y miró vacilante su maletín un momento, y después lo recogió. Murmuró algunas palabras confusas al despedirse, cogió su sombrero, se fue hacia la puerta, se paró y miró su maletín.

—Howard..., he traído una cosa que quería enseñarte.

Volvió a la habitación y puso el maletín en la mesa.

—No se lo he enseñado a nadie —dijo, mientras sus dedos soltaban con torpeza las correas—. Ni a mi madre, ni a Ellsworth Toohey... Sólo quería que me dijeras si hay algo...

Le dio a Roark seis de sus lienzos.

Roark los miró, uno detrás de otro. Se tomó más tiempo del necesario. Cuando se sintió lo bastante seguro para levantar la mirada, negó con la cabeza como respuesta silenciosa a la palabra que Keating no había pronunciado.

—Es muy tarde, Peter —dijo en voz baja.

Keating afirmó con la cabeza.

—Supongo que... lo sabía.

Cuando Keating se hubo marchado, Roark se apoyó en la puerta, con los ojos cerrados. La compasión le había dado náuseas.

Nunca la había sentido, ni cuando Henry Cameron se desmayó en el despacho a sus pies, ni cuando vio a Steven Mallory sollozando en una cama delante de él. Aquellos momentos habían sido limpios. Pero esto era compasión: la completa consciencia de un hombre sin mérito ni esperanza, la sensación de lo definitivo, de lo que no va a ser redimido. Había vergüenza en ese sentimiento: su propia vergüenza por tener que haber emitido ese juicio sobre un hombre, por haber tenido que conocer una emoción en la que no había ni una pizca de respeto.

Esto es la compasión, pensó, y después levantó la cabeza, meditabundo. Pensó que algo iba terriblemente mal en un mundo donde a este monstruoso sentimiento se le llamaba virtud.

9

Se sentaron a la orilla del lago: Wynand, encorvado encima de una roca; Roark, estirado en el suelo; y Dominique, recta. Su torso, rígido, se levantaba desde el círculo azul claro que formaba su falda sobre la hierba.

La casa de Wynand estaba en lo alto de la colina, sobre ellos. El terreno estaba formado por terrazas que ascendían gradualmente siguiendo la elevación de la colina. La casa se componía de rectángulos horizontales que se alzaban hacia un saliente vertical, oblicuo. La forma y el tamaño de una serie de retranqueos —cada uno una habitación distinta— constituían las sucesivas gradas de las distintas plantas. Era como si, desde el amplio salón en la primera planta, una mano se hubiese ido moviendo lentamente y hubiera modelado los distintos niveles con un toque sostenido, luego se hubiese detenido, y después hubiera seguido con movimientos discontinuos, cada vez más breves y bruscos, terminando por apartarse de pronto y quedarse en algún lugar del cielo. De modo que parecía como si el lento ritmo de los terrenos ascendentes hubiese sido acentuado, acelerado y descompuesto en los acordes del *stacatto* final.

—Me gusta verla desde aquí —dijo Wynand—. Ayer me pasé aquí todo el día, mirando cómo cambiaba la luz sobre ella. Cuando diseñas un edificio, Howard, ¿cómo sabes exactamente cómo le dará el sol en cualquier momento del día desde cualquier ángulo? ¿Controlas el sol?

—Claro —dijo Roark, sin levantar la cabeza—. Por desgracia, no puedo controlarlo aquí. Además, Gail, me estás tapando. Me gusta que me dé el sol en la espalda.

Wynand se dejó caer a la hierba. Roark estaba tumbado bocabajo, con la cara enterrada en el brazo, el pelo naranja sobre la manga de la camisa blanca y una mano extendida al frente, con la palma apoyada en el suelo. Dominique observaba las briznas de hierba entre los dedos de Roark. Los dedos se movían de vez en cuando y aplastaban la hierba con un placer perezoso y sensual.

El lago se extendía tras ellos, como una lámina lisa que se oscurecía en los bordes, como si los árboles a lo lejos se estuviesen acercando para envolverla durante la noche. Una banda de sol fulgurante cruzaba el agua. Dominique levantó la mirada a la casa y pensó que le gustaría estar allí, asomada a una ventana, y mirar hacia abajo y ver esa misma figura blanca en una orilla desierta, con la mano en el suelo, agotada, vaciada, al pie de esa colina.

Ella llevaba un mes viviendo en la casa. Nunca pensó que lo fuese a hacer, pero Roark había dicho:

—La casa estará lista para usted en diez días, señora Wynand.

Y ella había respondido:

—Sí, señor Roark.

Aceptó la casa, el tacto de las barandillas de la escalera bajo su mano, los muros que envolvían el aire que respiraba. Aceptó los interruptores que apagaba por la noche y los cables ligeros y firmes que él había colocado en las paredes; el agua que corría cuando abría un grifo, de las tuberías que él había planificado; el calor de la fogata las noches de agosto, delante de una chimenea construida piedra a piedra según su dibujo. Cada momento..., cada necesidad de mi existencia..., pensó ella. ¿Por qué no? Ocurre lo mismo con mi cuerpo..., los pulmones, los vasos sanguíneos, los nervios, el cerebro..., todo bajo el mismo control. Sentía que la casa y ella eran una sola.

Aceptó las noches en que yacía en los brazos de Wynand y abría los ojos para ver la forma del dormitorio que Roark había diseñado, y se disponía a enfrentarse a un placer torturante, que era en parte una respuesta y en parte una burla del hambre insatisfecha de su cuerpo. Se rendía a ello, sin saber qué hombre le producía cuál, o ambos.

Wynand la observaba al cruzar una habitación, al bajar las escaleras, al arrimarse a la ventana. Ella le había oído decir:

—No sabía que una casa se pudiera diseñar para una mujer como un vestido. No puedes verte aquí, como lo hago yo. No puedes ver que esta casa es completamente tuya. Cada ángulo, cada parte de la habitación, es un fondo para ti. Todo está en proporción a tu altura, a tu cuerpo. Incluso la textura de las paredes va con la textura de tu piel, de una extraña manera. Es el templo Stoddard, pero construido para una sola persona, y es mía. Esto es lo que quería. La ciudad no puede tocarte aquí. Siempre sentí que la ciudad te apartaría de mí. Me dio todo lo que tengo. No sé por qué, a veces siento que querrá cobrárselo algún día. Pero aquí estás a salvo y eres mía.

Ella quería gritar: «¡Gail, aquí le pertenezco como nunca le había pertenecido!».

Roark era la única visita que Wynand permitía en su nueva casa. Ella aceptaba las visitas de Roark los fines de semana. Eso era lo más difícil de aceptar. Sabía que no iba para torturarla, sino porque Wynand lo había invitado y a él le gustaba estar con Wynand. Se acordaba de decirle por la noche, con la mano sobre la barandilla de la escalera:

—Baje a desayunar cuando quiera, señor Roark. Simplemente pulse el timbre del comedor.

—Gracias, señora Wynand. Buenas noches.

Una vez, lo vio a solas, un momento. Era temprano, por la mañana. Ella no había dormido en toda la noche, pensando en que él estaba al otro lado del pasillo y se había levantado antes de que despertara la casa. Bajó a pie la colina y encontró un alivio en la quietud antinatural de la tierra que la rodeaba, en la quietud de la luz plena sin sol, de las hojas sin movimiento, de un silencio luminoso, expectante. Oyó pasos detrás, se paró y se apoyó en el tronco de un árbol. Él llevaba un traje de baño echado al hombro: bajaba a nadar en el lago. Se paró delante de ella, y se quedaron inmóviles como el resto de la tierra, mirándose el uno al otro. Él no dijo nada, se giró y siguió su camino. Ella se quedó apoyada en el árbol, y al cabo de un rato volvió a la casa.

En aquel momento, sentada en la orilla del lago, oyó que Wynand le decía:

—Pareces la criatura más perezosa de la tierra, Howard.

—Lo soy.

—Nunca he visto a nadie así de relajado.

—Prueba a pasarte despierto tres noches seguidas.

—Te dije que vinieras ayer.

—No podía.

—¿Piensas morirte aquí mismo?

—Me gustaría. Esto es maravilloso. —Levantó la cabeza y sus ojos reían, como si no hubiese visto el edificio en la colina, como si no estuviesen hablando de él—. Así es como me gustaría morir: tendido en una orilla como ésta, y cerrar los ojos y no volver nunca.

Está pensando lo mismo que yo; todavía tenemos eso juntos, pensó Dominique. Gail no lo entendería. No lo tienen él y Gail, por esta vez, sino él y yo.

Wynand dijo:

—Pero qué maldito idiota. Tú no eres así, ni en broma. Te estás matando por algo. ¿El qué?

—Patios de ventilación, por ahora. Patios muy tercos.

—¿Para quién?

—Los clientes... Tengo toda clase de clientes ahora mismo.

—¿Tienes que trabajar por las noches?

—Sí, para esta gente en concreto. Es un trabajo muy especial. Ni siquiera puedo llevarlo al despacho.

—¿De qué estás hablando?

—Nada, no me hagas caso. Estoy medio dormido.

Éste es el homenaje a Gail, pensó ella, la confianza de la rendición. Se relaja como un gato, y los gatos no se relajan, salvo con las personas que les gustan.

—Después de cenar te mandaré de una patada a tu cuarto y te dejaré encerrado para que duermas doce horas.

—Vale.

—¿Quieres madrugar? Vamos a nadar antes del amanecer.

—El señor Roark está cansado, Gail —dijo Dominique, con la voz aguda.

Roark se incorporó apoyado en un codo y la miró. Ella vio que sus ojos la miraban directamente y que entendían.

—Estás cogiendo la mala costumbre de todos los que viven lejos del trabajo, Gail, y les impones tus horarios del campo a los invitados de la ciudad que no están acostumbrados a ellos —dijo Dominique.

Permite que seas mío ese momento en que vayas al lago, pensó ella; no dejes que se lo quede Gail también, como todo lo demás.

—Gail —continuó ella—, no puedes ponerte a darle órdenes al señor Roark como si fuese un empleado del *Banner*.

—No conozco a nadie en el mundo a quien me guste más darle órdenes que al señor Roark, siempre que pueda salirme con la mía —dijo Gail, alegre.

—Te estás saliendo con la tuya.

—No me importa recibir órdenes, señora Wynand. No de un hombre tan capaz como Gail —dijo Roark.

Déjame ganar esta vez, pensó ella. Déjame, por favor, ganar esta vez. No significa nada para ti, es absurdo y no significa nada, pero niégaselo, niégaselo por el recuerdo de una pausa, un momento que no le haya pertenecido a él.

—Creo que debería descansar, señor Roark —dijo ella—. Debería dormir hasta tarde. Le diré al servicio que no le moleste.

—Oh, no, gracias, estaré bien en unas horas, señora Wynand. Me gusta nadar antes de desayunar. Llámame a la puerta cuando estés listo, Gail, y bajamos juntos.

Ella miró la extensión del lago y las colinas, sin rastro de personas, sin ninguna otra casa en ninguna parte, sólo agua, árboles y sol, un mundo propio, y pensó que estaba bien, que los tres eran de aquel lugar.

Los dibujos de Cortlandt Homes presentaban seis edificios de quince pisos, cada uno con forma de estrella irregular cuyas puntas se extendían desde un eje central. En los ejes estaban los ascensores, las escaleras, los sistemas de calefacción y todos los servicios. El centro irradiaba los apartamentos en forma de triángulos prolongados. El espacio entre las puntas permitía que entrara la luz y el aire desde tres puntos. Los techos eran prefabricados, y las paredes internas estaban revestidas de azulejo de plástico y no necesitaban pintura ni enyesado; todas las tuberías y cables se instalaban en conductos de metal a ras de suelo, para que se pudieran abrir y reemplazar, si hacía falta, sin necesidad de una costosa obra. Las cocinas y los baños eran unidades completas prefabricadas, y las divisiones internas eran de un metal ligero que podía plegarse hacia la pared para dar más espacio a una habitación, o extenderse para dividirla. Había pocos pasillos y vestíbulos que limpiar: se requería un mínimo de coste y trabajo para el mantenimiento del lugar. Todo el plano era una composición en triángulos. Los edificios, de hormigón armado, eran un modelo complejo de rasgos estructurales simples: no había ornamentos —no se necesitaba ninguno—, y las formas tenían la belleza de una escultura.

Ellsworth Toohey no miró los planos que Keating había extendido en su mesa. Observó los dibujos en perspectiva. Los miraba fijamente, boquiabierto.

Después, echó la cabeza hacia atrás y se rio a carcajadas:

—Peter, eres un genio. —Y añadió—: Creo que sabes exactamente qué quiero decir.

Keating lo miró confuso, con curiosidad:

—Has conseguido lo que yo llevo toda una vida queriendo lograr, lo que siglos de hombres y sangrientas batallas que nos preceden han intentado lograr. Me quito el sombrero, Peter, con asombro y admiración.

—Mira los planos —dijo Keating sin energías—. Cada vivienda se alquilará por diez dólares.

—No tengo la menor duda de que así será. No tengo que mirarlos. Peter, esto saldrá adelante, no te preocupes. Lo aceptarán. Te felicito, Peter.

—¡Maldito idiota! ¡Qué te propones! —exclamó Gail Wynand.

Le tiró a Roark un ejemplar del *Banner* doblado por una página interior. En la página había una foto cuyo pie decía:

Dibujo de los arquitectos de Cortlandt Homes, el Proyecto de Vivienda Federal valorado en 15.000.000 de dólares que se construirá en Astoria (Long Island). Keating & Dumont Arquitectos.

Roark echó un vistazo a la fotografía y preguntó:

—¿Qué quieres decir?

—Sabes perfectamente qué demonios quiero decir. ¿Crees que elegí las cosas que hay en mi galería de arte por la firma? Si Peter Keating ha diseñado esto, me comeré todos los ejemplares del *Banner* de hoy.

—Peter Keating lo diseñó, Gail.

—Pero qué idiota. ¿Qué te propones?

—Si no entiendo de qué estás hablando, no lo voy a entender, digas lo que digas.

—Ah, igual sí, si publico una noticia sobre que cierto proyecto de viviendas sociales fue diseñado por Howard Roark, lo que sería una magnífica exclusiva y una burla a un tal señor Toohey, el chico que está detrás de los chicos de la mayoría de esos malditos proyectos.

—Tú publica eso, y verás la demanda que te meto.

—¿En serio lo harías?

—Lo haría. Déjalo, Gail. ¿No ves que no quiero hablar de ello?

Más tarde, Wynand le enseñó la foto a Dominique, y le preguntó:

—¿Quién ha diseñado esto?

Ella lo miró.

—Por supuesto —fue toda su respuesta.

¿Qué tipo de «mundo cambiante», Alvah? ¿Cambiando a qué? ¿De qué? ¿Quién lo está cambiando?

Algunas partes de la cara de Alvah Scarret parecían nerviosas, pero la mayoría se impacientaron al ver las pruebas de su editorial titulado «La maternidad en un mundo cambiante» que estaba en la mesa de Wynand.

—Pero qué demonios, Gail —murmuró él, indiferente.

—Eso es lo que quiero saber yo: qué demonios.

Gail cogió la prueba y leyó en alto:

> El mundo que conocíamos ha desaparecido para siempre y no sirve de nada engañarnos. No podemos volver atrás, debemos avanzar. Las madres de hoy deben dar ejemplo ampliando sus perspectivas emocionales y llevar su amor egoísta por sus hijos a un plano más elevado, para que incluya a los hijitos de todos los demás. Las madres deben amar a cada crío de su bloque, de su calle, de su ciudad, condado, estado y nación, a lo largo y ancho del mundo, igual que a sus pequeñas Marys o Johnnys.

Wynand frunció la nariz con fastidio.

—¿Alvah...? Vale que les sirvamos basura. Pero... ¿esta clase de basura?

Alvah Scarret no lo miró.

—No estás en sintonía con los tiempos, Gail —dijo. Su voz era grave y tenía un tono de advertencia, de algo que de momento sólo está enseñando los dientes para que se tenga en cuenta en un futuro.

Ese comportamiento era tan extraño en Alvah Scarret que a Wynand se le quitaron todas las ganas de seguir la conversación. Tachó con una raya el editorial, pero el trazo azul de la pluma parecía cansado y terminó con un borrón. Dijo:

—Ve y redacta otra cosa, Alvah.

Scarret se levantó, cogió el trozo de papel, se dio la vuelta y salió del despacho sin decir una palabra.

Wynand se quedó mirándolo, perplejo, distraído y ligeramente descompuesto. Hacía años que era consciente de la tendencia que su periódico había adoptado de forma gradual e imperceptible, sin ninguna directriz por su parte. Había notado la cautelosa tendencia de las noticias, las insinuaciones a medias, las vagas alusiones, los peculiares adjetivos peculiarmente colocados, el énfasis en ciertos temas y la inserción de conclusiones políticas donde no hacía ninguna falta. Si había una pieza sobre una disputa entre un empleado y su patrón, se presentaba al patrón como el culpable sólo por la forma en que estaba redactado, al margen de los hechos presentados. Si una frase hacía referencia al pasado, siempre era «nuestro oscuro pasado» o «nuestro pasado muerto». Si una frase tenía que ver con los motivos personales de alguien, siempre era «incitado por el egoísmo» o «llevado por la codicia». En un crucigrama, una de las definiciones era: «Individuos anticuados», y el resultado era: «Capitalistas».

Wynand le restaba importancia con un jocoso desprecio. Pensaba que su equipo de redacción estaba bien enseñado: si ésa era la jerga de los tiempos, sus muchachos la asumían de forma automática. No significaba nada. Él cuidaba de la página editorial y lo demás no importaba. No era más que una moda del momento, y él había sobrevivido a muchos cambios de moda.

No le preocupaba la campaña «Nosotros no leemos a Wynand». Se hizo con una de las pegatinas que dejaban en los baños de caballeros, la puso en la luna de su propio Lincoln, le añadió las palabras «Nosotros tampoco» y la dejó el tiempo suficiente para que la descubriera un fotógrafo de un periódico neutral. A lo largo de su carrera, había sido combatido, condenado y denunciado por los grandes propietarios de los periódicos de su tiempo y las coaliciones más astutas de poderes económicos. No podía sentir ninguna aprensión por las actividades de alguien llamado Gus Webb.

Sabía que el *Banner* estaba perdiendo parte de su popularidad. «Un capricho pasajero», le dijo a Scarret, encogiéndose de hombros. Entonces organizaba un concurso de poemitas, o una serie de cupones para canjear por discos: veía un ligero repunte de la difusión y enseguida se olvidaba del asunto.

No conseguía estimularse para rendir al máximo. Nunca había sentido un mayor deseo de trabajar. Entraba en su despacho cada mañana con un considerable ímpetu, pero al cabo de una hora se veía escudriñando la juntura de los paneles de las paredes y recitando nanas mentalmente. No era aburrimiento, no era la satisfacción de un bostezo, sino más bien el insistente impulso de querer bostezar y no llegar a hacerlo. No podía decir que no le gustara su trabajo. Simplemente se había vuelto desagradable, aunque no lo suficiente para forzar una decisión, no lo suficiente para hacerle apretar los puños, sólo lo suficiente para arrugar la nariz.

Pensaba vagamente que se debía a la nueva tendencia del gusto de la opinión pública. No veía motivos por los que no debiera seguirla y aprovecharse de ella como se había aprovechado de todas las demás modas. Pero no podía seguirla. No sentía escrúpulos morales; no era una postura activa, decidida de forma racional; no era un desafío a favor de alguna causa importante. Era sólo un sentimiento de fastidio, algo casi relacionado con la pureza: la vacilación que uno siente antes de meter el pie en el fango. Pensaba: no importa, no durará, volveré cuando la ola cambie hacia otro lado, creo que mejor dejo pasar ésta.

No sabía decir por qué el encuentro de Alvah Scarret le había provocado una sensación de incomodidad más aguda de lo habitual. Pensó que era extraño que Alvah se hubiese pasado a ese tipo de bobadas. Pero había sido algo más: un matiz personal en la salida de Alvah, casi una declaración de que ya no veía la necesidad de seguir considerando la opinión del jefe.

Debería despedir a Alvah, pensó, y después se rio de sí mismo, horrorizado. ¿Despedir a Alvah Scarret? Mejor sería pensar en detener la Tierra, o lo impensable: cerrar el *Banner*.

Pero en los meses de aquel verano y aquel otoño, hubo días en que amó el *Banner*. Entonces se sentaba a la mesa, con la mano en las páginas abiertas ante él, manchándose la palma con la tinta fresca, y sonreía al ver el nombre de Howard Roark en las páginas del *Banner*.

La orden había ido de su despacho a todas las secciones concernidas: meted a Howard Roark. En la sección de arte, en la sección inmobiliaria, en los editoriales y las columnas, las menciones a Roark y sus edificios empezaron a aparecer con regularidad. No había muchas ocasiones en que se pudiera dar publicidad a un arquitecto, y los edificios tenían escaso valor noticioso, pero el *Banner* se las arregló para lanzar el nombre de Roark a la opinión pública con toda clase de ingeniosos pretextos. Wynand editaba todas las palabras. El material deslumbraba en las páginas del *Banner*: estaba escrito con buen gusto. No había historias sensacionalistas, ni fotografías de Roark durante el desayuno, ningún interés humano, ningún intento de vender a un hombre: sólo un considerado y elegante homenaje a la grandeza de un artista.

Nunca habló de ello con Roark; y Roark nunca lo mencionó. No hablaban del *Banner*.

Al volver a su nueva casa cada noche, Wynand veía el *Banner* en la mesa del salón. No lo había permitido en casa desde que se casó. Sonrió, cuando lo vio por primera vez, y no dijo nada.

Más tarde, una noche, habló de ello. Lo hojeó hasta que llegó a un artículo sobre urbanizaciones veraniegas, que en gran parte era una descripción de Monadnock Valley. Levantó la cabeza para mirar a Dominique, al otro lado del salón. Estaba sentada en el suelo, junto a la chimenea. Dijo:

—Gracias, querida.

—¿Por qué, Gail?

—Por entender cuándo me alegraría ver el *Banner* en mi casa.

Se fue hacia ella y se sentó en el suelo a su lado. Rodeó sus finos hombros con la curva del brazo. Le dijo:

—Piensa en todos esos políticos y estrellas de cine, en las visitas de los grandes duques y los asesinos de la ventana de guillotina[1] a los que el *Banner* ha estado dando bombo todos estos años. Piensa en mis grandes campañas sobre las empresas de tranvías, los distritos de los prostíbulos y los huertos caseros. Por una vez, Dominique, puedo decir lo que pienso.

—Sí, Gail...

—Todo este poder que quería, que alcancé y nunca utilicé... Ahora verán lo que puedo hacer. Les obligaré a que lo reconozcan como debe ser. Le daré la fama que merece. ¿La opinión pública? La opinión pública es como yo la haga.

—¿Crees que él lo quiere?

—Probablemente, no. No me importa. Lo necesita y lo va a tener. Como arquitecto, es propiedad pública. No puede impedir que un periódico escriba de él, si quiere.

—Todos esos textos sobre él, ¿los escribes tú mismo?

—La mayoría.

—Gail, qué gran periodista habrías sido.

La campaña dio frutos, de un tipo que no esperaba. El público general no entendió nada y se mantuvo indiferente. Pero en los círculos intelectuales, en el mundo del arte y en el oficio, la gente se reía de Roark. A Wynand le llegaban los comentarios: «¿Roark? Ah, sí, el niño mimado de Wynand»; «El *pin-up* del *Banner*»; «El genio de la prensa amarilla»; «El *Banner* está vendiendo arte ahora: hay que mandar dos cupones, o algo que se le parezca»; «¿No lo conocías? Es lo que siempre pensé de Roark: el tipo de talento que encaja en los periódicos de Wynand».

—Ya veremos —decía Wynand con desprecio, y continuaba su campaña personal.

Le consiguió a Roark todos los encargos importantes cuyos propietarios fuesen susceptibles a las presiones. Desde la primavera, había llevado a la oficina de Roark contratos para un club de yate en el Hudson,

1. «The Sashweight Murders», un crimen que conmocionó al país en 1927. Ruth Snyder y su amante asesinaron al marido de ésta con el contrapeso de una ventana de guillotina. Fue la primera vez que la opinión pública vio la foto de una ejecución en la silla eléctrica, la de Ruth Snyder en la cárcel de Sing Sing, obtenida a escondidas por un reportero y publicada en las portadas de los periódicos. *(N. de la T.)*

un edificio de oficinas y dos residencias privadas. «Te conseguiré más de lo que puedes manejar. Te haré recuperar todos los años que te han hecho desperdiciar», le dijo.

Austen Heller le dijo a Roark una noche:

—Si me permites la insolencia, creo que necesitas consejo, Howard. Sí, por supuesto que me refiero a este absurdo asunto del señor Gail Wynand. Que tú y él seáis tan inseparables amigos trastoca cualquier idea racional que haya sostenido jamás. Después de todo, hay dos clases distintas de humanidad, y no, no lo estoy diciendo en el idioma de Ellsworth Toohey, pero hay ciertos límites entre las personas que no se pueden traspasar.

—Sí, los hay, pero nadie ha sabido establecer nunca dónde deben trazarse.

—Bueno, la amistad es cosa tuya. Pero hay un aspecto que debería parar, y me vas a escuchar por una vez.

—Te estoy escuchando.

—Creo que está bien, todos esos encargos que te está lanzando. Estoy seguro de que será recompensado por ello y que lo librará de varios círculos en el infierno, donde, sin duda, va a ir. Pero debe parar toda esa publicidad que te está dedicando en el *Banner*. Tienes que hacerle parar. ¿No sabes que el apoyo de los periódicos de Wynand es bastante para desacreditar a cualquiera? —Roark no dijo nada—. Te está perjudicando en lo profesional, Howard.

—Lo sé.

—¿Vas a decirle que pare?

—No.

—¿Pero por qué demonios no?

—Te he dicho que te escucharía, Austen, no que fuese a hablar de él.

Al final de una tarde, Wynand fue al despacho de Roark, como solía hacer al final de la jornada, y al salir juntos, dijo:

—Hace buena noche. Vamos a dar un paseo, Howard. Hay un terreno que quiero que veas.

Lo condujo a Hell's Kitchen. Recorrieron un gran rectángulo, dos manzanas entre la Novena Avenida y la Undécima y cinco manzanas de norte a sur. Roark vio la mugrienta devastación de los bloques de viviendas, masas combadas donde antes hubo muros de ladrillo rojo, puertas torcidas y tablones podridos; la ropa interior gris que había tendida en los estrechos patios de ventilación no era un signo de vida, sino el maligno avance de la descomposición.

—¿Es tuyo? —dijo Roark.

—Todo entero.

—¿Por qué me lo enseñas? ¿No sabes que hacerle a un arquitecto mirar esto es peor que enseñarle un campo lleno de cadáveres insepultos?

Wynand señaló la fachada de azulejo blanco de un nuevo restaurante al otro lado de la calle.

—Entremos ahí.

Se sentaron junto a la ventana, en una mesa limpia de metal, y Wynand pidió café. Parecía tan refinado en casa como en los mejores restaurantes de la ciudad. Su elegancia adquiría allí un extraño rasgo: no insultaba al lugar, pero parecía transformarlo, como la presencia de un rey que nunca cambia de actitud y, sin embargo, convierte cualquier casa en la que entre en un palacio. Se inclinó hacia delante con los codos apoyados en la mesa, observando a Roark a través del humo del café, con los ojos risueños, divertidos. Movió un dedo para señalar al otro lado de la calle.

—Es el primer inmueble que compré, Howard. Fue hace mucho tiempo. No lo he tocado desde entonces.

—¿Para qué lo estás reservando?

—Para ti.

Roark se llevó la pesada taza blanca de café a los labios, con los ojos puestos en los de Wynand, que le respondían con un guiño burlón. Sabía que Wynand quería preguntas entusiasmadas, pero esperó con paciencia.

—Pero qué cabrón cabezota —dijo Wynand riéndose entre dientes—. Está bien. Escucha: ahí es donde nací. Cuando pude empezar a pensar en comprar propiedades, compré ese trozo. Casa por casa. Manzana por manzana. Tardé mucho tiempo, y podría haber comprado propiedades mejores y haber ganado dinero rápido, como hice después, pero esperé hasta tener esto, aunque sabía que no lo iba a utilizar durante años. Mira: he decidido que es aquí donde quiero que esté algún día el edificio Wynand... Está bien, quédate callado todo lo que quieras, pero acabo de verte la cara.

—Oh, por Dios, ¡Gail!

—¿Qué pasa? ¿Quieres hacerlo? ¿Lo quieres de verdad?

—Creo que daría mi vida por ello, sólo que entonces no podría construirlo. ¿Es eso lo que esperabas oír?

—Algo así. No te pediré la vida. Pero está bien dejarte sin aliento de vez en cuando. Gracias por impresionarte. Significa que entiendes lo que supone el edificio Wynand. El edificio más alto de toda la ciudad. Y el mejor.

—Sé que eso es lo que querrías.

—No lo voy a construir aún, pero he estado esperando todos estos años, y ahora tú esperarás conmigo. ¿Sabes que me gusta torturarte, en cierto modo? ¿Que siempre quiero hacerlo?

—Lo sé.

—Te he traído aquí sólo para decirte que será tuyo cuando lo construya. He esperado porque sentía que no estaba preparado para ello. Desde que te conocí, supe que estaba preparado, y no lo digo porque seas arquitecto. Pero tendremos que esperar un poco más, sólo un par de años más, hasta que el país se recupere. Éste es mal momento para construir. Por supuesto, todos dicen que la época de los rascacielos ya ha pasado, que son anticuados. Eso me importa un bledo. Haré que sea rentable. Wynand Enterprises tiene oficinas desperdigadas por toda la ciudad. Las quiero todas en un edificio. Y sé lo suficiente sobre las suficientes personas importantes para obligarlos a alquilar el resto del espacio. Quizá sea el último rascacielos construido en Nueva York. Tanto mejor. El mejor y el último.

Roark se quedó mirando al otro lado de la calle, a las ruinas mugrientas. Wynand continuó:

—Hay que demolerlo, Howard. Entero. Destruirlo. El lugar donde yo no mandaba. Hay que sustituirlo por un parque y el edificio Wynand... Los mejores edificios de Nueva York están desperdiciados porque no se pueden ver, apretados unos junto a otros en manzanas. Mi edificio se verá. Reclamará todo el barrio para sí. Dejará que los otros le sigan. ¿Que dirán que no es el lugar adecuado? ¿Quién hace que los lugares sean adecuados? Lo verán. Éste podría ser el nuevo centro de la ciudad, cuando la ciudad vuelva a vivir. Lo planeé cuando el *Banner* no era más que un periodicucho. No erré en mis cálculos, ¿verdad? Sabía lo que yo iba a ser... Un monumento a mi vida, Howard. ¿Te acuerdas de lo que dijiste cuando viniste a mi despacho por primera vez? Una declaración de mi vida. Había cosas de mi pasado que no me gustaban. Pero todas las cosas de las que estaba orgulloso se mantendrán. Cuando yo muera, ese edificio será Gail Wynand... Sabía que encontraría al arquitecto adecuado cuando llegara el momento, y no sabía que a quien contratara iba a ser mucho más que un arquitecto. Me alegro de que haya sido así. Es una especie de recompensa. Como si hubiese sido perdonado. Mi último y mayor logro también será tu mayor logro. No sólo será mi monumento: también el mejor regalo que le puedo ofrecer al hombre que más significa para mí en el mundo. No pongas esa cara: ya sabes que eso es lo que eres para mí. Mira ese espanto al otro lado de la calle.

Quiero que nos quedemos aquí sentados y ver cómo lo miras. Lo que vamos a destruir, tú y yo. Y lo que se levantará de ahí: el edificio Wynand, construido por Howard Roark. Desde el día que naciste, has estado esperando tu gran oportunidad. Ahí está, Howard, al otro lado de la calle. Tuya, de mi parte.

10

Había dejado de llover, pero Peter Keating quería que empezara otra vez. Las aceras brillaban, había manchas oscuras en los muros de los edificios y, como aquello no caía del cielo, parecía que la ciudad estuviese bañada en un sudor frío. El aire estaba cargado de una oscuridad precoz, inquietante como una vejez prematura, y había charcos de luz amarillos en las ventanas. A Keating no le había pillado la lluvia, pero se sentía calado hasta los huesos.

Había salido de la oficina temprano y volvía a casa dando un paseo. La oficina le parecía irreal, desde hacía mucho tiempo. Sólo encontraba la realidad por las noches, cuando se escapaba furtivamente a casa de Roark. Ni se escapaba ni lo hacía a escondidas, se decía a sí mismo enfadado, y sabía que era así, incluso cuando cruzaba el vestíbulo de la casa Enright y subía en el ascensor, como cualquier hombre con un recado legítimo. Era la vaga ansiedad, el impulso de mirar alrededor a todas las caras, el miedo a que lo reconocieran; era la carga de una culpa anónima, no hacia una persona, sino en un sentido más aterrador: de una culpa sin víctima.

Cogía los bocetos en bruto que le daba Roark de cada detalle de Cortlandt para que sus propios empleados los pasaran a limpio. Escuchaba las instrucciones de Roark. Memorizaba los argumentos para explicárselos a sus trabajadores frente a cualquier posible objeción. Los absorbía como una grabadora. Después, cuando les daba las explicaciones a sus dibujantes, su voz parecía un disco que se estaba reproduciendo. No le importaba. No cuestionaba nada.

Ahora andaba despacio, a través de las calles llenas de la lluvia que no iba a caer. Miró hacia arriba y vio un espacio vacío donde había habido torres de edificios conocidos. No parecía niebla ni nubes, sino una sólida extensión de cielo gris que había emprendido una destrucción gigantesca e insonora. Siempre le incomodaba que la vista de los edificios se perdiera entre el cielo. Siguió andando, mirando al suelo.

Primero vio los zapatos. Supo que debía haber visto la cara de la mujer, y que el instinto de supervivencia había tirado de la mirada para que su percepción consciente empezara por los zapatos. Eran planos y marrones, de estilo Oxford, ofensivamente competentes y demasiado abrillantados sobre la acera embarrada, despectivos hacia la lluvia y la belleza. Sus ojos pasaron a la falda marrón, a la chaqueta a medida, cara y fría como un uniforme, a la mano —con un agujero en un dedo de un buen guante—, a la solapa, que llevaba un adorno absurdo —un mexicano patizambo con unos pantalones esmaltados en rojo, pegado ahí en un torpe intento de desparpajo—, a los finos labios, a las gafas, a los ojos.

—Katie —dijo.

Ella estaba delante del escaparate de una librería. Su mirada dudó a medio camino entre reconocerlo y un libro que había estado observando; después, el reconocimiento se manifestó en una incipiente sonrisa. La mirada volvió al libro, para terminar y tomar buena nota de él. Después, los ojos volvieron a Keating. Su sonrisa era agradable; no era ni un intento de vencer el rencor, ni acogedora: sólo agradable.

—¡Hombre, Peter Keating! Hola, Peter.

—Katie... —Él no pudo extender la mano ni acercarse a ella.

—Sí, fíjate, encontrarme así contigo. Al final, Nueva York es como un pueblo, aunque sin las ventajas, supongo. —No había tensión en su voz.

—¿Qué estás haciendo aquí? Pensé... Oí que... —Él sabía que ella tenía un buen trabajo en Washington y que se había mudado allí hacía dos años.

—Es sólo un viaje de trabajo. Tengo que volver corriendo mañana. Y tampoco puedo decir que me importe... Nueva York parece muy muerto muy lento.

—Bueno, me alegro de que te guste tu trabajo..., si te refieres... ¿No te refieres a eso?

—¿Que si me gusta mi trabajo? Qué tontería. Washington es el único lugar adulto del país. No entiendo cómo la gente puede vivir en otra parte. ¿Qué has estado haciendo, Peter? Vi tu nombre en el periódico el otro día, era algo importante.

—Estoy..., estoy trabajando... No has cambiado mucho, Katie, la verdad es que no, ¿verdad? Quiero decir, tu cara... Pareces la que eras, en cierto modo...

—Es la única cara que tengo. ¿Por qué la gente siempre tiene que hablar de los cambios cuando pasan dos años sin verse? Me encontré con Grace Parker el otro día y se puso a hacer un inventario de mi aspecto. Podía oír cada palabra antes de que la dijera: «Estás estupenda, ni un día más vieja, de verdad, Catherine». La gente es muy provinciana.

—Pero..., es que estás estupenda... Qué... qué bueno verte...

—Yo también me alegro de verte. ¿Qué tal va el negocio de la construcción?

—No lo sé... Lo que leíste debió de ser sobre Cortlandt... Estoy haciendo Cortlandt Homes, unas viviendas sociales...

—Sí, claro, eso era. Creo que es muy bueno para ti, Peter. Hacer un trabajo no sólo para tu provecho personal y unos buenos honorarios, sino con un propósito social. Creo que los arquitectos deberían dejar de acaparar dinero y dedicarle un poco de tiempo a los trabajos del gobierno y a objetivos más amplios.

—Bueno, la mayoría lo harían si pudieran conseguirlos. Es uno de los tinglados donde es más difícil introducirse, está cerrado a...

—Sí, sí, ya sé. Es sencillamente imposible hacerles entender a los legos nuestros métodos de trabajo, y por eso sólo oímos todas esas quejas estúpidas y aburridas. No deberías leer los periódicos de Wynand, Peter.

—Nunca leo los periódicos de Wynand. ¿Qué demonios tiene que ver eso con...? Ah, no... No sé de qué estamos hablando, Katie.

Él pensó que ella no le debía nada, o que le debía todas las clases de rabia y desprecio que pudiera manejar. Sin embargo, sí tenía una obligación humana hacia él: le debía una prueba de tensión en su encuentro. No hubo ninguna.

—En realidad, deberíamos tener mucho de que hablar, Peter. —Esas palabras lo habrían animado, si no las hubiese dicho con tanta facilidad—. Pero no podemos quedarnos aquí todo el día. —Miró su reloj de pulsera—. Tengo una hora o así, quizá podrías llevarme a tomar un té a algún sitio. Te vendría bien un té caliente, pareces congelado.

Era el primer comentario que le hacía sobre su aspecto; ése, y su mirada sin reacción. Pensó que incluso Roark se había impresionado y se había dado cuenta del cambio.

—Sí, Katie. Estupendo. Yo... —Deseó que no hubiese sido ella la que lo había propuesto; era lo que tenían que hacer. Deseó que a ella no se le hubiese ocurrido hacer lo correcto, no tan rápido—. Vamos a buscar un lugar agradable y tranquilo...

—Iremos a Thorpe's. Hay uno a la vuelta de la esquina. Hacen unos sándwiches de berros buenísimos.

Fue ella la que le cogió del brazo para cruzar la calle; lo soltó al llegar al otro lado. El gesto había sido automático. Ella no se había dado cuenta.

Tras las puertas de Thorpe's había un mostrador con pasteles y dulces. A Keating le llamó la atención un gran bol de almendras azucaradas verdes y blancas. El lugar olía a glaseado de naranja. La luz era opaca, una neblina naranja y recargada; el olor hacía que la luz pareciese pegajosa. Las mesas eran demasiado pequeñas y estaban muy juntas.

Se sentó y miró una blonda de papel que había en una mesa de vidrio negro. Pero, cuando levantó la vista a Catherine, supo que no hacía falta ninguna precaución: ella no había reaccionado a su escrutinio, su expresión seguía siendo la misma, daba igual si él observaba su cara o la de la mujer de la mesa de al lado. Ella no parecía consciente de su propia persona.

Era su boca lo que más había cambiado. Tenía los labios contraídos, y sólo quedaba un pálido borde de carne alrededor de la imperiosa línea de su abertura. Una boca para dar órdenes, pensó, pero no órdenes importantes ni crueles: sólo pequeñas y míseras órdenes, sobre cañerías y desinfectantes. Vio unas finas arrugas en el contorno de los ojos; una piel que parecía papel arrugado y vuelto a alisar.

Le estaba hablando sobre su trabajo en Washington, y él la escuchaba con aire desolado. No oía las palabras, sólo el tono de su voz, seca y crujiente.

Llegó una camarera, vestida con un uniforme almidonado de color rosa grisáceo, para tomarles nota. Catherine dijo enseguida:

—El especial de té con sándwiches, por favor.

—Un café... —dijo Keating. Y viendo que Catherine lo miraba, y con un súbito pánico vergonzoso, sintiendo que no debía confesar que no podía probar bocado en ese momento, sintiendo que la confesión la enfadaría, añadió—: Y un bocadillo de jamón y queso, supongo.

—¡Peter, pero qué terribles hábitos alimentarios! Espere un momento, señorita. Eso no te va bien, Peter. Es muy malo para ti. Deberías tomar una ensalada fresca. Y el café no es bueno a estas horas del día. Los americanos beben demasiado café.

—Está bien —dijo Keating.

—Té y una ensalada mixta para él, señorita... Y... ¡Ah, señorita! No traiga pan con la ensalada... Estás ganando peso, Peter... Sólo unas tostaditas integrales, por favor.

Keating esperó a que el uniforme de color rosa grisáceo se hubiese alejado, y después dijo, esperanzado:

—He cambiado, ¿no, Katie? Tengo una pinta espantosa.

Incluso un comentario despectivo sería un vínculo personal.

—¿Qué? Ah, supongo. No es sano. Pero los americanos no saben nada sobre el correcto equilibrio nutricional. Desde luego, los hombres se agobian mucho con el tema de la imagen. Son mucho más vanidosos que las mujeres. En realidad, ahora son las mujeres las que se están haciendo cargo de todo el trabajo productivo, y las mujeres construirán un mundo mejor.

—¿Cómo se construye un mundo mejor, Katie?

—Bueno, si consideras el factor determinante, que es, por supuesto, económico...

—No, yo... no lo preguntaba en ese sentido... Katie, he sido muy infeliz.

—Siento oír eso. Se oye a mucha gente decir eso hoy en día. Eso es porque es un período de transición, y la gente se siente desarraigada. Pero tú siempre has tenido una predisposición estupenda, Peter.

—Tú... ¿te acuerdas de cómo era yo?

—Por Dios, Peter, hablas como si hubiesen pasado sesenta y cinco años.

—Pero han pasado muchas cosas. Yo... —Se tiró de cabeza, tenía que hacerlo, la manera más cruda parecía la más fácil—. Me casé, y me divorcié.

—Sí, lo leí. Me alegré cuando te divorciaste. —Se inclinó hacia delante—. Si tu esposa era el tipo de mujer que se podía casar con Gail Wynand, tuviste suerte de librarte de ella.

El tono de crónica impaciencia que hilaba sus palabras no había cambiado al pronunciar eso. Tenía que creerla: eso era todo lo que el asunto significaba para ella.

—Katie, has tenido mucho tacto, y eres muy amable..., pero deja de fingir —dijo, sabiendo horrorizado que no estaba fingiendo—. Para ya... Dime qué pensaste de mí entonces... Dilo todo... No me importa... Quiero oírlo... ¿Lo entiendes? Me sentiré mejor si lo oigo.

—Como es obvio, Peter, no querrás que empiece a soltarte algún tipo de reproche. Diría que fue muy engreído por tu parte, si no fuese tan infantil.

—¿Qué sentiste, aquel día que no fui, y al enterarte después de que me había casado? —No sabía qué instinto lo llevaba, en su aturdimiento, a la brutalidad como único medio que le quedaba—. Katie, ¿sufriste entonces?

—Sí, claro que sufrí. Todos los jóvenes lo hacen en esas situaciones. Después parece una tontería. Lloré, y le grité cosas horribles al tío Ellsworth, y tuvo que llamar al médico para que me diera un sedante, y unas semanas después me desmayé en la calle, sin motivo, lo que fue muy lamentable. Todo normal, supongo. Todo el mundo pasa por ello, como el sarampión. ¿Por qué tendría que haber sido una excepción, como dijo el tío Ellsworth? —Él pensó que no sabía que hubiese algo peor que un recuerdo vivo del dolor: uno muerto—. Y, por supuesto, sabíamos que era lo mejor. No me imagino casada contigo.

—¿No te lo imaginas, Katie?

—Es decir, ni con nadie. No habría funcionado, Peter. Por mi temperamento, no sirvo para la vida doméstica. Es demasiado egoísta y limitada. Por supuesto, entiendo lo que sientes ahora, y lo agradezco. Es humano que sientas cierto remordimiento, porque me dejaste lo que se dice plantada. —Él pestañeó—. Ya ves qué estúpidas suenan esas cosas. Es natural que te sientas un poco arrepentido, es un reflejo normal, pero debemos verlo con objetividad, somos personas adultas, racionales, y nada es demasiado grave. En realidad, no podemos evitar lo que hacemos, estamos condicionados de esa manera, se lo cargamos a la experiencia y seguimos desde ahí.

—¡Katie! ¡Que no estás hablándole a una joven desgraciada para que supere sus problemas! ¡Estás hablando de ti!

—¿Hay alguna diferencia esencial? Los problemas de todo el mundo son los mismos, igual que las emociones de todos.

La vio mordisquear una fina rebanada de pan untada de verde, y entonces se dio cuenta de que ya les habían servido. Metió el tenedor en el bol de ensalada y se obligó a darle un bocado a una tostadita integral gris. Después descubrió lo extraño que era haber perdido el truco de comer de forma automática y tener que hacerlo con plena consciencia; la tostadita parecía inacabable, no podía terminar el proceso de masticar, y movía las mandíbulas sin reducir la cantidad de pulpa grumosa que tenía en la boca.

—Katie..., durante seis años... pensé en cómo te pediría perdón algún día. Y ahora tengo la oportunidad, pero no lo voy a hacer. Parece..., parece fuera de lugar. Sé que es terrible decir eso, pero así me lo parece. Fue lo peor que he hecho en mi vida, pero no porque te hiciera daño. Te hice daño, Katie, y quizá más del que tú misma eres consciente. Pero no fue mi peor culpa... Katie, yo quería casarme contigo. Era lo único que quería de verdad. Y ése es el pecado imperdonable: no haber hecho lo que quería. Resulta tan sucio, absurdo y monstruoso como lo que piensa uno de la locura, porque no tiene sentido, ni dignidad, nada salvo dolor, un dolor malgastado... Katie, ¿por qué siempre nos enseñan que hacer lo que queremos es lo fácil y está mal, y que necesitamos disciplina para contenernos? Es lo más difícil del mundo: hacer lo que queremos. Y requiere la mayor clase de valentía. Me refiero a lo que queremos de verdad. Como yo quería casarme contigo. No como quiero acostarme con alguna mujer o emborracharme o que mi nombre salga en los periódicos. Eso, que ni siquiera son deseos, son cosas que hace la gente para escapar de los deseos, porque es una gran responsabilidad, querer algo de verdad.

—Peter, lo que estás diciendo es muy feo y egoísta.

—Quizá. No lo sé. Siempre he tenido que decirte la verdad. Sobre todo. Aunque no me lo pidieras. Tenía que hacerlo.

—Sí. Era un rasgo encomiable. Eras un chico encantador, Peter.

Era el bol de almendras azucaradas en el mostrador lo que le molestaba, pensó con un ligero enfado. Las almendras eran verdes y blancas: no tenía ningún sentido que fuesen verdes y blancas en esa época del año: eran los colores del Día de San Patricio —siempre había dulces así en todos los escaparates—, y el Día de San Patricio significaba la primavera; no, mejor que la primavera: ese momento de expectación maravillosa justo antes de que empiece la primavera.

—Katie, no voy a decirte que sigo enamorado de ti. No sé si lo estoy o no. Nunca me lo he preguntado. No tendría importancia ahora. No estoy diciendo esto porque espere algo, o piense, o intente, o... Sólo sé que te amaba, Katie, que te amaba, al margen de lo que hiciera con ello, aunque sea así como tenga que decírtelo por última vez: te amaba, Katie.

Ella lo miró. Parecía complacida. No conmovida, ni feliz ni compasiva: sólo complacida, de forma natural. Keating pensó que, si fuese una completa solterona, una asistente social frustrada, como la gente piensa de estas mujeres, del tipo que desprecia el sexo por la arrogante idea que tienen de su propia virtud, aún habría un reconocimiento, aunque fuese hostil. Pero aquello, esa tolerancia divertida, parecía admitir que el romance sólo era algo humano, y que tenía que aceptarlo como todos los demás; que era una debilidad popular sin mayores consecuencias, y que la complacía como la habrían complacido las palabras de cualquier otro hombre. Era como ese mexicano esmaltado en rojo de su solapa: una desdeñosa concesión a la vanidad exigida por los demás.

—Katie... Katie, digamos que esto no cuenta, esto, ahora, y que es el pasado lo que cuenta, ¿no? Esto no puede afectar a lo que fue, ¿verdad, Katie...? La gente siempre lamenta que el pasado sea tan definitivo, que nada pueda cambiarlo, pero yo me alegro de que sea así. No podemos estropearlo. Podemos pensar en el pasado, ¿verdad? ¿Por qué no? Quiero decir, como tú has dicho, como personas adultas, sin engañarnos, sin intentar esperar, sólo mirar atrás... ¿Te acuerdas de cuando fui a tu casa en Nueva York por primera vez? Parecías tan delgada y pequeña, con el pelo de cualquier manera. Te dije que nunca amaría a nadie más. Te tenía en mi regazo, y no pesabas nada, y te decía que nunca amaría a nadie más. Y tú decías que lo sabías.

—Me acuerdo.

—Cuando estábamos juntos... Katie, me avergüenzo de muchas cosas, pero no de ni un solo momento que estuvimos juntos. Cuando te pedí que te casaras conmigo... No, nunca te pedí que te casaras conmigo... Yo sólo dije que estábamos prometidos, y tú dijiste: «Sí». Fue en un banco, en el parque, estaba nevando...

—Sí.

—Llevabas unos guantes de lana raros. Como mitones. Recuerdo que había gotas de agua en la pelusa, redondas, como de cristal, y que brillaban porque pasó un coche.

—Sí, creo que es agradable mirar al pasado de vez en cuando. Pero la perspectiva de una se ensancha. Y con los años se vuelve más rica en lo espiritual.

Él se quedó callado un largo rato. Después dijo, con la voz plana:

—Lo siento.

—¿Por qué? Eres un encanto, Peter. Siempre he dicho que los sentimentales son los hombres.

No está fingiendo, pensó él, no se puede fingir así, salvo que sea un fingimiento interior, para sí misma, y entonces no hay límites, ninguna forma de salir, ninguna realidad...

Ella siguió hablando, y al cabo de un rato había vuelto al tema de Washington. Él respondió cuando era necesario.

Pensó que había creído que era una simple secuencia, el pasado y el presente, y que, si había una pérdida en el pasado, lo compensaba el dolor en el presente, y que el dolor confería una especie de inmortalidad. Pero no sabía que uno pudiera destruir así, matar retroactivamente, de modo que para ella nunca hubiese existido.

Ella miró su reloj de muñeca y resopló con impaciencia.

—Ya llego tarde. Tengo que irme corriendo.

Él dijo con voz grave:

—¿Te importa si no voy contigo, Katie? No es que quiera ser descortés, sólo que creo que es mejor.

—Claro que no, en absoluto. Soy perfectamente capaz de orientarme en las calles y no hay necesidad de formalidades entre viejos amigos. Y, mientras recogía su bolso y sus guantes y hacía una bola de papel con una servilleta para tirarla en su taza, añadió:

—Te llamo la próxima vez que esté en la ciudad y vamos a comer algo. Aunque no puedo prometerte cuándo será, estoy muy ocupada, y tengo que ir a muchos sitios. El mes pasado estaba en Detroit y la semana que viene voy a St. Louis, pero cuando me manden a Nueva York otra vez, te llamaré. Hasta pronto, Peter. Me encantó, como siempre.

11

Gail Wynand estaba observando la madera reluciente de la cubierta del barco. La madera, y el picaporte de bronce que se había convertido en una mancha de fuego, le hacían consciente de todo lo que le rodeaba: las millas de espacio, llenas de sol, entre las extensiones ardientes del cielo y del océano. Era febrero, y el yate estaba quieto, con los motores parados, en el sur del Pacífico.

Se apoyó en la barandilla y miró a Roark, que estaba en el agua. Roark flotaba bocarriba, con el cuerpo estirado en línea recta, los brazos abiertos y los ojos cerrados. Su piel morena representaba un mes de días como aquél. Wynand pensó que ésa era la manera en que quería entender el espacio y el tiempo: a través de la potencia de su yate, del bronceado de la piel de Roark o del color tostado de sus propios brazos, cruzados ante él en la barandilla.

Llevaba varios años sin navegar en su yate. Esa vez, quiso que Roark fuese su único invitado. Dejó sola a Dominique.

—Te estás matando, Howard. Vas a un ritmo que nadie puede soportar mucho tiempo. Y así desde Monadnock, ¿cierto? ¿Crees que tendrías valor para llevar a cabo la hazaña más difícil para ti, que es descansar? —le había dicho Wynand.

Le asombró que Roark aceptara sin rechistar. Roark se rio:

—No me estoy escapando de mi trabajo, si eso es lo que te sorprende. Sé cuándo tengo que parar; y no puedo parar, salvo que sea del todo.

Sé que me he excedido. He malgastado mucho papel últimamente y he estado haciendo cosas penosas.

—¿Alguna vez haces cosas penosas?

—Probablemente más que cualquier otro arquitecto, y con menos excusas. Lo único que puedo decir que me honre es que mis chapuzas acaban en mi propia papelera.

—Te lo advierto: vamos a estar fuera varios meses. Si empiezas a arrepentirte y a llorar por tu mesa de dibujo al cabo de una semana, como todos los hombres que nunca han aprendido a vaguear, no te traeré de vuelta. Soy un dictador de la peor clase a bordo de mi yate. Tendrás todo lo que puedas imaginar, salvo papel o lápices. Ni siquiera te permitiré ninguna libertad de expresión. Ni una mención sobre vigas, plásticos u hormigón armado una vez que estés a bordo. Te enseñaré a comer, a dormir y a vivir como la mayoría de los millonarios más inútiles.

—Me gustaría intentarlo.

El trabajo de Roark en la oficina no requería su presencia en los siguientes meses. Se estaban terminando sus trabajos actuales. Había dos nuevos encargos que no iban a empezar hasta la primavera.

Había hecho todos los bocetos que Keating necesitaba para Cortlandt. Las obras estaban a punto de comenzar. Antes de zarpar, un día a finales de diciembre, Roark fue a echar un último vistazo a los terrenos de Cortland. Como espectador anónimo entre un grupo de gente ociosa y curiosa, se paró allí y observó cómo las excavadoras a vapor mordían la tierra y abrían paso a los futuros cimientos. El río Este era una amplia banda de agua negra y perezosa y, más allá, entre la bruma dispersa de los copos de nieve, las torres de la ciudad se erguían suavizadas, insinuadas, como si fuesen acuarelas de color púrpura y azul.

Dominique no protestó cuando Wynand le dijo que quería irse a hacer un largo crucero con Roark.

—Querida, ¿entiendes que no estoy escapando de ti? Sólo necesito estar un tiempo fuera de todo. Estar con Howard es como estar a solas conmigo mismo, sólo que con más paz.

—Claro, Gail. No me importa.

Pero él la miró, y de repente se rio, incrédulamente complacido:

—Dominique, creo que estás celosa. Es maravilloso. Le estoy más agradecido que nunca, si consigue ponerte celosa por mí.

Ella no le podía decir que estaba celosa ni de quién.

El yate zarpó a finales de diciembre. Roark observó, con una sonrisa burlona, la decepción de Wynand al ver que no necesitaba imponer su disciplina. Roark no hablaba de edificios, se pasaba las horas estirado en la cubierta bajo el sol y vagueaba como un experto. Hablaban poco. Hubo días en que Wynand no podía acordarse de las frases que se habían dicho el uno al otro. Le parecía imposible que no se hubiesen dicho nada. Esa serenidad era el mejor medio de comunicación para ambos.

Aquel día se habían zambullido para nadar, y Wynand fue el primero en volver a subir. Cuando estaba en la barandilla, observando a Roark en el agua, pensó en el poder que tenía en ese momento: podía ordenar que el yate empezara a moverse, que se alejara y que dejara aquel cuerpo pelirrojo abandonado en el sol y el océano. Esa idea le dio placer: la sensación de poder y la sensación de rendirse a Roark, sabiendo que ninguna fuerza concebible podía hacerle ejercer ese poder. Tenía todos los instrumentos físicos de su lado: unas pocas contracciones de sus cuerdas vocales para dar la orden, la mano de alguien abriría una válvula, y la máquina, obediente, se alejaría. Pensó que no era sólo una cuestión moral, ni el mero horror de tal acto. Uno podía dejar abandonado a un hombre si el destino de un continente dependiera de ello, pero nada le permitiría abandonar a ese hombre. Él, Gail Wynand, con las sólidas tablas de la cubierta bajo los pies, era el que estaba impotente. Roark, que estaba flotando como una madera a la deriva, tenía un poder mayor que el del motor en el vientre del barco. Porque es el poder del que proviene el motor, pensó Wynand.

Roark volvió a la cubierta. Wynand observó el cuerpo de Roark, y los hilos de agua que le corrían por los planos angulosos. Dijo:

—Cometiste un error con el templo Stoddard, Howard. Esa estatua no debería haber sido de Dominique, sino tuya.

—No, soy demasiado egotista para eso.

—¿Egotista? A un egotista le habría encantado. Utilizas las palabras de la manera más extraña.

—De la manera exacta. No quiero ser el símbolo de nada. Sólo soy yo mismo.

Estirado en una tumbona, Wynand miraba satisfecho hacia arriba, al farol, al disco de vidrio esmerilado que había en el mamparo a su espalda: lo separaba del vacío negro del océano y le daba intimidad con sólidos muros de luz. Oía el ruido del movimiento del yate y sentía el aire cálido de la noche en la cara. No veía nada, salvo el trozo de cubierta que lo rodeaba como una envoltura definitiva.

Roark estaba de pie delante de él, en la barandilla. La alta figura blanca se inclinaba hacia atrás, recortada en el espacio negro y con la cabeza levantada, como Wynand la había visto ante un edificio sin terminar. Tenía las manos agarradas a la barandilla. Las mangas cortas de su camisa dejaban sus brazos a la luz; la cresta vertical de una sombra le acentuaba los tensos músculos de los brazos y los tendones del cuello. Wynand pensó en el motor del yate, en los rascacielos, en los telegramas transatlánticos y en todo lo que el hombre había hecho.

—Howard, esto es lo que quería. Tenerte aquí conmigo.

—Lo sé.

—¿Sabes qué es, en realidad? Avaricia. Soy muy avaro con dos cosas en la tierra: contigo y con Dominique. Soy un millonario que nunca ha tenido nada. ¿Te acuerdas de lo que dijiste sobre la propiedad? Soy como un salvaje que ha descubierto la idea de la propiedad privada y se ha vuelto loco con ello. Es curioso. Pienso en Ellsworth Toohey.

—¿Por qué en Ellsworth Toohey?

—Me refiero a las cosas que predica. Me he preguntado últimamente si de verdad entiende lo que está defendiendo. ¿El altruismo en el sentido absoluto? Hombre, eso es lo que yo he sido. ¿Sabe que yo soy la encarnación de su ideal? Por supuesto, él no aprobaría mis motivos, pero los motivos nunca alteran los hechos. Si es cierto que es el altruismo lo que persigue, en sentido filosófico, porque el señor Toohey es un filósofo, en un sentido que va mucho más allá de las cuestiones de dinero, en fin, que me mire. Nunca he tenido nada. Nunca he querido nada. Me importa un bledo, en el sentido más cósmico que Toohey pudiera jamás esperar. Me he convertido en un barómetro sujeto a la presión del mundo entero. La voz de sus masas me empuja arriba y abajo. Por supuesto, gané una fortuna en el proceso. ¿Cambia eso la realidad intrínseca de esa imagen? Supongamos que hubiese donado hasta el último penique. Supongamos que nunca hubiese querido tener dinero, y que me hubiese puesto, por puro altruismo, a servir a la gente. ¿Qué habría hecho? Exactamente lo que he hecho. Darle el mayor placer al mayor número posible. Expresar las opiniones, deseos y gustos de la mayoría. La mayoría que me votó con su aprobación y su apoyo libremente, con su papeleta en forma de moneda de tres centavos depositada en el quiosco de la esquina cada mañana. ¿Los periódicos de Wynand? Durante treinta y nueve años, han representado todo, menos a Gail Wynand. Borré mi ego de la existencia de un modo que jamás podría lograr ningún santo en un monasterio. Sin embargo, la gente me llama corrupto. ¿Por qué? El santo del monasterio sólo sacrifica cosas materiales. Es un precio pequeño para la gloria de su alma. Él hace acopio de su alma y renuncia al mundo. Pero ¿y yo? Yo me quedo con los coches, los pijamas de seda y un ático, y a cambio le doy mi alma al mundo. ¿Quién ha sacrificado más, si el sacrificio es la prueba de la virtud? ¿Quién es el verdadero santo?

—Gail..., creía que jamás ibas a admitir eso ante ti mismo.

—¿Por qué no? Sabía lo que estaba haciendo. Quería poder sobre un alma colectiva, y lo conseguí. Un alma colectiva. Es un concepto muy lioso, pero si alguien quiere visualizarlo de forma concreta, que coja un ejemplar del *Banner*.

—Sí...

—Por supuesto, Toohey me diría que no es eso lo que él entiende por altruismo. Él se refiere a que no debería dejar a la gente decidir lo que quiere. Que yo debería decidirlo. Que yo debería determinarlo, no lo que me gusta o lo que les gusta, sino lo que creo que les debería gustar, y después hacérselo tragar. Habría que hacérselo tragar, porque han elegido voluntariamente el *Banner*. En fin, ahora hay varios altruistas así en el mundo.

—¿Te das cuenta?

—Claro. ¿Qué otra cosa puede hacer uno, si debe servir al pueblo, si uno debe vivir para los demás? O complaces los deseos de todo el mundo y te llaman corrupto, o les impones a todos a la fuerza tu propia idea del bien común. ¿Se te ocurre otra forma?

—No.

—¿Qué queda, entonces? ¿Dónde empieza la decencia? ¿Qué empieza donde acaba el altruismo? ¿Ves de qué estoy enamorado?

—Sí, Gail.

Wynand advirtió que en la voz de Roark había una renuencia que sonaba casi a tristeza. Y dijo:

—¿Qué te pasa? ¿Por qué lo dices con esa voz?

—Lo siento. Perdóname. Sólo es que estaba pensando en algo. Llevo pensándolo desde hace tiempo. Y en particular todos estos días, cuando me has hecho tumbarme en la cubierta y gandulear.

—¿Sobre mí?

—Sobre ti entre otras muchas cosas.

—¿Y qué has decidido?

—Yo no soy un altruista, Gail. No decido por los demás.

—No tienes que preocuparte por mí. Me he vendido, pero no me engaño al respecto. Nunca me he convertido en un Alvah Scarret. Él cree de verdad cualquier cosa que crea el público. Yo desprecio al público. Es lo único que me salva. He vendido mi vida, pero a un buen precio: el poder. Nunca lo he usado. No pude permitirme un deseo personal.

Pero ahora soy libre. Ahora puedo usarlo para lo que quiera. Para lo que creo. Para Dominique. Para ti.

Roark se dio la vuelta. Cuando volvió a mirar a Wynand, dijo sólo:

—Eso espero, Gail.

—¿En qué has estado pensando estas semanas?

—En el principio que explica al decano que me expulsó de Stanton.

—¿Qué principio?

—Lo que está destruyendo el mundo. De lo que tú hablabas. Del verdadero altruismo.

—¿El ideal que dicen que no existe?

—Se equivocan. Sí existe, aunque no de la forma que imaginan. Era lo que no pude entender sobre la gente durante mucho tiempo. No tienen yo. Viven en los demás. Son vidas de prestado. Mira a Peter Keating.

—Míralo tú, Howard. Yo lo aborrezco.

—Lo he mirado, lo que queda de él, y me ha ayudado a entender. Está pagando el precio y preguntándose por qué pecado, diciéndose a sí mismo que ha sido demasiado egoísta. ¿En qué acto o pensamiento suyos ha habido alguna vez un yo? ¿Cuál era su propósito en la vida? La grandeza, pero a ojos de los demás. La fama, la admiración, la envidia..., cosas que vienen todas de los demás. Los demás dictaron sus convicciones, que no eran las suyas, pero se contentaba con que los demás creyeran que lo eran. Los demás fueron su fuerza motriz y su principal preocupación. No quería ser grande, sólo ser considerado grande. No quería construir, sino ser admirado como constructor. Él tomaba prestado de los demás para poder causar impresión a los demás. Eso es el verdadero altruismo al que te refieres. Es su ego lo que ha traicionado y a lo que ha renunciado, pero todo el mundo dice que es egoísta.

—Es la pauta que sigue la mayoría de la gente.

—¡Sí! ¿Y no es la raíz de todos los actos despreciables? No el egoísmo, sino precisamente la ausencia de un ego. Míralos. Al que engaña y miente, pero mantiene una fachada respetable. Sabe que no es honrado, pero los demás piensan que lo es, y extrae su respeto propio de ahí, de prestado. El hombre que se lleva el reconocimiento por un logro que no es suyo. Sabe que es un mediocre, pero es grande a ojos de los demás. El infeliz frustrado que profesa su amor por los inferiores y se aferra a los menos privilegiados para poder establecer su propia superioridad por medio de la comparación. Al hombre cuyo único objetivo es ganar dinero... Ahora: yo no veo nada malo en el deseo de ganar dinero, pero el dinero es sólo un medio para un fin. Si un hombre lo quiere para un propósito personal, como invertir en su negocio, crear, estudiar viajar o disfrutar del lujo, es completamente moral. Pero los hombres para los que el dinero es lo principal van mucho más allá. El lujo personal es un empeño limitado. Lo que quieren es ostentación: exhibir, causar sensación, dar fiestas, impresionar a los demás. Viven de prestado. Mira nuestras llamadas iniciativas culturales. El conferenciante que suelta alguna cháchara refrita y soporífera sobre nada en absoluto que no significa nada para él, y a la gente que lo escucha le importa un bledo, pero se queda allí para poder decirles a sus amigos que han asistido a una conferencia de alguien famoso. Todos viven de prestado.

—Si yo fuera Ellsworth Toohey, diría: «¿No estabais defendiendo la causa contra el egoísmo? ¿No están todos actuando por un motivo egoísta, para llamar la atención y gustar y que los admiren?».

—Por los demás. A costa de su respeto a sí mismos. En el ámbito de mayor importancia, que es el ámbito de los valores, del juicio, del espíritu o del pensamiento, ponen a los demás por delante del yo, exactamente como el altruismo exige. Un hombre que sea un genuino egoísta no puede verse afectado por la aprobación de los demás. No la necesita.

—Creo que eso lo entiende Toohey. Eso es lo que le ayuda a difundir sus malignas sandeces. Es sólo debilidad y cobardía. Es muy fácil recurrir a los demás. Y muy difícil responder de tus propios actos. Puedes fingir la virtud para el público, pero no puedes fingirla ante tus propios ojos. Tu ego es el juez más estricto. Ellos huyen de él. Se pasan la vida corriendo. Es más fácil donar mil dólares a la beneficencia y considerarse noble que basar el respeto a uno mismo en estándares personales sobre los logros personales. Es sencillo buscar sustitutos para la competencia, sustitutos fáciles: el amor, el encanto, la amabilidad, la caridad. Pero no hay ningún sustituto para la competencia.

—Ésa es, precisamente, la letalidad de los que viven de prestado. No les preocupan los hechos, las ideas, el trabajo. Les preocupa sólo la gente. No preguntan: «¿Esto es verdad?». Preguntan: «¿Piensan los demás que esto es verdad?». No para juzgar, sino para repetir. No para hacer, sino para dar la impresión de que hacen. No para crear, sino para exhibir. No la capacidad, sino la amistad. No el mérito, sino la influencia. ¿Qué sería del mundo sin los que hacen, piensan, trabajan y producen? Ésos son los egotistas. No piensas por medio del cerebro de otro y no trabajas con las manos de otro. Cuando suspendes tu facultad de pensar de forma independiente, suspendes tu conciencia. Detener la conciencia es detener la vida. Los que viven de prestado no tienen sentido de la realidad. Su realidad no está en ellos, sino en algún punto en ese espacio que separa un cuerpo humano de otro. No es una entidad, sino una relación, anclada en la nada. Es ese vacío el que no puedo entender de la gente. Eso es lo que me frenaba cada vez que me enfrentaba a un comité. Los hombres sin ego. La opinión sin un proceso racional. El movimiento sin frenos ni motor. El poder sin responsabilidad. Los que viven de prestado actúan, pero la fuente de sus actos está desperdigada en todas las demás personas. Está en todas partes y en ninguna, y no puedes razonar con él. No está abierto a la razón. No puedes hablar con él, no puede escuchar. Te está juzgando un estrado vacío. Una masa ciega y desatada que va a aplastarte sin sentido ni propósito. Steve Mallory no sabía definir al monstruo, pero lo conocía. Es la bestia babeante que él teme. Los que viven de prestado.

—Creo que esos de prestado que dices lo entienden, por mucho que intenten no reconocérselo a sí mismos. Fíjate en cómo aceptarán cualquier cosa, menos a un hombre autónomo. Lo detectan enseguida, por instinto. Hay un tipo de odio especial, insidioso, hacia él. Perdonan a los delincuentes. Admiran a los dictadores. El delito y la violencia van ligados. Una forma de dependencia mutua. Ellos necesitan ligaduras. Tienen que imponer sus pequeñas y míseras personalidades a cualquier persona que conocen. El hombre independiente los mata, porque no existen en él y es la única forma de existencia que conocen. Fíjate en la maligna clase de resentimiento que hay contra cualquier idea que postule la independencia. Fíjate en la malicia hacia el hombre independiente. Repasa tu vida, Howard, y las personas a las que has conocido. Lo saben. Tienen miedo. Tú eres un reproche.

—Eso es porque siempre les queda cierto sentido de dignidad. Siguen siendo humanos. Pero se les ha enseñado a buscarse en los demás. Sin embargo, ninguna persona puede alcanzar la especie de humildad absoluta que se necesitaría para no tener ningún tipo de autoestima. No podría sobrevivir. Así que, después de haber sido machacado durante siglos con la doctrina de que el altruismo es el máximo ideal, el hombre lo ha aceptado de la única manera en que se puede aceptar: buscando la autoestima en los demás. Viviendo de prestado. Y ha abierto el camino a toda clase de horrores. Se ha convertido en una abominable forma de egoísmo que ningún auténtico egoísta podría haber concebido. Y ahora, para curar un mundo que perece a causa del altruismo, se nos pide que destruyamos el yo. Mira lo que se está predicando ahora. Mira a todos los que nos rodean. Te habrás preguntado por qué sufren, por qué buscan la felicidad y nunca la encuentran. Si alguien se parara a preguntarse si alguna vez ha tenido un verdadero deseo personal, encontraría la respuesta. Vería que todos sus deseos, sus esfuerzos, sus sueños y sus ambiciones estaban motivados por los demás. En realidad, no está luchando por la riqueza material, sino por un delirio de prestado: el prestigio. Un sello de aprobación que no es el suyo propio. No puede disfrutar de la lucha ni disfrutar cuando triunfa. No puede decir ni una sola cosa: «Esto es lo que quería porque yo lo quería, y no porque dejaba boquiabiertos a mis vecinos». Después se pregunta por qué es infeliz. Cualquier forma de felicidad es privada. Nuestros mejores momentos son personales, motivados por nosotros mismos, intocables. Las cosas que para nosotros son sagradas o valiosas son las cosas que no queremos compartir, que apartamos de la promiscuidad. Pero ahora se nos enseña a arrojar todo lo que hay en nuestro interior a la luz pública y la zarpa común. A buscar el gozo en los salones sociales. Ni siquiera tenemos una palabra para la cualidad a la que me refiero, para la autosuficiencia del espíritu humano. Es difícil llamarlo egoísmo o egotismo, palabras que se han pervertido, porque han acabado significando lo que es Peter Keating. Gail, creo que el único mal capital en la tierra es el de situar tu principal preocupación en el interior de otras personas. Siempre he exigido una cierta cualidad a las personas que apreciaba. Siempre la reconocí enseguida, y es la única cualidad que respeto en las personas. Elijo a mis amigos por ella. Ahora sé lo que es. Un ego autosuficiente. Nada más importa.

—Me alegra que admitas que tienes amigos.

—Incluso admito que los amo, pero no podría amarlos si fuesen mi principal razón para vivir. ¿Te das cuenta de que a Peter Keating no le queda ni un solo amigo? ¿Te das cuenta de por qué? Si uno no se respeta a sí mismo, no puede tener ni el amor ni el respeto de los demás.

—Al diablo con Peter Keating. Estoy pensando en ti, y en tus amigos.

Roark sonrió.

—Gail, si este barco se hundiera, daría mi vida para salvarte. No porque sea ningún tipo de deber. Sólo porque te aprecio, por mis propios motivos y estándares. Podría morir por ti, pero ni podría ni querría vivir por ti.

—Howard, ¿qué razones y estándares?

Roark lo miró y se dio cuenta de que había dicho todas las cosas que había intentado no decirle a Wynand. Respondió:

—Que no has nacido para vivir de prestado.

Wynand sonrió. Escuchó la frase, y nada más.

Después, cuando Wynand bajó a su camarote, Roark se quedó solo en la cubierta. Se apoyó en la barandilla, contemplando el océano, la nada.

No le he dicho cuál es el peor de todos los que viven de prestado: el que persigue el poder, pensó.

12

Era abril, cuando Roark y Wynand volvieron a la ciudad. Los rascacielos parecían de color rosa con el fondo del cielo azul, una tonalidad incoherente de porcelana y masas de piedra. Había pequeños brotes verdes en los árboles de las calles.

Roark fue a la oficina. Sus trabajadores le estrecharon la mano, y notó cómo se esforzaban en reprimir la sonrisa, hasta que un joven estalló:

—¡Qué diablos! ¿Por qué no podemos decirle lo mucho que nos alegra tenerle de vuelta, jefe?

Roark se rio.

—Adelante. No puedo deciros lo mucho que me alegra estar de vuelta.

Después se sentó a una mesa en la sala de dibujo, mientras todos le informaban de las novedades de los últimos tres meses, interrumpiéndose unos a otros. Él jugueteaba con una regla, sin darse cuenta, como un hombre que siente la tierra de su granja bajo sus pies tras una ausencia.

Por la tarde, a solas en su escritorio, abrió un periódico. No había visto un periódico en tres meses. Se fijó en una pieza sobre la construcción de Cortlandt Homes. Vio la frase: «Peter Keating, arquitecto. Gordon L. Prescott y Augustus Webb, proyectistas asociados».

Se quedó muy quieto.

Esa noche fue a ver Cortlandt.

El primer edificio estaba casi terminado. Se alzaba él solo en el gran solar vacío. Los obreros habían terminado su jornada y se veía una pequeña luz en la garita del vigilante.

El esqueleto del edificio era el que Roark había diseñado, pero sobre la preciosa simetría de sus huesos se habían apilado los restos de diez estirpes distintas. Vio que se había preservado la economía del plano, pero que se le había agregado el coste de unos rasgos incomprensibles. La variedad de las masas modeladas había desaparecido y se había sustituido con la monotonía de unos toscos cubos; se le había añadido un ala, con un tejado abovedado, que sobresalía de un muro como un tumor y en el que había un gimnasio. Se habían añadido hileras de balcones, hechos de barras de metal pintadas de un azul violento; había ventanas en las esquinas sin ningún sentido; se había cortado un ángulo con una puerta innecesaria y una marquesina redonda de metal apoyada en un poste, como si fuese una mercería de Broadway; había tres bandas verticales de ladrillo que no conducían a ninguna parte; el estilo general de lo que en el oficio se llamaba «Bronx moderno»; un panel en bajorrelieve en la entrada principal, que representaba una masa de músculos donde se podían distinguir tres o cuatro cuerpos, uno de los cuales tenía el brazo en alto, con un destornillador en la mano.

Había cruces blancas en los cristales de las ventanas, recién instalados, y parecía lo adecuado, como un error que alguien hubiese tachado. Había una franja roja en el cielo, al oeste, más allá de Manhattan, y los edificios de la ciudad se erguían rectos y negros hacia ella.

Roark estaba parado al otro lado de la futura carretera, enfrente de la primera casa de Cortlandt. Estaba recto, con los músculos del cuello tensos y las muñecas hacia atrás, separadas del cuerpo, como si se encontrase ante un pelotón de fusilamiento.

Nadie sabía decir cómo había pasado. No se había hecho a propósito. Simplemente había pasado.

Primero, Toohey le dijo a Keating una mañana que Gordon L. Prescott y Gus Webb entrarían en nómina como proyectistas asociados.

—¿Qué más te da, Peter? No lo restarán de tus honorarios. No mermará tu prestigio, puesto que tú eres el gran jefe. No harán mucho más que ser tus dibujantes. Lo único que quiero es darles un empujón a los chicos. Ayudará a su reputación, que los asocien con este proyecto de algún modo. Tengo mucho interés en construir su reputación.

—Pero ¿para qué? No hay nada que puedan hacer. Está todo hecho.

—Ah, cualquier dibujo de última hora. Ganar algo de tiempo para tu propio personal. Puedes compartir los gastos con ellos. No seas glotón.

Toohey le había dicho la verdad: no tenía ningún otro propósito en la cabeza.

Keating no logró averiguar qué contactos tenían Prescott y Webb y con quién, en qué oficina o en qué términos, de entre las decenas de funcionarios implicados en el proyecto. Era tal la maraña de responsabilidades que nadie podía estar del todo seguro de la autoridad de nadie. Lo único que estaba claro era que Prescott y Webb tenían amigos, y que Keating no pudo mantenerlos al margen.

Los cambios empezaron por el gimnasio. La señora encargada de la selección de inquilinos exigió un gimnasio. Era asistente social, y su cometido acababa con la inauguración del proyecto. Consiguió un trabajo fijo al lograr que la nombraran «directora de ocio social de Cortlandt». Los planos originales no incluían ningún gimnasio: había dos colegios y un centro de la Asociación Cristiana de Jóvenes muy cerca de allí. Dijo que era un ultraje a los hijos de los pobres, y Prescott y Webb aportaron el gimnasio. Le siguieron otros cambios de mera índole estética. Los extras iban aumentando el coste de una construcción que había sido meticulosamente diseñada para que fuese económica. La directora de ocio social fue a Washington para hablar de un teatro infantil y un centro social que quería añadir a los dos siguientes edificios de Cortlandt.

Los cambios en los dibujos se hicieron de forma gradual, unos pocos cada vez. Los demás daban el visto bueno a los cambios que venían de las oficinas centrales.

—¡Pero si estamos listos para empezar! —gritaba Keating.

—¡Qué diablos! —decía Gus Webb con parsimonia—. Son dos mil dólares más, sólo eso.

—En cuanto a los balcones, lo dotan de un cierto estilo moderno —dijo Gordon L. Prescott—. No te interesa que esa maldita cosa parezca tan desnuda. Es deprimente. Además, no entiendes de psicología. La gente que va a vivir aquí está acostumbrada a tomar el fresco en las salidas de incendios. Les encantan. Lo van a echar de menos. Tienes que darles un sitio para que se puedan sentar al fresco. ¿El coste...? Maldita sea, si tanto te preocupa el coste, se me ocurre dónde podemos ahorrar mucho. No pondremos puertas en los armarios. ¿Para qué necesitan puertas en los armarios? Está pasado de moda.

Se prescindió de las puertas en todos los armarios.

Keating peleó. Era un tipo de batalla en la que nunca había entrado, pero intentó todo lo que le fue posible, hasta el verdadero límite de sus exhaustas fuerzas. Iba de despacho en despacho a discutir, amenazar y rogar. Pero no tenía influencia, mientras que sus proyectistas asociados parecían controlar un río subterráneo con afluentes entrelazados. Los funcionarios se encogían de hombros y lo derivaban a otra parte. A nadie le importaba la cuestión de la estética. «¿Qué diferencia hay?» «¿Acaso sale de tu bolsillo?» «¿Quién eres tú para que tenga que ser todo a tu manera? Deja que los chicos contribuyan un poco.»

Recurrió a Ellsworth Toohey, pero Toohey se desentendió. Estaba ocupado con otros temas y no tenía ningún deseo de provocar una trifulca burocrática. A decir verdad, él no estaba detrás de aquel empeño artístico de sus protegidos, pero tampoco vio motivos para frenarlos. Todo aquel asunto le divertía.

—¡Pero es espantoso, Ellsworth! ¡Tú sabes que es espantoso!

—Ah, supongo. ¿Qué te importa a ti, Peter? Tus inquilinos, pobres pero brutos, no serán capaces de apreciar los detalles más finos del arte arquitectónico. Asegúrate de que funcionan las cañerías.

—Pero ¿para qué? ¿Para qué? ¿Para qué? —gritó Keating a sus proyectistas asociados.

—A ver, ¿por qué no íbamos a tener nada que decir? —preguntó Gordon L. Prescott—. Nosotros también queremos expresar nuestra individualidad.

Cuando Keating se amparó en su contrato, le dijeron:

—Muy bien, adelante, intenta demandar al gobierno. Tú prueba.

A veces, sentía deseos de matar. No había nadie a quien matar. Aunque le hubiesen concedido el privilegio, no podría haber elegido una víctima. Nadie era responsable. No había propósito ni causa. Simplemente había pasado.

Keating fue a casa de Roark la noche después de su regreso. Roark no lo había citado. Le abrió la puerta y dijo:

—Buenas noches, Peter.

Pero Keating no pudo responder. Fueron en silencio al estudio. Roark se sentó, pero Keating se quedó de pie, en medio de la habitación, y preguntó, con la voz apagada:

—¿Qué vas a hacer?

—Ahora debes dejármelo a mí.

—No pude evitarlo, Howard... ¡No pude evitarlo!

—Supongo que no.

—¿Qué puedes hacer ahora? No puedes demandar al gobierno.

—No.

Keating pensó que debía sentarse, pero la distancia hasta la silla le parecía demasiado grande. Sintió que si se movía llamaría demasiado la atención.

—¿Qué me vas a hacer, Howard?

—Nada.

—¿Quieres que les confiese la verdad? ¿A todos?

—No.

Al cabo de un rato, Keating susurró:

—Me dejarás darte los honorarios..., todo... y...

Roark sonrió.

—Lo siento... —susurró Keating, apartando la mirada.

Esperó, y después la súplica que sabía que no debía pronunciar salió sin más:

—Tengo miedo, Howard...

Roark negó con la cabeza.

—Haga lo que haga, no te voy a hacer daño, Peter. Yo también soy culpable. Los dos lo somos.

—¿Que tú eres culpable?

—Soy yo el que te ha destruido, Peter. Desde el principio. Al ayudarte. Hay asuntos en los que uno no debe pedir ayuda ni darla. No debí hacer tus proyectos en Stanton. No debí hacer el edificio Cosmo-Slotnick. Ni Cortlandt. Te he cargado con más de lo que puedes soportar. Es una corriente eléctrica demasiado fuerte para el circuito. Saltan los fusibles. Ahora vamos a pagar los dos por ello. Será duro para ti, pero será aún más duro para mí.

—¿Prefieres... que me vaya a casa, Howard?

—Sí.

En la puerta, Keating dijo:

—¡Howard! ¡No lo hicieron a propósito!

—Eso lo hace aún peor.

Dominique oyó subir el coche por la colina. Pensó que era Wynand, que volvía a casa. Durante las dos semanas siguientes a su regreso, se quedó todos los días trabajando hasta tarde en la ciudad.

El motor llenaba el silencio primaveral del campo. No había ningún ruido en la casa; sólo el del pequeño roce de su pelo al echar la cabeza hacia atrás sobre el cojín del sillón. Enseguida dejó de prestar atención al coche que se acercaba; era un ruido muy familiar a esa hora, y formaba parte de la soledad y la intimidad exterior.

Oyó que el coche paraba en la puerta. La puerta nunca estaba cerrada con llave, y no esperaba a ningún vecino o invitado. Oyó que la puerta se abría y los pasos en la escalinata de la entrada. Los pasos no se pararon, pero subían los escalones con una familiaridad confiada. Una mano giró el picaporte de la puerta.

Era Roark. Al ponerse de pie de un salto, ella pensó que él nunca había entrado en su habitación, pero que conocía cada parte de esa casa, como conocía todo su cuerpo. No sintió un instante de conmoción, sólo el recuerdo de uno, de una conmoción en tiempo pasado. Debí sentir la conmoción cuando lo vi, pensó ella, pero no ahora. Ahora, por el tiempo que llevaba de pie delante él, parecía demasiado sencillo.

Entre nosotros nunca hizo falta decir lo más importante, pensó. Siempre ha sido así. No quería verme a solas. Ahora está aquí. Esperé, y estoy preparada.

—Buenas noches, Dominique.

Oyó su nombre pronunciado como si llenara el espacio de cinco años. Dijo tranquila:

—Buenas noches, Roark.

—Quiero que me ayudes.

Dominique estuvo en el andén de la estación de Clayton en Ohio, en el estrado de los testigos en el juicio de Stoddard y en el saliente de la cantera para permitirse ser partícipe —como lo fue entonces— de la frase que ahora escuchaba.

—Sí, Roark.

Él cruzó la habitación que había diseñado para ella, y se sentó de cara a ella; los separaba todo el ancho de la habitación. Ella se dio cuenta de que también estaba sentada: no era consciente de sus propios movimientos, sólo de los de él, como si su cuerpo tuviera dos sistemas nerviosos: el suyo y el de ella.

—El lunes que viene por la noche, Dominique, exactamente a las once y media, quiero que vayas en tu coche a Cortlandt Homes.

Ella advirtió que sentía sus propios párpados. No le dolían: sólo los notaba, como si se hubiesen tensado y ya no se movieran. Había visto el primer edificio de Cortlandt. Sabía lo que estaba a punto de escuchar.

—Debes ir sola en tu coche y debe ser de vuelta a casa desde algún lugar donde hayas tenido una cita que hayas concertado de antemano. Un lugar que te obligue a pasar por Cortlandt para volver a casa. Tendrás que poder demostrarlo después. Quiero que tu coche se quede sin gasolina delante de Cortlandt, a las once y media. Que toques el claxon.

Hay un viejo vigilante allí. Saldrá. Pídele que te ayude y mándalo a la gasolinera más cercana, que está a un kilómetro y medio de allí.

—Sí, Roark —decía ella constantemente.

—Cuando se haya ido, sales de tu coche. Hay un buen trozo de descampado junto a la carretera, al otro lado del edificio, y una especie de zanja detrás. Ve hasta la zanja lo más rápido que puedas, métete en el fondo y asegúrate de tumbarte en el suelo. Al cabo de un rato, podrás volver al coche. Sabrás cuándo volver. Asegúrate de que quienes te encuentren lo hagan en el coche, y en el mismo estado que el coche... más o menos.

—Sí, Roark.

—¿Lo has entendido?

—Sí.

—¿Todo?

—Sí, todo.

Se pusieron de pie. Ella sólo veía sus ojos, y que estaba sonriendo. Le oyó decir:

—Buenas noches, Dominique.

Se fue, y ella oyó como su coche se alejaba. Pensó en su sonrisa.

Sabía que él no necesitaba su ayuda para lo que iba a hacer, que podía encontrar otra forma de librarse del vigilante; que él le había dejado participar en ello, porque de lo contrario ella no sobreviviría a lo que vendría después; que aquello había sido la prueba.

Él no quería hacerlo explícito. Quería que ella lo entendiera y que no mostrara miedo. Ella no había sido capaz de aceptar el juicio de Stoddard, y había huido del horror de verlo herido por el mundo, pero había aceptado ayudarlo en esto. Había aceptado con completa serenidad. Ella era libre y él lo sabía.

La carretera era llana en los oscuros tramos de Long Island, pero Dominique se sentía como si estuviese conduciendo cuesta arriba. Era la única sensación anormal: la sensación de ascenso, como si su coche acelerara en vertical. No apartó la vista de la carretera, pero el salpicadero que veía con el rabillo del ojo parecía el panel de mandos de un avión. El reloj marcaba las 23.10 horas.

Iba distraída. Nunca he aprendido a pilotar un avión, pensó, y ahora sé qué se siente: esto, un espacio sin obstáculos y ningún esfuerzo. Y sin peso. Se supone que eso es lo que pasa en la estratosfera, ¿o es el espacio interplanetario?, donde uno empieza a flotar y no hay ley de la gravedad. Ninguna ley de ningún tipo de gravedad en absoluto. Se oyó reír en alto.

Sólo la sensación de ascenso. Por lo demás, se sentía normal. Nunca había conducido un coche tan bien. Es un trabajo aburrido y mecánico, pensó, así que sé que estoy muy lúcida, porque conducir parece fácil, como respirar o tragar, una función inmediata que no requiere atención. Frenó en los semáforos en rojo suspendidos sobre cruces de dos calles anónimas en suburbios desconocidos, dobló esquinas, adelantó a otros coches y no estaba segura de que no fuese a sufrir un accidente aquella noche: su coche iba dirigido por control remoto, como uno de esos rayos automáticos de los que había oído hablar —¿era una radiobaliza o un haz radioeléctrico?— y ella sólo iba sentada al volante.

Le dejaba libertad para percatarse sólo de cosas menores, de sentirse despreocupada... y frívola. Completamente frívola. Ser más normal de lo normal era una especie de claridad, como si el cristal fuese más transparente que el aire puro. Sólo cosas sin importancia: la fina seda de su vestido negro y corto y cómo le caía por las rodillas; la flexión de sus dedos dentro del zapato de tacón al mover el pie; «Danny's Dinner» en letras doradas sobre una ventana oscura que pasó a toda velocidad.

Había estado muy animada en la cena que había dado la esposa de un banquero, amigos importantes de Gail, cuyos nombres no recordaba en ese momento. Había sido una cena maravillosa en una inmensa mansión de Long Island. Se alegraron mucho de verla, y lamentaron que Gail no hubiese podido ir. Se comió todo lo que le pusieron delante. Tenía un espléndido apetito, como en las raras veces que, de niña, llegaba corriendo a casa después de pasar el día en el bosque y su madre estaba encantada porque temía que a su hija le diera anemia.

Había entretenido a los comensales con historias de su infancia, les había hecho reír y había sido la cena más alegre que sus anfitriones recordaban. Después, en el salón, con las ventanas abiertas al cielo oscuro —un cielo sin luna que se extendía hasta más allá de los árboles y las ciudades hasta llegar a las orillas del río Este— se rio, habló, y sonrió a todo el mundo que la rodeaba con una calidez que les hacía hablar libremente de lo que querían; amó a esas personas, y ellas se supieron amadas. Amó a todas las personas de la tierra, y una mujer le había dicho:

—Dominique, ¡no sabía que podías ser tan maravillosa!

—Es que nada me preocupa —había respondido ella.

Era verdad que no había estado pendiente de nada, salvo de su reloj de pulsera y de que tenía que estar fuera de la casa a las once menos diez. No tenía ni idea de lo que iba a decir para marcharse, pero a las once menos cuarto ya lo había dicho, de manera correcta y convincente, y a las once menos diez ya tenía el pie en el acelerador.

Era un biplaza negro tapizado de cuero rojo. Pensó en lo lustrosa que mantenía John, el chófer, la tapicería roja. No iba a quedar nada del coche, así que estaba bien que tuviese su mejor aspecto para su último viaje. Como una mujer en su primera noche, pensó. Nunca me vestí para mi primera noche. No tuve primera anoche, sólo algo que me arrancaron y el sabor del polvo de la cantera en los dientes.

Cuando vio que unas franjas verticales negras con puntos de luz llenaban la ventanilla lateral del coche, se preguntó qué le estaba pasando al cristal. Después se dio cuenta de que estaba pasando por el río Este y que aquello era Nueva York, al otro lado. Se rio. No, esto no es Nueva York, pensó; es una foto personal pegada a la ventanilla de mi coche; todo, aquí, en una pequeña ventana, bajo mi mano, es mío, es mío ahora. Pasó la mano por encima de los edificios, desde el Battery al puente de Queensboro. Roark, es mío, y te lo estoy dando.

El vigilante nocturno parecía medir cuarenta centímetros, a lo lejos. Cuando sean veinticinco, empezaré, pensó Dominique. Estaba junto al coche y deseó que el vigilante pudiera andar más rápido.

El edificio era una masa negra que sostenía el cielo por un punto. El resto del cielo se hundía hasta llegar a una distancia íntima de la tierra llana. Las calles y casas más cercanas estaban a años de distancia, alejadas del borde del espacio, y eran pequeñas melladuras irregulares, como los dientes de una sierra rota.

Sintió un guijarro grande en la suela del zapato; era incómodo, pero no movió el pie, para no hacer ruido. No estaba sola. Sabía que él estaba en algún lugar del edificio, y que sólo los separaba el ancho de la calle. No se oían ruidos ni se veían luces en el edificio: sólo unas cruces blancas en las ventanas negras. Él no necesitaba luz: conocía cada pasillo y cada escalera.

El vigilante menguó y desapareció al fin. Ella abrió bruscamente la puerta del coche, tiró dentro el sombrero y el bolso y cerró la puerta con un empujón. Oyó el portazo cuando estaba al otro lado de la carretera, corriendo sobre el descampado, alejándose del edificio.

Sintió como la seda de su vestido se le pegaba a las piernas, y eso le daba un propósito tangible de fuga, de rebelarse contra ella, de atravesar esa barrera lo más rápido que pudiera. Había hoyos y rastrojos secos en el suelo. Se cayó una vez, pero sólo se dio cuenta cuando estaba corriendo otra vez.

Vio la zanja en la oscuridad. Después estaba de rodillas, en el fondo, y se tumbó bocabajo, con la cara contra el suelo y la boca pegada a la tierra.

Sintió el impacto en los muslos, y su cuerpo se retorció con una larga convulsión para sentir la tierra con sus piernas, con sus pechos, con la piel de sus brazos. Era como yacer en la cama de Roark.

El ruido fue como un puñetazo en la nuca. Sintió cómo la tierra empujaba contra ella y la levantaba hasta el borde de la zanja. La parte superior del edificio Cortlandt estaba ladeada, inmóvil y en vilo mientras crecía la mancha discontinua de cielo que la atravesaba lentamente. Era como si el cielo estuviese cortando el edificio por la mitad. La mancha se convirtió luego en una luz azul turquesa. Después ya no había parte superior: sólo marcos de ventanas y vigas que volaban por el aire; el edificio esparcido en el cielo; una lengua larga y fina, un disparo rojo desde el centro; otro puñetazo, y después otro; una luz cegadora y los cristales de las ventanas de los rascacielos al otro lado del río, que brillaban como lentejuelas.

Se olvidó de que él le había ordenado que se quedara tumbada; estaba de pie y a su alrededor llovían cristales y hierros retorcidos. Durante el fogonazo, cuando las paredes salieron disparadas y el edificio se abrió como un sol naciente, pensó en que él estaba allí, en alguna parte al otro lado; pensó en el constructor que tenía que destruir, que conocía todos los puntos vitales de aquella estructura, que había logrado su delicado equilibrio entre tensiones y soportes; ella lo imaginó eligiendo esos puntos clave, colocando el explosivo; un médico convertido en asesino, abriendo con pericia el corazón, el cerebro y los pulmones, todo a la vez. Él estaba allí, lo había visto y lo que le había hecho a él era peor que lo que le había hecho al edificio. Pero estaba allí, y lo aceptaba gustoso.

Ella vio la ciudad envuelta en luz durante medio segundo; pudo distinguir las repisas de las ventanas y las cornisas a kilómetros de distancia, pensó en las habitaciones oscuras y los techos lamidos por aquel fuego, vio las cimas de las torres encendidas en el cielo, su ciudad ahora, y la de él.

—¡Roark! ¡Roark, Roark! —gritó. No sabía que había gritado. No pudo oír su propia voz con la explosión.

Después estaba corriendo a través del descampado hacia las ruinas humeantes. Corrió por encima de los cristales rotos, pisando con fuerza en cada paso, porque disfrutaba del dolor. Ya no quedaba ningún dolor que tuviera que volver a sentir. Sobre el campo flotaba una capa de polvo, como un toldo. Oyó cómo las sirenas empezaban a aullar a lo lejos.

Seguía siendo un coche, aunque las ruedas traseras estaban aplastadas bajo un pedazo del incinerador y había una puerta de ascensor encima de la capota. Se arrastró hasta el asiento. Tenía que parecer que no se había movido de allí. Recogió un puñado de cristales del suelo y se los esparció en el regazo y por el pelo. Cogió una astilla afilada y se rajó la piel del cuello, las piernas y los brazos. Lo que sintió no fue dolor. Vio cómo la sangre le salía disparada del brazo y le corría por el regazo, le empapaba la seda negra y le chorreaba entre los muslos. Tenía la cabeza caída hacia atrás y la boca abierta, jadeante. No sabía que se había cortado una arteria. Se sentía muy ligera. Se reía de la ley de la gravedad.

Cuando la encontraron los hombres del primer coche de la policía que llegó al lugar, estaba inconsciente, y a su cuerpo le quedaban minutos de vida.

13

Dominique echó una ojeada al dormitorio del ático. Era su primer contacto con un entorno que estaba preparada para reconocer.

Sabía que la habían llevado allí después de muchos días en el hospital. La habitación parecía barnizada con luz. Es esa claridad del cristal por encima de todo, lo que ha quedado, pensó. Se quedará para siempre. Wynand estaba junto a la cama. La estaba mirando, y parecía divertido.

Ella recordaba haberlo visto en el hospital. No parecía divertirse entonces. Sabía que, aquella primera noche, el médico le había dicho que no iba a sobrevivir. Quería decirles a todos que sí, que ahora no tenía más opción que vivir, sólo que no parecía importante decirle nada a la gente, nunca.

Ahora estaba de vuelta. Sentía vendajes en el cuello, las piernas y el brazo izquierdo. Pero tenía las manos extendidas delante, en la colcha. Le habían retirado las gasas y sólo quedaban unas finas cicatrices rojas.

—¡Pero mira que estás volada, pequeña! —dijo Wynand alegre—. ¿Por qué tuviste que hacer el trabajo tan bien?

Tendida con la cabeza en la almohada blanca, con su suave pelo dorado y la bata blanca de cuello alto del hospital, parecía más joven de lo que pareció nunca de niña. Tenía el resplandor sereno que de niña se imaginaba, pero que nunca encontró: la plena consciencia de certidumbre, de inocencia, de paz.

—Me quedé sin gasolina y estaba esperando en el coche cuando de repente...

—Ya le he contado esa historia a la policía. También el vigilante nocturno. Pero ¿es que no sabías que el cristal hay que manejarlo con prudencia?

Pensó que Gail parecía descansado, y muy seguro de sí mismo. Había cambiado todo para él también, de la misma manera.

—No me dolió —dijo.

—La próxima vez que quieras hacer de inocente espectadora, déjame aconsejarte.

—Pero se lo han creído, ¿no?

—Oh, vaya si lo creen. Tienen que hacerlo. Casi te mueres. No entiendo por qué tuvo que salvar la vida al vigilante y casi te quita la tuya.

—¿Quién?

—Howard, querida. Howard Roark.

—¿Qué tiene que ver él con eso?

—Cariño, no te está interrogando la policía. Aunque lo harán, y tendrás que ser más convincente. En todo caso, sé que lo conseguirás. No se acordarán del juicio de Stoddard.

—Ah...

—Lo hiciste entonces y siempre lo harás. Al margen de lo que pienses de él, siempre sentirás lo mismo que yo por su trabajo.

—Gail, ¿te alegras de que lo haya hecho?

—Sí.

Ella vio que él le miraba la mano que reposaba en el borde de la cama. Después, él se arrodilló, con los labios sobre su mano, sin levantarla, sin tocarla con los dedos, sólo con la boca. Ésa era la única confesión que él se iba a permitir de lo que le habían supuesto los días que Dominique pasó en el hospital. Ella levantó la otra mano y la acercó a su pelo. Pensó: sería peor para ti si hubiese muerto, Gail, pero todo irá bien, no te hará daño, ya no queda dolor en el mundo, nada comparado con el hecho de que existimos: él, tú y yo. Has entendido todo lo que importa, aunque no sepas que me has perdido.

Él levantó la cabeza y se puso de pie.

—No era mi intención hacerte ningún reproche. Perdóname.

—No me voy a morir, Gail. Me siento estupenda.

—Lo pareces.

—¿Lo han detenido?

—Está libre bajo fianza.

—¿Estás contento?

—Me alegro de que lo hicieras y de que fuese por él. Me alegro de que lo hiciera. Tenía que hacerlo.

—Sí. Y será otra vez el juicio Stoddard.

—No exactamente.

—¿Querías otra oportunidad, Gail, todos estos años?

—Sí.

—¿Puedo ver los periódicos?

—No. No hasta que te levantes.

—¿Ni siquiera el *Banner*?

—Y menos el *Banner*.

—Te quiero, Gail. Si te mantienes hasta el final...

—No me sobornes. Esto no es entre tú y yo. Ni siquiera entre él y yo.

—¿Sino entre tú y Dios?

—Si quieres llamarlo así. Pero no vamos a hablar de ello. No hasta que termine. Tienes visita esperándote abajo. Ha venido todos los días.

—¿Quién?

—Tu amante, Howard Roark. ¿Quieres permitirle que te dé las gracias?

Ese comentario jocoso, con el tono de estar diciendo lo más absurdo que se le pudo ocurrir, le indicó a Dominique lo lejos que él estaba de figurarse el resto. Dijo:

—Sí, quiero verlo. Gail, ¿y si decido convertirlo en mi amante?

—Os mataré a los dos. Ahora no te muevas, sigue tumbada. El médico dijo que debes tomártelo con calma. Tienes veintiséis puntos por todo el cuerpo.

Él salió y ella lo oyó bajar las escaleras.

Cuando el primer policía llegó al lugar de la explosión, encontró, detrás del edificio, en la orilla del río, el detonador que había activado la dinamita. Roark estaba junto al detonador con las manos en los bolsillos, contemplando los restos de Cortlandt.

—¿Qué sabe de esto, amigo? —dijo el policía.

—Será mejor que me detenga. Hablaré en el juicio —dijo Roark.

No respondió con ninguna otra palabra en los interrogatorios oficiales posteriores.

Fue Wynand quien consiguió que lo dejaran en libertad bajo fianza a primera hora de la mañana. Wynand mantuvo la calma en la sala de urgencias del hospital, donde había visto las heridas de Dominique y le habían dicho que no iba a vivir. Mantuvo la calma al teléfono cuando hizo que sacaran de la cama a un juez del condado y organizó la fianza de Roark. Pero en la pequeña oficina del alcaide de una pequeña cárcel del condado, empezó a temblar de repente. «¡Malditos idiotas!», dijo entre dientes, y después todas las obscenidades que aprendió en el muelle. Se olvidó de todos los aspectos de la situación salvo uno: Roark entre rejas. Volvía a ser Wynand, *el Estirado* de Hell's Kitchen, y aquel tipo de furia era como sus repentinos arrebatos de aquellos tiempos; la misma furia que sintió cuando estaba detrás de un muro destartalado esperando a que fueran a matarlo. Sólo que ahora sabía que también era Gail Wynand, el dueño de un imperio, y no podía entender por qué hacía falta ningún proceso legal; por qué no destrozaba esa celda, con sus puños o sus periódicos: para él era todo lo mismo en ese momento. Quería matar, tenía que matar, como aquella noche tras el muro, para defender su vida.

Fue capaz de firmar los papeles y fue capaz de esperar a que le llevaran a Roark. Salieron juntos. Roark iba delante, cogiéndole de la muñeca, y cuando llegaron al coche, Wynand ya estaba calmado. Dentro, preguntó:

—Lo hiciste tú, claro.

—Claro.

—Lucharemos juntos.

—Si quieres hacer de ello tu batalla.

—Según los cálculos actuales, mi fortuna personal asciende a cuarenta millones de dólares. Eso debería bastar para contratar a cualquier abogado que quieras o a la profesión entera.

—No voy a usar a un abogado.

—¡Howard! ¿No volverás a salir con las fotos?

—No. No esta vez.

Roark entró en el dormitorio y se sentó en una silla junto a la cama. Dominique estaba tumbada, mirándolo. Se sonrieron. No hace falta decir nada, tampoco esta vez, pensó ella. Le preguntó:

—¿Has estado en la cárcel?

—Unas horas.

—¿Cómo ha sido?

—No te pongas ahora como se puso Gail.

—¿Se lo tomó muy mal?

—Mucho.

—Yo no lo haré.

—Quizá tenga que volver a la cárcel y pase unos años allí. Lo sabías cuando accediste a ayudarme.

—Sí, lo sabía.

—Cuento contigo para salvar a Gail, si voy.

—¿Que cuentas conmigo?

Él la miró y le hizo un gesto de reproche con la cabeza.

—Mi querida...

—¿Sí? —susurró ella.

—¿Aún no sabes que ha sido una trampa que te he puesto?

—¿Cómo?

—¿Qué harías tú si no te hubiese pedido que me ayudaras?

—Estaría contigo, en tu apartamento, en la casa Enright, ahora mismo, de manera pública, sin esconderme.

—Sí, pero ahora no puedes. Eres la señora de Gail Wynand, estás fuera de toda sospecha y todo el mundo cree que estabas en el lugar por accidente. Si dejas que se sepa lo que somos el uno para el otro, será una confesión de que lo hice yo.

—Entiendo.

—Quiero que guardes silencio. Si has pensado en algún momento en querer compartir mi destino, olvídate. No te diré lo que tengo intención de hacer, porque es la única manera de controlarte hasta el juicio. Dominique, si me condenan, quiero que sigas con Gail. Cuento con eso, quiero que sigas con él, y nunca le cuentes lo nuestro, porque os vais a necesitar el uno al otro.

—¿Y si te absuelven?

—Entonces... —Echó un vistazo a la habitación, a la habitación de Wynand—. No quiero estar aquí. Pero ya lo sabes.

—¿Lo quieres mucho?

—Sí.

—Lo suficiente para sacrificar...

Él sonrió.

—¿Has tenido ese miedo desde la primera vez que vine aquí?

—Sí.

Él la miró fijamente.

—¿Te parecía eso posible?

—No.

—Ni mi trabajo ni tú, Dominique. Jamás. Pero sí puedo hacer esto por él: se lo puedo dejar a él si yo me tengo que ir.

—Te absolverán.

—No es eso lo que quiero oírte decir.

—Si te condenan, si te meten en la cárcel o te ponen a hacer trabajos forzados, si manchan tu nombre en cada sucio titular, si nunca te dejan diseñar otro edificio, si nunca me dejan volver a verte, no importará. No demasiado. Sólo hasta cierto punto.

—Eso es lo que llevo siete años esperando oír, Dominique.

Él le cogió la mano, la levantó y se la llevó a los labios. Ella sintió sus labios donde habían estado los de Wynand. Después él se levantó.

—Esperaré —dijo Dominique—. No diré nada. No me acercaré a ti. Te lo prometo.

Él sonrió y asintió con la cabeza. Después se marchó.

Ocurre, en raras ocasiones, que las fuerzas del mundo, tan grandes que no se pueden abarcar, se concentran en un único suceso, como los rayos que recoge una lente en un punto de brillantez superlativa, para que todos lo veamos. Ese suceso es la atrocidad de Cortlandt. Aquí, en un microcosmos, podemos observar el mal que ha quebrantado nuestro pobre planeta desde el día de su nacimiento en el caldo primigenio. El ego de un hombre contra todos los conceptos de misericordia, humanidad y hermandad. Un hombre que destruye el futuro hogar de los desheredados. Un hombre que condena a miles de personas al horror de los suburbios, a la suciedad, la enfermedad y la muerte. Cuando una sociedad empezó a despertar, con un nuevo y humanitario sentido del deber, e hizo un esfuerzo por rescatar a los desfavorecidos, y cuando los mejores talentos de la sociedad crearon unidos un hogar decente para ellos, el egoísmo de un hombre hizo volar en pedazos el logro de los demás. ¿Y para qué? Por alguna vaga cuestión de vanidad personal, por algún engreimiento vacío. Lamento que las leyes de nuestro estado no permitan más que una sentencia de cárcel por este crimen. Ese hombre debería pagar con su vida. La sociedad necesita el derecho a librarse de hombres como Howard Roark.

Así se expresó Ellsworth M. Toohey en las páginas de *New Frontiers*.

Le llegaron ecos de respuesta de todo el país. La explosión de Cortlandt había durado medio minuto. La explosión de la furia pública siguió sin parar, y el aire se llenó de una nube de yeso en polvo, de la que llovían orín y desechos.

Roark fue procesado ante el gran jurado, se declaró no culpable y se negó a decir nada más. Fue puesto en libertad bajo fianza, provista por Gail Wynand, y estaba a la espera del juicio.

Hubo muchas especulaciones sobre sus motivos. Algunos dijeron que eran celos profesionales. Otros afirmaron que había una cierta similitud entre el diseño de Cortlandt y el estilo de los edificios de Roark; que Keating, Prescott y Webb quizá habían tomado prestado un poco de Roark —«una adaptación legítima»; «no hay derechos de propiedad sobre las ideas»; «en una democracia, el arte pertenece a todo el pueblo»—, y que a Roark lo había movido el afán de venganza de un artista que se consideraba plagiado.

Nada estaba demasiado claro, pero a nadie le importaba mucho el motivo. La cuestión era simple: era un hombre contra muchos. No tenía derecho a tener un motivo.

Un hogar, construido por caridad, para los pobres. Construido a lo largo de diez mil años en que a los hombres se les había enseñado que la caridad y el autosacrificio eran un absoluto que no se podía cuestionar, la piedra de toque de la virtud, el ideal supremo. Diez mil años de voces que hablaron de servicio y sacrificio: el sacrificio es la primera regla de la vida, servir o ser servido, destruir o ser destruido, el sacrificio es noble, haz lo que puedas en un extremo u otro, servir y sacrificar, servir y servir y servir...

Contra eso había un hombre que no deseaba ni servir ni mandar; y que, por lo tanto, había cometido el único crimen imperdonable.

Fue un escándalo sensacional. Hubo el habitual ruido y la habitual sed de justicia virtuosa, como la que corresponde a cualquier linchamiento. Pero había un rasgo feroz, personal, en la indignación de todas las personas que hablaban de ello.

«Es sólo un ególatra carente de todo sentido moral», dijo la mujer de la alta sociedad mientras se vestía para un rastrillo benéfico, quien no se atrevía a considerar qué medios de expresión le quedarían, y cómo podría imponer su ostentación a sus amigos, si la caridad no fuese la virtud que lo excusa todo.

... dijo la trabajadora social que no había encontrado ningún propósito en la vida ni podía generarlo desde la esterilidad de su alma, pero que gozaba de la virtud y de un respeto de todos que no se había ganado, por la gracia de sus dedos sobre las heridas de los demás.

... dijo el novelista que no tendría nada que decir si le quitaran el tema del servicio y el sacrificio, que sollozaba ante miles de personas atentas, a las que decía que las amaba; que él las amaba, y que, a cambio, por favor, lo amaran un poco a él.

... dijo la señora columnista que acababa de comprarse una mansión porque escribía con mucha ternura sobre la gente común.

... dijo toda la gente común que quería oír hablar de amor, del gran amor, del amor no exigente, del amor que lo aceptaba todo, que lo perdonaba todo y les permitía todo.

... dijeron todos los que vivían de prestado y que no podían existir si no era como sanguijuelas en el alma de los demás.

Ellsworth Toohey se quedó al fondo, observando, escuchando y sonriendo.

Gordon L. Prescott y Gus Webb eran invitados a cenas y cócteles; los trataban con ternura, diligencia y curiosidad, como a los supervivientes de una catástrofe. Decían que no podían entender qué posible motivo podría haber tenido Roark, y exigían justicia.

Peter Keating no fue a ningún lado. Se negó a ver a la prensa. Se negó a ver a nadie. Pero hizo público un comunicado en el que decía que creía que Roark no era culpable. Su comunicado terminaba con una frase curiosa: «Déjenlo en paz, por favor, ¿no pueden dejarlo en paz?».

Los manifestantes del Consejo de Constructores de Estados Unidos se paseaban de arriba abajo delante del edificio Cord. En vano, porque no había trabajo en la oficina de Roark. Los encargos que iba a empezar se habían cancelado.

Eso era solidaridad. La debutante con la pedicura hecha; la ama de casa que compra zanahorias a un vendedor ambulante; el contable que quiso ser pianista, pero tuvo la excusa de una hermana a la que mantener; el empresario que odiaba su empresa; el trabajador que odiaba su trabajo; el intelectual que odiaba a todo el mundo: todos unidos como hermanos en la lujuria de la indignación común que curaba el aburrimiento y les hacía olvidarse de sí mismos..., y bien que sabían todos qué bendición era que les hicieran olvidarse de sí mismos. Los lectores eran unánimes. La prensa era unánime.

Gail Wynand iba contra la corriente.

—¡Gail! ¡No podemos defender a un dinamitero! —dijo Alvah Scarret sin aliento.

—Cállate, Alvah, antes de que te rompa los dientes.

Gail Wynand se sentaba solo en mitad de su despacho, con la cabeza hacia atrás, contento de vivir, como cuando estaba en el muelle en una noche oscura frente a las luces de la ciudad.

Un editorial del *Banner*, con la firma «Gail Wynand» en letras grandes, decía:

> Entre los repugnantes alaridos que ahora nos rodean por todas partes, nadie parece recordar que Howard Roark renunció a su propio libre albedrío. Si hizo volar aquel edificio, ¿tenía que quedarse allí para que lo detuvieran?

Pero no esperamos a descubrir sus razones. Lo hemos condenado sin juzgarlo. Queremos que sea culpable. Estamos encantados con este caso. Lo que ustedes oyen no es indignación: es regodeo. Cualquier maníaco analfabeto, cualquier imbécil despreciable que perpetre algún asesinato nauseabundo, recibe nuestros gritos de simpatía y reúne a un ejército de defensores humanitaristas. Pero un hombre con talento es culpable por definición. Se da por sentado que es una vil injusticia condenar a un hombre sólo porque es débil y pequeño. ¿A qué nivel de depravación ha llegado una sociedad cuando condena un hombre sólo porque es fuerte y grande? Ésa es, sin embargo, la atmósfera moral de nuestro siglo, el siglo del hombre de segunda categoría.

Otro editorial de Wynand decía:

Hemos oído gritar que Howard Roark pasa su carrera profesional entrando y saliendo de los tribunales. Bien: es cierto. Un hombre como Roark está sometido al enjuiciamiento de la sociedad toda su vida. ¿A quién habría que acusar por ello? ¿A Roark, o a la sociedad?

Otro editorial de Wynand:

Nunca hemos hecho un esfuerzo por comprender cuál es la grandeza del hombre y cómo reconocerla. Hemos llegado a sostener, en una especie de empalagoso estupor, que la grandeza se debe calibrar por el autosacrificio. El autosacrificio es la máxima virtud, decimos embobados. Parémonos a pensar un momento. ¿Es el sacrificio una virtud? ¿Puede un hombre sacrificar su integridad? ¿Su honor? ¿Su libertad? ¿Su ideal? ¿Sus convicciones? ¿La honradez de sus sentimientos? ¿La independencia de su pensamiento? Pues éstas son las posesiones supremas del hombre. Cualquier cosa a la que renuncie por ellas no representará un sacrificio, sino un estupendo negocio. Esas cosas, en cambio, están por encima de cualquier sacrificio por cualquier causa o consideración. ¿No deberíamos, por lo tanto, dejar de predicar sandeces peligrosas y malignas? ¿Sacrificar el yo? Es precisamente el yo lo que no se puede ni se debe sacrificar. Es el yo no sacrificado lo que debemos respetar en el hombre por encima de todo.

New Frontiers, y muchos periódicos, citaron este editorial, reproducido en un recuadro bajo el título: «¡Miren quién fue a hablar!».

Gail Wynand se reía. La resistencia lo alimentaba y le hacía más fuerte. Esto era una guerra, y hacía años que no libraba una guerra real:

desde la época en que sentó los cimientos de su imperio entre los gritos de protesta de todo el sector. Se le concedió lo imposible, el sueño de cualquier hombre: poder utilizar la oportunidad y la intensidad de la juventud con la sabiduría de la experiencia. Un nuevo comienzo y un clímax, todo junto. He esperado y vivido para esto, pensaba.

Sus veintidós periódicos, sus revistas y noticieros recibieron la orden: «Defended a Roark. Vended a Roark al público. Detened el linchamiento».

—Sean cuales sean esos hechos —le explicó Wynand a su personal—, aquí no se van a juzgar los hechos. Es un juicio ante la opinión pública. Siempre hemos hecho opinión pública. Hagámosla. Vended a Roark: no me importa cómo lo hagáis. Os he entrenado. Sois expertos vendedores. Ahora demostradme lo buenos que sois.

Recibió el silencio por respuesta, y los empleados se miraron unos a otros. Alvah Scarret se enjugó la frente. Pero obedecieron.

El *Banner* publicó una foto de la casa Enright, con este pie: «¿Es éste el hombre que quieren destruir?». Una foto de la casa de Wynand: «Supérenlo, si pueden». Una foto de Monadnock Valley: «¿Es éste el hombre que no ha aportado nada a la sociedad?».

El *Banner* publicó un perfil biográfico de Roark, firmado por un escritor del que nadie había oído hablar; lo había escrito Gail Wynand. El *Banner* publicó una serie sobre juicios famosos donde hombres inocentes habían sido condenados por los prejuicios mayoritarios de la época. El *Banner* publicó varios artículos sobre hombres martirizados por la sociedad: Sócrates, Galileo, Pasteur, los pensadores, los científicos; una larga y heroica serie de hombres que estuvieron solos; el hombre que desafió a los hombres.

—¡Pero Gail, por Dios santo, Gail, era un proyecto de viviendas sociales! —se lamentaba Alvah Scarret.

Wynand lo miraba con impotencia:

—Supongo que es imposible haceros entender, idiotas, que eso no tiene nada que ver con esto. Muy bien: vamos a hablar de las viviendas sociales.

El *Banner* sacó a la luz los tejemanejes de los proyectos de viviendas sociales: los trapicheos, la incompetencia, los edificios construidos por un coste cinco veces mayor de lo que un constructor privado habría necesitado, los asentamientos construidos y abandonados, los terribles resultados que se habían aceptado, admirado, perdonado y protegido por la vaca sagrada del altruismo. «Se dice que el infierno está empedrado de buenas intenciones. ¿Podría ser porque nunca hemos aprendido a distinguir qué intenciones constituyen el bien? Nunca ha habido tantas buenas intenciones proclamadas con tanto bullicio en el mundo. Y mírenlo», dijo el *Banner*.

Gail Wynand escribía los editoriales del *Banner* de pie, en una mesa en la sala de composición, siempre sobre una gran hoja de papel de imprenta, con un lápiz azul y en letras de casi tres centímetros de alto. Al final, plantaba su «G. W.». Las famosas iniciales nunca habían tenido tanto aire de orgullo temerario.

Dominique se había recuperado y había regresado a su casa de campo. Wynand volvía en coche por las noches. Se llevaba a Roark siempre que podía. Se sentaban en el salón, con las ventanas abiertas a la noche de primavera. Las oscuras extensiones de la colina rodaban suavemente hacia el lago desde los muros de la casa, y el lago brillaba entre los árboles a lo lejos. No hablaban del caso ni del futuro juicio, pero Wynand hablaba de su cruzada, de forma impersonal, como si no le concerniese en absoluto a Roark. Wynand se paraba en mitad del salón y decía:

—De acuerdo, toda la trayectoria del *Banner* ha sido despreciable, pero esto lo exculpará de todo. Dominique: sé que nunca has podido entender por qué no me avergonzaba de mi pasado. Por qué amaba el *Banner*. Ahora verás la respuesta. El poder. Tengo un poder que nunca he puesto a prueba. Ahora verás la prueba. Pensarán lo que yo quiero que piensen. Harán lo que les diga. Porque es mi ciudad y yo mando aquí. Howard, cuando vayas a juicio, les habré dado tanto la vuelta que no habrá un jurado que se atreva a condenarte.

No podía dormir por las noches. No tenía ganas de dormir.

—Idos a la cama. Subiré en unos minutos —les decía a Roark y a Dominique.

Después, Dominique desde el dormitorio y Roark desde la habitación de invitados al otro lado del pasillo, oían los pasos de Wynand que daban vueltas por la terraza durante horas y sonaban con una especie de desasosiego gozoso; cada paso era una frase anclada, una declaración percutida en el suelo.

Una vez, cuando Wynand les dijo que se fueran, una noche muy tarde, Roark y Dominique subieron las escaleras juntos y se pararon en el primer descansillo: oyeron el violento chasquido de una cerilla en el salón, un sonido que evocaba la imagen de una mano que había dado un tirón salvaje para encender el primero de los cigarrillos que durarían hasta el amanecer, el pequeño punto de fuego que cruzaba y volvía a cruzar la terraza al ritmo de la percusión de los pasos.

Miraron las escaleras y después se miraron el uno al otro.

—Es terrible —dijo Dominique.

—Es genial —dijo Roark.

—No puede ayudarte, no importa lo que haga.

—Sé que no puede. Ésa no es la cuestión.

—Está arriesgando todo lo que tiene para salvarte. No sabe que me perderá si tú te salvas.

—Dominique, ¿qué será peor para él? ¿Perderte o perder su campaña?

Ella afirmó con la cabeza, comprendiendo. Roark añadió:

—Tú sabes que no es a mí a quien quiere salvar. Yo soy sólo la excusa.

Ella levantó la mano. Le tocó la mejilla con una ligera presión de los dedos. No podía permitirse nada más. Ella se dio la vuelta, se fue a su habitación y lo oyó cerrar la puerta de la habitación de invitados.

En un artículo reproducido en varios periódicos, Lancelot Clokey escribió:

> ¿No es lo apropiado que los periódicos de Wynand defiendan a Howard Roark? Si alguien duda de las cuestiones morales involucradas en este espantoso caso, he aquí la prueba de qué es cada cosa y dónde está cada uno. Los periódicos de Wynand: ese bastión del periodismo sensacionalista, la vulgaridad, la corrupción, los escándalos; ese insulto organizado al gusto y la decencia públicos; ese inframundo intelectual regido por un hombre que tiene menos concepto de los principios que un caníbal. Los periódicos de Wynand son los defensores apropiados de Howard Roark, y Howard Roark es su legítimo héroe. Después de toda una vida dedicada a dinamitar la integridad de la prensa, es lógico que Gail Wynand apoye ahora a otro dinamitero más brutal.

En un discurso público, Gus Webb dijo: «Todas esas grandilocuencias que se dicen por ahí son un montón de chorradas. La historia de verdad es ésta. Ese tal Wynand juntó muchísima pasta, pero muchísima, desplumando todos estos años a los pardillos del tinglado inmobiliario. ¿Le gusta que el gobierno entre empujando y lo eche, para que la gente común pueda tener un techo limpio sobre sus cabezas y un váter moderno para sus críos? Os podéis jugar la cabeza a que no le gusta, ni un poquito. Es un montaje de los dos, de Wynand y de ese chico pelirrojo amigo suyo, y para mí que el amigo le ha sacado una buena tajada al señor Wynand por hacer el trabajo.

Un periódico radical escribió:

Según hemos sabido por una intachable fuente, Cortlandt fue sólo el primer paso de una trama gigantesca para hacer volar los edificios públicos de Estados Unidos: proyectos de viviendas sociales, centrales eléctricas, oficinas de correos y colegios. La conspiración está dirigida por Gail Wynand, como podemos ver, y por otros capitalistas de su tipo, incluidos algunos de nuestros mayores ricachones.

Sally Brent escribió, en *New Frontiers*:

Se ha prestado poca atención al lado femenino del caso. El papel desempeñado por la señora de Gail Wynand es desde luego muy dudoso, cuando menos. ¿No es una formidable coincidencia que fuese la señora Wynand la que alejó oportunamente al vigilante, justo en el momento preciso? ¿Y que su marido esté ahora armando un jaleo para defender al señor Roark? Si no estuviésemos cegados por un estúpido, absurdo y anticuado sentido de la caballerosidad siempre que hay una hermosa mujer por medio, no permitiríamos que se silenciara esa parte del caso. Si no nos intimidasen el estatus social de la señora Wynand y el supuesto prestigio de su marido, que está haciendo completamente el ridículo, le haríamos algunas preguntas sobre por qué casi pierde la vida en la catástrofe. ¿Cómo lo sabemos? Porque se puede comprar a los médicos, como a cualquier otro, y el señor Wynand es un experto en esa materia. Si tenemos en cuenta todo esto, podemos ver perfectamente el esquema de algo que se parece bastante a un «pacto entre caballeros»[1] de lo más repugnante.

Un moderado periódico conservador escribió: «La postura adoptada por la prensa de Wynand es inexplicable e ignominiosa».

La difusión del *Banner* caía cada semana a una velocidad que se aceleraba al bajar, como un ascensor fuera de control. Las pegatinas y las chapas que decían «Nosotros no leemos a Wynand» proliferaron en los muros, las estaciones de metro, los parabrisas y las solapas de los abrigos. Los noticieros de Wynand desaparecieron de las pantallas de cine por los abucheos. El *Banner* desapareció de los quioscos; los vendedores en la calle tenían que llevarlos encima, pero los escondían bajo el tenderete y lo sacaban de mala gana sólo cuando alguien se lo pedía. Se

1. «Design for living», eufemismo de *ménage à trois* y título de una comedia dirigida por Ernst Lubitsch en 1933, basada en la obra homónima de Noël Coward. En España se tituló *Una mujer para dos*, y está protagonizada por Gary Cooper, actor que años más tarde interpretaría el papel de Howard Roark en *El manantial* (1949), de King Vidor. *(N. de la T.)*

había preparado el terreno, y los pilares se habían ido carcomiendo durante mucho tiempo. El caso Cortlandt procuró el impacto final.

Casi se habían olvidado de Roark en medio de la tormenta de indignación contra Gail Wynand. Las protestas más airadas provinieron del propio público de Wynand: de los clubes de mujeres, los clérigos, las madres y los tenderos. Tenían que apartar a Alvah Scarret de la sala donde había cestos repletos de cartas al director cada día. Al principio leía las cartas, y los amigos que tenía entre los empleados se empeñaron en impedir que repitiera la experiencia, por temor a que le diera un infarto.

La plantilla del *Banner* trabajaba en silencio. Ya no había miradas furtivas, no se cuchicheaban improperios, no se cotilleaba en los baños. Algunos dimitieron. El resto siguió trabajando, despacio, con gravedad, con el cinturón de seguridad abrochado, esperando lo inevitable.

Gail Wynand advirtió una especie de ritmo ralentizado en todo lo que pasaba a su alrededor. Cuando entraba en el edificio del *Banner*, sus empleados se paraban al verlo, y cuando él los saludaba con la cabeza, su respuesta llegaba un segundo más tarde. Cuando pasaba y se daba la vuelta, siempre veía que se habían quedado mirándolo. El «sí, señor Wynand» que siempre había respondido a sus órdenes sin que hubiera una pausa entre la última sílaba de su voz y la primera letra de la respuesta llegaba ahora tarde, y la pausa tenía una forma tangible, de modo que aquellas palabras ya no parecían responder a otra frase, sino a un signo de interrogación.

«Una vocecita» guardó silencio sobre el caso Cortlandt. Wynand había llamado a Toohey a su despacho, el día siguiente de la explosión, y le había dicho:

—A ver, escuche: ni una palabra en su columna. ¿Lo entiende? Lo que haga o grite fuera no es asunto mío, por el momento. Pero si grita demasiado, me ocuparé de usted cuando esto haya acabado.

—Sí, señor Wynand.

—En lo que respecta a su columna, usted es sordo, mudo y ciego. Usted nunca ha oído ninguna explosión. Usted nunca ha oído hablar de nadie llamado Roark. Usted no sabe qué significa la palabra Cortlandt. Eso mientras usted esté en este edificio.

—Sí, señor Wynand.

—Y mejor que no le vea mucho por aquí.

—Sí, señor Wynand.

El abogado de Wynand, un viejo amigo que llevaba muchos años trabajando para él, trató de pararlo.

—Gail, ¿qué pasa? Estás actuando como un niño. Como un aficionado inexperto. Tienes que sobreponerte, hombre.

—Cállate —dijo Wynand.

—Gail, eres..., eras el mayor magnate de la prensa del mundo. ¿Tengo que decirte lo evidente? Una causa impopular es mal negocio para cualquiera. Para un periódico popular, es un suicidio.

—Si no te callas la boca, te mando recoger los bártulos y me busco otro picapleitos.

Wynand empezó a discutir sobre el caso con los hombres importantes con los que se encontraba en los almuerzos y cenas de negocios. Jamás había discutido con nadie sobre ningún tema, y nunca había abogado por nada. Simplemente, había lanzado frases tajantes a la gente, que las escuchaba con respeto. Ahora no encontraba quien lo escuchara. Ahora encontraba un silencio, no indiferente, que era a medias aburrimiento y rencor. Los hombres que habían atesorado cada palabra que se molestó en pronunciar sobre el mercado bursátil, el sector inmobiliario, la publicidad y la política no tenían interés en su opinión sobre el arte, la grandeza y la justicia abstracta.

Oía algunas respuestas: «Sí, Gail, sí, sin duda. Pero, por otro lado, creo que el tipo fue un maldito egoísta. Y ése es el problema del mundo de hoy: el egoísmo. Hay demasiado egoísmo en todas partes. Eso es lo que Lancelot Clokey decía en su libro, un libro estupendo sobre su infancia; tú lo leíste, vi tu foto con Clokey. Clokey ha viajado por todo el mundo, y sabe de lo que habla»; «Sí, Gail, pero ¿no estás un poco desfasado con esto? ¿Qué es todo eso de que es un gran hombre? ¿Qué tiene de grande un albañil glorificado? ¿Quién es grande, en todo caso? Sólo somos un montón de glándulas y sustancias químicas y lo que comamos para desayunar. Creo que Lois Cook lo explicó muy bien con ese bonito título, ¿cómo era? Sí, *El cálculo biliar valeroso*. Sí, señor. Tu propio *Banner* metió ese librito hasta en la sopa»; «Pero, mira, Gail, debería haber pensado en los demás, antes de pensar en sí mismo. Creo que, si un hombre no tiene amor en su corazón, no puede ser muy bueno. Oí, en una obra de teatro, anoche... Era una obra magnífica, la nueva de Ike... ¿cómo demonios se apellidaba? Deberías verla, tu propio Jules Fougler dijo que era un bravo y tierno poema escénico»; «Tus argumentos son buenos, Gail, y no sabría qué decir contra ellos, no sé dónde te equivocas, pero no me suena muy bien, porque Ellsworth Toohey..., y ahora no me vayas a malinterpretar, bueno, no estoy de acuerdo en absoluto con las opiniones políticas de Toohey; sé que es un radical, pero, por otro lado, tienes que admitir que es un gran idealista con un corazón como una casa, bueno, pues Ellsworth Toohey dijo...».

Éstos eran los millonarios, los banqueros, los industriales y los empresarios que no podían entender por qué el mundo se estaba yendo al infierno, como gemían en sus discursos en todos los almuerzos.

Una mañana, cuando Wynand se bajó del coche delante del edificio del *Banner*, una mujer se abalanzó hacia él al cruzar la acera. Lo había estado esperando en la entrada. Era una mujer gorda de mediana edad. Llevaba un vestido de algodón sucio y un sombrero chafado. Su rostro era pálido y flácido, su boca, informe, y sus ojos, negros, redondos y brillantes. Se paró delante de Gail Wynand y le tiró a la cara un manojo de hojas de remolacha podridas. No había remolacha, eran sólo las hojas, blandas y viscosas, atadas con una cuerda. Le dieron en la mejilla y rodaron hasta la acera.

Wynand no se movió. Miró a la mujer. Vio la carne blanca, cómo le colgaba la boca abierta y triunfante y la cara de maldad justiciera. Los que pasaban por allí agarraron a la mujer mientras gritaba obscenidades irreproducibles. Wynand levantó la mano, les hizo un gesto con la cabeza para que dejaran marchar a la criatura, y entró en el edificio del *Banner* con una mancha amarilla verdosa en la mejilla.

—Ellsworth, ¿qué vamos a hacer? ¿Qué vamos a hacer? —gimió Alvah Scarret.

Ellsworth Toohey estaba encaramado en el borde de su mesa, y sonreía como si quisiera poder besar a Alvah Scarret.

—¿Por qué no lo dejan, maldita sea, Ellsworth? ¿Por qué no pasa algo que lo saque de la portada? ¿No podríamos inventarnos algo y meter miedo con la situación internacional o algo? En todo el tiempo que he vivido, no había visto a la gente ponerse tan salvaje por tan poca cosa. ¡Una voladura! Por Dios, Ellsworth, es material de contraportada. Los teníamos cada mes, con casi todas las huelgas, ¿recuerdas? La huelga de los peleteros, la huelga de los tintoreros... ¡Pero qué demonios! ¿A qué viene esta furia? ¿A quién le importa? ¿Por qué les importa?

—Hay ocasiones, Alvah, en que lo que está en juego no son en absoluto los hechos ostensibles. Y la reacción del público parece completamente desproporcionada, pero no lo es. No deberías sentirte tan abatido por ello. Me sorprendes. Deberías estar dándole las gracias a tu suerte. Mira, a esto me refería cuando hablaba de esperar el momento oportuno. El momento oportuno siempre llega. Aunque no me hubiera creído que me lo iban a entregar en bandeja, así. Anímate, Alvah. Aquí es donde tomamos el control nosotros.

—¿El control de qué?

—De los periódicos de Wynand.

—Estás loco, Ellsworth. Como todos ellos. Estás loco. ¿Qué estás diciendo? Gail tiene el 51 por ciento de...

—Alvah, te quiero. Eres maravilloso, Alvah. Te quiero, ¡pero le pediría a Dios que no fueses tan idiota, para poder hablar contigo! ¡Querría poder hablar con alguien!

Ellsworth Toohey trató de hablar con Gus Webb una noche, pero fue decepcionante. Gus Webb dijo con parsimonia:

—Tu problema, Ellsworth, es que eres demasiado romántico. Demasiado metafísico, maldita sea. ¿A qué viene todo ese regodeo? No tiene ningún valor práctico. Nada a lo que puedas hincarle el diente, más que un par de semanas. Ojalá lo hubiese explotado lleno de gente, y hubiese hecho pedazos a algunos niños, y entonces tendrías algo. Entonces me encantaría. El movimiento podría usarlo. Pero ¿esto? Mandarán a ese chiflado al trullo y ya está. ¿Un realista, tú? Tú eres un espécimen incurable de la intelectualidad, Ellsworth, eso es lo único que eres. ¿Crees que eres un hombre del futuro? No te engañes, corazón. Yo lo soy.

Toohey suspiró.

—Tienes razón, Gus —dijo.

14

—Qué amable por su parte, señor Toohey —dijo la señora Keating con humildad—. Me alegro de que haya venido. No sé qué hacer con Petey. No quiere ver a nadie. No quiere ir a la oficina. Estoy asustada, señor Toohey. Perdóneme, no debería lloriquear. Quizá usted pueda ayudar, sacarlo de ahí. Piensa mucho en usted, señor Toohey.

—Sí, estoy seguro. ¿Dónde está?

—Justo aquí, en su habitación. Por aquí, señor Toohey.

La visita fue inesperada. Toohey llevaba años sin ir allí. La señora Keating se sentía muy agradecida. Ella lo guio por el pasillo y abrió una puerta sin llamar, temiendo anunciar al visitante, temiendo que su hijo se negara. Dijo con tono alegre:

—¡Mira, Petey, mira a quién tengo aquí para ti!

Keating levantó la cabeza. Estaba sentado a una mesa llena de basura, agachado bajo una lamparita que alumbraba muy poco. Estaba haciendo un crucigrama arrancado de un periódico. En la mesa había un vaso alto con un cerco rojo y seco de lo que había sido zumo de tomate, una caja con las piezas de un rompecabezas, una baraja de cartas y una Biblia.

—Hola, Ellsworth —dijo sonriendo. Se impulsó hacia delante para levantarse, pero se olvidó de hacer el esfuerzo por el camino.

La señora Keating vio la sonrisa. Salió, aliviada, y cerró la puerta. La sonrisa se fue, sin llegar a completarse. Había sido un instinto de la memoria. Después se acordó de muchas cosas que había procurado no entender.

—Hola, Ellsworth —repitió, impotente.

Toohey estaba de pie delante de él, examinando la habitación y la mesa con curiosidad.

—Conmovedor, Peter. Muy conmovedor. Estoy seguro de que él lo valoraría si lo viese.

—¿Quién?

—No estás muy hablador estos días, ¿verdad, Peter? No muy sociable...

—Quería verte, Ellsworth. Quería hablar contigo.

Toohey cogió una silla por el respaldo, la balanceó en el aire dibujando un amplio círculo, como una floritura, la plantó junto a la mesa y se sentó.

—Pues bien, para eso he venido. Para oírte hablar.

Keating no dijo nada.

—¿Y bien?

—No pienses que no quería verte, Ellsworth. Era sólo... que le dije a mi madre que no dejara pasar a nadie... me refería a la prensa. No me dejan en paz.

—Madre mía, cómo cambian los tiempos, Peter. Me acuerdo de cuando uno no te podía apartar de la prensa.

—Ellsworth, no me queda ningún sentido del humor. Ninguno.

—Qué suerte, porque te habrías muerto de la risa.

—Estoy tan cansado, Ellsworth... Me alegro de que hayas venido.

La luz se desvió de las gafas de Toohey, y Keating no podía verle los ojos; eran sólo dos círculos rellenos de una mancha metálica, como los faros apagados de un coche que reflejan algo que se acerca a lo lejos.

—¿Crees que te vas a ir de rositas? —preguntó Toohey.

—¿Con qué?

—El papel de ermitaño. La gran penitencia. El silencio leal.

—¿A qué viene eso, Ellsworth?

—Conque no es culpable, ¿no? Conque quieres que por favor lo dejemos en paz, ¿no?

Keating movió los hombros para erguirse, con más intención que éxito, pero, aun así, lo intentó, y logró mover la mandíbula lo justo para preguntar:

—¿Qué es lo que quieres?

—Que me lo cuentes todo.

—¿De qué?

—¿Quieres que te lo ponga más fácil? ¿Quieres una buena excusa, Peter? Porque puedo, ya lo sabes. Podría darte treinta y tres razones, todas nobles, y te tragarías cada una de ellas. Pero no me apetece ponértelo más fácil. Así que sólo te diré la verdad: para enviarlo al presidio, a tu héroe, a tu ídolo, a tu generoso amigo, a tu ángel de la guarda.

—No tengo nada que contarte, Ellsworth.

—Aunque la conmoción te esté haciendo perder el juicio que te queda, te convendría mantener el suficiente para entender que no puedes competir conmigo. Hablarás si yo quiero que hables, y no me apetece perder el tiempo. ¿Quién diseñó Cortlandt?

—Yo.

—¿Sabes que soy experto en arquitectura?

—Yo diseñé Cortlandt.

—¿Igual que el Cosmo-Slotnick?

—¿Qué quieres de mí?

—Te quiero en el estrado de los testigos, Petey. Quiero que cuentes la historia en el juzgado. Tu amigo no es tan obvio como tú. No sé qué trama. Se pasó de listo con eso de quedarse en el lugar. Sabía que sospecharían de él, y ha optado por la sutileza. Dios sabe qué tiene intención de decir en el tribunal. Yo no tengo la intención de dejar que se salga con la suya. Es el motivo en lo que estamos todos atascados. Yo sé cuál es el motivo, pero nadie me creerá si intento explicarlo. Sin embargo, tú declararás bajo juramento. Tú les contarás la verdad. Tú les contarás quién diseñó Cortlandt y por qué.

—Yo lo diseñé.

—Si quieres decir eso en el estrado, será mejor que aprendas a controlar los músculos. ¿Por qué estás temblando?

—Déjame en paz.

—Demasiado tarde, Petey. ¿Has leído *Fausto*?

—¿Qué quieres?

—El pescuezo de Howard Roark.

—No es mi amigo. Nunca lo ha sido. Ya sabes lo que pienso de él.

—¡Lo sé, maldito idiota! Lo sé. Lo has adorado toda tu vida. Te arrodillaste y lo adoraste mientras lo apuñalabas por la espalda. Ni siquiera tuviste el valor de la maldad. No podías soportarlo, de una forma u otra. A mí me odiabas, ¿te crees que no lo sabía?, y me seguiste. A él lo amabas, y lo destruiste. Oh, lo destruiste muy bien, Petey, y ahora no tienes adónde escapar, y tendrás que afrontarlo.

—¿Qué significa él para ti? ¿A ti qué más te da?

—Debiste haber hecho esa pregunta hace mucho tiempo, pero no lo hiciste, lo que significa que lo sabías. Siempre lo has sabido. Por eso estás temblando. ¿Por qué debería ayudarte a mentirte a ti mismo? Llevo haciéndolo diez años. Para eso viniste a mí. Para eso es para lo que vienen todos a mí. Pero no puedes sacar algo de nada. Nunca, a pesar de mis teorías socialistas que dicen lo contrario. Conseguiste lo que querías de mí. Ahora me toca a mí.

—No voy a hablar sobre Howard. No puedes hacerme hablar sobre Howard.

—¿No? ¿Por qué no me echas de aquí? ¿Por qué no me coges por el cuello y me estrangulas? Eres mucho más fuerte que yo. Pero no lo harás, no puedes. ¿Ves la naturaleza de mi poder, Petey? ¿El poder físico? ¿Los músculos, las armas, el dinero? Tú y Gail Wynand deberíais uniros. Tienes mucho que contarle. Vamos, Peter. ¿Quién diseñó Cortlandt?

—Déjame en paz.

—¿Quién diseñó Cortlandt?

—¡Que me dejes!

—¿Quién diseñó Cortlandt?

—Es peor... lo que estás haciendo tú..., es mucho peor que...

—¿Que qué?

—Que lo que le hice a Lucius Heyer.

—¿Qué le hiciste a Lucius Heyer?

—Lo maté.

—¿De qué estás hablando?

—Por eso fue mejor... Porque le dejé morir.

—Deja de desvariar.

—¿Por qué quieres matar a Howard Roark?

—No quiero matarlo. Lo quiero en la cárcel, ¿entiendes? En la cárcel. En una celda. Entre rejas. Encerrado, detenido, atado... y vivo. Se levantará cuando se lo digan. Comerá lo que le den. Se moverá cuando le digan que se mueva y parará cuando se le diga. Irá al telar de yute cuando se le diga, y trabajará como se le diga. Lo empujarán, si no se mueve lo bastante rápido, lo abofetearán cuando les apetezca y le darán con la porra de goma si no obedece. Y obedecerá. Recibirá órdenes. ¡Recibirá órdenes!

—¡Ellsworth...! ¡Ellsworth!

—Me pones enfermo. ¿No puedes aceptar la verdad? No, tú quieres tu capa de azúcar. Por eso prefiero a Gus Webb. Ahí tienes a uno que no se engaña.

La señora Keating abrió la puerta de par en par. Había oído el grito.

—¡Largo de aquí! —le dijo Toohey con brusquedad.

Ella se echó atrás, y Toohey cerró de un portazo.

Keating levantó la cabeza.

—No tienes derecho a hablarle a mi madre de esa manera. Ella no tiene nada que ver contigo.

—¿Quién diseñó Cortlandt?

Keating se levantó. Arrastró los pies hasta una cómoda, abrió un cajón, cogió un papel arrugado y se lo dio a Toohey. Era su contrato con Roark.

Toohey lo leyó y soltó una risita, un sonido brusco y seco. Después miró a Keating.

—Eres un completo éxito, Peter, en lo que a mí respecta. Pero, a veces, tengo que apartar la vista de mis éxitos.

Keating se quedó de pie junto a la cómoda, con los hombros caídos y los ojos vacíos.

—No esperaba que lo tuvieras escrito, así, con su firma. Así que eso es lo que él ha hecho por ti, y esto es lo que tú haces a cambio... No, retiro los insultos, Peter. Tuviste que hacerlo. ¿Quién eres tú para revertir las leyes de la historia? ¿Sabes qué es este papel? Lo perfecto imposible, el sueño de siglos, el objetivo de todas las grandes escuelas de pensamiento de la humanidad. Tú lo has embridado. Le has hecho trabajar para ti. Te quedaste con su obra, su recompensa, su dinero, su gloria, su nombre. Nosotros sólo pensamos y escribimos sobre ello. Tú has aportado una demostración práctica. Todos los filósofos desde Platón deberían darte las gracias. Aquí está la piedra filosofal para transformar el oro en plomo. Supongo que debería estar contento, pero soy humano y no puedo evitarlo: no estoy contento, sólo asqueado. Los otros, Platón y los demás, pensaban que convertirían el plomo en oro. Yo sabía la verdad desde el principio. Fui sincero conmigo, Peter, y ésa es la forma más difícil de sinceridad. De la que tú huyes a cualquier precio. Y ahora mismo no te culpo, porque es de verdad la más difícil, Peter.

Se sentó, cansado, y sostuvo el papel por las esquinas con ambas manos. Dijo:

—Peter, si quieres saber lo difícil que es, te lo diré: ahora mismo, quiero quemar este papel. Piensa lo que quieras de eso. No pretendo tener un gran mérito, porque sé que mañana enviaré esto al fiscal del distrito. Roark nunca lo sabrá, y saberlo no cambiaría nada para él, pero para decir la verdad de las cosas: hubo un momento en que quise quemar este papel.

Dobló el papel con cuidado y se lo guardó en el bolsillo. Keating siguió sus gestos con toda la cabeza, como un gatito que estuviera mirando una bola unida a una cuerda.

—Me pones enfermo —dijo Toohey—. ¡Dios, me ponéis enfermo, todos los sentimentales hipócritas! Me seguís la corriente, repetís las cosas que os enseño y os aprovecháis de ello, pero no tenéis la decencia de admitiros a vosotros mismos lo que estáis haciendo. Os ponéis blancos cuando veis la verdad. Supongo que está en la naturaleza de vuestras naturalezas, y ésa es precisamente mi principal arma, pero ¡Dios, me canso! Tengo que permitirme algún momento sin vosotros. Por eso he tenido que actuar toda mi vida, para las pequeñas y mezquinas mediocridades como vosotros. Para proteger vuestras sensibilidades, vuestras posturitas, vuestra conciencia y la paz mental que no tenéis. Ése es el precio que pago por lo que quiero, pero al menos sé que tengo que pagarlo. Y no me engaño sobre el precio ni la compra.

—¿Qué... quieres..., Ellsworth?

—Poder, Petey.

Se oyeron unos pasos en la planta de arriba, como si alguien saltara alegremente, y unos ruidos en el techo, como cuatro o cinco taconeos. La lámpara tintineó, y la cabeza de Keating se levantó, obediente. Después se volvió hacia Toohey. Toohey estaba sonriendo, casi indiferente.

—Tú... siempre dijiste... —empezó a decir con la voz ronca, y se calló.

—Yo siempre he dicho justo eso. De manera clara, precisa y abierta. No es culpa mía que no pudieras oírlo. Podías, por supuesto, pero no quisiste, lo cual es más seguro que la sordera, para mí. Dije que mi intención era mandar. Como todos mis predecesores espirituales. Pero soy más afortunado que ellos. Yo heredé el fruto de sus esfuerzos y seré el que vea el gran sueño hecho realidad. Lo veo a mi alrededor hoy. Lo reconozco. No me gusta. No esperaba que me gustase. El gozo no es mi destino. Hallaré tanta satisfacción como permita mi capacidad. Mandaré.

—¿Sobre quién...?

—Sobre ti. Sobre el mundo. Sólo es cuestión de descubrir la palanca. Si aprendes a mandar sobre el alma de un solo hombre, puedes tener al resto de la humanidad. Es el alma, Peter, el alma. Ni los látigos ni las palabras ni las llamas ni los fusiles. Por eso los Césares, los Atilas y los Napoleones fueron unos idiotas y no duraron. Nosotros duraremos. Es en el alma, Peter, donde no se puede mandar. Hay que romperla. Hay que introducir una cuña, conseguir meter los dedos..., y el hombre será tuyo. No te hará falta un látigo: te lo traerá él y te pedirá que lo azotes. Ponlo al revés, y su propio mecanismo hará el trabajo por ti. Úsalo contra sí mismo. ¿Quieres saber cómo se hace? Mira a ver si te he mentido alguna vez. A ver si no lo has oído todos estos años, pero no querías oírlo, y que la culpa es tuya, no mía. Hay muchas formas. Ésta es una: hacer que el hombre se sienta pequeño. Hacer que se sienta culpable. Matar sus aspiraciones y su integridad. Eso es difícil. Los peores buscáis a tientas un ideal, a vuestra propia y retorcida manera. Matar la integridad por medio de la corrupción interna. Usarla contra sí misma. Dirigirla hacia un objetivo que destruya toda la integridad. Predicar el altruismo. Decirle al hombre que debe vivir para los demás. Decirles a los hombres que el altruismo es el ideal. Ni uno solo de ellos lo ha alcanzado nunca y ni uno solo lo alcanzará. Todos sus instintos vitales gritan contra ello. Pero ¿no ves lo que has logrado? El hombre se da cuenta de que es incapaz de lo que ha aceptado como la virtud más noble, y eso le hace sentir la culpa, el pecado, su fundamental falta de mérito. Puesto que el ideal supremo está fuera de su alcance, acaba renunciando a todos los ideales, a todas las aspiraciones y a todo su sentido de valor personal. Se siente él mismo obligado a predicar lo que no puede poner en práctica. Pero uno no puede ser bueno a medias u honrado de manera aproximada. Preservar la integridad personal es una dura batalla. ¿Por qué preservar lo que sabes que ya se ha corrompido? Su alma renuncia a su autoestima. Y ya lo tienes. Obedecerá. Estará encantado de obedecer, porque no puede confiar en sí mismo, se siente inseguro, se siente sucio. Ésa es una manera. Ésta es otra: matar el sentido que tenga el hombre de los valores. Matar su capacidad de reconocer la grandeza o alcanzarla. No se puede mandar sobre los grandes hombres. No queremos grandes hombres. No negamos el concepto de grandeza: lo destruimos desde dentro. Lo grande es lo raro, lo difícil, lo excepcional. Fijas los parámetros del éxito para que estén abiertos a todos, a los más pequeños, a los más ineptos, y así frenas el estímulo del esfuerzo para todos: grandes y pequeños. Dejas de incentivar la mejora, la excelencia, la perfección. Ríete de Roark y afirma que Peter Keating es un gran arquitecto. Habrás destruido la arquitectura. Construye a Lois Cook y habrás destruido la literatura. Alaba a Ike y habrás destruido el teatro. Ensalza a Lancelot Clokey y habrás destruido la prensa. No te propones arrasar todos los santuarios: eso asustaría a los hombres. Consagra la mediocridad, y los santuarios quedarán arrasados. Hay otra forma más: matar por medio de la risa. La risa es un instrumento de la alegría humana. Aprendes a usarla como arma de destrucción. La conviertes en una burla. Es fácil. Diles que se rían de todo. Diles que el sentido del humor es una virtud sin límites. No dejes que quede nada sagrado en el alma de un hombre, y su alma no será sagrada para él. Mata la reverencia y habrás matado al héroe que hay en el hombre. Uno no hace reverencias con una risita. Obedecerá y no fijará límites a su obediencia: todo vale, porque nada es demasiado serio. Hay otra forma. Ésta es la más importante: no permitas que los hombres sean felices. La felicidad es independiente y autosuficiente. Los hombres felices no tienen tiempo y no te sirven. Los hombres felices son hombres libres. Así que hay que matar su alegría de vivir. Arrebatarles lo que aprecien o sea importante para ellos. Nunca hay que dejarles tener lo que quieren. Hay que hacerles sentir que el mero hecho de tener un deseo personal es malo. Hay que llevarlos a un estado en el que decir «yo quiero» ya no sea un derecho natural, sino una confesión vergonzosa. El altruismo es de gran ayuda en esto. Los hombres infelices vendrán a ti. Te necesitarán. Vendrán buscando consuelo, apoyo, un escape. La naturaleza no permite vacíos. Vacía el alma del hombre, y podrás quedarte con ese espacio para llenarlo. No entiendo por qué pareces tan sorprendido, Peter. Ésta es la más antigua de todas. Mira la historia. Mira todos los grandes paradigmas éticos, desde el antiguo Oriente en adelante. ¿No predicaron todos el sacrificio del gozo personal? Bajo toda esa compleja verbosidad, ¿no tenían todos un único *leitmotiv*: el sacrificio, la renuncia, la abnegación? ¿No has oído su sintonía: «Entrega, entrega, entrega»? Mira la atmósfera moral de hoy. Todo lo que se puede disfrutar, desde los cigarrillos al sexo y desde la ambición al ánimo de lucro, se considera depravado o pecaminoso. Sólo demuestra que algo hace felices a los hombres, y lo habrás condenado. Hasta ahí hemos llegado. Hemos vinculado la felicidad a la culpa. Y tenemos a la humanidad cogida por el pescuezo. Arroja a la hoguera a tu primogénito en sacrificio, acuéstate en un lecho de clavos, ve al desierto para la mortificación de la carne, no bailes, no vayas al cine los domingos, no intentes hacerte rico, no fumes, no bebas: todo sigue la misma línea. La misma gran línea. Los necios creen que los tabúes de este tipo son absurdos. Vestigios pasados de moda. Pero siempre hay un propósito en lo absurdo. No te molestes en investigar un disparate: sólo pregúntate qué consigue. Todos los paradigmas éticos que predicaron el sacrificio se convirtieron en una potencia mundial y gobernaron a millones de hombres. Por supuesto, tienes que adornarlo. Debes decirle a la gente que alcanzará una especie de felicidad superior si renuncia a todo lo que le hace feliz. No tienes que ser demasiado claro, y usar grandes palabras vacías: «armonía universal», «espíritu eterno», «propósito divino», «nirvana», «paraíso», «supremacía racial», «dictadura del proletariado». La corrupción interna, Peter. Es la más antigua de todas. La farsa se ha mantenido durante siglos y los hombres se la siguen creyendo. Pero la prueba debería ser muy fácil: sólo escucha a cualquier profeta, y si le oyes hablar de sacrificio, sal corriendo. Corre más rápido que si escaparas de una plaga. La razón dicta que, donde hay sacrificio, hay alguien que está recogiendo esas ofrendas sacrificiales. Donde hay servicio, hay alguien al que se está sirviendo. El hombre que te habla de sacrificio está hablando de esclavos y amos, y su intención es ser el amo. Pero si oyes a algún hombre decirte que debes ser feliz, que es tu derecho natural, que tu primera obligación es ser feliz, ése será el hombre que no va detrás de tu alma. Será el hombre que no tiene nada que obtener de ti. Pero si dejas que se acerque, chillarás hasta que estalle tu cabeza hueca, y aullarás que es un monstruo egoísta. Así que el tinglado está asegurado para muchos, muchísimos siglos. Pero aquí deberías haber reparado en algo. He dicho: «La razón dicta». ¿Ves? Los hombres tienen un arma contra ti: la razón. Así que debes asegurarte muy bien de quitársela. Retirar los puntales que la sostienen. Pero hay que ir con cuidado: no se puede negar de forma rotunda. Nunca hay que negar nada rotundamente, porque estarás enseñando tus cartas. No les digas que la razón es el mal, aunque algunos han llegado a ese extremo, y con asombroso éxito. Sólo di que la razón es limitada. Que hay algo por encima de ella. ¿El qué? No debes ser muy claro sobre eso, tampoco. El campo es inagotable: «instinto», «sentimiento», «revelación», «intuición divina», «materialismo dialéctico». Si te quedas atrapado en algún punto crucial y alguien te dice que tu doctrina no tiene sentido, tienes que estar preparado para responder. Dices que hay un sentido superior. Que ahí no debe pensar, sino sentir. Debe creer. Suspendes la razón y juegas el comodín. Cualquier cosa vale como quieras, siempre que lo necesites. Ya lo tienes. ¿Puedes mandar sobre un hombre que piensa? No queremos hombres que piensan.

Keating se había sentado en el suelo, al lado de la cómoda. Se había cansado, y simplemente dobló las piernas. No quería abandonar la cómoda: se sentía más seguro apoyado en ella, como si aún guardara la carta que había entregado.

—Peter, tú has oído todo esto. Me has visto ponerlo en práctica durante diez años. Lo has visto puesto en práctica en todo el mundo. ¿Por qué te indignas? No tienes derecho a estar ahí sentado mirándome fijamente, con la superioridad virtuosa de sorprenderte. Tú estás metido en ello. Tú has tomado tu parte y has tenido que seguir la corriente. Te da miedo ver adónde se dirige el mundo. A mí no. Te lo diré. Al mundo del futuro. Al mundo que quiero. Un mundo de obediencia y unidad. Un mundo donde el pensamiento de un hombre no sea el suyo, sino un intento de averiguar qué piensa el cerebro de su vecino, que no tendrá pensamiento propio, sino un intento de averiguar qué piensa el siguiente vecino, que no tendrá pensamiento propio, y así sucesivamente, Peter, en todo el planeta. Porque todos debemos estar de acuerdo en todo. Un mundo donde ningún hombre albergue ningún deseo para sí mismo, sino que dirija todos sus esfuerzos a satisfacer los deseos de su vecino, que no albergará deseos, salvo satisfacer los deseos del siguiente vecino, que no albergará deseos: así en todo el planeta, Peter. Porque todos debemos servir a todos. Un mundo en el que el hombre no trabajará por un incentivo tan inocente como el dinero, sino por un monstruo sin cabeza: el prestigio. La aprobación de sus semejantes, su buena opinión, la opinión de los hombres a los que no se les permitirá tener opinión. Un pulpo, todo tentáculos, sin cerebro. ¡Criterio, Peter! Ningún criterio, sino encuestas públicas. Una media obtenida sobre ceros, porque no se permitirá ninguna individualidad. Un mundo con el motor desconectado y un solo corazón, bombeado por mi mano. Mi mano, y la mano de otros pocos hombres, muy pocos, como yo. Los que saben qué os mueve: a vosotros, los grandes y maravillosos hombres promedio, que no os habéis puesto furiosos cuando os hemos llamado promedio, gente común, gente corriente; a los que os han gustado esos apelativos y los habéis aceptado. Seréis entronizados y consagrados, vosotros, la gente común, el reinante absoluto que hará que todos los reinantes del pasado se retuerzan de envidia: Dios, Profeta y Rey, todo a la vez, absoluto, ilimitado. *Vox populi*. Lo promedio, lo común, lo general. ¿Sabes cuál es el antónimo adecuado para «ego»? El lugar común, Peter. El reino del lugar común. Pero incluso los tópicos tienen que haber sido originados por alguien en algún momento. Nosotros lo haremos. *Vox dei*. Gozaremos de una sumisión sin límites, la de los hombres que no han aprendido nada, salvo a someterse. Lo llamaremos «servir». Repartiremos medallas al servicio. Os enzarzaréis en alguna pelea u otra para ver quién puede someterse más y mejor. No habrá otra distinción a la que aspirar. Ninguna otra forma de logro personal. ¿Te imaginas a Howard Roark en esa imagen? ¿No? Entonces no pierdas el tiempo con preguntas estúpidas. Todo lo que no se pueda dominar, debe desaparecer. Y si los raritos persisten en querer nacer de vez en cuando, no sobrevivirán más allá de los doce años. Cuando su cerebro empiece a funcionar, sentirá la presión y explotará. La presión calibrada por un vacío. ¿Sabes cuál es el destino de los animales del fondo marino que salen a la superficie? Pues lo mismo para los futuros Roarks. El resto sonreiréis y obedeceréis. ¿Te has dado cuenta de que los imbéciles siempre están sonriendo? La primera vez que el hombre frunce el ceño es la primera vez que Dios le toca la frente. El toque del pensamiento. Pero no tendremos ni Dios ni pensamiento. Sólo votaremos con la sonrisa. Palancas automáticas, todas diciendo que sí. Ahora, si fueses un poco más inteligente, como tu exmujer, por ejemplo, preguntarías: «¿Y qué pasa con vosotros, los que mandáis?». ¿Y conmigo, Ellsworth Monkton Toohey? Y yo te diría: «Sí, sí, tienes razón. No lograré más que tú». No tendré otro propósito que el de manteneros contentos. De mentiros, halagaros, alabaros e inflar vuestra vanidad. De dar discursos sobre la gente y el bien común. Peter, mi viejo y desdichado amigo: soy el hombre más abnegado que hayas conocido. Tengo menos independencia que tú, a quien he forzado a vender su alma. Al menos, tú has utilizado a la gente con el fin de lo que pudieras obtener de ellos para ti. Yo no quiero nada para mí. Yo utilizo a los demás por lo que pueda hacerles a ellos. Es mi única función y satisfacción. No tengo propósitos personales. Quiero poder. Quiero mi mundo del futuro. Que todos vivan para todos. Que todos se sacrifiquen y nadie se beneficie. Que todos sufran y nadie disfrute. Que el progreso se detenga. Que todo se estanque. En el estancamiento hay igualdad. Todo subyugado a la voluntad de todo. La esclavitud universal, sin la dignidad de un amo, siquiera. La esclavitud de la esclavitud. Un gran círculo y una igualdad total. El mundo del futuro.

—Ellsworth... estás...

—¿Loco? ¿Te da miedo decirlo? Tú ahí sentado y el mundo está escrito por todo tu cuerpo, tu última esperanza. ¿Loco? Mira a tu alrededor. Coge cualquier periódico y lee los titulares. ¿No está llegando? ¿No está aquí? ¿Todo lo que te he dicho? ¿No se ha tragado ya a Europa, y no vamos detrás nosotros, tropezándonos? Todo lo que he dicho está contenido en una sola palabra: colectivismo. ¿Y no es el dios de nuestro siglo? Actuar juntos. Pensar, pero juntos. Sentir, pero juntos. Unirse, acceder, obedecer. Obedecer, servir, sacrificarse. Dividir y conquistar, primero, pero después, unirse y mandar. Al fin lo hemos descubierto. ¿Te acuerdas del emperador romano que dijo que deseaba que la humanidad tuviese un solo cuello para poder cortarlo? La gente se rio de él durante siglos. Pero ahora nosotros vamos a reír los últimos. Hemos logrado lo que él no pudo. Hemos enseñado a los hombres a unirse. Con esto se consigue que haya un solo cuello para una sola correa. Hemos encontrado la palabra mágica: colectivismo. Mira a Europa, imbécil.

¿Puedes ver más allá de las bobadas y reconocer la esencia? Un país dedicado a postular que el hombre no tiene derechos, que el colectivo lo es todo. El individuo considerado el mal, y las masas, Dios. No se permite ningún motivo ni virtud, salvo la del servicio al proletariado. Ésa es una versión. Aquí va otra: un país dedicado a postular que el hombre no tiene derechos, que el Estado lo es todo. El individuo considerado el mal, y la raza, Dios. No se permite ningún motivo ni virtud, salvo la del servicio a la raza. ¿Estoy desvariando o ésta es ya la estricta realidad en dos continentes? Observa el movimiento de pinzas. Si estáis hartos de una versión, os empujamos a la otra. Os tenemos yendo y viniendo. Hemos cerrado las puertas. Hemos trucado la moneda. Cara: colectivismo; cruz: colectivismo. Combate la doctrina que sacrifica al individuo con una doctrina que sacrifica al individuo. Entrega tu alma a un consejo, o entrégala a un líder. Pero entrégala, entrégala, entrégala. Mi técnica, Peter. Ofrecer veneno como alimento y veneno como antídoto. Puedes ser imaginativo con las guarniciones, pero sin perder de vista el principal objetivo. Darles una opción a los necios, y que se diviertan, pero sin olvidar el único propósito que tienes que cumplir. Matar al individuo. Matar el alma del hombre. El resto seguirá de forma automática. Observa el estado del mundo en este momento. ¿Sigues pensando que estoy loco, Peter?

Keating estaba sentado en el suelo con las piernas abiertas. Levantó una mano y se miró las uñas; después se la llevó a la boca y se arrancó un padrastro. Pero el gesto fue decepcionante. El hombre estaba reducido a un único sentido: el sentido del oído, y Toohey sabía que no podía esperar ninguna respuesta.

Keating esperó obediente. Parecía darle igual que los sonidos hubiesen parado, y ahora su función era esperar a que empezaran otra vez.

Toohey puso las manos sobre los brazos de la silla y, sin despegar las muñecas de ellos, dio una pequeña palmada en la madera, a modo de conclusión resignada. Se dio impulso para ponerse de pie.

—Gracias, Peter —dijo con voz grave—. La sinceridad es algo difícil de erradicar. He pronunciado discursos ante grandes públicos toda mi vida. Éste ha sido el discurso que nunca tendré oportunidad de pronunciar.

Keating levantó la cabeza. Su voz tenía el carácter de un primer pago al terror. No estaba asustada, pero en ella se adelantaban los ecos de las horas siguientes:

—No te vayas, Ellsworth.

Toohey se paró junto a él, y se rio suavemente.

—Ésa es la respuesta, Peter. Ésa es mi prueba. Me conoces por lo que soy, sabes lo que te he hecho, ya no te queda ninguna ilusión de virtud. Pero no puedes dejarme y nunca serás capaz de dejarme. Me has obedecido en nombre de los ideales. Seguirás obedeciéndome sin ideales. Porque eso es para lo único que sirves, por ahora... Buenas noches, Peter.

15

> Ésta es una causa instrumental. Lo que pensemos de ella determinará lo que somos. Debemos aplastar, en la persona de Howard Roark, las fuerzas del egoísmo y el individualismo antisocial —la maldición de nuestro mundo moderno—, cuyas últimas consecuencias se nos muestran aquí. Como dije al principio de la columna, el fiscal del distrito tiene ahora en su poder una prueba —cuya naturaleza no podemos desvelar en este momento— que demuestra de forma concluyente que Roark es culpable. Nosotros, el pueblo, deberemos ahora exigir justicia.

Esto apareció en «Una vocecita» a última hora de una mañana de mayo. Gail Wynand lo leyó en su coche, de camino a casa desde el aeropuerto. Había volado a Chicago a hacer un último intento para no perder a un anunciante nacional que se había negado a renovar un contrato de tres millones de dólares. Los dos días de habilidosos esfuerzos habían sido en vano: Wynand perdió a su anunciante. Al bajar del avión en Newark, cogió los periódicos de Nueva York. Su coche lo estaba esperando para llevarlo a su casa de campo. Entonces leyó «Una vocecita».

Por un momento, dudó de qué periódico estaba leyendo. Miró la cabecera en la portada. Era el *Banner*, y la columna estaba ahí, en su lugar: la primera columna de la primera página de la segunda sección.

Se inclinó hacia delante y le dijo al chófer que lo llevara a la oficina.

Fue con la página abierta en el regazo hasta que el coche se paró frente al edificio del *Banner*.

La notó nada más entrar en el edificio. La vio en los ojos de los dos reporteros que salieron del ascensor en el vestíbulo; en la pose del ascensorista que venció el deseo de girarse y mirarlo fijamente; en la repentina parálisis de todos los hombres en la sala de espera; en la interrupción del tecleo de una máquina de escribir en la mesa de una secretaria; y en la mano levantada de otra. Vio la espera. Entonces supo que todos en su periódico entendían cuáles eran las consecuencias de lo increíble.

Al principio se sintió un poco perturbado, porque la espera a su alrededor significaba que en la mente de todos existían dudas sobre cuál sería el resultado de un conflicto entre él y Ellsworth Toohey.

Pero no tenía tiempo de fijarse en sus propias reacciones. No podía prestarle atención a nada, salvo a una sensación de tirantez, de presión en los huesos de la cara, los dientes, las mejillas y el puente de la nariz, y sabía que tenía que hacer retroceder esa presión, reducirla, contenerla.

No saludó a nadie y se metió en su despacho. Alvah Scarret estaba repantingado en una silla delante de su mesa. Scarret llevaba el cuello vendado con una gasa blanca manchada y tenía las mejillas enrojecidas. Wynand se paró en mitad del despacho. La gente, afuera, sintió alivio: la cara de Wynand parecía calmada. Pero Alvah Scarret lo conocía mejor.

—Gail, yo no estaba aquí —dijo, tragando saliva con un susurro resquebrajado que no era ni siquiera una voz—. No he estado aquí estos dos días. Laringitis, Gail. Pregúntale a mi médico. No estaba aquí. Acabo de salir de la cama, mírame, tengo cuarenta. De fiebre, quiero decir, el médico no quería, pero..., que me levantara, quiero decir, Gail, yo no estaba aquí, ¡no estaba aquí!

No estaba seguro de que Wynand lo oyera. Pero Wynand lo dejó acabar, y después adoptó la pose de estar escuchando, como si los sonidos le estuviesen llegando retardados. Al cabo de un momento, Wynand preguntó:

—¿Quién estaba en la mesa de redacción?

—Pasó..., pasó por Allen y Falk.

—Despide a Harding, a Allen, a Falk y a Toohey. Págale la indemnización a Harding, pero no a Toohey. Que estén todos fuera del edificio en quince minutos.

Harding era redactor jefe, Falk era corrector, y Allen, jefe de turno de la mesa de redacción. Todos llevaban trabajado en el *Banner* más de diez años. Era como si Scarret hubiese oído una noticia de última hora que anunciase una moción de censura contra un presidente, que un meteorito había destruido la ciudad de Nueva York o que California se había hundido en el océano Pacífico.

—¡Gail! ¡No podemos!

—Largo.

Scarret se largó.

Wynand pulsó un botón en su escritorio y respondió a la voz trémula de la mujer que había fuera:

—No voy a recibir a nadie.

—Sí, señor Wynand.

Pulsó otro botón y habló con el jefe de difusión:

—Parad la salida de todos los ejemplares.

—¡Señor Wynand, es demasiado tarde! La mayoría están...

—Paradlos.

—Sí, señor Wynand.

Quiso apoyar la cabeza en la mesa, quedarse quieto y descansar. La única forma de descanso que necesitaba no existía; mayor que el sueño, mayor que la muerte: el descanso de no haber vivido nunca. El deseo era como una burla secreta a sí mismo, porque sabía que la presión aguda que sentía en el cráneo significaba lo contrario, una llamada urgente a la acción, tan fuerte que se sentía paralizado. Buscó a tientas algunas hojas de papel en blanco: se había olvidado de dónde las guardaba. Tenía que escribir el editorial que lo explicara y lo contrarrestara. Tenía que darse prisa. Le parecía que no tenía derecho a pasar un solo minuto sin haberlo escrito.

La presión desapareció al escribir la primera palabra en el papel. Pensó, mientras se movía su mano rápidamente, en el poder que tenían las palabras, para el que las oyera después, pero antes, para el que las había encontrado. Un poder sanador, una solución, como si se atravesara una barrera. Pensó que, quizá, el secreto básico que la ciencia nunca había descubierto, la primera fuente de vida, era lo que pasa cuando un pensamiento toma forma en palabras.

Oyó el ruido sordo, la vibración de las paredes de su despacho y del suelo. Las rotativas estaban imprimiendo su periódico vespertino, un pequeño tabloide, el *Clarion*. Sonrió al oírlo. Su mano se movía más deprisa, como si aquel sonido le insuflara energía en los dedos.

Abandonó el «nosotros» que solía emplear en los editoriales. Escribió:

> [...] Y si mis lectores o mis enemigos quieren reírse de mí por este incidente, lo aceptaré y lo consideraré el pago de una deuda contraída. Me lo he merecido.

Pensó: ¿Es el corazón del edificio, latiendo? ¿Qué hora es? ¿Lo estoy oyendo de verdad o es mi propio corazón? Una vez, un médico me puso el estetoscopio en los oídos y me dejó escuchar mis propios latidos. Sonaba justo así. Dijo que yo era un animal sano y que gozaría de salud muchos años, muchos... años...

> Les he impuesto a mis lectores un canalla despreciable cuya estatura espiritual es mi única excusa. No había llegado a un grado tan alto de desprecio a la sociedad que me permitiera considerarlo peligroso. Y sigo teniendo el suficiente respeto a mis semejantes para poder decir que Ellsworth Toohey no puede ser una amenaza.

Dicen que el sonido nunca muere, sino que viaja en el espacio. ¿Qué les pasa a los latidos del corazón de un hombre, tantos, en cincuenta y seis años? ¿Se pueden volver a juntar, en una especie de condensador, y usarlos una vez más? Si se volvieran a emitir, ¿sonaría como el latido de esas rotativas?

> Pero lo he patrocinado bajo la cabecera de mi periódico, y si la penitencia pública es un acto extraño y humillante en nuestra era moderna, ésa será la pena que me impongo aquí.

No son cincuenta y seis años de esas suaves gotitas de sonido que el hombre no oye nunca, todas únicas y finales, pensó, no son comas, sino puntos, una larga cadena de puntos en una página, reunidos para alimentar esas rotativas. No cincuenta y seis, sino treinta y uno, los otros veinticinco fueron para prepararme. Tenía veinticinco cuando puse la primera cabecera en la puerta. Los propietarios no cambian el nombre de un periódico. Éste sí. El *Banner* de Nueva York. El *Banner* de Gail Wynand...

> Les pido perdón a todas las personas que hayan leído alguna vez este periódico.

Un animal sano, y lo que sale de mí está sano. Tengo que traer a ese médico y hacerle escuchar esas rotativas. Sonreirá a su manera, con ganas, petulancia y satisfacción, como hacen los médicos las raras veces en que se encuentran un espécimen con una salud perfecta. Es bastante raro, y debo darle ese gusto: el sonido más sano que jamás haya escuchado, y le diré que el *Banner* gozará de salud muchos años...

Se abrió la puerta de su despacho y entró Ellsworth Toohey.

Wynand le dejó cruzar el despacho y acercarse a la mesa sin ningún gesto de protesta. Wynand pensó que lo que sentía era curiosidad —si la curiosidad podía adoptar las dimensiones de algo que surge del abismo, como los dibujos de escarabajos del tamaño de una casa que avanzaban sobre los cuerpos humanos en las páginas del suplemento dominical del *Banner*—; curiosidad, porque Ellsworth Toohey seguía en el edificio, porque Toohey había logrado entrar, a pesar de las órdenes que había dado, y porque Toohey se estaba riendo.

—He venido para cogerme mi excedencia, señor Wynand —dijo Toohey. Su rostro estaba sereno y no había en él regodeo; era la cara de un artista que sabía que excederse sería una derrota y alcanzaba el grado sumo de la ofensa con una actitud normal—. Y a decirle que volveré. A este trabajo, a esta columna, a este edificio. En ese lapso habrá visto la naturaleza del error que ha cometido. Perdóneme, sé que esto es totalmente de mal gusto, pero llevo esperándolo trece años y creo que me puedo permitir cinco minutos de recompensa. Así que, ¿era usted un hombre posesivo, señor Wynand, y amaba su sensación de propiedad? ¿Alguna vez se paró a pensar en qué residía? ¿Se paró a asegurar los cimientos? No, porque usted era un hombre práctico. Los hombres prácticos se ocupan de las cuentas bancarias, las propiedades inmobiliarias, los contratos de publicidad y los bonos de alto rendimiento. Dejan a los intelectuales poco prácticos, como yo, que nos entretengamos a someter el borde dorado de esos bonos a un análisis químico para aprender algunas cosas sobre la naturaleza y la fuente del oro. Ellos están pendientes de Kream-O Pudding, y nos dejan a nosotros banalidades como el teatro, el cine, la radio, los colegios, las críticas literarias y las arquitectónicas. Sólo una concesión para que nos callemos, si es que no nos importa perder el tiempo jugando con las cosas intrascendentes de la vida, mientras ustedes ganan dinero. El dinero es poder. ¿Lo es, señor Wynand? Así que usted buscaba el poder, señor Wynand. ¿El poder sobre los hombres? ¡Pobre aficionado! Usted nunca descubrió la naturaleza de su propia ambición, porque habría sabido que no era apto para ello. No pudo usar los métodos necesarios y no le hubieran gustado los resultados. Nunca fue lo suficientemente bellaco. No me importa decírselo, porque no sé qué es peor: ser un gran bellaco o un gigantesco idiota. Por eso volveré. Y cuando lo haga, dirigiré este periódico.

Wynand dijo tranquilamente:

—Cuando vuelva. Ahora, fuera de aquí.

La redacción del *Banner* se declaró en huelga.

El Sindicato de Trabajadores de Wynand se movilizó. Se unieron muchos otros que no eran miembros. Los tipógrafos se quedaron.

Wynand nunca le dio importancia al sindicato. Les pagaba unos sueldos más altos que cualquier otro periódico y nunca le habían hecho demandas económicas. Si sus empleados querían entretenerse escuchando discursos, no veía motivos para preocuparse.

Dominique había tratado de advertirle una vez:

—Gail, si la gente quiere organizarse por los salarios, los horarios u otras exigencias prácticas, tienen su derecho legítimo. Pero cuando no hay ningún propósito tangible, sería mejor que lo vigilaras con atención.

—Cariño, ¿cuántas veces tengo que pedírtelo? Mantente al margen del *Banner*.

Él nunca se había tomado la molestia de averiguar quién pertenecía al sindicato. Ahora sabía que tenía pocos miembros, y fundamentales. Entre ellos estaban sus hombres clave, no los grandes directivos, sino el escalafón inferior, bien elegidos, los activos, los pequeños, las bujías indispensables: los mejores reporteros, los redactores generales, los correctores, los editores auxiliares. Consultó sus expedientes: la mayoría habían sido contratados en los últimos ocho años, recomendados por el señor Toohey.

Los que no eran miembros hacían huelga por varios motivos: algunos, porque odiaban a Wynand; otros, porque tenían miedo de quedarse y les parecía más fácil que analizar el problema. Un hombre, un tímido hombre bajito, se cruzó con Wynand en el pasillo y se paró a gritarle:

—¡Volveremos, corazón, y la melodía será otra bien distinta!

Algunos se fueron y esquivaron a Wynand. Otros quisieron ir sobre seguro: «Señor Wynand, odio hacerlo, lo odio de verdad. No tenía nada que ver con ese sindicato, pero una huelga es una huelga y no puedo permitirme ser un esquirol». «Sinceramente, señor Wynand, no sé quién lleva razón o no, creo que Ellsworth jugó sucio y que Harding no ganaba nada dejando que se saliera con la suya, pero ¿cómo puede uno estar seguro de quién tiene razón hoy en día? Y lo que no pienso hacer es cruzar los piquetes. No, señor. Lo que sé es que hay piquetes, con razón o no.»

Los huelguistas exigían dos cosas: la readmisión de los cuatro hombres que habían sido destituidos y que el *Banner* se retractara de su postura en el caso Cortlandt.

Harding, el redactor jefe, escribió un artículo en el que explicaba su postura y se publicó en *New Frontiers*:

> Sí, ignoré las órdenes del señor Wynand respecto a la política editorial, y tal vez fue un acto insólito para un redactor jefe. Lo hice plenamente consciente de la responsabilidad que eso implicaba. El señor Toohey, Allen, Falk y yo deseábamos salvar el *Banner* por el bien de sus empleados, sus accionistas y sus lectores. Queríamos hacer que el señor Wynand entrara en razón por medios pacíficos. Esperábamos que cediera de buen grado, una vez que hubiera visto el *Banner* comprometido con la postura compartida por la mayoría de la prensa del país. Sabíamos que nuestro jefe tiene un carácter arbitrario, impredecible y sin escrúpulos, pero asumimos el riesgo, dispuestos a sacrificarnos por nuestro deber profesional. Aunque reconocemos el derecho del propietario a dictar las normas de su periódico en las cuestiones políticas, sociológicas o económicas, creemos que una situación traspasa los límites de la decencia cuando se espera de unos dignos empleados que apoyen la causa de un delincuente común. Nos gustaría que el señor Wynand se diese cuenta de que los tiempos de las autocracias dictatoriales ya quedaron atrás. Debemos tener alguna voz en la dirección del lugar donde nos ganamos la vida. Esto es una lucha por la libertad de la prensa.

El señor Harding, de sesenta años, tenía una finca en Long Island y dividía su tiempo libre entre el tiro al plato y la cría de faisanes. No tenía hijos, y su mujer era miembro del Consejo de Administración del Taller de Estudios Sociales. Toohey, su orador estelar, la había metido en el Taller. Ella había escrito el artículo de su marido.

Los dos hombres de la mesa de redacción no eran miembros del sindicato de Toohey. La hija de Allen era una bella y joven actriz que había protagonizado todas las obras de Ike. El hermano de Falk era el secretario de Lancelot Clokey.

Gail Wynand estaba sentado a la mesa de su despacho, mirando una pila de papeles que tenía delante. Tenía muchas cosas que hacer, pero había una imagen que le venía a la cabeza todo el tiempo y no se podía librar de ella, y la sensación que le producía era inseparable de todos sus actos; era la imagen de un muchacho andrajoso ante la mesa del director: «¿Sabe usted escribir la palabra "gato"?», «¿Sabe usted escribir la palabra "antropomorfología"?». Las identidades se resquebrajaban y se mezclaban, y le parecía que el muchacho estaba allí, en su mesa, esperando, y una vez dijo en alto:

—¡Vete!

Se daba cuenta de su ira, y pensaba: «Te estás desmoronando, idiota, y ahora no es el momento». No volvió a pensar en alto, pero la conversación siguió en silencio mientras leía, comprobaba y firmaba papeles: «Vete, aquí no tenemos trabajo»; «Me quedaré aquí, me pueden utilizar cuando quieran. No tiene que pagarme»; «Te están pagando, ¿no lo entiendes, pequeño idiota? Te están pagando».

En alto, con la voz normal, dijo por teléfono:

—Dile a Manning que necesitamos algo para rellenar... Que me suban las pruebas en cuanto puedas... Que me suban un bocadillo, de lo que sea.

Se habían quedado unos pocos con él: los más viejos y los mensajeros. Llegaban por la mañana, a menudo con cortes en la cara y sangre en el cuello de la camisa. Uno entró a trompicones con la cabeza abierta y tuvieron que llevárselo en ambulancia. No era valor ni lealtad: era inercia. Había vivido demasiado tiempo con la idea de que perder su trabajo en el *Banner* sería el fin del mundo. Los viejos no lo entendían. A los jóvenes no les importaba.

Mandaban a los chicos de los recados a hacer el trabajo de calle de los reporteros. La mayoría del material que enviaban era de tal calidad que Wynand se vio obligado a pasar de la desesperación a las carcajadas: nunca había leído un inglés tan culto, y podía ver el orgullo de los jóvenes ambiciosos que por fin eran periodistas. No se reía cuando los reportajes aparecían en el *Banner* tal como se habían escrito: no había suficientes correctores.

Intentó contratar a más gente. Ofrecía salarios desmesurados. La gente que él quería se negaba a trabajar para él. Algunos respondieron a su llamada, y a él le habría gustado que no lo hubiesen hecho, pero los contrató. Eran hombres a los que en diez años no había contratado ningún periódico respetable, tipos a los que no habría dejado pasar ni al vestíbulo un mes antes. A algunos tuvo que echarlos a los dos días, otros se quedaron. Estaban borrachos casi todo el tiempo. Algunos actuaban como si le estuviesen haciendo un favor a Wynand.

—No te mosquees, Gail, colega —dijo uno, y acabó rodando por dos tramos de escalera. Se rompió un tobillo y se quedó en el rellano de abajo, mirando a Wynand completamente asombrado. Otros eran más sutiles: seguían con sigilo a Wynand y le echaban miradas furtivas, casi guiñándole un ojo, insinuando que eran delincuentes cómplices en un turbio asunto.

Llamó a todas las facultades de periodismo. Nadie respondió. Un conjunto de estudiantes le mandó una carta con una resolución firmada por todos sus miembros:

> Para poder iniciar nuestras carreras profesionales con un alto respeto por la dignidad de nuestro oficio, y por nuestra dedicación a la defensa del honor de la prensa, consideramos que ninguno de nosotros podría mantener su dignidad si aceptara una oferta como la suya.

El editor jefe de noticias había permanecido en su puesto; el de la sección local se había ido. Wynand cubrió él mismo los puestos en la sección local, la mesa de redacción y la sección de teletipos, e hizo de corrector y recadero. No salía del edificio. Dormía en un sofá en su despacho, como hizo en los primeros años de existencia del *Banner*. Sin abrigo, sin corbata y con el cuello de la camisa desabrochado, subía y bajaba las escaleras, y sus pasos sonaban como una metralleta. Se quedaron dos ascensoristas; los demás habían desaparecido, nadie sabía cuándo ni por qué, si en solidaridad por la huelga, por miedo o simple desánimo.

Alvah Scarret no podía entender la calma de Wynand. La brillante máquina —y ésa, pensó Scarret, era en realidad la palabra que siempre le venía a la mente para definir a Wynand— nunca había funcionado mejor. Sus palabras eran breves, sus órdenes, rápidas, y sus decisiones, inmediatas. En la confusión de las máquinas, el plomo, la grasa, la tinta, los desechos de papel, las oficinas sin barrer, las mesas desocupadas y las lluvias de cristales que caían de pronto cuando alguien les lanzaba un ladrillo desde la calle, Wynand se movía como una imagen en doble exposición, superpuesta a su estatus sin encaje ni proporción. «Él no corresponde a este lugar —pensó Scarret— porque no parece moderno. Eso es lo que pasa. No parece moderno, da igual los pantalones que lleve. Parece salido de una catedral gótica.» La cabeza patricia se mantenía erguida, y la piel de su rostro sin carne había encogido aún más. Era el capitán de un barco que todos, salvo ese capitán, sabían que se estaba hundiendo.

Alvah Scarret se quedó. No era consciente de que lo que estaba pasando era real; le daba vueltas, estupefacto, y sentía un nuevo ataque de desconcierto cada mañana al pasar por delante del edificio y ver los piquetes. No sufrió daños, aparte de los tomates que le tiraron al parabrisas. Intentó ayudar a Wynand; intentó hacer su trabajo y el de otras cinco personas, pero no podía terminar las tareas de un día normal. Se estaba cayendo poco a poco a pedazos; sus articulaciones, aflojadas, pendían de un signo de interrogación. Hacía perder el tiempo a todo el mundo, y los interrumpía para preguntar: «Pero ¿por qué? ¿Por qué? ¿Cómo, así, de repente?».

Vio a una enfermera, con un uniforme blanco, recorrer el pasillo de una sala de primeros auxilios que se había instalado en el sótano. La vio llevar una papelera a la incineradora, llena de montones de gasas manchadas de sangre. Se dio la vuelta, porque le dio asco. No era la visión, sino un terror mayor al significado que comprendía por instinto: este edificio civilizado —seguro por la limpieza de sus suelos encerados, respetable por el estricto acicalamiento de las empresas modernas, un lugar donde uno se ocupaba de asuntos tan racionales como la palabra escrita y los contratos comerciales, donde uno aceptaba anuncios de ropa de bebé y charlaba sobre golf— se había convertido, en cuestión de días, en un lugar donde uno llevaba restos de sangre por los pasillos. ¿Por qué?, pensaba Alvah Scarret.

—No puedo entenderlo —decía sin cesar, con monotonía, a todos a su alrededor—. No puedo entender cómo consiguió Ellsworth tanto poder... Ellsworth, que es un hombre tan culto e idealista, y no un turbio radical que provenga de cualquier tarima, tan afable e ingenioso, ¡y tan erudito! Un hombre que hace bromas todo el tiempo no es un hombre violento. Ellsworth no tenía esta intención, no sabía a qué iba a conducir. Él ama a la gente, me habría jugado el pellejo por Ellsworth Toohey.

Una vez, en el despacho de Wynand, se aventuró a decir:

—Gail, ¿por qué no negocias? ¿Por qué no te reúnes con ellos, al menos?

—Cállate.

—Pero, Gail, quizá ellos también tengan su parte de razón. Son periodistas. Ya sabes lo que dicen, la libertad de prensa...

Entonces vio el ataque de cólera que llevaba días esperando y que hasta entonces se había podido despejar y poner fuera de peligro: los iris azules convertidos en una mancha blanca; los ojos ciegos, luminosos, en una cara que era toda ella cavidades y las manos temblorosas. Pero, un instante después, vio lo que nunca había presenciado antes: vio a Wynand cortar su cólera, sin hacer ningún sonido, sin alivio. Vio el sudor del esfuerzo en sus sienes huecas y los puños en el borde de la mesa.

—Alvah..., si no me hubiese quedado sentado en las escaleras del *Gazette* durante una semana..., ¿dónde estaría la prensa que ellos piden que sea libre?

Había policías fuera y en los pasillos del edificio. Ayudaban, pero no mucho. Una noche, vertieron ácido en la entrada principal. Abrasó los cristales de los ventanales de la planta baja y dejó manchas de lepra en los muros. Una de las imprentas se quedó parada porque había arena en los cojinetes. Al desconocido dueño de una tienda de productos *delicatessen* le destrozaron la tienda por anunciarse en el *Banner*. Muchísimos anunciantes pequeños se retiraron. Destrozaron los camiones de reparto de Wynand. Mataron a un conductor. Los huelguistas del Sindicato de Trabajadores de Wynand emitieron un comunicado de protesta por los actos de violencia; el sindicato no los había instigado: la mayoría de sus miembros no sabía quién lo había hecho. *New Frontiers* dijo algo sobre los lamentables excesos, pero los atribuyó a «estallidos espontáneos de la justificable indignación popular».

Homer Slottern, en nombre de un grupo de personas que se hacían llamar «empresarios de izquierdas», mandó un aviso a Wynand de que cancelaba sus contratos de publicidad:

> Puede demandarnos, si así lo desea. Creemos que existe una causa legítima para la cancelación. Hemos firmado para anunciarnos en un periódico respetable, no en un panfleto que se ha convertido en una deshonra pública, que lleva los piquetes a nuestras puertas, que arruina nuestros negocios y que nadie está leyendo.

En ese grupo se encontraban algunos de los anunciantes más ricos del *Banner*.

Gail Wynand se quedaba de pie junto a la ventana de su despacho y observaba su ciudad.

«Apoyé las huelgas en un momento en que era peligroso hacerlo. He combatido a Gail Wynand toda mi vida. Nunca pensé que llegaría el día o el asunto en que me viera obligado a decir, como digo ahora, que estoy de parte de Gail Wynand», escribió Austen Heller en el *Chronicle*.

Wynand le envió una nota: «Maldito seas, no te he pedido que me defiendas. G. W.».

New Frontiers describió a Austen Heller como «un reaccionario que se ha vendido a los grandes intereses». Las damas de la alta sociedad intelectual dijeron que Austen Heller estaba anticuado.

Gail Wynand se iba a una de las mesas de la redacción y escribía sus editoriales de pie, como de costumbre. Los restos de su plantilla no percibieron ningún cambio en él: ninguna prisa, ningún ataque de ira. No había nadie para advertir que algunas de las cosas que hacía eran nuevas: iba a las rotativas y se quedaba allí, contemplando la corriente blanca que manaba de los gigantes rugientes, escuchando el sonido. En la sala de composición, recogía una línea de plomo del suelo en la palma de la mano y le pasaba el dedo, distraído, como si fuera una pieza de jade. Después la volvía a poner con cuidado en una mesa, como si no quisiera que se malgastase. Combatió otras formas de malgasto, sin darse cuenta, con gestos instintivos; recuperaba los lápices, y una vez se pasó media hora, mientras los teléfonos no dejaban de chillar sin respuesta, reparando una máquina de escribir que se había estropeado. No era una cuestión económica: había firmado cheques sin mirar la cifra. A Scarret le daba miedo pensar lo que le costaba a Wynand cada día que pasaba. Se trataba de las cosas que formaban parte de un edificio del que amaba hasta sus picaportes: las cosas que le pertenecían al *Banner*, que le pertenecía a él.

Al final de la tarde llamaba a Dominique a la casa de campo.

—Bien. Todo bajo control. No hagas caso a los alarmistas... No, al diablo con eso, ya sabes que no quiero hablar del maldito periódico. Cuéntame cómo está el jardín... ¿Has ido a nadar hoy...? Háblame del lago... ¿Qué vestido llevas puesto...? Escucha la WLX esta noche, a las ocho, que dan tu favorito, el *Concierto n.º 2* de Rachmaninov... Pues claro que tengo tiempo para informarme de todo... Vale, está bien, veo que uno no puede engañar a una mujer que ha sido periodista; sí, revisé la página de la radio... Claro que tengo mucha ayuda, sólo que no puedo fiarme de los nuevos y tenía un rato libre... Sobre todo, no vengas a la ciudad. Me lo prometiste... Buenas noches, querida...

Colgó y se quedó mirando el teléfono, sonriente. Pensar en el campo era como pensar en un continente al otro lado de un océano que no se podía cruzar; le daba la sensación de estar atrapado en una fortaleza asediada, y eso le gustaba: no el hecho, sino la sensación. Su cara parecía traer de vuelta a algún antepasado que había luchado en las murallas de un castillo.

Una tarde, salió a un restaurante que había en la acera de enfrente: llevaba días sin tomar una comida completa. Aún había luz en las calles cuando volvió, la plácida bruma castaña del verano, como si los rayos de sol empañados se hubiesen puesto demasiado cómodos en el cálido aire para emprender su movimiento de retirada, a pesar de que hiciera ya rato que el sol se había ido. Eso hacía que el cielo pareciera fresco y la calle sucia; había parches de color marrón y naranja oscuro en las esquinas de los viejos edificios. Vio que los piquetes estaban dando vueltas delante de la entrada del *Banner*. Había ocho, y marchaban en círculo, formando un largo óvalo en la acera. Reconoció a un muchacho, un reportero de sucesos, y nunca había visto a los demás. Llevaban pancartas: «Toohey, Harding, Allen, Falk...»; «La libertad de prensa»; «Gail Wynand pisotea los derechos humanos...».

Sus ojos siguieron a una mujer. Sus caderas empezaban en los tobillos, que le sobresalían por encima de las correas de los zapatos. Tenía las espaldas cuadradas y un abrigo largo marrón de *tweed* barato sobre el inmenso cuerpo cuadrado. Sus manos eran pequeñas y blancas, de esas que lo tirarían todo en una cocina. Su boca era una incisión sin labios y, aunque andaba como un pato, se movía con un dinamismo sorprendente. Sus pasos retaban al mundo entero a que la hiriera, con una maliciosa picardía que parecía decir que nada le gustaría más a ella: intenta y ya verás, tú inténtalo. Wynand sabía que nunca había trabajado en el *Banner*, imposible. No parecía probable que se le pudiera enseñar a leer, y sus pasos parecían añadir: «Ni falta que hace». Llevaba una pancarta: «Exigimos...».

Recordó las noches en que dormía en el sofá del viejo edificio del *Banner*, en los primeros años, porque había que pagar las nuevas rotativas y el *Banner* tenía que estar en la calle antes que la competencia, y que una noche tosió sangre y se negó a ver a un médico, pero resultó que no era nada más que simple agotamiento.

Corrió al edificio. Las rotativas estaban en marcha. Se paró a escuchar un rato.

Por la noche, el edificio estaba tranquilo. Parecía más grande, como si el sonido hubiese tomado el espacio y lo hubiese vaciado. Había paneles de luz en las puertas abiertas, entre los largos tramos de los pasillos sombríos. Se oía el tecleo solitario de una máquina de escribir en alguna parte, con monotonía, como un grifo que gotea. Wynand recorrió los pasillos. Pensó que la gente había estado dispuesta a trabajar para él cuando promocionaba a conocidos delincuentes para las elecciones municipales; cuando daba un aire de glamur a los distritos de los prostíbulos; cuando arruinaba reputaciones por medio de escandalosas difamaciones; cuando lloraba por las madres de los gánsteres. Hombres con talento, respetados, habían estado ansiosos por trabajar para él. Ahora estaba siendo honrado por primera vez en su trabajo. Estaba encabezando su mayor campaña con la ayuda de chivatos, vagabundos, borrachines y humildes peones demasiado pasivos para dimitir. Pensó que quizá la culpa no recaía en los que ahora se negaban a trabajar para él.

El sol daba en el tintero cuadrado que había en su mesa. Hacía que Wynand pensara en una bebida fresca en un jardín, en ropa blanca, en el tacto de la hierba bajo los codos desnudos. Intentó no mirar ese alegre reflejo, y siguió escribiendo. Era una mañana de la segunda semana de huelga. Se había retirado a su despacho por una hora, y había dado órdenes de que no lo molestaran: tenía que acabar un artículo. Sabía que se había buscado una excusa, una hora sin tener que ver lo que pasaba en el edificio.

La puerta de su despacho se abrió sin ningún aviso, y entró Dominique. No le había permitido entrar en el *Banner* desde que se casaron.

Él se levantó, con un gesto de tranquila obediencia, y no se permitió hacer preguntas. Ella llevaba un traje de lino de color coral, y, allí de pie, parecía como si el lago estuviese detrás y la luz del sol brotara de la superficie hacia los pliegues de su ropa. Dijo:

—Gail, he venido a recuperar mi antiguo trabajo en el *Banner*.

Se quedó mirándola en silencio, y después sonrió. Era una sonrisa de convalecencia.

Volvió a su mesa, cogió las hojas que había escrito, se las entregó, y dijo:

—Lleva esto a la sala de atrás. Recoge los teletipos y tráemelos. Después informa a Manning, en la sección local.

Lo imposible, lo que no se podía alcanzar con la palabra, la mirada o el gesto, la completa unión de dos seres que se comprendían plenamente, lo hizo el pequeño montón de papeles que pasó de su mano a la de Dominique. Sus dedos no se tocaron. Ella se dio la vuelta y salió del despacho.

A los dos días, era como si nunca hubiese dejado de formar parte de la plantilla del *Banner*. Sólo que ahora no escribía una columna sobre casas, sino que se dedicaba a lo que fuera siempre que hacía falta una mano competente para cubrir una necesidad.

—No pasa nada, Alvah —le dijo a Scarret—. Es un trabajo femenino muy adecuado, el de costurera. Estoy aquí para pegar parches donde sea necesario, ¡y, chico, esta ropa se descose enseguida! Tú sólo llámame cuando uno de tus nuevos periodistas se descontrole más de lo habitual.

Scarret no podía entender su tono, su actitud ni su presencia.

—Eres un salvavidas, Dominique —murmuraba con tristeza—. Es como en los viejos tiempos, verte aquí. Y, ¡ay, ojalá fuesen los viejos tiempos! Es que no puedo entenderlo. Gail ni siquiera nos dejaba tener una foto tuya aquí cuando esto era un lugar decente y respetable; en cambio, ahora que es un lugar prácticamente tan seguro como una cárcel con los presos amotinados, ¡te deja trabajar aquí!

—Déjate de comentarios, Alvah. No tenemos tiempo.

Dominique escribió una brillante crítica de una película que no había visto. Redactó a toda prisa un reportaje sobre un congreso al que no había asistido. Se sacó sobre la marcha una serie de recetas para la columna «Platos del día» cuando la mujer que se encargaba de ella no apareció una mañana.

—No sabía que supieras cocinar —dijo Scarret.

—Yo tampoco —dijo Dominique.

Salió una noche a cubrir un incendio en el muelle cuando se descubrió que el único hombre de guardia había muerto en el suelo del baño de caballeros.

—Buen trabajo —le dijo Wynand cuando leyó el reportaje—. Pero si lo intentas otra vez, te despediré. Si quieres quedarte, no vas a poner un pie fuera del edificio.

Ése fue el único comentario sobre su presencia. Le hablaba cuando era necesario, de manera simple y breve, como a cualquier otro empleado. Le daba órdenes. Hubo días en que no tuvieron tiempo de verse el uno al otro. Ella dormía en un sofá en la biblioteca. A veces, al final de la tarde, iba al despacho de Wynand a tomarse un pequeño descanso, cuando podían, y después hablaban, sobre nada en particular, sobre los pequeños sucesos de la jornada laboral, animados, como cualquier pareja casada que se cuenta chismes sobre la rutina normal de su vida en común.

No hablaban de Roark ni de Cortlandt. Ella se había fijado en la foto de Roark en la pared de su despacho, y le había preguntado:

—¿Cuándo colgaste eso?

—Hace un año.

Fue su única referencia a Roark. No hablaban de la creciente furia pública contra el *Banner*. No especulaban sobre el futuro. Les aliviaba olvidarse de esa pregunta extramuros del edificio. Se podía olvidar, porque ya no era una pregunta entre ellos: estaba resuelta y respondida. Lo que quedaba era la paz de lo simplificado: tenían un trabajo que hacer, el trabajo de mantener un periódico en marcha, y lo iban a hacer juntos.

Ella aparecía en mitad de la noche, sin que la hubiesen llamado, con una taza de café caliente, y él la cogía agradecido, sin parar de trabajar. Él se encontraba bocadillos recién hechos en la mesa cuando más los necesitaba. No tenía tiempo para preguntarse de dónde sacaba ella las cosas. Después descubrió que Dominique había instalado una placa eléctrica y un armario con un surtido de provisiones. Ella le hacía el desayuno cuando había tenido que trabajar toda la noche, y le llevaba los platos utilizando cartones como bandejas, con el silencio de las calles vacías tras las ventanas y la primera luz de la mañana en los tejados.

Una vez se la encontró con la escoba en la mano barriendo un despacho. El departamento de mantenimiento se había desmoronado. Las señoras de la limpieza aparecían y desaparecían y nadie tenía tiempo de darse cuenta.

—¿Para esto te pago? —le preguntó.

—Bueno, no podemos trabajar en una pocilga. No te he preguntado cuánto me estás pagando, pero quiero un aumento.

—¡Suelta eso, por el amor de Dios! Es ridículo.

—¿El qué es ridículo? Ahora está limpio. No me ha llevado mucho tiempo. ¿Ha quedado bien?

—Ha quedado bien.

Ella se apoyó en el mango de la escoba y se rio.

—Creo que pensaste, como todos los demás, que yo era sólo una especie de objeto de lujo, como una mantenida de alta categoría, ¿no, Gail?

—¿Ésta es tu manera de seguir adelante cuando quieres?

—Ha sido mi manera de seguir adelante toda mi vida..., si podía encontrar una razón para ello.

Él descubrió que la capacidad de aguante de Dominique era mayor que la suya. Ella nunca daba muestras de cansancio. Suponía que Dominique dormía, pero no pudo averiguar cuándo.

En cualquier momento, en cualquier parte del edificio, sin verlo durante horas, ella estaba pendiente de él y sabía cuándo la necesitaba más. Una vez, él se quedó dormido encima de la mesa. Se despertó y la vio mirándolo. Ella había apagado las luces y se había sentado en una silla junto a la ventana, a la luz de la luna, con la cara vuelta hacia él, observándolo. La cara de Dominique fue lo primero que vio. Al levantar con dolor la cabeza del brazo, en el primer instante, antes de volver al control y la realidad, sintió un repentino arrebato de rabia, impotencia y protesta desesperada, y no recordaba qué los había llevado allí, a aquello. Sólo recordaba que se habían visto atrapados en un inmenso y lento proceso de tortura y que la amaba.

Ella lo había visto en su cara antes de que hubiese terminado de enderezar el cuerpo. Se acercó a él, se paró junto a su silla, le cogió la cabeza y la dejó descansar sobre ella. Ella lo sostenía, y él no se resistía, echado en sus brazos. Dominique le besó la mano y susurró:

—Todo irá bien, Gail, todo irá bien.

Al cabo de tres semanas, Wynand salió del edificio una noche, sin importarle que quedara algo del edificio cuando volviera, y fue a ver a Roark.

No había llamado a Roark desde que empezó el asedio. Roark lo llamaba a menudo, y Wynand respondía tranquilo, pero sólo eso: respondía, no hacía ningún comentario y se resistía a alargar la conversación. Se lo había advertido a Roark al principio: «No intentes venir aquí. He dado órdenes y no te dejarán pasar». Tenía que quitarse de la cabeza la forma real que el objeto de su batalla podía adoptar; tenía que olvidarse de la existencia física de Roark, porque pensar en la persona de Roark le hacía pensar en la cárcel del condado.

Recorrió a pie la larga distancia hasta la casa Enright. La distancia del paseo era más larga y segura; un trayecto en taxi pondría a Roark demasiado cerca del edificio del *Banner*. Mantuvo la mirada fija sobre un punto en la acera a dos metros por delante de él: no quería mirar la ciudad.

—Buenas noches, Gail —le dijo Roark tranquilamente al entrar.

—No sé qué forma de indisciplina es más clara —dijo Wynand, lanzando el sombrero a una mesa que había junto a la puerta—, si soltar las cosas sin rodeos o ignorarlas con descaro. Tengo una pinta horrible, dilo.

—Sí, tienes una pinta horrible. Siéntate, descansa y no hables. Después te prepararé un baño caliente... No, no estás tan sucio, pero te sentará bien, para variar. Ya hablaremos después.

Wynand asintió con la cabeza y se quedó de pie junto a la puerta.

—Howard, el *Banner* no te está ayudando. Te está arruinando.

Le había llevado ocho semanas prepararse para decirle eso.

—Pues claro. ¿Y qué? —dijo Roark.

Wynand no avanzó hacia el salón.

—Gail, no importa, por lo que a mí respecta. No cuento con la opinión pública, de una manera u otra.

—¿Quieres que ceda?

—Quiero que resistas, aunque te quite todo lo que tienes.

Vio que Wynand lo entendía, que era lo que Wynand había intentado no afrontar y que Wynand quería que él hablara.

—No espero que me salves —dijo Roark—. Creo que tengo una oportunidad de ganar. La huelga no lo hará mejor ni peor. No te preocupes por mí. Y no cedas. Si aguantas hasta el final, ya no me necesitarás.

Roark vio la mirada de enfado y protesta, y también de aceptación. Y añadió:

—Sabes lo que estoy diciendo. Seremos más amigos que nunca, y vendrás a verme a la cárcel, si hace falta. No te sobresaltes y no me hagas decir demasiado. No ahora. Estoy contento de esta huelga. Sabía que algo así tenía que pasar, cuando te vi por primera vez. Tú lo sabías incluso antes.

—Hace dos meses te hice una promesa..., la única promesa que he querido mantener...

—La estás manteniendo.

—¿En serio que no quieres despreciarme? Me gustaría que lo dijeras ahora. He venido a escucharlo.

—De acuerdo. Escucha. Nuestro encuentro ha sido el único en mi vida que nunca se podrá repetir. Estuvo Henry Cameron, que murió por mi propia causa. Y tú eres el propietario de unos tabloides repugnantes. Pero no pude decírselo a él, y te lo estoy diciendo a ti. Está Steve Mallory, que nunca puso en peligro su alma. Y tú no has hecho nada más que vender la tuya de todas las formas conocidas. Pero no pude decírselo a él, y te lo estoy diciendo a ti. ¿Es esto lo que siempre has querido oírme decir? Pero no cedas.

Se dio la vuelta y añadió:

—Siéntate. Te traeré algo de beber. Descansa y sácate esa pinta horrible.

Wynand volvió al *Banner* tarde, por la noche. Cogió un taxi. No importaba. No notó la distancia.

—Has visto a Roark —le dijo Dominique.

—Sí, ¿cómo lo sabes?

—Aquí está la maqueta del domingo. Es bastante mala, pero tendrá que servir. He mandado a Manning a casa unas horas, porque iba a desmayarse. Jackson lo ha dejado, pero podemos hacerlo sin él. La columna de Alvah era un desastre, ya no puede cuidar ni siquiera la gramática. La reescribí yo, pero no se lo digas. Dile que lo has hecho tú.

—Vete a dormir. Yo ocuparé el puesto de Manning. Puedo trabajar unas horas.

Siguieron, pasaron los días y en la sala de envíos crecían los montones de ejemplares devueltos, que se desbordaban hasta el pasillo; montones de papel blanco, como losas de mármol. La tirada del *Banner* fue menguando en cada edición, pero los montones seguían creciendo. Pasaron los días, días de esfuerzos heroicos para sacar un periódico que era devuelto sin que nadie lo hubiese comprado ni leído.

16

En la pulida madera de caoba de la larga mesa reservada para el Consejo de Administración, había una incrustación de madera coloreada que representaba el monograma «G. W.», reproducido a partir de la firma de Wynand. Siempre había molestado a los consejeros. Ahora no tenían tiempo de fijarse en ello, pero una de las miradas se posó en él por azar, y entonces se convirtió en una mirada de placer.

Los consejeros estaban sentados en torno a la mesa. Era la primera junta de la historia del consejo que no había sido convocada por Wynand, pero se había convocado y él había ido. La huelga iba por su segundo mes.

Wynand estaba junto a su silla, al frente de la mesa. Parecía el figurín de una revista masculina, impecablemente acicalado, con un pañuelo blanco en el bolsillo de la pechera del traje oscuro. A los consejeros les dio por pensar en cosas curiosas: a algunos, en los sastres británicos, y a otros, en la Cámara de los Lores, la Torre de Londres y el rey inglés al que ejecutaron —¿o era un canciller?— y que murió con tanta dignidad.

No querían mirar al hombre que tenían delante. Se apoyaban en la visión de los piquetes afuera; en las mujeres perfumadas y con las uñas pintadas que daban gritos de apoyo a Ellsworth Toohey en los debates de los salones; en la amplia cara plana de una chica que daba vueltas por la Quinta Avenida con una pancarta de «Nosotros no leemos a Wynand»..., todo con el fin de reunir el coraje necesario para decir lo que estaban diciendo.

Wynand pensó en aquel muro destartalado en la orilla del Hudson. Oyó los pasos que se acercaban a una manzana de allí. Sólo que esta vez no había cables que le ayudaran a preparar sus músculos.

—Esto ha sobrepasado los límites del absurdo. ¿Esto es una empresa, o una asociación benéfica para la defensa de los amigos personales?

—Trescientos mil dólares la semana pasada... No importa cómo lo sé, Gail, no es ningún secreto, me lo dijo tu banquero. No pasa nada, es tu dinero, pero si esperas recuperarlo del periódico, déjame decirte que ya nos conocemos tus ingeniosos trucos. Esto no se lo vas a endosar a la empresa, ni un penique, y no te vas a salir con la tuya esta vez, es demasiado tarde, Gail. Ya terminaron los tiempos de tus brillantes acrobacias.

Wynand miraba cómo los labios carnosos del hombre emitían sonidos. Vosotros dirigisteis el *Banner* desde el principio, pensó; no lo sabíais, pero yo sí, fuisteis vosotros, era vuestro periódico, y ahora ya no hay nada que salvar.

—Sí, Slottern y su gente está dispuesta a volver de inmediato, lo único que piden es que accedamos a las demandas del sindicato, y mantendrían el contrato en las antiguas condiciones, incluso sin esperar a que recuperes la difusión, lo que va a ser una difícil tarea, amigo, permíteme decirlo..., y creo que es bastante intachable por su parte. Hablé ayer con Homer y me dio su palabra. ¿Quieres oír las cifras que eso representa, Wynand, o ya lo sabes sin mi ayuda?

—No, el senador Eldridge no quiso recibirte... Bah, ahórratelo, Gail, sabemos que volaste a Washington la semana pasada. Lo que no sabes es que el senador Eldridge va por ahí diciendo que no quiere verte ni en pintura. Ni Boss Craig, que de repente tuvo que irse a Florida, ¿verdad? ¿A cuidar de una tía enferma? Ninguno de ellos te va a sacar de ésta, Gail. Esto no es un contrato de asfaltado de carreteras ni un pequeño escándalo sobre acciones diluidas. Y tú ya no eres el que eras.

Yo nunca fui el que era, pensó Wynand, nunca he estado aquí, ¿por qué os da miedo mirarme? ¿No sabéis que aquí yo soy lo de menos? La mujer medio desnuda del suplemento dominical, los bebés en la sección ilustrada, los editoriales sobre las ardillas del parque. Ésa era la expresión de vuestras almas, la esencia de vuestras almas, pero ¿dónde estaba la mía?

—Que me aspen si le veo algún sentido. Ahora bien, si lo que pidiesen fuese un aumento de los salarios, eso sí que lo entendería. Diría: estos cabrones están luchando por lo que pueden sacar de nosotros. Pero esto ¿qué es, algún maldito tema intelectual? ¿Estamos perdiendo un dineral por una cuestión de principios o algo así?

—¿No lo entiendes? El *Banner* es ahora una publicación religiosa, y el señor Gail Wynand, su evangelista. ¡Estamos en un brete, pero tenemos ideales!

—Ahora bien, si fuese un problema real, un problema político..., ¡pero por un dinamitero chalado que ha hecho volar un basurero! Todo el mundo se está riendo de nosotros. Para ser sincero, Wynand, he intentado leer tus editoriales, y si quieres mi franca opinión, es lo más patético que hemos publicado jamás. ¡Uno se pensaría que estabas escribiendo para profesores universitarios!

«Te conozco —pensó Wynand—, tú eres el que le daría dinero a una ramera preñada, pero no a un genio muerto de hambre. He visto tu cara antes, yo te recogí y te traje.» «Cuando tengáis dudas sobre vuestro trabajo, recordad la cara de ese hombre, estáis escribiendo para él.» «Pero, señor Wynand, esa cara no se puede recordar.» «Se puede, hijo, se puede, y volverá algún día a recordártela. Volverá y exigirá el pago, y yo lo pagaré, firmé un cheque en blanco hace tiempo, y ahora lo presentan para el cobro, pero un cheque en blanco siempre se extiende por la suma de todo lo que tienes.»

—La situación es medieval y una desgracia para la democracia —gimió una voz. Era Mitchell Layton el que hablaba—. Ya era hora de que alguien lo dijera aquí. Un hombre que dirige todos esos periódicos como le da la maldita gana. ¿Qué es esto, el siglo XIX?

Layton hacía pucheros y miraba a un punto en dirección a un banquero, al otro lado de la mesa. Continuó:

—¿Alguien se ha molestado alguna vez en averiguar mis ideas? Yo tengo ideas. Todos tenemos ideas que aportar. Me refiero al trabajo en equipo, a una gran orquesta. ¡Es hora de que este periódico tenga una política moderna, de izquierdas, progresista! Por ejemplo, el tema de los aparceros...

—Cállate, Mitch —dijo Alvah Scarret.

A Scarret le corrían gotas de sudor por las sienes. No sabía por qué, quería que la junta ganara, había algo en el ambiente... Hace demasiado calor aquí, pensó; ojalá alguien abriera una ventana.

—¡No pienso callarme! —gritó Mitchell Layton—. Tengo el mismo derecho que...

—Haga el favor, señor Layton —dijo el banquero.

—Está bien —dijo Layton—. Está bien. No se olviden de quién tiene aquí la mayor parte de las acciones, después del superhombre. —Sacudió el pulgar para señalar a Wynand, sin mirarlo—. Simplemente, no se olviden. Ya se figuran quién va a dirigir las cosas aquí.

—Gail —dijo Alvah Scarret, mirando a Wynand, con unos ojos extrañamente sinceros y torturados—. Gail, es inútil. Pero podemos salvar los restos. Mira, si admitimos sin más que nos equivocamos sobre Cortlandt y... y si recuperamos a Harding, es un hombre valioso, y... quizá Toohey...

—Que nadie mencione el nombre de Toohey en esta conversación —dijo Wynand.

Mitchell Layton abrió la boca de pronto y la volvió a cerrar enseguida.

—¡Eso es, Gail! ¡Es genial! —exclamó Alvah Scarret—. Podemos negociar y hacerles una oferta. Podemos retractarnos de nuestra postura sobre Cortlandt. Eso tenemos que hacerlo, no por el maldito sindicato, sino para recuperar la difusión, Gail. Así que les ofreceremos eso, y readmitiremos a Harding, Allen y Frank, pero no a... no a Ellsworth. Cedemos nosotros y ceden ellos. Todo el mundo salva la cara. Y ya está, ¿no, Gail?

Wynand no dijo nada.

—Creo que ya está, señor Scarret —dijo el banquero—. Creo que ésa es la solución. Después de todo, debemos permitir que el señor Wynand conserve su prestigio. Podemos sacrificar... a un columnista y mantener la paz entre nosotros.

—¡Pues yo no lo creo! ¡No lo creo en absoluto! —chilló Mitchell Layton—. ¿Por qué deberíamos sacrificar al señor... A un gran hombre de izquierdas, sólo porque...

—Estoy de acuerdo con el señor Scarret —dijo el hombre que había hablado de los senadores, y el resto de las voces lo secundaron.

El hombre que había criticado el editorial dijo de pronto, en medio del ruido general:

—¡Creo que, después de todo, Gail Wynand ha sido un jefe genial, qué demonios!

Había algo en Mitchell Layton que no quería ver. Ahora miraba a Wynand, en busca de su protección. Wynand no se dio cuenta.

—¿Gail? Gail, ¿qué dices? —preguntó Scarret.

No hubo respuesta.

—¡Maldita sea, Wynand, es ahora o nunca! ¡Esto no puede seguir así!

—¡Decídete o vete!

—¡Le compro su parte! —gritó Layton—. ¿Quiere vender? ¿Quiere vender y sacarse esto de encima?

—¡Por el amor de Dios, Wynand, no haga una tontería!

—Gail, es el *Banner*... Es nuestro *Banner*... —susurró Scarret.

—Te apoyaremos, Gail, todos contribuiremos, y volveremos a poner en pie el viejo periódico. Haremos lo que tú digas, tú serás el jefe, pero ¡por el amor de Dios, actúa ahora como un jefe!

—¡Calma, caballeros, calma! Wynand, ésta es nuestra última oferta: cambiamos nuestra política editorial sobre Cortlandt, readmitimos a Harding, Allen y Falk y evitamos la ruina. ¿Sí o no?

No hubo respuesta.

—Wynand, usted sabe que es eso, o tendrá que cerrar el *Banner*. No puede seguir así, aunque compre todas nuestras participaciones. Ceda o cierre el *Banner*. Sería mejor que cediera.

Wynand lo oyó. Lo había oído en todas las intervenciones. Lo había oído días antes de celebrarse esa junta. Lo sabía mejor que cualquiera de los presentes. «Cierre el *Banner*.» Vio una sola imagen: la nueva cabecera colocada en la puerta del *Gazette*.

—Será mejor que cedas.

Dio un paso atrás. No había pared detrás de él; sólo el lateral de su silla. Pensó en aquel momento en que estaba en su habitación, cuando casi aprieta el gatillo. Sabía que lo estaba apretando ahora.

—De acuerdo —dijo.

Es sólo el tapón de una botella, pensó Wynand mirando una mota de luz a sus pies. El tapón de una botella tirado en la acera. Las aceras de Nueva York están llenas de cosas así: tapones de botellas, imperdibles, chapas, cadenillas de bolas y, a veces, joyas perdidas. Todo es lo mismo ahora, en el suelo. Hace que las aceras brillen por la noche. El fertilizante de una ciudad. Alguien se bebió una botella y tiró el tapón. ¿Cuántos coches habrán pasado por encima? ¿Se podría recuperar ahora? ¿Podría uno arrodillarse y desclavarlo con las manos? Yo no tenía derecho a la esperanza de escapar. No tenía derecho a arrodillarme y buscar la redención. Hace millones de años, cuando nació la Tierra, había seres vivos como yo: moscas atrapadas en la resina que se convirtió en ámbar, animales atrapados en el lodo que se convirtió en roca. Soy un hombre del siglo XX y me convertí en un trozo de estaño en las aceras, para que los camiones de Nueva York pasen por encima.

Andaba despacio, con las solapas del abrigo levantadas. La calle se extendía ante él, desierta, y los edificios al frente eran como lomos de libros colocados en un estante, reunidos sin orden y de todos los tamaños. Las esquinas que pasaba conducían a canales oscuros. Las farolas le daban a la calle una cubierta protectora, pero se agrietaba en algunos puntos. Dobló una esquina al ver una luz oblicua a lo lejos: era una meta para las siguientes tres o cuatro manzanas.

La luz procedía de una casa de empeños. Estaba cerrada, pero había una bombilla colgada para disuadir a los ladrones que pudieran sentirse tentados. Se paró y la observó. Pensó que era la visión más indecente de la tierra: el escaparate de una casa de empeños. Las cosas que habían sido sagradas para los hombres, las cosas que habían sido valiosas, entregadas para que todos las vieran, expuestas al manoseo y al regateo: basura para los ojos indiferentes de los desconocidos. La igualdad en un montón de desechos: máquinas de escribir y violines, las herramientas de los sueños; viejas fotografías y alianzas de boda, las etiquetas del amor, mezcladas con pantalones sucios, cafeteras, ceniceros y estatuas de yeso pornográficas; despojos de la desesperación, pignorados, no vendidos, no abandonados con el carácter limpio de lo definitivo, sino empeñados a una esperanza nacida muerta, que nunca se iba a redimir.

—Hola, Gail Wynand —dijo a las cosas del escaparate, y siguió caminando.

Sintió una rejilla de hierro en los pies y un hedor le dio en la cara, un hedor a polvo, sudor y ropa sucia, peor que el olor de los corrales, porque tenía un rasgo de domesticidad, de normalidad, como la descomposición convertida en rutina. Era una rejilla de ventilación del metro. «Esto es el residuo de mucha gente junto —pensó—, de una apretada masa de cuerpos humanos, sin espacio para moverse, sin aire para respirar. Ésta es la suma; e incluso ahí abajo, entre toda la carne embutida, se puede encontrar el aroma de los vestidos blancos almidonados, del cabello limpio, de la piel joven y sana. Ésa es la naturaleza de las sumas y las búsquedas del mínimo común denominador. ¿Cuál es, entonces, el residuo de muchas mentes puestas juntas, sin ventilación, sin espacio, sin diferenciarse?» El *Banner*, se respondió, y siguió caminando.

Mi ciudad, pensó; la ciudad que amaba, la ciudad en la que creía que mandaba.

Al salir de la junta, había dicho:

—Hazte cargo hasta que vuelva, Alvah.

No se paró a ver a Manning, que estaba ebrio de agotamiento en la sección local, ni a los empleados, que aún seguían trabajando, esperando, sabiendo lo que se estaba decidiendo en la junta, y tampoco a Dominique. Scarret se lo contaría. Salió del edificio, se fue a su ático y se sentó a solas en el dormitorio sin ventanas. Nadie había ido a molestarlo.

Cuando se fue del ático, era seguro salir: estaba oscuro. Pasó por delante de un quiosco y vio las últimas ediciones vespertinas que anunciaban la resolución de los huelguistas de Wynand. El sindicato había aceptado la oferta de Scarret. Sabía que Scarret se ocuparía de todo lo demás. Scarret reharía la portada del *Banner* del día siguiente. Scarret escribiría el editorial que aparecería en la portada. Las rotativas están en marcha ahora mismo, pensó; el *Banner* de mañana estará en las calles dentro de una hora.

Paseaba sin un rumbo concreto. Él no poseía nada, pero él era posesión de cualquier parte de la ciudad. Lo pertinente era que la ciudad dirigiera ahora su camino y que se viese atraído a doblar esquinas al azar.

Aquí estoy, amos, vengo a ofreceros mi saludo y mi reconocimiento donde me queráis, iré donde me digáis. Soy el hombre que quería poder.

La mujer sentada en la escalinata de una antigua casa de arenisca, con las rodillas, blancas y gruesas, separadas; el hombre que empuja su barriga, blanca y brocada, para salir de un taxi delante de un gran hotel; el hombrecillo que bebe zarzaparrilla en la barra de un veinticuatro horas; la mujer inclinada en un colchón sucio junto a la repisa de una ventana en un bloque; el taxista aparcado en una esquina; la dama de las orquídeas borracha en la terraza de un café; la mujer desdentada que mastica chicle; el hombre en manga corta apoyado en la puerta de la sala de billares: ellos son mis amos. Mis dueños, mis gobernantes sin rostro.

Quédate aquí, pensó, y cuenta las ventanas iluminadas de la ciudad. No puedes hacerlo. Pero, detrás de cada rectángulo amarillo que escala, uno encima de otro, hasta el cielo, bajo cada bombilla, hasta ahí —¿ves esa chispa sobre el río, que no es una estrella?—, hay personas a las que nunca verás y que son tus amos. En sus mesas mientras cenan, en sus salones, en sus camas y en sus sótanos, en sus estudios y en sus cuartos de baño. Pasando a toda velocidad en el metro bajo tus pies. Subiendo en ascensores por las grietas verticales a tu alrededor. En los autobuses que te adelantan dando tumbos. Tus amos, Gail Wynand. Hay una red —más grande que los rollos de cable que recorren los muros de esta ciudad, más grande que la malla de tuberías que transportan el agua, el gas y los residuos—; hay otra red oculta a tu alrededor; está amarrada a ti, y sus hilos están conectados con todas las manos de esta ciudad. Ellas tiran de los hilos y tú te mueves. Tú mandaste sobre los hombres. Tú tenías una correa. Una correa no es más que una cuerda con un nudo corredizo en los dos extremos.

Mis amos, los anónimos, los no elegidos. Me dieron un ático, una oficina, un yate. A ellos, a cualquiera de ellos que lo quisiera por la cantidad de tres centavos, les vendí a Howard Roark.

Pasó por delante de un atrio de mármol, que era como un corte profundo en un edificio, una cueva llena de luz que exhalaba el repentino frío del aire acondicionado. Era un cine, y en la marquesina había un rótulo de color arcoíris: *Romeo y Julieta*. Un cartel junto a la columna de cristal de la taquilla decía: «¡El clásico de Bill Shakespeare! ¡Pero no tiene nada de intelectual! Es sólo una simple y humana historia de amor. Un joven del Bronx conoce a una chica de Brooklyn. Como cualquier hijo de vecino. Como usted y como yo».

Pasó por delante de una taberna. Olía a cerveza rancia. Una mujer estaba repantingada con los pechos aplastados en la mesa. En una gramola sonaba la música de la *Romanza de la estrella vespertina*, de Wagner, en versión *swing*.

Vio los árboles de Central Park. Siguió adelante bajando la mirada. Estaba pasando por el hotel Aquitania.

Llegó a una esquina. Había escapado de otras esquinas como aquélla, pero ésa le alcanzó. Era una esquina sombría, un pedazo de acera atrapado entre el muro de un taller cerrado y los pilares de una estación del tren elevado. Vio cómo la parte trasera de un camión desaparecía por la calle. No había visto su rótulo, pero sabía qué camión era. Había un quiosco agazapado bajo las escaleras de hierro de la estación. Movió los ojos lentamente. Ahí estaba el montón fresco, tendido para él. El *Banner* de la mañana.

No se acercó. Se quedó parado y esperó. Aún me quedan unos minutos en los que puedo no saber, pensó.

Vio personas anónimas que se paraban en el quiosco, una detrás de otra. Habían ido a por otros periódicos, pero compraron el *Banner* también, al ver su portada. Se apoyó en la pared y siguió esperando. Está bien que tenga que ser el último en enterarme de lo que he dicho, pensó.

Después ya no pudo postergarlo más: no llegaban clientes, el quiosco estaba desierto y los periódicos estaban extendidos bajo la luz amarilla de una farola, esperándolo. No podía ver al vendedor, metido en su oscuro cuchitril tras la farola. La calle estaba vacía; un largo pasillo ocupado por el esqueleto de las vías del tren elevado; el empedrado, las paredes manchadas, los pilares de hierros entrelazados. Había ventanas iluminadas, pero no parecía que se moviera nadie tras las paredes. Un tren pasó retumbando sobre su cabeza, y el largo estruendo rodante hizo que los pilares se estremecieran. Parecía un conglomerado de metal que se precipitaba en la noche sin un conductor humano.

Esperó a que el ruido acabara, y después se acercó al quiosco.

—El *Banner* —dijo.

No vio quién le vendió el periódico, si era un hombre o una mujer. Vio la mano morena y nudosa que le acercaba el ejemplar.

Empezó a alejarse, pero se paró mientras cruzaba la calle. Había una foto de Roark en la portada. Era una buena foto. La cara serena, los pómulos afilados, la boca impecable. Leyó el editorial apoyado en un pilar del tren elevado.

> Nuestro empeño ha sido siempre dar a nuestros lectores la verdad, sin temores ni prejuicios...
>
> ... consideración generosa y el beneficio de la duda, incluso a un hombre acusado de un atroz delito...
>
> ... pero tras una investigación exhaustiva, y a la luz de las nuevas pruebas que se nos han puesto delante, nos vemos obligados a ser honrados y admitir que hemos sido demasiado indulgentes...
>
> ... Una sociedad que ha abierto los ojos a un nuevo sentido de responsabilidad hacia los desprivilegiados...
>
> ... Nos sumamos a la voz de la opinión pública...
>
> ... El pasado, la carrera profesional y la personalidad de Howard Roark parecen apoyar la impresión general de que es un carácter censurable, un tipo de hombre peligroso, sin principios y antisocial...
>
> ... Si fuese hallado culpable, como parece inevitable, Howard Roark deberá cargar con la máxima condena que la ley le pueda imponer.

Lo firmaba «Gail Wynand».

Cuando levantó la vista, estaba en una calle iluminada con mucha viveza, en una acera elegante y frente a un maniquí contorsionado de forma exquisita sobre un *chaise longue* tapizado de satén en un escaparate. El maniquí lucía un salto de cama de color salmón y sandalias de metacrilato, y de un dedo de la mano levantado le colgaba una sarta de perlas.

No sabía cuándo había soltado el periódico. Ya no lo tenía en las manos. Miró atrás. Sería imposible encontrar un periódico tirado en el suelo de alguna calle por la que ahora no sabía que hubiera pasado. ¿Para qué?, pensó. Hay más periódicos como ése. La ciudad está llena de ellos.

«Nuestro encuentro ha sido el único en mi vida que nunca se podrá repetir...»

Howard, escribí ese editorial hace cuarenta años. Lo escribí una noche, cuando tenía dieciséis años y estaba en la azotea de un bloque.

Siguió andando. Otra calle se extendía ante él; el repentino corte de un largo vacío y una cadena de semáforos en verde que se prolongaba hacia el horizonte, como un rosario infinito. Ahora ve de cuenta verde en cuenta verde, pensó. Éstas no son las palabras. Pero las palabras seguían repicando con sus pasos: *Mea culpa, mea culpa, mea maxima culpa.*

Pasó por un escaparate donde había zapatos viejos y corroídos por el tiempo; por una casa de caridad con un crucifijo sobre ella; por un cartel desgarrado de un candidato político que se presentó a las elecciones dos años antes; por una tienda de alimentación con barriles de verduras putrefactas en la acera. Las calles se estaban contrayendo, las paredes se estaban juntando. Podía sentir el hedor del río, y había cúmulos de niebla sobre las escasas farolas.

Estaba en Hell's Kitchen.

Las fachadas de los edificios a su alrededor eran como muros de patios traseros que de pronto hubieran quedado al descubierto: una decadencia sin reservas, superada ya la necesidad de intimidad o vergüenza. Oyó unos gritos que provenían de una taberna de la esquina, y no sabía si eran de alegría o por una pelea.

Se paró en mitad de una calle. Miró lentamente la boca de cada grieta oscura, los muros llenos de manchas, las ventanas, los tejados.

Nunca salí de aquí.

Nunca salí de aquí. Me rendí al tendero, a los marineros de cubierta del transbordador, al dueño de la sala de billares. Tú no mandas aquí. Tú no mandas aquí. Tú nunca has mandado aquí, Gail Wynand. Sólo te has sumado a las cosas sobre las que ellos mandan.

Después miró hacia arriba, al otro lado de la ciudad, a las formas de los grandes rascacielos. Vio una hilera de luces suspendidas en el espacio negro, una resplandeciente cima anclada a la nada, un pequeño y brillante cuadrado aislado y colgado del cielo. Sabía a qué famosos edificios pertenecían y podía recrear sus formas en el espacio. Vosotros sois mis jueces y mis testigos, pensó. Os alzáis, sin trabas, sobre los tejados hundidos. Disparáis vuestra elegante tensión a las estrellas, lejos de la pereza, el cansancio, el azar. Los ojos que estén en el océano, a una milla de aquí, no verán nada de esto, y nada de esto importará, pero vosotros seréis la presencia y la ciudad. Es por los pocos hombres que han mantenido a lo largo de los siglos su solitaria rectitud por lo que podemos mirar y decir: existió la raza humana antes de nosotros. No se puede escapar de vosotros: las calles cambian, pero uno mira hacia arriba y ahí estáis, intactos. Me habéis visto caminar por las calles esta noche. Habéis visto todos mis pasos y todos mis años. Es a vosotros a quien he traicionado. Porque yo nací para ser uno de vosotros.

Siguió andando. Era tarde. Los círculos de luz se proyectaban sin interrupciones en las aceras desiertas bajo las farolas. Las bocinas de los taxis chillaban de vez en cuando, como timbres que sonaran en los pasillos de un interior deshabitado. Al pasar veía periódicos abandonados: en las aceras, en los bancos del parque, en las papeleras de las esquinas. Muchos eran el *Banner*. Se habían leído muchos ejemplares del *Banner* en la ciudad esa noche. Estamos mejorando la difusión, Alvah, pensó.

Se paró. Vio un periódico abierto en una alcantarilla delante de él, con la portada hacia arriba. Era el *Banner*. Vio la foto de Roark. Vio la huella gris de un tacón de goma que atravesaba la cara de Roark.

Se inclinó, doblando su cuerpo despacio y plegando rodillas y brazos, hasta recoger el periódico. Dobló la portada y se la guardó en el bolsillo. Siguió andando.

Un tacón de goma desconocido, en alguna parte de la ciudad, en un pie cuya marcha yo liberé.

Los liberé a todos. Yo creé a todos los que me han destruido. Hay una bestia en la tierra, cercada por su propia impotencia. Yo rompí la cerca. Habrían sido impotentes. No pueden producir nada. Yo les di el arma. Les di mi fortaleza, mi energía, mi poder vital. Creé una gran voz y les dejé dictar las palabras. La mujer que me tiró a la cara las hojas de remolacha tenía derecho a hacerlo. Yo se lo hice posible.

Cualquiera puede ser traicionado, cualquiera puede ser perdonado. Pero no los que carecen del valor de su propia grandeza. Se puede perdonar a Alvah Scarret: no tenía nada a lo que traicionar. Se puede perdonar a Mitchell Layton. Pero no a mí. Yo no nací para vivir de prestado.

17

Era un día de verano despejado y fresco, como si el sol estuviese recubierto de una película invisible de agua y la energía del calor se hubiese transformado en una claridad más pura, como un resplandor añadido a la silueta de los edificios de la ciudad. En las calles, esparcidos como pedazos de espuma gris, había muchos ejemplares del *Banner*. La ciudad leía, riéndose por lo bajo, el anuncio de la dimisión de Wynand.

«Pues ya está», dijo Gus Webb, presidente del comité de «Nosotros no leemos a Wynand». «Es astuto», dijo Ike. «Me gustaría poder verle la cara hoy, aunque sólo fuera un segundo, al gran señor Gail Wynand», dijo Sally Brent. «Ya era hora», dijo Homer Slottern. «¿No es espléndido? Wynand se ha rendido», dijo una mujer muy reservada; sabía poca cosa de Wynand y nada sobre el asunto, pero le gustaba oír hablar de gente que se rendía. En una cocina, después de cenar, una mujer gorda tiraba los restos de los platos sobre una hoja de periódico. Nunca leía la portada, sólo las entregas de una novela romántica que se publicaban en el suplemento. Envolvió las pieles de cebolla y los huesos de las chuletas de cordero con un ejemplar del *Banner*.

—Es estupendo —dijo Lancelot Clokey—, sólo que estoy muy dolido con ese sindicato, Ellsworth. ¿Cómo pudieron traicionarte de ese modo, Ellsworth?

—No seas bobo, Lance —dijo Ellsworth Toohey.

—¿Qué quieres decir?

—Les dije que aceptaran las condiciones.

—¿Que tú se lo dijiste?

—Así es.

—¡Dios mío! «Una vocecita»...

—Puedes aguantar sin leer «Una vocecita» otro mes o así, ¿no? He presentado una denuncia ante la Junta de Trabajo para que me readmitan en mi puesto en el *Banner*. Lance, ya conoces el dicho: «Hay más formas de despellejar el gato». Y despellejarlo no es tan importante una vez que le has partido la columna.

Aquella noche, Roark llamó al timbre del ático de Wynand. El mayordomo abrió la puerta y contestó:

—El señor Wynand no le puede recibir, señor Roark.

Desde la acera de enfrente, Roark miró hacia arriba y vio un cuadrado de luz muy alto sobre los tejados, en la ventana del estudio de Wynand.

Por la mañana, Roark fue al despacho de Wynand en el edificio del *Banner*. La secretaria de Wynand le dijo:

—El señor Wynand no le puede recibir, señor Roark. —Y, con un tono cortés y disciplinado, añadió—: El señor Wynand me ha pedido que le diga que no desea volver a verlo nunca más.

Roark le escribió en una larga carta:

> [...] Gail, lo sé. Esperaba que pudieras evitarlo, pero ya que ha tenido que pasar, empieza de nuevo desde donde estás. Sé lo que te estás haciendo. No lo haces por mi bien, y no depende de mí, pero, por si te sirve de ayuda, quiero decirte que te repito, ahora, todo lo que te he dicho siempre. Para mí no ha cambiado nada. Sigues siendo lo que eras. No te estoy diciendo que te perdono, porque no puede haber tal cosa entre nosotros. Pero, si tú no puedes perdonarte a ti mismo, ¿me dejas que lo haga yo? Déjame decir que no importa, que no es el último veredicto sobre ti. Dame derecho a permitirte olvidarlo. Sírvete de mi fe hasta que te hayas recuperado. Sé que es algo que ningún hombre puede hacer por otro, pero si soy lo que he sido para ti, lo aceptarás. Considéralo una transfusión sanguínea. La necesitas. Acéptala. Es más difícil que combatir esa huelga. Hazlo por mí, si eso te ayuda. Pero hazlo. Vuelve. Habrá otra oportunidad. Lo que piensas que has perdido no se puede perder ni encontrar. No lo dejes marchar.

La carta le llegó devuelta a Roark, sin abrir.

Alvah Scarret dirigía el *Banner*. Wynand seguía en su despacho. Había quitado la foto de Roark de la pared. Se ocupaba de los contratos de publicidad, los gastos y las cuentas. Scarret se hizo cargo de la política editorial. Wynand no leía los contenidos del *Banner*.

Cuando Wynand aparecía en cualquier departamento del edificio, los empleados obedecían como le habían obedecido antes. Seguía siendo una máquina y sabían que era una máquina más peligrosa que nunca: un coche rodando cuesta abajo, sin gasolina ni frenos.

Dormía en su ático. No había visto a Dominique. Scarret le dijo que ella había vuelto a la casa de campo. Una vez, Wynand le mandó a su secretaria que llamara a Connecticut. Se quedó junto a su mesa, mientras ella le preguntaba al mayordomo si la señora Wynand estaba allí. El mayordomo respondió que sí. La secretaria colgó, y Wynand volvió a su despacho.

Pensó en tomarse unos días. Después volvería con Dominique. Su matrimonio sería lo que ella quiso que fuese al principio; ella sería «la señora de los periódicos de Wynand». Él lo aceptaría.

«Espera. Espera —pensaba con impaciente agonía—. Debes aprender a enfrentarte a ella como eres ahora. Entrénate para ser un mendigo. No debes tener pretensiones de cosas a las que no tienes derecho. Ni igualdad ni resistencia ni orgullo de conservar tu fuerza frente a la suya. Ahora, sólo aceptación. Preséntate ante ella como un hombre que no puede darle nada, que vivirá con lo que ella decida darle. Será desprecio, pero vendrá de ella y será un vínculo. Demuéstrale que lo reconoces. Hay una especie de dignidad en la renuncia a la dignidad admitida con franqueza. Apréndela. Espera...»

Estaba sentado en el estudio de su ático, con la cabeza apoyada en el brazo de la silla. No había testigos en las habitaciones vacías a su alrededor. «Dominique —pensó—, no tendré nada que decir, salvo que te necesito mucho. Y que te amo. Te dije una vez que no lo tuvieras en cuenta. Ahora lo usaré como plato de limosnas. Pero lo usaré. Te amo...»

Dominique estaba tumbada en la orilla del lago. Miraba la casa en la colina, las ramas de los árboles sobre ella. Bocarriba, con las manos cruzadas bajo la cabeza, observaba el movimiento de las hojas recortadas en el cielo. Era una actividad seria que le daba mucha satisfacción. Es un tipo de verde precioso, pensó. Hay una diferencia entre el color de las plantas y el color de los objetos. En este hay luz, no es sólo verde; es también la fuerza vital del árbol, visible. No hace falta que baje la vista, puedo ver las ramas, el tronco y las raíces con sólo mirar ese color. Ese fuego alrededor de los bordes es el sol y, sin tener que mirarlo, puedo saber cómo está hoy todo el campo. Los puntos de luz que revolotean en círculos: eso es el lago, es esa clase de luz especial, la luz refractada en el agua. El lago está precioso hoy, y es mejor no mirarlo, sólo adivinarlo por estos puntos. Nunca antes fui capaz de disfrutar de contemplar la tierra. Es un fondo maravilloso, pero no tiene significado, salvo de fondo, y pensaba en los que lo poseían y me dolía demasiado. Ahora puedo amarlo. Ahora no lo poseen. No poseen nada. Nunca han ganado. He visto la vida de Gail Wynand, y ahora lo sé. No se puede odiar la tierra por ellos. La tierra es hermosa. Y esto es un fondo, pero no el suyo.

Ella sabía lo que tenía que hacer. Pero se iba a dar unos días. «He aprendido a soportarlo todo —pensó—, excepto la felicidad. Debo aprender a llevarla. A no romperme bajo ella. Es la única disciplina que necesitaré de ahora en adelante.»

Roark estaba de pie junto a la ventana en su casa de Monadnock Valley. Había alquilado la casa para el verano, e iba allí cuando quería soledad y descanso. Era una tarde tranquila. La ventana abierta daba a un pequeño saliente enmarcado por los árboles y proyectado hacia el cielo. Una franja de luz crepuscular se extendía sobre las copas oscuras de los árboles. Sabía que había casas debajo, pero no las podía ver. Estaba tan agradecido como cualquier otro inquilino por la forma en que había construido este lugar.

Oyó que se acercaba un coche por la carretera, al otro lado. Escuchó, asombrado. No esperaba visitas. El coche se detuvo. Fue a abrir la puerta. No se asombró cuando vio a Dominique.

Entró como si hubiese salido de aquella casa media hora antes. No llevaba sombrero ni medias, sólo unas sandalias y un vestido elegido para viajar por carreteras secundarias; era un vestido ceñido de lino azul oscuro y manga corta, como un mandil de jardinería. No parecía que hubiese cruzado tres estados en coche, sino que volvía de bajar paseando la colina. Él sabía que ésa iba a ser la solemnidad del momento, que no necesitaba solemnidad. No se iba a hacer hincapié en él ni se iba a considerar un aparte: no era aquella tarde en concreto, sino el significado completo de los siete años a sus espaldas.

—Howard.

Él se quedó quieto, como si buscara el sonido de su nombre en la habitación. Tenía todo lo que había deseado.

Pero había un pensamiento que persistía en forma de dolor, incluso en ese momento. Dijo:

—Dominique, espera a que se recupere.

—Sabes que no se va a recuperar.

—Ten un poco de piedad hacia él.

—No hables en la lengua de ellos.

—Él no tenía elección.

—Pudo haber cerrado el periódico.

—Era su vida.

—Ésta es la mía.

Roark no sabía que Wynand había dicho una vez que el amor consiste en hacer una excepción; y Wynand no sabía que Roark lo había querido lo suficiente para hacer su mayor excepción, un momento en el que había tratado de ser conciliador. Después supo que era inútil, como todos los sacrificios. Lo que dijo firmó su decisión:

—Te amo.

Ella echó una ojeada a la habitación, para dejar que la realidad ordinaria de las paredes y las sillas la ayudaran a guardar la disciplina que había aprendido para ese momento. Las paredes que él había diseñado, las sillas que había utilizado, un paquete de cigarrillos en una mesa, las necesidades rutinarias de la vida que pudieron adquirir esplendor cuando la vida se convirtió en lo que era en ese momento.

—Howard, sé lo que piensas hacer en el juicio. Así que no cambiará nada que se enteren de la verdad sobre nosotros.

—No cambiará nada.

—Cuando viniste aquella noche y me dijiste lo de Cortlandt, no intenté pararte. Sabía que tenías que hacerlo, era tu momento para fijar los términos en los que podrías seguir adelante. Éste es mi momento. Mi explosión de Cortlandt. Debes dejarme hacerlo a mi manera. No me hagas preguntas. No me protejas. No importa lo que haga.

—Sé lo que vas a hacer.

—¿Sabes que tengo que hacerlo?

—Sí.

Dominique dobló un brazo, con los dedos levantados y, con una breve sacudida hacia atrás, dio a entender que tiraba el asunto por encima del hombro. Estaba decidido y no había más que hablar.

Le dio la espalda a Roark y cruzó la habitación, para dejar que la desenvoltura informal de sus pasos hiciera de aquel lugar su hogar, para afirmar que su presencia iba a ser la norma en todos sus futuros días y que no había necesidad de hacer lo que más quería en ese momento: pararse a mirarlo. Sabía también que lo estaba postergando, porque no estaba preparada y nunca iba a estar preparada. Alargó la mano para coger su paquete de cigarrillos de la mesa.

Los dedos de él se cerraron sobre su muñeca y tiraron de su mano hacia atrás. Le dio la vuelta para tenerla de frente, después la abrazó, y al instante su boca estaba sobre la suya. Dominique pensó en todos aquellos momentos, en esos siete años, en que lo había deseado y creyó que había parado el dolor y que ella había ganado, y supo que en realidad nunca lo había parado: había seguido viviendo, almacenado, como hambre sobre hambre, y ahora tenía que sentirlo todo a la vez: el tacto de su cuerpo, la respuesta y la espera.

No sabía si su disciplina había ayudado; pensó que no demasiado, porque veía que la había cogido en brazos, había ido a una silla y la había sentado sobre sus rodillas. Él se reía sin emitir ningún sonido, como se habría reído de un niño, pero la firmeza de sus manos al sostenerla demostraba su atención y una especie de cautela constante. Después pareció sencillo, ella no tenía nada que ocultarle. Susurró:

—Sí, Howard... tanto.

—Ha sido muy duro para mí, todos estos años.

Y los años se terminaron.

Ella se deslizó para sentarse en el suelo, con los codos apoyados en las rodillas de Roark, y lo miraba desde abajo y le sonreía. Sabía que sólo pudo haber alcanzado esa blanca serenidad como una suma de todos los colores, de toda la violencia que había conocido.

—Howard..., por voluntad, completamente y siempre..., sin reservas, sin miedo a nada de lo que puedan hacerte a ti o a mí..., de cualquier forma que desees..., como tu esposa o tu amante, en secreto o en público..., aquí o en una habitación que alquile en alguna ciudad cerca de una cárcel donde te vea a través de una malla de alambre..., no importará... Howard, si ganas el juicio, ni siquiera eso importará demasiado. Ganaste hace mucho tiempo... Seguiré siendo lo que soy, y seguiré contigo, ahora y siempre, de cualquier forma que quieras...

Él le cogió las manos y ella vio cómo sus hombros se agachaban hacia ella, lo vio impotente, rendido a ese momento, como ella; supo que incluso ese dolor se podía confesar, pero que confesar la felicidad es quedarse desnudo, entregarse a quien lo presencia; y, sin embargo, podían dejarse ver mutuamente sin necesidad de protección. Estaba oscureciendo, y no se distinguía nada en la habitación, salvo la ventana y los hombros de Roark con el cielo de fondo.

Ella despertó con el sol en los ojos. Tumbada bocarriba, observaba el techo como había observado las hojas. Para no moverse, para averiguar por medio de indicios, para verlo todo a través de una intensidad mayor: la de la insinuación. Los triángulos quebrados de luz sobre el patrón anguloso de los azulejos de plástico del techo significaban que era por la mañana, que aquello era una habitación de Monadnock, que las geometrías de fuego y la estructura sobre su cabeza habían sido diseñados por él. El fuego era blanco, lo que significaba que era muy temprano y que los rayos atravesaban limpiamente el aire del campo, que no había nada en el espacio entre ese dormitorio y el sol. La colcha, pesada e íntima en su cuerpo desnudo, era todo lo que había pasado la noche anterior. Y la piel que sentía en el brazo era de Roark, dormido a su lado.

Salió de la cama. Se asomó a la ventana, con los brazos apoyados en alto a cada lado del marco. Pensó que, si miraba a su espalda, no vería su sombra proyectada en el suelo, porque sentía que la luz del sol la atravesaba directamente, que su cuerpo era ingrávido.

Pero tenía que darse prisa antes de que él se despertara. Encontró su pijama en un cajón de una cómoda y se lo puso. Cerró con cuidado la puerta de la habitación y bajó al salón. Descolgó el teléfono y preguntó por la oficina del *sheriff* más cercana.

—Soy la señora de Gail Wynand. Le llamo desde la casa del señor Howard Roark, en Monadnock Valley. Quisiera denunciar que anoche me robaron aquí mi anillo de zafiro estrella... Unos cinco mil dólares... Era un regalo del señor Roark... ¿Puede estar aquí en una hora...? Gracias.

Se fue a la cocina e hizo café. Observó el fulgor de la placa eléctrica bajo la cafetera, y le pareció la luz más bella de la tierra. Preparó la mesa junto al gran ventanal del salón. Él salió de la habitación, sólo llevaba puesto un albornoz y se rio al verla con su propio pijama.

—No te vistas. Siéntate. Vamos a desayunar —dijo ella.

Estaban acabando cuando oyeron que un coche se paraba afuera. Ella sonrió y fue a abrir la puerta.

Eran el *sheriff*, un ayudante y dos reporteros de un periódico local.

—Buenos días. Pasen —dijo Dominique.

—¿Señora... Wynand? —preguntó el *sheriff*.

—Correcto. La señora de Gail Wynand. Pasen, siéntense.

A pesar de los ridículos pliegues del pijama, de la tela oscura que le abultaba sobre el cinturón ceñido y de las mangas que le colgaban por encima de los dedos, tenía la misma serena elegancia que con sus mejores vestidos de noche. Era la única que no parecía ver nada atípico en la situación.

El *sheriff* sostenía una libreta como si no supiera qué hacer con ella. Dominique le ayudó a encontrar las preguntas adecuadas y las respondió con precisión, como buena periodista.

—Era un anillo de zafiro estrella engastado en platino. Me lo quité y lo dejé aquí, en esta mesa, junto a mi bolso, antes de irme a la cama... Fue anoche, alrededor de las diez... Cuando me levanté esta mañana, había desaparecido... Sí, esta ventana estaba abierta... No, no oímos nada... No, no estaba asegurado, no me había dado tiempo, el señor Roark me lo había regalado hace poco... No, no hay sirvientes aquí ni invitados... Sí, por favor, mire en la casa... En el salón, la habitación, el baño y la cocina... Sí, por supuesto, ustedes también pueden mirar, caballeros. Imagino que son de la prensa, ¿no? ¿Quieren hacerme alguna pregunta?

No había preguntas que hacer. El tema estaba hecho. Los reporteros no habían visto nunca un tema de esa naturaleza ofrecido de aquella manera.

Ella intentó no mirar a Roark después de ver su cara al principio. Pero él mantuvo su promesa. No intentó pararla ni protegerla. Cuando le preguntaron, respondió lo suficiente como para corroborar las declaraciones de Dominique.

Después, los hombres se marcharon. Parecían contentos de irse. Incluso el *sheriff* sabía que no tendría que llevar a cabo una búsqueda del anillo.

—Lo siento. Sé que ha sido terrible para ti. Pero era la única forma de salir en los periódicos —dijo Dominique.

—Deberías haberme dicho cuál de tus zafiros estrella te he regalado yo.

—Nunca he tenido ninguno. No me gustan los zafiros estrella.

—Ha sido un trabajo más concienzudo que dinamitar Cortlandt.

—Sí. Y esta explosión ha mandado a Gail al lado que le corresponde. Conque, ¿piensa él que eres «un tipo de hombre peligroso, sin principios y antisocial»? Que vea ahora como el *Banner* también me calumnia a mí. ¿Por qué habría que evitárselo? Lo siento, Howard. Yo no tengo tu sentido de la misericordia. He leído ese editorial. No hagas ningún comentario. No digas nada sobre el autosacrificio, o me romperé, y... y no soy tan fuerte como probablemente piense el *sheriff*. No lo he hecho por ti. A ti te lo he puesto peor, he añadido el escándalo a todo lo demás que te echarán encima. Pero, Howard, ahora estamos juntos contra todos ellos. Tú serás un convicto y yo una adúltera. Howard, ¿te acuerdas de cuando me daba miedo compartirte con los puestos de comida callejeros y las ventanas de los desconocidos? Ahora no me da miedo que lo de anoche se denigre en todos sus periódicos. Cariño mío, ¿ves por qué soy feliz y por qué soy libre?

—Nunca te recordaré que ahora estás llorando, Dominique —dijo él.

La historia, incluidos el pijama, el albornoz, la mesa del desayuno y la cama única estaba en todos los periódicos vespertinos de Nueva York de aquel día.

Alvah Scarret entró en el despacho de Wynand y le lanzó un periódico a la mesa. Scarret nunca había descubierto lo mucho que quería a Wynand hasta ese momento, y estaba tan dolido que sólo pudo expresarlo con insultos furiosos. Dijo jadeante:

—¡Maldito seas, condenado idiota! ¡Te lo mereces! ¡Te lo mereces, y me alegro, maldita sea tu estupidez! ¿Ahora qué vamos a hacer?

Wynand leyó el artículo y se quedó mirando el periódico. Scarret estaba de pie delante de la mesa. No había pasado nada. Era sólo un despacho, un hombre sentado a una mesa con un periódico en la mano. Scarret vio que las manos de Wynand estaban a ambos lados de la página, quietas. No, pensó Scarret, normalmente, un hombre no podría controlar las manos así, en alto y en vilo, sin temblar.

Wynand levantó la cabeza. Scarret no vio nada en sus ojos, salvo una especie de ligero asombro, como si Wynand se estuviese preguntando qué hacía Scarret ahí. Después, con pánico, Scarret susurró:

—Gail, ¿qué vamos a hacer?

—Lo publicaremos. Es una noticia —dijo Wynand.

—Pero... ¿cómo?

—Como tú quieras.

La voz de Scarret se abalanzó, porque sabía que era en ese momento o nunca, que no volvería a tener el valor de intentarlo otra vez, que estaba atrapado allí porque le daba miedo volverse hacia la puerta.

—Gail, tienes que divorciarte de ella.

Vio que aún seguía allí parado, y continuó, sin mirar a Wynand, gritando para poder decirle:

—¡Gail, ya no te queda otra opción! ¡Tienes que conservar la reputación que te queda! ¡Tienes que divorciarte y ser tú el que presente la demanda!

—De acuerdo.

—¿Lo harás? ¿De inmediato? ¿Dejarás que Paul presente los papeles enseguida?

—De acuerdo.

Scarret salió a toda prisa hacia la redacción. Corrió a su despacho, lo cerró de un portazo, cogió el teléfono y llamó al abogado de Wynand. Le explicó, sin dejar de repetir:

—Deja todo lo que estés haciendo y preséntala ya, Paul, ahora, hoy, ¡corre, Paul, antes de que cambie de opinión!

Wynand se fue conduciendo en su coche a su casa de campo. Dominique estaba allí, esperándolo.

Ella se levantó cuando él entró en su habitación. Dio un paso adelante para que no hubiera muebles entre ellos. Quería que la viera de cuerpo entero. Él estaba al otro lado del espacio vacío y la miró como si estuviera viendo a los dos a la vez, como una especie de espectador imparcial que veía a Dominique y a un hombre frente a ella, pero no Gail Wynand.

Ella esperó, pero él no dijo nada.

—Bueno, te he dado una noticia que ayudará a la difusión, Gail.

Él lo había oído, pero nada del presente parecía importarle, como el cajero de un banco que estuviese cuadrando la cuenta de un desconocido que estaba en descubierto y había que cerrar. Dijo:

—Me gustaría saber sólo esto, si me lo quieres decir: ¿ha sido la primera vez desde que nos casamos?

—Sí.

—¿Pero no la primera vez?

—No. Fue el primer hombre que me tuvo.

—Creo que debí haberlo entendido. Te casaste con Peter Keating... Justo después del juicio de Stoddard.

—¿Quieres saberlo todo? Te lo contaré. Lo conocí cuando estaba trabajando en una cantera de granito. ¿Por qué no? Tú lo vas a poner a hacer trabajos forzados o en un telar de yute. Él estaba trabajando en una cantera. No me pidió mi consentimiento: me violó. Así es como empezó. ¿Quieres usarlo? ¿Quieres publicarlo en el *Banner*?

—Él te amaba.

—Sí.

—Y, sin embargo, nos construyó esta casa.

—Sí.

—Sólo quería saberlo.

Se dio la vuelta para marcharse.

—¡Maldita sea! —gritó ella—. ¡Si puedes aceptarlo sin más, no tenías derecho a convertirte en lo que te has convertido!

—Por eso lo estoy aceptando.

Él salió de la habitación y cerró la puerta con cuidado.

Guy Francon llamó a Dominique aquella noche. Desde que se jubiló, vivía solo en su casa de campo, cerca de la ciudad de la cantera. Ella se había negado a responder ninguna llamada aquel día, pero cogió el auricular cuando la doncella le dijo que era el señor Francon. En lugar de la furia que esperaba, oyó una voz amable que le decía:

—Hola, Dominique.

—Hola, papá.

—¿Dejarás a Wynand ahora?

—Sí.

—No deberías mudarte a la ciudad. No es necesario. No te expongas demasiado. Ven y quédate conmigo. Hasta... el juicio de Cortlandt.

Las cosas que él no había dicho y el timbre de su voz, firme y simple, con una nota que se acercaba a la felicidad, hizo que ella respondiera, al cabo de un segundo:

—Está bien, papá. —Era la voz de una muchacha, la voz de una hija, con una alegría cansada, confiada y anhelante—. Llegaré más o menos a medianoche. Tenme preparado un vaso de leche y algunos sándwiches.

—Intenta no correr, como siempre haces. Las carreteras no están en muy buen estado.

Cuando regresó, Guy Francon la recibió en la puerta. Los dos sonrieron, y ella supo que no habría preguntas ni reproches. La condujo a la pequeña galería donde había preparado la mesa con la comida, junto a una ventana abierta que daba a un jardín oscuro. Sintió el olor del césped, de las velas encima de la mesa y de un manojo de jazmines en un cuenco de plata.

Se sentó al otro lado de la mesa, con un vaso en la mano, y masticaba los sándwiches tranquilamente.

—¿Quieres hablar, papá?

—No. Ahora quiero que te bebas tu leche y te vayas a la cama.

—Muy bien.

Él cogió una aceituna y la estudió atentamente, girándola con un palillo de colores. Después levantó la mirada hacia ella.

—Mira, Dominique. No puedo intentar entenderlo, pero sí sé esto: es lo adecuado para ti. Esta vez, es el hombre correcto.

—Sí, papá.

—Por eso estoy contento.

Ella asintió con la cabeza.

—Dile al señor Roark que puede venir aquí siempre que quiera.

Ella sonrió.

—¿Que le diga a quién, papá?

—Dile... a Howard.

Dominique tenía el brazo estirado en la mesa y su cabeza cayó sobre él. Él miraba su cabello dorado a la luz de las velas.

Como una voz es más fácil de controlar, dijo:

—No me dejes quedarme dormida aquí. Estoy cansada.

Pero él respondió:

—Será absuelto, Dominique.

Cada día, le llevaban a Wynand todos los periódicos de Nueva York, según sus órdenes. Leyó cada palabra de todo lo que se escribía y se murmuraba en la ciudad. Todos sabían que la historia había sido un montaje: la esposa de un multimillonario no podía denunciar la pérdida de un anillo de cinco mil dólares en esas circunstancias, pero esto no le impidió a nadie aceptar la historia tal como se presentaba y opinar en consecuencia. Los comentarios más ofensivos aparecieron en las páginas del *Banner*.

Alvah Scarret había encontrado una causa a la que dedicarse con el fervor más auténtico que había experimentado nunca. Sentía que era su expiación por cualquier deslealtad que pudiera haber cometido contra Wynand en el pasado. Lo consideraba una forma de redimir el nombre de Wynand. Se propuso vender a Wynand al público como la víctima de una gran pasión a manos de una mujer depravada; fue Dominique quien obligó a su marido a defender una causa inmoral, en contra de su buen juicio; ella casi había hundido el periódico de su marido, su posición, su reputación y sus logros de toda una vida por el bien de su amante. Scarret les rogó a los lectores que perdonaran a Wynand: lo justificaba el trágico amor que lo había hecho sacrificarse. En los cálculos de Scarret, era una relación inversamente proporcional: cada obsceno adjetivo lanzado a Dominique creaba simpatía por Wynand en la mente del lector, y esto alimentaba el talento de Scarret para la difamación. Funcionó. El público respondió, en especial las antiguas lectoras del *Banner*. Ayudó en la lenta y ardua tarea de reconstruir el periódico.

Empezaron a llegar las cartas que expresaban sus generosas condolencias, sin reprimir ningún comentario sobre la indecencia de Dominique Francon.

—¡Como en los viejos tiempos, Gail! —dijo Scarret alegre—. ¡Igual que en los viejos tiempos! —Y apiló las cartas en la mesa de Wynand.

Wynand se quedó a solas en su despacho con las cartas. Scarret no podía sospechar que aquél era el peor sufrimiento que Gail Wynand iba a experimentar. Se obligó a leer todas las cartas. Dominique, a la que había intentado salvar del *Banner*...

Cuando se encontraban en el edificio, Scarret lo miraba expectante, con una media sonrisa suplicante, tentativa, como un alumno que espera ansioso el reconocimiento del profesor por una lección bien aprendida y bien ejecutada. Wynand no decía nada. Scarret se aventuró a decir una vez:

—Ha sido inteligente, ¿no, Gail?

—Sí.

—¿Se te ocurre alguna manera de exprimirlo un poco más?

—Ése es tu trabajo, Alvah.

—Ella es claramente la causa de todo, Gail. Mucho antes de esto. Cuando te casaste con ella. Tuve miedo entonces. Ahí es cuando empezó. ¿Te acuerdas de que no nos dejaste cubrir tu boda? Eso fue una señal. Ella arruinó el *Banner*. Pero ni loco me niego a reconstruirlo ahora directamente sobre su propio cuerpo. Tal como era. Nuestro viejo *Banner*.

—Sí.

—¿Tienes alguna sugerencia, Gail? ¿Algo que te gustaría que hiciese?

—Lo que quieras, Alvah.

18

Por la ventana abierta asomaba la rama de un árbol. Las hojas se movían recortadas en el cielo, lo que sugería sol, verano y el uso de una tierra inagotable. Dominique pensaba en el mundo como un fondo. Wynand pensaba en dos manos que doblan una rama para explicar el significado de la vida. Las hojas languidecían y rozaban las agujas de la silueta de Nueva York a lo lejos, al otro lado del río. Los rascacielos se elevaban como astas de luz solar, teñida de blanco por la distancia y el verano. La multitud llenó el juzgado del condado para presenciar el juicio contra Howard Roark.

Roark estaba sentado a la mesa de la defensa. Escuchaba tranquilamente.

Dominique se sentó en la tercera fila del público. Al mirarla, la gente creía ver una sonrisa. Ella no sonreía. Ella miraba las hojas en la ventana.

Gail Wynand se sentó al final de la sala. Había llegado solo, cuando la sala estaba llena. Había advertido las miradas atentas y los flashes que estallaban a su alrededor. Se quedó en el pasillo un momento, inspeccionando el lugar, como si no hubiera un motivo por el que no debiera inspeccionarlo. Llevaba un traje gris de verano y un sombrero de panamá con el ala inclinada hacia arriba. Su mirada pasó por Dominique igual que por el resto de la sala. Cuando se sentó, miró a Roark. Desde que Wynand entró en la sala, Roark lo miraba una y otra vez. Siempre que lo hacía, Wynand volvía la cara.

—El motivo que el Estado se propone probar —dijo el fiscal en su declaración inaugural ante el jurado— va más allá del ámbito de las emociones humanas normales. A la mayoría nos resultará monstruoso e inconcebible.

Dominique estaba sentada junto a Mallory, Heller, Lansing, Enright, Mike y —para el fastidio de sus atónitos amigos— Guy Francon. Al otro lado del pasillo, los famosos formaban un cometa. Desde el pequeño núcleo de Ellsworth Toohey, muy al principio, salía una cola de nombres populares, apretados entre la multitud: Lois Cook, Gordon L. Prescott, Gus Webb, Lancelot Clokey, Ike, Jules Fougler, Sally Brent, Homer Slottern y Mitchell Layton.

—Así como la dinamita hizo volar el edificio —prosiguió el fiscal—, su motivo hace saltar por los aires cualquier sentido de humanidad del alma de este hombre. Nos enfrentamos, caballeros del jurado, al más vil explosivo de la tierra: ¡el egoísta!

En las sillas, en los alféizares de las ventanas, en los pasillos y apretada contra la pared, la masa humana se estaba fundiendo como un monolito, salvo los pálidos óvalos de sus caras. Las caras sobresalían, separadas y solitarias, y no había dos iguales. Detrás de cada una estaban los años de una vida vivida o medio vivida, esfuerzo, esperanza y un intento, sincero o falso, pero un intento. Había dejado en todos una sola huella en común: en los labios que sonreían con malicia, en los labios abiertos y abatidos, en los labios apretados con dignidad insegura y, en todos, la huella del sufrimiento.

—En este momento, en esta época, cuando el mundo se desgarra por problemas inmensos y busca una respuesta a preguntas en cuya balanza se encuentra la supervivencia del hombre, este hombre le confirió, a algo tan intangible y superfluo como sus opiniones artísticas, la importancia suficiente como para dejar que se convirtieran en su única pasión y en el móvil de un crimen contra la sociedad.

La gente había ido a presenciar un caso espectacular, a ver famosos, a recoger material del que poder hablar después, a que la vieran, a matar el tiempo. Volverían a sus odiados trabajos, a sus detestadas familias, a sus forzados amigos, a los salones, a los trajes de fiesta, a los cócteles y a los cines, al dolor no admitido, a la esperanza asesinada, al deseo frustrado que dejaron discretamente colgado en un camino por el que no se daba ningún paso, a los días de esforzarse en no pensar, en no decir, en olvidar, en ceder y en rendirse. Pero todos habían vivido algún momento olvidado —una mañana en que no había pasado nada, una melodía que oyeron de repente y que nunca volvieron a escuchar de la misma manera, la cara de un desconocido en el autobús—, un momento en el que todos habían experimentado una sensación distinta de la vida. Y todos recordaban otros momentos —de una noche sin dormir, de una tarde de lluvia constante, en una iglesia, en una calle desierta al atardecer— en los que todos se habían preguntado por qué había tanto sufrimiento y fealdad en el mundo. No habían intentado encontrar la respuesta, y habían seguido viviendo como si no fuese necesaria ninguna. Pero todos habían experimentado un momento en el que, a solas, en la franqueza desnuda, sintieron la necesidad de una respuesta.

—... un egoísta despiadado y arrogante que quería salirse con la suya a cualquier precio.

En la tribuna del jurado se sentaban doce hombres. Escuchaban, y sus caras, atentas, no mostraban ninguna emoción. La gente murmuraba que parecía un jurado severo. Había dos ejecutivos de empresas industriales, dos ingenieros, un matemático, un camionero, un albañil, un electricista, un jardinero y tres peones de fábrica. Se tardó un tiempo en seleccionar al jurado: Roark había impugnado a muchos suplentes y había elegido a esos doce. El fiscal los aceptó, y se dijo a sí mismo que eso era lo que pasaba cuando un aficionado se empeñaba en ocuparse de su propia defensa. Un abogado habría elegido a los más amables, a los más propensos a responder cuando se apelara a su misericordia. Roark había elegido los rostros más duros.

—... Si hubiese sido la mansión de algún plutócrata..., ¡pero un proyecto de viviendas sociales, caballeros del jurado, un proyecto de viviendas sociales!

El juez estaba erguido en el estrado superior. Tenía el pelo cano y el adusto semblante de un oficial del ejército.

—... Un hombre formado para servir a la sociedad, un constructor que se convirtió en destructor...

La voz del fiscal continuó, experta y confiada. Los rostros que llenaban la sala escuchaban, y reaccionaban como lo habrían hecho en una buena cena de fin de semana: con una satisfacción que olvidarían al cabo de una hora. Estaban de acuerdo con cada frase, ya la habían oído antes, siempre la habían oído, de esto vivía el mundo; era evidente, como un charco ante los pies.

El fiscal presentó a los testigos. El policía que arrestó a Roark subió al estrado para contar cómo había encontrado al acusado de pie junto al detonador eléctrico. El vigilante nocturno explicó cómo lo alejaron del lugar; su testimonio fue breve: el fiscal había preferido no hacer hincapié en el tema de Dominique. El capataz del contratista testificó sobre la dinamita que faltaba de los almacenes de la obra. Los funcionarios de Cortlandt, los inspectores de obra y los peritos subieron al estrado para describir el edificio y el alcance de los daños. Esto puso fin al primer día de juicio.

Peter Keating fue el primer testigo llamado a declarar al día siguiente.

Se sentó en el estrado, echado hacia delante. Miraba al fiscal con obediencia. Sus ojos se movían de vez en cuando. Miraba a la multitud, al jurado y a Roark: a todos de la misma manera.

—Señor Keating, ¿podría declarar bajo juramento si usted diseñó el proyecto atribuido a usted, conocido como Cortlandt Homes?

—No, no lo hice.

—¿Quién lo diseñó?

—Howard Roark.

—¿A petición de quién?

—A petición mía.

—¿Por qué lo llamó?

—Porque no era capaz de hacerlo yo mismo.

No había ningún timbre de sinceridad en su voz, porque el esfuerzo de pronunciar una verdad de esa naturaleza no producía sonido alguno; ningún tono de verdad o falsedad, sólo indiferencia.

El fiscal le entregó una hoja de papel.

—¿Es éste el acuerdo que firmó?

Keating cogió el papel.

—Sí.

—¿Es ésa la firma de Howard Roark?

—Sí.

—¿Podría, por favor, leer los términos de este acuerdo al jurado?

Keating lo leyó en alto. Su voz era uniforme y estaba bien entrenada. Nadie en la sala se percató de que con ese testimonio se había pretendido causar un gran impacto. No era un arquitecto famoso que estaba haciendo una confesión pública de su incompetencia: era un hombre que estaba recitando una lección aprendida. La gente tenía la impresión de que, si lo interrumpieran, no sería capaz de retomar la siguiente frase y tendría que empezar otra vez desde el principio.

Respondió muchas preguntas. El fiscal presentó la prueba de los dibujos originales de Cortlandt realizados por Roark, que Keating tenía en su poder, las copias que Keating había hecho de ellos y las fotografías de Cortlandt tal como fue construido.

—¿Por qué se opuso tan enérgicamente a las excelentes modificaciones estructurales sugeridas por los señores Prescott y Webb?

—Por miedo a Howard Roark.

—Por lo que conoce de su carácter, ¿qué esperaba que pudiera hacer?

—Cualquier cosa.

—¿A qué se refiere?

—No lo sé. Tenía miedo. Solía tenerle miedo.

Las preguntas continuaron. La historia era extraordinaria, pero el público se aburría. No parecía la relación de los hechos de boca de uno de los partícipes. Los demás testigos habían dado la impresión de tener una conexión más personal con el caso.

Cuando Keating abandonó el estrado, el público tenía la extraña sensación de que no había pasado nada, como si nadie se hubiera ido.

—La acusación ha concluido —dijo el fiscal del distrito.

El juez miró a Roark.

—Proceda —dijo, con voz cordial.

Roark se levantó y dijo:

—Señoría, no voy a llamar a ningún testigo. Esto será mi testimonio y mis conclusiones.

—Preste juramento.

Roark prestó juramento. Estaba de pie junto a los escalones del estrado de los testigos. El público lo miraba. La gente pensaba que él no tenía ninguna oportunidad. Podían prescindir del rencor indescriptible y la sensación de inseguridad que Roark provocaba en la mayoría de la gente. De modo que, por primera vez, pudieron verlo como lo que era: un hombre sin ninguna mácula de miedo.

El miedo en el que pensaban no era del tipo normal, no era una respuesta a un peligro tangible, sino el temor crónico y no confesado con el que todos vivían. Se acordaban de la tristeza de los momentos en que, a solas, una persona piensa en las ingeniosas palabras que podría haber dicho, pero que no encontró, y en que odia a quienes le robaron su coraje. La tristeza de saber lo fuerte y capaz que es uno en su cabeza, la imagen radiante que nunca se convierte en realidad. ¿Sueños? ¿Autoengaño? ¿O una realidad asesinada, muerta al nacer, a manos de esa emoción corrosiva y que no tiene nombre: miedo, necesidad, dependencia, odio?

Roark estaba de pie ante ellos como lo está el hombre ante su inocencia en su propia cabeza. Pero Roark estaba ante una multitud hostil, y ellos supieron de pronto que para él era imposible sentir ningún odio. En apenas un instante, entendieron la actitud de su conciencia. Cada uno se preguntó a sí mismo: «¿Necesito la aprobación de alguien? ¿Importa? ¿Estoy atado?». Y, durante ese instante, cada uno de ellos fue libre, lo suficiente como para sentir benevolencia hacia cualquier otra persona en la sala.

Fue sólo un momento, el momento de silencio justo cuando Roark estaba a punto de hablar.

—Hace miles de años, un primer hombre descubrió cómo hacer fuego. Es probable que fuese quemado en la hoguera que había enseñado a sus hermanos a encender. Lo consideraron un malhechor que estaba en tratos con un demonio al que la humanidad tenía pavor. Pero, desde entonces, el hombre tuvo fuego para calentarse, para cocinar sus alimentos, para iluminar sus cuevas. Les dejó un regalo que no habían concebido y que levantó la oscuridad de la tierra. Siglos después, un primer hombre inventó la rueda. Es probable que fuese descoyuntado en el potro de tortura que había enseñado a sus hermanos a construir. Lo consideraron un transgresor que se había aventurado en territorio prohibido. Pero, desde entonces, el hombre pudo viajar y traspasar cualquier horizonte. Les dejó un regalo que no habían concebido y abrió los caminos del mundo.

»Ese hombre, insumiso y pionero, está en el primer capítulo de cualquier leyenda que la humanidad haya documentado sobre sus comienzos. Prometeo fue encadenado a una roca y devorado por los buitres porque había robado el fuego de los dioses. Adán fue condenado a sufrir porque había comido el fruto del árbol del conocimiento. Cualquiera que sea la leyenda, en algún lugar entre las sombras de su memoria, la humanidad supo que su gloria empezó con uno, y que ese uno pagó por su valentía.

»A lo largo de los siglos, hubo hombres que dieron los primeros pasos por nuevos caminos, sin más pertrechos que su propia imaginación. Sus objetivos diferían, pero todos tuvieron en común que ese paso era el primero, que el camino era nuevo, que la imaginación no era prestada y que la respuesta que recibieron era el odio. Los grandes creadores, los pensadores, los artistas, los científicos, los inventores se enfrentaron solos a los hombres de su tiempo. Se reaccionó contra cada gran nuevo pensamiento. Se condenó cada gran nuevo invento. El primer motor se consideró ridículo. El avión se consideró imposible. La tejedora se consideró agresiva. La anestesia se consideró pecaminosa. Pero los hombres cuya imaginación no era prestada siguieron adelante. Lucharon, sufrieron y lo pagaron. Pero ganaron.

»Ningún creador estuvo motivado por el deseo de servir a sus hermanos, porque sus hermanos rechazaban el regalo que él les ofrecía y ese regalo destruía la perezosa rutina de sus vidas. Su verdad era su única motivación; su propia verdad y su propio trabajo para lograrlo a su propia manera. Una sinfonía, un libro, un motor, una filosofía, un avión o un edificio: ése era su objetivo y su vida. No los que escuchaban, leían, maniobraban, creían, pilotaban o habitaban lo que él hubiese creado. Era la creación, no quienes la usaban; la creación, no los beneficios que los demás extraían de ella; la creación que daba forma a su verdad. Él se atuvo a su verdad sobre todo y contra todos.

»Su visión, su fortaleza y su valentía provenían de su propio espíritu. Sin embargo, el espíritu de un hombre es su ego. La entidad que es su conciencia. Pensar, sentir, juzgar y actuar son funciones del ego.

»Los creadores no eran hombres sin ego. Ése fue el único secreto de su poder: su ego se bastaba a sí mismo, se motivaba a sí mismo y se generaba a sí mismo. Una causa primera, una fuente de energía, una fuerza vital, un motor primario. El creador no sirvió a nada ni a nadie. Vivió para sí mismo.

»Y sólo porque vivió para sí mismo pudo lograr las cosas que representan la gloria de la humanidad: ésa es la naturaleza de la hazaña.

»El hombre no puede sobrevivir si no es por medio de su mente. Llega a la tierra desarmado. Su cerebro es su única arma. Los animales obtienen la comida por medio de la fuerza. El hombre no tiene garras, colmillos, cuernos ni una gran fuerza muscular. Debe cultivar su alimento o cazarlo. Para cultivarlo, necesita un proceso de pensamiento. Para cazarlo, necesita armas, y para hacer armas, un proceso de pensamiento. Desde la necesidad más básica a la abstracción religiosa más elevada o desde la rueda al rascacielos, todo lo que somos y todo lo que tenemos viene de un único atributo del hombre: la función de su mente pensante.

»Pero la mente es un atributo del individuo. No existe el cerebro colectivo. No existe el pensamiento colectivo. Un acuerdo alcanzado por un grupo de personas es sólo una concesión o una media obtenida a partir de muchos pensamientos individuales. Es una consecuencia secundaria. El acto primigenio, el proceso de pensamiento, lo debe realizar cada hombre en solitario. Podemos dividir una comida entre muchos hombres, pero no podemos digerirla en un estómago colectivo. Nadie puede usar sus pulmones para respirar por otra persona. Nadie puede usar su cerebro para pensar por otra persona. Todas las funciones del cuerpo y el espíritu son privadas. No se pueden compartir ni transferir.

»Heredamos el producto del pensamiento de otros hombres. Heredamos la rueda y hacemos un carro, el carro se convierte en un automóvil y el automóvil se convierte en un avión. Pero, a lo largo del proceso, lo que recibimos de los demás es sólo el producto final de su pensamiento. La fuerza motriz es la facultad creativa que coge ese producto como un material, lo utiliza y da lugar con ello al siguiente paso. Esta facultad creativa no se puede dar, no se puede recibir ni compartir ni tomar prestada. Pertenece sólo a cada hombre, a cada individuo. Lo que ésta crea es propiedad del creador. Los hombres aprenden unos de otros, pero todo aprendizaje es sólo un intercambio de material. Ningún hombre puede darle a otro la capacidad de pensar. Sin embargo, esa capacidad es nuestro único medio de supervivencia.

»Nada le es dado al hombre en la tierra. Todo lo que necesita tiene que ser producido. Y ahí es donde el hombre se enfrenta a su disyuntiva fundamental, la de que sólo puede sobrevivir de dos maneras: por el trabajo independiente de su propio cerebro o como parásito alimentado por el cerebro de los demás. El creador produce. El parásito toma prestado. El creador se enfrenta a la naturaleza en solitario. El parásito se enfrenta a la naturaleza a través de un intermediario.

»Al creador le interesa la conquista de la naturaleza. Al parásito le interesa la conquista de los hombres.

»El creador vive para su trabajo. No necesita a los demás. Su objetivo principal está en su interior. El parásito vive de prestado. Necesita a los demás. Los demás se convierten en su objetivo principal.

»La necesidad básica del creador es la independencia. La mente pensante no puede trabajar bajo ninguna forma de coacción. No puede ser refrenada, sacrificada o subordinada a cualquier otra consideración. Exige la independencia total en su función y su motivo. Para un creador, todas las relaciones con los hombres son secundarias.

»La necesidad básica de quienes viven de prestado es asegurarse sus vínculos con los demás para poder alimentarse. Para él, las relaciones son lo primero. Declara que los hombres existen para servir a los demás. Predica el altruismo.

»El altruismo es la doctrina que exige que los hombres vivan para los demás y antepongan a los demás al yo.

»Ningún hombre puede vivir por otro. No puede compartir su espíritu, como no puede compartir su cuerpo. Pero el que vive de prestado ha utilizado el altruismo como arma de explotación y ha revertido la base de los principios morales de la humanidad. Al hombre se le han enseñado todos los preceptos que destruyen al creador. A los hombres se les ha enseñado que la dependencia es una virtud.

»El hombre que intenta vivir para los demás es dependiente. Es un parásito en su motivación y convierte en parásitos a los que sirve. Esta relación no produce nada más que la corrupción mutua. Es imposible como concepto. Lo que más se le acerca en la realidad, el hombre que vive para servir a los demás, es el esclavo. Si la esclavitud física es repugnante, ¿cuánto más repugnante no será el concepto de la servidumbre del espíritu? Al esclavo conquistado le queda un resto de honor. Ha tenido el mérito de haberse resistido y de considerar que sus circunstancias son malignas. Pero los hombres que se esclavizan voluntariamente en nombre del amor pertenecen a la categoría más baja de las criaturas. Degradan la dignidad del hombre y degradan el concepto del amor: pero ésa es la esencia del altruismo.

»A los hombres se les ha enseñado que la virtud más alta no es lograr, sino dar. Sin embargo, uno no puede dar lo que no ha sido creado. La creación precede a la distribución, porque de otro modo no habría nada que distribuir. La necesidad del creador precede a la necesidad de cualquier posible beneficiario. Sin embargo, se nos enseña a admirar a los que viven de prestado y reparten regalos que no han producido, en vez de al hombre que ha hecho posibles esos regalos. Alabamos un acto de caridad y nos encogemos ante un logro.

»A los hombres se les ha enseñado que su primer interés debe ser aliviar el sufrimiento de los demás, pero el sufrimiento es una enfermedad. Si uno tropieza con ella, intenta dar consuelo y ayudar. Convertir eso en la mayor prueba de virtud es hacer del sufrimiento la parte más importante de la vida. De modo que el hombre desea ver sufrir a los demás, a fin de que pueda ser virtuoso: ésa es la naturaleza del altruismo. Al creador no le interesa la enfermedad, sino la vida. Sin embargo, el trabajo de los creadores ha erradicado una enfermedad tras otra del cuerpo y del espíritu del hombre, y ha procurado un alivio del sufrimiento mayor del que cualquier altruista pudiera concebir jamás.

»A los hombres se les ha enseñado que estar de acuerdo con los demás es una virtud, pero el creador es el hombre que discrepa. A los hombres se les ha enseñado que nadar a favor de la corriente es una virtud, pero el creador es el que va contra la corriente. A los hombres se les ha enseñado que ir juntos es una virtud, pero el creador es el hombre que va por su cuenta.

»A los hombres se les ha enseñado que el ego es el sinónimo del mal, y la ausencia de ego, el ideal de la virtud. Pero el creador es egoísta en un sentido absoluto, y el hombre sin ego es el que no piensa, siente, juzga o actúa: ésas son las funciones del yo.

»Aquí es donde ese giro es más letal. Esta cuestión ha pervertido a los hombres y no les ha dejado alternativa ni libertad. Al hombre se le han ofrecido el bien y el mal como dos polos opuestos: el egoísmo y el altruismo. El egoísmo se ha interpretado como el sacrificio de los demás al yo, y el altruismo, como el sacrificio del yo a los demás. Esto ató al hombre a los demás de forma irrevocable, y no le dejó más opción que elegir su dolor: su propio dolor sufrido por el bien de los demás o el dolor infligido a los demás por el bien del yo. Cuando se añadió que el hombre debía disfrutar la inmolación, se cerró la trampa. El hombre fue obligado a aceptar como ideal el masoquismo, con la amenaza de que el sadismo era su única alternativa. Éste fue el mayor fraude jamás perpetrado a la humanidad.

»Éste fue el mecanismo por el cual la dependencia y el sufrimiento se perpetuaron como los fundamentos de la vida.

»La disyuntiva no es entre el sacrificio y la dominación. La disyuntiva es entre la independencia y la dependencia. El código del creador o el código del que vive de prestado. Ésta es la cuestión básica. Lo demás corresponde a la alternativa entre la vida y la muerte. El código del creador se construye sobre las necesidades de la mente pensante que permite al hombre sobrevivir. El código del que vive de prestado se construye sobre las necesidades de la mente incapaz de sobrevivir. Todo lo que procede del ego independiente del hombre es bueno. Todo lo que procede de la dependencia de los demás del hombre es malo.

»El egoísta, en el sentido absoluto, no es el hombre que no se sacrifica a los demás. Es el que está por encima de la necesidad de usar a los demás de alguna forma. No funciona por medio de ellos. No le interesan para ninguna cuestión fundamental. Ni para su objetivo ni para su motivo ni para su pensamiento ni para sus deseos ni para su fuente de energía. No existe para ningún otro hombre, y no le pide a ningún otro hombre que exista para él. Ésta es la única forma posible de hermandad y respeto mutuo entre los hombres.

»Los grados de destreza varían, pero el principio básico sigue siendo el mismo: el grado de independencia, iniciativa y amor personal de un hombre por su trabajo determina su talento como trabajador y su valía como hombre. La independencia es la única medida de la virtud y del valor humanos. Lo que un hombre es y hace para sí mismo, no lo que hace o deja de hacer por los demás. No existe un sustituto para la dignidad personal. No existe ningún criterio de dignidad personal salvo la independencia.

»En una relación correcta, nadie se sacrifica por nadie. Un arquitecto necesita clientes, pero no subordina su trabajo a los deseos de éstos. Ellos lo necesitan, pero no encargan una casa sólo para darle trabajo. Los hombres intercambian su trabajo de mutuo y libre acuerdo para su mutuo provecho cuando sus intereses personales coinciden y ambos desean ese intercambio. Si no lo desean, no están obligados a tratarse, y siguen buscando. Ésta es la única forma posible de relación entre iguales. Cualquier otra cosa es una relación entre esclavo y maestro o entre víctima y verdugo.

»Ningún trabajo se ha hecho nunca de forma colectiva, por una decisión de la mayoría. Todo trabajo creativo se logra bajo la guía de un único pensamiento individual. Un arquitecto necesita a muchos hombres para construir su edificio, pero no les pide que voten sobre su diseño. Trabajan juntos de libre acuerdo y cada uno es libre en su función correspondiente. Un arquitecto emplea acero, vidrio y hormigón producido por otros, pero los materiales no son más que acero, vidrio y hormigón hasta que él los toca. Lo que hace con ellos es su producto individual y su propiedad individual. Ésta es la única pauta de cooperación correcta entre los hombres.

»El primer derecho sobre la tierra es el derecho del ego. El primer deber que tiene el hombre es hacia sí mismo. Su ley moral es no situar jamás su principal objetivo en la persona de los demás. Su obligación moral es hacer lo que desee, siempre y cuando su deseo no dependa, en primera instancia, de otros hombres. Esto incluye todo el ámbito de su facultad creativa, su pensamiento y su trabajo. Pero no incluye el ámbito del mafioso, el altruista y el dictador.

»Un hombre piensa y trabaja solo. Un hombre no puede robar, explotar ni reinar solo. Robar, explotar y reinar requieren la existencia de víctimas. Implican una dependencia. Son el territorio de los que viven de prestado.

»Los que reinan sobre los hombres no son egoístas. No crean nada. Existen sólo por medio de la persona de los demás. Su objetivo está en sus súbditos, en la actividad de la esclavitud. Son tan dependientes como el mendigo, el asistente social o el bandido. La forma que adquiera esa dependencia es irrelevante.

»Sin embargo, a los hombres se les ha enseñado a considerar a los que viven de prestado, los tiranos, los emperadores, los dictadores, exponentes del egoísmo. Mediante este fraude se les hizo destruir el ego, a sí mismos y a los demás. El propósito del fraude era destruir a los creadores. O someterlos, lo cual es sinónimo.

»Desde el principio de la historia, los dos antagonistas han estado frente a frente: el creador y el que vive de prestado. Cuando el primer creador inventó la rueda, el primero que vivió de prestado respondió inventando el altruismo.

»El creador, repudiado, combatido, perseguido y explotado, siguió y avanzó, y con su energía llevó consigo a toda la humanidad. El que vive de prestado no ha aportado nada a ese proceso, salvo obstáculos. Esa competición tiene otro nombre: el individuo contra el colectivo.

»El "bien común" de un colectivo. ya sea una raza, una clase o un estado, fue la reivindicación y justificación de todas las tiranías establecidas jamás sobre los hombres. Todos los grandes horrores de la historia se cometieron en nombre de un motivo altruista. ¿Algún acto de egoísmo ha igualado alguna vez las matanzas perpetradas por los discípulos del altruismo? ¿Quién tiene la culpa? ¿La hipocresía del hombre o la naturaleza del principio? Los matarifes más terribles fueron los más sinceros. Creían en la sociedad perfecta alcanzada gracias a la guillotina y al pelotón del fusilamiento. Nadie cuestionó su derecho a asesinar, puesto que estaban asesinando por un propósito altruista. Se aceptó que los hombres debían ser sacrificados por otros hombres. Los actores cambian, pero el curso de la tragedia sigue siendo el mismo: un humanitarista que empieza declarando su amor a la humanidad y acaba con un mar de sangre. Sigue siendo así, y seguirá siendo así mientras el hombre crea que un acto es bueno si no es egoísta. Eso permite al altruista actuar y obliga a sus víctimas a soportarlo. Los líderes de los movimientos colectivistas no piden nada para sí mismos. Pero observen los resultados.

»El único bien que un hombre puede hacerle a otro, y la única declaración en una relación correcta es: "¡Fuera las manos!".

»Ahora, observemos los resultados de una sociedad construida sobre el principio del individualismo. Éste, nuestro país, el país más noble de la historia del hombre. El país con los mayores logros, la mayor prosperidad y la mayor libertad. Este país no se basó en el servicio desinteresado, el sacrificio, la renuncia o cualquier precepto del egoísmo. Se basó en el derecho del hombre a la búsqueda de la felicidad; de su propia felicidad, no la de otros. Un motivo privado, personal y egoísta. Miren los resultados. Miren en su propia conciencia.

»Es un conflicto antiguo. Los hombres se acercaron a la verdad, pero se destruyó todas las veces y cayó una civilización tras otra. La civilización es el progreso hacia una sociedad de la privacidad. Toda la existencia del salvaje es pública, gobernada por las leyes de su tribu. La civilización es el proceso de liberar al hombre de los hombres.

»Ahora, en nuestra época, el colectivismo, el reino de los hombres de prestado y de segunda categoría, el antiguo monstruo, se ha soltado y está fuera de control. Ha llevado a los hombres a un grado de indecencia intelectual nunca igualado en la tierra. Ha alcanzado una escala de terror sin precedentes. Ha envenenado todas las mentes. Se ha tragado a la mayor parte de Europa. Está engullendo a nuestro país.

»Soy arquitecto. Sé lo que viene por el principio con el que se ha construido. Nos estamos acercando a un mundo en el que no puedo permitirme vivir.

»Ahora ya saben por qué dinamité Cortlandt.

»Yo diseñé Cortlandt. Yo se lo di. Yo lo destruí.

»Lo destruí porque no elegí dejar que existiera. Era una doble monstruosidad: por su forma y por su significado. Tuve que dinamitar ambas cosas. La forma había sido mutilada por hombres de prestado que se arrogaron el derecho de mejorar lo que no habían hecho y no podían igualar. Se les permitió hacerlo por la conclusión general de que el propósito altruista del edificio desbancaba a todos los derechos y que yo no podía alegar nada para oponerme.

»Yo accedí a diseñar Cortlandt con el propósito de verlo construido tal como yo lo diseñara, y por ninguna otra razón. Ése fue el precio que fijé por mi trabajo. No me pagaron.

»No culpo a Peter Keating. No pudo hacer nada. Tenía un contrato con sus clientes. Lo ignoraron. Le prometieron que el edificio que él presentaba se construiría como se había diseñado. Se rompió esa promesa. El amor de un hombre por la integridad de su trabajo y su derecho a preservarlo se consideran ahora una vaguedad intangible y algo superficial. Ya se lo han oído decir al fiscal. ¿Por qué se desfiguró ese edificio? Por ninguna razón. En esos actos no puede haber nunca una razón, salvo la vanidad de algunos hombres de prestado que se sintieron con el derecho a la propiedad de otro..., espiritual o material. ¿Quién les permitió hacerlo? Nadie en particular entre las decenas de personas entre las autoridades. Nadie se molestó en permitirlo ni en pararlo. Nadie fue responsable. No hay nadie a quien se le puedan pedir cuentas: ésa es la naturaleza de toda acción colectiva.

»No recibí el pago que pedí. Pero los propietarios de Cortlandt consiguieron lo que necesitaban de mí. Querían un esquema concebido para construir un edificio de la forma más barata posible. No encontraron a nadie que pudiera hacerlo y les satisficiera. Yo podía, y lo hice. Se beneficiaron de mi trabajo y me hicieron contribuir a ello como un regalo. Pero yo no soy un altruista. Yo no contribuyo con regalos de esa naturaleza.

»Se dice que he destruido el hogar de los desahuciados. Se olvida que, de no ser por mí, estos desahuciados no podrían haber tenido esa casa en concreto. Los que estaban preocupados por los pobres tuvieron que recurrir a mí, que nunca me han preocupado, para poder ayudar a los pobres. Se cree que la pobreza de los futuros inquilinos les daba derecho a mi trabajo. Que su necesidad constituía un derecho sobre mi vida. Que era mi deber contribuir con lo que se me pidiera: éste es el credo del hombre de prestado que ahora está fagocitando al mundo.

»He venido aquí a decir que no reconozco el derecho de nadie a un solo minuto de mi vida. Ni a cualquier parte de mi energía. Ni a ninguno de mis logros. No importa quién lo reclame, cuántos sean o lo mucho que lo necesiten.

»Quise venir aquí a decir que yo soy un hombre que no existe para los demás.

»Había que decirlo. El mundo está pereciendo en una orgía de autosacrificio.

»Quise venir aquí a decir que la integridad del trabajo creativo de un hombre es más importante que cualquier iniciativa caritativa. Aquellos de ustedes que no entienden esto son los hombres que están destruyendo el mundo.

»He venido aquí a exponer mis condiciones. No me interesa vivir bajo otras.

»No reconozco ninguna obligación hacia los hombres excepto una: respetar su libertad y no participar en una sociedad esclava. A mi país quiero darle los diez años que pasaré en la cárcel si mi país ha dejado de existir. Los viviré con mi recuerdo y mi gratitud por lo que fue mi país. Será mi acto de lealtad: negarme a vivir o a trabajar en lo que ha ocupado su lugar.

»Es mi acto de lealtad hacia todo creador que haya vivido y haya tenido que sufrir por la fuerza responsable del Cortlandt que yo dinamité. A todas las horas torturadas de soledad, negación, frustración y maltrato que se le hizo pasar, y a las batallas que ganó. A todo creador cuyo nombre es famoso, y a todo creador que vivió, luchó y murió sin ser reconocido por lo que pudo lograr. A todo creador que fuese destruido en cuerpo o espíritu. A Henry Cameron. A Steven Mallory. A un hombre que no quiere que lo nombre, pero que está sentado en esta sala y sabe que estoy hablando de él.

Roark estaba de pie, con las piernas separadas, los brazos rectos a los lados y la cabeza levantada, como se apostaba ante un edificio inacabado. Después, cuando se volvió a sentar a la mesa de la defensa, muchos hombres de la sala tenían la impresión de que aún seguía de pie: era la imagen de un momento que no iban a sustituir.

La imagen se mantuvo en sus cabezas durante las largas disertaciones jurídicas posteriores. Oyeron decir al juez que el acusado, en efecto, había cambiado su contestación a la acusación: había admitido su acto, pero no se había declarado culpable del crimen. Se planteó la cuestión legal del trastorno mental transitorio, y dependía del jurado decidir si el acusado conocía la naturaleza y el carácter de su acto y, en ese caso, si sabía que lo que había hecho estaba mal. El fiscal no formuló objeciones. Había un extraño silencio en la sala. El fiscal estaba seguro de que el caso ya estaba ganado. Pronunció su discurso final. Nadie recordó lo que dijo. El juez dio sus instrucciones al jurado. El jurado se levantó y salió de la sala.

La gente se movió, preparándose para salir, sin prisa: tenían por delante muchas horas de espera. Wynand, al fondo de la sala, y Dominique, al frente, se quedaron sentados y no se movieron.

Un agente judicial se puso al lado de Roark para escoltar su salida. Roark estaba de pie junto a la mesa de la defensa. Sus ojos fueron de Dominique a Wynand. Se dio la vuelta y siguió al agente.

Había llegado a la puerta cuando se oyó un agudo chasquido y un momento de silencio perplejo, hasta que la gente se dio cuenta de que habían llamado a la puerta cerrada de la sala del jurado. El jurado había alcanzado un veredicto.

Los que ya se habían puesto en pie se quedaron inmóviles hasta que el juez volvió a su estrado. El jurado entró en la sala.

—Póngase en pie el acusado, de cara al jurado —dijo el agente judicial.

Howard Roark dio un paso al frente y se puso de cara al jurado. Al fondo de la sala, Gail Wynand también se levantó y se quedó de pie.

—Señor presidente del jurado, ¿han alcanzado un veredicto?

—Sí.

—¿Cuál es su veredicto?

—No culpable.

El primer movimiento de la cabeza de Roark no fue mirar la ciudad por la ventana, al juez o a Dominique. Miró a Wynand.

Wynand se dio la vuelta bruscamente y se marchó. Fue el primer hombre que salió del juzgado.

19

Roger Enright le compró el terreno, los planos y las ruinas de Cortlandt al gobierno. Mandó excavar los cimientos para sacar todos los restos retorcidos y dejar limpio el hueco en la tierra. Contrató a Howard Roark para reconstruir el proyecto. Al poner a un solo contratista al frente, que cuidaba de la estricta economía de los planos, Enright presupuestó el proyecto para fijar unos alquileres bajos y al mismo tiempo obtener un cómodo margen de beneficio para él. No hubo preguntas sobre los ingresos, la profesión, los hijos o la dieta de los futuros inquilinos: el proyecto estaba abierto a cualquiera que deseara mudarse allí y pagar el alquiler, tanto si podía permitirse alquilar un apartamento más caro en otra parte o no.

A finales de agosto, Gail Wynand obtuvo el divorcio. La demanda no fue impugnada, y Dominique no estuvo presente en la breve vista. Wynand, allí de pie como un hombre frente a un consejo de guerra, oyó la fría obscenidad del lenguaje jurídico con que se describió el desayuno, en una casa de Monadnock Valley, de la señora de Gail Wynand y de Howard Roark; con que se declaraba a su esposa oficialmente deshonrada; con que le concedían la legítima solidaridad, el estatus de inocencia injuriada y un documento que era su pasaporte a la libertad para los años que tenía por delante y para todas las noches silenciosas de esos años.

Ellsworth Toohey ganó su caso ante la Junta de Trabajo, y Wynand recibió la orden de readmitirlo en su puesto.

Aquella tarde, la secretaria de Wynand llamó a Toohey y le dijo que el señor Wynand lo esperaba de vuelta al trabajo aquella noche, antes de las nueve. Toohey sonrió y colgó.

Toohey sonrió al entrar en el edificio del *Banner* aquella noche. Se paró en la sección local. Saludó a la gente, estrechó manos, hizo comentarios ingeniosos sobre algunas películas en cartelera y tenía un aire de asombro ingenuo, como si sólo hubiese estado ausente desde el día anterior y no pudiera entender por qué la gente lo saludaba como si fuera una triunfal vuelta a casa.

Después se paseó sin prisa hasta su propio despacho. Se detuvo un poco antes, y al pararse supo que debía entrar, que no debía mostrar su sobresalto, aunque ya lo había mostrado, al ver que Wynand estaba de pie en la puerta abierta del despacho.

—Buenas noches, señor Toohey. Pase —dijo Wynand con tono cortés.

—Hola, señor Wynand —dijo Toohey con simpatía, reconfortado al sentir que sus músculos lograban producir una sonrisa y que sus piernas seguían andando.

Entró y se detuvo, confuso. Era su propio despacho, intacto, con su máquina de escribir y un montón de folios en blanco en la mesa. Pero la puerta seguía abierta y Wynand estaba allí, en silencio, apoyado en el marco.

—Siéntese a su mesa, señor Toohey. Póngase a trabajar. Hemos de acatar la ley.

—Toohey hizo un ligero y jovial movimiento de aquiescencia con los hombros, cruzó el despacho y se sentó. Puso las manos en la mesa, con las palmas extendidas y firmes, y después las dejó caer sobre el regazo. Cogió un lápiz, examinó su punta y lo soltó.

Wynand levantó lentamente una muñeca a la altura del pecho y la mantuvo ahí, en el vértice del triángulo que formaban su antebrazo y los largos y lánguidos dedos de su mano: estaba mirando su reloj de pulsera. Dijo:

—Son las nueve menos diez. Está otra vez en su puesto, señor Toohey.

—Y yo estoy feliz como un niño de volver. Si le soy sincero, señor Wynand, supongo que no debería confesarlo, pero he echado terriblemente de menos este lugar.

Wynand no hizo ademán de irse. Siguió de pie, encorvado como de costumbre, con la espalda apoyada en el marco y los brazos cruzados sobre el pecho, cogiéndose los codos con las manos. La lámpara del escritorio, con la pantalla cúbica de vidrio verde, estaba encendida, pero afuera aún era de día; en el cielo de color limón aún había mechas de color castaño oscuro. El despacho provocaba una deprimente sensación nocturna con aquella iluminación, tan prematura como ineficaz. La lámpara proyectaba un charco de luz en la mesa, pero no podía apagar las formas marrones de la calle, medio disueltas, y no podía llegar hasta la puerta para aplacar la presencia de Wynand.

La pantalla de la lámpara tintineó ligeramente, y Toohey sintió el retumbo bajo sus zapatos: las rotativas estaban en marcha. Se dio cuenta de que llevaba un rato oyendo el ruido. Era un ruido reconfortante, fiable y vivo. El ritmo cardíaco de un periódico: el periódico que transmite a los hombres el ritmo cardíaco del mundo. Un largo flujo uniforme de gotas separadas, como canicas que ruedan en línea recta, como el sonido del corazón de un hombre.

Toohey movió un lápiz sobre una hoja de papel, hasta que advirtió que la lámpara alumbraba la hoja y Wynand podía ver que el lápiz estaba dibujando un nenúfar, una tetera y un perfil barbudo. Soltó el lápiz y chascó los labios, burlándose de sí mismo. Abrió un cajón y miró fijamente una pila de papel de calco y unos clips. No sabía qué se suponía que tenía que hacer: uno no empieza a escribir una columna como si nada. Se preguntó por qué se le había pedido que reanudara sus labores a las nueve de la noche, pero imaginó que esa exageración era la forma de Wynand de mitigar su derrota, y le pareció que no podía permitirse discutir esa cuestión.

Las rotativas estaban en marcha: los latidos de un hombre reunidos y retransmitidos. No oía ningún otro sonido, y pensó que era absurdo seguir así si Wynand se había ido, pero que era menos aconsejable mirar en su dirección si no lo había hecho.

Al cabo de un rato levantó la vista. Wynand seguía ahí. La luz destacaba dos puntos blancos de su cuerpo: los largos dedos de una mano cerrada sobre un codo y la frente alta. Era la frente lo que Toohey quería ver: no, no había arrugas oblicuas sobre las cejas. Los ojos eran dos óvalos blancos y sólidos, apenas distinguibles en las sombras angulosas de su rostro. Los óvalos miraban hacia Toohey, pero no había nada en la cara, ninguna señal de propósito.

Unos momentos después, Toohey dijo:

—En verdad, señor Wynand, no hay motivo por el que usted y yo no podamos llevarnos bien.

Wynand no respondió.

Toohey cogió una hoja de papel y la colocó en la máquina de escribir. Se quedó mirando las teclas, con la barbilla apoyada en dos dedos, en la pose que suponía que adoptaba cuando se disponía a atacar un párrafo. El borde de las teclas centelleaba bajo las lámparas, y los aros de níquel brillantes parecían flotar en el despacho sombrío.

Las rotativas se pararon.

Toohey se echó hacia atrás de forma automática antes de saber por qué lo había hecho: trabajaba en un periódico y sabía que aquel sonido no se paraba así.

Wynand miró su reloj de pulsera. Dijo:

—Son las nueve en punto. Se ha quedado usted sin trabajo, señor Toohey. El *Banner* ha dejado de existir.

El siguiente episodio de la realidad del que Toohey fue consciente llegó cuando su mano cayó sobre las teclas: oyó la tos metálica de las palancas enredadas al golpear y el pequeño salto del carro.

No dijo nada, pero pensó que su cara estaba desnuda, porque oyó a Wynand decirle:

—Sí, ha trabajado aquí catorce años... Sí, he comprado todas las participaciones, la de Mitchell Layton incluida, hace dos semanas... —lo decía con tono de indiferencia—. No, los chicos de la sección local no lo sabían. Sólo los chicos de la imprenta...

Toohey se volvió. Cogió un clip y lo sostuvo en la palma de la mano, y después la giró para dejar caer el clip, observando con un leve asombro el carácter definitivo de la ley que no había permitido que se mantuviera en su palma bocabajo.

Se levantó. Se quedó mirando a Wynand, del que lo separaba una alfombra gris.

Wynand ladeó un poco la cabeza. Su cara parecía decir que ya no era necesaria ninguna barrera; tenía el aspecto de un rostro sencillo, no había ira en él, y los labios cerrados insinuaban una sonrisa de dolor que era casi humilde. Dijo:

—Esto ha sido el fin del *Banner*... Me pareció que lo correcto era presenciarlo con usted.

Muchos periódicos pujaron por los servicios de Ellsworth Monkton Toohey. Él se decantó por el *Courier*, un periódico culto y de prestigio, con una política editorial ligeramente incierta.

Al final de la tarde de su primer día en su nuevo trabajo, Ellsworth Toohey se sentó en el borde de la mesa del director adjunto y hablaron del señor Talbot, el propietario del *Courier*, al que Toohey sólo había visto en unas pocas ocasiones.

—Pero..., ¿y el señor Talbot como hombre? ¿Cuál es su dios particular? ¿De qué no puede prescindir sin venirse abajo? —preguntó Ellsworth Toohey.

Alguien estaba girando el dial de la radio al otro lado del pasillo. Resonó una voz solemne: «¡El tiempo sigue su curso!».

Roark estaba sentado a la mesa de dibujo de su despacho, trabajando. La ciudad tras los muros de cristal parecía lustrosa, con el aire lavado por el primer frío de octubre.

Sonó el teléfono. Se sacudió irritado, con el lápiz en la mano suspendida en el aire. El teléfono nunca debía sonar cuando estaba dibujando. Se acercó a su mesa y lo descolgó.

—Señor Roark —dijo su secretaria, con una pequeña tensión en la voz a modo de disculpa por haber incumplido una orden—. El señor Gail Wynand querría saber si a usted le sería posible ir a su despacho mañana a las cuatro de la tarde.

Ella oyó el ligero zumbido del silencio en el auricular y contó muchos segundos.

—¿Está al teléfono? —preguntó Roark. Ella sabía que no era la conexión telefónica lo que hacía que su voz sonara así.

—No, señor Roark. Es la secretaria del señor Wynand.

—Sí. Sí, dígale que iré.

Volvió a la mesa de dibujo y miró los bocetos: era la primera deserción que le habían obligado nunca a cometer. Sabía que no iba a ser capaz de trabajar ese día. El peso de la esperanza y del alivio era demasiado grande.

Cuando Roark se acercó a la puerta de lo que había sido el edificio del *Banner*, vio que el rótulo, la cabecera del *Banner*, había desaparecido. Nada lo sustituía. Quedaba la marca de un rectángulo descolorido en la puerta. Vio que el edificio albergaba ahora las oficinas del *Clarion* y varias plantas de despachos vacíos. El *Clarion*, un tabloide vespertino de tercera categoría, era el único representante del grupo Wynand en Nueva York.

Se dirigió al ascensor. Le alegró ser el único pasajero: sintió una repentina y violenta posesividad hacia la pequeña cabina de acero. Era suya, se reencontraba con ella, se le estaba devolviendo. La intensidad de aquel alivio le dijo que la intensidad del dolor había terminado. El dolor especial, como ningún otro en su vida.

Cuando entró en el despacho de Wynand, supo que tendría que aceptar ese dolor y cargar con él para siempre, que no había cura ni esperanza. Wynand estaba sentado a su mesa y se levantó al entrar él, mirándolo fijamente. La cara de Wynand era algo más que la cara de un desconocido: la cara de un desconocido es una posibilidad no abordada, que se podía abrir si uno lo decidía y hacía el esfuerzo. Aquélla era una cara conocida cerrada y a la que nunca se podría volver a acceder. Una cara en la que no había ningún dolor por la renuncia, sino la huella del paso siguiente, cuando se ha renunciado incluso al dolor. Una cara lejana y tranquila, con su propia dignidad; no un atributo vivo, sino la dignidad de una escultura sobre una tumba medieval que habla de la grandeza del pasado y prohíbe que una mano toque sus restos.

—Señor Roark, esta entrevista es necesaria, pero muy difícil para mí. Por favor, actúe en consecuencia.

Roark supo que el último acto de bondad que podía ofrecer era no pretender ningún vínculo. Supo que destrozaría lo que quedaba del hombre que tenía delante si pronunciaba una palabra: Gail.

Roark respondió:

—Sí, señor Wynand.

Wynand cogió cuatro hojas mecanografiadas y se las alargó por encima de la mesa:

—Por favor, lea esto y fírmelo si merece su aprobación.

—¿Qué es?

—Su contrato para diseñar el edificio Wynand.

Roark dejó las hojas en la mesa. No podía tenerlas en la mano. No podía mirarlas.

—Por favor, escuche con atención, señor Roark. Debo explicar esto y que se entienda. Quiero emprender de inmediato la construcción del edificio Wynand. Quiero que sea el edificio más alto de la ciudad. No me discuta la cuestión de si es el momento oportuno o lo aconsejable en términos económicos. Quiero que se construya. Quiero que se utilice, y eso es lo único que a usted le concierne. Albergará el *Clarion* y todos los despachos de Wynand Enterprises que ahora están repartidas en varias partes de la ciudad. Se alquilará el resto del espacio: aún conservo estatus suficiente para asegurarlo, por lo que no tendrá que temer estar construyendo un edificio inútil. Le enviaré un informe por escrito con todos los detalles y requisitos. El resto dependerá de usted. Diseñará el edificio como desee. Las decisiones que usted tome serán las definitivas. No necesitarán mi aprobación. Será el máximo responsable y tendrá toda la autoridad. Esto está estipulado en el contrato, pero quiero que quede claro que no deberemos vernos. Un agente me representará en todos los asuntos técnicos y financieros. Tratará con él. Todas las futuras reuniones las mantendrá con él. Dígale qué contratistas prefiere que se elijan para el trabajo. Si le surge la necesidad de comunicarse conmigo, lo hará a través de mi agente. No debe esperar ni intentar verme. Si lo hace, no le dejarán pasar. No quiero hablar con usted. No quiero volver a verlo. Si está preparado para acatar estas condiciones, por favor, lea el contrato y fírmelo.

Roark cogió una pluma y lo firmó sin leer los papeles.

—No lo ha leído —dijo Wynand.

Roark tiró los papeles en la mesa.

—Por favor, firme las dos copias.

Roark obedeció.

—Gracias —dijo Wynand. Firmó los papeles y le entregó uno a Roark—. Ésta es su copia.

Roark se guardó el papel en el bolsillo.

—No he mencionado la parte económica del proyecto —dijo Wynand—. Es un secreto a voces que el llamado imperio Wynand está muerto. Sigue estando fuerte y va tan bien como siempre en todo el país, salvo en la ciudad de Nueva York. Durará lo que dure mi vida, pero terminará conmigo. Tengo intención de liquidar una gran parte de él. Usted, por lo tanto, no tendrá motivos para limitarse por cualquier consideración sobre los costes al diseñar el edificio. Es libre de hacer que cueste lo que le parezca necesario. El edificio perdurará mucho tiempo después de que los noticieros y los tabloides hayan desaparecido.

—Sí, señor Wynand.

—Supongo que querrá hacer que la estructura sea eficiente en lo relativo a los costes de mantenimiento, pero no tiene por qué tener en cuenta el retorno de la inversión inicial. No habrá nadie a quien deba retornar.

—Sí, señor Wynand.

—Si observa la conducta del mundo en el presente y el desastre al que se encamina, quizá le parezca un encargo ridículo. La era de los rascacielos ha terminado. Ésta es la era de los proyectos de viviendas sociales, lo cual es un preludio a la era de las cuevas. Pero a usted no le da miedo un gesto contra el mundo entero. Éste será el último rascacielos que se construya jamás en Nueva York. Y está bien que así sea. El último logro de un hombre en la tierra antes de que la humanidad se destruyera a sí misma.

—La humanidad nunca se destruirá, señor Wynand. Ni debería considerarse a sí misma destruida. No mientras haga cosas como ésta.

—¿Como qué?

—Como el edificio Wynand.

—Eso depende de usted. Las cosas muertas, como el *Banner*, son el fertilizante económico que lo hará posible. Es su función propia.

Cogió su copia del contrato, la dobló y la puso, con un preciso movimiento, en el bolsillo interior de su abrigo. Dijo, sin cambiar de tono:

—Le dije una vez que este edificio iba a ser un monumento a mi vida. Ahora no hay nada que conmemorar. El edificio Wynand no tendrá nada, salvo lo que usted le dé.

Se puso de pie para indicar que la entrevista había terminado. Roark se levantó e inclinó la cabeza al marcharse. La mantuvo agachada más tiempo de lo que habría requerido la cortesía.

Se paró en la puerta y se dio la vuelta. Wynand seguía de pie, detrás de su mesa, sin moverse. Se miraron el uno al otro.

—Constrúyalo como monumento a ese espíritu que es el suyo... y que pudo haber sido el mío.

20

Un día de primavera, dieciocho meses después, Dominique paseó hasta el lugar de las obras del edificio Wynand.

Miró a lo alto de los rascacielos de la ciudad. Se elevaban en lugares inesperados y sobresalían entre tejados más bajos. Tenían el deslumbrante aire de lo repentino, como si hubieran brotado un segundo antes y a ella le hubiera dado tiempo a ver el último estirón; parecía que, si giraba la cabeza y volvía a mirar rápidamente, los vería justo en el momento de brotar.

Dobló una esquina hacia Hell's Kitchen y llegó al inmenso solar despejado.

Las máquinas reptaban por la tierra desgarrada, nivelando el futuro parque. En el centro se erguía hacia el cielo el armazón completo del edificio Wynand. La parte superior de la estructura, en una jaula de aceros entrelazados, aún estaba desnuda. El cristal y la mampostería habían acompañado su ascenso y cubrían el resto del largo trazo que cortaba el espacio.

Dicen que el corazón de la tierra está hecho de fuego, pensó ella, que está apresado y en silencio. Pero, a veces, se escapa a través del barro, el hierro y el granito y sale disparado hacia la libertad. Y entonces se convierte en una cosa como ésta.

Se acercó al edificio. Una valla de madera rodeaba las plantas inferiores. La valla resplandecía con los grandes letreros que publicitaban el nombre de las empresas proveedoras de los materiales para el edificio más alto del mundo. «National Steel, Inc., acero»; «Ludlow, vidrio»; «Wells-Clairmont, instalaciones eléctricas»; «Kessler, Inc., ascensores»; «Nash & Dunning, contratista».

Se paró. Había visto algo en lo que no se había fijado antes. Al verlo, sintió como si una mano le tocara la frente, la mano de aquellos personajes legendarios que tenían el poder de sanar. Ella nunca conoció a Henry Cameron, y no lo había oído decirlo, pero ahora era como si lo escuchara: «Y sé que si llevas esas palabras hasta el final, será una victoria, Howard, no sólo para ti, sino para algo que debería ganar, que mueve el mundo, y que nunca obtiene el reconocimiento. Hará justicia a muchos hombres que cayeron antes de ti, que han sufrido como sufrirás tú».

Ella vio, en la valla que rodeaba al mayor edificio de Nueva York, una pequeña placa de estaño con estas palabras inscritas:

HOWARD ROARK: ARQUITECTO

Se dirigió a la caseta del capataz. Solía ir allí a preguntar por Roark para ver el progreso de las obras, pero en la caseta había un hombre nuevo al que no conocía. Preguntó por Roark.

—El señor Roark está allá arriba, en el depósito de agua. ¿De parte de quién, señora?

—De la señora Roark —respondió.

El hombre encontró al capataz, que le dejó subir en el montacargas exterior, como siempre. Eran unas pocas tablas con una cuerda a modo de barandilla que se subían por el lateral del edificio.

Ella estaba de pie, con la mano levantada y agarrada a un cable, y con los tacones firmes sobre las tablas. Las tablas se estremecieron; sintió que una corriente de aire aplastaba la falda sobre su cuerpo, y vio que el suelo se alejaba despacio bajo ella.

Se elevó sobre los amplios escaparates. Los canales de las calles se hacían cada vez más profundos, y después se hundían. Se elevó sobre las marquesinas de los cines: eran alfombras negras sostenidas por espirales de colores. Las ventanas de las oficinas fluían a su paso: eran largas franjas de cristal que corrían hacia abajo.

Las masas achatadas de los almacenes desaparecían, hundidas con los tesoros que guardaban. Las torres de los hoteles se inclinaban como las varillas de un abanico abierto y vuelto a cerrar. Los fósforos humeantes eran un montón de fábricas y los rectángulos grises que se movían eran coches. El sol convertía en faros las agujas de los rascacielos, que parpadeaban y proyectaban largos rayos blancos sobre la ciudad. La ciudad se extendía y marchaba en filas angulares hacia los ríos, contenida entre dos finos brazos negros de agua; los cruzó de un salto y se alejó rodando hacia una niebla de llanuras y cielo.

Los tejados planos descendían como pedales que hacían bajar los edificios y los apartaba de su vuelo. Pasó por los cubos de cristal que albergaban salones, dormitorios y cuartos infantiles. Vio los jardines en las azoteas, que caían flotando, como pañuelos al viento. Los rascacielos le echaron una carrera y se quedaron atrás. Las tablas bajo sus pies pasaron como un rayo por las antenas de las emisoras de radio.

El montacargas se balanceaba como un péndulo sobre la ciudad y corría por el lateral del edificio. Dejó atrás la línea donde terminaba la mampostería. Después no hubo nada detrás, salvo ligamentos de acero y espacio. Sintió la presión de las alturas en los tímpanos. El sol llenó sus ojos. El aire vibraba contra su barbilla levantada.

Lo vio de pie sobre ella, en la plataforma más alta del edificio Wynand. Él la saludó con la mano.

La línea del océano cortaba el cielo. El océano crecía a medida que bajaba la ciudad. Pasó por encima de los tribunales de justicia. Se elevó sobre las agujas de las iglesias.

Entonces ya no hubo más que el océano, el cielo y la figura de Howard Roark.

Agradecimientos

Mi profunda gratitud al gran oficio de la arquitectura y a sus héroes, que nos han dado algunas de las más elevadas expresiones del genio humano y que, sin embargo, siguen siendo desconocidas, aún no descubiertas por la mayoría de la gente. Y también a los arquitectos que me brindaron su generosa ayuda en las cuestiones técnicas de este libro.

Ningún personaje o suceso de esta historia pretenden hacer referencia a ninguna persona o suceso real. Los títulos de las columnas periodísticas los inventé en el primer borrador de esta novela, hace cinco años. No están basados en, ni guardan relación alguna con ninguna columna o artículo de prensa real.

Ayn Rand
10 de marzo de 1943